Rhodope
Angites
Strymon
Skapte Hyle
Neapol
Myrkinos
Amphipolis
Pangaion
Eion
MACEDONIË
tagiros
IKE
Akanthos
Athos
Poteidaia
Olympos
Pallene
Torone
Mende
Skione
Thracische Zee
EPEIROS
Kerkyra
Dodone
Larissa
THESSALIË
Pelion
Artemision
Skyros
Thermopylai
Sollion
Leukas
Kephisos
PHOKIS
Meer v. Kopaïs
EUBOIA
Astakos
Delphi
Chalkis
Eretria
Naupaktos
LOKRIS
Delion
Ithaka
Koroneia
Thebe
Oropos
Kephallenia
Rhion
BOIOTIË
Rhamnous
Patrai
Korinthische Golf
Plataiai
Parnes
Acharnai
Marathon
Karysto
Kyllene
Eleusis
Megara
Sikyon
Isthmos
Athene
Salamis
Geraistc
Elis
ARKADIË
Korinthe
Peiraieus
ATTIKA
Zakynthos
Speiraion
Saronische Golf
Orchomenos
Pheia
Mainalon
Argos
Epidauros
Aigina
Laurion
Ioulis
Keos
Olympia
Mantineia
Maagdenberg
Alpheios
Troizen
Tegea
PELOPONNESOS
Thyreai
Kythnos
Eurotas
Sellasia
Parnon
MESSENIË
Therapne
Prasiai
Seriphos
Prote
Sparta
Amyklai
Taygetos
Sphakteria
Pylos
LAKONIË
Helos
Methone
Akriai
Gytheion
Kranaë
Melos
Kotyrta
Aphrodisia
K. Malea
K. Tainaron
Kythera

ALKIBIADES

ILJA
LEONARD
PFEIJFFER

ALKIBIADES

ROMAN

Uitgeverij De Arbeiderspers
Amsterdam · Antwerpen

MIX
Papier | Ondersteunt verantwoord bosbeheer
FSC® C004472
FSC
www.fsc.org

Eerste en tweede druk mei 2023
Derde druk juni 2023
Vierde druk juli 2023
Vijfde druk september 2023
Zesde druk september 2023
Zevende druk oktober 2023
Achtste en negende druk december 2023
Tiende druk januari 2024

Concept en omslagontwerp: Stephan Vanfleteren & Tim Bisschop
Auteursportret: Stephan Vanfleteren
Kaartwerk: UvA-Kaartenmakers, Castricum
Typografie: Perfect Service, Reeuwijk

ISBN 978 90 295 4986 8 / NUR 301

www.iljapfeijffer.com
www.arbeiderspers.nl

Inhoud

PROOIMION

Melissa

Ik heb niet de reputatie dat ik snel geneigd ben tot schaamte en hoewel ik begrijp dat ik deze reputatie met mijn daden vaker heb gevoed dan ontkracht, heb ik ooit een man gekend die in elk opzicht zo evident superieur aan mij was dat ik mij schaamde zodra ik hem zag en ik vraag jullie mij te geloven als ik zeg dat ik op sleutelmomenten in mijn leven, toen ik mij gedwongen zag beslissingen te nemen die bepalend waren voor mijn carrière en voor de toekomst van onze stad, zijn satyrkop met wijd opengesperde neusgaten en uitpuilende ogen voor mij zag en werd vervuld van schaamte bij het besef van mijn eigen ontoereikendheid.

Nu ik het plan heb opgevat om deze momenten te herbeleven in gedachten en in geschrifte voor jullie uiteen te zetten welke strategie mij daarbij telkens voor ogen stond en op welke wijze ik, ook op die momenten waarop men in de straten en in de volksvergadering van Athene zeker meende te weten dat ik Athene verraden had, op mijn niet altijd even conventionele manier onophoudelijk de belangen van onze stad heb trachten te dienen, zie ik hem opnieuw levendig voor mij, hoewel hij op dit moment ver weg van mij onder jullie verkeert, en schaam ik mij niet alleen voor mijn tekortkomingen maar ook voor mijn overmoed om een trillende rietstengel op te pakken en mijn vertrouwen te stellen in de eloquentie van deze knisperende papyrus, terwijl hij nog nooit een woord geschreven heeft, hoewel zijn gedachten en redenaties de mijne en die van velen in Athene, in Hellas en in de grote rijken der barbaren tot banaliteiten doen verbleken. Maar deze zelfde man heeft mij ooit gezegd dat een leven dat niet wordt onderzocht niet de moeite van het leven waard is en hoewel hij daarmee met zekerheid niet heeft bedoeld dat deze analyse en beoordeling van het eigen leven op schrift met het volk van Athene gedeeld dienen te worden, is het idee dat ik gehoorzaam aan de geest van zijn voorschrift de enige gedachte die mij de moed verschaft om verder te schrijven.

Waar ik mij op dit moment bevind, terwijl ik met het voornemen tot volmaakte oprechtheid het woord evenzeer tot mijzelf richt als tot jullie, zou ik om veiligheidsredenen beter verzwijgen. Sinds de recente gebeurtenissen is de klank van mijn naam in het gefluister over mijn huidige onderneming een signaal van hoop voor velen en jullie weten beter dan ik dat de hoop van velen de oorzaak is van afgunst bij sommigen. De belangen zijn groot, zoals vaak in mijn leven, en wanneer de inzet wordt verhoogd, neemt ook de verbetenheid van tegenstanders toe. Ik heb reden om te geloven dat mijn bestaan als zodanig in bepaalde kringen een probleem is gaan vormen en een moordenaar is in deze tijden niet moeilijk te vinden. Maar nog erger dan beticht te worden van lichthartigheid, waarmee ik mijn eigen leven in gevaar breng, zou het zijn om beschuldigd te worden van lafheid en ik vraag jullie het te willen zien als een teken van mijn oprechtheid als ik jullie zeg dat ik mij in het land van Phrygië bevind. Ik heb in afwachting van de beslissende fase in de uitvoering van mijn plan voorlopig mijn intrek genomen in een onbeduidend stadje dat in het Grieks de naam Melissa draagt en ik beschouw het als een goed voorteken dat die naam verwijst naar bijen, die, zoals de oude verhalen beweren, dichters honing in de mond leggen om hun woorden zoetgevooisd te maken. Hoewel ik geen dichter ben en hoewel het verre van mij staat te willen verleiden met zoete woorden, kan ik, mede gezien het feit dat ik vaardiger ben met het zwaard dan met de rietstengel, de hulp van de bijen goed gebruiken om de opgave die ik mijzelf heb gesteld tot een goed einde te brengen en voor eens en voor altijd definitief en naar waarheid op schrift te stellen welke overwegingen, besluiten en ontwikkelingen mij hier hebben gebracht in het holst van het Perzische Rijk en verder weg van Athene dan een Atheens hart verdragen kan.

Melissa ligt niet ver ten noorden van de trotse stad Kelainai, die is gebouwd rond de heilige, met riet omzoomde bron van de rivier de Maiandros, die tussen Priene en Myous uitmondt in de Golf van Ikaros, tegenover de Ionische stad Milete, die slechts tien stadia van de riviermond is verwijderd. Kelainai is een van de belangrijkste pleisterplaatsen aan de Perzische Koningsweg, waarlangs de legers van Xerxes marcheerden om Hellas binnen te vallen. Na de nederlaag bij Salamis heeft Xerxes aan de voet van de bovenstad van Kelainai een paleis laten bouwen. Kyros heeft dat paleis onlangs uitgebreid en omzoomd met een park vol wilde dieren, geïmporteerd uit Azië en Afrika en daar losgelaten voor de jacht, dat hij zijn paradijs noemt. Wanneer de tijd rijp is, zal ik op voorspraak van de Phrygische satraap Pharnabazos, de zoon van Pharnakes, door de poorten van Kelainai gaan om de grote koning, koning der koningen, Artaxerxes, de zoon van Dareios, de zoon van Artaxerxes, de zoon van Xerxes, de zoon van Dareios, de zoon van Hystaspes, de Achaimenide, eindelijk te ontmoeten.

Daar bij de bron van de Maiandros vond het duel plaats tussen de god Apollo en de satyr Marsyas. Ik heb de enige man die mij met schaamte kan vervullen wel eens met Marsyas vergeleken. Het is een kleine troost dat ik op een heldere dag de torens van de stad aan de horizon zie opdoemen waar de huid van zijn evenbeeld wordt bewaard, terwijl hijzelf op het moment dat ik dit schrijf ver weg van mij barrevoets in een versleten mantel door jullie stegen struint, waar de vijgen, olijven, gezouten sardines en taganiteskoeken met schorre stemmen aan de man worden gebracht en worden verpakt in verse roddels over onze politici, priesters en magistraten, of zich ophoudt op jullie agora in de schaduw van de Stoa van Peisianax tussen de schilderingen en de oorlogsbuit om passanten te ondervragen over hun kennis van het goede en het schone. Jullie kennen hem met zekerheid. Zijn naam is Sokrates, de zoon van Sophroniskos en Phainarete, uit het district Alopeke, en ik wou dat hij hier was om mij bij te staan bij de uitvoering van mijn plannen door mij met zijn aanwezigheid aan mijn tekortkomingen te herinneren. Maar de gedachte dat hij, hoewel hij zich in de regel verre houdt van staatsaangelegenheden, present zou kunnen zijn wanneer dit schrijven van mij aan jullie in de volksvergadering op de heuvel van de Pnyx zal worden gepresenteerd, volstaat om mij er ten overvloede van te doordringen dat ik zijn lessen niet mag verloochenen.

Vannacht had ik een droom. Ik droomde dat ik met mijn hoofd in de schoot van Timandra lag, dat ik haar kleren aanhad en dat zij liefdevol mijn gezicht opmaakte met loodwit, rode oker, oogschaduw en rode lippenwas. Ik geloof niet in voorspellende dromen. Wat mij betreft komen alle dromen uit de poort van ivoor. Toch heeft de droom mij verontrust, al weet ik niet waarom. Hij heeft mij het idee gegeven dat ik haast moet maken met de opstelling en verzending van dit geschrift en met alles wat daarna zal komen. Daarom ben ik gelijk opgestaan, hoewel het nog donker is, heb ik de olielamp laten ontsteken en rietstengels, inkt en papyrusrollen laten brengen en zal ik thans, zonder verder uitstel, beginnen bij het begin.

BOEK I

Liefde voor de satyr

Athene

1

Mannen van Athene, mijn naam is Alkibiades, de zoon van Kleinias. Ik ben een telg uit het oude geslacht van de Eupatriden. Mijn moeder was Deinomache, de dochter van Megakles uit het geslacht van de Alkmaioniden en de kleindochter van onze grote wetgever Kleisthenes. Hoewel mijn landerijen in het district Erchia liggen, ben ik officieel ingezetene van het district Skambonidai. Ik ben geboren in het jaar dat Euthynos archon was in Athene op de derde dag van de wassende maan van Metageitnion. Derhalve zal ik in de komende zomer aan mijn zevenenveertigste levensjaar mogen beginnen.

Ik ben, zoals gebruikelijk is, genoemd naar de vader van mijn vader. Mijn grootvader Alkibiades was de man die samen met Kleisthenes, mijn overgrootvader van moeders zijde, de tirannie uit Athene heeft verdreven en de democratie heeft ingesteld en verankerd in de wetten en de instituties waarop wij tot op de dag van vandaag vertrouwen voor het rechtvaardige bestuur en de glorie van onze stad. Als mijn grootvader en overgrootvader de vrijheid van Athene hebben vormgegeven, heeft mijn vader haar met hand en tand verdedigd. Toen Xerxes, de grote koning van Perzië, de Hellespont overstak en Hellas binnenviel om de nederlaag van zijn vader Dareios te wreken en de Grieken te onderwerpen en toen de geallieerde Griekse vloot bij Artemision met tweehonderdeenenzeventig triremen standhield tegen een Perzische overmacht van achthonderd schepen, terwijl er op het land tegelijkertijd slag werd geleverd bij Thermopylai, onderscheidde mijn vader zich met het schip en de tweehonderd mariniers die hij uit eigen middelen had bekostigd. Terwijl aan de Perzische kant met name de Egyptische bondgenoten indruk maakten, waren de Atheners de besten van de geallieerden en mijn vader de beste van de Atheners.

Ik heb geen herinnering aan hem. Hij sneuvelde in de Slag bij Koroneia tegen de Boiotiërs. Ik was toen drie jaar oud. Maar hoewel ik hem niet heb gekend en derhalve niet wist aan wie ik moest denken als ik aan hem wilde denken, heb ik in latere tijd en ook recent nog vaak aan hem gedacht. Als ik eerlijk ben, en mijn voornemen is nadrukkelijk niet anders te zijn dan dat, moet ik toegeven dat ik tijdens de talloze militaire expedities die ik heb aangevoerd en bij alle zeeslagen die ik heb geleverd werd geleid door zijn voorbeeld en door het verlangen de goedkeuring te verdienen van de vader die hij nooit voor mij is geweest.

Na de dood van mijn vader werd ik samen met mijn jongere broer, die vernoemd is naar mijn vader en Kleinias heet en over wie we het verder niet meer zullen hebben, onder voogdij geplaatst van Perikles, de zoon van Xanthippos, die familie was van mijn moeder. Ook zij verhuisde naar Perikles' huis. Als ik precies ben, en mijn voornemen is nadrukkelijk om niet anders te zijn dan dat, moet ik hieraan toevoegen dat mijn broertje, over wie we het verder niet meer zullen hebben, op een gegeven moment door Perikles is toevertrouwd aan diens broer, Ariphron, naar men zegt omdat hij bang was dat ik een verderfelijke invloed zou uitoefenen op mijn broertje, terwijl hij meer recht zou hebben gehad om te vrezen voor diens invloed op mij. Het hoeft dan ook geen verbazing te wekken dat Ariphron Kleinias al na zes maanden aan ons retourneerde omdat hij niets met hem kon beginnen.

Zo ben ik dus opgegroeid in het huis van de buitengewoon respectabele en bijkans iconische staatsman Perikles. Ik hoef jullie, mannen van Athene, niet uit te leggen wie hij was. Maar terwijl hij tegenwoordig vooral wordt gezien als de leider die Athene in deze oorlog heeft gestort, die nu al zevenentwintig jaar duurt, kan het wellicht geen kwaad in jullie herinnering te roepen dat hij ten tijde van mijn jeugd werd geëerd en geadoreerd als de tweede vader des vaderlands na Themistokles. Later heb ik begrepen hoe terecht die reputatie was. Zolang Perikles regeerde in vredestijd, was zijn beleid evenwichtig, consequent en betrouwbaar, hetgeen bijdroeg aan de ongekende bloei van de stad. We moeten niet vergeten dat hij het was die de Delische Bond uitbouwde tot een Atheens imperium, dat hij het was die de architecten Iktinos en Kallikrates en de beeldhouwer Pheidias de opdracht heeft gegeven het Parthenon te bouwen, dat naar mijn overtuiging tot lang nadat jullie en ik zijn vergeten bewonderaars zal aantrekken uit heel Griekenland en uit de verre landen van de barbaren, dat hij het was die de Muzen heeft verleid om de Helikon te verlaten en zich in Athene te vestigen en dat hij het was die onze democratie deed glanzen als een baken van vrijheid voor de wereld.

Wat ik nu beter begrijp dan in die jaren, is dat hij door zijn statuur, competentie en integriteit in staat was de publieke opinie te sturen met onafhankelijk beleid. Hij leidde het volk in plaats van door het volk geleid te worden. Nooit heeft hij getracht om met oneigenlijke middelen macht te verwerven of zijn positie te consolideren. Nooit heeft hij het volk naar de mond gepraat. Dankzij het respect dat hij genoot, kon hij het zich veroorloven zich de volkswoede op de hals te halen door tegen de publieke opinie in te gaan. Het volk heeft het nodig om te worden tegengesproken. Wanneer hij merkte dat de burgers overmoedig waren en al te gerust op de goede afloop, kon hij hen met enkele woorden vrees aanjagen en wanneer zij ten onrechte vreesden, wist hij hen gerust te stellen. Wat in naam een democratie was, werd in de praktijk een alleenheerschappij van haar competentste bestuurder. Sokrates heeft mij ooit gezegd dat Perikles in feite kon doen wat hij wilde, en niet alleen in Athene, maar in heel Hellas en in de hele wijde wereld van de barbaren.

Maar zo deskundig, visionair, geliefd en invloedrijk als Perikles was als politicus, zo afwezig was hij als mijn voogd. Hij liet mijn opvoeding in eerste instantie over aan mijn kindermeisje Amykla. Zij kwam uit Sparta. Dat ik dankzij haar tot schrik van mijn voogd het Spartaanse dialect heb leren spreken, is mij later van pas gekomen. Toen ik wat ouder was, plaatste Perikles mij onder de hoede van zijn bejaarde Thracische huisslaaf Zopyros, een slappe, bangige man, die mij weinig anders heeft geleerd dan het idee dat er kennelijk niets te leren viel.

Welbeschouwd ben ik op straat opgegroeid, in Skambonidai, in het rumoer tussen de marktkramen en gerechtshoven op de agora en in het labyrint van klimmende en dalende stegen rond de Akropolis, tussen marmer en drek, tussen disputen en vulgaire grappen en tussen scharrelaars, magistraten, slaven en hoeren, met geen andere leermeester dan mijn eigen bevliegingen en invallen, en alle verhalen die daarover de ronde doen, zijn waar. Ik weet dat er wordt verteld dat ik als jonge jongen tijdens de worsteltraining, toen mijn tegenstander mij in het zand dreigde te drukken, keihard in zijn arm heb gebeten.

'Je bijt als een meisje,' schreeuwde hij woedend, terwijl hij mij losliet.

'Niet als een meisje,' zei ik kalm, 'maar als een leeuw.'

Deze anekdote wordt verteld om te illustreren dat ik als kind al geen middel onbenut liet om te winnen. Het verhaal is waar. Ik herinner het me, al weet ik niet meer hoe dat joch heette dat ik vervolgens onder zijn bloedende rechterarm weggedraaid met mijn linkerbeen om zijn middel gehaakt over mijn been op zijn rug heb gegooid. Maar wat er niet bij wordt verteld, is waarom er op die dag zo vele getuigen waren dat het verhaal in een mum van tijd van Dipylon tot aan de Itonische Poort, van de Eridanos tot aan de Ilissos, werd doorgefluisterd, en waarom er altijd wanneer ik naakt in de palaistra van Sibyrtios aan het trainen was een omvangrijk publiek kwam kijken: ik was mooi.

Van al mijn kwaliteiten is deze ene eigenschap, die niet mijn eigen verdienste is en die mij derhalve geen recht geeft op achting en applaus, de enige die nimmer ter discussie heeft gestaan. Al van jongs af aan ben ik altijd knap en aantrekkelijk geweest. Alkibiades ho kalós werd ik genoemd. Ik was de mooie jongen. Verliefde pottenbakkers in Kerameikos schreven mijn naam op hun vazen. De voornaamste Atheners boden mij geld en achtervolgden mij met cadeaus, terwijl de minder voornamen mij obsceniteiten nariepen. En omdat ik mij niet wil laten voorstaan op gulheid van de natuur, is het geen ijdelheid als ik zeg dat de schoonheid mij op latere leeftijd niet verlaten heeft. Euripides zegt dat al wat mooi is ook een mooie herfst kent en hoewel ik, die in de zomer van Athenes glorie ben geboren en opgegroeid, met name wanneer ik denk aan de huidige staat van onze democratie en onze vrijheid betwijfel of Euripides in alle gevallen gelijk heeft, kan zijn versregel zonder voorbehoud van toepassing worden geacht op mijn lichaam, dat helaas niet meer is dan een lichaam en waarvan op den duur nog minder zal overblijven dan van de vazen waarop mijn naam prijkt, en geloof mij wanneer ik zeg dat het voor de stad was en is, en niet voor mijn naam, dat ik er alles aan heb gedaan en er alles wat in mijn vermogens ligt aan zal doen om te voorkomen dat die scherven van verliefdheid de enige reden zullen zijn waarom mijn naam mijn lichaam overleeft.

Overigens is een aantrekkelijk voorkomen niet in alle opzichten een voordeel voor een politicus. Hoewel het waar is dat het volk mij vanwege mijn uiterlijk soms meer heeft gegund dan anderen, al was het maar omdat het mij graag zag spreken en daardoor noodgedwongen ook hoorde wat ik te zeggen had, heeft een snelle en gemakkelijke veroordeling wegens vermeende zinnelijkheid en lichtzinnige weelde mij tijdens mijn gehele carrière achtervolgd. Omdat ik al snel doorhad dat het vanwege mijn voorkomen een hopeloos streven was om deze vooroordelen te bestrijden, heb ik al vroeg in mijn loopbaan besloten om mijn schoonheid niet te verbergen, maar te overdrijven vanuit de overweging dat roddel en achterklap hun aantrekkingskracht verliezen als zij zich richten op eigenschappen die met trots worden tentoongesteld. Dat was althans mijn overweging, die verklaart waarom sommigen van jullie mij wellicht ooit weelderig als een vrouw met mijn lange lokken wapperend over mijn brede, gespierde schouders in een lange, slepende, purperen mantel door de straten van Athene hebben zien schrijden. En hoewel mijn overweging mij rationeel genoeg toescheen, moest ik al snel vaststellen dat mijn strategie om de vooroordelen jegens mij te verstikken met een overdosis bevestiging niet bepaald het beoogde effect sorteerde, maar in elk geval heeft deze wel wat spektakel opgeleverd, dat zullen jullie met mij eens zijn.

Eerzucht, competitiedrang, ambitie en de wil om te winnen zijn, naast mijn knappe koppie en mijn lekkere lijf, de eigenschappen die mij, niet geheel ten onrechte, als kind al werden toegedicht. Een ander verhaal dat in die tijd tot vervelens toe over mij werd verteld, beschrijft hoe ik ooit zegevierde bij het knokkelspel. Ook dit verhaal is waar. Ik speelde het spel met een paar jongens in een nauw steegje in mijn wijk Skambonidai en precies op het moment dat het mijn beurt was om te gooien, kwam een zwaarbeladen wagen de steeg in rijden. Ik probeerde hem tegen te houden, want de knokkels lagen gunstig en ik wist dat ik met mijn worp kon winnen. Maar de voerman was een onbeschofte hork die van geen oponthoud wilde weten en reed door. De andere jongens sprongen opzij. Maar ik wierp mij languit plat op mijn buik met gespreide armen en benen op straat in het pad van de muildieren en riep tegen de voerman dat hij door kon rijden maar dat hij dat dan wel over mijn lijk moest doen. Hij wist net op tijd te stoppen. Immigranten en slaven snelden schreeuwend toe om mij te redden, maar ik was al opgestaan, wierp mijn knokkels en won het spel.

Een andere beroemde anekdote over mij wil iets anders aantonen en wel mijn ijdelheid. Het is een van de weinige verhalen over mijn jeugd waarop ik nog steeds trots ben, omdat het in werkelijkheid niet zozeer illustratief is voor mijn pronkzucht als wel voor mijn overredingskracht. Ik was al wat ouder. We kregen muziekles op school van de grote Pronomos. Op zich had ik daar geen hekel aan, maar ik weigerde het op een gegeven moment om nog langer de aulos te bespelen, hetgeen de grote Pronomos ontstemde.

'Met de lier heb ik geen probleem, waarde Pronomos,' zei ik toen. 'De manier waarop men het instrument vasthoudt en bespeelt met de plectrum, past een nobel en vrij man en tast op geen enkele wijze zijn houding en waardigheid aan. Maar wie met bolle wangen en een rood aangelopen hoofd op de aulos blaast, wordt zelfs door zijn eigen moeder nauwelijks nog herkend. Bovendien begeleidt de lier de stem en het lied van zijn gebieder, terwijl de aulos de mond blokkeert en de bespeler berooft van woorden. Laat de aulos het instrument zijn van de Thebanen, want zij zijn, zoals iedereen weet, niet in staat tot conversatie. Maar wij zijn Atheners en wij vereren de godin Pallas Athene als stichtster van onze stad en Apollo als de god van onze vaderen. Pallas Athene gooide de aulos walgend in de bosjes, nadat zij in het spiegelende water van de bron van de Maiandros had gezien hoe zij eruitzag terwijl zij het instrument hijgend en puffend met opgeblazen wangen bespeelde. En u weet hoe het verhaal verdergaat, meester. De weggegooide aulos werd gevonden door de satyr Marsyas, die zich het instrument eigen maakte en zo goed werd dat hij in zijn overmoed de god Apollo uitdaagde voor een concours met de negen Muzen als jury. Apollo bespeelde zijn lier en de wedstrijd eindigde onbeslist. Toen vroeg de jury de deelnemers het instrument achterstevoren vast te houden en aldus te bespelen. Apollo speelde net zo virtuoos als eerst, maar Marsyas kreeg geen geluid meer uit zijn omgekeerde blaasinstrument. Hij verloor en werd door Apollo levend gevild vanwege de brutaliteit waarmee hij het had aangedurfd om een god uit te dagen. Om deze redenen, meester, acht ik de aulos geen waardig instrument voor de vrije, nobele Atheners die wij zijn.'

Mijn klasgenoten vielen mij bij. Niemand wilde de aulos nog bespelen. Het verhaal ging rond in de stad en men gaf mij gelijk. Het aulosspel werd in heel Athene geschrapt uit het curriculum van de vrije kunsten. Daarmee is mijn betoog tegen mijn muziekleraar over de aulos mijn eerste en welbeschouwd invloedrijkste politieke redevoering. Bijna alle veranderingen die ik op latere leeftijd vol vuur vanaf het stenen sprekerspodium van de volksvergadering op de heuvel van de Pnyx heb bepleit, zijn inmiddels, voor zover ze destijds op bijval konden rekenen en tot besluitvorming hebben geleid, teruggedraaid of anderszins van hun relevantie beroofd, maar de ban op de aulos is bij mijn weten tot op de dag van vandaag van kracht.

Het is een vreemde speling van het lot, die ik wellicht mag opvatten als een goed voorteken, dat ik mij op dit moment op een plek bevind van waaruit ik in de ochtendschemer aan de horizon de torens kan zien opdoemen van de stad die is gebouwd rond de bron waar het concours tussen Apollo en Marsyas heeft plaatsgevonden en waar de huid van de satyr nog steeds aan bezoekers wordt getoond.

Ik moet over Sokrates vertellen.

2

Ik kan mijn ontmoeting met Sokrates niet isoleren van haar decor, want hij is vergroeid met Athene als een knoestige steeneik met de gebarsten bodem die hem voedt en waar een schets van het toneel normaal gesproken een dienst is die door wie schrijft wordt geleverd aan wie luistert of leest, zou het onder de huidige, buitengewone omstandigheden van mijn ballingschap gepaster zijn als ik als auteur van dit verslag aan jullie, mijn geïntendeerde publiek, verzocht mij de gunst te verlenen om de stad die jullie kennen op deze papyrus te mogen evoceren ter leniging van mijn eigen gemis.

Als ik mijzelf de bitterzoete dwang opleg om mij het Athene van mijn jonge jaren te heugen, zie ik een labyrint waarin ik als het lefgozertje Theseus heerste en ik had geen rode draad van Ariadne nodig om mijn weg te vinden tussen de beslommeringen, zaken, handjeklap, roddels, belangen, transacties en intriges van mijn stadsgenoten, die met elkaar waren verknoopt als een onontwarbare kluwen wol. Als iets in Athene eeuwig zal blijken, zullen het niet de marmeren monumenten zijn, maar het rumoer en de drukte van zijn bestendig bezige inwoners, die zelfs op de hypothetische dag, die wij hopelijk nooit zullen meemaken, waarop barbaren of onze vijanden onze stad innemen, de muren slechten, de standbeelden omvertrekken en de tempels in brand steken, onveranderlijk zouden sjouwen en sappelen in pogingen om daar munt uit te slaan. De kikkererwten, groentepotten, mispels, vogeltjes, peulpap, rijpe vijgen, gerstcake, pens, honingraten, gedroogde vruchten, wrongel, biest, mirtebessen, platte plakouscake, juryleden, vonnissen en decreten zullen ook nog met veel theater en misbaar worden verhandeld nadat de nieuwe tempels op de Akropolis zijn vervallen tot ruïnes en de Atheners zullen elke dag van het ochtendgloren tot het vallen van de avond blijven oreren in tribunalen en vergaderingen tot lang nadat de laatste rechters en archonten door de geschiedenis in boeien zijn afgevoerd.

De wirwar van stegen, soms niet breder dan een handkar, waarin voor een buitenstaander geen enkel logisch patroon te ontdekken valt en waarin paradoxen, drogredenen, sofismen, valse getuigenissen en filosofie hun natuurlijke habitat vinden, was het chaotische koninkrijk van de ongezeglijke jongen die ik was en omdat zelfs de goden geen zicht hebben op de spelonken van de stad, voelde ik mij vrij om mij vrij te voelen, hetgeen een definitie van de democratie zou kunnen zijn als ik het niet uiterst apolitiek en amoreel bedoelde. Op het timmerende, zagende, borende en hamerende ritme van de timmerlieden, koperslagers en smeden van Skambonidai leerde ik heupwiegen naar de zuilengalerijen rond de agora, waar de navel is van de aarde en waar alles te koop wordt aangeboden wat een mooie jongen zich kan wensen. In de hellende stegen van de wijk Melite bij de Pnyx en de poort naar de Holle Weg, waar het ruikt naar kamfer, en bij de Peiraiïsche Poort, waardoor matrozen uit Peiraieus die nog geuren naar de zee de stad in trekken en karren die zijn overladen met exotische, overzeese handelswaar worden aangevoerd door luid klagende muildieren en scheldende voormannen, vielen vrienden te maken voor een dag. In Kerameikos bij de Dubbele Poort poseerde ik voor de pottenbakkers. Ik hield me op bij het Anakeion, waar dagloners zich aanbieden, struinde door de Ooievaarsbuurt, die toen nog onbebouwd was vanwege een orakel, en rond het avonduur flaneerde ik langs het theater en over de Straat van de Drievoeten, want ik was de mooiste van alle mooie jongens.

Het is, zoals Sokrates mij ooit zei, niet moeilijk Atheners te prijzen in Athene en omgekeerd horen Atheners niets liever dan lof op Athene. Hoewel Atheners nog meer van vleierij houden dan van hun honingcake en hoewel het over het algemeen volstaat om Athene 'glanzend' te noemen om hen te doen glanzen als ansjovisjes in de olie, wil ik jullie verzekeren, mannen van Athene, dat het geenszins met de bedoeling is om bij jullie in het gevlij te komen als ik volmondig instem met voornamere en wijzere mannen dan ik die onze moederstad hebben vergeleken met een prostituee, die onweerstaanbaar is door haar lonkende en geurige aanlokkelijkheid en door haar belofte dat zij alle fantasieën kan waarmaken. Het hoeft geen verbazing te wekken dat alle grote geesten van Hellas rond haar samenklitten.

Ik was in de mooiste stad op aarde jong, mooi, rijk en geliefd en dat was niet goed voor mijn karakter. Zodra ik in mijn seizoen kwam, omzwermden de mannen van Athene mij als vliegen rond een skyphos met honingzoete mengdrank. Ik hoefde maar te luiken met mijn lange wimpers om dure geschenken aan mijn voeten gelegd te krijgen. Magistraten keken begeriger om naar mijn dijen dan naar hun steekpenningen. Ik kon de mannelijke bevolking van de stad als mijn slaven beschouwen, die niets anders begeerden dan mijn aandacht, al was het maar in de vorm van minachting, een krenking of een affront, en daar handelde ik naar. Velen noemden zich mijn minnaar, hoewel ik hen kwetste waar ik maar kon, afwees en tegen elkaar uitspeelde. Mijn onderhandelingsstijl bij mijn latere diplomatieke missies was de rijpe vrucht van deze prille maar verre van onschuldige ervaringen.

Ik herinner mij de arme Thrasyllos, die mij begeerde zonder zich in de verste verte ook maar de geschenken te kunnen veroorloven waarmee zijn concurrenten mij overlaadden. In een uiterste poging om mijn aandacht waardig te worden verkocht hij zijn schamele bezittingen en hij bood mij de opbrengst van honderd staters nederig aan als cadeau. Ik kon mijn lachen niet inhouden. Eén van mijn beide sandalen kostte al een veelvoud van zijn totale kapitaal. Maar zijn geste vertederde mij. Ik gaf hem zijn geld terug en nodigde hem bij mij thuis uit voor het avondmaal. Van pure gelukzaligheid heeft hij die hele avond geen woord kunnen uitbrengen.

Ook Anytos zat achter mij aan in diezelfde tijd. Hij was een buitengewoon vermogend man, die ondanks zijn welstand blijk gaf van een bovengemiddelde verfijning, gemanierdheid en zelfironie en die met zekerheid een betere behandeling verdiende dan wat mijn verwende en zelfingenomen botheid hem te bieden had. Het toeval wilde dat hij mij voor de volgende avond had uitgenodigd voor een diner. Ik besloot Thrasyllos mee te nemen. We hebben ons laten fêteren en na afloop van het maal heb ik mijn slaven de opdracht gegeven de helft van alle gouden en zilveren schalen en bekers mee te nemen en naar het huis van Thrasyllos te brengen. Anytos' vrienden waren bijzonder verontwaardigd, maar Anytos kalmeerde hen.

'Zie toch hoe genereus Alkibiades mij behandelt,' zei hij. 'Hij had alles mee kunnen nemen, maar in zijn goedheid heeft hij de helft achtergelaten.'

De dag waarop ik Sokrates leerde kennen, was de dag waarop alles veranderde. Ik hoef hem voor jullie niet te beschrijven, mannen van Athene, maar ik zal dat toch doen, omdat ook nu nog, in het verre land waar ik mij bevind, weinig mij meer plezier verschaft dan over hem te vertellen en mij zijn gezicht voor de geest te halen terwijl ik zijn portret tracht te schetsen met ontoereikende woorden.

Ik heb hem eerder een satyr genoemd. Omdat wij Grieken alles wat wij lelijk kunnen vinden aan een man projecteren op dit mythologische wezen, met zijn dikke, luie, wellustige buik en zijn grote kop met dikke lippen, uitpuilende ogen en zijn belachelijk forse, platgeslagen neus, is dit een twijfelachtig compliment. Maar het feit dat de vergelijking opgaat, verklaart waarom wij, toen wij een stel werden, het merkwaardigste stel van heel Athene waren. Als Ganymedes verliefd was geworden op Polyphemos, had dat volgens mij minder verbazing gewekt.

Maar ik zou deze vergelijking graag willen preciseren. Nog meer dan op een satyr lijkt Sokrates op een van die houten beeldjes van een satyr, die je kunt openklappen en waar de mensen hun wat kostbaarder uitgevoerde beeldjes van hun huisgoden in bewaren. Jullie weten wat ik bedoel. Zo is Sokrates. Zijn rustieke, grove en misschien zelfs wel lachwekkende uiterlijk verbergt een ware schat. Er wonen godjes in dat groteske lijf. Meestal zijn die in hout uitgevoerde satyrs afgebeeld met een syrinx of een aulos. De magie van Sokrates is dat hij zijn gehoor kan betoveren zonder dat hij daarvoor een blaasinstrument nodig heeft. Hij is als Marsyas, de beste aulosspeler ooit, die ademloze luisteraars doet vergeten wie ze zijn, hoe hun moeder heet en aan welke kant van hun velden de zon opkomt, en hij bereikt dit louter met de kracht van zijn woorden.

Maar hiermee doe ik hem eigenlijk tekort. Want op grond van de manier waarop ik hem zojuist beschreven heb, zou men de indruk kunnen krijgen dat ik Sokrates vergelijk met Perikles en al die andere briljante redenaars en dat ik probeer duidelijk te maken dat ik hem op het gebied van de welsprekendheid hoger inschat dan hen. Ik kan hem nauwelijks meer onrecht doen dan door die suggestie te wekken. Sokrates is geen redenaar. Hij is iemand die luistert, vragen stelt en het gesprek aangaat. Wat men ervaart als men naar zijn woorden luistert, is niet de sensatie die een virtuoze redenaar teweegbrengt, namelijk dat wat krom was recht lijkt te zijn, dat boven en onder van plaats zijn verwisseld en dat verstandig schijnt wat eerder uiterst onverstandig werd geacht. Het effect dat een gesprek met Sokrates op iemand heeft, is veel ernstiger dan dat, want het is een confrontatie met de waarheid. En de waarheid is, dat je niet blijkt te weten wat je dacht te weten. Dat is de magie van Sokrates' woorden, die schuilgaat achter schijnbaar naïeve vraagjes, ogenschijnlijk onschuldige grapjes en kreetjes van gespeelde verbazing: hij dringt door tot je ziel, ontdoet hem van alle eretekenen, ambtskleding, cosmetica, pretenties, gewoonten, aannamen en meningen en toont je hem naakt in al zijn ontredderde onwetendheid. Als wijsheid eruit bestaat niet te denken dat je weet wat je niet weet, dan is dat de wijsheid die Sokrates gul en ruimhartig schenkt aan iedereen die maar op zijn pad komt.

Maar het is niet niks. Ik moet bekennen dat ik wel eens heb gehuild na een gesprek met Sokrates, omdat hij alle waanideeën waar ik mij als een drenkeling aan vastklampte voor mijn ogen had verbrijzeld of omdat hij het zelfvertrouwen waarop ik de hoop op een oogverblindende toekomst baseerde had ontmanteld als het gammele decor van een ongeloofwaardig toneelstuk. Terwijl ik mij bij al mijn andere minnaars en aspirant-minnaars niet kon voorstellen dat zij mij iets te bieden zouden hebben wat hen mijn aandacht waard maakte, kon ik mij bij Sokrates niet voorstellen wat hij in mij zag. Ik schaamde mij voor hem en, zoals ik al heb gezegd, volstaat ook nu nog de gedachte aan die man om mij te doordringen van mijn eigen ontoereikendheid.

In mijn relatie met Sokrates was alles tegenovergesteld aan hoe het hoorde te zijn. Terwijl ik mooi was en hij lelijk, schaamde ik mij voor hem. Terwijl de sociale conventies vereisten dat hij als mijn oudere minnaar op mij zou jagen, mij zou trachten te vermurwen met attenties en door het stof zou kruipen in de hoop op een flauwe glimlach van mij, was ik degene die zijn gezelschap steeds weer zocht en die steeds wanhopigere pogingen ondernam om hem voor mijn schoonheid te interesseren. Want ik was in mijn seizoen en ik was mij meer bewust van mijn aantrekkelijkheid dan goed voor mij was. Als ik Sokrates daarmee zou kunnen bedwelmen, zou ik hem voor mijzelf hebben en altijd alles kunnen horen wat hij te zeggen had. Het was een wonderbaarlijk geluk, dacht ik, dat ik beschikte over deze zoete valstrikken waarmee ik hem aan mij kon binden.

Dus ik moet bekennen dat ik de begeleider die mij altijd vergezelde wanneer ik bij hem was, met voorbedachten rade en met onheuse motieven heb weggestuurd. We waren alleen, hij en ik, meer dan eens, en ik verwachtte dat hij de kans zou aangrijpen om het gesprek te brengen op het onderwerp waarover elke minnaar het liefst met zijn lieveling spreekt zodra ze ten langen leste alleen zijn, en ik verheugde mij daarop. Maar niets van dat alles. Hij bleef op de gebruikelijke manier met mij converseren en nadat we de dag op die manier hadden doorgebracht, ging hij naar huis. Vervolgens stelde ik hem voor samen te gaan trainen in de palaistra van Sibyrtios, in de hoop dat de naaktheid van onze lichamen hem zou inspireren tot de gedachten die ik hem zo vurig toewenste. Hij zegde toe, wij worstelden, er waren momenten dat wij onbespied waren, maar er gebeurde helemaal niets wat niet door de spelregels van de edele worstelkunst wordt voorzien.

Dus ik ging nog een stap verder en was zo brutaal om hem uit te nodigen voor een diner bij mij thuis, werkelijk precies zoals een hitsige minnaar doet als hij zijn kleine lieveling in zijn netten wil strikken. Hij weigerde aanvankelijk, wat ik onvoorstelbaar vond, maar ik drong aan en uiteindelijk lukte het mij hem over te halen. De eerste keer dat hij bij mij thuis kwam, wilde hij direct na het eten weggaan. Hij overviel me daarmee, ik wist zo gauw niet wat ik nog kon doen en ik liet hem gaan. De tweede keer was ik beter voorbereid. Ik liet een nog uitgebreider diner klaarmaken, zorgde voor een overvloed aan wijn en rekte de conversatie tot diep in de nacht, hetgeen niet moeilijk is met hem. Toen hij naar huis wilde gaan, kon ik hem er triomfantelijk op wijzen dat het al laat was. Dat kon hij niet ontkennen, maar voordat ik de gelegenheid kreeg om hem mee te nemen naar mijn bed, had hij zich al ter plekke in de eetkamer comfortabel uitgestrekt op het rustbed waarop hij had aangelegen aan de dis. Ik wist niet wat ik moest doen. Ik zat een tijdje naar hem te kijken, terwijl hij zo dicht bij mij en toch zo ver weg van mij vredig en sereen insliep als de onschuld zelve, deze wonderlijke man, en toen raapte ik al mijn moed bij elkaar, ik kleedde mij uit en kroop bij hem onder zijn mantel die hem tot deken diende. Ik sloeg mijn armen om het grote lijf van dat raadselachtige, spirituele schepsel en bleef de hele nacht zo liggen zonder mij te bewegen. Toen we de volgende ochtend opstonden, was het alsof ik met mijn vader of met een oudere broer had geslapen.

En ik kon niet eens boos op hem zijn, mannen van Athene. Eindelijk begreep ik hoe bevoorrecht ik was dat ik zo'n vastberaden, wijze en integere man had mogen ontmoeten, die net zo immuun was voor mijn geld, mijn naam en mijn schoonheid als Achilles voor de speren van de Trojanen. Vanaf dat moment was ik pas waarlijk in zijn ban en volgde ik hem waar ik maar kon zonder meer van hem te verwachten dan zijn wonderbaarlijke aanwezigheid en zijn wijsheid.

3

Volgens de wet was Perikles mijn voogd en in naam was hij mijn mentor, maar het enige waardevolle dat ik ooit heb geleerd, namelijk het vermogen om te twijfelen, heb ik aan Sokrates te danken. Perikles had het te druk met het schrijven van geschiedenis om zich om zijn stiefzoon te bekommeren. Ik herinner mij dat ik hem een keer ergens over wilde spreken, ik ben vergeten waarover, maar dat mij door zijn secretaris de toegang tot zijn vertrekken werd geweigerd.

'Perikles is verhinderd,' zei hij met een gewichtige stem. 'Hij is erop aan het studeren op welke manier hij verantwoording kan afleggen aan het volk van Athene.'

Ik kon die gewichtige stem niet uitstaan. 'Het zou beter zijn,' zei ik geïrriteerd, 'als Perikles erop zou studeren op welke manier hij géén verantwoording zou hoeven af te leggen aan het volk van Athene.'

Op dat moment kwam Perikles toevallig net zijn kamer uit. Ik was bijna verbaasd om hem zonder helm te zien, want welbeschouwd zag ik hem bijna uitsluitend in het openbaar en bij officiële gelegenheden droeg hij zijn helm, die het symbool was van zijn rang van legeraanvoerder, vrijwel immer nonchalant op zijn achterhoofd, alsof hij de godin Pallas Athene zelf was. Volgens de komediedichters deed hij dat vooral om te verbergen dat hij zo'n groot, uivormig hoofd had. Hij had gehoord wat ik had gezegd. Hij keek mij aan met die strenge, stiefvaderlijke blik van hem, die hij ook altijd trok wanneer hij de volksvergadering toesprak, en barstte toen in lachen uit.

'Nog beter zou het zijn,' zei hij, 'als het volk er eindelijk eens over begon na te denken hoe het verantwoording zou moeten afleggen aan mij. Het probleem met de democratie is dat iemand het moet doen. Het volk beslist, verwacht en eist van alles, maar kan dat zelf allemaal niet waarmaken en uitvoeren en vervolgens roept het degene die zijn tekortkomingen verhelpt om de haverklap ter verantwoording. Bovendien beslist, verwacht en eist het volk ook vaak de verkeerde dingen, zonder dat het daarvoor rekenschap hoeft af te leggen aan de bestuurder die zich in alle bochten moet wringen om de schade te beperken. Om deze redenen noemt men de democratie het beste politieke systeem ter wereld.'

'Zonder volk zou de democratie perfect functioneren,' zei ik.

'Inderdaad,' zei Perikles. 'Het probleem is niet zozeer het principe van het stemrecht als wel het feit dat het volk de onverbeterlijke neiging vertoont om verkeerd te stemmen.'

'Mag ik u een serieuze vraag stellen?' vroeg ik. 'Is het mogelijk om het volk tevreden te houden terwijl men zijn wil zoveel mogelijk negeert? Ik heb de indruk dat dat wel degelijk mogelijk is, want volgens mijn bescheiden mening lukt u dat heel goed. Mag ik u vragen hoe u dat doet?'

Hij keek mij lang en indringend aan, alsof hij peilde of ik een serieus antwoord waard was. 'Kom mij morgen bij zonsopgang hier ophalen,' zei hij toen. 'Ik wil je iets laten zien, zoon van Kleinias.'

Hij noemde mij nooit bij mijn naam. Hij bediende zich uitsluitend van mijn patronymicum, als hij mij al aansprak, alsof hij mij er telkens aan wilde herinneren dat mijn vader een ander was dan de grote man die voor mij stond. Als ik hem ernaar had gevraagd, zou hij ongetwijfeld hebben gezegd dat het bedoeld was als een eerbetoon aan de gesneuvelde patriot die mij had verwekt, maar er was, zoals gezegd, zelden gelegenheid om hem iets te vragen. Eigenlijk vormden deze toevallige ontmoeting voor de deur van zijn kamer en onze excursie van de dag daarna de enige gelegenheid die ik mij kan herinneren waarbij hij mij meer woorden waardig achtte dan een barse uitbrander of een verstrooide groet.

Hij nam mij mee naar de Akropolis. We klommen naar boven over de heilige weg en werden binnengelaten via het nieuwe poortgebouw van Pentelisch marmer dat de architect Mnesikles zojuist min of meer had voltooid. Een brede, steile helling voerde van de dagelijkse beslommeringen beneden in de stad naar de top van de heilige heuvel, die zich vlak onder het azuurblauwe uitspansel leek op te houden. De gewichtige Dorische zuilen beloofden een perspectief dat zij tegelijkertijd aan het zicht onttrokken om de beschouwer in spanning te laten. Ten zuiden van het poortgebouw was men net de fundamenten aan het leggen voor de bouw van een kleine tempel. Perikles zei mij dat dat het heiligdom zou worden voor Athene Nike, de stadsgodin in haar zegevierende gedaante. Ik keek om naar het uitzicht dat de overwinningsgodin zou krijgen en ik zag de Lange Muren. Vanaf de heuvel van de Pnyx en de stadsmuur trokken zij twee lange evenwijdige lijnen naar de verte door het landschap, die rechter waren dan de lijnen van de geometrische figuren die mijn wiskundeleraar tekende in het zand en die elkaar op de horizon ontmoetten, waar de zee gloorde en waar de triremen van de Atheense vloot ongeduldig lagen te klotsen in hun boothuizen.

Toen wij door de poort liepen, ontvouwde zich het wonder. Schuin achter het kolossale bronzen beeld van Athene Promachos, dat er al stond sinds mijn geboorte en dat de godin voorstelde in haar gedaante van strijdster in de voorhoede, verrees de grote, nieuwe tempel van Pallas Athene, het Parthenon, als een harmonisch akkoord van lucht en marmer tussen hemel en aarde. Natuurlijk had ik net als iedereen vanuit de stad vaak omhoog gekeken en had ik de vordering van de bouw van een afstand met gepaste belangstelling gevolgd, maar de Akropolis was gesloten voor onbevoegden en de dag dat Perikles zelf mij toegang verschafte tot zijn voornaamste aanspraak op onsterfelijkheid, was de eerste dag dat ik het gebouw van nabij zag. Hoewel de tempel nog voor een deel aan het zicht werd onttrokken door steigers en hijskranen, was duidelijk dat het bouwwerk kwaliteiten in zich verenigde die zelden samengaan: het was imposant en elegant, ontzagwekkend groot maar toch in proportie, bij voorbaat oud in zijn tijdloze allure en tegelijkertijd vers en nieuw. De zuilen waren op een nauwelijks bewust waarneembare manier gebogen en dat maakte de tempel jong en lenig, zoals de godin zelf. Haar onsterfelijke en eeuwig jeugdige adem blies de stenen tot leven.

'Alles wat je nu ziet, wordt mij door mijn politieke tegenstanders persoonlijk kwalijk genomen,' zei Perikles. 'Ze zeggen dat ik het geld dat van alle Hellenen is en dat bedoeld is als onze verzekering tegen een eventuele nieuwe Perzische invasie, van het heilige eiland Delos heb weggeroofd en naar Athene heb gebracht en dat ik het niet aanwend voor onze defensie maar verkwist als een praalzieke vrouw aan het verfraaien en vergulden van onze stad met kostbare steensoorten, dure beelden en tempels van duizenden talenten.' Zwijgend liet hij zijn ogen rusten op de pracht die zijn praalziekte tot stand had gebracht. 'En weet je wat het is, zoon van Kleinias?' vervolgde hij. 'Ze hebben gelijk. Maar geld komt niet toe aan wie het geeft, maar aan wie het in ontvangst neemt. Onze bondgenoten, die zo verontwaardigd zijn omdat ik de kas naar een veiligere plek heb gebracht, doen zelf niets om Griekenland tegen de barbaren te beschermen. Er is niet één hopliet die door hen wordt bewapend, niet één paard dat door hen ter beschikking is gesteld en niet één schip dat door hen is uitgerust. Ze geven geld en dat is alles. En intussen vertrouwen ze op Athene voor hun bescherming. Dan lijkt het mij rechtvaardig dat Athene hun geld als een tegemoetkoming in de onkosten beschouwt en er vrijelijk over beschikt.'

'Schoonheid is onbetaalbaar,' zei ik, omdat ik vond dat ik oog in oog met deze werken iets van proverbiale allure moest zeggen. 'Het schone en het goede zijn eender.'

'Heb je dat van die vriend van jou geleerd?' vroeg hij. 'Hoe heet hij ook alweer, onze sjofele dorpsgek?'

'U bedoelt Sokrates.'

'De zoon van Sophroniskos, de sofist uit Alopeke. Hij is inderdaad degene die dit soort dingen zegt. Maar in dit specifieke geval is het wel toepasselijk, dat moet ik toegeven. Wat wij hier bouwen, is onze glorie, die ons zal overleven. Dat is geen slechte investering. En terwijl wij aan de eeuwige splendeur van Athene aan het bouwen zijn, gebruiken wij onze begrotingsoverschotten op een productieve manier, omdat het bouwprogramma een veelheid aan artistieke en economische activiteiten met zich meebrengt en vele handen in beweging zet. We geven niet alleen werk aan timmermannen, bronsgieters, goudsmeden, steenhouwers, schilders, ivoorwerkers, decorateurs, beeldhouwers en reliëfsnijders, maar ook aan talloze leveranciers van talloze materialen en aan transporteurs, wagenmakers, voerlui, touwslagers, leerlooiers, matrozen, loodsen, dokwerkers, havenarbeiders, wegenbouwers, mijnwerkers en een grote menigte ongeschoolde arbeiders. Omwille van het bouwproject hebben we in feite de hele stad in dienst genomen, zodat haar inwoners, terwijl ze haar verfraaien, in hun eigen behoeften kunnen voorzien.'

'De grootschalige projecten zijn een manier om niet alleen de militairen maar alle inwoners te laten delen in de publieke middelen,' zei ik.

'Daarom was het belangrijk dat de projecten grootschalig zouden zijn en lange tijd in beslag zouden nemen,' zei Perikles.

'Als een structurele kapitaalinjectie in het volk,' zei ik, 'en daarmee in de democratie.'

'Een democratisch bestuur verschilt niet zoveel van een feodaal systeem,' zei hij. 'Zoals dagloners en horigen niet blijven gehoorzamen zonder fatsoenlijke betaling, zo kan de democratie uitsluitend functioneren wanneer de stemgerechtigden het idee hebben dat hun welstand afhangt van het systeem.'

'Alles gaat om geld,' zei ik.

'Alles gaat om geld, zoon van Kleinias. Maar sommige dingen gaan om iets hogers,' zei hij. 'Kom.'

Zijn aandacht voor het hogere moest kennelijk letterlijk genomen worden, want hij ging mij voor tot aan de voet van de tempel en begon aldaar via de ladders op de steigers te klauteren. Ik volgde hem. Boven werden we opgewacht door de beeldhouwer Pheidias, die de artistieke supervisie had over het gehele bouwproject en een persoonlijke vriend van Perikles was geworden, diens assistent Menon en een vijftal handwerkers, die zich na een overdreven diepe buiging snel uit de voeten maakten. Ze waren de laatste hand aan het leggen aan het fries dat de bovenrand van de naos decoreert. De marmeren reliëfs waren voltooid en de beschildering bijna. Terwijl ik de optocht van de figuren volgde met mijn blik, bespraken Perikles en Pheidias technische en organisatorische details van de werkzaamheden. Als het fries rond de hele naos liep, en dat was zo, dan moest het aantal figuren in de vele honderden lopen. Ze vormden een optocht. Mannen, vrouwen, ruiters, paarden – ik kon het niet laten om een paard aan te raken, want het leek te leven.

'Pas op,' zei Pheidias. 'De verf is nog nat daar.'

Het ritme van de lange, bewegende stoet was in steen gevangen. Plechtstatigheid en opwinding volgden elkaar op als momenten in de tijd. Ik kon de stemmen, de voetstappen, het hoefgetrappel en het gehinnik horen. Ik zag hoe de wind speelde met de lichte gewaden van de meisjes.

'Ik zie dat je onder de indruk bent,' zei Perikles tegen mij. 'Pheidias zal je uitleggen wat je ziet.'

'Ik zal je eerst uitleggen wat je niet ziet,' zei Pheidias. Kleine pretoogjes glommen boven zijn volle, zwarte baard en snor. 'Wat je niet ziet, zijn de sculpturen van de metopen en de timpanen, die de bekende mythologische scènes verbeelden die zijn verbonden met de stichting en het roemrijke verleden van de stad. Die zullen we later gaan bekijken. Wat je evenmin ziet, is het gouden en ivoren beeld van de godin.'

'Ook dat zullen we je zo laten zien, zoon van Kleinias,' zei Perikles. 'Ik beloof je dat je daar nog meer van onder de indruk zult zijn. De godin zelf kan jaloers zijn op haar evenbeeld.'

'Wat je wel ziet,' zei Pheidias, 'is een ongehoord brutale noviteit in de Griekse beeldhouwkunst. En dan heb ik het nog niet eens over techniek en compositie, maar over het onderwerp. Weet je wat dit is, Alkibiades?'

'Een optocht.'

'Dé optocht,' zei Perikles.

'De grote Panatheneïsche processie,' zei Pheidias, 'waarmee eens per jaar een nieuwe peplos wordt aangeboden aan de godin.'

'Nu zie ik het,' zei ik.

'Nu zie je het,' zei Pheidias. 'Maar laat je het ook tot je doordringen? Want wat betekent dat? Wie zijn al deze honderden figuren die op dit fries staan afgebeeld?'

'De burgers van Athene,' zei ik.

'Precies,' zei Pheidias. 'Zij zijn jouw en mijn stadsgenoten, die eens per jaar op de derde dag van de afnemende maan van Hekatombaion, samen met alle overwinnaars op de Spelen die in de dagen daarvoor gehouden zijn, over de heilige weg gaan, die van de Dubbele Poort naar deze tempel voert, om de peplos plechtig aan Athene Polias te overhandigen. Ik heb hen uiteraard geïdealiseerd vormgegeven, maar in feite zijn dit jouw en mijn buren, vrienden en bekenden. Dit is de enige tempel in heel Hellas die is gedecoreerd met sculpturen van tijdgenoten.'

'Medeburgers,' zei Perikles.

'Levende mensen,' zei Pheidias.

'Dit is wat ik je wilde laten zien,' zei Perikles. 'Dit is mijn antwoord op jouw vraag van gisteren. Jij vroeg mij hoe ik erin slaag het volk tevreden te houden zonder mij al te veel aan te trekken van wat het volk wil. Ik maak de bevolking onderdeel van iets wat groter is dan zijzelf. Deze tempel op de Akropolis, die vanuit elke uithoek van de stad te zien is, is het symbool van mijn droom van de glorie van Athene, die alle steden in Hellas en in de uitgestrekte rijken van de barbaren zal overvleugelen. Door de mensen van nu af te beelden op deze tempel maak ik duidelijk dat de roem en het aanzien van Athene niet zijn gebaseerd op vroegere daden maar dat onze huidige daden het fundament vormen voor onze toekomstige glorie. Tot in de verre toekomst zullen reizigers uit alle delen van de wereld deze tempel aanschouwen en zij zullen met hun eigen ongelovige ogen zien dat wij dit monument hebben gebouwd voor de eeuwigheid en dat onze generatie tot stand heeft gebracht wat zowel in het verleden als in de toekomst ongeëvenaard is. Ik maak het volk deelgenoot van mijn droom en daarom staat het volk uit marmer gehouwen afgebeeld op het symbool van deze droom. Dit is iets hogers dan geld of eigenbelang of de pietluttigheden waarover eindeloos wordt gedebatteerd op de heuvel van de Pnyx. Dit is het geheim van de democratie. Het volk, dat zijn soms net mensen. Ze hebben dromen nodig. Ik geef hun een gemeenschappelijk ideaal dat zin geeft aan hun leven.'

4

Een paar maanden na mijn achttiende verjaardag werd ik voor het eerst uitgezonden op een veldtocht. Ik maakte deel uit van het leger van tweeduizend man dat onder commando van Kallias, de zoon van Kalliades, op veertig schepen in allerijl als versterking naar Poteidaia werd gestuurd. Ik begreep weinig van de aard van de missie. Ik wist dat Poteidaia in het noorden lag, op de landengte van Pallene op het schiereiland Chalkidike en ik wist dat er daar al duizend van de onzen op ons wachtten en dat zij onder bevel stonden van Archestratos, de zoon van Lykomedes. Verder wist ik dat we daar tegen de Korinthiërs zouden moeten vechten en wellicht ook tegen Macedoonse troepen van koning Perdikkas. Dat er daar in het noorden Macedoniërs te verwachten waren, vond ik niet onlogisch, maar wat die Korinthiërs daar deden, daar had ik op dat moment geen idee van en het kon mij eerlijk gezegd ook weinig schelen. Ik hoefde de finesses van de Atheense belangen en strategie niet te doorgronden om mij eindelijk volwassen en belangrijk te voelen en mij rillend van enthousiasme te verheugen op het langverwachte moment dat mijn moed en mijn kracht op de proef zouden worden gesteld.

Ik werd samen met Sokrates ingekwartierd. Hij was mijn wapenbroeder, tentgenoot en slapie en hij had van de generaals de opdracht gekregen om te waken over mijn jeugdige overmoed. Hij was ongelooflijk. Tot dan toe had ik hem gekend als een onaangepaste, betweterige pleinfilosoof die vergroeid was met de stad, als een charmante en geraffineerde praatjesmaker en als mijn irritant wijze minnaar en ik had er, toen we onderweg waren naar het noorden, moeite mee om hem mij als soldaat voor te stellen. Maar hij droeg de ontberingen van het soldatenleven lichter dan ik en dan alle anderen. Wanneer het gebeurde, zoals dat gebeurt tijdens veldtochten, dat wij waren afgesneden van onze bevoorrading en een paar dagen zonder voedsel kwamen te zitten, liet hem dat totaal onverschillig. Niemand verdroeg de honger beter dan hij. Op momenten waarop er eten en drinken in overvloed was en er gevierd moest worden, liet hij zich evenmin kennen en feestte hij als een doorgewinterde veteraan en dat verbaasde mij misschien nog wel meer. Hij dronk nooit, maar wanneer hij door de mannen werd uitgedaagd, dronk hij hen allemaal onder tafel. En geen mens op aarde heeft Sokrates ooit dronken gezien.

En het werd winter. Winters kunnen verschrikkelijk zijn in dat deel van Griekenland, zoals ik later bevestigd zou zien. We werden getroffen door de ergste vorst en sneeuwval die ik tot dan toe ooit had meegemaakt. Niemand kwam zijn tent nog uit en wanneer dat echt niet anders kon, hulden we ons in alle dekens, huiden, lappen en pelsen die we konden vinden en omzwachtelden wij onze sandalen met vilt en schapenhuiden. Maar hij liep in dat weer gewoon naar buiten in niets anders dan het voddige manteltje dat hij altijd draagt en op blote voeten. Hij bewoog zich barrevoets sneller en gemakkelijker voort over de sneeuw dan wij op ons dikke geïmproviseerde winterschoeisel.

Ik herinner mij ook een ander voorval. Op een dag, nadat wij bij dageraad waren opgestaan, raakte hij kennelijk gefascineerd door een of ander filosofisch vraagstuk dat hij zich in zijn hoofd had gehaald en dat hem niet losliet. Hij stond naast onze tent in het veld en dacht na. Het was kennelijk een complex vraagstuk, want tegen het middaguur stond hij daar nog steeds precies zo te staan zonder een vin te hebben verroerd. De mannen begonnen er aandacht voor te krijgen. 'Sokrates staat daar al vanaf zonsopgang na te denken,' riepen ze. Het einde van het verhaal was uiteindelijk dat een paar van de Ioniërs na het avondeten hun matjes en dekens in het gras hebben gelegd en buiten hun tent gingen slapen (het was inmiddels warmer geworden), omdat ze nieuwsgierig waren om te zien of Sokrates ook de hele nacht onbeweeglijk naast zijn tent zou blijven staan. Hij stond daar tot zonsopgang. Toen hief hij zijn armen ten hemel voor een kort gebed aan de zon en liep weg.

Uiteindelijk kwam het dan tot een veldslag. Na afloop kreeg ik van de generaals de prijs voor de dapperste krijger, maar de eerlijkheid gebiedt mij te zeggen dat ik mijn eerste gevecht heb beleefd als een nachtmerrie die mij zelfs nu nog bij tijd en wijle uit mijn slaap vermag te houden. De chaos van de werkelijkheid was een perverse parodie op de theorie. Onze gedisciplineerde militaire training had mij niet voorbereid op de desoriëntatie die werd veroorzaakt door de angstaanjagende wanorde van twee legers die slaags raken. Onze en hun linies werden telkens verbroken, manoeuvres werden geïmproviseerd, hun en onze lijken lagen in de weg en in de kakofonie van geschreeuw en wapengekletter waren bevelen niet meer te verstaan. Voordat ik doorhad wat er gebeurde, was ik geïsoleerd en omsingeld door vijanden. Een lans trof mij in mijn rechterdijbeen. Ik viel en ik bloedde als een offerdier.

Mij kwam die prijs niet toe. Sokrates verdiende hem, want hij heeft toen mijn leven gered. Met de vanzelfsprekendheid en het air van arrogantie van een magistraat die zich een weg baant door de menigte, kwam hij dwars door de vijandelijke linies naar mijn benarde positie. Hij beschermde mij met zijn schild, doodde een paar soldaten en joeg de anderen op de vlucht. De generaals wilden mij die prijs geven vanwege mijn naam, mijn afkomst en mijn statuur. Ik heb geprotesteerd. Ik heb er hartstochtelijk voor gepleit dat die prijs aan Sokrates zou worden gegeven. Maar Sokrates zelf overtuigde de legerleiding ervan dat de prijs niemand anders toekwam dan mij.

5

Hoewel het nooit vrede was geweest, werd het als een belangrijke gebeurtenis beschouwd dat de oorlog uitbrak. Het Dertigjarig Bestand, dat Athene en Sparta na onze verovering van Euboia onder aanvoering van Perikles hadden gesloten, heeft uiteindelijk veertien jaar standgehouden. In het vijftiende jaar, toen Chrysis achtenveertig jaar priesteres was in Argos en Ainesias ephoor in Sparta, twee maanden voor het verlopen van de ambtstermijn van Pythodoros als archon van Athene, aan het einde van het jaar van de zevenentachtigste Spelen van de Eliërs, waar Dorieus van Rhodos zijn eerste overwinning behaalde in het pankration, zes maanden na ons avontuur in Poteidaia, zond Athene aan het begin van het voorjaar een garnizoen naar Plataiai om deze bondgenoot te beschermen na de provocatie van de Thebanen, hetgeen door de Spartanen werd gezien als een flagrante schending van de voorwaarden van het Dertigjarige Bestand.

Hoewel het wapenstilstandsverdrag al eerder tot het uiterste was opgerekt, dan wel zonder onmiddellijke gevolgen was geschonden, bij de opstand op Samos en door de Atheense interventie in de oorlog tussen Korinthe en Kerkyra, verwelkomden de Spartanen de bezetting van Plataiai als de rechtvaardiging die zij al zo lang zochten om Athene de oorlog te verklaren. Het diplomatieke verkeer werd opgeschort. Er werd louter nog via herauten gecommuniceerd. Sparta en Athene maakten zich klaar voor de grote oorlog die niet te vermijden was. Want als historici in latere tijden zullen zoeken naar de oorzaken van deze oorlog, die tot op de dag van vandaag voortduurt en die de hele Griekse wereld heeft verscheurd, zullen zij deze niet vinden op Samos, in Poteidaia, op Kerkyra, in Korinthe, in Thebe of in Plataiai. Wat zij daar zullen vinden, zijn hooguit enkele van de excuses en voorwendselen die door ons of door hen werden aangegrepen of gecreëerd om af te stevenen op onze afspraak met de geschiedenis. Ik ben ervan overtuigd, mannen van Athene, dat de ware oorzaak van de grote oorlog gelegen was in onze macht, grandeur en luister. Athene was zo dominant aan het worden dat Sparta zich tot een oorlog gedwongen zag.

Ik was achttien jaar oud en ik kan mij nog levendig de opwinding herinneren die zich meester maakte van de stad, en vooral van jongemannen zoals ik, en die bij velen van hen, zoals ook bij mij, euforische vormen aannam. Wat ons, geluksvogels, in de schoot werd geworpen, was niet zomaar een oorlog maar het ultieme en definitieve conflict tussen de twee machtigste staten van de Griekse wereld. Na een zich eindeloos in verveling langs futiliteiten voortslepende jeugd, waaraan maar geen einde leek te komen, was dan eindelijk de tijd aangebroken dat er iets ging gebeuren. Na jarenlang te zijn gedrild, afgestompt en beurs gekneed door een eindeloze stoet van pedagogen, docenten, muziekleraren, grammatici en worsteltrainers, na de vermoeiende attenties van onze minnaars met hun rituelen, hun cadeaus, hun hanen, hun hazen, hun praatjes en hun rustbedden, na jaren waarin het leven draaide om de vraag wie met wie, na ons in toenemende mate geplaagd te weten door het steeds luider knagende besef van een gemis aan een doel dat groter was dan wij en na er steeds meer moeite mee te hebben gehad om het vuur van ons geloof in een betekenisvolle toekomst brandend te houden, werden wij dan eindelijk beloond met een oorlog waarin de stad en de geschiedenis ons nodig zouden hebben. We kenden Homeros allemaal uit ons hoofd en nu kregen wij ons eigen Troje. Opeens waren wij allen Achilles in het diepst van onze gedachten. Daar kwam voor mij persoonlijk nog bij dat ik hunkerde naar een gelegenheid om mij te revancheren voor mijn teleurstellende optreden bij Poteidaia.

De rest van Hellas deelde in onze opwinding. In de Griekse steden werd met spanning uitgekeken naar het spektakel dat de botsing tussen de beide supermachten zonder twijfel zou opleveren. Overal werden voorspellingen opgediept en orakels aangehaald, niet alleen in de twee steden die zich voorbereidden op de strijd, maar ook elders. Kort daarvoor was het heilige eiland Delos getroffen door een aardbeving en dat was zolang men zich kon heugen niet voorgekomen. Men was er vast van overtuigd dat dit een voorteken moest zijn voor de ontzagwekkende dingen die te gebeuren stonden. Andere soortgelijke vreemde voorvallen werden met dezelfde urgentie bediscussieerd en geïnterpreteerd.

In geen van de steden van Hellas kon iemand zijn huis verlaten om vijgen of noten te kopen, om een tempel of een wichelaar te bezoeken of om zich te vertreden in de lentezon zonder meteen door vrienden, buren of volslagen onbekenden te worden aangeklampt en te worden ondervraagd over zijn voorkeur voor Athene dan wel Sparta, over zijn redenen voor die voorkeur en over zijn opvattingen omtrent mogelijke prognoses voor het verloop van de oorlog in alle denkbare scenario's. De sympathie ging in de meeste Griekse steden uit naar de Spartanen, omdat zij zich in hun propaganda presenteerden als de bevrijders van Griekenland. Daarbij exploiteerden zij het feit dat de zogenaamde bondgenoten van Athene in de loop der jaren stuk voor stuk onder Atheens bestuur waren gedwongen en in ruil voor hun bescherming substantiële tribuutbetalingen dienden af te dragen. De kostbare pracht van de indrukwekkende nieuwe tempels op de Akropolis, zoals het Parthenon, werd gezien als een in onverwoestbaar marmer uitgevoerd symbool van de genadeloze wijze waarop Athene zijn vazalstaten uitkneep. Dus de Spartaanse zaak werd met vuur bepleit en het leek soms wel alsof iedereen in Griekenland van mening was dat de Spartaanse zaak verloren zou zijn als hij niet persoonlijk bij voortduring, te pas en te onpas, zou bijdragen aan de pleidooien tegen Athene. De verontwaardiging over de Atheense almacht was even groot bij hen die deze aan den lijve ondervonden als bij hen die vreesden erdoor te worden opgeslokt, maar dit ben ik pas gaan beseffen toen ik later een groot aantal van de Griekse steden bezocht op diplomatieke missies.

Voor de achttienjarige die ik toen was, was de glorie van Athene zo vanzelfsprekend dat er niet aan kon worden getwijfeld dat deze de manifestatie was van een vorm van goddelijke rechtvaardigheid en ik popelde om als instrument van deze kosmische wilsbeschikking de wapenen op te nemen tegen de misdadigers die deze natuurlijke orde durfden te betwijfelen en zelfs te ondergraven. En eerlijk gezegd, mannen van Athene, denk ik daar nog steeds zo over.

6

Loyaliteiten werden geijkt en bondgenootschappen gezekerd in de urgentie. Terwijl de Spartanen boodschappers stuurden naar de steden op de Peloponnesos en naar de andere leden van hun confederatie met de opdracht om zich in staat van paraatheid te brengen en onverwijld voorbereidingen te treffen voor de invasie van Attika, herinnerden wij onze bondgenoten op de eilanden en in Ionië via onze ambassadeurs en liaisons aan hun verplichtingen en verzekerden wij ons ervan dat het schiereiland van de Peloponnesos omsingeld was door onze marine en zeevarende mogendheden die aan ons bevel zouden gehoorzamen. Voor beide partijen lag de strategie voor de hand, zeker toen, aan het begin van de oorlog. Zij waren op het land nauwelijks te verslaan en wij heersten over de zee. Zij zouden trachten ons land binnen te vallen en wij zouden terugslaan met aanvallen op hun havens en kustplaatsen.

De Spartanen en hun bondgenoten verzamelden een indrukwekkende invasiemacht op de Isthmos onder het commando van koning Archidamos van Sparta, de zoon van Zeuxidamos. Hij stuurde een heraut naar Athene, die de eis van onvoorwaardelijke overgave moest formuleren, maar de boodschapper werd niet eens de stad binnengelaten. Buiten de muren werd hem het antwoord medegedeeld dat hij aan zijn bevelhebber mocht overbrengen en dat luidde dat toekomstige herauten uitsluitend dan zouden worden gehoord wanneer alle troepen waren teruggetrokken. Een gewapende escorte begeleidde hem naar de grens. Toen ze hem daar lieten gaan, draaide hij zich om naar zijn begeleiders en zei: 'Vandaag is de dag waarop alle Hellenen in ongekende rampspoed worden gestort.' Ik herinner het mij nog goed dat de ruiters terugkeerden in de stad en vertelden wat de heraut tegen hen gezegd had bij zijn afscheid. Sommige ouderen waren stil, maar onder ons werden zijn woorden onthaald op hoongelach. Ze waren bang voor ons. Dat had hij bedoeld, daar waren wij van overtuigd.

In een memorabele rede op de Pnyx ontvouwde Perikles zijn strategie. Wij zouden ons land niet verdedigen, zo zei hij. De anders zo rumoerige volksvergadering werd muisstil. Als wij de vijand in het open veld tegemoet zouden treden, zouden we onnodige verliezen lijden, die niet zouden opwegen tegen de voordelen. In plaats van hun de gelegenheid te bieden hun kracht te bewijzen op het slagveld, moesten wij uitgaan van onze eigen kracht. Daarom zouden we ons ommeland Attika prijsgeven en volledig vertrouwen op de superioriteit van onze vloot. Zij zouden ons land verwoesten en wij dat van hen, maar dat zou geen gelijkspel opleveren, zei Perikles, want als zij hun territorium wilden herstellen, zouden zij het gewapenderhand op ons moeten heroveren, terwijl wij ons territorium niet hoefden te herstellen omdat wij konden beschikken over meer dan genoeg overzeese wingewesten om blijvend in al onze behoeften te voorzien, zelfs in het geval dat Attika als verloren beschouwd zou moeten worden. Wat wij te vrezen hadden was niet het verlies van land, maar het verlies van mensenlevens, want mensen kunnen land veroveren, maar land brengt geen mensen voort.

Perikles zei dat hij inmiddels orders had verstrekt om alle steden, dorpen en gemeenschappen van Attika te evacueren. De bevolking van het platteland zou zich met haar bezittingen terugtrekken achter de muren van de stad, die via de Lange Muren verbonden was met de ommuurde haven van Peiraieus, vanwaar de aanvoer van voedsel, goederen en tribuutbetalingen van de bondgenoten gegarandeerd was en waar driehonderd oorlogsschepen in gereedheid waren gebracht om uit te varen. De garnizoenen die in Athene aanwezig waren telden bijna dertigduizend man en zij zouden worden ingezet om de drieënveertig stadia van de stadsmuur, de veertig stadia van de Lange Muren en de zestig stadia van de omtrek van de muur rond Peiraieus en Mounychia te bemannen en te bewaken. De cavalerie van twaalfhonderd man en de zestienhonderd onbereden boogschutters zouden de taak hebben te voorkomen dat de vijand de muren te dicht zou naderen. Dat zou onze strategie zijn. De mannen in de volksvergadering waren verbijsterd. Ze zwegen in stilte, zoals Homeros zegt. Hoewel de meesten de rationaliteit van de tactiek moesten en wilden onderkennen, ervoeren velen de gedachte heel Attika zonder slag of stoot prijs te geven aan de vernielzucht van de vijand als een belediging voor hun strijdlust. Sommigen waren al bij voorbaat aangedaan als zij zich de brandende boerderijen en boomgaarden probeerden voor te stellen. Maar Perikles was nog niet uitgesproken.

'Zoals jullie weten,' zei hij, 'bezit ook ik landerijen, bij Paionidai. Koning Archidamos van Sparta is een intelligent man. De kans is groot dat hij, wanneer hij onze ommelanden begint te plunderen, besluit om mijn landgoed te sparen, niet omdat wij vrienden zijn, maar om jullie te doen geloven dat wij vrienden zijn en mij bij jullie in diskrediet te brengen. Om deze list te verijdelen heb ik mijn personeel vanochtend de opdracht gegeven mijn landgoed plat te branden.'

Dit laatste maakte grote indruk op mij. Het was voor het eerst dat ik ten volle begreep dat het grote hoofd van mijn hautaine en afwezige voogd een politiek meesterbrein herbergde. Ik besefte dat ik, als ik koning Archidamos was geweest, niet op het briljante idee zou zijn gekomen om op mijn allesvernietigende plundertocht uitgerekend de landerijen van de leider van Athene te sparen, laat staan dat ik, als ik Perikles was geweest, deze geslepenheid zou hebben voorzien en verhinderd. Bovendien vertoonde hij de lucitiditeit om zijn uit uitzonderlijke voorzienigheid geboren tegenmaatregel aan het einde van een rede waarin hij grote offers vraagt, als een persoonlijk offer voor te stellen en zichzelf immuun te maken voor het verwijt dat zijn strategie ten koste zou gaan van anderen en niet van hemzelf. Sterker nog, hij presenteerde zichzelf als het eerste slachtoffer van zijn eigen tactiek en als een voorbeeld voor allen. Mijn bewondering voor Perikles werd, zoals dat bij mij gaat, op de voet gevolgd door mijn afgunst en door het verbeten voornemen alles in het werk te stellen hem op een dag te overtreffen.

7

De invasiemacht stak de grens over. De troepen van Archidamos bereikten de ommuurde grensplaats Oinoë. Ze sloegen kamp op. Ze troffen voorbereidingen voor een beleg en maakten hun belegeringsmachines klaar voor een aanval op de muren, terwijl ze alert bleven op een uitval van de Atheense troepen, die volgens hun militaire logica met zekerheid zou plaatsvinden, want ze konden zich niet voorstellen dat wij ons land Attika niet zouden verdedigen. In werkelijkheid verloren ze hiermee kostbare tijd, die ons in de gelegenheid stelde de evacuatie te voltooien. De bewoners van het platteland brachten hun vrouwen en kinderen naar de stad. Ze namen hun meubels, gereedschappen en andere bezittingen mee en zelfs de houten planken van hun huizen, die ze hadden afgebroken. Hun vee stuurden ze naar Euboia en de andere, nabijgelegen eilanden. Ze arriveerden met sombere, bedrukte gezichten en velen wisten hun frustratie en woede over hun gedwongen verhuizing niet te verbergen.

De Spartanen begonnen eindelijk door te krijgen dat ze vrij spel hadden. Ze trokken op naar Eleusis en sloegen hun kamp op in de vlakte van Thria, van waaruit ze hun expedities coördineerden waarmee ze ons land plunderden en platbrandden. De situatie in de stad was intussen verre van comfortabel. De gelukkigen onder de plattelandsbewoners hadden een tweede huisje in Athene of vonden onderdak bij familie of vrienden, maar de overgrote meerderheid zag zich gedwongen te bivakkeren in de delen van de stad die onbebouwd waren, te kamperen in de tempels en in de heiligdommen van de heroën of de opslagruimten van de wachttorens te bezetten. De Akropolis bleef gesloten, maar verder werden overal onderkomens geïmproviseerd. Zelfs de Ooievaarsbuurt werd bebouwd, hoewel er een oude orakelspreuk was die gebood de Ooievaarsbuurt ongemoeid te laten. In feite was de stad te klein om hen allen te kunnen herbergen. Hygiëne, eendracht en moraal kwamen onder druk te staan. De situatie verbeterde pas enigszins toen de ruimte tussen de Lange Muren werd vrijgegeven.

De Spartanen trokken op naar Acharnai, onze grootste en belangrijkste gemeente buiten de muren, zestig stadia ten noorden van de stad. Hoewel Acharnai evenals alle andere plattelandsgemeenten verlaten was, stelde Archidamos zijn leger op in slagorde. Hij was in het zicht van de stad en hij hoopte dat het schouwspel van een leger dat klaar was voor het gevecht een Atheense uitval zou provoceren. Hij wist dat er een contingent van drieduizend soldaten uit Acharnai binnen de muren aanwezig was en achtte het onwaarschijnlijk dat zij de vernietiging van hun geboortegrond zouden toelaten. En mochten ze het bevel krijgen om werkeloos toe te zien hoe hun huizen werden platgebrand, dan zouden ze in het vervolg zeker minder gemotiveerd zijn om de huizen van hun grote buurman Athene wel te verdedigen.

De Spartaanse provocaties hadden effect. Toen we met onze eigen ogen vanaf de muren zagen dat Acharnai in vlammen opging, brak er grote onrust uit in de stad. De soldaten uit Acharnai raakten buiten zinnen van woede omdat er geen toestemming werd gegeven voor een tegenaanval. Muiterij werd met moeite voorkomen. Maar ook wij, mijn vrienden en ik, hadden ons een andere voorstelling gemaakt bij onze langverwachte grote oorlog en onze kans op heldenmoed dan passief en laf toe te zien hoe de vijand huishield. Overal in de stad klitten groepen samen om op hoge toon te discussiëren over de strategie, die volgens velen nu al had gefaald. De volkswoede richtte zich op Perikles. Men verweet hem dat hij verzaakte om leiding te geven aan zijn leger en hield hem persoonlijk verantwoordelijk voor de vernedering die zich in ons gezichtsveld afspeelde. Koren gingen door de straten. Ze zongen obscene spotliederen over de lafheid van Perikles.

Hoewel ik op dat moment nadrukkelijk gerekend kon worden tot het kamp van diegenen die gefrustreerd waren omdat ze hun krijgshaftigheid en vaderlandsliefde niet konden botvieren, zoals ik ook bij latere gelegenheden onder andere omstandigheden meestal een voorliefde heb gehad voor actie en risico als het alternatief bestond uit beredeneerde lafheid, had ik bewondering voor de superieure rust waarmee Perikles manoeuvreerde. De situatie was explosief, dat wist hij uiteraard ook. En juist daarom riep hij geen volksvergadering bij elkaar. Boos volk is volatiel en loopt een serieus risico om in de koorts van het moment precies de verkeerde beslissingen te nemen. Ik herinnerde mij wat Sokrates mij ooit had gezegd: mensen hebben misschien verstand, althans dat mogen we in sommige individuele gevallen hopen, maar de massa zeker niet. De massa kent geen logica en handelt naar de bevlieging van het ogenblik. Op momenten van grote opwinding kan dat fataal uitpakken. In gevaarlijke tijden kan democratie gevaarlijk zijn.

Toen de Spartanen begrepen dat de Atheners zich niet lieten provoceren tot een gewapend treffen, plunderden ze nog wat, zetten ze tot onze ultieme vernedering een overwinningsmonument op in ons uitzicht en vervolgens trokken ze zich terug. De oogsttijd brak aan. De manschappen waren thuis nodig op het veld. Het leger werd ontbonden en de verschillende contingenten keerden terug naar hun respectievelijke steden. De stemming in de straten en op de pleinen van Athene kalmeerde enigszins. Perikles gaf honderd schepen van onze vloot met een bemanning van twintigduizend de opdracht uit te varen. Ze kregen versterking van vijftig schepen uit Kerkyra, voeren langs de kust rond het Peloponnesische schiereiland en voerden een mislukte aanval uit op Methone in Messenië, plunderden Pheia, Sollion, Astakos en Thronion en veroverden het eiland Kephallenia zonder strijd.

8

Vier dagen voor mijn negentiende verjaardag vond er een zonsverduistering plaats. Hoewel ik van de astronomen wel had geleerd over dit verschijnsel, had ik het nooit eerder gezien. In de namiddag verdween de zon geleidelijk achter de maan tot er nog maar een dunne sikkel van over was. Er daalde schemering neer over de landen en de helderste sterren werden zichtbaar. De vogels vielen stil. De wereld baadde in een merkwaardig zilveren licht en toen werd alles weer normaal. Midden op de dag was het avond en weer dag geworden. Dankzij de verklaringen van de astronomen, die ik mij nog enigszins herinnerde, begreep ik dat ik geen speciale betekenis mocht hechten aan dit verschijnsel, maar ik kon het niet laten om het te interpreteren als een zinnebeeld van de oorlog zoals hij tot dan toe verliep. De vijand had voor een kort moment duisternis gebracht en daarna was alles op een vreemde manier weer zo goed als normaal geworden.

Maar wij hadden geen duisternis gebracht aan de vijand. Onze vloot had slechts een handvol symbolische overwinningen behaald, die de Spartanen geen gedenkwaardige schade hadden weten te berokkenen. De campagne tegen Megara die Perikles in de herfst lanceerde en de bezetting van het eiland Aigina brachten evenmin significante schade toe aan de Spartaanse belangen. De onvrede onder de boeren, grootgrondbezitters, infanteristen en strijdlustige jongeren zoals ik begon opnieuw steeds luider te klinken in de overvolle straten van Athene. De winter kwam en het eerste jaar van de oorlog was beduidend minder glorieus verlopen dan Perikles zijn stad had voorgespiegeld. De militaire successen waren te gering om genoegdoening te kunnen verschaffen aan hen die hun land in vlammen hadden zien opgaan. Welbeschouwd had zijn strategie gefaald.

Het wekte dan ook verbazing dat er die winter een heuse staatsbegrafenis werd georganiseerd voor de gevallenen. Zij hadden gestreden voor het vaderland, dat was waar, maar zij waren gesneuveld tijdens onbeduidende schermutselingen die bepaald geen heldenstatus rechtvaardigden. Nog grotere verbazing wekte het dat niemand minder dan Perikles zelf zich had aangemeld om de lofrede voor de gevallenen uit te spreken. Ik was erbij toen de stoet met de cederhouten kisten waarin de beenderen lagen aankwam bij de begraafplaats van Kerameikos, toen ze met vertoon van alle rituelen in het staatsgraf werden bijgeplaatst en toen Perikles op een getimmerd verhoginkje klom en het woord nam en ik kan me de portee en sommige van de letterlijke bewoordingen van zijn veelbesproken toespraak nog goed herinneren.

Over de gesneuvelde soldaten sprak hij nauwelijks. Zijn taak om hun uitzonderlijke dapperheid te prijzen achtte hij kennelijk na het uitspreken van een paar versleten formules volbracht. Hij sprak evenmin over de onversaagde manhaftigheid van onze voorvaderen die de barbaarse invasie hadden gestuit, hoewel dat thema in dit soort lofredes tot vervelens toe behoort te worden uitgesponnen. Met een indrukwekkende zelfverzekerdheid, die aan brutaliteit grensde, misbruikte hij dit podium, waarop hij niet voor tegenspraak hoefde te vrezen, om de tegenstanders van zijn politiek en van zijn militaire strategie in impliciete, maar niet mis te verstane termen te diskwalificeren als onwetende en jaloerse lieden die de gevallen mariniers hun eer misgunden. Ware leiders de-escaleren niet, maar worden gesterkt in hun visie. In plaats van de soldaten te prijzen die voor de stad waren gevallen, prees hij de stad waarvoor ze gevallen waren. Zijn lofrede was een hymne voor Athene, waarin hij in soms uitgesproken poëtische bewoordingen in soms metrische frasen het visioen schilderde van de democratische, maritieme supermacht dat zijn politiek vanaf het prilste begin had geïnspireerd.

'Niet de belangen van enkelen staan ons voor ogen,' zei hij, 'maar de behoeften van allen. Daarom noemen wij onze staat een democratie en vanwege het unieke experiment van ons democratisch bestuur zijn wij een voorbeeld voor de wereld en zullen wij tot in de verre toekomst, in tijden en landen waarvan wij ons geen voorstelling kunnen maken, als een baken van vrijheid hoop verschaffen aan onderdrukten. Iedereen is gelijk voor onze wetten. Afkomst en rijkdom worden niet hoger aangeslagen dan verdienste. Voor hen die de staat willen dienen, mag armoede geen obstakel vormen. Armoede is voor ons geen schande, wel de onwil om zich eraan te ontworstelen. Rijkdom beschouwen we niet als iets om mee te pronken maar als een gelegenheid om iets tot stand te brengen.

Wij gunnen anderen het recht hun leven in te richten zoals hun goeddunkt, omdat wij geloof hechten aan de grenzen die de wet stelt aan allen. Al onze publieke beambten hebben private aangelegenheden te behartigen en al onze gewone burgers bekommeren zich, naast hun drukke werkzaamheden, om de publieke zaak. Waar iemand die zich niet voor politiek interesseert in andere landen gezien wordt als weinig ambitieus, beoordelen wij zo iemand als nutteloos. Wij beschouwen woorden niet als een zwak alternatief voor daden, maar als voorwaarde voor de juistheid ervan, want wij zien debat niet als uitstel van actie, maar als noodzakelijk middel om de juiste beslissingen te nemen omtrent de actie die van ons wordt verlangd. Overleg en durf gaan bij ons hand in hand.

Onze stad is open voor de wereld. Wij zijn niet bang om vreemdelingen toe te staan zich over ons te verwonderen, ons te observeren en van ons te leren. Juist dankzij onze openheid naar de wereld zijn wij zelfvoorzienend, want onze macht en glorie brengen vruchten van overal ter aarde naar onze haven. Wij kunnen over alles wat de landen van de wereld te bieden hebben vrijelijk beschikken als over ons eigendom. Voor ons zijn niet zij onze vrienden die ons een gunst hebben bewezen, maar wij maken vrienden door gunsten te verlenen. Wij verplichten onze bondgenoten aan ons door grootmoedigheid, niet door iets van hen te verlangen en daarmee zijn wij van beide partijen de standvastigere handlanger, want een vrijgevige vriend blijft geven om zich van blijvende dankbaarheid te verzekeren, terwijl een begunstigde de neiging heeft zich voor zijn weldoener te verstoppen in de wetenschap dat wat hij voor hem doet als wederdienst zal gelden en niet als spontane vrijgevigheid. Geen berekening maar geloof in vrijheid ligt aan de basis van onze relatie met onze bondgenoten.

Anders dan onze buurstaten drillen wij onze kinderen niet met discipline om hen in de ijzeren mal van manhaftigheid te dwingen. Wij laten hen vrij om te worden wie ze willen zijn, maar wanneer de noodzaak een beroep op hen zal doen, zullen zij zich niet minder moedig betonen dan onze buren, omdat zij weten dat het precies die vrijheid is die zij verdedigen.

Wij cultiveren pracht met efficiëntie en wijsheid zonder slapte. Wij houden van schoonheid zonder doelloosheid te idealiseren en wij filosoferen zonder te vervallen tot krachteloze aarzelingen en broosheid. Athene is de school van Hellas. Nergens anders kan een mens zich zo vrij en autonoom ontwikkelen. De macht van onze staat vormt het tastbare bewijs voor het succes van ons model. Wij hebben geen Homeros nodig om ons te vereeuwigen, want wij hebben de zeeën geplaveid tot een snelweg voor onze bravoure en laten dagelijks in heel de wereld onuitwisbare herinneringen achter aan onze glorie. Zo is Athene.'

9

De laatste keer dat ik in Athene was, heb ik volgens mij geen kwartelkloppers meer gezien, maar ik had toen veel te doen en weinig tijd en misschien heb ik niet goed om mij heen gekeken op straat. In ieder geval was het in mijn jonge jaren een ware rage. Op vrijwel elke straathoek, vooral in de buurt van de agora en het Prytaneion, aan weerszijden van de Straat van de Drievoeten en rond het theater van Dionysos, zag je cirkels die met een stok in het zand waren getrokken, waaromheen groepen volwassen mannen en overmoedige jongens zich schaarden met hun speciaal afgerichte prijskwartels, die ze in de cirkel zetten, waarna het wedden begon. Als alle weddenschappen waren genoteerd in het zand, klopten de beide spelers om beurten met een lange stok boven op het kopje van elkaars kwartel. De eigenaar van de eerste kwartel die de cirkel uit vluchtte, had verloren. Het lijkt een stompzinnig spel en dat was het in feite ook, maar de finesses waren gelegen in het africhten van de kwartels, hetgeen zich in korte tijd ontwikkelde tot een ware wetenschap. Het was in die tijd niet ongebruikelijk om op de agora, in de rechtbanken, in het theater of bij de tempels respectabele Atheense burgers tegen te komen met een kwartel in hun hand of onder hun arm. Ze droegen de vogels met opzet bij zich op drukke plekken om hen te laten wennen aan menigten. Vooraanstaande politici als Meidias investeerden aanzienlijke hoeveelheden tijd en geld in hun vogels. Voor een kampioenskwartel werden zonder blikken of blozen dezelfde bedragen neergeteld als voor een goede vechthaan.

Ik beken dat ook ik een tijdje in de ban was van deze kwartelmanie. Op een dag, toen ik net twintig was geworden, wandelde ik met mijn kwartel onder mijn purperen mantel en onder mijn arm door de wijk Melite bij de Poort naar de Holle Weg, waar Themistokles heeft gewoond, in de buurt van het huis van de toneelspelers, langs de Pnyx, waar de volksvergadering bijeen was en vanwaar precies op het moment dat ik onderlangs passeerde luid gejuich opklonk, dat aanzwol terwijl ik door nieuwsgierigheid gedreven tussen de dennen en de cipressen omhoogliep in de richting van het halfrond waar de Atheense burgers op houten banken vergaderd waren. Ik liep achterlangs naar het altaar van Zeus Agoraios en vroeg de Skythische boogschutters die daar stonden wat de oorzaak was van het enthousiasme. Ze vertelden mij dat iemand zojuist een substantiële donatie had gedaan aan de staat. In een opwelling liep ik naar voren. Ik vroeg en kreeg het woord. Terwijl ik in mijn wuft vallende purperen mantel met mijn lange haren die golfden in de wind het stenen sprekerspodium beklom, verstomde het gejuich en het geroezemoes. Duizenden paren ogen keken mij verbijsterd aan. Ik warmde mij een wijle aan hun blikken als een hagedis in de zon en toen zei ik op luide toon dat ik had besloten het dubbele van het bedrag dat de vorige spreker had toegezegd aan de staat te doneren.

De mannen juichten. Ik spreidde mijn armen om hen te danken voor hun bijval en vergat daarbij dat ik mijn kwartel bij mij had. Hij fladderde in verwarring weg van onder mijn mantel. Daarmee oogstte ik alleen maar meer applaus, waardoor mijn arme kwartel nog meer in paniek raakte. Verschillende vrije Atheense burgers sprongen op om te trachten het dier voor mij te vangen. Ze buitelden over elkaar heen en over de houten banken, maar de vogel ontsnapte telkens. Degene die de kwartel uiteindelijk wist te grijpen en aan mij teruggaf, bleek Antiochos te heten. Hij was een zeeman, die als kapitein op vrachtschepen en triremen had gediend en die mij onmiddellijk charmeerde met zijn virtuoze vuilbekkerij. Ik ben hem in de loop der jaren als een vriend gaan beschouwen en tot het noodlottige voorval drie jaar geleden bij Ephesos heeft hij mij op veel van mijn maritieme expedities vergezeld.

Aldus verliep mijn debuut in de politieke arena van Athene. Een paar dagen later, toen ik 's ochtends Lysias, de zoon van Kephalos, had gezien bij Epikrates, in zijn huis dat vroeger van Morychos was, in de buurt van het Olympieion, en vervolgens rond het midden van de dag alleen op weg was naar de Itonische Poort, omdat ik na alle conversatie mijn hoofd leeg wilde maken tijdens een wandeling buiten de muren, kwam ik Sokrates tegen. Ik had hem al anderhalf jaar niet meer gesproken. Hij was mij doelbewust uit de weg gegaan. Ik had geen reden om mij daarover te beklagen, want ik was voorbij mijn seizoen en het zou ongepast zijn als een minnaar zijn favoriet zou blijven achtervolgen nadat hij man geworden was, maar er had toch teleurstelling aan mij geknaagd, omdat ik tegen beter weten in had gehoopt dat Sokrates anders was dan alle anderen en voor mij als persoon belangstelling kon blijven opbrengen in plaats van louter voor mijn jongensdijen, waarin hij bovendien, zelfs in de tijd waarin ik daarvoor nog de juiste leeftijd had gehad, nauwelijks geïnteresseerd had geleken.

'Het is een paradox,' zei hij zonder mij te groeten. 'Ik ben jouw allereerste minnaar en de enige die jij nooit hebt kunnen verjagen met jouw temperament. Alle anderen zijn al lang voor jouw hooghartigheid gevlucht en desondanks blijven ze jou tot vervelens toe lastigvallen met hun praatjes, causerieën en filosofietjes. Ik ben de enige die al die tijd van jou is blijven houden en desondanks heb ik al anderhalf jaar geen woord tegen je gezegd. Geloof me als ik je zeg dat dit allemaal niet jouw schuld is en evenmin wat ik zelf graag wilde. Het heeft niet eens een menselijke oorzaak. Ik heb een demoontje in mijn hoofd, aan wie ik moet gehoorzamen, en hij was erop tegen dat ik jou zou zien. Maar nu verzet hij zich niet langer en ik heb goede hoop dat hij dat ook in de toekomst niet meer zal doen.'

Ik lachte omdat hij zo ernstig was. 'Ik heb altijd geweten dat jij over bovennatuurlijke krachten beschikt,' zei ik. 'Maar ik ben het godje in jouw dikke satyrshoofd dankbaar dat hij van mening is veranderd. Ik heb je gemist.' Ik zoende hem.

'Als je geïnteresseerd bent,' zei hij, 'en als je geen gewichtige zaken omhanden hebt, kan ik je ook mijn vermoedens uiteenzetten omtrent de redenen van zijn eerdere verzet.'

'Uiteraard ben ik geïnteresseerd,' zei ik. 'Ik was niets gewichtigers van plan dan een stukje te gaan wandelen buiten de muren. Tenzij jij dringende verplichtingen hebt, zou ik er met klem op willen aandringen dat jij mij vergezelt en mij al je vermoedens uiteenzet over om het even wat.'

'De taak om jou te vergezellen en mijn gedachten met jou te delen,' zei hij, 'acht ik, zoals Pindaros dat uitdrukt, van hoger belang dan welke verplichting dan ook.'

'Goed zo,' zei ik. 'Laten we gaan.'

Terwijl we de stad uit liepen, vertelde ik hem over mijn even spontane als spectaculaire eerste optreden in de Atheense volksvergadering. Dat bleek onnodig, want hij had er alles al over gehoord. We liepen langs de Ilissos, die in die tijd van het jaar een onschuldig en gemoedelijk kabbelend stroompje is.

'Zullen we ergens gaan zitten?' vroeg hij.

'Ben je nu al moe?' Ik wees hem op een hoge plataan, een stukje verderop. 'Daar is schaduw en gras. Daar kunnen we zitten. Of liggen, als dat het is wat je in je hoofd hebt. Er staat een zwoel briesje.'

'Ga jij maar voor.'

'Laten we door het water lopen. Dat is niet onaangenaam in deze tijd van het jaar en op dit uur van de dag. Dus ga jij maar voor, want jij bent zoals altijd natuurlijk weer op blote voeten. Dan doe ik intussen mijn sandalen uit.'

'Hou ze goed vast,' zei hij. 'Het lijken mij dure sandalen. Waar heb je die vandaan?'

'Dat wil je niet weten, Sokrates.'

'Durf je dat te zeggen tegen de enige man die jij kent die werkelijk alles wil weten?'

'We hebben belangrijkere zaken te bespreken,' zei ik.

'Je hebt gelijk, zoon van Kleinias,' zei hij. 'Het gebeurt niet vaak, maar je hebt gelijk.'

Ik liep achter hem aan. Het zag er koddig uit zoals hij als een satyr op zijn vuile, dikke voeten over de gladde kiezels waggelde.

'Is dit niet de plek waar de nimf Oreithyia ontvoerd is door de noordenwind?' vroeg hij. 'Het water giechelt helder en koel. Ik kan mij helemaal voorstellen dat een onverstandig meisje hier gaat zitten spelen. Het is er de uitgelezen plek voor.'

Ik zei dat dat twee of drie stadia verderop was, waar het district Agra begint. 'Ze hebben daar ook ergens een altaar neergezet. Maar geloof jij in dat soort verhalen, Sokrates?'

'Als ik daarin niet zou geloven,' zei hij, 'en als ik rationele verklaringen zou geven voor dat soort verhalen, zoals de wijzen doen, dan zou ik mijn reputatie ernstig schaden.'

'Hoezo?'

'Ik word geacht excentriek te zijn,' zei hij. 'Bovendien interesseert het mij niet zo of onze mythen waar zijn of niet. Ik heb er geen tijd voor om daarover na te denken. Ik ben nog niet eens in staat om te gehoorzamen aan de inscriptie boven de poort van het orakel van Delphi en mijzelf te kennen. Zolang dat het geval is, lijkt het mij eerlijk gezegd nogal ridicuul om tijd te verliezen door irrelevante zaken te onderzoeken. Ik bestudeer mijzelf en ik ben een groter monster dan Typhon, geloof me, en complexer dan een Chimaira. Dus om tijd en moeite te besparen, die ik kan investeren in onderzoek naar belangrijkere zaken, namelijk mezelf, heb ik besloten te geloven wat het volk gelooft. Is dit niet die plataan waar je heen wilde?'

'Ja, we zijn er,' zei ik. 'Wat vind je ervan?'

'Bij Hera, wat een charmante idylle,' zei hij. 'Kijk hoe hoog deze plataan is en hoe wijdvertakt. En die wilg hier is ook prachtig. Hij werpt een aangename schaduw. De Ilissos kabbelt en geeft koelte. Het lijkt wel een heiligdom van de waternimfen. En het briesje is heerlijk, ik kan niet anders zeggen. Hoor je de cicaden? Luister. Ze geven hun zomermatinee, speciaal voor ons. Maar het beste van deze plek is, zoals jij al aankondigde, het gras dat hier op de helling van de oever groeit en perfect is om onze zware, volle hoofden op neer te vlijen. Je bent een uitstekende gids voor een vreemdeling als ik, Alkibiades.'

Ik lachte. 'Je bent een rare man, Sokrates,' zei ik. 'Want je lijkt echt wel een vreemdeling die zich door een gids laat rondleiden, terwijl je hier je hele leven al woont. Volgens mij ben je nog nooit buiten Athene geweest.'

'Dat is niet waar. Ik protesteer. Ik ben een keer op de Isthmos geweest,' zei hij.

'Eén keer.'

'En ook heus wel elders,' zei hij, 'op veldtocht met het leger.'

'Maar je hebt nooit, zoals normale mensen doen, reisjes ondernomen. Je bent nog minder vaak de stad uit gegaan dan onze lammen, kreupelen, blinden en andere gehandicapten. En ik krijg nu de indruk dat je zelfs nog nooit eerder hier buiten de muren bent geweest.'

‘Ik vraag vergiffenis, mijn beste,’ zei hij. ‘Maar ik ben leergierig. Platanen en wilgen zijn nu eenmaal niet zulke goede onderwijzers. Ik leer meer van de mensen in de stad.’

‘Ook ik ben leergierig,’ zei ik. ‘Ik kan niet wachten om te horen wat je mij te zeggen hebt. Kom naast me zitten, Sokrates, en vertel me alles.’

‘Alles is wellicht een nogal veelomvattend concept,’ zei hij. ‘Maar we kunnen ons om te beginnen concentreren op het allermooiste deelonderwerp van dit alles.’

‘En dat is?’

‘Jij.’

‘Oude charmeur,’ zei ik. ‘Kom maar op dan. Wat heb je over mij te vertellen?’

Hij ging zitten en nam het woord. ‘Alvorens aan boord te stappen van mijn redeneringen en observaties, mijn beste Alkibiades, en te zien of de gezamenlijke vaart van onze woorden ons naar een plek brengt die in lieflijkheid kan wedijveren met dit paradijsje waar je mij naartoe hebt geleid, ben ik je een verklaring verschuldigd. Want dat ik je anderhalf jaar niet heb gesproken, wil niet zeggen dat jij mij onverschillig liet. Jij hebt mij misschien niet gezien, maar ik jou wel. Ik heb je van een afstand gevolgd en geobserveerd, met speciale aandacht voor de manier waarop jij omging met je minnaars en ex-minnaars. Het waren er velen, en velen van hen waren mannen van kaliber, maar, zoals ik je eerder al zei, er is er niet één die niet op de vlucht is geslagen voor jouw arrogantie. Want jij bent Alkibiades en jij hebt niets of niemand nodig. Je bent de mooiste man van Athene en omdat Athene de mooiste stad is van Hellas, is er in heel Griekenland niemand die zich met jou kan meten. Zowel van je vaders kant als van je moeders kant kun je pochen op een meer dan voorname afkomst. Je voogd is de grootste staatsman van de Griekse wereld. En dan hebben we het nog niet over je rijkdom gehad. Wat heeft een minnaar jou dan nog te bieden? Eén voor één heb je hen gedachteloos aan je vanzelfsprekende superioriteit onderworpen en omdat zij hun inferioriteit niet konden verteren, gingen zij ervandoor. En ik weet dat jij dit weet.’

‘Is dit dan het moment,’ vroeg ik, ‘waarop de grote, wijze Sokrates toegeeft dat hij niet geheel immuun is voor het algemeen verachte sentiment van de jaloezie?’

‘Nee,’ zei hij. ‘Je mist het punt. Wat voor mij een reden zou kunnen zijn om mijn interesse in jou te verliezen en mijn liefde voor jou te laten verpieteren, is niet de omvang van de schare van jouw bewonderaars en evenmin jouw arrogante houding jegens hen. Ik zou je pas verlaten als je gelijk zou hebben en als je werkelijk, zoals je denkt, niets of niemand nodig had. Ik zou mijn belangstelling voor jou verliezen op de dag dat jij tevreden bent en besluit de rest van je leven de vruchten te plukken van de gaven die de natuur en het lot jou hebben toebedeeld. Ik zou je laten gaan op het moment dat je beslist dat je niets meer te leren hebt. Want dan zou je zelfs mij niet meer nodig hebben. Dan zou ik een armzalige minnaar worden die jou niets meer kan geven. Maar hoewel je de afgelopen jaren je energie hebt geïnvesteerd in het oppoetsen van je spiegelbeeld, heb ik altijd geweten dat je niet tevreden was. Je wilt meer. Je bent ambitieus.

Als er nu hier op het gras tussen deze plataan en deze wilg een god zou verschijnen die jou vroeg of je zou kiezen voor een lang en gelukkig leven met al je rijkdommen en bezittingen of voor een moeilijk maar roemvol leven en een voortijdige dood, zou je zonder een moment van aarzeling als een ware Achilles kiezen voor het tweede scenario. Dat is de reden waarom je een paar dagen geleden hebt gehoorzaamd aan de lokroep van het applaus en de volksvergadering hebt toegesproken. Je wilt Athene aan je onderwerpen zoals je je minnaars aan je hebt onderworpen en je wilt de machtigste man worden van de machtigste stad van Hellas.

En als er op het moment dat je dat hebt bereikt wederom een god aan je verschijnt, die je vraagt of je zou kiezen voor een gegarandeerde en langdurige consolidatie van je positie of voor een hachelijke onderneming die je een kleine kans biedt Azië te onderwerpen en je naam in alle uithoeken van de wereld te laten weergalmen, dan zou je wederom zonder een moment van twijfel voor die tweede optie kiezen. Dat is jouw ambitie en zolang deze ambitie aan jou knaagt, zal ik van je blijven houden, omdat je mij nodig zult hebben zolang je honger niet is gestild. En omdat ik weet dat je ambities nooit vervuld kunnen worden, zal ik altijd van je blijven houden. Dat is het mooie.

En ik vermoed dat het demoontje in mijn hoofd mij er de afgelopen anderhalf jaar van weerhouden heeft om met jou te spreken omdat je met andere dingen bezig was. Hij wilde niet dat ik mijn adem aan jou zou verspillen. Je was er nog niet klaar voor. Maar nu jouw ambities zijn ontwaakt en nu je een paar dagen geleden je eerste memorabele stap hebt gezet in de richting van een politieke carrière, die al meteen een hoge vlucht nam, heeft hij zijn verzet gestaakt en acht hij de tijd rijp voor mij om met jou te spreken en jou bij te staan.'

'Alles wat je zegt, zou ik ten overstaan van iedere willekeurige andere persoon woord voor woord met klem ontkennen,' zei ik. 'Maar aan jou beken ik schuld. Het is allemaal waar. Je kent mij goed. En laat mij je geruststellen, mijn lieve Sokrates: ik kan mij geen scenario voorstellen waarin ik jou niet langer nodig zou hebben. Dat staat geheel los van mijn politieke ambities.'

'Het is aardig dat je dat zegt, Alkibiades,' zei hij. 'Maar betekent dat ook dat jij van mening bent dat je jouw politieke ambities zonder mijn hulp kunt waarmaken?'

'Eigenlijk wel,' zei ik. 'Ik ben er zeker van dat de tijd van leven die mij nog rest niet zal volstaan om alles te leren wat jij mij kunt leren over het schone en het goede, over rechtvaardigheid en liefde en over de ware aard van onze angsten en verlangens, maar de politiek is toch iets anders.'

'Dat betwist ik,' zei hij. 'De politiek gaat precies over die onderwerpen die jij net op zo'n vleiende manier met mij in verband bracht.'

'Dat meen je niet,' zei ik. 'En als je het wel meent, dan is het misschien waar in zoverre de politiek een rommelige, uiterst onvolmaakte en met het vuil van de weerbarstige praktijk besmeurde herinnering is aan de idealen waarover jij altijd zo graag spreekt. Ik vind het eerlijk gezegd een belediging voor de verhevenheid van jouw idealen om ze op de politiek van toepassing te achten.'

'Denk je dat de politiek een vak is?' vroeg hij. 'Denk je dat het iets is wat een politicus moet leren, zoals een handwerksman zijn ambacht moet leren alvorens het in praktijk te brengen of zoals een atleet in training gaat voordat hij het opneemt tegen de concurrentie?'

'Ach, wat zal ik zeggen?' antwoordde ik. 'Kijk alleen maar naar onze huidige politici. En dan heb ik het even niet over Perikles maar over al die anderen. Als dat allemaal deskundige, voorbeeldig opgeleide en tot in de puntjes voorbereide vaklieden zouden zijn, dan zou je gelijk hebben. Dan zou ik in training gaan alvorens het tegen hen op te nemen. Maar het is een zooitje amateurs, dat zul je toch met me eens zijn. Ze menen zich in al hun onwetendheid uitsluitend op grond van hun burgerrecht met staatsaangelegenheden te moeten bemoeien. Van hen winnen lijkt me eerlijk gezegd niet zo heel erg moeilijk. Ik ben er zeker van dat het daarvoor zal volstaan te vertrouwen op mijn aangeboren aard.'

'Dat is het allerdomste dat je vandaag hebt gezegd,' zei hij.

'Hoezo?' vroeg ik. 'Het is toch zo?'

'Is het niet zo dat Athene in oorlog is met Sparta? Ben je vergeten dat de grootste bedreiging van onze vrijheid afkomstig was en nog steeds is uit het Perzische Rijk? Dat zijn onze vijanden. Zij zullen jouw tegenstanders zijn als je de belangen van Athene wilt gaan behartigen. Als je de kracht van je concurrentie wilt peilen, moet je niet kijken naar Meidias de kwartelklopper en al die anderen, maar naar de koningen van Sparta en de grote koning van Perzië.'

'Oké, ik snap het,' zei ik. 'Houd maar op over die kwartel. Maar verder begrijp ik niet waarom Sparta en Perzië mij angst zouden moeten inboezemen. Hun politici zijn echt niet beter dan de onze.'

'Denk je dat?' vroeg hij. 'Denk je dat echt? Dan zal ik je eens iets vertellen. Laten we beginnen met de afkomst. De Spartaanse koningen stammen af van Herakles en de Perzische van Achaimenes. Beide stambomen gaan terug op Zeus.'

'Mijn stamboom gaat terug op Eurysakes, die eveneens van Zeus afstamt,' zei ik.

'Ja,' zei hij, 'en de mijne ook, want mijn vader Sophroniskos was beeldhouwer, de beeldhouwkunst is uitgevonden door Daidalos en Daidalos voert zijn afkomst terug op Hephaistos, die de zoon van Zeus is. Nou goed? Maar hun stambomen bestaan vanaf het begin der tijden uit louter koningen, terwijl wij net als onze vaders en hun vaders onaanzienlijke burgers zijn. Stel je voor dat jij jouw afkomst opklopt door te wijzen op Salamis als de geboortegrond van jouw voorvader Eurysakes of op Aigina, het eiland van Aiakos, die de voorvader van Eurysakes was, om daarmee indruk te maken op Artaxerxes, de zoon van Xerxes, de grote koning van Perzië – zou hij in lachen uitbarsten of niet, wat denk je?

Dan nog iets anders. Weet je dat de Spartanen speciale magistraten aanstellen wier taak het is er dag en nacht voor te waken dat de koningin geen kinderen zal baren van een andere man dan van de koning zelf? Een Perzische koningin moet vrezen voor haar leven als zij alleen al de verdenking op zich laadt zwanger te zijn van een bastaard. Hun bloedlijnen zijn zuiver.

Wanneer de Perzische troonopvolger geboren wordt, wordt er een groots feest aangericht in het paleis en vanaf die dag zal heel Azië elk jaar op die dag de verjaardag vieren van de kroonprins met kostbare offers en uitbundige festiviteiten. Toen wij geboren werden, hebben zelfs de buren dat nauwelijks gemerkt. De erfgenaam van de troon wordt niet in de armen van een kindermeisje gedrukt, maar vanaf de dag van zijn geboorte met aandacht en deskundigheid grootgebracht door een equipe van geselecteerde eunuchen in koninklijke dienst, die in het allerhoogste aanzien staan, niet in de laatste plaats vanwege hun bekwaamheid in het buigen en modelleren van de ledematen van het koninklijke kind opdat het zo sterk en mooi mogelijk wordt. Wanneer de jongen zeven jaar oud is, krijgt hij de beste paarden van het continent en rijlessen. Hij begint zich te bekwamen in de jacht.

Wanneer hij veertien is, wordt zijn opvoeding overgenomen door de koninklijke pedagogen, zoals zij worden genoemd. Dit zijn vier mannen die geselecteerd zijn uit de hoogste kringen van het Perzische hof en wel de meest wijze van allen, de meest rechtvaardige van allen, de meest gematigde van allen en de meest dappere van allen. De wijze onderricht de prins in de magie van Zoroaster, de eredienst voor de goden en koninklijke waardigheid. De rechtvaardige leert hem oprecht te zijn voor de rest van zijn leven. De gematigde leert hem zich niet door genoegens te laten beheersen, opdat hij eraan gewend raakt waarlijk vrij te zijn als een echte koning, die in de eerste plaats de meester is van zijn eigens verlangens in plaats van door deze tot slaaf gemaakt te worden. De dappere onderwijst hem ten slotte hoe hij zonder vrees kan zijn en hij leert hem dat ook angst een man tot slaaf kan maken. Wat kun jij daartegenover stellen, Alkibiades? Jouw opvoeding door Zopyros de Thraciër? Jouw vaardigheid in het knokkelspel en het kwartelkloppen?'

'Ik begin te begrijpen waar jij heen wilt, Sokrates,' zei ik.

'En zullen we het vervolgens,' zei hij, 'ook heel even hebben over de ernst en de orde en de zelfbeheersing en de kalmte en de grootmoedigheid en de discipline en de moed en de kracht en het uithoudingsvermogen en de opofferingsgezindheid en de trots en de eerzucht van de Spartanen? In vergelijking met hen ben jij een klein en verwend kind.

En laten we het over jouw rijkdom hebben. Het is waar, je bent bepaald niet onbemiddeld voor een Athener. Maar als jij één blik zou kunnen werpen op de slepende Perzische gewaden van dubbelgeweven zijde, het goudpoeder dat als talk over de haren is gestrooid van de prinsen, de jade en amethisten op de gespen van hun sandalen, de banketten met duizend gouden schalen waarop zeldzame delicatessen uit het land over de Indos liggen opgetast, het gevolg van eindeloze stoeten dienaren en slaven, de blinkende zilveren wapenschilden van de lijfwacht en de schatkamers die uitgestrekter zijn dan het labyrint van de Minotauros en die uitpuilen van de tribuutgaven die generaties vazalvorsten vanuit alle uithoeken van Azië met knikkende knieën hebben afgedragen, dan acht ik het niet uitgesloten dat zelfs jij je een ogenblik minderwaardig voelt.

Ik heb ooit iemand gesproken die in Perzië had rondgereisd en hij vertelde mij dat hij op een gegeven moment een uitgestrekt goed en vruchtbaar land moest oversteken, hetgeen hem een dagreis kostte, en dat dit land de Gordel van de Koningin werd genoemd. Een ander, even omvangrijk landgoed was haar Sluier en zo waren er talloze weelderige domeinen van puik bouwland die haar eigendom waren en die aan haar garderobe waren gewijd. Stel je voor dat er iemand audiëntie vraagt bij de koning-moeder Amestris, die de echtgenote was van Xerxes, en haar zegt dat de zoon van Deinomache haar zoon uitdaagt om de wereldheerschappij en dat deze Deinomache jurken bezit die wel vijftig mnai hebben gekost, terwijl haar zoon een stuk land van driehonderd plethra bezit in Erchia. Zij zal zich zeker afvragen waarop deze Alkibiades, de zoon van Deinomache, de overmoed baseert om haar zoon te durven weerstreven. Op inzet en wijsheid, zal zij denken, want dat zijn de enige kwaliteiten onder de Grieken die de moeite van het vermelden waard zijn. Wanneer zij vervolgens hoort dat deze Alkibiades nog maar net twintig jaar oud is en elke vorm van opleiding ontbeert en dat hij de adviezen van zijn minnaar, die hem op het hart probeerde te drukken dat hij toewijding, studie en oefening nodig heeft alvorens zich te willen meten met koningen, hooghartig in de wind heeft geslagen, zal zij verbijsterd vragen waarop deze knul zijn pretenties dan wel baseert. En als ze haar dan vervolgens zeggen dat hij geheel en al vertrouwt op zijn aangeboren aard, zijn lekkere lijf en zijn knappe koppie, zal zij niet geheel ten onrechte concluderen dat hij gek is. En ik stel me voor dat koningin Lampido van Sparta, de dochter van koning Leotychidas, de echtgenote van koning Archidamos en de moeder van Agis, zich evenzeer zou afvragen door welke dwaasheid die Atheense jongen is bevangen die gelooft dat hij zonder educatie en voorbereiding een partij kan zijn voor het Spartaanse koningshuis. Is het niet zorgwekkend en beschamend dat zelfs de vrouwen en moeders van de koningen van Perzië en Sparta beter zicht hebben op de kwaliteiten en inspanningen die nodig zijn voor een politieke carrière dan jij?

Neem de spreuk van Delphi ter harte, mijn lieve, arrogante Alkibiades. Ken jezelf. Deze edele, hogelijk gekwalificeerde en tot in de puntjes voorbereide vorsten zullen jouw tegenstanders zijn, en niet die kwakende kikkers op de Pnyx, en er is niets wat ook maar de geringste hoop rechtvaardigt dat jij de overhand op hen zou kunnen verwerven, tenzij je beseft dat je nog heel veel moet leren. Zonder dat besef maak je geen schijn van kans om je naam in alle uithoeken van de Griekse en barbaarse wereld de weerklank van ontzag te verlenen, terwijl dat toch is wat je het meeste van alles begeert.'

We praatten daar aan de oever van de Ilissos nog tot het vallen van de avond verder over de vraag of er een verschil is tussen doen wat juist is en doen wat voordelig is voor jezelf of voor de stad (hij vond van niet), over de vraag of een democratisch bestuur door middel van meerderheidsbesluiten per definitie de beste besluiten neemt (hij vond van niet), over de vraag of het wenselijk zou zijn de beste besluiten te nemen (hij vond van wel), over de vraag of het niet beter zou zijn de wijste mensen te laten beslissen in plaats van de meerderheid van alle mensen (hij vond van wel), over de vraag wie in dat geval zou moeten beslissen wie de wijste mensen zijn (dat vond hij een ongeldige vraag, maar ik ben vergeten waarom), over de vraag of een ochlocratie, die ook wel populisme wordt genoemd, het tegenovergestelde is van een democratie (hij vond dat het ene in het verlengde lag van het andere) en over de vraag of populisme het einde van de democratie zou kunnen inluiden (hij was ervan overtuigd dat dat zo was). Het gesprek mondde uit in de conclusie dat ik ongelijk had door te denken dat ik zonder kennis van het goede de politiek in zou kunnen gaan en dat het voor de verwezenlijking van mijn ambities essentieel was dat ik van hem zou leren wat rechtvaardigheid was. Onze discussies mondden altijd uit in de conclusie dat ik ongelijk had en dat ik van hem moest leren wat rechtvaardigheid was.

Maar ik moet toegeven dat ik mij de details van de tweede helft van ons gesprek aan de Ilissos niet meer heel erg goed herinner, want als ik eerlijk ben was ik er met mijn hoofd niet meer helemaal bij. Zijn woorden over de koningen van Sparta en Perzië galmden nog na in mijn gedachten. Hij had mij vol geraakt op mijn zwakste plek. Terwijl het zijn bedoeling was mijn aspiraties te temperen, had hij het vuur van mijn ambitie tot ongekende hoogte aangewakkerd. Want hij had gelijk. Ik moest mij niet tevredenstellen met het verwerven van de macht in Athene. Dat zou alleen nog maar het begin zijn. Vervolgens waren er Spartaanse en Perzische koninkrijken te veroveren. Op die idyllische dag in het zachte gras onder de ruisende plataan bij het ijle gezang van cicaden aan het kabbelende water van de Ilissos nam ik ernstig en grimmig het plechtige besluit dat ze nog van mij zouden horen daar in hun galmende, hoge, koninklijke hallen in Sparta en in Perzië en dat geen vorst of vorstin in Europa of Azië ooit nog zou spotten met de naam van Alkibiades van Athene.

10

Intussen was het nog steeds oorlog, maar de grootste oorlog aller tijden, die heel Hellas met hooggespannen verwachtingen volgde en die mijn leeftijdsgenoten en ik met geestdrift hadden verwelkomd als onze langverwachte afspraak met de onsterfelijke roem, begon in zijn tweede jaar al saai te worden. De Spartanen kwamen in de zomer opnieuw huishouden in onze ommelanden. Deze keer drongen ze door tot de oostkust van Attika en de zilvermijnen van Laurion. Wij verschansten ons achter de muren van onze stad en sloegen terug met onze zeemacht, waarin we iets succesvoller waren dan in het eerste jaar. Het scheelde weinig of we hadden zelfs Epidauros ingenomen. Desalniettemin nam de kritiek op Perikles toe naarmate de zwarte rookpluimen boven de boerderijen en landgoederen hoger opstegen en hoe meer hij onder druk kwam te staan, hoe vastberadener hij werd. Het begon allemaal nu al angstaanjagend herkenbaar te worden.

Ten overstaan van het volk van Athene noemde hij het platteland van Attika een tuintje, dat van weinig waarde en van gering belang was. Onze schepen openden de wereld voor ons en er was ter wereld geen koning die ons kon tegenhouden om te gaan waarheen we wilden gaan. Ik begreep inmiddels steeds beter dat hij met deze argumentatie doelbewust polemiseerde tegen de oude adel, die landbezit als machtsbasis koesterde, en dat hij zich opstelde als een radicale democraat, die voor een belangrijk deel steunde op de gunst van de gewone man, die blij is met zijn goedbetaalde overheidsbaantje aan boord van een van de honderden oorlogsschepen of die voor zijn nering vertrouwt op de handel in de duizenden importproducten die onze transportschepen dagelijks lossen op de kades van onze haven. De politieke berekening die aan zijn polariserende positie ten grondslag lag, was dat hij de landadel, die de democratie als zodanig wantrouwde, toch nooit aan zijn zijde zou kunnen krijgen, wat hij ook zou zeggen of doen, en dat het daarom een gering offer was om de kans op hun steun definitief te verspelen omwille van het enthousiasme van een meerderheid die voor haar inkomen van de democratie afhankelijk was.

En Perikles herhaalde ten overstaan van het volk wat hij tegen mij had gezegd op de dag dat hij mij het zo goed als voltooide Parthenon had laten zien. Wat er voor hem op het spel stond, was niets minder dan de eeuwige glorie van Athene, die naar zijn mening gebouwd was met de middelen die de vloot in de vorm van een uitgestrekt overzees imperium had verworven en zeker gesteld. 'De glorie van de publieke zaak is voordeliger voor burgers dan individueel welzijn in een vernederde staat,' zei hij. Ik herinner het me nog goed. 'Iemand kan persoonlijk in goeden doen zijn, maar als de staat ten onder gaat, gaat noodzakelijkwijs ook hij ten onder. Wanneer de staat daarentegen bloeit, verschaft dat zelfs aan de minst gefortuneerde burgers een kans om zich aan hun ongeluk te ontworstelen. Ik vraag jullie daarom om jullie individuele zorgen ondergeschikt te maken aan het staatsbelang, om Athene vastberaden te verdedigen en om mij niet de schuld te geven van een oorlog waar jullie zelf voor hebben gestemd.' Perikles was op zijn best wanneer hij de bevolking, wier democratische besluiten hij zo veel mogelijk negeerde, aansprak op haar verantwoordelijkheid voor haar democratische besluiten.

En toen kwam de ziekte. Het was de meest verwoestende plaag sinds mensenheugenis. De extreme besmettelijkheid ging samen met een desastreuze sterftegraad. De artsen konden weinig doen, omdat de ziekte hun onbekend was. Zij waren het ook die ten gevolge van hun contact met de patiënten als eersten stierven. Alle andere remedies waartoe mensen zich in wanhoop plegen te wenden, zoals riten en smeekbeden in de tempels, waarzeggerij en raadplegingen van oude orakels, hadden evenmin veel invloed op het ziekteverloop en al vrij snel moest men ook dit soort activiteiten door de overweldigende kracht van de ziekte noodzakelijkerwijs staken. Sommigen wezen de schending van het orakel dat de bebouwing van de Ooievaarsbuurt had verboden aan als oorzaak van de ziekte, maar naar mijn overtuiging had de Pythia van Delphi haar orakel anders bedoeld, was de oorzaak van de ziekte eerder gelegen in het feit dat de bebouwing van de Ooievaarsbuurt onvermijdelijk was geworden door het grote aantal evacués van het platteland in de stad en was dat de rampspoed waarvoor het orakel had willen waarschuwen.

Men zegt dat de ziekte uit Afrika kwam. De vroegste meldingen schijnen uit Ethiopië te komen, vanwaar de ziekte zich kennelijk heeft verspreid over Egypte en Libië. De eerste besmettingen bij ons waren in de haven van Peiraieus. Vandaar verspreidde de plaag zich in een mum van tijd over de stad, waar de doden zich in een hoog tempo ophoopten, mede doordat de stad overbevolkt was met de evacués van het platteland, die dicht opeengepakt in deplorabele hygiënische omstandigheden in geïmproviseerde onderkomens bivakkeerden.

De ziekte sloeg toe zonder aanzien des persoons. Gezonde mensen werden even gemakkelijk besmet als zwakkeren en het ziekteverloop was voor hen niet minder ernstig. In eerste instantie veroorzaakte de infectie een koortsachtig gevoel in het hoofd en rode, ontstoken ogen. De keel en de tong werden rood en bloederig en veroorzaakten een stinkende, bedorven adem. Hierop volgden niesbuien en heesheid, die vrij snel overgingen in een harde, droge hoest en pijn in de borst. Wanneer de ziekte de buik bereikte, raakte de maag overstuur, hetgeen gepaard ging met droog braken, het opgeven van gal, hevige spasmes en aanzienlijk lijden.

Het lichaam van de zieken werd enigszins rood of grauw en op de huid verschenen blaasjes en zweren. Bij sommigen werden de extremiteiten aangetast, zoals de vingers, de tenen en de genitaliën. Het lichaam voelde vanbuiten niet heel erg warm aan, maar de patiënt zelf ervoer een gevoel van hevige koorts. Elk kledingstuk of linnen laken werd onverdraaglijk door de hitte die ze voelden en ze wilden naakt zijn of zich liever nog onderdompelen in ijskoud water. Sommigen, die geen verzorgers meer hadden om hen tegen te houden, deden dat ook. Ze klommen in de regentonnen. De zieken hadden voortdurend dorst en drinken hielp niet. Daar kwam nog bij dat het de meesten niet meer lukte de slaap te vatten, hetgeen hun ellende nog meer verergerde. Tijdens deze meest acute fase van de ziekte hield het lichaam meestal nog stand. Wanneer ze op de zevende of achtste dag instortten door hun interne ontstekingen, hadden ze vaak nog wel wat kracht. Het stadium daarna, wanneer de ziekte greep kreeg op de darmen, hetgeen gepaard ging met hevige zweren en diarree, verzwakte hen echter zozeer dat het hun meestal fataal werd. Wie overleefde, leed soms aan geheugenverlies en het kwam voor dat een genezen patiënt aanvankelijk zijn familie en vrienden niet meer herkende.

Andere ziekten leken te zijn uitgebannen. Iedere willekeurige ziekte die iemand maar kon krijgen, liep uit op deze. Sommigen stierven eenzaam en verwaarloosd, anderen terwijl ze omgeven waren door de best denkbare zorg. Er was geen kuur die invloed had op het verloop van de ziekte. En het verschrikkelijkste van alles was misschien nog wel dat, zodra iemand merkte dat hij besmet was, hij onmiddellijk en met enig recht de conclusie trok dat er geen hoop meer voor hem was en dat hij de strijd bij voorbaat opgaf. Bovendien stierven vooral degenen die anderen hadden verzorgd, waardoor niemand zich nog bijzonder geroepen voelde om anderen bij te staan. Wie niet werd verzorgd, stierf van verwaarlozing, terwijl degenen die wel werden verzorgd de dood van hun verzorgers veroorzaakten. Sommige huizen stonden leeg, omdat familieleden hun stervende dierbare waren ontvlucht, maar de kreunen van de dood waren onontkoombaar. De enigen die iets voor een ander konden betekenen, waren zij die de ziekte hadden overleefd, want niemand werd tweemaal besmet, althans niet met fatale gevolgen. Maar het waren er weinigen.

De lijken hoopten zich op, zelfs in de tempels, want de wanhoop maakte de mensen onverschillig zelfs omtrent wat ooit voor heilig was gehouden. Voor een fatsoenlijke uitvaart was er meestal geen tijd meer of er waren geen nabestaanden meer die daarvoor zorg zouden kunnen dragen. Brandstapels die waren opgebouwd voor een dierbare, werden soms gekaapt door wildvreemden, die het lijk van hun eigen dierbare er gauw bovenop gooiden en de brandstapel aanstaken. Het kwam voor dat mensen hun dode boven op een andere dode smeten die op een brandstapel aan het branden was. Hoewel er veel lijken onbegraven in de straten lagen, hielden de aasgieren en de honden zich er verre van. De gieren werden zelfs helemaal niet meer gezien.

Terwijl de ziekte huishield, viel de stad ten prooi aan anarchie. Omdat het de heersende opvatting werd dat we toch allemaal zouden sterven, verloren de wetten en de moraal aan relevantie en deden mensen alles wat ze ooit in het verborgene hadden gedaan openlijk en schaamteloos. Omdat rijken net zo kansloos aan de ziekte bezweken als de armen, waren er opeens allerlei armen die fortuinen erfden en omdat bewezen was dat die fortuinen de dood niet op een afstand konden houden, gaven ze alles zo snel mogelijk uit in een poging om het naar alle waarschijnlijkheid zeer korte leven dat hun nog restte maximaal op te fleuren met de meest extravagante genoegens. Iets ouderwets als fatsoen of eergevoel was volledig uit de mode geraakt, want niemand geloofde erin dat hij nog lang genoeg zou leven om de vruchten te plukken van zijn goede naam. Vrees voor de goden was verdampt, want men was tot de conclusie gekomen dat het niets uitmaakte of men de goden vereerde of niet. Vrees voor de wet werd weggelachen, want geen enkel vonnis kon erger zijn dan het collectieve doodsvonnis dat over de stad was uitgesproken.

Ik woonde nog steeds in het huis van Perikles en ik maakte van nabij mee dat mijn stiefvader een groot deel van zijn familie aan de ziekte verloor, waaronder zijn zus. Ook zijn oudste zoon Xanthippos werd ziek en stierf kort daarna. Maar Perikles behield zijn kalme grootsheid en waardigheid. Hij bleef nadrukkelijk in functie als vader van de stad en ik heb hem niet eens zien huilen, zelfs niet toen het lichaam van zijn zoon plechtig en uiterst definitief werd verbrand. Een paar maanden later stierf ook zijn jongere zoon Paralos aan de ziekte. Ook toen blonk hij uit in beheersing en hij bleef trouw aan zijn grandeur, maar toen hij tijdens de uitvaartplechtigheid de krans op Paralos' dode lichaam legde, brak hij en huilde hij alsof hij voor het eerst in zijn leven huilde.

Ook Perikles werd ziek. In zijn geval was het geen acute aanval, die in enkele dagen tot een kritieke toestand leidt, maar een traag en langdurig ziekteverloop dat zijn lichaam geleidelijk al zijn krachten ontnam. Ik week niet meer van zijn ziekbed vanaf het moment dat het duidelijk was dat hij het niet zou gaan redden en ik was erbij toen een aantal van zijn vrienden en gezagsdragers van de stad zich om zijn stervende lichaam verzamelden en één voor één een lofrede hielden over zijn uitzonderlijke betekenis voor Athene. Ze dachten dat hij buiten bewustzijn was. Maar hij had alles gehoord. Hij antwoordde. Hij zei dat het hem verbaasde dat ze hem prezen om al die prestaties die eerder aan geluk te danken waren geweest dan aan zijn kwaliteiten en al die overwinningen die hij niet zonder de andere generaals had kunnen behalen, maar dat ze zijn grootste en belangrijkste verdienste onvermeld lieten.

'Want niemand in Athene,' zei hij, 'heeft door mijn toedoen een zwarte rouwmantel hoeven aantrekken.'

Dat waren zijn laatste woorden.

BOEK II

Het tijdperk van de palingvisser

Athene

1

Wellicht had ik er beter aan gedaan de plaag niet te noemen en het was ook met zekerheid onnodig om de ellende voor jullie zo uitgebreid te beschrijven als ik heb gedaan, want er is geen gebeurtenis in de recente geschiedenis van de stad die zo diep en onuitwisbaar in het collectieve geheugen gegrift staat als de Atheense capitulatie voor de ziekte. Misschien was het ook ongepast van mij om jullie herinnering aan die calamiteit te verversen, want Athene verloor naar schatting honderdduizend zielen, een derde van haar bevolking, en dat vergeet niemand. Zelfs de komediedichters, die spotten met alles wat heilig is en hun best doen om te steken waar het het meeste pijn doet, hebben nog nooit een grap durven maken over de plaag. De reden waarom ik hier, in dit verslag, toch met tegenzin meerdere regels aan dat trauma heb gewijd, is dat ik inmiddels, terwijl ik profiteer van het voordeel van de distantie in de tijd en mijn terugblik op die ramp kan verrijken met de kennis van de gevolgen, besef dat de ziekte een fundamentele cesuur vormde. Na de epidemie werd niets meer zoals het was.

Daarom mag ik het een toepasselijk toeval noemen dat de eerste papyrus zo goed als volgeschreven was en dat ik, hoewel ik met mijn pen in Athene blijf en altijd met mijn gedachten in Athene zal blijven, een nieuwe rol kon laten brengen voor het vervolg.

Deze waterscheiding in de geschiedenis gold zowel de stad als mij persoonlijk. Het was een keerpunt in de oorlog, zowel onmiddellijk als op lange termijn. De Spartanen, die druk bezig waren ons platteland te plunderen, zoals Spartanen deden in die dagen, zagen de rook van de duizenden brandstapels die binnen de muren van Athene werden ontstoken en van deserteurs hoorden ze de details over de verschrikkingen die zich in de stad afspeelden. Uit angst voor besmetting heeft het Spartaanse leger zich halsoverkop teruggetrokken om pas een jaar later terug te keren.

Athene was blijvend verzwakt door het verlies aan mensenlevens maar vooral door het verlies van zijn meest competente aanvoerder. Na het wegvallen van Perikles werd de politieke arena een speelveld voor opportunisten, die het staatsbelang hooguit als excuus hanteerden om het eigenbelang te dienen en die provocaties als beleid trachtten te slijten. De epidemie had de stad vatbaar gemaakt voor extremisme, omdat de aanvankelijke emoties van machteloosheid en frustratie als brandstof hadden gefungeerd voor een licht ontvlambare, algehele emotionaliteit, die ongeleid was, onvoorspelbaar en eenvoudig kortstondig te manipuleren. De mensen waren boos, moe, opstandig en verdrietig en dit mengsel vormde een vruchtbare humus voor even irrationele als verregaande, impulsieve besluiten. En zodra er eenmaal een klimaat is ontstaan waarin extreme standpunten uitsluitend nog overschreeuwd kunnen worden door nog extremere stellingnamen, wordt het steeds lastiger om de weg terug te vinden naar redelijkheid en een doordachte visie.

De dood van Perikles raakte mij persoonlijk meer dan ik had verwacht. Hoewel Perikles nooit een tweede vader voor mij was geweest, was ik voor de tweede keer wees geworden. Toen hij geen bewondering meer kon afdwingen, begreep ik dat ik hem altijd bewonderd had. Ik had mij in mijn irreële en tomeloze ambitie ingebeeld dat ik met hem in een concurrentiestrijd verwikkeld was en pas toen hij die strijd, waarvan hij nooit heeft geweten, onverwachts opgaf, zag ik in hoe moeilijk het zou zijn hem te overtreffen. Pas toen de lange slagschaduw van zijn imposante statuur was weggevallen, besefte ik dat de felle zon, waarnaar ik zo gehunkerd had, meedogenloos was. Tegelijkertijd had ik nu geen excuus meer om in de schaduw te blijven.

De dood van Perikles mengde het verse en vreemd smakende ingrediënt van plichtsbesef door mijn bruisende ambitie. Zoals iemand die zijn vader verliest met een schok beseft dat hij vanaf dat moment bij wijze van spreken zijn eigen vader zal moeten zijn, zo had het feit dat ik mij niet langer kon ergeren aan zijn ernst en verantwoordelijkheidsgevoel tot gevolg dat ik mijn kwajongensachtige aspiraties om hem te overtreffen serieus ging nemen. Hij was degene geweest die mij louter door te bestaan de richting van mijn bestemming had aangegeven, maar altijd in mijn uitzicht was blijven staan, en nu hij was weggevallen, had ik opeens vrij zicht op de immense ruimte die hij bij leven had gevuld en die als braakliggend land voor mij lag. Mijn voornemen om op een dag net als hij de leider van de leidende staat in de wereld te zijn en mijn naam de klank van ontzag te verlenen in de annalen van onze machtige vijanden, dat zolang ik nog onder zijn hoede had gestaan slechts een onschuldige en onrealistische jongensdroom was geweest, hoe vurig ik er ook in geloofde, nam met zijn verscheiden de even opwindende als verontrustende gedaante aan van een gevaarlijk realistisch streven. Ik voelde de plicht jegens mijzelf om ernst te gaan maken met mijn hersenspinsels.

Maar ik moest behoedzaam manoeuvreren, want troebele tijden waren aangebroken, en behoedzaamheid is niet mijn grootste talent. De onstuimige omstandigheden vroegen om geduld en juist dat is lastig op te brengen voor wie van zijn bestemming is overtuigd. Als ik nu terugkijk op die periode gedurende de eerste jaren na de dood van Perikles, dan moet ik concluderen dat ik geluk heb gehad dat ik ondanks verwoede pogingen heb gefaald in mijn streven om sneller naar de Olympos te vliegen dan Bellerophon. Nog dieper dan Bellerophon zou ik zijn gevallen. Zeer tegen mijn zin kreeg mijn invloed slechts traag gestalte en die traagheid was mijn redding.

Door zijn dood kreeg Perikles nog meer gelijk dan hij bij leven had. Zijn obsessie met de publieke zaak, het nationale belang en de glorie van Athene kreeg door de schaamteloosheid van politiek winstbejag en de myopie van machtswellust en eigenzucht in de jaren die volgden op zijn dood met terugwerkende kracht het gewicht van een zeldzame wijsheid. Privébelangen, eerzucht en egoïsme inspireerden beleid dat schadelijk was voor de stad en het bondgenootschap. Er werden besluiten genomen die, als ze succesvol waren, tot eer en voordeel zouden strekken van bepaalde individuen en die, als ze misliepen, nadelig zouden zijn voor de collectieve zaak en het verloop van de oorlog. Geen van Perikles' opvolgers had de statuur en het overwicht van Perikles en omdat niemand van hen zich met natuurlijk gezag van de anderen wist te onderscheiden, waren ze in voortdurende strijd met elkaar verwikkeld om de macht. Omdat alle politici even wanhopig dongen naar de gunst van het volk, werd de staat in feite bestuurd door de grillen van de publieke opinie.

2

Degene die het chaotische politieke klimaat dat het gevolg was van Perikles' dood het handigst productief wist te maken voor zijn eigen ambities, niet in de laatste plaats door de chaos die hem aan de macht had gebracht te koesteren en te vergroten, was Kleon, de zoon van Kleainetos, uit het district Kydathenaion. Mijn vriend Aristophanes heeft Kleon ooit vergeleken met een palingvisser. In stil, helder water vangen palingvissers niets, maar als zij het water troebel maken door flink in de modder op de bodem te gaan peuren, hebben zij kans op een goede vangst. Precies zo profiteerde Kleon van troebele tijden en wist hij macht uit te oefenen en zijn zakken te vullen zolang hij erin slaagde om de stad op te schudden met onrust en wanorde.

Gedurende de laatste jaren van de regering van Perikles had Kleon zich steeds nadrukkelijker geprofileerd als de leider van de oppositie. Hij had de gevoelens van onvrede over Perikles' strategie in de oorlog getracht te mobiliseren, hetgeen hem, ondanks zijn verre van nobele afkomst en stijl, tot een natuurlijke bondgenoot had gemaakt van de aristocraten en de oude landadel. Na Perikles' dood begreep hij dat de democratische meerderheid bij ontstentenis van haar leider voor het oprapen lag en ontpopte hij zich als een extremistische volksjongen, vriend van het gepeupel, zonder zich erom te bekreunen dat hij de steun van de aristocraten daarmee verspeelde. Hij was een onbehouwen en grofgebekte, maar charismatische spreker, die het voordeel genoot van een zeer luide stem. Hij schaamde zich er niet voor om beledigingen te schreeuwen en schortte zijn mantel op om daar vrijelijk woest bij te gebaren. Het minder verfijnde deel van de stemgerechtigden, dat verre uit het grootste deel van de stemgerechtigden vertegenwoordigde en dat van nature geneigd is de elite te wantrouwen, smulde van de volkse directheid waarmee hij hun verontwaardiging tot de zijne maakte. Hij had het talent om net zo veranderlijk en toch net zo uitgesproken te zijn in zijn opvattingen als de publieke opinie. Hij was een verboze lasteraar met een rijk repertoire aan ongepastheden, zoals Thersites, maar helaas ontbeerde het volk van Athene de waardigheid van Odysseus, die Thersites de scepter uit de hand rukte en hem ermee van langs gaf. Het volk van Athene applaudisseerde en droeg zijn nieuwe Thersites op handen.

Kleon verhoogde de dagvergoeding voor juryleden in de rechtbanken tot drie obolen, wetend dat juryzittingen een welkome bijverdienste vormden voor de minder bemiddelden, en sloeg daarmee twee vliegen in één klap. De armen waren hem dankbaar en zijn generositeit leidde tot een spectaculaire toename van het aantal rechtszaken, die vaak om futiliteiten en op grond van valse aanklachten werden aangespannen. De gehate beroepsgroep van de sycofanten floreerde als nooit tevoren. Deze krentenadvocaten, die in staat waren om iemand op grond van het vermoeden van een gestolen krent voor het gerecht te dagen, lieten zich in ruil voor een gepast cachet engageren voor het doen van valse aangiften, chantage, omkoping van juryleden, afpersing en het creëren van juridisch ongemak dat door de tegenpartij in wanhoop met een schikking werd afgekocht. De onrust die hun activiteiten creëerden, was Kleons habitat. Bovendien maakte hijzelf gretig gebruik van de overspannen en verziekte procedeerwoede om politieke tegenstanders door middel van dubieuze juridische procedures uit te schakelen.

Athene was in deze tijd meer met zichzelf bezig dan met de oorlog. Hoe gevaarlijk deze houding was, bleek mijns inziens zonneklaar uit de gebeurtenissen rond de opstand in Mytilene. Tevens bleek, nadat die opstand met moeite en enig geluk was neergeslagen, hoe gevaarlijk en gewelddadig Kleon was. Hoewel ik, afgezien van een bijrolletje als vrijwilliger op een trireem, op geen enkele manier formeel betrokken was bij deze gebeurtenissen, heb ik deze destijds in Athene met meer dan gemiddelde belangstelling gevolgd en heb ik mij naderhand laten informeren over de voorvallen op Lesbos en in Olympia, en hoewel velen van jullie in grote lijnen bekend zullen zijn met deze geschiedenis, wil ik haar toch in enig detail uiteenzetten, omdat ik ervan overtuigd ben dat deze opstand, hoewel zij voor Athene goed is afgelopen, een gevoelige zwakte van het onoverwinnelijk geachte Atheense imperium blootlegde en omdat ik denk dat het nog altijd niet te laat is voor jullie en voor mij om ons voordeel te doen met de lering die wij hieruit kunnen trekken.

3

In de zomer van het vierde jaar van de oorlog, het jaar waarin mijn moeder stierf, toen de Spartaanse troepen en hun bondgenoten van de Peloponnesische confederatie onder aanvoering van koning Archidamos van Sparta opnieuw massaal waren binnengevallen in Attika en plunderden en vernietigden wat ze tijdens hun invasies van de voorafgaande jaren nog niet hadden geplunderd en vernietigd, bereikten ons via onze honoraire consuls op het eiland Lesbos berichten dat de stad Mytilene aldaar was begonnen met bouwwerkzaamheden om de stadsmuren en de kaden van de haven te versterken, haar vloot in staat van paraatheid bracht, extra graanvoorraden aanlegde en boogschutters had gemonsterd uit Azië, hetgeen alleen maar kon betekenen dat de stad voorbereidingen aan het treffen was om de rest van het eiland aan zich te onderwerpen. De consuls waarschuwden ons dat de bevolking van Mytilene van zins was over te lopen naar de Spartanen en dat Athene, tenzij er voortvarend werd ingegrepen, een reëel risico liep om heel Lesbos te verliezen als bondgenoot. De versterkingen van de verdedigingswerken en de invoer van reservevoorraden graan wezen erop dat de stad Mytilene zich erop voorbereidde om een eventueel beleg van Atheense troepen te weerstaan.

Het was duidelijk dat erop werd gespeculeerd dat de epidemie ons had verzwakt, dat de invasie van Attika onze aandacht afleidde en dat het woelige politieke klimaat na de dood van Perikles onze beslistheid en slagvaardigheid zou hinderen. Deze speculaties waren niet geheel ongegrond. Het nieuws uit Mytilene was ons dermate onwelkom dat wij het aanvankelijk voor het gemak weigerden te geloven. Pas toen de ambassadeurs die wij naar Lesbos hadden gestuurd in de overtuiging dat een diplomatieke waarschuwing afdoende zou zijn om hun plannen, voor zover deze al bestonden, in de kiem te smoren, terugkeerden met een resolute weigering van de magistraten van Mytilene om aan onze voorwaarden te voldoen, waren wij mokkend bereid in te zien dat het gevaar reëel was. We konden ons het verlies van Mytilene en de rest van Lesbos als bondgenoten niet permitteren. De Lesbische vloot was te sterk om te kunnen tolereren dat deze in handen van de vijand zou vallen. Dat zou een bedreiging vormen voor de onaantastbaarheid van onze maritieme suprematie, waarop onze gehele oorlogsstrategie was gebaseerd. Bovendien genoten we inkomsten van het eiland die niet te verwaarlozen waren. Er werd met tegenzin besloten om voortvarend en proactief op te treden.

Een vloot van veertig schepen met achtduizend man die in de haven van Peiraieus in gereedheid was gebracht om rond de Peloponnesos te gaan varen en Spartaanse bezittingen aan te vallen, werd onverwijld naar Lesbos gestuurd. We hadden gehoord dat men in Mytilene op het punt stond een belangrijk religieus festival te vieren ter ere van Apollo in Malea, even buiten de stad, en dat alle inwoners van Mytilene daarbij aanwezig zouden zijn. Als onze vloot haast zou maken, zou zij de stad bij verrassing kunnen overmeesteren. Maar de inwoners van Mytilene werden ingelicht omtrent onze plannen door een spion, die van Athene overstak naar Euboia, over land naar de haven van Geraistos reisde op de uiterste zuidoostelijke punt van Euboia, daar een vrachtschip vond dat gereed was om uit te varen en op de derde dag na zijn vertrek uit Athene Mytilene wist te bereiken. De inwoners van Mytilene zagen af van hun bezoek aan de tempel van Malea en verschansten zich in de stad om de Atheense vloot af te wachten.

Toen de Atheense schepen voor Mytilene arriveerden, beseften de admiraals dat ze het verrassingselement kwijt waren geraakt. Ze brachten hun eis tot onvoorwaardelijke overgave over aan de stad en na de weigering begonnen de vijandigheden. De Mytileense vloot deed een uitval, maar de schermutselingen die daarop volgden eindigden onbeslist. In Mytilene zon men op een list om tijd te winnen en de hulp van Sparta in te roepen. Daarom stelden ze een wapenstilstand voor. Als teken van hun goede wil zouden ze de spion uitleveren aan Athene en ambassadeurs meesturen op hetzelfde schip om in Athene te onderhandelen over de voorwaarden van de overgave. De Atheense admiraals waren ontvankelijk voor dit voorstel, omdat ze beseften dat hun vloot te klein was om zonder het voordeel van de verrassing de hoop te kunnen koesteren om heel Lesbos gewapenderhand in te nemen. Terwijl het schip naar Athene uitvoer, wist een kleine, snelle galei met ambassadeurs die naar Sparta werden gezonden aan het oog van de Atheners te ontsnappen.

De diplomatieke missie naar Athene keerde, zoals verwacht, terug zonder een akkoord. De Atheense vloot blokkeerde de haven van

Mytilene en sloeg op het land kamp op aan weerszijden van de stad. De belegering was een feit. De ambassadeurs aan boord van de Mytileense galei bereikten Sparta na een zware overtocht over open zee. Ze hadden de kusten gemeden om uit het zicht te blijven. De Spartanen ontvingen hun voorstel voor een bondgenootschap niet onwelwillend, maar stelden de Mytileense ambassadeurs voor om samen met hen naar Olympia te reizen, waar de vierjaarlijkse Spelen zouden worden gevierd. Omdat alle bondgenoten van de Spartaanse confederatie daar met een hoge vertegenwoordiging aanwezig zouden zijn, bood een bezoek aan de Spelen een unieke kans om hen bij de besluitvorming te betrekken. Dit waren de Spelen waarbij Dorieus van Rhodos zijn tweede overwinning behaalde in het pankration. De bijeenkomst vond plaats in de tempel van Zeus achter gesloten deuren.

De Mytileense delegatie motiveerde haar verzoek om te mogen toetreden tot de confederatie door te wijzen op de agressieve houding van Athene jegens zijn zogenaamde bondgenoten. Mytilene en de rest van Lesbos voelden zich geïntimideerd door het Atheense imperialisme en beschouwden de Spartaanse confederatie als een solidere garantie voor hun autonomie en vrijheid. Ze gaven toe dat hun verzoek tot een bondgenootschap een zekere urgentie had en dat ze veel vroegen, namelijk onmiddellijke bescherming tegen een machtige vijand. Maar zij hadden ook veel te bieden. De Lesbische vloot was aanzienlijk, goed getraind en ervaren en slagkracht op zee was precies datgene waaraan het de confederatie ontbrak.

'Wij bieden jullie een kans die jullie nog niet eerder hebben gehad,' zei de leider van de Mytileense delegatie. 'De epidemie heeft Athene verzwakt en de kosten van de oorlog, die Athene op meerdere fronten gedwongen is te voeren, beginnen zwaar te wegen. De vloot van de Atheners is deels uitgezonden om jullie kusten te bestoken en is voor het overige deel betrokken bij de zeeblokkade van onze stad. Het is niet waarschijnlijk dat zij nog een groot aantal schepen achter de hand hebben. Wij hebben erover nagedacht en wij hebben een strategisch plan. Als jullie deze zomer voor de tweede keer dit jaar Attika binnenvallen en gelijktijdig over zee een offensief lanceren tegen de haven van Peiraieus, wordt Athene in serieuze moeilijkheden gebracht. Wij zien twee mogelijkheden. De eerste is dat de haven zonder noemenswaardige tegenstand kan worden ingenomen omdat hun voltallige zeemacht buitengaats is. In dat geval zal ook kort daarna de stad zelf vallen. Omdat de Atheners dat uiteraard ook beseffen, is de tweede mogelijkheid waarschijnlijker en die houdt in dat zij hun schepen van jullie en onze kusten terugtrekken om Peiraieus te beschermen. Met het veiligstellen van onze kusten hebben we ons doel op korte termijn bereikt.

Voor ons doel op lange termijn is het belangrijk te beseffen dat deze oorlog niet gewonnen kan worden in Attika, zoals sommigen van jullie lijken te denken. De oorlog wordt gewonnen in de vazalstaten van het Atheense imperium. Zij zijn de bron van inkomsten voor Athene en daarmee het fundament onder de militaire macht van jullie machtige vijand. Als jullie ons verzoek afwijzen, is het zo goed als zeker dat Athene Mytilene en de rest van Lesbos zal onderwerpen en beslag zal leggen op onze geldelijke middelen en grondstoffen. Gezien onze rebellie tegen Athene is er geen enkele reden om te verwachten dat zij ons milder zullen behandelen dan de andere zogenaamde bondgenoten die zij zonder een dergelijk excuus voor hardvochtigheid hebben ingelijfd. Ze zullen een voorbeeld willen stellen en ons lot zal een afschrikkende werking hebben op andere vazalstaten die spelen met de gedachte om te rebelleren. Als jullie ons verzoek daarentegen inwilligen en als wij onze autonomie en vrijheid kunnen behouden en ten dienste mogen stellen van jullie confederatie, zal dat de andere bondgenoten van Athene aanzienlijke moed verschaffen om ons voorbeeld te volgen. Dit scenario versterkt de boodschap van jullie propaganda die jullie presenteert als de bevrijders van Hellas en tegelijkertijd berooft het Athene van de financiële middelen die het nodig heeft om de oorlog vol te kunnen houden.'

Zo sprak de Mytileense gezant. De Spartanen en de bondgenoten waren overtuigd. Zij verwelkomden Mytilene als lid van hun confederatie.

Wat mij imponeerde en verontrustte, toen mij – via de kanalen met Sparta die ik had nadat ik werd erkend als honorair consul voor de Spartanen in Athene – verslag werd gedaan van deze bijeenkomst in de tempel van Zeus in Olympia, was de adequaatheid van de strategische analyse van de Mytileense delegatie. Ons imperium was onze kracht en onze zwakte. De omvang van ons imperium verschafte ons de middelen die we meer dan nodig hadden om een imperium van een dergelijke omvang in stand te houden. De geografische spreiding van onze strategische belangen vergde een vloot van een omvang die met de inkomsten uit ons imperium nauwelijks kon worden bekostigd. We hadden onze bondgenoten aan ons onderworpen omdat ze onmisbaar voor ons waren, maar doordat we hen hadden onderworpen was hun neiging tot afvalligheid een permanent gevaar. We werden beschermd door een muur die op elk moment kon afbrokkelen. Daar zou de oorlog worden gewonnen of verloren, en niet tussen de brandende boomgaarden en boerderijen in Attika, daarin hadden de eilanders volledig gelijk gehad.

Hoe meer ik erover nadacht, hoe meer ik ervan overtuigd raakte dat de enige manier om een imperium van een dergelijke omvang in stand te houden was om het uit te breiden. Consolidatie was uitsluitend mogelijk door expansie. Dit zou een permanente verplichting zijn, daarvan was ik mij bewust, want zodra het imperium in omvang toeneemt, is er een nog groter imperium nodig om het te bekostigen. Maar de expansie zou ons minder kwetsbaar maken voor eventuele afvalligheid van enkelen. Bovendien zou het ons een belangrijk psychologisch voordeel geven, want oorlog voeren voor de vermeerdering van glorie is aantrekkelijker dan bittere strijd leveren voor het behoud ervan. Expansie ten koste van barbaren zou ons onder de Griekse stadstaten een beter verkoopbaar imago geven dan onze huidige krampachtigheid waarmee we trachten te handhaven wat we hebben onderdrukt. Laat de anderen zich maar profileren als de bevrijders van Griekenland, op voorwaarde dat wij groter denken en ons triomfantelijk kunnen presenteren als de veroveraars die de Grieken de wereld schenken.

In het oosten lag het onmetelijke Perzische Rijk met zijn leger van miljoenen en zijn onuitputtelijke rijkdommen. De Griek die de overmoed zou hebben om tegen het oosten op te trekken, moest nog geboren worden. Maar in het westen was een wereld te winnen. Ik moest echter nog een paar jaar wachten alvorens ik de kans zou krijgen om het volk van Athene voor dit visioen te enthousiasmeren.

4

De Spartanen trokken zo snel mogelijk op naar de Isthmos met twee derde van hun totale troepenmacht en met hijskranen en machines waarmee ze hun schepen vanuit de Korinthische Golf over de landengte heen naar de Saronische Golf aan de Atheense kant konden takelen om volgens plan een gecoördineerde aanval over land en over zee uit te voeren op Athene. Hun gretigheid vond echter weinig weerklank bij de bondgenoten van de confederatie, die hun verplichtingen traag, schoorvoetend en halfhartig nakwamen. Het was oogsttijd, de mannen waren nodig op de velden, ze hadden de geplunderde dorpen van Attika dat jaar al opnieuw geplunderd, ze hadden de afgefikte boerderijen wederom platgebrand en sowieso hadden ze hun buik vol van al die expedities.

Berichten over de Spartaanse activiteiten bereikten Athene al gauw. De Atheners begrepen dat de Spartaanse brutaliteit om een offensief over zee aan te durven was ingegeven door het idee dat Athene verzwakt zou zijn en ze waren erop gebrand om op een onvergetelijk overtuigende manier het tegendeel te bewijzen. Ze wilden laten zien dat ze heer en meester waren op zee en dat ze de Spartaanse vloot moeiteloos konden weerstaan zonder ook maar één schip te hoeven terugtrekken uit de wateren rond Lesbos. Niet minder dan honderd schepen die in de haven van Peiraieus lagen, werden opgetuigd en gevechtsklaar gemaakt. Omdat bijna alle roeiers en matrozen waren uitgezonden, werden de schepen bemand door twintigduizend vrije Atheense burgers en immigranten. Alleen de adel en de landeigenaren waren vrijgesteld, maar een niet onaanzienlijk aantal uit hun gelederen meldde zich desalniettemin als vrijwilligers voor de roeibanken. Ik was een van hen. We vernietigden de Spartaanse vloot bij de Isthmos en voeren in één moeite door naar de Peloponnesos, waar we de kuststreek in de buurt van Sparta begonnen te teisteren. Ik heb zelf aan wal meegestreden in de aanvallen op Helos en op Akriai, waar een oud heiligdom is van de moeder van de goden, dat wij ongemoeid lieten. Toen het nieuws over de plunderingen van de kustlanden de gedemoraliseerde landmacht op de Isthmos bereikte, werd een haastige aftocht geblazen, waarna ook wij terugkeerden naar huis, waar we als helden werden onthaald.

Het werd winter. Mytilene was nog steeds onder Atheens beleg en de voorraden in de stad begonnen schaars te worden. De hoop in Mytilene was dat er spoedig Spartaanse schepen zouden opduiken vanachter de horizon om de stad te ontzetten. Maar de Spartanen stuurden één man. Zijn naam was Salaithos. Hij kwam met een galei vanuit Sparta naar Lesbos, waar hij aan land ging bij Pyrrha, in de diepe baai aan de westkant van het eiland. Van daar legde hij de tachtig stadia naar Mytilene te voet af en via de bedding van een beekje wist hij ongezien langs de belegeraars te glippen en de stad binnen te sluipen. Hij vertelde de magistraten van Mytilene dat Sparta veertig schepen en achtduizend man zou sturen en dat hij vooruitgestuurd was om hun komst aan te kondigen, een taak waarvan hij zich bij dezen gekweten had, alsmede om de algehele supervisie van de belegerde stad op zich te nemen.

Maar de schepen lieten op zich wachten. Het was winter. Pas in het voorjaar werden ze vanuit Sparta uitgezonden en door ongunstige winden en andere tegenslagen vorderden ze traag. Omdat de situatie binnen de muren van Mytilene intussen wanhopig werd vanwege de voedselschaarste, vatte Salaithos het plan op om een uitval te doen tegen de Atheense belegeraars. Omdat hij inschatte dat de reguliere troepen die in de stad gelegerd waren niet talrijk genoeg zouden zijn voor een dergelijk avontuur, besloot hij het gemene volk te bewapenen. De arme sloebers hadden nog nooit eerder een wapenrusting gedragen en een zwaard of een speer in handen gehad. Ze waren nog niet bewapend of ze keerden zich tegen Salaithos en de magistraten. Gewapenderhand verschaften zij zich met geweld toegang tot de laatste voedselvoorraden. Onder deze omstandigheden hadden Salaithos en de magistraten van Mytilene geen andere keuze dan de stad over te geven aan de Atheners.

De veertig Spartaanse schepen kwamen dus te laat. De gevleugelde Kairos, die het kritieke moment personifieert, is de vluchtige en ongrijpbare god van moderne oorlogsvoering. In oude tijden bestreden de Grieken en Trojanen elkaar tien jaar lang op dezelfde vlakte tussen het scheepskamp en de muren van de stad. Toen de Perzische koningen Dareios en Xerxes twee generaties geleden Hellas binnenvielen, werden ze gestuit bij Marathon, Salamis en Plataiai. Het front was waar de twee legers elkaar ontmoetten. Krijgers stonden tegenover krijgers opgesteld. Heldenmoed kon onverschrokkenheid in de ogen kijken. De grote oorlog, die zevenentwintig jaar geleden is uitgebroken, heeft alles veranderd. Omdat twee grootmachten, die beide steunen op vele bondgenoten, met elkaar slaags zijn geraakt, is de wereld het slagveld geworden. Overwinningen worden behaald door te begrijpen waar het front is en door daar op tijd aan te komen. Als oude oorlogen waren zoals het kwartelkloppen, waarbij twee vogels tegenover elkaar in een arena worden gezet en degene wint die daar het langste stand weet te houden, dan zijn moderne oorlogen als het knokkelspel, waarbij de knokkels voortdurend anders en telkens weer op een onvoorspelbare manier vallen en degene wint die de wisselende omstandigheden het beste weet te lezen en op het juiste moment toeslaat.

De veertig Spartaanse schepen gingen voor anker bij Embaton tegenover Chios, op het schiereiland van Erythrai, waar exquisiete wijn geproduceerd wordt, waarvan mijn dierbare snob Kallias graag een paar amforen in huis had. Deze positie was een geschikte uitvalsbasis voor een aanval op Mytilene. Maar daar vernamen ze dat de stad zich al had overgeven. Toen de Spartaanse admiraals begrepen dat ze te laat waren en dat de Atheners Mytilene al hadden ingenomen, waren ze in dubio. Het zou een optie kunnen zijn om Mytilene alsnog op volle kracht aan te vallen, waarbij ze zouden speculeren op het feit dat legers die zojuist een stad hebben ingenomen meestal weinig beducht zijn op een nieuwe aanval en zich in de regel niet al te gedisciplineerd gedragen, omdat er gevierd en geplunderd moet worden en omdat ze voor het eerst sinds lange tijd weer vrouwen zien. Een heimelijke, nachtelijke aanval zou de kans op succes nog vergroten. Een tweede optie zou zijn om er op een andere manier van te profiteren dat de Atheense schepen door hun eigen succes werden opgehouden bij Mytilene en om door te varen langs de kust van Ionië. De kans was niet denkbeeldig dat hun komst enkele van de Atheense bondgenoten aldaar de moed zou geven om zich van Athene af te keren en naar Sparta over te lopen. Dit zou Athene beroven van de inkomsten uit tribuutbetalingen en tegelijkertijd op kosten jagen, als het de afvalligen met strafexpedities en belegeringen terug in het gareel zou willen dwingen.

De eerste optie werd uiteindelijk toch te riskant gevonden. De tweede optie zou, hoewel de Spartanen dat zelf niet ten volle beseften, een strategische meesterzet geweest zijn, zij het om andere redenen dan zij dachten. De kans op rebellie was niet groot. De banden tussen Athene en Ionië waren oud en hecht en de vrees voor de Atheense suprematie gegrond. Maar juist omdat de Ioniërs onder normale omstandigheden uitsluitend voor aanvallen vanaf zee te duchten hadden en omdat de zee het onbetwiste domein was van hun grote, sterke bondgenoot, waren veel van hun havens en steden matig versterkt.

Hoezeer de zogenaamde onaantastbaarheid van de Atheense marine als een gegeven werd beschouwd, dat boven iedere twijfel verheven was, en hoezeer de Spartanen derhalve het voordeel van de verrassing aan hun zijde hadden, bleek toen zij met hun vloot voor Ephesos opdoemden. De inwoners van Ephesos sloegen niet op de vlucht, maar kwamen de schepen juichend tegemoet op de kaden in hun Ionische chitons en punthoeden, omdat ze ervan overtuigd waren dat de schepen Atheens waren. De mogelijkheid dat de inferieure Spartaanse marine helemaal tot Ionië zou doordringen, leek onbestaanbaar. De Spartaanse matrozen, die dachten dat ze als bevrijders werden onthaald, hieven een oude Lakonische overwinningspaian aan van Alkman. Toen de Ioniërs het lied hoorden in de Dorische toonsoort en in het Spartaanse dialect, begrepen ze opeens ook waarom de zeilen afwijkende kleuren hadden en dat het onbestaanbare kennelijk toch aan het gebeuren was. Soldaten verschenen op de kade en ze stelden zich op in slagorde.

In plaats van dat de Spartaanse admiraals de juistheid van hun strategie bevestigd zagen door dit misverstand, maakte het hen onzeker, omdat zij de blijk van aanhankelijkheid aan Athene als een tegenslag interpreteerden. Toen zij zich gezien wisten door enkele schepen uit Salamis, die toevallig op weg waren van Athene naar Ephesos, raakten ze in paniek. Niet ten onrechte vreesden ze dat zowel deze Salaminiërs als de inwoners van Ephesos de Atheense vloot bij Mytilene zouden inlichten over hun aanwezigheid en ze zagen het schrikbeeld voor zich dat ze in de Golf van Ephesos ingesloten zouden raken. Ze sloegen op de vlucht. Ze hadden zoveel haast om terug te keren naar de Peloponnesos dat ze kozen voor de riskante oversteek over open zee. Een deel van de Atheense vloot bij Mytilene, die inderdaad zowel via boodschappers als via vuursignalen bericht had ontvangen over de positie van de Spartaanse schepen, achtervolgde hen helemaal tot aan het eiland Patmos alvorens het op te geven en terug te keren naar Lesbos.

5

Toen de Atheense volksvergadering overlegde over de vraag wat er moest gebeuren met Mytilene en op welke manier de bevolking moest worden gestraft voor haar rebellie, werd in het vuur van de oplaaiende verontwaardiging een motie aangenomen van Kleon, die bepaalde dat de gehele mannelijke bevolking van de stad diende te worden geëxecuteerd en dat alle vrouwen en kinderen tot slaaf gemaakt zouden worden. Er werd een schip naar Lesbos gestuurd om het bevel aan de Atheense troepen aldaar over te brengen.

De volgende dag werden steeds meer Atheners geplaagd door gevoelens van spijt over deze extreem wrede beslissing. Op initiatief van de oppositie werd er een nieuwe volksvergadering bijeengeroepen om de kwestie nogmaals te bespreken. Kleon nam als eerste het woord en hij verdedigde het besluit van de dag daarvoor bulderend met zijn krachtige stem als volgt.

'Ik heb al vaak gezegd dat een democratie niet in staat is een imperium bij elkaar te houden. Dit staat als een paal boven water en wordt nog maar een keer bewezen door jullie gebrek aan ruggengraat. Als jullie na een nachtje slapen met knikkende knieën terugkomen op jullie besluit over Mytilene, zijn jullie een imperium niet waard. Door jullie eindeloze, slappe praatjes dag in dag uit in dit nepparlement zijn jullie slap geworden. Doordat jullie daar op jullie banken veilig en comfortabel en ver van de harde realiteit hele dagen lang in alle rust en in alle vrijheid zitten te haarkloven, zijn jullie naïef geworden. Denken jullie nou echt dat onze bondgenoten jullie zullen bedanken voor jullie slapte? Nikias, is jouw vrouw jou dankbaar voor jouw slappe lul? Dat dacht ik al. Snappen jullie dan niet dat ons imperium een tirannie is? Snappen jullie dan niet dat wij met harde hand een zooitje tuig en een zooitje potentiële rebellen onder de knoet moeten houden? Snappen jullie dan niet dat zij alleen maar naar ons pijpen dansen vanwege onze brute kracht? Loyaliteit betekent niets voor die buitenlanders. Niets, nada, niente. Als je ze een vinger geeft, nemen ze je hele hand. Daarom is het zelfmoord om ook maar een handbreedte aan die lui toe te geven.

Mannen van Athene, ik weet dat jullie het eigenlijk roerend met mij eens zijn. Jullie zijn het volk en het volk denkt er net zo over als ik.

Het heeft dezelfde mening als gisteren en zal daar morgen nog steeds zo over denken. Er wordt jullie zand in de ogen gestrooid door sommigen van jullie die denken intelligenter te zijn dan de rest. Zielige mannetjes zijn dat, die de wil van het volk saboteren met procedurele slimmigheidjes. Impotente mannetjes zijn dat, die hun gebrek aan viriliteit en daadkracht willen compenseren met eindeloze debatten waarin ze kunnen schitteren met hun intellectualistische mierenneukerij, waarmee ze Athene naar de knoppen helpen. Het volk heeft geen boodschap aan argumenten. Het volk weet wat goed is. Wie zijn eigen intelligentie wantrouwt, is een wijzere bestuurder dan iemand die zich de hele tijd op zijn eigen slimmigheden wil doen voorstaan. Wie zijn eigen beperkingen kent, is een eerlijke scheidsrechter in plaats van als een rivaliserende atleet te willen meedoen aan de wedstrijd. Zo zou de democratie moeten zijn, als een spiegel van de wil van het volk, en niet als het tijdverdrijf voor verwijfde intellectuelen dat voor democratie door wil gaan. Zo zou de democratie functioneren, als uitdrukking van het gezonde verstand, terwijl de puinhoop die wij vandaag de dag democratie durven noemen een soort debatwedstrijd is voor van de pot gerukte sofisten die van elke werkelijkheid zijn losgezongen.

Ik blijf bij mijn eerdere mening en ik ben verbijsterd dat de heren van de oppositie de kwestie over Mytilene hebben willen heropenen en daarmee uitstel en vertraging veroorzaken die alleen maar in het voordeel zijn van de schuldigen. Ze willen dat wij als brute slachtoffers onze woede temperen en medelijden hebben met de zielige daders. Het moet niet gekker worden. Nikias, hoeveel hebben die verraders jou betaald om een democratisch besluit van de Atheense volksvergadering te saboteren? Het zal mij benieuwen of jij zal durven te beargumenteren dat de misdadigers van Mytilene ons een dienst hebben bewezen en dat wij de boosdoeners zijn omdat ons onrecht is aangedaan. Je moet wel heel erg veel vertrouwen hebben in je eigen syllogismen en sofismen als je denkt het volk een rad voor ogen te kunnen draaien door te beweren dat wat besloten is nog openstaat voor discussie, dat slachtoffers gestraft dienen te worden en misdadigers beloond en dat het glorieuze imperium van Athene op lange termijn zal profiteren van begrip voor verraders.

Dat wij tijd moeten verliezen aan dergelijke nonsens, mannen van Athene, is jullie eigen schuld. Ik ben hier om een imperium te leiden, zoals het volk wil, maar jullie komen hier naar de babbelheuvel van de Pnyx om jullie te vergapen aan retorische acrobatiek. In plaats van te besluiten wat nodig is en wat het volk wil, komen jullie hier zonder enige kennis van zaken om de wenselijkheid van voorstellen te beoordelen op grond van de welbespraaktheid van hun pleitbezorgers. Jullie zijn verslaafd aan nieuwerwetse argumentatiestrategieën en schrikken terug voor een gezonde conclusie. Jullie zijn slaven van elke nieuwe paradox en jullie zijn bang voor gemeenplaatsen. Jullie zitten hier alsof jullie naar een bokswedstrijd kijken en jullie applaudisseren voor elke klap en voor elke schijnbeweging. Jullie voornaamste wens is niet het welzijn van Athene, maar om mee te doen en nog meer bijval te oogsten dan de vorige spreker. Jullie willen net zo snel zijn in het doorzien van zwakke plekken in de argumentatie van jullie tegenstander en net zo traag in het doorzien van de consequenties van jullie beslissingen. Ik maak me hier ontzettend kwaad over, omdat ik jullie, het volk en Athene hiertegen wil beschermen.

We noemen de misdaad van Mytilene rebellie, maar eigenlijk is dat woord nog te mild. Wanneer een van onze bondgenoten, die wij nooit onheus hebben behandeld, heult met onze bitterste vijand, is dat een daad van openlijke agressie. Rebellie wordt ondernomen met het oog op de eigen onafhankelijkheid en vrijheid, maar het verraad van Mytilene, dat met zijn vloot wilde overlopen naar Sparta, was op niets minder uit dan de vernietiging van Athene. En laat mij jullie één ding vragen: wat voor voorbeeld geven wij aan onze andere bondgenoten als wij laten zien dat wij onze schouders ophalen bij deze ongehoorde brutaliteit? Wat zullen zij denken als zij zien dat succes bij een opstand tegen Athene resulteert in vrijheid en falen zonder al te ernstige gevolgen blijft? Ik beloof jullie dit, mannen van Athene: als wij Mytilene hiermee laten wegkomen, dan hebben wij geen vijand meer nodig om de oorlog te verliezen, want dan zullen we, met dank aan Nikias en trawanten, naar de knoppen worden geholpen door onze eigen bondgenoten.

Ons imperium wordt bedreigd door drie gevaren: mededogen, redelijkheid en welsprekendheid. Barmhartigheid mag gelden onder gelijken, maar kan nooit worden betoond aan onderworpenen die zelf nooit en te nimmer medelijden zullen hebben met ons. Fatsoen en beschaving zijn mooie dingen onder vrienden, wanneer de wijn koel is en de fluitspeelsters en danseresjes heet, maar vijanden die zich alleen maar koest houden omdat wij hen onderdrukken, kunnen niet wachten om van onze redelijkheid te profiteren als van een zwakte. En alle virtuoze retorische salto's en pirouettes zijn alleen maar bedoeld om jullie aandacht af te leiden van wat jullie te doen staat en de zakken te vullen van lui als Nikias. Door verraders van Athene vrijuit te laten verraden jullie Athene. Ik vraag jullie ons besluit van gisteren te bekrachtigen.'

Zo sprak Kleon. Na hem nam Nikias, de zoon van Nikeratos, uit het district Kydantidai, het woord. Ook de dag daarvoor was hij een van de meest uitgesproken tegenstanders geweest van Kleons motie om de gehele mannelijke bevolking van Mytilene te executeren. Hij was geen geboren redenaar en zijn onzekere natuur was geen partij voor Kleons bulderende zelfvertrouwen, maar juist vanwege zijn onhandigheid en omzichtigheid genoot hij een zeker respect bij het volk. Hij ging niet in op Kleons provocaties en hield een lang en genuanceerd betoog, waarin hij om te beginnen zijn bewondering uitsprak voor de moed om een zaak van een dergelijke importantie te heropenen na een eerder genomen besluit. Haast en emotie waren nog nooit eerder solide uitgangspunten geweest voor behoorlijk bestuur en het getuigde volgens hem van een gezonde overlegcultuur om bereid te zijn eerdere beslissingen te heroverwegen.

Alvorens opnieuw in te gaan op zijn specifieke overwegingen omtrent de Mytileense kwestie en op de merites dan wel tekortkomingen van Kleons motie, hechtte hij eraan, met permissie van het hoogste wetgevende orgaan van de Atheense staat, om een paar woorden te wijden aan de vigerende democratische cultuur. Nog meer dan over corruptie maakte hij zich zorgen over beschuldigingen van corruptie. Hij achtte het onacceptabel dat een spreker er zonder enige vorm van bewijs van kan worden beschuldigd dat hij zich zou laten betalen voor het verwoorden van bepaalde standpunten. Op het moment dat een politicus ervan wordt verdacht dat zijn adviezen aan het volk zijn ingegeven door corrupte motieven, wordt zijn advies gewantrouwd, ongeacht de kwaliteit van zijn oordeel, vanwege hypothetisch geldelijk gewin dat op geen enkele manier is aangetoond. Een dergelijk wantrouwen berooft de stad van goede raadgevers en creëert een klimaat van angst en achterdocht, waarbij politici zich eerder zorgen maken om hun reputatie dan om de kwaliteit van hun oordelen. Democratische besluitvorming moet zijn gebaseerd op een open en eerlijke uitwisseling van argumenten. Wanneer zij plaatsvindt in een sfeer van verdachtmakingen en pogingen om tegenstanders te intimideren met aanslagen op hun goede naam, wordt zij een farce. Wanneer het persoonlijke het wint van het zakelijke en reputaties bepalender worden dan argumenten, worden politici willoze slaven van de publieke opinie en een speelbal van de emoties van het moment. Athene is het aan zijn stand verplicht zich ervoor te behoeden om af te glijden naar een dergelijke karikatuur van democratie.

Deze laatste woorden van Nikias waren bijna fluisterend uitgesproken, wat het effect ervan nog verhoogde, omdat iedereen begreep dat de zaak hem aan het hart ging. Vervolgens ging hij in op de zaak rond Mytilene. Hij begon door met nadruk te stellen dat ook hij van oordeel was dat de bevolking van Mytilene schuldig was. Daarin verschilde hij niet van mening met de vorige spreker. Bestraffing was dan ook gepast, ook daarmee was hij het eens. Maar als we moesten beslissen over de aard van die bestraffing, was het van belang mee te wegen welke handelwijze het voordeligst zou zijn voor Athene. Dit was geen rechtbank, maar een volksvergadering. Er werd geen juridisch oordeel gevergd, maar een politiek. De doorslaggevende overweging behoorde niet de bevrediging van het aangetaste rechtvaardigheidsgevoel te zijn, maar de voorspoed van de staat. Derhalve zou hij niet voor een massale executie pleiten, tenzij deze in Athenes belang was, en zou hij evenmin pleiten voor barmhartigheid als deze de stad geen voordeel zou brengen.

'Dit besluit gaat meer over de toekomst,' zei hij, 'dan over het heden of de betreurenswaardige voorvallen uit het recente verleden. Kleon is ervan overtuigd dat er van de doodstraf voor de gehele weerbare bevolking een afschrikwekkende werking uitgaat die in ons belang is voor de toekomst. Ik heb onze toekomstige belangen niet minder voor ogen dan hij, maar ik kom tot een tegenovergestelde conclusie. Daarvoor heb ik drie argumenten.

Ten eerste is de doodstraf als middel tot afschrikking niet effectief. Geen enkele bondgenoot, geen enkele vazalstaat en geen enkel wingewest komt in opstand tegen de overheersers zonder ervan overtuigd te zijn dat de opstand zal slagen. Zelfs de wreedste straf zal opstandelingen niet weerhouden van uitvoering van hun voornemens, want het is de wreedheid zelf die hun een motief voor hun opstand verschaft en zij gaan ervan uit dat zij dankzij een geslaagde opstand iedere vorm van straf zullen ontlopen.

Ten tweede is de doodstraf in strategisch opzicht niet effectief. We moeten rebellen niet beroven van de mogelijkheid om in een vroeg stadium hun fout in te zien, terug te keren op hun schreden en berouw te tonen. Zoals de situatie nu is, zal een stad die in opstand komt en doorkrijgt dat de opstand dreigt te mislukken, een akkoord met ons proberen te sluiten op een moment dat zij nog in staat is om schadevergoeding te betalen en tribuut op te brengen. Als de doodstraf voor opstandelingen wordt ingevoerd, zoals Kleon wil, dan zal iedere opstandige stad tot het bittere einde wanhopig weerstand tegen ons blijven bieden, zelfs tegen beter weten in, want overgave wordt met de dood bestraft. De militaire expedities en langdurige belegeringen zullen ons op kosten jagen en de stad die wij uiteindelijk zullen heroveren zal geen inkomsten meer voor ons kunnen genereren.

Ten derde is de massale doodstraf voor een heel volk een politieke blunder. In alle steden die wij tot onze bondgenoten rekenen, en zelfs in de steden die onze vijanden tot hun bondgenoten rekenen, is het volk op onze hand. Wij steunen democratieën en helpen het volk waar mogelijk om de privileges van koningen, tirannen of aristocraten omver te werpen. Als de aristocratie, die ons van nature vijandig gestemd is, een opstand beraamt in een van onze steden, zal zij het volk onmiddellijk tegenover zich vinden. Maar als Kleon zijn zin krijgt en de gehele bevolking zonder aanzien des persoons wordt gestraft voor de insubordinatie van enkelen, zal het volk geen enkel motief meer hebben om zich tegen hun meerderen te keren. Zij zullen het voorbeeld van Mytilene in herinnering roepen, waar het volk, zodra het was bewapend, de stad heeft uitgeleverd aan de Atheners en waar desalniettemin iedereen ter dood is gebracht krachtens een decreet van Kleon, de zoon van Kleainetos.

Wat we nodig hebben om onze belangen te beschermen, is geen terreur maar behoedzaam en zorgvuldig bestuur. Daarom is het mijn conclusie dat het voor het behoud van ons imperium profijtelijker is onrecht te accepteren dan degenen die ons onrecht hebben aangedaan terecht te stellen, hoe gerechtig dat ook moge zijn. Ik verzoek jullie te besluiten om de hoofdverantwoordelijken voor de opstand, die onze troepen in Mytilene reeds gearresteerd hebben, ter dood te brengen en de rest van de bevolking ongemoeid te laten en ik verzoek jullie dit besluit niet te nemen uit barmhartigheid of zachtmoedigheid maar vanuit een beredeneerde afweging van onze toekomstige belangen.'

Zo sprak Nikias. De beide voorstellen werden in stemming gebracht. Aanvankelijk leken de stemmen te staken, maar een hertelling van de opgestoken handen wees uit dat er een minieme meerderheid was voor de koers die was voorgesteld door Nikias. Mijn stem maakte deel uit van die meerderheid, want ik had Nikias' overtuigende argumenten niet eens hoeven horen om blindelings tegen Kleon te stemmen. Onverwijld werd er een tweede schip naar Lesbos gestuurd. Het eerste schip had ongeveer een dag en een nacht voorsprong, maar de matrozen en roeiers van het tweede schip waren doordrongen van de urgentie van hun missie. Ze aten hun gerstebrood, gekneed met olijfolie, en dronken hun wijn zonder op te staan van de roeibanken. Ze losten elkaar af om een paar uur te slapen zonder voor anker te gaan voor de nachtrust. Gelukkig hadden ze niet te kampen met ongunstige winden en terwijl het eerste schip geen haast maakte om zijn afschuwelijke boodschap af te leveren, werd het tweede gedragen op de vleugels van een blijde tijding. Ze bereikten de haven van Mytilene vlak na het eerste schip. De Atheense bevelhebber aldaar was net klaar met het lezen van het hardvochtige decreet. Ze waren net op tijd om het te herroepen.

Nikias heeft sinds de dag van die gewonnen stemming geen nacht meer geslapen zonder eerst de grendels op zijn deur te hebben gecontroleerd.

6

Het was nog donker toen er hard met een stok op mijn deur werd gebonsd. Ik werd er wakker van. Ik hoorde dat een van mijn slaven opendeed.

'Alkibiades, lekkere jongen, waar ben je?'

Ik herkende de snerpende stem van Kritias, de zoon van Kallaischros. Hij stak mijn patio over en stormde mijn kamer binnen.

'Slaap je?' vroeg hij.

'Nu niet meer,' zei ik. 'Dank daarvoor. Hoe laat is het?'

'Vroeg,' zei hij.

'Is er slecht nieuws?' vroeg ik.

'Integendeel.' In zijn magere, scherp getekende vogelgezicht glommen zijn oogjes van opwinding.

'De spanning is ondraaglijk, Kritias. Vertel het me gauw en laat me dan verder slapen.'

'Protagoras is hier,' zei hij.

'Is dat het?' vroeg ik. 'Moet je me daarvoor wakker maken?'

'De sofist uit Abdera.'

'Ik weet wie Protagoras is, Kritias.'

'Hij is in Athene,' zei hij. 'Hij is te gast bij Kallias, de zoon van Hipponikos.'

'Sinds eergisteren,' zei ik.

'Dus je wist het al? Je zegt mij ook nooit iets, Alkibiades.'

'Ik wist niet dat je het belangrijk vond.'

'Bij de hond!' zei hij.

'Niet vloeken,' zei ik. 'Ik heb hoofdpijn.'

'Is het weer zover, arme Alkibiades? Heb je weer tot diep in de nacht zitten filosoferen?'

'Er zijn een paar interessante, nieuwe proposities gearriveerd in de Kerameikos,' zei ik. 'Weliswaar niemand uit Abdera, maar wel een heel wilde uit het koninkrijk Odrysië. Nog noordelijker.'

'Was je daar alweer?' vroeg hij. 'Bij Anteia?'

'Aphrodite is een veeleisende godin, Kritias. Als je eindelijk eens in de goden zou gaan geloven, -'

'Dat is me te duur,' zei hij. 'Ik kan me die goden van jou niet permitteren.'

'Gierig ben je,' zei ik. 'De goden zullen je daarvoor straffen.'

'Daarover zou ik wel eens met Protagoras van gedachten willen wisselen,' zei hij.

'Waarover?' vroeg ik. 'Over Anteia en haar exotische employees? Protagoras is een oude man, Kritias. Dat kun je hem niet aandoen.'

'De mens is de maat van alle dingen,' zei hij plechtig.

'Van de dingen die zijn, dat ze zijn, en van de dingen die niet zijn, dat ze niet zijn,' vulde ik plechtig aan.

'Complimenten, Alkibiades. Jouw oude satyr Sokrates heeft je goed opgevoed. Maar denk je dat iemand die een dergelijke stelling poneert, in de goden kan geloven?'

'Daar heeft Protagoras ook iets over gezegd,' zei ik.

'Denk je dat ik dat niet weet?'

'Hoe was het dan ook alweer?' vroeg ik.

'Over de goden,' citeerde hij, 'kan ik niets met zekerheid zeggen, noch dat ze bestaan, noch dat ze niet bestaan, noch van welke aard ze zijn. Er zijn vele factoren die mijn onderzoek belemmeren, waaronder de onduidelijkheid van het onderwerp en de kortheid van het menselijk leven.'

'De openingszinnen van zijn traktaat over de goden,' zei ik. 'Een ijzersterk begin, dat moet je hem nageven. Niet iedereen heeft het lef om een traktaat over welk onderwerp dan ook te beginnen met de bekentenis dat hij er hoegenaamd niets van afweet.'

'Helaas ken ik alleen die beginzinnen,' zei Kritias. 'Ik zoek al tijden naar iemand die een kopie bezit die ik kan laten overschrijven. Ik zou er veel voor overhebben.'

'Als jij ergens veel voor overhebt, moet het wel uniek zijn,' zei ik. 'Heeft Kallias geen exemplaar? Hij dweept met alles wat zijn aardse bestaan overstijgt en verzamelt sofisten, zowel hun boeken als de sofisten zelf.'

'Bij mijn weten is er geen exemplaar in Athene,' zei hij.

'Dan moeten we het met de openingszinnen doen,' zei ik. 'En naar mijn mening verwoorden die een ander standpunt dan jouw atheïsme, Kritias.'

'Precies daarover zou ik hem wel eens aan de tand willen voelen,' zei hij.

'En nu wil je dat ik mijn bed uit kom en met je meega.'

'Je bent nu toch al wakker,' zei hij. 'Protagoras is wereldberoemd, Alkibiades. Zo vaak is hij niet in Athene. De vorige keer dat hij hier was, waren wij nog onwetende knaapjes.'

'Zoveel is er dus niet veranderd,' zei ik. 'Goed, we gaan. Maar niet nu. Het is nog veel te vroeg. Protagoras loopt niet weg. Hij komt de deur niet uit, zeker niet als hij bij Kallias logeert, want die laat hem niet gaan, dus als we eerst even in alle rust iets te eten laten brengen, zijn we nog vroeg genoeg om naar Kallias' huis te gaan en die oude, wijze sofist uit Thracië op zijn nummer te zetten. Weet je wie daar ook vandaan kwam, Kritias? Zopyros, mijn allereerste huisleraar. Dus je hebt er heel erg verstandig aan gedaan om uitgerekend mij uit te kiezen als jouw secondant. Ik heb ervaring met Thracische wijsheid. En dan nog iets. Sokrates mag niet ontbreken bij deze historische ontmoeting tussen Protagoras uit het verre Abdera en Kritias uit het glorierijke district van Neder-Agryle. Ik wil dat hij ook met ons meekomt. Dus we gaan hem eerst ophalen voordat we naar Kallias gaan. Akkoord?'

'Daar is al voor gezorgd,' zei hij. 'Hippokrates, de zoon van Apollodoros, is hem op dit moment uit zijn bed aan het sleuren. We zien elkaar daar.'

'We zouden alleen maar kunnen wensen,' zei ik, 'dat de militaire expedities van Athene zo voortvarend en precies werden gepland als jouw bezoek aan je afgod.'

Ik kwam uit bed, ging Kritias voor naar de mannenkamer met de ligbedden voor het eten en liet taganiteskoeken brengen, wat gerstebrood gedoopt in wijn, vijgen, druiven, olijven en daarna nog een paar staititas met honing, sesamzaad en kaas. Ik vroeg hem of ik wat sardientjes zou laten grillen, omdat ik wist dat zijn magere gestalte loog over zijn eetlust en dat hij zich alles wat hem kosteloos wordt verstrekt graag liet smaken, maar zijn haast om de grote Protagoras te verbluffen met zijn zelfgemaakte filosofieën won het van zijn economische calculaties met betrekking tot de voedingswaarde van hem aangeboden spijzen.

Terwijl ik mij aankleedde, wilde ik het eigenlijk toch nog wel even over de goden hebben.

'Het is niet omdat ik hier een spiegel heb liggen dat ik je deze vraag stel,' zei ik. 'Maar hoe kun je het bestaan van de goden in hemelsnaam ontkennen, Kritias?'

'Waarom zouden de goden wel moeten bestaan?' zei hij. 'Heb jij ze wel eens gezien?'

'Alle mensen geloven in de goden,' zei ik, 'zowel Grieken als barbaren. Ze hebben misschien andere namen, ze worden wellicht anders voorgesteld, de riten, gebeden en verhalen zijn verschillend, maar hun bestaan als zodanig wordt door geen volk op aarde ontkend. Zelfs Sokrates gelooft in de goden. Op grond van welke overweging ben jij tot de conclusie gekomen dat alle stervelingen op alle continenten van de hele wijde wereld zich vergissen en dat Kritias, de zoon van Kallaischros, de enige persoon onder het uitspansel van de hemel is die de waarheid doorziet?'

'Omdat dat precies de bedoeling is,' zei hij. 'Als niet alle mensen in de goden geloofden, zou het niet werken.'

'Ik volg je niet helemaal, Kritias,' zei ik.

'Ik zal het je uitleggen,' zei hij. 'Maar laten we intussen alvast die kant op lopen. Ben je eindelijk zo ver?'

We gingen de straat op terwijl de rozenvingerige dageraad verscheen, zoals Homeros haar noemt. Zelfs op dit prille, voorzichtige uur, waarop de dag verlegen bloost van beloften, zeker voor twee ambitieuze jongelingen van dubieuze reputatie die op weg zijn om een van de grootste sofisten van Hellas te ontmoeten, zuchtte en kraakte de stad onder het gewicht van de evacués van het platteland. De godin Eos mag dan vingers als rozen hebben, zo rook zij niet. In plaats van rozengeur stegen de walmen op van moeizaam, geïmproviseerd leven met gebrekkig sanitair. Wie dagelijks vecht voor zijn bestaan, heeft geen moment te verliezen, dus zelfs op dit uur werd er al gesleept met schamele koopwaar en driftig afgedongen alsof het leven daarvan afhing. Het leven hing daarvan af. Het volk van Athene, de soevereine machthebbers van de machtigste stad ter wereld, scharrelde zijn bestaan bij elkaar tussen kraampjes en barakken in de stegen, waar de stadsopzichters de schijtscheppers controleerden. Niemand keek omhoog om zich vol trots gesymboliseerd te zien door de tempels voor Athenes glorie die Perikles op de Akropolis had doen verrijzen. De eeuwigheid was ver weg in de straten van de stad, evenals de democratie, de oorlog en de vijand. Een rijke immigrant die meer dan een halve obool rekende voor zijn vijgen werd op dat moment intenser gehaat dan de koning van Sparta. Het naamloze en onzichtbare leger van de slaven leverde in naam van zijn eigenaren dagelijks slag met zichzelf om tijdig in de dagelijkse behoeften en grillen te voorzien en tuchtiging te ontlopen. De straathoeren sliepen nog, dus er waren alleen een paar gesluierde vrouwen op straat, allen Medea in het diepst van hun gedachten, maar geboren om de macht en glorie van Athene in stilte te verbijten. Als de vrouwen de heuvel van de Pnyx bezetten en vandaar hun bevelen op ons deden neerkomen, zou onze stadsgodin Athene Promachos in haar gedaante van strijdster in de voorhoede eindelijk strijdlustig afdalen van de Akropolis en de vrouwen voorgaan in hun bevrijding van de stad, Hellas en de wereld. Het zou een betere, minder domme, minder eerzuchtige en beschaafdere wereld opleveren. Maar wie kent de vrouwen? Wie praat er ooit met een vrouw?

'Als beesten leefden de mensen samen,' zei Kritias. 'Goedheid werd niet beloond en slechtheid niet gestraft. Brute kracht was het enige criterium voor succes en welzijn. En toen bedacht iemand de wetten, teneinde misdaad te onderwerpen aan rechtvaardigheid. Dat had in theorie een intelligente vondst kunnen zijn, maar de wetten hebben één evident manco. Toen misdaad verboden was geworden en bestraft werd, werden de misdrijven niet uitgebannen, maar zij verplaatsten zich van de openbaarheid naar het verborgene. Om ook deze heimelijke wandaden, verholen vergrijpen en onzichtbare criminaliteit te bestrijden, werd vervolgens door een buitengewoon geslepen en scherpziend man de vrees voor de goden geïntroduceerd. Hij vond onsterfelijke wezens uit, die angstaanjagend superieur aan ons zijn en die alles zien, ook de stiekeme vergrijpen en zelfs onze premature, onuitgesproken gedachten aan stiekeme vergrijpen. Hij plaatste deze onsterfelijke goden in de verre en ongrijpbare domeinen van waaruit donder en bliksem ons vrees aanjagen en waar het van sterren en planeten gemaakte mechaniek van de tijd ons aan onze sterfelijkheid herinnert en hij waarschuwde ons dat zij ons meedogenloos zouden straffen voor elke in diepste verborgenheid beleden zonde.

Wanneer wij het over de goden hebben, hebben wij het dus over deze moedwillig door mensen gecreëerde morele supermacht met bovennatuurlijke opsporingsbevoegdheden, die in het leven is geroepen met het doel om de mensen bang te maken en daarmee in het gareel te houden. Wij hebben de goden geschapen naar ons beeld. Als verbeterde versies van onszelf lijken ze op ons, omdat wij hen verzonnen hebben en omdat het veel vergt van de fantasie om iets te verzinnen wat nergens op lijkt. Bovendien maakt hun herkenbaarheid hen des te afschrikwekkender. Deze verklaring voor het verschijnsel van de onsterfelijke goden is, naar mijn bescheiden mening, aanzienlijk efficiënter, coherenter en plausibeler dan de complexe en ongeloofwaardige sprookjes die Hesiodos en Homeros ons vertellen over godenkinderen die door hun kannibalistische vader werden uitgebraakt, een kosmische oorlog tegen reuzen met honderd armen en de geboorte van afzonderlijke onsterfelijke opperwezens uit een dijbeen, een hoofd en een ei.'

'Bravo, Kritias,' zei ik. 'Dat is een sterk betoog. Laat de goden het niet horen. Maar het roept één vraag bij mij op. Stel dat je gelijk hebt en dat de goden inderdaad een verzinsel zijn dat is bedoeld om de mensen op het juiste pad te houden, dan moeten we volgens mij concluderen dat het een tamelijk effectief verzinsel is, dat in grote lijnen redelijk goed werkt. Waarom zou jij daaraan willen tornen? Wat wil je bereiken door het gemene volk zijn vrees voor de goden te ontnemen en een alibi te verschaffen voor allerhande heimelijke malversaties? Of bedoel je dat je de amnestie van de onsterfelijken alleen voor jezelf opeist en dat Kritias, de zoon van Kallaischros, vanaf nu alles mag doen wat hij wil, omdat hij als enige heeft doorzien dat er geen goden bestaan die hem zouden kunnen straffen? Nou?'

'Je bent een belabberde filosoof, Alkibiades,' zei hij. 'Jij verpest theorieën door praktisch te denken. In de filosofie gaat het om de waarheid. De waarheid is een hogere waarde dan de eventuele profijtelijkheid van onwaarheden.'

'En ik maar denken dat profijtelijkheid jouw hoogste waarde was,' zei ik. 'We zijn er.'

'Als de mens de maat van alle dingen is,' zei hij, 'zoals Protagoras beweert, dan is hij ook de maat van de goden. Dan is het de mens die hun bestaan bepaalt.'

'Dat argument kun je ook omdraaien, Kritias,' zei ik. 'Als de overgrote meerderheid van de mensheid, bestaande uit alle volkeren op aarde minus Kritias, de zoon van Kallaischros, van het bestaan van de goden overtuigd is, dan is dat krachtens de stelling van Protagoras een reden om hun bestaan als bevestigd en bewezen te beschouwen.'

'Sinds wanneer geloof jij dat de meerderheid per definitie gelijk heeft?' vroeg hij. 'Biedt de democratische praktijk in deze stad niet bij wijlen eclatante voorbeelden van het tegenovergestelde?'

'En wie bepaalt dat?' vroeg ik. 'Wie bepaalt of de meerderheid gelijk dan wel ongelijk heeft? Jij? Bij ontstentenis aan objectieve criteria of objectieve instanties die kunnen bepalen wat goede en verkeerde beslissingen zijn, is er een systeem bedacht waarin de meerderheid per definitie gelijk heeft. Dat is de basis van de democratie.'

'Maar sinds wanneer zijn de metafysica en het vraagstuk betreffende het bestaan of niet bestaan van wezens en fenomenen tussen hemel en aarde onderwerp van democratische besluitvorming?' vroeg hij.

'Jij zei dat de mens de maat van alle dingen is,' zei ik.

'Dat zei Protagoras,' zei hij. 'Laten we het hem vragen.'

7

We klopten aan. De deurwachter had waarschijnlijk een deel van onze conversatie gehoord vanachter de deur en omdat hij ongetwijfeld zijn buik vol had van al die filosofen in huis, stonden wij hem bij voorbaat al tegen. Hij deed open, zag ons en zei: 'Sofisten opgehoepeld. De meester is bezet.' Kallias was niet het soort man dat zich tevredenstelde met ordinaire slaven, zoals wij allen, hij had een heuse eunuch om de deur te openen voor zijn gasten. Met zijn delicate handen smeet hij de deur in ons gezicht. We klopten nog een keer. Hij riep door de gesloten deur: 'Hebben jullie mij niet gehoord? De meester is bezet.' Ik zei dat wij geen sofisten waren en dat wij niet voor zijn meester Kallias gekomen waren, maar voor Protagoras. Met zichtbare tegenzin liet hij ons binnen. Ik beval hem ons aan te kondigen.

Toen we binnenkwamen, zagen we Protagoras voortschrijden door de zuilengalerij, aan de ene kant hijgend geflankeerd door de gastheer Kallias, de zoon van Hipponikos, die het gezette postuur had dat overeenkwam met zijn status en welvaart, en Charmides, de zoon van Glaukon, en aan de andere kant door Philippides, de zoon van Philomelos, en Antimoiros uit Mende op het schiereiland Pallene, de ster onder de leerlingen van Protagoras, die een opleiding aan het volgen was om zelf een professionele sofist te worden. Ze werden op de voet gevolgd door een grote groep geïnteresseerden die geen woord wilde missen van wat er werd gezegd. Deze groep bestond voor een groot deel uit vreemdelingen, die Protagoras waren gevolgd vanuit de verschillende steden die hij had bezocht, betoverd als ze waren door zijn stem als door de stem van de zanger Orpheus, maar ik zag er ook een aantal stadsgenoten tussen. Ik was onder de indruk van de complexe choreografie waarmee dit koor van volgelingen, telkens wanneer Protagoras zich omdraaide en de andere kant op begon te lopen, uiteen week om te voorkomen dat het hem voor de voeten liep en geruisloos opnieuw achter hem aansloot.

Ik zag Hippias de Eliër aan de overkant van de zuilengalerij op een troon zitten, omringd door Eryximachos, de zoon van Akoumenos, Phaidros uit het district Myrrhinous, Andron, de zoon van Androtion, en een aantal vreemdelingen, die op de stenen banken zaten. Hippias zat vanaf zijn troon breeduit hun vragen over astronomie en hemellichamen te beantwoorden. Sokrates en Hippokrates, de zoon van Apollodoros, waren inmiddels ook kort na ons gearriveerd. En ik zag de beroemde Prodikos van Kos, die kennelijk ook in de stad was. Ik zag hem in een kamertje dat grensde aan de zuilengalerij. De grote Prodikos lag nog in bed, maar was wakker. Hij was bedekt met schapenvellen en dekens, met overdreven veel schapenvellen en dekens, als je het mij vroeg. Naast hem lag Pausanias uit Kerameis op een comfortabel ligbed met een mooie jongen, die zo te zien uit een goede familie kwam. Ik hoorde dat hij Agathon heette. Het zou mij niets verbazen als hij Pausanias' lieveling was. Naast deze Agathon lagen de beide jongens die Adeimantos heetten, de zoon van Kepis en de zoon van Leukolophides, en volgens mij waren er nog een paar personen die ik niet goed kon zien. Ik probeerde te horen waarover ze het hadden, maar de lage stem van Prodikos weergalmde zo in de kleine ruimte dat ik hen niet goed kon verstaan.

Aan de andere kant van de zuilengalerij op een bank tegen de muur zat een meisje. Een jonge vrouw, eerder. Het was niet bepaald gebruikelijk dat een landdag van sofisten en filosofen vrouwelijke bezoekers trok, dus ik was zo vrij om mijn nieuwsgierigheid te bevredigen en mij aan haar voor te stellen. Ze bleek Hipparete te heten. Ze was het jonge zusje van onze gastheer Kallias. Haar voorkomen bewees dat haar broers corpulentie het gevolg was van bepaalde filosofische keuzen met betrekking tot zijn levensstijl en niet kon worden toegeschreven aan een aangeboren eigenschap van zijn familie.

'Vind je het niet symbolisch?' zei ze. 'Ik zag je kijken in dat kamertje aan de overkant. Weet je wat voor kamertje dat is? Die ruimte werd voorheen door mijn broer als schatkamer gebruikt. Daar werd ons familiekapitaal bewaard. Je kunt de zware sloten nog zien zitten. Maar vanwege de voortdurende toevloed van sofisten in ons huis heeft mijn broer zijn kluis leeggeruimd om als gastenverblijf te dienen.'

'Je broer is bijzonder gastvrij,' zei ik. 'En hij kan zich zijn gastvrijheid permitteren.'

'Onze vader heet Hipponikos, zoals je weet,' zei ze, 'maar hij heeft eigenlijk geen naam nodig, want iedereen noemt hem voor het gemak de rijkaard. Maar mijn broer is zo leergierig en dermate belust op kennis van het hogere dat die bijnaam niet lang zal beklijven in de familie, ben ik bang. Niemand in Athene heeft zoveel geld gespendeerd aan sofisten als hij. Want nadat je hun magen hebt gevuld, moet je ook nog een fortuin neertellen voor de boeren en winden die ze laten.'

Ik lachte. 'Mag ik concluderen dat je geen groot liefhebber bent van de filosofie?' vroeg ik. 'En dat je hier alleen maar bent om je broer in de gaten te houden en het familiekapitaal te bewaken?'

'Dat zijn twee verschillende vragen,' zei ze, 'en die vergen twee verschillende antwoorden. Op jouw eerste vraag zou ik zeggen dat ik meer waarde hecht aan verstand dan aan filosofie, omdat ik de waarheid hoger inschaal dan praatjes over de waarheid. Er is maar één filosofische vraag van belang en die is hoe te leven. De rest is afleiding en zelfbevrediging.'

'Je geeft op een beeldende manier uitdrukking aan opvattingen die ik deel, maar die ik voor mezelf nog nooit zo direct heb weten te verwoorden als jij,' zei ik. 'En de tweede vraag?'

'Er is, vrees ik, maar één manier voor mij om een deel van het familiekapitaal weg te roven voor de grijpgrage, gerimpelde knuisten van de wijsheid,' zei ze.

'En die is?'

'In de vorm van een bruidsschat,' zei ze.

Haar onbeschaamde zakelijkheid maakte mij bijzonder vrolijk. 'Ik zal het in mijn achterhoofd houden,' zei ik lachend.

8

Mijn vriend Kritias moest nog even wachten totdat hij de grote Protagoras van Abdera op kosten van Kallias kon verbluffen met zijn inzichten over de goden, want Hippokrates had in zijn jeugdig enthousiasme kennelijk aan Sokrates bekend dat hij graag een leerling van Protagoras wilde worden en nu begon Sokrates Protagoras te ondervragen over het beroep van sofist en over de aard van de lessen die hij als sofist in de aanbieding had. Laat dat maar aan Sokrates over. Hij liet de oude Thraciër eerst uitvoerig de lof zingen op zijn metier, inclusief een historisch overzicht sinds het begin der tijden van de grote sofisten als onderwijzers der deugden dat culmineerde in het hoogtepunt dat voor ons stond, waarna hij zich verontschuldigend en quasinaïef afvroeg of deugd eigenlijk wel onderwijsbaar was.

Protagoras imponeerde het publiek, dat zich inmiddels om hem en Sokrates heen had gevormd, met een virtuoos en flamboyant betoog, waarvan een magistrale, zelfverzonnen mythe deel uitmaakte en dat via verschillende invalshoeken de onderwijsbaarheid van deugd aantoonde. Sokrates probeerde Protagoras vervolgens, op die bloedirritante manier van hem die wij allen zo goed kennen, met een cascade aan kleine, semionschuldige vraagjes te verstrikken in de netten van zijn eigen contradicties, maar Protagoras liet zich niet zo gemakkelijk vangen. Hij doorzag Sokrates' strategie en weigerde het spel te spelen volgens Sokrates' regels.

Vervolgens ontstond er een langdurige discussie, waarin met name de toeschouwers zich nadrukkelijk mengden, over de te volgen procedures voor de discussie. Sokrates had er geen zin meer in. Hij stond op. Hij zei dat hij een afspraak had. Maar onze gastheer Kallias liet hem niet gaan. Er werd besloten dat er gediscussieerd moest worden over een gedicht van Simonides. Sokrates deed er halfhartig aan mee, meer om Kallias een plezier te doen dan omdat hij in het nut van de exercitie geloofde. Filosofie werd op deze manier een jongleeract die op niets anders uit is dan op applaus en verblufte gezichten in het publiek. Ik ken Sokrates te goed om te denken dat hem dat interesseert. Voor hem is de filosofie geen hardloopwedstrijd, waarin hij het opneemt tegen een beroemde buitenlander en zijn Atheense supporters niet mag teleurstellen, maar een gewetensvolle en diep ernstige zoektocht naar de waarheid. Ik had met hem te doen op die ochtend in het riante, drukbezochte huis van Kallias.

Op een bepaald punt in de discussie over het gedicht van Simonides werd een vers geciteerd waarin er een godheid ter sprake komt: 'Waarlijk goed zijn is alleen een god gegeven.' Dit was het moment waarop mijn vriend Kritias zo lang had gewacht. Als een bokser die door loting de eerste ronde was vrijgesteld, die vol ongeduld werkeloos heeft zitten toekijken bij het gevecht en die in de tweede ronde eindelijk mag laten zien waarvoor hij gekomen is, zo stortte hij zich in de discussie. Terwijl de ogen in zijn magere gezicht oplichtten als vuurbakens, begon hij uiteen te zetten waarom de goden volgens hem niet bestaan, maar zijn betoog viel een beetje in het water omdat Prodikos van Kos juist op dat moment onwel werd, zonder twijfel ten gevolge van Kallias' overweldigende gastvrijheid tijdens de avond daarvoor. Na een paar keer overgeven tussen de zuilen en gegeneerd geboen door twee van Kallias' slaven was de crisis bezworen, maar het voorval had de aandacht nogal afgeleid van Kritias' behartenswaardige observaties. Toen hij een tweede poging ondernam om de discussie op de goden te brengen, werd hij onderbroken door Protagoras, die op een neerbuigende, vaderlijke toon tegen hem zei dat de goden de hulp van onze argumenten niet nodig hadden om te besluiten om al dan niet te bestaan. Met deze charmante paradox had hij de lachers op zijn hand en was het onderwerp afgeserveerd. Ook met Kritias had ik te doen op die ochtend in het riante, drukbezochte huis van Kallias.

Ik kan me de onnavolgbare arabesken en guirlandes van de conversatie niet meer precies herinneren, maar op een gegeven moment ging het gesprek over de verschillende staatsvormen. Vooral de Atheners waren benieuwd naar Protagoras' bevindingen en conclusies, want hij was een man die in alle steden van Hellas was onthaald en had verkeerd met de machthebbers en elites aldaar en die derhalve in een uitgelezen positie verkeerde om de verschillende constituties in theorie en uitvoering met elkaar te vergelijken en op hun merites en tekortkomingen te beoordelen.

'Er zijn drie verschillende staatsvormen mogelijk,' zei Protagoras, 'omdat de verantwoordelijkheid voor het staatsbestuur kan worden toevertrouwd aan één, aan enkelen of aan allen. Andere mogelijkheden zijn er niet, want ofwel iedereen is uitgesloten van de macht behalve één persoon, ofwel een deel van de bevolking is uitgesloten door een ander deel, ofwel niemand is uitgesloten van staatsmacht en bestuur.

Het is niet zo dat een van deze drie mogelijke staatsvormen inherent beter of slechter is dan de beide andere, maar elk van de drie hebben een positieve en een negatieve pendant. De positieve verschijningsvorm kenmerkt zich in alle drie de gevallen door een besef van verantwoordelijkheid bij de machthebber of machthebbers en door een als een urgentie gevoeld streven om het algemene belang te dienen, terwijl de negatieve pendant van de drie staatsvormen zich manifesteert wanneer eigenbelang het staatsbelang verdringt en wanneer de machthebber of machthebbers eerder geneigd zijn om rechten op te eisen dan om plichten te vervullen.

Het bestuur door één enkel persoon kunnen we een monarchie noemen zolang de machthebber verantwoordelijkheid en plichtsbesef betoont en het staatsbelang dient. Zodra de machthebber meer oog krijgt voor de bevrediging van zijn eigen belangen en behoeften dan voor het welzijn van de staat en het volk, treedt de negatieve pendant in, die we tirannie noemen. Het bestuur van een geprivilegieerde groep noemen we aristocratie zolang die groep bestaat uit de vaardigste en deskundigste bestuurders en zolang die bestuurlijke elite het algemeen belang voor ogen houdt. Zodra deze groep machthebbers meer oog begint te krijgen voor zijn privileges dan voor de publieke zaak, ontaardt de aristocratie in een oligarchie. Het zelfbestuur van alle burgers noemen we democratie. Maar ook de democratie kent een negatieve pendant, die in werking treedt zodra de bevolking de democratie niet langer beschouwt als een institutie die haar in de gelegenheid stelt om haar plichten jegens het algemeen belang te vervullen, maar in plaats daarvan haar constitutioneel gewaarborgde positie begint te misbruiken om individuele rechten op te eisen. Politici zullen zich gaan opstellen als vertegenwoordigers van deelbelangen en omdat ze hun eigenbelang boven het staatsbelang stellen, laten ze zich eerder leiden door de publieke opinie dan door visie. Deze negatieve verschijningsvorm van de democratie kunnen we ochlocratie noemen, de dictatuur van de massa.

Deze drie staatsvormen vormen een cyclus. Het optreden van de negatieve verschijningsvorm van het vigerende staatsbestel is een symptoom van crisis, dat de overgang naar de volgende staatsvorm aankondigt en noodzakelijk maakt. Deze rotatie van staatsvormen is een natuurlijk proces.

Het is volgens mij niet moeilijk om zich voor te stellen hoe dit proces werkt, als we ons om te beginnen een primitieve samenleving voorstellen. De mens is een zwak dier. In zijn eentje maakt hij weinig kans om de gevaren van de woeste natuur het hoofd te bieden. Om te overleven vormen mensen groepsverbanden, die een betere bescherming bieden tegen wilde dieren en vijandelijke stammen. Omdat de collectieve veiligheid het primaire doel is van deze samenlevingsverbanden, ligt het voor de hand dat het individu dat zich in kracht, moed en intelligentie van de anderen onderscheidt en dat de beste garantie biedt voor de veiligheid van de groep, als leider wordt gezien, geaccepteerd en gevolgd.

Wanneer de samenleving evolueert, kan dit leiderschap erfelijk worden, omdat de verwachting gerechtvaardigd is dat de zonen van goede leiders door hun afstamming en opvoeding vergelijkbare kwaliteiten vertonen als de vaders. Zo komt de monarchie tot stand. De eerste monarchen zullen zich door het bouwen van forten, muren en versterkingen en door het optimaliseren van hun strijdmachten inspannen voor de veiligheid van hun volk en hun grondgebied, omdat dat ook in hun eigen belang is. Om dezelfde reden zullen zij de staat trachten in te richten op de manier waarop deze het beste functioneert. Maar vroeg of laat wordt de troon geërfd door een nakomeling die de noodzaak om zich in te spannen voor het algemene belang niet meer ziet, omdat door zijn voorvaderen reeds in de veiligheid en stabiliteit van het rijk en zijn positie is voorzien. In plaats van zijn machtspositie als een verplichting jegens de samenleving te beschouwen begint hij haar te misbruiken voor het bevredigen van steeds extravagantere persoonlijke behoeften. Op dat moment is de monarchie ontaard in een tirannie.

Deze tirannie roept verzet op. De natuurlijke gang van zaken is dat een groep vooraanstaande en verantwoordelijke burgers dit verzet organiseert. Nadat zij erin zijn geslaagd om de tiran af te zetten, zullen zij het staatsbestuur als vanzelfsprekend ter hand nemen. Dit is de manier waarop een monarchie, na tot een tirannie te zijn ontaard, overgaat in een aristocratie. De eerste generatie van de aristocraten zal geneigd zijn het staatsbelang met groot gevoel van verantwoordelijkheid te dienen, omdat de schade die de tiran aan de publieke zaak heeft toegebracht hersteld moet worden en omdat de herinnering aan de verschrikkingen van zijn bewind nog levend is. Maar op een gegeven moment komt er een generatie aan de macht die deze herinneringen niet meer heeft, die een herstelde en functionerende staat in handen heeft gekregen, die derhalve de urgentie om het algemene belang te dienen minder voelt en die haar privileges begint te misbruiken voor zelfverrijking en onderdrukking van het volk. Op dat moment is de aristocratie ontaard in een oligarchie.

Het verzet tegen een oligarchie kan alleen maar komen van het volk zelf. Dus nadat de aristocratie verworden is tot een oligarchie, zal het volk de ontaarde elite afzetten en een democratie instellen. Op dezelfde manier zoals bij de vorige transities zal de eerste generatie het democratisch zelfbestuur uiterst serieus nemen om eerder aan de staat toegebrachte schade te herstellen. De eerste generaties democraten zijn verantwoordelijk en, indachtig de verschrikkingen uit het recente verleden, doordrongen van het belang van de publieke zaak.

Maar de democratie is geen definitieve lotsbestemming van de mensheid. Anders dan iemand die op dit moment in het trotse, democratische Athene woont wellicht geneigd is te denken, is de democratie geen eindbestemming maar ook slechts een tijdelijke fase in de natuurlijke cyclus van de staatsvormen. Ook de democratie zal uiteindelijk met zekerheid in verval raken, want evenals het geval was bij de voorafgaande transities in de cyclus, zal de democratie op een gegeven moment geërfd worden door een generatie die vergeten is dat het democratisch zelfbestuur met bloed en tranen op andere staatsvormen is bevochten en die de democratie als een vanzelfsprekend privilege beschouwt.

Net als bij de vorige transitiestadia zal de democratische staatsvorm door de nieuwe generaties in toenemende mate begrepen worden als een vrijgeleide om het eigenbelang na te streven. Democratische grondrechten worden niet langer opgevat als het voorrecht om de publieke zaak te mogen dienen, maar als een reden om individuele rechten op te eisen. Het volk wil steeds meer in ruil voor steeds minder verplichtingen en inspanningen. De politici, die voor hun machtspositie afhankelijk zijn van de gunst van het volk, beginnen allerlei vormen van verontwaardiging te mobiliseren om zichzelf vervolgens te kunnen presenteren als voorvechters van gekrenkte waardigheid en verkwanselde belangen.

Omdat politici niet meer primair geïnteresseerd zijn in het staatsbelang maar vooral uit zijn op invloed en macht die hen in staat stellen hun eigenbelang te dienen, ontwikkelen ze geen visie en beleid ten faveure van de staat, maar zoeken ze slechts de gunst van het volk, waardoor de politieke koers van de staat een hulpeloze prooi wordt van de grillen van de publieke opinie. Op dat moment is de democratie ontaard in een ochlocratie, het schrikbewind van de massa.

De ochlocratie is een crisisstadium, dat wordt gekenmerkt door volatiliteit van het politieke klimaat, daaruit voortkomend wantrouwen jegens de instituties en de politiek, schandalen die dit wantrouwen dagelijks nog meer voeden, inefficiëntie van het openbare bestuur en onvermogen om met toekomstsvisies en langetermijnstrategieën de waan van de dag te overstijgen. De enige uitweg uit deze crisis is de roep om de sterke man, die op een gegeven moment onder het volk steeds luider zal gaan klinken. Zo zal ook de democratie, nadat zij is ontaard in een ochlocratie, omvergeworpen worden door het volk zelf, dat de macht vervolgens opnieuw in handen zal geven van één enkel persoon, waarmee de cyclus weer van voren af aan begint.'

Zo sprak Protagoras. Toen er door omstanders op werd aangedrongen dat hij zich toch zou uitspreken over de vraag welke staatsvorm de beste is, zei hij: 'De alleenheerschappij is de efficiëntste vorm van bestuur en daarmee de meest repressieve wanneer zij omslaat in haar negatieve verschijningsvorm. De democratie is het minst efficiënte model, maar het voordeel daarvan is dat de negatieve pendant ervan van alle drie de ontaarde staatsvormen het minst schadelijk is voor individuele burgers. De aristocratie en de oligarchie zitten daartussenin.'

9

Om mijn vriend Kritias, die door onze ontmoeting met de wijsheid van Hellas in het huis van Kallias bepaald in een slecht humeur was geraakt, wat afleiding te verschaffen en daarmee hopelijk een beetje op te vrolijken, nodigde ik hem die avond samen met een nogal toevallig samengestelde groep van andere vrienden, onder wie Phaidros en Andron, die we bij Kallias waren tegengekomen, mijn vuilbekkende makker Antiochos, de kapitein, die we aan het begin van de avond toevallig tegen het lijf waren gelopen op de agora en die een paar van zijn bijzonder dorstige vrienden meenam, Poulytion, de arts Akoumenos, Charmides, Adeimantos, Axiochos en nog wat volk dat ik mij niet meer herinner, bij mij thuis uit voor een lichte maaltijd en een goed, ouderwets drinkgelag.

Ik had via een Boiotisch mannetje een zeldzame delicatesse op de kop weten te tikken: vijftig palingen uit het Meer van Kopaïs, die ik liet stoven in strandbiet. Bij dezelfde koopman had ik vervolgens ook nog een aantal andere Boiotische specialiteiten laten betrekken, zoals houtsnippen, winterkoninkjes, oregano, polei en hun typische broodrollen die ze kollikes noemen. Ik liet ook wat rode lintvis bereiden met olijfolie en kaas. Ik had in die tijd immer een geruststellend ruime voorraad amforen met goede Kretenzische wijn in huis voor eventualiteiten zoals de onderhavige noodzaak om Kritias op te beuren.

Toen de slaven het eten hadden afgeruimd, moesten we natuurlijk het onvermijdelijke drinkspel spelen. Als kottabos dan toch gespeeld moet worden, dan goed, dacht ik, dus ik liet de complete stellage optuigen van bordjes op de bronzen standaard, die met een geweldig geraas aan scherven vielen als een van de spelers erin slaagde om een bodempje wijn uit zijn kylix precies op de juiste manier op het doelwit te slingeren, waardoor het bovenste bordje de andere meenam in zijn val. Het ging niet om de appels en toetjes die als prijs werden uitgereikt, het ging om de algemeen menselijke genoegdoening bij herrie en scherven, het ging om de hilarische wijnvlekken op elkaars chitons en het ging vooral om de uiterst welkome omstandigheid dat een speler, om een nieuwe poging te wagen en opnieuw een bodempje wijn op het doel te kunnen mikken eerst een nieuw bodempje wijn diende te creëren door de rest van zijn kylix leeg te drinken. Ik hield niet van het spel. Ik was er te goed in.

Omdat ik zag dat Kritias nog steeds humeurig was, liet ik fluitspeelsters halen, maar daarmee deed ik de zeemannen, die met Antiochos waren meegekomen, meer plezier dan Kritias. En toen begon hij weer over die goden van hem. Het zat hem hoog. Hij begon een heel betoog af te steken over de Mysteriën van Eleusis, die volgens hem volksverlakkerij waren. Hij beweerde dat de visioenen die wij allen hadden gezien in de Grote Zaal van de Wijding en de emoties die wij daar hadden ondergaan, volledig waren toe te schrijven aan onze vermoeidheid vanwege de eindeloze processie en de nachtwake bij de fakkels, in combinatie met het verplichte vasten en met het een of andere hallucinogene ingrediënt in de beroemde mengdrank van gerstenat en polei die wij allen ter gedachtenis aan Demeter gedwongen waren geweest te drinken. De rest van het gezelschap maakte zich bijzonder vrolijk over deze heiligschennis.

Op een gegeven moment bleek dat mijn kapitein Antiochos vreemd genoeg niet eens was ingewijd. Nadat we hem daar eerst uitvoerig mee hadden gepest, besloten wij het euvel ter plekke te verhelpen.

'Offerdier hier!' riep ik. Met deze officiële proclamatie begonnen de festiviteiten.

'We hebben een biggetje nodig,' zei Kritias. 'Antiochos moet een biggetje offeren.'

We hadden geen biggetje. Ik stuurde de slaven naar de voorraadkamer om iets te zoeken wat voor een biggetje door kon gaan. Ze kwamen terug met een levende muis die ze tussen de zakken graan hadden weten te vangen. De muis was een natuurlijke vijand van Demeter, dus het offer zou haar bevallen, besloten wij. En zo niet, was het Antiochos maar die de wrok van de godin over zich zou afroepen.

'Initianten naar zee!' riep ik. 'Het offerdier moet ritueel gereinigd worden in de zee bij Phaleron.'

'Oké, kom maar hier met dat beest,' zei een van Antiochos' vrienden. 'Houd hem goed vast.' En terwijl Antiochos de muis met gestrekte handen voor zich hield, begon zijn vriend er ritueel overheen te pissen. 'Het dier is gereinigd en kan geofferd worden,' zei hij. Met zijn dolk sneed Antiochos hem het piepende keeltje door.

'De processie begint!' riep ik.

'Jij moet ons voorgaan, Alkibiades, met je lange haar,' zei Andron. 'Jij bent onze priesteres.'

We stonden op van onze ligbedden en gingen in plechtige optocht door mijn patio. De naakte fluitspeelsters volgden ons. Andron had de kottabosstandaard in zijn handen bij wijze van heilige tak. We zongen het lied van Iakchos en zoals de traditie wil – en uitsluitend en alleen daarom, omdat de traditie dat wil, stel je voor – sloegen wij schunnige taal uit, waarbij niemand onderdeed voor Antiochos zelf. Na een rondje te hebben gelopen kwamen we terug bij de mannenkamer.

'De mengdrank!' zei ik. 'We hebben geen mengdrank van gerstenat en polei, maar Kretenzische wijn is nog beter.' Iedereen dronk.

'Voordat jullie de Grote Zaal van de Inwijding mogen betreden,' zei ik, 'moeten jullie de heilige formule uitspreken. Zeg mij na: ik heb gevast. Nou dat klopt, we hebben na alle palingen al een eeuwigheid niets meer gegeten, dus dat is geen leugen. Ik heb gevast, ik heb de mengdrank gedronken, ik heb het ding uit de ene kutmand gepakt en na het te hebben beduimeld in de andere kutmand gepleurd.'

Ze zeiden de heilige formule. Poulytion pakte een fakkel uit de vestibule. Hij was de Fakkeldrager. Charmides speelde voor de Heilige Heraut en riep de ergste dingen, Adeimantos, Axiochos en Akoumenos namen de rollen op zich van de Altaarpriester, de Dienaar van de Godinnen en de Hogepriesteres van Demeter.

'Jij moet de Hiërofant zijn, Alkibiades,' zei Kritias. 'Waar is je mantel, opperpriester?'

Ik ging mijn lange, purperen mantel halen en begon aan de heilige rituelen van de inwijding. Ik deed de daden, toonde de getoonde dingen en sprak de gesproken woorden.

'Ziehier en aanschouwt het heilige object,' zei ik, waarna ik mijn mantel opensloeg en mijn chiton omhoog trok tot boven mijn middel. 'Onuitsprekelijk en van een grote heimelijke geheimenis zijn de zaken waarvan jij getuige bent, Antiochos. Het onuitgesproken mysterie zal verborgen en verzwegen blijven en op schending van het geheim staat de doodstraf.'

Op deze manier werd de zeekapitein Antiochos ingewijd in de heilige Mysteriën van Eleusis. Zelfs mijn vriend Kritias was er vrolijk van geworden.

10

Slechte leiders hebben vaak een merkwaardig gelukkige hand in de keuze van hun adjudanten. Terwijl Kleon als de invloedrijkste demagoog van dat moment in feite de onbetwiste leiding had over de machtigste stad ter wereld en die leidinggevende positie voor weinig anders aanwendde dan voor het behouden en vergroten van zijn invloed op het volk, was het bedoeld of onbedoeld een uiterst intelligente daad voor hem persoonlijk en een geluk voor de stad dat hij het volk ertoe aanzette om Demosthenes, de zoon van Alkisthenes, uit het district Aphidna, te kiezen als een van zijn generaals. Demosthenes was een van de scherpzinnigste en vindingrijkste strategen die Athene in de oorlog heeft gehad. Zijn tactieken verrasten soms zelfs zijn eigen troepen, hetgeen het des te onwaarschijnlijker maakte dat de vijand deze had kunnen voorzien en zich erop had kunnen voorbereiden. Omdat hij minieme zwaktes van de vijand, waarvan de vijand zich niet eens bewust was, doorzag en met beleid wist op te kweken tot een doornig en serieus probleem, kon hij met weinig middelen veel bereiken. Dat de oorlog eindelijk een gunstige wending begon te krijgen voor Athene, waarvan Kleon kortstondig de vruchten kon plukken, was aan de oorspronkelijkheid van Demosthenes te danken. Mannen van Athene, ik heb het uiteraard over de gebeurtenissen bij Pylos.

Maar zelfs uitmuntende strategen, die door een gelukkige keuze van het volk aan het hoofd van militaire operaties zijn gesteld, hebben geluk nodig, niet omdat hun plannen ongelukkig zouden zijn en uitsluitend met geluk tot een goede uitkomst zouden kunnen leiden, maar omdat hun medebevelhebbers er uitsluitend met behulp van een gelukkig toeval toe kunnen worden bewogen om met hun gedurfde plannen akkoord te gaan. Een paar jaar later in Sicilië ontbrak het hem en mij aan een dergelijk geluk, wat hem zijn leven heeft gekost.

Aan het begin van het zevende jaar van de oorlog, toen Euthynos nog een paar maanden archon was in Athene en toen de nieuwe koning van Sparta, Agis, de zoon van Archidamos, de lente had ingeluid met de traditionele Spartaanse invasie van Attika, nog voordat het koren rijp was, niet lang nadat er op het eiland Sicilië in het westen in de eerste dagen van het voorjaar voor het eerst sinds vijftig jaar een eruptie had plaatsgevonden van de vulkaan de Etna, een woede-uitbarsting van de reus Typhon, die, zoals de oude dichters ons vertellen, door Zeus onder het driehoekige rotsblok dat Sicilië heet is bedolven tijdens de kosmische strijd tussen de goden en de giganten, zette een Atheense vloot van veertig schepen met achtduizend man onder het bevel van Eurymedon, Sophokles, de tragediedichter, en Demosthenes koers naar het eiland Kerkyra, waar volgens berichten de Spartaanse vloot actief was. Ze rondden de Peloponnesos en terwijl ze noordwaarts voeren langs de westkust, passeerden ze het schiereiland van Pylos, dat de Spartanen Koryphasion noemen. Demosthenes identificeerde Pylos als een zwakte in de Spartaanse defensie. Beter gezegd, hij zag de zwakte van het systeem dat de Spartanen als hun grootste kracht zagen.

De Spartaanse oorlogsmachine was en is, zoals jullie weten, voor een groot deel afhankelijk van de horigen die de oorspronkelijke bevolking van het land Messenië vormen en die sinds hun onderwerping door de Spartanen heloten worden genoemd. De Spartaanse elitetroepen hebben zich generaties lang met angstaanjagende toewijding op de krijgskunst kunnen toeleggen dankzij deze heloten, die hun land bewerken. Daarnaast vormen deze Messeense horigen in voorkomende gevallen gemakkelijk inzetbare hulptroepen, die zonder al te veel scrupules kunnen worden opgeofferd. Maar hun trouw aan Sparta is afgedwongen.

Demosthenes zag dat het schiereiland van Pylos onbewaakt was en stelde voor om het te bezetten en te versterken. Er was voldoende steen en hout voorhanden om een fort te kunnen bouwen. In de nabije omgeving waren er geen Spartaanse nederzettingen die hen bij deze activiteiten zouden kunnen hinderen. De landschappelijke kenmerken maakten de plek goed te verdedigen. De strategische waarde van Pylos was volgens zijn inzicht gelegen in het feit dat het in het oude land van Messenië gelegen was op hooguit vierhonderd stadia van Sparta. Een Atheens bruggenhoofd in hun geknechte vaderland zou Messeense heloten kunnen inspireren het Spartaanse juk af te werpen, te deserteren en over te lopen naar Athene.

Zijn medebevelhebbers Eurymedon en Sophokles zagen niets in het plan. 'Als je Athene per se op kosten wilt jagen door een stuk rots te bezetten,' zo zeiden ze, 'dan komen we nog een hoop andere kapen en verlaten schiereilanden tegen waaruit je kunt kiezen.' Demosthenes wees op de baai die een gunstige natuurlijke haven vormde en zei dat de kosten voor Athene beperkt konden blijven omdat hij er zeker van was dat Messeense deserteurs het fort zouden helpen verdedigen. Eurymedon en Sophokles waren niet overtuigd. Demosthenes zei dat Pylos de plek was waar ooit het kasteel van Nestor had gestaan en dat Sophokles toch moest toegeven dat Nestor bekendstaat als een van de wijste mannen die met de Grieken naar Troje zijn gevaren. Sophokles antwoordde dat Nestor vooral bekendstond als een man die nogal lang van stof was en dat ze daar geen tijd voor hadden. Sophokles en Eurymedon besloten geen oponthoud te tolereren en het bevel te geven om verder te zeilen naar Kerkyra.

Maar toen stak er een storm op, die de Atheners dwong om bij Pylos aan land te gaan. Zelfs toen wilden Demosthenes' medebevelhebbers niets weten van zijn idee om de plek te versterken. Maar toen het slechte weer aanhield, begonnen de mariniers, die zich verveelden, uit eigen beweging stenen en hout aan te slepen en versterkingen op te richten. Omdat mannen die door noodzaak en omstandigheden gedwongen onder mannen verkeren van alles een wedstrijd maken en omdat het verzetje volgens dit principe uitgroeide tot een onderlinge competitie, slaagden ze er ondanks een gebrek aan goed gereedschap in om het fort met hun blote handen binnen zes dagen te voltooien. Het weer klaarde op. Demosthenes bleef achter met vijf schepen en hun duizendkoppige bemanning om garnizoen te houden in het nieuwe fort van Pylos. De rest van de vloot vertrok in de richting van Kerkyra.

In Sparta werden de berichten over het Atheense bruggenhoofd op hun territorium in eerste instantie laconiek ontvangen. Het leek op een geïmproviseerde actie. De informanten berichtten over een klein garnizoen zonder bevoorradingslijnen, afgesneden van versterkingen, binnen haastig opgeworpen vestingmuren. De Atheners zouden vanzelf wel weer weggaan uit die uithoek, waar weinig anders te halen viel dan bos. Zo niet, zouden de Spartanen, wanneer de tijd rijp was, troepen sturen, die Pylos in een handomdraai zouden heroveren.

Maar het bericht bereikte koning Agis, die met een groot deel van de Spartaanse troepenmacht in Attika gelegerd was, en hij reageerde verontrust. In een latere periode van mijn leven, waarover ik jullie nog veel heb uit te leggen, mannen van Athene, en waarover ik zeker nog uitgebreid te spreken kom, dat beloof ik jullie, heb ik koning Agis langere tijd van nabij, ik kan wel zeggen van zeer nabij leren kennen. Hoewel de omstandigheden ertoe hebben geleid dat ik hem nu tot mijn grootste vijanden moet rekenen, was er een periode waarin hij zijn gedachten over strategie en tactiek met mij deelde en bij die gelegenheden heeft hij mijn bewondering afgedwongen doordat hij het zeldzame vermogen aan de dag legt om aan zichzelf te twijfelen. Een strateeg die blaakt van het zelfvertrouwen, is geliefd bij zijn troepen, maar loopt bij voortduring het risico dat hij een mogelijke weerlegging van zijn eigen oordelen over het hoofd ziet. De beste strategen kunnen hun tekortkomingen, die voor henzelf onzichtbaar dreigen te zijn, analyseren door de ogen van de vijand. Agis was zo iemand en in plaats van onverschillig zijn schouders op te halen bij de melding van de Atheense bezetting van een wanhopige uithoek van de Peloponnesos, vroeg hij zich af waarom hij niet begreep wat dat geïsoleerde garnizoen daar deed en wat het hoopte te bereiken, waarna hij het begreep. Onmiddellijk brak hij de invasie van Attika af, ook al was deze veldtocht nog maar vijftien dagen oud, en zo snel hij kon bracht hij zijn leger terug naar Sparta.

Wat Agis vreesde, was precies wat er aan het gebeuren was. Het plan van Demosthenes werkte. Op zijn instigatie waren de eerste veertig Messeense infanteristen gedeserteerd en overgelopen naar Athene. Zij waren bereid om, zij aan zij met Demosthenes' mannen, het geïmproviseerde Atheense fort te verdedigen als een onverwachts hernieuwde herinnering aan hun lang geleden vervlogen hoop op vrijheid.

De Spartaanse aanval op Pylos werd met groot vertoon van macht ingezet. Een formidabele troepenmacht marcheerde westwaarts over de Messeense vlakten en de Spartaanse vloot, die onder commando stond van Brasidas, de roekeloze, werd teruggeroepen uit de wateren rond Kerkyra. Nu trad het tweede, belangrijkste en gevaarlijkste deel van Demosthenes' plan in werking. Want hij had deze aanval voorzien. Dit was van het begin af aan zijn bedoeling geweest. Hij had het offensief uitgelokt. Maar nu moest hij nauwkeurig opereren, want hij had slechts een klein garnizoen tot zijn beschikking, dat oog in oog zou komen te staan met een overmacht. De marges om het geplande succes daadwerkelijk te behalen waren klein. In die geest sprak hij zijn troepen toe.

'Mannen,' zei hij, 'jullie zijn mijn strijdmakkers in dit avontuur en laat niemand van ons op dit moment zo intelligent willen doen om alle gevaren die op ons afkomen rationeel te analyseren. In dit soort situaties is verstand contraproductief en is het het beste om de dreiging zo snel mogelijk tegemoet te treden. We moeten de vijandelijke troepen niet gaan tellen, want hun overmacht zou ons demoraliseren, maar doen wat ons te doen staat. Want we hebben een plan om hun numerieke overwicht te neutraliseren en als het lukt om ons te concentreren op ons plan in plaats van op hun numerieke overwicht, zullen wij deze slag winnen, dat garandeer ik jullie. Jullie zouden het plan zelf hebben kunnen bedenken, want jullie weten donders goed hoe je een overmacht onschadelijk maakt. Dat ze met velen zijn, wordt irrelevant zodra ze door de omstandigheden gedwongen worden om één voor één op ons af te komen. Onze positie hier is ideaal voor deze strategie.

Ze zullen over land aanvallen en van zee, maar in beide gevallen hebben ze slechts één nauwe toegangsweg tot onze stellingen. Een deel van ons zal de landengte in het noorden zeker stellen en het andere deel de landingsplek voor hun schepen. Zodra één van deze beide stellingen bezwijkt, worden we overlopen, maar als we op beide plekken stand weten te houden, kunnen ze met meer soldaten komen dan de Grote Koning van Perzië, maar zullen wij toch telkens weer oog in oog staan met slechts een handjevol vijanden, die niets zullen bereiken.'

Demosthenes stuurde twee van zijn schepen naar de Atheense vloot in het noorden om hen te waarschuwen dat de Spartaanse vloot onderweg was naar Pylos. De resterende drie schepen bracht hij in veiligheid achter een palissade. Het grootste deel van zijn garnizoen stelde zich op in het noorden, op het punt waar het schiereiland vastzit aan het vasteland en waar de landengte het smalst is. Demosthenes voorspelde de plek aan de kust waar de vloot zou aanvallen en stelde daar zestig man op en een paar boogschutters. Het was de zwakste plek in de Atheense fortificaties. De plek was met opzet matig versterkt om een aanval op die plek uit te lokken. De kust was rotsachtig, wat een landing van schepen bemoeilijkte, maar langs de rest van de kust was de Atheense muur te hoog. Bovendien was er nauwelijks manoeuvreerruimte, zodat er hooguit twee of drie schepen tegelijk zouden kunnen aanvallen.

De Spartanen arriveerden en alles verliep precies volgens plan. Hun landtroepen werden gestuit in het noorden en hun vloot viel exact aan op de plek die Demosthenes had voorzien. Met name aan de kust waren de gevechten bijzonder intens. Maar niets is moeilijker dan een amfibische landing op een bewaakt strand, dat weten wij Atheners beter dan wie dan ook, en in dit geval werden de verdedigers ook door de natuurlijke omstandigheden geholpen. De drieënveertig Spartaanse schepen waren vanwege de beperkte ruimte gedwongen om in kleine eskaders om beurten aan te vallen. De ene Spartaanse aanvalsgolf na de andere werd gestuit. Op een gegeven moment offerden de Spartanen hun schepen op door ze met opzet aan splinters op de klippen te sturen in een poging hun troepen aan land te krijgen. Hun bevelhebber, Brasidas, de roekeloze, schreeuwde boven het strijdgewoel en het gebrul van de branding uit dat eer kostbaarder is dan wrakhout. Maar ook dit mislukte. Door de boogschutters werden de Spartanen als aalscholvers van de glibberige rotsen geschoten. Brasidas was een van hen. Hij werd gewond afgevoerd. Na afloop van het gevecht werd zijn schild in de branding gevonden. De Atheners hebben het na de slag gebruikt voor hun overwinningstrofee.

De hele veldslag was een bevreemdende omkering van de normale gang van zaken. De Spartanen, die kunnen bogen op de sterkste landmacht van Hellas, vielen aan met hun marine, terwijl de Atheners, berucht om hun zeemacht, hen bevochten vanaf het land. Bovendien vielen de Spartanen vruchteloos hun eigen territorium aan, terwijl de Atheners, die normaal gesproken de Spartaanse kust vanaf zee bestoken, het Spartaanse grondgebied met succes verdedigden. De gevechten duurden een hele dag en een deel van de dag daarna en toen gaven de Spartanen hun offensief op. Ze gingen over tot een belegering. Ze gingen de bossen in om hout te hakken voor de palissades van hun kampement en hun belegeringsmachines.

De dag daarna arriveerde de Atheense vloot van Eurymedon en Sophokles uit het noorden. Ze lieten zich zien, maar trokken zich vervolgens terug naar het onbewoonde eiland Prote, honderd stadia langs de kust noordelijker, waar ze voor anker gingen.

De derde en beslissende fase van Demosthenes' strategie zou zich thans afspelen in de baai, die een natuurlijke haven vormde en die hij onmiddellijk had aangewezen als een cruciaal kenmerk van deze locatie. De baai is gedeeltelijk afgesloten van open zee door het smalle, langwerpige eiland Sphakteria, dat vijftien stadia lang is en onbewoond. De toegang tot de baai ten noorden van Sphakteria, tegenover Pylos, is bijzonder nauw: hooguit twee scheepsbreedten. Ten zuiden van Sphakteria is de doorgang acht of negen schepen breed. Dat de Spartaanse vloot zou arriveren, aanvallen en falen had Demosthenes voorzien. Dat de Atheense vloot te hulp zou schieten en een bedreiging zou gaan vormen voor de Spartaanse vloot, was onderdeel van het plan. Op dit moment waren er twee mogelijkheden. Ofwel de Spartanen zouden zo onvoorzichtig zijn om in te gaan op de provocatie van de Atheense vloot en uitvaren, waarna ze in een gevecht op open zee zo goed als zeker verslagen zouden worden, ofwel de Spartanen zouden hun schepen terugtrekken in de schijnbaar veilige beslotenheid van de baai om een directe confrontatie met de superieure Atheense vloot te vermijden. In dit laatste geval zouden ze de baai moeten afsluiten.

Het was verleidelijk te denken dat dat niet zo moeilijk was. Een paar schepen met de boeg richting zee in de beide ingangen van de baai zouden afdoende kunnen lijken. Het probleem was dat lapje land dat Sphakteria heette. Om te voorkomen dat de Atheners op de een of andere manier gebruik zouden maken van dat eiland, al was het maar als bruggenhoofd dat aan de noordkant, op een steenworp afstand van het schiereiland van Pylos, zou kunnen worden gebruikt om hun omsingelde troepen te evacueren, zouden ze het zeker moeten stellen door het te bewaken met soldaten die moesten verhinderen dat de Atheners daar zouden landen.

De Spartanen kozen, zoals te verwachten viel, voor de tweede optie en bijna alles verliep zoals Demosthenes had voorzien. De Spartanen trokken zich terug in de baai en zetten honderdtwintig man van hun elitetroepen en driehonderd heloten per schip af op Sphakteria, waarmee de Atheners naar het oordeel van de Spartanen beroofd waren van elke denkbare manier om aan land te gaan en het belegerde garnizoen in de geïmproviseerde vesting van Pylos te ontzetten. Ze vonden het niet nodig om de beide ingangen van de baai af te sluiten, want ze hadden geen intentie om de strijd op het water te beslechten. Ze gingen aan land en wachtten de Atheners op op de stranden van de baai, in de vaste overtuiging dat de Atheners hoe dan ook aan land zouden moeten komen om de hoop te kunnen koesteren hun belegerde stadsgenoten te ontzetten.

Maar de Atheners ondernamen geen enkele poging om aan land te gaan. Ze voeren de baai binnen en begonnen de Spartaanse schepen naar de kelder te jagen of weg te slepen. De Spartanen deden wat ze konden, sommigen stapten zelfs in volle wapenrusting in zee in een poging hun schepen te redden, maar aan het einde van de dag was hun vloot grotendeels onklaar gemaakt dan wel gekaapt en daarmee was het eigenlijke doel van de Atheners bereikt. Het was nooit hun opzet geweest om hun stadsgenoten in Pylos te ontzetten, maar om de Spartanen op Sphakteria te isoleren en te gijzelen. Soeverein begonnen de Atheense schepen om Sphakteria heen te cirkelen.

Toen het nieuws van de gijzeling Sparta bereikte, werd het zo hoog opgenomen dat vertegenwoordigers van de hoogste autoriteiten naar het Spartaanse kampement bij Pylos werden gestuurd om de ontstane situatie met eigen ogen te aanschouwen en te besluiten wat er gedaan moest worden. Hun oordeel was dat er geen reële mogelijkheid bestond om hun troepen die op Sphakteria in de val zaten te bevrijden en daarover maakten ze zich grote zorgen, niet zozeer vanwege de driehonderd heloten, maar wel vanwege de honderdtwintig onvervangbare, trotse krijgers van hun elitetroepen. Ze zagen zich gedwongen om bij de Atheense bevelhebbers aan te dringen op een wapenstilstand. De Atheners gingen akkoord met het Spartaanse verzoek om de vijandelijkheden te staken en om de uitkomst van de onderhandelingen af te wachten die Spartaanse ambassadeurs in Athene zouden gaan voeren. Intussen stonden ze toe dat de Spartanen voedsel van het vasteland naar hun ingesloten maten op Sphakteria zouden brengen, te weten twee choinikes graan, twee kotylai wijn en een homp vlees de man en de helft van dit rantsoen voor ieder van de heloten, op voorwaarde dat deze leveringen in het volle zicht van de Atheners zouden plaatsvinden en dat er geen enkel schip zou proberen het eiland heimelijk te bereiken. In ruil voor deze concessies moesten de Spartanen afzien van elke vorm van agressie tegen het fort van Pylos en alles wat er nog restte van hun vloot bij Pylos alsmede al hun oorlogsschepen die voor de kust van Lakonië aanwezig waren aan de Atheners uitleveren. Het was een halve capitulatie.

11

Toen ik het nieuws hoorde over de spectaculaire ontwikkelingen in Pylos, de insluiting van de Spartaanse elitetroepen, de wapenstilstand en de komst van Spartaanse ambassadeurs naar Athene, maakte zich een grote opwinding van mij meester. Natuurlijk was er de euforie die ik met iedereen deelde over deze onverwachte wending in de oorlog. Welbeschouwd was het de eerste overwinning die Athene in zeven jaar behaalde, de eerste overwinning althans die de Spartanen als een nederlaag beschouwden. Maar afgezien daarvan realiseerde ik mij dat de ontwikkelingen mij een unieke kans boden om eindelijk iets voor de stad te kunnen betekenen, wat mijn eufemistische manier was om uit te drukken dat ik een mogelijkheid zag om mijzelf op de voorgrond te plaatsen.

Mijn grootvader was honorair consul van de Spartanen in Athene. Vanwege de een of andere klacht, waarvan ik het fijne niet weet, heeft hij deze functie op een gegeven moment neergelegd, maar dit neemt niet weg dat de functie van honorair consul gezien wordt als een vorm van xenia, oftewel gastvriendschap. De wederzijdse verplichtingen die uit een band van gastvriendschap voortvloeien, worden volgens goed en heilig gebruik door de zonen evenzeer gerespecteerd als door hun vaderen. Volgens dit vrome principe was de proxenia, het honoraire consulaat, een band van een familie met een vreemde mogendheid, en daarmee in feite een erfelijke verplichting. In naam was ik dus de Spartaanse consul in Athene.

Ik had mij nooit eerder voor deze positie geïnteresseerd, al was het maar omdat de lasten groter zijn dan de lusten. Ik zou Spartaanse ambassadeurs voor de duur van hun missie op mijn kosten in mijn huis moeten accommoderen en in voorkomende gevallen zou van mij gevraagd kunnen worden financieel borg te staan voor Spartaanse onderdanen. Dat kon gaan om aanzienlijke bedragen. Maar nu er Spartaanse ambassadeurs in aantocht waren om te onderhandelen over een wapenstilstand of een vredesverdrag, of op zijn minst over de voorwaarden waaronder ze hun ingesloten militairen naar huis zouden kunnen brengen, zou ik, als ik door hen erkend werd als hun consul, hun eerste aanspreekpunt zijn en in die hoedanigheid aanzienlijke invloed kunnen uitoefenen op deze voor beide partijen cruciale besprekingen. Het zou mij een sleutelrol verschaffen op dit moment dat bepalend was voor de toekomst van Athene en Griekenland.

Aldus trachtte ik het honoraire consulaat na de abdicatie van mijn grootvader in korte tijd opnieuw een formele status te geven. Ik stuurde bericht naar de Spartaanse autoriteiten waarin ik hen herinnerde aan de oude banden van mijn familie met Sparta en nederig mijn assistentie aanbood bij de aanstaande onderhandelingen. Tegelijkertijd sprak ik in Athene rond dat ik de ambassadeurs zou ontvangen, in de hoop dat het door mijzelf verspreide gerucht de vaste vorm van een voldongen feit zou gaan aannemen. Ik faalde. De Spartanen namen mij niet serieus. Op grond van mijn in hun ogen prille leeftijd verkozen ze andere gesprekspartners. Ik zou liegen als ik zou ontkennen dat ik hierdoor teleurgesteld en zelfs beledigd was.

Het diplomatieke overleg verliep rampzalig en gretig trok ik de conclusie dat de oorzaak daarvan gelegen was in de Spartaanse weigering om mij als hun tussenpersoon te erkennen, maar als ik eerlijk ben moet ik toegeven dat Kleon mijn afzijdigheid niet nodig had om er geheel op eigen initiatief een onproductief schouwspel van te maken.

De Spartaanse gezanten maakten hun opwachting in de Atheense volksvergadering en boden vrede aan. In ruil voor een vrije aftocht van hun op Sphakteria omsingelde troepen zouden ze alle vijandigheden staken en hun grieven waarom de oorlog begonnen was vergeten. Ze wezen erop dat heel Hellas een akkoord tussen Athene en Sparta zou verwelkomen. Over wie van beide de oorlog was begonnen, mochten de meningen van de Grieken verschillen, maar nu de Spartanen de keuze voor vrede in Atheense handen legden, zou het einde van de oorlog door alle Grieken gezien worden als een Atheense verdienste, en de Spartanen zouden Athene de appreciatie, achting en erkentelijkheid van Hellas niet misgunnen.

Welbeschouwd was het geen onaanlokkelijk aanbod. Het voorgestelde akkoord had het patina van waardigheid, waarbij beide partijen konden volhouden dat ze de oorlog niet hadden verloren. Als ik het goed inschatte, was het volk in eerste instantie in meerderheid genegen de opluchting van een billijke overeenkomst te verkiezen boven het onzekere avontuur van een voortgezette strijd. Maar Kleon zou Kleon niet zijn als hij een dergelijke verreikende beslissing zou laten passeren zonder er koste wat het kost een persoonlijk stempel op te willen drukken. Hij zweepte het volk op om zich minder mild te betonen en meer zelfvertrouwen aan de dag te leggen. Tenslotte hadden wij de gijzelaars in handen, om wie de Spartaanse autoriteiten kennelijk zoveel gaven. Hen vrijlaten kon altijd nog. Kleon eiste dat de Spartanen, voordat er wat hem betreft sprake kon zijn van enig vredesakkoord, de gebieden die krachtens het bestandsverdrag van twintig jaar eerder aan de Spartaanse invloedssfeer waren toegekend aan Athene dienden terug te geven en hij overtuigde het volk om er net zo over te denken als hij.

De Spartaanse ambassadeurs antwoordden dat ze Kleons voorstel graag met hem en een klein aantal andere Atheense vertegenwoordigers achter gesloten deuren zouden willen bespreken. Het was mij duidelijk dat dit betekende dat ze bereid waren om aan Kleons eis toe te geven, maar dat ze het risico niet wilden lopen om openlijk te onderhandelen over de mogelijkheid om steden, die hen al twintig jaar als hun bondgenoten beschouwden, aan Athene uit te leveren, terwijl er nog steeds een kans bestond dat de besprekingen zouden mislukken en dat zij zonder enig onderhandelingsresultaat als verraders te boek zouden komen te staan vanwege hun vruchteloze bereidheid tot concessies. Dit was precies het moment in de geschiedenis waarop een honorair consul de vrede voor Hellas had kunnen veiligstellen door als discrete tussenpersoon in de beslotenheid van zijn woning, die de ambassadeurs als de hunne mochten beschouwen, vast te stellen dat er geen sprake meer was van een meningsverschil en door vervolgens te assisteren bij het vinden van een formulering van het akkoord die de kans op gezichtsverlies in de ogen van de buitenwereld tot een minimum zou beperken.

Maar het liep anders. Kleon voerde vol bravoure zijn act op van de verontwaardigde democraat. Hij schreeuwde dat hij van het begin af aan al had geweten dat de bedoelingen waarmee de Spartaanse ambassadeurs naar Athene waren gekomen niet oprecht waren en dat hun weigering om in alle openheid verder te spreken over een zaak die iedereen aanging, bewees dat zijn intuïtie terecht was geweest. Ze moesten eindelijk eens leren begrijpen dat Athene een democratie is en dat er hier niets in beslotenheid wordt bekonkeld, omdat het volk beslist.

Daarop keerden de gezanten onverrichter zake terug naar Sparta.

12

De vijandelijkheden werden hervat. Beide partijen stuurden versterkingen naar Pylos. De Atheense vloot aldaar telde inmiddels niet minder dan zeventig schepen met veertienduizend man. Overdag patrouilleerden de Atheners met twee schepen rond Sphakteria, die in tegengestelde richtingen om het eiland cirkelden, en 's nachts gingen ze met hun hele vloot rondom het eiland voor anker. De Spartanen hervatten hun aanvallen op het fort van Pylos en loerden vanaf het vasteland naar een mogelijkheid om hun mannen op Sphakteria te redden.

In feite belegerden de Atheners de Spartanen op het eiland en werden zij op hun beurt belegerd door de Spartanen op het vasteland. Terwijl de Spartanen het voordeel hadden dat zij heersten over hun achterland, was de blokkade voor de Atheners moeilijk, zwaar en uitputtend. Bevoorrading van de troepen was een serieus probleem. Er was nauwelijks drinkwater voorhanden. Er was één bron, in het fort van Pylos, en die gaf niet genoeg water voor de gehele troepenmacht, zodat de meeste mannen gedwongen waren te graven tussen de kiezels op het strand en het brakke water te drinken dat zij daar konden vinden. Voedsel moest worden aangevoerd vanuit Athene met schepen die telkens om de hele Peloponnesos heen moesten varen. De manschappen kampten met ruimtegebrek. Triremen worden bemand door tweehonderd man, maar ze zijn niet geschikt om die tweehonderd zielen voor langere tijd te huisvesten. De bemanningen werden in contingenten verdeeld, die om beurten op het strand van Sphakteria gingen kamperen, waarbij de hele heisa van uitkijkposten en wachtbeurten moest worden georganiseerd om het risico te vermijden dat ze door de Spartanen werden verrast in hun slaap.

Maar het allerzwaarste was dat het zo lang duurde. Niemand begreep waarom. Het lag in de lijn der verwachtingen dat die vierhonderdtwintig geïsoleerde Spartanen binnen een paar dagen uitgehongerd zouden zijn en zich zouden overgeven, maar op een miraculeuze manier hielden ze langdurig stand. Het bleek dat ze bevoorraad werden door smokkelaars. Er was bericht uitgegaan naar de horigen in de wijde omgeving dat ze zouden worden vrijgelaten en dat hun grof geld zou worden betaald als ze erin zouden slagen om voedsel af te leveren op Sphakteria. In kleine bootjes, die ze hadden volgeladen met meel, wijn, kaas en andere proviand, vertrokken ze 's nachts vanaf verschillende plekken aan de kust van de Peloponnesos en probeerden ze in het donker vanaf open zee op het eiland te landen, bij voorkeur wanneer het weer slecht was en de Atheense triremen niet voor anker konden liggen aan de zeezijde van het eiland buiten de beschutting van de baai. Meestal wachtten de smokkelaars op zeewind en lieten ze hun bootjes ongecontroleerd aan wal blazen, in de wetenschap dat ze daar toch wel zouden worden opgevangen door Spartaanse militairen. Sommigen riskeerden nog meer en benaderden het eiland bij rustig weer. Zij werden onderschept.

Er werden ook duikers ingezet. Ze zwommen onder water vanaf de stranden van de baai naar het eiland, terwijl ze aan een touw zakken van dierenhuid met zich meesleepten, die waren gevuld met gekneusd lijnzaad en papaverpitten vermengd met honing. Eerst hadden de Atheners dit niet door, maar vervolgens werden er speciale uitkijkpunten ingericht om de duikers op te sporen en te onderscheppen.

In Athene werden al deze berichten op grote bezorgdheid onthaald. Er werd gevreesd dat de blokkade zich zou gaan voortslepen tot in de winter. Dan zou het zo goed als onmogelijk worden om schepen om de Peloponnesos heen te sturen en de troepen bij Pylos te blijven bevoorraden. Zelfs nu het nog zomer was, lukte dat nauwelijks. Als er kennelijk voedsel door de blokkade heen glipte, was deze niet vol te houden. De gegijzelde Spartanen zouden ontkomen omdat de Atheners het beleg moesten opgeven of omdat ze bij slecht weer zouden weten te ontsnappen in de bootjes die meel, wijn en kaas hadden gebracht. Het was ook zorgwekkend dat de Spartanen geen gezanten meer stuurden om aan te dringen op een bestand. Kennelijk hadden zij hun vertrouwen in de goede afloop herwonnen.

De Atheners kregen spijt van hun eerdere beslissing. Ze hadden het vredesaanbod van de Spartaanse ambassadeurs moeten accepteren. De publieke opinie keerde zich tegen Kleon, op wiens instigatie ze het vredesaanbod hadden afgewezen. Kleon verdedigde zich door te beweren dat de berichten uit Pylos allemaal leugens waren. Voor hem was het overduidelijk dat de informanten waren geïnstrueerd om het volk zand in de ogen te strooien met nepnieuws over zogenaamde tegenslagen en daarmee zijn democratisch gelegitimeerde positie te ondermijnen. Deze schaamteloze zwendel met de feiten was met zekerheid afkomstig uit de koker van bepaalde sujetten die heulden met de oppositie, die het volk het zwijgen wilde opleggen, en met de vijand, die geen enkele andere uitweg meer zag om de zekere nederlaag af te wenden dan te trachten het volk van Athene er door middel van list en bedrog toe te bewegen de omsingeling in het zicht van de overwinning op te geven. Maar het volk van Athene was soeverein en liet zich niet bedotten. Het volk zou zijn eigen vertegenwoordigers naar Pylos moeten sturen. Dan zouden de leugens onmiddellijk aan het licht komen.

Dit laatste vond men in de volksvergadering een uitstekend idee. Er werd onmiddellijk met een overweldigende meerderheid van de stemmen besloten om Kleon als speciale afgezant van het volk naar Pylos te sturen om hoogstpersoonlijk poolshoogte te nemen van de militaire situatie ter plekke.

Maar dat was natuurlijk ook weer niet de bedoeling. De eervolle uitverkiezing plaatste Kleon in een onmogelijke situatie. Nu zou hij gedwongen worden de informanten, die hij eerder in sterke termen belasterd had, alsnog gelijk te geven, dan wel bij zijn terugkomst te liegen dat alles voorspoedig verliep, zoals hij eerder had beweerd, waarna er geen andere verklaring voor het uitblijven van het daadwerkelijke succes resteerde dan de conclusie dat hij had gelogen.

Hij gooide het over een andere boeg. Hij ging over tot een frontale aanval op de oppositieleider Nikias, de zoon van Nikeratos, die gekozen was tot een van de generaals voor dat jaar. Hij schreeuwde dat ze tijd aan het verliezen waren en dat er alleen nog maar meer tijd verloren zou gaan met het onzalige besluit om eerst een speciale gezant naar Pylos te sturen. Voor hem was het zonneklaar wat er moest gebeuren, een kind kon dat begrijpen, en dat was dat de ingesloten Spartaanse troepen op Sphakteria met een snelle en beslissende militaire operatie overmeesterd dienden te worden. Niets was gemakkelijker dan dat. Als hij legeraanvoerder zou zijn geweest, had hij dat allang gedaan. Maar helaas zaten ze opgescheept met incompetente generaals zoals deze Nikias hier, die te laf was om zijn eigen troepen te hulp te schieten en die het verkoos om de banken op de Pnyx warm te houden in plaats van eindelijk eens een keer op te staan van zijn luie reet en te doen waar het vaderland om vroeg.

Toen stond Nikias op. Hij deed publiekelijk afstand van zijn functie. Als een dergelijke militaire operatie voor een briljant strateeg als Kleon inderdaad zo eenvoudig was, zo zei hij, dan was hij gelukkig en vereerd om het opperbevel aan Kleon over te dragen. Andere sprekers vielen Nikias bij en hoe meer Kleon zijn best deed om zich eronderuit te kronkelen, hoe enthousiaster het volk werd over het voorstel. Uiteindelijk werd Kleon bij acclamatie benoemd. Omdat Kleon besefte dat er geen weg terug meer was, accepteerde hij de benoeming en beloofde hij met galmende stem dat hij binnen twintig dagen terug zou zijn met de Spartaanse gevangenen of met het nieuws dat hij hen ter plekke had gedood. Een Homerisch gelach rolde van de heuvel van de Pnyx.

13

Toen Kleon per schip voor Pylos en Sphakteria verscheen, was zijn eerste, zijn verstandigste en welbeschouwd ook zijn enige besluit om de vervulling van zijn onmogelijke belofte in handen te leggen van zijn generaal Demosthenes, de zoon van Alkisthenes.

Demosthenes was uiteraard al geruime tijd aan het studeren op de mogelijkheid om de ingesloten Spartaanse troepen met een militaire operatie te overmeesteren. Wat hem zorgen baarde, was het terrein. Het eiland Sphakteria was nooit bewoond geweest, niet door wegen ontsloten en bestond voornamelijk uit bos. Dit was in het voordeel van de verdedigers. Een grote invasiemacht zou kwetsbaar zijn voor aanvallen vanuit verborgen posities. Bovendien kende de vijand het terrein inmiddels vele malen beter dan de aanvallers. Zodra er gevechten van man tegen man zouden uitbreken tussen bosschages en struikgewas, viel het voordeel van een numeriek overwicht weg, omdat soldaten niet langer konden zien waar zij hun maten te hulp moesten komen en omdat het leger daardoor in feite niet meer als eenheid zou kunnen opereren. Deze overwegingen waren er de oorzaak van dat hij tot dan toe van een invasie had afgezien.

Maar het gebeurde dat een van de Atheense soldaten die wegens het ruimtegebrek op de schepen afgeschermd door uitkijkposten en wachters kampeerden op het eiland, zijn potje zat te koken en geheel zonder opzet, door botte onvoorzichtigheid, de struiken in brand zette. Het was zomer, hout was droog en binnen de kortste keren fikte vrijwel het hele bos op Sphakteria af. Het is dit type onvoorziene voorvallen dat zelfs de meest bedachtzame strateeg eraan herinnert dat oorlogsvoering, net als het leven zelf, vaak een kwestie is van afwachten tot er zich een onverdiend voordeel aandient, ook al is dat minder bevredigend dan een met beleid en intelligentie afgedwongen succes. Demosthenes nam het zichzelf kwalijk dat de bosbrand bij toeval was ontstaan en dat hij zelf niet op het idee was gekomen om het bos op zijn bevel in vuur en vlam te laten zetten, want toen de brand was uitgewoed en de rook optrok, waren de Spartanen hun strategisch voordeel kwijt. Door behendig gebruik te maken van de stranden en de verhogingen, hadden ze de korte, hevige brand zonder veel moeite overleefd, maar ze waren hun dekking kwijt. Voor het eerst kon Demosthenes vanuit het fort van Pylos hun aantal tellen, hun bewapening vaststellen en hun posities lezen. Ze waren met meer dan hij de hele tijd had gedacht. Tijdens de wapenstilstand hadden de Spartanen proviand naar het eiland mogen brengen en op grond van de hoeveelheid voedsel die werd aangevoerd, had Demosthenes gedacht dat ze minder talrijk waren.

Nu hij kon zien waarmee hij moest afrekenen, ontwierp Demosthenes een aanvalsplan, dat door Kleon dankbaar werd omarmd. De eerste fase lag voor de hand. Ze zouden tegen het einde van de nacht een relatief kleine, zwaarbewapende compagnie aan land zetten, waarbij ze de indruk zouden wekken dat de troepenbeweging niets anders was dan de gebruikelijke aflossing van groepen mannen die wegens ruimtegebrek op de schepen op het strand bivakkeerden. Nadat deze met het voordeel van de verrassing een bruggenhoofd had gecreëerd, zou vroeg in de ochtend bij het eerste licht de hoofdmacht landen. Tot zover leek alles eenvoudig. Maar het vijandelijke peloton bestond voor een kwart uit zwaarbewapende Spartaanse elitetroepen. Geen leger in Hellas bestrijdt hen zonder angst. In gevechten van man tegen man zijn zij zo goed als onoverwinnelijk, zelfs ten overstaan van een numerieke overmacht. Demosthenes moest een manier vinden om hen onschadelijk te maken.

Zijn plan was ronduit briljant. Ik weet uit ervaring hoe moeilijk het is om bij grote problemen voor kleine oplossingen te kiezen, om los te komen van het idee dat een vijandig overwicht met een nog groter overwicht bestreden moet worden en om op momenten die grote daadkracht vergen vertrouwen te stellen in de nederigste en laagste rangen van het leger. Ik denk niet dat er veel Atheense strategen zijn die op het idee zouden zijn gekomen om de trotse, bijkans onsterfelijke Spartanen te bevechten met lichtbewapend voetvolk en roeiers.

De Atheense invasiemacht bestond voornamelijk uit pelasten en psiloi, mannen zonder schild en wapenrusting, die met niets anders bewapend zijn dan slingers en katapulten, waarmee ze opgeraapte stenen kunnen lanceren. Versterkt met boogschutters werden ze opgedeeld in groepen van ongeveer tweehonderd man en direct na hun landing zochten ze op bevel van Demosthenes de hoger gelegen delen van het eiland op, vanwaar ze de Spartanen onophoudelijk van alle kanten begonnen te bestoken met keien en pijlen. Wanneer de Spartanen hen probeerden aan te vallen, vluchtten ze weg. Op het moeilijk begaanbare terrein waren ze veel sneller dan de Spartanen met hun zware wapenrustingen. Ze waren ongrijpbaar. Bovendien wierpen ze ten gevolge van de recente bosbrand roetwolken op bij het wegrennen, waardoor ze vrijwel onzichtbaar werden. Spartaanse krijgers willen bloed aan hun speren en zwaarden, maar ze kregen de kans niet om zelfs maar bij hun tegenstanders in de buurt te komen, terwijl ze zelf voortdurend werden bestookt met van alles en nog wat. Dit was geen manier van oorlog voeren voor de Spartanen. Dit waren ze niet gewend. Ze leden verliezen, terwijl ze zelf nog niet eens aan hun veldslag waren begonnen, omdat dat niet ging. Verward en gefrustreerd trokken ze zich terug op de uiterste noordkaap van het eiland, waar zich ruïnes bevonden van een oud fort. Daar groeven ze zich in.

Er ontstond een soort belegeringssituatie en gedurende enige tijd zat er geen beweging in het front. Het was onduidelijk hoe het nu verder moest. Op dat moment stelde de commandant van de divisie van naar Athene overgelopen Messeense horigen aan Demosthenes voor dat hij met zijn mannen wel een poging wilde wagen om via de schijnbaar onbegaanbare hoge rotskust langs de zee achter de Spartaanse stellingen te geraken. Het was een vrijwel onmogelijk plan, maar Demosthenes zag zo gauw geen alternatief. Met grote moeite en met het verlies van enkele goede mannen die van de hoge rotsen op de klippen in de zee onder hen vielen, lukte het de Messeense compagnie om aan de achterkant van het oude fort naar boven te klimmen. Toen de Spartanen zagen dat ze omsingeld waren, legden ze hun wapens neer.

De bevelhebber van de Spartaanse compagnie was eerder al gesneuveld onder de meedogenloze regen van keien en pijlen. Zijn plaatsvervanger leefde nog, maar hij was zwaargewond voor dood achtergelaten bij hun vlucht naar het noorden van het eiland. De derde man in de hiërarchie voerde derhalve het woord en hij vroeg toestemming aan de Atheense overwinnaars om met de Spartanen op het vasteland te overleggen wat er nu moest gebeuren. Er werden een paar herauten heen en weer gestuurd en uiteindelijk kwam het definitieve antwoord van de Spartaanse legerleiding aan de troepen op het eiland en dat antwoord luidde: ‘Sparta beveelt u zelf te beslissen over uzelf op voorwaarde dat u niets oneerbaars beslist.’ Ze besloten zich over te geven.

Het aantal Spartanen en heloten dat door de Atheners gevangen werd genomen bedroeg driehonderd min acht. Ze werden overgebracht aan boord van de Atheense schepen, waar ze door de kapiteins in bewaring werden gesteld. De rest van de vierhonderdtwintig man van de oorspronkelijke bezettingsmacht van Sphakteria was gesneuveld. Aan Atheense kant waren er weinig slachtoffers, omdat gevechten van man tegen man waren gemeden.

De blokkade van Sphakteria had tweeënzeventig dagen geduurd, gerekend van de zeeslag en de omsingeling van het eiland tot aan de overgave van de troepen. Tijdens de twintig dagen waarin er een wapenstilstand heerste en waarin Spartaanse ambassadeurs in Athene tevergeefs onderhandelden over een bestand, hadden de omsingelde troepen proviand ontvangen, maar voor de rest van de tijd waren ze gevoed door smokkelaars en duikers. Bij een inspectie van het Spartaanse kamp vond Demosthenes graan en andere voorraden en hij kon deduceren dat de Spartaanse bevelhebber zijn troepen al die tijd op half rantsoen had gesteld.

De Spartanen op het vasteland trokken weg van Pylos. Ook de Atheense vloot maakte zich op om te vertrekken. Het geïmproviseerde fort werd aan de overgelopen Messeense compagnie geschonken. Binnen twintig dagen nadat hij vertrokken was, keerde Kleon terug in Athene met de gevangen Spartanen, precies zoals hij had beloofd.

14

Er ging een schokgolf door Hellas. Niets wat er in de oorlog voorviel, kon de Grieken meer verbazen dan deze gebeurtenissen. Tot op die dag op het nietige eiland Sphakteria was men er wijd en zijd van overtuigd dat geen Spartaan zich ooit zou overgeven en dat een Spartaanse krijger rechtop sterft, met het zwaard in zijn hand. Hier en daar twijfelde men er zelfs aan of de mannen die zich hadden overgegeven wel van hetzelfde kaliber waren en tot hetzelfde volk behoorden als de mannen die waren gesneuveld. Mijn vriend Kritias vertelde mij enige tijd later dat hij om hem moverende redenen de gevangenis had bezocht en een van de Spartaanse gevangenen had gesproken. Omdat hij nooit te beroerd is voor een provocatie, had hij de Spartaan gevraagd of zijn gesneuvelde makkers misschien wél nobele mannen waren geweest. De Spartaan had geantwoord dat een pijl een heel erg kostbaar voorwerp zou zijn als je de nobele mannen ermee van lafaards kon onderscheiden. Hij gebruikte het woord 'atraktos', weefspoel, een vrouwending, dat in het Spartaanse dialect spugend wordt uitgesproken als een synoniem voor 'pijl'.

Er werd besloten de Spartanen voor de duur van de oorlog in het gevang te houden als borg voor de veiligheid van Athene. Hun vrijlating zou concessies vergen bij eventuele vredesonderhandelingen en tot die tijd dienden de Spartanen en hun bondgenoten zich te onthouden van verdere invasies van Attika, op straffe van hun executie. Het jaar daarop was de eerste keer sinds de oorlog acht jaar eerder was uitgebroken dat de Atheners weer hun eigen graan konden verbouwen.

De Spartanen begonnen intensief te onderhandelen over de vrijlating van de gevangenen. Ze stuurden het ene gezantschap na het andere naar Athene. Ik had in de tussentijd enige banden met Sparta kunnen aanknopen in mijn pogingen om het honoraire consulaat, dat mijn grootvader had neergelegd, opnieuw een formele status te geven en hoewel ze mij nog steeds een ijdele, jonge hond vonden, waren ze in hun wanhoop en in een uiterste poging om geen middel onbenut te laten bereid mij het voordeel van de twijfel te gunnen en mijn assistentie te vragen bij de onderhandelingen. Het gevolg hiervan was dat ik het ene na het andere gezantschap bij mij thuis over de vloer kreeg en op mijn kosten mocht fêteren, wat goed was voor mijn spreekvaardigheid in het Spartaanse dialect, dat ik van mijn kindermeisje Amykla had geleerd, en wat mij enkele nuttige informele contacten heeft opgeleverd. Bovendien verschaften ze mij interessante en waardevolle informatie over de gebeurtenissen bij Pylos en Sphakteria, waardoor ik in staat was om jullie erover te vertellen. Maar afgezien daarvan had ik de eer om hun belangen in Athene te mogen vertegenwoordigen graag aan mij voorbij laten gaan en begon ik bijna spijt te krijgen van mijn ambitie om het oude honoraire consulaat van mijn familie opnieuw glans te geven. Want wat kon ik doen? De gevangenen waren voor Athene veel waard als gijzelaars. Zij vormden een verzekering voor hun veiligheid. Ik kon onderhandelen tot ik blaren op mijn tong kreeg, maar die gevangenen werden natuurlijk niet vrijgelaten. De Spartanen concludeerden na enige tijd dat mijn wijn en mijn Boiotische paling weliswaar van hoge kwaliteit waren, maar dat mijn invloed en onderhandelingsvaardigheden weinig vermochten bij te dragen aan de bevordering van de Spartaanse belangen.

In de Atheense politiek braken er, na de moeilijke periode waarin Kleon dominant was geweest vanwege zijn invloed op het volk, nog moeilijkere tijden aan waarin Kleon als held en redder van Athene werd beschouwd en geen kwaad meer kon doen. Hij werd zelfs toegelaten tot het Prytaneion, waar hij mocht dineren op staatskosten, wat zo ongeveer de hoogste eer is die een Atheens burger ten deel kan vallen. Maar nu Kleon alle ruimte had om zijn politieke programma door te zetten zonder enige tegenstand te hoeven vrezen, werd des te duidelijker dat hij eigenlijk geen politiek programma had. Bij al zijn politieke activiteiten had hij zich met zijn volledige energie gewijd aan het verwerven van macht en nu hij onbetwiste macht had, wist hij niet goed waarvoor hij zich vervolgens moest inzetten.

Velen in de stad achtten de tijd en de omstandigheden rijp om gunstige voorwaarden uit te onderhandelen voor een vredesverdrag met Sparta, maar Kleon had op het hoogtepunt van zijn persoonlijke succes geen andere visie dan te herhalen wat hem succes had opgeleverd. Dus hij schold op vermeende tegenstanders, terwijl hij eigenlijk geen tegenstand meer had, en hij bleef een agressieve strategie jegens Sparta bepleiten, terwijl de agressie jegens Sparta al vrucht had afgedragen. Op zijn instigatie stortte Athene zich met de arrogantie van de partij die aan de winnende hand is in een reeks expedities en militaire avonturen, onder andere met aanvallen op Korinthe, Kythera, Kotyrta, Aphrodisia, Thyreai, Megara en Nisaia, Boiotië en Delion. Sommige waren succesvol, andere complete mislukkingen. Intussen verhoogde Kleon de tribuutbetalingen die de bondgenoten dienden af te dragen, want iemand moest betalen voor al deze ongerichte ambitie.

De Spartanen begrepen dat er niet met Athene onderhandeld kon worden zolang Kleon daar de leiding had en zij zochten naar een strategie die de strijd zou kunnen doen kantelen. Als arrogantie Athenes redelijkheid in de weg stond, moest Athene van arrogantie worden beroofd. Ze konden Attika niet binnenvallen, want dan zouden de Spartaanse gevangenen worden geëxecuteerd, en bovendien was dat in de afgelopen jaren van de oorlog geen tactiek gebleken die beslissend voordeel opleverde. Ze herinnerden zich de analyse van de gezanten van Mytilene, die hadden gezegd dat de oorlog niet in Attika gewonnen kan worden, maar daar waar Athene het meest kwetsbaar is, namelijk in de vazalstaten, waarvan Athene financieel afhankelijk is. Het probleem was echter dat de Spartaanse vloot, die sowieso nooit een serieuze partij was geweest voor de Atheense schepen, door de gevechten bij Pylos en Sphakteria nog verder was gereduceerd. Een expeditie naar de eilanden of naar Ionië was uitgesloten.

Toen viel hun oog op Thracië. De door Athene beheerste steden aldaar vormden een niet onaanzienlijke steunpilaar van het imperium en Thracië was weliswaar ver weg, maar het was over land te bereiken. De Spartaanse legeraanvoerder Brasidas, de roekeloze, die nog altijd zon op wraak na zijn nederlaag in de Slag bij Pylos, kreeg de leiding over de expeditie. Met een groot leger trok hij vanaf de Peloponnesos in de zomer van het achtste jaar van de oorlog dwars door Hellas heen naar het noorden, waar hij versterking kreeg van de Macedoonse troepen van koning Perdikkas. Hij wist een aantal Atheense bondgenoten, waaronder Akanthos en Stagiros, te overtuigen om naar Sparta over te lopen en in de winter nam hij na een kort beleg bij stormachtig weer en lichte sneeuwval Amphipolis in. De stad gaf zich over nadat Brasidas opvallend milde condities had geboden.

Amphipolis ligt bij de monding van de rivier de Strymon op de grens van het territorium van de Argiliërs en dat van de Edoniërs. De stad is een Atheense kolonie. Dat was niet de enige reden waarom het nieuws over de inname van de stad ontzetting veroorzaakte in Athene. Amphipolis was een cruciale leverancier van hout voor de scheepsbouw. Bovendien genoot Athene een niet te verwaarlozen inkomen aan tribuutbetalingen van de stad. Hierbij kwam dat de brug bij Amphipolis de enige passage over de Strymon was. Nu die in handen van de Spartanen was, lag de rest van het oosten open voor hun landmacht. Maar de belangrijkste reden van zorg waren de opvallend milde condities die Brasidas bij de capitulatie van de stad had opgelegd. Er werd gevreesd dat andere Atheense bondgenoten, die hiervan hoorden, in de verleiding zouden komen het voorbeeld van Amphipolis te volgen en hun poorten voor de Spartanen te openen.

Die vrees was niet ongegrond. Verschillende Thracische steden die onder de Atheense invloedssfeer vielen, stuurden in het geheim boodschappers naar Brasidas om hem nederig maar met klem te verzoeken ook hen aan te vallen, waarbij ze beloofden dat ze zich evenmin als Amphipolis zouden verzetten als hij hen net zo mild als Amphipolis zou behandelen. Ze geloofden dat hun droom van vrijheid het gezicht van Brasidas had gekregen en wensten op dat moment niets liever dan het gevaar dat Athene op een dag zou terugslaan met meedogenloze strafexpedities te onderschatten. Mensen zijn irrationeel in hun hoop en reserveren de rede voor het verwerpen van wat hun niet aanstaat. Om een verdere afbrokkeling van hun invloedssfeer te voorkomen, stuurden de Atheners enkele garnizoenen naar verschillende van de Thracische steden, in zoverre dat op zo'n korte termijn georganiseerd kon worden en in de winter mogelijk was. Brasidas vroeg Sparta om versterkingen, die hem geweigerd werden, deels omdat enkele hooggeplaatsten jaloers waren op zijn succes en deels omdat de Spartaanse autoriteiten geen heil zagen in een verdere escalatie. Ze wilden hun gevangenen terug en een einde maken aan de oorlog. De veroveringen van Brasidas interesseerden hen slechts in zoverre zij de Atheners onder druk zouden zetten om tot een vergelijk te komen.

Brasidas trachtte zijn invloed in Thracië uit te breiden en de Atheners deden wat in hun macht lag om dat te voorkomen. Er vonden herhaaldelijk gewapende confrontaties plaats, maar geen van deze bracht een blijvende ommekeer teweeg in de ontstane situatie. Het duurde tot de zomer van het tiende jaar van de oorlog totdat de Atheners en hun bondgenoten met een aanzienlijke vloot uitvoeren om orde op zaken te stellen in het noorden. De expeditie stond onder het commando van Kleon. Ik maakte deel uit van Kleons leger, als een van de driehonderd ruiters. Ook Sokrates voer mee naar Thracië, maar hij zat als infanterist bij een ander legeronderdeel op het schip van commandant Laches.

Zonder noemenswaardige tegenstand heroverden wij de steden Skione en Torone op de Spartanen. Vervolgens zetten wij koers naar Amphipolis. Als ik bijgelovig zou zijn, zou ik geneigd zijn te denken dat het verdoemde land van Thracië, met zijn sneeuw en lompe manieren, mij ongeluk bracht. Na Zopyros, mijn Thracische huisleraar, en Poteidaia, waar ik tien jaar eerder bijna het leven had gelaten, vormt Amphipolis mijn derde pijnlijke herinnering aan Thracië. De militaire operatie verliep rampzalig. Er was eigenlijk niet eens sprake van een veldslag, want voordat de strijd kon beginnen, hadden wij al verloren en waren wij al op de vlucht gejaagd.

Het debacle was te wijten aan Kleon. Hij voelde zich onoverwinnelijk, triomfator van Pylos in het diepst van zijn gedachten, en hoewel onze versterkingen van huurlingen nog moesten arriveren, gaf hij het bevel om van de haven van Eion, waar we veilig waren, op te trekken in de richting van de stad. Tot op de dag van vandaag begrijp ik niet wat hij van plan was. Het was een soort verkenningsmissie, uitgevoerd door zijn volledige troepenmacht, of een intimidatiepoging. Onder de deur van de stadspoort zagen we de voeten van een groot aantal mannen en paarden en omdat Kleon hieruit de conclusie trok dat er een uitval werd beraamd, liet hij het signaal blazen voor de terugtocht naar Eion. Met een dilettantistische manoeuvre dirigeerde hij zijn rechterflank voor het leger langs om achteraan aan te sluiten bij de linkerflank die al aan de terugtrekking was begonnen, waardoor hij de naakte, onbewapende kant van de soldaten in de richting van de vijand keerde. Brasidas, de roekeloze, zag dit en begreep dat hij zo'n kans niet nog eens zou krijgen. Zijn aanval op ons centrum overrompelde ons volledig. Paniek brak uit. Onze als ordentelijk bedoelde terugtocht veranderde in een chaotische vlucht.

Onze troepen waren uiteengeslagen en verspreid en op onze vlucht over de vlakte werden we achtervolgd door de Spartanen. Ik zag Sokrates. Hij bracht commandant Laches in veiligheid. Ik was minder kwetsbaar dan zij, omdat ik te paard was, dus ik voegde mij bij hen en zei dat ik hen zou escorteren. Laches was mij diep dankbaar, want hij was doodsbang. Sokrates vertoonde echter geen spoor van angst. Hij wandelde rustig over het slagveld, zoals hij door de straten van Athene struint, met zijn hoofd in zijn nek en nieuwsgierig om zich heen kijkend met zijn uitpuilende ogen en met een vriendelijke en geïnteresseerde blik voor vriend en vijand. Op deze manier bracht hij zichzelf en Laches ongedeerd door de chaos van het slagveld naar de haven van Eion, want iemand die zich in een oorlog zo gedraagt, wordt door de vijand met rust gelaten. Zodra de paniek van de chaotische vlucht het kenmerk wordt van de tegenstander, worden die tegenstanders achtervolgd die halsoverkop vluchten, niet hij die op zijn gemak is en daardoor niet op een tegenstander lijkt.

We verloren ongeveer zeshonderd man bij Amphipolis. Er waren slechts zeven Spartanen gesneuveld. Een van hen was Brasidas, de roekeloze, die, zoals een toekomstige legende betaamt, vrijwel in zijn eentje onze rechterflank had aangevallen en gewond was afgevoerd van het slagveld. Hij kreeg nog net het bericht mee dat Sparta de slag gewonnen had, alvorens hij in de stad aan zijn verwondingen bezweek. Hij werd met grote eer begraven en tot op de dag van vandaag wordt hij daar in Thracië vereerd als een halfgod.

Pas toen we terug waren in Eion bij onze schepen, hoorden we dat ook Kleon gesneuveld was. Hij was als een van de eersten op de vlucht geslagen. Een lichtbewapende huurling uit Myrkinos had hem ingehaald en gedood.

'Zo hebben we toch nog iets te vieren,' zei Sokrates tegen mij.

'Wanneer we terug zijn in Athene, trakteer ik je op paling,' zei ik.

BOEK III

Hipparete

Athene en Argos

1

Zoals het chryselefantine beeld van Pallas Athene in het heilige duister van het Parthenon oprijst als een epifanie van de godin en oplicht door de weerschijn van het schuchter flakkerende vuur van de fakkels op haar wapenrusting van veertig talenten puur goud, dat wordt overstraald door het onwerelds blanke ivoor van haar gezicht – als de koele huid van een vrouw zou het aanvoelen als je in staat was het te strelen –, zo staat zij rechtop in de karos, die door vier stapvoets gaande witte hengsten traag en waardig aan het hoofd van de processie door de straten van Athene wordt getrokken.

Na haar rituele bad van die ochtend in water dat met een gebed aan Artemis bij maneschijn uit de Ilissos was geschept en waarin een handvol granaatappelpitten was gestrooid en kostbare extracten van rozen en muskus waren opgelost, zullen de bruidsmeisjes er zo goed als de rest van de hele dag over hebben gedaan om haar zo aan te kleden. De kapitaalkracht van haar familie heeft de weergaloze vorm aangenomen van laag over kostbare laag van exquis gesneden exotische stoffen, als glanzend dubbel geweven Perzische zijde en ragfijn Ionisch linnen, waarvan elke plooi door de meesterhand van een beeldhouwer huilend van ontroering lijkt te zijn gemodelleerd, belegd en bestrooid met saffieren en topazen, zilver en goud, glittering, kleur en licht. Haar sluier is van saffraan, geweven meeldraad van krokussen, die beschermt tegen pijnen, en haar kroon is van asperges, zoals de folklore sinds mensenheugenis wil, die kunstig zijn vervlochten in een vederlichte architectuur van zilverfiligraan. In het feestelijk flakkerende vuur van de bruiloftsfakkels, die in de stoet worden meegedragen, straalt zij als een godin in de Atheense avond, die de maand Gamelion speciaal voor haar vroeg heeft laten vallen. Maar de glans van haar tooi en staatsie wordt overstraald door het onwerelds blanke ivoor van haar ragfijn gesluierde gezicht, geraffineerd geblancheerd met loodwit, dat, wanneer ik het vannacht eindelijk zal mogen strelen, zal aanvoelen als het gezicht van mijn vrouw.

Ik loop voorop, links van de paarden, met de leidsels in mijn rechterhand, en draag een zware, robijnrode mantel van een gestikte en geborduurde stof die niemand in Hellas ooit eerder heeft gezien. Ik heb het kostbare textiel via een koopman uit Byzantion voorbij de Propontis uit de gebieden ten noorden van de Gastvrije Zee laten komen en op maat laten snijden door een Syrische slaaf van Adeimantos. Een kroon draag ik niet, hoewel dat had gekund. Een eenvoudige krans van laurier ligt op mijn golvende, lange haren. Terwijl ik de processie leid met trage tred van het huis van haar vader in het district Alopeke over de Ilissos, door de Itonische Poort, door Limnai, langs het theater van Dionysos, over de Straat van de Drievoeten, in de richting van mijn huis in Skambonidai, kan ik het niet laten om af en toe naar haar om te kijken en me af te vragen hoe ze zal zijn.

De geschenken en haar huisraad worden in houten kisten achter haar en haar koets aan gedragen door een schier eindeloze stoet bedienden. Al mijn vrienden en de honderden vrienden en kennissen van haar vader en van haar broer lopen mee in de optocht. Terwijl ik met de teugels van het vierspan al langs de drievoeten loop, komt de achterkant van de processie nog maar net onder de stadspoort door. Ze zwaaien met fakkels en zingen het lied. 'Hymèn ô hyménaie,' zingen ze, 'hymèn hyménaie ô.' 'Hymèn ô hyménaie ánax,' klinkt door de straten van Athene, 'hymèn ô hyménaie hymén.' De meesten zijn al dronken van het opulente feest dat haar vader en haar broer die middag hebben aangericht in het huis dat zij nu achter zich laat. Ik vraag me af hoe ze zich voelt. Haar gezicht heeft de uitdrukking van een godenbeeld, alsof ze het menselijk gewemel met superieure melancholie aan zich voorbij laat gaan. Zou het haar verdriet doen haar huis te verlaten? Zou ze bang voor mij zijn? Of zou ze angstiger zijn voor mijn reputatie dan voor mij?

De hele stad is uitgelopen om ons te zien. 'De mooie jongen trouwt.' Op elke plek langs de route staat het volk van Athene ons aan te gapen en toe te juichen. 'Alkibiades ho kalós heeft de mooiste bruiloft ooit.' Schunnige opmerkingen worden niet geschuwd, maar zijn niet al te ongepast in de context van een optocht naar het bed waar de consummatie van het heilige huwelijk dient te worden voltrokken. 'Alkibiades lijkt zelf de bruid met zijn rode jurk en zijn lange haren.' 'Hij is al jarenlang de bruid van heel Athene.' 'Het meisje wordt man.' Maar vooral brandt heel Athene van nieuwsgierigheid om te zien wie zij is. 'Wie is zo dapper om zich door de leeuw naar zijn hol te laten slepen?' En nu zien ze haar eindelijk en hun monden vallen open van verbijstering om de pracht van haar imponerende verschijning. Wie is zij? Ze zien wie zij is, ook al draagt zij een sluier. Ze zien haar beroemde familie in de stoet. Maar ze lijkt niet op zichzelf. Ze lijkt niet eens op een Atheense vrouw. Als ze geen godin is, Artemis of de machtige Hera, dan moet zij op zijn minst een Perzische vorstin zijn.

Ook ik ben benieuwd wie zij is. Ik heb haar leren kennen op de dag dat ik met mijn vriend Kritias naar het huis van Kallias ging om de grote Protagoras te ontmoeten. Toen maakte ze mij aan het lachen. Ze was slim, direct en verfrissend schaamteloos. De grap die zij toen maakte over haar bruidsschat, raakte een snaar in mij die bleef resoneren. Haar vader, Hipponikos, met de veelbelovende bijnaam 'de rijkste man van Griekenland', had zeshonderd slaven die voor hem werkten in de zilvermijnen van Laurion en er werd gefluisterd dat hij alleen al uit die bron een inkomen genoot van zes talenten per jaar. Hij was een machtig en gerespecteerd man in Athene, maar niet meer de jongste. Hij was vijfenzestig jaar oud toen ik zijn dochter trouwde en het beheer van zijn zaken en zijn fortuin had hij toen al in handen gegeven van zijn zoon Kallias, die onmiddellijk was begonnen grootscheeps te investeren in drank en maaltijden waarmee hij bezoekende sofisten fêteerde. Ik spreek in de verleden tijd over mijn voorname schoonvader, want hij is niet lang na de bruiloft overleden.

Kallias is net zo oud als ik en ik ken hem al sinds mijn jonge jaren. Het was niet moeilijk hem over te halen mij nog een aantal ontmoetingen te gunnen met zijn jongere zus, al verliepen die formeel en stroef omdat ze onder zijn waakzame oog plaatsvonden, en ik kende zijn zwaktes, zodat ik, in feite daartoe aangezet door zijn zus zelf bij onze eerste vluchtige ontmoeting, een bevredigende bruidsschat met hem wist uit te onderhandelen. Hij ging akkoord met tien talenten bij de bruiloft en tien talenten bij de geboorte van het eerste kind.

Ik beken het aan jullie, mannen van Athene, als bewijs voor het feit dat ik zelfs mijn privéaangelegenheden niet afscherm voor mijn voornemen oprecht te zijn, maar ik had in die tijd een andere versie van het verhaal van mijn huwelijksaanzoek verzonnen, dat jullie misschien niet onbekend voorkomt, omdat het destijds werd geloofd, hetgeen mij te denken zou moeten geven over mijn reputatie, en gretig werd doorverteld. Ik verspreidde de roddel dat ik mijn eerbiedwaardige, toekomstige schoonvader Hipponikos zomaar, zonder enige geldige reden, voor zijn kanis had gemept, ten gevolge van een domme weddenschap met dronken vrienden. De dag erna zou ik spijt hebben gekregen en naar Hipponikos' huis zijn gegaan om hem nederig mijn verontschuldigingen aan te bieden. Ik zou mij voor hem hebben ontkleed met het dwingende verzoek om mij bij wijze van welverdiende tuchtiging te geselen. Op dat moment in mijn verhaal kwam zijn dochter onverwachts de kamer binnen. Zij zag mij naakt en smeekte haar vader net zo lang om haar aan mij uit te huwelijken totdat hij geen andere keuze meer had.

Haar naam was Hipparete. Ze was elf jaar jonger dan ik. Ook over haar spreek ik in de verleden tijd, want zij is mij ontvallen. Dat is inmiddels ook al dertien jaar geleden. Maar op de dag van haar bruiloft was ze leeftijdsloos en onsterfelijk. Het ironische zusje van Kallias, dat niet onder de indruk was van haar broers sofisten, was met dank aan de pronkzucht van haar familie voor het oog van de stad en voor mij voor een dag omgetoverd in een godin. Het klinkt misschien raar om zoiets te zeggen als man, maar wanneer ik naar haar omkeek en haar zo zag op de karos die ik naar mijn huis toe leidde, was ik trots, niet alleen op de formidabele bruidsschat die ik had weten te bedingen, maar ook op haar. Ik had er van tevoren nooit bij stilgestaan dat een bruiloft zulke gevoelens teweeg kan brengen.

Wanneer twee zulke voorname families als de hare en de mijne in de echt met elkaar verknoopt worden, is het bruiloftsfeest noodzakelijkerwijs tot in de details traditioneel en in alle opzichten overdreven. Het is in feite een politieke bijeenkomst, die drie dagen duurt en waarin met name de familie van de bruid kosten noch moeite spaart om allianties te bestendigen.

Op de eerste dag, die de dag voor de dag van de nacht wordt genoemd, had mijn bruid Hipparete in haar ouderlijk huis tijdens een statig banket met vooraanstaande genodigden, onder wie de voornaamste hogepriesters van de stad, haar plechtige offers volbracht. Ze had een haarlok en haar kinderspeelgoed geofferd aan Artemis. Dit was haar dankbetuiging aan de godin die haar in haar jonge jaren had beschermd. Normaal gesproken vindt dit offer plaats met een gebed, al dan niet voor een beeldje van een van de huisgoden, maar voor Hipparete had Kallias speciaal een Artemisbeeld van Parisch marmer laten vervaardigen door Polykleitos, een wonder om te zien. Ze offerde haar gordel aan Aphrodite en hoewel ze daarmee aan alle traditionele verplichtingen had voldaan, werd er voor het oog van de magistraten en prelaten van de stad een kostbaar derde offer aan de ceremonie toegevoegd van gouden sieraden voor de stadsgodin Pallas Athene.

Die nacht, de nacht voor haar huwelijksnacht, onderging mijn bruid de eeuwenoude ceremonie van het Dubbel Bloeiend Kind, die inhield dat ze samen met een speciaal op gelukbrengende capaciteiten geselecteerd jongetje, wiens beide ouders nog leefden, dat was van cruciaal belang, in mijn huis in mijn bed moest slapen. Ik mocht daar natuurlijk niet bij zijn en kon bij Kallias logeren. Het ritueel zou de vruchtbaarheid bevorderen. Onzinnige gebruiken houden het langste stand, omdat juist van die gebruiken waarvan niemand het nut begrijpt wordt aangenomen dat ze van cruciaal belang moeten zijn, want waarom zouden ze anders al zo lang in ere worden gehouden, als de reden daartoe kennelijk niet gelegen is in hun evidente nut? Kallias had een veelbelovend, pienter knaapje uit het district Kollytos uitgezocht, een achterneefje van zijn vrouw, dat Platon heette, het zevenjarige zoontje van Ariston en Periktione. Achteraf hoorde ik dat alles goed was gegaan, wat dat ook moge betekenen.

Op de derde dag, die de dag na de nacht wordt genoemd, zouden de bruiloftsgeschenken tijdens een feest in mijn huis worden uitgepakt. Dan moest de kleine Platon, bekranst met distels en eikels, rondgaan onder de gasten met een wanmand vol broden en keer op keer de spreuk herhalen: 'Ik ben het kwaad ontvlucht en heb het betere gevonden.' Dit zou de eerste keer zijn dat Hipparete in mijn huis formeel de rol van gastvrouw op zich zou nemen. Ik had speciaal twee tronen laten vervaardigen, voor haar en voor mij, om de feestelijkheden met waardigheid te kunnen overzien. Ik had de zetels rijkelijk laten decoreren met scènes uit mythologische verhalen over de liefde, maar uiteraard uitsluitend diegene die goed aflopen, dus dat was nog een heel gezoek, want dat zijn er niet zoveel.

Maar de processie in de avond van de tweede dag, na het grote feest in het ouderlijk huis van de bruid, was traditioneel het hoogtepunt van het driedaagse bruiloftsfeest. Dat was het ook voor mij persoonlijk. Deze majestueuze stoet langs de uitpuilende ogen en de open monden van Athene, met mij aan het hoofd en mijn bruid in een glansrol, was in alle opzichten bevredigend voor mijn spreekwoordelijke ijdelheid. En daarbij ging de statige, ceremoniële verplaatsing zwanger van belofte, als jullie mij deze woordspeling willen vergeven, want het was de avond van de nacht waarop ik, terwijl de gasten met hun 'hymèn ô hyménaie' moesten achterblijven bij de gesloten deuren van mijn slaapkamer, eindelijk met haar alleen zou zijn.

2

Ik ben getrouwd in een tijd van vrede, voor zover dat woord betekenis heeft in Griekenland. Maar het feit was dat, toen Kleon en Brasidas op dezelfde dag in dezelfde uithoek van Thracië de dood vonden, bij beide strijdende partijen de indruk ontstond dat ze alleen maar met elkaar in oorlog waren geweest omdat Kleon en Brasidas hen daartoe hadden opgejut, want nu ze geen strijdlustige bevelen meer hoorden van hun beider bloeddorstige stemmen, leek die hele oorlog eigenlijk tamelijk overbodig. Ze lieten hun handen zakken. Niemand had er meer zin in.

We hadden nog jaren door kunnen gaan met al dat sluwe strategische gedraai, met al die heimelijke troepenverplaatsingen, met al dat vanzelfsprekende vertoon van moed en mannelijkheid en met al dat nobele gesneuvel, moeiteloos hadden we dat kunnen volhouden totdat de laatste Athener en de laatste Spartaan manhaftig en vol overtuiging in elkaars zwaarden zouden zijn gevallen en er alleen nog vrouwen over zouden zijn om hoofdschuddend de blik af te wenden van het laatste overwinningsmonument, maar het was wel even goed zo. Het was niet zo dat we de oorlog als zodanig begonnen te verachten of dat we de oude krijgshaftige waarden waaraan onze voorvaderen ons met hun monumenten bij voortduring glorieus herinnerden minder nastrevenswaardig vonden, maar na tien jaar waarin beide kampen heel veel roem en glorie voor zich hadden opgeëist maar niets praktisch hadden bereikt, begon aan beide zijden het besef door te dringen dat we ook iets anders met onze tijd konden doen, zoals geld verdienen, getrut met vee, een oogstfeest, naar het orakel van Delphi reizen of trouwen. Al was het maar voor de verandering.

Ik ben sceptisch geworden over het concept vrede, zoals ik evenzeer altijd wantrouwen heb gekoesterd jegens hen die de oorlog verheerlijken. Dichters bezingen heldenmoed. Als je Homeros wilt, moet je Achilles zijn. Maar Homeros beschrijft ook hoe koning Priamos in Achilles' tent de handen kust die zovelen van zijn zoons hebben gedood en aan het einde van de Ilias heeft iedereen verloren terwijl de oorlog verdergaat. Dezelfde dichters die heldenmoed verheerlijken, raken niet uitgepraat over de verschrikkingen van de oorlog.

Achilles mocht kiezen tussen een lang, vredig, maar roemloos leven en een vroege, roemvolle dood en koos het laatste, zoals een held betaamt. Hij is een lichtend voorbeeld voor iedere man. Maar tegelijkertijd zijn alle dichters het erover eens dat de zachte zaligheid van de vrede verre te verkiezen is boven de destructieve onomkeerbaarheid die gepaard gaat met oorlog. Vrede brengt rijkdom, zang en dans. In vredestijd word je gewekt door hanengekraai en niet door trompetten. Vrede is de tweelingzus van recht, zegt Pindaros, en schenkster van welvaart. Laat mijn speer ongebruikt en bedekt met spinrag in de hoek staan, zegt Euripides.

Natuurlijk verkiezen wij de vrede, wij zijn niet achterlijk, maar wanneer de noodzaak zich voordoet, zullen wij voor de oorlog niet terugschrikken. Zo zou iedere Griek zich onder het dilemma uit praten. En natuurlijk, zo is het ook, maar wat is noodzaak? De noodzaak voor Brasidas was dat hij de oorlog nodig had om zijn persoonlijke kwaliteiten ten volle tot hun recht te laten komen. Zijn uitmuntendheid werd weerspiegeld in de glans van kurassen en zou in vredestijd onopgemerkt in het duister van een wapendepot wegschimmeren. De noodzaak voor Kleon was dat hij de oorlog nodig had om zijn ontoereikendheid aan het zicht te onttrekken. Zijn opvliegende zelfzuchtigheid kon oog in oog met een vijand doorgaan voor dadendrang ten bate van de gemeenschap. In vredestijd zou hij op elk moment van de dag panisch naar vijanden op zoek zijn gegaan, hetgeen hij overigens zelfs in oorlogstijd niet naliet. De noodzaak voor Athene is glorie en de noodzaak voor Sparta is de glorie van Athene. Als ik aan Sokrates zou vragen wat beter is, oorlog of vrede, zou hij mij met een cascade van korte, onschuldige vraagjes over een reeks verschillende omstandigheden naar de conclusie leiden dat het goede beter is. Maar wat is het goede? We moeten onze vrienden helpen en onze vijanden schaden. Dat is de definitie van het goede die iedere Griek vanaf zijn jongste jaren wordt bijgebracht. Daarom zijn Grieken niet goed in vrede, want er is altijd een noodzaak tot oorlog. Daarom is de vrede voor ons een onwerkelijke, idyllische uitzonderingstoestand, waarin bijen zoemen en herdersfluiten kwinkeleren en waarnaar wij hunkeren als naar de gouden tijd toen wij nog eikels aten en de goden nog onder ons verkeerden, maar na onze mijmeringen over rijkdom, zang, dans en hanengekraai zijn we trots op ons grimmige realisme dat ons noopt zonder een moment van aarzeling de wapenen op te nemen en de vijand vastberaden tegemoet te treden.

De ervaringen in mijn leven hebben mij op een punt gebracht dat ik denk te begrijpen dat oorlog en vrede de keerzijden zijn van dezelfde munt. Op de ene kant staat het gehelmde hoofd van Athene Promachos, de stadsgodin in haar gedaante van strijdster in de voorhoede, en op de andere kant is een olijftak afgebeeld naast de uil, het symbool van haar wijsheid, die wij nastreven door in de schaduw van de Stoa van Peisianax of onder een wilg en een plataan bij het gezang van cicaden aan de met zacht gras overgroeide oever van de gemoedelijk kabbelende Ilissos te filosoferen over het begin en het doel van alle dingen. Maar het ene kan niet bestaan zonder het andere, en dat bedoel ik niet filosofisch, maar politiek. De Stoa, de oever van de Ilissos, de olijfbomen en de droom van de uil moeten gewapenderhand worden verdedigd. Evenzo is de oorlog zinloos als de vrede niet heeft onderwezen hoe waardevol de vrijheid is die gewapenderhand bevochten wordt. Elke oorlog belooft een betere vrede en de vrede vormt de motivatie voor strijdlust in de volgende oorlog. Oorlog kan niet eeuwig duren, maar vrede evenmin. Hoe succesvoller de vrede, hoe waarschijnlijker de volgende oorlog, omdat succes afgunst oproept bij anderen en verzadiging bij het eigen volk, die de eensgezindheid aantast. Iemand die niets meer hoeft te bevechten, wordt gezapig of prikkelbaar. Oorlog is destructie, maar vrede is stilstand. Als het ene te lang duurt, begint men naar het andere te verlangen. Een politicus maakt gebruik van deze tendensen door de onderhuidse irritaties te lezen en de gewenste verandering teweeg te brengen.

De politicus die na de dood van Kleon het best begreep dat het volk na tien jaar oorlog toe was aan vrede, was Nikias, de zoon van Nikeratos. Hij was al die jaren Kleons voornaamste tegenstander geweest en alleen daarom al was hij de meest geloofwaardige initiatiefnemer voor de vrede die Kleon nooit had gewild. De rol van vredestichter paste bij zijn temperament, want hij was een fatsoenlijke, maar verlegen man, geboren om voorzichtig door het leven te gaan. Hij genoot respect van het volk, juist omdat hij de indruk nooit helemaal kon verbergen dat hij bang voor hen was. Het volk vindt dat prachtig, want het is er niet aan gewend om door zijn meerderen niet te worden veracht. Nikias was een man die voor alle zekerheid elke ochtend braaf offerde aan de goden en hij had zijn eigen waarzegger in huis, die hij vele malen per dag raadpleegde over staatsaangelegenheden en privézaken, maar desalniettemin bracht hij regelmatig geheime bezoeken aan andere zieners en wichelaars om het oordeel van zijn eigen waarzegger te toetsen. Uit angst om gechanteerd te worden met onvoorzichtige uitspraken dineerde hij altijd alleen. Elke avond controleerde hij de grendels op zijn deur. Nikias was beter in het organiseren van dansvoorstellingen dan in het aanvoeren van de troepen. Zijn bangigheid op het slagveld is altijd min of meer verborgen gebleven omdat hij als generaal vaak geluk heeft gehad, waaruit men zou kunnen concluderen dat al die handlezers en sterrenwichelaars een voor hem persoonlijk waardevolle bijdrage hebben geleverd aan zijn beleid.

Kleon was nog niet begraven of Nikias was met de Spartaanse autoriteiten een wapenstilstand overeengekomen. Ze zouden een jaar de tijd nemen om te onderhandelen over een duurzaam vredesverdrag. Als honorair consul van Sparta in Athene had ik die onderhandelingen moeten voeren, maar ik werd gepasseerd. Toen diplomatie onmogelijk was vanwege de overdonderende alomtegenwoordigheid van Kleon, was er een beroep gedaan op mijn wijn, paling en satijnen beddengoed, maar nu er wederzijdse welwillendheid heerste om tot een akkoord te komen, prefereerden de Spartaanse gezanten de angstige Nikias als gesprekspartner. De hoofdlijnen van het akkoord waren eenvoudig, want beide partijen hadden één kardinale wens, die tegen andermans wezenlijke punt kon worden uitgeruild. Athene wilde Amphipolis terug en Sparta de gevangenen van Pylos. De overige bepalingen volgden logischerwijs uit deze premisse en vergden meer vindingrijkheid in het bepalen van de precieze formuleringen dan in het daadwerkelijk vinden van creatieve oplossingen. Ik had dat vredesakkoord vanaf mijn aanligbed met een kylix Kretenzische wijn in mijn hand kunnen dicteren, maar Nikias deed er een jaar over.

Alle invloedssferen en territoriale claims zouden gelden zoals aan het begin van de oorlog, met uitzondering van Nisaia, dat Atheens zou blijven, en Plataiai, dat onder controle van de Spartaanse bondgenoot Thebe zou blijven. Hieruit volgde dat Amphipolis werd teruggegeven aan Athene en Pylos aan Sparta. De Spartaanse gevangenen werden uitgeruild tegen Atheense gevangenen. Alle heiligdommen in Hellas werden weer toegankelijk voor alle Grieken, met vrije doortocht over land en over zee, naar de gebruiken van ieder volk, enzovoorts, en wederzijdse erkenning van de volledige autonomie van het orakel van Delphi onder de gebruikelijke voorwaarden. Dan was er natuurlijk nog de heikele kwestie van de Atheense bondgenootschappen, waarbij het aankwam op de formulering. Sparta kon niet van Athene verwachten dat het af zou zien van zijn inkomsten uit tribuutbepalingen, maar wilde een garantie dat het zijn overzeese invloedssfeer niet zou uitbreiden. De formulering werd gevonden met een verwijzing naar de status quo aan het begin van de oorlog, met garanties voor het zelfbeschikkingsrecht van de bewoners en expliciete verwijzing naar de steden in Thracië. Er zou verder in het algemeen worden afgezien van enig gewapend conflict onderling of met bondgenoten (A tegen B of tegen een bondgenoot van B, B tegen A of tegen een bondgenoot van A, een bondgenoot van A tegen B of tegen een bondgenoot van B, een bondgenoot van B tegen A of tegen een bondgenoot van A), met een clausule van arbitrage volgens overeengekomen en onder ede bekrachtigde procedures. Tot zover was alles slaapverwekkend voorspelbaar en standaard.

De enige bepaling die ik persoonlijk niet onmiddellijk zou hebben voorzien, was de eis van de Spartanen dat Athene zich ertoe zou verplichten Sparta te hulp te komen in het geval dat zich een opstand zou voordoen van de horige heloten. Dit was uiteraard bedoeld als afschrikking en ontmoediging van begrijpelijke maar voor de Spartanen uiterst onwelkome oprispingen van al decennia in stilte verbeten verlangens naar vrijheid en als zodanig was het een toezegging die Athene zonder al te veel moeite kon doen, want de clausule alleen al zou afdoende moeten zijn om te voorkomen dat deze ooit relevant zou worden.

Restte nog de geldigheidsduur van het verdrag: behoudens list en schade ter land en ter zee vijftig jaar, wat maakt het uit, het wordt toch wel geschonden. Onder ede zonder beletsel van goden en halfgoden onderschreven door zeventien leiders uit Athene en zeventien leiders uit Sparta met de formule 'ik zweer dat ik mij waarachtig, oprecht, loyaal, eerzaam en ongeveinsd aan alle bindende bepalingen van dit akkoord zal houden en dat ik geen enkele van de bindende bepalingen van dit akkoord op enigerlei wijze openlijk dan wel heimelijk zal overtreden, schenden of verbreken' en met naam en toenaam van alle prominenten die door deze eed gebonden waren als stele in marmer gehouwen en opgesteld in de Panhelleense heiligdommen van Olympia, Pythia en de Isthmos, alsmede in Athene op de Akropolis en in Sparta in de tempel van Amyklai.

De vrede tussen Athene en Sparta ging in op de vierde dag van de afnemende maan van de Spartaanse maand Artemisios, oftewel op de zesde dag van de afnemende maan van de Atheense maand Elaphebolion, toen Pleistolas ephoor was in Sparta en Alkaios archon in Athene. Dat was op de dag af tien jaar na de eerste invasie van Attika en het begin van de oorlog en tien maanden voordat ik trouwde.

De vrede werd gezien als de verdienste van Nikias. De mensen zeiden dat Perikles Griekenland in oorlog had gestort en dat Nikias vrede had gebracht. De vrede werd de Vrede van Nikias genoemd. Dit alles ergerde mij mateloos.

3

De dood van Kleon gaf ruimte aan mijn ambitie om zichtbaar te worden en mijn irritatie over de algehele bewondering voor Nikias als de auteur van het vredesakkoord voorzag mijn streven van de krachtige stimulans die verontwaardiging vermag te verstrekken, voor zover mijn ambitie nog externe motivatie nodig had. Maar misschien mag ik het uitdrukken door te stellen dat de verregaande adoratie voor deze vormelijke, enghartige, benepen, risicomijdende bron van inkomsten voor waarzeggers en wichelaars, die zonder dat het op enige wijze zijn verdienste was geweest het geluk had gehad dat hem de omstandigheden voor een vredesovereenkomst in de schoot waren geworpen en dat de vijand om evidente redenen graag had onderhandeld met een angsthaas, richting gaf aan mijn politieke agenda.

Het feit dat hij alle erkenning kreeg voor een verdrag en een vrede die tot stand waren gekomen door mij te passeren en mijn status als honorair consul te negeren, was genoeg reden voor mij om tegen hem, zijn verdrag en zijn vrede te ageren, dat zal ik niet ontkennen. Er was mij onrecht aangedaan en hoewel, zoals Sappho zegt, alles te verdragen is, ben ik er nooit goed in geweest om wat dan ook, waarvan men zou kunnen zeggen dat het verdragen dient te worden, te verdragen. Persoonlijke motieven speelden een rol bij mijn politieke keuzen, omdat beleid altijd persoonlijk is voor een gepassioneerd politicus als ik en omdat de tijden waarin persoonlijke overwegingen bij beleidskeuzen terzijde werden geschoven met Perikles begraven zijn. Dit alles geef ik toe, mannen van Athene, maar mijn persoonlijke ergernis vormde niet mijn enige motivatie. Mijn verzet tegen de Vrede van Nikias was niet alleen ingegeven door gekwetste ijdelheid, maar ook door overwegingen omtrent het staatsbelang op lange termijn. Ik was en ben er tot op de dag van vandaag van overtuigd dat er meer gevaren dan voordelen kleefden aan het bestand, dat hoe dan ook onmogelijk duurzaam kon zijn. Ik hecht eraan dit toe te lichten.

Het doel van oorlog is een betere vrede. Dit doel was niet bereikt, want de vrede die tegen astronomische kosten na tien jaar bedongen kon worden, kwam neer op een restauratie van de situatie die aan het begin van de oorlog van kracht was. Dit betekende dat de oorlog nog niet ten einde kon zijn, want als die omstandigheden bij het begin van de oorlog niet hadden geïnspireerd tot wederzijdse tevredenheid, zouden ze nu evenmin tot langdurige harmonie en rust leiden.

Het doel van vrede is een betere oorlog. Tijdens deze wapenstilstand moesten onze gedachten niet bij de vrede zijn, maar bij strategieën om de strijd onder betere voorwaarden te kunnen hervatten. Zolang Athene Athene was en geloofde in de droom van de hegemonie over de Griekse wereld, zo lang zou Sparta Sparta zijn en totdat Sparta definitief aan de Atheense heerschappij zou zijn onderworpen, zou Sparta zich gedwongen zien Athene te bestrijden. De Vrede van Nikias had niets opgelost en, mannen van Athene, jullie zullen het met mij eens zijn dat de jaren die volgden mij hierin gelijk hebben gegeven.

Een van de redenen waarom ik de oorlog wantrouw, is dat er altijd steden zijn die er hun voordeel mee doen door zich leep neutraal op te stellen en geen krachten, middelen en mensenlevens verspillen door zich ver van de strijd te houden, terwijl hun concurrenten elkaar verzwakken, zoals Argos en Korinthe, en de reden waarom ik argwaan koester jegens de vrede, is dat er altijd steden zijn die hun voordeel doen met de kansen die ontstaan wanneer een helder, bipolair conflict met duidelijke kampen plaatsmaakt voor een open speelveld van nieuwe, verruimde, multilaterale diplomatieke mogelijkheden, zoals Argos en Korinthe.

Korinthische gezanten zaaiden wantrouwen in Argos door te suggereren dat Sparta vrede had gesloten met Athene om de handen vrij te hebben voor de onderwerping van Argos. Argos was gevoelig voor het Korinthische voorstel om geheime onderhandelingen te openen met bondgenoten van Sparta en Athene in een poging hen los te weken en een nieuwe, machtige alliantie te vormen. Sommige steden op de Peloponnesos, zoals met name Mantineia, lieten zich overtuigen. Bij wijze van diplomatiek tegenoffensief stuurde Sparta ambassadeurs naar Korinthe met bedreigingen. Korinthe betrok zijn Thracische bondgenoten bij het spel. Elis sloot zich aan bij Korinthe en Argos. Korinthe opende overleg met Boiotië. Kortom, alles was in beweging en in Athene zeiden we dat we zo heerlijk geslapen hadden met het vooruitzicht om door hanengekraai in plaats van door trompetgeschal te worden gewekt, streelden we het spinrag op onze speer en applaudisseerden we voor Nikias.

Dus mijn persoonlijke politieke overwegingen en het staatsbelang vielen samen. Omdat de oorlog vroeg of laat met zekerheid hervat zou worden, moest Athene zich niet tevreden in slaap laten sussen door dit vredesakkoord. Het moest de wapenstilstand willens en wetens misbruiken om een betere uitgangspositie te verkrijgen voor de onafwendbare hervatting van het gewapende conflict met Sparta. Daarom moest Athene een actieve rol voor zich opeisen in het nieuwe diplomatieke krachtenveld en alles in het werk stellen om de allianties in

Atheens voordeel te doen verschuiven. Dat deze strategie vroeg of laat zou leiden tot schendingen van het vredesverdrag, was onvermijdelijk. Voor het herstel van mijn persoonlijke gezag was het eveneens onontbeerlijk dat de overeenkomst die was gesloten door mij te negeren ondergraven werd. De positie van Nikias was verbonden aan het succes van zijn akkoord met Sparta. Uitholling van zijn vredesverdrag zou de meest effectieve manier zijn om zijn positie te verzwakken en mijn macht te vergroten.

Met dit politieke programma begon ik mij nadrukkelijk te profileren in de volksvergadering. Daarvoor had ik echter eerst nog een klein probleem op te lossen. Ik had een licht spraakgebrek en dat was een punt van aandacht. Mannen van Athene, ik verontschuldig mij. Ik weet dat ik jullie niet hoef te vertellen dat ik een spraakgebrek heb. Ik weet eveneens dat ieder van jullie het met het grootst mogelijke plezier begint te imiteren zodra het ter sprake komt. Maar wat ik aan jullie wilde bekennen, is niet dat ik een spraakgebrek heb, maar dat het ooit een licht spraakgebrek was. Mijn l verschilde niet zo veel van mijn r als bij andere mensen. Onwillekeurig haalde ik de twee klanken soms door elkaar. Bij mijn redevoeringen in de volksvergadering ervoer ik dit als een hindernis, want ik merkte dat het volk, in plaats van naar mijn betoog te luisteren, zat te wachten op deze kleine versprekingen. Komediedichters, zoals mijn vriend Aristophanes, maakten er binnenskamers en op het toneel grappen over, waarbij 'vleier' en 'vrijer', 'lijden' en 'rijden', in een scabreuze context met elkaar verwisseld werden. Dit alles was nogal hinderlijk in het licht van mijn ambities. Ik heb geprobeerd het gebrek te verhelpen, ik heb zelfs spraaklessen genomen, en dit had wel degelijk effect, maar niet op mijn publiek, dat nog steeds ingespannen zat te wachten op dat ene, onvermijdelijke foutje dat ik misschien wel of misschien niet zou maken en ook als ik erin slaagde om dat ene foutje te omzeilen, had het niet naar mij geluisterd omdat het alleen maar tevergeefs op het foutje had zitten te anticiperen.

In diezelfde tijd speelde het verhaal van mijn hond. Sommigen van jullie kunnen het zich wellicht nog herinneren dat ik een prachtige rashond had gekocht. Ik genoot ervan gezien te worden in de straten van Athene met deze lenige, glanzende, koperkleurige verschijning met zijn majestueuze staart aan mijn zijde. Het zeldzame beest had mij zeventig mnai gekost. Het was een nieuwsgierig en vooral erg hongerig dier en dat werd hem bijna fataal. Want het was onmogelijk om hem uit de keuken weg te houden en in zijn enthousiasme voor de spijzen die daar werden bereid kwam hij te dicht bij het vuur. Zijn prachtige, wufte staart vatte vlam. Mijn kok wist hem te redden door het vuur uit te slaan, maar zijn staart was verbrand. Ik heb hem moeten laten afknippen. Toen iedereen vervolgens verontwaardigd aan mij begon te vragen wat er met die prachtige staart was gebeurd, verzon ik het verhaal dat ik deze met opzet om politieke redenen had laten afknippen. 'Ik geef Athene een hondenstaart om over te roddelen,' zei ik, 'opdat Athene geen tijd meer heeft om te roddelen over al die andere dingen die ik doe.'

De mensen houden van dit soort gekkigheid. Het volk adoreert extravagantie. Dit voorval inspireerde mij om het ook met mijn spraakgebrek over een andere boeg te gooien. In plaats van het te verbergen ben ik het doelbewust gaan overdrijven. Net als mijn flamboyante voorkomen en levenswandel, mijn rijkdom en mijn ijdelheid ben ik mijn spraakgebrek trots gaan etaleren als een kenmerk dat mij van de trieste en kleurloze massa onderscheidde. Het werkte. Het volk vond het geweldig. Ik merkte dat deze bestudeerde buitensporigheid nog effectiever was wanneer ik er een air van volkomen natuurlijke spontaneïteit aan kon geven. Dus ik gaf mijn redevoeringen compleet met versprekingen het voorkomen van impromptu uitgesproken gedachten, waarbij ik midden in een zin kon stokken, omdat het juiste woord mij zogenaamd was ontglipt, om mijn betoog na een fictieve denkpauze schijnbaar aarzelend te hervatten. Soms gooide ik er ook met opzet nog wat charmant gestotter tegenaan. En op de meest cruciale momenten van mijn toespraak zocht ik naar een woord met een r erin die ik als een l kon uitspreken.

Ik besef dat deze bekentenissen mij niet bepaald sympathieker maken in jullie ogen, maar ik heb jullie nu eenmaal eerlijkheid beloofd. En daarbij kunnen jullie er gerust op zijn dat mij het satyrhoofd van Sokrates wel degelijk voor de geest zweeft terwijl ik deze belijdenis opschrijf en dat ik mij schaam. Maar het feit is dat ik, vanaf het moment dat ik van mijn zwakte door deze te overdrijven een kracht had gemaakt, een van de meest geliefde en daarmee invloedrijkste redenaars van Athene was geworden. Het spel kon eindelijk beginnen.

4

Het leven als gehuwd man beviel mij. Mijn nieuwe status verschafte mij in de ogen van de mensen een patina van volwassenheid en ernst zonder dat ik daar iets voor hoefde te doen. Mijn veronderstelde verantwoordelijkheden als familiehoofd pasten wonderwel bij mijn nadrukkelijke politieke profilering als bezorgde behartiger van de gemene zaak.

Wanneer ik over de agora wandelde, waar in de woorden van Anaxagoras van Klazomenai alle dingen uit het universum samenklonteren op één en dezelfde plek en waar voor de juiste prijs alles te koop is, vijgen, brood, druiven, rapen, peren, appels, rozen, mispels, pens, honingraten, kikkererwten, gedroogde vruchten, platte plakouscake, biest, wrongel, mirtebessen, ridderspoor, linzensoep, gerstcake, lam, getuigen, juryleden, waterklokken, spreektijd, stembussen en politieke carrières, voelde ik mijzelf completer, meer vervuld en, om het zo maar eens uit te drukken, meer in mijzelf samengeklonterd dan ooit tevoren. Ik was niet langer een veelbelovende knaap, die zich liet betoveren door het bonte, welriekende, luid aangeprezen aanbod van alles wat er in het leven kennelijk te verlangen viel, maar officieel en onmiskenbaar een volwassen en gehuwde man van bijna dertig jaar oud, die op het punt stond om de overdaad van zijn veelsoortige talenten ter beschikking te stellen aan de stad.

Wanneer ik langs het Monument van de Naamgevers liep, behangen met de aankondigingen, kennisgevingen en vonnissen van de rechtbank, vlak bij de winkel van Simon, de filosofische schoenmaker, door wie ik mijn sandalen liet ontwerpen, en het kleine amfitheater op de heuvel daarachter, waar de executieve raad vergaderde, voelde ik mijzelf een naamgever. Mijn vrouw was weliswaar nog niet zwanger, althans niet bij mijn weten, maar dat kon niet lang meer duren. Op een dag zou mijn zoon mij overtreffen, zoals het zonen betaamt, maar ik zou het hem zo moeilijk mogelijk maken, want eerst moest ik mijn eigen vader nog overtreffen, die een oorlogsheld was. Dit soort gedachten had ik niet eerder gehad. Ik had het idee dat het volk van Athene anders naar mij keek, alsof het zag dat ik getrouwd was, maar misschien kwam dat doordat iedereen wist dat ik getrouwd was, daar hadden de praal en luister van het feest en de optocht wel voor gezorgd.

Ik sprak zelfs af en toe met mijn vrouw. Hipparete heette ze. Soms, wanneer ik geen gasten had, stond ik toe dat ze samen met mij at in de mannenkamer. Aanvankelijk vonden mijn bedienden dat ongepast, maar daar moesten ze maar aan wennen, vond ik. Zij verbaasde mij. Niet alleen was ze, met dank aan haar broers obsessie voor het fêteren van filosofen en sofisten, beter op de hoogte van de filosofische dilemma's en de modernste theorieën met betrekking tot de logica en de metafysica dan ik, maar ook had ze daar een fascinerend oneerbiedige kijk op. Pretentieuze filosofische axioma's wist ze in een handomdraai, met een grap en een dodelijk duidelijk voorbeeld, te ontmaskeren als verwaande ijdeltuiterij. Jullie kunnen jullie niet voorstellen hoeveel plezier ze mij daarmee deed.

Ze was uiterst geverseerd in de verhalen van de oude dichters. Ze sprak liever over de helden en heldinnen uit het verleden dan over de modieuze theorievorming, die niet alleen haar broer maar ook de rest van Athene in haar ban had, omdat er volgens haar meer waarheid school in de dilemma's van Achilles en Patroklos, Odysseus en Penelope, Jason en Medea en van Ismene en Antigone dan in syllogismen van metafysici. Voor haar moest waarheid over mensen gaan, anders was het geen waarheid die de moeite van het weten waard was. Ik zei haar dat Sokrates daar net zo over dacht als zij en zij antwoordde dat Sokrates weliswaar de juiste vragen stelde, maar dat hij helaas de neiging had om van het concrete dilemma met alle macht op te willen stijgen naar een algemeen geldende abstractie. In zijn zucht naar het hogere verbrandde hij als Ikaros zijn vleugels. Ik zei haar dat ze niet zo over mijn vriend en leermeester mocht spreken, maar zij haalde haar schouders op.

Ik herinner mij dat wij op een avond een gesprek voerden over roem. Zij vroeg mij of roem voor mij een streven was en aangezien ik daar met zekerheid bevestigend op zou antwoorden, kon ze daar gelijk haar tweede vraag aan toevoegen: waarom?

Ik was even stil. Ik vond het een rare vraag. 'Iedereen streeft naar roem,' zei ik.

'Niet iedereen,' zei ze.

'Wie dan niet?' vroeg ik.

'De helft van de mensheid,' zei ze.

Ik begreep niet meteen wat ze bedoelde.

'Hoe definieer jij roem?' vroeg ze.

'Dat de mensen over je praten,' zei ik.

'Dat ze goed over je praten,' vulde ze aan.

'Uiteraard,' zei ik.

'Dat ze niet uitgepraat raken over je moed, je kracht en al je andere kwaliteiten,' zei ze.

Ik beaamde dat dat ongeveer het idee van roem was dat mij voor ogen stond en voegde daaraan toe dat ik hierbij geen enkele aanspraak op originaliteit maakte en dat bij mijn weten heel Griekenland dit idee van roem als hoogste ideaal omarmde. Ik citeerde Achilles, die tegen het gezantschap zegt: 'Mijn kans op een behouden thuiskomst zal verkeken zijn, maar mijn roem zal nimmer verbleken.'

'Daarom hebben we het nu nog steeds over Achilles,' zei ze, 'omdat zijn roem hem heeft overleefd.'

'Precies,' zei ik.

'En dat wil jij ook,' zei ze met een ironische glimlach om haar mond.

'Het kan geen kwaad om ernaar te streven,' zei ik.

'Maak je geen zorgen,' zei ze. 'Ik ben geen waarzegster, maar ik zie genoeg ambitie in jou om met zekerheid te kunnen stellen dat jouw naam lang nadat jouw lippen, jouw mooie lippen, zijn vergaan op lippen van mensen zal liggen. Maar ik wil je iets anders vragen. Wie is Penthesileia?'

'Waarom vraag je dat?' vroeg ik.

'Dat is inderdaad een domme vraag. Iedereen kent Penthesileia, de koningin van de Amazones. Maar weet je wie Penelope is?'

'Ik begrijp niet helemaal waar je naartoe wilt,' zei ik.

'En Medea? Ken je haar? Klytaimnestra? Antigone? Elektra? Iphigeneia? Ik zal je zeggen waar ik naartoe wil. De vraag die ik je eigenlijk wil stellen is of een vrouw volgens jou ook naar roem kan streven. Je hoeft die vraag niet te beantwoorden, want ik ken het antwoord.'

'Voor vrouwen is het anders,' zei ik.

'Zie je wel,' zei ze. 'Mannen streven naar roem, maar voor de andere helft van de mensheid, namelijk voor de vrouwen, is het anders.'

'Maar dat is toch logisch?' zei ik.

'En waarom is dat logisch?' vroeg zij.

'Omdat vrouwen andere kwaliteiten hebben,' zei ik.

'Bijvoorbeeld?' vroeg ze. 'Deugdzaamheid?'

'Bijvoorbeeld,' zei ik.

'En wat is deugdzaamheid?' vroeg ze. 'Wat wil dat zeggen? Dat wil zeggen dat je niets ondeugends doet en dat je geen ophef en schandalen veroorzaakt.'

'Met deze werkdefinitie zou ik voorlopig kunnen instemmen,' zei ik.

'Dus als ik het goed begrijp, zit het zo,' zei ze. 'Het hoogste ideaal voor mannen is dat iedereen over hen praat en het hoogste ideaal voor vrouwen is dat niemand over hen praat.'

Ik lachte. 'Als je dat zo wilt samenvatten,' zei ik.

'Volgens mij valt hier weinig te lachen,' zei ze. 'Maar als de zaken er zo voor staan, zoals zojuist door jou is beaamd, dan hebben we een klein epistemologisch probleem. Want als vrouwen ten koste van alles dienen te voorkomen dat er over hen wordt gepraat, hoe kunnen we het dan verklaren dat jij de namen kent van Penthesileia, Penelope, Medea, Klytaimnestra, Antigone, Elektra en Iphigeneia? Nou?'

'Ik weet niet of Medea en Klytaimnestra wel zulke navolgenswaardige rolmodellen zijn,' zei ik.

'Dat weet ik ook niet,' zei ze. 'Maar Penthesileia wel. Zij was de gelijke van Achilles op het slagveld voor Troje. Penelope gebruikte list en bedrog om zich profiteurs en parasieten van het lijf te houden en het koninkrijk twintig jaar lang voor Odysseus te behouden. Vind je haar geen voorbeeld voor alle vrouwen? En Antigone stelde de wetten van de goden boven menselijke pragmatiek en politieke belangen. Elektra hielp haar broer om hun vermoorde vader te wreken. Iphigeneia offerde zichzelf op voor Griekenland. Moeten zij worden verguisd omdat zij als vrouwen van zich hebben laten horen? En zelfs Medea is niet de heks die jij denkt dat ze is. Zij was bereid om haar eigen broertje te doden, aan stukken te snijden en in de zee te gooien voor de glorie van Jason. Zij heeft de verrader Pelias voor Jason gedood. En toen werd zij zelf door Jason verraden. Klytaimnestra zag dat haar man na tien jaar oorlog te hebben gevoerd om de vamp van zijn broer doodleuk naar huis kwam met een Trojaanse prinses aan zijn zijde en heeft hem toen in bad liefdevol met een bijl om zeep geholpen. Ik kan daar wel begrip voor opbrengen. Jij niet?

Onderbreek me niet, Alkibiades. Ja, het is waar, ik vroeg je iets, maar dat was een retorische vraag. Je wordt niet geacht te antwoorden.

Laten we eerst een lijstje opstellen van de kwaliteiten die deze vrouwen uit het verleden hebben tentoongespreid en die hun onsterfelijke roem hebben opgeleverd: moed en kracht op het slagveld, list en bedrog tegen vijanden van hun echtgenoot, trouw aan de heilige principes van de goden, rechtvaardigheidsgevoel, opofferingsgezindheid voor het algemeen belang en dan hebben we ook nog Medea en Klytaimnestra die voor zichzelf durfden op te komen. Dit zijn stuk voor stuk eigenschappen die voor mannen als buitengewoon lovenswaardig, nobel, edel en nastrevenswaardig worden beschouwd en die ook deze vrouwen terecht onsterfelijke roem hebben gebracht. Dus ik zie het verschil eigenlijk niet zo. Waarom zei je ook alweer dat het voor vrouwen anders was dan voor mannen? Dit was geen retorische vraag. Nu mag je antwoorden.'

'Ik begrijp je punt, Hipparete,' zei ik.

'Goed zo,' zei ze. 'Ik weet dat je het begrijpt. Maar ik weet ook dat het feit dat je het begrijpt niets zal veranderen aan je gedrag.'

'Waarom zeg je dat?' vroeg ik.

'Je bent een Griek,' zei ze.

'Wat zou ik volgens jou moeten doen?' vroeg ik.

'Waar zullen we beginnen?' zei ze. 'Stel niet te veel vertrouwen in Penelope en besef dat ik ook Medea of Klytaimnestra kan zijn.'

'Is dat een dreigement?' vroeg ik geamuseerd.

'Reken maar,' zei ze bloedserieus.

'In dat geval dank ik je voor de waarschuwing,' zei ik.

'Ik waarschuw maar één keer,' zei ze. Ze was even stil. 'Weet je wat het is?' zei ze toen. 'Ik weet dat ik op een bepaalde manier ook geluk heb gehad met jou. Jij bent Alkibiades ho kalós en afgezien daarvan ben je een van de intelligentste mensen die ik ken. Ik wil graag een goede echtgenote voor jou zijn en in mijn beleving betekent dat dat ik jou graag wil helpen om beter te worden. Weet je wat vrouwen veel beter kunnen dan mannen? Juist omdat wij ons ons hele leven zorgen moeten maken over wat mannen van ons denken, zijn wij erin geoefend om ons te verplaatsen in de gedachten van een ander. Jij praat met mij, dat is een begin. Maar je gaat te veel uit van je eigen door de goden gegeven superioriteit, die je dankbaar omarmt als een evidentie, en vroeg of laat zal dat jouw ondergang zijn, tenzij je leert om jezelf ondergeschikt te maken aan de gedachten van tegenstanders die je bij wijze van vanzelfsprekendheid als inferieur beschouwt. Wees minder Alkibiades en meer empathisch. Geen man zal ooit een groot man zijn als hij niet ook een vrouw durft te zijn.'

Ja, mannen van Athene, dat zei ze, mijn echtgenote.

5

Macht is aanhang en in een democratie bestaat de machtsbasis uit ontevredenheid, die op zoek is naar vermeende voorvechters. Hoewel het in mijn nadeel werkte dat de meerderheid van het volk opgelucht en content was over de vrede en daarmee over het beleid van Nikias, kon een man honderden motieven hebben om ontevreden te zijn over Nikias als persoon. In mijn redevoeringen voor de volksvergadering trachtte ik met regelmaat de vijandige gevoelens jegens Sparta levend te houden. Door mij opzichtig te profileren als een alternatief voor de pacifistische politiek van Nikias wist ik geleidelijk een deel van zijn aanhang, die om verschillende, al dan niet geldige redenen op zoek was naar een alternatief, zoals het volk altijd op zoek is naar een alternatief voor hun gunsteling van het moment, van hem los te weken.

Ik besefte dat ik mijzelf volkser en populistischer moest voordoen dan ik ben, want de meest stabiele en toegewijde aanhang van de afstandelijke aristocraat Nikias bestond uit de landadel en de grootgrondbezitters, die ten koste van alles wilden voorkomen dat er opnieuw Spartanen kwamen huishouden op hun landerijen in onze ommelanden. Als ik ontevredenheid wilde zaaien en oogsten, moest ik mij richten op het proletariaat van de stad, dat vreesde voor zijn bijverdienste als roeiers op de oorlogsvloot. Dus ik koos noodgedwongen voor het paradoxale profiel van de extravagante, flamboyant geklede, schatrijke, hooggeboren man van het volk, die anders dan de bedeesde en kleurloze Nikias zogenaamd zou weten wat er leefde onder de minst bedeelde klassen. Ik voelde mij niet volledig op mijn gemak in deze rol, maar de strategie werkte.

Dat gezegd zijnde, ergerde het mij dat het langzaam ging. Het probleem was dat ik weliswaar veel bevlogen woorden en aantrekkelijke ideeën te bieden had, al zeg ik het zelf, maar niets concreets kon toezeggen en waarmaken. Wat onverdraaglijk is aan een democratie, is dat je een meerderheid nodig hebt om cadeaus te kunnen uitdelen en dat je cadeaus moet uitdelen om een meerderheid te kunnen krijgen.

Parallel aan mijn manoeuvres op de heuvel van de Pnyx, ontplooide ik diplomatieke initiatieven. Heimelijk stuurde ik mijn eigen boodschappers naar Argos. Vanwege haar ligging op de Peloponnesos zou deze stad ofwel een overeenkomst moeten sluiten met Sparta ofwel voor Sparta moeten vrezen, waardoor zij andere machtige bondgenoten nodig zou hebben. Het was bekend dat de Korinthiërs Argos probeerden te winnen voor het idee van een soort bond van onafhankelijke staten, los van Sparta en Athene, maar vanwege haar overwegend democratische gezindheid zou Argos er in mijn ogen van overtuigd moeten kunnen worden dat het een natuurlijkere bondgenoot was van Athene dan van de Spartaanse monarchie of van de oligarchen van Korinthe. Via mijn eigen liaisons probeerde ik de democratische partij in Argos ervan te overtuigen om niet toe te geven aan de angst voor Sparta of aan de charmes van het wufte Korinthe, maar om af te wachten en zich aan te sluiten bij Athene zodra het vredesverdrag tussen Athene en Sparta zou worden opgezegd. Ik liet weten dat ik mij daar persoonlijk voor inspande en dat het naar mijn overtuiging niet lang zou duren totdat de tijd rijp was voor hervatting van de oorlog. Argos en Athene samen zouden een formidabele tegenstander vormen voor het door beide zo gehate Sparta. Het zou vanzelfsprekend zijn dat de democratische partij van Argos zou kunnen rekenen op de onvoorwaardelijke steun van het machtige Athene, als alles liep zoals het zou moeten lopen.

Mijn avances werden door de prominenten van de democratische factie van Argos op welwillende belangstelling en begrijpelijke achterdocht onthaald. Zij beschouwden mij als een luidruchtig, maar machteloos lid van de oppositie tegen Nikias, die vooralsnog met een comfortabele meerderheid regeerde, en als zodanig was ik zeker niet de enige in Athene die meer ambitie had dan draagvlak en die zij vanuit Argos plichtsgetrouw en enigszins verveeld met gepaste distantie volgden.

Een van de anderen was Phaiax, de zoon van Erasistratos, uit Acharnai, een blaag van mijn leeftijd, of misschien een paar jaar ouder dan ik. Precies toen ik met veel aplomb mijn jeugd in stelling bracht tegen de bedaarde jaren van Nikias, moest hij het effect van mijn charmante onvolwassenheid tenietdoen door ook jong te zijn. Hij kwam uit een aanzienlijke familie en had middelen tot zijn beschikking. Hij was zo'n typische sympathieke jongen die het talent had om door iedereen op de schouders geslagen te worden, en ik kon hem niet uitstaan. In de volksvergadering hoefde ik hem niet te vrezen, want hij was een belabberd redenaar. Op grond van zijn toespraken heb ik nooit een idee kunnen krijgen wat zijn politieke stellingname eigenlijk was. Hij was geen spreker, maar een praatjesmaker. Maar dat maakte hem hinderlijk en gevaarlijk, want hij was er beter in dan wie dan ook om medestanders te ronselen en akkoordjes te sluiten in het informele circuit en hij vertoonde daarbij de lenigheid om zijn gelegenheidscoalities feilloos aan te passen aan de toevallige vereisten van het moment. Ik kwam hem een keer tegen in het bordeel van Anteia in de Kerameikos en hij besteedde meer aandacht aan de voorname clientèle dan aan de exotische employés. Zelfs daar zat hij gul schaterlachend en met joviale schouderklopjes politiek te bedrijven.

Een andere hinderlijke aanwezigheid droeg de naam van Hyperbolos, de zoon van Antiphanes en een broodbakster, uit het district Perithoidai. Bij hem vergeleken was Kleon met terugwerkende kracht een baken van beschaving. Als ik gedwongen was een bewonderenswaardige eigenschap te noemen van deze valse, vulgaire verlakker, zou ik zeggen dat hij de schaamte zozeer voorbij was dat hij volkomen onverschillig vermocht te blijven onder het feit dat hij door heel Athene werd veracht en bespot. Maar ondanks of dankzij de universele afkeer waartoe hij inspireerde, had hij een niet te onderschatten invloed, omdat hij de instantie was waaraan men als eerste dacht wanneer er een smerig zaakje moest worden geregeld. Heel wat onkreukbare politici waren hem wederdiensten verschuldigd. Ook hem liep ik een keer tegen het lijf in een aanzienlijk minder voornaam etablissement dan dat van Anteia, dat ik inderdaad beter niet had kunnen bezoeken. Mijn enige reden om naar de habitat van Hyperbolos af te dalen heette India uit het land Gandara en ik had moeten bedenken dat ik haar voor hetzelfde geld bij mij thuis had kunnen ontvangen, een onachtzaamheid die ik in het vervolg vermeed. Ik heb gehoord dat Hyperbolos vijf jaar na zijn verbanning is vermoord op Samos en dat ze zijn lichaam in een wijnzak hebben gepropt en in zee gegooid, waaruit ik meen te mogen opmaken dat hij zich ook op Samos niet geliefd heeft gemaakt.

In de zomer na mijn bruiloft zou met de nieuwe maan van de maand Hekatombaion het jaar beginnen waarin ik dertig werd en waarin ik voor het eerst verkiesbaar was voor een aantal officiële posities. In de maanden voor de zomerzonnewende probeerde ik steun te verwerven voor mijn uitverkiezing als strateeg naast Nikias. Hyperbolos was geen concurrent voor deze functie, want geen zinnig mens zou de verantwoordelijkheid voor onze strijdmachten in de vuile handen leggen van een beroepsverrader en hoewel er soms redenen waren om daaraan te twijfelen, vormden de zinnige mensen nog steeds een meerderheid in de volksvergadering. Maar mijn informanten wisten mij te vertellen dat Phaiax wel degelijk actief stemmen aan het ronselen was voor hetzelfde ambt als dat waarop ik mijn zinnen had gezet. Hij kon bogen op ervaring als gezant in Sicilië, maar wat ik daartegenover kon zetten, was dat mij de prijs voor dapperheid was toegekend na de Slag bij Poteidaia, weliswaar ten onrechte, maar dat wist alleen Sokrates. Er waren wel meer dingen in het universum die alleen Sokrates wist.

Hoewel dat ongebruikelijk was in die tijd, drong ik aan op een openbaar debat tussen de kandidaten. Het volk smult van debatten, dus zegde toe. Ik bereidde een elegante redevoering voor, waarin ik Phaiax prees voor zijn moedige diplomatieke missie, die weliswaar op een mislukking was uitgelopen, maar toch van cruciaal belang was geweest voor Athenes aanspraak op eeuwige glorie, waarna ik mijn eigen onderscheiding voor mijn moed in de Slag bij Poteidaia bagatelliseerde door te benadrukken dat ik destijds als jong knaapje in het machtige strijdgewoel niets anders had gedaan dan mijn plicht. Phaiax antwoordde met een houterig algemeen betoog over oorlog en vrede, waarin hij een paar onschuldige maar onnodige taalfoutjes niet wist te vermijden. Ik stelde voor onmiddellijk tot stemming over te gaan, want snelheid is fundamenteel wanneer er strategische besluiten genomen dienen te worden. Als Phaiax een meerderheid dacht te hebben georganiseerd voor zijn uitverkiezing, bleek deze na ons debat verdampt. Een maand voor mijn dertigste verjaardag werd ik officieel voor een jaar benoemd als aanvoerder naast Nikias van de legers van Athene.

6

Ik was in Kolonos, vlak buiten de muren. Ik weet het nog goed. Ik was daar bij Iophon, de zoon van Sophokles, op het landgoed van zijn vader, toepasselijk genoeg niet ver van de tempel van Poseidon van de Paarden, om een jonge hengst te keuren die volgens hem de belofte in zich droeg een excellent paard voor de vierspanraces te worden en die hij mij te koop aanbood. Het was inmiddels algemeen bekend bij de fokkers dat ik bezig was een renstal op te bouwen en dat ik interesse had in toppaarden. Dit dier had goede, dikwandige, steile hoeven, zowel voor als achter. De pijpbeenderen waren krachtig en de knieën veerkrachtig. Zijn borst was niet al te breed, maar breed genoeg. De hals was recht en in het gebogen gedeelte lenig. Het hoofd had sterk ontwikkelde beenderen en kleine kaken. Wat mij zorgen baarde, was dat de kaken mij ongelijk leken, hetgeen het dier hard in de mond zou kunnen maken. Daar stond tegenover dat hij schitterende heupen had, breed en goed in het vlees, met een prachtige overgang naar flanken en borst. Ik begreep waarom Iophon voor dit dier aan mij had gedacht. De sterke heupen zouden de gangen gemakkelijker maken en het paard snelheid geven. Het was ook mooi dat de broek onder de staart door een brede dam werd verdeeld, waardoor de achterbenen ver van elkaar werden neergezet en het paard zowel bij gestrekte stand als in draf krachtig zou zijn. Ik twijfelde. Het was een mooi paard, dat leed geen twijfel, en de prijs die Iophon ervoor wilde hebben, was niet heel veel onredelijker dan ik had verwacht. Maar voor een vierspan was een harde mond een serieus probleem.

Terwijl ik mijn twijfels met Iophon besprak, zag ik een ruiter in volle galop van de Dubbele Poort in onze richting komen. Al vanuit de verte riep hij mijn naam. Ik liep hem tegemoet en uit de stofwolk sprong een jongen tevoorschijn die ik herkende als een van de jongens van Kritias, die wist dat ik hier was omdat hij aanvankelijk met mij mee zou gaan, maar op het laatste moment had besloten om toch in de stad te blijven vanwege juridische beslommeringen die hem noopten de archon te bezoeken. Als Kritias een paard had uitgeleend, was er iets ernstigs aan de hand. Dat bleek ook zo te zijn, hoewel de jongen niet kon uitleggen wat er dan precies aan de hand zou zijn. Kritias had hem opgedragen zijn paard aan mij te geven en mij te zeggen dat ik zo snel mogelijk naar hem toe moest komen. Iets met mijn vrouw. Meer wist hij niet.

Kritias wachtte mij op bij de deur van zijn huis.

'Jij moet snel handelen,' zei hij.

Hipparete is ziek, dacht ik. Ze heeft een ongeluk gehad. Ze ligt op sterven. Maar dat was het niet. Kritias vertelde mij dat hij bij de archon had vernomen dat mijn vrouw audiëntie bij hem had aangevraagd. Dat was hoogst ongebruikelijk.

'Waarom zou een vrouw naar de archon gaan?' vroeg hij.

'Dat wilde ik net aan jou vragen,' zei ik.

'Dat kan maar één ding betekenen,' zei hij.

'Denk je dat echt?'

'Kun jij iets anders bedenken dan?' vroeg hij.

'Hoe is de wet?'

'Ik heb het nagevraagd,' zei hij. 'Dat recht heeft ze.'

'Hoe bedoel je?'

'De voorwaarde is dat ze het verzoek in persoon ten overstaan van de archon formuleert,' zei hij.

'Dat betekent,' zei ik, 'dat het een openbare procedure betreft.'

'Zo wil de wet het,' zei hij.

'En de gevolgen?'

'Als de archon toezegt,' zei hij, 'en die kans is groot, dan zul je de bruidsschat moeten terugbetalen.'

'Dat geld heb ik in mijn renstal gestoken.'

'Dat dacht ik al.'

'Maar waarom zou ze van mij willen scheiden?' vroeg ik.

'De vraag lijkt mij eerder wat je eraan gaat doen.'

'Wat zijn mijn opties?' vroeg ik.

'Ook dat heb ik nagevraagd,' zei hij. 'Er zijn niet zo veel mogelijkheden. Er is eigenlijk maar één ding dat je kunt doen. Maar dan zul je op tijd moeten zijn.'

'En dat is?'

'De wet voorziet in één specifieke situatie waarin het verzoek tot echtscheiding door de archon niet in behandeling kan worden genomen,' zei hij. 'En dat is wanneer de echtgenoot zijn vrouw voor het aangezicht van de archon wegsleurt en ontvoert.'

'Je meent het niet.'

‘Ik meen het wel,’ zei hij.
‘Moet ik jou geloven?’
‘Dat zou ik maar doen,’ zei hij.
‘En wanneer heeft zij haar afspraak bij de archon?’ vroeg ik.
‘Ongeveer nu, denk ik.’

Als ik Kritias’ juridische advies goed had begrepen, diende ik haast te maken om mijn eigen vrouw te ontvoeren vanuit de burelen van de bevoegde autoriteiten teneinde te voorkomen dat zij van mij zou scheiden. De absurditeit van de situatie, die naar het oordeel van mijn vriend noopte tot een overhaaste en nogal drastisch te noemen tegenmaatregel die zo mogelijk nog absurder was, nodigde uit tot reflectie, maar precies daarvoor ontbrak mij de tijd, als ik Kritias moest geloven. Ik had geen motief om aan zijn oprechtheid te twijfelen, maar daarmee leek het mij nog altijd verre van vanzelfsprekend dat hij goed geïnformeerd was en dat de door hem met klem aanbevolen handelwijze adequaat zou zijn of zelfs maar legaal. Maar omdat de kans bestond dat hij gelijk had, was er geen tijd voor een andere optie dan ervan uit te gaan dat hij gelijk had. Ik kon welbeschouwd weinig anders doen dan zijn advies als de wiedeweerga opvolgen en er het beste van hopen. Ik was en ben geen expert op het gebied van de finesses van de Atheense jurisprudentie, maar terwijl ik briesend van daadkracht door de straten van de stad naar de agora rende, schoot het door mijn hoofd dat de Atheense wetten gekenmerkt worden door het feit dat ze zelden worden afgeschaft en dat het niet ondenkbaar was dat een dergelijke bepaling als residu uit heroïschere en mannelijkere tijden nog altijd ergens wettig, geldig en valide lag te sluimeren onder de politoer van onze moderne beschaving. Daar hoopte ik dan maar op toen ik de agora overgestoken was en theatraal het Prytaneion binnenstormde. Hoewel ik bijna zeker wist dat ik mij onsterfelijk belachelijk zou maken met mijn heldhaftige entree omdat er geen spoor van enige wettige echtgenote te bekennen zou zijn, zag ik Hipparete gesluierd en geknield voor de troon van de archon op de grond zitten. Ik bedacht mij geen moment, liep op haar af, tilde haar op, wierp haar over mijn schouder en begon weg te lopen. Ik vroeg mij af of de procedure vereiste dat ik er ook nog iets bij zei.
‘Bij dezen ontvoer ik mijn vrouw,’ zei ik toen maar.

Tot mijn verbazing grepen de Skythische boogschutters niet in. De archon knikte. Ik nam mij voor om nooit meer aan Kritias te twijfelen. Het was allemaal waar. De procedure van de ontvoering van mijn eigen vrouw werd van rechtswege gebillijkt. Ik begon er plezier in te krijgen en het speet mij bijna dat er daar niet meer vrouwen aanwezig waren die ik kon ontvoeren. Ook toen ik haar als een Lapithenmeisje over mijn gespierde Centaurenschouder door de straten van Athene naar mijn huis in Skambonidai droeg, spartelde Hipparete niet tegen. Ze zei niets. Maar daarbij moet worden opgemerkt dat ik haar niets had gevraagd.

'Je was bijna te laat,' zei ze, nadat ik haar in de patio van mijn huis op de grond had gezet.

'Wat zou je dan hebben gedaan?' vroeg ik. 'Als ik te laat was geweest?'

'Dan zou ik van je gescheiden zijn,' zei ze. Ze ging pontificaal op de troon zitten die ik voor haar had laten maken voor de ontvangst op de derde dag van onze bruiloft en keek mij aan.

'Vergeef het me als ik naar jouw oordeel een rare vraag stel,' zei ik. 'Maar waarom?'

'Waarom wat?'

'Waarom zou je van mij willen scheiden?'

'Dat is naar mijn oordeel een rare vraag,' zei ze.

'Laat mij het dan anders vragen,' zei ik. 'Was dit jouw vooropgezette plan? Dat ik jou zou komen ontvoeren?'

'Laten we zeggen dat er twee mogelijkheden waren,' zei ze, 'want ik had bestudeerd welke ruimte de wet jou en mij zou geven. Ik wist dat ik als vrouw het recht had om een echtscheiding aan te vragen, op voorwaarde dat ik het verzoek persoonlijk ten overstaan van de archon zou formuleren. Ik wist eveneens dat de barbaarse procedure van ontvoering door de wettige echtgenoot nooit is geschrapt als rechtsgeldige optie. Het was zo goed als zeker dat mijn gang naar de archon in dit dorp dat Athene heet niet voor jou verborgen zou blijven, dus we zouden zien hoeveel jij om mij geeft. Als je niet had ingegrepen, zou ik in volle overtuiging van je zijn gescheiden, omdat die nalatigheid de ultieme bevestiging zou zijn geweest van mijn oordeel over jou. Nu je wel hebt ingegrepen, heb je op theatrale wijze aangetoond dat ik jou niet geheel en al onverschillig laat en daarmee heb je de kans voor jezelf gecreëerd om je leven drastisch te beteren.'

'Ik ben dankbaar voor die kans,' zei ik. 'Maar misschien kun jij mij helpen. Vergeef mij mijn kortzichtigheid, maar ik zie niet onmiddellijk op welke punten jij verbetering nodig zou kunnen achten. Bevalt dit huis je niet? Moet ik iets groters kopen? Moet ik meer bedienden voor je aanschaffen? Moet ik de kok verkopen?'

'Arme jongen,' zei ze. 'Je ziet het echt niet, hè? Je blindheid voor mijn grieven zou op zichzelf een geldige scheidingsgrond vormen, ware het niet dat jouw oprechtheid mij bijkans vertedert, zwakhartig als ik ben. Wil je doen wat nodig is?'

'Ja.'

'Zeg je toe dat je mijn eisen zult inwilligen?'

'Ja.'

'Weet je dat zeker?'

'Ja.'

'In dat geval moet je me even helpen herinneren hoe ze heet.'

'Wie?'

'Ik weet het geloof ik alweer,' zei ze. 'India. Zo heette ze toch?'

'India? Wat is er met India?'

'Is het ooit bij je opgekomen dat een vrouw het als een affront zou kunnen interpreteren wanneer haar echtgenoot exotische hoertjes mee naar huis neemt?' vroeg ze.

Ik moet bekennen dat dat nog nooit in mij was opgekomen. Als ik dat had beseft, had ik het misschien wel nagelaten.

'Ik zal de kwestie maar meteen in algemene termen formuleren,' zei ze, 'want het gaat niet alleen om India of om meisjes of jongens die jij meeneemt naar dit huis. Ik weet dat je ook een graag geziene gast bent in het etablissement van mevrouw Anteia in de Kerameikos. Ik weet dat Athene zelfs nog meer bordelen telt dan filosofen en ik weet dat jij beter op de hoogte bent van het actuele aanbod in de huizen van plezier dan van de nieuwste theorieën op het gebied van de ethica. Als je wilt dat ik je vrouw blijf, moet ik jouw enige vrouw zijn.'

Ik probeerde haar uit te leggen dat er toch een verschil is tussen een wettige echtgenote, die als vrijgeboren vrouw voor nageslacht dient te zorgen, en slavinnen, fluitspeelsters en schandknaapjes. Ik zei dat het uiteraard nooit in mij was opgekomen om haar met haar naam en afkomst in dezelfde categorie in te delen als doorverkochte oorlogsbuit uit het land Gandara en dat ik daarom het probleem niet zo zag. Ik zei dat haar bezwaren tegen betaalde seks in mijn oordeel voortkwamen uit het idee dat ik haar net zo zou inschatten en net zo zou behandelen als de onvrije jongens en vrouwen die ik bezat, maar dat idee was een misverstand. Niets was meer bezijden de waarheid dan dat. Maar mijn betoog deed haar geen plezier en ze verhardde in haar voorwaarde. Ze eiste exclusiviteit. Vanaf haar troon keek ze als Hera op mij neer.

Toen ik haar tussen de sofisten had aangetroffen, had ik al moeten beseffen dat ik mijn oog had laten vallen op een moderne vrouw met weinig respect voor de tradities. Maar, mannen van Athene, het merkwaardige was dat ik haar opstandige en in dat opzicht weinig vrouwelijke houding jegens mij en de vanzelfsprekendheid waarmee zij het recht meende te kunnen opeisen om een andere mening toegedaan te zijn dan ik en alle mannen met mij, bewonderenswaardig, moedig, spannend en opwindend begon te vinden. Ik was trots op haar en trots op mijzelf dat ik kennelijk zo'n vrouw had. Uiteraard had Alkibiades ho kalós een Amazone gehuwd, zoals Achilles zeker met Penthesileia zou zijn getrouwd als hij haar niet had gedood. Zo was het goed. Zo zou het zijn.

Ik knielde voor haar neer op de grond en zei: 'Aanvaard mijn excuses, Hipparete. Onwetend was ik en dankbaar ben ik dat jij mijn onwetendheid hebt verholpen. Ik zweer bij de peplos van Hera dat ik geen Zeus wil zijn en ik zweer bij de almacht van Zeus dat ik geen andere bijslaap zal wensen dan de jouwe.'

Ze stond op van haar troon en pakte mij bij de hand. 'Zullen we dan maar?' zei ze. Die zwoele nacht op klaarlichte dag die enkele maanden na onze huwelijksnacht plaatsvond, was onze echte huwelijksnacht, die driehonderd jaar leek te duren, zoals de huwelijksnacht van Zeus en Hera.

Toen pas was ik getrouwd. Als ik nu, vanuit het vreemd geurende gehucht Melissa op de dorpel van de koninklijke paleizen in Kelainai met hun jachtlusten vol waterpartijen en exotische dieren, terugdenk aan de knusse jaren in mijn vertrouwde dorp Athene, de zelfverklaarde hoofdstad van de wereld, toen ik onbeholpen en druistig begon aan de verovering van mijn plaats in de geschiedenis en er in mijn ongeduld van overtuigd was dat het doel van onsterfelijke roem inmiddels al bijna binnen handbereik moest liggen, en als ik eraan denk hoe weinig tijd in jaren er tussen toen en nu is verstreken, maar hoeveel toeval, geknakte ambities en haastig geleerd cynisme mij van die naïeve tijd scheiden, denk ik aan Hipparete zoals een schip denkt aan zijn anker en aan de les van liefde die zij mij heeft bijgebracht door op geen enkele manier van mij onder de indruk te zijn.

De jaren waarin ik het voorrecht genoot haar man te zijn waren op de vingers van één hand te tellen, want zij heeft te kort geleefd, maar vanaf het moment waarop wij, enkele maanden na onze bruiloft, echt met elkaar trouwden door niet van elkaar te scheiden tot aan het droeve moment van haar dood heb ik geweten wat het betekent om een bondgenoot te hebben. In bed was zij mijn vrouw en overdag in huis was zij de moeder van mijn dochter, maar ik herinner haar vandaag de dag vooral als de kameraad, kornuit en wapenzuster, die ik als mijn gelijke mocht beschouwen zonder bang te zijn voor bijbedoelingen en verborgen agenda's, die kon lachen om dezelfde dingen als ik, die lachte om mij omdat zij mijn bedoelingen en ambities immer moeiteloos doorzag, die mij de verhalen van de helden en heldinnen uit het verleden vertelde wanneer ik mijzelf te belangrijk ging vinden, die mij derhalve zeer dikwijls verhalen vertelde over de helden en heldinnen uit het verleden, die mijn logica altijd versloeg met de syllogismen van haar ironie en die de kompaan en het klankbord was die ik tijdens mijn onwetende leven voor haar en tijdens mijn tumultueuze leven na haar vrijwel altijd heb ontbeerd.

Het zou duren tot ik Timandra leerde kennen eer ik alles wat Hipparete mij heeft geleerd opnieuw in de praktijk kon brengen, in die zin dat ik in mijn leven slechts twee vrouwen heb ontmoet die het toestonden dat ik haar gelijke was. De eerste keer, bij Hipparete, was het een schok voor mij dat zoiets mogelijk was en de tweede keer, thans met Timandra, was het de schok van de herkenning van een ervaring die ik had geleerd te vergeten. Afgezien van Timandra is er geen vrouw geweest die kon tippen aan Hipparete, zelfs niet als zij de koningin van Sparta zelve was.

Mannen van Athene, ik verontschuldig mij. Ik weet dat ik geen beslag mag leggen op jullie kostbare tijd met vrouwenverhalen en ik besef dat er zaken zijn die jullie urgenter achten en dat er dringende vragen bij jullie leven die ten langen leste een eenduidig en definitief antwoord behoeven. Geloof mij als ik jullie verzeker dat ik niet terugdeins voor deze taak, dat ik jullie oprecht en naar eer en geweten mijn overwegingen kenbaar zal maken bij al mijn beslissingen die jullie wantrouwen in de duistere perioden die nog maar net achter ons liggen en dat het niet is om te dralen, om tijd te winnen of om jullie aandacht af te leiden dat ik jullie lastigval met liefde. Ik zou jullie niet over Hipparete hebben verteld als ik er niet van overtuigd was dat het belangrijk was. Ik schaam mij er niet voor om toe te geven dat mijn manier van denken beïnvloed is door een vrouw. Zonder deze bekentenis zouden sommige van mijn beslissingen, die minder door mannelijke overwegingen als persoonlijke ambitie, roem en glorie waren ingegeven dan door vrouwelijke gedachten aan collectief welzijn, minder goed begrepen kunnen worden.

Waarom spreken we over het verleden? Het antwoord op die vraag heeft Hipparete mij gegeven. Door met mij te spreken over Achilles, Agamemnon, Briseïs en Chryseïs heeft ze mij geleerd in te zien dat het verleden een spiegel is waarin we onze eigen dilemma's kunnen herkennen. Door de afstand in de tijd kunnen we zonder afgeleid te worden door betrokkenheid begrip opbrengen voor de complexiteit van conflicterende belangen en inzien dat het in sommige situaties averechts uitpakt om de held te willen zijn die men geleerd heeft te willen zijn. Onder die omstandigheden wordt het onmogelijk om het goede te doen en is een keuze voor het minste kwaad het hoogst haalbare. Schuld is een irrelevant concept, evenals het noodlot, omdat niets menselijker is dan het eeuwige conflict tussen hoe het had moeten zijn en hoe het is. In de politiek en op het slagveld heb ik vaak in situaties verkeerd waarin alle mogelijke keuzen tot funeste gevolgen zouden leiden en waarin alleen het onmogelijke als mogelijkheid overbleef. Men heeft mij vaak verweten dat ik de politiek nooit heb begrepen als de kunst van het mogelijke. Daarop ben ik trots. Het verleden heeft mij geleerd dat het verleden ook anders had kunnen lopen als men toen reeds dat verleden voor ogen zou hebben gehad om van af te wijken. Dit heeft Hipparete mij geleerd.

En wanneer ik zoals nu de plicht op mij heb genomen om verantwoording af te leggen over mijn eigen verleden, zou deze exercitie zinloos zijn als ik zweeg over tekortkomingen die ik heb getracht te herstellen en over fouten waarin ik zou hebben volhard als ik niet de moed had gehad af te wijken van de wegen die het verleden voor gedachten en moraal heeft gebaand. Derhalve schaam ik mij voor veel dingen, maar niet voor het feit dat ik heb geluisterd naar een vrouw.

7

Verdragen beëindigen oorlog, maar niet de argwaan. Vrede kan wantrouwen voeden, omdat vrede, anders dan oorlog, aan afspraken is gebonden en omdat afspraken geschonden kunnen worden. De bepalingen van het vredesverdrag van Nikias waren in grote lijnen nagekomen, maar niet volledig. Ondanks de bindende verplichting was Amphipolis nog steeds niet overgedragen aan Athene. De Spartanen zeiden dat die restitutie niet in hun macht lag. Conform de akkoorden hadden zij hun troepen uit Amphipolis teruggetrokken en meer konden ze niet doen, want Amphipolis beriep zich op zijn zelfbeschikkingsrecht, dat door het verdrag tussen Sparta en Athene gewaarborgd werd.

En dan was er nog de kwestie van het fort van Panakton. Deze Atheense vesting tegen de grens van Attika met Boiotië ten oosten van Oinoë op de bergrug langs de oude weg naar Thebe was vlak voor de wapenstilstand, toen Kleon met het Atheense leger in Thracië was en zich gereedmaakte om op te trekken tegen Amphipolis, waar hij de dood zou vinden, door verraad van binnenuit veroverd door de Boiotiërs. Krachtens het vredesverdrag zou ook het fort van Panakton aan Athene moeten worden teruggegeven, maar de Boiotiërs hadden geweigerd zich aan te sluiten bij het akkoord tussen Athene en Sparta. In Atheense ogen was dit een nalatigheid van de kant van Sparta, dat krachtens het verdrag de plicht op zich had genomen om de bepalingen door zijn bondgenoten als bindend te laten onderschrijven. De Atheners weigerden op hun beurt de vesting van Pylos over te dragen aan de Spartanen zolang de Spartanen hun verplichtingen niet nakwamen. Ze begonnen er spijt van te krijgen dat ze de aan Sparta zeer dierbare elitekrijgers die op het eiland Sphakteria gevangen waren genomen krachtens het akkoord al hadden vrijgelaten. Ik heb Nikias deze onverstandige en naar nu bleek ongerechtvaardigde geste van vertrouwen herhaaldelijk dankbaar ingewreven tijdens debatten.

Tijdens het intensieve diplomatieke overleg tussen Athene en Sparta zegden de Spartanen toe dat ze alles zouden doen wat in hun macht lag om nochtans de kwestie van Panakton op te lossen door druk uit te oefenen op Boiotië, als Athene dan op zijn beurt zijn verplichtingen zou nakomen wat Pylos betreft. De Boiotiërs bleven echter weigeren het vredesverdrag tussen Athene en Sparta als voor hen bindend te accepteren. Ze zeiden dat ze uitsluitend dan bereid zouden zijn om Panakton op te geven als dat onderdeel zou uitmaken van een apart verdrag tussen Boiotië en Sparta. De Spartanen waren huiverig om hen in deze eis tegemoet te komen, omdat het akkoord met Athene beide partijen verbood onafhankelijk van elkaar oorlog te verklaren of vrede te sluiten. Maar omdat ze dachten dat Athene niet onwelwillend zou reageren op deze formele onvolkomenheid als de teruggave van het fort er het resultaat van zou zijn en omdat ze geen andere mogelijkheid zagen om Pylos van de Atheners terug te krijgen, gingen ze akkoord. Het verdrag werd gesloten en de Boiotiërs droegen het fort van Panakton over aan Sparta, maar niet voordat ze het met de grond gelijk hadden gemaakt.

Via mijn geprivilegieerde kanalen met Sparta werd ik op de hoogte gesteld van dit verdrag tussen Sparta en Boiotië. Ik had er meteen een groot nummer van kunnen maken in de volksvergadering, maar besloot daar nog even mee te wachten. Ik schatte in dat ik meer zou kunnen bereiken als ik dit nieuws eerst vertrouwelijk zou lekken naar mijn contacten in Argos. Ik wilde een bondgenootschap tussen Athene en Argos forceren en de voornaamste reden waarom dat nog niet was gelukt, was dat men in Argos dacht dat een bondgenootschap met Korinthe en Boiotië een aantrekkelijk alternatief zou kunnen vormen. Maar nu Boiotië heimelijk met Sparta had aangepapt, was die optie voor Argos komen te vervallen. Ik stelde mij voor dat men zich hierover in Argos grote zorgen maakte en ik had gelijk. Ze begonnen naar mij te luisteren. Omdat ik inmiddels gekozen was als legeraanvoerder, begonnen ze mij eindelijk serieus te nemen.

Toen Spartaanse gezanten ten slotte schoorvoetend in Athene kwamen melden dat het fort van Panakton was verwoest, waarbij ze een creatieve poging deden om het leed te verzachten door erop te wijzen dat een verwoest fort eigenlijk beter was dan een intact fort omdat er op deze manier tenminste de zekerheid bestond dat het nooit meer door een vijandige mogendheid zou worden bezet, en toen ze moesten toegeven dat ze een afzonderlijk verdrag met Boiotië hadden gesloten om dit allemaal voor hun trouwe bondgenoot Athene te bereiken, ging er een golf van verontwaardiging door de volksvergadering. De gezanten werden met een niet mis te verstaan antwoord weggestuurd, er kon geen sprake van zijn dat Pylos zou worden overgedragen en ik kon evengoed profiteren van de oplaaiende anti-Spartaanse sentimenten als wanneer ik het nieuws zelf in de volksvergadering zou hebben onthuld. Ik wierp mij op als woordvoerder van de woede van het moment en Nikias kon weinig anders doen dan het laten gebeuren.

Ik stuurde een eigen boodschapper naar Argos om te zeggen dat het tijd was. De publieke opinie in Athene was rijp voor een koerswijziging. Ik vroeg hun gezanten naar Athene te sturen, bij voorkeur in het gezelschap van gezanten uit Mantineia en Elis, de steden op de Peloponnesos waarmee Argos al eerder een bondgenootschap had gesloten, en beloofde dat ik de alliantie zou orkestreren. Men was welwillend in Argos. Ik had hen overtuigd. Ze deden wat ik had gevraagd.

Hoewel deze diplomatieke bewegingen nadrukkelijk uit het zicht van Sparta plaatsvonden, werden de Spartanen via hun kanalen op de hoogte gesteld van de dreigende toenadering tussen Athene en Argos en alleen al uit het feit dat ze onmiddellijk stappen namen om deze avances te verijdelen, mocht ik concluderen dat mijn strategie de juiste was. In allerijl stuurden ze een gezantschap naar Athene, dat was samengesteld uit drie van de weinige Spartanen die in Athene een zeker aanzien genoten en van wie verwacht kon worden dat ik persoonlijk een bepaalde sympathie voor hen zou kunnen opvatten, te weten Philocharidas, de zoon van Eryxilaidas, een ervaren diplomaat, die persoonlijk namens Sparta de eden had gezworen bij de wapenstilstand na de Slag bij Amphipolis en bij het definitieve vredesverdrag zelve en wiens eer en goede naam derhalve verbonden waren aan een goede verstandhouding met Athene, Leon, de zoon van Antikleidas, een jonge Spartaan van hoge geboorte, die de vierspanrace bij de laatste Olympische Spelen had gewonnen – en dat nog wel met Venetiaanse paarden – en die aan het gezantschap was toegevoegd omdat men wist dat ik eveneens ambities koesterde voor de Olympische vierspanrace, daar ben ik zeker van, en als derde niemand minder dan Endios. Mijn familie was al generaties lang door een gastvriendschap met zijn familie verbonden. Mijn naam getuigt van die band, want mijn grootvader Alkibiades, naar wie ik zoals gebruikelijk is ben vernoemd, was vernoemd naar de overgrootvader van Endios, zodat de vader van Endios dezelfde naam had als ik.

De Spartaanse drieschaar kwam naar Athene om uit te leggen dat het verdrag dat Sparta had gesloten met Boiotië op geen enkele manier bedoeld was geweest om Athene te schaden, dat het daarentegen de uitdrukkelijke wil van Sparta was geweest om Athene tegemoet te komen inzake de rechtmatige restitutie van het Atheense fort van Panakton, dat Sparta niet verantwoordelijk gehouden kon worden voor de ontmanteling van het fort door de Boiotiërs en dat Sparta deze daad van disrespect nog meer betreurde dan Athene, omdat Sparta's goede naam en reputatie van betrouwbaarheid hiermee te grabbel waren gegooid. Over compensatie viel te praten. De drie gezanten waren gekomen met een volledige volmacht en de bevoegdheid om het ongenoegen bij de Atheners weg te nemen en het conflict te schikken op de manier die hun zou goeddunken.

Dit alles zetten ze met de grootst mogelijke nederigheid uiteen in het kleine amfitheater op de agora ten overstaan van de executieve raad, waarvan ik als strateeg inmiddels deel uitmaakte. Terwijl ik hen aanhoorde en overtuigd raakte van hun oprechtheid, bekroop mij de angst dat het volk wel eens door hen overtuigd zou kunnen raken als zij hun intenties op dezelfde manier zouden verwoorden in de volksvergadering op de Pnyx, dat het volk hun wil om tot een vergelijk te komen zou billijken en dat het door mij zorgvuldig voorbereide bondgenootschap met Argos van de baan zou zijn. Dit scenario zou de vrede bestendigen, de positie van Nikias versterken en mij verzwakken.

Omdat het mijn voorrecht was in mijn hoedanigheid van honorair consul om de drie Spartaanse gezanten in mijn huis te ontvangen, had ik de gelegenheid om de zaak die avond bij een maaltijd van rode schorpioenvis, horsmakreel en vette harder, in een informeel decor met hen te bespreken. Ik prees hen uitvoerig voor hun redelijkheid en oprechte intentie om een oplossing voor de diplomatieke impasse te vinden. Ik benadrukte dat ze hun standpunten die middag ten overstaan van de executieve raad op een indrukwekkende en volledig overtuigende wijze hadden verwoord en sprak de verwachting uit dat de volksvergadering de volgende dag een vergelijkbare conclusie zou trekken. Ook ik was overtuigd, hoewel het geen geheim was dat ik tot het sceptische kamp behoorde, dus ik was er zeker van dat het volk hun voorstellen welwillend zou ontvangen en dat hun missie een succes zou worden. Deze woorden deden hun zichtbaar plezier.

Ik liet water brengen om onze handen te wassen en de desserts opdienen, honingcake, eieren, fruit en noten, en zei dat ik hen, als blijk van mijn goede wil, echter voor één ding wilde waarschuwen. 'Athene is een democratie,' zei ik, 'en het nadeel van een democratie is dat het evenwichtige oordeel van weldenkende mannen als jullie en ik niet altijd doorslaggevend is. Jullie hebben minder ervaring met processen van democratische besluitvorming dan ik, en ik zou jullie daar gelukkig om kunnen prijzen, maar ik hoop dat jullie mij toestaan om jullie erop te wijzen dat emoties en groepsdynamiek dikwijls een grotere invloed hebben op het stemgedrag van het volk dan rationele argumenten. Dat hoeft geen probleem te zijn, maar het is verstandig om er rekening mee te houden. In dit concrete geval voorzie ik niet dat het volkssentiment zich tegen jullie redelijkheid zal keren, begrijp me niet verkeerd. Het gevaar is eerder het tegenovergestelde. Het risico is dat het volk morgen zo enthousiast zal zijn over jullie toegeeflijkheid dat het van de weeromstuit nog meer eisen gaat stellen. Als je ze één vinger geeft, nemen ze je hele hand, zoals de dichter zegt. Snappen jullie wat ik bedoel?'

Ze begrepen mijn punt, dankten mij voor mijn waarschuwing en vroegen mij welke houding ik dan zou adviseren. Ik deed alsof ik nadacht en zei toen: 'Het is niet mijn taak om buitenlandse gezanten te wapenen voor hun confrontatie met het soevereine volk van mijn vaderland. Maar de gevoelens van vriendschap van mij en mijn familie voor Endios en zijn nobele huis gaan al generaties terug. En vrienden van Endios zijn mijn vrienden. Dus als dit onder ons kan blijven, wil ik voor jullie een uitzondering maken en jullie een kleine aanbeveling doen. Het is eigenlijk vrij eenvoudig. Jullie zijn gekomen, zoals jullie vanmiddag bij de executieve raad hebben gezegd, met een volledige volmacht en de bevoegdheid om zonder ruggenspraak een akkoord te sluiten. Het zou beter zijn om dat morgen in de volksvergadering te verzwijgen en desgevraagd te ontkennen. Het volk op de Pnyx zal zeker misbruik maken van jullie bevoegdheid door jullie onder druk te zetten om ter plekke staande de vergadering verregaande concessies te doen. Wanneer die volmacht ontbreekt en voor elke eventuele concessie ruggenspraak met de autoriteiten in Sparta nodig zou zijn, begrijpt het volk dat het geen zin heeft om jullie als gezanten het mes op de keel te zetten.' Zij begrepen het. Ze waren er zelf niet op gekomen, maar ze vonden het logisch. Ze waren mij zeer erkentelijk voor mijn advies.

Nadat de drie Spartaanse gezanten hun standpunten de volgende dag in de volksvergadering hadden uiteengezet en het volk, zoals verwacht, neigde naar een welwillende en constructieve attitude, nam ik het woord en vroeg ik hun op de man af of ze naar Athene waren gekomen met een volledige volmacht. Zij waren blij dat ik dat vroeg, omdat dat hun de gelegenheid bood om te zeggen dat dat niet het geval was. Ik vroeg nogmaals of ze de bevoegdheid hadden om zonder de noodzaak tot ruggenspraak een akkoord te sluiten. 'Nee,' zeiden ze.

Ik acteerde verbazing. Vervolgens vroeg ik Nikias of hij de dag daarvoor aanwezig was geweest bij de vergadering van de executieve raad. Dat kon hij niet ontkennen. Ik zei dat ik daar ook bij was geweest en dat ik mij meende te herinneren dat deze gezanten hier bij die gelegenheid iets heel anders hadden beweerd. 'Maar misschien herinner ik het mij verkeerd,' zei ik, 'dus wellicht kun je zo vriendelijk zijn om mij te helpen, Nikias. Maar vergis ik mij als ik zeg dat ze gisteren beweerden dat ze wel degelijk met volledige volmacht en bevoegdheid waren bekleed?' Nikias kon dat niet ontkennen. Voor de zekerheid verifieerde ik het nog bij enkele andere leden van de executieve raad en iedereen bevestigde de inconsistentie die ik had gesignaleerd.

'Hoe betrouwbaar zijn onderhandelaars die op de ene dag het tegenovergestelde beweren van wat ze op de andere dag zeggen?' De retorische vragen rolden als vanzelf van de Pnyx. 'Hoe betrouwbaar zijn de Spartanen als ze zich door liegende ambassadeurs laten vertegenwoordigen?' Het was gemakkelijk scoren. Ik stortte mij vol overgave in een vlammend betoog over het Spartaanse bedrog sinds het begin der tijden, dat na generaties die hadden geleden onder de leugens van Lakedaimon een voorlopig dieptepunt had bereikt met de schande van Amphipolis en Panakton. Ik toonde aan dat Athene zich had laten piepelen door die zogenaamde Vrede van Nikias. 'Al tijden waarschuw ik jullie voor de onbetrouwbaarheid van Sparta. Hoeveel bewijzen hiervan willen jullie nog zien?' Enzovoort. Mijn donderspeech was voorspelbaar, evenals het effect dat ik ermee sorteerde. Golven van verontwaardiging overspoelden het verzamelde volk. Anti-Spartaanse sentimenten laaiden hoog op. Woedend werden de gezanten weggestuurd. Ik stelde voor om die Vrede van Nikias in een beerput te gooien en een verdrag te sluiten met onze democratische broeders van Argos, die stonden te popelen om ons bij te staan in onze strijd tegen het infidele Spartaanse koninkrijk en die toevallig zojuist gezanten naar onze stad hadden gestuurd. Het volk juichte.

Als we op dat moment meteen tot stemming hadden kunnen overgaan, was het verdrag met Argos, Mantineia en Elis op diezelfde dag nog bekrachtigd. Maar er vond een aardbeving plaats, die ons noopte de vergadering te verdagen. De volgende dag wist Nikias het volk te vermurwen om hem toe te staan nog een allerlaatste wanhoopspoging te ondernemen om de relatie met Sparta te redden. Hij zou hoogstpersoonlijk als speciale gezant naar Sparta afreizen. Ik vond dit uitstel hinderlijk, want ik had al gewonnen en wilde mijn winst verzilveren. Maar zoals het ging, pakte het nog beter voor mij uit, want Nikias moest ontdekken dat er van de Spartaanse welwillendheid na mijn bedrog van hun ambassadeurs weinig meer over was en kwam met lege handen terug, waardoor zijn status nog verder afbrokkelde. Ik kon het verdrag met Argos, Mantineia en Elis zonder moeite door de volksvergadering loodsen en mijn machtspositie was gevestigd.

8

Mannen van Athene, als ik jullie beken dat ik mij niet schaam voor deze onconventionele politieke manoeuvres, dan vraag ik jullie te beseffen dat mij hierbij niet alleen mijn eigen positie voor ogen stond, maar zeer nadrukkelijk ook het belang van de staat op lange termijn. Wat ik hiermee aan het begin van mijn eerste ambtstermijn als strateeg in vredestijd had bereikt, was een feitelijke omsingeling van Sparta op zijn eigen Peloponnesische schiereiland. De latere gebeurtenissen bij Tegea en Mantineia, waar wij weinig fortuinlijk waren en waar de zaken ook anders hadden kunnen lopen dan ze zijn gelopen, toonden in elk geval onomstotelijk aan dat onze uitgangspositie voor de onvermijdelijke hervatting van de oorlog dankzij ons bondgenootschap met Argos, Mantineia en Elis aanzienlijk was verbeterd. De ontstane strategische situatie kon vanuit een Spartaans standpunt zelfs ronduit precair worden genoemd. Als de Slag bij Mantineia iets liet zien, dan was het de wanhoop waarmee de Spartaanse strategen een uitweg zochten uit de ontstane situatie en daarmee was de veldslag een overwinning voor ons, ook al liep hij uit op een nederlaag.

Ik schaam mij ervoor dat ik mijn heilige gastvriendschap met Endios heb misbruikt en verraden, maar ik schaam mij er niet voor dat ik dit voor Athene heb gedaan. Dat ik op een later moment in mijn leven de gelegenheid zou krijgen om Endios een dienst te bewijzen en mijn banden met hem en zijn familie te herstellen, kon ik toen nog niet voorzien en ondanks het feit dat het toen zelfs onwaarschijnlijk geacht kon worden dat ik ooit een dergelijke kans zou krijgen, heb ik er geen moment aan getwijfeld dat ik het juiste deed door respect dat ik genoot te grabbel te gooien ten bate van het algemene belang.

Rond dezelfde tijd waarin het hoopgevende verbond tussen Athene, Argos, Mantineia en Elis geboren werd, bleek Hipparete zwanger. In de lente werd mijn eerste kind geboren, een dochter, die wij Elpinike noemden, naar Hipparete's grootmoeder, de moeder van haar vader, Hipponikos, die ons inmiddels was ontvallen. Elpinike was de zus van de staatsman Kimon, met wie zij een ongewoon innige relatie had. Het was eveneens algemeen bekend dat zij een geheime verhouding had met de schilder Polygnotos. Er wordt gefluisterd dat zijn voorstelling van Laodike, die volgens Homeros de mooiste was van de dochters van koning Priamos, op zijn schildering van de Trojaanse vrouwen in de Stoa van Peisianax een portret is van zijn geheime minnares. Hipparete's opa, die net als haar broer Kallias heette, werd op een dag ouderwets verliefd op Elpinike en omdat die familie toen al schatrijk was, kon Kimon relatief eenvoudig worden overgehaald om zijn zus aan hem uit te huwelijken.

Het deed mij plezier om mijn dochter te mogen vernoemen naar zo'n markante vrouw, die in ieder geval tot haar bruiloft een kleurrijk leven heeft geleid. Bovendien beviel het mij dat de betekenis van de naam Elpinike de hoop op een overwinning rechtvaardigde. Ik zag dit als een gunstig voorteken voor mijn aspiraties in de vierspanrace. En voor Hipparete was het een bron van vreugde om in de naam van onze dochter haar oma te heugen. Ze was de gezondste baby die ik ooit heb gezien. Als ze een veulen was geweest, had ik al mijn geld voor haar neergeteld, zo mooi en sterk was ze. Ik heb haar moeten achterlaten toen ze vier was en pas tweeënhalf jaar geleden weer teruggezien in het huis van haar oom Kallias, waar ze opgroeit. Ze kende mij niet meer. Misschien was dat maar beter ook, want ik moest haar opnieuw verlaten. Ambitie en huiselijkheid zijn geen bondgenoten. Ze is nu bijna vijftien.

Een paar maanden nadat ik voor het eerst vader was geworden, werd ik herkozen als strateeg. Al tijdens mijn eerste termijn had ik mijn oog laten vallen op Tegea. Deze stad in het hart van de Peloponnesos domineert de toegang tot de vlakte van Tegea tussen de Maagdenberg en de uitlopers van berg Mainalon en ligt daarmee op de belangrijkste uitvalsweg van Sparta naar het noorden. Sinds Elis en Mantineia in het westen en Argos in het oosten onze bondgenoten waren, was dit in feite de enige route naar het noorden die de Spartanen nog ter beschikking stond. Als we Tegea in ons kamp konden trekken, zou de blokkade van Sparta compleet zijn. Maar het aristocratisch bestuurde Tegea is van oudsher een trouwe bondgenoot van Sparta. Dat het bovendien een aartsrivaal is van het democratisch gezinde Mantineia, compliceerde de zaak nog verder.

Maar elke vorm van heerschappij roept afgunst op en zoals in iedere democratie antidemocratische elementen loeren op hun kans, zo verbergt zich een democratische factie in de kieren van iedere oligarchie. De kunst is om deze hoop te geven. Ik was al begonnen om heimelijk contact te leggen met democratisch gezinde individuen in Tegea, maar ze waren met te weinigen en hun positie was te zwak om een opstand in overweging te durven nemen. Bovendien ligt Tegea te dicht bij Sparta, zodat het op zich al onwaarschijnlijke succes van een democratische omwenteling met zekerheid van korte duur zou zijn. Ik begreep dat er geen hoop was op een dergelijke revolte, tenzij deze militair door ons zou worden ondersteund. In de praktijk zou dat erop neerkomen dat wij Tegea gewapenderhand moesten innemen, waarbij we hopelijk konden rekenen op hulp van binnenuit.

In de zomer na mijn herverkiezing ondernam ik een bescheiden militaire campagne op de Peloponnesos. Met een klein contingent zware infanterie, een paar boogschutters en enkele hulptroepen van onze kersverse bondgenoten trok ik kriskras over de noordelijke helft van het schiereiland. Hier en daar deden we interventies om het bondgenootschap te bestendigen. Ik instrueerde de inwoners van Patrai om hun haven via lange muren met de stad te verbinden. Niet iedereen was daar onmiddellijk een voorstander van.

'Athene zal ons met huid en haar verslinden!' riep iemand in hun volksvergadering.

'Misschien wel,' antwoordde ik, 'maar wij zullen dat langzaam doen, rustig knabbelend en beginnend bij jullie voeten, terwijl Sparta jullie kop zal afbijten en jullie in één hap zal doorslikken.'

Ik bestudeerde tevens de mogelijkheid om Rhion te versterken. Maar dit alles was bijzaak. Het eigenlijke doel van deze operatie was om aan de democraten in Tegea te laten zien dat soldaten van de democratische, Atheense coalitie in de buurt durfden te komen en dat ze hoop mochten koesteren dat het in hun ogen riskante scenario van een door Athene gesteunde omwenteling op een dag niet geheel en al onrealistisch zou blijken.

Het duurde tot de zomer daarna totdat deze voorbereidende manoeuvres tot de door mij gewenste confrontatie leidden. Ik was in dat jaar geen strateeg meer. Men meende dat ik mijzelf nuttiger kon maken als ambassadeur in Argos, gezien de spanningen die waren ontstaan vanwege de oorlog tussen Argos en Epidauros en de Spartaanse bemoeienis daarmee. In Argos was men door deze recente gebeurtenissen huiverig geworden om openlijk tegen Sparta ten strijde te trekken. Maar ik wees hen op hun verplichtingen en overtuigde hen om deel te nemen aan de operatie op de Peloponnesos die ik al ruim een jaar plande.

Een groot leger van Athene, Argos, Mantineia en Elis nam het Arkadische Orchomenos in en trok op tegen Tegea. De democratische factie van Tegea was op de komst van onze invasiemacht voorbereid en had een plan klaarliggen om de stad te verraden en aan ons over te geven. De Spartanen realiseerden zich dat ze snel moesten handelen als ze de val van Tegea en de volledige blokkade van Sparta wilden voorkomen. Met groot machtsvertoon rukte koning Agis uit naar de vlakte van Tegea. Er ging een bericht uit naar de noordelijke bondgenoten van Sparta, te weten Korinthe, Boiotië, Phokis en Lokris, met het urgente verzoek om versterking te sturen, maar onze alliantie met Argos, Mantineia en Elis had Sparta geïsoleerd. Het was van zijn noordelijke bondgenoten afgesneden. Troepen uit Korinthe, Boiotië, Phokis en Lokris konden de Peloponnesos niet bereiken zonder zich door vijandelijk territorium heen te vechten.

Agis sloeg kamp op in het noorden van de vlakte, niet ver van Mantineia. Onze geallieerde troepen kozen positie op een steile, eenzame heuvel daar vlakbij. De Spartanen rukten uit om de heuvel te bestormen, maar veranderden halverwege van gedachten, omdat ze begonnen te beseffen dat de verhoogde positie te goed te verdedigen was. In plaats daarvan begonnen ze in de vlakte de rivier om te leiden met het doel om de stad Mantineia blank te zetten. Dat wilden de soldaten uit Mantineia en hun bondgenoten niet laten gebeuren. Hoewel ze begrepen dat de Spartaanse waterwerken bedoeld waren om hen naar de vlakte te lokken, verlieten ze hun defensieve positie op de heuvel, daalden ze af in de vlakte en stelden ze zich op om slag te leveren. De soldaten uit Argos stormden krijsend op de vijand af. De Spartanen marcheerden traag voorwaarts op de muziek van hun fluitspelers die voor de troepen uit gingen, zoals ze altijd doen. Dit heeft niets met religie te maken, zoals vaak gedacht wordt. Toen ik later in Sparta was, leerde ik dat ze dit doen om met behulp van het ritme van de muziek de linies compact te houden en om de natuurlijke neiging van soldaten tegen te gaan om bij het eerste treffen aan het begin van een veldslag uit enthousiasme en strijdlust voor elkaar uit te snellen. De troepen raakten slaags. Dit was het eerste grootschalige gewapende treffen sinds vier jaar op Helleense bodem en ik was er niet bij.

De Slag bij Mantineia verliep voor beide partijen niet volgens plan. Ik heb mij naderhand uitvoerig laten informeren over wat er op het slagveld was voorgevallen, want daar hadden we de oorlog tegen Sparta kunnen winnen en ik wilde precies begrijpen waarom dat was misgegaan. Kennelijk gebeurde er in eerste instantie wat er altijd gebeurt: de linies van beide partijen schoven te veel op naar rechts. Omdat iedere soldaat zijn schild in zijn linkerhand houdt, heeft hij van nature de neiging om voor zijn onbeschermde rechterkant dekking te zoeken achter het schild van zijn rechterbuurman. Het gevolg hiervan is dat beide legers mettertijd aan hun linkerflank overvleugeld worden. Een goede commandant weet dit, houdt er rekening mee en weet er zijn voordeel mee te doen. Zo kun je bijvoorbeeld de verschuiving naar rechts bij de vijand versnellen met salvo's van je boogschutters of slingeraars, waarmee je de adempauze creëert om desgewenst de verschuiving naar rechts van je eigen linies te corrigeren of om met je eigen rechterflank een doorbraak te forceren op de linkerflank van de vijand.

Als ik oordeel op grond van wat mij is verteld, heeft Agis getracht om gebruik te maken van de wederzijdse overvleugeling ter rechterzijde. Hij liet zijn linkerflank, bestaande uit elitetroepen, breken met de hoofdmacht en stuurde deze naar links om onze opgeschoven rechterflank op te vangen, waardoor hij links van zijn centrum doelbewust een opening liet vallen. Dit was een val, althans zo was de manoeuvre volgens mij door Agis bedoeld. Sommige ooggetuigen betwistten dat en vertelden mij dat een bevel van Agis om het gat te dichten niet werd opgevolgd, maar dat kan ik mij niet voorstellen. Dat zou ongehoord zijn. Daarvoor is het Spartaanse leger veel te gedisciplineerd.

Als ik bevelhebber van de geallieerden was geweest in deze situatie, zou ik waarschijnlijk besloten hebben om de Spartaanse posities te spiegelen en om eveneens een opening te laten vallen, die ik achter de linies zou dekken met mijn cavalerie. Divisies van Mantineia en Argos deden echter precies wat Agis had kunnen hopen dat ze zouden doen. Ze stortten zich in de ontstane opening in Agis' linies en mochten hongerig naar glorie en dromend van roem oprukken tot vlak voor de positie van koning Agis zelve, die het lokaas was zonder daadwerkelijk enig risico te lopen, want hij werd door driehonderd ruiters verdedigd. Op dat moment gaf Agis het signaal aan de rest van zijn leger om onze linkerflank aan te vallen. Dat waren wij. Die linkerflank bestond uit Atheners. Omdat de eenheden van Mantineia en Argos uit ons centrum waren weggelokt, waren de Atheners geïsoleerd geraakt en omsingeld door de Spartaanse aanval in het centrum en de Spartaanse rechterlinie die hen had overvleugeld. Paniek brak uit.

Nu maakte Agis een fout. Als hij op dat moment had doorgezet, zou de Atheense divisie verloren zijn gegaan. Maar hij maakte zich zorgen over zijn geïsoleerde elitetroepen op zijn linkerflank en dirigeerde een deel van zijn rechterflank daarnaartoe om hen bij te staan. Dit gaf de Atheense cavalerie de tijd om een pad vrij te maken voor de terugtrekking van de gehele Atheense troepenmacht. Toen de bondgenoten zagen dat de Atheense legers zich noodgedwongen terugtrokken, sloegen zij op de vlucht. De Spartanen deden niet hun best om hen te achtervolgen. De slag was gestreden. Koning Agis had gewonnen, maar hij had verzuimd om verpletterend te winnen.

In diezelfde tijd werd in Athene het Panatheneïsche festival gevierd. Op de derde dag van de afnemende maan van Hekatombaion liep ik in de processie over de heilige weg, die van de Dubbele Poort naar het

Parthenon voert, te midden van de overwinnaars op de Spelen die in de dagen daarvoor gehouden waren, want in het hippodroom aan zee bij de oude haven van Phaleron had een vierspan uit mijn stal na een veel te spannende race nipt gezegevierd. Ik won honderdveertig amforen met olie die was geperst van de heilige olijven uit de aan Pallas Athene gewijde boomgaard bij de Academie. Een olijftak uit Olympia was minder waard, behalve dan dat die oneindig veel waardevoller zou zijn. Maar deze eerste overwinning bij de lokale Spelen kon beschouwd worden als een hoopgevend begin.

9

De nederlaag bij Mantineia had beperkte gevolgen voor Athene en de alliantie, terwijl een Spartaanse nederlaag voor Sparta desastreus zou zijn geweest. Wanneer er voor de vijand aanzienlijk meer op het spel staat dan voor jezelf, is de kans reëel dat de vijand vanwege zijn motivatie en gevoel van urgentie de overhand krijgt, hetgeen echter niet wegneemt dat deze situatie veruit te prefereren valt boven haar tegendeel. De vijand zal aan zijn overwinning een herinnering van kwetsbaarheid overhouden, terwijl de verslagenen triomferen in het besef dat ze de vijand aan het wankelen hebben gebracht.

Onze voornaamste zorg was Argos. Omdat de nederlaag bij Mantineia in Argos werd geïnterpreteerd als de funeste consequentie van de op Athene georiënteerde politiek van de democratische regering, lukte het de antidemocratische factie, die momentum had gekregen door het Spartaanse succes, om na afloop van de Spartaanse maand Karneios, die heilig is voor alle Doriërs, met een bloedige staatsgreep de democratie omver te werpen en een hardvochtig oligarchisch regime te installeren. De oligarchen, die zich de Duizend noemen, zegden het verbond met Athene op en sloten een verdrag met Sparta.

Ik intensiveerde mijn bemoeienis met Argos. Ik was er vaak in mijn hoedanigheid van Atheens ambassadeur en nog vaker als uiterst voorzichtige en uiterst geheime adviseur van de democratische partij in de vermomming van een Atheens ambassadeur. Ik heb de stad in die tijd beter leren kennen dan menige andere stad in Hellas of in het land van de barbaren. In Athene noemen we Argos 'hol', omdat het in een laaglandvlakte ligt. Ik zou hetzelfde epitheton gebruiken om de stad te kwalificeren, maar om een andere reden: de stad weergalmt van de verhalen. Zij is een echoput van haar verleden. Een huis is niet zomaar een huis, maar het huis van Adrastos. Een steen is nooit een gewone steen, maar de troon van Danaos. Op de agora is er een gat in de grond, maar dat is geen ordinair gat in de grond, dat is de plek waar het hoofd van Medusa nog altijd verborgen is, nadat het daar door Perseus in is gegooid. Er is een speciale schuur waar de vrouwen van Argos nog steeds wenen om de dood van Adonis. In Athene eren we onze soldaten die zijn gesneuveld voor het vaderland, maar in Argos is er een cenotaaf voor de gevallen krijgers uit de Trojaanse Oorlog. Dat waren mannen die Agamemnon en Menelaos nog hebben gekend en die Helena in de ogen hebben gekeken. We hoeven ons er derhalve wellicht niet al te zeer over te verbazen dat de huidige inwoners van Argos soms de indruk wekken dat ze nergens meer van onder de indruk zijn.

Boven het theater ligt de tempel voor Aphrodite. Elk jaar, tijdens het Hysteriafestival, wordt er een zwijn geofferd aan de godin. Een zwijn offeren aan Aphrodite is in mijn ogen net zoiets als een vis offeren aan Poseidon, want als Aphrodite ergens geen gebrek aan heeft, is het aan mannen die zich in naam van haar eredienst als zwijnen gedragen, daar weet ik alles van. Daar vlakbij is een monument voor de dichteres Telesilla. Haar boekrollen liggen op de grond aan haar voeten en zij heeft een helm in haar hand. Toen de Spartanen onder koning Kleomenes de legers van Argos verslagen hadden en op het punt stonden de stad in te nemen, heeft Telesilla de vrouwen van de stad bewapend en de aanval afgeslagen. Men vertelde mij in het plechtige Dorische dialect dat dit gebeurd was in de tijd vlak voor de eerste Perzische invasie. Volgens de priesteres van Aphrodite die ik hier tevens over sprak, was het in het jaar waarin Pythokritos archon was in Athene. Het eerste dat ik dacht toen ik het verhaal hoorde, was dat ik het aan Hipparete moest vertellen. Het tweede dat ik dacht, was dat ik het voorbeeld van de grootste dichteres uit Argos kon gebruiken voor mijn heimelijke project van opruiing, waarbij het behulpzaam zou zijn te herinneren aan de heldhaftigheid van anti-Spartaanse sentimenten.

Wanneer ik in Argos was, verbleef ik niet ver van de beroemde tempel van Apollo de Wolvengod, die daar ook wordt vereerd in zijn gedaante van God van de Straten. Ik begreep maar al te goed waarom ze een god van de straten nodig hadden in deze stad van worstelaars en dieven. Nog voordat ik goed en wel gearriveerd was bij mijn eerste bijeenkomst in het huis van een van de voormannen van de democratische factie, waar we onze samenzwering een onschuldig voorkomen zouden trachten te geven door de rare, puntige kylikes die ze in Argos gebruiken zo frequent mogelijk te laten bijvullen, was ik al gewelddadig beroofd van een beurs met twintig Atheense staters. Hoewel ik begreep dat dit geen beroving was maar een waarschuwing, besloot ik het als een beroving op te vatten en mij niet te laten intimideren.

Bij mijn diplomatieke en minder diplomatieke activiteiten in Argos moest ik beducht zijn op het gevaar van potentiële gewelddadigheid van de Duizend. Ik diende in mijn gesprekken en argumentaties bovendien bij voortduring rekening te houden met twee kolossale obstakels: de alomtegenwoordigheid van het verleden en de vrees voor Sparta. De nostalgie, die als een dikke schapenvacht over de stad lag, inspireerde tot antidemocratische gedachten, want wie de glorieuze namen uit het verleden maar vaak genoeg uitspreekt, wordt vanzelf oligarch. Anderzijds was Sparta de erfvijand. Maar een erfvijand kun je beter te vriend houden. Mijn taak was het om met geduld steeds meer mensen ervan te overtuigen dat een machtige bondgenoot hun de luxe zou verschaffen dat ze hun erfvijand als een vijand zouden kunnen beschouwen. En wanneer die vijand van buiten geen gevaar meer vormde, zou hij de vijand binnen de muren niet langer kunnen steunen.

Wat uiteindelijk de doorslag gaf, was dat ik een visioen voor hen ontvouwde van lange muren, die de haven met de stad zouden verbinden en die hen onkwetsbaar zouden maken voor Spartaanse invasies. Ik hoorde de stem van mijn pleegvader Perikles in mijn hoofd toen ik uitlegde dat ze met een beschermde haven niet langer afhankelijk zouden zijn van hun ommelanden. Ik beloofde dat Athene bij de bouw zou assisteren en met zijn marine garant zou staan voor de eeuwige toevoer van alle goederen uit de hele wijde wereld die ze zich maar konden wensen. Ik ben ervan overtuigd dat het vooral aan deze beloften te danken was dat de democraten opnieuw zelfvertrouwen en aanhang verwierven en dat ze moed begonnen te vatten om het oligarchische bewind omver te werpen. We planden de staatsgreep tijdens het Spartaanse Feest van de Naakte Jongens, omdat de Spartaanse troepen dan minder paraat zouden zijn en pas in de gelegenheid zouden zijn om actie te ondernemen wanneer wij met de Duizend hadden afgerekend. Alles verliep volgens plan. Het was een goed voorbereide, snelle, schone, bloedige coup. Het overgrote deel van de Duizend werd gedood of gearresteerd en later verbannen. En ik hield mijn belofte. Ik liet metselaars uit Athene komen om de muren te bouwen. Mijn taak was volbracht. Argos was opnieuw democratisch en een Atheens bondgenoot. Een jaar later kwam ik met twintig schepen en vierduizend man om de laatste aanhangers van de oligarchen te arresteren en af te voeren.

Maar het meest bevredigende resultaat van mijn verblijf in Argos was wellicht dat ik daar een van de allerbeste wagens voor de vierspanraces kon aanschaffen die ik ooit heb gezien. Ik werd er al in Athene over benaderd door Teisias, de zoon van Teisimachos, uit het district Kephale. Hij is de zwager van Charikles, de zoon van Apollodoros. Hij wees mij op het bestaan van deze kampioenswagen, die eigendom was van de stad Argos. Uit diepe dankbaarheid voor alles wat ik voor de stad had gedaan, stond de nieuwe democratische regering toe dat ik een bod op die wagen zou uitbrengen. Pas toen ik mijn prijs na meerdere afgewezen biedingen tot vijf talenten had verhoogd, gingen ze akkoord. Argos is een stad van dieven, of had ik dat al gezegd? Maar die wagen was een wonder.

10

Het schervengericht verbaasde mij niet. Ik had er rekening mee gehouden dat het mij vroeg of laat zou kunnen overkomen, al verbaasde het mij dat het mij al zo vroeg overkwam.

De potscherven zijn het ultieme wapen van de democratie tegen de tirannie. Wanneer een politicus zoveel macht en invloed heeft verworven dat het niet meer helpt om tegen hem of zijn voorstellen te stemmen, kan het volk zijn naam met de ene scherf in de andere krassen en het probleem van zijn bestaan voor een periode van tien jaar opheffen. Een schervengericht is geen veroordeling voor wandaden, althans zo is het volgens mij door onze wijze wetgevers nooit bedoeld, maar een garantie voor de fundamentele klungeligheid en het dierbare onvermogen van het democratische bestel, omdat het de mogelijkheid biedt om een individu dat de democratie met zijn uitzonderlijke kwaliteiten overstijgt, overstemt en overbodig maakt voor tien jaar uit Athene te verbannen.

Het is ook niet eens werkelijk een straf te noemen. Je bezittingen worden niet geconfisqueerd, je behoudt al je rechten, je familie wordt op geen enkele manier belemmerd of in haar rechten beperkt, je hebt tien dagen de tijd om zaakwaarnemers aan te stellen en de rest te regelen en vervolgens moet je je alleen op straffe van de dood tien jaar lang niet meer laten zien in Athene. Als de kracht van de democratie is dat zij competentie zoekt, is het schervengericht de verzekering dat zij niet aan zichzelf ten onder gaat door te veel aan competentie te hechten.

Maar zover was ik nog helemaal niet. Ik was op het moment dat de procedure werd gestart nog niet eens gekozen voor mijn derde ambtstermijn als strateeg. Ik moest nog drieëndertig worden. Mijn carrière begon nog maar net. Ik vatte het bijna op als een compliment dat ik nu al een schervengericht waardig werd geacht.

De geruchten slopen al een tijdje voor de feiten uit. Er zou dat jaar een schervengericht worden voorgesteld. Ik gold samen met Nikias als potentieel doelwit van de procedure. De officiële rechtvaardiging voor het geding, die de machtspolitieke intriges een patina van gewichtig staatsbelang moest verschaffen, zou zijn dat Nikias en ik in een onproductieve machtsstrijd verwikkeld waren en dat Athene onbestuurbaar was terwijl wij beiden vochten om de controle over het roer. Een van ons zou verbannen worden, hij of ik. Als het quorum van zesduizend stemmen gehaald was, was er, tenzij er ergens een derde kandidaat vandaan werd gehaald, geen uitkomst denkbaar waarbij Nikias en ik elkaar nog langer zouden dwarszitten in dezelfde stad.

De procedure werd tijdens de zesde prytanie in de maand Anthesterion formeel in gang gezet door de beroepsintrigant Hyperbolos, maar ik doorzag dat hij slechts een stroman was, die het geding zijn vuile gezicht gaf, en dat iemand anders de werkelijke instigator was. Mijn vermoedens gingen uit naar Phaiax en die vermoedens werden van verschillende kanten bevestigd.

Ik had kunnen denken dat dit initiatief mij een uitgelezen kans bood om mij definitief van Nikias te ontdoen en voor een kort moment dacht ik dat ook. Ik was veel in Argos geweest en had daardoor minder op het podium van de Pnyx gestaan dan gebruikelijk, maar de belangrijke meerderheid die ik drie jaar eerder had, toen ik het bondgenootschap met Argos, Mantineia en Elis moeiteloos door de volksvergadering loodste, zou ik opnieuw moeten kunnen mobiliseren. De nederlaag bij Mantineia werd mij niet aangerekend en mijn missie in Argos was succesvol geweest. Nikias had de laatste tijd weinig bereikt.

Maar hoewel risico's over het algemeen een grote aantrekkingskracht op mij uitoefenen, vond ik het te riskant om het op een krachtmeting met Nikias te laten aankomen. Phaiax had meer last van mij dan van Nikias en het scenario dat hij met Nikias tegen mij zou samenspannen en dat de aanhangers van beiden mijn naam op hun potscherven zouden krassen, was niet denkbeeldig. Maar ook als ik zou winnen en Nikias voor tien jaar verbannen zou worden, zou dat geen overwinning zijn. Deze uitkomst zou bijna te veel eer voor Nikias zijn. Daarmee zou hij paradoxaal genoeg de statuur verwerven van eerdere legendarische slachtoffers van het schervengericht, zoals mijn beide grootvaders, Xanthippos, de zoon van Ariphron, Aristeides, de zoon van Lysimachos, Themistokles, de zoon van Neokles, en Kimon, de zoon van Miltiades. Ik zou mijn handen vrij hebben, maar zijn schim zou door de volksvergadering blijven waren. Als degene die in de praktijk het meeste voordeel had bij de uitkomst, zou ik kwetsbaar worden voor het verwijt dat ik, en niet Hyperbolos of Phaiax, het schervengericht zou hebben bekonkeld en dat ik mij omwille van mijn persoonlijke ambities van een gerespecteerd staatsman en vredestichter zou hebben willen ontdoen. Men zou kunnen denken dat ik bang was om dagelijks ten overstaan van het soevereine volk van Athene op inhoud en beleid de confrontatie met hem aan te gaan en dat ik hem daarom met oneigenlijke middelen zou hebben gecanceld. Op een dag zou ik Nikias verslaan en definitief onschadelijk maken, dat was een ding dat zeker was, maar niet zo.

Dus ik besloot met Nikias af te spreken en hem voor te stellen om samen te werken. Bij wijze van hoge uitzondering ontving hij mij in de onneembare veste van zijn woning. Hij schoof de grendels van de deur achter mij in het slot en ging mij voor naar zijn schaars verlichte privévertrekken, waar zijn eigen waarzegger op ons zat te wachten. De instrumenten om op elk willekeurig moment urgent een horoscoop te kunnen trekken lagen klaar op tafel. Ik vreesde dat er tijdens onze vergadering lillende levers zouden moeten worden geschouwd, maar dat viel mee. De wichelaar hield zich koest en ook Nikias luisterde naar mij. Hij was verrast door mijn voorstel, maar zag er onmiddellijk de opportuniteit van in. Zolang we elkaars concurrenten waren in ons streven om elkaar de meerderheid te geven, ieder knokkend voor de zo vurig gewenste minderheid, had elk van ons reden om ongerust te zijn over de afloop, hij misschien nog een beetje meer dan ik, maar zodra we de stemmen van ons beider partijen zouden samenvoegen, bepaalden wij wat er zou gebeuren en kon niemand ons meer verrassen. Nikias ging akkoord.

Maar daarmee hadden we dus een derde kandidaat nodig die we met de stemmen van onze gecombineerde aanhang aan een overweldigende meerderheid zouden helpen. Nikias meende dat die keuze voor de hand lag. We zouden ons beider fracties instrueren om de naam van Phaiax, de zoon van Erasistratos, uit Acharnai, in de potscherven te kerven. Ik was het met hem eens dat hij de evidente keuze was, temeer omdat hij de heimelijke initiatiefnemer was van de procedure, maar desalniettemin wilde ik een ander plan voorstellen. Nikias vond het best. Uiteindelijk maakte het hem weinig uit wie er verbannen zou worden, als hij het maar niet was. Hij moest er werkelijk niet aan denken om zijn gebarricadeerde huis te moeten verlaten en overgeleverd te worden aan de duizenden gevaren van een nieuw bestaan.

Het volk van Athene kwam bijeen voor het schervengericht. Formeel was dit geen zitting van de volksvergadering, dus de stemming vond niet plaats op de Pnyx maar op de agora. Het quorum werd gehaald, daarover bestond geen twijfel. De toeloop was massaal. Toen iedereen een plaats gevonden had, werden de potscherven uitgedeeld. Er was geen debat, geen pleidooien, geen redevoeringen. De stemming kon meteen beginnen. Iedereen begon te krassen. Wie niet kon schrijven, werd geholpen. Eén voor één liepen de mannen naar voren om hun potscherf in een urn te deponeren die was opgesteld op een met plankieren en wachters hermetisch afgesloten en beveiligd deel van de agora. De inzameling duurde een eeuwigheid. Daarna werd de urn geleegd. De archonten telden eerst het totaal van alle scherven om te verifiëren of het quorum was gehaald. Dat was het geval. Vervolgens legden ze alle scherven die dezelfde naam droegen op dezelfde stapel.

Ook dat duurde een eeuwigheid. Aan het einde van de telling was er één stapel vele malen hoger dan de andere stapeltjes bij elkaar. Hyperbolos, de zoon van Antiphanes, uit het district Perithoidai, werd krachtens het schervengericht verbannen uit Athene.

Een overweldigende meerderheid van het soevereine volk had in opdracht van Nikias en mij aan deze beslissing bijgedragen, maar in feite was de uitkomst een schande en zo werd deze ook gezien. Door de gewichtige, waardige en bijkans heilige institutie van het schervengericht te misbruiken voor de verbanning van een immorele, lage onderkruiper had niet de banneling maar de institutie gezichtsverlies geleden. Als beloning voor zijn jarenlange toewijding aan corruptie, leugens, valsheid in geschrifte en algehele laaghartigheid was Hyperbolos de behandeling ten deel gevallen die in het verleden gereserveerd was geweest voor de prinsen van de staat. Op zo'n manier was het illustere schervengericht verworden tot een banale afrekening. Men walgde ervan. Er gingen stemmen op om het schervengericht af te schaffen. De facto is dat ook gebeurd. Sinds de verbanning van Hyperbolos heeft er tot op de dag van vandaag nooit meer een schervengericht plaatsgevonden in Athene en ik denk niet dat dat ooit nog zal gebeuren.

Mannen van Athene, ik zal jullie bekennen dat precies dit mijn bedoeling was. De reden waarom ik Nikias op die dag in zijn huis heb overgehaald om de stemmen van onze gecombineerde aanhang aan Hyperbolos te geven, was dat ik het schervengericht als institutie in diskrediet wilde brengen. Als mijn carrière zich zou ontwikkelen zoals mij voor ogen stond en als ik de machtspositie in Athene zou verwerven die ik begeerde, zouden er in de toekomst met zekerheid luidere, dringendere en meer gerechtvaardigde stemmen opgaan om mij opnieuw aan de procedure van het schervengericht te onderwerpen. Ik was niet van plan de tiran van Athene te worden, begrijp me niet verkeerd, maar ik was mij bewust van het gevaar dat het daar wel op zou kunnen gaan lijken. Daarom was het mijn inschatting dat het waardevoller en profijtelijker voor mij zou zijn om het schervengericht af te schaffen dan om mij te ontdoen van Nikias of Phaiax.

Als ik nu vanuit mijn tijdelijke ballingsoord in het exotische Melissa, waar de lente zich eindelijk aandient, terugkijk op die jaren, word ik bevangen door deernis om Nikias. Hoewel niemand dat op dat moment had kunnen voorzien, zelfs ik niet, zou deze uitkomst van het schervengericht voor hem de slechtst denkbare blijken. Het beste voor hem zou het zijn geweest om verbannen te worden en zijn reputatie als succesvol generaal en vredestichter veilig te stellen door zich noodgedwongen verre te houden van mogelijkheden om haar te bezoedelen. Het op een na beste zou het voor hem zijn geweest om zich van mij te ontdoen. Maar door de onvoorziene dynamiek die ontstond rond de expeditie naar Sicilië die ik twee jaar later zou initiëren en door de fatale samenloop van omstandigheden tijdens die campagne, waarover wij nog uitgebreid te spreken komen, zou hij zowel zijn reputatie als zijn leven verliezen. Men zou zelfs met enig recht kunnen beweren dat Athene door toedoen van Nikias' nederlaag uiteindelijk gedoemd zou zijn het onderspit te delven in de oorlog.

Deze sombere bespiegelingen over Sicilië, Nikias en de loop van de geschiedenis worden mij mede ingegeven door het nieuws uit Athene dat mij onlangs in Melissa heeft bereikt. Nu de capitulatie van Athene officieel een feit is, is het verleidelijk de geschiedenis als schuldige aan te wijzen en op zoek te gaan naar driesprongen in het verleden, waar zij de verkeerde keuze heeft gemaakt en waar met terugwerkende kracht beter de andere weg ingeslagen had kunnen worden om het heden te ontlopen, maar gezien de zinloosheid van de heroverweging van genomen beslissingen en de onverschilligheid van het verleden voor onze klachten en wroeging kan onze energie beter worden geïnvesteerd in pogingen om de pijn van het heden te verzachten met een betere toekomst en om ervoor te zorgen dat de overgave van onze stad aan de vijand door toekomstige geschiedschrijvers in een bijzin zal worden afgedaan als een korte en onbelangrijke adempauze in het verhaal van onze glorie. Daarom ben ik in Melissa, daarom schrijf ik jullie de waarheid en daarom verwelkom ik de komst van de Phrygische lente als een teken dat de tijd voortschrijdt in de richting van het moment waarop ik de geschiedenis kan bijsturen in de door ons gewenste richting.

11

In dezelfde tijd waarin het schervengericht plaatsvond, bleek Hipparete voor de tweede keer zwanger.

Toen het zover was, was het herfst. De vroedvrouw had ons geadviseerd een arts te laten komen. Er waren complicaties. Ik was onmiddellijk mijn vriend Akoumenos gaan halen, een van de beste artsen in de stad. Vanaf het moment dat ik met hem terugkeerde en hem de kraamkamer binnenleidde, ben ik niet meer van Hipparete's zijde geweken. Ik was erbij en heb alles gezien. De kraamvrouw maakte aanvankelijk grote bezwaren. Ze zei dat het hoogst ongebruikelijk was voor een man om een bevalling bij te wonen, maar ik antwoordde dat ik een hoogst ongebruikelijke man was.

Hipparete was bijna te zwak om op de baarkruk met het halvemaanvormige gat te blijven zitten. Ze moest door twee van de drie helpsters van de vroedvrouw worden ondersteund. De vroedvrouw zei dat het nauw en droog aanvoelde en dat dat op een ontsteking zou kunnen wijzen. Akoumenos knikte zorgelijk. Het baringskanaal werd ingesmeerd met olijfolie, ganzenvet en merg, maar omdat Hipparete's krachten tekortschoten hielp dat weinig. Ze had het koud. Er werden wollen doeken om haar heen geslagen, waardoor ze in mijn ogen nog kleiner en kwetsbaarder werd dan ze was. Een assistente van de vroedvrouw verbrandde wijnruit, knoflook en koriander omdat de dampen haar zouden helpen. Ze depte haar voorhoofd en haar buik met zeesponzen en warm water om de pijn te verzachten.

Het ging niet. Er werd besloten om haar van de baarkruk af te halen en in bed te leggen. Er werden amuletten tussen de dekens gestopt. Een zeldzaam lynkourionmineraal werd op haar voorhoofd gelegd. Het is ontstaan uit urine van de lynx en heeft het spreekwoordelijk scherpe zicht van de lynx behouden, zodat het de kwade demonen kan zien, zoals Lamia, Gello en Mormo, die voor ons onzichtbaar zijn. De vroedvrouw zei dat iemand Hipparete's haar los moest halen, omdat knopen en vlechten de baby gebonden zouden houden aan de baarmoeder. Akoumenos zuchtte van ergernis, maar zei niets, want kwaad kon het allemaal niet. De vroedvrouw ging tussen Hipparete's benen op een lage kruk zitten en met haar handen, die waren ingesmeerd met warme olijfolie, probeerde ze het kind te halen. De assistenten duwden zachtjes op haar buik om te helpen. De vroedvrouw moedigde Hipparete aan om iets minder te schreeuwen en te proberen haar adem in haar flanken te stuwen. Ze zei dat het goed ging. Ze zei dat het gemakkelijk zou zijn. Haar gezicht zei iets anders.

Akoumenos fluisterde dat de vier lichaamssappen uit balans waren. Het feit dat ze droog en koud was, wees op een overvloed aan zwarte gal en op een mogelijk probleem met de milt. Daarom was haar huid ook zo bleek. Dat het herfst was, hielp ook al niet, want dat seizoen stimuleert de zwarte gal. Hij zei dat we wijn moesten opwarmen. Het toedienen van warme, licht aangelengde wijn, bij voorkeur met honing, zou de snelste manier zijn om de balans van de lichaamssappen tijdelijk te herstellen. Mijn dienaren deden wat hij gevraagd had, maar Hipparete had er moeite mee om de warme wijn door te slikken. Ze schreeuwde van de pijn.

Ik herinnerde mij opeens een paar versregels uit de tragedie van Euripides die ik jaren geleden, in het eerste jaar van de oorlog, had gezien in het theater van Dionysos, waarin Medea uitroept: 'Ze zeggen dat wij vrouwen in huis een leven zonder gevaren leiden, terwijl zij man tegen man moeten gaan strijden met hun speer. Ze vergissen zich. Ik zou liever driemaal met een schild op het slagveld staan dan één keer een kind te baren.' Die regels waren mij bijgebleven omdat ik ze destijds als strijdlustige jongeling op de drempel van een heldhaftige oorlog belachelijk vond. Ik weet nog dat wij deze regels als mannen onder elkaar dronken op een drinkgelag spottend keer op keer hebben geciteerd. Op de dag waarop ik met mijn eigen ogen zag hoe mijn vrouw mijn tweede kind baarde, veranderde mijn literaire oordeel over deze passage.

Hipparete verloor een kort moment haar bewustzijn. Akoumenos bracht haar bij kennis met de geur van citroen, meloen en komkommer. Ik vroeg haar wat ik kon doen. Ik was ten einde raad. Ik vroeg haar of ze wilde dat ik tot Eileithyia zou bidden.

'Bid liever tot Artemis,' fluisterde ze bijna onhoorbaar.

Akoumenos duwde mij weg. Hij ging over tot extractie met een haak. Twee assistenten en de vroedvrouw drukten Hipparete stevig in het matras, terwijl de derde assistente prevelend een zalf van fenegriek, kaasjeskruid, lijnzaad en eiwit over haar buik en dijen smeerde, ik mijn ogen toekneep om minder scherp te zien wat ik mijzelf dwong te zien, Hipparete opnieuw het bewustzijn verloor en Akoumenos met verbijsterende handigheid mijn kind ter wereld trok.

Aldus werd, enkele maanden nadat ik voor de derde keer tot strateeg werd benoemd en nadat ik drieëndertig jaar oud was geworden, in de herfstmaand van Pyanepsion ons tweede kind geboren. Het was een zoon.

Pas toen ik hem hoorde huilen, durfde ik mijn ogen weer helemaal te openen. Hij leefde. Hij was gezond. Er bestaat in de wereld geen wezen dat zo onvolmaakt, miezerig, naakt, lelijk en onrein is als de mens op het moment dat hij geboren wordt. De natuur heeft hem bepaald geen proper pad naar het licht verschaft. Hij zit onder het bloed en het vuil en lijkt eerder op iemand die op brute wijze wordt vermoord dan op iemand die tot leven komt. Om geen enkele reden zou het wenselijk zijn hem aan te raken, hem in mijn armen te nemen, hem te zoenen en hem te omhelzen, dan om reden van het feit dat hij mijn zoon was.

Hipparete was weer bij zinnen gekomen. Ze zag er uitgeput maar gelukkig uit. Toen het welpje dat onze zoon was in wollen doeken gewikkeld op haar borst werd gelegd, leek het alsof een deel van haar krachten in haar terugvloeide. Ik vroeg haar welke naam we hem zouden geven. Conform de traditie zouden wij hem Kleinias moeten noemen, naar mijn vader, maar die naam was al in gebruik bij mijn jongere broertje, over wie wij het verder niet meer zullen hebben, en zijn karakter en levenswandel hadden die naam van zijn glans ontdaan. We twijfelden. Ik overwoog om hem Megakles te noemen naar de vader van mijn moeder. Zelfs een naam uit de familie van Hipparete sloot ik niet uit, waarbij mijn voorkeur vanwege mijn ambities inzake het vierspan uitging naar Hipponikos, maar Hipparete vond dat we de mannelijke lijn van mijn familie moesten volgen.

'Je ziet een naam in je stamboom over het hoofd,' zei ze zacht. 'En dat is ook nog eens de mooiste naam die ik ken.'

'Welke dan?' vroeg ik.

'Alkibiades,' fluisterde ze.

'Dat is wel een naam die hoge verwachtingen wekt,' zei ik.

Ze lachte. Haar gezicht betrok. Lachen deed haar pijn.

Hipparete had veel bloed verloren. Bovendien begon ze de dag na de bevalling hoge koorts te krijgen. We zagen noodgedwongen af van het banket voor de ceremonie van de rondgang. Op de vijfde dag na zijn geboorte droeg ik onze zoon daarom in mijn eentje zonder de vreugde van gasten rond de heilige haard van ons huis om hem plechtig als Alkibiades, de zoon van Alkibiades, voor te stellen aan de godin Hestia.

Akoumenos kwam elke dag langs om Hipparete te verzorgen, maar hij keek elke dag zorgelijker. De koorts leek soms een paar dagen te zakken, maar kwam dan verhevigd terug. Ze verzwakte zienderogen. Ik stelde voor om haar naar de tempel van Asklepios in Epidauros te brengen. Toen ik in Argos was, had ik mensen vol ontzag horen spreken over de wonderbaarlijke genezingen die daar plaatsvonden. Desnoods zou ik Epidauros eigenhandig op de Spartanen heroveren. Ik was tenslotte strateeg, aanvoerder van de legers van het almachtige Athene. Er moest iets zijn wat ik kon doen tegen zo'n laffe vijand als de ziekte van de vrouw van wie ik was gaan houden. Ik was gaan houden van mijn eigen vrouw.

Akoumenos zei dat ze veel te zwak was voor een reis naar Epidauros. Hij heeft voor haar gedaan wat hij kon. Ze heeft de winter niet overleefd. Ik heb haar met alle eer en grote pracht en praal begraven.

BOEK IV

De verovering van de wereld

Olympia, Athene, Sicilië, Italië

1

Ik heb een nieuwe boekrol laten brengen om het verdriet van de winter op te rollen, te sluiten, terzijde te leggen en achter mij te laten en om zoveel mogelijk ruimte voor mij te hebben waarin ik het moment in de zomer kan herbeleven dat als een bliksemschicht van Zeus mijn leven heeft verlicht. Mannen van Athene, ik besef dat jullie meer dan voldoende zijn geïnformeerd omtrent de feiten die ik thans wil rapporteren – daar heb ik zelf destijds op alle mogelijke manieren luidruchtig aan bijgedragen – en dat er derhalve alle reden voor mij is om hierover kort van stof te zijn, maar ik hoop dat jullie het mij als compensatie voor mijn oprechtheid en volledigheid inzake de minder fraaie episodes van mijn leven willen gunnen om langer dan strikt noodzakelijk stil te staan bij mijn vreugde.

Ik ben mij bewust van meer tegenstellingen. Niet alleen zal de glans van het hoofdstuk dat volgens het chronologische stramien van mijn verslag op dit moment verteld moet worden contrasteren met de duisternis van de scène die er binnen mijn ware verhaal zojuist aan vooraf is gegaan en met de gebeurtenissen die er in een kort bestek op zullen volgen, maar ook is er sprake van een ironische divergentie tussen het Panhelleense heiligdom, het epicentrum van roem, dat uit zijn voegen barstte van een massale toeloop van hoogwaardigheidsbekleders en bezoekers uit de gehele Griekse wereld en dat het mondaine decor zal vormen van dit deel van mijn verhaal, en de met achterdocht dichtgesmeerde lemen hutten van het boerendorp in de vergeten binnenlanden van Phrygië, die mijn uitzicht vormen terwijl ik dit decor op deze papyrus moet trachten op te roepen.

Maar de grootste tegenstelling is de pregnante en potentieel pijnlijke antithese tussen de euforie van toen, die ik jullie in jullie herinnering wil brengen, en jullie huidige situatie, die, naar ik jullie verzeker, zelfs hier in het verre Melissa mijn gedachten beheerst. De reden waarom ik ondanks dit contrast niet terughoudend wil zijn, is dat het niet alleen een vreugdevolle episode voor mij was, waaraan ik jullie wil herinneren, maar ook een glorieus moment voor heel Athene en dat het in duistere tijden houvast geeft zich glorie te heugen, zoals een drenkeling overleeft door zich vast te klampen aan het wrakhout waaraan hij nog steeds de vormen van zijn ooit schitterende schip kan herkennen.

De tocht naar Olympia was een zenuwslopende logistieke operatie. Ik had acht wagens en veertig toppaarden te vervoeren, omdat ik voor elk vierspan een reservepaard meenam, en deze vracht vertegenwoordigde zo ongeveer mijn gehele fortuin. Ik kocht twee middelgrote graanschepen, waarvoor ik mijn eigen bemanning monsterde. Ik benoemde mijn vriend Antiochos, die zich bij onze allereerste ontmoeting al had ontfermd over een dier van mij, al was dat slechts een kwartel, tot kapitein van het ene schip en een vertrouweling van hem, die evenals hij een door zilt geloogde zeeschuimer was, nam het commando over het andere. Ikzelf voerde het bevel over de vier triremen die de gewapende escorte vormden. Tijdens de Spelen zou de algehele wapenstilstand van kracht zijn in heel Hellas, maar de Spelen waren nog niet begonnen en een man met uiterst begrotelijke ambities kan niet voorzichtig genoeg zijn.

Ik liet de wagenmenners en de verzorgers, met wie ik al vier jaar samenwerkte en die met de paarden een nog innigere band hadden opgebouwd dan met mij, op de vrachtschepen meereizen tussen de paarden. Het waren geen afgestompte soldatenpaarden, die niet beter weten dan per schip naar een afgelegen slagveld te worden vervoerd, maar nerveuze, temperamentvolle volbloedhengsten die nog nooit eerder een zeereis hadden meegemaakt. Vertrouwde handen tegen hun schoften en sussende woorden van vertrouwde stemmen waren van belang.

Al een maand voor het begin van de Spelen, in het begin van de laatste lentemaand Skirophorion, voeren we uit vanuit de oude haven van Phaleron, vlak bij de hippodroom. Het weer was goed. Ik dankte de goden dat we een kalme zee hadden. Ter hoogte van Kaap Malea, waar de stromingen zelfs bij gunstig weer golfslag veroorzaken, raakte Xanthos, die was vernoemd naar het sprekende paard van Achilles en die aan boord stond van het schip van Antiochos, een kort moment in paniek. Met zijn achterbenen trapte hij de houten bekisting van een van de wagens aan splinters. Ik hoopte dat hij zich niet had geblesseerd. De schade aan de fragiele wagen zou ik bij aankomst opnemen.

We passeerden de Spartaanse buitenposten zonder problemen. Van een afstand werden we toegejuicht door het garnizoen in Pylos. Zonder verdere incidenten bereikten we de haven van Pheia, waar we de paarden en de wagens uitlaadden en overbrachten naar het landgoed in de buurt van Elis dat ik in gereedheid had laten brengen voor onze voorbereidingen. De paarden waren van slag door de reis, maar ze herstelden binnen enkele dagen. We konden de trainingen hervatten. De drie van de negen Scheidsrechters van Hellas die verantwoordelijk waren voor het toezicht op de hippische evenementen, kwamen op onaangekondigde momenten vanuit Olympia onze trainingen bezoeken, argwanend speurend naar aanwijzingen voor mogelijke malversaties.

Xanthos was ongedeerd. Maar de wagen waar hij tegenaan had getrapt, was zwaar beschadigd. Ik stuurde Antiochos met de triremen terug naar Athene en gaf hem de opdracht de beste wagenmaker te vinden en naar Olympia te sturen. De man was er binnen tien dagen. Hij deed wat hij kon, de wagen reed weer, maar hij had aan snelheid ingeboet. Daarom heb ik bij het comité van de negen Scheidsrechters van Hellas uiteindelijk slechts zeven vierspannen kunnen inschrijven, hetgeen nog altijd heel veel meer was dan enige andere sterveling in de heugenis van de Griekse volkeren. Zelfs koningen hadden nog nooit met zeven vierspannen deelgenomen aan de Spelen in Olympia.

In afwachting van de eerste volle maan na de zomerzonnewende kon ik de slaap niet vatten. Op de ochtend na die helverlichte nacht zou mijn droom beginnen. We gingen naar Elis om aldaar met de paarden en wagens aan te sluiten bij de grote processie onder aanvoering van de negen Scheidsrechters van Hellas en de vijftig leden van de Olympische Raad met alle atleten en hun entourage over een afstand van bijna tweehonderd stadia over de heilige weg naar Olympia. De optocht duurde de hele dag en de hele wereld liep mee. Ik zag boksers uit Rhodos, Magnesia, Kaulonia, Pheneus, Lokroi, Thasos en Opous, worstelaars uit Parrhasia, Argos, Troizen, Maroneia, Samos en Phigaleia, pankratiasten uit Pellene, Korinthe, Sikyon, Pharsalos, Kleonai en Aigai, beesten om te zien, jongensboksers en -worstelaars uit

Mainalos, Thouria, Heraia, Elis, Lepreon, Aigina, Tiryns en Thespiai, hardlopers uit Akragas, Ambrakia, Siciliaans Messene, Thebe, Larisa, Kreta, Krotone, Stymphalia, Epidauros, Himera, Epidamnos en Poseidonia, jonge renners uit Chios, Mantineia, Pellene, Dipaia en Arkadië, vijfkampers uit Taras, Barke en Lepreon, renpaarden uit Kos, Gela en Thessalië en vierspannen uit Sparta, Syracuse, Kamarina, Kyrene en Epeiros, mijn concurrenten. In alle dialecten die het Grieks rijk is, werd er gesproken over alles behalve de allesbepalende dag die aanstaande was. Dit was de stoet van duizend dromen die naar de waarheid werd geleid. Iedereen dacht aan het fabelachtige nieuwe leven na de zege, waarin alles anders zou worden en alles mogelijk werd, maar tegelijkertijd wist iedereen dat slechts een handvol van ons voor de ogen van de wereld onsterfelijk zou worden en dat het overgrote merendeel de stoffige smaak van schande zou proeven.

Toen de processie tegen het einde van de dag de weg tussen de hoge rietkragen betrad en Olympia derhalve bijna had bereikt, werd er halt gehouden bij de Bron van Piëra, waar de Scheidsrechters van Hellas zichzelf besmeurden met het bloed van een geslacht varken en zich daarna ritueel reinigden. Vervolgens betraden we de heilige grond. Ik rook de kruidige geur van de coniferen en eucalyptus. Zo ruikt het sacrale aroma van grote verwachtingen. Ik was niet voorbereid op het welkom dat ons overkwam. We werden overspoeld door een vloedgolf van geluid. Het gejuich van de mensenmassa die de processie had opgewacht, was overweldigend. Het tumult van een compleet slagveld zou eenvoudig zijn overstemd door het enthousiasme van Griekenland bij het zien van zijn verhoopte helden. Zo ver als mijn oog reikte stonden de mensen dicht opeengepakt, zovelen, alsof de onderwereld de poorten had geopend en de zielen van alle stervelingen die ooit hebben geleefd uitzinnig van vreugde hun bevrijding vierden. Hoogwaardigheidsbekleders, speciale afgezanten en ambassadeurs uit alle trotse, vrije stadstaten van Hellas stonden schouder aan schouder met het gulzige publiek. De beste atleten van de wereld waren tot Zeus gekomen om zich met elkaar te meten en de hele wereld was samengedromd om dat te mogen zien.

De glorie van enkelen is bovendien het dagelijks brood van velen. Marskramers scharrelden door het publiek met hun manden met brood, honingcake, olijven, gedroogde vis en noten. Voor een kleine meerprijs namen ze ook munten aan uit vreemde steden. Venters gingen rond met wijnzakken. Beeldhouwers en dichters die gespecialiseerd waren in overwinningsoden begonnen alvast naar opdrachten te hengelen. Ik zag een clown die tot grote hilariteit van de omstanders worstelaars en boksers imiteerde. Jongleurs deden kunstjes met ballen en kiezelstenen. Ik zag een man die varkensblazen met wijn en melk onder zijn riem gebonden had en als hij die samenperste, leek het alsof de vloeistoffen uit zijn mond spoten.

Voor de eenennegentigste keer sinds het begin van de geschiedenis werden alle atleten ontboden in het hoofdkwartier van de Olympische Raad naast de Zeustempel, waar de inschrijvingen werden geformaliseerd en een eed moest worden afgelegd aan de oppergod. Ik zag de beeldengroep boven de ingang van de tempel van Zeus. De legendarische vierspanrace tussen Pelops en Oinomaos staat op het punt van beginnen. In het midden staat Zeus, scheidsrechter en toeschouwer, met zijn alwetende blik gewend naar de toekomstige winnaar.

De Scheidsrechters van Hellas voerden elke deelnemer die zich inschreef niet alleen langs de talloze standbeelden van eerdere overwinnaars, maar ook langs de Zeuzen, die in hun dialect Zanes worden genoemd. Dit zijn de bronzen standbeelden van de oppergod in de heilige groeve langs de toegangsweg naar het stadion en de hippodroom, die zijn bekostigd met de boetes voor vals spel. De namen van de gestrafte bedriegers zijn op de sokkels vereeuwigd. Alles is eeuwig in Olympia, niet alleen de eer maar ook de schande.

De avond werd gevuld met de gloed van de offervuren, het gekrijs van offerdieren en de geur van bloed en verbrand vlees. Het eerste offer was aan Hestia. Daarop volgde het grote offer van honderd stieren aan Zeus. Daarna werd er op één en hetzelfde altaar geofferd aan Zeus Laoitas en Poseidon Laoitas. Het vierde offer was voor Artemis Kokkoka. Ik wist niet wat de naam Kokkoka betekende en niemand kon het mij vertellen. Het vijfde offer was voor Athene in haar gedaante van Godin van de Buit. Het zesde offer was het offer van de Reinigers aan de Godin van de Werkers. Het zevende offer was een gezamenlijk offer aan de riviergod Alpheios en Artemis. Het achtste offer was een brandoffer op het altaar van as van Moeder Aarde. Het negende offer was aan Hermes van de Spelen. Het tiende offer was een zwarte ram die aan Pelops werd geofferd door hem in de put te gooien, zoals Herakles ooit had gedaan, lang geleden, in de tijd waarin er nog mannen als Herakles bestonden. Het laatste offer was een os, die werd geslacht en achtergelaten zonder te worden verbrand, en deze was niet bedoeld als een geschenk voor de goden, maar als een offergave aan de vliegen. Het karkas zou de komende dagen alle insecten uit de wijde omgeving aantrekken, waardoor men elders geen last meer van ze had.

Zou het mij gegeven zijn te schrijven in de trant van de grote verhalenvertellers van weleer, die hun ademloze publiek in de ban wisten te houden door verwachtingen te wekken en hun inlossing uit te stellen, zo zou ik uitgebreid en met oog voor detail verslag doen van alle verschillende evenementen alvorens ik toe zou komen aan het hoogtepunt. Ik zou de hardloopwedstrijden in het stadion beschrijven voor de uitgelaten menigte die alle omringende hellingen en heuvels had gevuld. Het stadion, het dubbele stadion en de lange afstand voor mannen en voor jongens zou ik voor ogen voeren, alsmede de race in volle wapenrusting. Ik zou verslag doen van de vijfkamp en van de enerverende gevechten bij het boksen en het worstelen voor mannen en voor jongens. Ik zou uitgebreid stilstaan bij de bikkelharde strijd in het pankration, waarbij een van de vechters het leven liet. Ten slotte zou ik via de wedstrijd voor bereden paarden en de tweespannen tergend langzaam toewerken naar de grote finale.

Maar de waarheid is dat het koningsnummer, het exorbitante spektakel van de vierspanraces, gelijk de volgende ochtend als allereerste evenement stond geprogrammeerd. En de waarheid is eveneens dat de race niet spannend was. Alle wagens reden de hippodroom binnen naar de start tussen de altaren van Poseidon van de Paarden en Hera van de Paarden. Vanuit gestaffelde positie reden ze op tot ze een rechte lijn vormden, waarna de trompet het startsignaal blies. Ik begreep waarom Poseidon van de Paarden ook de god is van de aardbevingen, want het leek alsof het getril en het majestueuze kabaal van de plotselinge volle galop van de beste paarden van Griekenland tempels zouden kunnen doen instorten. Drie van mijn zeven wagens namen vanaf de start de kopposities in. De enige wagen die het mij lastig maakte, was het Spartaanse vierspan, dat op vierde positie lag en mijn vierde en vijfde wagen naar de buitenkant drong. De Spartaanse menner had prachtpaarden, dat moet gezegd.

Toen pas, tijdens de race, vernam ik dat dit de wagen was van prinses Kyniska. Zij is de dochter van de vorige Spartaanse koning Archidamos en zijn tweede vrouw Eupoleia. De ephoren van Sparta hadden bezwaar gemaakt tegen het huwelijk omdat Eupoleia in hun ogen te klein van stuk was. Ze zou koninkjes baren in plaats van koningen. Archidamos zette het huwelijk desondanks door en de ephoren legden hem daarvoor een boete op. Sparta is de enige plek ter wereld waar een koning een boete kan krijgen voor het huwen van een vrouw die niet lang genoeg is. Bij de processie van de dag daarvoor had ik de prinses niet opgemerkt, maar nu zag ik haar, gesluierd tussen het publiek, omringd door lijfwachten, niet ver van waar ik stond. Ze is inderdaad niet groot. Maar ze is wel de halfzus van koning Agis, die de zoon is van Archidamos en diens eerste vrouw Lampido. Men zegt dat ze schatrijk is en dat haar broer haar had aangeraden om te investeren in een renstal. Kyniska is haar echte naam, dat vind ik ook raar, maar daar kan ik verder ook niets aan doen.

Bij het eerste keerpunt verloor ik één wagen in het gedrang. Ook wagens uit Syracuse en Epeiros vielen uit. Al vanaf de vierde ronde begon mijn eerste vierspan uit te lopen. Het was de wagen uit Argos met Xanthos als soevereine heerser aan de buitenkant. Het leek alsof hij er evenzeer als ik en iedere levende ziel in het publiek van doordrongen was dat dit de race was waar het al die tijd om was gegaan en waar geschiedenis zou worden geschreven. Het was schitterend om hem zo te zien lopen. Hij ontroerde mij. Toen waren er nog acht ronden te gaan en mijn koppositie is niet meer in gevaar gekomen. De wagen van prinses Kyniska wist in de negende ronde bij het keerpunt binnendoor te komen bij mijn derde wagen. Zij zette de achtervolging in op mijn tweede wagen, terwijl mijn derde wagen niet opgaf. Uiteindelijk werd er na twaalf ronden in deze volgorde gefinisht. Ik was eerste, tweede en vierde geworden. Ik was Olympisch overwinnaar. De heraut riep mijn naam en met mijn naam weergalmde de naam van mijn stad door de heilige groeve van Zeus. Alle Grieken van de wereld hoorden dat Alkibiades uit Athene had gezegevierd.

Hoewel het protocol hierin niet voorzag, betrad ik onder luid gejuich het circuit om mijn winnende wagenmenner persoonlijk te bekransen. Dit was het moment waarop Alkibiades ho kalós zich vertoonde aan Hellas. Hoewel het zomer was, droeg ik mijn robijnrode bruiloftsmantel. Ik gaf Xanthos een klopje op zijn hals. Hij wist dat we de grootste prijs hadden gewonnen die binnen het bereik van sterfelijke wezens ligt, namelijk een schamel olijftakje.

Nu mijn ambitie was waargemaakt, kwam het erop aan de zege op een magnifieke manier luister bij te zetten. Ik had voorbereidingen laten treffen voor het aanrichten van een grandioos dankoffer aan Zeus. Ik had een zeldzame albinostier uit Boiotië naar Olympia laten brengen om mijn hekatombe mee af te sluiten. Het feest kostte mij nog meer dan het offer, maar de grootste glorie die mij ten deel viel, was dat delegaties uit enkele andere steden erop stonden een bijdrage te mogen leveren aan de festiviteiten te mijner ere. Met name onze Ionische bondgenoten leken wel een onderlinge competitie aan te gaan in hun vertoon van aanhankelijkheid en vreugde om mijn succes. De afvaardiging uit Ephesos stelde een exuberant gedecoreerde Perzische tent ter beschikking. De Lesbiërs verstrekten wijn en de delegatie van Chios doneerde slachtvee voor het feestmaal en voer voor mijn paarden.

Het hoogste bereikt te hebben volstaat niet als er bovendien de mogelijkheid bestaat dat te doen op een onnavolgbaar grootse wijze.

2

Toen mijn grootvader, de vader van mijn moeder Deinomache, die Megakles heette, in de tijd tussen de invasie van de grote koning Dareios en de invasie van diens zoon Xerxes bij de Pythische Spelen voor Apollo in Delphi zijn overwinning behaalde in de vierspanrace, had hij een overwinningsode laten componeren door de grote Pindaros zelf. Ik ken het lied goed, want tijdens feesten van mijn moeders familie werd het vaak gezongen. Ik heb het altijd geraffineerd gevonden dat de ode aan het begin naar zichzelf verwijst: 'Grootstedelijk Athene is het mooiste begin voor een lied.' Typisch Pindaros zoiets. In dat soort retorische handigheden was hij onovertroffen. Maar nu ik dit schrijf vanuit Melissa in Phrygië, ver van mijn grootstedelijke vaderland, en mij realiseer wat mij na het moment van mijn Olympische roes allemaal is overkomen, galmen vooral de slotregels van Pindaros' ode voor mijn opa na in mijn hoofd:

Maar dit vooral bedrukt een man:
dat glorie wordt betaald met scheve ogen.
Zo is het dat het wordt gezegd: geluk
brengt dit en dat.

Mijn grootvader is in zijn tijd gevonnist met een schervengericht en verbannen en in de familie van mijn moeder werd altijd gezegd dat de voornaamste oorzaak daarvan gelegen was in zijn aristocratische air en dat zijn zege met het vierspan door het volk werd beschouwd als de ultieme bevestiging van zijn ondemocratische pretenties en zijn definitieve vervreemding van de gewone man. 'Megakles de paardenfokker' krasten ze woedend op de potscherven waarmee ze hem veroordeelden. Voor een schervengericht hoefde ik dankzij Hyperbolos en Phaiax niet meer te vrezen, maar ik was mij bewust van de risico's die ik liep. Mannen van Athene, uiteraard begreep ik donders goed wat de gevaren waren van pronken met een overwinning in de sport van koningen en tirannen. De vierspanraces zijn nu eenmaal de exuberantste en poenigste van alle Olympische disciplines. Ik heb kapitalen uitgegeven en ik heb dat gedaan voor de eer en glorie van Athene. Voor de verzamelde naties van de wereld heeft de heraut van Olympia niet alleen mijn naam omgeroepen, maar ook die van Athene. Perikles had zijn magnifieke bouwprogramma aan de stad gegeven, dat hij uit publieke middelen had bekostigd, en ik had voorzien in de eeuwige Olympische glorie van Athene, die ik geheel uit eigen zak had betaald.

Grandeur is een deugd. Spilzucht van welvaart ten bate van de luister van de stad is wat de grootste steden groot heeft gemaakt. Rijkdom kan een man verweten worden als hij zijn zilverlingen angstig verbergt voor begerige blikken, maar wie zijn fortuin royaal, kwistig en onbekrompen spendeert aan de praal, staatsie en roem van de stad, geeft blijk van vrijgevigheid, groothartigheid en klasse. Een man die in weelde leeft, heeft de plicht zich te buiten te gaan aan magnificentie en heerlijke grote werken en ik was er trots op dat ik mij met allure van die plicht gekweten had. Maar natuurlijk begreep ik dat de democratie niet de gewoonte heeft om uitzonderlijkheid met dankbaarheid te bejegenen. Het volk vertoont de neiging om ruimhartigheid met hooghartigheid te verwarren en royaliteit te wantrouwen als een symptoom van koninklijke ambities. Glorie wordt betaald met scheve ogen. Democratie is geïnstitutionaliseerde afgunst.

Ik moest voorzichtig zijn, dat wist ik. Daarom wilde ik voor de huldiging in Athene een volks spektakel aanrichten. Ik wilde het aristocratische prerogatief van een hippische triomf met al zijn connotaties van tirannieke aspiraties ombuigen, hervormen en moderniseren tot een overwinning van het Atheense volk. Ook in de heilige arena van de oppergod zelve kon de Atheense democratie zich tegenwoordig meten met alle koningen en tirannen uit heden en verleden. Dat was het idee. Sterker nog, Athene had deelgenomen met zeven wagens, wat geen enkele koning of tiran ooit had gepresteerd en Athene was eerste, tweede en vierde geworden, hetgeen geen enkele koning of tiran ooit zou kunnen evenaren. Dat was de boodschap die moest worden uitgedragen.

Dus ook ik wilde, net als mijn grootvader, een overwinningsode laten componeren voor mijn officiële huldiging in Athene, want zo'n lied is het meest geëigende medium om de beeldvorming te sturen. Pindaros was, hoewel hij onsterfelijk is, toen al jaren eerder op hoge leeftijd gestorven. Hij heeft het begin van de grote oorlog niet meer meegemaakt. Zijn twee collega's en rivalen uit Ioulis op het eiland Keos, Simonides en diens neefje Bakchylides, waren hem al decennia eerder voorgegaan op de weg naar de huilende rietkragen aan de bedauwde oevers van de Acheron.

Maar ik had Euripides. Omdat de huldiging van mijn zege in Athene een huldiging van de glorie van heel Athene moest zijn, vond ik het des te gepaster dat een Atheens dichter het lied zou schrijven. Bovendien was Euripides' muziek modern, zeker voor die tijd. In tegenstelling tot de oude dichters met hun voorkeur voor plechtstatige melodieën, emotionele controle, nobele harmonieën en chique ingetogenheid was hij in staat om theatraal te componeren, dat had hij ook in de koorliederen van zijn tragedies meer dan eens laten horen. Zijn muziek durft complex, beweeglijk, zinnelijk en emotioneel te zijn. Het is de nieuwe muziek voor een nieuwe tijd, waarin zelfs de politiek emotie en theater is geworden. Euripides schrijft muziek van de meute, want zijn melodieën zijn opvliegend en onvoorspelbaar als het volk zelf. Dat wilde ik, want hoewel er niets aristocratischer is dan het fokken van paarden en het pronken met successen van een renstal, wilde ik mijn Olympische overwinning presenteren als een democratische triomf. Ik vroeg Euripides om af te zien van het plechtige Dorische dialect, dat de norm is voor koorliederen, en ons Atheense koor in ons eigen volkse Attisch te laten zingen. 'De eerste vereiste voor het geluk van een man,' liet ik Euripides dichten, 'is in een roemvolle stad geboren te zijn.'

Euripides maakte ook een moderne choreografie, waarbij het koor zich met theatrale gebaren de glorie van mijn overwinning toe-eigende. Het was eveneens zijn idee om de opvoering naadloos te laten overgaan in het gulle banket dat ik de hele stad aanbood. Vooral dat banket deed wonderen. Toen hoorde je niemand over de tirannieke ambities van paardenfokkers, al was het maar omdat iedereen zijn mond vol had van mijn palingen uit het Meer van Kopaïs.

Het paneel dat ik door Aristophon liet schilderen voor de Stoa van Peisianax, was misschien een vergissing. Het was een meesterwerk, daar niet van. Hij had mij naakt als een heros geportretteerd in de schoot van een personificatie van Olympia, omspoeld door de Alpheios en de Bron van Piëra, terwijl de godinnen Roem en Zege mijn golvende lange haren bekransten. Mijn gezicht was mooier dan dat van de godinnen. Geen man zal ooit een groot man zijn als hij niet ook een vrouw durft te zijn. Aristophon had dat begrepen. Het schilderij veroorzaakte nogal wat ophef. De mensen renden naar de agora om het te kunnen zien en sommigen vonden het net zo mooi als ik, jongeren vooral, maar de meesten waren verontwaardigd. De extravagantie en onbeschaamde grootheidswaan die de schildering onthulde, stonken in hun oordeel naar ondemocratische ambitie. Na een paar dagen heb ik het paneel weg laten halen. Het heeft in mijn huis gestaan, totdat alles daar werd geconfisqueerd. Waar het nu is, weet ik niet. Ik heb het nooit meer teruggezien.

En de afgunst waarvoor Pindaros in zijn lied voor mijn opa al waarschuwde, kreeg een naam. Hij heette Teisias, de zoon van Teisimachos, uit het district Kephale. Hij was degene die mij op het spoor had gebracht van mijn winnende racewagen, die de stad Argos mij als dank voor mijn inzet voor haar vrijheid bereid was geweest te verkopen. Als Teisias mijn erkentelijkheid zou hebben gezocht voor de informatie die hij mij had verschaft, zou ik mijn dankbetuiging van destijds met plezier hebben hernieuwd. Maar hij begon praatjes rond te strooien. Hij beweerde dat ik mijn kampioenswagen van hem gestolen zou hebben. Met die laster heb ik onmiddellijk korte metten gemaakt en het is eigenlijk onnodig om aandacht aan hem te besteden, ware het niet dat zijn insinuaties en gekonkel mij er hardhandig aan herinnerden dat ik vanaf Olympische hoogte weer was teruggekeerd in Athene en dat ik er haast mee moest maken om dat te beseffen.

3

In dezelfde zomer, aan het begin van mijn vierde ambtstermijn als strateeg, voer ik samen met mijn medebevelhebber Kleomedes, de zoon van Lykomedes, met een vloot van dertig schepen met een bemanning van zesduizend, versterkt met zes schepen uit Chios en twee uit Lesbos, en een leger van zestienhonderd man zware infanterie, driehonderd boogschutters en twintig bereden boogschutters uit Athene, alsmede vijftienhonderd man infanterie van de bondgenoten, uit om het eiland Melos te onderwerpen. Het was het enige overgebleven eiland in de Egeïsche Zee dat nog niet bij het Atheense imperium was ingelijfd. Het lag niet ver van de Peloponnesos en de Meliërs waren van oorsprong kolonisten uit Sparta. Omdat ze het vanwege de maritieme suprematie van Athene inopportuun hadden geacht om openlijk partij te kiezen voor Sparta, hadden ze besloten neutraal te blijven in de oorlog. Athene had hun neutraliteit tot dan toe gerespecteerd, maar het moment was gekomen waarop de Atheense tolerantie met betrekking tot Melos gezien zou kunnen worden als een teken van zwakte en als een impliciete aanmoediging aan andere eilanders om zich door het voorbeeld van Melos te laten inspireren en te streven naar een onafhankelijke status.

De kans was niet denkbeeldig dat onze onderwerping van het eiland in Spartaanse kringen zou worden geïnterpreteerd als een schending van de clausules van de Vrede van Nikias, hetgeen het naar de letter ook zou zijn, maar de pacifistische partij van Nikias was haar meerderheid in de volksvergadering kwijtgeraakt en mijn aanhang beschouwde een provocatie van Sparta als een bijkomstigheid die zelfs wenselijk geacht zou kunnen worden. Een niet onaanzienlijk deel van de stemgerechtigden in de volksvergadering was bovendien de mening toegedaan dat Athene recht had op genoegdoening na de nederlaag bij Mantineia.

We landden op Melos, sloegen kamp op in hun territorium in de buurt van hun stad en stuurden een uitnodiging om te onderhandelen. Melische gezanten vervoegden zich in ons kampement. Ik voerde het woord namens Athene en zijn bondgenoten.

'Beschouw onze komst als een teken van goede wil,' zeiden de Meliers, 'want de waarheid is dat we weinig reden hebben om veel van deze onderhandelingen te verwachten. Jullie militaire voorbereidingen zijn dusdanig vergevorderd dat het er de schijn van heeft dat jullie zijn gekomen als rechters in jullie eigen proces en dat wij, in het geval dat wij in ons recht zullen blijken te staan met onze wens voor het behoud van onze vrijheid en onafhankelijkheid, veroordeeld zullen worden tot oorlog, terwijl het alternatief voor ons is te worden onderworpen.'

'Als jullie hierheen zijn gekomen met het doel om te speculeren over de toekomst,' zei ik, 'kunnen we dit gesprek kort houden. Daar hebben wij geen behoefte aan, want in Athene hebben we filosofen genoeg die speculatie tot een ware kunst hebben verheven. Het onderwerp van deze besprekingen is het behoud van jullie staat in het licht van de huidige omstandigheden die jullie hier met eigen ogen kunnen aanschouwen.'

'Wij zijn verheugd te horen dat het behoud van onze staat jullie prioriteit is,' zeiden de Meliërs.

'Het betoog waarin ik aantoon dat Athene recht heeft op zijn imperium, zal ik jullie besparen,' zei ik, 'zoals jullie zullen afzien van het voorspelbare argument dat jullie recht hebben op een correcte behandeling vanwege het feit dat jullie, hoewel jullie afstammen van Spartaanse kolonisten, nooit de zijde van Sparta hebben gekozen en dat jullie ons geen onrecht hebben berokkend. Recht en onrecht zijn irrelevante begrippen in deze context. Rechtvaardigheid mag gelden onder gelijken. In de huidige situatie geldt een andere waarheid en die is dat wie sterk is, doet wat hij wil, terwijl wie zwak is, ondergaat wat hij moet ondergaan.'

'Als jullie ons het recht ontzeggen om te spreken over rechtvaardigheid,' zeiden de Meliërs, 'kunnen jullie het ons wellicht toestaan te spreken over opportuniteit en uiting te geven aan ons oordeel dat het niet opportuun voor jullie is om jullie boven rechtvaardigheid verheven te voelen. Er zal een dag komen waarop jullie imperium ten val komt. Dat zal de dag zijn waarop heel Hellas rekeningen met jullie zal willen vereffenen en waarop jullie er spijt van zouden kunnen krijgen dat jullie de mogelijkheid aan jullie zelf hebben ontzegd om een beroep te kunnen doen op rechtvaardigheid.'

'Het einde van ons imperium beangstigt ons niet,' zei ik. 'Een buitenlandse veroveraar heeft minder motieven om zijn onderworpenen wreed te behandelen dan een voormalig onderworpene die zijn voormalige onderdrukker overwint. Onze gedachten zijn daarom bij onze vazalstaten. Als jullie graag willen spreken over opportuniteit, zal ik jullie met genoegen van dienst zijn en jullie uitleggen dat het in geen geval opportuun voor ons is toe te staan dat jullie lot op enige wijze hoop verschaft aan andere eilanden in ons domein. Derhalve is het zowel in ons belang als in het belang van het behoud van jullie staat dat jullie onze overheersing van Melos zonder verzet accepteren.'

'Wellicht kunt u zo vriendelijk zijn om ons uit te leggen op welke manier het evenzeer in ons belang zou zijn dat wij ons als slaven aan jullie onderwerpen als het in jullie belang is over ons te heersen,' zeiden de Meliërs.

'Terwijl wij jullie het voorrecht gunnen van de mogelijkheid tot onvoorwaardelijke overgave alvorens het allerergste te moeten ondergaan, zijn wij bereid het als een voordeel te beschouwen dat wij jullie niet hoeven te vernietigen,' zei ik.

'Waarom kunnen jullie het niet accepteren,' vroegen de Meliërs, 'dat wij als neutrale mogendheid jullie vrienden zijn in plaats van jullie vijanden en bondgenoten van niemand?'

'Jullie vriendschap is gevaarlijker voor ons dan jullie vijandschap,' zei ik, 'omdat zij zou gelden als bewijs voor onze zwakte en vijanden zou maken van onze vrienden.'

'Dus jullie idee van gelijkwaardigheid houdt in dat jullie een eiland als het onze, dat niets met jullie te maken heeft of wil hebben, in dezelfde categorie inschalen als jullie eigen kolonisten en vazallen,' zeiden de Meliërs.

'Er is geen gelijkwaardigheid,' zei ik. 'Jullie zijn eilanders en zwakker dan de anderen. Met het oog op onze reputatie en de beeldvorming kunnen wij het daarom niet toestaan dat uitgerekend jullie onze maritieme suprematie zouden betwisten.'

'Door onze neutraliteit te schenden worden alle neutrale staten jullie wantrouwende tegenstanders,' zeiden de Meliërs. 'Door ons te onderwerpen vermenigvuldigen jullie jullie vijanden.'

'De neutrale staten op het vasteland zijn onze zorg niet,' zei ik. 'Omdat wij heersen over de zee, komen de eilanden ons toe. Jullie zijn het laatste eiland dat zich nog niet aan ons heeft onderworpen. Terwijl de neutrale staten op het vasteland minder reden hebben om bang voor ons te zijn en daardoor minder reden hebben om zich voor te bereiden op verzet tegen ons, is het noodzakelijk voor het behoud van ons imperium dat onze kracht op de eilanden wordt gevreesd en dat er op de eilanden, waar men goede redenen heeft om zich tegen ons te verzetten, niet gesproken wordt over het lot van één eiland dat hoop op onafhankelijkheid zou kunnen rechtvaardigen.'

'Als er op de andere eilanden kennelijk zoveel goede redenen zijn om tegen jullie imperium in verzet te komen, zou het wel van onacceptabele lafheid getuigen als wij niet bereid zouden zijn om er alles aan te doen om te voorkomen dat wij in jullie imperium worden ingelijfd,' zeiden de Meliërs.

'Het zou van dwaasheid getuigen als jullie niet bereid zouden zijn om in te zien dat er geen manier is om dat te voorkomen,' zei ik. 'Het dilemma waarvoor jullie gesteld staan, is niet de keuze tussen lafheid of dapperheid, maar de keuze tussen zelfbehoud en totale vernietiging.'

'We zullen zien,' zeiden de Meliërs. 'De ervaring leert dat oorlog soms onpartijdiger is dan op grond van de numerieke verhoudingen verwacht zou kunnen worden. Overgave zou betekenen dat wij ons overgeven aan wanhoop, terwijl verzet de hoop levend houdt.'

'Ach, hoop,' zei ik. 'Wat zou de mens zijn zonder hoop, de valse geruststelling in tijden van gevaar? Hoop, goede vrienden, is een luxe die alleen hij zich kan permitteren die haar niet nodig heeft omdat hij voor het gevaar is toegerust, terwijl de hoop zelf een gevaar vormt voor wie niets dan hoop heeft om zijn hoop op te baseren. Hoop is van nature een illusie, want wat is hoop anders dan de fata morgana van een gewenste afloop die zich in alle realistische scenario's weigert te vertonen? Hoop is vermomde wanhoop. Hoop heeft een hoge prijs, maar het probleem met hoop is dat die prijs pas wordt betaald wanneer alle hoop vervlogen is, want zolang er nog iets te redden valt, is de hoop nog levend dat de onvermijdelijke finale afrekening te vermijden is. Er zijn in de geschiedenis meer mensen door hoop geveld dan door speerpunten of zwaarden. Mannen van Melos, jullie en ik zijn geen leverschouwers, sterrenwichelaars of verzamelaars van orakels, die in weerwil van de werkelijkheid zoeken naar tekenen die het onmogelijke mogelijk doen lijken, maar beroepspolitici op wie onze burgers vertrouwen om immer en vooral onder de moeilijkste omstandigheden een realistische afweging te maken van waarschijnlijkheden zonder ons daarbij te laten afleiden door ijdele hoop op wonderen. En als jullie realistisch zijn, zullen jullie moeten toegeven dat er in de onderhavige situatie, waarin ons overwicht een zekerheid is, geen waarschijnlijkheid bestaat die hoop rechtvaardigt.'

'U kunt er gerust op zijn, Alkibiades van Athene, dat wij ons evenzeer als u bewust zijn van de moeilijkheden die gepaard gaan met een gewapende strijd tegen een numeriek overwicht,' zeiden de Meliërs. 'Maar wij vertrouwen erop dat de goden ons zullen bijstaan in onze rechtvaardige strijd tegen infame onderdrukkers en dat ons gebrek aan slagkracht zal worden gecompenseerd door hulp uit Sparta. Het feit dat de Spartanen en wij dezelfde voorouders hebben, garandeert dat Sparta het niet zal tolereren dat wij door jullie worden geknecht. Ziet u wel? Onze hoop is misschien niet zo onrealistisch als u dacht.'

'Nu jullie de gunst van de goden ter sprake brengen,' zei ik, 'willen jullie mij wellicht toestaan op te merken dat wij evenveel reden menen te hebben om op goddelijke bijstand te rekenen als jullie. Onze bedoelingen en daden zijn op geen enkele manier in strijd met goddelijke wetten of gebruiken. Alles wat wij over de goden denken te weten, wijst erop dat zij hun heerschappij afdwingen, dat zij niet terughoudend zijn in het demonstreren van hun overwicht en dat zij geen middel schuwen om hun suprematie te bestendigen en te vernietigen wie tegen hen durft op te staan. Het recht van de sterkste is een natuurwet waaraan zelfs de goden gehoorzamen. Wij hebben deze wet niet bedacht. Hij bestond al lang voordat wij op het toneel verschenen en hij zal lang nadat wij verdwenen zijn nog steeds bestaan. Wij hebben deze wet in de goddelijke en menselijke natuur aangetroffen en maken er tijdelijk gebruik van, dat is alles. Wat de Spartanen betreft, prijs ik jullie gelukkig om jullie gebrek aan ervaring zonder jaloers te zijn op jullie onwetendheid. Als het aankomt op de verdediging van hun eigen land, zijn de Spartanen de geduchtste krijgers van de wereld. Over hun relatie met bondgenoten en hulpbehoevenden valt veel te zeggen, maar misschien mag ik het zo samenvatten: er is geen ander volk dan de

Spartanen bij wie het zo duidelijk is dat het juiste gedefinieerd wordt in termen van het aangename en dat gerechtigheid als synoniem geldt van eigenbelang. Een dergelijke instelling belooft weinig goeds met betrekking tot jullie behoud.'

'Het feit dat gerechtigheid en eigenbelang in dit geval vanuit Spartaans perspectief beschouwd samenvallen, is precies de reden waarom wij menen te kunnen rekenen op hun bijstand,' zeiden de Meliërs. 'Het zou niet opportuun zijn voor hun eigen belangen om afstammelingen van hun eigen kolonisten te verraden en daarmee het vertrouwen te verliezen van hun bondgenoten.'

'Dan delen jullie klaarblijkelijk de visie niet dat opportuniteit van nature risico's mijdt,' zei ik. 'Het gewapenderhand afdwingen van gerechtigheid mag nobel heten, maar is nooit zonder risico. Spartanen zijn er niet snel van overtuigd dat het in hun eigen belang is om risico's te nemen voor anderen.'

'Desalniettemin verwachten wij dat de Spartanen voor onze zaak daartoe bereid zullen zijn,' zeiden de Meliërs. 'Onze nabijheid tot de Peloponnesos reduceert het risico en onze bloedverwantschap vormt een garantie voor onze trouw.'

'De afstand van jullie land tot het land van Sparta is niet van belang,' zei ik. 'Jullie zijn een eiland en wij beheersen de zee. En als ik moet beoordelen of het opportuun is voor Athene om een nieuw bondgenootschap te sluiten met een stad die daarom vraagt, ben ik minder geïnteresseerd in de dure eden van trouw die gezworen worden door de stad die mij wanhopig om hulp smeekt dan in de middelen die de stad in kwestie zou kunnen bijdragen en de concrete voordelen die het bondgenootschap mij biedt. Het feit dat jullie Sparta nodig hebben, maakt jullie geen aantrekkelijke bondgenoot voor Sparta. Bloedverwantschap wordt over het algemeen minder belangrijk gevonden zodra zij de verplichting met zich meebrengt offers te brengen voor een zwakkere.

Tenzij jullie nog andere punten in te brengen hebben, hetgeen mij zou verbazen, lijkt mij de tijd gekomen om conclusies te trekken uit ons beraad. Ik moet bekennen dat ik teleurgesteld ben. Terwijl wij jullie ruimhartig de gelegenheid hebben geboden om met ons te overleggen over jullie overgave en het behoud van jullie land, volharden jullie in roekeloze en onverstandige visioenen die op niets anders zijn gebaseerd dan op een door jullie in jullie radeloosheid opgeroepen ijle geestverschijning van irreële hoop. Wij waren bereid om met jullie tot een vergelijk te komen, maar wanneer jullie het bewijs van onze suprematie, dat jullie hier met eigen ogen kunnen aanschouwen, hardnekkig blijven negeren, dan laten jullie ons geen andere keuze dan onze goede bedoelingen te betreuren en met spijt te concluderen dat Melos door jullie onbezonnenheid doelbewust te gronde is gericht.'

Mannen van Athene, ik had het geprobeerd. Ik heb de voortgang van de onderhandelingen, of beter gezegd het gebrek daaraan, naar mijn beste vermogens opgediept uit mijn geheugen en mijn herinneringen zo getrouw mogelijk getracht te notuleren, teneinde jullie een idee te geven van de inspanningen die ik mij voor het behoud van Melos heb getroost. Niemand kan beweren dat ik niet mijn best heb gedaan om de eilanders te redden door hen te overtuigen van de noodzaak om zich over te geven. Maar de Meliërs veranderden niet van gedachten. De onderhandelingen werden beëindigd. De gezanten van Melos keerden terug binnen de muren van hun stad. Ik gaf het bevel de stad te omsingelen en een beleg op te slaan. Zelf keerde ik met een deel van het leger terug naar Athene. In de winter werd het verzet van Melos gebroken en de stad ingenomen. De Spartanen hebben zich nooit vertoond. De volksvergadering in Athene besloot dat alle mannelijke inwoners van het eiland ter dood moesten worden gebracht en dat de vrouwen en kinderen zouden worden verkocht als slaven.

Toen stond Nikias op, die tegen de motie had gestemd, en hij vroeg mij op de man af waarom ik mij niet tegen dit wrede besluit had verzet. Hij herinnerde mij eraan dat ik iets minder dan twaalf jaar eerder een fel tegenstander was geweest van een eender vonnis met betrekking tot de bevolking van Mytilene, dat met passie werd verdedigd door Kleon. Destijds was er meer reden dan nu om hardvochtig op te treden. Mytilene had het Atheense juk willen afwerpen, was in opstand gekomen, had eigener beweging toenadering gezocht tot de Spartaanse confederatie en had de wapenen tegen ons opgepakt. Dit alles kon van Melos niet worden gezegd. De bevolking van Melos had ons nooit iets misdaan. Ondanks haar bloedverwantschap met de Spartanen was zij neutraal gebleven. Haar enige misdaad was omringd te zijn door zee. Hoewel de eilanders nooit een andere wens hadden gekoesterd dan zich afzijdig te houden, was ik er nu zonder blikken of blozen mee akkoord gegaan dat deze vredelievendheid de doodstraf verdient. In het licht van mijn huidige lichthartigheid inzake de vernietiging van een compleet volk rees het vermoeden dat mijn nobele verzet tegen Kleons wreedheid destijds niet zozeer ingegeven was geweest door noblesse als wel door de tomeloze ambitie van een jong politicus om de positie van Kleon in te nemen.

'Is Alkibiades, de zoon van Kleinias, inmiddels zelf een Kleon geworden?' vroeg Nikias zich theatraal af. 'Is dat de reden waarom hij zijn Olympische triomf heeft gevierd door de hele stad te trakteren op paling? Heeft hij ons duidelijk willen maken dat hij nu de palingvisser is? Of moeten we zijn zege met het vierspan en zijn Olympische spilzucht misschien anders interpreteren en zijn de ambities van Alkibiades het democratische overleg hier op de heuvel van Pnyx inmiddels ontgroeid? Wil hij met zijn meedogenloosheid jegens Melos aantonen dat hij zich vandaag de dag niet alleen in de hippodroom kan meten met koningen en tirannen? Ik geef het jullie ter overweging, mannen van Athene, opdat jullie mij later niet kunnen verwijten dat ik jullie nooit heb gewaarschuwd. In elk geval mogen we concluderen dat de opvattingen van Alkibiades over fundamentele kwesties als leven en dood draaien als de winden. Jullie kunnen zelf beoordelen of een dergelijke windvaan een stabiele koers van de staat vermag te garanderen.'

De interventie van Nikias ergerde mij. Het ergerde mij nog meer dat hij er nogal wat bijval mee oogstte. Ik stond op en sprak als volgt.

'Ik herinner mij ons debat over het lot van Mytilene nog goed. Met name het oordeelkundige, verantwoordelijke en intelligente pleidooi van Nikias, de zoon van Nikeratos, voor een barmhartige behandeling van de opstandelingen staat in mijn geheugen gegrift. Ook jullie zullen jullie herinneren, mannen van Athene, dat hij morele overwegingen bij die gelegenheid nadrukkelijk buiten beschouwing wenste te laten en ons aanspoorde de kwestie te beoordelen op grond van de vraag welk beleid op dat moment het meest opportuun zou zijn in het licht van de belangen van onze stad en ons imperium. Vol overtuiging heb ik zijn motie destijds ondersteund.

Des te groter is mijn teleurstelling dat Nikias nu geen oog meer lijkt te hebben voor die opportuniteit en als een sofist zijn toevlucht zoekt tot morele categorieën. Wie is hier nu van mening veranderd? Wie is de windvaan? Is dat de staatsman die de verantwoordelijkheid neemt om afzonderlijke casus in verschillende omstandigheden onbevooroordeeld en onafhankelijk van eerdere overwegingen te toetsen aan de belangen van Athene of de machteloze opposant die in zijn ijver om verstandig beleid te dwarsbomen de criteria verandert op grond waarvan fundamentele kwesties volgens hem te beoordelen zouden zijn en die, wanneer het hem zo uitkomt, de belangen van Athene doelbewust buiten beschouwing wenst te laten?

Wat ik bewonderde aan Nikias' rede over Mytilene, was dat deze getuigde van een scherp inzicht in de mechanismen die een gevaar vormden voor een verzwakt en potentieel afbrokkelend imperium dat in de verdediging was gedrukt, al was het maar door de epidemie, die ons in de jaren vlak voor de Mytileense muiterij op de knieën had gedwongen, hetgeen zeker een voorname inspiratie vormde voor de opstand op Lesbos. We konden ons het verlies van inkomsten uit de tribuutbetalingen niet permitteren en waren derhalve gebaat bij een behoud van de productieve beroepsbevolking van Mytilene. Bovendien waren we gedwongen rekening te houden met de mogelijkheid dat andere bondgenoten het voorbeeld van Mytilene zouden willen volgen om te zien of ze zouden kunnen profiteren van onze zwakte ten gevolge van de plaag en daarom was het, zoals Nikias destijds goed doorzag, van cruciaal belang dat we het volk van Mytilene niet zouden straffen voor de misdaden van hun magistraten, teneinde de steun van democratisch gezinde groepen bij de andere bondgenoten niet te verspelen.

Vandaag zien we ons geconfronteerd met een geheel andere situatie, waarin een ander beleid opportuun is. Hoewel Nikias met zijn vredesakkoord heeft gepoogd ons blijvend met handen en voeten te binden aan beperkingen die ons door Sparta zijn opgelegd, hebben wij de angst voor Sparta van ons afgeschud en het initiatief in deze oorlog naar ons toegetrokken. Dankzij onze nieuwe bondgenootschappen is Sparta in feite geïsoleerd geraakt op zijn eigen schiereiland. Bij Mantineia waren de Spartanen dicht bij een definitieve nederlaag. Wij zijn niet langer Sparta's gelijken die zich zorgen moeten maken over de defensie, maar een immer machtiger imperium dat zich opmaakt voor een offensief. Waar het destijds, toen een respons van ons werd gevraagd inzake Mytilene, onze voornaamste zorg was de bondgenoten en vazallen voor onze invloedssfeer te behouden, waarbij het ons paste het barmhartige gezicht te laten zien van een vergevingsgezinde vader, die het beste voorheeft met de kinderen die onder zijn bescherming zijn gesteld, daar hebben wij thans de voorwaarden geschapen die ons in de gelegenheid zullen stellen ons imperium uit te breiden, waarbij een ander gezicht past. Wij zijn niet langer een herder die zijn schapen bijeenhoudt, maar een leeuw die op jacht gaat.

Nikias is een man van het verleden, zoals hij genoegzaam heeft gedemonstreerd door hier vandaag het woord te nemen om ons te herinneren aan onze beraadslagingen van twaalf jaar geleden. Jullie en ik stellen meer belang in de toekomst. Mannen van Athene, ik zal jullie een bekentenis doen. Ik ben eigenlijk niet eens geïnteresseerd in het lot van Melos. Als jullie het besluit willen herzien en een barmhartige behandeling van de eilanders wenselijker achten, zal ik mij zonder protest voegen naar jullie wensen. Ik zal jullie nog een bekentenis doen. Ik ben eigenlijk niet eens bijzonder geïnteresseerd in Sparta. Onze eindoverwinning op de Spartanen is slechts een kwestie van tijd. Onze gedachten, strategieën en ambities moeten het regionale conflict, dat deze oorlog in wezen is, durven te overstijgen. Onze toekomst eindigt niet bij de verovering van de Peloponnesos. Wij zijn Athene en ons imperium zal geen grenzen kennen. Wij moeten onze blik richten op het westen. Wij moeten Sicilië veroveren en vervolgens de rest van de wereld.'

Zo sprak ik. Het genomen besluit over Melos werd door de volksvergadering niet meer teruggedraaid. Toen de slavinnen in Athene arriveerden, heb ik er één uitgekozen. Ik heb haar korte tijd in huis gehad, alvorens ik haar heb doorverkocht aan een handelaar uit Thracië. Er wordt beweerd dat ik een kind bij haar heb verwekt. Dat zou kunnen. Daar heb ik geen weet van. Het belangrijkste was dat het zaad voor een groot idee was geplant. De vonk van enthousiasme was ontstoken. De stad ging zwanger van opgewonden gefluister over Sicilië.

4

Er zijn redenen om te beweren dat het grootste avontuur van de oorlog begon in Egesta. Dit stadje, dat volgens de berichten die ik erover heb gehoord niet heel veel groter kan zijn dan dit Melissa, waar ik mij thans bevind, ligt in het uiterste noordwesten van het eiland Sicilië in het gebied van de Elymoi, die samen met de Sikanoi en de Sikeloi de oorspronkelijke bevolking van Sicilië vormden, lang voordat Griekse kolonisten zich daar begonnen te vestigen. De Elymoi beweren dat zij afstammen van Trojanen die de brandende puinhopen van hun stad zijn ontvlucht aan het einde van de Trojaanse Oorlog, maar dat valt te betwijfelen. Zij zijn gehelleniseerde barbaren. Ze schrijven hun taal met ons alfabet, maar het is geen Grieks. Ze klinken als de Italische volkeren en bij mijn weten zegt Homeros nergens dat de Trojanen Italiaans praatten.

Egesta was een oorlogje begonnen tegen het naburige Selinous vanwege onenigheid over een bruiloft en een stuk land. Selinous had echter een machtige bondgenoot in het grote Syracuse, dat daadwerkelijk assistentie bood en de legers van Egesta ernstig in het nauw had gebracht. Egesta had in zijn wanhoop gezanten helemaal naar Athene gestuurd met het verzoek om bijstand in de ongelijke strijd. Onvermoeibaar was de vasthoudendheid waarmee zij dag in dag uit dispensatie vroegen om de Atheense volksvergadering kort toe te spreken en aandacht te vragen voor hun benarde positie. Zij beweerden dat Syracuse zowel de ambitie als de middelen had om heel Sicilië aan zich te onderwerpen. Als het aan Syracuse zou worden toegestaan Egesta onder de voet te lopen, zou weinig de verwezenlijking van die ambitie volgens hen nog in de weg staan. Ze wezen op de Dorische wortels van Syracuse, dat zoals wij wisten gesticht was door kolonisten uit Korinthe, en spiegelden ons in levendige bewoordingen het gevaar voor dat Syracuse na de onderwerping van Sicilië de handen vrij zou hebben om met een grote vloot uit te varen naar Griekenland en zijn Dorische broeders bij te staan in hun strijd tegen Athene. Een bondgenootschap van Athene met het nietige Egesta was derhalve nadrukkelijk ook in het belang van Athene, zo beweerden zij. Daaraan wilden ze nog toevoegen dat Egesta beschikte over meer dan voldoende financiële middelen om Athene te compenseren voor het ongemak.

Als de gezanten al een welwillend oor vonden op de Pnyx, was dat uitsluitend vanwege dat laatste argument, waarbij zich echter het probleem voordeed dat niemand hen geloofde. Meer om van de zich repeterende interventies vanuit Egesta af te zijn dan op grond van een oprechte belangstelling stemde de volksvergadering uiteindelijk in met een motie die bepaalde dat er Atheense gezanten naar Egesta gestuurd zouden worden teneinde te verifiëren of daar inderdaad ruime financiele middelen voorhanden waren. Ze vertrokken in de winter, toen het beleg van Melos nog gaande was.

Iedereen was Egesta eigenlijk alweer vergeten, toen de gezanten een paar maanden later, aan het begin van de lente, niet lang na de val van Melos, terugkeerden naar Athene. Ze werden vergezeld door een nieuw en groter gezantschap uit Egesta, dat zestig talenten aan ongemunt zilver mee had genomen als aanbetaling voor de inzet gedurende een maand van zestig Atheense oorlogsschepen. Dat was bepaald genereus te noemen. De helft van dat bedrag kon marktconform worden geacht. Toen de volksvergadering het rapport hoorde van de Atheense gezanten over grote rijkdommen die in de schatkamers, tempels en private woningen van Egesta lagen opgetast, stemde zij gretig in met een militaire expeditie naar Sicilië. Nikias, de zoon van Nikeratos, Lamachos, de zoon van Xenophanes, en ik werden door het volk aangewezen als de speciale commandanten van de operatie.

Dit alles is waar. Dit is allemaal zo gebeurd. Maar toch doet het geen recht aan de volledige dynamiek van de politieke besluitvorming rond de expeditie naar Sicilië. Het feit is dat Sicilië al langer bestond dan het klatergoud uit Egesta en minstens net zo lang als de hebzucht van mensen en dat het bijna zolang als het bestond in onze gedachten is geweest. Het is het verre land in de richting van de zonsondergang, waar veel van de Griekse staten in het verleden kolonisten naartoe hebben gestuurd, die daar steden hebben gesticht die kennelijk tot grote bloei zijn gekomen. We kennen hun namen en we kennen hun roem. Sicilië is het andere Griekenland, een spiegel van Hellas in een verre, vreemde wereld. Omdat het zo ver weg is, is het eenvoudig voor te stellen hoe anders het daar is en vrijwel onvermijdelijk om het zich voor te stellen als een beter land, waar de aarde grofkluitiger is en de druiven voller, waar goud uit rivieren geschept kan worden en tempels tot in de hemel rijzen en waar oude waarden van Hellas en nieuwe weelde harmonieus samengaan onder een glimlachende zon.

In Athene hadden we al in de tijd dat mijn stiefvader Perikles nog leefde kwijlende verlangens gekoesterd naar de rijkdommen van Sicilië. Na zijn dood zijn we er zelfs een paar keer naartoe gegaan, voorzichtig, met kleine legers op beperkte campagnes, terwijl we telkens herauten met luide stemmen ver voor de troepen uit stuurden om het excuus rond te toeteren dat we de een of andere bondgenoot aan het bijstaan waren. Dit had ons een indruk gegeven van de omvang van het eiland. Een vrachtschip heeft er acht dagen voor nodig om het in zijn geheel te ronden. We hadden gezien hoe dichtbevolkt het is door Grieken en barbaren. We hadden steden gezien, zoals Syracuse, die net zo groot waren als Athene. Daardoor begrepen we twee zaken tegelijkertijd nog beter dan voorheen. We zagen steeds beter in hoeveel Sicilië er te winnen was en hoeveel Sicilië er daarvoor overwonnen moest worden.

Ook ik had al langere tijd gedachten over Sicilië. Terwijl ik mij ten volle bewust was van de omvang van de onderneming, begreep ik dat daar de toekomst van ons imperium gelegen was en precies omdat ik mij ten volle bewust was van de omvang van de onderneming, besefte ik dat het welslagen ervan Athene roem en glorie zou brengen die met niets anders te vergelijken was. Vanwege de aard van ons imperium, dat voor de controle van een steeds groter gebied afhankelijk was van de inkomsten uit steeds meer onderworpen steden, was uitbreiding de enige weg tot het behoud ervan. De verovering van Sicilië zou ons de middelen verschaffen, zowel in zilver als in mankracht, om Hellas definitief aan ons te onderwerpen. Als we Sicilië onder onze heerschappij konden brengen, zouden Sparta en zijn confederatie van bondgenoten zich in één klap gereduceerd zien tot een onbeduidende, provinciale mogendheid van achtergebleven Doriërs. Het zelfvertrouwen dat gevoed zou worden door de roem en glorie vanwege het welslagen van een dergelijk waagstuk en het prestige dat dat ons zou opleveren in de ogen van de andere Grieken, zouden ons onoverwinnelijk maken.

En na Sicilië lag het westen voor ons open. Carthago, Libië, Italië en de landen tot aan de Zuilen van Herakles zouden ons volgende doel worden. Wat we nu hadden, noemden we een imperium, omdat het groter was dan het gebied dat enige Griekse staat voor ons ooit had overheerst, maar wat we zouden veroveren na de verovering van Sicilië zou pas echt een imperium zijn. Een Atheens wereldrijk, dat zou ons streven moeten zijn en ik was en ben er nog steeds oprecht van overtuigd dat dit geen bedrieglijke droom is, die uit de poort van ivoor is gekomen om mij met dronken drogbeelden te bedwelmen, maar een mogelijkheid, die inspanning vergt en durf en geluk en misschien wat hulp van de goden, maar die zeer zeker reëel genoemd kan worden.

Ik had deze visie informeel gedeeld met gelijkgestemden en in de volksvergadering af en toe ter sprake gebracht. Er was enige steun voor mijn plan, maar bezorgdheid en ontzag voor de enormiteit van de onderneming hadden vooralsnog de overhand. De tijden waren er nog niet rijp voor. Maar zie wat een beetje zilver uit Egesta vermag. In een opwelling had een overweldigende meerderheid in de volksvergadering om de verkeerde redenen ingestemd met mijn grootste ambitie. De beslissing was genomen. Het enige dat mij nu nog te doen stond, was het besluit van de juiste motivatie voorzien. Dat lukte mij vijf dagen later.

5

Want vijf dagen later kwam de volksvergadering opnieuw bijeen om te beraadslagen over de voorbereidingen voor de expeditie waartoe was besloten. Nikias had vijf dagen niet geslapen. Hij was een uitgesproken tegenstander van dit avontuur, deels omdat hij een uitgesproken tegenstander was van ieder avontuur en deels omdat hij zich terecht zorgen maakte over de verregaande onbezonnenheid die tot dit impulsieve besluit had geleid, en dat hij door het volk als commandant was aangewezen, was zeer tegen zijn zin. Hij maakte gebruik van de nieuwe zitting om de kwestie te heropenen. Hij vroeg het woord en sprak als volgt.

'Laat mij vooropstellen dat het niet voor mijzelf is, dan wel vanwege motieven die met eigenbelang, zelfbehoud of lafheid te maken hebben, dat ik op deze zitting, die geconvoceerd is met het doel de voorbereidingen voor onze expeditie naar Sicilië te coördineren, de nog fundamentelere vraag aan de orde wil stellen of het überhaupt wenselijk is dat wij een dergelijke expeditie entameren. Hoewel ik mij ervan bewust ben dat het gedeelde bevel over deze missie, waartoe jullie mij vijf dagen geleden waardig hebben bevonden, mij in hoge mate tot eer strekt en mij een unieke gelegenheid biedt mijn carrière te bekronen met een ongekende triomf en geschiedenis te schrijven, gebiedt de eerlijkheid mij jullie erop te wijzen dat het niet vanzelfsprekend is dat een beslissing met monumentale consequenties die in een opwelling is genomen, getuigt van evenwichtig en raisonnabel beleid.

We hebben ons door vreemdelingen laten overhalen om ons te mengen in een verre oorlog die niet de onze is en de lichtzinnigheid waarmee wij over eventuele bezwaren heen zijn gestapt zonder ons zelfs maar de tijd te gunnen om deze bezwaren voor onszelf te formuleren, vraagt mijns inziens om een heroverweging. Ik heb begrepen dat dit gremium hongerig is naar actie, dus ik zal mijn tijd niet verspillen aan pogingen om jullie eraan te herinneren dat het vaak verstandiger is te behouden wat voorhanden is dan alles te riskeren in een onzekere queeste naar meer. In plaats daarvan zal ik het mijn plicht achten jullie in te lichten omtrent de ongunstige timing van jullie ambities en de moeilijkheden die ermee gepaard gaan.

Ten eerste moeten jullie beseffen dat jullie vele vijanden hier achterlaten als jullie daarheen gaan en dat jullie er nog meer mee terug naar huis zullen nemen. De vrede met Sparta die ik voor jullie heb bewerkstelligd, is uit de aard van de zaak fragiel te noemen. We moeten niet vergeten dat Sparta de akkoorden met ons minder uit vredelievendheid dan uit strategische noodzaak heeft willen sluiten, daartoe boven alles gemotiveerd door het overwicht dat wij op hen hadden verworven, en dat het moment waarop die strategische noodzaak voor hen wegvalt, het moment zal zijn waarop zij zullen besluiten dat de vrede hun geen voordelen meer biedt. Daarom is het te voorzien dat Sparta tot de aanval overgaat zodra wij de beschikbaarheid over een substantieel deel van onze strijdmachten verliezen, omdat we hen hebben uitgezonden teneinde op een verafgelegen eiland een buitenlands conflict te beslechten. Bovendien is er ook aan deze kant van de Ionische Zee genoeg te doen voor onze vloot. De zaken in Thracië zijn nog niet op orde. Amphipolis is nog steeds niet herwonnen. Het lijkt mij getuigen van logica om eerst ons oude imperium veilig te stellen voordat wij overwegen een nieuw imperium te veroveren.

Met de inname van Sicilië maken we op Sicilië geen vrienden, ik vraag jullie dat te beseffen. Ook wanneer de voorgenomen expeditie een ongekend militair succes zal zijn – en laten we er vooral van uitgaan dat dat het geval zal zijn –, zal de triomf ons opzadelen met de verplichting een verafgelegen en dichtbevolkt eiland van substantiële omvang langdurig onder controle te houden. Mijn mening is dat het van dwaasheid getuigt te veroveren wat men niet kan overheersen. Het scenario dat de gezanten uit Egesta, jullie nieuwe vrienden, jullie hebben voorgespiegeld van een verovering van Sicilië door Syracuse, waarna Syracuse als logische vervolgstap zijn vloot hierheen zou sturen om Sparta bij te staan in zijn strijd tegen ons, is om dezelfde redenen weinig plausibel, want juist de verovering van het hele eiland zou de veroveraars verplichten tot een permanente militaire bezetting ter plaatse.

Dit alles was mijn eerste punt. Ten tweede bekruipt mij in toenemende mate het angstige vermoeden dat het staatsbelang in onze beraadslagingen over deze expeditie doelbewust ondergeschikt wordt gemaakt aan de persoonlijke belangen van een zeker individu, dat bewonderd wil worden om zijn paarden en daaraan zijn hele fortuin heeft gespendeerd. Hij glimt en glundert van eerzucht en gretigheid om de expeditie te leiden, hoewel hij daar welbeschouwd te jong voor is, daar hij hoopt dat het avontuur hem geldelijk gewin zal brengen. Ik vraag jullie met klem om niet te willen toestaan dat één man de hele staat in gevaar brengt omwille van zijn persoonlijke splendeur en weelderigheid en om in gedachten te houden dat dandy's zoals hij er de gewoonte op na houden de publieke welvarendheid te schaden terwijl ze hun persoonlijke welvaart verkwisten.

Deze kwestie is te belangrijk om het besluit erover toe te vertrouwen aan de haast van jeugdige ambitie en overmoed. En wanneer ik de jongeren naast deze man zie zitten en hoor hoe zij door hem worden opgejut om ons allen in het ongewisse avontuur van een nieuwe oorlog te storten, raak ik bevangen door angst. Laat mij dan op mijn beurt de ouderen, die weten wat oorlog is, met klem verzoeken om niet te vrezen voor laf door te gaan wanneer zij verstandig zijn en zich te herinneren dat succes minder vaak het gevolg is van wensdenken dan van voorzienigheid. De ijlende koortsdroom van oorlog laten we over aan de onbezonnen jeugd, terwijl wij, de ware patriotten en hoeders van Athene, in eendracht zullen stemmen voor het behoud van onze veiligheid, onze voorspoed en ons imperium.'

Zo sprak Nikias. Daarop nam ik het woord en ik sprak als volgt.

'Ik wil Nikias, de zoon van Nikeratos, danken voor zijn persoonlijke aanval op mij, want hiermee dwingt hij mij mijn betoog vooraf te laten gaan door een korte beschouwing over mijn paarden, en zij zijn mijn favoriete onderwerp. Men zegt wel dat ik ijdel ben en ik was zelf enige tijd in die reputatie gaan geloven, totdat ik met mijn eigen ogen een schouwspel zag dat zelfs mijn spiegelbeeld in schoonheid overtrof en dat was het spektakel van mijn paarden die in de heilige hippodroom van Olympia gedragen op vleugels van eerzucht in één en dezelfde race de eerste, de tweede en de vierde prijs behaalden voor deze stad. De heraut van de Spelen van Zeus liet ten overstaan van alle verzamelde Grieken de naam van Athene weergalmen door de vallei van de oppergod en de wereld. Ik kan er nog steeds niet over uitgepraat raken. Tegelijkertijd besef ik natuurlijk heel goed dat ik er veel beter aan had gedaan als ik mijn familievermogen net als Nikias en andere wijze en verstandige, oudere heren, angstvallig had opgepot en uit het zicht had gehouden van jaloerse blikken in plaats van het gul en onbekommerd te verkwisten aan de eer en glorie van mijn stad. Wat ik heb gedaan, is uiterst ongepast, dat snap ik, want bij de Grieken van Hellas leefde het idee dat Athene verzwakt en geknakt was door oorlog en ziekte en in plaats van hun die comfortabele conclusie te gunnen, moest ik hen in Olympia met alle geweld bruut wakker schudden uit hun zoete droom met een ongeëvenaard vertoon van Atheens elan.

En dan mijn jeugd. Daar heb je me, Nikias. Je hebt mij op heterdaad betrapt. Mij rest geen andere mogelijkheid dan schuldig te pleiten. Ik ben jong en dat is niet iets wat ik haastig kan verhelpen. Als je mij de tijd gunt, zal ik mijn best doen om net zo oud te worden als jij, Nikias, al kan ik niet garanderen dat dat lukt, want ik mis jouw talent tot voorzichtigheid en ik ontbeer jouw vaardigheid om oog in oog met gevaar als eerste te denken aan de vraag hoe ik het vege lijf kan redden. Als ik zo oud wil worden als jij, zou ik er wellicht goed aan doen mijn geld uit te geven aan waarzeggers en sterrenwichelaars, die mij voor risico's behoeden, in plaats van het te besteden aan de luister en faam van Athene.

Terwijl jij jeugd als een tekortkoming lijkt te beschouwen, ben ik van mening dat jongeren bepaalde privileges toekomen. Waar het een kenmerk is van de grijsaard dat hij zich veel verleden kan heugen, is het bepalend voor de jongeling dat hij veel toekomst voor zich heeft en aangezien politieke besluiten in de regel betrekking hebben op de toekomst, is er veel voor te zeggen om de stem van de jeugd hierbij aanzienlijk zwaarder te laten wegen dan de bezwaren van de ouderdom.

En dat is precies waar dit debat over gaat: over de toekomst van ons imperium.

Uiteraard heeft Nikias gelijk als hij zegt dat de toekomst voortkomt uit het heden en dat onze plannen geworteld moeten zijn in een gezond oordeel over de huidige omstandigheden. Wij kunnen hem er alleen maar dankbaar voor zijn dat hij ons eraan herinnert dat Sparta nog niet verslagen is en dat wij ons ook aan deze kant van de Ionische Zee omringd weten door vijanden. Maar laat mij jullie geruststellen en uitleggen dat onze strategische situatie aanzienlijk gunstiger is dan hij vreest. Dankzij het feit dat ik erin ben geslaagd om, zonder dat daarmee enige kosten voor ons gemoeid waren in termen van bloed, zilver of mensenlevens, de machtigste staten van de Peloponnesos te verenigen en aan onze kant te scharen, waardoor Sparta de facto geïsoleerd is geraakt en zich gedwongen zag om op één dag bij Mantineia zijn hele bestaan op het spel te zetten, kan Athene het zich permitteren zonder angst de vleugels uit te slaan en een deel van zijn strijdmachten in te zetten voor offensieve doelen.

Wanneer Nikias ons erop wijst dat Sicilië groot is en dichtbevolkt, heeft hij wederom het gelijk aan zijn zijde, maar dit heeft niet noodzakelijkerwijs als consequentie dat de verovering van Sicilië bijzonder lastig of gevaarlijk zal zijn. We moeten beseffen dat de bevolking van het eiland divers is en zich laat kenmerken door een veelvoud aan uiteenlopende en gemakkelijk wisselende loyaliteiten. De steden van Sicilië veranderen sneller van constitutie en bondgenootschappen dan wij van filosofische dogma's. Vele zijn intern verdeeld. Ik wil maar zeggen dat we ons geen zorgen hoeven te maken over een sterke verdedigingswal van eensgezind Siciliaans patriottisme. Vertoon van militair overwicht in combinatie met diplomatieke handigheid vermag veel in een dergelijk politiek landschap. Mijn voorspelling zou zijn dat de ene na de andere stad op Sicilië zonder strijd naar ons kamp overloopt als wij ze daartoe verleiden met de juiste mix van dreigementen en beloningen. Als de kracht van Syracuse ons reden geeft tot zorgen, zullen we Syracuse op zijn eigen eiland isoleren. Dat Sicilië groot en dichtbevolkt is, zoals Nikias terecht opmerkt, is geen reden om van deze campagne af te zien. Integendeel. Het feit dat er zo'n grote prijs te winnen valt, maakt de expeditie des te wenselijker.

Wanneer we nadenken over de toekomst van ons imperium, dienen we de aard ervan ten volle te begrijpen. Wij onderwerpen staten aan onze invloedssfeer om tribuutbetalingen te heffen waarmee we de vloot bekostigen die nodig is om onze invloedssfeer te behouden. Hoe groter ons imperium wordt, hoe groter de vloot is die wij nodig hebben om ons imperium te bestieren en hoe groter onze vloot is, hoe groter ons imperium moet zijn om de kosten voor onze vloot te kunnen dragen. Ons imperium is een paradox, zoals de hardloopwedstrijd tussen Achilles en de schildpad, die Zenon van Elea beschrijft, waarin Achilles de schildpad nimmer zal inhalen, want wanneer Achilles het punt heeft bereikt vanwaar de schildpad is gestart, is de schildpad al gevorderd tot een punt verderop en wanneer Achilles dat punt zal hebben bereikt, zal de schildpad eveneens wederom een volgend punt hebben bereikt, hetgeen zo zal voortgaan tot in het oneindige.

Nikias is voor alles gepreoccupeerd met het behoud van ons imperium. Dat ben ik ook. Daarin verschillen wij niet van mening. Maar wat hij niet begrijpt, is dat de enige garantie voor het behoud van ons imperium gelegen is in zijn uitbreiding. Nieuwe veroveringen zijn een voorwaarde voor het voortbestaan van onze heerschappij. Alleen door meer te ambiëren kunnen we behouden wat we hebben.

Sicilië is zo rijk dat de verovering ervan ons de middelen zal toebedelen om Sparta te vernederen en Hellas definitief aan ons te onderwerpen. Maar in mijn visie zou dat nog niet eens het voornaamste doel moeten zijn van deze expeditie. Achter Sicilië ligt Carthago. Daaronder ligt Libië. Achter Carthago ligt Italië en achter Italië ligt de wereld. Dat is wat ik jullie in het vooruitzicht stel, mannen van Athene. Dat is wat ik voor mij zie wanneer wij spreken over de toekomst van ons imperium. Deze expeditie naar Sicilië is slechts de eerste stap op weg naar onze bestemming. Wij zullen een Atheens wereldrijk stichten dat zich uitstrekt tot de Zuilen van Herakles.'

Zo sprak ik. Met opzet overdreef ik mijn spraakgebrek bij het uitspreken van het laatste woord, zodat de roem van Hellas meeklonk in de naam van de grote heros. Mijn woorden misten hun uitwerking niet. Het enthousiasme voor de expeditie was hoorbaar toegenomen. Nikias vroeg wederom het woord. Hij zag in dat het inmiddels een verloren zaak was geworden om te trachten de volksvergadering te overtuigen van terughoudendheid en van zijn conservatieve visie op het imperium. Daarom koos hij voor een andere benadering. Hij probeerde het volk af te schrikken door een inschatting te geven van de omvang van de operatie, waarbij hij doelbewust overdreef. Hij sprak als volgt.

'Mannen van Athene, ik meen te mogen begrijpen dat jullie niet overtuigd zijn door mijn eerdere woorden en dat jullie in meerderheid genegen zijn om een militaire expeditie naar Sicilië te ondernemen. In dit geval beschouw ik het als mijn plicht om jullie naar mijn beste vermogens bij te staan met advies met betrekking tot dit avontuur, dat ik jullie heb ontraden, en om er ondanks mijn bedenkingen aan bij te dragen dat wij voor een strategie kiezen die de kans op het welslagen van de voorgenomen invasie maximaliseert. Het plan dat jullie vijf dagen geleden hebben omarmd, voorziet in de uitzending van zestig schepen en twaalfduizend man. Ik denk niet dat deze zullen volstaan en ik zal jullie uitleggen waarom.

Wij zullen ten strijde trekken tegen een respectabel aantal prominente, onafhankelijke, vrije steden, die geen van alle zuchten onder onderdrukking of vreemde overheersing en die daarom geen reden hebben om ons als bevrijders te verwelkomen. Als we ons tot de Griekse steden beperken, moeten we vaststellen dat alleen deze al bijzonder talrijk zijn voor één eiland. Van Leontinoi, Naxos en Katane kunnen we redelijkerwijs verwachten dat zij op grond van oude banden en verdragen onze kant zullen kiezen, maar dan blijven er nog minstens zeven belangrijke urbane centra over, waaronder met name Selinous en Syracuse, de twee voornaamste doelen van onze expeditie.

Deze twee steden beschikken beide over geduchte aantallen zware infanteristen, boogschutters en lichtgewapenden. Beide hebben een omvangrijke vloot en genoeg volk om deze te bemannen. Beide hebben toegang tot ruime financiële armslag. Bovendien hebben zij twee belangrijke strategische voordelen ten opzichte van ons. Ten eerste kunnen zij vrijelijk beschikken over grote aantallen paarden en ten tweede verbouwen zij hun eigen graan – zonder daarvoor afhankelijk te zijn van import over zee, die door onze aanwezigheid zou kunnen worden gecompromitteerd –, terwijl paarden en graan ons zwakke punt zijn, want zij zijn over zo'n grote afstand niet eenvoudig aan te voeren.

We moeten beseffen dat de risico's die wij bij deze onderneming zullen lopen anders zijn dan wij gewend zijn. Bij onze gebruikelijke militaire operaties is de logistiek van de bevoorrading nooit een probleem. Er is altijd een bevriende mogendheid in de nabijheid die onze onvoorziene behoeften kan lenigen. Op Sicilië zullen we ons daarentegen, geïsoleerd en van bondgenoten afgesneden, in een verafgelegen land bevinden dat ons in zijn geheel vijandig is gezind. Daarom dient er bij ons vertrek uit Athene al volledig te zijn voorzien in alles wat we nodig zullen hebben voor de bevoorrading van onze troepen. Bovendien zullen wij niet de mogelijkheid hebben om versterkingen op te roepen. Tijdens de vier wintermaanden zal het nauwelijks mogelijk zijn een boodschapper naar Athene te sturen. Het is duidelijk dat het om deze redenen niet volstaat om zestig schepen uit te zenden. Wat we nodig zullen hebben, is een overweldigende zeemacht, aangevuld met een zo groot mogelijk contingent van onze landmacht en voldoende graan om al deze manschappen voor langere tijd te voeden. Als we willen voorkomen dat de Siciliaanse cavalerie onze opmars hindert, zullen we geen andere keuze hebben dan zelf een maximale hoeveelheid paarden en ruiters naar Sicilië te verschepen.

Dus, mannen van Athene, als jullie mij toestaan een voorzichtige schatting te geven van de omvang van de vloot die nodig zal zijn om de door jullie voorgenomen expeditie te doen welslagen, dan zou ik zeggen dat we praten over een armada van minstens honderd oorlogsbodems, vijfduizend man zware infanterie of meer van onszelf en van onze bondgenoten, wellicht aangevuld met huurlingen, honderden boogschutters en lichtgewapenden als antwoord op hun cavalerie, zoveel mogelijk van onze eigen cavalerie, minstens zestig transportschepen voor de landmacht en de paarden, minstens vijftig vrachtschepen met graan, bakkers van de molens, die we zullen moeten vergoeden conform hun gebruikelijke dagloon, artsen, kleermakers, een groot contingent genietroepen, timmerlieden, metselaars en smeden voor de constructie van verdedigingswerken en belegeringsmachines en overvloedig zilver in aanvulling op de betalingen die ons vanuit Egesta zijn toegezegd.

Wie een dergelijke expeditie naar een ver, vreemd en in zijn totaliteit vijandig land onderneemt, zal ertoe bereid moeten zijn om vanaf de allereerste dag dat hij voet aan wal zet met een overweldigende overmacht bezit te nemen van zoveel mogelijk terrein. Niemand heeft ervaring met een militaire operatie van deze proporties, maar als jullie mij toestaan om desalniettemin uit mijn ervaring te spreken, is een expeditie van de omvang die ik voor jullie heb geschetst de enige vorm van een invasie die kans biedt op succes. Mochten jullie daar anders over denken, dan stel ik mijn positie als bevelhebber graag ter beschikking.'

Zo sprak Nikias. Het eerste doel van zijn redevoering was het volk zoveel angst aan te jagen met zijn overdrijvingen dat ze bij nader inzien zouden terugschrikken voor de onderneming en het tweede doel, dat relevant zou worden ingeval het eerste doel niet zou worden gerealiseerd, lag besloten in zijn allerlaatste woorden. De volksvergadering twijfelde. Men was onder de indruk van de enormiteit van de operatie die hij ons had voorgespiegeld. Ik stond op en sprak als volgt.

'Het is geen geheim dat Nikias en ik dikwijls van mening verschillen, maar zelfs een man van zijn leeftijd is kennelijk in staat om tot inzicht te komen, want ik ben het zelden zozeer met hem eens geweest als nu. Zijn betoog is een bewonderenswaardig heldere en intelligente analyse van de uitdagingen waarvoor we ons gesteld zien en van de strategie die daarop het juiste antwoord zal bieden. Ik sluit mij volledig aan bij zijn woorden en ik zou jullie met klem willen verzoeken zijn voorstel bij acclamatie aan te nemen. Het mag ons met grote trots vervullen dat wij aan de vooravond staan van de omvangrijkste en roemrijkste militaire expeditie die ooit door één enkele stad in Hellas is ondernomen.'

En zo geschiedde. Het volk was gecharmeerd van het vooruitzicht geschiedenis te schrijven. Juichend werd Nikias' doelbewuste overdrijving als ons reële invasieplan omarmd. Nikias, Lamachos en ik werden bevestigd in onze benoeming als bevelhebbers van de operatie en ons werd bovendien volledige autonomie toegekend. We hadden de bevoegdheid alles voor de expeditie in gereedheid te brengen op de manier die ons goeddunkte.

Iedereen werd verliefd op de onderneming. De ouderen waren van oordeel dat we met een dergelijke overmacht een goede kans maakten om Sicilië te veroveren en dat de omvang van de troepenmacht in ieder geval garant stond voor een behouden terugkeer in het geval dat de operatie zou falen. Zij die in de bloei van hun leven waren, werden bevangen door het verlangen naar verre, vreemde oorden en lust tot avontuur en zij twijfelden er geen moment aan dat ze veilig thuis zouden komen. Het gemene volk dacht aan het dagloon op de galeien en de soldaten aan soldij. Iedereen droomde van de veroveringen, die onze stad met een onophoudelijke stroom rijkdommen zouden overspoelen.

De enkeling die nog bezwaren durfde te hebben, hield zijn mond uit angst een lafaard te lijken.

In de dagen daarna werden er overal in de stad op de pleinen en straathoeken groepjes mensen aangetroffen die gehurkt met stokjes in het zand landkaarten tekenden waarop ze de ligging van Carthago, Libië en Italië ten opzichte van Sicilië aangaven en uitvoerig becommentarieerden.

6

De voorbereidingen voor de expeditie werden in gang gezet. Er werden boodschappers naar de bondgenoten gezonden en lijsten en monsterrollen opgesteld van materieel en manschappen.

Mijn eigen voorbereidingen bestonden eruit dat ik om te beginnen de opdracht gaf om een deel van het dek van mijn trireem weg te zagen en touwen liet spannen over het gat. Sicilië is ver. De reis zou lang zijn en ik wilde gedurende de overtocht wel lekker zacht kunnen slapen. Bovendien besloot ik eindelijk een plan tot uitvoer te brengen dat al langer bij mij leefde. De onderscheiding voor dapperheid die mij was toegekend na de Slag bij Poteidaia, gaf mij het recht om een eigen, gepersonaliseerd schildteken te dragen. Mijn gedeelde bevel over de grootste militaire operatie aller tijden en deze eerste stap op weg naar de Atheense verovering van de wereld leken mij een passende gelegenheid om daar eindelijk werk van te maken. Ik liet een gouden schild smeden, dat ik niet liet decoreren met mijn familiewapen, maar met Eros die een bliksemschicht als een pijl op zijn boog spant. Dat ik generaal was, wilde niet zeggen dat ik geen dandy meer kon zijn. Dat ik de wereld ging veroveren, wilde niet zeggen dat ik geen liefde kon verspreiden. Allervernietigend zou mijn liefde voor de wereld zijn, zo onweerstaanbaar als de bliksem van Zeus. Eros was mijn oppergod, vooral ten tijde van oorlog.

Toen ik in die dagen na een vergadering op de Pnyx over details van de uitrusting van onze missie met een publieke escorte terugliep naar huis, kwam ik Timon de misantroop tegen. Hij gedroeg zich vreemd, want in plaats van zich kwaad af te wenden en ons demonstratief te negeren, zoals hij gewoon was te doen met om het even wie hij ook maar tegen het lijf liep, kwam hij recht op mij af, begroette hij mij en sprak hij mij aan. Ik had hem nog nooit eerder horen spreken. 'Zoon van Kleinias,' zei hij, 'wat goed dat je al zo groot aan het worden bent. Nog even en dan word je een grote ramp voor deze hele bende hier die ze Athene noemen. Weet dat ik mijn hoop op jou gevestigd heb, jongen.'

Ik lachte. 'Dank je, Timon,' zei ik. 'We kunnen ieders steun gebruiken.'

Het belang en de omvang van de onderneming waren van dien aard dat de mensen begonnen te verwachten dat bovennatuurlijke krachten zich ermee zouden bemoeien. Ze zouden teleurgesteld zijn als de goden hun blik onverschillig zouden afwenden van deze operatie van historische proporties. Men speurde hemel en aarde af naar voortekenen. De goden maken hun wil bij voorkeur kenbaar aan stervelingen die naar tekenen hunkeren, want wie vreest of hoopt dat de goden redenen hebben om hun mening te geven over wat hij van zins is, zal in elke vogelvlucht en in iedere dwarreling van de wind een oordeel lezen.

Omdat gedurende de periode van onze voorbereidingen voor de expeditie het jaarlijkse feest voor Adonis gevierd werd, waren er theatraal treurende en ritueel rouwende vrouwen op straat. Ze hadden as op hun gezicht en sloegen op hun borsten, terwijl ze met hun gebruikelijke weeklachten de tragische dood van de schone jongeling herdachten. Overal in de stad waren tekeningen en plaatjes neergelegd van jonge mannen, die Adonis moesten voorstellen en die volgens de rite begraven zouden worden. Zolang ieder zich kan heugen, wordt Adonis elk jaar op dezelfde manier gehuldigd, maar door de toevallige coïncidentie met de uitrusting van de vloot en de mobilisatie van het leger werden de rouwklachten en de ritueel begraven afbeeldingen van jonge mannen opeens rillend als een infaust omen beschouwd.

Er bereikten ons vreemde berichten uit Delphi. De stad Athene heeft daar, zoals jullie wellicht weten, een gouden beeld van Pallas Athene gewijd, dat is bekostigd van de buit uit de Perzenoorlogen. Het is destijds opgesteld op een bronzen sokkel in de vorm van een palmboom met vergulde dadels en zo staat het daar al vele jaren. Maar er was een zwerm pikzwarte raven gekomen die dagen achtereen aan het beeld hadden gepikt. Tevens hadden de vogels de gouden vruchten van de boom met hun zwarte snavels afgebroken en op de grond gesmeten. Ik was er zeker van dat dit verhaal een leugen was en dat ambassadeurs uit Syracuse of uit hun moederland Korinthe de priesters uit Delphi hadden betaald om dit valse bericht te verspreiden in een poging om ons van de voorgenomen invasie te weerhouden. Ik was gelukkig niet de enige die er zo over dacht, maar de priesters uit Delphi hadden ook een orakel meegestuurd, dat voorspelde dat een priesteres van de godin Athene uit Klazomenai onze redding zou zijn. Omdat mensen ongeacht de vraag of ze daadwerkelijk gered moeten worden aangeboden redding niet graag afslaan, werden er gezanten naar Klazomenai gestuurd om de priesteres op te halen en naar onze stad te escorteren. En wat bleek toen zij door de opgeluchte menigte werd verwelkomd? Haar naam was Vrede.

Zo kan ik het ook, dacht ik. Ik wist het te organiseren dat ons enige tijd later toevallig bericht bereikte van een belangrijke uitspraak van het ontzagwekkende orakel van Zeus Ammon in Libië, dat onomkoopbaar ver weg geacht kon worden, waarin voorzegd werd dat Atheners de hand zouden leggen op alle weerbare mannen van Syracuse. De orakelspreuk werd als een geruststelling ontvangen, maar de opluchting was van korte duur, want diezelfde dag nog was er een onbekende, verwarde man die op het altaar van de Twaalf Goden klom, het symbolische middelpunt van Athene op de agora aan de heilige weg tegenover de Stoa van Peisianax. Hij banjerde daar even rond met onduidelijke bedoelingen en begon toen opeens met een scherpe steen zijn eigen lid te mutileren. Hij werd bloedend afgevoerd. De astroloog Meton, die commandant was van een regiment infanteristen dat zou worden uitgezonden, stak zijn eigen huis in brand. Er werd gezegd dat dat zijn manier was om waanzin te veinzen. Hij zou de afloop van het militaire avontuur in de sterren hebben gelezen en trachtte daarom ten koste van alles uit zijn functie te worden ontheven.

Desondanks verliepen de voorbereidingen voor de expeditie voorspoedig. De schepen waren uitgerust, de bemanningen waren compleet, het troepentransport was bijna rond, de graanvoorraden waren geladen, de toezeggingen van de bondgenoten waren geconcretiseerd en rendez-vouspunten waren afgesproken en ook de afspraken met de bakkers, timmerlieden en metselaars waren duidelijk en schriftelijk vastgelegd. De vloot was zo goed als gereed om uit te varen.

En juist in die tijd vond het voorval met de Hermen plaats. De affaire veroorzaakte zoveel opwinding en ophef dat ik er met zekerheid van uit kan gaan dat jullie bekend zijn met de gebeurtenissen, waardoor ik mijzelf kan ontslaan van de verplichting om jullie uitgebreid in te lichten over de details, maar desondanks voel ik de noodzaak om het schandaal ter sprake te brengen, omdat het in zekere zin een keerpunt vormde, zo niet voor de stad, dan wel voor mij persoonlijk en daarmee toch ook voor de stad. Ik ben, zoals jullie weten en zoals ik desalniettemin ten overvloede benadruk, nooit veroordeeld voor de vernieling van de Hermen, dat zou er nog maar aan ontbroken hebben, maar het vormde wel het begin van een reeks gebeurtenissen die uiteindelijk tot een vonnis en mijn vertrek uit Athene hebben geleid.

Toen we op een ochtend ontwaakten om te ontdekken dat alle Hermen van de stad die nacht moedwillig beschadigd waren, werd dat niet alleen beschouwd als een slecht voorteken dat alle eerdere dreigende omina en vermeende voorspoken veruit in de schaduw stelde, maar ook terecht als een ernstig misdrijf. Hoewel jullie inmiddels waarschijnlijk wel begrepen hebben dat ik minder talent heb voor bijgeloof dan velen van onze stadsgenoten, moet ik toegeven dat zelfs ik huiverde en van afschuw werd vervuld bij het zien van de stukgeslagen neuzen en de afgebroken fallussen van al onze Hermeszuilen. De alomtegenwoordigheid van deze meer of minder geraffineerd uitgevoerde sculpturen op pleinen en kruispunten, voor tempels en huizen, die zo gewoon en geruststellend Atheens waren dat niemand ze eigenlijk ooit een blik waardig achtte, was in één nacht veranderd in een alomtegenwoordigheid van moedwillige destructie, die niemand kon negeren. De onophoudelijke serie wondertekens waarvan de mensen de laatste tijd getuige dachten te zijn geweest, had hen nog extra gesensibiliseerd voor de religieuze dimensie van deze daad van vandalisme. Het was heiligschennis, dat leed geen twijfel, want de Hermen zijn godenbeelden. Ze zijn gewijd aan Hermes, beschermer van reizigers, die waakt over wegen en drempels. De zaak werd hoog opgenomen. De executieve raad stelde een speciale onderzoekscommissie in onder leiding van Peisandros, de zoon van Glauketes, en Charikles, de zoon van Apollodoros, beiden uit het district Acharnai, en loofde een beloning uit van honderd mnai voor eenieder die informatie zou verstrekken die zou leiden tot de arrestatie van de vandalen en heiligschenners.

Men sprak in het meervoud over daders, want het was evident dat de omvangrijke vernielingen, die onder de duistere dekmantel van één enkele nacht waren gerealiseerd, niet het werk konden zijn van één paar handen. Het theorietje, geopperd door mensen die de moed erin probeerden te houden door de zaak te minimaliseren, dat de vernielingen verklaard zouden kunnen worden als een uit de hand gelopen grap van een roedel dronkaards, werd niet serieus genomen. Deze daad van verregaand vandalisme was overduidelijk het resultaat van een goed gecoördineerde operatie van een omvangrijke groepering. Dat was precies de reden waarom de vernieling van de Hermen tot zoveel onrust en bezorgdheid leidde, want goed gecoördineerde groeperingen hebben vaak weinig goeds in de zin, vooral niet als ze 's nachts opereren. Peisandros en Charikles gaven al bij aanvang van hun onderzoekingen uiting aan hun vermoeden dat de daad van vandalisme onderdeel uitmaakte van een complot dat gericht was tegen de staat en zijn democratische instituties. Overal in de stad werd het woord 'tirannie' gefluisterd, terwijl men in elke schaduw een samenzweerder vermoedde. De kleinste aanwijzingen golden als bewijs voor een coup die ophanden zou zijn. Hoewel de laatste tiran honderd jaar eerder uit Athene was verdreven, was de term opeens goedkoper dan gedroogde vis.

De beloning van honderd mnai was gul genoeg om opportunisten te verleiden zich op te werpen als zogenaamde ooggetuigen en te bevestigen wat de onderzoekers wilden horen. Een zekere Diokleides meldde zich bij de commissie. Hij verklaarde dat hij tijdens die bewuste nacht op straat was geweest, omdat hij de afdracht wilde innen van een slaaf van hem die voor hem in de zilvermijnen van Laurion werkte. Hij had vroeg willen opstaan, maar had zich in het uur vergist, waardoor het nog diep in de nacht was toen hij aan zijn wandeling begon. Toen hij langs het poortgebouw van het Dionysostheater liep, zag hij een grote groep mannen uit de aangrenzende Stadsgehoorzaal van Perikles komen. Hij trok zich terug in de schaduwen en hurkte neer tussen een zuil en de sokkel van een bronzen standbeeld van een generaal. Hij zag naar schatting driehonderd samenzweerders, die bijeen stonden in groepjes van vijf en tien. Hij gaf de namen van de mannen die hij had herkend en noemde mij als een van hun leiders. Toen de onderzoekscommissie hem vroeg waarom hij zo zeker was van zijn identificatie, die tenslotte gebaseerd was op een waarneming op respectabele afstand in het holst van de nacht, antwoordde hij dat hij de gezichten duidelijk had kunnen zien bij het licht van de volle maan.

Op grond van deze valse getuigenis werd ik officieel in staat van beschuldiging gesteld, en enkele andere vermeende samenzweerders met mij. Ik zou worden voorgeleid. Ik drong erop aan om dit proces zo snel mogelijk te laten plaatsvinden, in elk geval voor het vertrek van de expeditie naar Sicilië, omdat ik de beschuldigingen in een handomdraai kon weerleggen, al was het maar omdat er geen sprake was van een volle maan tijdens die bewuste nacht. De vernielingen hadden plaatsgevonden in de nacht van de eerste dag van de nieuwe maan. Bovendien zou ik de aanklagers de vraag willen voorleggen naar het vermeende motief dat ik zou kunnen hebben om tegen de democratie samen te zweren op de vooravond van een militair avontuur dat mijn hartstochtelijke wens was, dat de democratie mij had toegestaan en waarvoor ik democratisch was gekozen als opperbevelhebber met volledige bevoegdheid.

Ik had een tamelijk goed idee in welke richting de ware schuldigen wel zouden moeten worden gezocht. Een van de zeer weinige Hermen in de stad die in de beeldenstorm ongeschonden waren gebleven, was een zeldzaam en waardevol exemplaar in het district Kydathenaion, dat was gewijd door de stam van de Aigeïden en dat voor het huis stond van Andokides, de zoon van Leogoras. Kennelijk was deze Andokides niet zo intelligent als mijn stiefvader Perikles, die destijds, toen de Spartanen ons platteland kwamen plunderen, zijn eigen landgoed als eerste liet platbranden, nog voordat de Spartaanse bevelhebber op het idee zou kunnen komen dat het er verdacht uit zou zien als zijn landgoed als enige gespaard zou blijven.

Andokides was een zeer bemiddeld man uit het invloedrijke, nobele geslacht van de Alkmaioniden. Als politicus maakte hij deel uit van de oligarchische cirkel rond Euphiletos en Meletos, die bekendstond om zijn antidemocratische gezindheid. Als de onderzoekers een complot tegen de staat en tegen de democratische instituties vermoedden, waren de kringen rond Euphiletos, Meletos en Andokides de plek waar zij als eerste zouden moeten zoeken. De oligarchen hadden motieven om de expeditie naar Sicilië te torpederen met chaos en met de enscenering van een spectaculair slecht voorteken, want een triomf op Sicilië zou een triomf zijn van de vloot en de vloot wordt bemand door het volk en is daarmee een steunpilaar van de democratie. Zij hadden eveneens redenen om mij in diskrediet te brengen, want ik was de populairste democraat van het moment en de inspirator van de expeditie, dus ik achtte het niet uitgesloten dat Diokleides op hun instigatie had gehandeld toen hij op wondere wijze de maanstanden had beïnvloed en verklaarde dat hij mijn gezicht had herkend.

Ook de naam van Nikias kwam in mij op, dat zal ik toegeven. Het was evident dat hij tegen zijn zin was aangewezen als mijn medebevelhebber van de Siciliaanse expeditie en dat het hem veel waard zou zijn om deze gesaboteerd en afgelast te zien. Maar mijn indruk was dat Nikias zich verre hield van de oligarchische cirkel van Euphiletos, Meletos en Andokides en al mijn informanten konden mij alleen maar bevestigen in deze vermoedens. Nikias was een democraat met een aristocratisch voorkomen, maar uiteindelijk wel een democraat. Hij was bovendien met zekerheid te beschaafd voor heiligschennis en vooral veel te bijgelovig om zijn medewerking te verlenen aan een doelbewuste enscenering van slechte voortekens. Het was aannemelijker dat de samenzweerders hadden gespeculeerd op Nikias' angst bij het zien van zo'n monsterlijk omen en op hernieuwde pogingen van zijn kant om het volk tot annulering van de voorgenomen expeditie te bewegen dan dat hij betrokken was bij de samenzwering.

In ieder geval was het van het grootste belang dat de zaak zo snel mogelijk zou worden opgehelderd. De vloot was inmiddels gereed voor vertrek. Ik drong erop aan dat ik onverwijld terecht zou staan. Als ik in het proces schuldig bevonden zou worden, zou ik mijn straf accepteren en bij vrijspraak zou ik conform de eerdere plannen het gedeelde opperbevel van de expeditie op mij nemen en uitvaren. Eerlijk gezegd leek dit mij in de ontstane situatie de enige juiste handelingswijze. Dat was men echter niet met mij eens. Het onderzoek had tijd nodig, vond men. Het werd het beste geacht dat ik volgens plan naar Sicilië zou afreizen en dat mijn eventuele proces zou worden uitgesteld tot op een rustig moment na mijn hopelijk behouden terugkeer. Dat vond ik een buitengewoon slecht idee. Vanuit hun perspectief leek het mij niet wenselijk om iemand die verdacht werd van een ernstig misdrijf aan het hoofd van zo'n groot leger uit te zenden en vanuit mijn perspectief zou het rampzalig zijn als mijn langdurige afwezigheid gelegenheid zou bieden aan kwaadwillenden om in alle rust achter mijn rug om bewijzen te fabriceren en valse getuigenissen tegen mij te verzamelen.

De kwestie werd voorgelegd aan de volksvergadering. Bij die zitting leerde ik drie dingen. Ten eerste werd mij duidelijk dat mijn tegenstanders en vijanden zich hadden georganiseerd om mij onschadelijk te maken en dat de mutilatie van de Hermen hoogstwaarschijnlijk deel had uitgemaakt van een vooropgezet plan dat in de eerste plaats tegen mij was gericht. Ten tweede was het zonneklaar dat mijn langdurige absentie een cruciaal onderdeel vormde van hun strategie. Ten derde begon ik te vermoeden dat de situatie nog ernstiger was dan ik had gevreesd en dat hun plan inhield dat zij tijdens mijn afwezigheid een zaak zouden construeren die een einde zou maken aan mijn politieke carrière.

Op een handige manier misbruikten ze de populariteit die ik en mijn missie bij het volk genoten door de ene na de andere backbencher vlammend te laten betogen dat de glorieuze Atheense expeditie naar Sicilië geschiedenis zou schrijven en daarom geen dag uitstel kon verdragen en dat het ondenkbaar zou zijn dat de invasie tot een triomf zou leiden als zij niet onder mijn leiding stond. Ik werd beschreven als een strategisch genie en meerdere sprekers refereerden aan mijn overwinning op de Olympische Spelen van het jaar daarvoor, die volgens hen bewees dat de goden aan mijn kant stonden. De verdenkingen werden gebagatelliseerd. De ene na de andere spreker was volledig van mijn onschuld overtuigd. Men prees mijn integriteit, die bleek uit mijn verzoek om onverwijld terecht te mogen staan, en zogenaamd om mij tegemoet te komen werd er een maximale termijn voorgesteld van tien dagen na mijn terugkeer in Athene waarbinnen mij de gelegenheid zou moeten worden geboden om mijn onschuld formeel te bewijzen en mijn naam van elke smet te zuiveren. Er was werkelijk geen reden tot haast voor de afhandeling van dit administratieve ongemak, zeiden ze, de wetten zouden ook later nog precies dezelfde zijn, terwijl er alle reden was om haast te maken met de Atheense verovering van de wereld.

Ik was kansloos. Met een overweldigende meerderheid besloot de volksvergadering dat ik zonder verder uitstel aan het hoofd van de Atheense vloot zou uitvaren naar Sicilië.

7

De meeste bondgenoten hadden al orders ontvangen om zich met hun triremen, graanschepen en troepen te melden bij het rendez-vouspunt bij het eiland Kerkyra en daar op onze vloot te wachten alvorens we gezamenlijk in konvooi de Ionische Zee zouden oversteken naar Kaap Iapygia.

Het vertrek vanuit Athene vond plaats op de dag van de zomerzonnewende. Bij zonsopgang marcheerde het hele leger van zware infanteristen, met matrozen en roeiers, paarden en ruiters, boogschutters en slingeraars, bakkers, timmerlieden en metselaars en de troepen van de bondgenoten die zich in Athene hadden verzameld vanuit de stad onder de heuvel van de Pnyx langs door de poort over de weg tussen de Lange Muren naar de haven van Peiraieus en de hele stad was uitgelopen om hen uitgeleide te doen. Een menigte van burgers, immigranten en vreemdelingen liep met de soldaten mee, ieder met zijn eigen landgenoten, ieder met zijn eigen familieleden, ieder met zijn eigen vrienden, ieder met zijn eigen zoon, jammerend en tegelijkertijd vol hoop, in beslag genomen door tegenstrijdige gedachten aan de risico's van de lange reis die voor hen lag, aan de glorieuze veroveringen die in het verschiet lagen en aan dierbaren die ze misschien nooit zouden weerzien. Op dit moment, waarop ze in Peiraieus daadwerkelijk afscheid van elkaar moesten nemen, waren ze zich meer bewust van de gevaren van de onderneming dan toen ze er op de Pnyx met enthousiasme voor hadden gestemd. Tegelijkertijd werden ze gerustgesteld door de aanblik van de kracht en omvang van de legermacht en van de onvoorstelbare armada, die tot in de perfectie uitgerust in de haven klaarlag voor het avontuur. Het was een schouwspel dat tot niets anders kon inspireren dan ontzag en het besef getuige te mogen zijn van de geschiedenis.

Het was daadwerkelijk de grootste en kostbaarste militaire operatie die ooit door één enkele Griekse stadstaat op touw was gezet, niet alleen vanwege het troepenaantal, maar ook vanwege het feit dat de logistiek van de expeditie naar een ver land, waar niet op de steun van bevriende naties kon worden gerekend, een ontzagwekkende hoeveelheid ondersteunende eenheden en bevoorrading nodig maakte.

Omdat alle betrokkenen zich terdege bewust waren geweest van de historische proporties van de operatie, hadden ze alles wat ze maar konden bedenken bij voorbaat historisch willen maken. De staat en individuele kapiteins waren in competitie verwikkeld geweest om ieder afzonderlijk schip niet alleen in optimale conditie te brengen, maar ook uit te rusten met de beste materialen die voorhanden waren en te bemannen met de meest ervaren matrozen. De kapiteins hadden uit eigen zak boegbeelden bekostigd die de voorplechten van hun trots glimmende triremen sierden. De landmacht van de infanterie en de cavalerie waren met de grootst mogelijke zorg geselecteerd uit monsterrollen van elitetroepen. Ze stonden te blinken in gloednieuwe wapenrustingen. Niet alleen aan de efficiëntie maar ook aan de esthetiek was zoveel aandacht besteed, dat men de indruk kon krijgen dat men toeschouwer was van een militaire parade, die een onvergetelijke demonstratie wilde zijn van ongeëvenaarde militaire suprematie, zonder dat men daarbij als toeschouwer geacht werd eraan te denken dat al dat stralende brons bezoedeld zou raken met modder en bloed.

Ik was uiteraard nauw betrokken geweest bij de voorbereidingen en omdat ik daarbij zo goed als dagelijks in Peiraieus was geweest, was de aanblik van de gereedliggende vloot voor mij een minder grote verrassing dan voor vele anderen. Maar ik moet toegeven dat zelfs ik op die ochtend, toen ik in mijn purperen mantel aan boord stapte van mijn schip en onze armada overzag, die nu in rap tempo werd bemand, een moment bevangen werd door eerbied voor datgene wat Athene kennelijk vermag. Ik was trots dat ik het middelpunt mocht zijn van een gebeurtenis die groter was dan ikzelf. De geschiedschrijvers van de toekomst zouden deze ochtend uitvoerig beschrijven aan het begin van een nieuwe boekrol, die gevuld zou worden met een nieuw hoofdstuk dat al het voorafgaande zou reduceren tot voorspel. Ik zag Nikias Agamemnon aan boord stappen van zijn galei. Lamachos Aias liet de zeilen hijsen. En terwijl ik, Alkibiades Achilles, vanaf de voorplecht van mijn schip uitkeek over onze troepenmacht die zou uitvaren om de wereld te veroveren, verbleekten mijn zorgen over gemutileerde Hermen, valse getuigenissen en de lage intriges die een kenmerk waren van de democratie tot futiliteiten die in geen verhouding stonden tot de grootsheid van dit moment.

Een kindermeisje uit de huishouding van Kallias had Elpinike en

Alkibiades meegenomen naar de haven om hun vader uit te zwaaien. Elpinike was een paar maanden eerder vier geworden en Alkibiades had net zijn eerste stapjes gezet. Hij begon steeds meer op zijn moeder te lijken. Ze mochten even aan boord van mijn schip om afscheid te nemen. Elpinike was bijzonder onder de indruk van de grote roeispanen die de mannen op de roeibanken in hun handen hadden. 'Mag ik ook roeien, pappa?' vroeg ze. 'Ik kan echt goed roeien. Ik zal extra hard roeien op de terugweg om te zorgen dat je zo snel mogelijk weer bij mij bent.' Ik gaf beiden een zoen op hun voorhoofd. Alkibiades schrok van de wuivende pluim op mijn helm en klampte zich huilend vast aan de knieën van zijn oppas. Ik lachte. 'Er komt een dag dat heel Athene zal spreken over jouw dapperheid,' zei ik. Het was tijd. Het kindermeisje nam hen mee van boord. Ik wist toen nog niet dat ik hen pas acht jaar later zou terugzien.

De troepen waren scheep gegaan. De trompet gaf het signaal. Duizenden opgewonden, zwaarbewapende mannen zwegen eerbiedig. De gebeden voor de behouden vaart werden uitgesproken, niet door de bemanning van ieder schip afzonderlijk, zoals dat normaal gesproken gedaan wordt, maar door de gehele vloot in koor samen met de stem van een heraut. Daarna werd op ieder schip de wijn gemengd en de kapiteins en hun bemanningen brachten de plengoffers uit gouden en zilveren schalen. Op de kaden werd er door de thuisblijvers gebeden voor hun behouden terugkomst. Soldaten, matrozen en hun dierbaren aan wal zongen de hymne als met één stem. Ik zag dat Elpinike meezong en naar mij zwaaide. De vloot voer uit. In een langgerekt konvooi werd koers gezet richting het zuiden. Toen de voorste schepen al ter hoogte van het eiland Aigina voeren, moesten de achterste Peiraieus nog verlaten.

8

Mannen van Athene, alleen al vanwege het feit dat ik jullie niet schrijf terwijl ik gezeten ben op een met kransen versierde troon in Syracuse of Carthago, dat ik op dit moment niet aan het hoofd van een onoverwinnelijk leger langs de oases van Libië trek of door de vette graaslanden van Italië en dat ik geen overwinningstrofee heb opgesteld bij de Zuilen van Herakles, maar dat ik hier in het boerengehucht Melissa in de binnenlanden van Phrygië het verstrijken van de tijd tracht te bespoedigen door mij mijn verleden zo haastig mogelijk te heugen in de hoop dat ik vervolgens eindelijk kan doen wat nodig is om Athene te redden, zal het duidelijk zijn dat de blinkende en schitterende verwachtingen waarmee de majestueuze Atheense vloot is uitgevaren naar Sicilië niet zijn waargemaakt en er is nauwelijks een pijnlijker contrast denkbaar dan tussen het vlootvertoon op die dag tijdens de zomerzonnewende in dat jaar waarin wij blaakten van onoverwinnelijkheid en de triomfantelijke arrogantie waarmee de Spartaanse vloot onlangs op de zestiende dag van de maand Mounychion als overwinnaar van de oorlog de verlaten haven van Peiraieus is binnengevaren om Athene in te nemen.

Het bericht daarover bereikte mij korte tijd geleden, waarbij het wrede lot voor Athene met mij persoonlijk kennelijk het wrede spel wilde spelen om zich aan mij kenbaar te maken op het moment dat ik in mijn verslag toe was aan de beschrijving van het grote avontuur waarin ik Athene vol zelfvertrouwen had meegesleurd. Op deze manier werd ik ten overvloede op mijn verplichting gewezen om op deze papyrus een antwoord te formuleren op de vraag hoe het heeft kunnen gebeuren dat onze voorlopige eindbestemming zo ver verwijderd is van het doel dat wij voor ogen hadden en binnen handbereik dachten te hebben, alsmede op de urgente noodzaak om de geschiedenis hiermee niet als afgerond te beschouwen, maar daadkrachtig te corrigeren. Ik beloof jullie dat ik mij van beide opdrachten zal kwijten.

We rondden de Peloponnesos en volgden de kust tot aan Kerkyra, waar de bondgenoten ons opwachtten. De vloot was compleet. Op dit punt was het voorzien dat Nikias, Lamachos en ik de slagorde zouden herindelen. We herzagen de sequenties waarin de schepen voor anker zouden gaan en waarin de respectievelijke bemanningen kamp zouden opslaan aan wal en we verdeelden de vloot in drie eskaders, elk met één van ons drieën als bevelhebber en referentiepunt, want de vloot was nu, versterkt met de schepen van de bondgenoten, definitief te groot geworden om in zijn logge totaliteit als één lichaam gecommandeerd te kunnen worden. Elk eskader zou als zelfstandige eenheid opereren om te voorkomen dat er tekorten zouden ontstaan aan ankerplaatsen, water en provisies bij de ravitailleringsposten. We stuurden drie schepen vooruit naar Kaap Iapygia met de instructie om langs de kust van Italië te informeren welke steden bereid zouden zijn hun havens voor ons open te stellen en om ons vervolgens tegemoet te varen en ons van hun bevindingen op de hoogte te stellen voordat de hele troepenmacht de Italiaanse wateren zou bereiken.

Vervolgens maakten we de oversteek over de Ionische Zee met de vloot, die nu bestond uit honderdvierendertig triremen met hun bemanningen van in totaal bijna zevenentwintigduizend matrozen, waarvan honderd schepen uit Athene – zestig snelle oorlogsbodems en veertig troepenschepen – en de rest van Chios en van de andere bondgenoten, twee lange pentekonters uit Rhodos met hun bemanningen, eenenvijftighonderd zware infanteristen, van wie vijftienhonderd vrije Atheense burgers van de monsterrollen, zevenhonderd man uit de lagere klassen van Athene en de rest uit de vazalstaten, vijfhonderd man uit Argos, tweehonderdvijftig huurlingen uit Mantineia, vierhonderdtachtig boogschutters, onder wie tachtig Kretenzers, zevenhonderd lichtgewapenden uit Rhodos, honderdtwintig lichtgewapenden uit Megara en een paardentransportschip met dertig paarden. De voorraden werden vervoerd op twintig grote vrachtschepen en honderd kleinere boten, die waren geladen met graan en die tevens de bakkers, timmerlieden en metselaars aan boord hadden, alsmede al hun gereedschap dat nodig was voor het bouwen van verdedigingswerken en belegeringsmachines. Verder werd de vloot begeleid door een groot aantal andere galeien en vrachtschepen, die zich vrijwillig vanwege handelsdoeleinden hadden aangesloten bij de expeditie.

De oversteek over open zee is altijd enigszins hachelijk, zeker met zo'n omvangrijke vloot, die bovendien voor een deel bestond uit schepen die zwaarbeladen waren, maar de wind was gunstig en we bereikten Kaap Iapygia binnen een dag en een nacht. De drie verkenningsschepen die we vooruit hadden gestuurd, kwamen terug met weinig bemoedigende informatie. De meeste steden langs de Italiaanse kust waren ronduit huiverig om zo'n grote troepenmacht als de onze binnen hun muren te ontvangen. Desalniettemin was dat onze enige route. We volgden de kust naar Taras, Metapontion, Herakleia, Siris, Thouria, Sybaris, Petelia, Kroton, Kaulonia en Epizephyrisch Lokroi en de ene na de andere stad sloot zijn poorten en markten voor ons.

Ze stonden ons uitsluitend toe voor anker te gaan en water te halen en Taras en Lokroi zelfs dat niet.

Uiteindelijk bereikten we Rhegion op de uiterste punt van Italië. Daar werden de drie eskaders van de vloot herenigd. We kregen geen toestemming om binnen de muren te treden, maar er werd ons een terrein aangewezen buiten de stad bij een Artemistempel waar we ons kamp mochten opslaan en waar tevens een markt voor ons werd opgebouwd. We trokken de schepen aan wal en sloegen ons bivak op, waar we bijkwamen van de reis. Het was voor het eerst sinds ons vertrek van Kerkyra tien dagen eerder dat er een kamp kon worden opgeslagen op het vasteland en dat er niet aan boord van de schepen gegeten en geslapen hoefde te worden. De marktlieden, die uit de wijde omgeving waren toegereisd om te profiteren van onze opluchting over deze onderbreking van onze ongemakken, rekenden woekerprijzen, maar we hadden zilver en voor de mannen was het een waar feest om weer eens wat groente, fruit en vlees tot zich te kunnen nemen.

Meer zilver was ons toegezegd vanuit Egesta. We stuurden er drie schepen naartoe met het doel de eerste tranche op te halen die ons was beloofd bij onze aankomst in de wateren rond Sicilië. We maakten gebruik van deze gedwongen en tevens welkome rustpauze in afwachting van de terugkeer van de schepen uit Egesta om de onderhandelingen te openen met de magistraten van Rhegion, maar ondanks beloften van onze kant weigerden zij in te gaan op het door ons aangeboden verbond en verkozen zij het om in ons toekomstige conflict met Syracuse en Selinous een positie van neutraliteit in te nemen.

Na acht dagen kwamen de schepen terug uit Egesta met een verbluffende tijding. Het geld dat ons was toegezegd, was niet beschikbaar. Met bloed, zweet en tranen zouden er misschien dertig talenten bij elkaar kunnen worden geschraapt, maar daarmee waren de financiële middelen van Egesta uitgeput. Onze gezanten hadden tevens ontdekt wat er was gebeurd toen het eerdere Atheense gezantschap Egesta had bezocht en in het afgelopen voorjaar was teruggekeerd naar Athene met verhalen over onmetelijke rijkdommen die in tempels, schatkamers en huizen van Egesta zouden liggen opgetast. In het kort kwam het erop neer dat wij waren bedrogen. De inwoners van Egesta hadden de wijgeschenken uit de tempel van Aphrodite in het naburige Eryx aan onze afgezanten getoond. Deze zogenaamde schat bestond uit kommen, bekers, kelken, karaffen, borden en schalen van verzilverd en verguld tin en brons, die schitterend glommen bij het licht van de fakkels, maar van weinig waarde waren. Terwijl de Atheense gezanten naar de schatkamers werden geleid, werd er een omweg genomen, die de inwoners van Egesta de tijd verschafte om dezelfde schat daarheen te verplaatsen en op een andere manier gerangschikt opnieuw tentoon te stellen. Dezelfde rijkdommen werden nogmaals aanschouwd in de Apollotempel en in het Prytaneion en toen de Atheense gezanten 's avonds werden gefêteerd op een gul banket, hadden ze niet door dat de gouden borden waarvan ze aten en de gouden kelken waaruit ze dronken dezelfde objecten waren die ze al vier keer eerder met open monden hadden bewonderd.

Het klatergoud van Egesta was de aanleiding geweest voor het soevereine volk van Athene om te besluiten tot het grootste militaire avontuur uit zijn geschiedenis en nu bleek die aanleiding op ordinair boerenbedrog te berusten. En dan zijn er nog filosofen die beweren dat de kosmos een rationeel en kenbaar mechaniek is. Ik overlegde met Nikias en Lamachos over de ontstane situatie en over de te volgen strategie.

Ik moet zeggen dat mijn bewondering voor Nikias was toegenomen. Politiek gezien was hij de laatste jaren mijn voornaamste tegenstander geweest, maar ik had groot respect voor de manier waarop hij zijn politieke nederlaag had geaccepteerd en met bewonderenswaardig verantwoordelijkheidsgevoel het bevel op zich had genomen van de expeditie die hij nooit had gewild. Het feit dat hij niet van mening was veranderd toen het evident werd dat de publieke opinie het plan van de expeditie naar Sicilië steeds gretiger omarmde, had al getuigd van klasse en ruggengraat. Dat hij vervolgens, toen zijn pogingen om het volk te overtuigen van zijn visie van terughoudendheid en voorzichtigheid hadden gefaald en het volk hem in plaats van naar hem te luisteren tot commandant promoveerde, had beseft dat prudentie en aarzelingen niet langer gepast waren en dat hij, zonder een moment als een kind vanaf de achterplecht van zijn schip mokkend om te kijken naar zijn huis dat hij tegen zijn zin achter zich had moeten laten, niet voor Lamachos en mij onderdeed in zijn toewijding aan onze missie, maakte hem een waarlijk groot man.

Ik ben er dan ook van overtuigd dat het niet uit lafheid was dat hij een voorstel deed dat als risicoloos zou kunnen worden beoordeeld. In zijn analyse was de situatie gewijzigd door het feit dat Egesta zijn verplichtingen niet zou kunnen nakomen. Hierdoor zouden de astronomische kosten van de militaire operatie volledig ten laste van Athene komen en iedere dag waarmee de missie werd verlengd, zou een aanslag vormen op de Atheense schatkist. Daarom stelde hij voor om onverwijld richting Selinous te varen, het aanvankelijke doelwit van de expeditie, om daar met behulp van het vertoon van ons militaire overwicht een schikking af te dwingen tussen Selinous en Egesta, opdat wij in ieder geval altijd zouden kunnen beweren dat wij ons aan de afspraak hadden gehouden en opdat wij bij thuiskomst in Athene zouden kunnen volhouden dat het voornaamste doel van onze missie was gerealiseerd, om vervolgens een rondje om Sicilië te varen met onze gehele vloot teneinde de Sicilianen met machtsvertoon te intimideren en om daarna zonder uitstel terug naar Athene te varen zonder verdere middelen te verspillen.

Ik begreep de logica van Nikias' plan, maar ik was bang dat het, zeker nu we met zo'n overweldigende overmacht waren uitgevaren, als een teken van zwakte zou worden geïnterpreteerd als we niet iets meer zouden bereiken dan een wapenstilstand tussen Selinous en Egesta. Zonder de valse financiële beloften van Egesta waren we wellicht nooit uit Athene vertrokken, dat was waar, maar het feit was dat we hier nu waren en dat we de militaire middelen tot onze beschikking hadden die toereikend waren voor een invasie. Ik stelde voor om het bedrog van Egesta aan te grijpen als een excuus om Selinous voorlopig te laten voor wat het was en ons te richten op Syracuse. De inname van die stad zou een hoofdprijs zijn, die de hele expeditie zou rechtvaardigen en die bovendien mogelijkheden zou openen om nog meer te bereiken.

Lamachos was het met mij eens. Hij stelde voor om gebruik te maken van het verrassingselement en zo snel mogelijk met de hele vloot op te varen naar Syracuse. De inwoners van Syracuse zouden inmiddels ongetwijfeld op de hoogte zijn van onze aanwezigheid hier bij Rhegion, maar met enig geluk zouden wij hen kunnen overvallen terwijl zij hun verdediging nog aan het organiseren waren. En ook als ze wisten dat wij hier waren, hadden ze ons nog niet gezien. Het spektakel van onze voltallige vloot die opduikt voor hun kust, zou een vernietigend effect kunnen hebben op hun moreel.

Ik aarzelde. Enerzijds was Lamachos' voorstel vanuit een militair oogpunt zeker aanlokkelijk te noemen, anderzijds bevatte het een element van speculatie, omdat het niet kon worden uitgesloten dat de defensie van Syracuse beter op orde was dan wij hoopten. In dat geval zou een eventueel succes onzerzijds gepaard gaan met aanzienlijke verliezen. Lamachos dacht als een soldaat, die gelooft dat een leger dient om te vechten. De zwakte van zijn voorstel was gelegen in het feit dat het het diplomatieke potentieel van een militair overwicht onbenut liet. Een leger dient niet alleen om te vechten, maar ook om met meer overredingskracht te kunnen onderhandelen. Ik maakte mij zorgen over de bevoorrading en het gebrek aan cavalerie. Dat waren onze twee zwakste punten. De strategie die daarom mijn voorkeur had, ging uit van het geleidelijke isolement van Syracuse. We zouden herauten sturen naar alle steden behalve Syracuse en Selinous om te peilen of er interesse was om onze kant te kiezen en we zouden onze inspanningen in eerste instantie concentreren op Messenia, vanwege zijn strategische ligging en goede haven, die het een voortreffelijke uitvalsbasis voor ons zouden maken. Het verwerven van bondgenoten op het eiland was de meest effectieve manier om ons te verzekeren van paarden en graan en de beste remedie tegen onze kwetsbaarheid.

Nikias was van oordeel dat we, als we daadwerkelijk een aanval op Syracuse wilden overwegen, meer kans op succes hadden als we konden rekenen op Messenia als uitvalsbasis en de steun van een paar andere Siciliaanse steden. Lamachos ging akkoord. Het besluit was genomen. We hadden een plan.

9

Toen we begonnen aan onze manoeuvres, dreigend langs de Siciliaanse kust gingen varen en in contact traden met delegaties van verschillende steden van het eiland, zag ik mij gedwongen al gauw te concluderen dat we ons met ongerechtvaardigd zelfvertrouwen aan het bewegen waren in een wereld die ons in de kern vreemd was. De mensen die we spraken, spraken Grieks. We herkenden de dialecten van de respectievelijke Griekse moedersteden die hen enkele generaties eerder hadden uitgezonden als kolonisten. Ze beschouwden zichzelf als Grieken. Ze aanbaden dezelfde goden en kenden onze dichters. Euripides in het bijzonder kon zich over een meer dan gemiddelde populariteit verheugen. Maar deze Grieken, die oppervlakkig gezien in alle opzichten op ons leken, hadden hier in het westen een nieuwe, eigen realiteit gecreeerd, die nauwelijks raakvlakken had met de wereld waar wij vandaan kwamen.

In ons Hellas heeft iedere stad een gezicht dat we al eeuwen kennen en tot in de miniemste details zouden kunnen natekenen. Zeg mij dat ik moet onderhandelen met Argos, Thebe, Korinthe, Ephesos of Sparta en ik kan het gehele gesprek bij voorbaat voorspellen, omdat wij al eeuwen met elkaar spreken en steeds hetzelfde zeggen. Vraag mij wat de verlangens zijn van een Lesbiër, de leugens van een Kretenzer, de trots van een Thraciër of de vrees van een Ioniër en ik zal hun eigenschappen beschrijven alsof ik spreek over mijn beste vrienden of mijn hardnekkigste vijanden. Maar op Sicilië kon ik, hoewel ik de stichtingsverhalen kende en op de hoogte was van de affiliaties, de dromen van de mensen en hun ware motivaties niet lezen. Ze sloten hun poorten en hun harten voor ons. Het leek alsof ze elk voor zich en onder elkaar door andere en belangrijkere zaken in beslag werden genomen dan zich bezig te houden met ons storende machtsvertoon en onze kinderachtige obsessie met het schrijven van geschiedenis. In dit zachte en kleurrijke landschap waren ze hun eigen geschiedenis aan het maken te midden van glimlachende barbaren die chitons aantrokken, tempels bouwden voor onze goden en hun eigen agenda hadden, en de finesses die daarbij kwamen kijken, zouden wij nooit volledig kunnen doorgronden. Hellas lag voor hen in het verleden, op de plek waar de oude verhalen gemaakt zijn, en daar moest Hellas wat hen betreft blijven.

Athene telde weinig hier. We konden hier dan wel zijn met de grootste vloot die ooit vanuit één enkele stad was uitgevaren, maar uiteindelijk was dat niet werkelijk van belang. Ze beschouwden ons als een vreemde mogendheid uit een ver buitenland en als zodanig zeker ook als een gevaar, maar uiteindelijk toch vooral als een ongemak dat onvermijdelijk van voorbijgaande aard zou zijn. Ze kenden de naam en de faam van Athene, zoals wij Hyperboreia en Ethiopië kennen, en nu vertoonden wij ons in levenden lijve aan hun kusten en leverden daarmee het onomstotelijke bewijs voor de theorie dat Athene daadwerkelijk echt bestond, maar dat nam niet weg dat Athene elders was en toebehoorde aan een andere wereld.

Ik was persoonlijk, met mijn eigen schip en zonder escorte, van Rhegion overgestoken naar Messenia om de onderhandelingen te openen over een alliantie. Ik wist dat Messenia honderd goede redenen had om Syracuse te vrezen en ik had de volmacht gekregen van mijn medebevelhebbers om hun honderd goede redenen te geven, inclusief aanmoedigingen van financiële aard, om Athene als een vriend te gaan beschouwen. Maar ik had geen voet aan wal gekregen. Ze hadden mij niet eens binnen hun muren willen ontvangen om te horen wat ik te zeggen zou hebben gehad. Onverrichter zake was ik teruggekeerd naar Rhegion.

Daarop hadden we besloten om met een eskader van zestig schepen met twaalfduizend man langs de kust te gaan varen en om Naxos en Katane aan te doen. Omdat Naxos gesticht was door kolonisten uit Chalkis op Euboia, van oudsher een van de trouwste bondgenoten van Athene, en omdat Katane niet veel later vanuit datzelfde Naxos was gesticht, stonden deze twee steden bovenaan ons zorgwekkend korte lijstje van zekere bondgenoten. In Naxos wilde men ons inderdaad ontvangen en er werd welwillend gereageerd op onze voorstellen, ook al was er geen spoor van enig enthousiasme te bekennen en werden er geen concrete toezeggingen gedaan. Maar Katane weigerde ons de toegang.

We sloegen kamp op aan de oevers van de rivier de Terias. De volgende dag ondernam ik met tien snelle schepen en tweeduizend man een verkenningsmissie naar Syracuse, dat vanuit Katane gezien vlak achter de kaap van Leontinoi lag. We bestudeerden het terrein en de verdedigingswerken en voeren de baai in om te zien of hun vloot paraat was. Van hun vloot was geen spoor te bekennen. We zagen slechts één klein schip, dat we insloten en enterden. Het had geen waardevolle goederen aan boord. Het enige dat we buitmaakten, waren de monsterrollen van Syracuse, met de namen van alle dienstplichtige militairen die konden worden opgeroepen. De angstig stotterende bemanning legde ons uit dat die registers bewaard werden in het heiligdom van de Olympische Zeus, even buiten de stad, en dat zij gestuurd waren om deze op te halen en naar het stadsbestuur te brengen. We brachten de rollen over naar mijn schip en terwijl ik het aantal geregistreerde namen begon te tellen, brak er rondom mij opeens gejammer uit. De mannen waren buitengewoon ontdaan, want ze herinnerden zich het orakel van Zeus Ammon, dat had voorzegd dat Athene de hand zou leggen op alle weerbare mannen van Syracuse. Ze vreesden dat deze voorspelling thans op deze manier was uitgekomen en dat het onvermijdelijke gevolg daarvan zou zijn dat zij niet meer in vervulling zou gaan op de wijze zoals iedereen haar al die tijd als vanzelfsprekend had geïnterpreteerd. Ik wilde hen geruststellen door te bekennen dat de grote Zeus Ammon uit Libië deze voorspelling nooit had gedaan en dat het orakel in mijn opdracht was gefabriceerd, maar ik besefte dat ik de onrust daarmee alleen maar zou vergroten. Alles wat een mens onderneemt om de wereld naar zijn hand te zetten, keert zich uiteindelijk tegen hem. Het beste is aan de rand van de wereld geboren te zijn zonder enige reden tot ambitie en rustig droomloos te slapen.

We deden een hernieuwde poging om Katane van de wenselijkheid van een alliantie met Athene te overtuigen. Onze troepen waren nog altijd niet welkom binnen hun muren, maar ze nodigden de drie bevelhebbers uit om onbewapend en zonder escorte de stad in te komen en het Atheense voorstel voor te leggen aan hun volksvergadering. Mannen van Lamachos hadden de dag ervoor bij hun gescharrel rond de stadsmuren een kleine poort ontdekt die half overwoekerd was en niet bijzonder goed onderhouden leek. Voordat Nikias, Lamachos en ik Katane binnengingen, gaf ik de opdracht aan onze troepen de tijd in te schatten die nodig zou zijn om ons naar de volksvergadering te leiden en de nodige diplomatieke plichtplegingen en offers te volbrengen en die poort vervolgens te forceren. De timing was perfect. Terwijl ik bezig was aan mijn betoog ten overstaan van het volk van Katane, waarin ik de tijd nam om uitgebreid stil te staan bij de voor Katane desastreuze alternatieven voor een vriendschap met Athene en waarin ik mij een gedetailleerde beschrijving permitteerde van de slagkracht van het leeuwendeel van onze troepenmacht, dat bij Rhegion wachtte op mijn bevelen, braken onze soldaten in. Met veel lawaai, tumult en vervaarlijk gezwaai met blinkende lansen en glimmende schilden namen ze bezit van de agora. In grote meerderheid sprak de volksvergadering van Katane zich uit ten gunste van een alliantie met Athene.

We voeren terug naar Rhegion en brachten onze volledige troepenmacht van Rhegion over naar de haven van Katane. Daar sloegen we ons nieuwe kampement op. Er bereikten ons berichten dat Kamarina bereid zou zijn naar ons over te lopen en dat Syracuse zijn vloot in gereedheid had gebracht. Beide berichten bleken echter op een misverstand te berusten. Toen we aankwamen bij Kamarina, weigerde men ons te ontvangen en toen we doorvoeren naar Syracuse, troffen we geen vloot aan. We gingen aan wal om de ommelanden van Syracuse te plunderen, waarbij we enkele lichtgewapenden verloren bij schermutselingen met hun cavalerie. Toen we terugkwamen in Katane, zagen we de Salaminia in de haven liggen.

10

De Salaminia was, zoals jullie wellicht nog weten, een van de beide Atheense regeringsgaleien, die door de executieve raad of door het soevereine volk gebruikt werden voor officiële staatsaangelegenheden. De andere, de Paralos, die jullie enige maanden geleden het rampzalige nieuws heeft gebracht, is bij mijn weten nog steeds in de vaart, maar de Salaminia is inmiddels vervangen door de jullie wel bekende Ammonias. Toen ik het schip zag liggen in de haven van Katane, wist ik onmiddellijk dat mijn politieke tegenstanders in Athene precies datgene hadden gedaan wat ik had gevreesd, dat ze misbruik hadden gemaakt van mijn absentie om een zware aanklacht tegen mij te construeren en dat het schip gekomen was met het doel mij mee terug te nemen naar Athene en daar aan een proces te onderwerpen. De eerste vereiste voor het geluk is in een roemvolle stad geboren te zijn, maar dit vooral bedrukt een man: dat glorie wordt betaald met scheve ogen.

Hoewel ik pas later in staat zou zijn om het complot in al zijn details te reconstrueren, is dit de juiste plaats om in het kort in jullie herinnering te roepen waar de zaak om draaide en hoe de aanklacht tot stand was gekomen. Precies zoals ik had verwacht, was het onderzoek in Athene naar de vernielingen van de Hermen met dubbele intensiteit voortgezet na ons vertrek naar Sicilië. De hoofdonderzoekers Peisandros en Charikles waren tot de onvermijdelijke conclusie gekomen dat de aanklacht van Diokleides, die mij als een van de daders had genoemd, berustte op een leugen. Diokleides was terechtgesteld voor zijn valse getuigenis. De onbeschadigde Herme in het district Kydathenaion had hen op het spoor gebracht van Andokides, de zoon van Leogoras, die was gearresteerd en die na enige tijd in ruil voor immuniteit een volledige bekentenis had afgelegd en de namen had genoemd van de overige betrokkenen. Zoals ik al had vermoed, kwam het initiatief uit de oligarchische cirkel van Euphiletos en Meletos. Andokides had Euphiletos aangewezen als de instigator van de operatie, die volgens hem bedoeld was om chaos te creëren, de Siciliaanse expeditie te saboteren en een opstap te vormen tot een oligarchische coup. Andokides had verklaard dat hij er alles aan had gedaan om Euphiletos van dit plan te weerhouden, maar dat geloofde niemand. Maar krachtens de hem toegekende immuniteit was hij vrijgelaten, waarna hij Athene onmiddellijk in vrijwillige ballingschap had verlaten. Ook de meesten van de mannen die hij had beschuldigd, waren inmiddels gevlucht.

De zaak van de Hermen was daarmee opgelost, maar in zijn ijver om de onderzoekers te voorzien van bruikbare informatie en zoveel mogelijk anderen dan zichzelf te beschuldigen had Andokides laten vallen dat hij geruchten had gehoord over een ander en zo mogelijk nog ernstiger geval van heiligschennis. De heilige Mysteriën van Eleusis zouden zijn geparodieerd. De aandacht van de onderzoekscommissie richtte zich vervolgens op deze weliswaar zware, maar vooralsnog ongegronde beschuldiging.

Deze nieuwe aantijgingen over ontheiliging van de Mysteriën werden opgepikt door Androkles uit het district Pithos, die met verve in het vervuilde gat was gesprongen dat de verbanning van de beroepsintrigant Hyperbolos had achtergelaten en die zich in die tijd schaamteloos profileerde als populistische demagoog, berucht om zijn gammele beeldspraak. Hij was mijn toegewijde vijand, omdat hij mijn plaats als democratisch leider ambieerde. Ze hebben hem vier jaar later, toen ik ver van Athene verbleef, vermoord in de geenszins ongerechtvaardigde hoop mij daarmee een plezier te doen.

Deze Androkles maakte er herhaaldelijk een show van in de volksvergadering, inclusief opgetrommelde slaven en vreemdelingen die zogenaamd ooggetuigen waren, dat hij zeker meende te weten dat ik degene was geweest die de ontheiliging van de Mysteriën doelbewust in scène had gezet en dat deze daad van heiligschennis samen met de vernielingen aan de Hermen deel uitmaakte van een groot complot waarmee ik beoogde de democratie omver te werpen en mijzelf te kronen tot tiran van Athene. Dat zijn beweringen iedere logica ontbeerden, aangezien inmiddels bewezen was dat de vernieling van de Hermen deel uitmaakte van een oligarchische samenzwering die vooral tegen mij en mijn expeditie was gericht en aangezien het merkwaardig zou zijn dat ik er zelf hartstochtelijk op had aangedrongen om met het leger naar het verre Sicilië te worden uitgezonden als ik tegelijkertijd druk bezig was de democratie te ontmantelen, kon niet wegnemen dat het volk door toedoen van zijn repeterende aanvallen op mij gevoelig werd voor het idee dat er een reden moest zijn voor deze verregaande verdenkingen en dat nader onderzoek wenselijk ware. Waar rook is, is vuur, zegt de dichter, en hoewel Androkles zijn stinkende rookgordijnen volledig zelf had geproduceerd, ging het volk op zoek naar het vuur.

De onderzoekscommissie zag zich gedwongen de wilde beschuldigingen van Androkles te vereren met enige aandacht. Ze begonnen mensen uit mijn omgeving te ondervragen en toen ze mijn bedienden en slaven onder druk zetten, oogstten ze tot hun verbijstering een bekentenis. Het was lang geleden, een jaar of tien, ten tijde van Kleon, ergens in de periode tussen de verijdeling van de opstand van Mytilene en de Slag bij Pylos. Naarmate ze nadrukkelijker doorvroegen, kwamen er steeds meer details boven. Inderdaad was er op een avond in mijn huis een parodie op de heilige Mysteriën van Eleusis opgevoerd. Er werden namen genoemd en het spoor van die namen leidde naar nog meer namen. Poulytion was de Fakkeldrager geweest. Charmides had voor de Heilige Heraut gespeeld en onheilige dingen geroepen. Adeimantos was de Altaarpriester geweest. Axiochos had de Dienaar van de Godinnen gespeeld. Akoumenos had de rol op zich genomen van de Hogepriesteres van Demeter. En ik was de Hiërofant geweest. In mijn lange purperen mantel had ik de heilige rituelen van de inwijding bespot. Ik had de ontoonbare dingen getoond en de onuitsprekelijke woorden gezegd. Ik had het geheim van het Mysterie geschonden.

De ambassadeurs van de Salaminia lazen mij de formele aanklacht voor: 'Het volk van Athene stelt Alkibiades, de zoon van Kleinias, uit het district Skambonidai, in staat van beschuldiging voor een misdaad jegens de Godinnen van Eleusis, Demeter en Persephone, voor het nabootsen van de initiatieriten en het heilige mysterie in de aanwezigheid van derden in zijn eigen huis, dragende een mantel zoals de Hogepriester draagt wanneer hij de heilige geheimenissen toont aan de initianten en noemende zichzelf de Hogepriester, noemende Poulytion Fakkeldrager, noemende Theodoros uit het district Phegaia Heraut en begroetende de andere aanwezigen als initianten en ingewijden, in strijd met de wetten en bepalingen van de Eumolpidai, Herauten en Priesters van Eleusis.'

De procedure was als volgt. Ik werd gearresteerd, maar het mocht er niet uitzien als een arrestatie. De troepen droegen mij op handen, dus als de Atheense gezanten mij voor de ogen van het leger in boeien afvoerden, zou er een gerede kans bestaan op muiterij, of in elk geval op grote onrust, die een gevaar zou kunnen gaan vormen voor het welslagen van de gehele expeditie. Bovendien zou het nieuws over de opzienbarende aanhouding van een van de Atheense bevelhebbers de vijanden in Syracuse zeker ter ore komen, hetgeen een significante opsteker zou zijn voor hun moreel. Ten slotte werd er terecht gevreesd voor de loyaliteit van de hulptroepen uit Argos en Mantineia, die zich minder gebonden voelden aan Athene dan aan mij persoonlijk. Mij werd derhalve zeer dringend verzocht vrijwillig mee te werken aan mijn eigen arrestatie en uitlevering. Om het geheel de schijn te geven van een dringende staatsaangelegenheid van grote importantie, wat het welbeschouwd ook was, zou ik aan boord van mijn eigen schip achter de Salaminia aan reizen.

Mannen van Athene, ik zal niet ontkennen dat ik een kort moment heb overwogen om te weigeren en mijn populariteit bij de troepen als vernietigend wapen tegen het gezantschap in te zetten. Dat zou hoogverraad zijn aan de stad die mij had gemaakt wie ik was en die ik liefhad, maar het zou een vorm van hoogverraad zijn die mij onmiddellijk een machtig leger zou verschaffen. Uiteraard zou ik Nikias en Lamachos moeten afzetten, maar dat hoefde geen probleem te vormen. In plaats van voor de glorie van Athene zou ik strijden voor de glorie van Alkibiades, maar hoewel jullie wellicht, mij kennende, geneigd zouden kunnen zijn te denken dat ik dat een aanlokkelijk vooruitzicht vond, vervulde het mij met droefenis, afschuw en walging. Jullie kennen mij minder goed dan jullie denken. Zonder Athene zouden mijn ambities elke grondslag verliezen. Alles wat ik heb gedaan, heb ik voor Athene gedaan. Als dit de enige conclusie is die jullie uit deze memoires zullen trekken, zullen ze niet voor niets geschreven zijn.

Uiteraard waren er ook praktische bezwaren. Als warlord met mijn privéleger zou ik er wellicht in kunnen slagen om Sicilië te veroveren, dat achtte ik niet uitgesloten, maar zonder de steun van Athene zou ik zo'n groot gebied onmogelijk onder controle kunnen houden. Maar het belangrijkste bezwaar was dat ik het niet op mijn geweten wilde hebben om mijn mannen, die mij enerzijds onvoorwaardelijk steunden, maar anderzijds vrouwen, kinderen en dierbaren hadden die in Athene op hen wachtten, te dwingen hun vaderland te verraden.

Daarom besloot ik te doen wat mij gevraagd werd. Ik ging aan boord van mijn eigen schip en verliet de haven van Katane in het kielzog van de Salaminia. Ik volgde mijn eigen arrestatieteam van Katane naar Naxos, van Naxos naar Messenia, van Messenia naar Rhegion en van Rhegion langs de kust van Italië via Epizephyrisch Lokroi, Kaulonia en Kroton richting Kaap Iapygia, Kerkyra en Athene.

Natuurlijk was de aanklacht gegrond. Ik herinnerde mij die avond in mijn huis. We wilden Kritias opvrolijken, die gedeprimeerd was geraakt door onze ontmoeting met de grote Protagoras. We hadden ontdekt dat mijn vriend Antiochos niet was ingewijd en we hadden dat euvel in een dronken bui gierend van de lach verholpen. Formeel was dit heiligschennis, akkoord, maar zo was het nooit bedoeld. Het was een grap, een spel, dom dronkenmansgedrag, niets meer, en jullie begrijpen dat, want elk van jullie heeft na het legen van amforen en het spelen van kottabos totdat geen enkele deelnemer nog in staat was raak te gooien, dingen gedaan die de wijn helaas niet volledig uit het geheugen heeft weggespoeld. Langs deze lijnen zou ik mijn verdediging voeren, waarna ik al mijn energie erop zou richten om de smadelijke en belachelijke suggestie van een antidemocratisch complot met de grond gelijk te maken. Van vermeende tirannieke ambities zou ik glorieus worden vrijgepleit, al was het maar omdat de gewraakte episode zich ruim tien jaar geleden had afgespeeld, toen ik nog niemand was. Maar op ontheiliging van de Mysteriën stond de doodstraf en er waren kennelijk getuigen gevonden van die avond.

Toen we in Thouria aanmeerden, ging ik van boord. Vier bewakers volgden mij terwijl ik de stad in liep. Het was kort voor zonsondergang. Ik wist wat ik zocht en ik wist dat dat in een havenstad normaal gesproken te vinden moest zijn. Ik hoefde de weg niet te vragen. Door andere zeelieden te volgen vond ik een bordeel. Het zag er enigszins armzalig uit, maar het zou voldoen.

'Jullie kennen mijn reputatie,' zei ik tegen mijn bewakers. 'Ik ben een vrijgevig man en bovendien voorziend. Als ik jullie verzoek mij toe te staan nog één keer mijn verplichtingen jegens de veeleisende Aphrodite na te komen alvorens ik word afgezonderd in een Atheens cachot, voorzie ik dat jullie mij zullen wijzen op jullie instructies om mij niet uit het oog te verliezen. De vrijgevige oplossing voor dit probleem die ik jullie wil voorstellen, is dat jullie mij op mijn kosten begeleiden. Jullie zouden mij hiermee zelfs een gunst bewijzen, want ik droom er al vanaf Katane van om een bed met jullie te delen.'

Op grond van mijn reputatie geloofden ze onmiddellijk dat ik het meende. Ze bedankten voor de eer. Nadat ze hadden geverifieerd dat het pandje waarin het bordeel was gevestigd geen achteruitgang had, gingen ze ermee akkoord om voor de deur op mij te wachten. Ik ging naar binnen en keek om mij heen. Ik moest snel handelen. Mijn oog viel op een mooie, rijzige, jonge vrouw. Ik ging met haar achter het gordijn en kocht haar kleren. Mijn dure mantel en sandalen kreeg ze op de koop toe. Nadat ik haar kleren had aangetrokken, vroeg ik haar om mij op te maken. Met loodwit, rode oker, oogschaduw en rode lippenwas veranderde zij mij in zichzelf. Ze borstelde mijn lange haren en besprenkelde ze met glitterpoeder. Haar sandalen pasten mij niet, dus ik bleef ongeschoeid. Ik sloeg de ragfijn geweven, doorschijnende sluier voor mijn gezicht en schreed met een koket loopje langs mijn bewakers de avond in. Geen man zal ooit een groot man zijn als hij niet ook een vrouw durft te zijn.

Later hoorde ik dat de Atheense gezanten en hun soldaten mij nog dagenlang hebben gezocht. Maar natuurlijk vonden ze mij niet, want ik was vlak buiten de stad een boerderij binnengelopen, waar ze mij in mijn vrouwenkleren aanvankelijk hadden aangezien voor een epifanie van de god Bacchus en biddend voor mij op hun knieën waren gevallen, waarna ik mij wederom had omgekleed, mijn haren had afgesneden en diezelfde nacht nog over land was doorgereisd naar Sybaris, waar ik mij een tijdje schuilhield.

In Sybaris werd ik op een gegeven moment ondanks mijn vermomming herkend door een Atheense wapenhandelaar. Als een echte

Athener was hij van alles tot in detail op de hoogte. Hij wist van de aanklacht die tegen mij was ingediend en van de missie van de Salaminia om mij op Sicilië te arresteren. Hij begreep dat ik was gevlucht.

'Vertrouw je je eigen land niet, Alkibiades?' vroeg hij.

'Volledig, in alle opzichten,' antwoordde ik, 'behalve in zaken van leven en dood.'

Ik bood hem zilver in ruil voor zijn vergeetachtigheid met betrekking tot onze ontmoeting, maar hij sloeg mijn aanbod beledigd af.

'Ik zou jou zilver moeten geven,' zei hij, 'als dank voor alles wat je voor de gewone mensen uit het volk, zoals ik, hebt gedaan. Dankzij jou floreert mijn handel hier in het westen.'

Vanuit Sybaris reisde ik door naar Taras, een kolonie van de Spartanen, waar ik een beroep hoopte te kunnen doen op de hulp van een gastvriend van een van mijn contactpersonen in Sparta, met wie ik in mijn functie van honorair consul van Sparta in Athene meermaals te maken had gehad. Het was een gok, maar ik had geluk. Ik werd goed ontvangen. Het was daar dat ik te horen kreeg dat het priestercollege van de Eumolpidai gedecreteerd had dat ik door alle priesters en priesteressen publiekelijk moest worden vervloekt. Men vertelde mij dat Theano, de dochter van Menon, uit het district Agraule, de enige was die dit had geweigerd, omdat ze, zoals ze zei, een biddende priesteres was en geen vloekende priesteres. Ik besloot haar naam te onthouden. Ik vernam dat al mijn bezittingen waren geconfisqueerd en ik hoorde dat de stad mij bij verstek ter dood had veroordeeld.

'Ik zal ze laten zien dat ik leef,' zei ik.

BOEK V

Zwarte soep

Sparta

1

Mannen van Athene, ik kan jullie niet vragen begrip op te brengen voor de situatie waarin ik mij op dat moment bevond, omdat ik er zelf moeite mee had om deze te begrijpen. In een paar dagen tijd was het veelbelovende succesverhaal van mijn leven als een volgeschreven boek opgerold, gesloten, verzegeld en terzijde gelegd en op de angstaanjagend blanco papyrus van de nieuwe rol die zich krakend voor mij opende, zou zich geen vervolg laten schrijven dat eenvoudig en triomfantelijk zou volgen uit het voorafgaande, maar zou ik van voren af aan dienen te beginnen met het construeren van een clandestien decor waartegen zich mettertijd, met moeite en in weerwil van mijn veroordeling, wellicht opnieuw een verhaal zou kunnen gaan afspelen. Een oogwenk eerder was ik, terwijl mijn naam nog nagalmde in de heilige vallei van Olympia, commandant van het grootste leger onder de zon op een missie om de wereld te veroveren voor de stad die mij het licht had doen zien, en nu was ik, terwijl mijn leger conform mijn plan maar verstoken van mijn leiding was achtergebleven in een uithoek, door mijn stad bestolen, vervloekt en ter dood veroordeeld. Gedurende de vijfendertig jaren van mijn leven had ik gewerkt aan mijn naam. Ik had mijn zichtbaarheid opgepoetst tot een blinkend gouden schild. Nu moest ik als een dief in de nacht zo naamloos en onzichtbaar mogelijk op zoek naar een krocht om mij te verbergen.

Ik had nooit getwijfeld aan Athene, zoals ik evenmin ooit heb getwijfeld aan de zon. Er is weliswaar geen plek op aarde waar twijfel zo'n vruchtbare voedingsbodem vindt als in de rumoerige hoofdstad van de sofismen, debatten, paradoxen, rechtszaken en drogredenen, maar juist daarom had ik het altijd als een zekerheid beschouwd dat de stad en ik voor elkaar waren gemaakt en dat we samen een glorieuze toekomst tegemoet gingen. Ik heb er nooit aan getwijfeld dat twijfel het voorrecht is van een volk dat in vrijheid leeft en dat Athene dankzij de hopeloze inefficiëntie van zijn vrijheid de hoop mag koesteren een lichtend baken te zijn voor vele generaties tot in tijden waarvan wij ons geen voorstelling kunnen maken. Zoals ieder die geen kwaad in de zin heeft blij is wanneer de zon opkomt, zo zal het ras van de stervelingen tot in lengte van dagen en tot lang nadat het allerlaatste debat van de volksvergadering op de heuvel van de Pnyx is verstomd dankbaar zijn dat er ooit zoiets als Athene is geprobeerd. Ik was er altijd trots op geweest dat ik deel mocht uitmaken van de geschiedenis.

Willen we het dure woord van liefde in de mond nemen? Ik heb altijd van Athene gehouden als van mijn eigen leven, omdat mijn gedachten de echo zijn van de duizenden stemmen die de stegen in een kakofonie van talen en dialecten doen weergalmen van meningen, roddels, handjeklap, grappen, verwensingen, ongein en intriges, omdat mijn schaamte het gezicht heeft van Sokrates, die vrijwel nooit buiten de muren is geweest, omdat mijn tred de straten rond de Akropolis heeft uitgesleten terwijl ik werd nagekeken door aristocraten en matrozen, omdat mijn blik omhoog is gericht naar de marmeren manifestatie van de visie van Perikles, omdat mijn glimlach is aangeleerd door de ernst van pompeuze filosofen, omdat mijn dromen als roeispanen druipen van de zee, omdat mijn ambities groot zijn als de wereld en omdat mijn leven zozeer met Athene samenvalt dat ik geen verschil meer zie tussen liefde voor Athene en liefde voor mijzelf.

Nu had Athene mij in ruil voor mijn blinde geloof in zijn zaligheid, glorie, potentieel en toekomst Athene ontnomen. Wat Athene betreft bestond ik niet meer. Ik had al dood moeten zijn. Dat ik nog steeds ergens aan de rand van de wereld gehuld in de lompen van een bedelaar ademde en mij Athene kon herinneren, was een delict, een vergrijp, een schending van de heilige wetten en een inbreuk op het vonnis waartoe mijn stad had beschikt. Mijn bestaan was ongeoorloofd en louter en alleen te danken aan mijn onrechtmatige ontsnapping en mijn laffe vlucht. Alles wat ik vanaf dit moment zou ondernemen, bedenken of begeren, zou een misdaad zijn, omdat mijn aanwezigheid op de wereld niet langer was toegestaan.

Zoals de gevierde generaal Odysseus na de inname van Troje gedwongen was tegen de Cycloop te zeggen dat hij niemand was, zo was ik genoodzaakt te verbergen dat ik Alkibiades heette. Zoals de fameuze held Odysseus naakt en berooid aanspoelde op het eiland van de Phaiaken, zo was ik overgeleverd aan het fatsoen en de welwillendheid van mijn achterdochtige gastgevers in Taras. Zoals de grote koning Odysseus door de godin Pallas Athene werd vermomd als een bedelaar toen hij na tien jaar te hebben rondgezworven voet zette op Ithaka, omdat hij moest vrezen voor zijn leven, zo moest ik vermomd als een bedelaar op zoek naar een plek in Griekenland waar ik voet aan wal zou kunnen zetten zonder onmiddellijk te worden gearresteerd en terechtgesteld en van waaruit ik zou kunnen beginnen met het heroveren van alles wat ooit van mij was.

Ik moet jullie bekennen, mannen van Athene, dat mijn voorspelbare en naar mijn bescheiden mening niet geheel en al ongerechtvaardigde gevoelens van verbittering, woede en wanhoop gepaard gingen met een merkwaardige en ongepast eufore sensatie van pure opwinding. Nadat het boek van mijn vorige leven onverwachts was opgerold, gesloten en weggegooid, knisperde de verse, lege papyrus van de nieuwe boekrol die mij was aangereikt als een belofte van ongekende mogelijkheden. Zoals verliefdheid onrust aanjaagt rond het middenrif, zo voelde ik de bloeddamp kolken in mijn ingewanden bij de gedachte aan de immense moeilijkheden die ik geacht werd te overwinnen en het nieuwe leven dat ik eigenhandig uit het niets zou moeten opbouwen en bevechten op mijn malheur. Niets wakkerde mijn strijdlust zozeer aan als mijn definitieve nederlaag. Dankzij mijn doodsvonnis voelde ik mij meer in leven dan ooit tevoren. Zoals Odysseus stap voor stap zijn koninkrijk heroverde, zo nam ik mij voor dat ik op een dag door het juichende volk van Athene als een godenzoon met liefde zou worden overladen. Wie Alkibiades dacht te kennen, had nog niets gezien. Tot nu toe was alles kinderspel geweest, niets meer dan kwartelgeklop of een gelukkige worp met de knokkels. Nu begon het pas. Ik zou ze laten zien dat ik leefde.

2

Tijdens mijn verblijf in Taras bedacht ik in korte tijd de contouren van een plan dat niet alleen zou leiden tot mijn rehabilitatie in Athene, maar ook tot een aanzienlijke versterking van mijn machtspositie. Het plan was ambitieus en zou meerdere jaren vergen, maar het was niet voldoende voor mij om mijn nederlaag ongedaan te maken, hoe moeilijk dat op zich al zou zijn. Ik zou pas tevreden zijn als ik gewonnen had en hoewel dat redelijkerwijs onmogelijk geacht moest worden, wist ik hoe ik dat kon bereiken.

Ware ik een banneling geweest, had ik vrij onbekommerd kunnen kiezen waar mij te vestigen. Op voorwaarde dat ik mij afzijdig hield van alles wat met Athene en Atheense belangen te maken had, zou ik met rust worden gelaten. Maar afgezien van het feit dat ik geenszins van plan was mij van Athene en Atheense belangen afzijdig te houden, was ik geen banneling, maar een voortvluchtige die ter dood was veroordeeld. Elke Atheense bondgenoot die mij onderdak bood, zou vroeg of laat door Athene onder druk worden gezet om mij uit te leveren. Spartaanse bondgenoten konden om andere evidente reden onveilig worden geacht en neutrale staten waren er bijna niet meer op het Griekse vasteland en voor mijn plannen was het onontbeerlijk om de basis van mijn operaties niet al te ver van Athene te vestigen.

Ik stuurde een boodschapper naar Argos met het verzoek om mij aldaar asiel te verlenen. Argos was weliswaar een bondgenoot van Athene, maar dat was door mijn toedoen. Omdat ik tweeënhalf jaar eerder een rol had gespeeld bij de democratische coup tegen het oligarchische regime van de Duizend, was de democratische regering van Argos loyaler aan mij dan aan Athene. Aan mijn tijd als Atheens ambassadeur in Argos had ik betekenisvolle persoonlijke contacten overgehouden. Argos was de meest voor de hand liggende keuze. Tegelijkertijd stuurde ik een boodschapper naar Thebe met hetzelfde verzoek. Omdat Thebe een bondgenoot was van Sparta en de alliantie vijf jaar eerder met een nieuw verdrag had bekrachtigd, was dit een verrassende en riskante keuze, die ik precies om die reden maakte.

Ik wachtte de terugkeer van beide boodschappers niet af. Ik wist dat zij zouden worden onderschept. Zij waren een dwaalspoor. Ik was nooit van plan geweest om naar Argos of Thebe te gaan. Ik wist een overtocht te regelen aan boord van de kleine galei van een textielhandelaar uit Aigina en verliet Taras als een dief in de nacht, waarbij ik mijzelf uit veiligheidsoverwegingen niet eens de basale hoffelijkheid toestond om mijn gastgevers te danken. De bestemming was Leukas.

De zomer liep ten einde en de zee begon zich met een hoge rug schrap te zetten tegen de kille winden. De tocht langs de kust tot aan Kaap Iapygia verliep relatief voorspoedig bij aflandige wind, maar de oversteek over open zee werd te riskant geacht. De stuurman, een jonge Italioot die niet kon bogen op een overschot aan ervaring, durfde het niet aan. De koopman, die als ik het mij juist herinner Amyntias heette, was ontstemd. Hij had contractuele verplichtingen in Hellas aan de overkant. Met de smaak voor overdrijving die kooplieden eigen is, beweerde hij dat zijn leven ervan afhing. Met het oog op de naderende winter had leverantie van textiel een zekere urgentie, dat begreep ik. Hij van zijn kant kon onmogelijk begrijpen dat de urgentie om Hellas te bereiken voor mij nog groter was dan voor hem en dat ik niet zou overdrijven als ik zou beweren, hetgeen ik wijselijk naliet, dat mijn leven ervan afhing. De nerveuze stuurman stelde voor bij Kaap Iapygia voor anker te gaan en te wachten op beter weer. Met het oog op de naderende winter leek het mij waarschijnlijker dat het weer voorlopig alleen maar zou verslechteren. Waar was mijn kapitein Antiochos wanneer ik hem nodig had? Ik zag maar één oplossing. Ik nam het roer ter hand en terwijl Amyntias wapperde in zijn gewaden en wild gebaarde, waarbij ik niet kon uitmaken en het mij evenmin interesseerde of hij dat deed ter aansporing, uit protest of om zijn evenwicht te bewaren, voer ik vanuit de luwte van het land de open zee op.

De zee zwol als verontwaardiging in een mensenmassa. De golven werden opgezweept door de wind als een menigte door een volksmenner. We reefden het zeil en terwijl ik commando's schreeuwde naar de roeiers, trachtte ik de kleine galei met haar boegspriet op de baren te laveren. We beklommen iedere golf zoals een onervaren redenaar stamelend één voor één de argumenten probeert te weerleggen van een frontale aanval. Niet iedere golf liet zich betwisten en soms moesten we het water als hoon incasseren. De roeiers zaten doorweekt op hun banken. Er moest gehoosd worden. Amyntias maakte zich zorgen over zijn lading. Als een verzopen vleermuis hing hij aan de touwen waarmee zijn koopwaar was vastgesjord. Een roeiriem brak af en te midden van het machtige deinen ging de reservespaan bijna verloren. Met assistentie van de rillende stuurman probeerde ik koers te houden richting het oosten, hetgeen zo goed als onmogelijk was omdat ik om de haverklap moest reageren op de urgentie van onmiddellijke omstandigheden.

Dankzij de veeleisende alomtegenwoordigheid van de opdringerige elementen werden mijn gedachten voor het eerst sinds dagen door iets anders in beslag genomen dan door politiek. De zilte smaak van het lijfelijke gevaar overheerste voor een moment de bitterheid vanwege het democratisch gelegitimeerde onrecht dat mij was aangedaan. Terwijl ik uit alle macht trachtte ons schip te behoeden voor de vijandige aanvallen van wind en water, dacht ik er niet aan dat het een merkwaardige gedachte zou zijn om ons behoud te onderwerpen aan democratische besluitvorming, waarbij iedere roeier uitgebreid in de gelegenheid zou worden gesteld om persoonlijke voorkeuren of aversies jegens andere opvarenden in stemming te brengen en omwille van motieven van persoonlijk gewin wantrouwen aan te wakkeren jegens de roerganger, die louter op grond van het feit dat hij het roer in handen had verdacht moest worden van tirannieke ambities. Ik ondervond aan den lijve hoe lastig het is koers te houden wanneer men bij voortduring gedwongen is te reageren op zwellende en zinkende golven en op dat moment kwam het niet in mij op dat dit een adequate metafoor was voor de onmogelijkheid een consistent beleid te voeren met een politiek bestel dat wordt geregeerd door de woest klotsende golfbewegingen van de publieke opinie.

Het gaat niet om de stuurman, maar om het schip. Het was niet uit ambitie geweest dat ik het roer had overgenomen, maar uit de overtuiging dat er een toekomst bestond en een bestemming die bereikt moest worden. Wanneer iedere matroos zijn afgunst laat inkoken tot wrok en loert op mogelijkheden om de stuurman af te zetten omdat hij zelf de ambitie koestert om aan het roer te staan, is het schip verloren. Wanneer het soevereine volk van Athene op de ene dag jubelend van enthousiasme bij acclamatie besluit het grootste leger uit zijn geschiedenis naar Sicilië uit te zenden om de wereld te veroveren en de dag daarna, tot nog groter enthousiasme opgezweept door lieden die daar belang bij hebben, bij acclamatie de bevelhebber van dat leger bij verstek ter dood veroordeelt, is Athene bij de gratie van zijn zogenaamde democratie tot zinken gebracht. Van deze en dergelijke gedachten was ik, zoals gezegd, gedurende mijn inspanningen om de kwetsbare galei over de ruwe Ionische Zee van Italië naar Hellas te sturen, worstelend met de werkelijkheid en niet met metaforen, tijdelijk verlost.

Tegen de avond nam de wind af. De zee kalmeerde enigszins. Met de ondergaande zon op onze achtersteven hervatten we een koers in oostelijke richting in de hoop dat we door ons eerdere gevecht tegen de wind en de golven niet te veel waren afgedreven. De nacht was koud, maar we hadden gelukkig veel textiel aan boord. Amyntias weigerde aanvankelijk om zijn handelswaar ter beschikking te stellen aan de bemanning, maar als overtuigd democraat bracht ik de kwestie in stemming, waarbij de motie die opriep de lading tot algemeen nut aan te wenden met slechts één tegenstem werd aangenomen. Het was bewolkt, maar er waren net voldoende opklaringen in de nachtelijke hemel om onze Italiotische stuurman in staat te stellen te navigeren op de sterren. We hielden de Plejaden en de ondergaande constellatie van Boötes in het oog, terwijl we de Beer, die naar de jager Orion kijkt en ook wel Wagen wordt genoemd, aan onze linkerhand hielden.

Op de middag van de tweede dag zagen we land voor ons aan bakboord. De stuurman herkende de contouren van het eilandje Malthake, met rechts daarvan het schiereiland Phalakria en daarachter de bergrug van het eiland Kerkyra. We waren iets te veel naar het zuiden afgedreven, maar deze deviatie mocht gezien de omstandigheden die we hadden getrotseerd geen naam hebben. We hadden het gehaald. Dit was het rendez-vouspunt geweest van de machtige Atheense vloot en de schepen van de bondgenoten alvorens in een beter seizoen bij beter weer en, wat mij betreft, beter gekleed en met een betere uitdrukking op het gezicht in drie eskaders de oversteek werd gemaakt naar het westen. Dit was Hellas. Amyntias begon zijn textiel in te nemen, vloekend uit te kloppen, op te vouwen en opnieuw te verpakken in de gelooide huiden die het droog hadden moeten houden.

Ik had andere zorgen. Kerkyra herbergde sinds het vierde jaar van de oorlog een significante Atheense presentie. Hoewel vrijwel de gehele vloot voor de kust van Sicilië lag, was het niet uitgesloten dat zich bij Kerkyra Atheense oorlogsbodems ophielden. Terwijl de bemanning na de veeleisende overtocht snakte naar vaste grond onder haar voeten, zou het voor mij levensgevaarlijk zijn Kerkyra te betreden of zelfs maar te naderen, maar om veiligheidsredenen kon ik mijn medeopvarenden niet uitleggen waarom dat het geval was. Ik nam Amyntias apart en nadat ik uitvoerig begrip had getoond voor het belang van zijn contractuele verplichtingen, smeekte ik hem de vermoeide bemanning en mij een rustpauze op Kerkyra te gunnen. Toen ik zag dat zijn gezicht betrok, gaf ik nogmaals in wijdlopige bewoordingen blijk van consideratie voor zijn commerciële convenanten en vroeg ik hem ons slechts enkele dagen toe te staan. Ik zag dat het vooruitzicht van een oponthoud van meerdere dagen hem hevig ontstemde. Ik zei hem dat we op onze huidige zuidelijke koers onder zeil voor de wind diezelfde avond nog in Leukas konden zijn, maar dat de bemanning rust had verdiend. Woedend gaf hij het bevel om ver van Kerkyra verwijderd te blijven, het zeil te hijsen en koers te zetten naar Leukas.

Ik was verbitterd en cynisch genoeg geworden over het politieke bedrijf om te beseffen dat het gehele proces van democratische besluitvorming gereduceerd kon worden tot de drie principes die ik aan boord van Amyntias' galei had toegepast. Ten eerste dient men uitsluitend die kwesties aan een democratische stemming te onderwerpen die zich in een gegarandeerde meerderheid kunnen verheugen. Ten tweede moet men het voorspelbare verzet van tegenstanders in zijn voordeel ombuigen door het tegenovergestelde voor te stellen van wat men wil en hun de overwinning te gunnen. Ten derde lukt het alleen dan om koers te houden en niet door de golven te worden verzwolgen wanneer men tijdens de tocht niet aan politiek denkt.

In de avond bereikten we Leukas. Ik overnachtte met de slaven in de haven. Bij zonsopgang zocht en vond ik een visser die voor wat zilver bereid was mij over te zetten naar de kust van de Peloponnesos. Geen sterveling in heel Griekenland, behalve de Pythia van het orakel van Delphi en die ene visser, die niet wist wie ik was en zich daar evenmin voor interesseerde, kon weten dat ik die avond aan wal was gegaan in de stad Kyllene in het land van Elis, op een afstand van slechts driehonderdtwintig stadia verwijderd van het heiligdom van Zeus in Olympia, waar ik mij een jaar en enkele maanden eerder aan heel Griekenland had getoond.

3

Kyllene ligt als een bejaard vrouwtje, dat geleerd heeft met weinig tevreden te zijn, te dommelen op het strand. De stad beroemt zich op haar hoge ouderdom en op weinig meer dan dat. In een uithoek van de Peloponnesos heeft zij aan de rand van de geschiedenis geleefd. Als zij geen haven had gehad, zou niemand haar bestaan hebben opgemerkt. De Spartaanse vloot heeft zich er een paar keer laten zien, maar zij weet dat iedere opwinding van voorbijgaande aard is. Omdat ik mij om evidente redenen niet bekend wilde maken aan een Atheens honorair consul, zo die er al was in een plaats als Kyllene, nam ik mijn intrek in een soort herberg, waar ik geen andere gasten heb gezien, vlak bij de haven. Alles in Kyllene is vlak bij de haven. De volgende dag bezocht ik de tempel van Hermes, die zo ongeveer het enige heiligdom in de stad is en die, naar mij was verteld, een bijzonder heilig beeld van de god zou bevatten. Ik zag het heilige beeld. Het was een manshoge fallus, als een triomfantelijk opgestoken middelvinger naar alle bezoekers die meer hadden verwacht.

Mannen van Athene, jullie merken dat ik draal om vanuit het onbeduidende Kyllene door te reizen naar mijn uiteindelijke bestemming en om dit verhaal, dat een oprecht en volledig verslag wil zijn van mijn daden en motieven, voort te zetten met het hoofdstuk dat in jullie ogen met zekerheid een van de controversieelste episoden uit mijn leven behelst en dat de daden zal dienen te beschrijven die bij jullie al jaren dringende vragen oproepen naar mijn motieven. Hoewel het jullie zeven jaar geleden heeft behaagd mij te vergeven, totdat jullie vijf jaar later van mening zijn veranderd, zoals jullie wel vaker van mening veranderen, en hoewel ik vermoed dat jullie op dit duistere en kritieke moment voor Athene genegen zouden kunnen zijn mij wederom te vergeven, als mijn hopelijk zeer aanstaande ontmoeting met de grote koning Artaxerxes van Perzië het gewenste resultaat zal opleveren en als jullie dientengevolge opnieuw tot de ontdekking zullen komen dat jullie mij nodig hebben, is de kern van de zaak altijd onopgehelderd gebleven en die is dat ik niet in aanmerking kwam of kom voor jullie vergiffenis, omdat ik niets heb misdaan.

Hoewel ik liever vandaag dan morgen zou worden toegelaten tot het koninklijke paleis van Kelainai en in actie zou komen teneinde Athene nogmaals te redden, ben ik dankbaar dat de omstandigheden mij de tijd, de inkt en de papyrus hebben verschaft om ten langen leste in detail voor jullie uiteen te zetten welke strategie mij voor ogen stond in de jaren die volgden op mijn veroordeling en om voor eens en voor altijd duidelijk te maken dat ik zelfs in de tijd waarin ik naar jullie oordeel heulde met de vijand, in werkelijkheid op mijn manier de belangen van Athene heb trachten te dienen. Ik meen dat ik, na door Athene verraden te zijn, het recht had om Athene te verraden, maar het is mijn intentie aan te tonen dat ik van dat recht heb afgezien en dat er, hoewel ik besefte dat ik de schijn tegen had, geen sprake was van verraad toen ik uitweek naar Sparta. Ik zal mijn vertrouwen stellen in de eloquentie van deze knisperende papyrus, waarop ik thans oprecht en volledig verslag zal doen van alles wat ik in Sparta heb gedacht, gedaan en nagelaten, en ik zal het aan jullie overlaten, mannen van Athene, om hierover opnieuw, voor de zoveelste keer, maar voor het eerst met kennis van alle feiten, een oordeel te vellen.

De reden waarom ik het grootst mogelijke risico nam en uitgerekend Sparta verkoos als mijn toevluchtsoord, was tweeledig. Geen van beide overwegingen glanst van morele onaantastbaarheid, dat geef ik toe, maar ik heb jullie oprechtheid beloofd en koester daarbij de hoop dat jullie het met mij eens kunnen zijn dat beide overwegingen evenmin volledig laakbaar waren.

Om voor Athene van betekenis te blijven, dan wel opnieuw van betekenis te worden, was het van belang dat Athene mij niet zou vergeten. Zou ik ergens ver weg in een neutrale staat in anonimiteit zijn weggedeemsterd, zo zou elke kans verkeken zijn geweest dat Athene mij op een dag zou terugroepen in de hoop op redding. De beste manier om het volk van Athene op het idee te brengen dat ik de juiste man zou kunnen zijn om het te behouden en als overwinnaars door de oorlog te loodsen, was het volk te confronteren met het angstbeeld dat ik mijn talenten blijvend in dienst zou kunnen stellen van de vijand. Men zou het met een weinig charmant woord chantage kunnen noemen, akkoord, maar door te laten zien wat er zou kunnen gebeuren als men mij tegen zich had, wilde ik inspireren tot de gedachte dat men mij beter aan zijn zijde kon hebben. Dat was de eerste reden.

De tweede reden was dat ik niet kan ontkennen dat ik furieus was en mij wilde wreken. Mijn woede en wraakzucht golden niet Athene, maar bepaalde groeperingen en sujetten in Athene die de democratie hadden misbruikt en geperverteerd om mij te knakken en zich van mij te ontdoen. Hen zou ik bestrijden en niet alleen bij wijze van persoonlijke genoegdoening, maar tevens uit de overtuiging dat Athene aan hun machinaties ten onder ging en dat ik Athene als geheel met mijn persoonlijke vendetta een formidabele dienst zou bewijzen. Teneinde effectief te zijn in mijn streven om deze vijanden van de stad uit te schakelen, moest ik de beschikking hebben over middelen die alleen Sparta mij kon verschaffen.

Maar ik loop op de zaken vooruit, want zo eenvoudig was het aanvankelijk allemaal niet. Het plan om naar Sparta uit te wijken, had weliswaar al bij mij postgevat voordat ik in Thouria aan mijn bewakers ontsnapte door Hipparete's wijze les letterlijk te nemen en mij te transformeren in een vrouw, en dat ik mij thans op de Peloponnesos in Kyllene in de Spartaanse invloedssfeer bevond, was weliswaar nog altijd volledig in overeenstemming met dat oorspronkelijke plan, maar de laatste etappe van mijn vlucht en de daadwerkelijke toenadering tot Sparta vormden een delicate aangelegenheid die zorgvuldige voorbereiding vergde. Voor de Spartaanse autoriteiten was ik nog altijd in de eerste plaats leider van een vijandige mogendheid, die bovendien in hoge mate persoonlijk verantwoordelijk kon worden gehouden voor de omsingeling van Sparta die de risicovolle Slag bij Mantineia nodig had gemaakt. Het zou niet wijs zijn mij onaangekondigd en zonder garanties voor mijn lijfsbehoud in Sparta te melden.

De procedure die het meest voor de hand zou liggen, was dat ik vanuit Kyllene vooraleerst contact zou leggen met Endios. Zijn en mijn familie zijn al generaties in gastvriendschap gelieerd. Zoals ik al eerder heb vermeld, legt mijn naam getuigenis af van die verbintenis, want mijn grootvader Alkibiades, naar wie ik ben vernoemd, was op zijn beurt vernoemd naar de overgrootvader van Endios, waardoor Endios' vader dezelfde naam droeg als ik. Onder normale omstandigheden zou onze gastvriendschap Endios ertoe verplichten mij te ontvangen en bovendien was hij een van de machtigste mannen in Sparta, die in de positie verkeerde om de gewenste garanties af te geven omtrent mijn veiligheid. De zaak werd echter gecompliceerd door het feit dat ik de heilige gastvriendschap vijf jaar eerder had verraden door het Spartaanse gezantschap, waarvan hij deel uitmaakte, te misleiden om het door mij gewenste bondgenootschap met Argos, Mantineia en Elis door te drukken. Jullie zullen jullie herinneren dat ik daarvan verslag heb gedaan.

Vanaf het moment dat ik het plan opvatte om naar Sparta te gaan, had de kwestie omtrent Endios mijn aandacht gehad, maar ik was er nog niet in geslaagd om er een oplossing voor te bedenken. Enerzijds zou ik kunnen besluiten het risico te nemen en erop te speculeren dat het heilige instituut van de gastvriendschap, dat onder de bescherming staat van Zeus zelve, voor Endios zwaarder woog dan mijn eenmalige en tamelijk kinderachtige bedrog, maar anderzijds kon ik de mogelijkheid niet uitsluiten dat Endios van mening was dat er nog een rekening tussen ons beiden te vereffenen viel. Voor de eerste optie pleitte mijn overtuiging dat Endios een fatsoenlijk man was, die de goden vreesde, maar het feit dat juist fatsoenlijke mensen hechten aan hun eer, was een argument voor het alternatief. Ik zou hem op de een of andere manier moeten zien te compenseren, en zodra ik eenmaal tot Sparta was toegelaten, zou de kans daartoe zich wellicht vroeg of laat voordoen, maar zoiets kon ik niet op een geloofwaardige manier bij voorbaat beloven. Dat zou zelfs als een belediging opgevat kunnen worden. Ik kon hem niets bieden voordat ik zijn ambities kende. Anderzijds kon ik Endios evenmin negeren. Als ik mij tot Spartanen zou wenden zonder hem daarbij te betrekken, zou hij dat zeker als een belediging beschouwen. Ik twijfelde en de zeer vereerde fallus in de Hermestempel van Kyllene slaagde er niet in mij te inspireren tot de geniale ingeving die ik al die tijd over het hoofd had gezien.

Behalve Endios was er een ander probleem. Sparta zou mij niet willen verwelkomen – of juist maar al te graag willen ontvangen, maar dan als gevangene – zolang de indruk bestond dat ik nog steeds loyaal was aan Athene, maar tegelijkertijd vertrouwt niemand een verrader en Spartanen nog wel het minst. Voor Spartanen gaat er niets boven de liefde voor het vaderland en tegelijkertijd zou ik voor hen een vijand zijn zolang ik mijn vaderland trouw bleef. De ironie van de situatie was dat zij er begrip voor zouden hebben en mij er zelfs voor zouden prijzen als ik hun naar waarheid vertelde dat mijn wil om naar Sparta over te lopen een dekmantel was en een strategie om op lange termijn de belangen van Athene te blijven dienen, maar dat zij in dat geval tevens gedwongen zouden zijn om mij als hun grootste vijand te behandelen, terwijl ik om door hen te worden geaccepteerd zou moeten liegen omtrent mijn werkelijke beweegredenen, in de wetenschap dat ik hun verachting zou oogsten als zij mij geloofden. Ik wil maar zeggen dat ik besefte dat ik mijn woorden zorgvuldig zou moeten kiezen. Een brief zou beter zijn dan een boodschapper. Restte de vraag aan wie ik die brief moest adresseren.

Intussen priemde die fallus maar omhoog als een stomme getuige van de eeuwige weigering van de mensheid om zich bij haar eigen sterfelijkheid neer te leggen. Ik moest aan mijn hengst Xanthos denken, ik weet ook niet waarom, en aan mijn andere paarden, die geconfisqueerd waren en inmiddels verkocht zouden zijn. Zij zouden nooit op het idee komen om sculpturen van hun geslachtsorganen te wijden aan de goden, omdat zij van hun eigen sterfelijkheid geen weet hebben. Zij hebben geen goden nodig, want in de onbekommerdheid van hun eeuwigdurende heden zijn zij zelf aan de goden gelijk.

Toen wist ik wat ik moest doen. Ook ik moest omhoog kijken. Er was een manier waarop ik Endios kon passeren zonder hem te beledigen. Hij zou het noodgedwongen als een eer moeten beschouwen om mij te ontvangen als het verzoek daartoe afkomstig was van iemand die hoger stond in de Spartaanse hiërarchie dan hij, zoals bijvoorbeeld van een lid van de koninklijke familie. Een brief was bij nader inzien verkeerd. De precieze woorden waarmee ik opheldering zou geven omtrent mijn zogenaamde motieven, zou ik ter plekke vinden en uitspreken, wanneer ik beter zou kunnen aanvoelen wat zij het liefste wilden horen. Tot die tijd was vrijwel elk woord een woord te veel. Ik moest mijn waardigheid behouden en hen laten raden naar mijn beweegredenen. Nieuwsgierigheid is de zwakke plek in ieders pantser. Ongrijpbaarheid is het breekijzer dat iedere poort open krijgt.

Ik huurde de diensten in van een lokale boodschapper en liet hem de ene zin die hij geacht werd over te brengen net zo vaak herhalen totdat hij hem tien keer achter elkaar foutloos had gezegd: 'Alkibiades van Athene is onder voorwaarden bereid een invitatie van zijn gastvriend Endios te accepteren.' Dit was de boodschap die hij moest overbrengen aan prinses Kyniska, de dochter van Archidamos en Eupoleia en de halfzus van koning Agis van Sparta. Het was van het grootste belang dat de boodschap tegen haar persoonlijk werd uitgesproken. Ja, Kyniska was haar echte naam. Ik bekende hem dat ik dat ook merkwaardig vond, maar dat dat op dit moment niet relevant was. Ik zei dat hij zich moest haasten. Toen hij dat plechtig had beloofd, gaf ik hem wat extra zilver teneinde hem te motiveren om zich nog meer te haasten dan hij had beloofd.

De boodschapper keerde terug in het gezelschap van een officiële Spartaanse gezant en een escorte van vier bereden heloten. Mij werd te kennen gegeven dat Endios van Sparta mij had uitgenodigd, mij een vrijgeleide had verstrekt, die mij bij dezen ter hand werd gesteld, en een escorte ter beschikking stelde om mij naar Sparta te begeleiden. Ik maakte mij gereed voor vertrek. De gezant was toen al onderweg naar Sparta om mijn komst aan te kondigen.

4

In vergelijking met de voorstelling die ik mij van Sparta had gemaakt op grond van alles wat ik ervan wist of dacht te weten, was mijn eerste kennismaking met de werkelijkheid een desillusie. De macht die de stad vertegenwoordigt en het aanzien dat zij onder Grieken en barbaren geniet, rechtvaardigden in mijn ogen een aanzienlijker en machtiger hoofdkwartier dan de schamele nederzetting waarin ik werd binnengeleid. Ik wist, zoals wij allen weten, dat Sparta geen muren heeft, vanwege de overtuiging dat dappere mannen een sterkere verdediging vormen dan stenen, maar de stad ontbeert zelfs de heldere contouren die haar de aanblik van een stad zouden verschaffen. We reden door het majestueuze en verlaten landschap van de Peloponnesos tussen eiken, platanen en walnootbomen en toen we hier en daar wat rustieke, houten huizen passeerden, besefte ik niet dat ik zojuist voor het eerst in mijn leven voet had gezet in de hoofdstad van het glorieuze Spartaanse koninkrijk.

Sparta is geen stad, maar een conglomeraat van een vijftal ruim opgezette, rurale buurtschappen rond een relatief bescheiden burchtheuvel in de weidse vlakte tussen de voet van het machtige massief van de Taygetos en het punt waar de Knakion uitmondt in de Eurotas. De bergketens van de Peloponnesos staan als reusachtige wachters op de horizon, waardoor de open vlakte ondanks haar omvang een van de wereld afgesloten territorium lijkt. Alles wat ik kende en wat mij dierbaar was, lag ver achter die blauwende bergkammen. Het was moeilijk te geloven dat de formidabele vijand, tegen wie het almachtige, grootstedelijke Athene al jaren in een veeleisende en moeizame oorlog was verwikkeld, zijn thuisbasis had in deze onaanzienlijke agglomeratie van eenvoudige houten hutten en schuren. De angst die de Spartaanse krijgsmacht in heel Hellas inboezemde, werd op geen enkele manier gelegitimeerd door de allure of zelfs maar door de omvang van de nederzetting die met een weidse naam werd aangeduid als Sparta.

Hoewel ik besefte dat ik ten gevolge van de omstandigheden een minder elegante en opzienbarende verschijning was dan ik gewoon was te zijn, had ik mij erop verheugd om als politiek leider en legeraanvoerder van de meest vijandige mogendheid, die met een escorte zijn opwachting maakte in het hart van de Spartaanse natie, een bezienswaardigheid te zijn en het verwarde mij dat niemand mij een blik waardig keurde. De Spartanen die wij passeerden, gingen onverstoorbaar door met hun bezigheden. De jongens stonden met hun handen onder hun mantel en hun ogen op de grond gericht.

We bereikten een open veld tussen de verschillende buurtschappen aan de kant van de burchtheuvel die het minst steil was. Daar hielden we halt. Kennelijk hadden we onze bestemming bereikt. De escorte maakte mij duidelijk dat ik kon afstijgen. Er lag een bescheiden amfitheater tegen de burchtheuvel aan en ik zag een aantal stenen gebouwen die een relatief officiële indruk maakten. Kennelijk was dit hun agora, het commerciële en administratieve centrum van hun stad. Maar er werd niet gehandeld en er was geen officiële delegatie om mij te verwelkomen. De vier heloten die mij hadden begeleid, zeiden dat ik moest wachten en vertrokken. Ze namen mijn paard aan de leidsels met zich mee. Zo geschiedde het dat ik in het zeventiende jaar van de grote oorlog tussen Athene en Sparta zonder leger, eenzaam, ongewapend en slecht gekleed was doorgedrongen tot het centrum van de macht van de vijand. Alkibiades ho kalós stond op beschamend ordinaire, geleende sandalen met beide benen op Sparta's heilige grond. De stilte was onwerkelijk.

Er kwam iemand aan. Het was Endios. Hij werd gevolgd door twee slaven. Hij begroette mij formeel, met het absolute minimum aan woorden dat daarvoor was vereist, en droeg mij op hem te volgen. De bedienden konden zich tot hun zichtbare ongemak niet nuttig maken, want ik had geen bagage. Hij leidde mij naar de agglomeratie in de vlakte ten westen van de citadel, waarvan ik al gauw zou leren dat dit de nederzetting was van de stam der Pitanatai. Zijn huis was als alle andere. Als telg van een voorname familie en een van de machtigste mannen van Sparta woonde hij net als zijn buren, die wellicht ook allen uit aanzienlijke geslachten stamden, in een onderkomen dat elders in Griekenland zou worden aangezien voor de hut van een dagloner.

'Ik dank je dat je mij hebt willen ontvangen, Endios,' zei ik.

'Ik verontschuldig mij dat ik je geen rode schorpioenvis, horsmakreel en vette harder zal voorzetten,' zei Endios. 'En de wijn die hier geschonken wordt, is niet Kretenzisch. Maar daar staat tegenover dat ik geen misbruik zal maken van het vertrouwen dat je in mij stelt.'

'Ik heb vaak aan die onfortuinlijke episode gedacht,' zei ik.

'Dat geloof ik graag,' zei hij. 'Vooral de laatste dagen, stel ik mij zo voor, toen je tot de conclusie was gekomen dat je mij nodig had.'

'Ik kan alleen maar hopen dat mij op een dag de gelegenheid wordt gegund om mijn schuld aan jou te vereffenen,' zei ik.

'Het verbaast mij niet dat jij je als Athener bedient van economische metaforen,' zei hij. 'Hier in Sparta wordt eer niet als handelswaar beschouwd.'

'Des te erkentelijker ben ik voor je ruimhartigheid,' zei ik.

'Men zegt dat jij in Athene de reputatie geniet van een uitmuntend redenaar,' zei Endios. 'Athene heeft meer praatjes dan zilver en woorden zijn er goedkoop, terwijl wij hier in Sparta onze spaarzame woorden harden als geblust ijzer. Met dat voorbehoud verbaast het mij toch dat je wederom een onjuiste en misplaatste uitdrukking hanteert. Het feit dat ik je onderdak verschaf in mijn huis, heeft om twee redenen niets te maken met ruimhartigheid. Ten eerste handel ik op bevel van de prinses, zoals jij heel goed weet. Ten tweede ontslaat mijn relatie met jou mij niet van de plicht om respect te betonen aan de band die mijn vader en grootvader onderhielden met jouw vader en grootvader. Eer wordt, zoals gezegd, niet als koopwaar aangemerkt in Sparta en evenmin als fooi of aalmoes, die in een ruimhartige bui in een bedelnap gemikt kan worden. Nadat ik hieraan heb toegevoegd dat ik het dientengevolge als een belediging opvat dat jij je tot de prinses hebt gewend uit angst dat ik mijn verplichtingen uit eigen beweging niet zou nakomen, mag ik je het dringende advies geven je woorden zorgvuldiger te kiezen wanneer je de gelegenheid zult krijgen je daden en je komst voor de autoriteiten te verantwoorden.'

'Wanneer zal die eer mij te beurt vallen?' vroeg ik.

'Dat zal je duidelijk worden zodra het zover is,' zei hij.

'Dat is een hele geruststelling, Endios,' zei ik. 'Ik moet er niet aan denken dat het onduidelijk zou blijven of het moment is aangebroken wanneer het is aangebroken.'

'Je bent niet in een positie om onze procedures te ironiseren,' zei hij.

'Mijn excuses,' zei ik. 'Ik kom uit een stad van filosofen en komediedichters. Ironie zit in mijn bloed.'

'Het zal je niet verbazen dat jouw Atheense afkomst ook om andere redenen als een grond voor bezorgdheid wordt beschouwd,' zei hij.

'Ook door mijzelf,' zei ik. 'Omdat Athene mij heeft verstoten, vind ik mijn Atheense oorsprong niet minder problematisch dan jullie. Dat schept misschien een band.'

'Je praat te veel, Alkibiades,' zei hij.

'Ik heb veel te vertellen,' zei ik.

'Wat je te vertellen hebt, zul je vertellen ten overstaan van de koning, de ephoren en de Raad van Ouderen,' zei hij. 'Het is tijd om te eten.'

Het huis van Endios had geen mannenkamer met aanligbedden. Ik heb er niet eens een keuken gezien. Voor het diner nam hij mij tot mijn verbijstering mee naar buiten. Het begon al donker te worden en de avond was koud in deze tijd van het jaar. Desondanks vond het avondeten plaats in de open lucht. Er was een lange tafel opgesteld, waaraan vijftien langharige mannen plaatsnamen. Ik leerde later dat het een verplichting is voor Spartanen om alle maaltijden van de dag gezamenlijk te gebruiken met hun respectievelijke schaftgroepen, die ze 'phiditia' noemen. Men vertelde mij dat koning Agis officieel is berispt en beboet, toen hij vermoeid was teruggekeerd van een militaire campagne tegen ons en vroeg om zijn rantsoen bij hem thuis te bezorgen omdat hij het verkoos om in de rustige beslotenheid van zijn eigen huis te dineren met zijn echtgenote.

'Eigenlijk zou je moeten worden gesopt,' zei Endios tegen mij, 'maar als mijn gast ben je van die procedure vrijgesteld. Je kunt plaatsnemen.'

Ik ging zitten. Het was voor het eerst in mijn leven dat ik rechtop zittend aan een tafel geacht werd te eten.

'Ik ben erkentelijk dat ik voor het moment van gesop verschoond mag blijven,' zei ik. 'Ik moet toegeven dat ik een lange reis achter de rug heb, waarbij ik wat mij betreft voor de komende tijd afdoende ben gesopt door de Ionische Zee tussen Kaap Iapygia en Kerkyra.'

Niemand lachte.

'Het is beter als je zwijgt, Alkibiades,' zei Endios.

Later vernam ik dat het soppen waaraan Endios refereerde een uiterst plechtige en serieuze toelatingsceremonie behelst voor jonge aspirant-leden van de schaftgroep. De stemming onder de zittende disgenoten vindt plaats door middel van stukken zacht brood die in een kom met bouillon gegooid moeten worden. Wie akkoord gaat met de voorgedragen kandidaat, laat zijn stuk brood zoals het is, maar wie bezwaar maakt tegen de kandidatuur, perst het brood ongezien in de palm van zijn hand samen tot een harde klont voordat hij het in de kom gooit. Harde klonten in de bouillon gelden als tegenstem en één daarvan volstaat om de kandidaat af te wijzen.

Het eten werd opgediend. Iedereen kreeg hetzelfde gerecht, dat zich nog het beste liet omschrijven als een dikke, zwarte soep. Ik nam een voorzichtig slokje en de sterke, ranzige smaak ontnam mij bijkans mijn eetlust. Het leek mij een soort bouillon van varkensbloed. Ik was geneigd de zwarte soep te laten voor wat hij was en mij tevreden te stellen met het brood en de paar hompjes gekookt varkensvlees die eveneens werden geserveerd, maar ik zag dat de Spartanen de soep met smaak opdronken. De oudere en meest gerespecteerde leden van de schaftgroep gaven hun portie vlees aan de jongeren in ruil voor een extra schep zwarte drab. Ik volgde hun voorbeeld. Zonder blikken of blozen leegde ik mijn soepkom. Ik gaf mijn vlees weg en vroeg voorzichtig om nog een portie soep. Ik zag dat ze het hadden gezien. Tegelijkertijd bekroop mij de gedachte dat het geen verbazing hoeft te wekken dat de Spartanen de dapperste mannen ter wereld zijn, want iedereen die enigszins bij zijn verstand is, zou het zonder een moment van aarzeling verkiezen te sneuvelen in plaats van te leven op zo'n dieet.

Niemand vroeg mij iets tijdens het diner. Ik besloot dat het beter was om zelf voorlopig ook maar zo min mogelijk te zeggen. Men was überhaupt spaarzaam met conversatie. Wanneer er al werd gesproken, werden er in afgemeten zinnen nobele onderwerpen behandeld, zoals de vraag wie de beste man was van een bepaalde stam of familie en waarom, of de kwestie wie de dapperste was geweest van hun voorouders. Een van de jongeren, die in antwoord op een dergelijke vraag een genuanceerd betoog begon af te steken, waarin hij de wetgever

Lykourgos vergeleek met koning Menelaos, werd plotseling door zijn buurman in zijn duim gebeten. Ik vroeg niets. Endios beantwoordde mijn niet gestelde vraag desondanks.

'Hij was te lang van stof,' fluisterde hij mij toe.

In stilte verbeet ik mijn opspelende herinneringen aan de gebruikelijke schransfestijnen in Athene, waar boven een overvloed aan delicatessen luidkeels schaterend geroddeld wordt over vermeende seksuele perversiteiten van vooraanstaande politici, waarbij men niet wijdlopig genoeg kan zijn. Ook hier werd wijn geschonken, lokaal bocht van de Vijf Heuvelen of uit Oinoun of Denthis, maar waar de drinkschalen in Athene grif van hand tot hand gaan en waar je van heel erg goeden huize moet komen om een beurt over te slaan, had iedereen hier zijn eigen nap en doordat de wijn niet dwingend rondging, werd er slechts zeer matig gedronken, zeker naar Atheense normen.

Opeens stond iedereen op. Er lag nog voedsel op de tafel, maar kennelijk was het diner afgelopen. Ik had eigenlijk nog honger, maar we gingen naar huis. Het was inmiddels donker. Ik moest mijn best doen om niet te struikelen. Ik zei tegen Endios dat een fakkel misschien wel handig zou zijn, maar hij antwoordde mij dat het ten strengste verboden was om na het avondeten bij het licht van fakkels naar huis terug te gaan. Als soldaten moesten zij erin geoefend zijn om in het donker moeiteloos hun weg te vinden. Ik begreep opeens ook beter waarom iedereen zich aan tafel zo opzichtig had zitten matigen met de wijn. In Athene kun je desgewenst ter plekke op het ligbed waaraan je aan de dis aanligt stranden voor de nacht, maar als je buitenshuis in het open veld dineert, moet je na afloop nog een stuk wandelen over boomwortels en rotsblokken en als dat noodgedwongen zonder fakkels moet, kun je beter enigszins sober zijn. Alles hing met alles samen. Ik begon te vrezen dat er hier in Sparta over alles was nagedacht.

Ik had oprispingen van de dubbele portie zwarte soep, maar afgezien daarvan sliep ik verrassend goed tijdens mijn eerste nacht in vijandelijk territorium.

5

Bij zonsopgang werd ik verwacht in de hippodroom, die was aangelegd aan de oever van de Knakion, niet ver van Endios' huis, tussen de buurtschappen van de Pitanatai, de Aigidai en de Messoatai. Zelfs op dit vroege uur was men al met de paarden bezig. Er werd een heerlijk weerspannig veulen afgericht, een tweejarige hengst werd naar de stapmolen geleid en er werden oefenrondjes gereden met twee tweespannen. Prachtige paarden waren het, ik kon niet anders zeggen. Eén ervan dacht ik zelfs te herkennen als het bijdehandse paard van het Spartaanse vierspan dat een jaar eerder in Olympia had gereden.

Zonder enig vertoon van ceremonieel en zelfs zonder gevolg of lijfwachten maakte prinses Kyniska haar opwachting. Ze was werkelijk klein van stuk. Ze was opvallend licht en nonchalant gekleed, zeker voor een halfzus van de koning. Ze droeg een sportief opgeschort tuniekje en ging barrevoets. Als ik haar niet had herkend van onze vluchtige ontmoeting in Olympia, geholpen door het feit dat ik haar verwachtte omdat zij mij had ontboden, had ik haar kunnen verwarren met een stalknecht, temeer omdat zij er, zonder tijd te verliezen aan enige vorm van een begroeting, op aandrong om mij de stallen te laten zien.

Bij de soberheid die wordt betracht bij de huisvesting van mensen, verbaasde het mij te zien dat de paarden waren ondergebracht in luxueuze, perfect geoutilleerde stallen, met een vloer die was geplaveid met opgeruwde stenen van de omvang van hoeven en die in een milde helling was aangelegd om de afwatering te garanderen en te voorkomen dat de hoeven zacht zouden worden door het vocht. De renpaarden van de prinses waren van absolute topklasse. Betere paarden had ik zelden gezien. Ze moesten een fortuin gekost hebben. Haar allermooiste hengst was nog jong, maar ik was het met de prinses eens dat hij binnen een jaar klaar zou zijn voor de grote wedstrijden en daar opzien zou baren.

De prinses was tevreden over mijn oprechte bewondering. 'Wat is uw conclusie, Alkibiades van Athene?' vroeg ze. 'Wie zal over drie jaar zegevieren in Olympia?'

'Gezien het feit dat al mijn bezittingen zijn geconfisqueerd,' zei ik, 'is uw enige concurrent van vorig jaar al uitgeschakeld en afgezien van deze ene concurrent acht ik niemand in heel Hellas in staat om u van de zege af te houden.'

'Goed zo,' zei ze. 'Hoewel ik uiteraard geen enkele vorm van bevestiging nodig heb, is dit wat ik wilde horen. De regerend Olympisch kampioen legt zich bij voorbaat neer bij mijn toekomstige suprematie. Hiervoor heb ik u ontboden. Nu u zich van uw taak heeft gekweten, zou ik onder normale omstandigheden zeggen dat u weer kunt gaan, maar ik heb de indruk dat de omstandigheden u van vrijwel alle bestemmingen hebben beroofd en dat het uw intentie is om ons blijvend met uw aanwezigheid op te schepen.'

'Ik koester de hoop dat mij de gelegenheid zal worden gegund om u en Sparta, afgezien van met mijn bewondering voor uw paarden, ook op andere manieren van dienst te zijn,' zei ik.

'Denkt u dat Sparta uw hulp nodig heeft?' vroeg ze.

'Mijn mening is dat Sparta door wijze mensen wordt bestuurd,' zei ik, 'en dat het een kenmerk is van een wijs man dat hij niet te trots is om zijn voordeel te doen met ongevraagde hulp die hem in de schoot valt.'

'Hoe voelt het om een verrader te zijn?' vroeg ze. De Spartaanse afkeer van diplomatieke omhaal van woorden was verfrissend.

'Die vraag zou u beter kunnen stellen aan de Atheners die mij verraden hebben,' antwoordde ik. Ik glimlachte.

'Laat mij u in dat geval vragen hoe het voelt om verraden te zijn,' zei ze.

'Ik prijs u gelukkig om uw onwetendheid met betrekking tot dat gevoel,' zei ik.

'Dat is geen antwoord,' zei ze.

'Nee,' zei ik, 'maar als u erop staat om mij te pijnigen door eerlijkheid van mij te vergen, zou ik gedwongen zijn te zeggen dat ik mij voel alsof ik van de wereld af ben gevallen.'

'Is Sparta volgens de Atheense filosofen tegenwoordig geen plek meer op de wereld?' vroeg ze.

'Ik zal niet ontkennen dat de wereld die ik tot nu kende, in zo goed als alle opzichten afwijkt van de wereld die ik hier met dank aan uw groothartigheid aantref,' zei ik. 'Maar de belangrijkste reden voor de sensatie van vervreemding en ontworteling die ik trachtte te omschrijven, is het feit dat mij mijn positie in de wereld is ontnomen en dat de man die ik dacht te zijn dientengevolge in deze wereld niet meer bestaat.'

'Wie dacht u te zijn, Alkibiades van Athene?' vroeg ze.

'Alkibiades van Athene,' antwoordde ik.

'En hoe was die man voordat ik hem leerde kennen?' vroeg ze.

'Mooi, rijk en machtig,' zei ik.

'Rijk en machtig bent u niet meer,' zei ze.

'Dank u,' zei ik.

'Ik heb gehoord dat u zich onze zwarte soep heeft laten smaken,' zei ze.

'U bent goed geïnformeerd,' zei ik.

'En u bent gevaarlijk, Alkibiades,' zei ze. 'U weet te goed hoe u zich populair maakt.'

'Ik ben opgegroeid in een democratie,' zei ik. 'Mijn excuses daarvoor.'

'Over uw zwakke punten zullen de koning, de ephoren en de Raad van Ouderen een oordeel vellen,' zei ze.

'Hoe eerder ik in de gelegenheid word gesteld om opheldering te verschaffen omtrent mijn motieven, hoe liever mij dat is,' zei ik. 'Mag ik u intussen om een gunst vragen, hoogheid?'

'U verkeert niet in de positie om gunsten te vragen,' zei ze.

'Dat besef ik,' zei ik. 'Maar met uw welnemen doe ik het toch, omdat ik ervan overtuigd ben dat datgene wat ik u wil vragen ons gemeenschappelijk belang dient. Mijn verzoek betreft Endios. Ik dank u dat u mijn eerdere boodschap hebt begrepen en dat u Endios hebt bevolen mij uit te nodigen. Daaruit leid ik tevens af dat u op de hoogte bent van de achtergronden en van de reden waarom ik mij in eerste instantie tot u heb gewend in plaats van direct contact te zoeken met de gastvriend van mijn familie. Misschien staat u mij toe om daar hopelijk ten overvloede aan toe te voegen dat de heikele affaire mij thans met schaamte vervult.'

'Waarom?' vroeg ze. 'In die tijd was u een vijand van Sparta. Wij hebben bewondering voor een man die zijn vrienden bijstaat door zijn vijanden te schaden.'

'Ik ben u erkentelijk voor uw begrip,' zei ik. 'Desalniettemin heeft de overtuiging bij mij postgevat dat het wenselijk zou zijn om uw interventie te verzwijgen en de Spartanen te doen geloven dat Endios mij op eigen initiatief heeft uitgenodigd. In het geval dat de koning, de ephoren en de Raad van Ouderen afkeurend zouden oordelen over mijn komst naar Sparta, zou ik niet willen dat uw generositeit jegens mij u op enigerlei wijze zou kunnen worden kwalijk genomen. Endios loopt in dat opzicht minder gevaar, omdat hij zich kan beroepen op de oude banden tussen onze beide families en de plicht om de heilige gastvriendschap, die onder bescherming staat van Zeus zelve, te respecteren. Een dergelijk beroep zou gezien de achtergronden waaraan ik refereerde des te nobeler kunnen worden geacht.'

Prinses Kyniska barstte in lachen uit. 'Begint u nu al aan politiek te doen, Alkibiades van Athene?' zei ze. 'U bent hier nog geen dag. Men zou geneigd kunnen zijn te denken dat uw recente ervaringen met de Atheense politiek een kostbare les voor u zijn en een waarschuwing om uw ambities te temperen, maar wie zo denkt, kent blijkbaar Alkibiades niet. Het klinkt misschien raar, maar ik mag u wel. U bent grappig.'

Schaterend liep ze weg. Ze was werkelijk klein van stuk.

6

Mijn hoorzitting liet op zich wachten. Het werd winter in Sparta en er gebeurde niets. Ik at zwijgend met de mannen van Endios' schaftgroep en liet mijn haar groeien.

Omdat de Spartanen mij niets vertelden en mij zelfs later, toen ze mij begonnen te vertrouwen, slechts spaarzaam op de hoogte brachten van de informatie en inlichtingen die hun spionnen hadden vergaard, vernam ik pas veel later dat precies in deze tijd het eerste grootschalige gewapende treffen plaatsvond tussen het Atheense leger en de troepen van Syracuse.

Na mijn gedwongen vertrek uit Sicilië stond Nikias er als bevelhebber in feite alleen voor. In theorie had hij Lamachos naast zich, maar hoewel Lamachos een puike soldaat was en een dappere krijger, wist hij geen ontzag af te dwingen omdat hij arm was en zich zelfs op veldtochten soms gedroeg als een deerniswekkende ritselaar. Toen ik nog deel uitmaakte van het opperbevel, had ik meegemaakt dat Lamachos de gelegenheid die werd geboden door een strategisch beraad zelden onbenut liet om Nikias of mij schoeisel of kleding te leen te vragen en dat hij de hypothetische kosten van datgene wat wij hem zuchtend kosteloos verschaften tevens ijverig noteerde om te declareren bij de Atheense schatkist, waarbij het mij nog het meest verbaasde dat hij niet op het idee kwam dat hij ook de hypothetische kosten van hypothetische uitrusting, die niemand hem had verstrekt, zou kunnen noteren, maar kennelijk handhaafde hij ondanks alles een morele ondergrens.

Ik hoorde dat het leger gedemoraliseerd was geraakt. De mannen respecteerden Nikias, maar ze vreesden zijn voorzichtigheid. Onder zijn commando viel een spoedig einde van de campagne niet te verwachten. Terwijl de troepen hongerig waren naar actie, liet hun commandant hen werkeloos afwachten in kampementen en doelloos rondvaren, terwijl hij eindeloos beraadslaagde en dubde over de strategie, tot het momentum verloren was gegaan, hoop oud geworden was en het ontzag en de vrees die hun aanblik bij de vijand aanvankelijk had veroorzaakt waren weggeëbd.

Nikias viel Hybla aan, een onbeduidend gehucht in het territorium van Gela, en leed gezichtsverlies door weg te trekken zonder het te hebben ingenomen. Hij veroverde de barbaarse kustversterking van Hykkara, in de uiterste noordwesthoek van Sicilië, en dat was welbeschouwd het enige Atheense wapenfeit geweest toen de zomer tot een einde kwam. Het leger trok zich terug in Katane om te overwinteren. Toen was er van de reputatie van het Atheense leger zo weinig over dat de cavalerie van Syracuse zich bij wijze van pesterij bij het Atheense kamp liet zien om te vragen of er misschien een vergissing in het spel was. Aanvankelijk had men in Syracuse gedacht dat de Atheners een invasiemacht vormden, maar naar hun daden te oordelen waren ze vreedzame kolonisten. Schaterend galoppeerden ze weg.

Een aanval op Syracuse was onvermijdelijk geworden, want als het Atheense leger de hele winter rillend in zijn kampement afwachtte, zou er tegen het aanbreken van de lente weinig meer van over zijn dan een gefrustreerd hoopje soldaten dat het ver van huis zou moeten opnemen tegen een inmiddels uitstekend voorbereide vijand die blaakte van het zelfvertrouwen. Maar een landing vanaf zee in de nu goed verdedigde haven van Syracuse was uitgesloten en als het leger over land optrok tegen de stad, zouden de lichte troepen alsmede het basiskamp bij

Katane met alle voorraden en de ondersteunende eenheden van bakkers, metselaars en timmerlieden te kwetsbaar zijn voor de vijandige cavalerie.

Nikias besloot om het leger van Syracuse uit te lokken om noordwaarts naar Katane te trekken. Hij nam daarvoor zijn toevlucht tot een list, die zo ordinair was dat ik hem had kunnen bedenken. Het was bekend dat er in Katane een aan Syracuse gelieerde factie actief was die heimelijk en soms zelfs openlijk een einde probeerde te maken aan de acceptatie van de Atheense aanwezigheid. Een van de voormannen van deze groep werd omgekocht, waarbij Nikias het niet onaanzienlijke bedrag uit eigen zak betaalde. Het zou de taak van de verrader zijn om naar Syracuse te gaan en de autoriteiten aldaar te voorzien van valse inlichtingen. Hij moest vertellen dat de Atheners door de invallende winter en het slechtere weer de gewoonte opgevat hadden om binnen de muren van Katane te overnachten, terwijl ze hun voorraden en wapens onder minieme bewaking in het kamp achterlieten. Zijn voorstel zou zijn dat het leger van Syracuse het kamp op een afgesproken tijdstip in de nacht zou aanvallen. Zijn factie zou er zorg voor dragen dat alle stadspoorten op dat moment gesloten waren, waardoor de Atheners niet naar buiten zouden kunnen stormen om hun kampement te verdedigen, en dat de schepen in brand werden gestoken. Vervolgens zou er binnen de muren met de onbewapende troepen worden afgerekend.

Het plan slaagde nog ook. De autoriteiten in Syracuse zagen geen reden om de inlichtingen van hun vertrouweling te wantrouwen. Er werd een tijdstip afgesproken en het leger van Syracuse trok op in de richting van Katane. Toen de Atheense verkenners meldden dat het leger van Syracuse Katane tot op één dagmars genaderd was en voor de nacht kamp had opgeslagen aan de rivier de Symaithos, verplaatsten de Atheners hun hele leger heimelijk onder de sluier van de nacht per schip naar Syracuse, waar ze een positie innamen aan de voet van een heuvel bij het Olympieion waar ze onkwetsbaar zouden zijn voor vijandige cavalerie, omdat ze aan één kant beschermd waren door muren, huizen, bomen en moeras en aan de andere kant door een steile rotswand.

Toen de troepen van Syracuse ontdekten dat het Atheense leger zich had verplaatst, zetten ze onverwijld de terugtocht in om hun stad te verdedigen. Maar het was een lange mars, die de Atheners de tijd verschafte om hun positie te versterken. Ze velden bomen om hun schepen te beschermen met een palissade. Met de zwerfkeien die ze vonden improviseerden zij een versterking bij Daskon, de zwakste plek van hun positie, en ze vernietigden de brug over de Anapos. Toen het leger van Syracuse zich eindelijk vertoonde, hadden de Atheners een voortreffelijke uitgangspositie gecreëerd voor de veldslag.

Over de slag zelf wist men mij weinig saillante details te melden. Het heeft er de schijn van dat gebrek aan oorlogservaring de soldaten van Syracuse heeft opgebroken. In moed en vechtlust deden ze niet voor de Atheners onder, totdat met het besef van de inferioriteit van hun militaire vaardigheden tevens de vergeefsheid van hun wilskracht tot hen doordrong. Dat er een onweer losbarstte tijdens de gevechten, was eveneens in hun nadeel, want terwijl zij zich angstig begonnen af te vragen of dit een voorteken was en, zo ja, hoe het te interpreteren zou zijn, wisten de Atheners uit ervaring dat dergelijke meteorologische verschijnselen niet noodzakelijkerwijs een goddelijke interventie op het slagveld aankondigen en beschouwden ze vechten in zwaar weer als een routine. Syracuse verloor ongeveer tweehonderdzestig man, tegen een stuk of vijftig Atheense gesneuvelden. De verliezen waren voor Syracuse relatief beperkt gebleven, omdat hun terugtocht werd gedekt door hun cavalerie. Maar Nikias had gewonnen. Met de kennis die jullie en ik nu hebben van het tragische vervolg van de campagne, kunnen we concluderen dat deze eerste Slag bij Syracuse Nikias' grootste zege was in Sicilië.

Terwijl de overwinningstrofee werd opgericht, stuurde Syracuse een elite-eenheid naar het Olympieion om te voorkomen dat de tempelschatten zouden worden geplunderd. De moedige verdedigers van de rijkdommen van de goden zouden kansloos zijn geweest tegen de Atheense overmacht, maar Nikias ondernam tot verbijstering en frustratie van zijn mannen niet eens een poging om de tempel te veroveren. Ik ken zijn manier van denken en ik meen te begrijpen wat zijn overwegingen waren. Zijn fatsoen en zijn angst voor de goden, die sommigen bijgeloof zouden noemen, beletten hem om zijn troepen vrij spel te geven voor de plundering van een tempel en de last te moeten dragen van het besef dat hij de opdracht had gegeven tot heiligschennis. Zo iemand dwingt bewondering af bij de aalmoezeniers en waarzeggers, maar maakt zich niet geliefd bij zijn mannen.

Het had er de schijn van dat Nikias zelf verbaasd was over zijn eenvoudige overwinning, want hij slaagde er niet in om er op enige manier gebruik van te maken. Het was typerend voor de man dat hij zich, zodra een initiatief in gang gezet was en de gebeurtenissen hun beloop namen, onberispelijk van zijn taken kweet, maar dat hij tot terughoudendheid, weifeling en inertie verviel wanneer er een nieuw initiatief van hem verwacht werd. Na een paar dagen wist hij niets beters te verzinnen dan terug te zeilen naar Katane, daar opnieuw kamp op te slaan en te overwinteren. Ik ken mijn soldaten en ik weet dat zij het Nikias kwalijk hebben genomen dat hij niet in staat bleek om van hun ongeduld en honger naar glorie te profiteren.

Maar in militair opzicht had ik begrip voor Nikias' besluit om het leger terug te trekken. Hij had welbeschouwd geen andere keuze. De bescheiden overwinning tijdens een treffen van infanteristen op een goed gekozen plek was zonder cavalerie het maximum wat hij kon bereiken en dat had hij bereikt. De achtervolging van de vluchtende soldaten uit Syracuse was onmogelijk gebleken omdat de Atheners geen verweer hadden tegen de cavalerie uit Syracuse. Om precies dezelfde reden zou het waanzin zijn geweest om onmiddellijk ter plekke een beleg op te slaan bij de stad. De belegeraars zouden met hun kamp, hun voorraden, hun metselaars, hun timmerlieden en hun belegeringsmachines overgeleverd zijn aan de genade van de vijandelijke ruiters. Ik zeg dit niet om achteraf gelijk te krijgen, maar omdat het gebrek aan cavalerie tezamen met de bevoorrading ons zwakke punt was, had ik bij onze aankomst in Sicilië voorgesteld vooraleerst al het mogelijke in het werk te stellen om bondgenoten te maken op het eiland. Dat was de enige manier om onszelf van paarden en graan te verzekeren. Maar dat plan was mislukt. Nikias had nu geen andere keuze dan bericht te sturen naar Athene met het verzoek om versterking.

7

In de arena van de Atheense democratie, die overkookt van de bevlogen pleidooien en het retorisch effectbejag, heb ik nimmer een redevoering gehouden waarvan meer afhing dan van het betoog waarin ik mijn motieven moest trachten te rechtvaardigen in het sobere onderkomen van de senaat aan de voet van de citadel ten overstaan van de streng zwijgende Spartaanse koning Agis, de vijf ephoren en de achtentwintig leden van de Raad van Ouderen. In de dagen voorafgaand aan de hoorzitting had ik mij dusdanig grondig voorbereid, terwijl ik de verschillende argumenten onophoudelijk woog en de volzinnen proefde en repeteerde in gedachten, dat ik mij mijn toespraak zelfs nu nog woordelijk herinner.

'Majesteit, excellenties, mannen van Sparta,' zei ik, 'nadat ik mijn erkentelijkheid heb uitgesproken voor deze gelegenheid om mijn daden en motieven voor jullie te verantwoorden en de reden van mijn komst naar Sparta ten overstaan van jullie toe te lichten, nadat ik jullie er hopelijk ten overvloede aan heb herinnerd dat ik de toewijding van mijn familie aan het honoraire consulaat van Sparta in Athene hernieuwde glans heb gegeven en dat ik mij uit hoofde van die eervolle verantwoordelijkheid onvermoeibaar en naar het beste van mijn vermogens heb ingespannen voor het lot van jullie landgenoten die na de catastrofe van Pylos en Sphakteria in Atheense gevangenschap verkeerden en nadat ik uit respect voor dit gremium en uit de wens tegemoet te komen aan urgentere zorgen die op dit moment bij jullie leven voorbij ben gegaan aan het feit dat jullie het ondanks mijn ijver en inzet voor jullie zaak verkozen hebben te onderhandelen met mijn politieke tegenstander Nikias, de zoon van Nikeratos, in plaats van met mij, wil ik in eerste instantie ingaan op de kwestie die, naar ik vermoed, in jullie oordeel over mij jullie voornaamste reden tot terughoudendheid vormt en in een poging om jullie bedenkingen weg te nemen uiteenzetten op welke wijze mijn vroegere democratische gezindheid en mijn loyaliteit aan Athene hebben plaatsgemaakt voor animositeit en rancune jegens de stad die ik voorheen heb trachten te dienen en voor het late maar definitieve inzicht dat democratie als staatsvorm op termijn niet levensvatbaar is.

Jullie zijn in grote lijnen op de hoogte van de feiten en gebeurtenissen die hebben geleid tot mijn terugroeping uit Sicilië, mijn vlucht en mijn veroordeling bij verstek. Het zal niet nodig zijn hierover in meer detail te treden, omdat de details irrelevant zijn, omdat de details, als ze anders waren geweest, tot dezelfde uitkomst zouden hebben geleid en omdat datgene wat mij is overkomen begrepen dient te worden als het onvermijdelijke gevolg van een fundamenteel feilen van het democratische systeem waaraan mijn ambities waren onderworpen. Aangezien jullie geen directe ervaring hebben met democratische processen, waarvoor ik inmiddels in staat zou zijn jullie gelukkig te prijzen, willen jullie mij wellicht toestaan dat ik met de gewenste uitvoerigheid toelicht op welke wijze ik de democratie als zodanig als oorzaak beschouw van mijn lot en van de uiteindelijk onvermijdelijke ondergang van Athene.

Omdat democratie per definitie stoelt op het collectieve oordeel van het volk, is zij onderworpen aan de turbulentie van opvliegendheid en oncontroleerbare emoties. Om de democratie naar behoren te laten functioneren is het derhalve essentieel om mechanismen in te bouwen die afstand scheppen, vertragen en gevoelens afkoelen. Dit vergt leiders als Themistokles en Perikles, die zich niet laten leiden door de angst voor bevliegingen van de veranderlijke volksgunst, die een visie hebben en de moed om het volk daarvan te overtuigen en die het debat durven te sturen in plaats van zich door de publieke opinie te laten regeren. Dit vergt een volk dat bereid is tot compromissen ten bate van het gemeenschappelijke belang. Maar de Atheense democratie is inmiddels, zoals iedere democratie mettertijd, een parodie op zichzelf geworden, waarin de leiders dagelijks ter verantwoording worden geroepen en waarin het beleid elke dag opnieuw ter discussie staat. De staat wordt geregeerd door de angst voor volksgerichten en de volatiliteit van de publieke opinie. De bijval en het gejoel in het theater op de Pnyx overstemmen argumenten en maken reflectie over beleid voor de lange termijn onmogelijk.

Het volk is verdeeld. Het lijkt wel alsof er elke dag meer facties en partijen met verontwaardigde deelbelangen bij komen, die meer energie investeren in het bestrijden van elkaar dan in het dienen van het collectieve belang. Wanneer zich geen substantiële kwestie aandient waarover men van mening kan verschillen, worden willekeurige trivialiteiten aangegrepen om haat en vijandigheid uit te diepen en te benadrukken wat het volk verdeelt in plaats van wat het volk zou moeten verbinden. Ieder is overtuigd van zijn eigen gelijk en de waarheid wordt onder de immense hoeveelheid waarheden bedolven. Hiermee is de democratie verworden tot een ochlocratie, waarin de turbulentie van opvliegendheid en oncontroleerbare verontwaardiging de macht hebben gegrepen en waarin het staatsbelang dagelijks wordt geofferd op het altaar van de deelbelangen van doelgroepen. Wantrouwend en verdeeld volk kan leiders afzetten en beleid saboteren, maar het kan geen staat besturen.

De democratie erodeert onder de obsessie voor pietluttigheden en details. Achterdocht knaagt onophoudelijk en de metselspecie van vertrouwen in de collectieve zaak wordt met elk incident verder afgebikt tot zij verpulvert en het bouwwerk instort dat ooit solide leek. Een autocratie kan maatschappelijke coherentie goedschiks of kwaadschiks afdwingen, maar een democratie functioneert uitsluitend bij de gratie van het breekbare vertrouwen in haar wetten en instituties.

Dit vertrouwen wordt doelbewust verder ondermijnd door politici die in naam van de democratie het wantrouwen in de democratie voeden. Hoe verdeeld het volk ook is, er staan om de haverklap leiders op die de uiteenlopende vormen van onvrede mobiliseren en pretenderen dat zij namens het gehele volk spreken. Zij spiegelen het volk voor dat het een monopolie heeft op het gezonde verstand en dat het homogeen is in zoverre het wordt verraden door de politieke elite. Zij presenteren het als een vanzelfsprekendheid dat de gezonde volkswil, die door de heersende klasse wordt genegeerd, naadloos samenvalt met hun eigen standpunten en elke mening die afwijkt van die van hen, beschouwen zij als een verloochening van het soevereine volk en een verkrachting van de democratie. Zij doen een beroep op emotie en presenteren rationaliteit als een instrument van het establishment. Het volk heeft geen behoefte aan feiten of argumenten, omdat het volk donders goed weet dat argumentatie een onderdeel is van het complot om het volk te onderwerpen en dat dat de feiten zijn. Met de insinuatie dat de democratische instituties het werktuig zijn waarmee de politieke elite het volk knecht en kleineert, zetten zij het volk in naam van de democratie op tegen de democratie, die in hun visie geen democratie mag heten als zij niet neerkomt op een compromisloze alleenheerschappij van hun eigen gelijk.

Als jullie mij om een analyse vragen van wat mij is overkomen, mannen van Sparta, dan vraag ik jullie in de eerste plaats te beseffen dat het moeilijk was om iemand in Athene te vinden die er gemakkelijker van beschuldigd kon worden dat hij deel uitmaakte van de elite dan ik. Ik was rijk, van oude adel, opgevoed door Perikles, bemind door Sokrates, gehuwd met een vrouw uit de rijkste familie van Athene, extravagant op het arrogante af, van veelbesproken levenswandel en als ultiem affront met zeven vierspannen deelnemer aan de Olympische Spelen, waar ik niet alleen zegevierde, maar ook tweede en vierde werd, en met schaamteloos exhibitionisme van al mijn privileges was ik initiator en commandant van de grootste en meest gedurfde militaire expeditie uit de geschiedenis van de stad en de facto leider van Athene. Het volk adoreerde mij, totdat iemand het volk wijsmaakte dat het meer verdiende dan het had, hetgeen iets is waarvan het volk op ieder willekeurig moment gemakkelijk te overtuigen is, en dat het de schuld was van de elite dat het volk onthouden werd waarop het recht had. Toen de elite eenmaal als collectieve vijand was aangewezen, had hij mijn gezicht.

De ironie hierbij was dat de demagogen geen ongelijk hadden. Er was sprake van een complot van de elite tegen de instituties van de democratie. De oligarchische factie ondernam voorbereidingen om de democratie omver te werpen. Ik zou geen enkele reden hebben om betrokkenheid bij deze couppoging ten overstaan van jullie te ontkennen, mannen van Sparta, tenzij mijn liefde voor de waarheid die reden is. De logica zou het op zijn zachtst gezegd ook onaannemelijk maken dat ik het systeem zou willen ontmantelen waaraan ik al mijn macht te danken had. Maar logica betekent weinig in een democratie. De antidemocratische opstand was juist in de eerste plaats tegen mij gericht. De oligarchen beschouwden mij als de voornaamste democratische leider en daarmee als hun voornaamste tegenstander en bovendien voerde ik een agressief, maritiem beleid dat de behoudende, oorlogsschuwe belangen van de oude landadel ondergeschikt maakte aan de wensen van roeiers, matrozen en berooid gepeupel dat voor zijn inkomsten afhankelijk was van soldij die op de roeibanken van oorlogsbodems kon worden verdiend.

Omdat er een complot tegen mij in gang was gezet door de oligarchische elite, dat zich manifesteerde in heiligschennis en geruchten over heiligschennis, was het wantrouwende volk, dat sowieso eenvoudig van complotten tegen het volk te overtuigen is, gevoelig geworden voor de gedachte dat er sprake was van een complot tegen het volk. Demagogen die het gemunt hadden op mijn positie als democratisch leider profiteerden hiervan door het wantrouwen van het volk jegens de elite te mobiliseren en mij als vermeend kampioen van die elite tot vijand van het volk te verklaren en uit te schakelen. Omdat dergelijke besluiten in een democratie worden genomen op basis van opzwepende redevoeringen en niet op basis van naakte feiten, was mijn absentie hun grootste wapen en omdat een democratie het principe huldigt dat getalsmatige meerderheden waarheid en opportuniteit nietig verklaren, was het relevant dat mijn vurigste aanhang met mij ver van de Pnyx aan het strijden was voor de glorie van Athene.

Wat mij bij al deze politieke intriges nog het meest teleurstelt, als ik voor het moment mag abstraheren van mijn positie en van de gevolgen voor mij persoonlijk, is dat het belang van Athene op geen enkel moment voor geen van de partijen een overweging is geweest waaraan enig gewicht werd toegekend. Hoewel het formeel vrede is, is Athene in oorlog en ik hoef jullie er niet van te overtuigen dat het strijd levert tegen een formidabele tegenstander. Daarbij had Athene midden in deze veeleisende oorlog een uiterst riskante militaire operatie ondernomen. Door de nietsontziende machtsstrijd die in een scheurend web van deelbelangen werd uitgevochten, heeft de Atheense democratie zichzelf in oorlogstijd van zijn leider beroofd en vrijwel zijn volledige vloot stuurloos in een uithoek van de wereld achtergelaten.

Spartanen, ik begrijp terdege dat jullie acute zorgen hebben over mijn loyaliteit. Ik was een overtuigd democraat, dat kan en wil ik niet ontkennen, maar het feit dat de democratie in staat is gebleken de belangen van mijn vaderland willens en wetens uit overwegingen van ongegeneerd individueel eigenbelang te verkwanselen, maakt het voor mij onmogelijk om nog langer in de democratie te geloven. Als ik mijn persoonlijke lot bij deze overwegingen betrek en besef dat hetzelfde vaderland dat ik mijn hele leven lang met passie heb gediend mij heeft verraden en ter dood heeft veroordeeld, kan ik niet anders dan tot de conclusie komen dat niet alleen mijn vertrouwen in de democratie onherstelbaar is geschaad, maar dat ik ook mijn vaderland heb verloren.'

Dit is wat ik zei tegen de Spartaanse autoriteiten. Mijn woorden waren oprecht in zoverre mijn analyse van de politieke machinaties in Athene, waarvan ik het slachtoffer was geworden, welgemeend was en in zoverre mijn betoog uiting gaf aan mijn diepgevoelde frustratie hierover. Maar de volledige waarheid, waarvan ik jullie conform mijn zelfopgelegde plicht en mijn oprechte verlangen op deze papyrus deelgenoot maak, mannen van Athene, maar die ik voor de Spartanen moest verzwijgen, was dat ik mijn geloof in Athene en in de democratie niet had verloren maar dat ik in de oligarchen en de demagogen die op mijn positie uit waren de twee vijanden van de democratie en van Athene had geïdentificeerd die ik met Spartaanse hulp wilde bestrijden teneinde Athene en de democratie te behouden. Ik moest de Spartanen doen geloven dat ik gemotiveerd werd door wraakzucht en onverzoenlijkheid jegens mijn vaderland en het politieke systeem dat mij verraden had, teneinde de beschikking te krijgen over de middelen die mij in staat zouden stellen het politieke systeem te zuiveren van krachten die zowel mij als mijn vaderland te gronde richtten. Als Sparta mij de gelegenheid zou gunnen om te doen wat ik van plan was te doen, zou ik dat voor Athene doen, terwijl het mijn taak was de Spartanen in de waan te laten dat ik het voor Sparta deed. Dat was het heikele spel dat ik moest spelen. Dat was de precaire balans die ik diende te bewaren. Ik vraag jullie om ook mijn volgende woorden binnen het kader van deze gevaarlijke strategie te beoordelen.

'Als jullie beseffen,' zo vervolgde ik mijn betoog, 'hoeveel schade ik jullie heb berokkend toen ik voor Athene streed en moest raden naar jullie plannen, kunnen jullie inschatten hoeveel schade ik Athene zou kunnen toebrengen door voor jullie te strijden terwijl ik van de Atheense plannen exact op de hoogte ben. Ik vermoed dat jullie mij met graagte zullen toestaan dat ik aan deze Atheense strategie nog enkele woorden wijd en dat ik jullie aandacht vraag voor kwesties die jullie naar mijn mening onder ogen dienen te zien en waarover ik gedetailleerde kennis heb die mij wellicht het recht verschaft erover te spreken.

Mannen van Sparta, het strategische doel van de Atheense expeditie naar Sicilië is niet de verovering van het eiland. Dat is slechts de eerste stap in een veel groter plan. De bedoeling is dat Sicilië de uitvalsbasis gaat vormen voor de verovering van Carthago, Italië en het verre westen. Met de middelen en mankracht die de inlijving van Sicilië verschaft, zal Athene een imperium bouwen van ongekende afmetingen. Met het hout uit de bossen van Italië zal het een vloot bouwen van ontzagwekkende omvang en versterkt met kersverse bondgenoten en woeste huurlingen uit Etrurië, Iberië en Afrika zal het vervolgens geen enkele moeite hebben om heel Hellas aan zich te onderwerpen en Sparta met de grond gelijk te maken. Ik weet waarover ik spreek als ik dit plan voor jullie onthul, want ik heb het zelf bedacht en ik verzeker jullie dat de overgebleven Atheense bevelhebbers in Sicilië de intentie hebben het ongewijzigd ten uitvoer te brengen.

De enige stad die de realisering van dit plan vooralsnog in de weg staat, als zij inmiddels niet al is gevallen, is jullie Dorische bondgenoot Syracuse. Jullie inlichtingendiensten zullen jullie op de hoogte hebben gebracht van de omvang van de Atheense overmacht in Sicilië en jullie zullen begrijpen dat Syracuse, dat weinig anders heeft om op te vertrouwen dan onervaren en ongedisciplineerde welwillendheid en moed, geen hoop mag koesteren op behoud. Als Syracuse valt, valt heel Sicilië en vervolgens ook Italië. Zodra Syracuse valt, zal het gevaar voor jullie voortbestaan, waarvoor ik jullie vandaag waarschuw, binnen de kortste keren angstaanjagend concreet worden.

Maakt niet de vergissing te denken dat de Siciliaanse expeditie van mijn voormalige vaderland uitsluitend Sicilië op het oog heeft: de Peloponnesos staat op het spel, tenzij jullie doen wat ik jullie aanraad en zodra de winter voorbij is en het weer het toelaat een troepenmacht sturen om Syracuse bij te staan. Wat volgens mij nog belangrijker is dan het uitzenden van troepen, is het sturen van een Spartaanse commandant. De troepen van Syracuse ontberen discipline en wie zou geschikter kunnen zijn dan een Spartaan om welwillende vechtersbazen te drillen tot soldaten? Bovendien verzeker ik jullie, omdat jullie zelf dit misschien niet ten volle beseffen, dat de Spartaanse elite in de rest van Hellas een dusdanige reputatie geniet dat de verschijning op het slagveld van één enkele aanvoerder van dit elitecorps volstaat om wanhoop te veranderen in een gevoel van onoverwinnelijkheid, om het zelfvertrouwen van de vijand te knakken en om de kansen te doen keren.

Ik zou jullie tevens aanraden de oorlog in Griekenland openlijker te voeren en te intensiveren met het doel om het onverantwoord te maken voor Athene om versterkingen naar Sicilië te sturen. Jullie hebben tot dusver nagelaten te doen wat Athene altijd het meest heeft gevreesd. Als jullie onwetendheid omtrent deze angst de reden was voor jullie nalatigheid, zal ik deze verhelpen. Ik adviseer jullie Dekeleia in Attika in te nemen, te versterken en aldaar een permanente basis te vestigen. Een duurzame Spartaanse presentie in Attika zou Athene beroven van zijn gewassen. Bovendien moeten jullie niet onderschatten hoezeer een Spartaans fort op die specifieke, strategische plek Athene zou hinderen. Dekeleia ligt niet ver van de zilvermijnen van Laurion en op de weg naar Euboia, waar een groot deel van het vee gehouden wordt. Een Spartaanse bezetting van Dekeleia zou de zilverproductie stilleggen en de stad voor zijn voedselvoorziening volledig afhankelijk maken van import over zee. Slaven uit de mijnen zouden worden geïnspireerd door de belofte van vrijheid die een Spartaans fort belichaamt. Bovendien zou een zichtbare Spartaanse aanwezigheid in Attika de Atheense vazalstaten op het idee kunnen brengen dat een weigering om de verschuldigde tribuutbetalingen af te dragen zonder gevolgen zou kunnen blijven, aangezien Athene dichter bij huis dringendere problemen het hoofd moet bieden en aangezien het grootste deel van zijn vloot zich in een ander deel van de wereld bevindt.'

Dit waren mijn beide adviezen aan de Spartanen. Mannen van Athene, ik hecht eraan jullie ervan te verzekeren dat mijn aanbevelingen aan de Spartaanse autoriteiten het gevolg waren van nauwkeurige calculaties mijnerzijds over de vraag hoe mijn persoonlijke vijanden, die tevens de vijanden van Athene waren, het hardst getroffen zouden kunnen worden zonder de Atheense staat als zodanig in acuut gevaar te brengen. Een bezetting van Dekeleia zou hinderlijk zijn voor Athene, maar de stad had al eerder bewezen probleemloos te kunnen overleven door te vertrouwen op aanvoer van voedsel en goederen over zee. Tegelijkertijd zou een permanente Spartaanse aanwezigheid in Dekeleia desastreus zijn voor de oligarchen, want de oude landadel en de andere rijke en voorname families zijn voor hun inkomsten en hun positie afhankelijk van hun landerijen en hun aandeel in de mijnen. Ik kon geen betere manier bedenken om het oligarchische complot te fnuiken en de antidemocratische krachten in Athene te verzwakken dan hen te beroven van hun graanschuren, veestapels, zilver en slaven.

Met mijn advies over hulp aan Syracuse had ik soortgelijke intenties. Jullie zullen begrijpen dat ik mij gedwongen zag de Siciliaanse expeditie te dwarsbomen. Een succes waarvan ik geen deel uitmaakte, zou worden opgevat als een bewijs voor mijn overbodigheid. Als Nikias en Lamachos als overwinnaars uit Sicilië terugkeerden, zou iedereen vergeten dat er ooit een derde commandant was, die het hele idee had bedacht. Als het militaire avontuur daarentegen op een flagrante mislukking uitliep vanaf het moment dat ik was afgezet als bevelhebber en als er bovendien vermoedens rezen dat ik vanuit Sparta hoogstpersoonlijk aan die mislukking had bijgedragen, zou men er spijt van kunnen krijgen dat men mij uit mijn functie had ontheven. Deze overwegingen waren wellicht geen glanzend toonbeeld van noblesse, maar wellicht willen jullie mij toestaan dat ik hierbij aanmerk dat het onmogelijk voor mij zou worden om nog iets voor Athene te betekenen en om Athene te verlossen van zijn vijanden binnen de muren zodra de klank van mijn naam in Athene geen betekenis meer had. Hieraan wil ik met de grootst mogelijke nadruk toevoegen dat ik erop rekende dat een mislukking van de Atheense invasie zou leiden tot een schaamtevolle maar onschadelijke terugtrekking van de troepen en dat ik de desastreuze afloop, die overigens eerder te wijten was aan Atheense incompetentie dan aan de Spartaanse interventie die ik had geadviseerd, onmogelijk had kunnen voorzien.

Mannen van Athene, ik hoop en verwacht dat jullie het met mij eens zijn dat ik, wanneer de bereidheid wordt betoond om zich in mijn motieven te verdiepen, zelfs op het moment waarop ik de Spartaanse autoriteiten van door mij nauwkeurig geselecteerde brokjes strategische informatie voorzag, beschuldigingen van landverraad met een opgeheven hoofd naast mij neer mag leggen. Ik zeg jullie dat ik de Spartanen gebruikte om het belang van Athene te dienen. Tegen de Spartanen zei ik iets anders.

'Mannen van Sparta,' zei ik, 'ik weet dat er volgens jullie normen, wetten en verheven morele waarden geen lagere misdaad denkbaar is dan landverraad en ik besef dat jullie in staat zouden zijn mij te verachten vanwege het feit dat ik alleen al door hier voor jullie te staan en deze woorden tot jullie te richten in dit opzicht op zijn minst de schijn tegen heb. Op het verwijt dat ik mijn diensten aanbied aan de vijand, zou ik antwoorden dat de ergste vijanden niet diegenen zijn die hun vijanden schaden, maar zij die hun vrienden dwingen hun vijanden te worden. Vaderlandslievend was ik zolang mijn vaderland mij liefhad en mijn rechten respecteerde. Vanaf het moment dat mijn vaderland mij als een vijand is gaan behandelen, is vaderlandslievendheid een vorm van verraad geworden. Mijn bereidheid om jullie bij te staan in jullie strijd tegen Athene is geen laffe daad van vijandigheid jegens een stad die ik nog steeds als de mijne beschouw, maar veeleer een eervolle poging om de stad te heroveren die ik heb verloren. Naar mijn mening is de ware patriot niet hij die werkeloos toeziend accepteert dat zijn vaderland hem wederrechtelijk wordt ontnomen, maar hij die alles in het werk stelt om te herwinnen wat hij liefhad. Ik zal niet verhullen dat ik jullie nodig heb om dit verlangen te verwezenlijken, maar tegelijkertijd ben ik ervan overtuigd dat onze belangen op dit moment samenvallen en dat jullie ambities verwezenlijkt zullen worden door mij in de verwezenlijking van mijn verlangen te steunen. Hierbij voeg ik mij nederig naar jullie bevelen en verzoek ik jullie om mij zonder scrupules in te zetten bij elk gevaar dat jullie bedreigt en bij alle moeilijkheden die jullie bezwaren.'

Zo sprak ik.

8

Waar op de Pnyx in Athene al ver voor de slotconclusie en aanbevelingen aan kabaal, hoon, applaus, rochels en obscene gebaren kan worden afgelezen hoe een redevoering valt, kwam er tot mijn bevreemding en ongemak geen enkele reactie op mijn betoog. De Spartanen hadden zwijgend en met strakke gezichten naar mij geluisterd en toen ik was uitgesproken, werd er door niemand iets gezegd. Er stond geen redenaar op om mijn rede van een weerwoord te voorzien, mijn voorstellen werden niet in stemming gebracht, er was geen sprake van overleg of besluitvorming, niemand sprak een machtswoord uit en ik kreeg niet eens een antwoord op de vraag of ik in Sparta mocht blijven. De koning stond op en verliet de senaat. De vijf ephoren en de achtentwintig leden van de Raad van Ouderen volgden hem. Ieder ging zijns weegs. Ik keerde terug naar Endios en hoewel hij wel degelijk wist dat er tijdens de hoorzitting veel op het spel had gestaan, maakte hij geen moment aanstalten om bij mij te informeren hoe het was gegaan.

In de dagen die daarop volgden, veranderde er niets. Ik voegde mij naar de routine van zwarte soep en lichamelijke oefening en uitsluitend uit het feit dat mij daarbij niets in de weg werd gelegd, kon ik afleiden dat mijn toespraak in elk geval niet had geleid tot de breed gedeelde opvatting dat mijn aanwezigheid niet langer gewenst was. Hoewel ik niet zeker wist of ik het zou merken als het wel zo was, kreeg ik niet de indruk dat mijn aanbevelingen werden opgevolgd en dat er troepen werden uitgezonden naar Sicilië en Attika. Ik zag geen tekenen van mobilisatie of opwinding. Heel Sparta volhardde met ijzeren discipline in het ritme van zijn militaire training, alsof oorlog werd beschouwd als een vulgariteit die afleidde van de nobele taak om zich te oefenen in oorlog.

Omdat niemand een beslissing leek te nemen, besloot ik zelf dingen te besluiten. Als ik gelijk had met mijn vermoeden dat ik mocht blijven, moest ik er misschien maar werk van maken, van dat blijven. Welbeschouwd was ik niemand hier. Terwijl ik met twee scenario's rekening had gehouden, namelijk dat ik ofwel op grond van mijn reputatie zou worden toegelaten tot het centrum van de macht ofwel op grond van diezelfde reputatie in de boeien zou worden geslagen of erger, moet ik toegeven dat het scenario van totale onverschilligheid omtrent mijn verschijning geen moment in mij was opgekomen. Het tweevoudige gevolg van deze voor mij verrassende wending was dat ik besefte dat ik mij zou moeten inspannen om opnieuw naam te maken en dat ik alle tijd had om mij aan die inspanningen te wijden, want afgezien daarvan had ik niets omhanden. Als ik de goedkeuring en bewondering wilde verdienen van de Spartanen, zou het mijn taak worden te excelleren in wat zij goedkeuren en bewonderen. Desnoods zou ik de beste eter van zwarte soep worden die zij ooit hadden gezien.

Mijn eerste besluit was dat ik mij zou gaan bedienen van het Spartaanse dialect, dat ik een mensenleven eerder van mijn Spartaanse kindermeisje Amykla had geleerd en waarin ik mij mettertijd hopelijk nog beter zou bekwamen. De op rudimenten van kindertaal gebouwde frasen zouden ten koste gaan van mijn Attische flux de bouche, maar mijn gastheren zouden dat alleen maar als een vooruitgang beschouwen, want ik had na korte tijd al begrepen dat alle clichés over het Spartaanse laconisme op waarheid berusten en dat datgene waaraan werkelijk niet zwijgend voorbijgegaan kan worden, door hen bij voorkeur wordt ingedikt tot het soortelijke gewicht van een aforisme. Zij spreken alsof zij de woorden met hun tong in marmer beitelen.

Toen ik later, veel later, over de Spartaanse voorkeur voor bondigheid sprak met koning Agis, zei hij slechts: 'Onze zwaarden zijn kort, maar dodelijk.' Een van Endios' vrienden zei mij: 'Een goed spreker weet niet alleen hoe te spreken, maar vooral ook wanneer.' Tijdens een van de gemeenschappelijke maaltijden vertelde hij over het bezoek dat een Atheense redenaar en sofist jaren eerder aan Sparta had gebracht. Ik wilde weten hoe hij heette, maar die informatie werd niet belangrijk gevonden en was derhalve niet in het geheugen opgeslagen. Waarschijnlijk was hij in Athene net zo beroemd als ik. De orator in kwestie trachtte het ijs te breken door in bloemrijke volzinnen te vragen wie de beste van de Spartanen was. 'Degene die het minst op u lijkt,' kreeg hij als antwoord. Toen hij de Spartanen vervolgens voor de voeten wierp dat zij geen cultuur hadden, zeiden ze: 'Dat klopt. Wij zijn de enigen van de Hellenen die niet door jullie praatjes zijn gecorrumpeerd.'

Mijn tweede besluit was dat ik mijn deelname aan de lichamelijke oefeningen niet langer louter als tijdverdrijf zou beschouwen, maar als een kans om mijzelf te onderscheiden. In plaats van af en toe vrijblijvend deel te nemen aan een worsteltraining of een hardloopwedstrijdje, zou ik mij met volledige inzet onderwerpen aan het gehele trainingsprogramma van de meest geharde soldaten van Hellas. Met zweet, doorzettingsvermogen en zo nodig met bloed zou ik bewijzen dat een Athener niet voor een Spartaan hoeft onder te doen en dat Alkibiades bovendien niet zomaar een Athener is. Kotsend en rochelend van inspanning en pijn zou ik respect afdwingen, dat zwoer ik. Dat ik hierdoor de kracht, het uithoudingsvermogen en de vaardigheden zou verwerven van een Spartaanse elitesoldaat, was een bijkomstigheid die mij niet onwelkom was. Dat zou mij in de toekomst op deze onrechtvaardige en bloeddorstige wereld zeker nog van pas komen.

Mijn derde besluit was dat ik mij voor het overige in alle opzichten aan de Spartaanse gebruiken zou aanpassen. Omdat zij volledig overtuigd zijn van het nut van hun merkwaardigheden en geloven in de superieure wijze waarop zij, anders dan andere volkeren, ieder detail van het dagelijks leven hebben doordacht, kon ik mijn conformisme niet genoeg overdrijven. Ik zou het als een spel zien om de miniemste eigenaardigheden in hun gedrag en voorkomen op te merken en te imiteren. Het zou mij wat te doen geven.

Dit vergde aanzienlijke offers, en dan doel ik niet alleen op de zwarte soep. Nu het winter was geworden, begon ik te beseffen dat Spartanen hun kleding niet afstemmen op de kou. Zij hebben slechts één mantel, die zij het hele jaar dragen, omdat zij zichzelf willen trainen om onverschillig te zijn voor temperatuur. Wanneer ze tijdens een veldtocht overvallen worden door sneeuwstormen of hittegolven, blijven ze daar volslagen indifferent en onbekommerd onder. Als ze morgen zouden worden uitgezonden naar de ijskoude, mistige vlakten van de Hyperboreeërs, zouden ze met dezelfde uitrusting genoegen nemen als wanneer ze slag moesten leveren in het brandende land van de Ethiopiërs, die zijn zwartgeblakerd door de zon. Ik begreep en bewonderde het principe, maar voor iemand met de garderobe die ik had, voordat het merendeel werd geconfisqueerd, was het nogal een novum om met slechts één kledingstuk tevreden te zijn.

Ik wilde niet te veel vragen, omdat ik niet te veel wilde spreken, maar bij tijd en wijle amuseerde ik mij door te informeren naar de reden van een bepaalde eigenaardigheid, omdat die reden er altijd bleek te zijn en omdat die altijd militair van aard was. Toen ik vroeg waarom Spartanen hun haar lang droegen, antwoordde men mij dat de woeste manen van een leeuw indruk maken op het slagveld. Hun legendarische wetgever Lykourgos schijnt gezegd te hebben dat lang haar een mooie man nog mooier maakt en een lelijke man nog afschrikwekkender. Toen ik vroeg waarom zij allemaal dronken uit mokken met een naar binnen gebogen rand, vertelde men mij dat die rand diende om zand en modder tegen te houden in die gevallen waarin een soldaat op een veldtocht gedwongen zou zijn om vervuild water te drinken dat hij uit ondiepe plassen had geschept. Zelfs over de kleur van de nap is nagedacht. Hij is wit om het sediment te kunnen zien. Hoe meer van deze redeneringen en achtergronden ik leerde kennen, hoe verbazingwekkender ik het begon te vinden dat een wufte, tuchteloze en ongeregelde stad als Athene, met zijn wisselende haarmodes en zijn fantasievol gedecoreerde aardewerk, de oorlog tegen deze rechtlijnige militaire geesten überhaupt zo lang had weten vol te houden.

De Spartanen hebben ooit Messenië onderworpen en de bevolking tot slaaf gemaakt om zich te bevrijden van beslommeringen die afleiden van hun zelfgekozen bestemming. Door hun land door slaven te laten bewerken en alle ambachten eveneens aan slaven uit te besteden kunnen zij al hun tijd besteden aan militaire training, de jacht, eten, slapen en krijgshaftig rondlummelen. Omdat ik hun trainingsschema's volgde en mij aanpaste aan hun dagritme en omdat er verder, evenals van hen, niets van mij werd verwacht, had ik evenals zij zeeën van vrije tijd. In Athene is ledigheid een schande, of op zijn minst het bewijs voor een schrijnend gebrek aan ambitie. Vrije tijd is iets voor filosofen en andere armoedzaaiers. Wie in Athene ook maar iets voorstelt, heeft op elk moment van de dag wel iets te verhandelen, te scharrelen of te bekonkelen. Dat soort activiteiten, die in Athene 'werk' worden genoemd, gelden in Sparta als slavenarbeid. Iemand vertelde mij dat een Spartaan, die Athene bezocht en ambachtslieden, handelaars, reders, redenaars, marskramers, politici en juristen in de weer zag en iedereen druk achter verplichtingen, afspraken en aspiraties aan zag rennen, zijn gastheer vroeg of er in Athene geen vrije mensen woonden.

Elk buurtschap heeft een praathuis, dat de Spartanen 'lesche' noemen, waar de tijd onder supervisie van strenge ouderen kan worden gedood met stroeve conversatie over militaire deugden en voorbeeldige Spartanen in heden en verleden. Ik gaf er meestal de voorkeur aan om mijn momenten van ledigheid door te brengen bij de hippodroom en de stallen. Dat was de enige plek in Sparta waar ik iemand was. De stalknechten hadden respect voor mijn Olympische zege en op de momenten dat Kyniska daar haar opwachting maakte, was diezelfde Olympische glorie de voornaamste oorzaak van haar kennelijk onbeheersbare drang om mij te bespotten en te vernederen. Zo klein als ze was, voelde ze de noodzaak om mij te kleineren. Ik ging steeds meer hechten aan haar sarcasme en haar schimpscheuten. Ik was teleurgesteld als ik naar de paarden ging en haar niet trof.

Op een dag vroeg ze of ik met haar mee uit ging rijden. Ze gaf mij een oude merrie, sprong zelf op een prachtige hengst en ging er in volle galop vandoor. Zij won alle wedstrijdjes op die dag, tot haar immense genoegdoening. Bij ieder nieuw afgesproken finishpunt stond zij mij glunderend op te wachten. Maar zelfs als ik een beter paard had gehad, zou ik waarschijnlijk niet van haar hebben kunnen winnen. Hoewel ik nog nooit een vrouw had zien rijden, wist ik zeker dat er ter wereld geen vrouw was die zo goed reed als zij. Hippolyta, de koningin van de Amazones, had beschaamd haar meerdere in haar moeten bekennen en als zij Hippolyta was, dan was ik Achilles, bedacht ik. Ik glimlachte. De laatste keer dat ik mij Achilles had gewaand, was toen ik in Peiraieus met mijn gouden schild aan boord stapte van mijn schip aan het hoofd van de Atheense armada. Dat was een paar maanden en een eeuwigheid geleden. Kyniska en ik reden die dag helemaal tot aan de haven van Gytheion. Voor de kust lag het eilandje Kranaë, waar Paris Helena naartoe bracht, nadat hij haar uit Sparta had ontvoerd, en waar zij hun eerste liefdesnacht beleefden.

9

De maanden gingen voorbij, mijn haar werd langer en ik magerder en sterker, het werd lente en ik merkte dat de Spartanen af en toe vergaten om op mij neer te kijken. Mijn inspanningen om mij aan hun levensstijl aan te passen begonnen bewondering te oogsten. Ik werd gevraagd deel te nemen aan de jacht, wat ik als een grote eer mocht beschouwen, en tijdens de gemeenschappelijke maaltijden van Endios' schaftgroep, die nu ook mijn schaftgroep was, werd mij af en toe zowaar om mijn mening gevraagd over aansprekende Spartaanse militaire successen uit het verleden of evidente voorbeelden van moedig gedrag van eminente Spartanen. Ik hield mijn loftuitingen kort om niet in mijn duim gebeten te worden.

Aanvankelijk verbaasde het mij dat mijn nieuwe vrienden weinig nieuwsgierigheid aan de dag legden omtrent Athene, maar na enige tijd begreep ik dat ze hierin wel degelijk geïnteresseerd waren maar dat een bepaalde huiverigheid hen ervan weerhield ernaar te vragen. Ik leerde ook in te zien waar die terughoudendheid vandaan kwam. Zij beschouwen hun manier van leven als puur en onbedorven en vertonen de neiging om hun tradities te beschermen tegen corrumperende invloeden van buitenaf. Hun legendarische wetgever Lykourgos verbande om die reden de vreemdelingen uit Sparta en hij verbood Spartanen zich buiten Sparta te vestigen. Tot op de dag van vandaag is dat verbod van kracht en het is evenmin toegestaan voor Spartanen om nutteloze plezierreisjes te ondernemen uit ongezonde nieuwsgierigheid naar de zeden en gewoonten van andere Grieken of barbaren. Zij willen het niet eens. Ze hoeden zich ervoor beïnvloed te worden door contact met volkeren die geen discipline kennen en er andere regeringsvormen op na houden. Zulk contact wordt gevaarlijk geacht. Met kennis van buitenlandse gebruiken zou Sparta geïnfecteerd kunnen worden met nieuwe ideeën, die kunnen leiden tot nieuwe beslissingen, die op hun beurt leiden tot sentimenten en overtuigingen die de harmonie van de bestaande orde zouden kunnen verstoren. Daarom schermen zij de stad af tegen vreemde invloeden alsof deze een besmettelijke ziekte zijn.

Maar ik vond een manier om aan hun nieuwsgierigheid tegemoet te komen zonder daarmee ongemak te veroorzaken. Het volstond als ik bij iedere vergelijking tussen Sparta en Athene die ik voorstelde te maken, met klem de superioriteit van het Spartaanse model benadrukte. Ze waren niet huiverig om over Athene te horen als de perfectie van Sparta het expliciete uitgangspunt van de conversatie was. Voor mij waren dit buitengewoon leerzame gesprekken. Het contrast tussen Athene en Sparta hielp mij om de aard van beide beter te doorgronden.

Als ik zou moeten benoemen wat het fundamentele verschil is tussen beide samenlevingen, zou ik zeggen dat de Atheense manier van leven gebaseerd is op geloof in het individu, dat wij met een groot woord vrijheid noemen, terwijl de Spartaanse staat uitgaat van het collectief. Spartanen ontberen de mogelijkheden en de wil om voor zichzelf te leven. Net als bijen zien ze zichzelf in de eerste plaats als onvervreemdbare delen van de gemeenschap en net als bijen definiëren zij zelfrealisatie in termen van het voorrecht te mogen samenklonteren rond hun leider en zich met al hun kwaliteiten en ambities te wijden aan het geheel waarmee zij samenvallen.

Men vertelde mij het verhaal over Argileonis, de moeder van Brasidas, de roekeloze. Er was een delegatie uit Amphipolis naar Sparta gekomen. Amphipolis is, zoals jullie weten, de plek waar Brasidas is gesneuveld. Omdat iedereen zich in die stad in Thracië de daden van Brasidas als heldendaden heugt en omdat hij daar als een halfgod wordt vereerd, brachten de delegatieleden een bezoek aan Argileonis om haar eer te bewijzen. Zij vroeg hun of haar zoon gestorven was op een manier die Sparta waardig was. Toen zij hem uitvoerig prezen en haar ervan verzekerden dat Sparta volgens hen nooit een betere man had gezien dan haar zoon, antwoordde zij: 'Zegt dat niet, vreemdelingen. Mijn zoon was nobel en dapper, maar Sparta herbergt vele betere mannen dan hij.' Dit antwoord werd door mijn disgenoten hogelijk geprezen, omdat zij de reputatie van haar vaderland belangrijker had geacht dan de individuele glorie van haar eigen zoon. Zo mogelijk nog veelzeggender vond ik het verhaal dat zij vertelden over een Spartaanse soldaat die was gepasseerd toen er voor een speciale operatie een elite-eenheid was samengesteld uit de driehonderd beste soldaten van Sparta: hij was trots en content dat men hem had overgeslagen, omdat dat betekende dat Sparta de beschikking had over niet minder dan driehonderd soldaten die nog beter waren dan hij.

Dit zijn verhalen die ik jullie graag vertel, mannen van Athene, omdat ik weet dat ze voor Atheners tot de verbeelding spreken. Ik herinner mij dat mijn stiefvader Perikles onze vrijheid prees in zijn rede voor de gevallenen aan het einde van het eerste jaar van de oorlog. 'Wij gunnen ieder het recht zijn leven in te richten zoals hem goeddunkt, omdat wij geloof hechten aan de grenzen die de wet stelt aan allen,' zei hij. 'Wij laten onze kinderen vrij om te worden wie ze willen zijn, maar wanneer de noodzaak een beroep op hen zal doen, zullen zij moedig zijn, omdat zij weten dat het precies die vrijheid is die zij verdedigen. Nergens kan een individu zich zo vrij en autonoom ontwikkelen als in Athene.' Ik herinner mij zijn woorden nog goed. Zelden heb ik iemand de trots die ik voelde en voel voor Athene zo treffend onder woorden horen brengen.

Maar als ik jullie vraag de grootste zwakte van Athene en van onze democratie aan te wijzen, zal ieder van jullie zonder een moment van aarzeling hetzelfde verschijnsel noemen, al zal hij daar misschien een andere naam aan geven. De keerzijde van onze vrijheid is ons individualisme. We beschouwen het als ons geboorterecht om de collectieve zaak ondergeschikt te maken aan onze persoonlijke vrijheden. Democratie is weinig meer dan een strijd tussen deelbelangen. Democratische besluitvorming is een spel waarin de deelnemers van elkaar moeten trachten te winnen ten koste van het algemene belang. Daarom spreken deze verhalen over Sparta voor ons tot de verbeelding, omdat wij intuïtief beseffen dat onze gemeenschapszin is verkruimeld onder het voortdurende gehamer op het aambeeld van de vrijheid.

Een andere keerzijde van onze vrijheid is dat zij ons slaaf heeft gemaakt van onze ambities. Elke vorm van vrijheid verwordt vroeg of laat tot een verplichting. Wanneer iedereen zich vrij en autonoom kan ontwikkelen, kan worden wie hij wil en alle mogelijkheden heeft om zijn leven tot een succes te maken, is er geen excuus meer voor falen en is de nimmer aflatende inzet voor de realisatie van persoonlijke aspiraties een gebod geworden. Omdat Athene iedereen in theorie de gelegenheid biedt om rijk te worden, is iedereen in Athene bij voortduring met weinig anders bezig dan met obsessieve pogingen om zichzelf te verrijken. De dwang die wij ervaren om onze eigen positie te verbeteren ten koste van onze medeburgers, noemen wij vrijheid. Daarom zijn we gefascineerd door het Spartaanse model, omdat wij op slechte dagen gevoelig zijn voor de gedachte dat we van onze vrijheid zouden moeten worden bevrijd.

Rijkdom speelt geen rol in Sparta. De staat voorziet in al het noodzakelijke en er is verder niets noemenswaardigs te koop. Handelaren uit den vreemde komen er niet of nauwelijks, omdat het Spartaanse geld met opzet waardeloos is gemaakt. Schepen met overzeese luxeproducten en snuisterijen doen de Lakonische havens niet aan en geen leraar in welsprekendheid, geen zwervende sterrenwichelaar, geen pooier en geen zilversmid zet voet op Spartaanse bodem, want er valt niets te verdienen. Goud en zilver liggen opgeslagen in de schatkamers van de staat, althans dat zouden we toch moeten vermoeden, omdat buitenlandse politiek effectiever is met armslag en omdat diplomatie meer overtuigingskracht heeft als zij beloften kan doen, maar voor binnenlands gebruik is er uitsluitend geld van ijzer in omloop. De gegoten en geslagen munten zijn geblust in azijn om het ijzer broos te maken en waardeloos voor elke vorm van hergebruik. De waarde van deze ijzeren munten is dermate gering dat men een ruime voorraadkamer nodig zou hebben om het equivalent van tien mnai op te slaan en een juk met lastdieren om het te vervoeren. Diefstal is op deze manier in logistiek opzicht nogal onaantrekkelijk gemaakt en het is tevens zo goed als onmogelijk om in het verborgene onderhands een omkoopsom te betalen. Onze Atheense filosofen proberen ons soms wijs te maken dat rijkdom een last is. In Sparta is dat letterlijk het geval en heeft het geen enkele zin om vermeerdering van rijkdom na te streven en daar kostbare tijd aan te verspillen, die beter geïnvesteerd kan worden in lichamelijke oefening en militaire training.

Ook op andere manieren is materiële welstand irrelevant gemaakt. De gemeenschappelijke maaltijden in schaftgroepen zijn een verplicht gesteld alternatief voor de verlokkingen van haute cuisine, gourmet en kostbare delicatessen. Omdat niemand toestemming heeft om thuis te dineren met gasten, vervalt de noodzaak om indruk te maken met de luxe en het comfort van een weelderig gedecoreerde woning. Men heeft mij verteld dat er zelfs wetten bestaan die het verbieden om bij de constructie van een huis voor het dak enig ander gereedschap te gebruiken dan een bijl en voor de deur iets anders te benutten dan een zaag. Pas na enige tijd begreep ik dat deze bij wet afgedwongen soberheid dient om de bevolking te bevrijden van de voortdurend knagende onrust die voortkomt uit de constatering dat medeburgers met meer geld een mooier en makkelijker leven leiden.

Voorzieningen zijn collectief en bezittingen worden ter beschikking gesteld aan de gemeenschap. Het is gangbaar gebruik te maken van elkaars paarden, honden en slaven. De opvoeding van kinderen is een collectieve verantwoordelijkheid. Iedere willekeurige, volwassen Spartaan geniet het ouderlijke gezag om ieder willekeurig kind terecht te wijzen. Wanneer een kind zich huilend bij zijn ouders beklaagt dat het door een volwassene is geslagen, moeten het wel heel slechte ouders zijn als zij het vervolgens niet ook zelf nog een duchtig pak rammel geven.

Zelfs echtgenoten worden tot op zekere hoogte gedeeld. Dit was een onderwerp dat mij, zoals jullie al hadden vermoed, uitdrukkelijk interesseerde, al spreken we nu over de periode voordat de finesses van de Spartaanse huwelijkswet voor mij een zekere persoonlijke relevantie kregen. Maar het was moeilijk om bij mijn schaftgenoten precieze details los te peuteren, niet zozeer omdat ze zich ervoor schaamden, als wel omdat ze het probleem helemaal niet begrepen. Als een man niet in staat is kinderen bij zijn echtgenote te verwekken, is het voor hen logisch dat een andere man de honneurs waarneemt. Zelfs als de echtgenoot daartoe wel in staat is, vinden ze het niet merkwaardig en zelfs lovenswaardig als zijn vrouw ook nog andere kinderen probeert te krijgen van een andere, jongere man. Ze beschouwen het als een vorm van egoïsme als vrouwen of mannen hun reproductieve kwaliteiten voor slechts één persoon reserveren. Zulk hysterisch monogaam gedrag is in hun ogen zelfs schadelijk voor het collectieve belang, dat immers gediend is met zoveel mogelijk gezond en sterk nageslacht.

'Staat er dan geen straf op overspel?' vroeg ik.

Zij begrepen de vraag niet. 'Er zijn geen overspeligen onder ons,' zeiden ze.

'Maar stel dat er iemand gevonden zou worden die overspel heeft gepleegd. Wat zou zijn straf zijn?' vroeg ik.

'Als boete zou hij in een stier moeten voorzien,' zeiden ze.
'Een stier?' vroeg ik.
'Ja, een stier,' zeiden ze, 'die zo groot is dat hij de berg Taygetos overspant terwijl hij drinkt uit de rivier de Eurotas.'
'Jullie houden mij voor de gek,' zei ik. 'Hoe zou er zo'n grote stier kunnen bestaan?'
'Hoe zou er een overspelige in Sparta kunnen bestaan?' zeiden ze. Ze schaterden van het lachen.

10

Met de voorjaarsequinox werd de opening van het nieuwe oorlogsseizoen gevierd met een feest voor de oorlogsgod Ares Enyalios, die de Spartanen als hun grootste god beschouwen. In de ochtend trokken teams van jongens over de weg naar Arkadië tot even voorbij het beeld van de godin Athene, die Pareia wordt genoemd omdat het beeld uit Parisch marmer is gehouwen, naar het heiligdom van Achilles om daar een offer te brengen. Vervolgens gingen ze naar de tempel niet ver buiten de stad bij Therapne, waar ieder team een pasgeboren hondje offerde aan Ares Enyalios. Ik ken geen enkel ander Grieks volk dat hondenoffers brengt, maar het idee schijnt te zijn dat juist het dierbaarste dier het geschiktste offer is voor hun dierbaarste god. Vervolgens vonden er bij hetzelfde heiligdom gevechten plaats tussen afgerichte everzwijnen. Het was een spectaculairdere versie van het kwartelkloppen, dat ooit mijn passie was.

De volgende dag rond het middaguur begon de slag om het Platanenbosje. Hoewel deze gewelddadige ceremonie geen relevantie heeft voor mijn verhaal, willen jullie mij wellicht toestaan dat ik er kort over uitweid, omdat het bloedige spektakel dat ik mocht aanschouwen de moeite van het navertellen waard is. Het Platanenbosje bevindt zich voorbij de buurtschap van de Messoatai en de tombe van de dichter Alkman op de plek waar de Knakion uitmondt in de Eurotas. Ongeveer drie stadia stroomopwaarts zijn deze beide rivieren met elkaar verbonden door een kunstmatige gracht, zodat het Platanenbosje als een driehoekig eiland door water is omgeven. Het is alleen via bruggen toegankelijk. Dat is het speelveld van het gevecht. Ik zou de totale oppervlakte van het gebied schatten op honderdzestig plethra, iets meer dan de helft van de omvang van het land dat ik bezat in Erchia voordat dat werd geconfisqueerd.

De teams van jongens, die de delicate leeftijd hadden waarop de eerste baardharen op de kin verschijnen, moesten het Platanenbosje veroveren. Dat was het spel en het spektakel dat ter vermaak van de oorlogsgod Ares Enyalios met bloedige ernst werd opgevoerd. Er werd geloot om te bepalen welke equipe van welke brug gebruik mocht maken. De trompet schalde het signaal. Ze bestormden het speelveld en onder het oog van koning Agis, de vijf ephoren, de achtentwintig leden van de Raad van Ouderen, alle mannen, vrouwen en kinderen van Sparta en Alkibiades van Athene begonnen ze elkaar af te slachten. Ik zou er geen ander woord voor kunnen verzinnen. Ze waren ongewapend, maar speren en zwaarden zouden weinig hebben kunnen toevoegen aan hun gewelddadige efficiëntie. Er werd niet alleen raak geslagen en meedogenloos geschopt, ook bijten was kennelijk toegestaan alsmede het uitsteken van ogen. Ze vormden linies die elkaar het water in dreven. Gevallen jongens werden vertrapt. Toen het trompetsignaal uiteindelijk de overwinning bekrachtigde van een van de equipes, waren er twee doden te betreuren, om wie niet werd gerouwd, alsmede tientallen gewonden. Als deze gasten over een paar jaar op het slagveld verschijnen, zo dacht ik, dan zie ik het somber in voor Athene.

Op de derde en laatste dag van de Enyalia vond er koorzang plaats. De voorstelling begon en eindigde met een lied waaraan de Spartanen bijzonder zijn gehecht en dat een beurtzang is van drie verschillende koren. Eerst zingen de ouderen: 'Ooit waren wij helden.' De volwassen mannen antwoorden: 'Zo zijn wij nu. Test ons als je durft.' Ten slotte zingen de jongens: 'Op een dag zullen wij nog sterker zijn.' Dit werd eindeloos herhaald met minieme variaties. Ik had in Athene wel sterkere teksten gehoord, maar ik moet zeggen dat het werkte, omdat de zangers oprecht geloofden in hun woorden. Een meisjeskoor zong een geraffineerd archaïsch lied van Alkman, waarin het zijn eigen schoonheid bezong door verschillende koorleden te spiegelen aan verschillende volbloedpaardenrassen. Zouden paarden zich, als ze konden zingen, spiegelen aan meisjes? Ik zocht de blik van Kyniska, maar zij lette niet op mij. 'Stoer, donderhoevig, prijswinnend renpaard van gevleugelde dromen,' zong het koor.

Na de liederen werden er atletische wedstrijden gehouden. Tot mijn verbazing waren er ook evenementen waaraan vrouwen deelnamen. Tot mijn nog grotere verbazing deden ze dat, net als de mannen, naakt. Ik leek de enige te zijn die dat vreemd vond. Ik hoef jullie niet te vertellen dat het in Athene niet alleen ondenkbaar zou zijn dat vrouwen en meisjes zich voor het oog van de hele stad in hun blootje meten in hardloopwedstrijden en onderdelen van de vijfkamp, maar dat het eveneens moeilijk voorstelbaar is dat men er een vrouw aantreft die de fysieke gesteldheid heeft om dergelijke sportieve inspanningen te volbrengen. Maar Spartaanse vrouwen trainen zich nauwelijks minder dan de mannen, dat was mij al opgevallen, en de gedachte daarachter is ongetwijfeld – ik leerde steeds beter te denken zoals zij – dat sterke vrouwen sterke zonen baren. Tot zover kon ik het volgen, maar dit nam niet weg dat de probleemloze vanzelfsprekendheid waarmee al die naakte vrouwenlichamen zich bij de buitengewoon openbare gelegenheid van een religieus festival voor de ogen van allen in de felle zon vertoonden, mij verraste. Zelfs in het duister van de Atheense bordelen hebben vrouwen meer aan, althans bij kennismaking. Het wonderlijkste was misschien nog wel, zeker voor een man met mijn achtergrond, voorkeuren en reputatie, dat ik het schouwspel gadesloeg zonder erotische bijgedachten. Omdat de spanning van transgressie en half overwonnen gêne ten enenmale ontbrak, liet schoonheid zich in haar simpelste, vrijmoedigste en natuurlijkste gedaante zien als een volmaakt spanningsveld van huid en spieren dat zich uitdrukt in kracht en snelheid. Ik keek naar hen zoals ik renpaarden bewonderde en hoewel ik weet dat jullie mij tot veel in staat achten, heb ik ook nooit erotische bijgedachten gehad bij mijn paarden.

Hoe langer ik in Sparta vertoefde, hoe onnatuurlijker ik het begon te vinden dat wij onze vrouwen in Athene laten wegkwijnen achter een sluier van nutteloosheid. Wij geloven dat wij hen beschermen als wij hun zoveel mogelijk ontzeggen en vervolgens prijzen wij hun breekbaarheid en onzichtbaarheid als het toppunt van vrouwelijkheid. Ik moest vaak aan mijn gesprekken met Hipparete denken. In Sparta zou zij moeiteloos medestanders gevonden hebben voor haar ideeën over vrouwelijke roem. Als zij in Sparta was opgegroeid, zou zij misschien nog in leven zijn, want met een sterker en fitter lijfje zou ze de geboorte van onze zoon misschien hebben overleefd. Ook in andere opzichten dan met betrekking tot het recht op een eigen lichaam, hebben vrouwen meer status en invloed in Sparta dan in Athene. Zij moeten het land runnen wanneer hun mannen weer eens op veldtocht zijn. De Spartaanse mannen hebben daardoor meer respect voor hun vrouwen dan elders in Hellas gebruikelijk is. Ik had meer dan eens gemerkt dat zij hun echtgenote aanspreken met de eretitel 'despoina', alsof zij een koningin is. Er wordt verteld dat Gorgo, de vrouw van koning Leonidas van Sparta, de held van Thermopylai, ooit een buitenlandse vrouw ontmoette, die verzuchtte dat Spartaanse vrouwen de enige vrouwen zijn die hun mannen de baas zijn, en dat zij antwoordde: 'Inderdaad, wij zijn de enige vrouwen die mannen baren.'

Ik was toegelaten tot het worsteltoernooi. Hoewel ik dat als een bewijs van mijn geslaagde integratie moest beschouwen en in dankbaarheid moest accepteren, had het schouwspel in het Platanenbosje van de dag daarvoor mij enigszins huiverig gemaakt omtrent de spelregels die hier in Sparta bij het worstelen zouden gelden. Maar ik kon en wilde niet weigeren en als het moest, kon ook ik bijten als een meisje, dan wel als een leeuw. Tot mijn geruststelling waren de Olympische regels van kracht. In mijn jonge jaren was ik geen onverdienstelijk worstelaar. Ik oefende vaak met Sokrates in de palaistra van Sibyrtios. De intensieve trainingen in Sparta hadden mij alleen maar sterker gemaakt. Met een beetje geluk wist ik het toernooitje te winnen.

Die avond werd ik na afloop van de gemeenschappelijke maaltijd ontboden door koning Agis. Hij wilde mij feliciteren met mijn overwinning en zei mij dat hij mij nog een antwoord verschuldigd was. Ik herinnerde mij niet dat ik hem iets had gevraagd, maar hij bedoelde dat de beleefdheid hem gebood mijn redevoering en de strategische aanbevelingen die ik hem daarin had gedaan niet onbeantwoord te laten. Ik wist dat het Spartaanse opperbevel niet graag roekeloze besluiten neemt, maar als alle strategische beraadslagingen net zoveel tijd in beslag zouden nemen als de reactie van de koning op mijn speech, dan was er misschien nog hoop voor Athene. Hij legde mij uit dat hij de merites van mijn suggesties inzag en dat hij overwoog er gehoor aan te geven, maar dat de tijd daar nog niet rijp voor was. Zelfs als men rekening houdt met de traagheid van Spartanen, hebben zij altijd nog meer geduld dan men dacht. Hij voelde zich gebonden aan het verdrag. Zelfs negen maanden eerder, toen ik voor het laatst in Athene was, was de Vrede van Nikias daar al lang en breed vergeten, maar de koning van Sparta achtte zich nog altijd gebonden aan de heilige eden die jaren daarvoor waren gezworen en zou zich pas vrij voelen om actie te ondernemen tegen Athene wanneer Athene de bepalingen als eerste had geschonden.

'U mag uzelf gelukkig prijzen dat u aan het hoofd staat van een monarchie,' zei ik, 'want met uw integriteit en betrouwbaarheid zou u in een democratie geen dag overleven.'

Agis lachte. Hij zei dat bijstand aan een Dorische bondgenoot als Syracuse volgens de letter van het vredesbestand misschien toelaatbaar zou zijn – dit in tegenstelling tot een invasie van Attika – en dat hij erover nadacht om voorbereidingen te treffen om schepen te sturen, zoals ik had aanbevolen. Ik dankte hem voor zijn vertrouwen in mijn advies en zei dat Spartaanse hulp aan een Dorische stad naar mijn bescheiden mening in ieder geval een geringere overtreding van het verdrag zou zijn dan de Atheense aanval op dezelfde Dorische stad.

'Schande kan niet worden ingewisseld tegen de schande van anderen,' zei Agis. 'Hier in Sparta wordt eer niet als handelswaar beschouwd.'

'Endios heeft mij precies hetzelfde gezegd,' antwoordde ik.

'Lamachos is dood,' zei hij. Dit onverwachte nieuws greep mij meer aan dat ik zou hebben verwacht. Agis merkte dat en noemde hem een goede soldaat, hetgeen zo ongeveer de hoogste lof is die een Spartaan voor een buitenlander over kan hebben. Ik vroeg naar de omstandigheden van zijn dood. Agis vertelde mij dat het Atheense leger in Sicilië niet lang daarvoor, bij het prille begin van de lente, in beweging was gekomen en een beleg had opgeslagen bij Syracuse. Ik leidde hieruit af dat er cavalerie als versterking uit Athene was aangekomen. Agis kon dat bevestigen. Zijn bronnen spraken over tweehonderdvijftig ruiters uit Athene en driehonderd uit Egesta. Dit betekende dat de cavalerie uit Syracuse nog steeds een numerieke overmacht had, maar dat de Atheense slagkracht voldoende was om belegeringswerken te beschermen. Ik begreep de strategie. Agis vertelde mij dat het gebruikelijke spel was gespeeld, waarbij de belegeraars de stad proberen in te sluiten in een verdedigingswal en hun eigen aanvoerlijnen en posities met palissades en wallen trachten te beschermen en waarbij de belegerden deze constructies doorkruisen met de bouw van eigen muren. Bij schermutselingen rond deze belegeringswallen had Lamachos een poging ondernomen om een benarde eenheid te ontzetten en daarbij was hij geïsoleerd geraakt tussen een wal en een gracht en overmeesterd. Het was een goede dood geweest, zei Agis. Hij was gesneuveld met een zwaard in zijn hand.

Agis informeerde naar mijn mening over Nikias, die nu in weinig benijdenswaardige eenzaamheid het bevel voerde over de missie in Sicilië. Ik was openhartig over mijn bewondering voor het loyale karakter van mijn voornaamste politieke tegenstander en voor de exemplarische wijze waarop hij de campagne toegewijd was die hij nooit had gewild. Ik was eveneens openhartig over zijn godvrezendheid en bijgelovigheid, die soms de neiging hadden zich te manifesteren als besluiteloosheid. Ik vertelde over de grendels op de deur van zijn huis in Athene en zijn privéwaarzegger, die hij zozeer wantrouwde dat hij andere wichelaars bezocht om diens voorspellingen te toetsen. Ik vertelde dat hij, wanneer hij optrad in de volksvergadering, bang leek voor het volk en dat het volk hem juist daarom adoreerde. We spraken lang over Nikias. Agis was geïnteresseerd in meer dan alleen strategisch relevante informatie. Ik kreeg de indruk dat hij zoveel mogelijk over hem wilde horen omdat hij sommige karaktertrekken van zichzelf in hem meende te herkennen.

'Lijdt Nikias aan een nierziekte?' vroeg hij.

Die vraag kon ik niet beantwoorden. Hij was niet meer de jongste en ik herinnerde mij dat hij zich soms op momenten waarop zijn plichtsbesef dat toeliet terugtrok om te rusten op zijn brits, maar als Agis over een concrete diagnose beschikte, was ik nog meer onder de indruk van de kwaliteit van zijn inlichtingen dan ik al was op grond van de eerdere informatie die hij met mij had gedeeld. Agis bedankte mij en ik bedankte hem. Het was het eerste van vele gesprekken die ik met hem zou voeren.

11

Waar ik het mij eerder nog had afgevraagd of ik het zou merken als er troepen werden uitgezonden, wist ik, toen het gebeurde, dat het een evenement betrof dat onmogelijk te missen viel. Het leek wel een feest. In een sfeer van uitbundige vrolijkheid begonnen de woeste krijgers van Sparta als meisjes hun haren te kammen. Ze poetsten hun bronzen schilden, versierden hun biceps met beeldige armbanden en hulden zich in hun beroemde rode oorlogsmantels, die spoken in de nachtmerries van alle Grieken. Ik leerde dat de algehele uitgelatenheid voor een groot deel veroorzaakt werd door de gewoonte om de moordende discipline van training en lichamelijke oefening tijdens veldtochten te laten vieren. Spartanen zijn het enige volk ter wereld dat oorlog beschouwt als een vakantie van de inspanningen ter voorbereiding op de oorlog.

De opgetogenheid waarvan ik getuige was, was niet de prelude op de langverwachte invasie van Attika. Het betrof een campagne tegen Argos, waarbij er traditioneel wat geplunderd en gebrandschat zou worden in de ommelanden van de stad. Argos was een oude vertrouwde vijand van Sparta, tot zover kon ik het volgen, maar ik kon met de beste wil van de wereld niet begrijpen waarom het Spartaanse opperbevel tijd zou willen verspillen aan een pietluttig regionaal conflict als er een wereldoorlog te winnen was.

Ik had de Spartaanse strategen onderschat. Toen koning Agis mij op een avond in de zomer, ergens in de periode tussen het festival voor Hyakinthos, dat het Feest van het Hakmes wordt genoemd, en het Feest van de Naakte Jongens, vertelde dat Athene gehoor had gegeven aan het dringende verzoek van zijn bondgenoot Argos om deel te nemen aan represailles tegen Sparta en Spartaans territorium in Lakonië aan te vallen, hetgeen een flagrante schending betekende van de bepalingen van de Vrede van Nikias, begreep ik dat het vanaf het begin af aan het doel was geweest van de veldtocht tegen Argos om deze Atheense reactie uit te lokken en het bestand nietig te kunnen verklaren. Tenslotte was het te voorspellen geweest dat Argos dit dringende verzoek aan Athene zou richten, omdat de stad eerder soortgelijke verzoeken had gedaan, en dat Athene het zich anders dan bij vorige gelegenheden niet kon permitteren om dit verzoek te negeren, omdat Argos gehoor had gegeven aan de oproep van Athene om troepen naar Sicilië te sturen.

Zelfs volgens de ruimst denkbare interpretatie van de verdragstekst en naar de toets van de verhevenste morele standaarden mocht koning Agis van Sparta zich thans vrij voelen om actie te ondernemen tegen Athene. De Vrede van Nikias, waartegen ik sinds het begin van mijn politieke carrière had geageerd, was niet alleen feitelijk, vanuit een opportunistisch Atheens standpunt gezien, maar eindelijk ook formeel een dode letter. De grote oorlog werd officieel hervat, zoals ik als Atheens politicus al jaren voor mij had gezien en gunstig had geacht voor de Atheense belangen, waarbij ik echter niet had kunnen voorzien dat ik mij ten tijde van de opschorting van de wapenstilstand en de voortzetting van de oorlog in het andere kamp zou bevinden.

Ik vroeg Agis naar zijn plannen. Een inval in Attika met het doel Dekeleia te bezetten leek mij een gepast antwoord op de Atheense plundertocht in Lakonië. Agis zei dat ik gelijk had, maar dat het niet het juiste moment was. Het was zomer, het Feest van de Naakte Jongens was aanstaande, waarna de heilige maand Karneios zou aanbreken en de winter zou intreden. Het zou beter zijn om tot de lente te wachten. Ik kon mijn oren niet geloven. Als je je houdt aan de traditie om niet te vechten in de winter en als je de helft van de zomer vervolgens opvult met heilige tradities, dan blijft er wel heel erg weinig tijd over om een oorlog te winnen. Dit was het moment. Athene was kwetsbaar. Maar de koning van Sparta vond dat de strategische buitenkans hem niet uitkwam met het oog op de festivalkalender.

'Mag ik u vragen of u dan tenminste overweegt troepen naar Sicilië uit te zenden om Syracuse te ontzetten?' vroeg ik aan Agis. 'Als u daarmee ook tot het voorjaar wacht, kunt u zich de moeite besparen, want dan is er geen Syracuse meer.'

'Ze zijn al onderweg,' zei hij.

'Wie voert het commando?' vroeg ik.

'Gylippos,' zei hij, 'de zoon van Kleandridas.'

'Hoeveel schepen?'

'Vier.'

'Vier?'

'Twee Lakonische triremen en twee triremen uit Korinthe,' verduidelijkte Agis.

Ik was verbijsterd. 'En wat dacht deze zoon van Kleandridas met vier bootjes te kunnen uitrichten tegen de honderdvierendertig oorlogsbodems van de Atheense vloot? Heeft u wellicht ook overwogen om drie jongleurs, een degenslikker en een dwerg naar Sicilië te sturen om Syracuse te ontzetten? Die zouden misschien meer indruk hebben gemaakt. Als u vier roeiboten met komedianten had gestuurd, zou u de Atheners niet meer reden hebben verschaft om te lachen dan met deze lachwekkende vertoning. Ik begin steeds beter te begrijpen waarom Sparta de reputatie heeft dat zijn machtige krijgers te vrezen zijn als ze hun eigen grondgebied verdedigen, maar dat bondgenoten beter elders steun kunnen zoeken.'

'Hoeveel veldslagen heeft u eigenlijk tot nu toe in uw jonge leven gewonnen, Alkibiades, zoon van Kleinias?' vroeg Agis.

Ik begreep waar hij heen wilde.

'Uw vader,' zo vervolgde hij, 'was, toen wij onder koning Leonidas slag leverden bij Thermopylai, de uitmuntendste onder de Grieken bij Artemision. Het is mede aan zijn moed en strategisch inzicht te danken dat Hellas geen provincie van Perzië is geworden. Hoeveel zeeslagen heeft u geleverd? U heeft, als ik mij niet vergis, vier ambtstermijnen gediend als strateeg van de Atheense legers. Wat heeft u in die vier jaren allemaal bevochten en veroverd? Uw grootste successen zijn politiek en diplomatiek. U heeft Argos, Mantineia en Elis tegen ons opgezet en u heeft de Atheense volksvergadering weten te winnen voor uw megalomane Siciliaanse expeditie. Maar op welke militaire successen denkt u trots te kunnen zijn? Toen ik slag leverde op de vlakte bij Mantineia heb ik tevergeefs naar u gezocht. Waar was u? En waar was u al die jaren waarin ik uw landgoed in Erchia plunderde en platbrandde? Ik vermoed dat u veilig achter uw muren over oorlog en strategie zat te filosoferen terwijl ik met mijn zwaard in mijn hand op uw land stond. Ik gun u het comfort van een ongerechtvaardigde eigendunk, Alkibiades van Athene, maar als u meent mij de les te kunnen lezen over militaire zaken, zou ik graag vernemen op welke persoonlijke ervaringen u uw inzichten meent te kunnen baseren.'

'Ik verontschuldig mij, Sire,' zei ik. 'Ik sprak niet naar behoren. Ik liet mij overweldigen door emoties, omdat de zaak mij aan het hart gaat. Misschien wilt u mij toestaan ondanks alles het vermoeden uit te spreken dat ik beter op de hoogte ben van de Atheense plannen dan u en dat ik derhalve beter dan u kan inschatten hoe groot de risico's voor u en de rest van Hellas zullen zijn als die plannen slagen. Mijn opgewonden reactie was ingegeven door mijn besef van het acute gevaar dat u bedreigt. U heeft gelijk dat ik in militair opzicht niet kan tippen aan uw ervaring. Laat mij ter verdediging van mijzelf aanvoeren dat ik meen geleerd te hebben om na te denken. Ik heb minder slagvelden betreden dan u, maar ik verzeker u dat ik meer veldslagen gewonnen en verloren heb in gedachten dan enige strateeg in Griekenland. Dit neemt niet weg dat ik met name daarom dankbaar ben dat Sparta mij veiligheid en onderdak heeft verschaft en dat ik het voorrecht mag genieten om met u van gedachten te wisselen, omdat dit mij in de gelegenheid stelt van Sparta en van u te leren. U zou mij nog meer aan u verplichten dan u al heeft gedaan als u de generositeit zou kunnen opbrengen om mij te instrueren op welke manier een vloot van vier schepen een verschil zou maken.'

'Hoeveel schepen zou u in mijn plaats hebben gestuurd?' vroeg Agis. 'Vijftig? Zestig? Meer? Stel dat u nog steeds als bevelhebber van de Atheense troepen in Sicilië zou vertoeven en dat u het nieuws zou bereiken dat zestig Spartaanse schepen de Ionische Zee hadden overgestoken naar Kaap Iapygia en dat ze via de kust van Italië onderweg waren naar Syracuse. Wat zou u in dat geval hebben gedaan? Inderdaad. U zou schepen hebben gestuurd om de Spartaanse vloot te onderscheppen. Hoeveel schepen zou ik volgens u hebben moeten sturen om een dergelijke Atheense interventiemacht te verslaan? U weet beter dan ik dat de Atheense marine superieur is aan de onze. De kans dat een omvangrijke Spartaanse vloot erin zou slagen om Syracuse überhaupt te bereiken is derhalve zo goed als nihil.'

'Ik begrijp wat u bedoelt,' zei ik.

'Stelt u zich wederom voor dat u Atheens bevelhebber in Sicilië bent en dat u de inlichtingen worden verstrekt omtrent vier Spartaanse schepen die zijn overgestoken. De kans lijkt mij groot dat u er weinig aandacht aan besteedt. Zo'n kleine vloot lijkt eerder uit op piraterij dan op steun aan Syracuse. Als u als Atheens commandant in Sicilië vervolgens verneemt dat het niet eens Spartaanse schepen zijn, maar twee triremen uit de provincie Lakonië en twee uit Korinthe, bevestigt dat uw vermoedens dat de vloot in kwestie geen gevaar voor u vormt. Begrijpt u de strategie, Alkibiades? Vier schepen hebben meer kans om

Syracuse te bereiken en iets voor de belegerde stad te betekenen dan veertig, zestig of tweehonderd schepen.'

'En dan?' vroeg ik.

'Dan vraag ik u om een moment uw perspectief te veranderen en u in te beelden dat u zich in mijn positie bevindt,' zei hij. 'Als u een strategie moest verzinnen om Syracuse te ontzetten met een vloot, hoe zou die strategie eruitzien? Een amfibische landing in de grote haven is uitgesloten door de Atheense aanwezigheid aldaar. En hoe zou uw strategie eruitzien als u bovendien rekening had te houden met het feit dat de vijandelijke vloot sterker is dan de uwe? U zou, net als ik, tot de conclusie komen dat deze strategie niet bestaat, dat deze slag niet met de marine gewonnen kan worden en dat de enige hoop op succes gelegen is in de inzet van de landmacht.'

'U speculeert erop dat de Atheners uw vier schepen ongemoeid zullen laten,' zei ik, 'dat u met achthonderd man ergens op Sicilië aan land kunt komen en dat u ter plekke een bondgenoot vindt om u bij te staan in uw aanval op de Atheense stellingen.'

'Er zijn al contacten gelegd met een potentiële bondgenoot,' zei Agis.

'Wie? Akrai? Kasmenai?'

'Himera.'

'Vanwege de vluchtelingen uit Syracuse die daar wonen.'

'Ze zijn bereid,' zei Agis.

'Ik moet u complimenteren,' zei ik.

'Wat denkt u van het plan?' vroeg hij. 'Zou het kunnen slagen?'

'Ik had het zelf kunnen bedenken,' zei ik.

Agis lachte.

12

Er begon zich een vriendschap met Agis te ontwikkelen. Vanaf die zomer waarin Eperatos als de ephoor werd benoemd die zijn naam aan het nieuwe jaar zou verbinden, sprak ik hem regelmatig en in immer minder formele contexten. Hij sprak graag over militaire aangelegenheden, zeker wanneer hij in een goede bui was, en ik maakte daar graag gebruik van door zoveel mogelijk te leren over de tactieken en militaire organisatie van Sparta.

Op een middag tekende hij met een stokje in het zand voor mij uit hoe eenvoudig en logisch de uiterst complex ogende Spartaanse infanteriemanoeuvres volgens hem eigenlijk zijn. Of de vijand nu voor, achter, links of rechts opduikt, er is altijd een standaardchoreografie van draaiende en molenwiekende linies ingestudeerd die ervoor zorgt dat de leider op de kwetsbare rechterflank van de formatie terechtkomt, behalve in die gevallen, waarvan hij mij de voorwaarden in detail uiteenzette, waarin het opportuun is om de leider aan de beschermde linkerflank op te stellen. Wanneer hij het mij uitlegde, begreep ik het, maar ik begreep ook dat het voor ieder ander leger dan het Spartaanse te veel discipline, toewijding en tijd zou vergen om deze patronen in te slijpen en te polijsten tot automatismen.

Hij vertelde mij over de organisatie van de kampementen op veldtocht. Als er geen heuvel of rivier voorhanden is om de achterkant te beschermen, wordt er een cirkelvormig kamp opgeslagen. De wachters kijken niet naar buiten, maar naar binnen. Het is hun taak om de wapens niet uit het oog te verliezen. Deze regel is vooral van belang op veldtochten waaraan een aanzienlijk contingent van heloten deelneemt. De vijand wordt in de gaten gehouden door de cavalerie vanaf verhoogde posities buiten het kamp. Verder is het de gewoonte om de vijand te verwarren en te irriteren door het kamp veelvuldig te verplaatsen, ook als daar geen duidelijke strategische motieven voor zijn.

Hij vertelde mij dat Sparta de regel hanteert om niet te vaak tegen dezelfde vijand ten strijde te trekken, omdat die vijand anders te zeer geoefend zou raken in het gevecht. Het interessantste vond ik de overweging die ten grondslag ligt aan de gewoonte om verslagen en vluchtende vijanden niet al te lang te achtervolgen op het slagveld. Ik had altijd gedacht dat de Spartanen hun vijanden lieten ontkomen omdat zij het weinig eervol achten om vluchtende soldaten te doden. Dat speelt inderdaad een rol, maar de belangrijkste reden is dat een vijand die weet dat hij niet serieus achtervolgd zal worden wanneer hij op de vlucht slaat, eerder geneigd zal zijn om op de vlucht te slaan.

Agis was op zijn beurt niet in het minst geïnteresseerd in de organisatie van de Atheense infanterie, die hij als irrelevant leek te beschouwen, maar hij vroeg mij wel af en toe naar vlootformaties en training van de roeiers. Hij was te intelligent en had te veel gezien om door mij misleid te kunnen worden met valse informatie en ik zag mij gedwongen om de groeiende vertrouwensband tussen ons beiden te onderhouden met inlichtingen die hij als nuttig beschouwde, maar ik verzeker jullie, mannen van Athene, dat ik er te allen tijde zorg voor heb gedragen dat ik meer van hem opstak dan hij van mij.

Wanneer we over Athene te spreken kwamen, legde hij met name een bijzondere belangstelling aan de dag voor de economie, een onderwerp dat zijn onderdanen juist altijd consequent vermeden. Hij vroeg mij naar de organisatie van de overzeese handel, naar de concrete producten die het meest in trek waren en de winstmarges daarop en naar de concurrentie tussen import en lokale productie. Hij wilde weten hoe de zilverstandaard en de wisselkoersen werden bewaakt en vroeg naar de details van de financiële dienstverlening. Op een dag legde hij mij zelfs een visioen voor van handel in schulden, tegoeden en koopopties, dat een fantasierijke maar op zich niet onrealistische extrapolatie betrof van een bepaald type transacties dat in Athene al plaatsvond.

We spraken eveneens vaak over filosofie, waarvoor hij minder dedain aan de dag legde dan je van een Spartaan zou verwachten. Hij was dol op verhalen over Sokrates. Hoewel ik Sokrates vaak heb gemist en hoewel ik hem nu, terwijl ik dit schrijf, in hoge mate mis omdat ik zijn satyrkop voortdurend voor mij zie als gids en toetssteen van mijn gedachten, heb ik hem nooit zo erg gemist als tijdens die gesprekken met koning Agis van Sparta, waarin ik op een onbeholpen manier zijn methode trachtte te imiteren om dapperheid en wijsheid te definiëren en alle morele categorieën te herleiden tot het principe van rechtvaardigheid, maar telkens weer door Agis werd overbluft. Ik schaam me als ik aan je denk, mijn dierbare Sokrates, want al die dagen die je in mij hebt geïnvesteerd, heb je aan een matige leerling verspild.

Ik was meer op mijn gemak als ik met Agis mocht spreken over politiek, het spel van ambities en de sluiproutes langs de onkreukbare moraal. Dat was misschien het enige gespreksonderwerp waarbij hij zijn meerdere in mij moest erkennen. Hij besefte dat ook en hij begreep dat zijn onaantastbare positie als monarch, die de macht door erfopvolging in de schoot geworpen was, hem van de noodzaak beroofde om het politieke instinct voor intriges en bedrog te ontwikkelen waarop een willekeurige democraat vertrouwt als op natuurwetten. Bij wijze van gedachte-experiment fantaseerden we gezamenlijk over verschillende hypothetische scenario's waarmee de Atheense politieke verhoudingen dusdanig zouden worden beïnvloed dat mijn terugkeer een mogelijkheid zou worden. Ik vond dit een ongemakkelijke exercitie, omdat ik op mijn hoede moest zijn om op geen enkele wijze een toespeling te maken op mijn werkelijke plan en omdat ik zou kunnen verraden dat ik daadwerkelijk nog altijd de hoop koesterde om naar Athene terug te keren als ik het spel met te veel enthousiasme zou meespelen, maar hij beschouwde de gezamenlijke denkoefening als een excellente manier om inzicht te verkrijgen in het functioneren en disfunctioneren van een democratische staat.

Afgezien van het genoemde incidentele ongemak, ervoer ik het als een voorrecht om Agis als een vriend te mogen beschouwen en met hem van gedachten te mogen wisselen. Hij is een intelligent man, die de pech heeft in de meest bevoorrechte positie die denkbaar is te zijn opgegroeid in een verstard en conservatief systeem dat interne stabiliteit en grote militaire slagkracht garandeert, maar weinig meer dan dat. Maar misschien denk ik te veel als een Athener als ik hem zo beoordeel. Wat ik tijdens onze conversaties het meest aan hem bewonderde, was zijn leergierigheid, die gezien zijn kennis en ervaring op vele terreinen niet eens bijzonder gerechtvaardigd was. Hij bezit het zeldzame talent om aan zichzelf te durven twijfelen. Ik denk dat zelfs Sokrates hem zou mogen.

Bij het feestmaal in de wildernis tijdens het offerfeest van de heilige maand Karneios, dat een representatie is van het militaire leven in de kampementen, was ik genodigde in de koninklijke tent van Agis en had ik de eer te worden voorgesteld aan zijn echtgenote. Haar naam is Timaia en zij is een indrukwekkende, waarlijk koninklijke verschijning. Ze is zelfs nog langer dan haar echtgenoot de koning en van een adembenemende schoonheid op de manier waarop standbeelden iemand de adem kunnen benemen. Ik merkte bij die gelegenheid al gauw dat het, evenals bij standbeelden, weinig toevoegde aan mijn esthetisch bevredigende perceptie van haar aanwezigheid als ik het woord tot haar richtte. Zij sprak nauwelijks en als zij dat wel deed, begreep men waarom. Haar pogingen tot conversatie deden bepaald afbreuk aan de bewondering die zij met haar voorname bekoorlijkheid afdwong. Haar frapperende oppervlakkigheid deed vermoeden dat er in haar elegante lichaam een weinig geraffineerde geest huisde. Jullie herinneren jullie dat ik Sokrates heb vergeleken met een van die houten beeldjes van een satyr, die je kunt openklappen en waar de mensen de zilveren en gouden beeldjes van hun huisgoden in bewaren, om aan te geven dat zijn zonderbare, gedrochtelijke en grollige voorkomen een ware schat verbergt. Koningin Timaia is het tegenovergestelde. Zij is uitsluitend uiterlijk. Zoals een monumentale cenotaaf is zij het koningshuis tot sier. Dat ze mij in het bijzijn van haar man en al zijn gasten giechelend verzocht het riempje van haar sandaal vast te maken, zou in Athene zijn opgevat als ordinair gedrag en een inbreuk op de etiquette en ik heb geen reden om te vermoeden dat dat in Sparta anders lag.

Doordat ik mij in de gunst van koning Agis mocht verheugen, veranderde mijn positie te midden van de Spartaanse mannen. Mijn langharige schaftgenoten begonnen mij met eerbied te benaderen. Tegenstanders bij het sparren bejegenden mij met angstvallig respect. Alleen Endios leek ongevoelig voor mijn nieuwe status. Hij behandelde mij precies zo correct en afstandelijk als op de allereerste dag waarop ik voet op Spartaanse bodem had gezet.

Voor prinses Kyniska was mijn koninklijke begunstiging een reden om mij nog neerbuigender te behandelen. Vooral het feit dat ik was voorgesteld aan de koningin, was voor Kyniska een aanleiding voor sarcasme en kleineringen. Ze beval mij de stallen schoon te maken. Ik heb het nog gedaan ook, officieel omdat zelfs Herakles, de zoon van Zeus, zich niet te groot voelde om de stallen van Augias uit te mesten, maar in werkelijkheid omdat ik geen weerstand had tegen haar vernederingen. Hoewel haar naam 'hondje' betekent, was zij het baasje en liet ze mij als een hondje kwispelen van geluk als zij mijn aanwezigheid tolereerde en mij aandacht gaf in de vorm van honende laatdunkendheid. Ik zag haar in mijn dromen. Moet ik nog explicieter worden, mannen van Athene?

In die tijd zei Kyniska mij iets wat ik pas later heb begrepen. Toen ik mij op een dag na de trainingen bij de stallen vervoegde, trof ik haar daar aan terwijl een van haar stalknechten op haar bevel een jongetje stond af te ranselen.

'Hij heeft van het paardenvoer gestolen,' verduidelijkte zij.

Ik vroeg waarom.

'Omdat hij honger heeft natuurlijk,' zei Kyniska.

'Heeft hij niet genoeg te eten gekregen?' vroeg ik.

'Natuurlijk niet,' zei ze. 'We zijn in Sparta. Niemand krijgt genoeg te eten.'

'Zelfs de kinderen niet?' vroeg ik.

'Juist de kinderen niet,' zei ze. 'Dat is om hen aan te moedigen eten te stelen en op die manier hun vindingrijkheid te stimuleren.'

'En waarom wordt deze arme jongen dan gestraft?' vroeg ik. 'Tenslotte heeft hij alleen maar gedaan waartoe hij is aangemoedigd.'

'Hij is betrapt,' zei ze. 'Hij wordt niet gestraft omdat hij gestolen heeft, maar omdat hij zich heeft laten pakken. Begrijp je dat, Alkibiades van Athene? Dat jij wordt aangemoedigd om te stelen, wil niet zeggen dat je ongestraft zult blijven als je wordt betrapt.'

Ik begreep het pas een zomer later.

13

Het woeste landschap van de Peloponnesos begon zich ontstemd in zichzelf te keren en hulde zich in donkere en dreigende tinten onder de verlaagde hemel van de winter. De ruige vergezichten vulden zich met mist. De bergruggen zetten zich schrap en massieve wolkenpartijen, die donder en slagregens brachten, drongen over het massief van de Taygetos en van de Parnon, die met hun hoge zwarte kammen nauwelijks nog afstaken tegen de grauwe lucht. Stormwinden kregen vrij spel op de vlakte en huilden door de zuilen van de tempels op de verlaten burchtheuvel van Sparta. De ontbladerde notelaars en platanen kraakten en kermden. Ze strekten hun machteloze, kale vingers uit naar het meedogenloze zwerk. Hier en daar ging iemand, doorweekt en diep weggedoken in zijn wapperende mantel, zijn nietige weg door de oneindigheid.

Agis hield mij spaarzaam op de hoogte van de situatie op Sicilië. De zaken verliepen niet volledig volgens zijn plan. De vier schepen van Gylippos waren voor de kust van Italië in de Golf van Terina gegrepen door verraderlijke winden die hen naar open zee hadden gedreven, waar ze in zwaar weer terecht waren gekomen en schade hadden opgelopen. Hij had ze bij Taras aan land moeten trekken om ze te repareren alvorens hij zijn reis naar Sicilië kon hervatten. Na dit oponthoud lukte het hem ongehinderd langs de noordkust van Sicilië te varen en Himera te bereiken en aldaar troepen te mobiliseren voor het ontzet van Syracuse. Kennelijk had Agis de Atheense reactie goed ingeschat en had Nikias niet overwogen om het nietig ogende eskader te laten onderscheppen. Zonder verdere tijd te verliezen was Gylippos met een troepenmacht van ongeveer drieduizend man over land opgetrokken in de richting van Syracuse.

Gylippos was al met al nog maar net op tijd geweest. De Atheense muren die de stad omsingelden, waren op een haar na voltooid. De magistraten van Syracuse hadden op het punt gestaan om de stad over te geven, omdat ze geen manier zagen om het Atheense beleg te doorbreken en omdat de hongerdood het enige alternatief voor overgave leek, toen zij vernamen dat er hulp in aantocht was. Toen Gylippos was gearriveerd, had hij met steun van de troepen uit Syracuse positie ingenomen op een heuvel buiten de stad, die de Hoogte wordt genoemd, en de Atheners een ultimatum gesteld, dat door de Atheners belachelijk werd geacht en dat uiteraard ook belachelijk was, maar dat voor de troepen uit Syracuse reden was voor een feestelijke toost, omdat het hun de illusie gaf dat zij met de komst van de Spartaanse generaal in zijn lange rode oorlogsmantel de partij waren geworden die de voorwaarden dicteerde. Het was een enorme opsteker voor hun moreel.

In een reeks schermutselingen en gevechten, waarbij aan beide kanten tactische fouten waren gemaakt, had Gylippos het Atheense beleg weten te breken, zonder echter in staat te zijn geweest om het Atheense leger definitief te verslaan. Uit het verslag dat Agis mij gaf, kreeg ik de indruk dat de rollen waren omgedraaid en dat de Atheners nu feitelijk belegerd werden op hun posities buiten Syracuse. Dit was nu, aan het begin van de winter de situatie, en ik stelde mij voor dat Nikias wederom bericht naar Athene zou sturen met het verzoek om versterkingen. Pas veel later vernam ik uit Atheense bronnen dat Nikias door middel van een brief, die in de volksvergadering is voorgelezen door de stadssecretaris (in dat jaar was dat Polymedes, de zoon van Kephision, uit het district Atene), had verzocht om uit het commando te worden ontheven, om de missie af te blazen en om de troepen terug te trekken, maar dat de volksvergadering dat had geweigerd met het argument dat de vloot tenslotte nog altijd ongedeerd en intact was en dat zij eigener beweging had besloten haar beste strateeg, Demosthenes, de zoon van Alkisthenes, de held van Pylos en Sphakteria, direct na de winter met versterkingen naar Sicilië te sturen.

Ik beleefde mijn tweede winter in Sparta zonder vooralsnog gewend te raken aan het verplichte dedain voor gepaste winterkleding en zonder dat er ergens in de wereld een beslissing was gevallen die mij uitzicht bood op een spoedige verandering van mijn situatie. Ik sprak geregeld met Agis over de plannen voor het voorjaar. Ik hoefde niet opnieuw aan te dringen op de invasie van Attika en de bezetting van Dekeleia. Hij was overtuigd en ik moest daarbij toegeven dat hij gelijk had gehad toen hij mijn eerdere ongeduld had genegeerd en besloten had de ontwikkelingen bij Syracuse af te wachten, want juist nu Athene op het punt stond om nog meer troepen aan de verdediging van het eigen grondgebied te onttrekken en naar Sicilië uit te zenden, zou een invasie van het Atheense grondgebied vanuit Atheens perspectief nog minder welkom zijn dan voorheen en juist nu Athene voor de financiering van de kostbare missie overzee meer dan ooit afhankelijk was van de inkomsten uit de zilvermijnen van Laurion, zou een bezetting van Dekeleia, die een efficiënte exploitatie van de mijnen onmogelijk zou maken, vanuit datzelfde Atheense perspectief als bijzonder hinderlijk worden beschouwd. Het voordeel van een bestuurder die niet democratisch gekozen is en geen verantwoording verschuldigd is aan het volk, is dat hij zich geduld kan permitteren. Koning Agis dacht niet in ambtstermijnen en voelde geen noodzaak om haast te maken met de demonstratie van zijn gelijk. Zijn beleid hoefde zich niet te richten op zijn herverkiezing en kon daardoor rekening houden met het landsbelang.

Maar tot mijn schrik wilde Agis het niet hierbij laten. Hij nam mij in vertrouwen en ontvouwde voor mij een plan dat aanzienlijk verder ging dan de permanente bezetting van een strategisch gelegen basis in Attika, zoals ik had geadviseerd. Hij overwoog na de bezetting van Dekeleia door te stoten naar het noorden en Athene te beroven van zijn bondgenoten in Thessalië, in Thracië en misschien zelfs in Macedonië. Hij had een veldtocht voor ogen zoals de Spartaanse legende Brasidas, de roekeloze, tien jaar eerder had ondernomen om de schande van Pylos en Sphakteria te doen vergeten, maar deze keer met een grotere troepenmacht en met duurzame verschuivingen in de internationale verhoudingen als doel. Hij wist dat Athene het noorden nodig had voor het hout waarmee schepen werden gebouwd. Nu de Atheense hoop op de verovering van Sicilië en Italië met de dag verder vervaagde, doemde de prozaïsche waarschijnlijkheid op dat Athene voor de compensatie van zijn steeds onvermijdelijker wordende materiële verliezen opnieuw op het noorden van Griekenland zou moeten terugvallen. Maar Agis wilde meer. Hij wilde dat hout. Hij wilde noordelijke havens. Hij wilde Sparta transformeren tot een zeemacht die niet langer voor Athene hoefde onder te doen. Zoals gezegd, hij had de tijd. Zodra de juiste voorwaarden waren geschapen, zouden de maritieme kennis, de ervaring en de zeebenen op den duur vanzelf Spartaanse verworvenheden worden.

'En jij zult als mijn lijfwacht pal voor mijn schild strijden,' zei Agis.

'Ik zou niet weten waaraan ik die eer te danken zou moeten hebben,' zei ik.

'Het is een goede gewoonte in Sparta,' zei Agis, 'dat de koning op het slagveld wordt beschermd door een Olympisch kampioen.'

'Voordat ik een jaar geleden op invitatie van Endios voet op Spartaanse bodem zette, zou ik in staat geweest zijn het als een vanzelfsprekendheid te beschouwen dat de keuze op mij valt zodra de behoefte aan een uitzonderlijk man zich voordoet,' zei ik, 'maar als dit jaar in Sparta mij iets heeft geleerd, is het bescheidenheid en het besef dat Sparta zeer vele mannen herbergt die uitmuntender zijn dan ik.'

'Voor deze missie heb ik jou nodig,' zei Agis.

'U heeft zelf meermaals benadrukt dat mijn reputatie als legeraanvoerder niet door mijn prestaties wordt gerechtvaardigd,' zei ik.

'Wees niet bang,' zei hij, 'ik overschat je strategische talenten geenszins. Het is niet mijn intentie daarop een beroep te doen. Waar ik behoefte aan heb, is aan jouw diplomatieke gaven. We zullen een groot aantal noordelijke steden ervan moeten overtuigen dat het profijtelijker voor hen is onze kant te kiezen dan door onze troepenmacht te worden gedwongen onze kant te kiezen. Het zal aanzienlijk bijdragen aan onze overtuigingskracht als ons standpunt wordt vertolkt door iemand die zelf van Athene naar Sparta is overgelopen.'

Ik zag het voor mij. Het was een voortreffelijk plan. De kans dat het zou slagen, was groot. Maar er kon geen sprake van zijn dat het ten uitvoer zou worden gebracht. Ik moest Agis het ten koste van alles uit zijn hoofd zien te praten. Ten eerste was het ondenkbaar dat ik aan het hoofd van een Spartaanse invasiemacht de wapenen op zou nemen tegen Atheense soldaten en dat ik vanaf de muren van Athene gezien zou worden als officier van een leger dat Attika plunderde en brandschatte. Dit zou te veel vragen van de Atheense vergevingsgezindheid en van de vergeetachtigheid van de democratie om mijn terugkeer en eerherstel mogelijk te maken. Maar wat nog belangrijker was dan dat, was dat elke hoop op een toekomst in Athene zou vervliegen als Agis zijn plan daadwerkelijk ten uitvoer bracht, omdat de kans levensgroot aanwezig was dat de onderwerping van het noorden die hij voor ogen had het einde van Athene zou betekenen. Een bezetting van Dekeleia zou hinderlijk zijn voor Athene, maar Athene zou dat ongemak overleven. De combinatie van een nederlaag in Sicilië met verlies van de steun van de bosrijke noordelijke vazalstaten zou daarentegen fataal kunnen zijn. Sparta zou de route over land naar Thracië en Macedonië in handen krijgen en Athene zou daar met zijn vloot weinig tegen kunnen doen, terwijl de Spartaanse overheersing van het noorden Athene op termijn ook van zijn vloot zou beroven en daarmee van zijn overzeese vazalstaten op de eilanden en in Ionië. Het imperium zou ineenstorten.

'Het is een onnoemelijke eer voor mij dat u mij de illusie gunt dat ik mij als uw vriend mag beschouwen, majesteit,' zei ik, 'en ik hoop dat u het mij niet kwalijk neemt als ik thans op grond van die illusie de plicht voel u als vriend te waarschuwen voor een mogelijke misstap. U hebt gelijk als u zegt dat het hout uit het noorden belangrijk is voor Athene, maar u onderschat wellicht het belang van één andere grondstof die alle andere grondstoffen overbodig maakt en die is geld. Het Atheense imperium is niet gebouwd met gekapte bossen, maar met tribuutbetalingen. Terwijl u de beste krijgers van Griekenland opoffert aan de verovering van kreupelhout, zal Athene lachend duizenden talenten innen van de marmeren metropolen in Ionië, waarmee het alle bossen en schepen van de wereld kan kopen. Zelfs Perzische oorlogsbodems zijn te koop, voor het juiste bedrag.

Wat u wellicht tevens niet geheel op waarde schat, is de voornaamste kracht van een imperium dat gefundeerd is in maritieme suprematie. Een zeemacht is wendbaar. Dat geldt zowel in economisch opzicht, in zoverre dat Athene zich snel kan aanpassen aan veranderde allianties, als in militair opzicht. Schepen kunnen overal opduiken. Terwijl u met uw leger in het noorden bent, kan Lakonië worden aangevallen en geplunderd. De onderworpen heloten kunnen hoop op vrijheid putten uit de combinatie van uw afwezigheid en de Atheense nabijheid. Nog voordat u activiteiten gaat ontplooien in de noordelijke havens, zullen daar Atheense schepen opduiken om dat te verhinderen en terwijl u de noordelijke havens uit alle macht tracht te verdedigen, is uw zuidelijke haven in Gytheion al aangevallen. Met uw landmacht kunt u maar op één plek tegelijk zijn, terwijl Athene met zijn marine overal is waar u niet bent. Ik kan u verzekeren, Sire, dat het plan dat u zojuist voor mij heeft ontvouwd, door Athene wordt opgevat als een wensdroom die uitkomt. Athene heeft lang gewacht op de mogelijkheden die geboden zouden worden door de omstandigheid dat de hoofdmacht van het Spartaanse leger vele dagmarsen ver van Sparta verwijderd is.'

Zo sprak ik. Agis dacht na. 'Misschien heb je gelijk,' zei hij toen. 'Ik denk te veel als een landrot, die geen rekening wenst te houden met de laffe, ongrijpbare aard van boten. Ik luister te veel naar de eervolle klank van ijzer op ijzer zonder de macht te willen begrijpen van klinkende munt. Ik verontschuldig mij voor mijn eerdere laatdunkendheid over jouw strategisch inzicht, Alkibiades. Je hebt mij voor een fout behoed. Ik ben dankbaar dat je naar Sparta bent gekomen.'

'Die dank bent u in de eerste plaats verschuldigd aan Endios,' zei ik. 'Hij is degene die mij naar Sparta heeft gehaald.'

'Is dat zo?' vroeg hij. 'Ik dacht dat mijn zus Kyniska jou had uitgenodigd.'

'Ik heb intussen het genoegen gehad haar te leren kennen,' zei ik. 'Maar het initiatief kwam van Endios. Vraagt u het haar zelf als u mij niet gelooft.'

'Ik geloof je,' zei Agis. 'Bedoel je dat ik Endios zou moeten belonen?'

'Dat is aan u, Sire,' zei ik.

'We zullen hem ephoor maken,' zei Agis.

14

Mannen van Athene, terwijl ik jullie de Spartaanse bezetting van Dekeleia in herinnering roep, verzoek ik jullie te beseffen dat dit ongemak voor Athene weliswaar vrucht was van mijn bemoeienis, maar dat ik Athene voor veel groter onheil en zelfs voor een mogelijke ondergang heb behoed.

Toen Agis tijdens de eerste dagen van de prille lente met zijn hele leger Attika binnenviel, de gebruikelijke plunderingen en brandstichtingen aanrichtte, de heuvel van Dekeleia bezette, daar op hooguit honderdtwintig stadia van Athene een onloochenbaar, onontkoombaar en onneembaar fort begon te bouwen met een feeëriek uitzicht op de stad en bleef, veranderde ook Athene noodgedwongen van een stad in een vesting. Opeens moesten de muren permanent, in zomer en winter, bewaakt worden, overdag bij toerbeurt en 's nachts door alle parate troepen. De cavalerie zag zich gedwongen om onafgebroken buiten de muren te patrouilleren. De paarden werden mank door hun onophoudelijke wachtronden en interventies op de rotsige ondergrond en ze liepen door toedoen van de vijand verwondingen op die geen tijd hadden om te helen. De weg naar het noorden, naar Oropos en Euboia, was afgesloten. Het vee en de lastdieren op Euboia dienden als verloren te worden beschouwd en alle goederen die uit het noorden en oosten werden geïmporteerd, moesten via een tijdrovende en begrotelijke omweg per schip om Kaap Sounion heen naar Peiraieus worden getransporteerd. Tijdens de traditionele Spartaanse plundertochten in de beginjaren van de oorlog, tijdens mijn jonge jaren, werd alles weliswaar jaarlijks platgebrand en vernietigd, maar de Spartanen zijn nooit langer dan veertig dagen in Attika gebleven, waardoor het land gedurende de rest van het jaar nog op verschillende manieren kon worden gebruikt. Nu was het verlies van de ommelanden permanent, daar kon geen twijfel over bestaan.

Dit alles zou niet zijn gebeurd, mannen van Athene, als jullie Alkibiades, de zoon van Kleinias, niet hadden verraden, laat daar evenmin twijfel over bestaan. En wie van jullie het hardst werden geraakt en blijvend werden geknakt onder de door mij geïnstigeerde vijandelijke bezetting van Dekeleia, waren de aristocraten en de oligarchen die het complot tegen mij in gang hadden gezet. Niet voor niets had ik koning Agis Dekeleia aangewezen, in het hart van de sappigste gronden van Attika, waar de grootgrondbezitters hun domeinen en heerlijkheden hebben. Niet voor niets had ik een plek aangeduid in de buurt van Laurion, waar de oligarchen hun cohorten van slaven laten zwoegen in de zilvermijnen. Niet voor niets had ik met klem aangedrongen op een permanente Spartaanse aanwezigheid in het mijndistrict, opdat de slaven de nabijheid van hun vrijheid konden ruiken, want de slaven vormen het werkelijke kapitaal van de eigenaars van de mijnen en ze hebben weinig aanmoediging nodig om zich van hun ketenen te bevrijden. Hoeveel slaven zijn er uiteindelijk weggelopen? Twintigduizend? We kunnen spreken van een astronomische verliespost voor de economische elite van Athene. Dat gebeurt er, mannen van Athene, wanneer men samenzweert tegen Alkibiades.

Athene zou de bezetting van Dekeleia wel overleven en de dagloners en scharrelaars, die een groot deel van mijn natuurlijke achterban vormden toen ik nog een achterban had, profiteerden er zelfs in zekere zin van, omdat er een permanent tekort was ontstaan aan soldaten en schildwachten, die een drachme per dag konden verdienen, en omdat er door de blokkade van de landroute grote aantallen matrozen, roeiers, laders en lossers geronseld moesten worden, maar de antidemocratische couplegers van het conservatieve establishment die mijn doodsvonnis op hun geweten hadden, zagen hun landerijen, investeringen, kapitaal, invloed en toekomst door hun vingers glippen als het zand van het strand door de handen van een kind en er was niets wat zij daaraan konden doen.

Mannen van Athene, dit was slechts de eerste fase van mijn plan dat erop was gericht om Athene te zuiveren van mijn persoonlijke vijanden, die ook jullie vijanden waren, omdat zij de democratie en het belang van Athene opofferden aan hun eigen ambities. De volksmenners – laten wij hen Androkles noemen –, die zich gretig door de oligarchen hadden laten gebruiken om zich van mij te ontdoen in de hoop mijn positie te kunnen innemen, had ik vooralsnog niet kunnen raken, maar die tijd zou komen. Mijn plan voorzag in een tweede en derde fase, waarin ik de populisten vooraleerst zou uitspelen tegen de conservatieven om vervolgens precies die geënsceneerde afrekening tegen de conservatieven te gebruiken. Geduld maakt geen deel uit van mijn kwaliteiten, maar anders dan vele andere nobele eigenschappen geeft geduld zichzelf gratis weg als een alternatief ontbreekt. Feit is dat alles altijd gebeurt zoals men wil, alleen altijd later dan men denkt.

Uiteindelijk was ik door koning Agis niet in de ongemakkelijke positie gebracht dat ik moest weigeren om deel uit te maken van zijn invasiemacht. Nu hij zijn plan voor de verovering van het noorden had laten varen en alles aankwam op ouderwets militair machtsvertoon en degelijk metselwerk zonder diplomatieke franjes, had hij zelf besloten dat hij mij niet nodig had. Omdat Agis vrijwel zijn volledige troepenmacht naar Attika had geleid, viel mij de vervreemdende ervaring ten deel om Sparta door mannen verlaten te zien. De slaven waren er uiteraard nog, maar mijn schaftgroep was uitgedund tot een gemoedelijke coterie van bejaarden en kinderen en om het martelende regime van slopende lichamelijke oefening vol te houden moest ik mijn eigen beul zijn.

'Je lijkt Achilles wel,' zei prinses Kyniska.

'Ik ben dankbaar voor het verrassende compliment,' zei ik, 'dat des te meer gewicht voor mij heeft omdat het uit jouw mond komt. Waaraan heb ik het verdiend dat zelfs jij mij begint te bewonderen?'

'Ik doelde op het verhaal dat Achilles, toen ze hem kwamen halen om zich bij de Griekse vloot te voegen die zou uitvaren tegen Troje, bang was en zich in vrouwenkleren gehuld verborg tussen de meisjes in het boudoir van Skyros,' zei Kyniska.

'Geen man zal ooit een groot man zijn als hij niet ook een vrouw durft te zijn,' zei ik.

'Wie zei dat? Euripides?' vroeg ze.

'Nee,' zei ik. 'Een vrouw.'

'Ben je getrouwd?' vroeg ze.

'Ze is mij ontvallen,' zei ik. 'Jij?'

'Ik zal je overleven,' zei ze.

'Daar twijfel ik niet aan,' zei ik. 'Als ik Achilles ben, zoals jij beweert, dan zal mijn kans op een behouden thuiskomst verkeken zijn, maar mijn roem nimmer verbleken – als ik Achilles' eigen woorden mag gebruiken.'

'Je zou een mooie vrouw zijn,' zei ze.

'Dat is een van mijn vele talenten,' zei ik. 'Ik heb er mijn leven aan te danken.'

'Niet zo mooi als Timaia natuurlijk,' zei ze, 'maar zo'n mooie vrouw is niemand.'

'Ik heb van Sokrates geleerd dat schoonheid gepaard gaat met rechtvaardigheid en rechtvaardigheid met kennis van het goede,' zei ik. 'En aangezien kennis afhankelijk is van intelligentie, mogen we mijns inziens concluderen dat schoonheid een relatief begrip vormt met betrekking tot de koningin.'

'Wie is Sokrates?' vroeg ze.

'Uiterlijk de lelijkste man van Athene,' zei ik.

'Maar de mooiste volgens zijn eigen definitie,' vulde zij aan.

'Hij was mijn minnaar,' zei ik.

'Ik was het heus niet vergeten dat je uit Athene komt en dat je derhalve trots bent op perversiteiten,' zei ze.

'Spartaanse jongens hebben ook minnaars,' zei ik.

'Spartaanse jongens zijn niet zoals jij,' zei ze.

'En waarom dan wel niet?' vroeg ik.

'Ze hebben geen talent om vrouw te zijn,' zei ze.

'Mag ik het gesprek brengen op jouw talenten?' vroeg ik.

'Honderden talenten zilver en goud liggen opgeslagen in mijn schatkamers,' zei ze. 'Ik ben rijker dan jij ooit bent geweest toen je nog dacht dat je rijk was. Daarom zou je, zelfs als je geen veroordeelde misdadiger was en net als voorheen mocht pralen met je eigen zelfgenoegzaamheid, je Olympische titel aan mij moeten afstaan.'

'Ik weet een manier om mijn titel te behouden,' zei ik.

'O ja?'

'Ja.'

'Hoe dan?'

'Zoals Timaia deelt in de koninklijke status en privileges van haar echtgenoot,' zei ik.

'Vraag je me nu ten huwelijk?' vroeg ze.

'Het zou niet alleen een eer maar ook een droom zijn om mij te mogen onderwerpen aan jouw wensen,' zei ik.

'Je zou de bruidsschat niet kunnen betalen,' zei ze.

'Moet die niet worden opgebracht door de familie van de beoogde gemalin?' vroeg ik.

'Jij bent toch de bruid?' zei ze.

'Ik zal een manier vinden,' zei ik. 'Desnoods zal je bruid Perzië voor je veroveren.'

'Probeer eerst maar eens voet aan de grond te krijgen op Sicilië,' zei ze. 'Maar zelfs dat projectje verloopt niet helemaal naar wens, geloof ik.'

'Ik ontbeerde de juiste motivatie,' zei ik. 'De motivatie die nu voor mij staat inspireert mij om mijzelf te overtreffen. Ik begeer je, Kyniska.'

'Pas maar op dat Timaia je niet hoort,' zei ze.

'Wat bedoel je daarmee?' vroeg ik.

'Je bent grappig,' zei ze. Lachend liep ze weg. Ze was werkelijk klein van stuk, mijn stoere, donderhoevige, prijswinnende renpaard van gevleugelde dromen.

15

Voor de tweede keer zag ik de Taygetos in bloei staan. Voor de tweede keer was ik getuige van het plengoffer op het altaar van Achilles en van het hondenoffer voor de oorlogsgod. Voor mijn benarde manschappen in Sicilië bracht de lente een verdere verslechtering van hun situatie. De vloot uit Athene onder bevel van Demosthenes liet op zich wachten en de Spartaanse commandant Gylippos, die kon raden dat Atheense versterkingen in aantocht waren, was erop gebrand om in de tussentijd zoveel mogelijk te profiteren van de verwachtingsvolle terughoudendheid van de Atheense invasiemacht en om de nieuwe Atheense generaal een zo slecht mogelijke uitgangspositie cadeau te doen. Door de vloot van Syracuse in te zetten voor een afleidingsmanoeuvre wist hij de Atheense versterking aan de grote haven met voetsoldaten te overrompelen, waardoor de bevoorrading van de Atheense troepen, die toch al problematisch was, verder werd bemoeilijkt.

Nog zorgwekkender was het dat de vloot van Syracuse leerde te vechten. Tot dan toe hadden ze elke confrontatie met de superieure Atheense schepen gemeden, maar ze hadden een tactiek bedacht die de Atheners volledig verraste. Ze dwongen de Atheners slag te leveren in de krappe wateren van de grote haven en begonnen de Atheense triremen te rammen met frontale botsingen. De Atheners zagen dit aanvankelijk uiteraard hoofdschuddend aan als meelijwekkend vertoon van beschamend dilettantisme, want zo doe je dat niet. Bij een fatsoenlijke en beschaafde zeeslag gaat het er nu juist om dat frontale botsingen vermeden worden en dat de ram op de boeg met geraffineerde en elegante manoeuvres midscheeps in de flank van het vijandelijke schip wordt geboord. Maar de schepen uit Syracuse deden het expres. Ze hadden de boegsecties van hun schepen versterkt en brachten de Atheense triremen tot zinken met hun frontale botsingen, terwijl de Atheners wegens ruimtegebrek in de baai deze frontale aanvallen niet konden ontwijken en evenmin toekwamen aan hun geraffineerde evasieve manoeuvres. Bovendien hadden de bevelhebbers uit Syracuse speerwerpers op het dek van hun schepen gezet. Zelfs een onervaren commandant doet zoiets niet, want lichtgewapenden op het dek zouden bij de eerste de beste onverwachte wending naar bakboord of stuurboord overboord geslingerd worden, maar omdat de schepen uit Syracuse niet manoeuvreerden en bot rechtdoor voeren, konden de speerwerpers blijven staan en met vaste hand mikken op de roeibanken op het benedendek. Ze werden bijgestaan door kleine, lage roeibootjes met speerwerpers, die onder de riemen van de Atheense triremen door glipten en de roeiers van onderaf bestookten door de dollen. De Atheense vloot leed significante verliezen. Zelfs de maritieme suprematie van Athene, die al die tijd de vanzelfsprekendheid was geweest die zijn verlengde aanwezigheid op het eiland moest rechtvaardigen, was niet langer boven elke twijfel verheven.

Voor de tweede keer was ik toeschouwer van de rituele rouw om de wrede dood van Hyakinthos, de mooie jongen, tijdens het Feest van het Hakmes en wederom hoorde ik de jongens met hun hoge stemmen rennend paianen zingen voor de god en zag ik de optocht van de weelderig uitgedoste en opgemaakte vrouwen op rijk gedecoreerde karren naar de tempel in Amyklai, die een collectief huwelijk met de dode minnaar leek te verbeelden.

In het volle ornaat van zijn Atheense zelfvertrouwen verscheen Demosthenes met groots vertoon van zijn vloot van drieënzeventig oorlogsbodems met meer dan veertienduizend man, blinkend van opgepoetste wapenrustingen en blazoenen in slagorde voor de kust van Syracuse. De oogverblindende esthetiek van dit machtsvertoon brak voor een moment de weerstand bij de mannen uit Syracuse. Als Atheners tijdens een belegering van hun eigen stad door het sterkste leger van Hellas nog immer in staat waren zo'n indrukwekkende armada uit te zenden naar de andere kant van de wereld, was hoop met terugwerkende kracht wellicht al die tijd een misleidende luchtspiegeling geweest, die niets anders had bereikt dan verlenging van het lijden.

Tijdens de derde en laatste dag van het Feest van het Hakmes werd ik ontboden door koningin Timaia. Haar bedienden lieten mij plaatsnemen in de sober ingerichte kamer met meubilair dat eerder ontworpen leek voor een kampement op een veldtocht dan voor koninklijke vertrekken, waar ik dikwijls tot laat in de avond met haar echtgenoot van gedachten had gewisseld over de oorlog, en zij liet mij lang wachten alvorens zij in vol ornaat haar opwachting maakte. Ze was weelderig uitgedost en opgemaakt als een bruid van Hyakinthos. Het machtsvertoon van deze vrouw, die wist dat zij mooi was en besloten had haar schoonheid als wapen in te zetten, had de kracht om de weerstand van iedere man te breken.

Demosthenes kwam, zag, gokte en verloor. Hij was van mening dat Nikias, Lamachos en ik bij onze aankomst bij Syracuse het psychologische voordeel dat onze imponerende vloot ons gaf niet hadden uitgebuit door de aanval op Syracuse uit te stellen tot een moment waarop de aanvankelijke vrees voor onze indrukwekkende aanwezigheid was weggeëbd en hij weigerde die fout te herhalen. In zijn visie was een onmiddellijke, beslissende aanval geboden. Hij zag dat de versterkte positie van Gylippos met zijn troepen uit Sparta, Himera en Syracuse op de heuvel ten noorden van de stad, die de Hoogte wordt genoemd, de voornaamste hindernis vormde voor de Atheense ambities en beraamde een gedurfde, nachtelijke verrassingsaanval op die stellingen met vrijwel zijn gehele troepenmacht.

Hij wist de vijand volledig te overrompelen en aanvankelijk leek het erop dat het plan zou slagen, waarmee de inname van Syracuse en de verovering van Sicilië binnen handbereik zouden liggen. Maar bij de eerste tegenslag die hij ondervond, keerde het duister van de nacht, dat eerst zijn bondgenoot was, zich tegen hem. Bij de Atheense hergroepering ontstond verwarring. Het was moeilijk om vriend van vijand te onderscheiden in het donker. Om te voorkomen dat ze door eigen troepen zouden worden aangevallen, waren de Atheners gedwongen om het afgesproken wachtwoord zo vaak te gebruiken, dat de vijand het te weten kwam en zich er eveneens van begon te bedienen. De Doriërs uit Syracuse en Sparta zongen hun paianen tijdens de strijd, zoals hun gewoonte is, maar de Dorische bondgenoten van Athene uit Argos en Kerkyra zongen conform diezelfde gewoonte dezelfde strijdliederen, waardoor de soldaten uit Athene, die in het donker moesten vertrouwen op hun gehoor, het gevoel kregen dat de vijand hen had omsingeld. Cohorten sloegen op de vlucht en werden in het donker voor vijanden aangezien en door hun eigen troepen afgeslacht. De versterkingen die Demosthenes uit Athene had meegebracht, kenden het terrein niet en velen stortten in het donker van de rotsen. In één nacht verloor Athene meer dan tweeduizend man.

Timaia pakte mij bij de hand en leidde mij uit Agis' sobere woonvertrek naar een belendende kamer die was ingericht als een boudoir. Zware draperieën decoreerden en verduisterden het vertrek. Hier en daar flikkerden olielampen achter gekleurd glas. Ze liet mij plaatsnemen op een on-Spartaanse aanligbank, die nonchalant was bestrooid met zachte, gekleurde kussentjes, die het meubel een Ionische of zelfs Perzische aanblik gaven. Het was voor het eerst sinds mijn vertrek uit Athene dat ik comfortabel zat. Zij ging tegenover mij zitten. Ze liet wijn brengen, die overduidelijk niet van de Vijf Heuvelen kwam of uit Oinoun of Denthis, maar de smaak had van heimwee. Ik dankte haar en vroeg haar waarom zij mij de eer had verschaft mij door haar ontboden te weten. Zij giechelde. Ze zei dat ze zich verveelde. Ze dronk zelf ook. Ze dronk opvallend geroutineerd voor een vrouw.

'Agis is er niet,' zei ze. Ze veegde een haarlok weg uit haar gezicht en herschikte met geraffineerd effectbejag haar lange benen onder haar ragfijne chiton. Ik antwoordde beleefd dat ik op de hoogte was van de afwezigheid van haar echtgenoot de koning. 'Je bent best slim voor zo'n mooie jongen,' zei ze. 'Ik weet heus wel dat het op jouw advies is dat Agis maandenlang van huis zal zijn. Maar toch ben je ook vrij dom.' Ik keek haar vragend aan. 'Dat je moet vragen naar de reden waarom ik jou heb laten komen, getuigt niet van veel intelligentie,' zei ze. Ze vond het kennelijk een erg goede grap van zichzelf. Ze lachte er hard om. Zelfs wanneer ze lachte was ze mooi. Ze was de enige vrouw die ik ooit heb gezien die mooi kon schateren. Juist daardoor besefte ik dat ik in de omstandigheid die zich dreigde te gaan voordoen een gevaar voor mijzelf zou kunnen gaan vormen en dat het beter zou zijn om mij te bezinnen op een strategische terugtrekking uit deze tot intiemere nabijheid uitnodigende nabijheid, maar hoewel ik in het duister van de

Atheense bordelen op de tast mijn weg kan vinden, voelde ik mij in het schaars verlichte schemerduister van het boudoir van de Spartaanse koningin op onbekend terrein en werd ik in verwarring gebracht door haar schaamteloze ondubbelzinnigheid, die ik eerder zou verwachten van een schandknaapje of van een fluitspeelster dan van de gemalin van de soevereine monarch van een van de machtigste staten van Hellas.

Ze stond op en kwam naast mij zitten. Ze raakte mijn been aan met een zogenaamd onnadrukkelijk gebaartje en zei dat ik mooi was voor zo'n domme jongen. Hoewel zij precies wist hoe tergend zij zich moest bewegen en hoe zij haar grote, lege ogen moest luiken om mij er onophoudelijk aan te herinneren dat zij een godin was onder de vrouwen en hoewel mijn eerdere bedenkingen bij haar onder haar plompverloren beschikbaarheid wegsmolten als sneeuw rond een zojuist ontstoken kampvuur, omdat niemand intelligente conversatie eist van lippen die zich tuiten, was ik nog altijd rationeel genoeg om te beseffen dat zij de wettige echtgenote was van de machtigste man van Sparta, die ik bovendien als een vriend was gaan beschouwen, en dat er een dag zou komen waarop hij zou terugkeren en gezien de kwaliteit van zijn internationale inlichtingennetwerk met zekerheid op de hoogte gesteld zou worden van pikante binnenlandse ontwikkelingen, waarna mijn positie in Sparta naar alle waarschijnlijkheid precair zou worden. Ik moest deze veroveringstocht zien stop te zetten.

Na de vernietigende nederlaag in de nacht op de heuvel was Demosthenes van mening dat de Siciliaanse expeditie definitief een verloren zaak was geworden. Hij stelde voor om de missie af te blazen en met de vloot, die relatief ongeschonden was, terug te keren naar Hellas en zich te concentreren op de oorlog tegen Sparta. Het was een rationeel voorstel en het was het scenario dat ik voor ogen had gehad toen ik er anderhalf jaar eerder bij het Spartaanse opperbevel op had aangedrongen om versterkingen naar Syracuse te sturen. De beschamende aftocht van de Atheense armada zou de gedachte aan mijn onmisbaarheid in Athene levend houden en versterken. Ik had er nooit rekening mee gehouden dat uitgerekend Nikias, die zich vanaf het prilste begin tegen de expeditie had verzet, die al eerder per brief bij de Atheense volksvergadering had aangedrongen op terugtrekking van de troepen en die zijn opperbevel ter beschikking had gesteld, de troepen ervan zou overtuigen om te blijven met de voor jullie overbekende desastreuze gevolgen.

Ik heb Nikias uiteraard nooit meer persoonlijk kunnen vragen wat zijn motieven waren om te volharden in de verloren strijd, maar ik heb er, vanaf het moment dat deze gebeurtenissen mij ter ore kwamen, vaak over nagedacht en mijn hypothese is dat Nikias, die inderdaad aan een ongeneeslijke nierziekte bleek te lijden, zoals Agis van zijn spionnen had vernomen, banger was voor een besmeurde reputatie in de ogen van het per definitie altijd verontwaardigde soevereine volk van Athene dan voor de dood. Bij de volatiele dynamiek van de democratie mag men weinig hoop koesteren op begrip voor het rationele besluit om de verliezen te beperken wanneer de hoop op een eclatante overwinning zozeer is aangewakkerd dat zij reeds als een realiteit wordt beschouwd. Iedere tegenslag wordt door het volk geïnterpreteerd als falen van de uitvoerende macht. Omdat het volk in constitutioneel opzicht per definitie gelijk heeft, denkt het volk het recht te hebben om een schuldige aan te wijzen wanneer het beleid waartoe het volk heeft besloten niet het gewenste resultaat oplevert. De populisten zouden er geen moeite mee hebben om redelijkheid als laffe angst voor te stellen en de redelijke stem van de gematigden zou niet worden gehoord. Na de blamage van een schaamtevolle terugtocht uit Sicilië zou de oude dag van Nikias in Athene met weinig anders zijn gevuld dan met hoon en beschuldigingen van lafheid. Gezien zijn ziekte had hij niets te verliezen, behalve zijn eer. Ik vermoed dat hij erop speculeerde en er zelfs op hoopte dat hij zou sneuvelen onder de handen van de vijand.

Ook ik viel ten prooi aan irrationele gedachten die zich hulden in het verleidelijke gewaad van rationele excuses om mij niet terug te trekken en uit volle overtuiging te sneuvelen onder de zachte handen van Timaia. Zou ik kunnen leven met mijn eigen hoon en beschuldigingen van lafheid als ik zo'n vrouw liet lopen? Toen de oude mannen van Troje, die op het bolwerk zaten te keuvelen als krekels, Helena voorbij zagen lopen, vielen ze stil. 'Het is ze niet kwalijk te nemen,' verzuchtte een van hen ten slotte, 'dat de Grieken en Trojanen oorlog voeren om zo'n vrouw.' Terwijl ik op mijn beste momenten Achilles was in het diepst van mijn gedachten, kon ik mijzelf niet toestaan laffer te zijn dan Paris, de verwijfde boogschutter in zijn pantervelletje, die de toenmalige koningin van Sparta niet alleen bezat, maar ook ontvoerde en er tien jaar oorlog voor overhad om haar tot de zijne te maken. Ik begeerde Kyniska, akkoord, maar oprechte liefde had nog nooit eerder een belemmering gevormd voor het plukken van vruchten en voor de bijslaap met mooie vrouwen. Misschien zou Agis er nooit iets van te weten komen. Bovendien hadden de mannen van mijn schaftgroep mij verteld dat overspel in Sparta niet wordt bestraft. Waar ben je bang voor, Alkibiades? Sinds wanneer is Alkibiades bang voor iets? Sinds wanneer is Alkibiades bang voor de liefde? Ik moest aan mijn gouden schild denken, dat ik had achtergelaten aan boord van de Salaminia. Ik had het niet voor niets laten decoreren met Eros die een bliksemschicht als een pijl op zijn boog spant. Alles is glorieuzer dan de schande van redelijkheid.

De Atheense troepen bleven waar ze gelegerd waren en in de hitte van de zomer werden de ongezonde dampen uit het naburige moeras een steeds groter probleem. De mannen werden ziek. De geur van vrouwelijkheid, die ik lang niet had opgesnoven, maakte mij zwak en ziek van verlangen.

'Ik dacht dat parfum verboden was in Sparta,' fluisterde ik.

Timaia legde een vinger op mijn lippen. 'Er is zo veel verboden in Sparta,' zei ze. 'Maar het strengste verbod geldt ongehoorzaamheid jegens leden van de koninklijke familie.'

De Atheners besloten zich terug te trekken naar Katane, waar zij eerder hadden overwinterd. Alles werd in gereedheid gebracht voor een heimelijke evacuatie per schip onder de sluier van de nacht, maar precies toen zij op het punt stonden om alle troepen aan boord te brengen, vond er een maansverduistering plaats. Nikias, die in zijn bijgeloof om de haverklap voortekenen meende waar te nemen in regendruppels, geruis van gras in de wind en de vlucht van vliegen, versteende van angst. Bevend raadpleegde hij de waarzeggers, die hem dringend adviseerden om van de troepenverplaatsing af te zien en drie maal negen dagen af te wachten alvorens enige actie te ondernemen. Nikias lag ziek van angst en overmand door ziekte in zijn tent toen de vijand met man en macht aanviel.

Het ondenkbare gebeurde. De koningin van Sparta begon zich te ontkleden. Waar ik tot dan toe heel misschien met behulp van geforceerde redenaties voor mijzelf had kunnen volhouden dat ik de tekenen verkeerd had geïnterpreteerd en dat er in werkelijkheid niets noemenswaardigs aan de hand was, beroofde Timaia's betoverende transformatie van een weelderig uitgedoste bruid in een traag bewegend, zacht, warm, geurend marmeren beeld van Aphrodite mij definitief van de illusie dat het slechts mijn ijdelheid was die mij ertoe had geïnspireerd mij te verbeelden dat zij mij begeerde.

Het ondenkbare gebeurde. De Atheense vloot werd verslagen. De schepen uit Syracuse controleerden de grote haven en begonnen de ingang te blokkeren met een scheepsbrug. Zelfs een laffe vlucht over zee behoorde voor de Atheners niet langer tot de mogelijkheden, tenzij er een uitbraak werd geforceerd. Nikias en Demosthenes zagen in dat het moment gekomen was om alles op alles te zetten voor een beslissende zeeslag, die anders dan ooit het plan was niet langer de onderwerping van Syracuse tot inzet had, maar de herovering van de optie van een smadelijke aftocht. Ze bemanden de schepen die ze nog hadden met iedere roeier, soldaat, metselaar of bakker die nog niet gesneuveld was of ten prooi was gevallen aan ziekte. Nadat Nikias zijn redevoering ter aanmoediging had gehouden, ging hij, zoals iemand die weet dat hij alles gedaan heeft wat er redelijkerwijs gedaan kon worden maar desalniettemin nog meer wil doen met het oog op de importantie van de aanstaande gebeurtenissen, aan boord van ieder afzonderlijk schip, waar hij de kapiteins persoonlijk aansprak op de formele wijze met hun naam, hun vaders naam en de naam van hun district om hen eraan te herinneren wie zij waren en waarvoor zij vochten, waaraan hij wijsheden toevoegde over vrouwen, kinderen en de goden van de voorvaderen – het soort gemeenplaatsen waartoe mensen gewoonlijk hun toevlucht nemen wanneer zij bang zijn.

Meer dan tweehonderd triremen raakten slaags in de krappe wateren van de grote haven, waar geen ruimte was voor ordentelijke manoeuvres. Rammende schepen werden gelijktijdig zelf geramd. Kluiten van triremen raakten met boegen en riemen in elkaar verstrikt. Het geluid van brekend hout was zo overweldigend dat de bevelen van de schreeuwende stuurmannen niet meer werden gehoord. De zeeslag veranderde in een veldslag die werd uitgevochten op krakende en half gezonken wrakken. De Atheners hadden geen profijt van hun maritieme ervaring, want er was niets maritiems aan deze chaos, en ze werden gereduceerd tot hun wanhoop. De beslissende Slag bij Syracuse eindigde in een beslissende nederlaag voor de Atheense troepen. De soldaten op het strand moesten toezien hoe hun schepen werden vernietigd of buitgemaakt en hun makkers werden afgeslacht. Het laatste restje hoop was tot zinken gebracht.

'Jij bent Alkibiades van Athene,' zei Timaia. Ik was haar dankbaar dat ze mij daaraan herinnerde, want onder de aandacht van haar geraffineerde attenties dreigde ik te vergeten wie ik was. 'Ik begeer je,' zei ze. 'Vanaf het eerste moment dat ik je zag, heb ik geen andere gedachte gehad dan het verlangen naar de bijslaap met jou.' Met de inzet van haar volledige arsenaal van handen, dijen en borsten lanceerde ze een aanval op mijn defensieve positie op de zachte aanligbank. Ze drong zich zo onontkoombaar aan mij op dat ik geen ruimte had voor subtiele evasieve manoeuvres. Normaal gesproken was ik degene die het initiatief nam en met een elegante strategie op mijn doel af voer, maar haar koninklijke gebrek aan gêne en decorum maakte de rijkdom van mijn ervaring net zo waardeloos als een pakhuis vol ijzeren munten. De ligbank kraakte. De vrucht van de liefde wint aan zoetheid door de bevrediging die het spel van de verovering biedt, maar er was niets speels aan Timaia's veroveringszucht, die mij reduceerde tot de domme, mooie jongen die zij begeerde.

'Jij bent Timaia van Sparta,' zei ik. Het leek mij nuttig om haar daaraan te herinneren. 'Je bent de vrouw van koning Agis, die met een vingerknip beslist over het lot van een rechteloze, veroordeelde en gevluchte misdadiger als ik. Ik zou liegen als ik zou zeggen dat ik jou niet begeerde, Timaia, maar ik moet in leven blijven om naar jou te kunnen hunkeren.' Ze beet in mijn duim. 'Je praat te veel,' zei ze. Ik wist mij aan haar te ontworstelen, stond op en verliet haar boudoir als een bevend nimfje dat vlucht voor de geilheid van een satyr. Ik keek niet om, omdat ik wist dat zij haar lange, onweerstaanbare lijf in haar beste pose had gedrapeerd over de ligbank. 'Denk maar niet dat je aan mij kunt ontsnappen,' zei ze. Ze giechelde.

De veertigduizend gebroken en gedemoraliseerde mannen die nog over waren van de glorieuze Atheense invasiemacht sloegen op de vlucht, zoals ik op die dag vluchtte uit de gevaarlijk zachte armen van Timaia. De moeizame weg over land was de enige weg die hun nog ter beschikking stond en omdat Sicilië een eiland is, was het niet duidelijk waarheen zij zouden moeten vluchten om het vege lijf te redden. Ik kon Sparta niet verlaten en de verliefde koningin heerste over iedere plek waar ik mij zou kunnen trachten te verbergen. De troepen namen alleen de wapens en het proviand mee die zij zelf konden dragen, terwijl het besef van hun vernedering hun zwaarste last was. Ik was nog nooit in mijn leven gevlucht van het slagveld van de liefde en in de schaamte voor mijn atypische prudentie vreesde ik de toekomst, die ik met mijn laffe vlucht niet zou kunnen ontlopen. De Atheense soldaten vertrouwden het transport van hun schaarse voedsel niet meer toe aan de slaven, want die hadden de neiging te deserteren zodra ze iets van waarde in handen kregen, hetgeen nog altijd rationeler gedrag is dan te deserteren uit vrees om iets van waarde in handen te krijgen.

Zij waren gekomen als belegeraars, maar hun aftocht leek op de ontruiming van de door een belegering uitgeputte bevolking van een verslagen en ingenomen middelgrote stad. Ze lieten de doden onbegraven achter bij de zieken en de gewonden die te zwak waren voor de voettocht. Iedere vluchtende soldaat zag het gezicht van een gesneuvelde vriend voor zich die onder de brandende zon lag weg te rotten als prooi voor de honden en de gieren. Iedere vluchtende soldaat hoorde zijn naam roepen door een kermend familielid dat smeekte om te worden gedood in plaats van te worden achtergelaten met zijn verwondingen. Onder bevel van Nikias en Demosthenes begonnen veertigduizend man te voet aan hun wanhopige reis. Het doel was Katane, maar Katane was ver en het was verre van zeker dat het bereiken van Katane zou bijdragen aan hun behoud. Maar een alternatief plan was niet voorhanden.

En wat was mijn plan? Timaia bleef mij achtervolgen met invitaties die ik niet kon afslaan, zoete wijn, gekleurde kussentjes, tergend vertoon van ledematen en liefdesverklaringen. Kyniska wilde niets meer met mij te maken hebben, waaruit ik mocht afleiden dat zij wist wat er gaande was en als zij het wist, was de kans groot dat iedereen het wist en in dat geval zou er veel voor te zeggen zijn dat ik de conclusie zou trekken dat het inmiddels zinloos geworden was om als enige in heel Sparta hooghartig een waarheid in stand te houden waarin niemand meer geloofde. Ik was democraat genoeg om de opinie van de meerderheid te respecteren en als vrijwel iedereen mij ervan verdacht dat ik overspel pleegde met de koningin van Sparta, kon ik het net zo goed doen. Toen ik op een avond met Timaia te spreken kwam over haar kinderloosheid, die Agis in toenemende mate als een bron van zorgen beschouwde, vatte een gedachte post bij mij die even giftig was als dwingend. Het was een kinderachtige gedachte, maar als ijdelheid mijn zwakke plek is, zoals velen hebben beweerd, dan raakte deze gedachte mij vol in mijn zwakke plek. Het idee dat het machtige koningshuis van Sparta in de toekomst niet langer van Herakles zou afstammen maar van Alkibiades, vond ik, naarmate ik er langer over fantaseerde, steeds onweerstaanbaarder.

Gylippos had met zijn troepen uit Sparta en Syracuse blokkades opgeworpen op de wegen. De uitgeputte, vluchtende Atheense soldaten moesten zich moeizaam voorwaarts vechten. Bovendien werden ze om de haverklap in de flanken en in de achterhoede aangevallen door contingenten lichtgewapenden, die veel sneller waren dan zij met hun bepakkingen en die bij voortduring uit het niets opdoken. Omdat er op deze manier nauwelijks vooruitgang werd geboekt, besloten Nikias en Demosthenes na vijf helse dagen om Katane als bestemming op te geven en 's nachts ongezien in de tegenovergestelde richting te marcheren naar de zee, ook al was het onduidelijk wat voor soort hulp of behoud er van de zee te verwachten viel, in de hoop dat zij aan hun achtervolgers konden ontsnappen en dat die weg naar het zuiden niet bewaakt zou zijn. Hun hoop was ijdel. De legers van Gylippos hadden de sporen van de Atheense legers al gauw opgepikt en tegen de avond hadden ze de vluchtende soldaten alweer ingehaald.

Na acht slopende dagmarsen, waarbij voortdurend gevecht geleverd moest worden en verliezen werden geleden, bereikte het Atheense leger de rivier de Assinaros, niet ver van Heloros, waar het werd opgewacht door troepen uit Syracuse, die zich op de steile oever aan de overzijde hadden opgesteld. De Atheense soldaten waren zo uitgeput en dorstig dat zij met elkaar in gevecht raakten en elkaar vertrapten om als eersten bij de rivier te komen om te kunnen drinken, terwijl zij vanaf de overkant door pijlen en speren werden neergemaaid. Zelfs toen de rivier vol lijken lag en rood was van het bloed, bleven ze drinken en bleven ze er met elkaar om vechten om te kunnen drinken.

Ik dronk haar lippen en gaf mij aan haar over. In de eindeloze zachtheid van kussens, kussen en haar armen bedreef ik de liefde met de koningin van Sparta. Onze clandestiene huwelijksnacht leek driehonderd jaar te duren.

Toen de Atheners zich hadden overgegeven, wilde Gylippos de beide

Atheense generaals als trofee meevoeren naar Sparta, maar het volk van Syracuse wilde daar niets van weten uit vrees voor de in hun ogen ongewenste noblesse en correctheid van de Spartanen, voor Nikias' reputatie als vredestichter en voor zijn privévermogen dat vroeg of laat zou kunnen inspireren tot onderhandelingen over een vrijkoopsom. Nikias en Demosthenes werden als misdadigers geëxecuteerd. De zevenduizend Atheners die krijgsgevangen waren gemaakt, werden onder erbarmelijke omstandigheden zonder beschutting tegen de zon of de kou opgesloten in een nauwe steengroeve, waar zij langzaam creperden. De lijken werden opgestapeld in een hoek en verspreidden ziekte en een ondragelijke stank. Na zeventig dagen werden de weinigen van mijn mannen die nog in leven waren als slaven verkocht.

BOEK VI

Het paradijs genaamd Alkibiades

Sparta, Chios, Milete, Sardis

1

In de Atheense haven van Peiraieus, waar de triremen klotsten in hun dokken, kooplieden op de Diazeugmapier pochten op hun handel, kapiteins schreeuwden als radicale democraten, luidruchtige matrozen, die net hun soldij hadden ontvangen, vanuit Zea of Kantharos regelrecht de loodrechte straten in trokken, die hen omsloten als een visnet, op zoek naar een lieve fluitiste, een harpiste met zachte handen of een lierspeelster met zwarte ogen, de vijf stadsopzichters patrouilleerden om de maximumprijs van twee drachmai voor geleverde diensten te handhaven en om conflicten tussen klanten die hetzelfde meisje begeerden door loting in der minne te schikken, volk krioelde over het Emporion en in de vijf markthallen, die bijkans misselijk waren van de overvloed aan knoflook, ansjovis, olijven, wijn in geitenleren zakken, graan in maatbekers, uien in netten, grutten, spelt, makreel uit de Hellespont, runderrib uit Thessalië, biggen en kaas uit Sicilië, silphium uit Kyrene, rozijnen en gedroogde vijgen uit Rhodos, appels en peren uit Euboia, kokosnoten en het fijnste meel uit Fenicië, glanzende amandelen uit Paphlagonia en alle etenswaar en specerijen die in Hellas en in de onmetelijke rijken der barbaren groeiden, geplukt, gebrouwen of gebakken werden en duizelden van het aanbod aan ossenhuiden, zeilen en papyrus uit Egypte, wierook uit Syrië, ivoor uit Libië, cipressenhout uit Kreta, bontgekleurde tapijten en kussens uit Carthago en alle goederen die ooit door een sterveling zijn bedacht en gemaakt, onder de pieren pinnen met hamers in de deuvels werden gedreven, dollen werden uitgeboord, leer werd gevlochten voor de bevestiging van roeiriemen, boegbeelden werden verguld en overal auloi en panfluiten klonken die de zagende, kloppende, beitelende en borende werklieden opzweepten, ging in de herfstmaand Pyanepsion, toen het winderige feest van de gekookte bonen was gevierd en de olijftakken, met wol omwonden en behangen met fruit, door zingende jongens waren rondgedragen ter ere van Apollo en aan de deurposten hingen te verleppen, een man naar de kapper.

Hij was een vreemdeling, een handelaar uit het westen, zei hij, en tijdens zijn knipbeurt vertelde hij over de gekelderde graanprijzen, het beleg van Labikoi tijdens de oorlog van de Romaioi tegen de Aikoi, de neusbloedingen van zijn schoonmoeder, de corruptie van de havenmeesters op Kerkyra, hoerenbezoek in Korinthe, een textielhandelaar uit Aigina die hij daar tegen het lijf was gelopen en die hem een interessant voorstel had gedaan, waarover hij helaas nog niet in details kon treden, de moeite die hij had om een geschikte, kapitaalkrachtige huwelijkskandidaat te vinden voor zijn dochter, die niet de mooiste was, de vette harder die hij in Megara had gegeten en het dramatische einde van de Siciliaanse expeditie.

'Nikias had beter verdiend,' zei hij, 'en die arme jongens in de steengroeven zijn als ratten gecrepeerd. Ze zeggen dat sommigen van hen zijn vrijgelaten omdat ze Euripides uit hun hoofd konden citeren. Klopt dat? Die gasten uit Syracuse zijn wild van Euripides, de goden weten waarom, dus het zou nog kunnen kloppen ook. Ik vind Euripides schromelijk overschat. Mag ik dat zeggen, hier in de haven van Athene? Hij zet tandeloze bedelaars, lammen in lompen en hysterische vrouwen op het toneel en met die ordinaire, opzwepende muziek van hem wordt dat allemaal, hoe zal ik dat zeggen, tamelijk onwaardig en onwelriekend, wat mij betreft. Het zal een kwestie van smaak zijn, ik ben geen kenner, dat geef ik onmiddellijk toe. Als je mij vraagt Atheens aardewerk te exporteren, zal ik je precies zeggen waar je daar de beste prijs voor kunt krijgen, maar als we het hebben over de export van Atheense tragedies, ben ik niet meer dan een amateur, ik zal zelf de eerste zijn om dat te bekennen. Als het goede business was, zou ik mij er wel in verdiepen. Begrijp je wat ik bedoel? Is er iets? Waarom sta je daar alsof je door de aanblik van Medusa bent versteend? Je bent toch nog niet klaar met knippen? Ik snap het al, ik ben te ver gegaan. Oké, ik neem het terug. Ik heb geen enkele kritiek op Euripides, ik zou niet durven. Hij is een geniaal dichter. Nou goed? Ik wil het achter echt veel korter hebben.'

Zonder iets te zeggen verliet de kapper zijn winkel. Hij rende naar de middelste poort, verliet Peiraieus en ging over de weg tussen de

Lange Muren naar de stad. Hoewel hij niet meer de jongste was en hoewel de Spartaanse bezetting van Dekeleia lucratief was voor zijn stiel, omdat niemand zijn haar nog op Spartaanse wijze lang wilde hebben, waardoor hij de laatste tijd goed gegeten had, legde hij de tweeëndertig stadia vrijwel onafgebroken rennend af. Ondanks het drukke verkeer bereikte hij de Holle Weg in het dal tussen de Nimfenheuvel en de Pnyx nog voor de noen. Hij haastte zich door de Melitische Poort over de agora, waar ik zo vaak gedachteloos gelopen heb in de tijd dat ik nog dacht dat ik daar altijd zou lopen, en vervoegde zich aan de overkant bij het Prytaneion om beletsel te vragen bij de archon. Hij probeerde te vertellen wat de vreemdeling hem in zijn kapsalon aan de haven had gezegd, maar de archon had moeite om hem te begrijpen, want de kapper was buiten adem en wat hij met moeite onder woorden wist te brengen, was dermate ongehoord en onvoorstelbaar dat de archon dacht dat hij hem verkeerd had verstaan. Omdat de kapper wel degelijk zei wat de archon dacht dat hij zei, werd de executieve raad ingelicht. De angstaanjagende geruchten over de teloorgang van de Siciliaanse expeditie en de dood van Nikias en Demosthenes werden toen al met huiverige en ongelovige stemmen over de stad verspreid.

De vreemdeling met zijn half geknipte haar werd door de Skythische boogschutters, die massaal werden gemobiliseerd vanuit hun kazerne bij de Areopagos, opgespoord in Peiraieus en voorgeleid. Ten overstaan van de executieve raad verklaarde hij dat het hem onlangs, terwijl hij voor zaken in het westen rondreisde, ter ore was gekomen dat de Atheense troepen door Syracuse verslagen waren, dat de vloot vernietigd was, dat slechts een deel van het leger had weten te vluchten, onder wie de beide bevelhebbers, maar dat ook zij korte tijd later tot overgave waren gedwongen. Nikias en Demosthenes waren geëxecuteerd en de krijgsgevangenen waren aan hun lot overgelaten in een steengroeve en aldaar massaal omgekomen. Het kluitje uitgemergelde mannen dat toen nog restte van de trotse Siciliaanse expeditie, was als slaaf verkocht. De Atheense magistraten weigerden hem te geloven en omdat hij geen overtuigend, eenduidig antwoord wist te geven op de vraag wie hem deze informatie had verstrekt, concludeerden zij dat hij een valse intrigant was die de Atheense staat trachtte te destabiliseren door oproer te veroorzaken met nepnieuws. Ze bonden hem aan het wiel en martelden hem om hem te dwingen te onthullen wie zijn opdrachtgevers waren. Maar terwijl zijn bekentenis uitbleef, arriveerden de officiële gezanten uit Sicilië in Athene die zijn verhaal bevestigden.

Desondanks prefereerden de Atheners het aanvankelijk de waarheid te ontkennen, omdat de totale vernietiging van hun leger en vloot zo rampzalig was dat deze niet tot het domein van de contempleerbare mogelijkheden leek te behoren. Toen de conclusie echter onvermijdelijk was geworden dat het ergst denkbare wel degelijk was gebeurd, ontstaken ze in woede op de redenaars die voor de expeditie hadden gepleit, alsof ze daar niet zelf verantwoordelijk voor waren geweest door ervoor te stemmen. Daarbij werd uiteraard vooral mijn naam genoemd en het scheelde weinig of ik werd ten overvloede nogmaals ter dood veroordeeld. De volkswoede richtte zich ook op de waarzeggers, de ingewandenlezers en de sterrenwichelaars die hadden nagelaten deze catastrofe te voorspellen. Terwijl ze zich door de Spartaanse bezetting van Dekeleia al genoeg in het nauw gedreven voelden, vielen ze door dit nieuwe onbevattelijke bericht ten prooi aan wanhoop zonder weerga. Alsof het nog niet erg genoeg was dat de teloorgang van het leger persoonlijk leed impliceerde voor zo goed als alle families in de stad, begonnen ze tevens te beseffen dat ze het verlies aan slagkracht van tienduizenden zwaarbewapende en goed getrainde soldaten onmogelijk op korte termijn konden compenseren. Ze zagen dat ze evenmin genoeg schepen in hun dokken hadden liggen, dat er een schrijnend tekort aan capabele scheepsbemanning was ontstaan en dat het zilver in de schatkist zelfs voor de noodzakelijkste remedies ontoereikend was en ze begonnen te vrezen voor hun lijfsbehoud. Ze waren ervan overtuigd dat een op wraak beluste, vijandelijke vloot uit Syracuse ieder moment zou kunnen opdoemen voor de ingang van hun haven in Peiraieus, terwijl de Spartanen en alle bondgenoten van hun confederatie hen simultaan over land en over zee zouden aanvallen.

In deze staat van wanhoop en gerechtvaardigde paniek nam het volk eenstemmig het onuitgesproken besluit om stand te houden. Er werden bezuinigingsmaatregelen getroffen en alles werd in het werk gesteld om geld vrij te maken en hout te vinden voor de reconstructie van de vloot. Er werden diplomatieke initiatieven ontplooid om de bondgenootschappen veilig te stellen. Er werd een raad van tien experts aangesteld met uitzonderlijke en verregaande bevoegdheden voor de duur van de noodtoestand. Onder anderen Hagnon, de zoon van Nikias, en Sophokles, de tragediedichter, maakten deel uit van deze noodregering.

Juist op een van de donkerste momenten van haar bestaan liet de democratie zich van haar meest verlichte kant zien. De algehele ontzetting vertaalde zich in de unaniem gevoelde noodzaak om zich met urgentie te concentreren op het algemene belang. In de consternatie van het moment werd het volk eindelijk prudent en verstandig en vertoonde het een collectieve opofferingsgezindheid en vindingrijkheid die geen enkel autoritair regime ter wereld zou kunnen evenaren.

2

In Sparta ging de aandacht uit naar de plechtige volvoering van de omslachtige rituelen van de oogstfeesten, alsof er geen andere tijd bestond dan de eeuwige wederkeer van alle dingen. Tijdens de jachtpartijen op de flanken van de Taygetos doodde ik dezelfde dieren als het jaar daarvoor en voor de derde keer mocht ik mij opmaken voor de stilte van de Spartaanse winter, terwijl overal elders in de wereld de toekomst uitbrak.

Endios was inmiddels bij de nieuwe maan na de zomerzonnewende geïnstalleerd als een van de vijf ephoren voor het lopende jaar. Hij was daarmee een van de machtigste mannen van Sparta geworden. Ik had hem er niet op hoeven te wijzen dat hij zijn positie aan mijn invloed op Agis te danken had. Hij had het begrepen en zonder er woorden aan vuil te maken liet hij door zijn gedrag blijken dat hij mijn ereschuld aan hem als ingelost beschouwde, hoewel hij er zelf nooit in deze economische termen op zou hebben gereflecteerd. Hij nam mij in vertrouwen en hield mij nauwgezet op de hoogte van alle stormachtige ontwikkelingen in de internationale politiek.

De catastrofale Atheense nederlaag had verregaande gevolgen voor de verhoudingen in de Griekse wereld. Iedere staat in Hellas trachtte op een voorspelbare manier te profiteren van dit spectaculaire bewijs van de zwakte van Athene. De bondgenoten van Sparta, die zich al die jaren telkens weer hadden uitgeput in het verzinnen van zwaarwegende beletsels en jammerlijke bezwaren die het hen tot hun spijt verhinderden hun verplichtingen jegens de confederatie na te komen, vertoonden opeens een ongekende dadendrang. Ze drongen bij Sparta aan op een onmiddellijke, beslissende aanval op hun gemeenschappelijke vijand, omdat ze voorzagen dat een spoedig einde van de oorlog en daarmee van hun plichten en lasten binnen handbereik lag. De neutrale staten haastten zich om zich aan te sluiten bij Sparta en waren, zelfs zonder dat er een diplomatiek verzoek daartoe aan hen was gericht, met gretigheid bereid de wapenen op te nemen tegen Athene, waarbij het argument dat Athene zeker niet zou hebben geaarzeld om hen aan te vallen als de verovering van Sicilië was geslaagd als officiële rechtvaardiging werd gepresenteerd, maar de werkelijke motivatie was gelegen in de verwachting dat de oorlog snel voorbij zou zijn en in de overweging dat het profijtelijk zou kunnen blijken om op de valreep te delen in het succes van de zekere overwinnaar. De zogenaamde bondgenoten van Athene vatten de verzwakking van hun beschermer op als een uitgelezen kans om zich aan de verplichte protectie te ontworstelen. Overal in het imperium gistte onrust. Omdat de Atheense vloot was gedecimeerd, vatte her en der de gedachte post dat afvalligheid zonder gevolgen zou kunnen blijven en dat opstand, vrijheid en beeindiging van de gehate tribuutbetalingen zelfs zonder de beschikking over adequate militaire middelen reële opties waren geworden.

Koning Agis had zijn hof de facto verplaatst naar de burchtheuvel van Dekeleia en hij had zichzelf, tot toenemende ergernis van Endios, andere ephoren en sommige leden van de Raad van Ouderen, verregaande bevoegdheden toegekend om beslissingen te nemen zonder zelfs enige pro forma ruggenspraak met de bestuursorganen in Sparta. Het leger stond onder zijn bevel en meer legitimatie had hij niet nodig. Gezanten meldden zich in Dekeleia en lieten Sparta links liggen. De bondgenoten gehoorzaamden Dekeleia en hadden hun belangstelling voor de inzichten van de magistraten in de hoofdstad verloren. Zonder de ephoren zelfs maar van tevoren in te lichten had Agis een militaire campagne naar het noorden geleid met het doel om verschillende steden in Thessalië in te lijven of op zijn minst te dwingen tot een financiële bijdrage aan zijn ambities. Met de bondgenoten in Boiotië, Korinthe en op de Peloponnesos maakte hij dwingende afspraken voor de constructie van een confederale vloot.

Endios was ontstemd omdat hij pas op de hoogte was gesteld van deze ontwikkelingen nadat zij de onveranderlijke gedaante van voldongen feiten hadden aangenomen en hij was zeker niet de enige in Sparta die zich gepasseerd voelde. In de manoeuvres van Agis herkende ik de contouren van het plan dat ik hem aan het begin van het afgelopen voorjaar uit zijn hoofd had gepraat, al was dat oorspronkelijke programma aanzienlijk ambitieuzer. Maar ik begreep zijn manier van denken. Ik sprak er vaak over met Endios in die dagen. Endios was bereid om op hoofdlijnen de merites te erkennen van Agis' strategie, maar dat gezegd zijnde was hij verontrust over het dedain voor de tradities en het constitutionele evenwicht dat de koning tentoonspreidde. Tijdens onze gesprekken begon ik steeds beter te begrijpen dat Endios' ongenoegen minstens voor een deel werd gevoed door zijn persoonlijke ambities, die zijn functie en zijn ambtstermijn misschien wel overstegen en die geen adem kregen in het machtsvacuüm dat Agis in Sparta had laten ontstaan.

Ik kon meer begrip opbrengen voor Endios' frustraties dan ik mijzelf zou hebben toegewenst. Terwijl ik als een machteloze koning van Sparta in het geniep mocht regeren over de koninklijke slaapkamer en sponde en mij zelfs daar eerder gijzelaar voelde van een verliefde koningin dan gebieder van mijn eigen lot, werden overal ter wereld beslissingen genomen waarop ik geen enkele invloed kon uitoefenen. Terwijl ik volgens Timaia zo sluw was geweest om haar echtgenoot weg te sturen en hem in het comfort van zijn eigen woning in alle rust te bedriegen met zijn vrouw, was haar bedrogen echtgenoot zo sluw om elders de toekomst van Griekenland naar zijn hand te zetten. Terwijl de geschiedenis verschoof, afbrokkelde en openbrak, met alle unieke kansen die dat bood, lag ik met een afgetraind lichaam en rusteloze gedachten de opdringerige liefde te verdragen van een goddelijk lijf. Ik voelde mij als Odysseus bij Kalypso.

Koningin Timaia was zwanger en dat begon zichtbaar te worden. Hoewel het mij op een infantiele manier vreselijk opwond dat zij een troonopvolger zou kunnen baren die aan mijn zaad was ontsproten, vormde haar zwellende buik een steeds urgentere reden voor mij om naar een manier te zoeken waarop ik Sparta zou kunnen verlaten. Het kon niet lang meer duren totdat mijn voormalige vriend Agis in Dekeleia bericht zou krijgen over de toestand van zijn vrouw en de maanden zou tellen die sinds zijn vertrek uit Sparta waren verstreken. Ondanks de naar verluidt permissieve Spartaanse wetgeving inzake overspel, leek het mij in het geval van verraad van de almachtige monarch, die mij ooit ten onrechte had vertrouwd, niet opportuun om het te laten aankomen op de finesses van de ongeschreven Spartaanse jurisprudentie.

Behalve seks en gevaar had Sparta mij niets meer te bieden. Nu ik het spel om mij aan te passen aan de barre Spartaanse levensstijl had gespeeld en tot in de perfectie had leren beheersen, restte die barre levensstijl als voornaamste tijdsbesteding en hoewel de gekleurde kussens en de armen van de koningin iets verzachtten, had ik mijn buik vol van zwarte soep. Ik bevond mij in het hart van de natie die sinds kort meer aanspraak dan ooit tevoren mocht maken op de ambitie om de leidende mogendheid in Hellas te worden, maar alles wat ik om mij heen zag, getuigde van angstvallig provincialisme, walnootbomen, traditionalistische benepenheid, culturele kaalslag, slechte couture, een rampzalige cuisine en stilstand. Dit was nu al de derde winter hier die mijn plannen en aspiraties dreigde te bevriezen. De machtige bergketens van de Peloponnesos die mijn uitzicht vormden, begonnen te lijken op de muren van een gevangenis. Kyniska wilde mij niet meer zien. De herwonnen vriendschap met Endios maakte iets goed, maar het feit was dat mijn leven in een doodlopende steeg terecht was gekomen en dat ik hier weg moest.

Uitgerekend Euboia, het eiland dat Athene altijd als zijn achtertuin had beschouwd en waaraan het sinds het begin van de oorlog zijn veestapel had toevertrouwd, was de eerste van de Atheense bondgenoten die Sparta benaderden met het officiële verzoek voor militaire steun bij een vlucht uit de Atheense omhelzing. De gezanten uit Euboia presenteerden hun aanbod voor een pact met Sparta in Dekeleia, zonder de noodzaak te zien om daarna nog door te reizen naar Sparta. Agis was genegen hun propositie te aanvaarden en begon voorbereidingen te treffen voor de organisatie van een militaire basis op het eiland. Maar terwijl deze logistieke operatie zich nog in een premature fase bevond, arriveerden er gezanten uit Lesbos in Dekeleia met een eender verzoek. Vanwege de sterkte van de Lesbische vloot was Lesbos een sappigere vrucht om te plukken en Agis besloot de bezetting van Euboia uit te stellen en zijn inspanningen met voorrang te richten op het eiland voor de kust van Ionië.

Zoals Hermes uit het niets verscheen op het eiland van Kalypso om als boodschapper van het raadsbesluit van de goden de vrijlating van Odysseus te gelasten, zo presenteerden zich in die winter kort na elkaar maar liefst twee verschillende gezantschappen in Sparta. Als eersten meldden zich zaakgelastigden van het eiland Chios bij de ephoren. Zij waren in het gezelschap van de ambassadeur van Tissaphernes, de zoon van Hydarnes, die als satraap van de grote koning van Perzië, Dareios, de zoon van Artaxerxes, vanuit Sardis regeerde over Lydië. Het oosterse gevoel voor hiërarchie en ceremoniële onkreukbaarheid van de Perzische diplomaat had ongetwijfeld bijgedragen aan de beslissing van de delegatie om de officiële weg via Sparta te bewandelen in plaats van de sluiproute via Dekeleia. Chios wilde zich bevrijden van het Atheense juk en bood een bondgenootschap aan met Sparta. De Perzische ambassadeur was aanwezig om dit verzoek van Chios aan Sparta te ondersteunen en om de Spartanen bovendien aan te moedigen om Chios te gebruiken als uitvalsbasis voor verdere campagnes en uit te nodigen om ook de andere Ionische steden te bevrijden van de Atheense overheersing. Het was zijn intentie oprecht te zijn over het belang dat zijn opdrachtgever, de satraap Tissaphernes, hierbij had. Het had de grote koning, koning der koningen, koning aller volkeren en koning van deze aarde ver en wijd, Dareios, de zoon van Artaxerxes, behaagd om prijs te stellen op de achterstallige belastingen van de Ionische steden aan de westgrens van zijn onmetelijke rijk en zijn dienaar de satraap van Lydië, wiens nederige dienaar de ambassadeur zei te zijn, zag zich door de Atheense aanwezigheid gehinderd in zijn vurige verlangen tegemoet te komen aan de koninklijke wil. Uiteraard zou Tissaphernes bereid zijn de Spartanen te compenseren voor het ongemak. De ambassadeur had de bevoegdheid om te onderhandelen over een gepaste financiële vergoeding voor de gewenste Spartaanse inspanningen in Ionië.

Terwijl dit voorstel door de ephoren en de Raad van de Ouderen in overweging werd genomen en de delegatie uit Chios en Sardis nog steeds in Sparta verbleef, arriveerde er een tweede gezantschap, dat bestond uit twee Griekse ballingen die resideerden aan het hof van Pharnabazos, de zoon van Pharnakes, die satraap was van het gebied dat zich uitstrekte van Tissaphernes' noordgrens tot aan de Hellespont en de Propontis en die zetelde in Daskyleion. De beide Grieken waren door Pharnabazos persoonlijk uitgezonden als zijn ambassadeurs met de missie om de Spartanen ervan te overtuigen steun te bieden aan de Griekse steden rond de Hellespont die tegen Athene in opstand wilden komen. Ze hadden een som van vijfentwintig talenten bij zich, die ze in ruil voor een welwillend antwoord op hun verzoek met genoegen in Sparta zouden achterlaten.

Het was al snel duidelijk dat de beide satrapen, Tissaphernes en Pharnabazos, gedreven werden door dezelfde motivatie, maar dat ze onafhankelijk van elkaar en zelfs als elkaars concurrenten opereerden. Elk van beiden wilde bij de Grote Koning in het gerief komen door de achterstallige belastingen te innen en elk van beiden hoopte de dankbaarheid van de koning voor zichzelf te kunnen opeisen voor het smeden van een profijtelijke alliantie met de Griekse staat die in de oorlog aan de winnende hand was, maar geen van beiden gunde die verdiensten aan de ander.

En zo hadden de ephoren van Sparta opeens vier opties, waarvan Lesbos als eerste afviel omdat Agis daarvoor had gekozen door de ephoren te passeren en waarvan Euboia als tweede afviel omdat Agis daar eerder voor had willen kiezen door de ephoren te passeren. Bovendien ontbeerden deze beide opties de bonus van een alliantie met het machtige Perzië. Uiteraard hadden de ephoren voor het voorstel van Pharnabazos moeten kiezen. Ik schrok toen ik erover hoorde. Als Athene de controle over de Hellespont verloor, zou de toevoer stokken van het graan uit de Krim en het gebied rond de Gastvrije Zee, dat voor Athene van levensbelang was, en zou de oorlog onmiddellijk voorbij zijn. Ik moest alles op alles zetten om te voorkomen dat de Spartanen zouden besluiten een opstand aan de Hellespont te ontketenen.

Ik sprak lang en indringend met Endios om hem te overtuigen van de merites van het aanbod van Tissaphernes en de gezanten uit Chios. Mijn persoonlijke redenen daarvoor, die ik uiteraard voor Endios verzweeg, waren tweeledig. Het was minder desastreus voor Athene dan het voorstel dat, mede dankzij de belofte van een onmiddellijke contante betaling, een meerderheid dreigde te krijgen in het college van ephoren en het was mijn uitweg uit Sparta. Ik had contacten op Chios, alsmede in de Ionische steden die daar in de buurt lagen. Ik vertelde Endios dat de Ionische delegaties in Olympia drie jaar eerder in een onderlinge competitie leken te zijn verwikkeld om bijdragen te mogen leveren aan het feest waarmee ik mijn overwinning in de vierspanrace vierde. De afvaardiging uit Ephesos had een Perzische tent ter beschikking gesteld en de delegatie uit Chios was zo gul geweest om slachtvee voor het feestmaal en voer voor mijn paarden te schenken. Deze demonstraties van aanhankelijkheid aan mijn persoon zouden op zijn minst de aanname rechtvaardigen dat mijn stem in die contreien zou worden gehoord.

Ik stelde Endios een plan voor. Eerst moest hij zijn collega's ervan zien te overtuigen dat steun aan Chios en een bondgenootschap met Tissaphernes op lange termijn de profijtelijkste optie voor Sparta vormden, waarbij hij zou moeten wijzen op de omvang van de vloot van Chios, de rijkdom van de Ionische steden en de doorlopende financiële genoegdoening die Tissaphernes bereid was te betalen. Een ander bruikbaar argument kon worden ontleend aan het feit dat de beide satrapen overduidelijk met elkaar in competitie waren en onder die omstandigheden zou het wijs beleid zijn voor Sparta om de machtigste van beiden als bondgenoot te kiezen. De machtigste was de satraap uit Sardis, zei ik. Ik wist niet zeker of dat waar was, maar Endios geloofde mij. Ten slotte zou Endios zijn collega's erop moeten wijzen dat Sparta zich in deze oorlog altijd had gepresenteerd als de bevrijder van Hellas. Deze propagandaboodschap zou aan kracht verliezen als Sparta nu prioriteit gaf aan een aanlokkelijk aanbod van de satraap van Daskyleion boven het legitieme verlangen naar vrijheid van de Griekse bevolking van Chios. Ik sprak het vermoeden uit dat de andere ephoren speciaal gevoelig zouden zijn voor dit laatste argument.

Wanneer de ephoren op grond van deze overwegingen de juiste keuze zouden hebben gemaakt, zou de interessantere fase van het plan in werking treden. De Spartaanse vloot die naar Chios zou worden uitgezonden zou onder ons bevel moeten komen te staan. We zouden samen naar Chios varen, Endios en ik, en nadat we de Spartaanse belangen op het eiland zouden hebben zeker gesteld, zouden we gezamenlijk, met de hulp van mijn contacten, de Ionische steden overhalen om eveneens naar Sparta over te lopen. Endios zou de verovering van Ionië vervolgens kunnen claimen als een persoonlijk succes, waarmee hij zowel zijn collega's als koning Agis zelve in eer en prestige voorbij zou streven.

Ik had Endios overtuigd en hij wist op zijn beurt de andere vier ephoren te overtuigen. Met opluchting en dankbaarheid stelde ik vast dat ik erin was geslaagd om Athene voorlopig van een zekere ondergang te redden. De voorbereidingen voor een expeditie naar Chios werden in gang gezet. Er was goede hoop dat we aan het begin van het voorjaar zouden kunnen uitvaren.

Toen de beide diplomatieke delegaties zich opmaakten voor hun vertrek uit Sparta, nam ik de Perzische ambassadeur van Tissaphernes een kort moment apart, omdat ik een wellicht enigszins ongebruikelijk verzoek aan hem wilde richten. Ik had gezien dat er een jongeman deel uitmaakte van zijn gevolg, die tijdens de onderhandelingen secretariele taken had waargenomen. Ik vroeg de ambassadeur of ik deze secretaris zou kunnen kopen. Verontwaardigd wees hij mijn verzoek af. Geen Griek zou in staat zijn een prijs te betalen die in de buurt kwam van wat de goedheid van zijn heer, de satraap uit Sardis, hem op dagelijkse basis gunde, zo zei hij, dus een financiële transactie van de aard die ik voorstelde, zou hem per definitie beledigen. In plaats daarvan was hij bereid mij zijn secretaris te schenken. Hij sprak de hoop uit dat ik de gift als blijk van erkentelijkheid voor mijn inspanningen zou willen aanvaarden en deed mij de belofte dat hij mijn rol in zijn verslag aan Tissaphernes niet onvermeld zou laten. Ik dankte hem en de dag daarna begon ik onder leiding van mijn nieuwe leraar de Perzische taal te leren. Eindelijk kon ik mijn dagen in Sparta vullen met een nuttige bezigheid.

3

De Spartanen opereerden met de kenmerkende voorzichtigheid die immer over hen komt zodra zij huiverend hebben besloten tot een buitengaatse missie. Alvorens er ook maar overwogen kon worden om tot actie over te gaan, moest er eerst een verkenner naar Chios worden gestuurd. Pas nadat de scout was teruggekeerd en een gunstig rapport had uitgebracht over de welvaart en militaire slagkracht van het eiland, besloten de ephoren een vloot van veertig schepen uit te zenden, waarvan er dertig geleverd zouden moeten worden door de bondgenoten. Terwijl ik mij bij Endios beklaagde over deze zuinigheid en inefficiëntie, vond er een aardbevinkje plaats, dat als een ongunstig voorteken werd geïnterpreteerd en dat door de ephoren werd aangegrepen als aanleiding om de Spartaanse bijdrage aan de vloot te halveren tot vijf schepen. Mijn pleidooi dat een infaust voorspook eerder zou nopen tot een verdubbeling van de inspanningen dan tot een halvering, vond geen gehoor.

De lente kwam en de missie bevond zich tot mijn frustratie nog steeds in het stadium van bureaucratische inertie. Hoewel al dit uitstel goed was voor mijn beheersing van het Perzisch, had ik er de voorkeur aan gegeven om Sparta zo snel mogelijk definitief achter mij te laten, mede omdat koningin Timaia inmiddels onmiskenbaar ontzettend zwanger was. Ik verwachtte dat het niet lang meer kon duren totdat ook Agis hiervan op de hoogte werd gebracht en de geheime moordeskaders van de gevreesde Spartaanse krypteia op mij af zou sturen. Er arriveerde een nieuwe delegatie uit Chios in Sparta die aandrong op haast, omdat de vrees bestond dat de plannen zouden uitlekken naar Athene. Toen pas stuurden de ephoren drie Spartanen naar Korinthe met het doel om orders te geven om de schepen die de Korinthische bijdrage aan de missie zouden vormen van de Golf van Korinthe over de Isthmos heen naar de Saronische Golf aan de andere kant te takelen en gereed te maken voor vertrek.

Er ontstond verwarring in Korinthe, want ze waren al bezig met het takelen van schepen voor de Spartaanse missie van koning Agis naar Lesbos. Het was gênant dat de verdeeldheid tussen de Spartaanse koning en het college van ephoren op deze manier voor iedereen zichtbaar aan het licht kwam. Koning Agis reisde onmiddellijk van Dekeleia naar Korinthe om de kwestie op te helderen. Er werd een conferentie belegd met de koning, de drie afgezanten van de ephoren en de bondgenoten en na een verhitte vergadering werd besloten dat de officiële Spartaanse strategie zou inhouden dat er eerst met voorrang een vloot naar Chios en Ionië zou worden gestuurd om het bondgenootschap met Tissaphernes veilig te stellen, dat er vervolgens een missie naar Lesbos zou worden gestuurd, zoals Agis van plan was, en dat er ten slotte een expeditie naar de Hellespont zou worden overwogen, zoals die was voorgesteld door de vertegenwoordigers van Pharnabazos. Alle deelnemers aan de conferentie waren het er na lang vergaderen ten langen leste over eens dat haast geboden was om te voorkomen dat

Athene het complot zou ontdekken. De eerste twintig schepen zouden relatief snel gereed kunnen worden gemaakt voor vertrek en het zou een goed idee zijn als die alvast zouden uitvaren. Endios en ik zouden ons bij hen voegen met de vijf schepen die in de haven van Gytheion klaarlagen.

Maar telkens wanneer er in Griekenland eindelijk iets op het punt van gebeuren staat, is er iets heiligs dat tot uitstel noopt. Als er geen voorteken wordt waargenomen, staat er wel een religieus festival op de onwrikbare kalender. De Korinthiërs maakten er bezwaar tegen dat hun schepen zouden uitvaren voordat de Isthmische Spelen zouden zijn gevierd. Agis bood aan dat hij de verantwoordelijkheid voor de goddelijke wrok persoonlijk op zich zou nemen als zij bereid waren een uitzondering te maken op hun religieuze regels, maar de Korinthiërs weigerden. De Isthmische Spelen werden gehouden en Athene nam eraan deel met een omvangrijke delegatie van atleten, hoogwaardigheidsbekleders en spionnen, die al ruim voor de sluitingsceremonie tot in detail hadden ontrafeld wat Sparta en Korinthe in hun schild voerden. Toen de twintig schepen na afloop van de Spelen eindelijk uitvoeren, werden ze op open zee opgewacht door de Atheense vloot. De Korinthiërs trokken zich terug, maar de Atheners achtervolgden hen langs de kust zuidwaarts tot aan Speiraion, een oude, in onbruik geraakte Korinthische haven aan de grens met Epidauros, waar de Korinthiërs zich veilig waanden, maar eenvoudig door de Atheners werden verslagen.

Toen het nieuws uit Speiraion Sparta bereikte, was de verslagenheid groot. De collectieve conclusie was dat het ambitieuze plan voor een nieuwe wereldorde, waarin Chios werd bevrijd en Sparta als bondgenoot van het machtige Perzische Rijk zou heersen over Ionië, al in de allereerste fase van zijn veelomvattende realisering definitief was uitgelopen op een fiasco en dat het geen enkele zin meer zou hebben om Endios en mij met vijf schepen uit te zenden naar Chios. Ik was het daar zeer mee oneens, al was het maar omdat Timaia elk moment kon bevallen. Ik probeerde Endios ervan te overtuigen dat er nog niets verloren was. Niemand op Chios was op de hoogte van de tegenslag die de Korinthische vloot had moeten incasseren. Als we onmiddellijk uitvoeren, al was het maar met vijf schepen, zouden we voor de inwoners van Chios en de Ioniërs kunnen volhouden dat wij slechts de voorhoede vormden van een massieve en ongebroken zeemacht, die in aantocht was, en met goed gekozen woorden over de Atheense zwakte en de Spartaanse ambities zouden we rebellie ontketenen en alsnog het gewenste resultaat behalen. Ten overvloede herinnerde ik Endios eraan hoeveel prestige het hem zou opleveren als hij erin zou slagen om met slechts vijf schepen Ionië te veroveren en hoezeer dat de positie van Agis zou verzwakken. Endios was overtuigd en hij wist zijn overtuiging over te brengen op de andere ephoren. Zij aan zij galoppeerden we naar Gytheion. Voor het eerst sinds tweeënhalf jaar zette ik weer voet aan boord van een schip. Ik snoof de zeelucht op en dacht aan Athene. De offers werden geplengd, de hymne gezongen, het bevel werd gegeven, de trompet schalde en we voeren uit.

Terwijl ik op weg naar Ionië was, baarde koningin Timaia vijftien maanden na het vertrek van haar echtgenoot de koning een zoon en een erfgenaam van de Spartaanse troon. Zijn officiële naam was Leotychidas, de zoon van Agis, maar naar verluidt noemde zij hem in aanwezigheid van haar intiemste bedienden liefkozend Alkibiades.

4

Discretie was essentieel. Athene had geen reden om te vermoeden dat de Spartanen na het debacle bij Speiraion alsnog een handvol schepen naar Chios zouden uitzenden en om dat zo te houden enterden we elke kotter, holkas, galei, akatos en vissersboot die we onderweg tegenkwamen en gijzelden wij de bemanningen, die wij pas vrijlieten toen we Ionië hadden bereikt, waar wij hen dropten op een verlaten klip aan de voet van de berg Korykos.

We traden in contact met onze liaisons op Chios, die ons informeerden over hun voorbereidingen. Voorzichtigheidshalve hadden ze het plan om de alliantie met Athene op te zeggen en over te lopen naar Sparta in intieme kring laten rijpen. Het volk was niet op de hoogte van hun intenties. Ze vroegen ons zo snel als het ons zou schikken op te varen naar de hoofdstad. Onze komst was onaangekondigd en zou naar alle waarschijnlijkheid schrik en paniek veroorzaken. Zij zouden ervoor zorgen dat de volksvergadering op dat moment bijeengeroepen werd, waarin een woordvoerder van ons – het lag voor de hand dat ik dat zou zijn – de bitterzoete mengdrank van vrees en hoop op de bekende manier tot schuimens toe zou opkloppen met dreigementen en beloften.

De eerste opluchting was geweest mij te ontworstelen aan de wurggreep van adoratie waarin Timaia mij met haar lippen de adem op mijn lippen had misgund en de tweede om de benauwde, enghartige openluchtkazerne die Sparta heet na ruim tweeënhalf jaar in gestrekte galop definitief achter mij te laten. Toen ik de zeelucht opsnoof, had ik het gevoel gehad dat ik weer kon ademen en de vlucht van de gevleugelde trireem die de golven doorkliefde, gaf mij de sensatie van herwonnen vrijheid. Maar ik schaam mij niet om te bekennen dat het grootste gevoel van opluchting mij overviel toen ik de volksvergadering van Chios werd binnengeleid, het podium beklom, zag hoe het duizendkoppige publiek zijn adem inhield, mij een moment als een hagedis in de zon laafde aan de blikken die op mij waren gericht en toen golven van emoties begon op te stuwen met mijn woorden. Hoewel ik daar formeel gezien stond als een afgezant van Sparta, sprak ik bloemrijk en charmant in de lenige volzinnen van mijn woordenrijke Attische dialect, inclusief de gecalculeerde versprekingen die in Athene altijd zo gretig werden geïmiteerd, en schuwde ik het niet om mijzelf te ontmaskeren als een geraffineerd redenaar die een half mensenleven lang de meest tumultueuze democratie van Hellas had weerstaan.

Nadat de opstand van Chios een feit was en de zestig schepen van de marine van het eiland daarmee automatisch konden worden toegevoegd aan de Spartaanse slagkracht, volgde Erythrai, waarmee mijn oude vriend Kallias in Athene beroofd werd van zijn favoriete, exquise wijn. Omdat Athene met zekerheid snel en zo krachtig mogelijk zou interveniëren zodra het bericht zou ontvangen over de afvalligheid van Chios en Erythrai, drong ik bij Endios aan op haast bij onze vervolgstappen. We voeren met drie schepen naar Klazomenai aan de Golf van Smyrna en voegden de stad toe aan de lijst van overlopers.

Athene had nog voortvarender gereageerd dan ik had verwacht. Terwijl wij in Klazomenai waren, hoorden we dat er een vloot van acht Atheense schepen was gearriveerd in Teos, dat aan de andere kant van de landengte lag. Men vertelde ons dat de bevolking van Teos opnieuw, ten overvloede, plechtige trouw had gezworen aan de alliantie met

Athene. Endios was daarom geneigd om Teos met rust te laten, maar ik was ervan overtuigd dat de trouw van Teos, evenals de affiniteiten van de andere Ionische steden, eerder gemotiveerd was door angst dan door aanhankelijkheid of ideologie en dat de partij die zich als grootste en dichtstbijzijnde dreiging voordeed de partij was waarmee zij zich het innigst verbonden wilden voelen. We stuurden het leger van onze kersverse bondgenoot Klazomenai over land naar Teos, terwijl wij versterking kregen van de marine van Chios, omvoeren en met in totaal zesentwintig schepen opdoemden voor de stad in het zicht van de Atheense vloot. Ik stond aan boord van mijn Spartaanse schip, dat de zee doorkliefde en een schuimende boeggolf opwierp met zijn glanzende, dodelijke, bronzen ram, en ik kon het zweet van de matrozen aan boord van de Atheense triremen bijna ruiken. Het was niet uitgesloten dat zich daar tronies bevonden die ik kende en mannen die onder mijn commando hadden gediend. Ik was slechts de duur van een ingehouden adem en een met rauwe stem beschreeuwd bevel verwijderd van een gewapend treffen met mijn eigen stadsgenoten. Ik wist niet wie de gezagvoerder was van de acht Atheense schepen, maar ik bad dat het iemand was die kon tellen en die besefte dat hij geen schijn van kans maakte tegen mijn overmacht. Mijn gebeden werden verhoord. De Atheense vloot sloeg op de vlucht in de richting van Samos.

De inwoners van Teos wisten niet hoe snel ze de stadspoorten voor ons moesten openen en ze zwoeren plechtige trouw aan Sparta. We braken de stadsmuur van Teos aan de landzijde af om toegang te verschaffen aan de Perzische troepen van Tissaphernes. De troepen uit Chios instigeerden de rebellie in Hairai en Lebedos, twee kleinere steden in de buurt. Terwijl Ephesos zich eigener beweging aansloot bij de opstand, richtten Endios en ik onze blik op Milete, de parel van Ionië.

Dit was mijn favoriete manier om een oorlog te winnen. Met aanvankelijk niet meer dan vijf gammele Peloponnesische triremen had ik zonder bloedvergieten en zonder het verlies van een enkel mensenleven door middel van een combinatie van charme en intimidatie met leugens en praatjes, bluf, diplomatieke handigheid en snellere verplaatsingen dan de vijand kon bijbenen in een mum van tijd de helft van de Ionische staten op Athene veroverd. Willen jullie dat ik mij hiervoor verontschuldig, mannen van Athene? Ik weet dat jullie van mening zijn dat ik Athene zo mogelijk nog meer schade heb berokkend met de

Ionische opstand dan met mijn adviezen aan de Spartanen inzake de bezetting van Dekeleia en de bijstand aan Syracuse en ik besef dat jullie mij, anders dan het geval is voor mijn adviserende rol met betrekking tot Dekeleia en Syracuse, als instigator, strateeg en uitvoerder van de Ionische opstand met recht persoonlijk verantwoordelijk houden voor deze tegenspoed.

Laat mij daarop antwoorden dat ik jullie had beloofd dat ik zou laten zien dat ik leef en dat ik op mijn beurt jullie verantwoordelijk houd voor de benarde situatie waarin Athene in die dagen terechtkwam, want als jullie mij niet op grond van valse aanklachten uit het commando van de Siciliaanse expeditie hadden ontheven, zou niets van dit alles gebeurd zijn en zou ik precies dezelfde strategie die tot jullie onheil zo succesvol was in Ionië in dienst van jullie en tot jullie glorie hebben toegepast in Sicilië. Want zo had het in Sicilië moeten gaan. Nu jullie gezien hebben hoeveel mijn overredingskracht vermag met de schamele ruggensteun van vijf Spartaanse barrels, kunnen jullie wellicht bevroeden hoe overtuigend mijn diplomatie in Sicilië had kunnen zijn met de angstaanjagende ondersteuning van honderdvierendertig superieure Atheense triremen. De diplomatieke dans met Naxos, Katane, Rhegion, Kamarina en andere steden aan de Siciliaanse oostkust was nog maar net begonnen, toen jullie de Salaminia stuurden om mij te vernederen en te breken en jullie eigen missie te saboteren.

Dus als jullie over verontschuldigingen willen spreken, wil ik de vraag opwerpen wie deze nu eigenlijk aan wie is verschuldigd. Bovendien moeten jullie niet vergeten dat ik de Spartanen naar Ionië heb geleid om veel erger voor jullie te voorkomen. Ik had hen ook naar de Hellespont en de Bosporus kunnen leiden teneinde de graantoevoer van de Krim naar Athene te blokkeren. Dat was begrijpelijkerwijs aanvankelijk hun intentie, gezien het beslissende voordeel dat die strategie hun zou bieden en de aantrekkelijke vergoeding die de satraap van Daskyleion bereid was aan deze keuze te verbinden. Terwijl jullie tranen plengden om het verlies van Ionië en op een hardhandige manier werden herinnerd aan mijn onmisbaarheid, zouden jullie eigenlijk hebben moeten beseffen dat ik jullie aan het redden was.

We zetten koers van Teos naar Chios. Intussen had ik berekend hoeveel tijd een boodschapper uit Sparta ervoor nodig zou hebben om Dekeleia te bereiken en koning Agis deelgenoot te maken van de blijde tijding van de geboorte van een zoon, hoelang diezelfde boodschapper erover zou doen om met mijn doodsvonnis terug te keren in Sparta en in hoeveel dagen een kleine galei de overtocht naar Chios zou kunnen maken om een moordenaar af te zetten op het eiland of de wil van de koning kenbaar te maken aan een loyale Spartaanse officier of matroos.

Toen we waren teruggekeerd in ons hoofdkwartier op Chios drong ik erop aan haast te maken met de voorbereidingen die we aan het treffen waren om met een zo imposant mogelijke vloot van schepen uit Sparta en Chios uit te varen en blinkend van onoverwinnelijkheid in het zicht van de haven van Milete op te doemen. Er had ons bericht bereikt dat er versterkingen vanuit Sparta in aantocht waren, maar hoewel die onze diplomatieke ouverture naar Milete nog overtuigender zouden maken, wilde ik daarop niet wachten. Het leek mij veiliger voor onze missie als wij Milete eerder bereikten dan Atheense schepen uit Samos en het leek mij veiliger voor mijzelf om mannen uit Sparta een stap voor te blijven. Ik besloot de bemanningen van onze Spartaanse schepen te vervangen. Ik liet de roeiers uit Sparta bewapenen, beval dat zij, wanneer ik met Endios zou uitvaren, samen met de Spartaanse infanteristen en officiers zouden achterblijven op Chios en bemande onze schepen met roeiers, stuurlieden en soldaten uit Chios.

Ik was mij ervan bewust dat dit hoogst ongebruikelijk was. Endios maakte bezwaar. Maar ik legde hem uit dat de voorgenomen missie naar Milete ons kwetsbaar zou maken. Door met een aanzienlijke zeemacht uit te varen zou onze greep op Chios noodzakelijkerwijs verslappen, met alle risico's van dien. We zouden niet willen dat de inwoners van Chios door onze afwezigheid geïnspireerd zouden kunnen worden tot een roekeloze heroverweging van hun affiniteiten. Het stationeren van een Spartaanse bezettingsmacht op hun eiland was onze garantie voor de duurzaamheid van hun affectie. Dat wij de bemanningslieden van Chios onder voorkomende gevallen als onze gijzelaars zouden kunnen gaan beschouwen, was een hopelijk overbodige verzekering voor de trouw van Chios. Door de bevolking van Chios zou de Spartaanse militaire aanwezigheid op haar eiland, dankzij de geruststellende toelichting die ik haar zou verschaffen, geïnterpreteerd worden als een bewijs voor de oprechtheid van onze intenties en als een uiterst welkome bescherming tegen eventuele Atheense represailles.

Bovendien wisten we dat de Atheense vloot inmiddels actief was in deze wateren. We zouden alles eraan doen om buiten het bereik van de Atheense schepen te blijven en een zeeslag te voorkomen, maar in het geval dat een gewapend treffen onontkoombaar was, zou ik er, met alle respect en met excuses voor mijn eerlijkheid, de voorkeur aan geven mijn vertrouwen te stellen in de geoefende en ervaren zeelieden van het eiland in plaats van ons lijfsbehoud in de handen te leggen van zenuwachtige, ongetrainde Spartaanse gelegenheidsmariniers. Vanuit een geheel ander perspectief zouden we daar nog de overweging aan kunnen toevoegen dat er onder tijdgenoten en toekomstige lezers van de kronieken geen twijfel kon bestaan over de vraag welke Spartaan de verdienste toekomt de parel van Ionië op de Atheners te hebben veroverd als Endios de enige Spartaan zou zijn die aan die missie deelnam.

Endios begreep het. Hij trok zijn bezwaren in. Ik had niet tegen hem gelogen, al deze redenen mochten gelden, al had ik mijn voornaamste motief om de bemanningen te vervangen voor hem verzwegen en dat was dat ik het, op grond van mijn berekeningen van het aantal dagen dat verstreken was sinds de geboorte van de kroonprins en de benodigde reistijden van boodschappers, voor mijzelf veiliger achtte om zo min mogelijk Spartanen in mijn buurt te hebben.

Het lukte ons de Atheners voor te blijven. Toen zij met hun vloot bij Milete verschenen, hadden wij de stad al in handen. Zij gingen voor anker bij het eilandje Lade, terwijl wij onze belangen in Milete veiligstelden. Toen ik door de rechte straten liep, die elkaar in loodrechte hoeken kruisten, voelde ik mij alsof ik door Peiraieus liep. Ik laafde mij aan de drukte, de kakofonie van stemmen in een veelheid van verschillende talen en dialecten, de geuren en kleuren van de uitbundig uitgestalde koopwaar, de weldadige galm van marmeren hallen, de stralend witte aanblik van tempels, zuilengalerijen en standbeelden, het spel van zon en schaduw op statige gebouwen, de belofte van exclusief en minder exclusief vertier die mij op menige straathoek werd toegesist, beschaving, decadentie en leven. Ik laafde mij aan het leven, nadat ik tweeënhalf jaar tussen walnootbomen en zwijgende hutten in een streng regime van manhaftigheid in een angstvallig gekoesterde primitieve oerstaat had afgezien.

In de opwinding van het moment kwam Milete mij voor als de

mooiste stad die ooit op de aarde is gebouwd. Ik was in de stad van de rede, waar de filosofie is geboren, lang voordat de filosofen naar Athene trokken, als vliegen naar de stront, om voor astronomische vergoedingen en wijn uit Erythrai de deur plat te lopen bij mijn vriend Kallias. Ik was in de hoofdstad van de elegantie, waar Perikles' adembenemende minnares Aspasia vandaan kwam. Ik vergaapte mij aan de Ionische mode. Na jaren waarin ik getoefd had te midden van mannen die er trots op waren dat zij het hele jaar door een en hetzelfde kledingstuk droegen, kon ik mijn ogen niet afhouden van de chitons van violet, karmozijnrood en oker geverfde stoffen, geweven in ruitvormige patronen en afgezet met zomen met diermotieven, de lange purperen, donkerrode, fel oranje of zeegroene mantels van Korinthische makelij en de compacte en toch vederlichte Perzische dubbelgeweven stoffen met ingenaaide gouden kralen. Ik weet dat het spreekwoord zegt dat de Milesiërs ooit weerbare mannen waren, lang geleden, voordat ze de luxe ontdekten, maar ik had lang genoeg onder mannen geleefd die niets anders van belang achten dan hun weerbaarheid om de zogenaamd verweekte en weerloze mentaliteit als een verademing te ervaren.

Ik zag vrouwen in tunieken die schitterden als sneeuw en die met een lange sleep de oppervlakte van de dolgelukkige aarde streelden. Ze droegen gouden broches als krekels in hun haar, geoliede vlechten, die deinden op de zeewind en die met gouden ringen waren toegebonden, en gouden armbanden, die zich als adders over de hele lengte van hun armen slingerden. Ik snoof het bouquet op van exquise parfums, dat zich mengde met de geuren van exotische delicatessen die uit de huizen walmden. Ik kende hier mensen. Ik had hier contacten. Mijn grootvader, de vader van mijn moeder Deinomache, die Megakles heette, had in dit paradijs zijn ballingschap ten gevolge van het schervengericht verbeten, waardoor ik meerdere gastvriendschappen had geërfd, waarop ik met zekerheid een beroep kon doen voor iets geraffineerders dan zwarte soep. Ik was nog niet thuis, maar een kort moment had ik er bijna in kunnen geloven dat dat wel zo was.

5

Nadat we Milete hadden overgenomen en veiliggesteld, kwam de satraap Tissaphernes in hoogsteigen persoon met zijn gevolg uit Sardis naar de stad om te onderhandelen over de formele verdragstekst van de overeenkomst tussen het koninkrijk Sparta en het almachtige Perzische Rijk. Mijn eerste kennismaking met hem tijdens de besprekingen in het raadsgebouw achter de noordelijke agora aan de grote haven, waar hij met zijn delegatie nauwelijks in paste en waar ik samen met Endios namens Sparta het woord voerde (hoewel er tolken aanwezig waren, oefende ik mijn Perzisch), was voor mij een aanleiding om mij voor hem te gaan interesseren. Zijn bestudeerd elegante gebaren, zijn charmante en schijnbaar onverschillige trant van spreken, waarin een geraffineerde vorm van kwaadaardigheid loerde, en zijn tegelijkertijd geamuseerde en bijna angstaanjagend doordringende oogopslag, waarin onrust en ambitie twinkelden, gaven mij de indruk dat hij een nietsontziende schurk was en dat ik het goed met hem zou kunnen vinden.

Op een gegeven moment lag er een verdragstekst voor die gênant gunstig was voor Perzië en voor Sparta in feite onaanvaardbaar. We hadden het voorstel moeten afwijzen, maar ik overtuigde Endios om ermee akkoord te gaan. De tekst was tenslotte slechts een concept, zei ik, dat nog gewijzigd kon worden voordat het verdrag door de Spartaanse autoriteiten zou worden geratificeerd. Ik wees Endios erop dat het voor hem persoonlijk belangrijker was een concreet resultaat te kunnen overleggen en de verdienste van een bondgenootschap met Perzië voor zichzelf te kunnen opeisen dan in dit stadium al onnodig zenuwachtig te worden over alle details.

Dit waren de redenen die ik hem gaf. Mijn eigen motief hiervoor, dat ik voor Endios verzweeg, was gelegen in het feit dat ik mij noodgedwongen aan het oriënteren was op een toekomst na Sparta, dat het niet moeilijk was in te zien dat ik, als ik zowel in Athene als in Sparta persona non grata was geworden en als de Griekse wereld in zijn geheel over die beide kampen is verdeeld, geen andere keuze zou hebben dan mijn toevlucht te zoeken buiten Griekenland, dat Tissaphernes iemand was die mij voor Agis' wraak kon behoeden, gesteld dat ik erin zou slagen zijn vertrouwen te wekken en de indruk te geven dat hij iets aan mij zou kunnen hebben, en dat ik de besprekingen niet wilde rekken, omdat ik de stille hoop koesterde dat ik hierin zou slagen en dat ik samen met Tissaphernes en zijn delegatie naar Sardis zou kunnen afreizen voordat er een nieuwe lichting Spartanen zou arriveren in Milete. Als Tissaphernes aan de onderhandelingen de indruk overhield dat ik hem een gunst had bewezen, zou dat in het licht van mijn toekomstplannen niet ongunstig zijn. Als hij mij doorzag, hetgeen ik zeker niet uitsloot, en doorhad dat ik mijn invloed op Endios had aangewend teneinde het topoverleg om de genoemde redenen met een haastig, voorlopig akkoord als afgerond te kunnen beschouwen, hoefde dat wellicht evenmin per se aanleiding te geven tot een ongunstig oordeel over mij, want tenzij ik mij erg in hem vergiste, hetgeen mij onwaarschijnlijk leek, was hij een man die bewondering kon opbrengen voor zelfzuchtige behendigheid en bekwaam gediend eigenbelang, zeker als het zo handig gerealiseerde resultaat ervan dienstbaar was aan zijn eigen plannen en ambities.

Het conceptverdrag werd ondertekend en daarmee had het historische verbond tussen Sparta en Perzië zijn weerslag gevonden in een officieel document, dat Endios, gegroeid in trots, invloed, macht en aanzien, mocht presenteren aan zijn collega's van het college van ephoren in Sparta. Maar het historische moment werd, zoals dat wel vaker het geval is, op zijn hielen gezeten door gebeurtenissen die eveneens aanspraak wensten te maken op een plek in de geschiedenis. Onze bescheiden festiviteiten werden verstoord door het nieuws dat de Atheense schepen uit Samos Klazomenai hadden heroverd en troepen hadden afgezet op het eiland Chios, die de binnenlanden plunderden, terwijl de Atheense marine de haven blokkeerde van de hoofdstad, waar onze Spartaanse troepen vooralsnog standhielden, en dat er bovendien een vloot van achtenveertig schepen met meer dan drieduizend man zware infanterie uit Athene en Argos in aantocht was, die onder het bevel stond van Phrynichos, de zoon van Stratonides, uit het district Deiradiotai.

Ik kende die naam. Phrynichos was een voormalig geitenhoeder die met ongekende energie zijn droom van een politieke carrière najoeg. Al in de tijd toen ik nog in Athene was, had hij zich ontpopt tot een radicale populist, die zich associeerde met Androkles uit het district

Pithos en die zijn vurige ambitie om mij van de troon te stoten als leider van de democratische factie combineerde met diep doorvoelde haat jegens mij persoonlijk vanwege mijn afkomst, die opzichtig van de zijne verschilde. Waar andere populisten de rancune jegens de elite uit electorale overwegingen kunstmatig aanwakkeren en opstoken bij het volk, waren het inferioriteitscomplex van Phrynichos en zijn blinde animositeit jegens de bevoorrechte klassen, die uit dit minderwaardigheidsgevoel tevoorschijn was gekropen, angstaanjagend oprecht. Ik heb geleerd dat politici die de lessen in relativering die door weelde worden gegeven nooit hebben geleerd en die werkelijk geloven dat er onrecht bestaat en dat de politiek daarover gaat, in plaats van over macht, in de regel hardnekkige tegenstanders zijn. Kennelijk was Phrynichos tijdens mijn afwezigheid opgeklommen tot een positie waarin hem het bevel over een vloot werd toevertrouwd. Ik vond het niet per se goed nieuws dat uitgerekend hij het commando had over de expeditie die ons bedreigde. Ik onderschatte hem niet. Als geldingsdrang bij de aanstaande confrontatie de beslissende factor zou worden, mocht hij aanspraak maken op de favorietenrol.

Toen Phrynichos met zijn troepen landde op de kust bij Milete en, zoals verwacht, de manoeuvres uitvoerde die wezen op een strategie die uitging van een grootscheeps en langdurig beleg, reageerden wij, zoals we dat de dagen daarvoor hadden besproken, op de enige manier die ons welbeschouwd ter beschikking stond. We trachtten de legers uit Athene en Argos onverwijld, voordat ze zich hadden kunnen ingraven in hun posities, te overrompelen met een zo massaal mogelijke uitval. We openden de poort van de Heilige Weg in de muur aan de landzijde en stormden naar buiten met alle mankracht die we hadden. Achthonderd zwaarbewapende Milesische soldaten, versterkt met burgermilities, enkele eskaders van exotische huurlingen in dienst van Tissaphernes en Tissaphernes zelf met de ruiters van zijn lijfwacht trokken ten aanval tegen de invasiemacht. Ik galoppeerde zij aan zij met Tissaphernes aan het hoofd van de Perzische cavalerie, die met de lange pluimen aan haar blinkende, uivormige helmen en haar felgekleurde gewaden eerder leek uitgedost voor een parade dan voor het slagveld.

Het was een raar moment om aan Sokrates te denken, dat geef ik toe, maar terwijl ik op de vlakte buiten de muren van Milete als Olympisch kampioen uit Athene en vader van de Spartaanse troonopvolger, getraind als een Spartaanse soldaat en geflankeerd door de satraap van Lydië, een Perzische elite-eenheid aanvoerde, herinnerde ik mij het gesprek dat ik lang geleden met hem had gevoerd aan de lommerrijke oever van de kabbelende Ilissos, waarin hij mij liefdevol belachelijk maakte vanwege de naïviteit van mijn politieke ambities, die zich toen nog richtten op het overvleugelen van de kwartelkloppers op de Pnyx, waarin hij mij erop wees dat de wereld groter was dan de kronkelende stegen van Athene en waarin hij mij probeerde te ontmoedigen door te verkondigen dat ik nooit van mijn leven opgewassen zou zijn tegen de machtige koningen van Sparta en Perzië. Ik wou dat hij mij nu kon zien. En op het moment dat die gedachte bij mij postvatte, zag ik zijn satyrkop voor mij en schaamde ik mij voor hem, omdat ik mij te levendig kon voorstellen wat hij met zijn strenge normen voor rechtvaardigheid en goedheid te zeggen zou hebben over het feit dat mijn zwaard binnen luttele momenten zou druipen van Atheens bloed.

De slag was kort en ongemeen fel. Onze Milesische infanteristen wisten door de linies van Argos te breken, maar op onze linkervleugel waren de burgermilities en de huurlingen geen partij voor de Atheners. Tissaphernes en ik probeerden steun te bieden met onze cavalerie, maar toen de infanteristen uit Milete zagen dat ze van de hoofdmacht waren afgesneden, in paniek raakten en op de vlucht sloegen, hadden we geen andere keuze dan ons haastig terug te trekken binnen de muren. Het was een nederlaag. We waren er niet in geslaagd de invasiemacht te verdrijven. De verliezen aan beide kanten waren aanzienlijk, maar gezien de numerieke overmacht van de vijand was dat een groter probleem voor ons dan voor hem.

Terwijl wij die avond beraadslaagden over de ontstane situatie en tot vervelens toe de weinige opties overwogen en heroverwogen die ons nog ter beschikking stonden, bereikte ons het bericht dat de Spartaanse versterkingen eindelijk waren gearriveerd met een vloot van drieëntwintig schepen. Ze waren in het gezelschap van tweeëntwintig triremen uit Syracuse. We zagen ze vanaf de muur van Milete in de verte opdoemen ter hoogte van het eilandje Leros, maar vervolgens verlegden ze hun koers in de richting van de Golf van Iasos, zonder twijfel omdat ze de Atheense aanwezigheid aan onze kust waren gewaargeworden. Later, toen het donker was geworden, leidden we uit de berichten van de vuurbakens af dat ze voor anker waren gegaan in de baai bij Teichioussa, hoogstwaarschijnlijk met het idee om de volgende dag, alvorens daden te overwegen, eerst maar eens te trachten helderheid te verkrijgen over de situatie bij Milete.

We waren het erover eens dat een verrassingsaanval op de Atheense stellingen door de vloot uit Sparta en Syracuse bij zonsopgang kans bood op succes en de beste strategie vormde om de invasiemacht te verjagen en een langdurig beleg te voorkomen, maar daartoe dienden de Spartaanse en Siciliaanse bevelhebbers die nacht nog te worden ingelicht. Het bericht was te complex om via de vuurbakens gecommuniceerd te kunnen worden en bovendien zou het risico te groot zijn dat het voordeel van de verrassing verloren ging wanneer Phrynichos en zijn mannen de signalen zouden decoderen of wanneer zij uit het feit dat er signalen werden verzonden zouden afleiden dat er een verrassing ophanden moest zijn. Iemand moest naar Teichioussa rijden om het bericht mondeling over te brengen. Dat was een rit van ruim tweehonderd stadia, ongeveer zo ver als van Athene naar Megara, over heuvelachtig en bergachtig terrein en het was nacht. Vanwege de moeilijkheid en het belang van de missie leek het mij wenselijk om mijzelf als vrijwilliger aan te bieden. Endios maakte bezwaar. Hij wees mij op het gevaar van mogelijke Atheense patrouilles. Hij herinnerde mij eraan dat er een prijs op mijn hoofd stond. Ik bewapende mijzelf, sprong op mijn paard, liet de poort openen en ging.

Als Endios mij had willen ontmoedigen om deze nachtelijke tocht te ondernemen door mij te herinneren aan de gevaren, zou hij ook hebben kunnen wijzen op het feit dat de mariniers uit Syracuse, die aan het einde van mijn reis op mij wachtten, weliswaar fervente vijanden van Athene waren en daarmee overtuigde bondgenoten van Sparta, maar dat het geenszins vanzelf sprak dat ze blij zouden zijn om mij te zien en dat ze bereid zouden zijn om voor het moment even te vergeten dat ik drie jaar eerder instigator en aanvoerder was geweest van de Atheense expeditie tegen hun stad. Ik kon alleen maar speculeren op de rationele overweging hunnerzijds dat ze Athene meer zouden schaden door Phrynichos te verslaan dan door mij dwars te zitten. Endios had ook kunnen wijzen op het gevaar dat een vers contingent soldaten uit Sparta, dat wellicht orders had ontvangen van koning Agis, voor mij zou kunnen vormen. Ik kon alleen maar hopen dat hun plichtsbesef vooraleerst Milete zou gelden alvorens ze hun aandacht zouden richten op de overspelige boodschapper.

Het lukte mij om onder de sluier van de nacht ongezien langs de Atheense wachtposten te geraken en terwijl ik in het donker de weg probeerde te volgen die door de heuvels via Assessos over de uitlopers van berg Grion naar de kust aan de andere zijde van het schiereiland voerde, begon ik er steeds meer van overtuigd te raken dat Endios gelijk had gehad en dat het pure waanzin was dat ik hier reed. De weg was slecht en als mijn paard in het donker struikelde, zou ik verloren zijn. Dit onverantwoorde vertoon van nachtelijke dapperheid was gemotiveerd door maar één ding, daar kon ik net zo goed eerlijk over zijn. Ik wilde indruk maken op Tissaphernes.

Ik bereikte het scheepskamp van de Spartanen en Sicilianen bij Teichioussa, werd beter ontvangen dan ik had mogen vrezen, bracht verslag uit aan de bevelhebbers over de veldslag die die dag had plaatsgevonden en van de huidige situatie in Milete, benadrukte dat zowel de ephoor Endios als de satraap Tissaphernes binnen de muren van Milete aanwezig was, gaf een zo nauwkeurig mogelijk overzicht van de troepenaantallen en posities van de Atheners en hun bondgenoten uit Argos en nam de details door van de verrassingsaanval die wat ons betreft wenselijk was. Ik wees op het belang van Milete voor Ionië, op het belang van Ionië voor het associatieverdrag met Tissaphernes en op het belang van het bondgenootschap met Perzië voor de eindoverwinning van Sparta en hun Dorische broeders uit het westen.

Bij zonsopgang stond ik aan dek van een van de vijfenvijftig schepen van de confederatie die de Poseidionkaap rondden en opdoemden in het zicht van Milete en de belegeraars. Gezien de precaire situatie waarin de stad Athene zich nog altijd bevond, stond Phrynichos, zoals ik later heb vernomen, onder strenge orders om elk risico te mijden, geen schip te verliezen en uitsluitend dan slag te leveren wanneer de overwinning gegarandeerd was. Toen hij ons zag en ons aantal geteld had, gaf hij conform zijn instructies onmiddellijk bevel het kamp te ontruimen, alles achter te laten behalve de gewonden, de schepen vlot te trekken en te bemannen en te vertrekken in de richting van Samos. Zo was ik vanaf het dek van een Spartaans schip getuige van het unieke schouwspel van de Atheense vloot die op de vlucht sloeg voor de Spartaanse marine. In triomf voeren we de grote haven van Milete binnen. Als ik Tissaphernes toen had gezien, zou ik naar hem hebben gezwaaid.

De overwinning werd gevierd door de onwaarschijnlijke alliantie van Ioniërs, Spartanen, Perzen, Sicilianen en één schuwe Athener, die het gezelschap van Spartanen meed. Tissaphernes deed wat iedereen van hem verwachtte: hij opende zijn schatkisten en was gul met zijn blijk van waardering. Toen hij niet lang daarna met zijn gevolg de terugtocht naar Sardis aanvaardde, had ik zijn toestemming om hem te vergezellen.

6

Het konvooi van de satraap werd per schip overgezet naar Priene, aan de overkant van de Golf van Ikaros, waarin de Maiandros uitmondt, en van daar trokken we over land naar Ephesos, dat toegang verschaft tot een Perzische weg landinwaarts door de vallei van de Kaystros naar de pas over het Tmolosgebergte en Sardis.

Tijdens de reis had ik meerdere gelegenheden om in een informele context met de satraap Tissaphernes te spreken. Ik voelde mij gevleid door zijn interesse in mij en mijn verhalen, die ik misschien hier en daar enigszins bloemrijker maakte dan de naakte waarheid die ik hier obsessief en nauwgezet voor jullie aan deze papyrusrollen toevertrouw. Hij toonde zich geamuseerd bij mijn verhalen over Atheense intriges en bij de portretten die ik schetste van oplichters als Kleon, Hyperbolos en Androkles. De manier waarop ik het eerbiedwaardige instituut van het schervengericht in diskrediet had gebracht, wist, toen hij eenmaal had begrepen wat een schervengericht was, een glimlach aan zijn gezicht te ontlokken. De anekdote over mijn bedrog van de Spartaanse ambassadeurs vond hij meesterlijk. De geschiedenis van mijn verkleedpartij, mijn ontsnapping uit het bordeel van Thouria en mijn barre overtocht met de textielhandelaar uit Aigina beviel hem zo mogelijk nog meer. Maar het verhaal waarmee ik veruit het meeste succes bij hem had en dat ik op zijn verzoek meerdere keren heb moeten herhalen, was het relaas van mijn verovering van de Spartaanse koningin. Telkens wanneer ik hem bekende dat ik eigenlijk vooral was bezweken voor de charme van het idee een troonopvolger bij haar te verwekken en het Spartaanse koningshuis voor de eeuwigheid te insemineren met mijn zaad, schaterde hij uitbundig en langdurig, alsof ik het verhaal voor het eerst vertelde, en zijn lachlust was niet bevredigd totdat ik er nogmaals ten overvloede aan had toegevoegd dat de Spartaanse koningen vanaf nu derhalve niet langer afstammen van Herakles, maar van Alkibiades van Athene.

Hij vertelde op zijn beurt het verhaal over de bloedige samenzwering tegen de magiërs van zijn overgrootvader Hydarnes die had geleid tot de troonsbestijging van de eerste koning Dareios, die ook nu nog de Grote wordt genoemd. De slachtpartij die zijn voorvader had aangericht, was dermate memorabel geweest dat zij nog steeds elk jaar wordt herdacht met een feest waarbij de magiërs maar beter binnen kunnen blijven. Hij vertelde dat hijzelf ook had moeten samenzweren tegen zijn voorganger om de troon van Lydië in Sardis op te kunnen eisen. Lachend vertelde hij dat hij zijn voorganger beloofd had diens leven te sparen als hij zich zou overgeven en dat hij zijn woord had gehouden, want de man was in de as gevallen.

Ik wilde het niet vragen, maar ik kreeg toch antwoord.

'De gelukkige wordt gefêteerd en geëerd met een overvloedig banket waarbij de wijn gul wordt geschonken. Daarna wordt hij naar een ommuurde ruimte gebracht die is gevuld met as. Afgekoelde as van hout, bladeren, papyrus, wat je maar wilt. Op de muren ligt een balk waarop het feestvarken rustig mag plaatsnemen. Vervolgens is het niet onze schuld als de man zoveel heeft gegeten en gedronken dat hij indommelt en van de balk af in de as lazert, waar hij zijn longen vult met de grauwe schilfers tot hij stikt. Wij Perzen verafschuwen de leugen, dus we moeten een beetje creatief zijn als we woord willen houden en toch het gewenste resultaat willen bereiken.'

Op een gegeven moment kwamen we op een plek waar de weg gedeeltelijk was weggeslagen en waar de wagens van de karavaan van de weg geraakten en vastliepen in de modder. Tissaphernes gaf zijn soldaten de opdracht om de wagens vlot te trekken. Kennelijk ging het niet snel genoeg naar zijn zin. Zonder enige waarschuwing vooraf viel hij ten prooi aan een angstaanjagende driftaanval en hij beval de ambassadeurs en de andere edelen in zijn entourage om van hun luie reten te komen en de soldaten te assisteren. Ze deden het nog ook. Gedisciplineerd, alsof ze deze routine talloze keren geoefend hadden, ontdeden zij zich van hun lange, purperen mantels en in hun dure tunieken en gekleurde broeken met hun kettingen om hun nek en hun armbanden die rinkelden om hun polsen sprongen ze in de modder en tilden ze de wagens snel en efficiënt de begaanbare weg op. Tissaphernes kalmeerde. Hij verontschuldigde zich zelfs bij mij voor zijn opvliegendheid. Hij gaf een van zijn secretarissen de opdracht om rapport op te maken en het bij de volgende tussenstop per expresdienst naar de onderhoudsdienst van de wegen te sturen. Het incident leerde mij meer over de hiërarchie en het organisatievermogen van de Perzen dan alle verhalen die ik over hen had gehoord en het feit dat zelfs de wegenbouw en de diensten van boodschappers kennelijk gecentraliseerd waren, toonde mij het ontluikende begin van een verklaring voor de verbluffende efficiëntie en slagkracht van het onvoorstelbaar reusachtige rijk.

Na negen dagen bereikten we de vlakte waar de rivier de Hermos samenkomt met de Hyllos en de Paktolos en vanaf waar we de stad Sardis ongeveer twintig stadia voor ons in de verte zagen opdoemen. De hoge citadel, die op een steile uitstekende rotspunt van de noordelijke helling van berg Tmolos was gebouwd, domineerde de vlakte. De burchtheuvel was aanzienlijk hoger dan de Akropolis van Athene en de citadel stond als een kroon op vrijwel loodrechte rotswanden uiterst demonstratief een onneembare veste te zijn. Toen we de Hermos waren overgestoken en langs de Paktolos, waar grote gekleurde libellen zich roerloos en verliefd als Narkissoi aan zichzelf spiegelden, in de richting van de hoge, massieve, cyclopische stadsmuren reden, merkte ik op dat de rivier een vreemde kleur had. Er hing een gele schittering over het spel van zonlicht en water.

'Goud,' zei Tissaphernes. 'De Paktolos stroomt dwars door onze agora en spoelt al het overtollige goud de stad uit.' Hij lachte. 'Omdat ik bij de gratie van Auramazda bekend zal staan als een vriend van de waarheid en een vijand van vrienden van de leugen, moet ik je bekennen dat dat een grap was, Alkibiades. Het is goudstof van de Tmolos wat je ziet. De Paktolos is in werkelijkheid een bron van inkomsten. Hij spoelt goud uit de hoge bergen, waar griffioenen nestelen, naar de stad.' Dat was inderdaad precies wat ik had gedacht toen ik uit de verte naar de imposante citadel staarde, die op een berg boven de stad verrees: dat daar griffioenen nestelden.

Boeren en dagloners uit de vlakte dromden langs de route van onze stoet en stedelingen kwamen ons tegemoet. Ze gaven kleine geschenken aan de satraap, zoals een granaatappel of een maatbeker graan, die hij tot mijn verbazing welwillend en dankbaar in ontvangst liet nemen door de dienaren in zijn gevolg. Er was zelfs één arme drommel die kennelijk niets te geven had en die met beide handen water uit de rivier had geschept, dat hij nederig aan de satraap aanbood. Tissaphernes beval een van zijn eunuchen om ook het water in ontvangst te nemen. De eunuch kwam met een gouden beker, waarin hij het bodempje rivierwater opving dat de man in zijn handen had, waarop de satraap zijn dienaar de opdracht gaf om het water over te schenken in de tonnen en de gouden beker aan de armoedzaaier te geven als dank voor zijn vrijgevigheid.

Door de grote poort reden we de stad in. Omstuwd door Tissaphernes' lijfwacht reden we door de benedenstad, waar het volk en de handwerkslieden woonden in onderkomens die waren gemaakt van het riet van de rivier of in eenvoudige stenen huizen met rieten daken. Handwerkslieden in geïmproviseerde werkplaatsen, smeden, mandvlechters, koperslagers, timmerlieden en steenhouwers onderbraken hun werk en hielden eerbiedig hun adem in terwijl de satraap passeerde, waarna het pandemonium opnieuw losbarstte. Via de agora, waar de rivier doorheen stroomde, leidde de weg omhoog naar een tweede ommuring en door een tweede monumentale poort betraden we de bovenstad, waar zich een kleinere agora bevond, die omzoomd was met officiële gebouwen, tempels en de ruime huizen van de aanzienlijken in Griekse en Lydische bouwtrant. Percelen, pleinen en straten waren op terrassen aangelegd, die de hellende ondergrond egaliseerden. De burgers van Sardis paradeerden in hun bonte gewaden als grote gekleurde libellen door de straten. Ze hielden een kort moment trillend halt wanneer de satraap passeerde en schoten daarna weg naar hun verplichtingen.

De weg slingerde zich verder omhoog en leidde tot een derde muur, nog hoger en nog beter gebouwd dan de eerste twee, die de citadel omgordde. We reden door een zwaarbewaakte poort, die was gedecoreerd met geglazuurde baksteenreliëfs in bonte kleuren, die herten, vogels, leeuwen, bomen en planten verbeeldden in een vervreemdende, bewust archaïserende, hiëratische stijl, die mij enigszins deed denken aan de decoraties op oud Korinthisch aardewerk die ik ooit had gezien in Athene in het bordeel van de Korinthische Anteia, met dien verstande dat het volledig anders was en met name veel monumentaler. De paleisgebouwen waren opgetrokken uit steen en cederhout. De daken waren voorzien van gouden daklijsten en rustten op slanke zuilen die een dubbele stierenkop vertoonden als kapiteel. De paarden en wagens werden achtergelaten bij de bedienden die op een groot terras onze komst hadden opgewacht en ik liep samen met de eunuchen achter Tissaphernes aan het paleis in. Tot mijn verbazing kwamen we onmiddellijk terecht in een labyrintisch stelsel van nauwe gangen en trappen, dat waarschijnlijk met een defensief oogmerk onpraktisch en weinig majesteitelijk was aangelegd. Iedere indringer zou hopeloos verdwalen voordat hij de vertrekken bereikte waar complotten en onder weelderige gewaden verborgen dolken schade konden aanrichten.

Een weinig aanzienlijke deur in een van de gangen gaf onverwachts toegang tot een spectaculair spatieus terras, dat de kunstmatig verbrede en geëgaliseerde top van de citadelrots vormde, waarop de monumentale troonzaal verrees, die geflankeerd werd door granieten griffioenen. Ik had geweten dat hier griffioenen zouden nestelen. Het terras bood uitzicht op de vlakte en de stad in de diepte. Ik zag hoe ver de benedenstad zich uitstrekte. Tissaphernes wees mij verveeld een paar markante locaties aan. De hand die uit zijn wijde saffraankleurige mouw stak, duidde met wapperende gebaartjes het heiligdom van de Grote Moeder Kybebe aan bij de agora aan de oever van de Paktolos, de goudsmelterij daar vlak voor, de Artemistempel op de westflank van de burchtheuvel en verschillende met bomen en planten begroeide plekken in de stad en daarbuiten, die hij zijn paradijzen noemde. Van boven gezien zagen deze merkwaardige open plekken eruit als uitgestrekte heiligdommen van bosnimfen, waar de natuur door mensenhand tot symmetrie was gedwongen. Ik had zoiets nog nooit gezien.

'Er zijn er meer,' zei Tissaphernes. 'De grootste kun je vanaf hier niet zien. We zullen ampele tijd inruimen voor jouw sprakeloze bewondering, maak je geen zorgen. Maar niet nu. Nu heb ik honger. Kom.'

Hij ging mij voor naar de troonzaal, die aan drie zijden open was en beschut werd door een plat dak dat rustte op dubbele rijen van zes zuilen van Parisch marmer, en zonder aandacht te besteden aan de reusachtige gekleurde reliëfs van koninklijke wachters, dieren en planten in bloei op de achterwand of aan de draperieën van wit en hemelsblauw linnen, die met purperen koorden en zilveren ringen aan de zuilen waren bevestigd, beende hij langs de ebbenhouten meubelen met gouden of zilveren poten over de mozaïekvloer, die was ingelegd met porfier, marmer en parelmoer, en dwars over de geborduurde tapijten naar zijn privévertrekken, terwijl ik achter hem aan liep en een eunuch hijgend de herkomst van alle rijkdommen in mijn oor probeerde te fluisteren – 'bakstenen uit Babylonië, cederhout uit Libanon, getransporteerd door Kariërs en Ioniërs, yakahout uit Gandara en Karmania, goud van hier, lapis lazuli en kornalijn uit Sogdiana, turquoise uit Chorasmia, maar hier bewerkt, zilver en ebbenhout uit Egypte, marmerreliëfs uit Ionië, ivoor uit Nubië' –, waar een uitgebreid en exquis banket voor hem en voor mij was opgediend, dat dermate rijk en geraffineerd was dat ik bij de elfde of twaalfde gang die ons werd voorgezet besefte dat er na mijn jaren in Sparta opnieuw een beroep gedaan zou worden op mijn aanpassingsvermogen en mijn kameleontische talent om niet te dissoneren met mijn omgeving, met dat verschil dat er deze keer van mij gevraagd zou worden de moed op te brengen om mijn natuurlijke neiging tot hedonisme, mijn hang naar genot en mijn voorkeur voor luxe zo beschamend mogelijk te overdrijven in plaats van de tegennatuurlijke volharding op te brengen om met militaire discipline mijn ware aard te onderdrukken.

7

Wellicht mag het getuigen van mijn toewijding aan de verplichting tot nauwkeurigheid en volledigheid, die ik mijzelf bij het schrijven van dit waarheidsgetrouwe verslag aan jullie heb opgelegd, als ik preciseer dat ik de satraap van Lydië in deze boekrollen met zijn gehelleniseerde naam aanduid, waaronder hij bij jullie bekendstaat, maar dat ik hem in Sardis bij zijn Perzische naam noemde, die echter niet met ons Griekse alfabet kan worden weergegeven.

Wat ik over hem dien te vertellen, is dat zich vanaf mijn allereerste dagen in Sardis een band tussen hem en mij ontwikkelde, die ik niet anders kan omschrijven dan als een hechte vriendschap, die zich snel en immer meer verdiepte in weerwil van tal van objectieve factoren die haar in de weg hadden kunnen staan, waaronder zijn minachting voor Griekenland en Grieken, die hij beschouwde als impertinente en arrogante fraseurs, die hun pretenties niet konden stoelen op beschaving. Mij amuseerde zijn neerbuigendheid jegens alles waarin ik een leven lang had geloofd en hoewel hij teleurgesteld was dat ik geen aanstoot nam aan zijn provocaties, volhardde hij in zijn opgave mij te vermaken met vergezochte argumenten die moesten aantonen dat wij barbaren zijn. Hij vond het op zijn beurt buitengewoon lachwekkend dat wij Grieken de Perzen juist als barbaren aanmerken. Voor hem was het een vaststaand gegeven dat de Perzen in elk denkbaar opzicht de besten der mensen zijn en dat volkeren degenereren naarmate ze verder van Perzië zijn verwijderd. Aangezien de Grieken aan de uiterste westrand van de wereld wonen, op grote afstand van het centrum van excellentie dat Perzië heet, behoren zij conform zijn logica tot de inferieurste en abjectste specimina van het mensenras. Als ik om hem te sarren Marathon en Salamis ter sprake bracht, haalde hij zijn schouders op over deze in zijn ogen onbeduidende schermutselingen aan de rafelranden van het Perzische wereldrijk, dat zich in zijn woorden uitstrekte van de Indos tot de Nijl en van de steppen in het land van de Massagetai tot de zwartgeblakerde mannen van Kush.

'Onze grote koning, de koning der koningen, regeert over Medië, Elam, Assyrië, Parthia, Baktria, Sogdiana, Sagartia, Arachosia, Drangiana, Dahai, Areia, Sattagydia, Chroasmia, Saca van het moeras, Saca van de vlakte, Saca die haoma drinken, Saca met punthoeden, Babylon, Armenië, Karia, het volk van Akaufa, Cappadocië, Syrië, Arabië, Egypte, Libië, Nubië, Maka, India, Gandara en Sardis,' zei hij zonder zich te verspreken, alsof dit een rijtje was dat hij vaker had opgezegd. 'Ons rijk strekt zich uit van het zuiden, waar het te warm is voor mensen om te leven, tot het noorden, waar het te koud is voor mensen om te leven.'

'Gandara?' vroeg ik.

'Het land van Kaspapyros in Paktyika aan de Indos,' verduidelijkte hij.

'Ook ik heerste ooit over Gandara,' zei ik. 'Haar naam was India. Ze kwam uit Gandara. Omdat het bordeel van waaruit zij in die tijd opereerde gefrequenteerd werd door nog laaghartiger uitschot dan ikzelf ben en, erger dan dat, door mijn politieke tegenstanders, zag ik mij gedwongen haar bij mij thuis te ontvangen, hetgeen voor mijn vrouw aanleiding was om naar de archon te gaan en een echtscheiding aan te vragen, die ik op het nippertje wist te voorkomen door haar te ontvoeren.'

Tissaphernes lachte. 'Op grond van deze relevante en waardevolle ervaring benoem ik jou tot mijn officiële adviseur voor de betrekkingen met Gandara en India,' zei hij. 'En je hebt gelijk, we moeten jou wat te heersen geven. Mijn excuses dat ik daar nog niet eerder aan heb gedacht.' En nog diezelfde dag gaf hij mij een twaalftal vrouwen voor de bijslaap. Kort daarna nam hij mij mee naar de slavenmarkt in de bovenstad van Sardis. Hij gaf mij uitleg over het goede gebruik om de allermooiste jongens uit te zoeken onder krijgsgevangen en onderworpen volkeren en hier te verkopen. Gecastreerd uiteraard, want eunuchen brachten drie keer zoveel op als mannen met ballen. Hij wilde mij een kostbaar geschenk geven en vroeg mij een paar jongens uit te zoeken. Ik kon en wilde niet weigeren en terwijl wij onszelf vermaakten door hun rillende lijfjes uitvoerig te becommentariëren, prees hij mijn kennersblik en benoemde hij mij tot zijn officiële adviseur inzake jongenskontjes.

Hij gaf mij meer geschenken en eretitels. Hij doste mij uit als een Perzische edelman in weelderige mantels en tunieken van fijn linnen, wol en mohair in de dieprode, saffraangele, zeegroene en purperen kleuren waar Sardis beroemd om is, voorzien van decoratieve zomen en franjes en doorweven met gouddraad. Hij gaf mij sieraden en parfums. Ik observeerde hun mode met aandacht en trachtte hun dracht en stijl nauwkeurig te imiteren. Ik bond mijn lange haar op in een knotje en liet een baard staan, die ik toen hij lang genoeg was krulde met olie. Ik moet jullie bekennen dat ik in mijn drang om aan het hof geaccepteerd te worden zelfs zo ver ging dat ik dat merkwaardige en in Griekenland verachte kledingstuk ging dragen, dat in de Griekse voorstelling uitsluitend aangetrokken wordt door haremvrouwen en verwijfde harpisten en dat broek wordt genoemd. Ik had mijn bontgekleurde broek met een ballenmotief zelf uitgezocht en ik voelde mij er aanvankelijk erg ongemakkelijk in, maar Tissaphernes was er na een hartelijke lachbui zozeer over te spreken dat hij mij benoemde tot zijn officiële adviseur inzake gekleurde stippen.

Elke avond dineerden we samen omdat we de avond daarvoor nooit uitgesproken waren geraakt over datgene waarover we hadden gesproken. Ik hoefde bij hem niet aan te komen met filosofie, maar ik deed dat toch af en toe, omdat het grappig was te zien hoe hij op de hersenspinsels en argumenten van onze duurbetaalde sofisten reageerde. Bij elke metafysische of ethische verrassingsaanval trok hij zich schielijk terug in het onneembare fort van het officiële wereldbeeld van de staat, waarin de almachtige god Auramazda, de alvader en hoeder van de waarheid, die de hemel van de aarde en het licht van het donker heeft gescheiden en die de planten, de dieren, de mens en de goedheid heeft geschapen met de kracht van zijn gedachten, in een mantel die is bezaaid met sterren gezeten op een troon in de hoogste hemel met de zon als zijn alziende oog in een eeuwige strijd is verwikkeld met Ariman, die de creatie en het goede ontkent en als meester van de leugen heerst over de diepste duisternis. De wil van Auramazda is orde en de grote koning van Perzië en diens satrapen zijn de goddelijke instrumenten waarvan de god zich bedient om zijn waarachtige streven te volbrengen, waaruit volgens de wetten van de logica volgt dat iedere vijand van Perzië, van de koning of van een van diens satrapen een dienaar is van de leugen, van de chaos en van de prins van de buitenste duisternis, die de erfvijand is van Auramazda en van al het goede. Dit in graniet gebeitelde concept van kosmisch dualisme was volgens hem het definitieve antwoord op alle vragen die de Griekse filosofen kwebbelend rond de Egeïsche vijver in hun ledigheid ooit hebben opgeworpen en hun onvermogen om de waarheid te accepteren was voor hem een afdoende bewijs voor hun misdadige affiniteit met de leugen en de duisternis. Wanneer ik meeging in zijn redenering en, op de manier zoals Sokrates mij heeft onderwezen, akkoord ging met het uitgangspunt van een onderscheid tussen goed en kwaad om vervolgens vragen te stellen over de definitie van beide concepten, maakte ik mij in zijn ogen schuldig aan het zaaien van verwarring en aan het hanteren van een van de wapenen van de heer van de chaos. Zijn wereldbeeld was af en gesloten.

Onze Griekse goden vond hij lachwekkend. In hun veelheid en hun veel te menselijke neiging om zonder belangstelling voor het goede hun particuliere belangen te behartigen en chaos te creëren door elkaars wilsbesluiten te frustreren vond hij hen dermate kinderachtig dat het volgens hem niet eens de moeite loonde hun bestaan te ontkennen. Ze waren irrelevant in zijn ogen.

Maar interessant werd het wanneer we vervolgens te spreken kwamen over politiek, macht en de manipulatieve, smerige en bloederige praktijk van het landsbestuur in naam van de pure, onvermengde goedheid van Auramazda en wanneer telkens weer bleek dat hij zich in alle mogelijke en onmogelijke bochten moest wringen om zijn eigen daden desgevraagd in harmonie te brengen met zijn strenge dualistische model van goed en kwaad, terwijl ik er geen enkele moeite mee had om zelfs de meest ambigue machtspolitieke manoeuvres te illustreren met schurkenverhalen over onze Olympische goden, totdat we op een avond het punt bereikten waarop hij in schaterlachen uitbarstte en mij benoemde tot zijn persoonlijke adviseur inzake subversieve theologie.

Hij weet zijn adamanten staatsgodsdienst en de onwrikbaarheid van zijn officiële moraal op een wonderbaarlijke wijze te verzoenen met nietsontziende machtspolitiek, waarbij hij een wendbaar pragmatisme, om niet te zeggen een grote morele lenigheid aan de dag legt. We zouden hem een diplomaat kunnen noemen. Hij heeft onbetwistbare militaire capaciteiten, hij is een geboren leider, een gewiekst strateeg en, zoals ik met eigen ogen heb kunnen aanschouwen op de vlakte bij Milete, een onbevreesde en krachtige krijger, maar ik begon steeds beter te begrijpen dat ik bij Milete getuige was geweest van een uitzonderlijke situatie en dat hij er onder normale omstandigheden de voorkeur aan geeft om een gewapend treffen onnodig te maken door zijn belangen te realiseren met behulp van pressie, bedrog, dubbelspel, intimidatie, omkoping en andere strategieën die met een glimlach op het gezicht kunnen worden uitgevoerd. Hoewel hij mij nooit specifiek heeft benoemd tot zijn persoonlijke adviseur inzake internationale machtspolitiek en diplomatie, was dat ons favoriete gespreksonderwerp, waarbij we elkaar dikwijls betrapten op een voor ons beiden herkenbare afkeer van conventionele denkpatronen en elkaar telkens weer vonden in strategieën die onze eerdere conversaties over morele principes in een vreemd daglicht zetten. Het waren dit soort gesprekken die vaak tot lang na het avondmaal bij het licht van de olielampen voortduurden tot het krieken van de ochtend.

We aten altijd uitgebreid, als jullie mij een understatement willen toestaan, maar op een avond had Tissaphernes een waar feestmaal voor mij laten aanrichten. Terwijl vierentwintig van zijn concubines zachtjes zongen en tokkelden op hun lieren en harpen en zes van hen voor ons dansten tussen de gouden mirrevaten, gekleed in niets dan hun rinkelende sieraden, werd er door zijn leger van in smetteloos wit geklede eunuchen voor hem, voor mij en voor de rest van zijn honderden gasten een eindeloos defilé van schotels met gebraden ossen, gazellen, ezels, kamelen en gevogelte, waaronder Arabische struisvogels, pauwen, ibissen, ganzen en hanen, aangedragen dat werd weggespoeld met amforen vol Ionische wijnen en de schuimende gele gerstwijn die zij bier noemen. Alle schotels waren gedecoreerd met exotische bloemen en juwelen en eunuchen gingen rond om parfum te druppelen op de gasten. Kennelijk hadden we iets te vieren.

Tegen het einde van het banket onthulde Tissaphernes in een korte toespraak tot het hele hof wat de aanleiding was voor het festijn. 'De Grote Koning heeft oren,' zei hij, 'in elke uithoek van zijn rijk. Ik ben slechts zijn nederige dienaar, maar ook ik heb oren. Niets van wat er tussen de Ionische Zee en de binnenlanden tot ver over de Tmolos gebeurt, blijft voor mij verborgen en vandaag bereikte mij het nieuws dat mijn dierbare vriend en speciale adviseur Alkibiades per officieel decreet door de Spartaanse koning ter dood is veroordeeld en dat er een prijs is gezet op zijn hoofd. Jullie zullen begrijpen dat deze heugelijke tijding luister dient te worden bijgezet in de vorm van deze viering en dat wij thans, indachtig zijn eerdere doodsvonnis dat is uitgevaardigd door het volk van Athene, een toost uitbrengen op de door mij en ons allen vurig gewenste en met gebed aan Auramazda afgesmeekte zekerheid dat Alkibiades ons nimmermeer zal verlaten.'

Terwijl ik door dit bericht, dat ik had verwacht en dat mij op dat moment in al zijn concreetheid desalniettemin overviel, enigszins uit mijn evenwicht werd gebracht, omdat niemand volgens mij onverschillig reageert op het horen van zijn eigen doodsvonnis, en verzonk in duistere gedachten over gevaar, over het verraad van dolken in de nacht en over de omstandigheid dat de gehele Griekse beschaving, die ik telkens weer hartstochtelijk verdedigde tegen de arrogantie van deze Perzen, had besloten mijn bestaan onwenselijk te verklaren, werd er in de hal van het paleis in de citadel van Sardis juichend geklonken met gouden bokalen. Terwijl ik mijn cynische glimlach tevergeefs probeerde terug te vinden in de overweging dat ik een van de weinige stervelingen moest zijn die tweemaal is doodverklaard en vervolgens alsnog met een belachelijke gekleurde broek aan copieus dineert en gehuldigd wordt en in geforceerde trots op de met zekerheid unieke prestatie om mij zowel door mijn vaderland Athene als door zijn aartsvijand Sparta veroordeeld te weten, haalde Tissaphernes een kostbaar kleinood vanuit de eindeloze plooien van zijn overvloedige gewaden tevoorschijn, dat hij mij als geschenk overhandigde.

Het was een rolzegel aan een gouden ketting, die ik als een echte Perzische gezagsdrager om mijn nek kon hangen, waar het bungelend in het volle zicht van iedereen die ik bejegende ontzag zou afdwingen. Het gaf mij de macht officiële documenten en correspondentie op kleitabletten te bezegelen. Een zegel was het meest begeerde symbool van invloed en macht in de bureaucratische context van het hiërarchische Perzische staatsapparaat. Tissaphernes gaf mij meer dan een kleinood: hij gaf mij een positie en status. Een eunuch bracht klei waarop ik mijn zegel kon uitproberen. Ik drukte het in de klei en rolde om de afbeelding, die Tissaphernes als mijn persoonlijk beeldmerk had gekozen, te onthullen. Toen ik zag wat het was, kreeg ik tranen van ontroering in mijn ogen, werkelijk waar. Inderdaad, ik herinnerde mij dat ik hem er kort over had verteld en mijn goede vriend had het kennelijk onthouden en begrepen hoeveel het voor mij betekende. De zachte klei vertoonde een afbeelding van de Griekse liefdesgod Eros die een bliksemschicht als een pijl op zijn boog spant.

'Dit is het zegel,' zei Tissaphernes met luide stem, 'van mijn persoonlijke adviseur inzake alle zaken.' Er werd wederom gejuicht en geklonken. De concubines hervatten hun muziek en dans en de desserts werden opgediend. En toen moest Tissaphernes mij nog iets zeggen. 'De koning komt,' zei hij met zijn mond vol honingcake.

'De koning?' vroeg ik.

'De grote koning Dareios,' zei hij, 'de zoon van Artaxerxes, de zoon van Xerxes, de zoon van Dareios.'

'Ik weet wie de koning is,' zei ik. 'Maar wat bedoel je als je zegt dat hij komt?'

'Dat hij komt,' zei hij.

'Hier?' vroeg ik.

Hij knikte. 'Ik wil dat je hem ontmoet,' zei hij.

'Wanneer?' vroeg ik.

'Hij is onderweg,' zei hij. 'Hij is al een paar maanden geleden vertrokken uit de hoofdstad Sousa en bevindt zich nu op de Koninklijke Weg naar Sardis. Het is een afstand van vierhonderddertig parasangen.' Ik rekende uit dat dat neerkwam op bijna dertienduizend stadia en kon mij geen voorstelling maken van een dergelijke afstand, ook niet toen ik mij inbeeldde dat een hardloper die deze afstand moest afleggen meer dan duizendmaal achtereen de dolichos, de lange afstand bij de Spelen, moest lopen. 'En wanneer de koning reist, verplaatst zich zijn hele hof,' vervolgde Tissaphernes. 'Dat is nogal een logistieke operatie. Dat gaat niet snel. Ze leggen hooguit twee parasangen per dag af. Ik denk dat de koning hier in het voorjaar zal zijn.'

'Dank je wel dat je mij bijtijds waarschuwt,' zei ik.

8

Hoewel het verleidelijk was zich, zoals de bemanning van Odysseus bij de Lotuseters, over te geven aan de geneugten van het paleis van Sardis en te vergeten dat er buiten deze gestoffeerde en gecapitonneerde wereld, die was ingericht als een luxe-bordeel voor de zintuigen, nog een wereld bestond die was gemaakt van ijzer, naakte ambitie, zweet en mensenbloed, dwong ik mijzelf om Athene als pijnlijk gemis te koesteren en te blijven zinnen op een strategie die zou leiden tot mijn rehabilitatie en herstel van mijn machtspositie, waarbij ik werd geholpen door het feit dat Tissaphernes mij als zijn nieuwe adviseur nauwgezet op de hoogte hield van de ontwikkelingen in Ionië en mij er zodoende aan herinnerde dat de geschiedenis ook zonder mij voortgang dreigde te vinden.

Vanwege onvrede bij het opperbevel van Argos over de gang van zaken bij Milete, leek Athene de steun van zijn bondgenoot Argos te hebben verloren, maar Sparta leek niet bereid daarvan te profiteren. De Spartaanse vloot lag nog altijd even veilig als nutteloos in de haven van Milete, terwijl de stad Chios nog steeds zuchtte onder Atheens beleg. Athene had geprofiteerd van de Spartaanse inertie door vijfendertig schepen als versterkingen naar Samos te sturen. De Atheense vloot in de Ionische wateren was nu honderdvier schepen sterk. Ze splitsten hun troepen en stuurden dertig schepen naar Chios, waar ze een fort construeerden, dat binnen de kortste keren ging functioneren als een vluchthaven voor weggelopen slaven, en vierenzeventig triremen naar Milete om het beleg van de stad te hervatten. Tissaphernes had de Spartanen militaire steun verschaft om Klazomenai te heroveren, maar de campagne was mislukt vanwege zoiets banaals als slecht weer. Gezanten uit Lesbos hadden zich bij de Spartanen gemeld met het verzoek een rebellie tegen Athene te ondersteunen, maar er leek onenigheid te zijn ontstaan onder de Spartaanse bevelhebbers en de gevraagde steun was uitgebleven. Een Spartaans eskader was door onhandigheid en onvoorzichtigheid bijna ten prooi gevallen aan een Atheense overmacht bij de kaap van de berg Korykos. Dat ze hadden weten te ontkomen, was uitsluitend aan onverdiende mazzel te danken geweest. De legers van Tissaphernes hadden Knidos ingenomen en Spartaanse schepen waren gearriveerd om steun te verlenen en om positie te kiezen bij de nabijgelegen kaap Triopion, met het doel om Egyptische koopvaardijschepen te onderscheppen die onderweg waren naar Athene, maar de Atheense vloot bij Samos had succesvol geïntervenieerd en de Spartaanse schepen vernietigd, al waren ze er niet in geslaagd om Knidos op de Perzen te heroveren. Als Tissaphernes zichzelf uit alle macht zou willen dwingen om een recent succes van de Spartaanse vloot te noemen, kon hij eigenlijk alleen maar de inname van Kos Meropis bedenken, maar dat was een stadje waarvan de muren onlangs door een aardbeving waren vernietigd en waarvan de bevolking de bergen in was getrokken.

Kortom, Tissaphernes was ontevreden. Zijn doelstelling bij het aangaan van de alliantie met Sparta was de verovering van Ionië. De overeengekomen strategie, die ook in de concept-verdragstekst was benoemd en onderschreven, hield in dat Sparta de Ionische steden zou bevrijden van hun beschermheer Athene, waarmee de weg voor Tissaphernes vrij was om aldaar de belastingen te innen die de grote koning Dareios in expliciete bewoordingen had opgeëist. Tissaphernes was ervan uitgegaan dat het een snelle operatie zou betreffen en dat Sparta met zijn financiële ondersteuning in staat moest worden geacht het verzwakte Athene prompt en probleemloos te verdrijven. Inmiddels waren er echter enkele maanden verstreken en, deels omdat iedereen de veerkracht van Athene had onderschat en deels wel degelijk ook omdat de Spartaanse bevelhebbers passief, incompetent en tandeloos waren gebleken, was Tissaphernes nu betrokken bij een militaire operatie die aanzienlijk langer duurde dan voorzien en die geen enkele hoop bood op een snel resultaat. Welbeschouwd hadden de Spartanen de laatste tijd alleen maar terrein verloren. Ze hadden Athene de tijd gegund om versterkingen te laten aanrukken, het initiatief naar zich toe te trekken en de opstand onder de Ionische steden, die zo voortvarend was aangestoken en die zich als uitslaand vuur had moeten verbreiden over de regio, te versmoren.

Tissaphernes' eerste probleem hierbij was dat de verwachting niet langer gerechtvaardigd leek dat hij Dareios bij zijn komst naar Sardis in het voorjaar triomfantelijk zou kunnen melden dat de missie was volbracht. Het tweede probleem was dat de Spartaanse inertie hem klauwen met geld kostte. Hij had beloofd de campagne te bekostigen en de Spartaanse bemanningen één Attische drachme per persoon per dag te betalen, maar bij het doen van die belofte was het nooit zijn bedoeling geweest dat deze zou uitlopen op een maandenlange aderlating van zijn financiële armslag. Omdat de Spartanen de strijd niet onmiddellijk in hun voordeel hadden weten te beslissen, was de aanvoer van versterkingen noodzakelijk geworden, waardoor hij inmiddels een veel omvangrijkere vloot aan het bekostigen was dan aanvankelijk was voorzien. En ondanks hun aantallen wisten ze niets noemenswaardigs te bereiken. Welbeschouwd kwam de situatie erop neer dat de Spartaanse schepen in de haven van Milete lagen, waar de matrozen op zijn kosten mochten passagieren met lichtekooien. En in plaats van blijk te geven van een minimaal besef van urgentie om hun deel van de overeenkomst na te komen, drongen de Spartaanse autoriteiten als toppunt van insolentie ook nog eens aan op hervatting van de onderhandelingen over de voorwaarden van het associatieverdrag. Tissaphernes vroeg wat ik ervan vond. Hij vroeg mijn advies.

De satraap bezit meerdere parken in Sardis, die hij zijn paradijzen noemt, maar het grootste, aan de rand van de benedenstad, dat ook gebruikt wordt voor jachtpartijen, is zijn lievelingsplek. Hij had er meerdere uitgebreide bezoeken voor nodig gehad om elke uithoek ervan tussen de fonteinen met dansend water en de kunstmatige cascades, de smetteloze grasvelden, doorweven met bloembedden en tapijten, en de talloze, al dan niet verborgen prieeltjes met luxueus meubilair en weelderige stoffering aan mij te laten zien. Hoewel ik al gauw begreep dat de aanleg van dergelijke parken geenszins een particuliere extravagantie betrof van mijn gastheer, dat tuinen een centrale plek innamen aan alle Perzische hoven en dat ze in dat opzicht verre van bijzonder waren, was het grote paradijs van Tissaphernes in mijn Griekse ogen een onwerkelijk oord. In Athene hebben wij de tuinen van Aphrodite, buiten de muur, aan de Ilissos, maar het fundamentele verschil tussen een Perzisch paradijs en datgene wat wij een tuin noemen, is dat de natuur door de Perzen onderworpen wordt aan een vooropgesteld esthetisch en filosofisch ontwerp en door mensenhanden tot symmetrische patronen gedwongen wordt. Een Perzisch park is vormgegeven en precies dat maakte de tuin van Tissaphernes voor mij zowel tot een magische plek als tot een enigszins verontrustend vertoon van menselijke overmoed.

Ik zei hem dat ook. Hij glimlachte trots. Hij legde mij uit dat overal een gedachte achter zat. Het is de plicht van elke satraap om de Grote Koning als zijn grote voorbeeld te beschouwen en hem in alles zo goed mogelijk te imiteren. Het hof van iedere satraap is een afspiegeling van het koninklijke hof in Sousa. Het paradijs van de Grote Koning in de hoofdstad is ontworpen als een schaalmodel van zijn imperium. Zoals de koning tijdens zijn banketten vruchten, vee, wild en delicatessen nuttigt uit alle gebieden die hij overheerst, zo is er in zijn paleistuinen plek ingeruimd voor alle planten, bloemen en bomen die groeien in alle provincies van zijn rijk, en aangezien het Tissaphernes' dure plicht is de Grote Koning naar het beste van zijn vermogens na te volgen, vormt ook zijn eigen paradijs in Sardis een microkosmos die de splendeur en de rijkdom van het wereldrijk tracht te verbeelden. De aanleg en het onderhoud van het park zijn een wetenschap, zo vertelde hij mij, want het moet op zo'n manier worden beplant dat het in ieder seizoen een welige aanblik biedt en de bloemen en planten die zijn geïmporteerd uit delen van het rijk waar een ander klimaat heerst, hebben voortdurende aandacht nodig om te kunnen aarden in deze bodem. Hij heeft een leger aan gespecialiseerde tuinmannen in dienst om de exotische flora te vertroetelen. Ik heb Tissaphernes nooit bevlogener en gelukkiger gezien dan wanneer hij over zijn tuinen sprak. Ze vormen de grote trots van zijn heerschappij. Al het goud, zilver, zijde en brokaat van zijn paleis in de citadel zou hij zonder enig moment van aarzeling opofferen voor het behoud van zijn tere lover, zijn delicate gazons, zijn bloemen en de bovennatuurlijke pracht van zijn fonteinen.

Het was daar, in zijn lievelingsparadijs, dat wij de politieke en militaire ontwikkelingen in Ionië bespraken. Zijn vraag wat ik daarvan vond, kwam in feite neer op twee verschillende vragen, die niet noodzakelijkerwijs tot hetzelfde antwoord leidden. Ik kon de situatie analyseren vanuit de belangen van Tissaphernes, zoals hij van mij verwachtte. Ik had daarover nagedacht en ik had daar ideeën over. Ik kon de situatie echter eveneens beschouwen vanuit het oogpunt van mijn eigen, persoonlijke belangen. Daarover had ik nog intensiever nagedacht. Mijn persoonlijke belangen vielen samen met de belangen van Athene, zoals dat mijn hele leven het geval is geweest en zoals dat ook nu onverminderd mag gelden, en naast de verheven en principiële redenen die ik daarvoor had en heb, golden er op dat moment ook banale pragmatische overwegingen die mij dwongen te concluderen dat er geen acceptabel toekomstperspectief bestond voor mij persoonlijk zonder een machtig, weerbaar en dominant Athene. De belangrijkste van deze praktische factoren die mij tot die gevolgtrekking dwong, was het Spartaanse doodsvonnis dat mijn deel was geworden. Sparta mocht de oorlog niet winnen, want zelfs als ik zou besluiten tevreden te zijn met mijn goedgeklede en weldoorvoede bestaan in Sardis, zou er na de eindoverwinning van de Spartaans-Perzische alliantie vroeg of laat een uitleveringsverzoek aan Tissaphernes worden gericht, dat hij krachtens diezelfde vruchtbare samenwerking moeilijk zou kunnen weigeren. Hij was nu mijn beste vriend, dat is waar, maar juist daardoor had ik hem goed leren kennen en er kon geen twijfel over bestaan dat hij een man was die immer een rationele afweging zou maken tussen zijn loyaliteiten en persoonlijk gewin. Ook Athene had mij ter dood veroordeeld, dat was waar, maar het leek mij kansrijker te speculeren op het gebrekkige geheugen dat typerend is voor een democratie dan op de eventuele vergeetachtigheid van een als echtgenoot en vriend bedrogen monarch.

Geredeneerd vanuit mijn eigen belangen moest ik als adviseur van de satraap een verzwakking van de Spartaanse positie zien te bewerkstelligen en aangezien de voornaamste kracht van Sparta op dat moment gelegen was in zijn bondgenootschap met Tissaphernes, waaraan ik zelf had bijgedragen, moest ik mijn invloed op Tissaphernes nu zien aan te wenden om een bekoeling van die relatie af te dwingen, waarbij ik geholpen werd door het feit dat Tissaphernes zelf teleurgesteld was over de resultaten van de samenwerking. Nadat ik er voorheen, toen ik formeel in Spartaanse dienst was, niet zonder succes naar had gestreefd om Athene zo hardhandig mogelijk aan mijn bestaan te herinneren, moest ik nu vanuit mijn huidige positie alles in het werk stellen wat ik kon om Athene de adempauze te verschaffen die nodig was om daarvan bij te komen, waarbij het opnieuw van het grootste belang zou zijn om Athene aan mijn bestaan te herinneren. Mijn invloed op Tissaphernes was mijn machtigste wapen, niet alleen vanwege de mogelijkheden die deze mij verschafte om Athene te vrijwaren van een effectief en op lange termijn zeker beslissend verbond tussen Sparta en Perzië, maar ook vanwege de opening die deze mij zou kunnen bieden om het volk van Athene ervan te overtuigen dat het mij nodig had. Als Atheners geloofden dat ik bij machte was de Perzen van Sparta los te weken en aan hun kant te krijgen, zou niemand van hen het verkiezen om zich hardvochtig te blijven herinneren dat er ooit, jaren geleden, valse beschuldigingen over heiligschennis waren geuit. Ik moest elke gelegenheid die zich voordeed aangrijpen om aan Athene te laten zien hoe innig ik bevriend was geraakt met de satraap van Sardis. Dit was zo'n gelegenheid.

De kunst was uiteraard om mijn persoonlijke belangen in de verwoording van mijn advies aan Tissaphernes te vermommen als zijn belangen. Het feit dat deze niet geheel en al divergeerden en dat er sprake was van een gedeeltelijke overlapping van zijn en mijn interesses, was hierbij een welkome bijkomstigheid. Ik nam de financiële zorgen van Tissaphernes als uitgangspunt, omdat die mij een voor de hand liggend argument verschaften om te pleiten voor een beleidswijziging die zou leiden tot verzwakking van de Spartaanse vloot en bekoeling van de betrekkingen.

'Halveer de soldij,' zei ik. 'Betaal ze drie obolen in plaats van één drachme per persoon per dag. En betaal ze onregelmatig uit. Tegen de Spartanen kun je zeggen dat de Atheners, die kunnen bogen op aanzienlijk meer maritieme ervaring dan zij, al sinds jaar en dag slechts drie obolen soldij betalen en dat dat niet uit geldgebrek is, maar om te voorkomen dat de roeiers en soldaten hun lichamelijke conditie ruïneren door te veel geld te spenderen aan drank en vrouwen. Zeg hun dat ook de Atheners de soldij met opzet onregelmatig uitkeren met het doel de bemanningen aan zich te binden. Niemand deserteert als hij nog geld tegoed heeft en niemand levert een wanprestatie als hij niet zeker weet of hij wordt uitbetaald. En als jij zeker wilt weten dat de halvering van de gage wordt geaccepteerd, moet je de kapiteins omkopen.

Verder denk ik niet dat het in jouw of in Perzisch belang is om haast te maken met het winnen van de oorlog. Het is contraproductief voor jullie om Sparta het beslissende voordeel te geven, bijvoorbeeld door de Fenicische vloot op te roepen of huurlingen aan te nemen, want het gevolg daarvan zou zijn dat de suprematie zowel ter land als ter zee in één en dezelfde hand komt te liggen. Het is beter om het evenwicht tussen één landmogendheid en één zeemacht te koesteren, want in het geval dat jouw koning van een van beide last zou krijgen, kan hij de ander oproepen om orde op zaken te stellen, terwijl er met één dominant Grieks leger voor jouw koning in zo'n geval niets anders op zou zitten dan op eigen kosten en voor eigen risico op te treden. Laat Sparta en Athene elkaar kapotmaken. Dat is verreweg de goedkoopste strategie voor jullie.

En als uiteindelijk toch een van beide de oorlog moet winnen, kun je beter Athene hebben dan Sparta. Athene is een zeemacht, die noch de interesse noch de middelen heeft om verder te kijken dan de kust lang is. Athene zal nooit een bedreiging vormen voor Perzië. De Atheense suprematie in de Egeïsche Zee kan probleemloos vreedzaam co-existeren met de Perzische overheersing van het Aziatische continent, zoals de afgelopen decennia is gebleken. De trotse en koppige hoplieten van de befaamde Spartaanse infanterie zouden daarentegen wel eens op het idee kunnen komen dat er geen reden is om Griekenland aan de Ionische kust te laten ophouden. Besef ook dat Sparta zich vanaf het begin van deze oorlog heeft opgeworpen als de bevrijder van Griekenland. Perzische overheersing van de Griekse steden in Ionië zou onverenigbaar zijn met die missie, ongeacht de vraag of die welgemeend is dan wel op holle propaganda berust. Atheners zijn als ervaren imperialisten flexibeler en pragmatischer in dit soort dingen dan die stugge Spartaanse zeloten van hun zelfverklaarde morele superioriteit. Ik ken de Spartanen, vergeet dat niet. Hun cuisine is misdadig, dus ze hebben geen enkele reden om naar huis terug te verlangen. Dus laat ze elkaar verzwakken en gooi de Spartanen vervolgens je land uit.'

Zo sprak ik. Tissaphernes knikte, dacht even na en sloeg mij toen op de schouders. 'Het enige is dat ik dat laatste niet kan besluiten zonder ruggenspraak met de koning,' zei hij.

In de daaropvolgende dagen halveerde hij zijn bijdrage aan de Spartaanse vloot en begon hij laks te worden in zijn betalingen, hetgeen een demoraliserende uitwerking had op de Spartaanse mariniers, precies zoals ik had gehoopt. Mijn verwijzing naar de Fenicische vloot had hem kennelijk op een idee gebracht. Hij maande de Spartaanse bevelhebbers in de havens te blijven en geen actie tegen Athene te ondernemen totdat er versterkingen uit Fenicië zouden arriveren, maar de Fenicische schepen zouden nooit komen, omdat ze nooit waren opgeroepen. Wat er nog over was aan bezieling bij de Spartanen werd hierdoor verdronken in vruchteloos uitstel, terwijl Tissaphernes zich op een demonstratieve manier steeds minder betrokken begon te tonen bij hun oorlog.

Toen er een delegatie uit de hoofdstad van Chios, die ongemerkt langs de Atheense belegeraars had weten te glippen, haar opwachting maakte in Sardis om de satraap te verzoeken financiële bijstand te verlenen aan hun strijd, bood ik Tissaphernes aan de onderhandelingen in zijn naam te voeren. Hij ging akkoord en ik wees het verzoek van de verbouwereerde gezanten in de hardst mogelijke bewoordingen af.

'Chios is een van de rijkste steden van Hellas,' zei ik, 'en nu jullie geld besparen door geen prijs meer te stellen op de bescherming van Athene, mogen jullie zelf opdraaien voor de kosten van jullie bescherming tegen Athene.'

De ambassadeurs dropen af en ik was er zeker van dat het verbijsterende nieuws dat Alkibiades van Athene zich inmiddels kennelijk zozeer in de gunst van de satraap van Sardis kon verheugen dat hij namens hem het woord voerde, zich als een lopend vuur over de Griekse steden zou verspreiden en vroeg of laat ook Athene zou bereiken.

Tissaphernes schaterde toen hij dit hoorde. 'Goed gedaan, vriend,' zei hij. 'Ik wou dat ik jou al eerder als adviseur had gehad. Jij bespaart mij scheppen met geld. Ik zal je belonen. Mijn gift aan jou zal zijn dat ik mijn tuinen, die het decor zijn geweest van jouw waardevolle adviezen aan mij, naar jou vernoem. Vanaf heden zal ik en iedere inwoner van Sardis met mij krachtens mijn wil naar mijn favoriete plek op aarde verwijzen als het paradijs genaamd Alkibiades.'

9

Het was in deze tijd, toen mij tot mijn tevredenheid werd bevestigd dat er over mij en mijn vriendschap met Tissaphernes werd gepraat, dat ik begon te corresponderen met enkele invloedrijke commandanten in het hoofdkwartier van de Atheense vloot op Samos. Wat ik schreef, waren variaties op de suggestie dat ik wellicht genegen zou kunnen zijn naar Athene terug te keren en dat ik in dat geval de vriendschap en het vertrouwen van de satraap van Sardis met mij mee zou nemen, maar dat daarvoor eerst de constitutie moest worden gewijzigd. Zolang de democratie van kracht was, die mij had veroordeeld, kon er van mijn terugkeer en mijn inzet voor Atheense belangen geen sprake zijn, dat zouden ze begrijpen. De installatie van een oligarchisch bestel zou dit probleem oplossen. Een dergelijke staatsvorm zou ook op meer welwillendheid en krediet kunnen rekenen van de kant van Tissaphernes en de grote koning van Perzië.

Mijn brieven hadden het gewenste effect. Mijn informanten meldden mij dat het in het Atheense legerkamp en in de stad Samos gonsde van opgewonden stemmen. Uiteraard gaven mijn suggesties aanleiding tot oprechte en gefingeerde verontwaardiging, dat was onderdeel van het spel, maar het vooruitzicht van een bondgenootschap met Perzië werd interessant genoeg gevonden om het ondenkbare te exploreren in gedachten, de veel te lang verzwegen fundamentele tekortkomingen van de democratie op te sommen en een oligarchische coup met steun van de vloot niet bij voorbaat categorisch als mogelijkheid uit te sluiten.

Een delegatie van de legerleiding wilde mij spreken. Ik ontving de Atheense afgevaardigden in Sardis tegen het imponerende decor van Tissaphernes' troonzaal en ik herhaalde mijn overwegingen, waaraan ik nog wel wilde toevoegen dat de grote koning Dareios zich op dat moment op de Koninklijke Weg bevond in de richting van Sardis en dat het persoonlijke onderhoud van Dareios, Tissaphernes en mij, dat binnen afzienbare tijd gepland stond, mij de juiste gelegenheid zou bieden om een Perzisch bondgenootschap met Athene te bewerkstelligen, maar dat Dareios, die uit het verre oosten kwam en gevoed was met absolutistische tradities, een nog afwijzendere houding innam ten opzichte van democratische onbezonnenheid dan de satraap van Lydië en dat het redelijk was te verwachten dat hij opschorting van het volatiele volksbewind als voorwaarde zou stellen voor zijn vertrouwen.

Ik vond een welwillend oor, waarbij het mij hielp dat de leden van de delegatie, evenals mijn eerdere correspondenten, als officieren deel uitmaakten van de bevoorrechte klassen van Athene en tot de bevolkingsgroep behoorden die tegelijkertijd in financieel opzicht het meest te lijden had onder de oorlog, zeker sinds de Spartaanse bezetting van Dekeleia, en het meeste te winnen zou hebben bij een oligarchische staatsgreep. Na de terugkomst van de delegatie op Samos begonnen de voorstanders van het complot zich te organiseren en steun te verwerven voor hun plan bij de bemanningen van hun schepen en de inwoners van het eiland.

De meest uitgesproken tegenstander van het idee van een staatsgreep was Phrynichos, de zoon van Stratonides, uit het district Deiradiotai, de voormalige geitenhoeder. Met de Spartanen en de Perzen had ik slag geleverd tegen zijn troepen voor Milete. Toen ik de Spartaanse vloot uit Teichioussa naar Milete had gebracht, had hij zich teruggetrokken naar Samos en daar was hij nog steeds. Hij had zijn onwaarschijnlijke carrière aan het gebrek aan kieskeurigheid van de democratie te danken, hij was een compagnon van de extremist Androkles uit het district Pithos en hij werd gedreven door een diepe haat jegens mijn persoon, dus zijn stellingname verraste mij niet. Zijn argumenten, waarvan mijn informanten mij getrouw rapport uitbrachten, waren grotendeels gebaseerd op de aanname dat ik niet te vertrouwen zou zijn, waarmee hij op zich natuurlijk een punt had. Na wat voorspelbaar sentimenteel geleuter over vrijheid en gelijkheid en na twijfels te hebben geuit met betrekking tot de Perzische belangstelling om Athene als bondgenoot boven Sparta te verkiezen, gezien de relatieve zwakte van Athene op dat moment, betoogde hij dat mijn intenties niet oprecht waren, dat ik geen enkele waarde hechtte aan een oligarchische omwenteling, evenmin als ik geïnteresseerd was in democratische waarden, en dat het mijn enige oogmerk was mij te laten rehabiliteren en terugroepen door mijn confrères uit de gegoede klasse.

Phrynichos was niet dom. Hij had mij gedeeltelijk doorzien. Hij had gelijk met zijn bewering dat het nadrukkelijk deel uitmaakte van mijn doelstellingen om in mijn eer te worden hersteld en naar Athene te kunnen terugkeren, maar niet op de manier die hij schetste. Mijn plan was nog iets ambitieuzer en complexer dan hij bevroedde. Zijn obsessie met mijn afkomst, die opzichtig van de zijne verschilde, maakte hem blind voor de mogelijkheid dat het mijn strategie was om mij niet door de aristocraten te laten rehabiliteren maar juist door het soevereine volk dat mij drieënhalf jaar eerder had veroordeeld en dat ik eerst nog een rekening te vereffenen zou hebben met diezelfde aristocraten alsmede met populisten als hij en Androkles. Hij ging ervan uit dat ik alles deed wat ik deed met het doel om mijn oude macht te herwinnen, omdat hij niet getalenteerd genoeg was om zich te kunnen voorstellen dat ik meer macht wilde dan ik ooit had gehad.

Phrynichos had op Samos een minderheidsstandpunt verwoord. Hoewel niet iedereen evenzeer geporteerd was van het vooruitzicht van een staatsgreep, was er brede steun voor de analyse dat het verbond tussen Sparta en Perzië op lange termijn funest was voor Athene en dat de meest realistische hoop voor Athene gelegen zou zijn in pogingen om Perzië van Sparta los te weken en in het eigen kamp te brengen. Er moest iets gebeuren, dat was duidelijk, want als Athene op de oude voet doorging met de oorlog tegen twee geallieerde supermachten, zoals Phrynichos in feite voorstelde, zou de strijd veeleisend en langdurig zijn en geen garantie bieden op een goede afloop, om het zacht uit te drukken. Vanuit die gedachte werd mijn plan voor een oligarchische coup met een overweldigende meerderheid van stemmen aangenomen. De generaals van Samos kozen Peisandros, de zoon van Glauketes, uit het district Acharnai, uit hun midden om het gezantschap te leiden dat de oligarchische groeperingen in Athene, die al sinds de tijd waarin de Hermen werden gemutileerd zonnen op een coup, zou mobiliseren en dat de executieve raad en het volk van Athene zou inlichten omtrent het besluit van de Atheense vloot bij Samos om de democratie niet langer te steunen.

Dit bracht Phrynichos in een precaire positie. Met recht mocht hij vrezen dat ik vroeg of laat op de hoogte zou worden gesteld van zijn oppositie tegen mijn plan en met evenveel recht ging hij ervan uit dat dit niet zonder gevolgen zou blijven voor zijn positie zodra ik hoogstpersoonlijk orde op zaken zou komen stellen in Athene. Hij had welbeschouwd geen andere keuze dan met andere middelen te volharden in zijn tegenstand, maar bij de ongebruikelijke en gedurfde stap die hij vervolgens nam, maakte hij een elementaire denkfout.

Hij lichtte de autoriteiten in Sparta per brief in omtrent mijn verraad en mijn voornemen om Tissaphernes als bondgenoot van Sparta te doen overlopen naar het Atheense kamp, waarbij hij ten onrechte geloofde mijn positie te ondermijnen. Kennelijk was hij niet op de hoogte van mijn veroordeling door koning Agis, had hij mijn optreden bij Milete zij aan zij met de Spartanen nog steeds levendig voor ogen en dacht hij dat ik in Sardis nog steeds formeel in Spartaanse dienst was. Bovendien had hij er geen rekening mee gehouden dat zijn brief door Endios aan mij zou worden doorgestuurd, waarop ik op mijn beurt een brief stuurde aan de Atheense legerleiding op Samos om te vertellen dat Phrynichos ons complot had verraden aan de Spartanen, hetgeen zijn positie vrijwel onhoudbaar maakte.

In paniek nam hij zijn toevlucht tot een list. Hij stuurde een tweede brief naar de Spartaanse autoriteiten, waarin hij zich bereid verklaarde de gehele Atheense vloot bij Samos aan Sparta uit te leveren. Hij rechtvaardigde dit verraad door de Spartanen erop te wijzen dat ze hem geen andere keuze hadden gelaten door de vertrouwelijkheid van zijn eerste brief te schenden, waarmee zij zijn leven in gevaar hadden gebracht en tevens zijn enige hoop op lijfsbehoud waren geworden. Hij gaf een gedetailleerde beschrijving van de zwaktes in de Atheense posities en de onversterkte delen van de kust en voegde daaraan toe dat hij hoopte dat Sparta hem in ruil voor deze informatie asiel zou willen verlenen. Ook deze brief werd door Endios aan mij doorgestuurd, waarop ik de legerleiding op Samos onverwijld inlichtte over het hoogverraad en waarschuwde voor een vijandelijke aanval op de genoemde posities.

Maar deze keer was Phrynichos mij te slim af geweest, hoe onaangenaam ik het ook vind om dat te moeten toegeven. Nadat hij zijn brief had verstuurd, had hij zelf alarm geslagen vanwege een ophanden zijnde vijandelijke aanval en hij had bevel gegeven om precies die posities te versterken die hij in zijn brief had genoemd en die ik op mijn beurt opsomde in mijn brief aan de admiraals op Samos, waardoor de brief waarin ik waarschuwde voor een aanval het effect had van een bevestiging van de zogenaamde inlichtingen waarover Phrynichos beweerde te beschikken en mijn bewering dat hij de Atheense vloot wilde verraden eruit kwam te zien als een valse beschuldiging.

Terwijl mij in Sardis bericht bereikte dat Peisandros in Athene was aangekomen en dat de zaak in beweging was gezet, moest ik concluderen dat ik mij nog niet van Phrynichos had weten te ontdoen.

10

Het konvooi van de grote koning Dareios naderde Lydisch grondgebied en ik maakte deel uit van de delegatie die Tissaphernes vergezelde toen hij hem tegemoet reed over de Koninklijke Weg om hem te verwelkomen in de stad Kydrara, voorbij de splitsing met de weg naar Karia, waar de grens tussen Lydië en Phrygië is gemarkeerd door een zuil met een inscriptie in het Lydisch, die ooit is opgesteld door de legendarische koning Kroisos. Op een dagreis van Sardis passeerden we in het verlaten landschap een plataan die met goud was versierd en werd bewaakt door een eenzame Perzische elitesoldaat, een zogenaamde Onsterfelijke. Koning Xerxes, de grootvader van de toenmalige koning Dareios, had deze plataan gezien toen hij met zijn legers over de Koninklijke Weg naar het westen trok om Hellas binnen te vallen, zo werd mij verteld, en omdat hij bijzonder getroffen was door de schoonheid van deze boom, had hij een eerbetoon nodig geacht en bevolen de kreunende takken te behangen met talenten goud, waarmee permanente bewaking noodzakelijk werd. Zijn wil werd nog altijd gehoorzaamd.

Ik weet niet of het kwam doordat Tissaphernes inlichtingen had ontvangen die vermoedens bij hem hadden doen rijzen omtrent mijn geheime correspondentie met de admiraals op Samos en de ophanden zijnde coup in Athene of doordat hij in zijn gespannen anticipatie van de aanstaande ontmoeting met zijn koning geïnspireerd werd tot plechtige, constitutionele overpeinzingen, maar het feit wilde dat hij tijdens onze reis opeens interesse toonde voor staatsrecht en als tijdverdrijf, als subtiele waarschuwing voor mij of uit oprechte belangstelling een discussie met mij aanging over de merites en tekortkomingen van de monarchie, de oligarchie en de democratie.

'Voor iemand die uit hoofde van zijn functie geacht wordt geen oogwenk of ademtocht te twijfelen aan de zegeningen van Auramazda en de koning der koningen, die zijn plaatsvervanger op aarde is, is het ongezond zich te vermeien met theoretische exercities omtrent alternatieve staatsvormen,' zei ik, 'maar als je erop staat om de verbinding tussen jouw hoofd en jouw romp op het spel te zetten met subversieve speculaties, heb je in mij een ervaringsdeskundige gevonden. Ik mag mij er, zoals je weet, op beroemen dat ik zowel door een democratie als door een monarchie ter dood ben veroordeeld. Dus zeg het maar. Wat wilde je weten?'

'Onze eerste koning Dareios, de zoon van Hystaspes en de overgrootvader van onze huidige koning Dareios, heeft ooit gezegd dat de superioriteit van de monarchie alleen al blijkt uit het feit dat de beide andere staatsvormen de natuurlijke neiging vertonen om zich in de richting van een alleenheerschappij te ontwikkelen.' Hij onderbrak zichzelf om zijn paard in bedwang te houden, dat geschrokken was van een groot insect dat op zijn hoofd probeerde te landen. 'Als de regering in handen is van een college van vooraanstaande burgers,' zo vervolgde hij, 'die zich op grond van hun afkomst, opvoeding en opleiding als de elite van de staat mogen beschouwen en geacht moeten worden gezamenlijk in staat te zijn het best denkbare beleid vorm te geven, –'

'Het concept van de oligarchie is mij bekend,' zei ik.

'Val mij niet in de rede,' zei hij. 'Ik spreek de wijze woorden van Dareios de Grote. Hij voorzag dat een dergelijk collectief van excellentie binnen de kortste keren verscheurd raakt door persoonlijke rivaliteiten en conflicterende belangen en dat de enige remedie hiertegen gelegen is in het scenario waarin een van hen de macht naar zich toe trekt ten koste van de anderen.'

'De mengdrank gaat schiften,' zei ik, 'en het gegeven dat de macht gaat samenklonteren rond de persoon die haar het meest begeert, is tegelijkertijd het probleem en de oplossing voor dat probleem.'

'Juist,' zei Tissaphernes. 'En met een democratie gaat het net zo. Als het staatsbestuur in handen is van het volk, beginnen zich facties te vormen die hun aandacht en energie meer richten op de bestrijding van rivaliserende facties dan op het algemene belang. Voor je het weet, wordt de democratie door haar interne verdeeldheid dermate inefficiënt, autoreferentieel, onooglijk, incoherent en kortzichtig dat het volk zich van zijn eigen democratische instituties begint af te keren en de roep om een sterke leider steeds luider klinkt.'

'Zei Dareios dat?' vroeg ik.

'Hij was een wijs man,' zei hij.

'Het lijkt wel alsof hij in Athene is opgegroeid,' zei ik. 'De Atheense democratie functioneerde het beste toen Perikles dermate onbetwist was als leider dat Athene louter nog in naam een democratie mocht heten en in de praktijk een alleenheerschappij was geworden van zijn capabelste bestuurder. De teloorgang van de democratie na de dood van Perikles, waarvan ikzelf een slachtoffer ben, is veroorzaakt door zogenaamde leiders die in hun machtshonger hengelen naar de volksgunst en hun visie laten bepalen door de fluctuaties van de publieke opinie, waarbij zij al het mogelijke in het werk stellen om diezelfde publieke opinie tegen hun rivalen op te zetten. Het gevolg hiervan is dat de democratie niet langer in staat is om verder in de toekomst te kijken dan tot de volgende stemming, hetgeen een coherente visie voor de lange termijn tot een luchtspiegeling maakt.'

'Dus je bent het eens met Dareios de Grote,' zei Tissaphernes. 'Dat doet mij deugd.'

'Natuurlijk wil iedereen het beste beleid,' zei ik, 'en het beste beleid wordt bedacht door de beste bestuurder. Als je het beste van het beste wilt, is er altijd iemand beter dan alle anderen. Hoe groot of hoe klein je de groep machthebbers ook maakt, er zullen altijd minder capabele lieden tussen zitten die invloed uitoefenen op de beslissingen die beter zonder hen genomen zouden kunnen worden door de beste man uit hun midden. Als je het beste beleid wilt, zul je de beste man in zijn eentje aan het roer moeten zetten. Maar de vraag die hierbij gesteld moet worden, is wie bepaalt wie de beste is. De kwaliteit van beleid is geen objectief gegeven, maar een grootheid die wordt afgemeten aan specifieke politieke voorkeuren, belangen en toekomstvisies. Het antwoord op de vraag wie de beste man is om de staat te leiden, hangt af van de persoon aan wie je hem stelt, aangezien eenieder de neiging zal hebben om diegene als deskundig leider te beschouwen die de meeste affiniteit vertoont met de eigen wensen. In feite zijn er twee mogelijkheden. Men kan deze keuze van de beste leider overlaten aan het toeval, door de oudste zoon van de vorige leider blind tot nieuwe leider uit te roepen en de gok te nemen dat hij, zodra hij eenmaal in functie zal zijn, net zoveel op zijn vader zal lijken als men hoopt, of men kan deze keuze institutionaliseren in de vorm van een meerderheidsbesluit.'

'Een koningshuis is niet gebouwd op het kwikzand van het toeval maar op het rotsvaste fundament van een superieure bloedlijn,' zei Tissaphernes. 'De capaciteiten van de vader rechtvaardigen verwachtingen omtrent de talenten van zijn zoon. Doordat de lotsbestemming van de monarch bij zijn geboorte vastligt, wordt vanaf zijn geboorte alles in het werk gesteld om hem op de best denkbare manier voor te bereiden op zijn taken. Geen mens kan tippen aan de training en opleiding die een prins geniet. Bestuurlijke kwaliteit is wel degelijk objectief.'

'En waarom bestaan er dan toch slechte koningen?' vroeg ik.

'Omdat de leugen tegen de waarheid strijdt en niets volmaakt kan zijn in de vergankelijke wereld,' zei hij. 'Een negatieve evaluatie van concrete manifestaties doet niets af aan de geldigheid van het model.'

'Ik weet niet of dat waar is,' zei ik. 'De immoraliteit van sommige alleenheersers legt de vinger volgens mij op een fundamentele tekortkoming van het autocratische model. Macht verandert een mens. Zelfs het uitmuntendste karakter kan gecorrumpeerd worden door de ervaring van almacht. De gelegenheid wekt het verlangen. Wie ongelimiteerd vertrouwen geniet, zal vroeg of laat op het idee komen om het te beschamen, alleen al omdat dat tot de mogelijkheden behoort. De gevolgen variëren van verkwisting van collectieve middelen, bijvoorbeeld door een eenzame plataan in een afgelegen buitengewest te behangen met vele talenten goud, tot erger en heel veel erger. De licentie voor willekeur, die inherent is aan het systeem, creëert tirannen, zonder dat door hetzelfde systeem is voorzien in een waarborg tegen excessen.'

'Een slechte heerser wordt uit de weg geruimd,' zei hij. 'Daar heb je jouw waarborg.'

'Misschien zou het beter zijn om zijn aansprakelijkheid te institutionaliseren,' zei ik. 'De gedachte achter een democratie is dat het feit dat de macht door allen wordt gedeeld een garantie vormt tegen de mogelijkheid dat één individu alle macht naar zich toe trekt.'

'En waarom baart een democratie dan soms autocraten?' vroeg hij.

'Omdat de democratie niet werkt,' zei ik.

Tissaphernes lachte. 'Dit is een goede discussie,' zei hij. 'Ik wil vaker met jou van mening verschillen.'

'De democratie functioneert,' zei ik, 'zolang er sprake is van een scheiding tussen de keuze van de bestemming en de verantwoordelijkheid voor de reis. De ster die de koers bepaalt wordt door alle opvarenden gezamenlijk aangewezen, waarna de vaardigste stuurman het roer in handen neemt. Geadviseerd door zijn deskundigste politici beslist het volk bij meerderheid welk beleid wenselijk is en de uitvoering van dat beleid wordt in handen gegeven van de capabelste strategen en bestuurders, die door het volk worden gecontroleerd en aan het volk verantwoording verschuldigd zijn. Dat is de theorie. Dat is een werkbaar systeem, dat capaciteiten benut zonder almacht toe te staan.'

'Alles wat jij mij hebt verteld over de dynamiek rond jullie militaire expeditie naar Sicilië, geeft mij aanleiding om aan de werkbaarheid en efficiëntie van het door jou geprezen systeem te twijfelen,' zei hij. 'Corrigeer me als ik het verkeerd heb onthouden, maar was het niet zo dat jouw collega Nikias op grond van zijn ervaring werd aangesteld om het beleid uit te voeren dat het volk wenselijk achtte, hoewel hijzelf een tegenstander was van dat beleid, en dat jij dat als een van de redenen beschouwt voor het falen van de campagne?'

'Dat had geen probleem hoeven te vormen als het volk niet had besloten dat deze collega mij aan zijn zijde moest missen,' zei ik.

'Ook dat was een democratisch besluit,' zei hij.

'De systeemfout die inherent is aan de democratie, is dat zij geen waarborg kent tegen rampzalige besluiten,' zei ik, 'en dat de onderlinge strijd van verschillende belangengroepen, die een wezenskenmerk van het democratische debat heet te zijn, tot strategieën inspireert waarbij de rampzalige gevolgen van bepaalde besluiten op de koop toe worden genomen als er rivalen mee kunnen worden geschaad. De scheiding der machten, die fundamenteel is voor het functioneren van een democratie, is in de praktijk een fictie. De opvarenden kijken niet naar de ster, maar naar de stuurman, wiens verantwoordelijkheid jaloezie opwekt. De controlerende taak van het soevereine volk ontaardt in een machtsmiddel dat wordt aangewend om groepsbelangen te dienen ten koste van politieke tegenstanders. Het algemeen belang en langetermijnvisies met betrekking tot de toekomst van de staat gaan teloor in een kakofonie van deelbelangen, totdat het volk zich niet meer in zichzelf herkent en de mensen zich niet meer vertegenwoordigd voelen door politici die naar hun gejuich en applaus hongeren en de aanstelling van een autocraat, die orde op zaken stelt, een steeds noodzakelijkere remedie begint te lijken.'

'Dat is in feite precies wat Dareios beweerde,' zei Tissaphernes.

'Een constitutie die concentratie van de macht tracht te voorkomen door iedere burger te laten delen in de macht, faciliteert per definitie een voortdurende machtsstrijd,' zei ik. 'Alle deelnemers aan het spel hebben minder macht dan ze zouden wensen en denken mogelijkheden te zien om daaraan iets te doen. Op een gegeven moment is dat spel het enige spel dat nog wordt gespeeld en denkt geen speler nog aan het staatsbelang.'

'Wil jij tiran van Athene worden?' vroeg hij mij opeens, zonder mij met een blik of een gebaar te hebben voorbereid op deze gewetensvraag.

'En jij?' vroeg ik. 'Wil jij koning van Perzië worden? Het is nodig dat jij deze vraag beantwoordt alvorens ik in staat ben antwoord te geven op de vraag die jij aan mij stelt, want in het geval dat mijn beste vriend de positie zal verwerven van de grote koning van dit rijk, heb ik al helemaal geen reden meer om naar Athene terug te verlangen.'

Hij lachte. 'Met jouw welnemen zal ik die vraag op een later moment beantwoorden,' zei hij. 'We beginnen binnen gehoorsafstand te komen van de koninklijke processie.'

11

De komst van de Grote Koning, waarnaar vele maanden met spanning was uitgezien, werd op een teleurstellend rommelige manier aangekondigd. Ik had trompetters en banieren verwacht, maar de naderende almacht nam vooraleerst de gedaante aan van een evacuatie. De kop van het koninklijke konvooi, dat ons tegemoetkwam, bestond uit een eindeloze rij wagens en pakdieren met bagage, bedienden en divers voetvolk zonder rang of marsorde. Stapvoets gingen ze aan ons voorbij in de richting van Sardis.

Toen het equivalent van het inwonersaantal van een middelgrote stad aan ons was voorbijgetrokken, viel er een ruime opening in de optocht. De afstand tussen de karavaan van kwartiermakers en de koninklijke entourage werd, zoals Tissaphernes mij uitlegde, bewust in stand gehouden als uiting van respect voor de majesteit. Boeren uit de omgeving profiteerden van de pauze door geiten, rammen, biggetjes, kazen en graan op de weg te leggen als geschenken voor de koning. Toen het stof dat de bagagedragers hadden opgeworpen weer was neergedaald, hoorden we hoefslag naderen als een onweer. Een contingent van ongeveer duizend bewapende ruiters van gemengde herkomst en in gevarieerde uitmonsteringen nam in traag tempo bezit van de weg bij wijze van waarschuwing dat het serieus ging worden. Zij werden gevolgd door duizend speerdragers, die marcheerden terwijl ze punten van hun lansen schuin naar de grond gericht hielden, alsof ze de aarde zelf bedreigden.

Het gedreun van het marsritme op de verharde weg kreeg gaandeweg bijval van een aanzwellend koor van zware basstemmen. Het cortège van magiërs in zware, geborduurde mantels, van gemmen stijf, die als klokken aan hun schouders hingen, droeg zilveren vuuraltaren en zong de onwereldse melodieën van de oude hymnen in een taal die alleen de goden nog verstaan. Zij werden gevolgd door een ere-escorte van driehonderd bloedmooie jongelingen in vuurrode mantels, die de zilveren en gouden wierookvaten slingerden en deden bliksemen in de felle zon en die daarmee een blauwe nevel van heiligheid naar de blauwe hemel omhoog zonden, waaruit een visioen opdoemde van tien paarden die groter waren dan paarden. Dit waren de reuzenpaarden uit de vlakte van Nesaia. Ik had over deze dieren gehoord, maar ik had geen rekening gehouden met de mogelijkheid dat ze daadwerkelijk bestonden. De volwassen ruiters in volle wapenrusting op hun brede ruggen leken in vergelijking met de proporties van de paarden op kinderen of op jockeys bij de races, die speciaal geselecteerd worden op hun tengere lichaamsbouw, kleine gestalte en minimale gewicht. De trotse en majestueuze dieren droegen een gouden bit en hoofdstel en waren uitbundig versierd met guirlandes alsof ze naar een Panhelleens offeraltaar werden geleid.

De gigantische, overhuifde wagen van Auramazda werd getrokken door acht witte paarden, die zichtbaar een inspanning leverden om het gewicht te verplaatsen, waardoor ik het niet onvoorstelbaar vond dat de godheid zich daadwerkelijk op de wagen bevond. Zij werden bereden door acht hogepriesters in lang vallende, sneeuwwitte gewaden, die ieder een gouden scepter in hun rechterhand ophieven. Daarachter liep een schitterende witte hengst uit Nesaia, die door een naakte jongen te voet aan de leidsels werd meegevoerd. Tissaphernes zei mij dat deze hengst het paard van de zon wordt genoemd en dat het zo heilig is dat geen sterveling hem mag berijden. Vlak daarachter volgden tien karren met sacrale objecten, waaronder offerschalen, gouden phialai voor plengoffers, mirrevaten, eivormige gouden nappen en gestileerde, gouden lotusbloemen, die werden bewaakt door een cavaleriedivisie van een paar honderd ruiters.

En toen zag ik de Onsterfelijken. Het beruchte elitecorps van het koninklijke Perzische leger, de trots van het rijk en stof van legenden, marcheerde in rechte rijen met exact regelmatige intervallen en de ogen strak op de toekomst gericht aan ons voorbij in een beslist ritme dat geen tegenspraak duldde. Zij droegen een zacht rinkelende wapenrusting van elkaar overlappende metalen plaatjes, die op een vissenhuid leek, over een karmozijnrode, zijden tuniek met lange mouwen die waren afgezet met robijnen en topazen, en een kobaltblauwe broek, een tiara, gouden halskettingen, een lange boog van ebbenhout die was ingelegd met ivoor, een vergulde pijlenkoker die was gedecoreerd met griffioenen, een korte speer, een dolk met een gouden handvat in een ivoren schede aan de riem en een groot, langwerpig schild. Ik had niet gedacht dat ik deze luisterrijke, mythische krijgers ooit van zo dichtbij zou kunnen zien zonder direct daarna noodgedwongen het leven te laten en ik had alle tijd om hun oogverblindende moorddadigheid in alle magnifieke details in mij op te nemen, want de compacte mars van hun eenheid duurde eindeloos, zo velen waren zij. Volgens de verhalen is hun tal tienduizend en vanaf die dag geloof ik die verhalen.

Het moordend strakke ritme van hun pas ging over in meerstemmig getokkel van dansmuziek. Voorafgegaan door harpisten, citerspelers en danseressen, die wervelden in hun sieraden en ruisten in hun sluiers, doemde de wagen op van de Grote Koning, die een piramide vormde van op elkaar gestapelde podia, waarop onder een weelderig purperen baldakijn een enorme massief gouden troon was geplaatst. De wagen werd getrokken door acht paarden uit Nesaia. De troon was leeg. Koning Dareios had zich teruggetrokken in een van de honderden ruime, overhuifde luxewagens die de troonwagen volgden en waarin zijn vrouwen, concubines, adviseurs, magiërs, waarzeggers, familieleden, eunuchen en vrienden reisden. Hij kwam niet tevoorschijn om de satraap en diens delegatie uit Sardis te begroeten. De formaliteiten werden kennelijk uitgesteld tot in de stad. Hij liet zich niet zien.

Het konvooi van personenwagens werd geëscorteerd door lansdragers die hun speer op de normale manier met de punt omhoog droegen, maar de punt was vervangen door een gouden granaatappel. Achter de driehonderd achterste wagens, die de harem vervoerden en wier pad niemand mag kruisen op straffe van de dood, volgden zeshonderd muildieren en driehonderd kamelen die de schatkisten droegen. Ze werden streng bewaakt door honderden boogschutters. Ook de officieren van de koninklijke garderobe en de drager van de kist met de pijl-en-boog van de koning werden door boogschutters geëscorteerd. Daarachter volgde een vijftigtal zware wagens, getrokken door muilezels, die elk beladen waren met twintig identieke, enorme zilveren vaten.

'Het drinkwater van de koning,' zei Tissaphernes. 'Hij drinkt uitsluitend het water uit de rivier de Choaspes bij Sousa, dat wordt gekookt en meegevoerd op al zijn reizen.'

Dit alles was in zekere zin slechts de voorhoede van het koninklijke konvooi. Achter de koning, alle wagens en de schatten volgden de vijftienduizend voetsoldaten en de vierhonderd ruiters van de koninklijke lijfwacht en daarachter het hoofdbestanddeel van het Perzische leger, dat bestond uit dertigduizend infanteristen, vijfduizend ruiters en een eindeloze hoeveelheid lichtgewapenden zonder tal.

Ik achtte het steeds minder mogelijk dat de geschiedenis klopte, dat het waar was wat ons wordt verteld en dat onze grootvaders en vaders uit Athene, Sparta en de andere Helleense steden, onder wie mijn vader Kleinias, met hun praatjes en hun verdeeldheid, met hun misplaatste vertrouwen in een bevolking van kwartelkloppers en sycofanten en met hun goedkope bronzen schilden, speren van pijnboomhout en ijzeren zwaarden er daadwerkelijk in zijn geslaagd om weerstand te bieden aan de militaire overmacht van deze in alle opzichten superieure beschaving die op de Koninklijke Weg naar Sardis in al haar evidente onoverwinnelijkheid aan mijn verbouwereerde blik voorbijtrok, maar het gevolg van mijn ongeloof met betrekking tot de feiten zou zijn dat ik een verklaring zou moeten zoeken voor de omstandigheid dat ik toch echt als een vrij man in de vrije stad Athene, de parel van het vrije Hellas, ben geboren. Met betrekking tot de toekomst stond de conclusie vast die ik al had getrokken voordat ik de militaire parade in helder licht als zonneklaar bewijs voor mijn gelijk met mijn eigen ogen aanschouwde en die erop neerkwam dat een alliantie met Perzië de sleutel vormt voor de eindoverwinning in onze grote oorlog met Sparta. Het feit dat die conclusie dermate onontkoombaar is dat zij ook nu nog onverminderd mag gelden, is de reden voor mijn huidige oponthoud in Melissa in afwachting van toegang tot het hof van Kelainai.

Wij konden met onze delegatie aansluiten achter de personenwagens, waar we de koning ergens mochten vermoeden, en daardoor heb ik de achterhoede van de karavaan niet eens precies kunnen zien, maar daar volgden op een respectvolle afstand de overige wagens en lastdieren met bagage, met de koks, de bakkers, de kleermakers, de kappers, de leerbewerkers, de paardenverzorgers, de artsen, de timmerlieden, de meubelmakers, de visagisten, de manicuren, de pedicuren, de bedienden, de tentenbouwers, de schoonmakers en de duizenden stuks vee met hun verzorgers.

Het was niet overdreven te stellen dat het hele koninklijke hof zich verplaatste en het was verbijsterend te beseffen dat deze karavaan, die men ook een bewegende stad zou kunnen noemen, al meer dan zeven maanden onderweg was over de Koninklijke Weg van Sousa naar Sardis. Samen met Tissaphernes probeerde ik in te schatten hoeveel zielen betrokken waren bij deze verplaatsing en het leek ons niet onwaarschijnlijk dat hun aantal ongeveer gelijk was aan de totale bevolking, inclusief de immigranten en de slaven, van een stad als Athene. Tijdens de korte reis terug van de Lydische grens naar Sardis, die drie keer zo lang duurde als de heenreis, was ik er getuige van dat het konvooi als een sprinkhanenplaag het land kaalvrat waar het doorheen trok en ik besefte opeens hoe groot de last voor een stad als Sardis moest zijn om dit nomadische hof enige tijd te moeten voeden.

Ik herinnerde mij het verhaal dat mijn oude Thracische huisleraar Zopyros mij meer dan eens had verteld over koning Xerxes, die nadat hij de Hellespont was overgestoken en door Thracië trok één nacht bij Zopyros' stad had overnacht met zijn hele leger en zijn gevolg. Die ene maaltijd had de Thraciërs zoveel gekost dat zij in serieuze financiële problemen waren gekomen. Sommige gedupeerden waren hun huis kwijtgeraakt, omdat zij niet meer aan hun verplichtingen konden voldoen. De Apollopriester van de stad had toen gezegd dat zij de goden moesten danken vanwege het feit dat de grote koning Xerxes maar één maaltijd per dag nuttigde en dat hij niet ook nog had willen ontbijten.

Ik was eveneens getuige van de dagelijkse logistieke operatie van Herakleïsche proporties, die al ver voor zonsondergang in het werk moest worden gezet, om het kampement op te slaan voor de nacht en van de al even ingrijpende procedures waarmee het kamp bij zonsopgang na het signaal van de bronzen hoorn in de tent van de koning weer werd ontmanteld.

De tent van de koning, die in het centrum van het kampement wordt geplaatst met de entree naar het oosten, is in feite een opvouwbaar paleis. Het tentdak, dat is gemaakt van de kostbaarste gekleurde en geborduurde stoffen, rust op twee dubbele rijen houten en vergulde zuilen van dertig voet hoog, die zijn ingelegd met edelstenen en voorzien van kapitelen met een dubbele stierenkop. De zijwanden van de tent bestaan uit lederen panelen, die zijn beschilderd met heraldische symbolen en jachttaferelen, en verschillende lagen gekleurd en gedecoreerd linnen, waarin gouden kralen zijn ingeweven. Op de vloer liggen Tyrische tapijten, geweekt in het bloed van de purperslak, karmozijnen kleden en huiden van zeldzame dieren. Het is lastig een indruk te geven van de omvang van deze kolossale structuur. Ik ben er nooit binnen geweest, uiteraard, maar men heeft mij verteld dat de tent ruimte biedt aan een centrale ontvangsthal, waarin honderd banken staan met magnifiek gegoten en gesmede gouden en zilveren onderstellen en een gulle overdaad aan bontgekleurde kussens met franjes van gevlochten gouddraad, naast de eetzaal met gouden en zilveren tafels, luxueus ingerichte ruimtes voor de extravagant geklede bedienden, echtgenotes en concubines en de privévertrekken van de koning, waarin een plaats is ingericht voor een rozengeurig en bewierookt boudoir met een ligbad van transparant albast, dat is omgeven door een exuberante collectie aan zalven, parfums en specerijen in kunstig gedreven, geciseleerde, gegraveerde en geëmailleerde gouden flacons. Zelfs de gordijnroeden van de het bad omsluierende vitrage zijn van goud. De tent van de koning is vele malen groter dan mijn oude huis in Athene, dat in die tijd nog steeds was geconfisqueerd, en zelfs groter dan het Parthenon. De tienduizend Onsterfelijken, de Perzische elitetroepen kiezen positie in een ruime cirkel rond de tent, als een legermacht die een stad belegert, en de rest van het kamp plooit zich daar in concentrische cirkels omheen als een bontgekleurd gezwel op het dorre land.

In de tijd die resteerde tussen de opbouw en de ontmanteling van de draagbare stad die het kampement in feite was, kon het konvooi met al die duizenden gewichtige wagens en die loodzware, lege troon onmogelijk meer dan zestig stadia per dag afleggen, hetgeen niet heel veel verder is dan de afstand van de Acharnische Poort van Athene naar de haven van Peiraieus. Met deze pompeuze snelheid zou men een volle maand nodig hebben om van Athene heen en weer naar Delphi te reizen.

'En dan zijn er nog mensen die beweren dat het voordeel van een monarchie gelegen is in haar efficiëntie,' zei ik tegen Tissaphernes.

'Waar de koning is, is het rijk,' zei hij. 'Je zou ook kunnen zeggen dat hij zich helemaal niet verplaatst, want hij is het middelpunt, waar hij zich ook bevindt. Intussen razen zijn bevelen via ijlbodes over het wegennet naar alle uithoeken van de wereld.'

12

Gedurende alle rituelen en festiviteiten in Tissaphernes' paleis, dat nu voor de duur van diens verblijf het paleis van Dareios was, hield de koning zich afzijdig. Hij had zich teruggetrokken in Tissaphernes' vertrekken, die nu zijn vertrekken waren, en dineerde zelfs alleen, in een belendend vertrek naast de feestzaal achter een gordijn. Ter ere van de koning werd er een jachtpartij georganiseerd, waaraan ik mocht deelnemen, hetgeen ik als een grote eer moest beschouwen, zoals Tissaphernes meermaals benadrukte. Maar ook daaraan bleek de koning uiteindelijk niet mee te doen. Hij stuurde zijn twee oudste zoons, Arsikas en Kyros, om de honneurs namens hem waar te nemen. Arsikas, die zich vorig jaar, toen hij zijn vader opvolgde en de troon besteeg, Artaxerxes is gaan noemen naar zijn grootvader, is een man van ongeveer mijn leeftijd, misschien iets jonger, maar zijn broer Kyros is in het purper geboren, nadat Dareios gekroond was, en hij was, toen ik hem zeven jaar geleden in Sardis voor het eerst zag, nog een jonge jongen van een jaar of twaalf.

Bewapend met speren bestegen we onze paarden en we reden uit. Ik had verwacht dat we het Tmolosgebergte in zouden trekken, zoals ik in Sparta met de leden van mijn schaftgroep soms dagen en nachten achtereen op de flanken van de Taygetos bivakkeerde en door bossen, kloven en ravijnen trok om everzwijnen en herten in hun natuurlijke habitat te overvallen, maar in plaats daarvan ging de stoet van kleurrijk en feestelijk uitgedoste jagers niet verder dan het park dat mijn naam droeg. Daar stelden wij ons op en terwijl de eunuchen in smetteloos witte gewaden rondgingen om ons van wijn en delicatessen te voorzien, werden de wilde dieren aan de andere kant van het park losgelaten uit kooien en met trommels, ratels en trompetten opgejaagd in onze richting. Niet alleen herten en everzwijnen, maar ook exotische dieren, die uit de verre gewesten van het immense rijk waren geïmporteerd, zoals panters, struisvogels, lynxen en een heuse leeuw, werden met theatrale tussenpozen opgedreven naar de plek waar het voorname gezelschap zich verstrooide, waarna een achteloos met slappe hand geworpen speertje volstond om zich een held te voelen. Uiteraard stonden elitesoldaten en boogschutters klaar om in te grijpen wanneer een dier zich weigerde te schikken naar de feestelijke programmering.

Het voorrecht om als eerste een speer te werpen in de richting van een in paniek opgedreven beest werd bepaald door de hiërarchie. Arsikas had als oudste zoon van de koning het privilege van de eerste worp, tot zichtbare ergernis van zijn jongere broertje, dat de jachtpartij bijzonder serieus nam en beschouwde als een uitgelezen kans om zijn moed en mannelijkheid te tonen. Toen er op een gegeven moment een hyena werd opgevoerd op onze picknick, schond hij het protocol. Kyros reed op zijn gepantserde pony op het angstige dier af en wierp zijn speertje, voordat Arsikas de gelegenheid had gehad om daarvoor toestemming te geven. Hoewel de worp verrassend doeltreffend was en het dier op slag dood was, kwam het Kyros op een uitbrander te staan van zijn grote broer.

'Ik ben de eerstgeborene,' zei Arsikas, 'de kroonprins en de troonopvolger. Vergeet dat niet.'

'Ik heb meer recht op de troon dan jij,' schreeuwde Kyros, 'want ik ben in het purper geboren.'

De rebellie van het twaalfjarige knaapje tegen zijn volwassen broer werd bedolven onder onblusbaar gelach, zoals Homeros dat zou uitdrukken.

Omdat het verleidelijk is dit onbeduidende incident, waarbij de beide oudste zonen van Dareios betrokken waren, die ik voor jullie aanduid met hun Griekse namen omdat hun Perzische namen niet kunnen worden weergegeven met ons Griekse alfabet, met terugwerkende kracht te interpreteren als een voorbode voor de ontwikkelingen die nu op dit moment mijn aandacht hebben, daar ik ervan overtuigd ben dat zij mogelijkheden bieden om deze voor jullie en voor mij moeilijke tijden het hoofd te bieden, heb ik het niet onvermeld willen laten, waarbij ik het als een plezierige bijkomstigheid beschouw dat mijn besluit om het te vermelden mij de gelegenheid heeft verschaft om de Perzische jachtrituelen te beschrijven, die mij destijds zeer bevreemdden en die jullie, naar ik vermoed, zullen vermogen te amuseren. Het is de nieuwe koning Artaxerxes, die zich tot voor kort Arsikas noemde, op wie ik aan het wachten ben, terwijl ik dit waarachtige verslag aan jullie hier schrijf in mijn nederige onderkomen in het gehucht Melissa in Phrygië en wiens tergend trage voortgang over de Koninklijke Weg naar Kelainai mij de tijd verschaft om zo volledig te zijn als jullie wantrouwen jegens mij en mijn motieven verdient en het is zijn jonge broer Kyros, die ambities heeft omdat hij in het purper is geboren, over wie ik met hem van gedachten wil wisselen, waarna de verwachting gerechtvaardigd is dat hij mij, en daarmee ook jullie, gunstig gezind zal zijn.

Hun in Sardis fascinerend onzichtbare vader, de toenmalige koning Dareios, had ik uiteindelijk pas te zien gekregen tijdens onze langverwachte audiëntie, waar hij met een simpele hoofdknik akkoord ging met de door Tissaphernes en mij voorgestelde nieuwe strategie met betrekking tot de staten van Hellas, die inhield dat de betrekkingen met Sparta zouden worden bekoeld, dat Perzië het zou stimuleren dat Athene en Sparta elkaar zouden verzwakken en dat er ten slotte zou worden aangestuurd op een verbond met Athene. Het was bijna een anticlimax te noemen dat die onwereldse en als godheid opgedofte en uitgedoste figuur, die hoog boven onze gebogen hoofden verheven op zijn gouden troon onmogelijk dezelfde gedachten kon hebben als wij, voor rede vatbaar bleek en eenvoudig akkoord ging met onze voorstellen.

Tissaphernes en ik hadden bereikt wat wij wilden. Nu de satraap de voor hem fundamentele koninklijke zegen had gekregen voor het beleid dat ik hem had gesuggereerd, was het verdrag met Sparta in feite een dode letter en stond mij niets meer in de weg om mijn vriendschap met hem te gebruiken als instrument dat mij in staat stelde de politieke situatie in Athene te manipuleren teneinde af te rekenen met mijn vijanden en mijn terugkeer te bewerkstelligen. Het spel, dat in gang was gezet op Samos en dat zich al voorzichtig naar Athene begon te verplaatsen, zou van de kant van de Perzische autoriteiten geen hinder ondervinden.

Ten slotte hecht ik eraan nog een detail ter sprake te brengen, dat de loop van de geschiedenis weliswaar niet heeft veranderd, maar dat voor mij persoonlijk belangrijk genoeg is om aan de eeuwigheid van deze papyrus toe te vertrouwen. Ik denk dat ik mij zelfs niet voor Sokrates hoef te schamen vanwege de onbeschaamd onnozele wijze waarop ik een grote schande heb weten te ontlopen.

Op de vooravond van onze audiëntie vond Tissaphernes het nodig om mij op één specifiek punt voor te bereiden op mijn ontmoeting met Dareios en nadrukkelijk te instrueren met betrekking tot een fundamenteel ritueel. Prostratie was verplicht.

'Ik ben een Griek,' zei ik. 'Ik buig voor niemand, laat staan dat ik een voetval zou maken voor een sterveling en de grond voor hem zou kussen.'

'Ik wist dat je dat zou zeggen,' zei Tissaphernes vermoeid.

'Grieken ontlenen hun trots aan hun vrijheid,' zei ik, 'en hun waardigheid verdraagt geen onderwerping. Zij reserveren een dergelijk eerbetoon voor de goden en zelfs voor hen werpen zij zich niet gestrekt ter aarde. Prostratie voor een sterfelijk mens zou voor mij een verloochening zijn van mijn afkomst.'

'En toch ga je het doen,' zei Tissaphernes. Het was voor het eerst dat hij boos op mij was.

Toen ik Tissaphernes' troonzaal werd binnengeleid, die nu de troonzaal was van Dareios, en de grote koning, koning der koningen, koning der landen wijd en zijd, zag zitten op de troon van de satraap, die nu zijn troon was, gehuld in een purperen tuniek met ingeweven witte patronen, een scharlaken broek en een purperen mantel, die was voorzien van een met gouddraad geborduurde voorstelling van twee opvliegende adelaars die elkaar pikten met hun snavels en die bijeen werd gehouden door een gouden riem, die hij op de vrouwelijke manier droeg en waaraan zijn gouden dolk bungelde in een ivoren schede die was gedecoreerd met kostbare edelstenen, en met zijn tiara loodrecht op zijn hoofd, omkranst met het koninklijke diadeem, dat omwonden was met een blauw lint met witte stippen, schoof ik een van de ringen die Tissaphernes mij had gegeven van mijn vinger, liet ik hem voor mijn voeten op de grond vallen en wierp ik mij voorover op de paleisvloer in een beweging die er voor de koning, de satraap en alle omstanders uitzag als een prostratie, maar waarvan ik wist dat zij uitsluitend en alleen bedoeld was om mijn ring op te rapen.

Alkibiades van Athene heeft nooit in zijn leven voor iemand gebogen en zeker niet voor een monarch. Laat dat geschreven staan.

BOEK VII

De sloop van de muur van verraad

Sardis en Samos

1

Mannen van Athene, hoewel ik weet dat ik erop mag vertrouwen dat de tumultueuze, historische en traumatische gebeurtenissen waaraan onze stad zeven jaar geleden ten prooi is gevallen een levendige herinnering voor jullie vormen, die door de recente gebeurtenissen bovendien opnieuw in alle hevigheid wordt opgeroepen, en dat er derhalve geen reden voor mij zou hoeven te zijn om jullie geheugen tegemoet te komen met een gedetailleerde recapitulatie van de in vele opzichten schokkende ontwikkelingen, die elkaar in snel tempo opvolgden, zoals de tijd vergruist voor een man die op zijn hielen wordt gezeten door de wraakgodinnen, hecht ik eraan om hier de ruimte te nemen die nodig is voor een nauwkeurige reconstructie van de verschillende voorvallen in hun onderlinge samenhang, omdat precies die samenhang door de wervelende sneeuwjacht van feiten aan het zicht onttrokken dreigt te worden en omdat de enige mogelijke rechtvaardiging van mijn rol bij deze ontwikkelingen zich nu juist in die samenhang verschuilt.

Terwijl ik dit voornemen formuleer, realiseer ik mij dat het een groot risico met zich meebrengt. De indruk die de meesten van jullie, toen de mist was opgetrokken en de vertrouwde contouren van Athene opnieuw waren opgedoemd achter de schijngestalten die zich als Athene hadden voorgedaan, zullen hebben overgehouden aan mijn rol in dat jaar, is dat ik de democratie heb gered, die nu, op het moment waarop ik dit schrijf, wederom in gevaar is. Ik zal niet ontkennen dat al mijn inspanningen nauwkeurig waren gecalculeerd met het oogmerk om precies die conclusie aan jullie op te dringen. Het zou verleidelijk zijn het hierbij te laten en de korte tijd die sindsdien is verstreken in combinatie met de degelijkheid van jullie geheugen als excuus te gebruiken om de gebeurtenissen van dat jaar verder met rust te laten, niet aan te raken met mijn rietstengel en jullie en mijzelf de comfortabele slotsom te gunnen die mij een heldenrol toebedeelt, in plaats van door in details te treden te riskeren dat jullie aan die eerdere conclusie gaan twijfelen. Hoewel jullie goede redenen denken te hebben om verantwoording van mij te eisen voor vrijwel alles wat ik ooit in mijn leven heb gedaan of nagelaten, zou deze episode in jullie oordeel wellicht mogen gelden als een zeldzame uitzondering en als voorbeeld van een handelwijze die geen rechtvaardiging behoeft, terwijl de rechtvaardiging die ik jullie hier op deze papyrus voor het eerst wil bieden zou kunnen leiden tot jullie oordeel dat er meer is waarvoor ik mij zou moeten verantwoorden dan jullie dachten.

Maar ik heb jullie mijn eerlijkheid beloofd en de risico's die aan mijn oprechtheid zijn verbonden, zal ik als getuigen voor mijn eerlijkheid omarmen. Ik zal jullie conclusie niet weerleggen. Ik heb de democratie gered. Maar uit mijn verslag zal blijken dat ik de democratie doelbewust in gevaar heb gebracht om als haar redder te kunnen optreden. Ik zal het jullie niet nu bij voorbaat vragen, maar wanneer jullie kennis zullen hebben genomen van de bekentenissen die ik aan deze papyrusrol toevertrouw, hoop ik mijzelf in een positie te hebben gebracht waarin ik jullie mag verzoeken te beseffen dat ik met mijn controversiele strategie meer heb bereikt dan de redding van de democratie en jullie dankbaarheid daarvoor en dat ik Athene, de Atheense democratie, jullie en mijzelf eveneens heb bevrijd van onze hardnekkigste vijanden binnen de muren.

Vanwege de historische importantie van het moment waarop Athene voor het eerst sinds honderd jaar tijdelijk geen democratie meer was en vanwege mijn intentie exact te zijn in de reconstructie van de feiten, voel ik de behoefte om het jaar waarin dit gebeurde en waarover ik thans zal schrijven exact te benoemen, maar zelfs de naam van dat eenentwintigste jaar van de oorlog, waarin Athene tijdelijk een ander gezicht dacht te hebben, getuigt van schizofrenie. Nadat de ambtsperiode van de naamgevende archon Kallias, die een onkreukbare naamgenoot was van de flamboyant filosoferende broer van mijn arme Hipparete, tijdens een volkomen irreguliere omwenteling op een reguliere manier was verstreken, werd het eerste nieuwe jaar van de nieuwe tijd naar de archon Mnasilochos vernoemd, maar al na twee maanden werd de nieuwe tijd door de oude tijd ingehaald en was er na de verbanning van de naamgever behoefte aan zowel een nieuwe archon als een nieuwe naam. In beide werd voorzien door Theopompos, waarmee de regelmaat werd hersteld, maar als ik het jaar wil benoemen, moet ik de namen van drie archonten gebruiken. Ik zou ook kunnen zeggen dat de gebeurtenissen die ik thans wil beschrijven zich hebben afgespeeld in de tweede helft van het jaar waarin Exainetos van Akragas voor de tweede keer de stadionrace won in Olympia en in de eerste helft van het jaar daarna, dat het tweede jaar was van de tweeënnegentigste Olympiade. Het was het tweede halve jaar van de ambtsperiode van Alexippidas als naamgevende ephoor van Sparta en de eerste helft van de termijn van zijn opvolger Misgolaïdas, het dertiende jaar van de regering van koning Dareios van Perzië en het jaar waarin ik mijn negenendertigste verjaardag vierde. Het was het jaar van de afrekening, waarin ik door het volk van Athene in mijn eer werd hersteld.

2

De afgezant van de Atheense vloot op Samos, Peisandros, de zoon van Glauketes, uit het district Acharnai, was, zoals gezegd, gearriveerd in Athene met de precaire en welbeschouwd ongehoorde missie om namens de vloot aan te dringen op een opschorting van de democratie en een installatie van een oligarchisch bestuur en ik was, zoals eveneens reeds gezegd is, degene geweest die de admiraals en de soldaten op Samos op het idee had gebracht om, ook als zij niet genegen waren hun vertrouwen in de democratische idealen op te zeggen, vanwege strategische overwegingen toch heil te verwachten van de verandering van de constitutie, aangezien deze een bondgenootschap met Perzië mogelijk zou maken, dat ik persoonlijk zou kunnen bezegelen dankzij mijn vriendschap met Tissaphernes, de satraap van Sardis.

Peisandros was niet de man die ikzelf zou hebben gekozen voor deze onderneming. Vier jaar eerder had hij samen met Charikles, de zoon van Apollodoros, de leiding gehad over de onderzoekscommissie die was ingesteld naar aanleiding van het vandalisme van de Hermen en die na de wilde beschuldigingen van Androkles uit het district Pithos het onderzoek had ingesteld naar de ontheiliging van de Mysteriën dat uiteindelijk tot mijn veroordeling had geleid. Maar ik had mij evenmin tegen zijn uitverkiezing als speciale gezant verzet, omdat hij er geen moment blijk van gaf dat hij onze voorgeschiedenis als een reden beschouwde om met minder overtuigingskracht voor mijn plan te pleiten en vooral omdat ik meende te mogen voorzien dat zijn prominente positie als eerste ambassadeur van de oligarchische coup in een later stadium tegen hem gebruikt zou kunnen worden, hetgeen inderdaad is uitgekomen.

Ondanks mijn reserves bij Peisandros kon ik, op grond van wat mijn informanten mij meldden, geen andere conclusie trekken dan dat hij zich met voortvarendheid en intelligentie voor zijn missie inzette. Hij volgde twee parallelle sporen. Terwijl hij heimelijk contact zocht met leden van de oligarchische factie en met verschillende antidemocratische groeperingen in de stad, die hij tijdens zijn eerdere onderzoek naar het oligarchische complot rond de vernieling van de Hermen goed had leren kennen, met het doel om de al jaren sluimerende antidemocratische sentimenten te mobiliseren, sprak hij in de volksvergadering openlijk als pleitbezorger van een wijziging van de staatsvorm om pragmatische, militair-strategische redenen.

Zoals te verwachten viel, werden woede en verontwaardiging zijn deel. De ene na de andere spreker stond op om op hoge toon, met geagiteerde gebaren en soms zelfs met overslaande stem stelling te nemen tegen het ongehoorde voorstel en er schande van te spreken dat iemand een dergelijke suggestie überhaupt in de mond durfde te nemen en de euvele moed betoonde om het podium van de Pnyx te misbruiken voor antidemocratische opruiing. Democratie was meer dan een woord, zeiden ze, dat naar believen vervangen kon worden door een woord als oligarchie, en democratie was meer dan een organisatorisch concept, dat in geval van nood kon worden ingeruild voor een alternatieve structuur. De principes van vrijheid en gelijkheid, die door de democratie werden belichaamd, waren niets minder dan de identiteit van Athene. Athene kon zijn identiteit niet inruilen zonder nog langer zichzelf te zijn. Zo spraken zij. Onze voorvaderen hadden onze vrijheden bevochten op tirannen. Hun offers zouden met terugwerkende kracht vergeefs zijn als wij diezelfde vrijheden om pragmatische redenen te grabbel gooiden. Onze voorvaderen hadden voor onze vrijheid gestreden tegen de Perzen. Het zou een belediging zijn voor het bloed van onze vaders en grootvaders, dat voor ons over Griekse bodem had gevloeid, als wij die zwaarbevochten vrijheid alsnog opofferden om de Perzen ter wille te zijn. Peisandros mocht dan wel beweren dat de strijd een opschorting van vrijheden noodzakelijk maakte, zo zeiden ze, maar als we onze vrijheden opgaven, waar zouden we dan nog voor strijden?

Peisandros antwoordde hun dat uitzonderlijke omstandigheden uitzonderlijke maatregelen rechtvaardigen. Hij benadrukte dat zijn pleidooi voor een wijziging van de constitutie niet was ingegeven door twijfel aan de verheven idealen van de democratie, maar door een realistische analyse van de urgente noodsituatie die Athene het hoofd moest bieden. Zijn heilige geloof in het visioen van vrijheid was onaangetast, zo zei hij, maar hij meende nadrukkelijk het recht te hebben zich af te vragen wat het vrijheidsideaal nog betekende wanneer het de staat verzwakte en de middelen uit handen sloeg om te voorkomen dat vreemde mogendheden hun wil aan het verslagen volk zouden opleggen. Hij was er onverminderd van overtuigd dat gelijkheid de enige basis voor rechtvaardigheid vormde, zo zei hij, maar hij achtte het zijn plicht het volk te behoeden voor het gevaar dat het de staat te gronde zou richten door op het verkeerde moment te zeer te hechten aan de privileges die het aan het gelijkheidsprincipe meende te mogen ontlenen.

'Vrijheid en gelijkheid zijn een luxe die Athene zich tijdelijk niet kan veroorloven als Athene werkelijk zozeer aan zijn vrijheid en gelijkheid hecht dat het deze verworvenheden wil veiligstellen voor de toekomst,' zei Peisandros. 'Als wij onze staat willen inrichten zoals wij in navolging van onze vaders en grootvaders wenselijk achten, is het behoud van zeggenschap over onze eigen staat een eerste voorwaarde en het is precies deze autonomie die op het spel wordt gezet door enige aanpassing van de staatsvorm die onze vaders en grootvaders ons hebben nagelaten bij voorbaat onbespreekbaar te achten. Het behoud van ideologische overtuigingen is ondergeschikt aan het behoud van onafhankelijkheid, want de dag waarop ons het recht wordt ontnomen om onze overtuigingen te volgen, zal de dag zijn waarop onze idealen iedere betekenis hebben verloren.

Wij zijn in oorlog en wij zullen de oorlog verliezen, tenzij wij de moed hebben om te doen wat nodig is. Geloof in democratische waarden mag geen excuus worden om af te zien van daden die noodzakelijk zijn voor het staatsbelang. Ik ben ervan overtuigd dat jullie allen de analyse delen dat Athene het zich na zijn substantiële verzwakking ten gevolge van de nederlaag in Sicilië niet kan permitteren om langdurig strijd te leveren tegen twee geallieerde grootmachten en hoop te koesteren op succes en ik ben er tevens zeker van dat jullie allen bereid zijn in te zien dat het behoud van Athene afhangt van de vraag of wij erin zullen slagen om het bondgenootschap van Sparta met Perzië te breken en Perzië over te halen onze zijde te kiezen.

In het licht van deze strategische observaties en vaststellingen, die unaniem door jullie worden onderschreven, verbaast het mij en verontrust het mij des te meer dat jullie niet bereid zijn om naar jullie eigen inzichten te handelen. In plaats van te vluchten in voorspelbare verontwaardiging over veronderstelde aantasting van historische wetten en in staatsrechtelijke dogma's, zou het jullie sieren dankbaar te zijn voor de omstandigheid dat het toeval jullie een scenario in handen heeft gegeven dat jullie in staat stelt precies datgene te doen wat als enige route naar jullie lijfsbehoud mag gelden. Als jullie besluiten Alkibiades, de zoon van Kleinias, gratie te verlenen en terug te roepen naar Athene, zal hij het vertrouwen van de satraap van Sardis met zich meenemen en voor jullie bewerkstelligen dat de fondsen van het Perzische Rijk niet langer door Sparta tegen Athene kunnen worden gebruikt, maar door jullie tegen jullie grootste vijand, op voorwaarde dat jullie bereid zullen zijn te voldoen aan de enige voorwaarde die de Perzische koning hieraan begrijpelijkerwijs verbindt en de door hem terecht of ten onrechte zeer gewantrouwde volatiliteit van het volksbewind voor de duur van de alliantie op te schorten. Ik hoop dat jullie willen beseffen dat dit debat niet gaat over de toekomst van de democratie, maar over de toekomst van Athene.'

Zo sprak Peisandros, zoals jullie weten. Jullie waren er zelf bij en jullie waren getuigen van het tumult dat uitbrak toen mijn naam was genoemd. Androkles en de overige radicalen kwamen woorden tekort om hun afschuw uit te spreken over het schandaal dat het aan een misdadiger zoals ik, die door het soevereine volk was veroordeeld, zou worden toegestaan de staatsvorm te wijzigen om zijn straf te ontlopen. Met het type effectbejag dat bij hen in geoefende handen is, vroegen zij zich verontwaardigd af of Athene een stad wilde worden die veroordeelde criminelen aanmoedigde staatsgrepen te plegen. Verraad kan niet met verraad worden goedgemaakt, zeiden ze, delicten kunnen niet met delicten worden uitgewist en het kan niet worden toegestaan dat een veroordeling conform de wet wordt teruggedraaid door wederrechtelijk de wet af te schaffen. Zij kregen bijval van de Eumolpidai en de Heilige Herauten, die krachtens hun functie de waardigheid en de geloofwaardigheid van de Mysteriën van Eleusis verdedigden en namens de beide godinnen Demeter en Persephone zeiden te spreken als ze uiting gaven aan hun ongenoegen, woede en diepe zorg over het voorstel om een heiligschenner en bespotter van de Mysteriën eerherstel te verlenen.

Peisandros nam wederom het woord. Hij sprak ieder van zijn critici persoonlijk aan met zijn naam, zijn vaders naam en de naam van zijn district, hetgeen doelbewust enigszins intimiderend overkwam, en hij stelde elk van hen dezelfde drie vragen: 'Heb jij enige hoop dat Athene de oorlog tegen Sparta kan winnen zolang Sparta de steun geniet van Perzië? Zo ja, waar is die hoop op gebaseerd? Zo nee, heb jij een betere strategie om de oorlog te winnen dan te trachten Perzië aan onze kant te krijgen?'

Nadat hij met deze vragen bij geen van zijn tegenstanders een overtuigendere visie had geoogst dan stilzwijgen of ontstemd gemompel, zei hij: 'Wij zijn het eens, zoals ik eerder al concludeerde. Maar deze strategie behoort nu eenmaal niet tot de mogelijkheden als we niet bereid zijn twee simpele maatregelen te nemen. Ten eerste moeten we een gematigdere regeringsvorm kiezen en de staatsambten in minder handen leggen om het vertrouwen van de koning voor ons te winnen en ten tweede moeten we Alkibiades zijn zin geven, want hij is nu eenmaal de enige die dit voor ons voor elkaar kan krijgen. Zo zijn de feiten. Nogmaals: onze beraadslagingen van vandaag gaan niet over staatsrecht, maar over ons behoud. En er is niets wat wij in een later stadium, wanneer we veilig zijn, niet zouden kunnen terugdraaien. Dit is wat ik over deze kwestie te zeggen heb en ik geloof niet dat er door een weldenkend mens nog veel aan toe te voegen valt. Ik hoop dat ik ervan mag uitgaan dat jullie er net zo over denken als ik en dat het onnodig zal zijn het machtswoord te spreken door jullie eraan te herinneren dat ik in dit gremium het standpunt verwoord van de Atheense vloot. Niemand van ons zou willen dat jullie ten gevolge van een verkeerd besluit de steun van jullie troepen verliezen. De oorlog is al heikel genoeg en we willen de vloot vooral geen reden geven om zich tegen jullie te keren.'

Dat zei Peisandros. Het volk was onverminderd vijandig jegens het idee van een oligarchie, maar het was er dankzij Peisandros van overtuigd geraakt dat een oligarchische omwenteling de enige route was naar behoud. Angst overstemde principiële bezwaren en terwijl men zich plechtig voornam de oude, vertrouwde vrijheden en rechten te herstellen zodra het gevaar geweken was, ging men akkoord. Het volk van Athene nam het democratische besluit om de democratie op te schorten.

In concreto hield het besluit van de volksvergadering in dat Peisandros samen met tien andere gezanten zou afreizen naar Sardis om namens het Atheense volk met Tissaphernes en mij te onderhandelen en de best denkbare overeenkomst te sluiten. Als het gezantschap conform de verwachtingen terugkeerde met een bevredigend associatieverdrag met het Perzische Rijk, zou het volk van Athene gevolg geven aan zijn thans bevestigde en bekrachtigde bereidheid om zijn constitutie aan te passen op een manier die de zorgen bij de nieuwe bondgenoot zou wegnemen.

Peisandros had van zijn kant nog één klein verzoek aan het soevereine volk van Athene. Hij vroeg de volksvergadering om Phrynichos, de zoon van Stratonides, uit het district Deiradiotai, te ontheffen uit zijn functie van een van de commandanten van de vloot op Samos en terug te roepen naar Athene. Hij zei dat het voor hem een kleine moeite zou zijn om desgewenst meerdere gegronde of valse aanklachten tegen deze Phrynichos te overleggen als motivatie voor dit besluit, maar dat het misschien ook mocht volstaan om de waarheid te zeggen en dat de waarheid was dat Phrynichos niet de man was die men in de buurt wilde hebben wanneer men delicate onderhandelingen voerde met ene Alkibiades. Zo werd beschikt. Phrynichos werd vervangen door Thrasyboulos, de zoon van Lykos, uit het district Steiria.

Terwijl het gezantschap zich klaarmaakte voor vertrek, maakte Peisandros een laatste ronde langs de leiders van de oligarchische factie, de antidemocratische genootschappen en de besloten mannenkamers van de aristocraten, waar al sinds jaren werd samengezworen terwijl de kylikes met dure wijn rondgingen in afwachting van deze dag, en hij gaf instructies met betrekking tot de voorbereidingen die men in zijn afwezigheid zou kunnen treffen om na zijn terugkeer zonder onnodig tijd te verliezen een soepele en geriefelijke transitie naar een oligarchisch bestel mogelijk te maken. Vervolgens voer de delegatie uit naar Ephesos, vanwaar zij over land verder zou reizen naar Sardis.

3

Mijn informanten hadden mij gedetailleerd op de hoogte gebracht van deze ontwikkelingen, die zich vooralsnog gewillig voegden naar mijn plannen. Ik kondigde de komst van Peisandros en zijn tien secondanten aan bij Tissaphernes en zei hem dat zij hooggespannen verwachtingen zouden koesteren. Het doel van hun diplomatieke missie zou een bondgenootschap met Perzië zijn, zo voorspelde ik, en mijn aanwezigheid in Sardis verschafte hun hoop op succes. Ik adviseerde hem echter om niet af te wijken van het eerdere plan, dat inhield dat Perzië glunderend en afzijdig zou toekijken hoe Sparta en Athene elkaar bestreden, uitputten en verzwakten, want dat was de goedkoopste en profijtelijkste strategie voor Perzië, waaraan de Grote Koning in hoogsteigen persoon onlangs met een almachtige hoofdknik zijn goedkeuring had gegeven. Conform dit plan zou hij het topoverleg met de Atheense delegatie doelbewust moeten laten mislukken door iedere Atheense concessie te beantwoorden met nieuwe eisen die onmogelijk in te willigen zouden zijn, waarna Peisandros en zijn gezanten met lege handen naar Athene zouden terugkeren. Uiteraard was Tissaphernes het onmiddellijk met mij eens. Ik bood hem aan het woord namens hem te voeren, zodat er geen tolken nodig zouden zijn. Ook daarmee ging hij akkoord.

Wat Tissaphernes niet kon weten, maar wat, als hij het wel had geweten, weinig verschil zou hebben uitgemaakt voor de te volgen gesprekstactiek, was dat de hooggespannen verwachtingen bij de Atheense delegatie niet alleen waren gebaseerd op haar ideeën over mijn invloed op hem als zijn speciale adviseur, maar ook op expliciete beloften die ik had gedaan in mijn correspondentie met de admiraals op Samos. Die beloften zou ik dus breken, zoals van het begin af aan mijn opzet was geweest, maar dankzij deze afstemming vooraf met Tissaphernes zou mijn woordbreuk de gedaante aannemen van halsstarrige onwelwillendheid van de kant van de satraap, die de ene onmogelijke eis na de andere zou formuleren, terwijl er vanwege het feit dat ik als zijn woordvoerder optrad desalniettemin geen twijfels zouden ontstaan over mijn invloed op hem. Tissaphernes mocht dit alles wat mij betreft ook weten of doorzien, want voor hem maakte het weinig verschil welk spel ik met mijn voormalige stadsgenoten wenste te spelen. Zijn positie was helder en eenduidig. Hij had niets te winnen en niets te verliezen bij deze onderhandelingen.

Desalniettemin zou het in de lijn der verwachtingen liggen dat de teleurstelling over de mislukte topconferentie in Sardis zich tegen mij zou keren. Ook als men aan het gesprek de indruk overhield dat het louter aan Tissaphernes te wijten was dat de vurig gewenste overeenkomst onhaalbaar was, zou men concluderen dat ik hoe dan ook niet in staat was gebleken het beloofde bondgenootschap met Perzië te forceren, dat ik daarmee nutteloos was geworden en dat er derhalve geen reden meer was om zich in te spannen voor mijn gratie en terugkeer.

Daarmee zou ik precies bereikt hebben wat ik wilde. Van het begin af aan was het mijn bedoeling geweest om aan te zetten tot een oligarchische staatsgreep met de valse belofte van een bondgenootschap met de satraap en de Grote Koning, die de oligarchische omwenteling zogenaamd als voorwaarde zouden hebben gesteld voor hun vertrouwen en steun, zonder eraan bij te dragen dat deze oligarchie een succes zou worden door dat bondgenootschap ook daadwerkelijk tot stand te brengen. Ik had vertrouwen willen wekken in mijn persoonlijke toewijding aan het oligarchische complot door te fingeren dat ik er een persoonlijk belang bij zou hebben, door te suggereren dat niet alleen de Perzische steun maar ook mijn eventuele terugkeer naar Athene zou afhangen van een wijziging in de constitutie, gezien het feit dat een democratie mij ter dood veroordeeld had, zonder dat ik ooit serieus de intentie heb gehad om mij door de aristocraten te laten vrijspreken en terugroepen om deel uit te maken van een oligarchisch bewind. Als de oligarchische coupplegers zich al in een vroeg stadium van mij distantieerden vanwege de mislukte onderhandelingen, zou het voor mij in een later stadium alleen maar eenvoudiger worden om mij van hen te distantiëren en de leiding op mij te nemen van het verzet.

De enige onzekere factor in mijn plan was dat het cruciaal zou zijn voor het welslagen ervan dat de staatsgreep niet werd afgeblazen, terwijl het bondgenootschap met Perzië, dat een illusie zou blijken, als het voornaamste en misschien zelfs enige argument ten faveure van de omwenteling was gepresenteerd, maar mede op grond van de inlichtingen die mijn informanten in Athene mij verstrekten, meende ik erop te kunnen vertrouwen dat er inmiddels te veel krachten waren ontwaakt, te veel belanghebbenden waren gemobiliseerd en te veel gerijpt ongenoegen zijn kans rook om nog gewicht toe te kennen aan argumenten. Ook als de voornaamste reden om voort te gaan wegviel, zou niemand die in het complot zat nog op zijn schreden willen terugkeren. Het leek mij zelfs niet uit te sluiten dat de delegatie van Peisandros de mislukking van de onderhandelingen geheim zou houden totdat het oligarchische regime zijn beslag had gekregen en zijn belangen had veiliggesteld. Coupplegers moeten daadwerkelijk een coup plegen om de beschuldiging te ontlopen dat zij een coup wilden plegen.

Politiek is een gemakkelijker spel dan het kwartelkloppen of het knokkelspel, omdat mensen die uit eigenbelang handelen voorspelbaar zijn. De gebeurtenissen plooiden zich gedwee naar mijn calculaties. Tissaphernes en ik amuseerden ons door de Atheense delegatie te imponeren met een zelfs naar Perzische begrippen royale ontvangst in de grote eetzaal van het vorstelijk paleis, waar we de in smetteloos witte gewaden heupwiegende eunuchen vijfentwintig gangen van de meest exotische delicatessen lieten opdienen, waaronder krokodil uit Egypte in een zoutkorst met ibiseitjes, dolfijnenvinnen, rozen gevuld met amandelspijs, pasteitjes van gazellelever, giraffedij, perziken in bladgoud en kleine vogeltjes die 'rhyntakes' worden genoemd, die zich volgens de Perzen voeden met lucht en dauw en die zij als een exquise delicatesse beschouwen, terwijl twintig musici speelden en zestig danseressen, gehuld in niets dan hun schaamteloosheid en hun parfum, door de wierookdampen wervelden. Tissaphernes had zelfs de magiërs opgetrommeld om met bassende stemmen hun onwereldse hymnen te zingen, waarbij iedereen net deed alsof hun optreden een vast onderdeel was van ieder Perzisch etentje. Na afloop van het diner gaven we ieder van onze gasten een gouden ei, een kleine attentie waaraan verder geen symbolische betekenis verbonden was, maar die tot gevolg had dat de Atheners zich afvroegen wat de symbolische betekenis zou kunnen zijn.

De besprekingen hadden we in de troonzaal geënsceneerd, waar ik in vol ornaat in Perzische dracht verscheen als Tissaphernes' woordvoerder en, afgewisseld met terzijdes in het Perzisch met de satraap, die voornamelijk gingen over bepaalde uiterlijke kenmerken van Peisandros en andere leden van de delegatie, formuleerde ik in zijn naam steeds verdergaande eisen. De Atheners waren zozeer gebrand op succes van hun missie dat ze zelfs bereid waren te accepteren wat ik onmogelijk had geacht, maar uiteindelijk had ik het breekpunt dan toch weten te bereiken. Gefrustreerd en diep teleurgesteld verlieten zij Sardis.

Mij werd bericht dat het gezantschap van Ephesos was overgestoken naar Samos, waar het met enige druk van de Atheense strijdmachten een oligarchisch bestuur installeerde. Uit het feit dat zij de moeite namen om een marionettenregering aan te stellen op het eiland dat thans diende als het hoofdkwartier van de vloot, mocht ik tevreden concluderen dat de coupplegers hun plannen ondanks de mislukte onderhandelingen in Sardis ongewijzigd doorgang wilden laten vinden. Mij bereikte eveneens het bericht dat de oligarchische beweging zich aldaar op Samos expliciet van mij had gedistantieerd. De reden die ze daarvoor gaven was dat ik geweigerd zou hebben mij bij hen aan te sluiten en dat dat beter was zo, omdat ik bij nader inzien niet geschikt was voor een oligarchie. Over de mislukte onderhandelingen werd met geen woord gerept.

Vervolgens werden de taken verdeeld. Terwijl de helft van het oorspronkelijke gezantschap een rondvaart maakte langs de Atheense bondgenoten om ook daar aan te zetten tot oligarchische opstanden, keerde Peisandros met de anderen terug naar Athene om te doen wat nodig was en te voltooien wat in gang was gezet. Zij ontdekten dat het meeste werk al was gedaan door hun handlangers. Er waren jongeren geronseld die op intimiderende wijze demonstreerden voor reductie van het gewicht van de staat op de schatkist en voor afschaffing van de honoraria voor publieke ambten. Ze eisten op luide toon dat het aantal burgers met actief en passief stemrecht zou worden teruggebracht tot vijfduizend en dat het openbare bestuur in handen zou worden gelegd van diegenen die over genoeg privévermogen beschikten om geen aanspraak te hoeven maken op publieke gelden. Het magische aantal van vijfduizend, dat telkens weer werd genoemd als panacee voor alle problemen, was een façade, die de beweging een gematigd democratisch imago moest verschaffen en voor het volk acceptabel en misschien zelfs sympathiek moest maken. De werkelijke doelstelling van de revolutionairen was een aanzienlijk exclusiever bestuur.

De volksvergadering en de executieve raad kwamen nog steeds op de reguliere momenten bijeen, maar stonden feitelijk onder controle van de beweging. De agenda van gespreksonderwerpen moest door de revolutionairen worden goedgekeurd, die eveneens de sprekers aanwezen en vooraf bepaalden wat zij zouden zeggen. Niemand van de zwijgende meerderheid durfde nog te protesteren vanwege angstige vermoedens met betrekking tot de omvang van de beweging. Wanneer iemand desondanks de moed opbracht om zich uit te spreken tegen de omwenteling die zich onmiskenbaar aan het voltrekken was, kon het gebeuren dat hij op de een of andere wijze de dood vond, waarna er in de regel geen zoektocht plaatsvond naar de daders of enig ander juridisch onderzoek werd gestart naar de omstandigheden.

Dus leerde het volk zijn mond te houden en het in deze nieuwe situatie als het hoogst haalbare te beschouwen om, in het besef dat het geweten met het stilzwijgen geweld werd aangedaan, geen slachtoffer te worden van geweld. Omdat de mensen niet wisten hoe groot het aantal samenzweerders precies was en evenmin over de middelen beschikten om dat te kunnen bepalen in een stad die zo groot was als Athene, namen zij aan dat hun aantal veel groter was dan in werkelijkheid het geval was, hetgeen leidde tot angst en paranoia, die gedachten aan verzet verlamden. Het werd in toenemende mate onverstandig geacht ongenoegens te delen met een buurman of ten overstaan van een kennis op fluistertoon bezorgdheid te uiten, omdat niemand nog wist wie te vertrouwen was. Elke onbekende kon een informant zijn van de revolutionairen en in het geval van een vriend was dat risico niet per se geringer. Ook de leden van de democratisch gezinde oppositie bejegenden elkaar met toenemend wantrouwen. Omdat zelfs lieden die niemand ooit zou verdenken van oligarchische sympathieën soms toch tot de beweging bleken te behoren, konden zelfs de uitgesproken ideologische stellingnamen uit het zeer recente verleden niet langer worden beschouwd als een garantie voor betrouwbaarheid. Het waren met name deze overlopers, van wie niemand ooit iets kwaads zou hebben vermoed, die bijdroegen aan het klimaat van algehele achterdocht dat de straffeloosheid van de beweging mogelijk maakte.

Bendes van jongeren die de revolutie hadden omarmd, namen in hun ijver om rechter in de nieuwe leer te schijnen dan anderen geen genoegen meer met de intimidatie van de oppositie en begonnen prominenten van de vroegere democratische partij uit de weg te ruimen. Onder de demagogen, die vier jaar eerder verantwoordelijk waren geweest voor mijn veroordeling en doodstraf, werd een bloedbad aangericht. Zo gaan dat soort dingen. Dit was te voorspellen. Staatsgrepen zijn nu eenmaal zelden vreedzaam en nog minder vaak vergevingsgezind jegens de macht die zij ontmantelen. Zo was het eveneens te voorspellen dat mijn vijand Androkles uit het district Pithos, de hoofdverantwoordelijke voor mijn doodsvonnis, die zich ten koste van mij had opgewerkt tot leider van de democraten, op een avond door een groepje opgeschoten fanatici een steeg in werd gesleurd, waar hem de keel werd doorgesneden. Zijn moordenaars gingen vrijuit toen zij verklaarden dat zij hadden gehandeld uit het verlangen om mij een plezier te doen.

4

Dit was de situatie die Peisandros bij zijn terugkeer in het begin van de zomer aantrof in Athene. Zonder verder woorden vuil te maken aan het resultaat van de onderhandelingen in Sardis begon hij de democratische instituties formeel te ontmantelen. Hoewel de reeds ontketende terreur en de angst die daarvan het gevolg was de twee voornaamste ingrediënten waren van de omwenteling, wilde hij de wijziging van de constitutie verankeren in de schijn van een wettelijke basis en zo kundig mogelijk het valse voorkomen geven van een legaal proces.

Zijn eerste stap daartoe was de volksvergadering bijeen te roepen en haar te vragen akkoord te gaan met het voorstel dat de raad van tien experts, die anderhalf jaar eerder, direct na de Siciliaanse catastrofe, als noodregering was aangesteld, zou worden uitgebreid met twintig door hem persoonlijk geselecteerde wijze mannen en dat dit uiterst respectabel en ervaren ogende college van dertig zou worden verzocht om op een vooraf overeengekomen dag een voorstel te presenteren omtrent de beste staatsvorm voor de stad. De volksvergadering stemde in met het voorstel, dat een verzoenend en de-escalerend karakter leek te hebben, waarmee de staatsrechtelijke commissie van dertig wijzen een juridische basis had.

Op de vastgestelde dag, waarop de commissie haar voorstel voor de Atheense constitutie aan de volksvergadering zou presenteren, werd de volksvergadering niet bijeengeroepen op de Pnyx, maar bij de tempel van Poseidon van de Paarden in Kolonos, tien stadia buiten de muren van de stad. Omdat de Spartanen sinds hun permanente bezetting van Dekeleia op elk moment van de dag overal buiten de muren konden opduiken, stuurde Peisandros een imposante legermacht van duizend zwaarbewapende infanteristen naar Kolonos om het verzamelde volk van Athene te beschermen. De plechtig gepresenteerde aanbeveling van de commissie van wijzen bestond uit één zin: iedere Atheense burger moest het recht worden gegund om zich in volledige vrijheid uit te spreken over de staatsvorm die hij wenselijk achtte, waarbij zijn immuniteit voor enigerlei vorm van gerechtelijke vervolging of intimidatie moest zijn gegarandeerd.

Peisandros nam als eerste het woord. Hij stelde voor om de betaling voor openbare ambten af te schaffen en het aantal burgers met stemrecht, die verkiesbaar zouden zijn voor die ambten, terug te brengen naar vijfduizend, waarbij het selectiecriterium zou zijn dat iedere burger die voor een ambt in aanmerking kwam over voldoende geldelijke middelen moest beschikken om geen beroep te hoeven doen op de schatkist voor zijn levensonderhoud. Voorts stelde hij voor om vijf presidenten aan te stellen, die een nieuwe executieve raad zouden samenstellen van vierhonderd leden, die de autonome bevoegdheid zou hebben de staat te besturen naar zijn beste oordeel en naar het beste van zijn vermogens en dat deze raad van vierhonderd een beroep zou kunnen doen op het advies van de vijfduizend wanneer deze dat nodig achtte.

Hij was de enige spreker. Niemand durfde in de intimiderende aanwezigheid van duizend zwaarbewapende hoplieten op te staan en zijn stem te verheffen. Het voorstel van Peisandros, dat het enige voorliggende voorstel was, werd derhalve door de volksvergadering bekrachtigd, waarna de vergadering werd gesloten en het volk onder escorte werd teruggeleid naar de Dubbele Poort en uiteenging.

De leiders van de oligarchische beweging begonnen zich na de democratische ratificatie van de constitutie die de democratie zou vervangen openlijk en met zelfvertrouwen te manifesteren bij de selectie van hun vierhonderd getrouwen. Peisandros was het gezicht van de revolutie, maar het brein ervan was Antiphon, de zoon van Sophilos, uit Rhamnous, zonder twijfel een van de scherpste geesten van onze tijd. Weinigen waren briljanter dan hij in het concipiëren van een idee en weinigen konden een idee overtuigender onder woorden brengen dan hij. Hij zou een staatsman geweest kunnen zijn van het kaliber van Perikles, als hij niet door het volk werd gehaat om zijn opzichtige intelligentie. Daarom had hij het altijd verkozen om te opereren vanuit de schaduwen en trad hij pas in het licht op de dag dat de haat van het volk door zijn toedoen een irrelevant gegeven was geworden. Een andere prominent van het nieuwe oligarchische regime was Theramenes, de zoon van Hagnon en de kleinzoon van Nikias, uit het district Steiria. Ook hij was toen al een man om rekening mee te houden. Doordat de beweging door dergelijke competente en capabele politici werd gedragen, kon de onderneming, hoe ontzagwekkend zij ook was, voortvarend voortgang vinden, hoewel het geen geringe taak was de Atheners te beroven van hun vrijheid, die zij sinds de afzetting van de tirannen maar liefst honderd jaar lang als hun onvervreemdbaar recht hadden beschouwd en die hen gedurende die gehele periode had gevrijwaard van buitenlandse overheersing, terwijl zij in diezelfde periode de positie hadden bevochten waarin zij anderen overheersten.

En wat ik niet had kunnen voorspellen, behalve dan dat ik het had kunnen voorspellen, was dat mijn dierbare vijand Phrynichos, de zoon van Stratonides, uit het district Deiradiotai, die in Athene was teruggekeerd omdat hij op verzoek van Peisandros uit zijn functie van medebevelhebber van de vloot op Samos was ontheven, de revolutie hartstochtelijk omarmde en zich als voormalig berooid geitenhoeder, radicaal democraat, volksmenner, partijgenoot van de demagoog Androkles en onverzoenbaar strijder tegen onrecht, dat in zijn wereldbeeld voortkwam uit privileges op grond van afkomst en vermogen, ontpopte tot een van de vurigste aanhangers van het oligarchische regime van aristocraten en bemiddelden. Phrynichos was niet dom, zoals ik tot mijn spijt al eerder had moeten concluderen. Hij werd gedreven door een diepgevoelde haat jegens mij, die zich zeker sinds zijn intriges op Samos mengde met een terechte angst voor mij, en hoewel hij niet op de hoogte kon zijn van de mislukte onderhandelingen in Sardis, had hij begrepen dat de aristocraten van de nieuwe oligarchische regering nooit de bedoeling hadden gehad om mij gratie te verlenen en naar Athene te laten terugkeren, waaruit hij niet ten onrechte had geconcludeerd dat zijn door zijn vrees voor mij gedreven behoefte aan bescherming en zijn door zijn haat jegens mij geïnspireerde verlangen om mij zoveel mogelijk dwars te zitten hem geen andere keuze lieten dan zich in te zetten voor de oligarchische zaak.

De zitting van de volksvergadering in Kolonos, waar de nieuwe constitutie in een sfeer van angst en intimidatie formeel was geratificeerd, had plaatsgevonden op de elfde dag van de maand Thargelion, hetgeen betekende dat de reguliere ambtsperiode van de zittende executieve raad en alle andere publieke functionarissen binnen anderhalve maand zou aflopen, en de algehele verwachting was dat het nieuwe oligarchische staatsbestuur vervolgens op de eerste dag van de maand Hekatombaion met het begin van het nieuwe administratieve jaar zou aantreden. Maar de leiders van de beweging wilden niet zo lang wachten. Zoals kleren slijten die veel worden gedragen, zo slijt ook angst. In plaats van te riskeren dat de democratische oppositie moed zou gaan putten uit betekenisloze futiliteiten, gaf de revolutionaire staf er de voorkeur aan te profiteren van het onzekere klimaat waarin iedereen verwachtte dat er van alles zou kunnen gebeuren door te laten gebeuren wat niemand verwachtte.

Drie dagen later vond de staatsgreep plaats. Terwijl de meeste soldaten die de stadsmuren en andere posities in de stad bewaakten tegen de Spartaanse dreiging bij de wisseling van de wacht naar huis gingen, zoals zij altijd deden, hadden de militairen die bij het complot betrokken waren instructies gekregen om lanterfantend zonder verdenkingen te wekken te blijven rondhangen op een afstandje van hun oorspronkelijke post en in te grijpen als de oppositie in actie kwam. Ongeveer vijfhonderd gewapende mannen uit Tenos, Andros, Karystos en Aigina hadden zich met dezelfde opdracht over de stad verspreid. Toen iedereen zich op zijn aangewezen positie bevond, trokken de Vierhonderd, ieder van hen met een dolk verborgen onder zijn mantel, over de agora op naar het gebouw waar de executieve raad in zitting was. Ze werden begeleid door honderdtwintig fanatieke jongeren van de vrijwillige revolutionaire milities. Zij forceerden de deuren en vielen het raadsgebouw binnen. Zij hadden geld meegenomen om de raadsleden te betalen voor de resterende anderhalve maand van hun ambtsperiode en zeiden dat zij konden gaan.

De staatsgreep was een compleet succes. De raadsleden namen het geld aan en verlieten het raadsgebouw. Iedereen had het zien gebeuren en niemand had het gedurfd om er iets tegen te doen. De Vierhonderd namen zitting met inachtneming van alle oude rituelen, ceremonies, offers en gebeden om de zogenaamde regulariteit, continuïteit en wettigheid van hun nieuwe bestuur te benadrukken, maar iedereen besefte dat er op die veertiende dag van de maand Thargelion in het jaar dat Kallias archon was een einde was gemaakt aan honderd jaar democratie.

5

Alle filosofische discussies die in het verleden waren gevoerd over de voor- en nadelen van de democratie, werden door de meedogenloze werkelijkheid van het autoritaire regime met terugwerkende kracht gedegradeerd tot beschamende sofistische exercities. De vele tekortkomingen van onze oude democratische processen, die door velen moeiteloos konden worden opgesomd, namen door de lijfelijke ervaring met het schrikbewind dat de oligarchen ontketenden de gedaante aan van kwaliteiten.

Het ridicule uitgangspunt dat wijsheid een meerderheidsbesluit zou zijn, had bij nader inzien altijd voorkomen dat een minderheid haar wil zou opleggen aan het volk, terwijl de hopeloze inefficiëntie van overleg omwille van het overleg een waarborg bleek te zijn geweest tegen de efficiëntie van terreur omwille van de terreur. De spreekwoordelijke en dikwijls gretig bespotte onwetendheid van het plebs bleek bij nader inzien verre te verkiezen boven de intelligente boosaardigheid van de nieuwe elite en de manipuleerbare emoties van het volk waren een baken van menselijkheid geweest in vergelijking met de emotieloze doelmatigheid van de onderdrukking. Het geschreeuw van de vroegere demagogen had onschuldiger geklonken dan de bevelen van nu. Het gepolariseerde politieke debat, dat in zijn ijver om tegenstanders te schaden het algemene belang placht te vergeten, bleek beter beleid te hebben voortgebracht dan het met een beroep op het algemene belang en met geweld afgedwongen verbod op een afwijkende mening. De veranderlijkheid van de publieke opinie die het beleid dicteerde was minder beangstigend geweest dan het veranderlijke humeur van individuele machthebbers. Het korte geheugen van de modegevoelige massa kreeg met terugwerkende kracht de charme van humane vergevingsgezindheid in het licht van de rechtlijnige trouw die de oligarchen bewezen aan hun eigen ideologie en het gebrek aan coherentie, dat het gevolg was van de soevereiniteit van een volatiel gremium als de volksvergadering, had thans de aantrekkingskracht van een lovenswaardige bereidheid om goede besluiten te heroverwegen, die de nieuwe machthebbers zelfs bij rampzalige besluiten weigerden aan de dag te leggen. Het was precies de kracht geweest van de democratie dat zij ieder de vrijheid had gegeven om de democratie te bekritiseren, terwijl het oligarchische regime door kritiek op de oligarchie te verbieden alle eerdere gratuite kritiek op de democratie weerlegde.

Het patriottistische vuur, dat aanvankelijk een groot deel van de aantrekkingskracht had uitgemaakt van de oligarchische omwenteling – het hele plan was immers bedacht met het doel om de Perzen aan onze kant te krijgen en de Spartanen te vermorzelen –, werd onmiddellijk geblust door de banale realiteit van de louter in hun eigen belangen geïnteresseerde nieuwe machthebbers. Bezien door de ogen van de regerende aristocraten leek het autocratische en conservatieve koninkrijk Sparta opeens aanzienlijk minder vijandig dan voorheen. Zonder verder nog één moment over een mogelijke alliantie met Perzië te spreken handelden de oligarchen naar hun hoop dat de Spartanen sympathie zouden hebben voor gelijkgestemden, die een einde hadden gemaakt aan het volatiele volksbewind, en dat de nieuwe constitutie in Athene een vergelijk met Sparta mogelijk zou maken dat hun landgoederen in Attika en hun financiële belangen in de zilvermijnen zou veiligstellen. Ze openden diplomatieke kanalen met koning Agis in zijn fort in Dekeleia.

Koning Agis interpreteerde de komst van de Atheense ambassadeurs als een teken van zwakte. Op grond van hun gretigheid om tot een vredesakkoord te komen maakte hij de inschatting dat de nieuwe machthebbers er niet op durfden te vertrouwen dat zij de situatie in de stad onder controle hadden. Als er binnen de muren van Athene daadwerkelijk onrust gistte en er een burgeroorlog broeide onder de met terreur en geweld afgedwongen kalmte, zou het kunnen volstaan om met een omvangrijk leger onder de muren te verschijnen om de stad in handen te krijgen. Hij stuurde de gezanten terug naar Athene met een antwoord dat geen enkele hoop op een vergelijk rechtvaardigde en zond diezelfde dag nog boodschappers uit die zijn bevel om versterkingen te mobiliseren overbrachten aan de bondgenoten op de Peloponnesos.

Niet lang daarna rukten de Spartanen en hun opgetrommelde bondgenoten met een imposant leger vanuit Dekeleia op naar de stad. Zij marcheerden tot vlak onder de muren en kozen daar positie. Nog nooit waren Spartaanse soldaten Athene zo dicht genaderd. Agis wachtte af. Er speelden drie mogelijke scenario's door zijn hoofd. De nieuwe machthebbers zouden onder druk van de dreigende interne onrust dermate nerveus kunnen worden van de aanblik van zijn leger dat zij iemand naar buiten zouden sturen met de opdracht om te onderhandelen en bij voorbaat met elke voorwaarde akkoord te gaan. Het zou zelfs een mogelijkheid zijn dat de intimiderende nabijheid van zijn legermacht tot paniek leidde binnen de muren, dat paniek leidde tot roekeloosheid, die uit angst en wanhoop wordt geboren, dat roekeloosheid leidde tot een opstand en dat de oligarchen de stad aan hem zouden overgeven in de hoop dat hij de orde zou herstellen en hun vege lijven zou redden. Ook als dit allemaal niet zou gebeuren, had hij goede hoop dat hij met zijn overmacht in elk geval de Lange Muren zou kunnen innemen, die, zoals hij zag, minder intensief bewaakt werden dan voorheen, waarschijnlijk omdat de oligarchen troepen van daar naar de stad hadden gehaald om het volk in bedwang te houden.

Maar zo gemakkelijk gaf Athene zich niet gewonnen. Agis' massale provocatie was een grote miscalculatie. Hoewel hij zeker gelijk had met zijn vermoedens dat de sfeer binnen de muren gespannen was, waren de militaire bevelstructuren en de trots van de individuele soldaten onaangetast. De Atheners versterkten de posities op de muren en deden een uitval met hun cavalerie, zware infanterie, boogschutters en lichtgewapenden, die enkele slachtoffers maakten en de Spartaanse troepen tot een aftocht dwongen.

Agis trok zich terug in Dekeleia, ontbond de eenheden die de bondgenoten als versterking hadden geleverd en stuurde hen weer terug naar de Peloponnesos. De Vierhonderd zonden nieuwe ambassadeurs naar Dekeleia om de onderhandelingen over een vredesovereenkomst te hervatten in de verwachting dat Agis nu gevoeliger zou zijn voor hun argumenten dan bij hun eerdere poging om hem voor een gesprek te interesseren. Omdat militairen ook na een militaire misrekening hardnekkig blijven geloven in militaire oplossingen en omdat Agis ook na zijn mislukte campagne liever bleef broeden op gewapende tactieken dan zijn humeur te verpesten met eindeloze diplomatieke besprekingen, verschool hij zich achter protocol en gaf hij de Atheense delegatie te kennen dat de bevoegdheid voor bilaterale verdragen niet bij hem lag maar bij de autoriteiten in Sparta.

6

Ik liet mij in Sardis door middel van intensieve contacten met mijn informanten gedetailleerd op de hoogte houden van alle gebeurtenissen in Athene en nu ik meende te mogen concluderen dat het oligarchische regime van de Vierhonderd zijn machtspositie had geconsolideerd, kon ik de eerste fase van mijn plan als afgerond en geslaagd beschouwen. Androkles was dood, evenals de meeste andere populisten met uitzondering van Phrynichos. Hiermee was het moment aangebroken waarop ik de tweede fase van mijn plan in werking kon stellen en evenals het eerste bedrijf zou het vervolg moeten beginnen op Samos.

Er deed zich op dat eiland een ontwikkeling voor die geen deel uitmaakte van mijn strategie, maar die mij wel welkom was. Wie kundig beraamt, dwingt geluk af, omdat zelfs het toeval de logica van het bij nader inzien onvermijdbare niet kan verraden. De bevolking van Samos was in opstand gekomen tegen de oligarchische marionettenregering die Peisandros en zijn mannen daar hadden geïnstalleerd. Hoewel de mariniers van de Atheense vloot op Samos zich hadden gecommitteerd aan het plan om de democratie in Athene op te schorten met het doel om via mijn contacten een bondgenootschap met Perzië tot stand te brengen en hoewel de installatie van het oligarchische bestuur van Samos deel had uitgemaakt van dat plan, lag hun natuurlijke sympathie bij het volk en bij de democratische oppositie en toen ze zagen dat de oligarchen van Samos de opstand op hun eiland met bruut geweld neersloegen, schoten ze het volk te hulp. Hun nieuwe admiraal Thrasyboulos, die Phrynichos had vervangen conform de orders van de toen nog bestaande en autonoom functionerende volksvergadering van Athene, stond als overtuigd democraat achter het initiatief van zijn troepen en namens de vloot betuigde hij zijn steun aan de democratische regering die na de geslaagde rebellie het roer overnam.

De vloot op Samos was nog niet op de hoogte gebracht van de dramatische ontwikkelingen die intussen in Athene hadden plaatsgevonden. Mijn informanten meldden mij dat het oligarchische regime van de Vierhonderd een gezantschap van tien man naar Samos had gestuurd met het doel om de verandering van de constitutie in Athene aan de vloot te verkopen als een onderdeel van het overeengekomen plan en zich van de blijvende steun van de strijdmachten te verzekeren.

Dit bericht was voor mij het signaal om twee dingen te doen. Ten eerste stuurde ik een brief naar de vloot op Samos, geadresseerd aan Thrasyboulos, waarin ik schreef dat ik redenen had om te vermoeden dat de nieuwe oligarchische machthebbers in Athene waren afgeweken van het oorspronkelijke plan, dat erop was gericht een beslissend voordeel te verwerven in de oorlog tegen Sparta. Ik schreef dat ik zelfs de indruk had dat hun enthousiasme voor de strijd tanende was en ik adstrueerde deze verdenking met de observatie dat zij de onderhandelingen met Tissaphernes en mij hadden afgebroken, hetgeen een halve waarheid was, en met het sterke vermoeden dat zij heimelijk over de voorwaarden van een vredesverdrag onderhandelden, waarbij ik mij beriep op inlichtingen die niet nader te noemen contacten in Sparta mij zouden hebben verschaft.

Tegelijkertijd stuurde ik een bericht aan een van mijn betrouwbaarste contactpersonen in Athene, Chaireas, de zoon van Archestratos, uit het district Phlya, waarin ik hem verzocht naar Samos te reizen en, zonder melding te maken van mijn verzoek daartoe, aan de soldaten van de vloot aldaar een gedetailleerde en kleurrijke beschrijving te geven van het schrikbewind dat de Vierhonderd in Athene hadden ontketend, waarbij ik hem de toestemming om desgewenst te overdrijven uiteraard niet wilde ontzeggen en waarbij het eveneens vanzelf mocht spreken dat ik hem ruimhartig zou compenseren voor het ongemak.

De tien boodschappers van de oligarchen trachtten op een nonchalante manier, die moest uitstralen dat er in feite weinig noemenswaardigs was veranderd en dat zij slechts naar Samos waren gekomen omdat zij hechtten aan de correctheid die hun gebood hun troepenmacht ervan op de hoogte te houden dat alles verliep zoals eerder gemeenschappelijk besloten was, aan de Atheense mariniers uit te leggen dat er conform het eerder overeengekomen plan een constitutiewijziging had plaatsgevonden in Athene, die inhield dat de omvang van de executieve raad van vijfhonderd naar vierhonderd leden was teruggebracht en dat er een maximum van vijfduizend leden was vastgesteld voor de volksvergadering, die echter nog niet bijeengeroepen was, omdat er tot dan toe geen gewichtige besluiten genomen waren die dit noodzakelijk zouden hebben gemaakt.

De mariniers onthaalden hen op diep wantrouwen, omdat zij mijn brief reeds hadden ontvangen, en nadat zij ongeduldig zuchtend en blazend hadden gewacht totdat de gezanten uitgesproken waren, werden er door vele mannen tegelijk prangende vragen naar hun hoofden geslingerd naar hun ongebroken en onvoorwaardelijke toewijding aan de oorlog tegen Sparta. De boodschappers trachtten hen er met gespeelde verontwaardiging van te verzekeren dat de oorlog de eerste prioriteit was en zou blijven tot op de heugelijke dag waarop Atheners triomfantelijk de voordeur van het huis van de koning van Sparta zouden intrappen en zij probeerden de zeelieden van de onverminderde strijdlust van de oligarchen te overtuigen door te refereren aan de recente schermutselingen onder de muren van de stad, waarbij de Atheense cavalerie en infanterie de Spartanen een gevoelige slag hadden toegebracht, maar daarmee bereikten zij het tegenovergestelde van wat zij hoopten, want de mariniers begonnen zich af te vragen waar de Spartanen de moed vandaan hadden moeten halen om Athene zo dicht te naderen als zij geen aanwijzingen zouden hebben gehad dat er een minder weerbare stemming over de stad gevallen was. De boodschappers hadden weinig andere retorische middelen tot hun beschikking dan te herhalen wat zij al hadden gezegd, maar zij slaagden er niet in het wantrouwen bij de opvarenden van de vloot weg te nemen.

De tien gezanten hadden hun terugtocht naar Athene reeds aanvaard, toen Chaireas op Samos arriveerde. Ten overstaan van de verbijsterde en in toenemende mate ontzette soldaten en officieren van de vloot vertelde hij in detail wat er werkelijk in Athene was gebeurd. Hij beschreef de intimidaties en de terreur, de milities en de dolken bij de machtsovername, de verdwijningen en de onopgeloste moorden. Hij noemde de namen van de nieuwe machthebbers en maakte korte metten met de schijnvertoning van continuïteit en legaliteit die was opgevoerd. Hij ontmaskerde de fictie van de zogenaamde raad van vijfduizend. De reden waarom deze nooit bijeengeroepen was, was niet dat er nog geen belangrijke besluiten te nemen waren geweest, maar dat deze niet bestond. Hij schetste het grimmige portret van een bevolking die honderd jaar vrijheid was ontfutseld en met geweld werd onderdrukt en hij vertelde over de angst die de bevolking in haar greep had, hetgeen hij in zulke concrete en beeldende bewoordingen deed dat iedere marinier moest slikken omdat hij zich de bange gezichten van familieleden en dierbaren voor de geest haalde.

Zonder dat Chaireas gebruik had gemaakt van zijn licentie tot overdrijving, of, preciezer gezegd, zonder dat hij zijn overdrijvingen had overdreven, had zijn verslag een verwoestende uitwerking op het moreel van de troepen. Ze voelden zich schuldig en verraden tegelijk, omdat de gewelddadige omwenteling en het schrikbewind mede in hun naam hun beslag hadden gekregen, terwijl zij geen oogwenk of ademtocht lang zouden hebben overwogen hun instemming te verbinden aan de verschrikkingen waartoe zij ruim baan bleken te hebben gegeven. Bij dit tweesnijdende gevoel voegden zich de acute zorgen om hun vrouwen en kinderen, de bejaarde familieleden die aan hun zorg waren toevertrouwd, vrienden en geliefden, die zij in Athene hadden achtergelaten en die zij nu ongewild in groot gevaar hadden gebracht, maar hun gedachten daarover werden overstemd door woede vanwege het feit dat hun vertrouwen was misbruikt door zelfzuchtige machtswellustelingen, die er niet voor waren teruggeschrokken om de honderdjarige vrijheid van Athene in een handomdraai te verkwanselen voor hun eigen belangen.

Hun eerste gedachte was onmiddellijk uit te varen, koers te zetten naar Athene, de stad met geweld in te nemen en Peisandros, Antiphon,

Theramenes, Phrynichos en alle andere oligarchen op brute wijze af te slachten. Maar ze hadden de verstandige en sussende woorden van Thrasyboulos niet nodig om zelf ook wel te beseffen dat een aanval van de Atheense vloot op Athene, met de Spartaanse vloot bij Milete in de buurt van de eilanden en de Ionische kust die zij onbeschermd zouden achterlaten, en een burgeroorlog binnen de muren van de stad, met het Spartaanse leger op een boogschot afstand in Dekeleia, alleen maar een groot geschenk aan Sparta zouden zijn.

Om tegemoet te komen aan de unaniem gevoelde behoefte om onverwijld een daad te stellen liet Thrasyboulos zijn officieren en soldaten een eed zweren, waarin zij plechtig beloofden dat zij de democratie te allen tijde en overal zouden steunen en verdedigen, dat zij eendrachtig en eensgezind zouden zijn en blijven, dat zij de oorlog tegen Sparta zouden voortzetten, dat zij vijanden zouden zijn van de Vierhonderd en dat niemand van hen enig contact zou hebben met de Vierhonderd. De burgers van Samos sloten zich vrijwillig aan bij deze eed.

Met de trots op deze daad, met de opluchting over de duidelijkheid die de eed verschafte en met het gevoel van saamhorigheid dat het zweren ervan teweeg had gebracht, ontstond de rust om de strategie te bespreken en uitsluitend de realistische opties tegen elkaar af te wegen. Tijdens het overleg stonden er meerdere mannen op die in verschillende bewoordingen betoogden dat het uitgangspunt van de beraadslagingen moest zijn dat de vloot de sterkste partij was in een conflict tussen de stad en de vloot. Zoals zij daar bijeen waren, hadden zij de gehele vloot in handen en daarmee de macht.

Iemand wees erop dat zij als mariniers door de stad werden betaald, maar dit potentiële bezwaar tegen de autonomie van de vloot leidde alleen maar tot het breed gedeelde besef dat het altijd de vloot was geweest die de tribuutbetalingen bij de bondgenoten had afgedwongen en dat er welbeschouwd geen reden was om ervan uit te gaan dat dat nu veranderd was. Ze zouden het geld van de bondgenoten, dat hun onder normale omstandigheden via de Atheense schatkist werd uitbetaald, direct bij de bondgenoten kunnen ophalen.

Ze hadden Athene niet nodig, want ze hadden Samos als basis. Verschillende mannen stonden op om erop te wijzen dat Samos adequaat versterkt was en gunstig gelegen en dat het zich er uitstekend toe zou lenen om te worden uitgeroepen tot tijdelijke hoofdstad van het imperium. Terwijl deze gedachten postvatten en in gezamenlijk overleg werden gewikt en gewogen, begonnen de eerdere verslagenheid en nijd definitief te wijken voor een aanstekelijke collectieve en strijdlustige verbetenheid. Het was niet alleen zo dat het hoofdkwartier van de vloot zich probleemloos zou kunnen transformeren in het centrum van het imperium, zo zeiden ze tegen elkaar, maar het was welbeschouwd eveneens een feit dat zij dankzij de dominantie op zee controle zouden hebben over de goederenstromen van de Atheense import. Elk graan- of transportschip dat de haven van Peiraieus als bestemming had, zou door hen kunnen worden gedwongen koers te zetten naar Samos. Niet alleen het imperium, maar ook de gehele Atheense economie was gebaseerd op de suprematie van de vloot en de vloot, dat waren zij. Zelfs een blokkade van Peiraieus behoorde tot de mogelijkheden. Fantasieën over verschillende scenario's waarin de Vierhonderd door een dergelijke scheepsblokkade binnen luttele tijd tot overgave zouden kunnen worden gedwongen, oogstten groot enthousiasme onder de verzamelde troepen.

Hoe meer zij abstraheerden van hun aanvankelijke redeloze verbolgenheid en ontzetting, des te meer drong de conclusie zich aan hen op dat er eigenlijk weinig verloren was. De stad had de vloot meer nodig dan de vloot de stad. De stad was niet bij machte om de vloot te weren van de zee, terwijl de vloot wel bij machte was om de stad van de zee af te snijden. De stad had hun niets meer te bieden, want in zilver konden zij zelf voorzien en goede raad viel uit Athene niet langer te verwachten. De wettelijke, democratische legitimatie van orders uit de stad was weggevallen en daarmee de rechtvaardiging voor de predominantie van de politiek over het leger. De stad had de wetten van de voorouders gebroken, verraden en afgeschaft, waarmee het trieste monopolie op legitimiteit de vloot was toegevallen. De stad had zich deloyaal betoond aan de vloot en niet omgekeerd.

'Zelfs het oorspronkelijke plan om de oorlog tegen Sparta te beslissen door via de contacten van Alkibiades een bondgenootschap met Perzië tot stand te brengen, hoeft nog niet als verloren te worden beschouwd,' zei iemand. 'Dat het plan door de oligarchen op een misdadige wijze is misbruikt, wil niet zeggen dat het een slecht plan was. Als wij als vloot de veiligheid van Alkibiades garanderen en hem uitroepen tot onze bevelhebber, zal hij de vriendschap en het vertrouwen van de satraap en Perzische financiële steun met zich meenemen naar Samos.'

Die gedachte kon rekenen op bijval en enthousiasme. Anderen voegden daar ten overvloede aan toe dat ik overduidelijk aan hun kant stond, zoals bleek uit het feit dat ik de moeite had genomen om hen per brief te waarschuwen voor de pro-Spartaanse houding van de oligarchen. Het plan om mij op de voorgestelde manier bij hun opstand tegen de Vierhonderd te betrekken werd bij acclamatie geëndosseerd.

Om tegemoet te komen aan de bedenkingen en zorgen van enkelen, die het ondanks het aanstekelijke optimisme van de overgrote meerderheid niet wilden nalaten te wijzen op het feit dat plannen ook kunnen mislukken en dat de voorgestelde handelwijze vanuit een strikt juridische benadering beschouwd moest worden als hoogverraad, werd er een exitstrategie bedacht, die zich baseerde op de simpele constatering dat zij over genoeg mankracht, schepen en wapens beschikten om in geval van nood elders steden en land te vinden waar zij zich zouden kunnen vestigen.

Niets begeestert mannen meer dan een saamhorig besluit om onoverwinnelijk te zullen zijn. De vloot had een plan, een doel en een reden om in het belang van zijn eigen unieke missie te geloven en ik maakte daar deel van uit.

7

In de tuinen van Sardis bloeide het mooie seizoen. Het paradijs dat mijn naam droeg, was opengebarsten in een obsceen vertoon van schaamteloze kleuren. Tissaphernes en ik moesten ons kleden in het bontste textiel dat Sardis te bieden had om niet flets af te steken tegen de achtergrond van onze verpozingen. Alles in het park prangde van overlevingsdrang en levenslust. Agressief uitbottende planten omwingerden en omstrengelden elkaar in wurgende liefkozingen. Ieder groeisel gebruikte zijn aanhankelijkheid voor de ander als list om ten koste van de ander hogerop te komen.

Trots noemde Tissaphernes mij de namen van zijn bomen en struiken en hij vroeg mij telkens naar de equivalenten in het Grieks, omdat hij wist dat ik hem het antwoord telkens weer schuldig moest blijven, daar ik de soortenrijkdom van de hier woekerende flora nooit eerder had aanschouwd. Hij toonde mij karakur, kazla, vreemde perelaars, silti, kamma, wilde orchideeën, happende bloemen en vele andere exotische bomen en planten wier Perzische naam ik vergeten ben.

Hij had het plan opgevat om een feest te organiseren voor mijn verjaardag. We hadden er een keer 's nachts over gesproken dat tijd voorbijgaat en dat ik een jaar later alweer veertig zou worden, hetgeen hem dermate enthousiasmeerde voor een grootscheepse viering dat hij vervolgens geen zin meer had om nog ruim een jaar te wachten en had besloten dat ook mijn negenendertigste verjaardag een memorabel feest waard was. Hij had de beste astrologen van zijn hof belast met de voor hem uiterst belangrijke taak om voor de dag van mijn geboorte, die ik niet anders kon aanduiden dan de derde dag van de wassende maan van Metageitnion volgens de Attische kalender, het exacte equivalent te berekenen naar de Babylonische kalender, die in het Perzische Rijk wordt gehanteerd, en hun calculaties bevestigden tot zijn kinderlijke vreugde dat mijn verjaardag inderdaad aanstaande was.

Hij kon al dagen nergens anders over praten. Hoewel hij mijn veronderstelde onwetendheid op dat gebied al meermaals had verholpen, hechtte hij eraan telkens weer opnieuw te benadrukken hoe belangrijk verjaardagen zijn in de Perzische cultuur. De verjaardag van de Grote Koning is het belangrijkste feest van het jaar, dat in heel Azië wordt gevierd. Het wordt 'tykta' genoemd, dat het Perzische woord zou zijn voor 'het perfecte feest'. Ik was dan weliswaar geen koning of boreling uit het vorstelijke geslacht der Achaimeniden, maar ik was wel zijn persoonlijke adviseur inzake alle zaken en daarom achtte hij het niet meer dan gepast dat heel Sardis mijn verjaardag zou vieren. Onze discussies over Athene, Sparta, de politieke en militaire ontwikkelingen in Hellas en de toestand van de wereld waren tot zwijgen gebracht, want telkens weer bracht hij het gesprek op het feest en de plannen die hij daarvoor met mij wilde maken. Hij dacht mij plezier te doen met paardenraces en na een paar dagen was dat idee al geëvolueerd in een internationale wedstrijd voor vierspannen, waarvoor hij echter eerst een hippodroom zou moeten bouwen, hetgeen echter geen onoverkomelijk probleem hoefde te zijn. Nadat ik hem een keer bij wijze van grap had gezegd dat ik een koordanscompetitie voor naakte jongelingen ook wel op prijs zou stellen, kreeg ik dat idee niet meer uit zijn hoofd gepraat.

De zomer was heet in Sardis. Op het zinderende middaguur, waarop ver weg in Griekenland argeloos wegdommelende herders en reizigers worden besprongen door Pan en satyrs nimfen belagen, was het een noodzaak verkoeling te zoeken in de satijnen kussens van de met purper linnen en witte vitrages beschaduwde prieeltjes op de handmatig met dauw besprenkelde gazons aan de rand van waterpartijen met vrijpostig opspuitende fonteinen onder het verhullende bladerdak van Tissaphernes' vreemd geurende bomen, terwijl de dwingende zon brutaal door het lover gluurde en dubbelzinnig fonkelde tussen de lissen in de vijver, en hoewel de eunuchen ons een bries toewuifden met waaiers van struisvogelveren, was het heet in Sardis tijdens die zomer. Het was Tissaphernes die zuchtend concludeerde dat we net zo goed zo naakt konden zijn als Grieken. Geen man zal ooit een groot man zijn als hij niet ook een vrouw durft te zijn. Hij vond het kennelijk niet eens nodig de eunuchen weg te sturen.

Terwijl ik mij aldus dagelijks jarig voelde in de lome windstilte van een onwerkelijke wereld, waarin mannen met baarden kaloí konden zijn, kwam de Spartaanse vloot in beweging. Ook voor de Spartanen in Milete was het zomer. De eerste goede maanden van het vaarseizoen waren voorbijgegaan zonder dat er enige vorm van actie was geweest. Passagieren tussen de toegesiste verlokkingen van de havenbuurt had veel van zijn charme verloren sinds Tissaphernes de soldij had gehalveerd en niet bijzonder gemotiveerd bleek om de halve soldij op tijd te betalen. Ze konden niet weten dat de satraap in de tussentijd op satijnen kussentjes met struisvogelveren werd toegewuifd, maar ze vermoedden het wel. Als hun betaalde ledigheid niet langer betaald werd, konden ze beter gaan doen waarvoor zij gekomen waren. In plaats van eindeloos te wachten op aalmoezen van hun broodheer en op de beroemde Fenicische schepen, die waarschijnlijk niet eens bestonden en die inmiddels onderwerp waren geworden van talloze moppen, had het meer zin om iets te gaan veroveren en plunderen. In plaats van te verweken van verveling, wilden ze eindelijk weer eens een ouderwetse zeeslag uitvechten.

Het Spartaanse opperbevel besefte dat het zijn gedemoraliseerde troepen actie moest bieden om muiterij te voorkomen en de berichten die Milete bereikten over de opstand op Samos werden door de bevelhebbers dankbaar geïnterpreteerd als een mogelijkheid om in die behoefte te voorzien, want als de Atheense vloot bij Samos bezig was chaos te bedwingen en orde te herstellen op zijn basis, zou een verrassingsaanval succes kunnen hebben. De Spartanen voeren uit met hun hele armada van honderdtien schepen. De Atheense vloot was echter in staat van paraatheid bij Glauke aan de voet van de Mykale, bij de kaap waar Samos bijna aan Azië raakt, maar weigerde vanwege het numerieke overwicht van de Spartanen slag te leveren en trok zich terug naar de haven van Samos. De Spartanen bivakkeerden bij de Mykale. De dag daarna kregen de Atheners versterking van hun noordelijke vloot, die tijdig was ingelicht, waarna ze in de aanval gingen, maar omdat de Spartanen hun numerieke overwicht waren kwijtgeraakt, weigerden zij op hun beurt de gewapende confrontatie aan te gaan en bliezen zij de terugtocht naar Milete.

Deze mislukte poging tot een zeeslag leidde tot een nog grotere frustratie bij de Spartaanse troepen dan de maanden van besluiteloosheid die eraan vooraf waren gegaan. Toen Pharnabazos, de zoon van Pharnakes, de satraap van Phrygië in Daskyleion, die heerste over het gebied dat zich uitstrekte van Tissaphernes' noordgrens tot aan de Hellespont en de Propontis, zijn eerdere aanbod aan de Spartanen herhaalde en hun een vergoeding bood voor hun hulp om Atheense vazalstaten aan zijn kusten te laten rebelleren, aarzelden zij geen moment. Ze stuurden veertig schepen met achtduizend man naar het noorden via de lange route om Samos heen over open zee om aan het zicht van de Atheense vloot te ontsnappen, maar hun vloot werd overvallen door een storm en dertig schepen raakten beschadigd en zagen zich gedwongen via Delos terug te varen naar Milete, vanwaar de troepen te voet naar het noorden trokken. De tien overige schepen bereikten de Hellespont en slaagden erin Kyzikos aan de Propontis en Byzantion aan de Bosporus te dwingen om over te lopen naar Sparta.

Ik hoorde dit nieuws pas nadat het Samos had bereikt, waar het tot aanzienlijke consternatie had geleid. De Bosporus en de Hellespont vormden een cruciale aanvoerroute voor het graan van de Krim naar Athene en zelfs als het doel zou zijn de nieuwe oligarchische machthebbers uit te roken met voedseltekorten, was Spartaanse controle over een van die beide zeestraten onacceptabel. Onmiddellijke actie was geboden. Opnieuw werd mijn naam genoemd. Uit het feit dat de Spartanen gehoor hadden gegeven aan een verzoek van Pharnabazos, die, zoals iedereen wist, een rivaal was van Tissaphernes, bleek overduidelijk dat de band tussen Tissaphernes en Sparta zwak was, als deze niet al was verbroken, hetgeen een uitgelezen kans leek te bieden om Tissaphernes met behulp van mijn invloed aan de kant van Athene te krijgen. Ze hadden eerder al besloten om mij uit te roepen tot bevelhebber en mij naar Samos te ontbieden en nu viel het besluit om daar haast mee te maken. De opperbevelhebber Thrasyboulos zou in hoogsteigen persoon naar Sardis reizen om mij op te halen. Zijn komst werd mij aangekondigd, zodat ik mij kon opmaken voor een vertrek uit het paradijs en een val naar de wereld. Ik kon niet wachten.

8

'Mannen, wij hebben geen tijd voor het verleden,' zei ik tegen de verzamelde troepen op Samos. Het was voor het eerst sinds vier jaar dat ik Atheners toesprak. Ik had mijn geraffineerde Perzische garderobe in Sardis gelaten en voor de gelegenheid een eenvoudige chiton aangetrokken van een ordinaire snit, die ik tijdens mijn hoogtijdagen in Athene nooit zou hebben getolereerd, en ik had mijn baard laten afsnijden. 'Maar omdat het verleden de macht heeft om onze plannen voor de toekomst te vergiftigen met misverstanden en onopgehelderde rancune, is het onvermijdelijk dat ik in het kort een paar dingen rechtzet.'

De bemanningen van alle honderdacht Atheense schepen waren bijeengekomen in het amfitheater en op de daarnaast en daarboven gelegen helling van de burchtheuvel van de stad Samos. Ik sprak tot een vol verwachting, ingespannen luisterende massa van meer dan twintigduizend bezorgde, verontwaardigde en strijdlustige mannen – een publiek dat omvangrijker was dan waar een spreker op mag rekenen tijdens de drukstbezochte bijeenkomsten van de volksvergadering op de heuvel van de Pnyx – en ik voelde de imposante kracht van hun saamhorigheid. Zij waren in overgrote meerderheid de roeiers en de matrozen van de vloot, wier democratische gezindheid door de recente gebeurtenissen in Athene alleen maar militanter was geworden, en zij zouden in de goede oude tijd mijn natuurlijke aanhang hebben gevormd, maar door de intriges van vier jaar eerder kleefden er verdenkingen van deelname aan een oligarchische samenzwering aan mij, die onterecht als zij waren en vals als zij waren gebleken desalniettemin in de hoofden van sommigen als spookverschijningen van een oude angst zouden kunnen opduiken. Ik besefte dat deze mariniers, die mij niet voor niets hadden teruggeroepen, mij in principe welwillend gezind waren, dat zij bereid waren mij veel te vergeven en dat zij veel van mij verwachtten, maar dit nam niet weg dat zij thans hun luisterend oor leenden aan een man die door de hun dierbare democratie ter dood was veroordeeld en dat de kans groot was dat sommigen van hen dergelijke gedachten niet zouden kunnen uitbannen. Ik moest deze kans aangrijpen om knagende twijfel aan mijn loyaliteit tot zwijgen te brengen. Daarnaast besefte ik maar al te goed dat een redevoering tot twintigduizend Atheense zeelieden twintigduizend potentiële boodschappers creëerde die mijn woorden zouden kunnen overbrieven aan Athene en dat ik op Samos in feite sprak tot mijn moederstad.

'De democratie die wij allen hartstochtelijk verdedigen,' zo vervolgde ik, 'en die wij ten koste van alles in ons vaderland in ere willen herstellen, is het bestel dat mij ten onrechte heeft veroordeeld, maar in plaats van een vergissing te begaan door de democratie verantwoordelijk te houden voor deze onrechtvaardigheid, dienen wij te beseffen dat de machinaties waarvan ik het slachtoffer ben geworden destijds bekonkeld waren door dezelfde vijanden van de democratie die nu met geweld wederrechtelijk de macht hebben gegrepen in onze stad. Ik was de dienaar van het volk en de bedenker, initiator en bevelhebber van de grootste en glorierijkste operatie die onze trotse vloot ooit heeft ondernomen en die met zekerheid geschiedenis zou hebben geschreven als de vijanden van het volk en van de vloot de expeditie niet hadden gesaboteerd door mij vals te beschuldigen en wederrechtelijk te laten veroordelen. De vloot van Athene is het fundament van de Atheense democratie en ik heb altijd pal gestaan voor de vloot. De democratie, dat zijn jullie en op jullie is de hoop van jullie dierbaren in Athene thans gevestigd. Samen met hen heb ik blind vertrouwen in jullie.'

Ik merkte dat mijn woorden het beoogde effect sorteerden. Rudimenten van eventuele reserves met betrekking tot mijn verleden werden weggespoeld door golven van enthousiasme.

'Tot zover de geschiedenis,' vervolgde ik. 'De rest laten we aan de historici, want wij hebben, zoals gezegd, geen tijd voor het verleden.

Wij hebben werk te doen. Wij hebben een stad te bevrijden en een oorlog te winnen.' Gejuich steeg op. 'Wij hebben een stad te bevrijden en een oorlog te winnen,' herhaalde ik, 'en onze vijanden kunnen ervan verzekerd zijn dat wij voor beide taken zijn toegerust.' Er werd opnieuw gejuicht.

'Het belangrijkste onderwerp van onze beraadslagingen is een onderwerp waarover we niet hoeven te beraadslagen,' zei ik. 'Wij zijn allen democraten en de misdaden van de oligarchen hebben ons alleen maar bevestigd en gehard in onze overtuigingen. Wij zullen een einde maken aan hun bewind. Het op één na belangrijkste onderwerp van deze bijeenkomst is wat ik hierin voor jullie kan betekenen. Laat mij vooropstellen dat ik te allen tijde bereid zal zijn mijn ervaring, mijn strategisch inzicht, mijn gedrevenheid en ook de kracht van mijn spieren ter beschikking te stellen aan jullie missie, al hecht ik eraan hieraan toe te voegen dat ik ervan overtuigd ben dat jullie in Thrasyboulos, de zoon van Lykos, reeds de best denkbare admiraal hebben gevonden.

Daarnaast circuleren er hoopvolle verhalen over de financiële armslag van de satraap van Sardis en over mijn invloed op hem. Ik kan jullie verzekeren dat die verhalen niet overdreven zijn. Integendeel. Ik heb gedurende de afgelopen maanden het voorrecht gehad om als persoonlijke adviseur en vriend van Tissaphernes aan het hof van Sardis te verblijven. Ik heb daar met eigen ogen gezien hoe groot de macht is van Perzië, en niet alleen in financieel opzicht. Ik heb het Perzische leger gezien. Ik heb reeds vele gesprekken gevoerd met Tissaphernes over de mogelijkheid dat hij Athene zou steunen in de oorlog tegen Sparta. Ik heb de grote koning Dareios, de zoon van Artaxerxes, persoonlijk ontmoet en zijn steun verworven voor de strategie die ik met Tissaphernes had besproken. Kortom, wat ik jullie te bieden denk te hebben, is de steun van het Perzische Rijk.

De oligarchen die de macht hebben gegrepen in Athene, hebben zich misrekend. Zij dachten misschien aanvankelijk dat zij een bondgenootschap met Perzië konden forceren door de constitutie te veranderen, maar afgezien van het feit dat zij het landsbelang vervolgens hebben verraden door uitsluitend nog oog te hebben voor hun eigen machtspositie en hun onderhandelingen met Tissaphernes en mij af te kappen, omdat zij uit eigenbelang liever een akkoord sluiten met Sparta, vergaten zij voor hun eigen gemoedsrust dat eventuele steun van Perzië nooit is toegezegd aan Athene, maar aan mij. Ik geniet het vertrouwen van de satraap en de koning, niemand anders en zeker zij niet. Door hun misdaden, die mij tot hun vijand hebben gemaakt, hebben zij een vijand gemaakt van Perzië. Als ik besluit samen met jullie op te trekken tegen de nieuwe machthebbers van Athene, zal Perzië mij en jullie daarin steunen.'

Zo sprak ik. Jullie weten inmiddels dat ik de steun van Perzië niet kon beloven, zoals ik op dat moment uiteraard eveneens goed wist, maar mijn woorden waren bedoeld om de mannen op Samos moed in te spreken en vooral om over hun hoofden heen angst te zaaien onder de oligarchen. Het zou ook de Spartanen ter ore komen dat ik gezegd had zeker te zijn van de steun van Tissaphernes, hetgeen hen alleen maar zou bevestigen in hun vermoedens dat hij niet te vertrouwen was.

Onder luid gejuich werd ik door de bemanningen van de Atheense vloot bij acclamatie aangesteld als hun bevelhebber naast Thrasyboulos. Na vijf keer democratisch als strateeg verkozen te zijn door de volksvergadering van Athene aanvaardde ik mijn zesde ambtstermijn na te zijn verkozen door het enige gremium dat na afschaffing van de volksvergadering aanspraak mocht maken op bevoegdheid namens de democratie en dat de rol op zich had genomen van een Atheense regering in ballingschap.

Zoals ik vroeger vaak had meegemaakt tijdens volksvergaderingen op de heuvel van de Pnyx, creëerde het enthousiasme over het zojuist genomen besluit het momentum voor verregaande voorstellen. De ene na de andere spreker stond op om te pleiten voor een onmiddellijke aanval op Peiraieus. Opgezweept door steeds luidere stemmen was er onder de verzamelde troepen een steeds grotere meerderheid overtuigd van de wenselijkheid om geen dag langer te wachten en nog voor het vallen van de avond met de gehele vloot uit te varen, koers te zetten naar de haven van Athene, onder mijn leiding de stad in te nemen, de oligarchen af te zetten en de democratie te herstellen. Maar hoewel de meerderheid mij praktisch voor een voldongen feit stelde, nam ik het woord en zei ik het volgende.

'Mannen, ik waardeer jullie patriottisme en jullie vertrouwen in jullie nieuwe bevelhebber, maar als jullie nieuwe bevelhebber is het mijn plicht jullie erop te wijzen dat jullie een grote fout dreigen te maken en dat jullie patriottisme niet gediend is met de strategie die jullie voorstellen. Een aanval van ons op Athene zou het einde van Athene betekenen. De vijand ligt bij Milete te wachten op de kans die jullie hem willen bieden door uit de wateren bij Ionië weg te trekken en hem het hele imperium aan te bieden als een geschenk. De vijand zit in zijn fort in Dekeleia te hopen op de gelegenheid die jullie hem willen bieden door een burgeroorlog te ontketenen binnen de muren van Athene en de verscheurde stad als een gemakkelijke prooi aan hem prijs te geven. Net nu jullie mij vanuit jullie bevoegdheid als het enige legitieme democratische gezag van Athene de grote eer hebben gegund om Athene opnieuw te mogen dienen als strateeg, zou ik het betreuren als jullie vervolgens zouden besluiten om Athene af te schaffen en mij strateeg te laten zijn van niets. Wat ons te doen staat en waarmee ook jullie dierbaren in Athene het meeste zijn geholpen, is dat wij het imperium veiligstellen door de Spartaanse activiteiten in de Hellespont en de Bosporus een halt toe te roepen.

Tegelijkertijd zullen wij onze honger naar een gewapende actie tegen de oligarchen gebruiken als een dreigement. Ik stel voor dat wij vandaag nog, voor het vallen van de avond, een schip naar Athene sturen om namens de Atheense vloot een ultimatum over te brengen aan de nieuwe machthebbers. Wij zullen eisen dat zij het bestuur overdragen aan de Vijfduizend, die zij zelf meermaals beloofd hebben in te stellen, en dat de vloot zich tegen hen zal keren als zij deze eis niet onmiddellijk inwilligen. Deze eis is misschien naar de smaak van velen van jullie te mild en te gematigd, maar geloof mij, dat is de wijze waarop wij ons ultimatum moeten formuleren, want op deze manier eisen wij in feite niets meer dan dat de machthebbers woord houden, hetgeen erin zal resulteren dat uitsluitend de radicale minderheid zich ertegen zal willen verzetten. Terwijl een hardvochtig ultimatum, evenals een frontale aanval, alleen maar als gevolg zal hebben dat de machthebbers zich tegen ons verenigen en schrap zetten, is een zachte en redelijke eis een scherp en effectief wapen dat eendrachtigheid klieft en draagvlak wegsnijdt.

Daarbij moeten jullie goed beseffen dat de oligarchen bang voor jullie zijn, mannen. Houd dat zo. Een dreiging verdwijnt zodra zij overhaast de gedaante wil aannemen van een acuut gevaar. Het militaire overwicht van een machtige vloot is niet alleen een militair wapen, maar vooral ook een onweerstaanbaar drukmiddel dat in staat is de meest onwaarschijnlijke concessies af te dwingen. Het is de grootste angst van het regime dat wij voor Peiraieus opduiken en hoe langer wij uit de buurt van Peiraieus blijven, hoe langer die angst in stand blijft, waarmee wij ons voordeel kunnen doen.

Nadat wij ons ultimatum hebben gestuurd, zou het goed zijn als jullie de schepen klaarmaakten voor een interventie in de Hellespont en de Bosporus. Ik zal in de tussentijd naar Sardis reizen om de beloofde steun van Tissaphernes te verwerven. Dat zou mijn voorstel zijn.'

Zo sprak ik en aldus werd besloten.

9

Ik was uit Sardis vertrokken als persoonlijk adviseur van de satraap en keerde er terug als bevelhebber van de Atheense vloot, hetgeen tegelijkertijd bepaalde dingen mogelijk maakte en andere dingen compliceerde, waaronder waarschijnlijk in de eerste plaats mijn verjaardagsfeest, want het was niet gegarandeerd dat Tissaphernes comfortabel zou zijn met mijn nieuwe positie. Gedurende de afgelopen maanden aan zijn hof was ik zijn vertroetelde en duur geklede stoeiboefje geweest, die enige vorm van werkelijke macht ontbeerde. Ik werd getolereerd en opgehemeld in zoverre ik ongevaarlijk was. Mijn volledige afhankelijkheid van zijn gulle edelmoedigheid vormde mijn grootste aantrekkingskracht op hem.

Nu zou ik voor hem verschijnen als onafhankelijk speler in het geopolitieke spel met de macht over honderdacht Atheense oorlogsbodems. Ik had hem goed genoeg leren kennen om te weten dat mijn herwonnen autonomie een afknapper voor hem zou zijn en dat zijn generositeit samen met mijn afhankelijkheid van zijn generositeit zou verdwijnen. Als hij mij op grond van mijn positie moest gaan beschouwen als zijn gelijke, zou hij dat ook doen, waarmee hij mij zou gaan behandelen zoals al zijn politieke tegenstanders en waarmee er een einde zou komen aan de privileges van mijn bevoorrechte positie als zijn onderworpene.

Anderzijds beheerste ik het spel dat hij met zijn politieke tegenstanders speelde net zo goed als hij en de macht over de Atheense vloot gaf mij een concreet instrument in handen waarmee ik kon spelen. Ik zou met hem breken, niet omdat ik dat wilde, maar omdat dat onvermijdelijk was. Eerder vielen onze belangen moeiteloos samen, omdat ik mij niet in een positie bevond waarin ik belangen kon hebben, maar nu ik ook belangen had, zou vroeg of laat het moment aanbreken waarop mijn belangen niet langer in zijn belang waren en dat zou het moment zijn waarop hij mij zonder een ogenblik van aarzeling zou laten vallen.

Ik wilde dat moment echter zo lang mogelijk uitstellen. Hoewel ik wist dat hij Athene of de Atheense vloot nimmer zou steunen, zoals ik bij meerdere gelegenheden had beloofd, was het in mijn voordeel als de Grieken zo lang mogelijk bleven geloven in mijn invloed op hem en in de mogelijkheid dat ik die steun wel degelijk zou kunnen forceren. Ik hoefde niet werkelijk zijn vertrouwen te genieten, als de Atheners en de Spartanen maar geloofden dat ik zijn vertrouweling was. Dat was de voornaamste reden waarom ik eraan hechtte om naar Sardis terug te keren. Zolang de illusie standhield dat ik daar macht had, kon ik die macht als dreiging inzetten tegen de oligarchen in Athene, terwijl ik mijn macht over de vloot, die mij in theorie in staat stelde om Milete te heroveren, om maar een voorbeeld te noemen, als dreiging kon inzetten tegen Tissaphernes. Ik zou Athene angst inboezemen met Tissaphernes en Tissaphernes met Athene.

Hij was er niet. Toen ik in Sardis arriveerde, bleek Tissaphernes te zijn vertrokken en men kon of wilde mij niet vertellen waar hij was. Dit baarde mij grote zorgen, maar vooralsnog werd ik door alle Perzische functionarissen en hovelingen met het grootst mogelijk respect bejegend. Er was zelfs voorzien in een bescheiden viering van mijn verjaardag, met paardenraces in de vlakte waar de rivier de Hermos samenkomt met de Hyllos en de Paktolos, maar helaas zonder koordanscompetitie voor naakte jongelingen. Ik vond het vreemd en verontrustend dat Tissaphernes verstek liet gaan bij deze vieringen waarop hij zich zelf meer had verheugd dan ik.

Ik maakte gebruik van mijn met twijfels en onaangename voorgevoelens gevulde oponthoud in Sardis door een plan uit te voeren dat ik al eerder had bedacht en via de Perzische liaisons een bericht te laten uitlekken naar het Spartaanse opperbevel in Milete, dat melding maakte van het feit dat ik mijn bezorgdheid zou hebben uitgesproken over de situatie in Athene. Dit bericht, dat de indruk moest wekken dat het afkomstig was van Perzische spionnen, rapporteerde voorts dat ik zou hebben gezegd dat een aanval van de Spartaanse vloot op Peiraieus kansloos zou zijn, maar dat ik vreesde dat alleen al de aanblik van Spartaanse schepen voor de kust van Athene zoveel paniek zou veroorzaken dat er onlusten zouden uitbreken en dat de stad vervolgens een gemakkelijke prooi zou worden voor de landmacht van koning Agis. Bovendien zou ik gewezen hebben op de kwetsbaarheid van het eiland Euboia.

Pas een aantal dagen na mijn verjaardag kwam ik, bij toeval en met zekerheid zonder dat dat de bedoeling was, te weten dat Tissaphernes was afgereisd in de richting van Aspendos aan de verre kust van Pamphylia bij de monding van de Eurymedon, niet ver van Cyprus. Waar mijn eerdere ongerustheid voortkwam uit onwetendheid met betrekking tot zijn reisdoel, leidde de opheffing van die onwetendheid alleen maar tot nog grotere ongerustheid. Ik had nooit geloofd in de komst van de Fenicische vloot. Voor zover ik het mij juist herinnerde, had ik Tissaphernes op het idee gebracht om over Fenicische schepen te beginnen teneinde de Spartanen tevergeefs eindeloos op Fenicische schepen te laten wachten. Maar als ik hem eerder op het idee had gebracht om de zogenaamd opgeroepen Fenicische vloot als een afleidingsmanoeuvre te gebruiken, had ik hem misschien ook op het idee gebracht om die vloot alsnog daadwerkelijk op te roepen. Als de Feniciërs toch in aantocht waren, zou Aspendos op de route liggen. Op grond van het feit dat het doel van Tissaphernes' reis opzichtig voor mij verborgen was gehouden, meende ik te mogen concluderen dat hij iets in zijn schild voerde wat ik hem zou hebben ontraden. Ik achtte het niet uitgesloten dat zijn mysterieuze reis onderdeel was van zijn vijandige reactie op het nieuws dat ik door de Atheense vloot was uitgeroepen tot bevelhebber en dat hij onderweg was op een missie om Sparta alsnog bij te staan en mij en Athene te schaden.

Ik keerde terug naar Samos, vroeg en kreeg dertien schepen en tweeënhalfduizend man en zeilde Tissaphernes achterna in de richting van het verre zuiden. Toen ik gevorderd was tot Phaselis aan de kust van Lycië, op ongeveer anderhalve dag varen van Aspendos, vanwaar ik vrij zicht had over de baai en de open zee en zo ver als ik kon zien geen Fenicische vloot vermocht te bekennen, maakte ik kennis met een Lycische edelman, die goed Grieks sprak en die een liefhebber en bewonderaar was van de Atheense literatuur. Zijn naam was Philippos. Hij vroeg mij of mijn komst te maken had met de affaire van de Griekse huurlingen. Als antwoord op mijn vragende blik vertelde hij mij dat er opstand dreigde in Aspendos. Er waren volgens hem krachten aan het werk die onrust probeerden te stoken in het Perzische Rijk. De verdenkingen gingen uit naar de heersers in Egypte en op Cyprus. Er waren bondgenootschappen gesloten met groeperingen in verschillende regio's in Azië, die van nature vijandig stonden tegenover de Perzische overheersing, zoals de Grieken uit Baktra en Pamphylia. De opstandelingen hadden de Grieken uit Aspendos getracht te engageren als huurlingen en er gingen geruchten dat zij van zins waren de stad en heel Pamphylia aan de Perzische heerschappij te onttrekken en dat ook enkele Perzische edelen zich bij deze opstand zouden hebben aangesloten, omdat zij vijanden waren van de satraap Pharnabazos, onder wiens jurisdictie Pamphylia viel. Als ik hem nu vertelde dat de satraap van Sardis naar Aspendos was gereisd, was dat ongetwijfeld met het doel om te bemiddelen tussen de opstandelingen en het wettelijke gezag van Pharnabazos. Ik antwoordde hem dat hij gelijk had en dat dat ongetwijfeld het geval was, maar ik begreep dat het tegendeel waar was en dat Tissaphernes, die altijd moeite had gehad om zijn ambities voor mij verborgen te houden, naar Aspendos was gegaan om de mogelijkheid van een geheime alliantie tegen Pharnabazos te onderzoeken en dat het precaire karakter van deze missie verklaarde waarom het reisdoel angstvallig verborgen was gehouden.

De reis van Tissaphernes had niets met Fenicische schepen te maken, maar dat hoefde uiteraard nog geen reden te zijn om deze niet alsnog te laten opdoemen in de gedachten van de Grieken. Ik vroeg Philippos, mijn nieuwe Lycische vriend, of hij mij en het door hem bewonderde Athene een gunst wilde bewijzen. Ik vertelde hem dat ik helemaal naar deze streken was gevaren om de Fenicische vloot op te halen, die Athene zou bijstaan in de oorlog tegen Sparta, maar dat de Fenicische schepen, zoals hij ook zelf kon zien, niet waren komen opdagen. Als hij echter zo vriendelijk zou willen zijn om als betrouwbare, onverdachte en onpartijdige waarnemer via zijn kanalen bericht te doen uitgaan naar Sparta dat hij de Fenicische vloot, ruim honderdvijftig schepen en dertigduizend man sterk, voor de kust van Aspendos had zien liggen, zou de schrik die hij hen hiermee aanjoeg het debacle van de Fenicische nalatigheid enigszins compenseren. Nadat hij had gezegd dat het een kleine moeite voor hem was, die hij graag voor Athene overhad, dankte ik hem omstandig en zette ik koers terug naar de Egeïsche Zee en naar Samos, waar ik triomfantelijk kon melden dat mijn missie geslaagd was, dat ik Tissaphernes op andere gedachten had weten te brengen en dat de Fenicische vloot, die hij Sparta ter beschikking wilde stellen, was omgedraaid en naar Fenicië was teruggekeerd.

De Atheners op Samos waren reeds op de hoogte. Ze hadden al vernomen dat de Spartanen furieus op mij waren omdat ik hun de bijstand van de Fenicische vloot door de neus had geboord, terwijl deze al tot Aspendos was genaderd, en dat ze eveneens woedend waren op Tissaphernes omdat hij naar mij had geluisterd. De Spartanen konden niet meer lachen om de moppen die ze over de Fenicische vloot hadden bedacht. Ze koelden hun woede door Perzische bezittingen in Milete te vernielen, bij gebrek aan eigendommen van mij om te lijf te gaan, en besloten nu echt definitief dat ze niets meer met Tissaphernes te maken wilden hebben.

10

Het ligt in de menselijke aard om macht niet te kunnen delen. Iedere vorm van promotie ten koste van anderen wakkert eerzucht aan in plaats van haar te stillen, zoals honger die komt met het eten. Het is de definitie van macht dat zij anderen onderdrukt, dus wie vrij wil zijn, zal macht over zijn potentiële onderdrukkers dienen te verwerven. Het wordt vaak afgunst genoemd, het principe dat mensen elkaar de macht niet gunnen, maar het is overlevingsdrang, die al sinds de gouden tijd, toen de goden nog over de aarde liepen, de drijfveer is achter de menselijke geschiedenis.

Waar het de zwakte is van de democratie dat macht door haar instituties dermate verwatert dat het beleid eronder kan lijden, is het haar kracht dat zij aangeboren machtshonger dankzij haar instituties reguleert en limiteert. Een oligarchie die uit een democratie voortkomt, wordt daarentegen vroeg of laat verscheurd door het gebrek aan beperkingen die zij aan haar eigen ambities oplegt. In een groep gelijken, die zich boven de rest stelt, zal ieder zich boven de anderen trachten te stellen. De onderwerping van de ander ligt, zoals gezegd, in de aard van macht, dus wie zich niet wil laten knechten, zal zijn potentiële onderdrukkers dienen uit te schakelen en voor ieder geprivilegieerd lid van een oligarchie is het grootste gevaar om geknecht te worden afkomstig van zijn kompanen. Wie de wet breekt voor eigen gewin, krijgt geen respect voor de wet wanneer zijn doel is bereikt, en hij zal daarbij de neiging vertonen om zijn gerealiseerde doel te beschouwen als slechts het eerste van vele wenselijke resultaten. Men kan eensgezind samenzweren, maar er bestaat geen manier om harmonieus samengezworen te hebben.

De meest effectieve manier om een oligarchie die wederrechtelijk de macht heeft gegrepen ten val te brengen is derhalve haar te laten duren. Ik had de Atheense vloot niet nodig om de Vierhonderd omver te werpen en de vloot mij evenmin. Er werden geen heroïsche daden van ons gevergd. Het zou volstaan af te wachten totdat de Vierhonderd door interne conflicten zozeer verscheurd en verzwakt zouden raken dat het volk de moed op zou vatten om hen af te zetten. Maar dit wilde niet zeggen dat wij hun onvermijdelijke ondergang niet konden bespoedigen door bij te dragen aan hun interne verdeeldheid en aan de bemoediging van het volk. Deze beide doelstellingen vormden het voornaamste motief voor het ultimatum dat ik namens de vloot had doen uitgaan naar de Vierhonderd. Daarbij was het minstens zo belangrijk voor mij persoonlijk dat mijn naam in heel Athene luid zou klinken als de naam van de leider van het democratische verzet.

Alles ging precies zoals ik had voorzien, hetgeen geenszins een prestatie was waarop ik mij wil beroemen, aangezien het eenvoudig was geweest te voorspellen hoe alles zou gaan. De meerderheid van de oligarchen, die zich inmiddels in macht voorbijgestreefd zag door een radicale minderheid en die steeds minder van haar aanvankelijke dromen herkende in de hardvochtige realiteit die zij had helpen creëren, begon spijt te krijgen van de hele onderneming en zocht in feite naar een exitstrategie, die haar in staat zou stellen op een veilige manier zonder vrees te hoeven hebben voor tribunalen op haar schreden terug te keren. Mijn ultimatum bood deze gematigden exact wat ze zochten. Zij verenigden zich onder de leiding van Theramenes, de kleinzoon van Nikias, en begonnen ervoor te pleiten om excessieve concentratie van de macht tegen te gaan en de constitutie op een rechtvaardigere grondslag te stoelen. Ze betoogden dat het daarom juist zou zijn als de Vijfduizend niet alleen in naam bestonden, maar ook in werkelijkheid, zoals dat overigens vanaf het prille begin van de omwenteling hun gedeelde intentie was geweest. Bovendien waren zij van mening dat de oorlog tegen Sparta hun aller eerste prioriteit diende te zijn, dat de strijd met hernieuwde energie moest worden hervat en dat het een schande zou zijn als de hele stad, teneinde de belangen van enkelen te beschermen, zou worden uitgeleverd aan de vijand. Verzoening met de vloot was daarom van levensbelang, zo zeiden zij, en gelukkigerwijs eveneens zeer haalbaar, omdat de eis van de vloot alleszins redelijk te noemen was.

De radicaalste leden van het bewind van de Vierhonderd, onder wie Peisandros, Antiphon en Phrynichos, die zich opwierpen als de meest resolute verdedigers van de extremistische oligarchie omdat zij erin waren geslaagd om met de mogelijkheden die de nieuwe constitutie bood de meeste macht naar zich toe te trekken en omdat zij degenen waren die derhalve het meeste te verliezen zouden hebben bij welke verandering dan ook, beschouwden mijn ultimatum en de discussies onder de oligarchen onderling waartoe het leidde als een aanleiding om hun prioriteiten voor zichzelf nog helderder te definiëren. De ideale situatie voor hen zou zijn als zij aan het bewind konden blijven zonder het imperium te verliezen, maar als dat niet tot de mogelijkheden behoorde, zouden ze er de voorkeur aan geven het imperium aan de vijand uit te leveren in plaats van hun machtspositie op te geven. Als dat evenmin mogelijk was en als hun aftreden onvermijdelijk bleek, zou het voor hen aanzienlijk aantrekkelijker zijn zichzelf en de stad over te geven aan een vijand die hen in ruil voor de overgave welgezind zou bejegenen dan overgeleverd te zijn aan de volkswoede en aan de wraak van de vloot en van ene Alkibiades.

Op grond van deze prioriteiten was het consequent beleid om voorbereidingen te treffen om de stad aan Sparta te verraden. Ze stuurden uit eigen beweging, uitsluitend namens zichzelf, gezanten naar Sparta en ze gelastten de constructie van een muur in de haven van Peiraieus. De werkzaamheden, die van de ene op de andere dag begonnen en die met grote haast en voortvarendheid werden uitgevoerd, stelden de bevolking voor raadsels. Er zijn weinig plekken in Hellas en in de uitgestrekte rijken der barbaren die beter zijn versterkt tegen aanvallen van zee en van land dan Peiraieus en het was onduidelijk waarom er een nieuwe muur nodig zou zijn. Bovendien vond de constructie plaats op een vreemde plek. De muur, die in opdracht van het regime werd gebouwd, liep langs de zeezijde over het schiereiland dat Eëtioneia wordt genoemd en dat de ingang van de grote haven van Kantharos vernauwt. Eëtioneia was aan de landzijde al beschermd door een prima muur en om van de zeezijde bedreigd te worden, moest de hypothetische vijand, die het schiereiland wilde aanvallen, eerst binnendringen in de haven van Kantharos, die echter bij de nauwe ingang door onneembare wachttorens werd beschermd.

De officiële verklaring die het regime bood voor de werkzaamheden, was dat de nieuwe muur bedoeld was om de stad te beschermen tegen een eventuele aanval van de vloot bij Samos, maar Theramenes betoonde de niet geringe moed om zijn factiegenoten en de bevolking ervoor te waarschuwen dat de nieuwe muur maar één bedoeling kon hebben en dat was om schepen in de haven te beschermen tegen een aanval uit de stad. De nieuwe muur was het bewijs, zei hij, dat het regime voorbereidingen trof om Athene te verraden aan Sparta. De oligarchen zouden de Spartaanse vloot uitnodigen en de soldaten het bevel geven om deze toe te laten in de grote haven van Kantharos en vervolgens zouden de Spartaanse schepen dankzij de nieuwe muur op het schiereiland Eëtioneia onkwetsbaar zijn voor pogingen tot aanslagen of aanvallen door patriotten van het verzet in de stad. Dat zei Theramenes en hij wist dat hij zijn leven op het spel zette door dit te zeggen.

Theramenes' verklaring voor de plotselinge urgentie waarmee er door de genietroepen in opdracht van het regime een nieuwe muur werd gebouwd, vond algemeen geloof, zoals evidente waarheden over het algemeen geen ruimte laten voor twijfel. Grote onrust maakte zich meester van de bevolking. Waar zij tot dan toe in bedwang was gehouden door haar angst voor de terreur van het regime, verschafte haar angst voor de Spartanen haar de moed om zich tegen het regime te verzetten. Er waren mannen die tevergeefs probeerden zich 's nachts toegang te verschaffen tot het zwaarbewaakte schiereiland om de bouw van de muur te saboteren. De eerste succesvolle daad van verzet voltrok zich op klaarlichte dag, toen een vertrouweling van Theramenes, die het bevel voerde over een contingent infanteristen dat de muur moest bewaken, zijn soldaten toestemming gaf om de militaire bouwopzichter, een hoge generaal en een overtuigd aanhanger van het regime, te arresteren en op te sluiten in een nabijgelegen graanschuur. De omstandigheid dat een legereenheid zich met toestemming van haar commandant tegen de opperbevelhebber van de gehele operatie keerde, vormde een ontoelaatbare daad van insubordinatie, die uitsluitend voorstelbaar is in een situatie waarin alles voorstelbaar is, en het feit dat de soldaten van de overige eenheden die bij de bouw van de muur betrokken waren geen moment de aanvechting vertoonden om hun generaal te hulp te schieten en te bevrijden, mocht door de weinige vrienden en de vele vijanden van het regime geïnterpreteerd worden als een teken dat voorzegde dat het zijn langste tijd had geduurd.

Toen het nieuws van de arrestatie de Vierhonderd bereikte, die op dat moment toevallig in vergadering bijeen waren in het gebouw van de voormalige executieve raad op de agora, besloten ze in een staat van grote ontzetting onverwijld een massieve legermacht vanuit de stad naar Peiraieus te sturen om hun generaal te bevrijden en de opstand met meedogenloos machtsvertoon neer te slaan. Theramenes, die als lid van de Vierhonderd bij de vergadering aanwezig was, bood zich vrijwillig aan om de leiding van deze strafexpeditie naar de haven op zich te nemen. Toen enkele leden van de Vierhonderd hier reserves bij bleken te hebben, omdat de gematigde positie van Theramenes geen geheim was en omdat er twijfels waren gerezen over zijn betrouwbaarheid, zei hij: 'Ik weet dat er twijfels zijn gerezen over mijn betrouwbaarheid. Mijn verlangen om die twijfels te weerleggen is precies de reden waarom ik mijzelf als leider van deze operatie opwerp. Ik verzoek jullie mijn verzoek niet te weigeren en mij de gelegenheid niet te misgunnen om te bewijzen dat ik een van jullie ben.'

Hij had zijn confraters overtuigd en zo gebeurde het dat een groot Atheens leger vanuit Athene tussen de Lange Muren door in de richting van Peiraieus marcheerde, waar het door een ander Atheens leger werd opgewacht. De uiterlijke schijn was die van een burgeroorlog die op het moment van losbarsten stond, maar de werkelijkheid was dat er een contingent onwillige infanteristen onder het bevel van een tegenstander van de extremisten op weg was naar een leger dat tegen de extremisten in opstand was gekomen en wat volgde, was geen burgeroorlog, maar een toneelstuk. Nadat Theramenes de ongehoorzame soldaten van zijn vertrouweling als een volleerd acteur in naam van het regime had gekoeioneerd en met een vocabulaire dat iedereen verraste en enkelen ook aan het lachen bracht de huid vol had gescholden en nadat hij de onmiddellijke vrijlating had gelast van de generaal, die op een ezel over de weg tussen de Lange Muren werd teruggestuurd naar diens vrienden in Athene, voegde hij de beide legereenheden samen en vroeg hij of er nog vragen waren. Toen niemand iets vroeg, suggereerde hij dat zij bijvoorbeeld aan hem zouden kunnen vragen of hij van mening was dat de bouw van de muur een nobel doel diende of dat hij beter afgebroken zou kunnen worden. Toen hem die vraag vervolgens braaf werd gesteld, antwoordde hij: 'Als jullie van mening zijn dat de muur afgebroken zou moeten worden, zou ik geneigd zijn het met jullie eens te zijn.' De soldaten besprongen de muur in aanbouw en begonnen hem met de grond gelijk te maken onder het scanderen van de leuze: 'Wie Vierhonderd haat en wie Vijfduizend wil, die zet zich aan het werk.' Het volk viel hen bij.

11

Informatie over de meeste van deze ontwikkelingen bereikte mij pas later, mede doordat een deel van deze gebeurtenissen plaatsvond tijdens mijn missie in de richting van Aspendos, die tot aan Phaselis reikte, toen het moeilijk voor mij was contact te houden met mijn informanten. Toen men mij in een later stadium de details onthulde, zoals ik deze naar het beste van mijn vermogens eerlijk en oprecht voor jullie aan deze papyrusrol toevertrouw, alsof ik en niet jullie ooggetuige zou zijn geweest van deze episode – waaraan ik hecht vanuit de overtuiging dat jullie, als jullie de rol die ik bij deze gebeurtenissen heb gespeeld willen beoordelen, recht hebben op mijn versie van de waarheid en mijn interpretatie van datgene wat er zeven jaar geleden is voorgevallen –, begreep ik niet waarom er op die historische dag in Peiraieus waarop de Muur van Verraad werd afgebroken een leuze werd gescandeerd waarmee de installatie van de Vijfduizend werd geeist en niet het volledige herstel van de democratie. De stemming was er immers baldadig genoeg voor om eisen te maximaliseren.

Toen ik hier twee jaar geleden over sprak met Thoukydides, de zoon van Oloros, uit het district Halimous, die strateeg was ten tijde van de Spartaanse inname van Amphipolis in het jaar waarin Isarchos archon was, die is beschuldigd van nalatigheid met betrekking tot die gebeurtenissen en die thans in ballingschap leeft op zijn landgoed in Thracië, waar hij zijn tijd doodt met het schrijven van een geschiedenis van de grote oorlog, zei hij dat hij op grond van zijn bronnen de indruk had gekregen dat de angst voor de terreur van de Vierhonderd dermate diep wortel had geschoten dat zelfs de opstand tegen die terreur door die angst werd geconditioneerd. Onzekerheid was de humus van die angst. Het volk wist eenvoudig niet met zekerheid te zeggen of de raad van Vijfduizend inmiddels al was geïnstalleerd of niet en geen enkel individu in die uitgelaten menigte wilde het risico lopen dat hij leuzen scandeerde voor het volledige herstel van de goede, oude democratie en gehoord werd door een ander individu in zijn buurt dat zonder dat hij dat wist deel zou blijken uit te maken van de Vijfduizend en die leuze zou kunnen interpreteren als een aanval op de Vijfduizend. Volgens Thoukydides was dit precies de reden waarom de oligarchen altijd doelbewust vaag zijn gebleven over het bestaan en de status van de zogenaamde Vijfduizend. Onduidelijkheid is een effectief onderdrukkingsmechanisme. Hij had hoogstwaarschijnlijk gelijk, maar daarmee beroofde hij mij van een illusie, want ik had mijzelf gevleid met de gedachte dat de leuze een echo was van mijn ultimatum en dat de menigte aan mij dacht terwijl zij de Muur van Verraad neerhaalde.

De opstandige soldaten in Peiraieus werden door Theramenes en hun andere commandanten naar het amfitheater geleid, dat zich tussen de agora van Hippodamas en het fort van Mounychia bevindt in de wijk bij de Zeahaven en de Mounychiahaven, om aldaar op grond van de democratische principes die zij met gevaar voor eigen leven aan het verdedigen waren democratisch te besluiten hoe het nu verder moest. Tijdens deze bijeenkomst, die een volslagen mislukte imitatie was van de oude volksvergadering in zoverre zij kort duurde en op efficiënte wijze resulteerde in een vrijwel unaniem gedragen besluit, werd overeengekomen dat het leger een mars naar Athene zou ondernemen om de Vierhonderd tot aftreden te dwingen, waarbij op nadrukkelijk aandringen van Theramenes en anderen de kanttekening gemaakt werd dat hun intimiderende aanwezigheid hun enige wapen zou zijn en dat geweld diende te worden vermeden, omdat niemand op een burgeroorlog zat te wachten, behalve Sparta.

Het leger marcheerde vanuit Peiraieus door de middelste poort over de tweeëndertig stadia lange weg tussen de Lange Muren naar Athene, trok de stad binnen via de Holle Weg en de Melitische Poort en koos positie op het exercitieveld van het Anakeion van de Dioskouroi, onder de noordhelling van de Akropolis, waar zich bij zonsopgang de dagloners verzamelen om beschikbaar te zijn voor klussen. De Vierhonderd begrepen dat concessies onvermijdelijk waren. Ze stuurden afgevaardigden naar het Anakeion, die onder het uiten van verontschuldigingen omstandig begonnen uit te leggen dat het altijd de intentie was geweest van de Vierhonderd om zich te laten bijstaan door de Vijfduizend, zoals zij bij meerdere gelegenheden expliciet hadden verkondigd, maar dat de implementatie van dit voornemen vertraging had opgelopen, omdat er andere prioriteiten waren geweest, terwijl er tegelijkertijd geen sprake was geweest van prioriteiten van een dusdanig ernstig karakter dat het advies van de Vijfduizend onontbeerlijk zou zijn geweest. Zij waren bereid te beloven dat de Vijfduizend alsnog binnen afzienbare tijd zouden worden geselecteerd en geïnstalleerd met volledige bevoegdheid. Zij waren zelfs bereid concreet te worden over de termijn en een specifieke dag overeen te komen waarop de formele oprichtingsvergadering van de Vijfduizend zou plaatsvinden in het grote theater van Dionysus aan de andere kant van de Akropolis. Met deze toezeggingen konden de soldaten akkoord gaan en hoewel er een moment was geweest waarop ieder van hen in staat was geweest de wapenen op te nemen tegen het regime en met heerlijke, memorabele heldhaftigheid op te komen voor het onderdrukte volk en de democratie te herstellen, overheerste bij de troepen nu de opluchting over de vreedzame oplossing, die het mogelijk zou maken zich opnieuw te concentreren op de echte vijand, die zich buiten de muren bevond.

Op de dag waarop de vergadering in het Dionysostheater zou plaatsvinden, gebeurde het, terwijl de eerste mensen al bezig waren hun plekken op de marmeren banken in te nemen, dat het nieuws de stad bereikte dat er tweeënveertig Spartaanse schepen met achtenhalfduizend man waren waargenomen die vanaf Megara langs de kust van Salamis op koers lagen voor Peiraieus. Iedere Athener was ervan overtuigd dat dit het bewijs was voor het gelijk van Theramenes en dat er te gebeuren stond waarvoor Theramenes had gewaarschuwd. Niemand twijfelde eraan, mede vanwege de opvallende synchronisatie met de dag waarop de installatie van de Vijfduizend stond geprogrammeerd, die geen toeval kon zijn, dat de Spartaanse vloot naar Athene voer op uitnodiging van de oligarchen, die hun alleenheerschappij wilden redden door de stad uit te leveren aan Sparta. Ze dankten de goden dat ze de tegenwoordigheid van geest hadden gehad om de muur op het schiereiland Eëtioneia af te breken, maar die geruststelling was slechts een drijvend stuk wrakhout in een kolkende maalstroom van paniek.

De oprichtingsvergadering van de Vijfduizend was opeens een bijzaak geworden, die er bovendien met de kennis van de Spartaanse troepenbewegingen uit kwam te zien als een schijnvertoning, die door de oligarchen doelbewust in scène leek gezet als afleidingsmanoeuvre waarmee de burgers van de stad naar het theater waren gelokt en weg van de verdediging van de haven en de muren. Wie er al zat, verliet het theater halsoverkop en de gehele bevolking, mannen, vrouwen en kinderen, burgers, immigranten en slaven, perste zich door de Melitische Poort en door de andere poort ten zuiden van de Pnyx op de weg tussen de Lange Muren en snelde naar Peiraieus om de stad desnoods met geen andere wapenen dan hun blote handen en hun woede te verdedigen tegen de vijand.

Vanaf de kaden en de pieren van Peiraieus zagen de Atheners de Spartaanse vloot naderen tot vlak voor de ingang van de haven. Behalve sommigen van diegenen die op Atheense triremen hadden geroeid, had niemand van hen ooit van zo dichtbij Spartaanse oorlogsschepen gezien. Ze konden de bevelen van de Spartaanse kapiteins horen. Ze zagen de rode mantels van de officieren en de lange haren en gezwollen spierbundels van de roeiers en er kon geen twijfel over bestaan dat zij vijanden waren en dat zij als vijanden vijandiger waren dan facties en groeperingen die Athene in onderlinge vijandschap verscheurden. Sommige Atheners sprongen heldhaftig aan boord van schepen die opgetuigd aan de kaden lagen en gooiden de trossen los, anderen begonnen schepen uit de dokken te water te laten en op te tuigen, weer anderen voeren uit op vissersboten en sloepen waarmee ze de Spartaanse vloot te lijf wilden gaan en weer anderen bemanden de muren en de wachttorens van de verdedigingswerken van de haven.

De Spartaanse vloot voer voorbij, alsof iemand de Spartanen had gesuggereerd dat zij grote paniek in Athene zouden veroorzaken als zij zich vlak voor de ingang van de haven lieten zien, maar tevens had gewaarschuwd dat zij niet moesten proberen Peiraieus in te nemen. De Atheense kapiteins trachtten een achtervolging te organiseren, maar hun schepen, die inderhaast met onervaren roeiers waren bemand, moesten die poging al snel opgeven.

Er werd bericht dat de Spartanen Kaap Sounion hadden gerond en dat zij tussen Thorikos en Prasiai aan de oostkust van Attika voor anker waren gegaan. Dit leidde tot kortstondige verwarring, omdat niemand de logica begreep van een Spartaanse aanval op Attika als de Spartaanse landmacht vanuit haar basis in Dekeleia heel Attika praktisch al onder controle had. Maar toen de volgende dag het bericht kwam dat de Spartanen waren doorgevaren naar Oropos, begon het werkelijke horrorscenario te dagen. Ze hadden het op Euboia voorzien, alsof iemand had gesuggereerd dat dat eiland kwetsbaar was. Er werd een bericht gestuurd naar de Atheense vloot bij Eretria op Euboia, die zich opstelde in slagorde om weerstand te bieden tegen de Spartaanse schepen, maar het kleine eskader was in feite bij voorbaat kansloos tegen de Spartaanse overmacht en zag zich al snel gedwongen te vluchten naar Chalkis, waarna de Spartanen Euboia innamen.

12

Euboia was van grotere waarde voor Athene dan haar eigen Attische ommelanden. Het was het eiland waar de Atheners aan het begin van de oorlog hun veestapel hadden ondergebracht. Euboia was alles voor hen sinds ze door de Spartaanse bezetting van Dekeleia van Attika waren afgesneden. Het verlies van Euboia werd beschouwd als een catastrofe die in omvang alleen te vergelijken was met de ondergang van de Siciliaanse expeditie.

Men vond het niet eens meer nodig de rampen die Athene bedreigden op te sommen en te recapituleren dat Attika was bezet, dat Euboia was verloren, dat Spartaanse troepen te land en ter zee dichtbij waren, dat er nauwelijks genoeg schepen in Peiraieus lagen om de haven te verdedigen, dat de vloot die ver weg bij Samos lag zich tegen het stadsbestuur had gekeerd, dat de schatkist leeg was en dat zij op de rand van een burgeroorlog verkeerden, om te beseffen dat een radicale daad gevergd werd. De brutaliteit van het Spartaanse vlagvertoon in het zicht van de Atheense haven en vooral de inname van Euboia deden de stemming onder de Atheense bevolking omslaan en de eerdere neiging om compromissen te sluiten met de Vierhonderd maakte plaats voor een algemeen gedeeld gevoel van urgente noodzaak om de toekomst van Athene opnieuw in eigen hand te nemen. Het staatsbelang verdrong de angst en het was tot iedereen doorgedrongen dat de eerdere voorzichtige politieke manoeuvres, die door deze angst klein waren gehouden, niet zouden volstaan om de cascade van catastrofes met hernieuwd elan en zelfvertrouwen het hoofd te bieden. Opeens was het zonneklaar dat de Vierhonderd de stad niet alleen hadden geterroriseerd, maar ook op een haar na verraden en dat hun bewind niet langer kon worden getolereerd. Even evident was het dat de vloot bij Samos, die nu onder het bevel stond van ene Alkibiades, de enige hoop op behoud vormde, dat er moest gebeuren waarop de vloot had aangedrongen en dat dat niet alleen moest gebeuren omdat de vloot daarop had aangedrongen, al zou dat op zich al een afdoende reden zijn, maar ook omdat de eis van de vloot volkomen terecht was, want dat was inmiddels wel gebleken.

Zonder dat er nieuwe leiders hoefden op te staan om het initiatief te nemen, besloot het volk zelf eigener beweging een volksvergadering te beleggen, en niet bij het heiligdom van Poseidon van de Paarden in Kolonos of in het theater van Dionysos, maar op de heuvel van de Pnyx. Het eerste besluit dat het volk nam tijdens die bijeenkomst op de eerste dag van de maand Boëdromion, was het besluit dat het bewind van de Vierhonderd iedere vorm van legitimatie ontbeerde en met onmiddellijke ingang diende te worden beëindigd.

Hoewel er in lijn met hun eerdere slogans en mijn ultimatum, alsmede vanuit de wens om bepaalde gematigde leden van de oligarchie binnenboord te houden, zoals Theramenes en enkele anderen die te capabel waren om hen van zich te vervreemden, werd besloten om het bestuur voorlopig in handen te leggen van de Vijfduizend, met het selectiecriterium dat zij bemiddeld genoeg moesten zijn om hun eigen wapenrusting te kunnen bekostigen, had iedereen die bij dit besluit betrokken was alleen al op grond van het feit dat het op de Pnyx was genomen het gevoel dat de democratie was hersteld.

Het tweede besluit dat het volk onmiddellijk hierna nam, was Alkibiades, de zoon van Kleinias, vrij te spreken van alle verdenkingen waarvoor hij eerder veroordeeld was, zijn doodsvonnis te vernietigen en hem terug te roepen naar Athene. Het bewind van de Vierhonderd had hiermee honderdzes dagen standgehouden en mijn officiële dood bijna precies vier jaar.

Bij de gewelddadige afrekening met de leden van het oude regime, die hierop volgde, lieten enkele oligarchen het leven, onder wie Phrynichos, die op klaarlichte dag op de agora met dertig dolksteken om het leven werd gebracht. Dat was te voorspellen. Zo gaan dat soort dingen. Staatsgrepen zijn nu eenmaal zelden vreedzaam en nog minder vaak vergevingsgezind jegens de macht die zij ontmantelen. Andere hoofdrolspelers, zoals Peisandros en Antiphon, wisten te ontkomen en vluchtten naar Dekeleia, waar hun door koning Agis van Sparta asiel werd verleend. Hoewel hun lijfsbehoud te betreuren was, waren zij uit de weg geruimd, beroofd van hun macht en bezittingen en niet langer relevant.

Al deze ontwikkelingen werden door de vloot op Samos en door mij persoonlijk met opluchting en instemming onthaald. De rust en de eenheid in Athene waren weergekeerd en de vloot kon zich, ook naar de mening van zijn militant democratisch gezinde bemanningen, opnieuw zonder reserves beschouwen als de vloot van Athene. De situatie was welbeschouwd gelijk aan die van een aantal maanden eerder, met dat verschil dat Androkles en mijn andere vijanden uit het kamp van de demagogen waren afgeslacht door de oligarchen, dat Phrynichos en mijn oligarchische vijanden waren vermoord door de democraten, dat ik door mijn moederstad niet langer werd beschouwd als een ter dood veroordeelde misdadiger, dat ik in mijn eer was hersteld, dat ik bevelhebber was van de Atheense vloot, dat het volk van Athene mij in zijn wanhoop had teruggeroepen om de stad te redden en dat niets mijn terugkeer in mijn van mijn en jullie vijanden gezuiverde stad nog in de weg stond.

BOEK VIII

Krakend hout

Samos, Hellespont, Sardis,
Kyzikos, Byzantion

1

'De stad lijkt wel een vrouw in barensnood,' schreef mijn oude vriend Aristophanes, de komediedichter, als antwoord op mijn vraag aan hem hoe men in Athene over mij dacht. 'Ze verlangen naar je, ze haten je en ze willen je.'

De matrozen van de Atheense vloot bij Samos gingen ervan uit dat ik er evenals zij naar smachtte mijn stad en dierbaren weer te zien en dat zij onder mijn bevel zegepralend de thuisvaart zouden mogen aanvaarden. Ook om literaire redenen zou het bevredigend zijn deze achtste papyrusrol van mijn verslag te openen met mijn triomfantelijke terugkeer naar Athene, waarvoor ik vier jaar had gestreden. Op de van blijdschap knisperende papyrus zou ik mijzelf voor mijn intocht hullen in mijn robijnrode bruiloftsmantel, teneinde een echo te creëren van het begin van mijn derde boek, waar ik beschreven heb hoe ik mijn bruid Hipparete voor het oog van het in bewondering uitgelopen volk in een processie door de straten van Athene heb gevoerd, alsmede van de openingsscène van de vierde rol, waarin ik mijn Olympische overwinning mocht herbeleven en in de hippodroom van de heilige groeve van Zeus voor het oog van heel Hellas in mijn bruiloftsmantel het huwelijk aanging met de roem.

Ik heb jullie echter geen literaire tooi, opschik en aankleding beloofd, maar niets dan de naakte waarheid en de waarheid is dat mijn robijnrode mantel al sinds de confiscatie van mijn goederen niet meer in mijn bezit was en dat er op dat moment andere dan literaire overwegingen waren die mij in weerwil van mijn ijdelheid en van het verlangen van mijn mannen noopten mijn terugkeer naar Athene uit te stellen. Er waren drie redenen waarom ik mij gedwongen zag andere prioriteiten te stellen dan de leniging van heimwee en honger naar erkenning.

Mijn eerste afweging – en ik benadruk dat deze op dat moment mijn eerste gedachte was en op andere momenten altijd mijn eerste gedachte is geweest – gold het belang van Athene. De stad heeft altijd honger. De ommelanden van Attika zijn als het skelet van een zieke man. De vruchtbare aarde is weggespoeld naar zee, zoals dat gebeurt op kleine eilanden, en wat rest, zijn rotsen en kale bergen, die als botten van een uitgeteerd lichaam door de dunne huid steken. Zelfs in vredestijd heeft Athene zichzelf nooit kunnen voeden zonder op import te vertrouwen en nu waren de schamele opbrengsten van het eigen land onbereikbaar vanwege de permanente Spartaanse bezetting van Dekeleia. Het recente verlies van Euboia had de situatie verergerd.

De maand Boëdromion markeerde het einde van de oogsttijd en kondigde de herfst aan. De graanschepen die de bevolking van Athene zouden voeden, waren waarschijnlijk reeds onderweg vanuit de Krim en de gebieden rond de Gastvrije Zee. De activiteiten die de Spartaanse vloot onlangs op instigatie van Pharnabazos, de zoon van Pharnakes, de satraap van Phrygië in Daskyleion, in de Hellespont en de Bosporus had ontplooid en de Spartaanse bezetting van Byzantion vormden een acuut gevaar voor de Atheense voedselvoorziening. De aanvoerroutes van het graan dienden met grote urgentie te worden veiliggesteld en onze vloot bij Samos was het enige middel dat ons daarvoor ter beschikking stond, want welbeschouwd was het de enige vloot die Athene nog restte.

Mijn tweede overweging gold mijn persoonlijke positie en hoewel ik toegeef dat deze overweging een rol heeft gespeeld bij de bepaling van mijn strategie, wens ik te benadrukken dat zij slechts mijn tweede overweging was, die mij ten overvloede bezighield nadat ik mijn prioriteiten louter op grond van de eerste overweging al had vastgesteld. Ik kende de wispelturigheid van het Atheense volk en de volatiliteit van het democratische bestel, dat zojuist met de installatie van de Vijfduizend gedeeltelijk in ere was hersteld. Ik denk dat ik het recht heb om zelfs te stellen dat niemand de vluchtigheid van de volksgunst en de betrekkelijkheid van populariteit directer aan den lijve heeft ondervonden dan ik. Ik had geen redenen om te veronderstellen dat het trauma van de recente ervaringen met een schrikbewind een blijvende verandering teweeg had gebracht in de Atheense mentaliteit of in de mechanismen van democratische besluitvorming, al was het maar omdat het een natuurwet is dat argwaan wekt wie macht bezit en omdat achterdocht en wantrouwen in een democratie tot politiek relevante factoren kunnen worden opgeblazen. Een held in Athene is een held voor een dag. De lieveling van het volk wordt, zodra coalities en belangen beginnen te verschuiven, als verrader afgezet en even gemakkelijk als men alle hoop op hem had gevestigd, wordt hij beschouwd als bron van alle kwaad. Hoewel volledige immuniteit tegen de grilligheid van de publieke opinie en de capricieuze affiniteiten van het soevereine volk niemand is vergund en hoewel zelfs een staatsman als Perikles niet op stabiele steun kon rekenen, leek het mij beter mijn reputatie en de dankbaarheid van het volk te bolsteren met aansprekende militaire overwinningen dan mij halsoverkop met lege handen in Athene te presenteren als de hoop voor de toekomst en uit te leveren aan afgunst.

Mijn derde reden om niet onmiddellijk naar Athene te zeilen, die ik hier uitsluitend en alleen noem omdat ik volledige oprechtheid heb beloofd en niet omdat ik trots ben op mijn toenmalige gesteldheid of omdat ik het gevoel dat mij destijds parten speelde zelf volledig begrijp, was een vorm van onbestemde angst, die ik misschien eerder gewenning zou moeten noemen. De terugkeer naar Athene was vier jaar lang het doel van mijn streven geweest, dat mijn denken en handelen volledig had beheerst, en nu dit denken en handelen het beoogde resultaat hadden opgeleverd en het doel binnen handbereik lag, schrok ik ervoor terug om mijn succes te incasseren en – om het uit te drukken met het vreemde woord dat zich destijds ten onrechte maar desalniettemin onvermijdelijk aan mij opdrong wanneer ik mij mijn toekomst in Athene voor ogen voerde – doelloos te worden. Ik was gehecht geraakt aan mijn strijd en daarom kwam het vooruitzicht om die strijd met een klinkende overwinning te beëindigen mij minder aanlokkelijk voor dan het op rationele gronden zou hebben moeten zijn. Hoewel het nadrukkelijk mijn ambitie was en is om Athene naar een overwinning in deze oorlog te leiden, viel het mij moeilijk mijn uitgewaaierde bestaan als zwervende eenling tussen de grootmachten van de wereld op te geven. De zee was groot, overal viel geschiedenis te schrijven en mij beviel de zilte wind in mijn lange haren. En nu had ik een vloot. De politieke intriges van de agora en de argwaan van de Pnyx konden wachten.

Op grond van de eerste overweging die ik heb genoemd, die altijd de eerste overweging is geweest en die op dat moment uitsluitend voor mij persoonlijk in stilte werd versterkt door de overige beide redenen waartoe ik mij heb bekend, wist ik de mariniers op Samos ervan te overtuigen dat hun teleurstelling een noodzakelijk offer was voor het behoud van onze stad. Met mijn medebevelhebber Thrasyboulos besprak ik de strategie. Er was een aantal factoren dat een onmiddellijke expeditie naar de Hellespont in de weg stond. Het banaalste obstakel was tevens het meest prangende, zoals dat dikwijls het geval is. Hoeveel gedroomde heldendaden zijn niet in de knop gebroken door geldgebrek? De bemanningen van onze vloot bij Samos hadden sinds hun verzet tegen de Vierhonderd geen soldij meer ontvangen en de financiële middelen van de stad waar de Vijfduizend thans regeerden, waren zozeer uitgeput dat het niet reëel was te verwachten dat de matrozen konden worden gecompenseerd voor hun standvastigheid. Principes en idealen zijn gratis, maar geen enkele soldaat is voor lange tijd heldhaftig wanneer zijn soldij niet wordt uitbetaald. We konden niet van onze manschappen verwachten dat zij enthousiasme zouden opbrengen voor een riskante en potentieel langdurige campagne in de Hellespont zonder over de middelen te beschikken om hen te belonen. We hadden zelfs niet genoeg zilver in kas voor het onderhoud en de reparaties van de schepen. Elke strategie die wij bedachten, zou noodzakelijkerwijs een vervolgstrategie zijn op de leniging van onze financiële nood.

Een andere omstandigheid die onze aandacht vroeg, was het feit dat het Spartaanse opperbevel de admiraal van zijn Ionische vloot bij Milete had vervangen. De nieuwe bevelhebber heette Mindaros. Ik kende hem niet en dat verontrustte mij. In elk geval was de kans klein dat hij zich passiever zou opstellen en terughoudender zou opereren dan zijn voorganger, deels omdat dat nauwelijks mogelijk leek en deels omdat zijn aanstelling ongetwijfeld vergezeld ging van dwingende orders vanuit Sparta tot een koerswijziging.

Volgens onze inlichtingen had Mindaros onmiddellijk na zijn aankomst in Milete de vloot van dertien schepen van zijn bondgenoten uit Rhodos, die onder het bevel stond van de befaamde pankratiast en drievoudig Olympisch kampioen Dorieus, teruggestuurd naar zijn eiland. We hadden de schepen in de verte voorbij zien varen. Thrasyboulos was het met mij eens dat Mindaros' instructie, mede vanwege de openlijkheid waarmee zij werd uitgevoerd, de schijn had van een maskerade, die bedoeld was om ons te doen geloven dat de vloot van de bondgenoten uit Rhodos werd ontbonden, terwijl er in werkelijkheid sprake was van een troepenverplaatsing die dienstbaar moest zijn aan de intentie om initiatief te ontplooien in de zuidelijke wateren van Ionië, waar Athene aanzienlijke belangen te verdedigen had.

Ik herinnerde mij dat ik in de winter daarvoor met Tissaphernes had gesproken over de ontwikkelingen in de oorlog en dat hij mij had verteld over een gecombineerde aanval van zijn troepen en de vloot van deze zelfde Dorieus op Knidos en het nabijgelegen Apolloheiligdom op Kaap Triopion, die het doel had om controle te verkrijgen over de zee ten noorden van Rhodos en Egyptische koopvaardijschepen te onderscheppen die onderweg waren naar Athene. Hij had mij verteld dat de Atheense vloot succesvol had geïntervenieerd bij de kaap, maar er niet in was geslaagd om Knidos op de Perzen te heroveren. Ik herinnerde mij tevens zijn verslag van de inname van Kos Meropis, die hij tot een van de schaarse Spartaanse successen rekende. Thrasyboulos verbleef tijdens de winter daarvoor nog in Athene en hij was niet op de hoogte van deze schermutselingen, maar navraag onder de veteranen op Samos bevestigde Tissaphernes' informele verslag van destijds.

De conclusie drong zich op dat de troepenverplaatsing naar het zuiden, waartoe Mindaros had bevolen, tot doel had de inspanningen van de vorige winter te hervatten en dat zij onderdeel uitmaakte van een uitgekiende strategie om Athene uit te hongeren. Nu de stad na de bezetting van Dekeleia en het verlies van Euboia voor haar voedselvoorziening volledig afhankelijk was geworden van import, zou Spartaanse controle over de Hellespont in combinatie met een blokkade van de graanschepen uit Egypte fataal zijn.

Onder deze omstandigheden hadden wij geen keuze. We zouden de taken verdelen. Ik zou met tweeëntwintig schepen, negen meer dan de vloot van Dorieus, en met vierenhalfduizend man naar het zuiden varen met het tweeledige doel om te voorkomen dat de Spartanen controle zouden krijgen over de wateren die zich in de vaarroute van de Egyptische vrachtschepen bevonden en om financiering te vinden voor onze toekomstige missie naar het noorden, terwijl Thrasyboulos het commando zou houden over de schepen die bij Samos achterbleven en die de route van de Spartaanse vloot van Mindaros bij Milete naar het noorden in de richting van de Hellespont moesten blokkeren.

2

Onze intuïtie had ons niet bedrogen. De vloot van Dorieus uit Rhodos was niet ontbonden. Ik trof de dertien schepen aan in de wateren rond het eiland Telos, waar het beroemde parfum vandaan komt, niet ver van Kaap Triopion. Ik had sterk de indruk dat mijn schepen precies op tijd in hun gezichtsveld opdoken om te verhinderen dat zij Telos zouden aanvallen, zouden onderwerpen en tot een welriekende uitvalsbasis zouden transformeren voor hun onderscheppingsmissies van het vrachtverkeer naar het noorden. Oog in oog met mijn overmacht keerden ze om en zetten ze koers naar het zuiden. Ik achtervolgde hen korte tijd tot zij Rhodos hadden bereikt en afstevenden op de veiligheid van hun thuishaven.

Ik keerde terug naar Telos, vulde het bescheiden haventje met mijn vloot, ging aan land en, omdat de inwoners nog niet bekomen waren van de schrik waartoe de aanblik van de schepen uit Rhodos had geïnspireerd, kostte het mij weinig moeite hen van de noodzaak van Atheense protectie te overtuigen. Ondanks hun merkwaardige dialect, dat een mengvorm lijkt van Dorisch en Aeolisch, begrepen zij precies wat ik bedoelde toen ik suggereerde dat het niet onredelijk zou zijn als daar een passende onkostenvergoeding tegenover zou staan.

Vanuit Telos stuurde ik verkenners in de richting van Kaap Triopion, waar alles rustig bleek, en naar de nabijgelegen stad Knidos, die conform de laatste berichten nog steeds in handen zou moeten zijn van de Perzische troepen van Tissaphernes. De scouts kwamen terug met het bericht dat er inderdaad een Perzisch garnizoen in de stad aanwezig was van infanteristen en ruiters, maar naar hun inschatting kon het onmogelijk gaan om meer dan duizend man, zodat het ons geen moeite zou kosten een numerieke overmacht te creëren. Daar stond volgens hen tegenover dat Knidos adequaat versterkt was en dat het niet eenvoudig zou zijn de stad gewapenderhand in te nemen als de Perzen besloten zich binnen de muren te verschansen.

Ik had geen tijd en geld voor een langdurig beleg, dus ik nam mijn toevlucht tot een alternatieve strategie, die begon met een bezoek aan de beste kleermaker van de stad. Op grond van mijn aanwijzingen mat hij mij een eenvoudig, maar chic Perzisch gewaad aan van kleurige stoffen uit Sardis en Milete. Hoewel de mise sober afstak bij wat ik aan het hof van Sardis gewoon was geweest te dragen, hebben mijn matrozen een dag lang van zonsopgang tot zonsondergang, alsmede gedurende de daaropvolgende nacht, onafgebroken gelachen toen ze mij zagen in mijn bont geruite en gestippelde kostuum, waarbij met name mijn broek aanleiding gaf tot hilariteit, die telkens weer met nieuwe grappen werd gevoed.

Ik vorderde een kleine galei, die ik bemande met lokale roeiers uit Telos en die mij bij het ochtendgloren van de volgende dag alleen en ongewapend moest afzetten in de haven van Knidos. Ik gaf de vloot de opdracht te wachten tot de middag van dezelfde volgende dag, op volle sterkte uit te varen wanneer de zon haar hoogste punt had bereikt, aan Knidos en Kaap Triopion voorbij te koersen in noordelijke richting, uit het zicht voor anker te gaan achter het schiereiland van Halikarnassos in de Golf van Iasos en daar op mij te wachten. Ondanks de protesten van mijn manschappen en officieren, die begrijpelijkerwijs vonden dat er een onnodig risico werd genomen door mij in een lachwekkende uitdossing geparfumeerd en ongewapend af te zetten tussen vijandelijke troepen, werd het plan zo uitgevoerd zoals ik het had bedacht.

Toen de galei de haven van Knidos naderde, ging ik zo zichtbaar mogelijk aan dek staan. Omdat ik vanwege mijn dracht de indruk wekte een Perzische gezant te zijn, werd de galei toegelaten. Ik stapte van boord en omstuwd door de nieuwsgierige bevolking van Knidos liet ik mij door de Perzische soldaten naar hun bevelhebber escorteren. Ik sprak hem aan in het Perzisch, stelde mijzelf voor als Alkibiades van Athene, de persoonlijke adviseur van Tissaphernes, de satraap van Lydië in Sardis, en zei hem dat ons beider gebieder, die ik had mogen vergezellen op zijn reis naar Aspendos aan de monding van de Eurymedon in Pamphylia, mij de gunst had verleend hem te mogen dienen door zijn bevel op te volgen om met spoed vooruit te reizen naar Knidos en de andere Perzische garnizoenssteden aan de Ionische kust teneinde de daar aanwezige troepen te mobiliseren voor de verdediging van Milete. Een Atheense vloot van tweeëntwintig schepen voer vanuit zuidelijke richting op naar Milete met het plan om, versterkt met de schepen bij Samos, een beslissende aanval uit te voeren op de Spartaanse vloot en de stad in te nemen. Onze heer en meester, de doorluchtige satraap van Sardis, gaf bij monde van zijn nederige dienaar

Alkibiades het bevel om onverwijld, vandaag nog, met alle troepen die voorhanden waren naar het noorden te trekken om het behoud van de stad af te dwingen. Milete mocht niet vallen. Ik benadrukte nogmaals dat haast geboden was, dat ik met mijn galei de Atheense vloot net voor had kunnen blijven en dat rampspoed ons op de hielen zat.

De Perzische commandant kende mijn naam, had gehoord over mijn speciale status aan het hof van Sardis, was onder de indruk van mijn Perzisch en van mijn broek en was met gretigheid genegen zijn satraap te gehoorzamen, maar enige achterdocht weigerde hem los te laten. Dit veranderde op slag kort na de noen, toen wij allen, precies op het moment waarop ik dat had voorspeld, met eigen ogen konden zien dat een Atheense vloot van tweeëntwintig schepen in noordelijke richting aan Knidos voorbijvoer en koers zette naar Milete en dat ik derhalve overduidelijk de waarheid had gesproken. Met grote voortvarendheid gaf hij orders aan zijn troepen om zich gereed te maken voor vertrek en terwijl ik terugkeerde naar mijn galei onder het voorwendsel dat de voortzetting van mijn missie geen uitstel duldde en dat ik conform mijn opdracht ook elders versterkingen moest mobiliseren, marcheerde het gehele Perzische garnizoen korte tijd later door de poort van Knidos over de noordelijke kustweg in de richting van Milete. Ik voer naar de Golf van Iasos, kleedde mij om en voegde mij bij mijn vloot en mijn mannen, die opgelucht waren vanwege mijn terugkeer en vanwege mijn changement en die ik vervolgens terug naar Knidos voerde. Tegen de avond van dezelfde dag voeren we de haven van de onverdedigde stad binnen. We legden de bevolking een boete op voor haar collaboratie met de Perzen, inden een vergoeding voor onze toekomstige bescherming tegen haar eigen argeloosheid, legerden een garnizoen in het door de Perzen verlaten fort en voeren terug naar Telos.

We bleven langer op Telos dan achteraf gezien nodig was. De reden daarvoor was dat ik verwachtte en hoopte dat Dorieus een nieuwe poging zou ondernemen om de orders van de nieuwe Spartaanse bevelhebber in te willigen en dat ik hem op open zee wilde verrassen zodra hij uitvoer. Maar de herfst was op til, de wind zwol aan en Dorieus liet zich niet zien. Ik liet een klein regiment achter op het eiland en voer met de vloot naar Halikarnassos, de stad die ooit werd geregeerd door de legendarische oorlogskoningin Artemisia, die bij Artemision zij aan zij met de Perzen tegen mijn vader heeft gevochten en die daarna zozeer schitterde in de Slag bij Salamis te midden van de falende Perzische krijgers dat Xerxes verzuchtte dat zijn mannen vrouwen geworden waren en vrouwen mannen. Als ik mijn vader had gekend en wist aan wie ik moest denken als ik aan hem wilde denken, zou ik aan hem hebben gedacht terwijl ik de dodelijke bronzen ram van mijn oorlogsschip door de woedend schuimende zee op Halikarnassos af stuurde met het doel om de trotse en rijke stad van haar rijkdommen te beroven en als Hipparete nog had geleefd, zou ik mij erop hebben verheugd om na de inname van Halikarnassos thuis te komen en met haar te discussiëren over de roem van Artemisia, maar omdat de dood van dierbaren zin tart en betekenis ontkent, liet ik de stad zonder bijzondere bijgedachten plunderen. De buit was omvangrijk.

Vervolgens zette ik koers naar het eiland Kos. De Spartaanse troepen die de stad Kos Meropis tijdens de winter daarvoor zonder tegenstand hadden ingenomen, omdat een aardbeving de muren had verwoest en omdat de bevolking de bergen in was gevlucht, en die de verdedigingswerken niet hadden hersteld, vormden op hun onbeschermde positie geen partij voor onze overmacht. We bleven zolang nodig was om de stad opnieuw te ommuren. Ik liet vier schepen en achthonderd man achter bij onze nieuwe basis op het eiland Kos en zette koers terug naar Samos. Mijn missie was voltooid. De koopvaardijroute in de zuidelijke wateren bij Ionië was veiliggesteld en ik had een aanzienlijke som geld vergaard, die ik bij aankomst in ons hoofdkwartier uitdeelde aan mijn mannen, waarmee ik mij voor de nabije toekomst van hun genegenheid verzekerde.

3

Bij mijn wederkomst op Samos zag ik dat een substantieel deel van de vloot was uitgevaren. Thrasyboulos en zijn onderbevelhebber waren eveneens vertrokken. Uit de briefing die de wachtcommandant mij gaf, vernam ik dat er een opstand was in Eresos, een van de Lesbische steden, waar aristocratische ballingen met behulp van driehonderd Thebaanse huurlingen de macht hadden gegrepen met de intentie om de stad uit te leveren aan de Spartanen. Thrasyboulos was met vijf schepen en duizend man naar Eresos gevaren om de coup te verijdelen.

Kort na diens vertrek was de nieuwe Spartaanse admiraal Mindaros in beweging gekomen. Vanuit zijn hoofdkwartier in Milete was hij met zijn gehele vloot van drieënzeventig schepen en bijna vijftienduizend man uitgevaren in westelijke richting naar open zee met de klaarblijkelijke bedoeling om buiten het zicht van de Atheense vloot onder Samos langs te varen en ongezien ten westen van het eiland koers te zetten naar het noorden en naar de Hellespont. In die opzet was hij geslaagd, maar de herfstwinden begonnen zich op onvoorspelbare wijze met ieders plannen te bemoeien en ten westen van Samos was hij in een storm terechtgekomen, die hem naar het eiland Ikaros had gedreven, waar hij gedwongen was geweest vijf of zes dagen te schuilen alvorens hij koers kon zetten naar Chios.

Ondanks of dankzij de storm was Mindaros erin geslaagd zijn troepenverplaatsing voor de Atheners verborgen te houden, want pas toen onze liaisons op Chios de aanwezigheid van de Spartaanse vloot rapporteerden, was in het Atheense hoofdkwartier op Samos het besef doorgedrongen dat Mindaros en zijn schepen zich niet meer in de haven van Milete bevonden. De onderbevelhebber, die in afwezigheid van Thrasyboulos en mij de verantwoordelijkheid had gehad om op deze ontwikkeling te reageren, was door het besef dat de volledige Spartaanse vloot op zijn wacht langs hem was geglipt gemotiveerd geweest tot een ijlingse reparatie van zijn nalatigheid en had geen moment geaarzeld om met vijfenvijftig schepen en elfduizend man uit te varen in de richting van Lesbos, met het dubbele doel om zijn commandant Thrasyboulos bij te staan bij de herovering van Eresos en vooral om ten westen en ten oosten van dat eiland, dat ten noorden van Chios ligt, een blokkade op te werpen die moest voorkomen dat de Spartaanse vloot van Mindaros nog verder noordwaarts zou oprukken en de Hellespont zou bereiken.

Dit was het verslag dat aan mij werd uitgebracht toen ik het bevel op Samos overnam. Ik overdacht de ontstane strategische situatie. Ik was geneigd mij minder zorgen te maken over Eresos dan Thrasyboulos en zijn ondercommandant, want de andere steden op Lesbos waren onder onze controle en er was een Atheens garnizoen gelegerd in Mytilene, dat mettertijd orde op zaken zou kunnen stellen. Desalniettemin achtte ik het verstandig dat een groot deel van de vloot naar Lesbos was verplaatst, waar vriendelijke havens en ravitaillering tot onze beschikking stonden en waar een eventuele noordwaartse koers van de Spartaanse vloot effectief kon worden geblokkeerd. Zestig Atheense schepen zouden volstaan om drieënzeventig Spartaanse schepen vast te pinnen op hun huidige posities, want geen enkele Spartaanse admiraal zou met zo'n gering numeriek overwicht een confrontatie op open zee met de ervaren, intensief getrainde en volmaakt op elkaar afgestemde bemanningen van de superieure Atheense vloot van Samos in overweging durven nemen, temeer daar het strategisch doel van de campagne elders was gesitueerd.

Het leek mij derhalve onnodig om ook zelf naar het noorden te varen en de vloot bij Lesbos te versterken, terwijl er twee goede redenen waren om mijn schepen bij Samos te houden. Ten eerste zou ik daarmee een eventuele terugtrekking van de Spartaanse vloot naar Milete bemoeilijken. Mocht Mindaros, geconfronteerd met de blokkade bij Lesbos, besluiten naar zijn oude, vertrouwde hoofdkwartier terug te keren, zou ik voldoende schepen en mogelijkheden hebben om hem op open zee te verrassen. Ten tweede wilde ik niet de vergissing begaan om het gevaar dat uitging van de vloot van Dorieus van Rhodos te onderschatten. Als het strijdtoneel zich naar het noorden verplaatste, zou het te verwachten zijn dat de schepen uit Rhodos naar het noorden geroepen werden en hoewel de Spartanen zich reeds ten noorden van Samos bevonden, vormde ons hoofdkwartier nog altijd de ideale uitvalsbasis voor de onderschepping van versterkingen uit het zuiden.

De loop van de gebeurtenissen zou de geldigheid van mijn overwegingen bevestigen, want enige tijd later zou de vloot van Dorieus uit Rhodos daadwerkelijk aan Samos voorbijvaren in de richting van de Hellespont en hoewel ik zijn doorvaart niet zou weten te stuiten, zou het feit dat ik hem van dichtbij achtervolgde voorkomen dat hij onherstelbare schade aanrichtte. Dat de Spartaanse vloot intussen de Atheense blokkade bij het eiland Lesbos had weten te omzeilen en de Hellespont had bereikt, vernam ik pas later.

Met een gedurfde en zonder meer briljante manoeuvre bewees de grote onbekende Mindaros dat hij niet naar Ionië was gekomen met de intentie om zijn voorzichtige en afwachtende voorganger te imiteren.

In plaats van zich te laten intimideren en ontmoedigen door de aankomst van een groot deel van de Atheense vloot bij Lesbos, kwam hij onmiddellijk in actie. Hij sloeg proviand in voor niet meer dan twee dagen, stelde zich tevreden met een paar kisten vol lokale munten uit Chios, drie zilveren quarantesimi met sfinxen en dolfijnen per lid van zijn bemanning, hetgeen neerkwam op ongeveer vijfenveertig obolen per matroos, het equivalent van vijftien dagen soldij, en voer uit in het holst van de nacht, lang voordat de rozenvingerige dageraad, zoals Homeros haar noemt, haar ogen opsloeg, zich uitrekte en aanstalten maakte op te staan uit het krakende bed van haar arme minnaar Tithonos, oud en vermoeid als de nacht, die onsterfelijkheid was gegund zonder dat zij voor hem om eeuwige jeugd had gevraagd, teneinde zich te kwijten van haar tragische taak om met haar bleekroze ochtendlicht en het stralende begin van een jonge dag hoop en de illusie van eeuwigheid te verstrekken aan de herboren mensen.

Mindaros voer niet noordwaarts naar open zee, waar hij gezien had kunnen worden door de Atheense vloot bij Eresos, maar zette koers in oostelijke richting naar de enge wateren tussen Lesbos en het vasteland. In het duister voer hij op een ruime afstand onder Lesbos langs en in de late ochtend bereikte hij de kust van Phokaia aan de Golf van Hermos. Daar zocht hij de beschutting op van de baai van Karteria, waar hij zijn bemanningen hun ontbijt gunde. Daarna volgde hij de kust van Aiolis langs Kyme, Myrina, Gryneion, Elaia en Pitane. Hij pauzeerde voor het avondmaal achter de Arginousai-eilanden op het vasteland tegenover Mytilene. Na het eten voerde hij zijn vloot in het donker, onder het dek van de diepe nacht, navigerend op de sterren en de vage contouren van de kustlijn, door de verraderlijke wateren van de Hekatonnesis naar Harmatous tegenover Methymne. Na een haastig ontbijt rondde hij Kaap Lekton en zette hij langs de kust van de Troas koers naar Hamaxitos en Larisa. Kort voor middernacht bereikte hij Rhoiteion ten noorden van Troje aan de ingang van de Hellespont. In minder dan twee etmalen had hij, zonder door de Atheense vloot te zijn opgemerkt, bijna tweeduizend stadia afgelegd. Onder normale omstandigheden zou een vloot van triremen vier of vijf dagen nodig hebben om een dergelijke afstand te overbruggen. Terwijl ik in zalige onwetendheid van deze verbijsterende manoeuvre trouw de wacht hield bij Samos, had Mindaros het strijdtoneel verplaatst, de oorlog een nieuw aangezicht gegeven en het voortbestaan van Athene in gevaar gebracht.

Achttien Atheense schepen lagen in de haven van Sestos op het Thracische schiereiland aan de Hellespont met de taak om de zestien Spartaanse schepen bij Abydos op het Aziatische vasteland aan de overkant in de gaten te houden. Die nacht namen de Atheense bemanningen de gloed waar van duizenden kampvuren die langs de gehele kust van de Hellespont waren aangestoken. Omdat zij terecht concludeerden dat dit spookachtige visioen uitsluitend verklaard kon worden door de aankomst van een vijandelijke overmacht, besloten zij diezelfde nacht de schepen vlot te trekken en te bemannen zoals ze waren, in het donker dicht langs de Europese kust naar Elaious te varen en te vluchten naar open zee voordat de vijand de zeestraat zou afsluiten. Ze waren ongezien langs de Spartanen bij Abydos geglipt, maar bij de monding van de Hellespont werden ze bij het ochtendlicht gezien door de mannen van Mindaros, die onmiddellijk de achtervolging inzetten en de vier achterste schepen wisten te onderscheppen. Eén schip werd door de Spartanen op de klippen gedreven bij de tempel van Protesilaos en met bemanning en al overmeesterd, twee schepen werden tot zinken gebracht terwijl de matrozen zwemmend naar de kust wisten te ontkomen en één schip, dat leeg was achtergelaten op de kust van het eiland Imbros, werd door de Spartanen in brand gestoken. De overige veertien Atheense schepen konden met ongedeerde bemanningen ontkomen naar Imbros en Lemnos.

Toen Thrasyboulos werd bericht dat Mindaros zijn blokkade had omzeild en bezig was bezit te nemen van de Hellespont, liet hij Eresos en Lesbos vloekend aan hun lot over en zette hij met zijn gehele vloot op volle snelheid koers naar het noorden. Hij gunde zichzelf kennelijk niet eens de tijd om een bericht te sturen naar Samos en mij op de hoogte te stellen van de dramatische wending in de strategische situatie. Mindaros voer met zijn vloot op naar de Spartaanse basis in Abydos en nam de zestien schepen die daar gelegen waren onder zijn bevel, terwijl Thrasyboulos met zestig schepen aankwam bij Elaious. Twee Spartaanse schepen, die achterop waren geraakt, werden door de Atheners tot zinken gebracht. De veertien gevluchte Atheense triremen werden teruggeroepen van Imbros en Lemnos en voegden zich bij de Atheense vloot. Een zeeslag was aanstaande. Vijf dagen lang bereidden de Atheense bemanningen zich voor. Zij brachten hun schepen in gereedheid en oefenden hun strategische manoeuvres onder leiding van Thrasyboulos, die vijf dagen lang bleef hopen dat de nieuwe Spartaanse admiraal de overmoed zou vertonen om uit te varen naar het Atheense hoofdkwartier en slag te leveren op open zee. Maar Mindaros was niet de man die dat soort fouten maakte. Toen stuurde Thrasyboulos zijn vloot de Hellespont in.

Toen ik later de details vernam van deze slag, begreep ik onmiddellijk dat de uitgangspositie bepaald ongunstig was voor de Atheense vloot. De Spartanen hadden een gering maar niet te verwaarlozen numeriek overwicht van zevenentachtig schepen en meer dan zeventienduizend man tegen vierenzeventig schepen en minder dan vijftienduizend man aan Atheense zijde. Doordat de blokkade niet had gefunctioneerd, had de Spartaanse vloot als eerste positie kunnen kiezen in de Hellespont en omdat het geen optie kon zijn om de Spartanen ongemoeid te laten en de steden aan de Hellespont aan hen op te offeren, had Thrasyboulos geen andere keuze dan het initiatief te nemen en met inferieure aantallen op Mindaros' voorwaarden slag te leveren in de enge wateren van de zeestraat, waar nauwelijks ruimte zou zijn voor de geraffineerde manoeuvres waar de ervaren Atheense vloot berucht om was.

Thrasyboulos liet zijn vierenzeventig schepen in één enkele, lange colonne langs de Europese kust opvaren in de richting van Sestos. Deze formatie was kwetsbaar, maar onder de vigerende omstandigheden was er geen alternatief. De superieure Atheense maritieme tactieken hebben ruimte nodig en ruimte is schaars in de Hellespont. Doordat de schepen in één lijn voeren, hadden ze tenminste ieder voor zich enige manoeuvreerruimte om snel te wenden en door dicht bij de Thracische kust te blijven, gaven ze zichzelf maximaal de tijd om te reageren op de bewegingen van de vijandelijke schepen die van de overkant zouden komen. Thrasyboulos voerde de rechterflank aan, die de achterhoede vormde. Zijn onderbevelhebber had het commando over de linkerflank, de voorhoede, die het diepst doordrong in de Hellespont.

Mindaros had zijn vloot tussen Abydos en Dardanos gepositioneerd in een vijfenzestig stadia lange slagorde. Hij voerde de linkerflank aan, die zijn voorhoede was, tegenover Thrasyboulos. Zijn achterhoede werd gevormd door schepen uit Syracuse. Hij wachtte tot de Atheense voorhoede het punt was gepasseerd dat het Hondengraf wordt genoemd, omdat daar zich de laatste rustplaats bevindt van een teef, die in werkelijkheid niemand minder zou zijn dan de Trojaanse koningin Hekabe, die volgens lieden die menen dat zij dat weten kunnen na de inname van Troje door de goden in een hond zou zijn veranderd om aan de slavernij te ontsnappen. Dit is het punt waar de zee-engte het smalst is. Toen de Atheense linie zich uitstrekte van Arrhiana tot aan Idakos en het Atheense centrum zich ter hoogte van het Hondengraf bevond, viel Mindaros aan. Hij probeerde met de voorhoede van zijn linkerflank de Atheense achterhoede te overvleugelen om een eventuele terugtocht af te snijden. Thrasyboulos doorzag de manoeuvre en verlengde zijn linie naar rechts om de omsingeling te voorkomen. Het was onvermijdelijk dat het Atheense centrum hierdoor werd verzwakt. De Spartanen vielen aan met overmacht en trachtten het Atheense centrum de kust op te drijven, die niet ver weg was. Hun numerieke overwicht deed zich gelden en Thrasyboulos kon zijn eigen centrum niet te hulp schieten omdat hij dan ingesloten zou worden tussen het Spartaanse centrum en de Spartaanse linkervleugel van Mindaros, terwijl de Atheense linkervleugel voorbij de scherpe bocht achter het Hondengraf in gevechten verwikkeld was met de schepen uit Syracuse en niet kon zien wat er in het centrum gebeurde.

Het Atheense centrum werd verslagen. De Spartanen vernietigden en enterden een aantal schepen en waren sterker in de gevechten van man tegen man op de wrakken en op het land die daarop volgden. Op dat moment werd de euforie van de ophanden zijnde zege de Spartanen fataal. In hun overmoed braken steeds meer kapiteins de linies om individuele Atheense schepen te achtervolgen. Toen Thrasyboulos dat zag, keerde hij de schepen van zijn rechtervleugel tot een frontale slagorde en viel hij Mindaros aan, die verrast was en zich terugtrok, waarbij hij werd gehinderd door Spartaanse schepen die hun posities hadden verlaten op jacht naar glorie. Mindaros hergroepeerde zijn schepen zo goed en zo kwaad als het ging en lanceerde een tegenaanval op de schepen van Thrasyboulos, maar de ervaring en handigheid van de Atheense stuurlui neutraliseerden het Spartaanse numerieke overwicht. Ze ontweken de Spartaanse rammen, boorden hun eigen rammen in de boorden van de Spartaanse schepen en roeiden onmiddellijk achteruit na elke voltreffer om te voorkomen dat de schepen in elkaar vast kwamen te zitten, waardoor de Spartaanse mariniers een kans zouden hebben om aan boord van de Atheense schepen te springen en de strijd in de enge wateren te transformeren in een gevecht van man tegen man. De superieure Atheense maritieme tactieken hebben ruimte nodig en de stuurlieden slaagden erin die ruimte voor zichzelf te creëren en te behouden.

Mindaros zag dat de strijd was gekanteld en vluchtte om een grotere nederlaag te voorkomen. Met gedisciplineerde precisie profiteerde Thrasyboulos van de Spartaanse wanorde en paniek. Terwijl hij Mindaros voor zich uit joeg, bracht hij enkele Spartaanse schepen tot zinken. Toen men aan boord van de schepen uit Syracuse de vluchtende Spartaanse admiraal om de kaap van het Hondengraf zag komen, wist men dat de slag verloren was en vluchtte men naar de veiligheid van de basis in Abydos.

De Atheners stelden een overwinningstrofee op bij het Hondengraf. Ze hadden eenentwintig Spartaanse schepen tot zinken gebracht en zelf vijftien schepen verloren. De boodschapper die het nieuws van de zege naar Athene bracht, werd als een held omhelsd. Athene was één verloren zeeslag verwijderd geweest van de totale nederlaag in de oorlog en het resultaat van de overwinning bij het Hondengraf was dat Athene nog steeds één verloren zeeslag verwijderd was van de totale nederlaag, maar de stad was in een uitgelaten jubelstemming, want voor het eerst sinds de Slag bij Pylos en Sphakteria had de Atheense vloot een klinkende overwinning behaald in een directe confrontatie met de Spartaanse marine en voor het eerst sinds de rampzalig geëindigde expeditie naar Sicilië waren er redenen te bedenken waarom het Atheense zelfvertrouwen gerechtvaardigd zou kunnen zijn. De zege werd gevierd als een overwinning van de democratie.

En ik maakte van dit alles op geen enkele manier deel uit. Ik had op Samos een nieuwe purperen mantel laten maken voor de winter en ik had geen weet van de wervelingen van de geschiedenis.

4

Pas een twintigtal dagen later bereikte mij een bericht van Thrasyboulos, dat de overwinning rapporteerde en in dezelfde zin melding maakte van het feit dat de Spartaanse vloot in de Hellespont ondanks de Atheense zege nog steeds grotendeels intact en operationeel was. Thrasyboulos achtte een nieuwe confrontatie onvermijdelijk en geld was nog steeds een probleem. De urgente noodzaak om de financiële nood te lenigen was de reden geweest waarom hij direct na de gewonnen zeeslag had geprofiteerd van de vrije passage door de Hellespont om naar de Propontis te varen en de stad Kyzikos, die altijd onze bondgenoot was geweest maar die, zoals ik wist, de afgelopen zomer ten gevolge van het verse verbond tussen Sparta en Pharnabazos tegen Athene had gerebelleerd en was overgelopen naar Sparta, opnieuw te onderwerpen. De operatie was succesvol verlopen. Er was een substantieel bedrag aan herstelbetalingen geïnd. Als bonus had hij acht Spartaanse schepen uit Byzantion, die hij toevallig tegenkwam in de Propontis tussen Priapos en Harpagion, overmeesterd en geconfisqueerd.

Hoewel de hele campagne, naar Thrasyboulos' zeggen, al op de vierde dag na de gewonnen zeeslag in gang was gezet, in haast was uitgevoerd en slechts enkele dagen had hoeven duren, mede dankzij het feit dat Kyzikos niet ommuurd was, had de nieuwe Spartaanse admiraal Mindaros, zoals Thrasyboulos toegaf, maximaal gebruikgemaakt van de kortstondige Atheense absentie door Elaious, waar de Atheners de buitgemaakte Spartaanse schepen hadden afgemeerd, te overvallen en alle schepen die nog zeewaardig waren te heroveren en met zich mee terug te slepen naar zijn basis in Abydos. Potentieel nog ernstiger was het volgens Thrasyboulos dat Mindaros boodschappers had kunnen uitzenden met het verzoek om versterkingen te sturen. Hij had de tweeënveertig schepen van de Spartaanse vloot bij Euboia opgeroepen, die hem bij hun aankomst in de Hellespont een beslissende overmacht zouden verschaffen van in totaal meer dan honderddertig schepen. Athene leek echter voor het moment gered door de herfstwinden, want de geruchten dat de hele vloot op een paar schepen na tijdens de overtocht van Euboia naar de Hellespont was vergaan in een storm bij het schiereiland van de berg Athos, was onlangs bevestigd door de bevelhebber van het Atheense eskader van veertien schepen dat na het vertrek van de Spartanen vanuit Chalkis eveneens de oversteek had gemaakt naar de Hellespont en tussen Thasos en Samothrake slag had geleverd tegen de weinige Spartaanse schepen die de storm hadden doorstaan.

Hoewel een tiental schepen van de Spartaanse vloot bij Euboia ondanks de storm en ondanks het treffen met de Atheners Abydos had weten te bereiken, leverde dit bij lange na niet de ondersteuning op die Mindaros na zijn nederlaag bij het Hondengraf nodig had. Dit alleen al maakte het waarschijnlijk dat hij opnieuw versterkingen zou oproepen. Thrasyboulos schreef mij dat hij redenen had om aan te nemen dat er inmiddels bericht was uitgegaan naar Dorieus van Rhodos. Hij wist dat hij erop kon vertrouwen, zo schreef hij, dat ik zou voorkomen dat een vloot van schepen uit Rhodos de Hellespont bereikte.

Terwijl ik in toenemende mate een antipathie begon te ontwikkelen jegens Dorieus van Rhodos, wiens luttele bestaan mij degradeerde tot een wachtcommandant van de achterhoede en ver van de beslissende krijgsverrichtingen in de stille zuidelijke wateren hield en wiens driewerf gelauwerde naam begon te weerklinken in mijn dromen, merkte ik dat ik mij ervoor diende te hoeden om geen vergelijkbare afkeer te gaan ontwikkelen jegens mijn medecommandant Thrasyboulos, die zich pas na het verstrijken van vele dagen had verwaardigd om als zegepralende admiraal bericht naar mij te doen uitgaan en mij de order te geven om te blijven waar ik was. Zo was onze samenwerking niet bedoeld. De juichende opvarenden van de Atheense vloot bij Samos en het hoopvolle soevereine volk van Athene, die mij bij acclamatie hadden aangesteld als strateeg van de Atheense strijdkrachten, zouden niet hebben gewild dat ik in een purperen mantel door de straten van Samos flaneerde en mijn verveling verdreef met het verwekken van nageslacht bij de lokale bevolking, terwijl Thrasyboulos, die zijn positie uitsluitend te danken had aan mijn elegantie om zijn mandaat niet onmiddellijk ter discussie te stellen, met de eer ging strijken van militaire successen tegen Sparta en mij, wanneer het hem uitkwam, een briefje stuurde met het bevel mij koest te houden.

Onverdraaglijk is het dat de aanmatigende werkelijkheid zich hooguit traag en altijd met tegenzin voegt naar mijn wensen. Doordat de wereld van allerhande inferieur spul is gemaakt, wordt de zuivere schoonheid van volmaakte ideeën vervormd, gecorrumpeerd en gefnuikt, totdat de realiteit een povere parodie is geworden op mijn plannen. In theorie is alles doordacht, als een stappenplan naar een onvermijdelijk resultaat, maar vervolgens weigert de praktijk de hoffelijkheid op te brengen om aan de theorie te gehoorzamen. Niets is zo hinderlijk voor een strateeg als de werkelijkheid. Als de geschiedenis zich braaf had neergelegd bij mijn visie, zou ik Sicilië en de wereld hebben veroverd voor mijn eerste en enige geliefde, die Athene heet, en dan zou ik hier nu niet zijn geweest, terwijl anderen dan ik in naam van een berooide wereldmacht in een uithoek strijden voor brood. De statuur van de man die ik voor mij zie als ik mijzelf overdenk, verdient een beter lot dan dat van een machteloze toeschouwer bij de toevallige en ongeordende totstandkoming van de kronieken.

Tot overmaat van ramp bereikte mij enige tijd later het bericht dat er een vloot van veertien triremen uit Rhodos, die onder het commando stond van Dorieus, was waargenomen bij Sigeion, even ten zuiden van Rhoiteion, net voor het graf van Achilles, aan de ingang van de Hellespont. Kennelijk was hij erin geslaagd om 's nachts ongezien langs mijn uitkijkposten op Samos te glippen. Het was een geluk bij een ongeluk geweest dat de planning van zijn manoeuvre net niet ideaal was gebleken en dat de opkomende zon zijn aanwezigheid aan onze wachtposten had verraden toen hij zich nog voor de kust van de Troas ophield. Thrasyboulos had onmiddellijk twintig schepen vanuit Sestos naar Sigeion gestuurd om Dorieus te onderscheppen.

Woedend op de wereld en op mijzelf, omdat ik had gefaald mij te kwijten van het nederige taakje waarvoor ik mij te goed had gevoeld, bemande ik achttien schepen met drieënhalfduizend man, en op volle snelheid zette ik koers naar de Hellespont. De herfstwinden en mijn schaamte joegen het schuim van de grauwe zee in de achttien paar geschilderde ogen op de achttien voorplechten van mijn snijdende triremen. De roeiriemen sloegen de zee als woeste houten vleugels op het moordende ritme van mijn ongeduld om mijn fout te herstellen. Terwijl de bronzen scheepsrammen nietsontziend golf na golf vermoordden en mijn natte, lange haren in mijn gezicht sloegen door de zilte wind van mijn haast, mengde zich opwinding door mijn schuldgevoel, als de geilheid van een dier in doodsangst. Ik zette koers naar krakend hout, bloed en de eerlijkheid van naakt staal. Hoewel ik niet kon voorzien wat er te gebeuren stond, stond er met zekerheid iets te gebeuren. Ik gaf mijn heraut het bevel de order te schreeuwen om het tempo op te voeren. Boven de brekende golven uit en door het ruisen van de zee heen hoorde ik de kreten van de stuurlieden van de schepen achter mij, die scholden op hun roeiers en schreeuwden dat ze mij moesten bijhouden.

Toen Dorieus de twintig Atheense schepen uit Sestos zag naderen, vluchtte hij naar de kust. Hij trok zijn schepen het strand op bij Rhoiteion en groef zich in. De Atheners oordeelden dat een amfibische landing op het bewaakte strand met de troepenaantallen die zij tot hun beschikking hadden te risicovol zou zijn en trokken zich terug naar Madytos, tegenover Abydos, ten zuiden van Sestos, waar zij gezelschap kregen van de rest van hun vloot, die daarmee in betere positie was dan voorheen in Sestos om de doorvaart naar Abydos te blokkeren.

Het toeval wilde dat Mindaros die ochtend naar Troje was gegaan om respect te betuigen aan zijn voorouders, die de legendarische koning Menelaos waren gevolgd in een oorlog om een vrouw, en te offeren op hun graven. Vanaf de muur van de citadel op de burchtheuvel, vanwaar koning Priamos ooit zijn zonen had zien sneuvelen, zag hij de benarde positie van de schepen uit Rhodos op het strand van Rhoiteion. Hij galoppeerde terug naar Abydos en met een beroep op hun overeenkomst zond hij een bericht naar de satraap Pharnabazos met het verzoek om bijstand.

Toen Dorieus zag dat de Atheense vloot zich had teruggetrokken in de Hellespont, trok hij zijn schepen vlot en ondernam hij een nieuwe poging om Abydos te bereiken, maar al gauw zag hij zichzelf geconfronteerd met een overmacht van vierenzeventig Atheense triremen in slagorde die hem de doorvaart versperden, waarna hij vliegensvlug het land opzocht bij Dardanos. Hij trok zijn schepen wederom het strand op en liet zijn positie bewaken door zijn matrozen en door weerbare mannen uit de stad, die hij in allerijl had geronseld en bewapend, maar deze keer rechtvaardigde het Atheense numerieke overwicht een offensief op zijn stellingen, dat hij onmogelijk had kunnen afslaan als hij op dat moment geen hulp had gekregen. Pharnabazos had gehoor gegeven aan het verzoek van Mindaros. In hoogsteigen persoon voerde hij een contingent aan van Perzische infanterie en cavalerie, dat Dorieus ontzette. De Atheners staakten hun gevechten op het land en trokken zich terug op hun schepen.

Mindaros voer uit vanuit Abydos met zijn volledige vloot van vierentachtig schepen. De triremen van Dorieus werden vlot getrokken en brachten de totale troepensterkte van de Spartaanse zeemacht op zevenennegentig schepen. De Spartaanse linie strekte zich uit van Dardanos helemaal tot Abydos. De Atheners positioneerden hun schepen langs de Europese oever in dezelfde formatie als een maand eerder, voorafgaand aan de Slag bij het Hondengraf, met Thrasyboulos op de rechterflank. Mindaros had zichzelf, anders dan bij het vorige treffen, op zijn eigen rechterflank gepositioneerd in de buurt van Abydos. Zijn linkerflank ter hoogte van Dardanos tegenover Thrasyboulos werd gevormd door de schepen uit Rhodos en Syracuse.

De bevelhebbers gaven het signaal, de trompetten klonken en de eerste orders werden geschreeuwd. Hoewel de Atheense schepen in de minderheid waren, openden zij de aanval. Aan beide zijden worstelde men met de harde wind, die van het noordoosten naar het zuidwesten door de zeestraat woei en dwars op de schepen stond die trachtten aan te vallen en aanvallen trachtten te ontwijken. Vanwege het gevaar dat de schepen door de wind tegen elkaar gedreven werden, vertoonden de stuurlieden de neiging om ruim afstand te houden van hun bovenwindse buren, waardoor elk schip vanzelf meer vaarwater had, hetgeen in het voordeel was van de Atheners en een compensatie vormde voor hun numerieke inferioriteit. De Atheense linkervleugel probeerde linksom tegen de wind in om Mindaros te varen teneinde zijn terugtocht naar Abydos af te snijden, maar Mindaros counterde en omdat het Spartaanse centrum hem te hulp kwam, zouden de Atheense schepen geïsoleerd zijn geraakt van de rest van de vloot, als de ondercommandant van Thrasyboulos er niet in was geslaagd om met een gewaagde actie en met het voordeel van de rugwind dwars door het Spartaanse centrum heen te breken en te hergroeperen.

Op de rechtervleugel zag Thrasyboulos dat de schepen van Dorieus relatief traag waren, omdat de roeiers niet hadden kunnen uitrusten van de inspanningen die nodig waren geweest om de Hellespont te bereiken, en hij dirigeerde enkele van zijn schepen in een colonne met de intentie een doorbraak te forceren en een deel van de schepen te omsingelen, maar de manoeuvre mislukte vanwege het ruimtegebrek. De kust was te dichtbij en Dorieus kon de ruimte achter zich te eenvoudig dekken door terug te vallen, waar hij zich in de rug gesteund wist door de Perzische troepen van Pharnabazos, die de Atheense schepen die de kust te dicht naderden bedolven onder een regen van pijlen.

Aldus golfde de strijd in de onrustige wateren van de Hellespont op en neer zonder dat een van beide partijen een beslissend voordeel wist te behalen. Aan beide zijden werden gevoelige verliezen geleden.

Het triomfantelijk gebrul van matrozen die een vijandelijk schip tot zinken hadden gebracht, werd overstemd door de angstkreten van bemanningen die de bronzen ram van een vijandelijk schip met gulpen zeewater en bloed door de planken van het boord krakend op hun roeibanken zagen afkomen. Terwijl de zon ter kimme neeg en de dag het voor gezien begon te houden, waren tienduizenden ondanks hun uitputting nog immer verwikkeld in een gevecht op leven en dood. De schepen wendden langzamer, pijlen en werpsperen reikten minder ver en de wil om te winnen had in beide kampen inmiddels al geruime tijd plaatsgemaakt voor de hoop om te overleven en voor de angst om zich terug te trekken en door de vijand te worden achtervolgd.

Op dat moment, vlak voordat de avond viel, zagen de commandanten, kapiteins, stuurlui en matrozen van beide zeemachten achttien schepen opdoemen aan de horizon, die in hoog tempo koers zetten naar de ingang van de Hellespont. Zij voeren tegen de wind in, dus zij hadden geen zeilen gehesen, waaraan hun afkomst af te leiden zou zijn geweest. Ook toen de achttien schepen dichterbij kwamen, was niet duidelijk te zien onder welke vlag zij voeren. In beide kampen vatte men moed in de overtuiging dat versterking in aantocht was.

Toen ik vanaf het dek van het voorste van deze achttien schepen zag dat de zeeslag met hernieuwde energie werd hervat, trok ik mijn prachtige, dure, purperen mantel uit. Ik overhandigde hem aan een scheepsjongen en gaf hem de opdracht om mijn mantel als een vlag in de mast te hijsen. Ik nam een koperen schaal, die magnifiek goudkleurig glansde in het avondlicht, en hield hem als een gouden schild voor mijn borst terwijl ik met wapperende haren op de voorplecht ging staan. Terwijl ik de Hellespont naderde, hoorde ik de bemanningen van de Atheense achterhoede mijn naam schreeuwen. Zij wisten dat een dergelijke mantel maar aan één persoon kon toebehoren. In het centrum en in de voorhoede klonk de echo van mijn naam. Sommige veteranen herinnerden zich het gouden schild dat ik had gedragen in Sicilië. Mijn naam ging van schip tot schip van Dardanos tot aan Abydos en de klank van mijn naam volstond om de Spartaanse vloot op de vlucht te jagen.

Zonder vaart te minderen voer ik de zeestraat in en ik overmeesterde het ene Spartaanse schip na het andere, dat kampend met tegenwind en uitputting snakte naar Abydos. Vele Spartaanse bemanningen, die begrepen dat de hoop hun thuishaven te bereiken ijdel was, voeren hun schepen op de kust, waar ze, terwijl ik met mijn schepen de achtervolging voortzette, door Thrasyboulos werden aangevallen en door de troepen van Pharnabazos vurig werden verdedigd. Ik zag in het voorbijgaan dat Pharnabazos in hoogsteigen persoon te paard in de vloedlijn deelnam aan de gevechten. Ik kon het niet laten naar hem te zwaaien en hem iets toe te roepen in het Perzisch, wat ik op deze plek zelfs niet in het Perzisch zal herhalen.

De Perzische steun en de invallende duisternis redden de Spartanen van de totale ondergang, maar we hadden dertig van hun schepen buitgemaakt en de controle over de zeestraat herwonnen. In mijn nieuwe hoofdkwartier in Sestos nam ik die avond het bevel over de Atheense vloot in de Hellespont over van Thrasyboulos en de volgende ochtend ging ik naar het Hondengraf om voor de vorige overwinningstrofee een overwinningstrofee op te stellen die groter en hoger was dan de vorige.

5

De graanschepen hadden Athene bereikt, dus het mocht winter worden. De kille wind verfde de Hellespont grauw en het was onwaarschijnlijk dat de aangeslagen Spartanen voor de lente nog in beweging zouden komen. Zij zouden gedurende de koude maanden in hun beschutte haven van Abydos blijven en de door de weersomstandigheden afgedwongen rust verwelkomen als een gelegenheid om hun beschadigde schepen te repareren. De komende maanden zou het onze missie zijn om vanaf de overkant vanuit Sestos naar hen te loeren en hun met onze aanwezigheid te beletten dat zij op het idee zouden komen om de gure wind en de verraderlijke golven te trotseren en iets vervelends te doen.

Terwijl ik de vloot en mijzelf erop voorbereidde om in Sestos te overwinteren, nam ik de voor de hand liggende maatregelen ter verbetering van onze uitgangspositie voor een nieuwe confrontatie met onze vijanden in het voorjaar. Het eeuwige probleem van onze precaire financiële situatie rechtvaardigde het besluit om Thrasyboulos met zestien schepen en meer dan drieduizend man uit te zenden op een rooftocht langs de Thracische kust. Daarnaast hadden we versterkingen nodig.

Op grond van de verslagen die ik verzamelde van de Slag bij het Hondengraf en op grond van mijn eigen waarnemingen tijdens de Slag bij Abydos concludeerde ik dat de sterkte van onze vloot toereikend zou kunnen zijn om deze oorlog te winnen, hoewel versterkingen uiteraard altijd wenselijk bleven, en dat onze voornaamste zwakte een andere was. Omdat het strijdtoneel was verplaatst naar de nauwe wateren van de Hellespont, dreigde de confrontatie tussen de twee vloten bij voortduring te ontaarden in een hybride oorlog te land en ter zee. Door de krappe ruimten op het water kregen de gewapende mariniers meer kansen dan op volle zee om vijandelijke schepen te enteren en de strijd te transformeren in een gevecht van man tegen man. Ook om geramde wrakken werd met zwaarden en speren gevochten. Bovendien was de kust in de zeestraat altijd nabij en was het voor beide partijen eenvoudig en verleidelijk om in noodsituaties de dekking op te zoeken van het vasteland. Het was evident dat de Spartanen in deze landgevechten onze meerderen waren, zeker wanneer zij ook nog konden rekenen op de steun van de troepen van Pharnabazos. De manoeuvres van Dorieus in aanloop naar de Slag bij Abydos en de Spartaanse landvallen tijdens hun vlucht na de verloren strijd op zee hadden voorkomen dat onze overwinning zo definitief was als zij had moeten zijn en hadden mij duidelijk gemaakt dat wij voor de toekomstige confrontaties in de Hellespont vooral behoefte zouden hebben aan infanteristen. Ik stuurde Thrasyboulos' ondercommandant naar Athene om het blijde nieuws van mijn zege te verkondigen en de noodzaak van hoplieten te bepleiten.

Enige tijd later, toen ik mij nog steeds voorstellingen maakte van de jubelstemming in Athene vanwege het gearriveerde graan en de tijding van de tweede overwinning in de Hellespont, die nog groter was dan de eerste, en toen ik soms in mijn dromen meende te horen dat mijn naam tussen de Eridanos en de Ilissos van Dipylon tot aan de Itonische Poort in Skambonidai, Melite, op de agora en rond de Akropolis op ieders lippen lag – het gemis is wederzijds, dacht ik, geheel wederzijds –, bereikte mij het bericht dat Tissaphernes in de richting van de Hellespont was gereisd en zich ophield in de stad Antandros, aan de voet van de Ida, aan de Golf van Adramyttion, vlak voor de grens tussen Mysië en Phrygië aan de Hellespont, aan de rand van zijn eigen jurisdictie, met uitzicht op het gebied dat bestuurd werd door zijn collega en rivaal Pharnabazos.

Dit bericht bracht mij enigszins uit mijn evenwicht. Ik probeerde te begrijpen wat hij daar deed. Gerichte navraag bij de juiste personen leverde mij de informatie op dat Antandros niet lang daarvoor in opstand was gekomen tegen Tissaphernes' gouverneur van de stad en dat deze man wegens ongerechtvaardigd vertoon van verregaande wreedheid overigens geen redenen had om zich te verbazen over het gebrek aan affiniteit bij zijn onderdanen. Zij hadden de hulp van de Spartanen gevraagd en gekregen, die, ongetwijfeld met de goedkeuring van Pharnabazos, dat kon niet anders, een peloton infanteristen vanuit Abydos te voet over de Ida hadden gestuurd om de stad van haar gesel te verlossen en over te nemen. Ik kon mij levendig voorstellen dat deze ontwikkeling Tissaphernes zorgen baarde, omdat deze openlijke daad van vijandigheid van de kant van de Spartanen een niet te negeren bewijs vormde voor het feit dat zij niets meer van hem verwachtten en zich definitief van hem hadden afgekeerd en omdat de affaire geïnterpreteerd kon worden als inmenging van Pharnabazos via Spartaanse agenten in de interne aangelegenheden van zijn domein, en ik kon begrijpen dat de noodzaak om daar orde op zaken te stellen voor hem enige urgentie had, maar hij had ook iemand kunnen sturen. De afvalligheid van een relatief onbeduidende grensplaats vormde geen overtuigende rechtvaardiging voor de interventie van de satraap zelf in hoogsteigen persoon en kon in mijn ogen niet verklaren waarom hij de lange reis had ondernomen. Hij was ervoor uit het verre Aspendos gekomen en dat was met snelle schepen onder ideale, zomerse omstandigheden een zeereis van minstens elf dagen. Ik kon het weten.

Hoewel ik op dat moment geen middelen tot mijn beschikking had om mijn vermoedens te bevestigen of te falsificeren, achtte ik het niet onwaarschijnlijk dat de opstand in Antandros niet meer dan een welkom voorwendsel vormde en dat de komst van Tissaphernes naar de grens met het territorium van Pharnabazos deel uitmaakte van de geheime plannen die hij had bekonkeld met tegenstanders van Pharnabazos tijdens zijn mysterieuze, angstvallig verzwegen missie naar Aspendos in Pamphylia. Zijn aanwezigheid zou tevens een reactie kunnen zijn op de Griekse manoeuvres en op de verplaatsing van het strijdtoneel naar het noorden, waarbij dient te worden opgemerkt dat de ene verklaring de andere geenszins uitsloot, in zoverre zijn rivaal Pharnabazos minstens voor een deel verantwoordelijk was voor de transplantatie van de oorlog naar de kusten van diens domein omdat hij de Spartanen had uitgenodigd om de Atheense bondgenoten in zijn invloedssfeer aan te vallen en hen daarvoor ruimhartig compenseerde, precies zoals Tissaphernes zelf op mijn instigatie halfslachtig en met gering succes had gedaan toen de Spartaanse vloot zich nog in Milete bevond. De concurrentiestrijd tussen de twee satrapen was een gevecht om de gunst van de Grote Koning, de goedkeuring uit Sousa was afhankelijk van incassering van tribuutbetalingen van de Griekse steden die zich dankzij de bescherming van de Atheense vloot vrij mochten wanen en nu de nieuwe Spartaanse admiraal innig en in eerste instantie relatief succesvol samenwerkte met Pharnabazos, moest bij Tissaphernes de vrees hebben postgevat dat zijn rivaal zou slagen waar hij had gefaald.

De vraag bleef wat de satraap van Sardis daaraan dacht te kunnen doen vanuit Antandros, waar hem nauwelijks een andere strategie ter beschikking leek te staan dan vanaf het balkon van zijn ongetwijfeld comfortabel ingerichte verblijf dreigend naar de besneeuwde bergtoppen van het Idamassief te loeren, waar het grondgebied van zijn rivaal begon, tenzij hij was gekomen om met nieuwe beloften aan de nieuwe Spartaanse admiraal een wig te drijven tussen de prille alliantie van zijn tegenstrever met Sparta. Diplomatiek verkeer tussen Abydos en Antandros kon plaatsvinden over land, maar niet zonder de goedkeuring van Pharnabazos, of over zee, maar niet zonder dat ik dat zou merken en vanuit Sestos zou kunnen onderscheppen. De onzekere factor bij deze overwegingen bleef dat ik niet over inlichtingen beschikte met betrekking tot het resultaat van de geheimzinnige besprekingen in Aspendos in het verre zuiden en dat ik niet kon beoordelen in hoeverre ik getuige was van de uitvoering van een groter plan.

Nog meer dan deze speculaties hield mij de vraag bezig of Tissaphernes verwachtte dat ik hem zou komen opzoeken nu hij zo dichtbij was, alsmede de vraag, die feitelijk losstond van dat eerdere dilemma, of ik zelf iets te winnen zou hebben bij een dergelijke ontmoeting. Ook als hij had gebrand van oprecht verlangen om zijn oude vriend en adviseur inzake alle aangelegenheden weer te zien, zou hij geen initiatief hebben genomen om mij daadwerkelijk expliciet uit te nodigen of te ontbieden, dat wist ik, daar was hij te trots, te hiërarchisch, te protocollair en te koppig voor, ik kende hem, dus het feit dat hij niets van zich had laten horen, betekende niet zoveel. Maar zijn nabijheid als zodanig leek bedoeld als een impliciete invitatie, al lag de valkuil van de betrekkingswaan hierbij op de loer en moest ik mij hoeden voor het gevaar dat ik er te gemakkelijk van uitging dat anderen dan ik evenals ik van mening waren dat ik mij op het middelpunt van de wereld bevond, waar ik mij ook bevond, en dat zij alles wat zij in mijn nabijheid ondernamen om mijnentwille hadden bedacht. Maar door het feit dat hij zijn aanwezigheid in Antandros niet verborgen had willen houden en iedereen in mijn ambiance dientengevolge van zijn tegenwoordigheid op de hoogte was, was het meer dan een waan om zijn verschijnen op mijzelf te betrekken, omdat mijn omgeving mij daartoe dwong en van mij verwachtte dat ik mij zou gedragen conform het door mijzelf ijverig in stand gehouden beeld van een innige relatie tussen de satraap en mijzelf. De mannen van de Atheense vloot op Samos, die dezelfde mannen waren die mij in Sestos nog steeds omringden, herinnerden zich mijn grootspraak over mijn invloed op Tissaphernes, zonder dat zij ooit in de gelegenheid waren gesteld om vast te stellen dat mijn toenmalige beloften aan hen op grootspraak hadden berust. Zij zouden het raar vinden als ik Tissaphernes negeerde en het leek mij niet uit te sluiten dat hun verwachtingen deel uitmaakten van Tissaphernes' calculaties.

Ik had niet de illusie dat ik een ontmoeting met Tissaphernes zou kunnen uitbuiten om concrete voordelen af te dwingen. Hoewel hij Pharnabazos als zijn rivaal beschouwde, opereerden beide satrapen noodgedwongen gelijkelijk onder de vleugels van de almacht van de Grote Koning, die het onmogelijk kon toestaan dat zij elkaars beleid frustreerden, waardoor het uitgesloten was dat Tissaphernes Athene zou steunen, gesteld dat hij dat zou willen, nu Pharnabazos een akkoord had gesloten met Athenes vijand. Ik kon mij verliezen in fantasieën over een strategie waarbij ik Pharnabazos' verbond met de Spartanen exploiteerde als een argument voor Tissaphernes om Athene in het geniep bij te staan, maar ik besefte dat deze gedoemd waren om fantasieën te blijven, daar alleen onsuccesvolle pogingen tot bijstand geheim kunnen blijven en aan dat type onzichtbare steun had Athene geen behoefte.

Ik probeerde mij voor te stellen hoe Tissaphernes mij zou ontvangen. De laatste keer dat ik hem had gezien, was op een warme dag tijdens de afgelopen zomer toen wij naakt als Grieken verkoeling hadden gezocht tussen spuitende fonteinen in het paradijs dat mijn naam droeg. We hadden plannen gemaakt voor de viering van mijn negenendertigste verjaardag. Kort daarna was ik met Thrasyboulos naar Samos vertrokken om het opperbevel van de Atheense vloot op mij te nemen, hetgeen hij ongetwijfeld had opgevat als een teleurstelling, als hij zich niet ronduit verraden had gevoeld. Toen ik kortstondig terug was in Sardis, was hij onderweg naar Aspendos en ik was hem niet verder dan tot Phaselis achterna gereisd. Hij moest weten dat ik hem bij de Spartanen in diskrediet had gebracht, voor zover dat nog nodig was, door valse berichten te verspreiden over de Fenicische vloot. Sindsdien had ik hem Knidos ontfutseld door te poseren als zijn vertrouweling. Dit alles vormde geen rechtvaardiging voor de anticipatie van een warm onthaal. Daar stond tegenover dat ik daadwerkelijk zijn vertrouweling was geweest en dat wij ondanks onze baarden kaloí waren geweest in elkaars armen.

Belangrijker dan dat was dat ik mij niet kon voorstellen dat hij mij niet nodig had. Als hij Pharnabazos wilde dwarsbomen – en ik wist dat hij niets heviger begeerde dan dat –, was hij hoe dan ook gedwongen om Spartaans succes te voorkomen en mijn recente overwinning in de Slag bij Abydos had bewezen dat ik bij dat streven behulpzaam kon zijn. We hadden een gemeenschappelijk belang en dat vormt onder alle omstandigheden een solidere basis voor een vruchtbare ontmoeting dan een gedeeld verleden van welke aard dan ook. De voornaamste reden waarom ik er steeds meer toe neigde om hem te gaan opzoeken, was echter dat mijn onwetendheid omtrent zijn motieven een strategisch risico inhield en dat een ontmoeting het enige middel leek waarmee ik de reden van zijn komst zou kunnen achterhalen. Ik hield voor mijzelf vol dat dat de voornaamste reden was, terwijl ik moest toegeven dat ik mij erop verheugde om, na door hem vertroeteld te zijn als de exotische banneling die volledig van hem afhankelijk was, als zegevierende Atheense opperbevelhebber voor hem te verschijnen en zijn gezicht te zien. De Spartanen hoefden uiteraard niets te weten van mijn bezoek aan Antandros, maar ik bedacht dat het nuttig zou kunnen zijn de informatie daarover naar hun kamp te laten uitlekken en hen te plagen met twijfels over de Perzische loyaliteiten, waarmee ik tevreden nog een rationele overweging kon toevoegen aan de argumenten die mijn irrationele impuls om Tissaphernes weer te zien moesten rechtvaardigen.

Ik koos een aantal passende geschenken uit voor Tissaphernes, waaronder het beroemde parfum van het eiland Telos, liet één enkel schip in gereedheid brengen, hulde mij in mijn purperen mantel, ging aan boord en verliet bij het eerste ochtendlicht de haven van Sestos om koers te zetten naar de Golf van Adramyttion, waar ik in de avond van de volgende dag arriveerde. Tissaphernes heb ik nooit meer gezien. Zodra ik bij Antandros voet aan wal zette en de officier van de soldaten die mij opwachtten in formeel Perzisch groette, in de veronderstelling dat zij een erewacht vormden, werd ik, zonder dat mijn groet beantwoord was, gearresteerd. De volgende ochtend werd ik bij zonsopgang in de boeien in een gesloten wagen op transport gezet naar Sardis.

6

In de kerker van het paleis van Sardis, waar ik het zonder het comfort moest stellen waardoor ik de stad bij eerdere gelegenheden was gaan appreciëren, maar waar ik voor het overige vooralsnog correct werd behandeld, was mij de tijd gegund om in alle rust tot de conclusie te komen dat mijn plan om Tissaphernes met een bezoek te verrassen een vergissing was geweest. Ik had zijn vermogen om zijn bewondering voor lage streken ruiterlijk te verruimen naar die gevallen waarin hijzelf het slachtoffer was van machinaties overschat. Bij alle aanklachten die hij mij met recht voor de voeten zou kunnen werpen, was ik onder de omstandigheden waarin ik verkeerde het meest content met mijn intriges die de Spartanen in de armen van zijn grootste rivaal hadden gedreven, want daardoor had ik er met vooruitziende blik voor gezorgd dat het thans niet meer goed denkbaar was dat hij mij aan Sparta zou uitleveren, waar mijn doodsvonnis bij mijn weten nog steeds van kracht was. De gedachte dat mijn uitlevering hem een unieke kans bood om de bedorven relatie met Sparta te herstellen, verdrong ik, waarmee de enige zorg die mij nog restte werd ingegeven door mijn kennis van enkele van de honderden fantasievolle en creatieve methoden die de Perzen hadden bedacht om hun executies te verheffen tot een onvergetelijk schouwspel, waarbij de met afgekoelde as gevulde kamer zeker niet onvermeld mag blijven, maar ik hield mij vast aan de drogreden waaruit iedere gevangene in een soortgelijke situatie moed tracht te putten en die inhoudt dat de beul datgene wat hij eerder nog niet heeft gedaan kennelijk niet van plan is te doen. Met iedere dag die mijn gevangenschap duurde, won dit argument aan kracht, maar desondanks leek het mij nuttiger mijn energie te investeren in het bedenken van een manier om de duur van mijn verblijf in de kerker tot een minimum te beperken.

Dat was nog niet zo eenvoudig. Mijn situatie was letterlijk uitzichtloos, in die zin dat mijn cel geen raam had en dus ook geen uitzicht, aan de hand waarvan ik wellicht had kunnen inschatten in welk deel van het paleis ik mij bevond, zodat ik een uitweg zou hebben kunnen fantaseren. Af en toe sprak ik een paar woorden met norse cipiers, die mij water en brood brachten, en ondanks de geloofwaardige wijze waarop zij streng plichtsbesef acteerden, zou ik er met mijn charme, met al mijn retorische en diplomatieke talenten en met tactische verwijzingen naar onmetelijke rijkdommen die mij ter beschikking zouden staan zodra ik op vrije voeten was, in moeten kunnen slagen minstens een van hen van de profijtelijkheid van clandestien gerammel met een sleutelbos en toegeknepen ogen te kunnen overtuigen, maar het probleem zou vervolgens zijn dat ik op mijn vlucht door de labyrintische gangenstelsels van het paleis, door de poort naar de bovenstad, over de drukke straten en marktplaatsen, door de poort naar de benedenstad, langs de rieten huizen en werkplaatsen van de ambachtslieden, door de grote stadspoort naar de vlakte, waar de Hermos samenvloeit met de Hyllos en de goudkleurige Paktolos, en over de Perzische heirwegen naar de Griekse steden aan de kust, duizenden andere wachters, opzichters, ordetroepen, patrouilles en soldaten zou moeten passeren.

Voor zover ik wist, lag er geen formele aanklacht voor en ik verwachtte niet dat er voorzien zou zijn in een proces, laat staan in een eerlijk proces. Ik was gevangene van het humeur van een autocraat, die ik met mijn vrijheid en onafhankelijkheid had willen imponeren. Het voordeel van een democratie is dat er procedures gevolgd moeten worden om tot onterechte veroordelingen te komen, waardoor het slachtoffer de illusie heeft dat hij kan strijden en zich minder in zijn ijdelheid aangetast hoeft te voelen. Hem zijn gelegenheden gegund waarbij hij in elk geval zijn stem kan verheffen, terwijl ik in mijn cachot kon schreeuwen wat ik wilde zonder enige hoop te mogen koesteren op de mogelijkheid dat ik door de autoriteiten gehoord zou worden.

Het was moeilijk voor te stellen dat het slechts vijfenhalf jaar geleden was dat mijn naam weergalmde in de heilige groeve van Zeus te Olympia. Was ik een ander mens toen? Ik was een halfgod in het diepst van mijn gedachten toen ik het sprekerspodium op de heuvel van de Pnyx besteeg om bij mijn stadsgenoten, die ernaar hunkerden om mij te mogen adoreren, het vuur van begeestering aan te wakkeren voor mijn plan om de wereld te veroveren. Zij volgden mij alsof ik een halfgod was, totdat zij mij offerden op het altaar van de afgunst. Ik vroeg mij af of er andere en betere mannen dan ik, die evenals ik de wereld aan hun voeten hadden gedroomd en evenmin als ik hun ambitie hadden waargemaakt, begraven lagen onder het stof van de vergetelheid, ingehaald door geschiedenis die zijzelf niet bij machte bleken te schrijven. Maar was ik veranderd? Ik geloofde nog altijd dat mijn uitzonderlijke talent om in mijzelf te geloven mij voorbestemde tot daden die alleen mogelijk zijn voor een man die blind is voor alle beletsels die de waarschijnlijkheid opwerpt. Zelfs toen de belemmeringen zo concreet en tastbaar werden als de muren van een kerker, waren mijn gedachten bij ongehoorde plannen die de wijde wereld zouden doen gonzen van ontzag voor mijn naam. Als ik naging wat er in vijfenhalf jaar allemaal kon gebeuren en veranderen, besefte ik des te meer dat elke dag waarop ik in een kille, duistere en vochtige kerker was weggesloten van de wereld, een langzaam wegrottende dag was waarop duizenden unieke kansen werden gemist.

Sokrates' satyrstronie doemde op in mijn malende gedachten. Bij het gebrek aan werkelijkheid dat mij omringde, zag ik hem levensechter voor mij dan sinds ik hem voor het laatst in levenden lijve had aanschouwd. Hoe lang was dat geleden? Gedurende mijn laatste jaren in Athene was ik te druk met mijzelf geweest om mij te bekommeren om de man die mij had gemaakt tot wie ik was. Ik moet dat anders formuleren. Ik was te zeer geobsedeerd door mijn missie te worden wie ik al dacht te zijn om achterom te kijken naar de man die tevergeefs had getracht mij te doen inzien dat ik beter kon zijn dan ik wilde. De bitterzoete mengdrank van dankbaarheid voor zijn pogingen om mij meer bij te brengen dan ik wilde leren en schaamte voor mijn onvermogen en onwil om die inspanningen dankbaar op waarde te schatten overweldigde mij met de bedwelmende kracht van onaangelengde wijn, ik miste hem en ik ervoer dat gemis als steken van fysieke pijn, die wellicht ook veroorzaakt werden door gevoelens van schuld vanwege alle in het verleden verspilde gelegenheden waarop ik hem zou hebben kunnen laten weten wie hij voor mij was.

Hij heeft alles gehoord en gezien, dat moet wel, dat kan niet anders, dat is een zekerheid. Toen ik na de val van Kleon en na onze gezamenlijke terugkeer uit Amphipolis omwille van politiek gewin begon te ageren tegen de Vrede van Nikias, ging hij barrevoets in zijn versleten mantel zijn eigen weg door de kronkelende stegen van de stad. Terwijl ik het volk op de Pnyx opzweepte tot begeestering voor mijn missie om Sicilië en de wereld te veroveren, zat hij waarschijnlijk tussen de schilderijen en de oorlogsbuit in de schaduw van de Stoa van Peisianax om passanten lastig te vallen met inopportune vraagjes over hun definitie van moed en ambitie. Misschien was hij op blote voeten tussen de Lange Muren naar Peiraieus gelopen en had hij zich opgehouden in de massa die mij met mijn purperen mantel en mijn gouden schild als admiraal van de grootste vloot die Athene ooit had gezien aan boord zag stappen van mijn schip. Toen ik door het volk ter dood werd veroordeeld, zal hij aan mijn jeugd hebben gedacht en misschien heeft hij onder een lommerrijke plataan met deze of gene gediscussieerd over de irrationaliteit van onze angsten en over de irrelevantie van de leegte die wij dood noemen. Hij moet hebben gehoord dat ik met de koning van Sparta en met de satraap van Sardis verkeerde, terwijl hij wist dat zijn eigen kleine wereld een universum was waarin alle waarden en menselijke tekortkomingen elkaar omcirkelden. Hij heeft gezien dat Dekeleia werd bezet en dat de vloot niet terugkeerde uit Sicilië. In de chaotische en beangstigende maanden waarin ik Athene er van een afstand toe bracht het democratische besluit te nemen om de democratie af te schaffen, waarna ik mij als redder van de democratie kon opwerpen, heeft hij met zijn hoofd in zijn nek en nieuwsgierig om zich heen kijkend met zijn uitpuilende ogen misdaden aanschouwd die ik had ontketend. Het laatste dat hij over mij had vernomen, was dat ik de Spartaanse vloot had verslagen in de Hellespont. Ik stelde mij voor dat hij al die tijd, waarin ik mij inspande om mijzelf te worden, hardnekkig hoofdschuddend zichzelf was gebleven, charmant converserend onder een plataan over kwesties van leven en dood, terwijl hij wist dat ik uit koers werd geslagen door de storm van mijn eigenwaan en de golven van mijn roem. Het ging niet om de roem. Ik zou opeens bijna bereid zijn toe te geven dat het om liefde ging. De eenzame opsluiting met mijn gedachten dreigde tot het gênante inzicht te leiden dat ik alles wat ik heb gedaan, heb gedaan om te worden liefgehad, desnoods door de hele stad, terwijl ik niet zag dat ik zonder iets te doen al werd liefgehad door mijn beste en enige vriend en dat ik zijn liefde verspeelde met mijn daden.

Athene was een arena voor mijn ambities in het knokkelspel, het kwartelkloppen en de mondiale politiek, waar erkenning en bewondering door iemand als ik op elke straathoek, op elk plein en in elke steeg als groene bonenpap konden worden opgeschept, maar sinds het mij op het hoogtepunt van mijn macht had uitgespuwd als het schilletje van een zonnebloempit, was Athene het kostbaarste geworden wat ik verloren had en het enige dat het werkelijk waard was om tot het bittere einde voor te strijden. Mijn achteloze affectie voor mijn stad, die ik in mijn jonge jaren met evenveel vanzelfsprekendheid als nonchalance beminde, als een mooie hoer wier taak het was mij gewillig glimlachend van dienst te zijn, was bij ontstentenis van mijn stad ingekookt tot een toewijding die geen obstakels of begrenzing accepteerde. Derhalve zag ik mijzelf gedwongen om de dikke muren van mijn cel ook om deze reden onacceptabel te achten, hetgeen de terugkeer naar mijn vloot en de hervatting van mijn inspanningen voor mijn stad echter niet naderbij bracht.

Het was moeilijk voor te stellen dat het slechts zes jaar geleden was dat Hipparete mij was ontvallen in het kraambed van mijn zoon. Hij was dus al zes. Mijn dochter Elpinike zou in de komende lente negen worden. Evenals ik hebben zij hun vader nooit gekend. Zij zouden opgroeien terwijl ze net als ik zouden worden opgestuwd door de kracht van hun hunkering naar liefde, zoals een boom het licht van de zon zoekt. Zij zouden nooit weten dat ik ooit had leren houden van mijn eigen vrouw, die hun moeder was, in zoverre ik tot liefde in staat was, en dat ik ooit, als Odysseus in de grot van de Cycloop, in een kerker diep in het Perzische grondgebied aan hen had gedacht, waarbij ik mij, ondanks het feit dat ik mij hun gezichten niet voor de geest kon halen, niet te groot voelde om het grote woord van liefde op mijn wanhopig mompelende lippen te leggen. Alles wat ik had gedaan, had ik gedaan om geliefd te worden, terwijl ik daarmee blind de liefde die bestond of had kunnen bestaan mijn rug toekeerde. Ik had ooit gezegd dat de ambitie van een man zich niet verdraagt met de huiselijkheid van kleine vreugden en zorgen, maar ik vroeg mij af of dat nog steeds gold wanneer die ambitie erop was gericht om bemind te worden en ik kon het bij deze gedachten niet voorkomen dat ik weinig ambitieus en nog minder productief begon te grienen als een Homerische held, dan wel als een vrouw, waarbij ik om mijn tranen glimlachte, omdat ik mij herinnerde dat Hipparete mij had geleerd dat een waarlijk groot man een man is die ook een vrouw durft te zijn.

7

Zonder dat de reden daarvoor mij duidelijk werd, werd ik op een dag overgeplaatst naar een andere, grotere cel, waar ik een medegevangene aantrof, die er aanzienlijk slechter aan toe was dan ik. Hij was Perzisch en hij had een Perzische naam, die ik in het Grieks zou weergeven als Bagapates. Hij was zwak, schichtig en achterdochtig. De gevangenschap had zijn geloof in menselijkheid geknakt. Nadat ik zijn vertrouwen had gewonnen, waar tijd voor nodig was – maar tijd was het enige dat we in overvloed bezaten –, vertelde hij mij dat hij hier al lang zat, zeker langer dan twee jaar, maar hij was de tel van de eendere dagen kwijtgeraakt. Hij was administrateur geweest van de voorraadkamers van de satraap, belast met de registratie van import en afdrachten vanuit de Lydische steden, alsmede met de opstelling en de inspectie van de vrachtbrieven voor de transporten naar het hof van Sousa. Het was een functie die hem aanzien en prestige had gebracht, totdat hij werd gearresteerd op verdenking van fraude met de voorraden biergist en hop. Enige dagen later durfde hij mij te bekennen dat er wel degelijk sprake was geweest van enige administratieve onregelmatigheden, maar hij bezwoer mij dat hij in opdracht had gehandeld van zijn meerdere, een valse eunuch, wiens naam hij niet over zijn lippen kreeg. Hij smeekte mij te zeggen dat ik hem geloofde, hetgeen ik deed, en bij toekomstige gelegenheden van zijn onschuld te getuigen, welke belofte ik deed en bij deze inlos.

Mijn bevende nieuwe vriend Bagapates wekte op geen enkele manier de indruk dat hij zou kunnen bijdragen aan een listige of gewelddadige ontsnapping of dat hij zich anderszins nuttig zou kunnen maken voor om het even wat, want weinig leek in de onderhavige omstandigheden minder behulpzaam dan zijn administratieve vaardigheden, die naar alle waarschijnlijkheid zijn enige vaardigheden waren, maar desalniettemin begon ik de contouren van een plan te ontwaren.

Ik pikte de cipier uit van wie ik al langere tijd de indruk had dat hij gevoelig zou kunnen zijn voor interessante zakelijke voorstellen en begon hem te bewerken met mijn charme. Toen ik merkte dat hij de juiste mate van ontvankelijkheid voor mijn argumenten begon tentoon te spreiden, vroeg ik hem om een kleine gunst. Ik vroeg hem of hij mij een rietstengel kon bezorgen. Toen hij mij vroeg waar ik die voor nodig had, antwoordde ik dat ik vanwege de vlooien in de cel verschrikkelijke jeuk had op plekken op mijn rug waar ik met mijn handen niet bij kon en dat was niet eens helemaal gelogen. Nadat hij mij een rietstengel had bezorgd en nadat ik deze enkele dagen lang veelvuldig met het voorzegde doel had gebruikt om geen argwaan te wekken, vroeg ik hem opnieuw om een kleine gunst. Ik vroeg hem of hij wat rivierklei kon brengen. Toen hij mij vroeg waar ik klei voor nodig had, antwoordde ik, wederom gedeeltelijk naar waarheid, dat er kieren en tochtgaten in de muur van de cel zaten, die ik wilde dichtsmeren, omdat daar in dit seizoen akelige kou doorheen gierde. Nadat hij een emmer klei had gebracht en nadat ik een deel daarvan had gebruikt om daadwerkelijk enige voegen dicht te smeren, vroeg ik Bagapates fluisterend of hij klaar was voor onze spectaculaire ontsnapping.

Hij begreep mij niet.

'Je kunt toch schrijven?' zei ik. Ik gaf hem de rietstengel en de klei die over was.

'Kun jij niet schrijven?' vroeg hij.

'Niet schrikken,' zei ik, 'maar ik ben een Griek. Een hardvochtige grammaticaleraar heeft mij in mijn kinderjaren het Griekse alfabet aangeleerd, maar die vaardigheid kan ons op dit moment niet helpen. We hebben Perzische documenten nodig. Ik heb jouw taal leren spreken, maar ik ben er ten onrechte van uitgegaan dat het voor mij overbodig zou zijn om ook het schrift te beheersen. Wees vereerd dat jij op dit moment van de geschiedenis mij, mijn stad en de wereld kunt redden.'

'Wat wil je dat ik schrijf?' vroeg hij.

'Twee vrijgeleiden,' zei ik.

'Vrijgeleiden?' Hij keek mij verdwaasd aan.

'Eén voor jou en één voor mij,' zei ik. 'Wat wij nodig hebben, zijn twee in smetteloos formeel Perzisch opgestelde decreten, waarin elk van ons beiden in naam van de satraap Tissaphernes een vrije doortocht wordt verleend. Ben je in staat om deze documenten te vervaardigen?'

'Ja,' zei hij zacht en hij begon te huilen. Ik vroeg hem waarom zijn vaardigheid, die ons tot redding zou zijn, hem droef stemde. 'Het heeft geen zin,' snikte hij. 'Zonder zegel is een dergelijk document ongeldig en ze hebben mij mijn zegel afgenomen bij mijn arrestatie.'

'Schrijf,' zei ik. 'Dan zal ik zorg dragen voor de rest.'

Snotterend kneedde hij de klei. Eindeloos liet hij de bal door zijn magere, knokige handen gaan om de consistentie te bereiken die hij voor ogen had, waarbij hij af en toe twee besmeurde vingers in ons schaarse drinkwater depte om de drogende klei te bevochtigen. Hij drukte de bol plat tussen zijn beide handpalmen, waarna hij hem met de duimen en wijsvingers van beide handen in een hoekige vorm duwde. De barsten streek hij met een natte vinger glad. Toen hij een perfect rechthoekig tablet had gekneed, zo groot als zijn hand en zo dik als twee van zijn vingers, met twee gladde, bollende zijden, brak hij een stuk van de rietstengel af, dat hij over de lengte splitste, totdat hij een houtje had ter grootte van een Griekse stilus. Met de scherpe kant van het riet duwde hij op regelmatige afstanden lijnen over de hele breedte van het kleitablet, die hem ter oriëntatie zouden dienen voor zijn schriftuur. Toen haalde hij diep adem. Hij nam het kleitablet in zijn linkerhand en terwijl hij ambtelijke Perzische volzinnen mompelde, begon hij met het uiterste puntje van zijn rietstengel, die hij in zijn rechterhand genomen had, in een hoog tempo met de vederlichte pressie van zijn duim kleine horizontale, verticale en diagonale driehoekjes in de klei te drukken, die letters en woorden vormden. Ik was verbijsterd om te zien hoe efficiënt deze schrijfwijze eigenlijk was, die er als eindresultaat zo nodeloos complex uitzag.

Hij las mij mijn vrijgeleide voor, die in volmaakt redundant en pompeus bureaucratenjargon was opgesteld. Nog los van het feit dat ik niet kon schrijven, had ik dit zelf nooit zo kunnen schrijven.

'Een meesterwerk,' zei ik.

'Jammer dat het waardeloos is zonder zegel,' zei hij.

Vanonder mijn tuniek haalde ik het kettinkje tevoorschijn waaraan het rolzegel bungelde dat Tissaphernes mij ooit had gegeven. Ik overhandigde het aan mijn ongelovige vriend. Voorzichtig drukte hij het zegel in de klei en hij rolde het af tot de afbeelding verscheen van de liefdesgod Eros die een bliksemschicht als een pijl op zijn boog spant.

'Je bent niet wie je zegt te zijn,' zei hij. 'Uitsluitend de hoogste adviseurs van de satraap hebben een zegel van een dergelijke kwaliteit en schoonheid.'

'Ik was ooit een ander dan wie ik nu ben,' zei ik. 'Of in ieder geval was het mijn talent om als die ander te poseren. Nu moeten we precies zo'n document voor jou maken.'

Hij legde de rietstengel naast de klei-emmer op de grond. 'Mijn excuses dat ik traag van begrip was,' zei hij, 'maar inmiddels heb ik jouw plan begrepen. Het zou kunnen werken. Als je het paleis uit weet te komen, zul je dankzij dit laissez-passer een vrije doorgang hebben tot aan de vrije Griekse steden aan de kust. Maar ik kan je daarbij niet vergezellen, raadselachtige vriend. Jij hebt doelen, taken, horizonten en haast, maar ik heb niets. Het leven dat ik had, was in Sardis en ik heb de kracht niet om de moed te vatten die nodig is om mij een ander leven voor te stellen. Ik zal mijn straf uitzitten, in de hoop dat ik op een dag opnieuw als een vrij man over de markt van Sardis kan wandelen om in gedachten de goederen te tellen die een ander dan ik heeft geadministreerd. Ga, vriend. Ik ben gelukkig dat ik jou heb kunnen helpen, maar ik blijf hier.'

Zo sprak hij. Ik probeerde hem over te halen en hem te overtuigen door hem de opwinding van avontuur voor te spiegelen, maar ik besefte al gauw dat mijn pogingen tot mislukken gedoemd waren. Ik dankte hem en nam alvast afscheid van hem, waarna ik wachtte op het juiste moment waarop ik de door mij bewerkte cipier in afzondering van zijn collega's door de tralies heen de belofte van onmetelijke rijkdommen kon toefluisteren en toen dat moment aanbrak, besefte ik dat hij zo dicht bij mij stond om geen woord te missen van mijn aanbod, dat ik hem eenvoudig kon wurgen. Ik trok de ring met sleutels van zijn riem en opende de deur van onze cel. Ik stak het kleitablet bij mij, keek Bagapates aan, dankte hem nogmaals en nu in het Grieks, omdat mijn Grieks oprechter klinkt dan mijn Perzisch, en ging. Ik liet de celdeur openstaan, maar hij volgde mij niet.

In het labyrintische gangenstelsel van het paleis ontweek ik soldaten en bewakers. Op één moment moest ik in allerijl een kist in duiken om mij te verbergen voor een patrouille. Pas na angstige rondzwervingen bereikte ik meer door toeval dan beleid een deel van het paleis dat ik herkende. In de kamer van een van de eunuchen, die verlaten en open was, stal ik een schone mantel en een hoed waarin ik mijn lange vieze haren kon verbergen. Dat ik tijdens mijn gevangenschap een baard had gekregen, was in Perzische kringen gelukkig geen bezwaar. Pas toen ik de uitgang van het paleis gevonden had en voor het eerst sinds een maand frisse lucht ademde, durfde ik zichtbaar te zijn en op mijn document te vertrouwen. De eerste controle, bij de grote poort van het paleis naar de bovenstad, gaf mij moed. De wachtcommandant salueerde zelfs nadat hij mijn vrijgeleide had geïnspecteerd. Bij alle overige controleposten in de stad, bij de poort, op de vlakte en langs de wegen kon ik mijn zware document van gedroogde klei nog meer gewicht geven met mijn herwonnen zelfvertrouwen.

In Thybarna wist ik een paard te bemachtigen en diezelfde nacht nog bereikte ik de Griekse stad Klazomenai, waar ik wraak nam op Tissaphernes door aan iedereen die het horen wilde te verklaren dat hij mij, na mijn schandalige arrestatie door onwetende Perzische dienstkloppers, als intieme vriend voor het leven hoogstpersoonlijk in vrijheid had gesteld. Desgewenst overlegde ik de vrijgeleide, die in zijn naam was opgesteld, als bewijs voor mijn verhaal. Als Tissaphernes onze zijde niet kon of wilde kiezen, zou ik hem beschadigen met de beschuldiging dat hij onze zijde had gekozen. Met dank aan de uitmuntende infrastructuur van het Perzische Rijk zou zelfs de Grote Koning binnen afzienbare tijd vernemen dat zijn satraap van Lydië het beleid van zijn satraap van Phrygië actief ondermijnde door de aartsvijand van diens bondgenoten als een persoonlijke protegé te behandelen.

8

Mijn gevangenschap in Sardis had dertig dagen geduurd. Toen ik vanuit Klazomenai was teruggekeerd in het hoofdkwartier van de Atheense vloot in Sestos aan de Hellespont, begon de nieuwe lente zich ongeduldig aan te dienen met de bloei van eendere bloemen op de oevers van Europa en Azië, de uitbundige schittering van zonlicht op het water en nerveuze troepenverplaatsingen.

Mindaros had zijn vloot weer op oorlogssterkte weten te brengen. Onze verspieders en informanten vertelden ons dat hij de beschadigde schepen had laten repareren en dat hij uit alle uithoeken van de Egeïsche Zee versterkingen had gemonsterd, zodat hij voor de nieuwe lente kon beschikken over tachtig schepen. Hoewel wij in Sestos, aan de overkant van Mindaros' hoofdkwartier in Abydos, nog slechts veertig schepen hadden liggen, omdat Thrasyboulos nog steeds met een deel van onze vloot voor de kusten van Thracië opereerde met het doel om onze financiële armslag te vergroten, maakte ik mij geen zorgen over de tijdelijke, Spartaanse overmacht in de Hellespont, omdat mij bericht had bereikt dat de versterkingen uit Athene, waarom ik aan het begin van de winter had verzocht, in aantocht waren. Ze waren door de regerende Vijfduizend onder het bevel geplaatst van Theramenes, de zoon van Hagnon en de kleinzoon van Nikias, die een beslissende rol had gespeeld bij de omverwerping van het oligarchische bewind van de Vierhonderd.

Ik rook aan de zeelucht dat er een beslissende zeeslag aanstaande zou zijn en mijn prognoses waren dat wij daarvoor met de schepen van Thrasyboulos en Theramenes in totaal zouden kunnen beschikken over zesentachtig schepen, waarmee onze troepensterkte toereikend zou zijn om de Spartanen te verslaan. Omdat een confrontatie op open zee in ons voordeel zou zijn, zon ik op een manier om Mindaros ertoe te verleiden de nauwe wateren van de Hellespont te verlaten. Zolang de twee vloten elkaar aanstaarden vanaf de overzijden van de zeestraat, had Mindaros echter geen reden om op avontuur te gaan. Ik vatte het plan op om gebruik te maken van het feit dat Mindaros niet kon weten dat wij versterkingen verwachtten en hem de indruk te geven dat wij vreesden voor zijn overmacht. Door een terugtrekking van onze vloot te ensceneren en hem voor een ogenblik vrij spel te geven in de Hellespont, zou ik ruimte bieden aan zijn overmoed en hem een motief verschaffen om zijn positie te verlaten, waarna ik hem hopelijk zou kunnen verrassen op een locatie die voor ons gunstiger was.

Op een maanloze nacht gaf ik het bevel om de schepen in alle stilte te bemannen en heimelijk onder het dek van de duisternis uit te varen in de richting van Elaious, de zuidelijke uitgang van de Hellespont en de Egeïsche Zee. Het moest eruitzien als de schielijke vlucht van veertig schepen voor een vijandelijke overmacht van tachtig oorlogsbodems. We voeren om het Thracische schiereiland heen en in het ochtendlicht bereikten we de kleine haven van Kardia, aan de Zwarte Golf, aan de noordwestkust van de landengte die het schiereiland verbindt met het Thracische vasteland. Ik zond bericht uit naar Thrasyboulos en Theramenes dat Kardia ons rendez-vouspunt zou zijn, stuurde extra verspieders over land naar de westkust van de Propontis en wachtte.

Thrasyboulos arriveerde met zijn zestien schepen en met een substantieel totaalbedrag aan bij elkaar gesprokkelde tribuutbetalingen en beschermgelden van de Thracische steden. Enkele dagen later kwam Theramenes aan in Kardia. Geheel conform de berichten die ik had ontvangen, bracht hij dertig triremen mee uit Athene, alsmede het contingent zwaarbewapende infanteristen waarom ik had verzocht. Hiermee hadden we het numerieke overwicht over de Spartanen waarop ik had gehoopt.

Ik had een lang gesprek met Theramenes over zijn grootvader, Nikias, die ik misschien wel beter bleek te hebben gekend dan hij, en over de ontwikkelingen in Athene, waarbij hij op mijn verzoek uitvoerig verslag deed van de gebeurtenissen van het jaar daarvoor, ten tijde van de coup en de tegencoup, en enkele waardevolle aanvullingen bood op de berichten die ik destijds van mijn informanten had ontvangen, waarvan ik profijt heb gehad bij de nauwkeurige reconstructie van de feiten die ik jullie in het vorige boek heb geboden. Over de actuele situatie in Athene wist Theramenes mij te melden dat het bestuur van de Vijfduizend naar zijn mening voortreffelijk functioneerde, hoewel dat bij voorbaat geenszins gegarandeerd was geweest, maar dat er een sterke en aan kracht winnende stroming was die aanstuurde op de volledige restauratie van de democratie conform de oude constitutie en hij bekende mij dat hijzelf meer sympathie had voor dat streven dan voor degenen die het tot hun programmapunt hadden verheven. Onder hen was een zekere Kleophon, die zich met toenemend succes opwierp als demagoog door het ongenoegen van het volk te oogsten dat hij zelf bij voortduring zaaide en wiens groeiende populariteit volgens Theramenes herinneringen opriep aan de ongelukkigste verschijningsvormen van de democratie uit het recente verleden. Het was een genoegen om met Theramenes van gedachten te wisselen. Ik was onder de indruk van hem. Door zijn grootvaders ernst, toewijding en plichtsbesef te kopiëren zonder enig spoor te vertonen van diens aan angst grenzende voorzichtigheid had hij de beste eigenschappen in zich behouden van de man die ik, hoewel hij mijn eeuwige politieke tegenstander was geweest, had leren bewonderen. Dat ik hem dat ook zei, deed hem zichtbaar plezier.

Theramenes had nog een cadeau voor mij uit Athene meegenomen. Vloekend en schaterend kwam het op de kade van Kardia met wijd geopende armen op mij af gebeend. Mijn meesterkwartelvanger, virtuoze vuilbek, lievelingszeebonk en oude vriend Antiochos maakte deel uit van de versterkingen die de stad mij had gestuurd. Hij was verbaasd dat ik nog in leven was, maar vond dat tegelijkertijd ook wel weer typisch iets voor mij. Hij omhelsde mij, als een bootwerker die een katje optilt, en schold mij vervolgens de huid vol omdat ik hem, hoewel wij elkaar toch al een tiental ademtochten eerder hadden weergezien, nog steeds niet had aangesteld als stuurman van mijn vlaggenschip.

9

Onze uitkijkposten en verspieders meldden dat Mindaros met zijn gehele vloot vanuit Abydos was uitgevaren naar het noorden. Hij was de Propontis op gevaren en had koers gezet naar Kyzikos, de stad die onze historische bondgenoot was, die de vorige zomer naar Sparta was overgelopen en die aan het begin van de winter, vlak na de Slag bij het Hondengraf, door Thrasyboulos opnieuw onder onze protectie was gedwongen. Korte tijd later arriveerden boodschappers met het bericht dat Pharnabazos over land tegen Kyzikos was opgetrokken en de stad korte tijd had belegerd, waarna zij met de hulp van de Spartaanse vloot van Mindaros gewapenderhand was ingenomen.

Thrasyboulos en Theramenes waren het met mij eens dat dit de kans was waarop wij hadden gewacht. Nog geheel afgezien van onze morele plicht om Kyzikos te bevrijden, die door niemand van ons op dat moment bijzonder zwaarwegend werd geacht, verschafte de inname van de stad ons de gelegenheid om slag te leveren op een voor ons gunstige locatie. Zolang de Spartaanse vloot voor Kyzikos lag, was zij benaderbaar via het open water van de Propontis en een gewapende confrontatie op die locatie zou de ervaren Atheense stuurlieden, die glorieerden als zij hun geraffineerde manoeuvres konden demonstreren, de ruimte bieden waarin hun vaardigheden tot hun recht konden komen. Bovendien hadden wij het voordeel van de verrassing aan onze zijde. We mochten er hopelijk van uitgaan dat Mindaros niet beter wist dan dat wij met veertig schepen voor zijn overmacht waren gevlucht en dat hij geen reden had te verwachten dat wij binnen luttele dagen met een grotere vloot dan de zijne in zijn uitzicht konden opdoemen.

We voeren van Kardia naar Elaious aan de ingang van de Hellespont, waar we overnachtten en wachtten op de zonsondergang van de volgende dag alvorens we onze tocht hervatten, zodat we de passage door de zeestraat bij nacht ondernamen en de Spartanen die in Abydos waren achtergebleven in het duister lieten over de exacte omvang van onze vloot. In de ochtend bereikten we Parion aan de zuidoever van de Propontis, waar we haastig ontbeten alvorens we onder zeil de oversteek maakten naar het marmereiland Prokonnesos, dat op minder dan tweehonderd stadia ten noordwesten van de landengte van Kyzikos is gelegen. Daar overnachtten we, aan de noordzijde, uit het zicht van het vasteland, nadat we elke sloep en kotter in het haventje aan de ketting hadden gelegd en de bewoners op straffe van de dood hadden verboden het eiland te verlaten.

Terwijl wij in bivak bijeenzaten op het kiezelstrand bij voor de vijand onzichtbare vuren en de constellaties van het voorjaar verwachtingsvol fonkelden in de noordelijke hemel, was het moment aangebroken om, zoals Homeros dat uitdrukt, een plan te weven. Er bestaat slechts één strategie voor alle zeeslagen. Omdat geen enkele vloot ter wereld de beschutting van haar veilige haven verlaat als zij niet zo goed als zeker is van een overwinning, komt het er telkens weer op neer dat de partij die het numerieke overwicht geniet een list nodig heeft om de zwakkere tegenstander te dwingen of te verleiden slag te leveren. Het feit dat Mindaros niet wist dat wij versterking hadden gekregen, verschafte mij de mogelijkheid om mij kleiner voor te doen dan ik was. Ik liet mij door Thrasyboulos, die de geografie van het schiereiland van Kyzikos het beste kende, nogmaals, ten overvloede, in detail informeren over de loop van de kustlijn en de ligging van verschillende kleinere eilanden en ik ontwierp een tactiek, waarbij een deel van de vloot als lokaas zou dienen en de overige schepen, van wier bestaan Mindaros niet op de hoogte was, zich verborgen zouden houden totdat de Spartaanse vloot was uitgevaren en zich op open zee bevond.

Wat de situatie compliceerde, was de aanwezigheid van de Perzische landmacht onder bevel van Pharnabazos, die steun kon bieden vanaf de kust en die het waarschijnlijk maakte dat Mindaros bij de eerste tegenslag de stranden zou opzoeken voor bescherming. Mijn strijdplan voorzag derhalve in een essentiële manoeuvre die bedoeld was om de terugtocht van de Spartaanse vloot af te sluiten, alsmede in een landing van onze eigen infanteristen met de taak om Pharnabazos' posities aan te vallen.

Ik sprak alle details van mijn strategie door met Thrasyboulos, Theramenes en de andere officiers, verdeelde de verantwoordelijkheden, sprak de signalen af, recapituleerde het plan nog eenmaal en ging slapen. Anders dan sommigen slaap ik altijd goed op de vooravond van een slag. Het vooruitzicht mij in de dwingende armen van het noodlot te mogen storten heeft een rustgevende uitwerking op mijn gemoed, zeker wanneer ik weet dat ik het noodlot met een briljante strategie zal dwingen mijn kant te kiezen. Gebrek aan zelfvertrouwen is een karakterfout waarvan men mij niet eenvoudig beschuldigt.

Toen we wakker werden, was het weer omgeslagen. Een onweersbui trok met zware regenval over de Propontis. De mannen probeerden hun doorweekte spullen vloekend in veiligheid te brengen in hun tenten en onder het dek van de schepen. Het zicht was zozeer gereduceerd dat ik het vasteland vanaf ons eiland niet meer kon zien. Men ging er voetstoots van uit dat onze aanval op Kyzikos zou worden uitgesteld, maar ik beschouwde het noodweer als een gelukkige omstandigheid die ons door de goden in de schoot was geworpen en nadat ik mijn overwegingen had gedeeld met Thrasyboulos en Theramenes, hield ik druipend in de stromende regen een korte maar vurige aanmoedigingstoespraak voor de matrozen, waarna ik het signaal gaf om scheep te gaan. Een gezonde strategie wordt gekenmerkt door het feit dat toevalligheden er deel van lijken uit te maken, want als alle tegenslagen zijn voorzien, is elk onvoorzien voorval noodzakelijkerwijs een meevaller. Het slechte zicht was dienstvaardig aan het plan om de omvang van onze vloot voor de vijand verborgen te houden.

We spanden zeilen aan de kraanbalken van de triremen om de roeiers te beschermen tegen de slagregens en voeren uit. Terwijl we uit het zicht van Kyzikos werden gehouden door de toppen van de Dindymon, die het schiereiland ten noorden van de stad beheerste, zetten we koers naar het zuidoosten en nadat we het kleine eiland Halone waren gepasseerd, voeren we dicht langs de kust van het schiereiland om achter de dekking te blijven van Kaap Artake. Daar zetten we onze infanterie aan land met het bevel om in de richting van Kyzikos te marcheren, hetgeen vanaf daar een afstand was van ongeveer vijfenveertig stadia. Conform het plan verdeelden we de vloot vervolgens in drie eskaders. Ik was het lokaas. Ik zou met veertig schepen een schijnaanval uitvoeren op Kyzikos, terwijl Thrasyboulos en Theramenes zich met ieder drieëntwintig schepen schuilhielden in de baai achter de kaap, totdat ik het signaal zou geven.

Het weer klaarde op. De onweersbui was overgedreven en de zon brak door. Vanuit Kyzikos zag Mindaros in het stralende lentelicht veertig Atheense schepen naderen, die onder het bevel stonden van de Spartaanse aartsvijand en ter dood veroordeelde verrader Alkibiades. Vanuit zijn perspectief was alles logisch. De laatste keer dat hij vanuit Abydos de Atheense vloot bij Sestos had gezien, telde zij veertig schepen en op grond van het feit dat Alkibiades het aandurfde om met dat aantal de aanval op hem te openen, kon hij concluderen dat de Atheners er kennelijk niet van op de hoogte waren dat de Spartaanse vloot versterking had gekregen en inmiddels precies dubbel zo groot was. Hij mocht wel spreken van een buitenkans. Hij gaf het bevel scheep te gaan en voer Alkibiades tegemoet met zijn volledige vloot van tachtig triremen. Hij was op zijn hoede voor een valstrik, maar toen hij zag dat Alkibiades zijn schepen omkeerde en in paniek op de vlucht sloeg, wist hij dat hij de situatie correct had geanalyseerd. Gretig zette hij de achtervolging in, terwijl hij er zeker van was dat deze zo somber en dreigend begonnen voorjaarsdag hem een schitterende overwinning zou schenken.

Toen de Spartaanse vloot zich ver genoeg van Kyzikos op open zee bevond, gaf ik het signaal. Ik beval mijn schepen om te keren en confronteerde Mindaros met de dreigende slagorde van mijn veertig blinkende, bronzen scheepsrammen, terwijl Theramenes precies volgens plan met drieëntwintig schepen vanachter Kaap Artake tevoorschijn kwam om de terugtocht naar Kyzikos af te sluiten en Thrasyboulos met drieëntwintig schepen achter mij langs voer in de richting van de kust van het vasteland, waar de troepen van Pharnabazos gelegerd waren. Mindaros was snel van begrip, dat moet ik hem nageven. Zodra hij zag dat hij werd ingesloten, zette hij, nog voordat wij de omsingeling hadden kunnen voltooien, halsoverkop koers naar het vasteland ten zuidoosten van zijn positie. Ik achtervolgde hem en wist een aantal van zijn schepen tot zinken te brengen.

De Spartaanse schepen die wisten te ontkomen, landden op een strand, ongeveer twintig stadia ten westen van Kyzikos, dat door de lokale bevolking Kleroi werd genoemd. De mannen van Mindaros trokken hun schepen het land op en verschansten zich erachter als achter een verdedigingswal. Ik beval onze boogschutters om ons dekking te geven en voer op tot vlak onder de kust om onze infanteristen af te zetten in de branding en om enterhaken te bevestigen aan de Spartaanse schepen. Onze kapiteins bevalen hun roeiers op volle kracht achteruit te roeien in een poging om de Spartaanse schepen met de enterhaken van het strand te trekken, terwijl de Spartanen dat probeerden te voorkomen door van achteren aan hun eigen schepen te gaan hangen of de koorden door te snijden met hun zwaarden, waarvan onze infanteristen hen trachtten te weerhouden. De gevechten op het strand werden zo hevig dat onze boogschutters hun salvo's uitsluitend nog blind achter de Spartaanse schepen konden laten neerkomen, omdat het risico te groot was dat zij onze eigen manschappen zouden raken als zij gericht op de bloedige mêlee op het strand zouden schieten.

De troepen van Pharnabazos arriveerden om de Spartanen bij te staan. Dit hadden we voorzien. Onze strategie voorzag op dit moment in de komst van onze eigen infanteristen uit de richting van Kyzikos in het oosten en de opmars van de troepen van Thrasyboulos vanuit het westen, die inmiddels geland waren, zoals ik zag. Maar onze infanterie lag achter op schema. Ik zag de soldaten in de verte bij Kyzikos, terwijl ze al hier hadden moeten zijn. Ik gaf het signaal aan Theramenes dat ook hij troepen aan land moest zetten ten oosten van ons, tussen Kyzikos en Kleroi, zo dicht mogelijk bij onze positie, maar omdat de kust langs dat gehele stuk nogal rotsachtig was, zag ik dat Theramenes uitweek naar een begaanbaar strand in de buurt van Kyzikos en dat zijn mannen aansloten bij de infanteristen die al in aantocht waren, maar nog even op zich zouden laten wachten. Voor zolang dat duurde, stonden we tegenover een overmacht. Bovendien zag ik dat de opmars van de mannen van Thrasyboulos werd gestuit door een contingent huurlingen van Pharnabazos, dat hij langs de kust naar het westen had gestuurd om hen de weg te versperren. Ook daar braken hevige gevechten uit, waarbij onze troepen zichtbaar moeite hadden om hun posities te houden, laat staan dat ze in staat leken snel een doorbraak te forceren.

Dit was het moeilijkste moment van de Slag bij Kyzikos. Als ik op dat ogenblik had besloten al mijn mannen terug te halen aan boord van de schepen en onszelf in veiligheid te brengen op het open water van de Propontis, zou ik erop hebben kunnen bogen dat ik de Spartaanse vloot aanzienlijke schade had berokkend. Het nieuws van de overwinning zou in Athene op uitzinnige vreugde worden onthaald, de altaren zouden vanwege de dankoffers druipen van het vet en mijn naam zou gonzen door de kronkelige stegen. Het idee een belangrijke overwinning te vieren vormde echter een inbreuk op mijn strategie, die in een definitieve zege voorzag en ik ben er nu eenmaal niet de man naar om gemakkelijk toe te geven dat mijn strategie heeft gefaald. Wij konden standhouden tot steun arriveerde, als wij iemand hadden die geloofde dat hij Achilles was en tot ongekende heldenmoed inspireerde.

Niets wat zonder gevaar wordt ondernomen, is eervol, zegt de dichter Pindaros en dichters hebben altijd gelijk, zeker wanneer het gaat om kwesties van leven en dood. Ik greep een schild, trok mijn zwaard en vanaf de boeg van mijn schip sprong ik de branding in. Antiochos, die op de achtersteven aan het dubbele roer stond, zag het en zijn hardgrondig gevloek was boven het oorverdovende strijdrumoer uit duidelijk te horen. Ik had geen tijd om hem te kalmeren. Ik waadde door de wijnkleurige zee en de lijken en vocht mijzelf het strand op.

Mijn mannen hadden er minder moeite mee zich mij voor te stellen tussen satijnen kussens dan te midden van het meedogenloos gekletter van staal op staal, dat wist ik heus wel, maar ik zou hun laten zien dat ik had geleerd te vechten als een Spartaanse elitesoldaat. Ik proefde de bloederige smaak van zwarte soep op mijn lippen terwijl ik tientallen Spartanen reduceerde tot verhalen over hun dapperheid die tot in de eeuwigheid zouden rondgaan in hun schaftgroep. Sommigen kende ik van gezicht. Ik danste met mijn snijdende lemmet tussen drie vijanden door die mij dachten te hebben omsingeld, ook dat had ik uitentreuren getraind. Ik herinnerde mij het gepoch van Spartanen die beweerden dat oorlog vakantie was in vergelijking met de inspanningen die zij dagelijks verrichtten om zich op de oorlog voor te bereiden en op het strand van Kleroi besefte ik dat dit geen grootspraak was geweest. Mijn sparringpartners tijdens de uitputtende trainingen in Sparta waren geduchtere tegenstanders geweest dan de Spartaanse en Perzische soldaten die ik bij Kyzikos met verontrustend gemak bestreed op leven en dood.

Weinig begeestert krijgers meer dan de aanblik van hun bevelhebber die met bloed besmeurd met hen meevecht in de voorhoede. We hielden stand. Toen Theramenes eindelijk arriveerde met onze infanterie, lukte het mij om in het heetst van de strijd naar hem te gebaren dat hij eerst Thrasyboulos moest ontzetten, die ingesloten dreigde te raken door Pharnabazos' huurlingen. Over de gehele linie vatten onze mannen moed door de aankomst van de versterkingen. Met hulp van Theramenes' mannen slaagden de troepen van Thrasyboulos erin hun vijanden op de vlucht te jagen. Beide pelotons van onze infanteristen hadden ten slotte hun handen vrij om ons op onze posities bij te staan. Mindaros, die zag dat hij zou worden omsingeld als hij niet ingreep, deelde zijn leger in tweeën en zond de helft van zijn mannen langs de kust naar het westen om onze infanterie op te vangen, terwijl hijzelf met de andere helft een linie vormde tegenover mij en mijn mannen, maar de strijd was gekanteld en dat wist hij zelf ook. Nu onze versterkingen zich op hem stortten, vocht hij een verloren strijd.

Het was voor het eerst en voor het laatst dat ik hem van nabij zag, Mindaros, de grote onbekende, die ons als nieuwe admiraal van de Spartaanse vloot had gedwongen het voortbestaan van Athene te bevechten in de verre, noordelijke wateren van de Hellespont en de Propontis. Hij vocht als een Spartaan. Met discipline en doodsverachting ontkende hij zijn zekere nederlaag. Zijn moeder zou met opgeheven hoofd onder de walnootbomen van Sparta kunnen gaan en zij zou zich niet hoeven te schamen voor de moeder van Brasidas, de roekeloze. Toen zijn linies bezweken en de slag voor hem verloren was, bewoog hij door het gewoel naar mijn positie. Hij zocht mij op. Met hoog geheven zwaard sprong hij uit de dekking van de phalanx en terwijl hij mij gedurende een miniem moment aankeek van onder zijn helm met een blik waarin haat en respect op een vreemde manier harmonieerden, begreep ik dat hij wenste te sterven als een Spartaan. Ik bukte, ontweek zijn aanval, stak mijn zwaard onder zijn kuras in zijn onderbuik en joeg zijn ziel naar de schaduwen.

De dood van hun commandant beroofde de Spartanen van iedere hoop en vechtlust. Ze sloegen massaal op de vlucht. Wij achtervolgden hen en uitsluitend door de interventie van de cavalerie van Pharnabazos werd voorkomen dat wij hen tot op de laatste man afslachtten. Wij trokken ons terug naar het eiland Prokonnesos voor de nacht, waar we onze overwinning vierden bij hoge vuren. De volgende ochtend voeren we de haven van Kyzikos binnen en we namen de stad in zonder slag, want de laatste Spartaanse en Perzische bezettingstroepen hadden de stad 's nachts inderhaast verlaten. We keerden terug naar het strand van Kleroi en trokken alle Spartaanse schepen vlot die nog zeewaardig waren. De schepen uit Syracuse waren door hun eigen bemanningen verbrand. De Spartaanse vloot bestond niet meer. Alle schepen waren vernietigd of door ons buitgemaakt.

Niets kon de Spartaanse wanhoop beter illustreren dan het bericht van de overlevenden aan de ephoren, dat wij bij toeval onderschepten en dat met ontroerende Spartaanse bondigheid het hele verhaal vertelde: 'Al het hout is verloren. Bevelhebber gesneuveld. Instructies dringend gewenst.'

10

De boodschappers die het nieuws naar Athene brachten, werden omkranst en gedwongen hun verslag keer op keer van voren af aan te herhalen zonder enig detail over te slaan en keer op keer hingen de mensen aan hun lippen om geen woord te missen van het verhaal dat zo onvoorstelbaar was dat het elke keer nieuw leek, waarna ze met evenveel ongeloof juichten als toen ze het voor de eerste keer hadden gehoord. Wildvreemden werden midden op straat door wildvreemden omhelsd. Mannen, vrouwen en kinderen lieten zich complimenteuze schouderklopjes welgevallen, alsof zij het gevreesde Spartaanse leger eigenhandig hadden verslagen. Alle huizen hadden natte vloeren van de uitbundige plengoffers. Van staatswege werd er een magnifiek dankoffer georganiseerd van honderd runderen en driehonderd geiten voor Zeus de Bevrijder, voor Pallas Athene in haar gedaante van Strijdster in de Voorhoede en voor Pallas Athene in haar gedaante van de Godin van de Overwinning, waarna het vlees van de offerdieren, dat de goden in hun goedertierenheid niet tot zich hadden genomen, gul ter beschikking werd gesteld aan een feestmaal voor de hele stad, waarbij niemand zich gegeneerd of geremd hoefde te voelen omdat de braspartij als een vertoon van vroomheid mocht worden geïnterpreteerd. Koren zongen hymnen voor Zeus, Ares en Pallas Athene en 's nachts werd er in de hele stad gedanst bij het licht van duizenden fakkels.

In Sparta was de verslagenheid zo groot dat men geen andere uitweg zag dan aan te dringen op een wapenstilstand. Mijn oude vriend Endios werd als vredesgezant naar Athene gestuurd met het voorstel voor een bevriezing van de status quo en een uitruil van gevangenen. Daarnaast waren de Spartanen bereid hun bezetting van Dekeleia te beëindigen, op voorwaarde dat Athene zich zou terugtrekken uit Pylos.

Toen ik op mijn post in het hoge noorden hoorde over het Spartaanse vredesinitiatief bij monde van mijn dierbare Endios, zag ik in een flits het scenario voor mij dat zich zou voltrekken, alsof ik het toneelstuk dat nu in Athene een aanvang nam al kende. Ik kende het werkelijk al. Ik had er al een keer de hoofdrol in gespeeld, in andere tijden, met andere acteurs, nadat ik het eerder al een keer als toeschouwer had gezien, toen het door weer andere acteurs in scène was gezet. De geschiedenis herhaalt zich zelden opzichtig, maar na afloop van de gebeurtenissen blijkt zij dikwijls achter nieuwe maskers en in modieuze kostuums een oud stuk te hebben opgevoerd.

Ik hoorde de bulderende stem van Kleon weergalmen over de Pnyx, toen de Spartaanse ambassadeurs na de voor Sparta uiterst pijnlijke nederlaag bij Pylos en Sphakteria tegen het einde van het jaar waarin Euthynos archon was naar Athene waren gekomen om te onderhandelen over een vredesverdrag. Nadat hij zijn mantel had opgeschort om nog woester te kunnen gebaren en nadat hij, nu hij toch het woord had, enkele willekeurige persoonlijke tegenstanders tot op het bot had beledigd, verwoestte hij de vrede door het volk te doen geloven dat het voor niemand hoefde te buigen. Ik zag Nikias weer zitten op de voorste bank in de volksvergadering, toen hij goedgekleed, schichtig en enigszins in elkaar gedoken gedwongen was te luisteren naar de jonge, flamboyante dandy, die na de dood van Kleon de nieuwe lieveling van het volk probeerde te worden en met geraffineerd effectbejag zijn l-en en r-en verwisselde terwijl hij ageerde tegen de vrede. Ik herinner mij de tijd waarin dezelfde Endios die nu naar Athene was gestuurd, op grond van een generaties lang gekoesterde gastvriendschap in mijn huis verbleef, toen hij in Athene was om de vrede te behouden, en ik herinner mij zijn beheerst uitgestreken gezicht toen hij besefte dat uitgerekend ik hem met een goedkope truc had misleid om de vrede die hij trachtte te redden verdacht te maken en het volk kort daarna op te zwepen tot ongekende begeestering voor de grootste veroveringstocht ooit door Athene ondernomen. Nu was er die nieuwe man, over wie Theramenes mij had verteld, die Kleophon heette en die thans geroepen was om in te zien dat het Spartaanse vredesvoorstel hem een uitgelezen kans bood om zich te profileren als een krijgslustige patriot, die boven het aanzwellend gejuich van het plebs uit zou schreeuwen dat het soevereine volk van Athene zich nooit en te nimmer tot concessies zou laten dwingen.

Dezelfde mechanismen die eerder op dwingende wijze hun beslag hadden gekregen, zouden zich ook nu conform een eendere ijzeren logica herhalen. Het volk was altijd gevoelig geweest voor de argumenten van sprekers die het van zijn onoverwinnelijkheid trachtten te overtuigen en ook nu zou het volk weer naar hen luisteren. De ochtend na het overwinningsfeest was geen moment dat inspireerde tot terughoudendheid. Het pleidooi voor vrede zou hetzelfde onsympathieke gezicht hebben als immer, maar de aristocraten, grootgrondbezitters en aandeelhouders in de zilvermijnen van Laurion, die hunkerden naar de ontruiming van Dekeleia, zouden er door de mannen die zich in het kuras van het patriottisme hadden gehuld eenvoudig van kunnen worden beschuldigd dat zij slechts hun eigen belangen dienden, waarna de beschuldiging van landverraad niet ver weg was. Hun oproep tot vrede zou worden overstemd door de minderbedeelden, die oneindig veel talrijker waren dan zij en wier invloed en inkomen afhankelijk waren van hun onmisbaarheid als roeiers van de vloot. De lagere klassen waren nu minder sterk vertegenwoordigd in het wetgevende gremium dan voorheen, omdat er voor de raad van de Vijfduizend een minimum inkomensgrens gold, maar dat betekende niet dat hun stem minder zou worden gehoord en als dat wel zo was, zou dit alleen maar bijdragen aan het momentum voor het volledige herstel van de oude democratie. De demagoog van dienst, die hunkerde naar de gunst van de meerderheid, zou de kans niet aan zich voorbij laten gaan om zich ten koste van de elite te profileren als een man van het volk. Zo zou het gaan.

Maar dat het onvermijdelijk was dat het zo zou gaan, betekende niet noodzakelijkerwijs dat het een slechte zaak was als het zo ging. Op het eerste gezicht had het Spartaanse vredesvoorstel zekere merites. Het ademde een geur van redelijkheid en de ontruiming van Pylos vormde een geringere concessie voor Athene dan de evacuatie van Dekeleia zou zijn voor Sparta. Bovendien wist ik als zegevierende bevelhebber van de Atheense vloot in de Hellespont beter dan wie dan ook hoe kwetsbaar onze positie na onze definitief lijkende overwinning nog altijd was. De Spartaanse vloot was vernietigd, maar aangezien ook de Spartanen tegenwoordig hadden geleerd om schepen te bouwen en aangezien Pharnabazos hun de financiële middelen daartoe verstrekte, zou er op een dag in de niet al te verre toekomst een nieuwe Spartaanse vloot opdoemen aan de horizon en tenzij we tegen die tijd de volledige controle over de Hellespont en de Bosporus hadden herwonnen, zouden we opnieuw één verloren zeeslag van de totale nederlaag verwijderd zijn. Wij konden onze vloot niet uitbreiden en nauwelijks handhaven op de sterkte die zij had, omdat de Atheense schatkist leeg was. Het was in ons belang tijd te winnen. Ook als de vrede geen stand hield, zou elk jaar zonder oorlog een jaar zijn waarin we tributen konden innen van onze bondgenoten en zilver konden delven zonder de last te hoeven dragen om dagelijks tienduizenden van onze jongens te voeden in den vreemde.

Daar stond tegenover dat de wapenstilstand onmogelijk profijtelijk voor ons zou kunnen zijn als wij de noordelijke zeestraten niet definitief hadden veiliggesteld, terwijl de bevriezing van de status quo die de Spartanen voorstelden impliceerde dat wij hun gezag over Abydos, Byzantion en Chalkedon zouden moeten erkennen. Het zou onacceptabel zijn die Spartaanse bruggenhoofden naar een voor ons opnieuw inktzwart toekomstscenario onaangetast te laten, zeker nu wij onszelf dankzij de overwinning in de Slag bij Kyzikos kortstondig in de ideale positie hadden gebracht om die enclaves te heroveren. Als wij het vredesverdrag omarmden, zouden wij de Spartaanse veroveringen in Ionië de facto sanctioneren en afstand moeten nemen van onze aanspraak op Rhodos, Milete, Ephesos en Chios en we zouden onszelf dwingen te accepteren dat Euboia in de Spartaanse invloedssfeer bleef. Een dergelijke vrede stond gelijk aan een nederlaag.

De financiële steun die Sparta genoot vanuit de Perzische schatkisten van Pharnabazos vormde een kardinaal probleem voor ons, maar voortzetting van de oorlog bood ons de kans om daar iets aan te doen door middel van welgemikte raids op Pharnabazos' grondgebied, terwijl het Spartaanse vredesvoorstel als zodanig een flagrante schending van de voorwaarden van het associatieverdrag impliceerde, die wellicht al volstond om Pharnabazos van Sparta te vervreemden. Niemand stopt graag geld in een verloren zaak en als die steun gepaard gaat met toenemend ongemak terwijl deze niet wordt beloond met trouw, wordt voortzetting van de relatie al gauw beschouwd als dwaasheid. Ik kon als een van de weinige Grieken zeggen dat ik de Grote Koning kende en op grond van wat ik van hem te weten was gekomen, mocht ik concluderen dat hij ver weg was, tergend langzaam reisde door zijn onmetelijke rijk en duizenden dingen diende te bestieren die gewichtiger waren dan schermutselingen aan zijn westelijke grenzen. Zodra hem ter ore zou komen dat de toestand daar ingewikkeld aan het worden was, zou hij zijn van ontzag rillende onderkoninkjes in het westen bevelen de toestand met rust te laten.

Om al deze redenen nam ik er enige tijd later met tevredenheid kennis van dat de nieuwe man Kleophon, een liermaker van onduidelijke, misschien zelfs barbaarse afkomst, die al zijn populistische voorgangers met zijn talent voor verontwaardiging moeiteloos overtrof, die, als ik de berichten moest geloven, in staat was om dronken met een borstkuras in de volksvergadering te verschijnen en die er volgens de geruchten trots op was dat hij door zijn tegenstanders een messentrekker werd genoemd, het sprekerspodium op de heuvel van de Pnyx had beklommen om de volksvergadering op te ruien tot grote woede over het Spartaanse vredesvoorstel. Het verbaasde mij niet dat ongeveer een maand later het bericht kwam dat de raad van Vijfduizend was ontbonden. Op de tiende dag van de afnemende maan van de maand Thargelion in het jaar dat Theopompos archon was, had het volk van Athene de democratie in ere hersteld. De machtspositie van Kleophon was vanaf dat moment een factor om rekening mee te houden.

11

Sommige van mijn mannen begonnen voorzichtig te suggereren dat de zomer aanbrak, dat jasmijn bloeide op de hellingen van de Akropolis, dat een kalme zee zich vanaf de Propontis en de Hellespont helemaal tot aan Peiraieus uitstrekte, dat we sinds Kyzikos geen Spartaan meer waren tegengekomen in deze regionen, dat dierbaren met een reden zo heten, dat kroost jaren ouder was en dat het wreed zou zijn Athene bij de viering van de overwinning de overwinnaars te onthouden, maar ik drukte die sentimenten gedecideerd de kop in, want ons werk was nog niet gedaan. Kyzikos was geen ontknoping, maar een proloog. De oorzaak van falen is tevredenheid, die een glimlach op lippen en zoete slaap op oogleden druppelt voordat de doelen op zijn, alsmede teerhartig verlangen naar huiselijkheid en geliefden, dat ambities tot zinken brengt, zoals het prachtige en ontroerende lied van de Sirenen schepen op de klippen lokt. Kleine levens van kleine mensen draaien om kippen en kroost, maar een held kan zich geen huis permitteren.

Men zegt wel dat alle begin moeilijk is en dat de laatste loodjes het zwaarst wegen, maar niets is zo moeilijk of zwaar als het verwerken van een succes en het behoud van het besef dat slechts zaaisel is wat oogst lijkt. Wapenfeiten leiden de aandacht af van de voortgaande strijd. Een krachttoer creëert de voorwaarden voor grotere daden, maar te haastig en al te graag denkt men aan kransen, glans en welverdiende rust.

Met moeite motiveerde ik mijn mannen om Kyzikos achter zich te laten en scheep te gaan voor een expeditie naar de Bosporus. We voeren naar Perinthos, een stad met ongewoon hoge huizen aan de noordkust van de Propontis, die als een amfitheater op de hellingen van een schiereiland rond een baai ligt, waar we tribuutbetalingen inden, en van daar langs de kustversterkingen van de Thracische stammen naar Selymbria, dat ons niet toeliet maar onze opdringerigheid afkocht. We ontbeerden de middelen om Byzantion en Chalkedon in te nemen, maar we veroverden een nederzetting even ten noorden van Chalkedon op de Aziatische oever recht tegenover Byzantion, die met een weidse naam Chrysopolis wordt genoemd. Daar bouwden we een fort dat de functie van tolhuis zou krijgen. Vanaf nu zou elk schip dat de Bosporus passeerde een tiende van de waarde van zijn lading dienen af te dragen aan de Atheense schatkist. Ik liet Theramenes met dertig schepen en zesduizend man achter om Chrysopolis te bewaken en de heffingen te innen en zette met de rest van de vloot koers terug naar de Hellespont.

Toen we waren teruggekeerd in ons oude hoofdkwartier in Sestos en onze vertrouwde routines hervatten, sloop er lamlendigheid in onze handelingen en gebaren. We waren heer en meester over de wateren en de zee was van Spartanen leeg geveegd, maar we konden niet naar huis omdat Sparta de havens van Abydos, Byzantion en Chalkedon nog altijd in zijn greep hield, terwijl we niet in staat waren om te profiteren van onze hegemonie over de golven en de Spartaanse enclaves te heroveren, omdat versterkte kustplaatsen niet zijn in te nemen met triremen. Dit zou een landmacht vergen, die een beleg kon opslaan in combinatie met een scheepsblokkade van de vloot, en terwijl onze vloot sterk genoeg was om wat dan ook te blokkeren, was onze infanterie bij lange na niet berekend op die taak, temeer omdat militaire operaties op de Aziatische kusten werden bemoeilijkt door de steun die Pharnabazos aan onze vijanden bood. Met name de Perzische cavalerie was een bron van gevaar bij een beleg en de enige werkelijk effectieve bescherming tegen de ruiters van Pharnabazos kon uitsluitend worden geboden door onze eigen ruiters en wij hadden geen ruiters. Uiteraard had ik Athene om infanterie en cavalerie gevraagd, maar het antwoord was dat deze versterkingen, gezien de zorgwekkende financiële situatie en het tekort aan schepen, niet voor de volgende zomer te verwachten zouden zijn. Oorlog is wachten op oorlog.

Om het gevoel van zinloosheid te verdrijven en om mijn mannen voor demoralisering te behoeden door hen bezig te houden, ondernam ik strooptochten in de omgeving, maar ook dat gaat op een gegeven moment vervelen. Ik had een groter project nodig. Daarvoor viel mijn oog op Paktye, dat op tweehonderdzeventig stadia ten noordoosten van Sestos aan de westkust van de Propontis ligt, op het punt waar het Thracische schiereiland voor een kort moment op zijn smalst is alvorens uit te dijen tot het onmetelijke land ten noorden van de zee, waar men geen zout water meer tegenkomt, hoe ver men ook landinwaarts reist, en waar barbaren heersen. Ons voormalige tijdelijke hoofdkwartier Kardia ligt op een afstand van veertig stadia van Paktye op de andere oever van de landengte. De kleine stad heeft een in meerderheid Thracische bevolking, die vanwege het geringe strategische en economische belang van de nederzetting door de Grieken tot dan toe vooral met rust was gelaten.

De eerste keer dat ik er was, was bij het vallen van de avond, toen de hemel in zachte blauwe, lila en roze tinten afstak tegen het diepe donkerblauw van de zee, die al droomde van de nacht. Er stonden honderden zonnebloemen in het hoge helmgras. Druiven rijpten aan hun ranken. De plek bezorgde mij een sensatie van verlorenheid, die mij in hoge mate beviel. Paktye lag met een immens, woest achterland, dat het domein was van de Thracische stammen, in een uithoek op de rand van de bekende, bevaarbare wereld. De stad was bereikbaar voor wie haar wilde bereiken, maar om haar te willen bereiken moest men zich herinneren dat zij bestond. Ik had een visioen waarin ik mijzelf beeldschoon wrokkend zag zitten op dit strand, terwijl ik als Achilles tokkelend op mijn lier en onzichtbaar wenend de liederen zong van helden.

Die zomer ben ik meermaals teruggegaan naar Paktye – want het lag op slechts een halve dag varen van Sestos – om de locatie met een objectievere blik te beoordelen dan tijdens mijn eerste bezoek en om vast te stellen dat zij, ook wanneer ik haar magie doelbewust negeerde, haar aanlokkelijkheid behield. Ik identificeerde een heuvel niet ver van de zee, even ten zuidwesten buiten het stadje, die ideaal was. De bevolking, die van pure opluchting vanwege het feit dat ik niet van zins bleek hun huizen te plunderen genereus was geworden, was bereid die heuvel voor een speciale meerprijs aan mij te verkopen. Daar begon ik een fort te bouwen. In eerste instantie maakte ik hierbij gebruik van de mankracht van mijn matrozen, die zich tenslotte anders toch maar verveelden, maar later betrok ik ook lokale Thracische handwerkslieden bij de constructie, deels omdat ik de bevolking van Paktye voor mij en mijn project wilde winnen en deels omdat ik niet louter een militaire structuur wilde bouwen, waarin een garnizoen gelegerd zou kunnen worden, maar ook een comfortabel verblijf dat bij wijze van spreken als woonhuis zou kunnen dienen. Wat ik voor ogen had, waren geen wallen en palissades, maar een burcht van steen, die een bescheiden uitvoering was van de vestingen die ik had gezien in Lydië.

Zo gingen de maanden voorbij. Thrasyboulos en andere officieren van de vloot hadden hun bedenkingen bij mijn bouwproject, waarvan zij het nut niet inzagen. Vanuit hun perspectief lag Paktye te ver voorbij de monding van de Hellespont om praktisch te zijn als uitvalsbasis voor de controle van de zeestraat. De belangrijkste vaarroute van de koopvaardijschepen voerde vanaf de Hellespont via Kyzikos naar de Bosporus en liet Paktye derhalve op grote afstand links liggen. Bovendien begrepen zij niet waar de versterking voor nodig was, aangezien wij op de Europese oevers niets te vrezen hadden van de troepen van Pharnabazos. Ondanks hun twijfels zette ik de bouw voort. Zij hadden gelijk, maar ik bouwde de vesting niet voor Athene maar voor mijzelf.

Noem het verveling of voorzienigheid, noem het achterdocht of ervaring uit eerste hand met de vluchtigheid van populariteit in een democratisch bestel, noem het paranoia desnoods, maar, mannen van Athene, ik geef toe dat ik kort na mijn uitbundig bejubelde triomf bij Kyzikos de voorzorg nam om een toevluchtsoord voor mijzelf te laten bouwen in een gebied waar geen Griek veel te zoeken heeft en het te laten voorzien van onneembare muren, die mij eventueel, in voorkomende gevallen, zelfs tegen Athene zouden beschermen.

12

Aan het begin van de daaropvolgende zomer waren de versterkingen die ons waren toegezegd daadwerkelijk uit Athene vertrokken. Vijftig triremen waren onderweg met hun tienduizendkoppige bemanning, alsmede troepenschepen met duizend zwaarbewapende infanteristen en honderd ruiters met hun paarden. Het duurde echter tot het einde van de herfst voordat zij bij ons in Sestos arriveerden, omdat het het soevereine volk van Athene had behaagd de vloot uit te zenden op een dubbele missie met de opdracht om eerst een operatie uit te voeren in Ionië alvorens zich bij ons te voegen en onder mijn bevel te plaatsen.

Terwijl onze versterkingen, die voor ons de belofte van langverwachte actie belichaamden, conform hun orders via Samos traag en voorzichtig door verre wateren opvoeren tegen de magnifieke stad Ephesos, sprak ik een magistraat uit Sestos, die mij een verhaal vertelde over een priesteres van Aphrodite die naar zijn zeggen in de toren van Sestos had gewoond. Haar naam zou Hero zijn geweest. Aan de overkant in Abydos woonde volgens hem een jongeman met de naam Leandros, die, zoals dat gaat in verhalen, verliefd op haar was geworden. Een lange, hete zomer lang zou hij elke nacht, navigerend op haar lamp in de torenkamer, de Hellespont zijn overgezwommen om de bijslaap met haar te genieten. Dat betreft een afstand van zesenhalve stadia, wist ik mijn verhalenverteller te melden, hetgeen iets meer is dan een halve dolichos. Het enige probleem daarbij is de constante stroming, die de zwemmer zelfs in de zomer naar het zuiden zou doen afdrijven. Hij zei mij dat ik mijn mond moest houden. Toen de winter kwam en gure wind de zee opstuwde tot verraderlijke golfslag, moest passie, zoals dat helaas wel vaker het geval is in mensenlevens, wijken voor meteorologische omstandigheden. De geliefden spraken af elkaar in de nieuwe lente weer te zien, maar Leandros wilde nog één laatste nacht bij Hero zijn en hoewel het die nacht stormde, zwom hij voor de laatste maal voor het invallen van de winter heldhaftig de gezwollen Hellespont over naar zijn geliefde. De storm blies haar lamp uit. Hij verdwaalde en verdronk. Toen Hero Leandros' dode lichaam zag, wierp zij zich van haar toren. Een paar dagen later spoelden de lijken van beide geliefden aan op het strand. Ze waren in een innige omhelzing verstrengeld.

Alleen al vanwege de vele discrepanties en onwaarschijnlijkheden met betrekking tot de communicatie, informatievoorziening en logistiek was het evident dat de magistraat van Sestos het verhaal had verzonnen, waarbij de vraag zich opwierp met welke bedoeling hij mij op een sprookje had menen te moeten trakteren, want als het slechts zijn wens was geweest om mij te amuseren, had hij daarvoor ook een minder wrede anekdote kunnen selecteren. Toen ik hem vroeg naar de moraal van zijn verhaal, liep hij lachend weg. Ik kon zijn vertelling interpreteren als een verhuld cynisch commentaar op de vertraging die mijn versterkingen hadden opgelopen, in zoverre zij een waarschuwing bevatte voor de moeilijkheden die gepaard gaan met de navigatie van de Hellespont in het winterseizoen, maar ik vreesde dat ik geacht werd te concluderen dat hij op de hoogte was van mijn tijdverdrijf en dat hij mij met zijn verhaal duidelijk had willen maken dat hij wist dat Medontis, de wereldberoemde prostituee uit Abydos, met enige regelmaat gesluierd in een onopvallend bootje de oversteek maakte naar Sestos om mijn verveling te verdrijven. Door een slechte afloop van deze geschiedenis te insinueren, wilde hij wellicht impliceren dat hij er bovendien van op de hoogte was dat ik haar deelde met mijn vriend Antiochos (of dat hij mij deelde met haar of dat zij en ik hem deelden of hoe men dat ook wenst te formuleren; kameraadschap vergt onderhoud) en dat ik daarmee naar zijn oordeel kwetsbaar en chanteerbaar was geworden, temeer omdat er ook in die tijd al absurde geruchten circuleerden die wilden dat Medontis een Spartaanse spionne zou zijn.

De reden waarom ik met tegenzin en met zo min mogelijk woorden stilsta bij deze gebeurtenis en achteloos en zonder gêne tot deze amusante driehoeksrelatie beken, mannen van Athene, is dat jullie er evenveel herinnering aan zullen hebben als ik dat de kwestie een prominente plaats werd gegund in de buitenissige beschuldigingen die bijna drie jaar later, nu tweeënhalf jaar geleden, tegen mij zijn geuit, dat ik jullie hiermee inzicht kan verschaffen over de herkomst van die insinuaties en vooral dat de inbedding van de onschuldige feiten in de juiste context van de lamlendige zomer waarin jullie mij op de mij toegezegde troepen hebben laten wachten mij de gelegenheid biedt om het kwaadaardigste ingrediënt van die lasterlijke aantijgingen te ontzenuwen: dat er uit ons tijdverdrijf een meisje zou zijn geboren, van wie onmogelijk bepaald kon worden of zij een dochter was van Antiochos dan wel van mij en dat Antiochos en ik ook met haar een driehoeksverhouding zouden hebben onderhouden, waarbij hij mij als vader beschouwde wanneer het zijn beurt was en ik hem als verwekker aanwees wanneer ik het genoegen had, was een beschuldiging die alleen al op chronologische gronden categorisch had moeten zijn verworpen. En hierbij wil ik het graag laten.

Er vonden meer hinderlijke ontwikkelingen plaats gedurende die zomer, waarin ik mijn veertigste verjaardag vierde te midden van prikkelbare matrozen. De opdracht die de onlangs in haar volledige bevoegdheid herstelde volksvergadering van Athene aan de vloot, die aan het begin van de zomer was uitgezonden, had meegegeven, hield in dat Ephesos moest worden ingenomen alvorens koers te zetten naar de Hellespont. Het zal duidelijk zijn dat het soevereine volk van Athene hiermee de verkeerde prioriteiten had gesteld. Nadat de zeestraten waren veiliggesteld, zouden we onze handen vrij hebben gehad om Ionië te heroveren, en wel met onze volledige vloot in plaats van met een geïmproviseerde invasiemacht. De keerzijde van een aansprekende overwinning, zoals onze zege bij Kyzikos, is dat de bevolking er dermate door wordt geïnspireerd dat zij het onmogelijke begint te eisen. De inname van Ephesos was geen kleinigheid. Het is een serieuze stad, die serieus verdedigd werd door Spartanen en Perzen. Terwijl de uitgezonden troepenmacht waarschijnlijk sowieso ontoereikend was voor deze taak, werd de mislukking bezegeld door een reeks onnodige fouten van de onervaren commandant. Toen hij zich tegen het einde van de herfst eindelijk bij ons voegde in Sestos, had hij vierhonderd van zijn duizend waardevolle infanteristen verloren en Ephesos niet veroverd.

Mijn mannen onthaalden de nieuwe troepen op minachting. Zij weigerden hen toe te laten in hun kampementen, sloten hen uit van de gemeenschappelijke maaltijden en verdomden het om samen met hen te exerceren of op oefening te gaan. Mijn mannen waren de trotse veteranen van Samos, die nog nooit een slag hadden verloren, zeiden zij, terwijl de nieuwelingen, die nog maar net onder de rokken van hun moeders vandaan waren gekropen, op niets anders konden bogen dan op een eclatante nederlaag. De enige prestatie van de zogenaamde versterkingen was dat zij Athene al direct op hun eerste missie te schande hadden gemaakt, zo zeiden mijn mannen, terwijl zijzelf de onoverwinnelijken waren, die een eindeloos parelsnoer van glanzende zeges aaneen hadden geregen, omdat zij dienden onder niemand minder dan Alkibiades, de zoon van Kleinias. Ik liet het zo, hoewel ik er natuurlijk eigenlijk iets aan had moeten doen.

De late aankomst van de versterkingen leidde noodgedwongen tot verder uitstel. Winter was aanstaande en het bittere lot van de onfortuinlijke Leandros had mij er nogmaals ten overvloede aan herinnerd dat de Hellespont in de winter geen oord is voor dromen en onbezonnen avonturen. Ik verplaatste mijn volledige troepenmacht naar Lampsakos in Pharnabazos' territorium op de Aziatische oever van de Hellespont, liet de stad versterken en overwinterde daar, niet alleen omdat die stad Priapos als beschermgod vereert, maar ook om aan het begin van het voorjaar in de best mogelijke positie te zijn voor een aanval op Abydos, dat op ongeveer honderdvijftig stadia ten zuiden van Lampsakos op dezelfde oever ligt.

13

Zo gebeurde het dat de vloot en het leger van Athene in de tweede nieuwe lente na de Slag bij Kyzikos, toen onze zege bijna twee jaar had kunnen rijpen tot een legende en inmiddels met het onwereldse patina van mythen was bedekt, ontwaakten uit hun lethargie en onder mijn bevel uitrukten voor de operatie die het voordeel van de bij Kyzikos afgedwongen uitgangspositie moest verzilveren en consolideren door de Atheense hegemonie over de noordelijke zeestraten te restaureren. Abydos, Chalkedon, Byzantion, dat zou de volgorde zijn en mijn mannen verheugden zich er nog meer op dan ik, alsof ik hun een festivalkalender had voorgelegd.

Ik had de hele winter aan Abydos gedacht en niet alleen vanwege Medontis. Mijn oorspronkelijke strategie behelsde een klassiek beleg van die stad in combinatie met een scheepsblokkade, terwijl onze cavalerie ons tegen de ruiters van Pharnabazos zou beschermen, maar hoe langer ik erover nadacht, hoe meer dit plan mij als een fantasieloze, voorspelbare en langdradige manoeuvre begon tegen te staan. Ik realiseerde mij dat de aanwezigheid van de Spartanen in Abydos in wezen niet ons grootste probleem vormde, omdat zij zonder schepen niets hinderlijks konden ondernemen, zoals hun onbeweeglijkheid gedurende de afgelopen twee jaren had aangetoond, en dat zij binnen de muren van de stad gevangenen waren van hun eigen plichtsbesef. Onze werkelijke tegenstander op de Aziatische oever van de Hellespont was Pharnabazos, wiens troepen overal langs de kusten van zijn territorium konden opduiken om onze operaties te frustreren. Zelfs ik begreep dat het van te veel optimisme zou getuigen om te denken dat wij op korte termijn in staat zouden zijn hem definitief te verslaan, maar als wij erin slaagden hem een gevoelige slag toe te brengen, zou dat zijn enthousiasme voor zijn steun aan Sparta en voor zijn inmenging in onze oorlog kunnen temperen. Mijn nieuwe plan met betrekking tot Abydos was door deze overwegingen ingegeven.

Om de verse troepen de gelegenheid te bieden zich te revancheren voor hun beschamende optreden bij Ephesos, stuurde ik hen met dertig schepen langs de kust naar het zuiden om voor de muren van Abydos aan land te gaan in vijandelijk gebied. Een verrassingsaanval zou het niet zijn, gezien onze maandenlange aanwezigheid in Lampsakos, maar dat was ook niet de bedoeling. Integendeel, zou ik welhaast zeggen. Ik had een trage en opzichtige troepenverplaatsing voor ogen, die bedoeld was om een interventie van de Perzische troepen uit te lokken.

Toen onze verspieders meldden dat Pharnabazos inderdaad een groot contingent had gemobiliseerd dat naar de kust marcheerde om Abydos te verdedigen, trok ik aan het hoofd van onze cavalerie, gevolgd door een deel van onze zwaarbewapende voetsoldaten, vanuit Lampsakos door het binnenland in de richting van Abydos. De nieuwe soldaten van de landingsmacht hadden de order meegekregen om stand te houden tegen de Perzen totdat ik met mijn ruiters zou opduiken in de Perzische achterhoede en de omsingeling tot stand zou brengen. De tactiek was in feite een op het land uitgevoerde kopie van de strategie bij Kyzikos, waarbij de leeuw door een mekkerend geitje uit zijn hol wordt gelokt om vervolgens te worden ingesloten. Het plan slaagde prachtig. De val klapte dicht en de Perzen waren kansloos. De vluchtende overlevenden heb ik met mijn cavalerie tot het invallende duister tot diep in hun eigen territorium achtervolgd. De volgende dag plunderden we de Perzische binnenlanden, waarbij de nieuwe troepen zich dusdanig misdroegen dat zij eindelijk het respect oogstten van mijn veteranen.

We lieten een garnizoen achter in Lampsakos en zetten koers naar de Bosporus, waar we onze vloot herenigden met de dertig triremen van Theramenes in Chrysopolis, en met een ontzagwekkende armada van honderdnegentig schepen en bijna veertigduizend man voeren we op tegen Chalkedon. We hoorden dat de terecht verontruste inwoners van die stad in anticipatie op onze komst al hun roerende bezittingen in veiligheid hadden gebracht bij de barbaarse stammen van Bithynië, die hun buurlanden bewoonden. Terwijl mijn mannen een beleg opsloegen en een houten muur bouwden die de stad vanaf de Bosporus tot aan het strand van de Propontis afsloot van haar achterland, trok ik met de cavalerie en een deel van de infanterie de grens over naar Bithynië in een poging de rijkdommen uit Chalkedon te achterhalen. Toen ik de nederzetting had gevonden waar men nog angstiger reageerde op onze komst dan elders, stelde ik mijn troepen op in slagorde, waarna ik nederig audiëntie aanvroeg bij het sujet dat zich koning noemde. Met diplomatieke omhaal van woorden bood ik hem een exclusief associatieverdrag aan met het machtige Atheense imperium. In ruil voor de geringe prijs van de schatten uit Chalkedon zou hij het recht krijgen om, zodra hij een honorair consulaat zou hebben geopend in Athene, eens per jaar mee te lopen in de grote optocht van het Panatheneïsche festival, waarbij het wellicht als een bijkomend voordeel kon worden beschouwd dat ik zijn dorp niet met de grond gelijk zou maken. Gretig ging hij akkoord, waarna ik terugkeerde naar Chalkedon en de dierbare spulletjes van de stedelingen in het zicht van de transen tentoonstelde.

De Spartanen deden een uitval om het beleg te breken, hetgeen leidde tot hevige gevechten, waarbij de troepen van Pharnabazos hun Spartaanse bondgenoten trachtten bij te staan maar het slagveld niet konden bereiken vanwege de houten muur die wij hadden opgetrokken. Toen ik er na een langdurige strijd in slaagde om met een charge van onze cavalerie de Spartaanse bevelhebber te doden, gaven de Spartanen het gevecht op. Zij vluchtten terug binnen de muren en het beleg werd voortgezet. De val van Chalkedon was vanaf dat moment slechts een kwestie van tijd. Ik droeg het bevel over aan Thrasyboulos en Theramenes en voer met dertig schepen terug naar de Propontis.

Mijn gedachten waren al bij Byzantion. Een grootschalig beleg is een begrotelijke aangelegenheid en Byzantion was en is vele malen omvangrijker en machtiger dan Chalkedon. Hoewel onze financiële situatie beter was dan zij in tijden was geweest, waren extra middelen wenselijk. Het tweede doel van mijn expeditie was ingegeven door de ervaringen bij Abydos en Chalkedon, die mij de waarde van de cavalerie hadden doen inzien. Ik ging geld en ruiters halen in Thracië.

Het derde doel van mijn reis, dat ik destijds angstvallig voor mij hield maar dat ik hier omwille van de volledige oprechtheid die ik jullie heb beloofd niet zal verzwijgen, was wellicht een bijkomstigheid, waaraan ik desalniettemin een zeker belang hechtte, en maakte evenals de constructie van het fort in Paktye deel uit van de paranoïde lijkende voorzorgsmaatregelen die ik trof om eventualiteiten het hoofd te bieden. Voor toekomst zijn gedachten blind, zegt Pindaros, maar dat neemt niet weg dat men op verschillende scenario's kan anticiperen en in een van die beramingen van toekomstige mogelijkheden zou een constructieve samenwerking met de Thracische stammen behulpzaam kunnen worden.

Een deel van het geld dat ik ophaalde, besteedde ik derhalve ruimhartiger dan noodzakelijk was aan de werving van Thracische hulptroepen. Met deze woeste mannen trok ik op tegen Selymbria aan de noordkust van de Propontis, dat mij twee jaar eerder de toegang had geweigerd. Onder dreiging van mijn Thracische furie nam ik de stad in met het vlijmscherpe wapen van mildheid. In plaats van mijn toevlucht te nemen tot een bestorming of een beleg opende ik heimelijke onderhandelingen met welwillende, democratisch gezinde elementen in de stad en met de belofte dat ik de stad in alle opzichten zou sparen, dat haar geen financiële strafmaatregelen zouden worden opgelegd en dat ik geen van haar inwoners zou krenken, wist ik hen te overtuigen van de redelijkheid van mijn verzoek om 's nachts in het geniep de stadspoorten voor mij te openen. Ik hield mij aan mijn belofte en zag er persoonlijk op toe dat mijn Thracische huurlingen overal met hun handen van afbleven en niets deden of zelfs maar dachten wat in strijd was met mijn toezeggingen.

Terwijl ik in Selymbria was, bereikte mij het bericht dat Thrasyboulos en Theramenes een diplomatieke uitweg hadden gezocht voor het langdurige beleg van Chalkedon. Zij hadden onderhandeld met een hoge ambtenaar van Pharnabazos, die namens de belegerde stad optrad, omdat deze formeel tot het territorium van de satraap gerekend kon worden, en zij waren een bestand overeengekomen dat bepaalde dat de Spartanen uit de stad zouden vertrekken, waarna haar bestuur zou worden overgedragen aan Perzië en dat de Atheners hun vijandigheden zouden staken. Een financiële genoegdoening aan Athene maakte deel uit van de regeling. Thrasyboulos en Theramenes hadden de eden gezworen, maar Pharnabazos wilde het verdrag pas erkennen wanneer ook ik aan dezelfde eed gebonden zou zijn.

Hoewel het er ten tijde van mijn vertrek op geleken had dat Chalkedon ieder moment kon vallen, besefte ik dat de overeenkomst aantrekkelijk was en ons een hoop tijd en geld zou besparen. Door dit verdrag te accepteren zouden we onze blik kunnen richten op Byzantion, dat de hoofdprijs was. Ik kon mij derhalve zonder bezwaar aansluiten bij het oordeel van mijn medebevelhebbers en de omstandigheid dat Pharnabazos nadrukkelijk om mijn eed had gevraagd, verschafte mij een buitenkans. Ik antwoordde dat ik akkoord kon gaan, op voorwaarde dat Pharnabazos persoonlijk gelijktijdig met mij dezelfde eed zou afleggen in aanwezigheid van de beide legers, liet een garnizoen achter in Selymbria, ging scheep naar de Bosporus en ensceneerde een indrukwekkende ceremonie voor de muren van Chalkedon, waarbij Pharnabazos, de zoon van Pharnakes, de satraap van Phrygië, in naam van de grote koning, koning der koningen en koning der landen wijd en zijd, en Alkibiades van Athene als twee gelijken ten overstaan van de verzamelde Atheense en Perzische legers met de generaals als stille getuigen plechtig de eed aflegden om de wapenstilstand te bekrachtigen. Thrasyboulos keek zwijgend toe. Macht kan stoelen op troepenaantallen, rijkdom of titels, maar machtiger dan de macht is de perceptie van macht. Politiek kan worden bedreven met daden, hoewel woorden veelzeggender zijn, maar één beeld kan de kracht hebben om alle woorden en elk debat over daden het zwijgen op te leggen.

Omdat mijn milde behandeling van de inwoners van Selymbria zich had rondgesproken in de wijde omgeving, verliep de inname van Byzantion uiteindelijk met minder problemen dan ik had durven hopen. Wij sloegen een grootscheeps beleg op met onze gehele troepenmacht. We blokkeerden de havens met onze ontzagwekkende vloot en isoleerden de stad van haar achterland met een houten muur, zoals wij dat bij Chalkedon hadden gedaan. De stad was groot, maar volledig geïsoleerd en zij zou langzaam maar onherroepelijk gewurgd worden door tekorten. De belegerden werden ontmoedigd om aan een gewapende uitval te denken door hun uitzicht op onze aantallen en door de aanblik van mijn Thracische ruiters, die ik op gezette tijden opzichtig liet patrouilleren rond de muren. Overgave was de enige overgebleven optie, maar de Spartaanse bevelhebber binnen de muren van Byzantion, die ik kende van vroeger en die ik mij herinnerde als een kleine, lelijke man met een onaangename, harde stem en een rustiek en onbehouwen voorkomen, is een ster van het elitecorps en een rasmilitair van de onbuigzaamste en arrogantste soort, die nog eerder zijn eigen rechterarm aan de ratten zou voeren dan zich over te geven. Zijn naam is Klearchos. Hij is de zoon van Rhamphias.

Het bleek dat hij als hardvochtig bewindvoerder van de stad zowel de bevolking als de elite van zich had vervreemd. Enkele vooraanstaande Byzantijnen slaagden erin heimelijk met mij te communiceren door middel van geschreven berichten die door de opening van een rioolbuis onder de muur over en weer werden aangereikt. Zij zeiden dat honger en angst de bevolking in hun greep begonnen te krijgen, waarbij zij preciseerden dat zij met name bang was voor haar Spartaanse bezetter en hongerde naar vrijheid, en zij vroegen mij nederig of zij in aanmerking konden komen voor dezelfde behandeling als Selymbria. Als ik zo vriendelijk wilde zijn om de nacht uit te kiezen, zouden zij de stadspoorten voor mij openen.

Omdat Byzantion aanzienlijk groter is dan Selymbria en omdat de stad bezet werd door een fors Spartaans garnizoen, zou het roekeloos zijn geweest de stad binnen te sluipen zonder tactisch plan. Ik bedacht een soort dubbele afleidingsmanoeuvre. Op de ochtend van de dag van de afgesproken nacht verspreidde ik vals nieuws over rampspoed in Ionië en op de middag van diezelfde dag gaf ik de gehele vloot het bevel koers te zetten naar het zuiden. Tegelijkertijd marcheerde het landleger uit het zicht van de stad. De Spartanen, die beducht waren op een valstrik, waagden zich niet buiten de muren, ook al waren onze stellingen verlaten.

Toen de zon was ondergegaan en de Bosporus gehuld was in onheilspellende duisternis, bracht ik de vloot in stilte terug naar de stad en lanceerde ik een zogenaamde verrassingsaanval op de haven, waar wij alle schepen tot zinken begonnen te brengen. De Spartanen, die woedend op zichzelf waren omdat zij het slachtoffer waren geworden van een klassieke truc, renden massaal naar de haven om de schepen te verdedigen en onze aanval af te slaan, waarbij zij in de haast om hun veronderstelde fout goed te maken niet beseften dat zij precies daarmee een beslissende fout begingen en dat de truc was dat ik hen ten onrechte had laten geloven dat de vorige truc de truc was, want intussen was het leger onder het dek van de duisternis teruggeslopen naar de muren, die niet meer bewaakt of verdedigd werden omdat iedereen naar de haven was geroepen, waarna de stadspoorten voor hen werden geopend door onze handlangers.

Hoewel de Spartanen volledig waren verrast, hergroepeerden zij zich bliksemsnel en leverden zij indrukwekkende weerstand tegen onze overmacht, waarbij zij werden geholpen door burgers die te bang waren om hen niet te helpen. Ik brak het verzet met het wapen van mildheid, dat nog effectiever was dan in Selymbria omdat de Byzantijnen mildheid waren ontwend. Ik liet omroepen dat Athene Byzantion zou sparen en dat niemand een haar zou worden gekrenkt. Ik liet de herauten roepen dat Athene was gekomen om Byzantion zijn vrijheid terug te geven en dat het onze wil was dat de stad zichzelf zou besturen. Daarop keerde de bevolking zich tegen haar Spartaanse bezetters en was de stad van ons. Evenals in Selymbria zag ik er persoonlijk op toe dat er niet werd geplunderd of verkracht en dat alle inwoners door mijn troepen met het grootst mogelijke respect werden bejegend. Ik beval dat ook de Spartanen die wij gevangen hadden genomen correct dienden te worden behandeld. We stuurden hen naar Athene, waar zij een eerlijk proces zouden krijgen. Klearchos was ontkomen.

Ik stationeerde een groot contingent van de troepen die recent aan ons waren toegevoegd in Byzantion en gaf mijn veteranen, die mij drie jaar eerder op Samos eigenhandig hadden uitgeroepen tot commandant van hun vloot, de order scheep te gaan en mij te volgen. Traag, statig, trots en bijna treurig gleed de onoverwonnen Atheense vloot door de Bosporus naar de open wateren van de Propontis. Antiochos stond naast mij aan het dubbele roer van het vlaggenschip.

'Wat is de koers, admiraal?' vroeg hij.

'Terug,' zei ik.

'Naar Sestos?' vroeg hij. Hij kreeg een veelbetekenende twinkeling in zijn ogen.

'Nee,' zei ik. 'Naar Athene.'

BOEK IX

De tiran van Athene

Samos, Gytheion, Athene

1

Als het waar is wat Sokrates mij ooit heeft gezegd, dat de woorden van onze taal op een natuurlijke manier correct zijn, dat onze voorouders op een doordachte manier de werkelijkheid hebben beschreven toen zij de namen aan de dingen koppelden en dat zij objecten en begrippen imiteerden met klanken en lettergrepen, zoals een schilder een gezicht nabootst met verf, lijnen en kleuren – en ik zou de moed niet kunnen opbrengen om aan het gelijk van Sokrates te twijfelen, hoewel dit betekent dat ik ofwel zou moeten aannemen dat het Grieks superieur is aan het Perzisch ofwel dat dezelfde werkelijkheid door de voorouders van de Perzen even correct is weergegeven met woord voor woord totaal andere lettergrepen en totaal andere klanken –, dan gaat er een diepere waarheid verscholen achter het feit dat wij Grieken naar emoties verwijzen met een woord dat wij tevens gebruiken voor aandoeningen en dat met zijn etymologische wortels is vergroeid met de noodgedwongen passiviteit waarmee wij kwalen en ongemakken ondergaan. Hoewel wij van nature geneigd zijn om onze gevoelens als een diepzinniger en waarachtiger deel van onszelf te beschouwen dan onze analytische gedachten en hoewel vele van de beslissingen die wij nemen, waaronder juist met nadruk ook die beslissingen die verregaande gevolgen hebben, door ons genomen worden onder de bedwelmende invloed van irrationele sentimenten, verschaft de taal ons een welkom excuus om onszelf als willoos slachtoffer van onze emoties te beschouwen en de oorzaak ervan tezamen met de verantwoordelijkheid ervoor af te schuiven op externe factoren.

Emoties zijn krachten die ons oordeel beïnvloeden met de anticipatie van aangename of onaangename gewaarwordingen, waarbij het een potentieel probleem mag heten dat ons oordeel en de beïnvloeding ervan twee verschillende dingen zijn, dat de koerswijziging ten gevolge van onze sentimenten geen onderdeel vormt van onze oorspronkelijke overwegingen en dat er zich daarmee twee mogelijkheden voordoen, die beide even funest zijn: ofwel de koerscorrectie onder invloed van onze emoties is terecht, waaruit volgt dat ons rationele oordeel tekortschiet, ofwel beneveling verleidt ons om ten onrechte van ons adequate oordeel af te wijken. Ik vind het beangstigend om mij voor te stellen dat onbeheersbare factoren die eigener beweging onrust stoken in mijn bloeddamp en middenrif zeggenschap kunnen verwerven over mijn beslissingen en de mogelijkheid dat zij daar een heilzame uitwerking op zouden kunnen hebben, acht ik niet minder angstaanjagend. De verplichtingen van mijn positie vergen controle. Ik kan de verantwoordelijkheid voor mijn besluiten niet afschuiven op aandoeningen die mij overvallen.

Voor mij als politicus, veldheer en strateeg vormen emoties de grondstof van mijn constructies, waarmee ik uiteraard bedoel dat kennis en manipulatie van de emoties van mijn tegenstanders en vijanden tot de voornaamste aandachtspunten van mijn rationele overwegingen behoren. Teneinde de gewenste sentimenten te veroorzaken bij mijn tegenstrevers dien ik echter zelf vrij te zijn van meeslepende gevoelens en onaangedaan als een rots in de zee mijn eigen kalmte te bewaren. Emoties zijn als de paarden van mijn vierspan, die ik met zorg heb aangeschaft en afgericht en die mij de overwinning zullen schenken dankzij de totale controle die ik als wagenmenner over hen heb.

Wanneer ik als redenaar het sprekerspodium op de heuvel van de Pnyx beklim, zal ik mijn gehoor op een berekenende manier opzwepen tot geestdrift en ontroering, terwijl alle emoties die ik daarbij lijk te vertonen deel uitmaken van een uitgekiende strategie. Het kan voor mij als bevelhebber van de strijdkrachten behulpzaam zijn om met mijn manoeuvres gevoelens van overmoed of angst te zaaien bij de vijandelijke troepen, maar als ik daarbij zelf ten prooi zou vallen aan diezelfde driestheid of vrees, zou de slag verloren zijn en zou ik mijn mannen om niets de dood in jagen. Als diplomaat tracht ik bij voortduring het oordeel van mijn gesprekspartner te benevelen door hem redenen aan te dragen waarom hij zich zou kunnen verheugen op de aangename consequenties van de keuze die ik wenselijk acht en waarom hij bij de onwenselijke keuze voor onaangename gevolgen zou moeten vrezen, maar tegelijkertijd probeer ik zelf elke vorm van bedwelming door sentimenten te voorkomen door vast te houden aan de koele logica van mijn doelstellingen. Emoties zijn voor mannen zoals ik pijlen die worden afgeschoten op vijandelijke stellingen, terwijl pijlen die op mij worden gericht vijandelijke projectielen zijn die ik afweer met mijn schild.

Dit alles gezegd zijnde, achtte ik het des te ergerlijker en verwarrender, mannen van Athene, dat ik mijzelf gedwongen zag vast te stellen dat ik vanaf het moment waarop ik het bevel had gegeven de stevens van onze schepen in de richting van mijn geboortestad te wenden ten prooi viel aan emoties die mij dreigden te overweldigen. Deze sentimenten waren dermate wanordelijk en tegenstrijdig dat ik er niet goed in slaagde hen met de stofkam van kalme analyse te ontwarren en onschadelijk te maken. Zelfs nu vind ik het lastig om het veelkoppige monster dat toen zijn schaduw over mij wierp te beschrijven, temeer omdat de mengdrank van mijn toenmalige emoties inmiddels verder is verrijkt met een aantal potente, bittere, nieuwe ingrediënten. Wat mij toen het meest stoorde en wat mij ook nu nog het meest kwelt, is dat ik ondanks alles wat ik mijzelf bij herhaling had wijsgemaakt op geen enkele manier in staat bleek te ontsnappen aan de etymologie van het woord dat wij voor emoties gebruiken. Ik kon slechts ondergaan wat sterker was dan ik.

Ik zou de Etna als metafoor kunnen gebruiken, die af en toe gewelddadig en oncontroleerbaar tot uitbarsting komt vanwege de eeuwenlang opgekropte woede van het monster Typhon, dat tijdens de kosmische strijd tussen de goden en de giganten onder het driehoekige rotsblok dat Sicilië heet is bedolven, want het had er alle schijn van dat mijn emotionele reactie zo hevig was als zij was omdat ik gedurende de jaren die waren voorafgegaan aan het moment van mijn terugkeer zozeer in beslag was genomen door de strijd die mijn terugkeer mogelijk moest maken dat ik al die tijd geen gelegenheid had gehad om mij het moment van mijn terugkeer voor te stellen en langzaam te wennen aan de sensaties die het vooruitzicht om naar Athene terug te keren bij mij wakker maakte. Toen de strijd gestreden was en het zicht op Athene plotseling optrok, had ik geen weerstand opgebouwd tegen de constatering dat ik had gewonnen en dat mijn zwaarbevochten doel binnen handbereik lag.

Uiteraard was er sprake van vreugde. Ik zou niet willen suggereren dat ik jarenlang had geknokt voor een resultaat dat ik niet begeerde of dat er ergens in Hellas of in de uitgestrekte landen van de barbaren een plek was waar ik liever wilde zijn dan in Athene. Hoewel ik op mijn omzwervingen de steden van velen had gezien en hun mentaliteit had leren kennen, zoals Homeros zegt over Odysseus, hadden alle Griekse en Perzische steden die ik had bezocht tussen Sicilië, Byzantion en de verre zuidelijke kusten van Pamphylia, niet volstaan om Athene te vergeten. De droom om mijn vermoeide schip af te meren aan een krakende pier in Peiraieus, de kade op te stappen tussen het rumoer van bootwerkers, kooplieden, vissers, scheepsbouwers en dronken matrozen, mijn eigen dialect te horen schreeuwen door schorre marktkooplieden, duizelig van de hoeveelheid volk en koopwaar via het Emporion door de kaarsrechte straten naar de middelste poort te gaan, keuvelend zij aan zij met een willekeurige stadsgenoot, die van meer politieke schandalen op de hoogte was dan de betrokkenen zelf, de lange weg af te leggen tussen de Lange Muren, Athene te zien in de verte, over de Holle Weg door het dal tussen de Nimfenheuvel en de Pnyx de Melitische Poort te bereiken, kamfer te ruiken, de arrogante en ongenaakbare harmonie van het Parthenon te zien op de Akropolis, het gehele decor van mijn jeugd tastbaar voor mij zien in de speciale zon, die speciaal voor Athene extra haar best doet, de agora, de Stoa van Peisianax, het altaar van de twaalf goden, en thuis te zijn, eindelijk thuis te zijn, was al jarenlang bijkans te opwindend om mij mijn slaap te gunnen.

Maar bij de vreugde waarmee ik mij op het weerzien met mijn geboortestad verheugde, mengde zich onbestemde twijfel, die werd ingegeven door het besef dat ik de stad die ik kende jaren eerder had achtergelaten in de maalstroom van de geschiedenis, door de zekerheid dat de stormen van de tijd haar niet onaangetast hadden gelaten en door de mogelijkheid dat ik mij verheugde op het weerzien met een stad die niet meer bestond. Zou de winkel er nog zijn van mijn filosofische schoenmaker Simon, op de agora, vlak bij het Monument van de Naamgevers, waar ik vroeger mijn sandalen liet maken? Terwijl het vooralsnog een vraag moest blijven in hoeverre Athene was veranderd, mocht ik het als een zekerheid beschouwen dat ik zelf een andere man was geworden. Zelfs als de stad aan zichzelf gelijk was gebleven, zou ik haar als een andere stad zien, omdat mijn blik was beroofd van de onbevangenheid waarmee ik haar in mijn jonge jaren achteloos kon liefhebben. Moest ik niet toegeven dat mijn vreugde omtrent het aanstaande weerzien met Athene was ingegeven door heimwee naar mijn vroegere leven, toen ik als een belofte door de straten paradeerde, alles vanzelf sprak en ik bruisend van ambitie in Athene naar de wereld verlangde, en diende ik mij niet te realiseren dat ik dat oude leven te midden van dezelfde stenen en hetzelfde marmer niet zou terugvinden? Ik zou er na het dromen van andere dromen als een ander ontwaken in dezelfde zon. Zelfs mijn huis was er niet meer. Het was geconfisqueerd en verbeurd verklaard. Er zou nu met zekerheid iemand anders in wonen, een vriendelijk mens misschien, die eraan hecht een respectabel leven te leiden.

Ik zou mijn kinderen weerzien. Elpinike was vier jaar oud geweest toen ze in de haven van Peiraieus afscheid van mij nam aan boord van het vlaggenschip van de vloot die op het punt stond uit te varen om Sicilië en de wereld te veroveren. De kleine Alkibiades kon toen net lopen. Het deel van hun leven dat voor hen werd gekenmerkt door mijn absentie, was inmiddels aanzienlijk langduriger dan de tijd die zij met mij hadden doorgebracht. Zij zouden hun vader niet herkennen. Elf en acht waren zij op het moment dat ik vanuit Byzantion koers zette in de richting van de droeve constatering dat zij een vol en mooi leven hadden en de onvermijdelijke conclusie dat zij mij niet nodig hadden. Ik vroeg mij af of Elpinike op Hipparete was gaan lijken.

Mijn vrienden, mijn zogenaamde vrienden, die ik als metgezellen van mijn ledigheid een stukje met mij heb laten oplopen alvorens ik de afslag moest nemen naar mijn bestemming, zouden mij met open armen ontvangen, zeker nu ik wereldberoemd was geworden, maar ik zou in hun kringen een vreemde zijn, die niet op de hoogte was van de allerlaatste roddels over de nieuwste wendingen in de intriges en beslommeringen waarmee zij hun levens met elkaar hadden verknoopt en waarmee zij zin gaven aan hun lange avonden en ik vreesde dat ik zeker wist dat het mij niet eens meer zou interesseren om opnieuw te worden ingewijd in de heilige mysteriën van hun beperkte bestaan. Ik kon denken dat ik mij erop verheugde aan te liggen met Kritias, Kallias, Phaidros, Andron, Poulytion, Akoumenos, Charmides, Adeimantos, Axiochos, Aristophanes en al die anderen, de kylix met exquise wijn uit Kreta of Erythrai te laten rondgaan en, terwijl de grappen slechter werden, de fluitspeelsters binnen te laten komen. Ik kon mij proberen voor te stellen dat ik om hun een plezier te doen met opzet zou verliezen bij het kottabosspel en dat alles zo zou zijn zoals vroeger. Maar niets zou zo zijn zoals vroeger. Glunderend zouden zij aan mijn lippen hangen terwijl ik op hun aandringen met tegenzin vertelde over de Spartaanse koningin en de gecastreerde jongetjes op de slavenmarkt van Sardis, maar zij zouden niets begrijpen, want zij zouden nooit kunnen bevatten wat het betekent als een man zichzelf verantwoordelijk heeft gemaakt voor het behoud en de redding van de stad die hem eerder heeft uitgekotst. De feesten waren vroeger. Ik was een droeve soldaat nu.

Ik zou mij schamen voor Sokrates. Er bestaat geen wereld waarin ik mij kan voorstellen dat ik hem zou vertellen wat ik heb gedaan. Ik zou zwijgend tegenover hem gaan zitten, als hij mij nog wilde zien, en hopen dat hij mij de gunst verleende om naar hem te mogen luisteren, hetgeen zo goed als ondenkbaar was, tenzij ik in staat zou zijn al mijn roem, ervaringen, kennis, pijn en triomfen van mij af te schudden en terug te kruipen in het onschuldige perzikhuidje van de onuitstaanbaar ambitieuze, naïeve, baardeloze jongen die ik ooit was. Sokrates zou er niet in zijn geïnteresseerd om te keuvelen en herinneringen op te halen met een man die te zeer een icoon was geworden om nog door hem te kunnen worden gevormd. Ironisch zou hij mij complimenteren met mijn vele overwinningen en van schaamte zou ik als de ziener Amphiaraos door de aarde verzwolgen willen worden.

Hoewel ik dankzij de beschavingen die mij als gast hadden getolereerd genezen was van het idee dat de beschaving Athene exclusief als hoofdkwartier en uitvalsbasis had uitverkoren, beschouwde ik mijn stad nog steeds als het middelpunt van de aarde. Ik keerde naar haar terug omdat ik vurig geloofde in het ideaal van vrijheid en gelijkheid dat zij belichaamde en in haar aantrekkingskracht op de Muzen en allerhande filosofisch gespuis dat munt dacht te kunnen slaan uit haar gevoeligheid voor geraffineerd geformuleerde paradoxen en drogredenen. Het vooruitzicht van mijn terugkeer naar het brandpunt van intellectuele moed en naar de bakermat van het dispuut omwille van het dispuut vervulde mij bij voorbaat met een emotie van voldoening en vervulling, maar tegelijkertijd rilde ik bij het besef dat ik opnieuw zou zijn uitgeleverd aan de mechanismen van het democratisch debat. Ik herinnerde mij het gesprek dat ik lang geleden bij het gezang van cicaden met Sokrates had gevoerd onder de wilg aan de met zacht gras overgroeide oever van de gemoedelijk kabbelende Ilissos, waarin hij mij belachelijk had gemaakt vanwege het feit dat het mijn idee van een politieke carrière was dat ik mij zou meten met Meidias, de kwartelklopper, terwijl ik de koningen van Sparta en Perzië als mijn ware tegenstrevers moest beschouwen, en nu stond ik, na met de koningen van Sparta en Perzië te hebben verkeerd, op het punt opnieuw de arena van tijdelijke coalities en kleine deelbelangen te betreden met de taak om in een troebele poel van opportunisme draagvlak te vinden voor mijn evidente gelijk en vloekend compromissen te sluiten met incompetentie en kortzichtige zelfzucht. In zekere zin was mijn wederkomst naar de Pnyx een terugkeer naar mijn falen, omdat de grootste nederlaag van mijn carrière, die zelfs tot mijn doodstraf had geleid, in dat theater zijn beslag had gekregen, en ik vroeg mij af of de genoegdoening van mijn triomfantelijke eerherstel zoet genoeg was om de bittere herinnering aan die ontgoocheling te verdrijven.

Ik was bang. De emotie van angst kan gedefinieerd worden als de onaangename aandoening van onrust die voortkomt uit de inbeelding van een toekomstig onheil of gevaar en als men het zo formuleert, lijkt het nog wel mee te vallen, omdat inbeeldingen niet noodzakelijkerwijs betrekking hebben op de werkelijkheid, ware het niet dat ik het gevaar en het onheil al eerder aan den lijve had ondervonden en dat mijn inbeelding van een herhaling van een soortgelijk scenario mij voorkwam als realistische behoedzaamheid. In een democratie zijn alle standpunten tijdelijk en met het volk als scherprechter is niets zo efemeer als populariteit. Zelfs in de tijd toen ik als een spin in zijn web voeling had met de onzichtbare draden van al het gekonkel in de stad, had ik niet kunnen voorkomen dat ik ten val werd gebracht en nu zou ik als gevierde jongen van buiten komen zonder enig benul van de finesses van de vigerende politieke constellaties, waarbij ik bovendien meer afgunst zou oproepen dan tevoren. Ik diende mij te realiseren en ik realiseerde mij terdege dat mij amnestie was verleend door de regering van de Vijfduizend en dat er sindsdien nieuwe krachten waren ontwaakt, die een ander staatsbestel hadden ingevoerd. De staatsvorm die thans in Athene van kracht was, was de staatsvorm die mijn veroordeling mogelijk had gemaakt. Hoewel mijn vroegere vijanden vermoord of verbannen waren, was er een nieuwe populist opgestaan, die om hem moverende redenen, bijvoorbeeld omdat hij er geen heil in zag om zijn invloed aan mij af te staan, zou kunnen besluiten het opportuun te achten om het volk ervan te overtuigen dat het niet gebonden was aan beloften die eerder door de Vijfduizend aan mij waren gedaan. Het feit dat de emotie van angst die ik ervoer zorgwekkend veel overeenkomsten vertoonde met een rationele analyse, maakte het des te lastiger haar te bestrijden.

Terwijl ik op deze manier ten prooi was gevallen aan tegenstrijdige emoties, die leken op een aanval die van vele kanten tegelijk komt, waartegen men zich nauwelijks kan verdedigen, en die ik nu in al hun verwarrende verscheidenheid opnieuw ervaar terwijl ik dit schrijf, was ik mij ervan bewust dat het in de rede lag te verwachten dat mijn verschijning in Athene heftige en tegenstrijdige emoties zou oproepen bij mijn stadsgenoten. Hoewel dit vertrouwder terrein voor mij behoorde te zijn en hoewel het, zoals gezegd, in vele van mijn functies een kerntaak is om de emoties van anderen te begrijpen en te manipuleren, was Athene zowel in tijd als in afstand te ver weg van mij om door mij met sereen zelfvertrouwen gelezen te kunnen worden. Ik wist dat ik mij op hevigheid diende voor te bereiden, maar ik had geen manier om te weten welke emoties het hevigst zouden zijn.

Zelfs als ik voor het gemak uitging van het wenselijke scenario, wist ik niet of al het uitgelaten en dankbare gejuich van mijn stadsgenoten in staat zou zijn de leegte te vullen die ik voelde vanaf het moment dat ik vanuit Byzantion uitvoer en koers zette naar huis. Zolang ik mijn recht om naar Athene te mogen terugkeren nog moest bevechten, kon ik het gemis van Athene voor mijzelf aanvoeren als verklaring voor de leegte die ik ervoer, maar nu dat excuus was weggevallen, terwijl ik nog steeds in een leegte staarde, was ik in verwarring en moest ik wellicht concluderen dat ambitie eenzaam maakt, hetgeen met name lijkt te gelden voor de zeldzame gevallen waarin ambities worden waargemaakt. Ik vertrouwde niemand meer, behalve mijn stuurman Antiochos.

Mannen van Athene, zoals ik als redenaar met welgekozen woorden, gebaren en stembuigingen emotie tracht op te roepen bij mijn publiek, zo heb ik jullie aan het begin van deze boekrol, waarin ik jullie zal vertellen over ons weerzien na vele jaren, doelbewust de emoties opgedrongen die ik aan de vooravond van onze hereniging ervoer, omdat oprechtheid over deze sentimenten dienstbaar is aan de volledige eerlijkheid die ik jullie heb beloofd en omdat ik wil dat jullie met dezelfde gemengde gevoelens kennisnemen van de gebeurtenissen waarvoor ik jullie verantwoordelijk houd en die ik thans in alle pijnlijke details in jullie herinnering zal roepen, waarbij ik het excuus dat jullie destijds het slachtoffer waren van jullie emoties en derhalve niet verantwoordelijk kunnen worden geacht voor de beslissingen die jullie toen hebben genomen, ondanks de etymologische argumenten die jullie voor deze zienswijze zouden kunnen aandragen, niet zal accepteren.

2

Maar terwijl ik hier op deze droog knisperende papyrus te haastig vooruitloop op de gebeurtenissen, verkeerde ik in het verhaal dat ik aan het vertellen was nog altijd in het vertrouwde vochtige, winderige en krakende decor van mijn schip, waar ik mij gedragen wist op houten vleugels door een bemanning die voor mij door het vuur zou gaan, waar ik gevolgd werd door de slanke triremen van mijn onoverwonnen vloot, die mij bij voortduring verliefd aanstaarden met de geschilderde ogen op hun boeg, en waar ik mij inmiddels met de zilte zeewind in mijn lange haren meer thuis was gaan voelen dan in het luidruchtige labyrint van nauwe, kronkelende en stinkende stegen waar ik was geboren en waarnaartoe ik koers had gezet.

Vanuit Byzantion keerden we eerst terug naar ons voormalige hoofdkwartier op Samos, waar mijn campagne was begonnen, omdat wij daar de betere faciliteiten hadden voor onderhoud en reparaties aan een aantal van onze schepen, en toen we daar toch waren, kon ik de verleiding niet weerstaan om een expeditie te ondernemen naar de kust van de landstreek Karia in het zuiden, waar we de astronomische som van honderd talenten aan tributen, beschermgelden en ouderwetse buit wisten op te halen, hetgeen hopelijk zou bijdragen aan een welwillende ontvangst in Athene.

Toen we terug waren op Samos, bereikten ons berichten vanaf

Thasos, voor de kust van Thracië. Burgeroorlog en hongersnood hadden het eiland in chaos gestort. Ik overlegde met Thrasyboulos en Theramenes en wij waren het erover eens dat de jammerlijke toestand op Thasos ons een buitenkans bood die wij niet onbenut mochten laten. Het besluit werd genomen om Thrasyboulos met dertig schepen terug naar het noorden te sturen om het eiland in te nemen, de orde te herstellen en een basis te vestigen. Toen hij na bijna twee maanden terugkwam van die missie, meldde hij dat hij niet alleen Thasos maar ook Abdera, een schatrijke Griekse stad aan de kust van het Thracische vasteland, die tegenover Thasos aan de uiterste westgrens van het Thracische koninkrijk Odrysië ligt, voor Athene had veroverd. Glimlachend bedacht ik dat hij met zijn eigengereide inname van Abdera zonder het te weten een daad van rechtvaardigheid had verricht voor Athene en mij in zekere zin had gewroken, omdat Abdera de thuisstad was van de beroemde rondreizende sofist Protagoras, die ik in mijn jonge jaren had ontmoet in het huis van Kallias en die bij die gelegenheid dermate hautain had gereageerd op het verzoek van mijn vriend Kritias om met hem te mogen discussiëren over de aard van de goden dat Kritias 's avonds bij mij thuis opgevrolijkt moest worden met een beschonken en boertige parodie op de initiatieriten van de heilige Mysteriën van Eleusis, waar jaren later praatjes van kwamen die mij hebben geruïneerd en Athene aan de rand van de afgrond hebben gebracht. Dit alles vertelde ik Thrasyboulos niet.

De tijd was aangebroken om bewondering en dankbaarheid te oogsten. Ik stuurde Thrasyboulos en Theramenes met het grootste deel van de vloot alvast vooruit naar Athene. Ik zou hen volgen met de laatste twintig van onze schepen.

Elke nederlaag kan de laatste zijn, maar er bestaat geen laatste overwinning. Terwijl een definitief echec opties uit handen slaat en polsen bindt, creëert een zege openingen die niet onbenut mogen blijven. Hoe groter de overwinning is, hoe meer kansen zij biedt op nieuwe successen en omdat iedere mogelijkheid de verplichting met zich meebrengt om gebruik van haar te maken, houdt het nooit op. Zelfs wanneer de oorlog definitief gewonnen is, zijn de mogelijkheden om de oorlog nog een beetje beter te winnen niet uitgeput, en omdat de tijd zich niet houdt aan verdragen en zich evenmin neerlegt bij ons verlangen om een hoofdstuk als afgesloten te beschouwen, zal elke gewonnen oorlog zich scharen onder de oorzaken van het volgende conflict, dat nieuwe overwinningen noodzakelijk zal maken.

Er bestaat geen geschreven, in marmer gehouwen wet die bepaalt hoeveel overwinningen volstaan om het volk van Athene ertoe te bewegen om van zijn generaal te gaan houden. Zelfs als de stad mij had toegestaan mijn plan uit te voeren en Sicilië en de rest van de wereld voor haar te veroveren, zou dat mij geen juridisch en contractueel verankerde garantie op eeuwigdurende affectie hebben opgeleverd en thans kon ik onmogelijk voldoende Spartaanse schepen naar de kelder jagen en met geen mogelijkheid voldoende gebieden heroveren van het afgebrokkelde imperium om de mislukking van dat plan te compenseren, maar in elk geval zou ik altijd nog één victorie aan mijn lijst triomfen kunnen toevoegen om het volk van Athene gunstiger te stemmen.

Ik bleef met mijn twintig schepen rondhangen bij Samos, verdaagde ons vertrek naar Athene enkele malen, talmde en vergaarde inlichtingen uit alle uithoeken van de Atheense invloedssfeer en daarbuiten in de hoop op slecht nieuws dat tot actie noopte. Informanten vertelden mij over de behouden thuiskomst van het leeuwendeel van mijn vloot. Mijn mannen waren als helden onthaald. Ik was blij voor hen en wachtte af, zonder precies te weten waarop ik wachtte.

Het nieuws uit Paros deed mij ontwaken uit mijn nerveuze, ongerichte waakzaamheid. Het ging om onbevestigde geruchten dat de oligarchische factie aldaar een coup zou hebben gepleegd en de democratische regering zou hebben afgezet. Paros is, zoals jullie weten, het rijkste eiland van de Cycladen en met zijn tribuut van niet minder dan dertig talenten per jaar een steunpilaar van het imperium. Afvalligheid van Paros zou, zoals jullie beseffen, een ernstige tegenslag impliceren, die intolerabel geacht diende te worden. Hoewel de herfst aanstaande was en de zee binnen afzienbare tijd haar humeurige karakter zou gaan tonen, aarzelde ik geen moment. Met alle twintig schepen en vierduizend mannen die ik nog tot mijn beschikking had, voer ik uit.

Mijn inlichtingen hadden mij niet bedrogen. Vlak voor onze aankomst op Paros onderschepten wij een kleine galei, die van de hoofdstad van het eiland afkomstig was en die gezanten van de nieuwe aristocratische machthebbers naar Sparta moest brengen met het doel om onderhandelingen te openen over een alliantie. Door middel van de beproefde strategie van militair machtsvertoon in de vorm van een beleg en een scheepsblokkade in combinatie met heimelijke contacten met de afgezette democraten lukte het mij de stad en het eiland voor Athene te behouden.

Wij keerden terug naar Samos, waar wij overwinterden. Toen ik aan het begin van het prille voorjaar ten langen leste het besluit nam om uit te varen naar Athene, bereikte mij het bericht dat de Spartanen dertig nieuwe schepen aan het bouwen waren in hun haven van Gytheion, waar ik ooit met prinses Kyniska was geweest en vanwaar ik ooit met Endios was uitgevaren naar Ionië. Ik zette koers naar Lakonië. Met twintig schepen viel ik de haven binnen en ik vernietigde de schepen die in aanbouw waren. Om dit vernederende machtsvertoon te bekronen met een nog grotere vernedering voor de Spartanen koos ik hun haven als thuisbasis voor mijn vloot. Ik bleef.

De voornaamste reden voor dit oponthoud was dat ik alvorens in het zicht van Athene op te doemen en aan land te gaan in Peiraieus zeker wilde weten dat ik welkom was. Ik wachtte op de bevestiging van mijn positie. De verkiezingen van de strategen voor het nieuwe jaar vinden gewoonlijk plaats bij de eerste zitting van de volksvergadering tijdens de zesde prytanie, dus normaal gesproken in de maand Anthesterion. Dat jaar waren de verkiezingen echter uitgesteld, omdat de voortekenen ongunstig waren geweest. Pas tegen het einde van de lente, aan het begin van de maand Thargelion, kreeg ik het bericht dat het volk mij had herkozen. Ik vatte moed en zette koers naar Athene.

3

Dat ik, een halfgod gelijk, met lange haren golvend op de voorspoedige wind en gehuld in een lange purperen mantel op de voorplecht van het vlaggenschip, dat onder purperen zeilen aan het hoofd ging van een ongeslagen armada van meer dan tweehonderd glanzend opgepoetste triremen, met vergulde wapentekens schitterend in de zon en de boorden van voor- tot achtersteven behangen met blinkende schilden en rijke oorlogsbuit, die de veroverde Spartaanse schepen als speelgoed achter zich aan sleepten en de gewelddadig geamputeerde boegbeelden van de nog talrijkere vijandelijke schepen die zij tot zinken hadden gebracht op de voorplecht gespiest tentoonstelden, terwijl de bemanningen roeiden op het ritme van de ontroerende muziek van de aulos die werd bespeeld door Chrysogonos, de winnaar van het concours bij de Pythische Spelen in Delphi, en hun orders gedeclameerd werden door de gevierde tragische acteur Kallippides, die in een weelderig en zwierig kostuum op de achterplecht naast de bekranste stuurman stond, triomferend in de armen zeilde van mijn uitzinnige volk, dat slechts naar één ding hunkerde en dat was mij te mogen adoreren: zo zullen de toekomstige historieschrijvers, die zich de grandeur van het moment inbeelden, mijn terugkeer in Athene wellicht willen beschrijven, maar jullie waren erbij en jullie weten dat het zo niet is gegaan.

Toen ik op de zesde dag van de afnemende maan van Thargelion met twintig schepen de Kantharoshaven van Peiraieus binnenvoer, bood dat vanaf de kaden gezien de onopvallende aanblik van een bescheiden vlootafdeling die terugkeert van een routinemissie. Het enige wat verre van gebruikelijk was, was het uitzicht vanaf onze schepen op de kaden, waar het zwart zag van het volk. Het leek alsof heel Athene naar Peiraieus was getrokken om getuige te zijn van onze thuiskomst. We legden aan langs en bij de Diazeugmapier. Ook nadat mijn schip was vastgesjord, bleef ik aan dek staan. Al die luidruchtige mensen overweldigden mij. Hun gejuich was angstaanjagend en ik vond hun uitgelatenheid onwerkelijk en verdacht. Mijn mannen keken naar mij en wachtten. Iedereen keek naar mij, alsof iedereen alleen maar voor mij gekomen was. Ik was bang.

Ik ontwaarde mijn neef Euryptolemos, de zoon van Peisianax, in de mensenmassa. Toen pas durfde ik van boord te gaan. Het was op vijf dagen na precies acht jaar geleden dat ik hier op deze zelfde plek Athene achter mij had gelaten en het moment waarop ik van mijn schip stapte om mijn neef, die ik eigenlijk nauwelijks kende maar wiens bekende gezicht op dat ogenblik als wrakhout voor een drenkeling mijn enige houvast vormde, te omhelzen als mijn eigen broer, was het eerste moment sinds acht jaar min vijf dagen dat ik weer voet zette op Atheense bodem. Vervolgens zag ik andere vrienden en bekenden en terwijl mijn blijdschap tijdens zoenen en omhelzingen geleidelijk werd verlost van zorgen, bijgedachten en reserves, vatte ik langzaam moed om te luisteren naar de naam die werd gescandeerd door de massa en opnieuw met overtuiging Alkibiades te heten, de zoon van Kleinias, uit het district Skambonidai, die was thuisgekomen.

Terwijl ik omstuwd door mijn stadsgenoten, hun vrouwen en hun slaven over de weg tussen de Lange Muren naar de stad werd geleid, hoorde ik wat hun stemmen zeiden over deze Alkibiades. Onverdiend was het, zeiden zij. Zijn ballingschap was louter te wijten geweest aan complotten en intriges, zeiden zij, die waren ontsproten aan de afgunstige geesten van mannen die het, hoezeer zij ook uitblonken in het verwoorden van malicieuze laster, niet verdienden om in zijn schaduw te staan. Terwijl hij altijd het belang van Athene voor ogen heeft gehad en zijn eigen vermogen heeft gespendeerd aan de roem van de stad in Olympia, was hij op lage wijze afgezet en kapotgemaakt door lieden die politiek verwarden met persoonlijk gewin. Dat zeiden zij. Toen hij acht jaar geleden beschuldigd was van heiligschennis, had hij daarop gereageerd door aan te dringen op een snel proces om de insinuaties die circuleerden te toetsen aan de waarheid, zeiden zij, maar het waren zijn persoonlijke vijanden geweest die hem hadden geknakt door hem een eerlijk proces te misgunnen. Zij hadden op laffe wijze gewacht totdat hij de stad had verlaten om aan de andere kant van de wereld te vechten voor haar glorie en hem vervolgens, zonder hem de gelegenheid te gunnen zich te verweren, van zijn vaderland beroofd.

Zo spraken de stemmen en zij zeiden dat het uit bittere noodzaak was geweest dat hij zich, toen hij slaaf was gemaakt van de omstandigheden, gedwongen had gezien zijn toevlucht te zoeken tot de volkeren die hij het meest haatte en dat hij, terwijl zijn leven dag in dag uit in gevaar was, moest toezien hoe de stad koers had gezet in de richting van destructie zonder dat hij in staat was haar te hulp te schieten. Toch had hij zich, ondanks het feit dat de gevaren, smart en ongemakken waaraan hij tijdens zijn gedwongen verblijf ver van zijn vaderland dagelijks was blootgesteld het zouden hebben gerechtvaardigd als hij alleen aan zichzelf en aan zijn eigen behoud had gedacht en ondanks het feit dat hij goede redenen had om zich te beschouwen als slachtoffer van machinaties die een democratisch bestel mogelijk had gemaakt, opgeworpen als de redder van de democratie en als de man die vanuit vreemde landen ver achter de horizon de stad haar vrijheid had teruggegeven.

Vele stemmen spraken in deze trant, maar andere stemmen bromden cynisch en zeiden dat deze Alkibiades in ieder geval garant stond voor spektakel. Als het noodlot nog meer beproevingen in petto had voor Athene, zo zeiden zij, dan liep hier de stokebrand die de vervulling van dat noodlot zou bespoedigen. Zij riepen Sicilië in herinnering, waar de stad de wrange vruchten mocht plukken van zijn grootheidswaan en persoonlijke ambities, maar anderen wierpen tegen dat de expeditie naar het westen op een triomf zou zijn uitgelopen als het volk niet zo onvergeeflijk zwakhoofdig was geweest om zijn beste strateeg uit zijn functie te ontheffen. Deze stemmen spraken de namen van Kyzikos en Byzantion uit als de woorden van een zegezang. Tegendraadse stemmen spraken op een andere toon over Dekeleia en Milete, maar ook die stemmen behoorden toe aan nieuwsgierigen, die waren uitgelopen om deze man te zien, die volgens het unanieme oordeel van allen de grootste was, al bestond er zo te horen enig verschil van mening over de vraag of hij de grootste zegen dan wel de grootste ramp was voor Athene.

Omdat er te veel volk op de been was dat mij wilde horen spreken en omdat de heuvel van de Pnyx onvoldoende plaats zou hebben geboden aan dat gehoor, leidde men mij naar het theater van Dionysos aan de voet van de Akropolis, waar een officiële zitting van de volksvergadering werd belegd. Ik kon mij voorstellen dat ik het ook wel op prijs zou hebben gesteld om mij een kort moment terug te trekken om mij op te frissen na mijn lange reis van acht jaar en bij te komen van het welkom dat zo overweldigend massaal was geweest dat het mij het zicht op de stad had ontnomen, maar toen ik in mijn eenvoudige chiton, die nog nat was van opspattend zeewater, en met ongecoiffeerde haren opkwam via de coulissen, op het middelpunt van het koor ging staan en een muur van duizenden, dicht opeengepakte en doodstille Atheense burgers voor mij zag oprijzen tot halverwege het Parthenon, was ik dankbaar voor de mij geboden gelegenheid om zonder onnodig uitstel het woord te nemen dat mij acht jaar eerder was ontnomen. Ik sprak als volgt.

'Er zijn drie woorden die ik in het verleden vele malen achteloos heb uitgesproken, totdat ik acht jaar geleden beroofd werd van het podium waarop deze drie woorden weerklank vinden. Als ik mijn korte rede van vandaag met deze drie woorden laat beginnen, zal ik deze met meer ernst, overtuiging en toewijding uitspreken dan ooit tevoren, want terwijl ik ze vroeger onnadenkend in de mond nam als een holle formule, ben ik door toedoen van mijn noodgedwongen verblijf elders gaan beseffen hoe groot het voorrecht is om deze woorden hardop te mogen zeggen. Als ik jullie thans met deze drie woorden aanspreek en jullie noem zoals jullie genoemd moeten worden, mannen van Athene, dan klinkt in mijn stem niet alleen opluchting mee vanwege het feit dat ik weer thuis ben, alsmede dankbaarheid vanwege de overweldigende ontvangst die jullie mij vandaag hebben bereid, maar ook en vooral mijn in den vreemde alleen maar gegroeide bewustzijn van het feit dat de macht van Athene in deze drie woorden is samengebald, omdat de kracht van Athene gelegen is in onze overtuiging dat iedere burger deze drie woorden in de mond mag nemen om te zeggen wat hij te zeggen heeft, zijn stadsgenoten deelgenoot te maken van zijn visie en in gemeenschappelijk overleg de koers van de staat te bepalen.

Toen ik voor mijn veiligheid en behoud was overgeleverd aan de genade en het humeur van autocraten als de koning van Sparta en de satraap van Sardis, heb ik de kracht en de discipline gezien die uitgingen van hun absolute gezag. De efficiëntie van hun nimmer betwiste orders heb ik moeten onderkennen. Ik heb echter tevens de onoverkomelijke zwakte van hun autoritaire bewind ontdekt en die kwetsbaarheid, die niet te stutten valt, is gelegen in de noodzaak om het eigen volk te knechten teneinde het staatsbestel te bestendigen. Terwijl vrijheid in Athene het uitgangspunt is van de staatsinrichting en het beleid, zijn in alleenheerschappijen zelfs de heersers onvrij, want wie koning is van slaven, is slaaf van de nimmer aflatende plicht om het eigen volk te onderdrukken.

Wij zijn in oorlog met een autocratisch bewind. Mijn verblijf in den vreemde heeft mij doordrongen van het besef dat wij deze oorlog niet mogen verliezen, omdat het enige baken van vrijheid dat heel Hellas hoop biedt, niet gedoofd mag worden. Bovendien ben ik ervan overtuigd geraakt dat wij deze oorlog niet kunnen verliezen. Een onderworpene van de staat wordt met de knoet afgericht om zijn haat jegens de staat te verbergen. Hij is bereid zijn leven op het slagveld te riskeren, omdat hij weet dat hij zijn leven met zekerheid verliest als hij bevelen negeert. Uitsluitend in Athene en in de steden die wij als bondgenoten onze bescherming bieden is patriottisme een vrije keuze en een keuze voor vrijheid. Wij zijn onoverwinnelijk omdat vrijheid zich niet laat knechten.

Mannen van Athene, ik zou hier vandaag kunnen spreken over het verleden. Ik zou kunnen spreken over het onrecht dat mij in een andere tijd door dit gremium is aangedaan, maar ik prefereer het te spreken over onze plicht om op te komen voor het principe van de rechtvaardigheid, dat bedreigd wordt door onze vijanden, die met het voorbeeld van vrijheid, gelijkheid en recht dat wij belichamen de hoop op vrijheid, gelijkheid en recht willen vernietigen. Ik zou kunnen spreken over zekere ongefundeerde beschuldigingen van heiligschennis, maar ik geef er de voorkeur aan te spreken over de heiligheid van onze vrijheid en over de manier waarop wij de opdracht die de geschiedenis ons heeft gesteld zullen vervullen en in onze heilige oorlog voor de vrijheid zullen zegevieren. Ik zou kunnen spreken over mijn overwinningen in de Hellespont, de Propontis en de Bosporus, waardoor de Spartaanse vloot is vernietigd en Athene verzekerd blijft van zijn dagelijks brood, maar liever spreek ik over onze toekomstige inname van Sparta en over onze wil om alle volkeren van Hellas de vrijheid te gunnen die wij als vanzelfsprekend beschouwen.

Mannen van Athene, nog liever dan jullie toe te spreken over de toekomst, zou ik zwijgen en samen met jullie handelen teneinde onze toekomst gestalte te geven. Daarom zal ik mijn betoog kort houden en aan mijn eerdere woorden uitsluitend nog toevoegen dat ik, als jullie van oordeel zijn dat ik jullie vertrouwen waardig ben, tot jullie beschikking sta om jullie naar het beste van mijn vermogens bij te staan, voorop te gaan in de strijd en Athene naar de zege te leiden.'

Zo sprak ik. Oorverdovende bijval rolde van de Akropolishelling over mij heen. Jullie weten dat nog. Jullie waren erbij. Met ongekend enthousiasme en met grote voortvarendheid werd een aantal moties bij acclamatie aangenomen, die bepaalden dat ik werd vrijgesproken van alle beschuldigingen die in het verleden jegens mij waren geuit, nadrukkelijk inclusief de tenlastelegging van heiligschennis en ontheiliging van de heilige Mysteriën van Eleusis, dat de eerdere vernietiging van mijn doodsvonnis door de voormalige regering van de Vijfduizend werd bevestigd, dat mijn openbare vervloeking werd herroepen, dat de marmeren gedenksteen waarin die vervloeking was gebeiteld in zee zou worden gegooid, dat al mijn geconfisqueerde bezittingen aan mij werden gerestitueerd en dat ik werd benoemd tot opperbevelhebber met volledige zeggenschap. Het was voor het eerst in de geschiedenis dat de Atheense democratie deze ongelimiteerde bevoegdheid toekende. Als ik werkelijk tiran van Athene had willen worden, van welke ambitie ik herhaaldelijk ben beschuldigd, zou ik deze aanstelling hebben gevierd als een kolossale stap in de richting van de verwezenlijking van mijn doelstelling.

Aan deze op het oog totale triomf kleefde slechts één smet, maar daarvan werd ik mij pas een dag later bewust. Vanwege mijn desinteresse voor religie en mijn aan minachting grenzende onverschilligheid voor bijgeloof, had ik er niet bij stilgestaan dat mijn glorieuze terugkeer in Athene op de zesde dag van de afnemende maan van Thargelion samenviel met de Dag van de Reinigingsrite, waarop het college van de Praxiergidai het godenbeeld van Pallas Athene van zijn kleding ontdoet en het naakte beeld bedekt terwijl de heilige gewaden gewassen worden. Deze dag wordt, zoals jullie weten en zoals ik had moeten beseffen, door de Atheners beschouwd als de ongelukkigste dag van het jaar. Niemand doet zaken op die dag. De volgende dag kwam het mij ter ore dat sommigen in de stad fluisterden dat de godin mij geen warm welkom had bereid en dat zij haar gelaat had bedekt om mij niet te hoeven zien. Hoewel ik ongevoelig ben voor een dergelijke denkwijze en laconiek kan glimlachen om de suggestibele gesteldheid van hen die er wel gevoelig voor zijn, had ik gevoelig moeten zijn voor de gevoeligheid. Nikias zou zo'n fout niet hebben gemaakt, zal ik maar zeggen.

4

Zo begon de zomer, de korte, hete zomer, die thans drie jaar achter ons ligt, waarin ik wederom onder jullie vertoefde. Ik heug mij die maanden waarin wij herenigd waren, mannen van Athene, met dankbaarheid, begrijpt mij niet verkeerd. Nadat jullie mij hadden toegejuicht en mij grif het lot van de stad en het imperium in handen hadden geduwd, zoals schijtscheppers de drek uit de stegen buiten de muren dumpen, zijn jullie zo genereus geweest om mij het oude huis van Themistokles in Melite ter beschikking te stellen, dat zo dicht bij de Pnyx is gelegen dat jullie van mij konden eisen dat ik onmiddellijk kwam opdagen zodra jullie mij ter verantwoording wilden roepen en dat evenmin ver van de schavotten op het Barathron lag, en hebben jullie de wellevendheid betoond om mij toe te staan gebruik te maken van het recht, dat mij als Olympisch kampioen toekwam, op een maaltijd per dag in het Prytaneion op kosten van de gemeenschap, en in ruil voor deze gaven verwachtten jullie van mij eigenlijk alleen maar dat ik triomfantelijk glunderend zou rondlopen en Athene zou redden.

Ik wist precies wat jullie van mij verlangden. Jullie hoop was gevestigd op de verwachting dat ik opzien zou baren. Zoals ik in mijn jonge jaren heupwiegend stof opwierp voor het gesprek van de dag, zo zou ik wederom beroering en opwinding veroorzaken in de door oorlog geteisterde stad. De onvoorspelbare wendingen in de geschiedenis, die ik naar jullie calculatie met zekerheid teweeg zou brengen, zagen jullie met spanning tegemoet en eveneens met vertrouwen, in zoverre dat alles wat voorspelbaar was, al was gezien en weinig enthousiasme vermocht te wekken. Zoals ik ooit in een purperen mantel met een kwartel onder mijn arm de volksvergadering had begeesterd, zo zou ik opnieuw kleur geven aan jullie bezorgde debatten. Jullie konden niet wachten tot ik mijn eerste r als een l zou uitspreken. Zoals ik in de hippodroom van Olympia tot meerdere eer en glorie van Athene op eigen kosten koningen en tirannen had vernederd, zo zou ik de berooide stad thans op wonderbaarlijke wijze met magisch goud en zilver naar een eclatante overwinning in de oorlog leiden. Jullie verheugden jullie al bij voorbaat op het extravagante zegefestijn waarbij ik de hele stad genereus zou trakteren op paling uit het meer van Kopaïs.

Omdat jullie met alle conventionele methoden om een oorlog te winnen nog steeds geen einde hadden weten te maken aan het slepende conflict, dachten jullie behoefte te hebben aan de onconventionele daden waarvoor ik garant leek te staan. Als ik nu terugdenk aan die zomer van drie jaar geleden, bekruipt mij zelfs het vermoeden dat jullie niet zozeer werden geleid door rationele, strategische overwegingen toen jullie mij met het opperbevel belastten, als wel door de banale behoefte aan vertier. Hoewel ik de Spartaanse vloot had verslagen en hoewel jullie destijds desgevraagd ook best wel bereid waren dat te beseffen, waren jullie verveeld geraakt door de uitzichtloze oorlog en hadden jullie mij op een hoge sokkel geplaatst in de hoop dat ik die verveling met spektakel, schandalen en een diepe val zou verdrijven.

Bij al mijn bewegingen in Athene wist ik jullie ogen nauwlettend op mij gericht en hoorde ik dat jullie de adem inhielden in de hoop dat ik iets buitensporigs zou gaan doen. Wanneer ik de agora overstak om in het kleine amfitheater te overleggen met de leden van de executieve raad, verwachtten jullie dat ik met een dolk onder mijn mantel eigenhandig de democratie omver zou werpen om mijzelf vervolgens uit te roepen tot tiran van Athene of, als dat te veel gevraagd was, dat ik dan in ieder geval na een regulier overleg naar buiten zou treden met een ongehoord plan dat iedere Athener onmetelijke rijkdommen en een Spartaanse slaaf zou opleveren. Wanneer ik mij nieuwe sandalen liet aanmeten bij de filosofische schoenmaker Simon naast het Monument van de Naamgevers, dachten jullie te weten dat mijn spilzucht zich binnen afzienbare tijd zou manifesteren in de vorm van lange, slepende gewaden van dubbelgeweven Perzische zijde en massief gouden sieraden en verspreidden sommigen van jullie zelfs het gerucht dat ik een kroon voor mijzelf had besteld bij de befaamde edelsmeden uit Sardis. Wanneer ik over de Straat van de Drievoeten naar het Prytaneion wandelde, lonkte ik in jullie beleving naar alle mooie jongens die daar rondhingen en waren jullie teleurgesteld dat jullie mij nergens daadwerkelijk met een dozijn ontklede schandknapen wisten te betrappen. Wanneer ik te paard tussen de Lange Muren naar de haven van Peiraieus draafde om de reparatiewerkzaamheden aan de schepen te inspecteren, waren jullie ervan overtuigd dat ik van plan was om zonder voorafgaand overleg op de Pnyx met een armada uit te varen naar Sicilië. Wanneer ik vijgen en olijven ging kopen in de buurt van de Tempel van Dionysos in Limnai, was het voor jullie bewezen dat ik luxueuze banketten en tomeloze drinkgelagen organiseerde in mijn huis, die met zekerheid werden opgeluisterd door honderden vingervlugge fluitspeelsters en exotische danseressen die in niets anders gekleed gingen dan in hun schaamteloosheid en een paar druppels van hun kostbare parfum van Telos of uit Smyrna.

Jullie verwachtten kortom van mij dat ik mijzelf zou zijn, maar dat was een onmogelijke opgave. Wellicht moet ik mij er nu alsnog bij jullie voor verontschuldigen dat ik mijn taak om Athene naar de overwinning in de oorlog te leiden destijds dermate serieus heb genomen dat ik jullie in jullie verwachtingen omtrent extravagant gedrag mijnerzijds op jammerlijke wijze heb moeten teleurstellen. In plaats van te voorzien in jullie eeuwige behoefte aan amusement en schandalen, heb ik mijzelf aan het werk gezet.

Er was veel dat mijn aandacht vroeg. Uitbreiding van de vloot was een prioriteit. Hoewel het tolhuis in Chrysopolis aan de Bosporus meer inkomsten genereerde dan ik had verwacht, was de financiële positie van de stad nog altijd een reden tot zorg. De herovering van Ionië met hernieuwde incassering van de tribuutbetalingen van de welvarende Ionische steden was de aangewezen route naar financieel herstel, maar een dergelijke expeditie vergt voorbereiding en terwijl ik mijn blik richtte op de zee, zat koning Agis nog altijd op zijn heuvel in Dekeleia als een hinderlijke steenpuist op het achterwerk van Attika. Voor de lange termijn diende er naar mijn overtuiging gedacht te worden aan een wraakexpeditie tegen Syracuse, zeker nu die stad volgens de berichten was verzwakt door een Carthaagse invasie, als eerste stap in de richting van een uitbreiding van het imperium, die na het herstel ervan de enige garantie vormde voor zijn behoud. Ik dacht na over methoden om een grootscheepse inzet van de cavalerie overzee mogelijk te maken. Daarvoor moest misschien een nieuw type schip worden ontworpen. Een snelle interventiemacht van schepen en paarden zou een noviteit zijn, die ons een beslissend voordeel zou bieden over alle militaire grootmachten aan de Middellandse Zee, inclusief de Perzen.

Dit alles vergde planning en tijd, maar jullie wilden geen beleid van mij, maar een mirakel. Ik moest de verwachtingen inlossen van het wonder dat ik belichaamde. Maar hoewel jullie mij een volmacht zonder precedent hadden gegeven, diende ik nog altijd te opereren binnen de dynamiek van jullie democratische bestel en nergens vertonen wonderwerken zich met meer tegenzin dan in de moeizame zoektocht naar een meerderheid voor het minst slechte compromisvoorstel, waarin alle denkbare deelbelangen zijn uitgeruild of gecompenseerd. Ik had acht jaar ver buiten Athene verkeerd. Ik was niet langer tot in detail ingevoerd in machtsverhoudingen en verborgen agenda's van facties en allianties. Anders dan voorheen kende ik de hoofdrolspelers in het politieke debat niet allen persoonlijk. Ik moest als buitenstaander manoeuvreren in een gesloten kaste van op elkaar ingespeelde antagonisten en ik vond mijzelf terug in de slangenkuil die ik kende van vroeger, maar die inmiddels in bezit was genomen door nieuwe slangen, die kronkelden op een onvoorspelbare manier die ik zo snel mogelijk moest zien te doorgronden. Het politieke debat was veranderd. Ik was opgegroeid met de onbetwistbare autoriteit van de staatsman Perikles en groot geworden als de tegenstander van de behoedzame technocraat Nikias, waarbij ik met verve de rol van de onconventionele en opwindende oppositieleider kon exploiteren, maar nu moest ik mij als verantwoordelijk bestuurder staande houden in een arena waarin de omgangsvormen waren verruwd en waarin weinig nog herinnerde aan de inhoudelijke discussies ten tijde van Perikles en Nikias. Argumenten hadden plaatsgemaakt voor insinuaties en weinigen hadden nog oog voor andere belangen dan politiek gewin op de korte termijn.

In aanvang bood de uitzonderlijke positie waarin jullie mij hadden geplaatst mij bescherming tegen al te opzichtige tegenwerking. De echo van jullie toejuichingen en van jullie bijval toen de decreten bij acclamatie op mij neerregenden, galmde nog na in de stegen van de stad en in de oren van mijn potentiële tegenstanders, dus zelfs de nieuwe man Kleophon, die zijn positie als lieveling van het volk aan mij had moeten afstaan, was voor het moment terughoudend met zijn kritiek op mij en leek besloten te hebben zijn venijnigste aanvallen op mij uit te stellen tot het moment waarop ik in mindere mate door het volk aanbeden zou worden. Hoewel zijn schokkend onbehouwen optreden anders deed vermoeden, bleek hij een intelligent politicus, die mij op een geraffineerdere wijze dwarszat dan door mij te bestoken met de inventieve beledigingen waaraan hij zijn populariteit bij het volk te danken had.

Op de dag waarop ik mij voor het eerst op de heuvel van de Pnyx vertoonde en onder luid applaus werd verwelkomd, nam Kleophon het initiatief en voordat ik het door mij voorbereide betoog over de zorgwekkende financiële situatie kon afsteken, diende hij een motie in die alle behoeftigen van de stad een toelage van twee obolen per dag in het vooruitzicht stelde en die door diezelfde behoeftigen, die overal in alle steden van de Grieken en van de barbaren een grote meerderheid vormen, uiteraard op groot enthousiasme werd onthaald, waarna het bijzonder onaantrekkelijk voor mij was geworden om in sombere bewoordingen de noodzaak tot bezuinigingen te bepleiten, hetgeen ik dan ook naliet. In plaats daarvan ging ik na afloop van de zitting bedrukt terug naar huis om de kosten van de door Kleophon beloofde uitkering door te rekenen.

Sluwer nog waren zijn initiatieven om het bouwprogramma op de

Akropolis te hervatten. Met dit objectief gezien uiterst inopportune plan presenteerde hij zich als de erfgenaam van de bouwpolitiek van Perikles, waardoor hij de glans van de roem van mijn voogd en stiefvader van mij ontvreemdde en op zichzelf deed neerstralen. Met zijn voorstel tot voltooiing van het Erechtheion, dat de heiligste plaatsen van de stad zou herbergen, speelde hij op een intelligente wijze in op conservatieve en religieuze tendensen die leefden onder het volk, dat in zijn onzekerheid en angst voor de toekomst houvast zocht bij oud geloof en bijgeloof. Hij hoefde het contrast met de timing van mijn terugkeer op de ongunstigste dag van het jaar niet expliciet te benoemen om het suggestibele deel van zijn aanhang ervan te overtuigen dat de goden hun hoop op hem hadden gevestigd in plaats van op mij. Dat hij bovendien de brutaliteit betoonde om de voltooiing van de constructie van de tempel voor Pallas Athene in haar gedaante van Godin van de Overwinning naast het poortgebouw op te dragen aan mijn overwinningen in de Hellespont en de Bosporus, was een demonstratie van malicieuze genialiteit, waarmee hij zich tegelijkertijd comfortabel tegen mijn triomfen en populariteit aan schurkte en zich door zijn vertoon van gevoeligheid voor de religieuze dimensie van die successen van mij distantieerde.

Ik zag mijzelf gedwongen een strategie te ontwerpen waarmee ik de politieke behendigheid van Kleophon kon neutraliseren en hoewel ik erin slaagde om daarvoor een adequaat plan te bedenken, waarvan ik op de negentiende dag van de maand Boëdromion de zoete vruchten zou plukken, moet ik bekennen dat ik ondanks mijn tevredenheid over mijn eigen politieke vindingrijkheid verontrust was door het besef dat het democratische spel dat ik opnieuw genoopt was te spelen macht en de volksgunst tot inzet had in plaats van het belang van de staat. Alles viel wederom in het gat tussen het verleden en de toekomst.

5

Deels vanwege mijn verplichtingen jegens de stad en deels omdat ik mijn veeleisende werkzaamheden gretig als alibi inzette, had ik de hernieuwde kennismaking met mijn kinderen uitgesteld. Het door de natuur in stelling gebrachte verlangen om mij met hen te herenigen boette in aan kracht door de tijd die was verstreken en die hen had doen vervagen tot abstracties. Ik hoefde hen niet te zien om te weten dat zij mijn herinneringen aan hen waren ontgroeid. Doordat ik door de omstandigheden voor het langste deel van hun jonge levens geen vader voor hen had kunnen zijn, had ik er inmiddels moeite mee om mijzelf als een vader te beschouwen. De gedachte alleen al leek mij grotesk. Ik was de afgelopen jaren zo veel meer geweest dan een vader en eventuele gedachten aan mijn kinderen waren in die tijd verdrongen door zo veel urgentere overwegingen, dat mijn vaderschap mij voorkwam als een achterhaald concept, waarvan ik mij niet goed meer kon voorstellen dat ik er ooit in had geloofd. Men zou het ook als een kwestie van prioriteiten kunnen analyseren. De wereld was te groot om mijn ambities in te dammen tot liefde voor twee kleine mormels. Eerzucht verdraagt zich slecht met huiselijkheid. Gedrevenheid maakt de blik onrustig.

Dat ik uiteindelijk toegaf aan de herhaalde invitaties van Kallias en in de late ochtend van een warme zomerdag traag en onwillig naar zijn huis slenterde, waar mijn kinderen opgroeiden, was eerder gemotiveerd door een zekere gevoeligheid voor sociale conventies en door de overweging dat het mijn imago zou kunnen schaden als het volk mij onverschilligheid jegens mijn nageslacht kon aanwrijven dan door een opwelling van genegenheid en oprecht gemis en ik moet toegeven dat daarbij de absurde gedachte door mijn hoofd speelde dat mijn bezoek een verplichting betrof die ik tot mijn opluchting achter de rug zou hebben zodra ik haar had ingelost.

Wat wellicht ook een rol speelde, is dat ik op een ochtend kinderen hoorde spelen voor mijn huis in Melite. Zij zongen het raadselachtige aftelversje dat kinderen in Athene altijd zingen:

'Peli-pelikaan, wat sta je daar te staan?'
'Ik geef de wol uit Ephesos aan wevers mee.'
'Je mooie, jonge zoon, hoe is hij heengegaan?'
'Hij sprong van witte paarden in de diepe zee.'

De magie van de betekenisloze woorden wierp mij terug naar mijn jeugd, die ik zonder een vader had doorgebracht, hetgeen mij week maakte en vervulde van schuldgevoel.

Hoewel ik besef dat jullie weinig reden hebben om belang te stellen in een verslag van mijn ontmoeting met mijn kinderen, mannen van Athene, zal ik jullie er toch over vertellen, omdat mijn teleurstelling over het weerzien en de nadenkende stemming die mij vervolgens overviel verklaren waarom ik op de avond van diezelfde dag troost en afleiding zocht op de plek waar ik de vrouw heb gevonden, voor wie jullie vervolgens, ondanks het feit dat jullie daar evenmin veel reden toe hadden, een morbide fascinatie aan de dag hebben gelegd en wier naam korte tijd later begon te klinken in jullie insinuaties en beschuldigingen.

Kallias woonde in die tijd vlak bij mij. Zijn vroegere, door filosofen en sofisten overlopen huis in Alopeke voorbij de Itonische Poort aan de overzijde van de Ilissos, waar ik vroeger vaak te gast was geweest en vanwaar ik Hipparete als mijn bruid in triomfantelijke processie naar Skambonidai had gevoerd, ligt buiten de muren en sinds de Spartaanse bezetting van Dekeleia had hij, naar eigen zeggen om veiligheidsredenen, een kleiner huis betrokken in de stad en wel in Melite, in dezelfde wijk waar ik was gehuisvest. De kortheid van de wandeling herinnerde mij er ten overvloede aan dat ik geen goede redenen had gehad om dit bezoek uit te stellen. Ik herinnerde mij dat zijn gasten vroeger werden ontvangen door een chique eunuch, maar toen ik op zijn deur klopte, werd mij opengedaan door een slaaf uit het huishouden, die mij voorging naar een bescheiden patio.

'Tijdelijk,' zei Kallias. 'Dit alles is tijdelijk.'

Hij ging opvallend sober gekleed voor een snob. Zijn chiton maakte een afgedragen indruk. Hij was minder pafferig dan ik mij hem herinnerde. Ik omhelsde hem zoals een weduwnaar zijn voormalige zwager omhelst. Er was nergens een filosoof te bekennen.

'Alles in deze wereld is tijdelijk,' zei hij. 'Zoals Herakleitos van Ephesos zegt, is het een man niet gegeven tweemaal door dezelfde rivier te waden. Telkenmale wanneer hij voet zet in de stroming, zal hij door ander water worden omspoeld en als jij nu even snel de oorlog voor ons wint, Alkibiades, en de Spartanen Attika uit schopt, dan kan ik onze zilvermijnen in Laurion heropenen en zal ik niet meer tegen de stroom in hoeven te zwemmen.'

'Oorlog is vader en koning van alles wat bestaat,' zei ik.

Hij lachte. 'Ik heb een deel van mijn bibliotheek moeten verkopen,' zei hij, 'maar het heeft een gelukkiger mens van mij gemaakt dat ik door de nood gedwongen heb mogen ontdekken dat wijsheid ook in het geheugen opgeslagen kan worden.'

'Ik heug het mij nog goed dat de grote Protagoras uit Abdera bij jou te gast was,' zei ik.

'Ik heb in het verleden misschien ook wel een beetje te gretig geïnvesteerd in de filosofie en de wetenschap,' zei hij, 'dat moet ik toegeven.'

'Je was gul met de wijn uit Erythrai,' zei ik.

'En iedereen wist dat,' zei hij. 'Dat was mijn probleem.'

'Je hield er zelf ook van,' zei ik.

'Dat was een ander probleem,' zei hij.

'Ik zal voor een toelage zorgen,' zei ik. 'Zullen we dan maar?'

'Geen sprake van,' zei hij. 'We hebben op je gestemd om tributen te innen, niet om ze uit te delen.'

Opeens rende er een jongetje de patio op. Hij zwaaide vervaarlijk met een houten zwaard, terwijl hij tevens zorg droeg voor het gorgelende gekreun waarmee zijn gefantaseerde vijanden het leven lieten. Hij schrok toen hij mij zag. Verlegen klampte hij Kallias' benen vast.

'Is dat mijn zoon?' vroeg ik aan Kallias. 'Wat is hij groot geworden.'

Kallias lachte. 'Mag ik je voorstellen?' zei hij. 'Hipponikos de Verschrikkelijke, mijn zoon en erfgenaam. Ik zal Elpinike en de kleine Alkibiades laten halen.'

Hij liep een van de vertrekken in. Het jongetje hergroepeerde strategisch achter een zuil. Als oudste zoon van Kallias droeg hij conform het gebruik de illustere naam van zijn gedistingeerde grootvader, de vader van Kallias en Hipparete.

'Tegen wie vocht jij?' vroeg ik hem.

'Tegen de Spartanen natuurlijk,' zei hij vanachter de zuil. 'Ze zijn allemaal dood.'

'Ik heb je zien strijden bij Kyzikos,' zei ik. 'Jij hebt je door je dapperheid onderscheiden. Athene kan mannen zoals jij goed gebruiken, Hipponikos.'

Kallias kwam terug. 'Ze komen zo,' zei hij. 'Het kindermeisje is nog even met hen bezig.'

'Je zoon is een goede man,' zei ik tegen Kallias. 'Ik denk eraan Elpinike aan hem uit te huwelijken.'

'Denk maar niet dat ik je korting geef op de bruidsschat,' zei Kallias.

‘Ben jij Alkibiades, de vader van Alkibiades?’ vroeg Hipponikos aan mij. ‘Is het waar dat jij de Spartaanse admiraal hebt gedood?’

‘Wil je dat ik je voordoe hoe?’ vroeg ik.

Hij kwam achter de zuil tevoorschijn en knikte gretig. Terwijl wij in een woest schijngevecht verwikkeld waren, waarbij ik hem assisteerde bij het produceren van de begeleidende doodsrochels, kwam het kindermeisje de patio op met aan elk van beide handen één frisgewassen en gekamd kind. Het meisje aan haar linkerhand keek mij argwanend aan en het jongetje dat haar rechterhand vasthield schrok van de vijandigheden en de doodskreten en barstte in huilen uit. Sussend drukte het kindermeisje zijn hoofd tegen haar schoot. Hij was jonger dan de zoon van Kallias, die ik voor een kort moment abusievelijk voor hem had aangezien, maar ook weer niet zo jong dat traantjes als dagelijks verschijnsel glimlachend konden worden vergoelijkt. Ik herkende hem niet, maar als hij was wie ik dacht dat hij was – en dat was hij –, dan was hij negen jaar oud, was zijn naam Alkibiades en was hij mijn zoon.

Ik herkende het meisje evenmin, maar zij vertoonde de trekken van Hipparete, zeker wanneer zij zo boos naar mij keek. Zij moest Elpinike zijn. Ze was een paar maanden geleden twaalf geworden. Ik liep op haar af en had het idee dat ik iets moest zeggen.

‘Je lijkt op je moeder,’ zei ik toen maar.

‘Wat kom jij hier doen?’ vroeg zij op vijandige toon.

‘Ik ben je vader,’ zei ik. ‘Jullie vader,’ preciseerde ik, maar de kleine Alkibiades keek mij niet aan.

‘Wij hebben hier geen behoefte aan een vader,’ zei Elpinike. Zij bleef mij strak aanstaren.

Het kindermeisje leek gegeneerd. Kallias lachte.

‘Herinner je je nog dat je aan boord van mijn schip was, toen de grote vloot uitvoer uit Peiraieus?’ vroeg ik aan Elpinike.

‘Ik herinner mij dat je dood was,’ zei zij.

‘Is dat wat ze je hebben verteld?’ vroeg ik.

‘Dat is wat we hebben besloten.’

‘Wie?’

‘Hij en ik.’

‘Waarom?’

‘Dat maakte het makkelijker om te begrijpen dat wij geen pappa hebben,’ schreeuwde de kleine Alkibiades door zijn tranen heen.

'Nou,' zei Kallias. 'Jullie vader is blijkbaar uit de dood opgestaan en uit de onderwereld teruggekeerd. Net als Herakles. En gelukkig heeft hij niet uit de Lethe gedronken, dus hij is jullie niet vergeten.' Hij giechelde om zijn relativerende woorden van elk restgewicht van eventuele gewichtigheid te ontdoen, maar niemand lachte met hem mee.

Ik wilde mijn kinderen troosten, maar ik wist niet hoe. Ik wist dat ik mij niets moest aantrekken van hun stuursheid en dat ik hen met frequente bezoeken, aandacht, spelletjes en liefde voor mij zou herwinnen, maar ik besefte dat ik daar het geduld niet voor had. Ik wist dat ik door simpelweg aanwezig te zijn opnieuw een aanwezigheid zou kunnen worden in hun levens, maar ik kon de leugen van deze zelfverloochening niet opbrengen. Ik wilde mij verontschuldigen, maar het zou niet oprecht zijn mij te excuseren voor het feit dat ik al die jaren getracht heb te doen waarin ik het meest heb geloofd. Al mijn inspanningen in Sparta, Sardis, in de Hellespont en aan de Bosporus waren erop gericht geweest om mijn terugkeer naar Athene mogelijk te maken, maar niet voor hen.

'Ik zal eerlijk zijn,' zei ik. 'De wijsheid die zelfs keuterboeren en dagloners is gegeven, weet dat alleen een dwaas versmaadt wat voorhanden is teneinde schimmen in de verte na te jagen, maar daar staat tegenover dat waarlijk grote daden uitsluitend voortkomen uit de dwaasheid van tomeloze dromen. Jullie verdienen een gewone vader, maar ik vrees dat ik het talent ontbeer om gewoon te zijn. Hoewel ik derhalve geen vader voor jullie kan zijn, zal ik jullie plechtig beloven dat ik alles in het werk zal stellen om ervoor te zorgen dat er ooit een dag zal komen waarop jullie de naam van jullie vader met trots zullen uitspreken.'

'Zo bijzonder ben je anders niet,' zei Elpinike. Ze draaide zich om en liep weg. Ze was het evenbeeld van haar moeder in de manier waarop ze mij met welverdiende minachting overlaadde. Het kindermeisje mompelde verontschuldigingen en liep achter haar aan.

'Praat je altijd zo tegen je kinderen?' vroeg Kallias.

'Het was voor het eerst,' zei ik zacht. 'Ik heb voor het eerst tegen mijn kinderen gepraat.'

De kleine Alkibiades stond daar maar, als een angstig rillend, klein hertje, dat gehypnotiseerd is door de roofdieren die hem omcirkelen. Ik had met hem te doen. In een opwelling stelde ik hem voor een spelletje te spelen. Ik vroeg of hij knokkels had. Hipponikos had knokkels.

Hij ging ze halen. We speelden het knokkelspel. Terwijl Hipponikos en ik telkens weer fanatiek om de overwinning streden, gaf mijn zoon het na korte tijd op. Hij verloor expres omdat hij geen zin meer had om te verliezen. De natuur, die er prat op gaat dat aan alles is gedacht, tolereerde het dat er een kind rondliep dat zijn naam en zijn bloed met mij deelde, maar had er tevens wijselijk in voorzien dat er in de wereld slechts één Alkibiades bestond.

Het kindermeisje kwam terug. Ze zei dat mijn dochter naar buiten was gegaan en dat zij haar niet kon vinden. Ik stelde haar gerust door te zeggen dat het goed was zo. Ik loog dat ik een andere keer zou terugkomen. Ik aaide de kleine Alkibiades over zijn bol.

'De volgende keer neem ik een kwartel voor je mee,' zei ik.

Ik groette Kallias en vertrok. Aldus verliep het weerzien met mijn kinderen. De belofte aan mijn zoon moet ik nog altijd inlossen.

6

Men zou kunnen beweren dat mijn leven tot tweemaal toe een dramatische wending heeft genomen op momenten waarop mijn oude vriend Kritias, de zoon van Kallaischros, zijn magere, scherp getekende vogelgezicht vertoonde. Als militant rationalist en ontkenner van de goden had hij vreemd genoeg veel weg van een voorteken.

De eerste keer dat hij mijn bestaan kwam omwoelen was drieëntwintig jaar geleden, toen hij op een ochtend op mijn deur bonsde en mij uit mijn bed haalde om mij mee te slepen naar het oude, riante huis van de destijds nog vermogende Kallias in Alopeke om de beroemde sofist Protagoras van Abdera te ontmoeten, met als gevolg dat ik Hipparete leerde kennen, hetgeen met zekerheid een van de heilzaamste gebeurtenissen uit mijn leven was, en dat ik later op de avond de noodzaak zag om Kritias, die door de beroemdheid gekwetst was in zijn ijdelheid, op te beuren met een beschonken parodie op de Mysteriën, die heeft geleid tot mijn doodsvonnis en acht jaren van rondzwervingen als Odysseus door de wereld van de Grieken en de barbaren.

De tweede keer was drie jaar geleden, op dezelfde dag waarop ik mijn kinderen had gezien en had geconcludeerd dat ik niets voor hen kon betekenen. Toen ik na dat weerzien in gedachten verzonken door Limnai liep, kwam ik hem bij toeval tegen bij de wijnpersen op het Lenaion achter de Dionysostempel, waar hij om onduidelijke redenen schichtig en gebogen rondscharrelde. Eerst leek hij te schrikken toen hij mij zag, maar hij herpakte zich en begroette mij vervolgens zo hartelijk als hij kon. De consequentie van deze ontmoeting zou wederom tweeledig en ambivalent zijn. Zoals uit het vervolg van mijn verslag zal blijken, vielen mij opnieuw een vrouw en ellende ten deel, met dat verschil ten opzichte van de eerdere episode dat Timandra, die mij tot op de dag van vandaag vergezelt, mij door jullie werd misgund en dat haar aanwezigheid aan mijn zijde door jullie als een van de stenen des aanstoots werd beschouwd die mijn verwijdering naar jullie oordeel noodzakelijk maakte.

Overigens was Kritias zelf op een geheel andere manier overtuigd van zijn eigen cruciale invloed op mijn levensloop. Hij beweerde met klem dat ik mijn terugkeer naar Athene aan hem te danken had. Midden op het drukke plein begon hij omstandig te verklaren dat hij het decreet had ingediend waarin mijn amnestie en eerherstel waren verwoord. Als bewijs voor zijn claim begon hij een gedicht op te zeggen, dat hij zelf had geschreven en dat zijn fundamentele bijdrage aan mijn hernieuwde populariteit en aan mijn promotie tot een machtige positie in poëtische bewoordingen memoreerde voor het nageslacht. Hoewel ik wist dat hij zich tijdens het schrikbewind van de Vierhonderd met de oligarchische machthebbers had geëncanailleerd en hoewel het niet moeilijk was te doorzien dat hij de dichterlijke vrijheid nam om zich haastig als een oude en betrouwbare vriend van de nieuwe machthebber voor te doen, liet ik hem onverdiend in zijn waarde, omdat ik op die dag niet in de stemming was voor nog meer onaangename waarheid en tevens omdat ik hem op een onverklaarbare wijze altijd heb gemogen. De doorzichtigheid van zijn iele gestalte en van al die drukke gedachten die hij zich in dat vogelhoofdje meent te moeten halen, geven hem iets aandoenlijks.

Toen Kritias merkte dat ik zijn versie van de geschiedenis niet wenste te bestrijden, richtte zijn opwinding zich op mondainere zaken. Terwijl uitnodigingen tot een hernieuwde wederzijdse verstandhouding over zijn nerveuze gezicht dansten, vroeg hij of ik haar al had gezien. Toen ik naar waarheid antwoordde dat ik niet begreep over wie hij het had, reageerde hij ontzet. Met theatrale gebaren, die ongeloof uitdrukten, vroeg hij of ik hem misschien voor de gek hield of dat ik werkelijk nog niet naar Anteia was gegaan. Er was een nieuw meisje in het bordeel en ik moest hem geloven dat hij niet overdreef als hij zei dat de hele stad in de ban van haar was. Theodote was haar naam en de naam van Theodote werd door menig man geprevеld in zijn slaap. Minnaars omzwermden haar als bijen die dronken van verlangen smachtten naar de nectar van haar bloem. Beeldhouwers betaalden astronomische bedragen voor afgietsels van haar borsten. Zelfs Sokrates zou gegrepen zijn door haar schoonheid, beweerde Kritias, maar dat vond ik moeilijk te geloven. Kritias vertelde mij glunderend de anekdote, die ik eveneens weigerde te geloven, dat Sokrates haar had gesproken en zijn retorische talenten had ingezet om haar ervan te overtuigen dat het rechtvaardig en juist zou zijn als zij hem onbetaald haar gunsten zou verlenen door te beargumenteren dat hij haar weliswaar dank verschuldigd was voor haar schoonheid, maar dat het geschenk van zijn adoratie die het gevolg was van die schoonheid oneindig veel waardevoller was.

'Als ook jij verliefd op haar was, zou je mij niet over haar vertellen,' zei ik.

'Een dergelijke liefde kan ik mij niet permitteren,' antwoordde hij, 'maar als jij daarop aandringt, zal ik je van dienst zijn en je vergezellen naar Anteia.'

Dat bedoelde ik nou. Aandoenlijk was deze doorzichtige poging van hem om mij voor de kosten van zijn begeerte te laten opdraaien.

'Ik denk dat ik mij de weg daarnaartoe nog wel kan herinneren, beste Kritias,' zei ik, waarna ik een kort moment genoot van zijn teleurstelling, alvorens daaraan toe te voegen: 'Maar het spreekwoord zegt dat gemeenschap het kenmerk van vriendschap is en als deze Theodote werkelijk zo adembenemend mooi is als jij zegt, kan het geen kwaad om twee paar ogen in te zetten om haar naar behoren te aanschouwen.'

'Met ons schild of op ons schild zullen we terugkeren,' zei Kritias.

Ondanks Kritias' strijdlust gebeurde er precies wat zelfs Kritias, die niet in waarzeggerij gelooft, had kunnen voorspellen. Toen de eunuch ons binnenliet in de schaars verlichte vertrekken, de aanwezige gasten stilvielen en vervolgens opgewonden begonnen te fluisteren, Anteia mij omhelsde als een verloren zoon en Kritias welkom heette, ons koele, aangelengde wijn schonk, ons een kort moment alleen liet met onze dromen en verlangens en ten slotte voorstelde aan haar nieuwe aanwinst, die Theodote heette en die rijzig, vol, voornaam en onweerstaanbaar zelfverzekerd vanachter het gordijn tevoorschijn schreed, sloeg Kritias verlegen de ogen neer en begon hij te stotteren dat hij altijd had geloofd dat de goden een verzinsel waren, maar dat hij nu, oog in oog met een godin, wist dat hij zich had vergist, waarna zij hem met één enkele blik verschrompelde tot een van haar vele hopeloze aanbidders, vervolgens vlak voor mij kwam staan, terwijl ze achteloos met haar hand door mijn lange haar ging, en zei: 'Er wordt in heel Hellas over jouw schoonheid gesproken, zoon van Kleinias, maar ik zie nu dat woorden jou geen recht kunnen doen. Hoeveel vraag je voor een nacht met jou?'

'Je hebt gelijk dat wij in zekere zin collega's zijn, Theodote,' zei ik, 'maar ik laat mij normaal gesproken uitbetalen in applaus en meerderheden. Vergeef mij mijn directheid, maar mag ik vragen naar jouw tarief?'

'Een directe vraag vereist helaas een direct antwoord,' zei zij. 'Met duizend drachmai zou ik onder normale omstandigheden genoegen kunnen nemen, maar speciaal voor jou zal ik mijn prijs verdubbelen.'

'Ik ben vereerd,' zei ik, 'maar ik zou niet weten waaraan ik dat voorrecht te danken heb.'

'Op jou zou ik verliefd kunnen worden,' zei zij. 'Dat risico moet financieel worden afgedekt, zoals je zult begrijpen.'

'Ik zal je morgen bij zonsopgang een half talent laten brengen, Theodote,' zei ik, 'als vergoeding voor je goede zorgen voor mijn vriend hier. Zijn naam is Kritias. Zorg ervoor dat hij weer in de goden gaat geloven.'

Hoewel het niet mijn intentie was om op Kritias te wachten en het verslag te vernemen van de verrichtingen die hem ten deel waren gevallen in ruil voor het bedrag waarmee men een trireem met tweehonderd roeiers een maand lang in de vaart kan houden, en hoewel ik niet van plan was nog veel langer te blijven, omdat ik te veel werd afgeleid door mijn eigen gedachten om mij te kunnen concentreren op mijn verlangens naar vergetelheid in de armen van een vrouw, liet ik mij door Anteia overhalen om nog wat honingkoek en andere zoetigheden te nuttigen in haar privévertrekken aan de achterzijde van het huis. Daar ontmoette ik Timandra.

Tot op de dag van vandaag weet ik niet of Anteia, die mij en mijn voorkeuren beter kende dan mijn eigen moeder, mij opzettelijk met

Timandra in één kamer heeft samengebracht of dat er sprake was van een goddelijke interventie. Omdat ik weet dat jullie aan mijn lippen hangen, daar het decor van een bordeel de anticipatie van zinnelijke beschrijvingen lijkt te rechtvaardigen, en omdat ik eveneens weet dat jullie vooral of uitsluitend geïnteresseerd zijn in fysieke details, zal ik de observatie die jullie zelf vele malen met eigen ogen hebben kunnen doen niet overslaan en zal ik opschrijven dat zij mooi is. Terwijl zij mij hier in Melissa in het hart van Phrygië in het belendende vertrek van ons kleine, houten huis nabij is en met haar nieuwe vriendin Mania 'kandaulos' met Phrygische kaas aan het bereiden is, schrijf ik met zoveel woorden op dat zij adembenemend mooi is als de liefde zelf en dat dit een conclusie is die ik al op het eerste moment dat ik haar zag heb getrokken.

Hoewel ik toegeef dat het van weinig elegantie getuigt om vrouwen met elkaar te vergelijken, is het gezien de context van onze eerste ontmoeting nauwelijks te voorkomen dat ik opmerk dat haar schoonheid van een geheel andere aard is dan het spectaculaire voorkomen van Theodote. Als Theodote Aphrodite is, die haar seksualiteit in schaamteloos opbollende vormen opdient aan de ademloze wereld, dan is Timandra Artemis, die zich met lenig raffinement hult in ongenaakbaarheid. Theodote is met zoveel overdreven wellust uit marmer gehouwen, dat zij bijkans een parodie vormt op vrouwelijkheid, terwijl Timandra als een mysterieus en enigszins androgyn droombeeld in brons is gegoten. Terwijl Theodote een man confronteert met de banaliteit van zijn eigen geilheid, wekt Timandra nieuwe en ongekende verlangens die voorheen sluimerden onder de oppervlakte van fantasieloze begeerte.

Zij is donker van haar, huidskleur en blik. Ze is niet Grieks. Ze vertelde mij dat zij was geboren en opgegroeid in Hykkara, een barbaarse nederzetting aan de noordkust van Sicilië, en dat ze na de inname van haar stad door de troepen van Nikias, die kort na mijn gedwongen vertrek uit Sicilië tegen de stad was opgetrokken, als krijgsgevangene naar Athene was gebracht. Hoewel ze al tijdens haar jeugd in Hykkara Grieks heeft geleerd, sprak zij en spreekt zij nog altijd met een licht accent, waardoor haar woorden de lucht kruiden met de geur van een gerecht dat is verrijkt met exotische specerijen. Dankzij haar barbaarse temperament is zij onvoorspelbaar en minder dan Griekse vrouwen geneigd om zich automatisch neer te leggen bij de spelregels die wij als mannen aan de wereld hebben opgelegd, hetgeen conversatie met haar leerzaam maakt.

Ik besef dat ik jullie dreig teleur te stellen door mijn verslag in de richting van conversatie te sturen, maar, op het gevaar af dat ik mijn reputatie onherstelbare schade toebreng door dit toe te geven, gebiedt de eerlijkheid mij te verklaren dat er tijdens de avond van onze eerste ontmoeting niets anders dan conversatie heeft plaatsgevonden. Hoewel ik mij kan voorstellen dat jullie erop zouden kunnen aandringen dat ik mijn belofte van volledige oprechtheid in dit ene geval breek en dat ik desnoods een verzonnen verhaal opdis, op voorwaarde dat dit het decor van het bordeel waardiger is dan de feiten, zal ik niet afwijken van de opdracht die ik mijzelf heb gesteld, omdat niet alleen de waarheid mij dierbaar is, maar in dit geval ook de werkelijkheid.

We spraken over liefde, dat wel. Zij citeerde de eerste strofe van het lied van Sappho: 'Sommigen vinden paarden het mooiste op aarde, sommigen voetsoldaten in gelid, sommigen een vloot van oorlogsschepen, maar ik zeg dat het is waarvan je houdt.' Toen ik glimlachend zei dat ik het moeilijk vond te kiezen tussen paarden en schepen, vroeg ze niet of er dan niemand was van wie ik hield, maar of ik dacht dat de klank van mijn naam de offers die ik ervoor had gebracht waard was. Ik vertelde haar over de teleurstelling van mijn weerzien met mijn kinderen. Zij knikte en zei dat ik er meer talent voor had om liefgehad te worden dan om lief te hebben, hetgeen ik meende te moeten beamen, waarop zij zei dat bewondering een giftig geschenk kan zijn als men het te vroeg in zijn leven in te grote doses krijgt toegediend. Ik vroeg haar of zij van iemand hield, waarop zij antwoordde dat vrijheid een voorwaarde is voor de luxe van dergelijke sentimenten.

'Weet jij hoeveel mensen er op deze aarde wonen?' vroeg zij.

'Dat weet alleen Apollo,' zei ik. 'Waarom vraag je dat?'

'Stel dat alle mensen op aarde op een dag van jou zullen houden,' zei zij, 'zou je dan gelukkig zijn?'

'Op die dag zou ik waarschijnlijk op zoek gaan naar een andere aarde die ik nog niet veroverd en voor mij gewonnen heb,' zei ik.

'Je kent jezelf,' concludeerde zij.

'Voor zover het mijn slechte eigenschappen betreft,' zei ik. 'Die springen zozeer in het oog dat zij zelfs voor een man als ik niet te missen zijn. Naar goede eigenschappen heb ik wel eens gezocht bij mijzelf, maar die laten zich minder eenvoudig ontdekken.'

Zij deed geen enkele poging om mij tegen te spreken. 'Een mensenleven is te kort om het te vergooien aan pietluttigheden,' zei ze, 'zoals de zielige behoeften van kleine mensen die leurend aan onze chiton trekken omdat zij zich onze verwanten of dierbaren noemen, dagelijkse beslommeringen of alles wat afleidt van de wereldheerschappij.'

Ik lachte en vroeg haar of zij dat werkelijk geloofde, waarop zij antwoordde dat zij geloofde dat ik dat geloofde en dat zij geen enkele aandrang voelde om mij van mijn geloof te doen vallen. Zij vroeg mij hoe het was om een man te doden. In mijn poging om haar vraag te beantwoorden liet ik mij meeslepen door mijn herinneringen en vertelde ik haar veel uitvoeriger dan zij van mij verlangde over mijn veldtochten en zeeslagen, mijn trainingen in Sparta, mijn verblijf in het paleis en in de kerker van Sardis, mijn strijd en mijn streven. Zij luisterde aandachtiger dan ik verdiende en toen ik eindelijk uitgesproken was, noemde zij de eenzaamheid van Odysseus.

'Tijdens zijn omzwervingen?' vroeg ik.

'Vooral na zijn terugkeer,' zei zij.

'Hij moest vechten om zijn koninkrijk en zijn troon te heroveren,' zei ik.

'Daarna.'

'Daarna herenigde hij zich met Penelope,' zei ik.

'Daarna.'

'Daarna is het epos afgelopen,' zei ik.

'Precies,' zei zij. 'Die eenzaamheid bedoel ik. Zelfs door Homeros wordt hij alleen gelaten. En daar zit hij dan, met zijn vrouw en zijn zoon in zijn heroverde koninkrijk. Hij beseft dat hij alles heeft herwonnen wat hij kwijt was en dat er niets anders meer van hem wordt verwacht dan gelukkig te zijn als een Homerische held in ruste, die zich op memorabele wijze van zijn heroïsche taken heeft gekweten. Maar Ithaka had zin als verlangen en als bereikt doel heeft het alle betekenis verloren. Met wie kan hij spreken over zijn kameraden en de duizenden andere goede mannen die hij gedurende de tien lange jaren van oorlog heeft zien sneuvelen voor Troje? Wie kan voelen wat hij doorstaat als hij 's nachts zwetend wakker schrikt van het bloed aan zijn handen? Met wie kan hij praten over de wonderen en de verschrikkingen die hij heeft gezien tijdens zijn tien jaar durende omzwervingen? Wie kan zich voorstellen hoe het is om onder Lotuseters, Cyclopen en Phaiaken te verkeren? Wie begrijpt hem als hij vertelt over Kirke, Kalypso, Nausikaä en zijn ontmoetingen met Pallas Athene? Ithaka is hetzelfde eiland gebleven, maar het is zijn thuis niet, omdat er een andere man dan de man die hij was naar Ithaka is teruggekeerd. Penelope heeft op hem gewacht, maar met geen mogelijkheid zal hij met haar kunnen delen wat hem van haar scheidt.'

'Daarom hebben helden geen huis,' zei ik zacht.

Zij keek mij aan met een wonderlijk rustgevende blik, waarin zichtbaar was dat zij alles begreep wat er te begrijpen viel. Tranen liepen over mijn wangen. Toen deed ze iets wat ik nooit zal vergeten. Terwijl ze de woorden van Homeros citeerde uit de smeekbede van Hekabe aan Hektor, vlak voor zijn duel met Achilles, en fluisterde over 'deze borst die alle zorgen doet vergeten', ontblootte zij haar boezem om mij te troosten. Het gebaar was zo onverwacht, verbijsterend onerotisch en ontroerend vanwege het feit dat zij mij met grote vanzelfsprekendheid het kostbaarste en kwetsbaarste aanbood wat zij had, namelijk zichzelf, dat ik toen pas werkelijk begon te huilen. Als een beek die in het voorjaar tot een kolkende rivier is gezwollen door de smeltende sneeuw in de bergen, zo stroomden mijn tranen.

'Weet je dat er mensen zijn die beweren,' zei ik toen ik weer enigszins tot mijzelf was gekomen, 'dat Hekabe, nadat ze na de gewelddadige inname van Troje door de Grieken in gevangenschap was afgevoerd, door de goden in een hond is veranderd om haar te laten ontsnappen aan de slavernij? Op de oever van de Hellespont staat een monument dat het Hondengraf wordt genoemd en dat de plek markeert waar zij in vrijheid zou zijn gestorven.'

'Ik stel mij mijn vrijheid juist voor als de metamorfose die mij eindelijk in mijzelf verandert,' zei zij.

De volgende ochtend liet ik, zoals beloofd, het geld voor Theodote bezorgen bij Anteia. De som was vermeerderd met het bedrag dat ik met Anteia was overeengekomen om Timandra vrij te kopen. Hoewel zij daartoe geen enkele verplichting had en kon gaan en staan waar zij wilde en hoewel wij hierover de avond daarvoor niet hadden gesproken, trok Timandra diezelfde dag nog bij mij in. Zij is nooit meer van mijn zijde geweken.

7

Men zegt wel dat de gulle godin Demeter de Grieken twee geschenken heeft gegeven: het graan van de akkers, dat hen in staat stelt zich te voeden zonder als wilde beesten te hoeven rondzwerven over de aarde, en de Mysteriën van Eleusis, die de ingewijden verzoenen met het einde van hun leven en een luik openen naar de eeuwigheid. Driewerf gelukkig worden zij geacht die de onzegbare zaken hebben gehoord en de ontoonbare zaken hebben gezien in Eleusis en men gelooft dat alleen hun een leven gegeven zal zijn in de onderwereld, terwijl onwetenden daar niets dan jammer zullen vinden. Wie de Mysteriën heeft aanschouwd, sterft met open ogen, want hij heeft weet van het einde en van het begin.

Ik zal de laatste zijn om deze visie te bestrijden, mannen van Athene, begrijpt mij niet verkeerd. Persoonlijk heb ik nooit iets weldadigers mogen aanschouwen dan die Mysteriën, die een beschavende ervaring vormen, die ons verheffen uit een bekrompen en onwetend bestaan en die ons met de kennis van de ware principes van het leven zachtaardige menselijkheid bijbrengen, zodat wij niet alleen het doel van het leven in vreugde kunnen aanvaarden, maar ook met hoopvolle vooruitzichten onze dood tegemoet durven treden. Uitsluitend voor ons is de zon licht en het licht helder, terwijl wij onze handen vouwen voor vreemden en leken. De Mysteriën hebben een diepere betekenis dan alle andere religieuze riten bij elkaar en omdat zij voor iedereen toegankelijk zijn, inclusief vrouwen en slaven, zijn zij van onschatbare waarde voor de sociale cohesie van Athene.

Jullie zullen het met mij eens zijn dat ik niet overdrijf als ik stel dat de viering van de Mysteriën in de laatste zomermaand Boëdromion, met als hoogtepunt de grote processie van Athene naar Eleusis op de negentiende dag van die maand, een ankerpunt vormt op onze kalender en de kern uitmaakt van de religieuze beleving van zeer velen in onze stad. Er wordt het hele jaar naar uitgekeken. Maar omdat onze ommelanden onveilig waren en Spartaanse troepen vanuit hun permanente basis in Dekeleia op ieder moment overal buiten de stadsmuren konden opduiken, had de grote optocht gedurende de voorgaande vier jaren niet kunnen plaatsvinden. Om veiligheidsredenen waren de initianten de voorgaande jaren per schip naar Eleusis vervoerd, waardoor men noodgedwongen moest afzien van de plechtige pracht van de trage stoet en talloze dierbare en waardevolle rituelen die conform de traditie met de voetreis gepaard gaan.

Dit was derhalve mijn plan. Ik zou de grote processie voor het eerst sinds vier jaar mogelijk maken en ik zou ervoor zorgen dat zij op de traditionele manier over land over de Heilige Weg van Athene naar Eleusis zou voeren. De beveiliging van de route van de optocht, die honderdvijfentwintig stadia zou afleggen, tienduizenden deelnemers zou kennen en de hele dag zou duren, behelsde een omvangrijke militaire operatie, die geruime tijd voorbereiding vergde.

Ik had mij in hoogsteigen persoon meermaals met een cavaleriecontingent buiten de muren gewaagd om strategische punten en risicovolle passages te identificeren. Het probleem was dat het traject noodgedwongen een weg zou volgen die weliswaar heilig was, maar niet overal even strategisch. Het eerste stuk van het parcours door de wijd open vlakte was vanuit defensief oogpunt een nachtmerrie, maar ook de passage over de Korydallos via de tempels van Apollo en Aphrodite baarde mij zorgen, omdat deze ingesloten was door hoger gelegen terrein. Voor het laatste deel van de route langs de baai van Eleusis bood de nabijheid van de zee de mogelijkheid tot steun van de vloot, maar de oversteek van het zoute water van de Rheitoi via de nieuwe, smalle brug zou oponthoud veroorzaken en gaten in de stoet slaan. Een vergelijkbaar probleem was ook eerder al te voorzien, bij de oversteek van de Kephisos, waar initianten geacht werden haarlokken af te snijden en te offeren aan de rivier.

Het zou nodig zijn vooruitgeschoven posten op te stellen op de Anchesmos en op de Bonte Berg, alsmede stroomopwaarts langs de Kephisos. Ik zou tevens cavalerie opstellen ter hoogte van Acharnai, als eerste verdedigingslinie. Ik zou twintig schepen in de baai van Eleusis voor Otryne en Rheitoi leggen. Maar desondanks kwam ik er niet omheen om zware infanterie op te stellen langs de gehele route. Daar waren duizenden hoplieten voor nodig, die ik volgens nauw luisterende marsorders al in de nacht voor de dag van de processie de stad uit zou moeten sturen. Ik zou de processie zelf escorteren met de cavalerie. De bruggen zouden te smal zijn voor mijn escorte, maar ik had geverifieerd dat het water in de rivieren laag genoeg stond om er te paard doorheen te kunnen waden. Ik had de vuurbakens gecontroleerd en ik had besloten een groot aantal extra verspieders en verkenners voorbij Acharnai naar het noorden te sturen. Met al deze massieve inspanningen zouden de risico's van het waagstuk volgens mijn inschatting acceptabel kunnen zijn, al bleef het een waagstuk. Maar als Agis ons ondanks onze voorzorgsmaatregelen zou aanvallen, zouden wij ons er dankbaar op kunnen beroemen dat wij een heilige oorlog voerden, waarin wij de goden aan onze zijde zouden weten. Niets is zo goed voor het moreel als de heilige overtuiging van het eigen morele gelijk.

De voorbereidingen waren getroffen, ik had elk detail van de operatie vele malen overdacht en op de veertiende dag van Boëdromion begonnen de festiviteiten met het transport per schip van de heilige objecten uit Eleusis naar Athene, waar ze werden overgedragen aan het Eleusinion in de stad op de westhelling van de Akropolis, waarna de heilige heraut naar het Parthenon ging om Pallas Athene in te lichten over de komst van de twee godinnen uit Eleusis. Ook de efeben in wapenrusting met hun zwarte mantels, die de priesters en de objecten normaal gesproken ophalen in Eleusis en begeleiden over de Heilige Weg, hadden noodgedwongen per schip gereisd. Al mijn militaire inspanningen waren gericht op de processie, niet op het voorspel.

Op de vijftiende dag van Boëdromion verzamelden alle duizenden ingewijden en initianten zich op uitnodiging van de archon op de agora bij de Stoa van Peisianax, waar de opperpriester, omringd door de Eumolpidai, de viering opende door zijn beroemde formule uit te spreken, waarin hij profane en onreine lieden maande zich verre te houden van de heilige riten. 'Offerdier hier!' riep de Hiërofant en met deze officiële proclamatie begonnen de offers en de festiviteiten. Vanaf dat moment was er voor mij geen weg meer terug.

Op de zestiende dag van Boëdromion klonk het bevel 'initianten naar zee', waarop de novices onder begeleiding van hun mentoren in processie naar de oude haven bij Phaleron werden geleid. Hoewel de kans zo goed als nihil was dat Spartaanse troepen zich ten zuiden van de stad zouden wagen, verdubbelde ik de wachtposten op de oude Phalerische Muur, die acht jaar voor mijn geboorte was gebouwd, in het jaar dat Habron archon was, en die sinds de bouw van de lange zuidmuur tussen Athene en Peiraieus normaal gesproken met een zekere nonchalance wordt bewaakt. De optocht met de krijsende biggetjes, de rituele reiniging in zee en de terugtocht naar de stad van de schoongewassen initianten en varkentjes verliepen zonder incidenten – als ik althans voor het moment abstraheer van de opwinding die de eerder door ons bewonderde Theodote veroorzaakte toen zij voor het oog van de Griekse wereld haar chiton uittrok en naakt de zee in stapte, welke hoogst memorabele aanblik meerdere schilders en beeldhouwers inspireerde tot het vervaardigen van afbeeldingen van Aphrodite die oprijst uit de zee, de ene nog zinnelijker dan de andere –, maar ik was opgelucht toen iedereen 's avonds weer in de stad was en zich het offermaal van duizenden biggen liet smaken, in de wetenschap dat er vervolgens twee dagen en drie nachten gevast diende te worden tot na de grote processie op de negentiende en de nachtelijke onthulling van de Mysteriën en de initiatieriten die daarop zouden volgen.

Op de zeventiende dag van Boëdromion brachten de archon en zijn gesluierde echtgenote het officiële offer van staatswege aan Demeter en Persephone, dat bestond uit een os met vergulde hoorns. De spanning begon voelbaar te worden, niet alleen bij mij, maar ook bij alle tienduizenden deelnemers, die wisten dat zij zich op de dag na de volgende dag de gehele dag van de ochtend tot aan de avond in vijandelijk territorium zouden begeven. Na de nerveuze nachtwake vonden er op de achttiende dag van Boëdromion de gebruikelijke offers aan Asklepios plaats, terwijl de initianten binnenbleven. De dag duurde lang, de zon ging eindelijk onder, het werd nacht en het begon. Kort na middernacht liet ik de Dubbele Poort van de Kerameikos openen en in contingenten van duizend man marcheerde de zware infanterie de duistere vlakte op om haar posities in te nemen langs de Heilige Weg naar Eleusis. Ik was paraat met de cavalerie om in te grijpen in het geval van een nachtelijke verrassingsaanval van de Spartanen, maar het bleef rustig.

Bij zonsopgang van de negentiende dag van Boëdromion, op het moment dat de voorste gelederen van mijn hoplieten hun posities bij Eleusis zouden moeten hebben bereikt, werd het kleine poortje tussen de Dubbele Poort en de Peiraiïsche Poort, dat de Heilige Poort wordt genoemd, knarsend geopend, waarop ik als eerste de stad uit reed met mijn ruiters en vervolgens van de weg af ging om plaats te maken voor de kop van de grote optocht, die de veilige geborgenheid van de stadsmuren achter zich liet. Voorop liep het Kind van de Haard, dat de stad symboliseerde. Zo dapper als alleen een kind kan zijn, stapte het de vlakte op in zijn korte chiton met zijn ontblote rechterschouder en trots hield het de mirtestaf in zijn rechterhand. Het kind werd gevolgd door de Hiërofant, de Fakkeldrager, de Heilige Heraut, de Altaarpriester, de Dienaar van de Godinnen en de Eumolpidai, het college van priesters en priesteressen van Eleusis, in ceremoniële bloedrode mantels en met banden van gevlochten rode linten in hun haar. Toen deze priesters en priesteressen mij acht jaar eerder na de valse beschuldigingen van heiligschennis in koor hadden vervloekt, was er één priesteres geweest die had geweigerd de vervloeking uit te spreken, omdat zij, zoals zij destijds had gezegd, een biddende priesteres was en geen vloekende priesteres. Haar naam was Theano, de dochter van Menon, uit het district Agraule. Ik had haar naam onthouden en ik had afgedwongen dat zij door het college van de Eumolpidai bevorderd was tot het hoogste vrouwelijke ambt van Hogepriesteres van Demeter en daar liep zij, naast de Hiërofant. We hadden heel even oogcontact. Veel dingen keerden zich eindelijk ten goede op deze dag.

De priesters en priesteressen werden gevolgd door de efeben, die glommen van trots vanwege het feit dat zij hun glanzende, strakke, jonge lijven, hun glimmend opgepoetste wapenrustingen en hun masculien wapperende zwarte mantels eindelijk in het zicht van allen tentoon mochten stellen. Zij droegen de heilige objecten in manden op hun hoofd. Daarachter stroomden de pelgrims, die in witte gewaden gekleed gingen, schuchter, eerbiedig en onwennig zwaaiend met hun takken de stad uit. Tienduizenden stonden nog op de agora te wachten totdat het hun beurt zou zijn om achteraan te sluiten op de Heilige Weg naar Eleusis. Tegen de tijd dat de laatste de stad had verlaten en de Heilige Poort gesloten werd, zou de voorhoede van de stoet al bijna halverwege zijn.

Toen ik Timandra had verteld over mijn inspanning om de grote processie voor het eerst sinds vier jaar mogelijk te maken, had zij mij bekend dat het een wensdroom van haar was om Eleusis te zien, de Mysteriën te ondergaan en ingewijd te worden, maar dat zij nooit enig initiatief daartoe had durven te ontplooien, omdat zij zichzelf de vernedering had willen besparen om als zondige slavin van barbaarse origine te worden uitgesloten van deelname. Ik had haar erop gewezen dat ze nu geen slavin meer was. Zij was een vrije vrouw en haar

Siciliaanse afkomst mocht geen beletsel vormen voor initiatie, omdat zij vloeiend Grieks sprak. Vervolgens had ik gebruikgemaakt van mijn speciale bevoegdheden als opperbevelhebber van de Atheense legers met volledige zeggenschap om speciaal voor haar de erefunctie van Evenbeeld van de Godin in het leven te roepen, waarmee zij conform het door mij persoonlijk ontworpen protocol het recht had om vlak achter de priesters en de efeben in de voorste rij van de pelgrims te paraderen. En paraderen deed zij met stijl en overgave. Daar liep zij, in een chiquer, strakker en net iets doorzichtiger wit gewaad dan de anderen, als pronkstuk van de processie. Zij tuitte haar geverfde lippen tot een zoen terwijl zij mij passeerde.

Aldus vond de processie plaats en alle oude rituelen konden worden uitgevoerd op de wijze die de traditie voorschreef. Het beeld van Iakchos werd opgehaald in het Iakcheion bij de heuvel van Seiron vlak buiten de stad en als eregast voor de beide godinnen meegenomen naar Eleusis. De dansen werden gedanst, het lied van Iakchos werd gezongen en haarlokken werden geofferd aan de rivier de Kephisos, waarbij de rituele obsceniteiten geschreeuwd werden, ter nagedachtenis aan Baubo, die de om haar ontvoerde dochter treurende godin Demeter met haar vulgaire grappen en schunnige taal een glimlach had weten te ontlokken. De heilige plekken werden gepasseerd, het zoute water van de Rheitoi werd overgestoken en tegen het vallen van de avond werd Eleusis bereikt, waar de mengdrank van gerstenat en polei, die naar moedermelk smaakt, werd geschonken, waar de heilige formule werd uitgesproken en waar de lange nacht van de onthulling van de ware waarheid een aanvang nam. Aan het einde van de festiviteiten lagen er schepen klaar in de haven van Eleusis, waarmee de uitgeputte, verlichte en gelukkige pelgrims veilig terug naar Peiraieus werden gebracht.

De plechtige processie door bezet gebied had zo'n heilige aanblik geboden dat de Spartanen deze op geen enkele manier hadden durven te verstoren. Het was een dag geweest van collectieve bevrijding voor Athene, die voor mij een persoonlijke triomf op koning Agis betekende. Op niet meer dan tachtig stadia afstand van de plek waar ik mij ophield als verrader van zijn vriendschap en als vader van zijn zoon, zat hij omringd door de beste krijgers van Hellas op zijn heuvel te broeden op mijn executie en de vernietiging van Athene en onder zijn ogen had ik, uitgerekend ik, de bevolking van Athene dansend en zingend door het door hem veroverde territorium geleid zonder dat hij daartegen iets had kunnen ondernemen.

Tevens had ik mij gewroken op de Eumolpidai, die mij hadden vervloekt, die mij ter dood hadden laten veroordelen en die zich tot het uiterste waren blijven verzetten tegen mijn terugkeer, amnestie en eerherstel, door als enige in staat te blijken hun te geven wat zij het meest hadden gemist. Ik had hen vernederd door in antwoord op hun vijandschap hun grootste wens te vervullen.

Deze negentiende dag van de maand Boëdromion was mijn respons op de politieke strategie van Kleophon, die de uit onzekerheid en angst oplaaiende religieuze sentimenten onder het volk had trachten te exploiteren door zichzelf als vrome tempelbouwer tegen mijn godsdienstige onverschilligheid af te zetten. Vergeten was het ongelukje van mijn terugkeer op de ongeluksdag van de Reinigingsrite, want gedurende de heilige processie naar Eleusis was het voor het gehele volk zichtbaar geweest dat ik de goden aan mijn zijde had. Ik had het tweesnijdend wapen van het geloof en bijgeloof aan Kleophon ontfutseld. In haar overweldigende dankbaarheid van het moment had de bevolking geen behoefte meer aan demagogen, debat of democratie, als het haar maar vergund zou zijn mij te adoreren. Sommigen spraken mij liefdevol en hoopvol aan als hun tiran. Sommigen kwamen het mij serieus vragen en zegden mij alvast met een gewichtige stem hun steun toe als ik zou besluiten de democratie officieel op te schorten ten gunste van de redding, het behoud en de glorie van Athene onder mijn persoonlijk gezag.

Ik wist echter dat gunstige wind aanhoudt totdat hij omslaat, dat de gunst van het volk veranderlijker is dan de wind, dat adoratie gaat vervelen, dat populariteit standhoudt tot op precies die dag waarop zij plotseling verdwenen blijkt en dat het opeens onwrikbaar lijkende vertrouwen in mijn capaciteiten door een willekeurig futiel incident de gedaante zou kunnen aannemen van een onbegrijpelijke vergissing, die snel moet worden vergeten. Hoewel ik in dit opzicht al volledig doordrongen was van mijn eigen gelijk, hebben jullie het nodig gevonden om korte tijd later ten overvloede onomstotelijk bewijs te leveren voor mijn overtuiging.

8

Ik moest vaak aan Nikias denken in die dagen, omdat ik merkte dat ik, sinds iedereen zich als mijn vriend voordeed, nauwelijks nog vrienden om mij heen duldde, invitaties afsloeg, in huis dineerde en 's avonds de grendels van de voordeur controleerde. Maar ik was niet alleen, want Timandra vulde het oude huis van Themistokles met haar flair en met haar aandacht mijn avonden. Hoewel de bedienden er aanvankelijk niet in slaagden te verhullen dat zij dat ongepast achtten, aten we samen in de mannenkamer en omdat ik mij er niet voor schaam om toe te geven dat ik sprak met een vrouw en zelfs naar haar luisterde, durf ik te bekennen dat ik lange gesprekken met haar voerde, die voor een deel tegemoetkwamen aan haar ironisch monkelende belangstelling voor de verhalen die ik belangrijk vond om te vertellen en voor een minstens even groot deel hun oorsprong vonden in mijn nieuwsgierigheid naar haar en naar haar verfrissend barbaarse opinie over vrolijke futiliteiten en over de essentie van alles. Terwijl het op roddel en achterklap beluste Athene tot zijn genoegdoening kon concluderen dat ik eindelijk dan toch een dure, exotische hoer in huis had gehaald, waarmee ik mijn ongemakkelijke, nieuwe imago van vrome beschermheer van de Mysteriën tot ieders opluchting enig tegenwicht gaf, begon ik steeds meer bewondering te krijgen voor de opmerkzaamheid en empathie van deze vrouw, die aan een half woord van mij genoeg had om te weten wat ik eigenlijk had moeten willen zeggen, zonder er als een man prat op te gaan dat zij mij doorzag. Zij heeft wetende ogen en ook in het schemerduister van onze Atheense nachten, toen wij elkaar welbeschouwd nog nauwelijks konden kennen, was ik mij ervan bewust dat ik werd gezien. Ik vind het moeilijk om woorden te vinden waarmee ik die even bevreemdende als geruststellende sensatie van herkenning preciezer zou kunnen omschrijven. Misschien moeten die woorden nog worden bedacht.

Tijdens een van onze gesprekken vertelde ik haar over Sokrates en bij wijze van toelichting op het ontkennende antwoord op haar voor de hand liggende vraag of ik hem al had opgezocht, vertelde ik haar over de schaamte die mij in zijn gezelschap overviel en die ik zelfs kon voelen wanneer ik alleen maar aan hem dacht. Toen zij mij vroeg wat de oorzaak was van die schaamte en toen ik haar antwoordde dat ik mij pijnlijk bewust werd van mijn eigen tekortkomingen zodra ik werd geconfronteerd met zijn superieure intellect, rekende zij dat antwoord fout. Het was misschien wel waar, zei ze, maar het was de gemakkelijke verklaring, die afleidde van de werkelijke oorzaak, die naar haar oordeel gelokaliseerd moest worden in de omstandigheid dat mijn levensloop, loopbaan en ambities gedreven werden door begeerten die hij diskwalificeerde. Terwijl ik gezien wilde worden en daarom streefde naar erkenning in de vorm van macht en roem – dit waren haar woorden, niet de mijne, maar ik sprak haar niet tegen –, wees hij iedereen die hij tot een gesprek wist te verleiden op de betrekkelijkheid van dergelijke hunkeringen en benadrukte hij het belang van morele coherentie. Hij zou zeggen dat het beter was onrecht te ondergaan dan onrechtvaardig te zijn. Volgens haar kwam mijn schaamte voort uit een sluimerend en latent besef van zijn gelijk, terwijl ik tegelijkertijd begreep dat ik mij als politicus en veldheer de luxe van zijn rechtlijnigheid niet kon permitteren. Toen ik haar zei dat ik verbluft was door haar analyse en dat ik vreesde ook in haar gezelschap door schaamte te worden overvallen vanwege haar superieure intelligentie, onderbrak zij mij en zei zij mij dat hij gemakkelijk praten had, omdat hij niets anders deed dan praten en omdat hij zich in de comfortabele positie had gemanoeuvreerd waarin hij geen vuile handen hoefde te maken, terwijl ik niet bang was om de verantwoordelijkheid voor de hele stad op mij te nemen.

'Terwijl hij als een krekel onophoudelijk kritiek op ons levert vanaf het hoge bolwerk van de stadsmuur, staan wij als krijgers in de vlakte,' zei zij.

'Wij?' vroeg ik.

'Jij en ik en de anderen. Ook ik heb een geharnast hart, vergis je niet. Wij proeven stof, zweet en bloed op onze lippen en hij eist op hoge toon van ons dat wij ons hoofd breken over rechtvaardigheid, waarbij hij vergeet dat het aan ons vuile werk te danken is dat hij de vrijheid kent om zich in veiligheid zorgen te mogen maken over principes.'

Zij vond dat ik hem dat moest vertellen. Het was Timandra, mijn strijdster in de voorhoede, die erop aandrong dat ik Sokrates zou zien.

Het was niet moeilijk hem te vinden. De eerste keer dat ik naar de agora ging om hem te zoeken, was ik hem net misgelopen, maar de dag daarna trof ik hem aan in de schaduw van de Stoa van Peisianax tussen de schilderingen en de oorlogsbuit, waar ik hem acht jaar eerder, achttien jaar eerder en achtentwintig jaar eerder ook als eerste zou hebben gezocht en waar ik hem ook toen met zekerheid zou hebben gevonden. Hij zat druk gebarend te discussiëren met een baardeloze jongen die ik niet kende. Ik observeerde hen van een afstandje en ik was ontroerd. Hij was niets veranderd. De vervlogen jaren hadden hem onmogelijk lelijker kunnen maken dan hij al was. Zijn dikke satyrslijf blubberde hier en daar vanonder zijn versleten chiton tevoorschijn, terwijl zijn veel te grote en veel te beweeglijke hoofd een komisch masker leek te dragen, dat met een grote platte neus als een homp klei en met overdreven uitpuilende ogen zelfs aan het publiek op de bovenste rijen van het theater een gulle lach wist te ontlokken. Ik zag mijzelf achtentwintig jaar jonger tegenover hem zitten, betoverd door zijn aandacht en door de schoonheid van zijn redeneringen, en het kostte mij geen moeite mij mijn verliefdheid te herinneren en mijn obsessieve begeerte om met hem samen te mogen zijn.

Zo stond ik een tijdje naar hem te kijken, totdat hij zijn ogen een kort moment liet afdwalen van de jongeling die hij fixeerde, mij zag, koddig overeind sprong, als een acteur die uitbeeldde hoe het gevleugelde paard van Bellerophon door een horzel in zijn achterwerk werd gestoken, en op blote voeten met wijd gespreide armen op mij af liep.

'Ben jij dat of ben jij een god die uit ijdelheid jouw vorm heeft aangenomen?' riep hij. 'Ik had geruchten gehoord dat jij nog in leven zou zijn, maar zoals je weet sla ik geen acht op achterklap, dus laat mij verifiëren of jij geen schim bent,' zei hij terwijl hij mij omhelsde. 'Je lijkt net echt,' zei hij. 'Ik kan het nauwelijks geloven.' Hij legde zijn hoofd tegen mijn borst. 'Net als het volk van Athene definieer ik mijn geluk als het voorrecht om jou nabij mij te weten,' zei hij. Hij keek mij aan en pakte mijn hand. 'Kom,' zei hij, 'ik stel je voor aan mijn jonge vriend Chabrias, de zoon van Ktesippos.'

'Heeft Ktesippos al een zoon die in zijn seizoen is?' vroeg ik. 'Hij is zelf nog jong.'

'Jij hebt het over onze dierbare Ktesippos, de neef van Menexenos, die de zoon is van Demophon, uit het district Paiania,' zei hij. 'Chabrias hier is de zoon van Ktesippos, de zoon van Chabrias, uit het district Aixone, en hoewel er, zoals je ziet, alle aanleiding is om hem te beminnen vanwege zijn verschijning, ben ik, zoals jij beter weet dan enig ander, uitsluitend geïnteresseerd in de schoonheid van zijn ziel, waarover ik kan opmerken dat hij intelligent genoeg is om een groot filosoof te worden, als hij mij tenminste niet net als jij teleurstelt door als een gevierd generaal eer en glorie na te jagen, en als demonstratie van zijn bijzonder verfijnde intellect zal hij nu, zonder dat het nodig zal zijn hem een subtiele hint te geven, blijk geven van het besef dat hij thans dringende verplichtingen elders heeft en zich op een elegante manier verontschuldigen om ons alleen te laten.'

'Het is een eer u te ontmoeten, Alkibiades,' zei Chabrias terwijl hij opstond. 'Misschien mag ik daar als mijn laatste woorden in dit gezelschap aan toevoegen dat u een inspirerend voorbeeld voor mij bent.'

'Neem liever een voorbeeld aan Sokrates,' zei ik. 'Kleed je alleen een beetje beter.'

'Mijn verontschuldigingen,' zei Sokrates, terwijl hij de lenige leden van Chabrias nakeek, 'ik had je niet verwacht. Ik leefde in de veronderstelling dat je het veel te druk zou hebben met het onderhoud aan je eigen onsterfelijkheid en de redding van Athene om een oude vriend de vreugde te kunnen bereiden van een kort moment van jouw nabijheid.'

'Ik ben het die zich dient te verontschuldigen, Sokrates,' zei ik. 'Het is een onvergeeflijk misdrijf, ook jegens mijzelf, dat ik jou niet eerder heb opgezocht. De taak om jou te vergezellen en mijn gedachten met jou te delen had ik, zoals Pindaros dat uitdrukt, van hoger belang moeten achten dan welke verplichting dan ook.'

We gingen zitten. Ik vroeg hem of hij zich herinnerde dat hij precies dezelfde woorden van Pindaros tegen mij had gezegd, toen wij elkaar bij toeval waren tegengekomen na mijn bezoek aan Epikrates, in het huis dat vroeger van Morychos was, in de buurt van het Olympieion, waar ik Lysias, de zoon van Kephalos, had ontmoet, en toen ik vervolgens rond het midden van de dag alleen op weg was naar de Itonische Poort.

'Ik herinner het mij,' zei Sokrates, 'ook al is dat een half mensenleven geleden. Ik herinner het mij omdat wij vervolgens de rest van de dag op een memorabel aangename manier hebben doorgebracht in het gras bij het getjilp van krekels in de schaduw van een wilg en een plataan aan de oever van de zacht kabbelende Ilissos. Die idylle zal ik niet licht vergeten.'

'Daar hebben we gesproken over de koningen van Sparta en Perzië,' zei ik.

'En over hun koninginnen,' zei Sokrates. 'Ik was zo naïef om te denken dat ik jou iets kon leren over hun koninginnen.'

Ik lachte. 'Het heeft er de schijn van dat je op de hoogte bent van mijn verrichtingen buiten Athene van de laatste jaren,' zei ik. 'Dat ontslaat mij van de plicht om jou uitvoerig bij te praten over mijn omzwervingen.'

'Zoals ik al zei, sla ik geen acht op achterklap,' zei hij, 'maar dat wil niet zeggen dat ik mijn oren kan sluiten voor alles wat er wordt verteld. Het is derhalve lastig om niet op de hoogte te zijn van jouw triomfen, want al tijden lang spreekt men in deze stad over niemand zo gretig, vurig en uitgebreid als over Alkibiades, de zoon van Kleinias. Jij bent een grotere held dan Achilles, want jij hebt niet eens een Homeros nodig om jouw daden te bezingen. Ook zonder de bemiddeling van goddelijke verzen is het volk volledig door jou betoverd.'

'Als dat waar was, zouden mijn redevoeringen tijdens de debatten op de Pnyx een overbodige inspanning behelzen,' zei ik. 'Maar helaas heb ik de ervaring dat zelfs de welbespraaktheid van Homeros ontoereikend zou zijn om het volk te overtuigen van de wenselijkheid van sommige van de maatregelen die ik noodzakelijk acht.'

'Ik besef opeens dat ik mijzelf als driewerf gelukkig moet beschouwen, zoals de dichters dat noemen,' zei hij. 'Aan het genoegen om jou te zien en mij te mogen baden in het stralende licht van jouw aanwezigheid wordt de blijdschap toegevoegd die jouw stem mij verschaft als boodschapper van jouw gedachten en nu realiseer ik mij dat dit dubbele geluk wordt vermeerderd met de derde en grootste vreugde, die voortkomt uit de voor mij uiterst gelukkige omstandigheid dat jij inmiddels de toppen van de Olympos hebt beklommen, waar je nectar en ambrozijn deelt met de goden, en dat er derhalve ontzettend veel is wat ik van jou zou kunnen leren.'

'Spreek geen onzin, Sokrates,' zei ik. 'Ik zal je vertellen wat er aan de godendis op de Olympos wordt gezegd. Alle onsterfelijken zijn het in hun onsterfelijke onenigheid slechts over één ding eens en dat is dat er in Hellas geen wijzer man rondloopt dan Sokrates van Athene. Dus ik zou niet weten wat jij van mij zou kunnen leren.'

'Zal ik een voorbeeld geven?' vroeg hij.

‘Graag,’ zei ik.

‘Je had het net over je redevoeringen op de Pnyx,’ zei hij. ‘Iemand met jouw ervaring en met jouw unieke talent om luisteraars mee te slepen, het volk op te zwepen en de publieke opinie op een magische wijze in de wenselijke richting te sturen kan mij met zekerheid iets leren over de retorica en het toeval wil dat ik daarin bijzonder ben geïnteresseerd.’

‘Is dit jouw ouverture tot een van jouw beruchte Sokratische dialogen,’ vroeg ik, ‘waarin je mij uitdaagt om te beweren dat ik ergens verstand van heb om mij vervolgens in een cascade van onschuldig lijkende vraagjes naar de conclusie te sleuren dat ik niet weet wat ik denk te weten?’

‘Is dat niet precies waarvoor je gekomen bent?’ vroeg hij.

9

Ik lachte. ‘Misschien wel,’ zei ik. ‘Maar liever nog zou ik met jou van gedachten wisselen over schaamte.’

‘Welke schaamte?’ vroeg Sokrates.

‘Ik denk dat wij daar vanzelf uit komen wanneer wij beginnen te spreken over de politiek in bredere zin,’ zei ik. ‘Maar de retorica maakt daar deel van uit, dus wellicht is dat onderwerp een goed vertrekpunt voor onze discussie.’

‘Als ik met een minder begaafd en een mij minder dierbaar persoon dan jij over deze materie zou spreken,’ zei Sokrates, ‘zou ik beginnen met de analogie tussen een redenaar en een arts. Zoals een arts kruiden en medicijnen toedient aan een patiënt met het doel diens lichaam te genezen, zo werkt de redenaar op de zielen van de toehoorders in zijn publiek. Zoals je begrijpt, impliceert deze analogie twee dingen. Ten eerste moet de redenaar over diepgravende kennis beschikken van de retorische middelen die hij hanteert, zoals de geneesheer zijn planten kent, en ten tweede zal de redenaar in staat moeten zijn te definiëren wat hij onder een gezonde ziel verstaat, zoals een arts een zieke gesteldheid moeiteloos kan onderscheiden van een gezonde constitutie.’

‘Waaruit volgt dat de redenaar uitsluitend dan een goede redenaar kan zijn wanneer hij kennis heeft van het goede en van de principes van de rechtvaardigheid,' zei ik.

'Precies,' zei Sokrates. 'Maar ik zal je deze redeneringen besparen, omdat jij slim genoeg bent om de analogie als zodanig te verwerpen en voor te stellen dat wij de redenaar vergelijken met een jongleur of een magiër of een acteur in plaats van met een arts of, als je het over een andere boeg wilt gooien, met een veldheer, wiens enige taak op het slagveld het is met gebruikmaking van alle middelen die hem ter beschikking staan te winnen in naam van de soldaten en de stad die hij vertegenwoordigt, en omdat er een ander aspect is dat mij meer interesseert.'

'En dat is?'

'De moeizame relatie die de politiek onderhoudt met de waarheid.'

'Als je wilt aantonen dat politici leugenaars zijn,' zei ik, 'dan kun je je die inspanning besparen, Sokrates, want het aantal praktijkvoorbeelden dat ik kan geven ter adstructie van die stelling is aanzienlijk groter dan het totaal van de argumenten die jij daarvoor ooit zult kunnen verzinnen.'

'Mij interesseert de aard van die leugens,' zei Sokrates. 'Stel dat er in de volksvergadering een spreker zou opstaan om te beweren dat Spartaanse soldaten laf zijn of dat Perzië een democratie is of dat de goden niet bestaan of dat Athene op de maan gelegen is of dat rivieren bergopwaarts terugstromen naar hun bron – hij zou hoogstwaarschijnlijk weinig bijval oogsten.'

'Hetgeen niet wegneemt,' zei ik, 'dat sommige politici volharden in hun pogingen om het volk voor zich te winnen met aperte kolder.'

'Maar daarin zijn zij zelden of nooit succesvol,' zei hij. 'De leugen die de meeste kans maakt om geloofd te worden, is de onwaarheid die zich hult in het plechtige gewaad van de waarheid. Hoe dichter de leugen zich tegen de waarheid aan schurkt en hoe meer hij op haar lijkt, hoe geloofwaardiger hij schijnt.'

'Dat lijkt mij evident,' zei ik.

'Daaruit volgt dat een liegende politicus zich in hoge mate bewust moet zijn van de waarheid,' zei Sokrates, 'want hoe zou hij in staat moeten zijn om zijn leugen de gedaante te laten aannemen van iets wat hij niet kent?'

'Dat is een amusante paradox, Sokrates,' zei ik, 'want met behulp van deze redenatie kan men aantonen dat niemand een grotere kenner is op het gebied van de waarheid dan de liegende politicus.'

'Uiteraard ken je de retorische verhandelingen van Teisias van Syracuse,' zei hij. 'Herinner jij je dat hij ergens een interessante zaak beschrijft, die draait om een grote en potige, maar laffe man, die door een klein, tenger en brutaal mannetje is aangevallen en zich door hem van zijn mantel heeft laten beroven? Wanneer deze zaak voorkomt, zal het slachtoffer zich gedwongen zien te liegen en bijvoorbeeld te verzinnen dat hij door een bende van meerdere mannen is aangevallen, omdat zijn schaamte hem ervan zal weerhouden om toe te geven dat hij een lafbek is, terwijl het voor de dader zal volstaan om de leugens van het slachtoffer te weerleggen en erop te vertrouwen dat de waarheid de schijn tegen heeft, want hoe zou iemand zoals hij iemand zoals het vermeende slachtoffer met geweld kunnen beroven?'

'De onwaarschijnlijke waarheid verliest het pleit van de geloofwaardigheid,' concludeerde ik.

'Precies,' zei Sokrates. 'Ten overstaan van een rechtbankjury of het vergaderde volk, waar de werkelijkheid bij meerderheid van stemmen wordt vastgesteld, heeft waarschijnlijkheid een groter gewicht dan de waarheid.'

'Daarom definieert Teisias de waarheid in termen van een meerderheidsopinie,' zei ik. 'Waar is wat de meeste mensen voor waarschijnlijk houden.'

'Inderdaad,' zei Sokrates. 'Als we deze conclusie thans in verband brengen met onze eerdere conclusie, die inhield dat een politicus zich, wanneer hij liegt, van leugens zal bedienen die zoveel als mogelijk op de waarheid lijken, kunnen wij begrijpen dat de politicus, die geïnteresseerd is in instemming van de meerderheid, geneigd zal zijn meer energie te investeren in de waarschijnlijkheid van zijn argumenten dan in de waarheid ervan en dat de waarheid onherkenbaar wordt te midden van beweringen die zich als waarheid vermommen.'

'Hetgeen ons terugvoert naar de gemeenplaats dat politiek en waarheid een probleemhuwelijk vormen,' zei ik.

'Ja,' zei hij. 'Maar mijn vraag zou deze zijn: wat betekent deze constatering voor de waardigheid en het aanzien van het politieke bedrijf en voor de waardigheid en het aanzien van de waarheid en oprechtheid? Is het werkelijk de essentie van de waarheid dat zij tandeloos is in het publieke domein? Vormt bedrog werkelijk de essentie van collectieve besluitvorming? En is impotente waarheid niet net zo verachtelijk als macht die zich bedient van leugens?'

'Dat zijn oncomfortabele vragen,' zei ik.

'Dat zijn de vragen die mij interesseren,' zei Sokrates, 'en ik koester de hoop dat jij daar vanuit jouw rijke ervaring enig licht op kunt laten schijnen.'

'Bestaat er volgens jou absolute waarheid?' vroeg ik.

'De som van de drie hoeken van een driehoek is gelijk aan de som van twee hoeken van een vierkant,' zei hij. 'Dat zou als een voorbeeld van een absolute waarheid mogen gelden, in die zin dat zij verheven is boven interpretatie, meningen en discussie.'

'Weet je wat het probleem is met dit soort waarheden in de context van de politiek en van het openbaar bestuur?' vroeg ik. 'Zij zijn als tirannen. De democratie houdt niet van tirannen. Meningsverschillen en debat vormen de essentie van de politiek en deze absolute waarheden onttrekken zich daaraan als hooghartige dictators die onvoorwaardelijke gehoorzaamheid eisen. Daarom worden dit soort waarheden in de politiek omzeild, genegeerd of ontmanteld.'

'Maar je kunt niet ontkennen dat ze waar zijn,' zei Sokrates.

'Nee,' zei ik. 'Maar ik zal je zeggen wat er gebeurt. Als ik in het politieke debat word geconfronteerd met een onwelkome waarheid die ik onmogelijk kan weerleggen, beweer ik toch het tegenovergestelde van die waarheid, hetgeen dus een leugen is, en om mijn bewering kracht bij te zetten zal ik niet pretenderen dat mijn leugen de sacrosancte waarheid is, maar dat mijn versie van de waarheid nu eenmaal mijn mening is. Niemand zal durven te ontkennen dat ik recht heb op een mening. En door jouw gelijk te bestrijden met mijn mening reduceer ik ook jouw onweerlegbare waarheid tot een mening, waarover men kennelijk kan discussiëren gezien het feit dat we dat al aan het doen zijn. Over contrasterende opinies kan vervolgens een meerderheidsbesluit worden genomen.'

'Voor abstracte waarheden zoals geometrische axioma's kan ik mij het succes van deze schurkachtige procedure voorstellen,' zei Sokrates, 'maar wat doe je met onomstotelijke feiten, die mensen met hun eigen ogen kunnen zien of hebben gezien en met hun eigen oren hebben gehoord of kunnen horen en die zelfs door een boer uit Acharnai of een visser uit Thorikos als waarheid worden erkend, zonder dat het daarvoor nodig is een beroep te doen op hun abstractievermogen, ratio of gevoel voor logica?'

'Feiten,' zei ik. 'Wat zijn feiten? Feiten zijn niets meer dan toevalligheden, die net zo goed anders hadden kunnen zijn. Wanneer er op de zesde dag van de wassende maan van de maand Maimakterion een aardbeving plaatsvindt, is er geen enkele reden te bedenken waarom deze niet had kunnen plaatsvinden op de vierde dag van de afnemende maan van Mounychion. De grote koning van Perzië kan evengoed eerder of later sterven dan de dag waarop hij sterft. De weldadige schaduw van de wilg en de plataan waarin wij jaren geleden over hem hebben gesproken, had ook geworpen kunnen zijn door een eik en een notelaar. Ik had ook kunnen uitglijden toen ik op het strand van Kyzikos oog in oog kwam te staan met Mindaros, de Spartaanse admiraal, waardoor de Hellespont, de Bosporus en de oorlog misschien verloren waren geweest voor Athene. Elke gebeurtenis is de worp van een dobbelende hand. De geschiedenis ontbeert logica. Met onze interpretaties achteraf proberen we de loop van de gebeurtenissen uit alle macht in een voor ons bevredigend stramien van oorzaken en gevolgen te persen, maar de feiten als zodanig zijn manifestaties van willekeur. Daardoor zijn feiten nog eenvoudiger te bestrijden dan abstracte waarheden. Als ik mij van een onwelkom feit wil ontdoen, maak ik er een mening van door mijn eigen onwaarheid er als mijn eigen mening tegenover te stellen. Vervolgens is het eenvoudig voor mij om het debat te winnen en de meerderheid van het volk van de waarheid van mijn leugen te overtuigen, want de pleitbezorger van de feiten wordt gehinderd door de beperking die hem wordt opgelegd door de omstandigheid dat de willekeur van zijn feiten samenhang ontbeert en niet noodzakelijkerwijs een goed verhaal oplevert, terwijl ik als leugenaar zo vrij ben als een vogel, mij niets hoef aan te trekken van de hinderlijke feiten en een verhaal kan verzinnen dat meer logica vertoont en geloofwaardiger is dan de werkelijkheid. En omdat waarschijnlijkheid een groter gewicht in de schaal legt dan waarheid, zoals wij eerder hebben geconcludeerd, maakt de waarheidsverteller vanwege zijn gebondenheid aan willekeurige feiten geen schijn van kans tegen de vrijheid van de leugenaar. Het voorbeeld dat jij hebt aangehaald uit het handboek van Teisias, beschrijft geen uitzonderingssituatie. Het is de regel.'

‘Beweer je dat waarheid in alle gevallen het onderspit zal delven tegen de leugen?’ vroeg Sokrates. ‘Indien dat de les is die jij mij op grond van je rijke ervaring wilt bijbrengen, dwing je mij te kiezen tussen twee kwaden: ofwel ik moet concluderen dat deze dag, die zo’n glorieus verheugende wending leek te hebben genomen met mijn voorrecht om jou te ontmoeten, in werkelijkheid een grotere ongeluksdag blijkt dan de Dag van de Reinigingsrite, ofwel ik vlucht langs de route die jij mij zelf hebt aangewezen en klamp mij vast aan de hoop dat de samenhang en de overtuigingskracht van jouw argument verraden dat je liegt.’

‘Ik kan je geruststellen, Sokrates,’ zei ik. ‘Althans tot op zekere hoogte. De pleitbezorger van de waarheid kan winnen, maar zijn overwinning zou hem niet tevreden moeten stellen, want als hij zegeviert in een strijd tussen de waarheid en de leugen, die door de leugenaar omgevormd is tot een strijd tussen alternatieve meningen, betekent dit dat hij erin is geslaagd een meerderheid te vinden voor een waarheid die is verpakt als mening, waarmee zijn waarheid niet de status krijgt van een vaststaand gegeven, maar van een meerderheidsopinie, die uit de aard van de zaak tijdelijk zal zijn en op elk moment verworpen kan worden door een nieuwe dominante opinie. Daar komt nog iets anders bij. Als de pleitbezorger van de waarheid een politieke rol wil spelen en derhalve overtuigend wil zijn, zal hij vaker wel dan niet uitvoerig trachten te beargumenteren dat zijn waarheid het belang van het volk dient. Dit is een begrijpelijke, maar riskante strategie, want wanneer de waarheidsverteller het politieke domein binnentreedt en zich met een bepaald groepsbelang identificeert, verliest hij de enige eigenschap die zijn waarheid geloofwaardigheid verleende, namelijk zijn onpartijdigheid. Er is nauwelijks een politieke positie denkbaar die meer argwaan wekt dan die van de pleitbezorger van de waarheid die een fortuinlijke coïncidentie heeft ontdekt tussen zijn waarheid en een deelbelang. Daar staat tegenover dat de leugenaar wendbaar is en dit alles glimlachend kan aanschouwen, want in het spel van deelbelangen is hij in zijn element. Hij is als een acteur, die naar believen zijn kostuum en masker wisselt en elke gewenste rol op zich kan nemen.’

‘Jij kent de Spartanen beter dan ik,’ zei Sokrates, ‘en beter dan wie dan ook hier in Athene. Dus jij zult met meer autoriteit dan ik of dan wie dan ook kunnen bevestigen dat moeders hun zonen de oorlog in sturen met de opdracht om met hun schild of op hun schild terug te keren. Ook wij Atheners beschouwen het als een bewijs voor lafheid als een krijger zijn schild wegwerpt om zich snel uit de voeten te maken en ook wij achten het lovenswaardiger voor een soldaat om te sneuvelen voor zijn vaderland en als stoffelijk overschot op zijn schild terug naar huis te worden gedragen. Ik heb de waarheid altijd als mijn schild beschouwd, maar als ik jou goed begrijp, pleit jij er nu voor dat ik mijn schild als een deserteur weggooi en van het slagveld wegvlucht naar de zonnige en vette weidegronden van het zalige eigenbelang.'

'Ik zie het niet als mijn taak om als bondgenoot van de waarheid in het strijdperk te treden,' zei ik. 'Het is niet mijn opdracht als politicus om vast te stellen hoe de dingen werkelijk zijn. Van mij wordt verwacht dat ik de dingen die zijn ten goede keer en dat ik de wereld verander. Als ik zeg dat Athene de wereld zal veroveren en zal heersen over een imperium dat zich zal uitstrekken tot aan de Zuilen van Herakles, in plaats van te constateren dat Athene nog altijd kwetsbaar is in de oorlog, dan is dat een leugen die zichzelf waar wil maken door schaamteloos uitgesproken te worden. De waarheid is mij niet behulpzaam bij dat streven. In plaats van te constateren dat het regent zeg ik dat de zon schijnt, omdat de mogelijkheid om dat te zeggen de overtuigendste demonstratie vormt van het feit dat wij vrij zijn. Niet slaafse onderworpenheid aan de waarheid bewijst de vrijheid van de mens, maar zijn wonderlijke talent om de werkelijkheid naar believen te vervormen door te liegen. In die vaardigheid ligt de oorsprong van de opstand van de mens tegen de omstandigheden die de brutaliteit aan de dag leggen om hem toevallig te omringen, zonder dat hij daarom heeft gevraagd, en van zijn geloof in zijn vermogen om een betere wereld te creëren. De waarheid laat ik graag rusten in de integere contemplaties van filosofen en andere bedeesde buitenstaanders, waar ik weet dat zij veilig is – en ik kan haar geen zekerder onderkomen toewensen dan in jouw gedachten, Sokrates –, maar ik ben een man die met het bloed van onze vijanden aan zijn handen in daden gelooft en in plaats van mij te laten belemmeren door beletsels die voor mijn voeten liggen, houd ik mijn ogen gericht op de horizon, waarachter naar mijn vaste overtuiging nieuwe en betere waarheden gloren.'

'Ik begin er bijna spijt van te krijgen, mijn dierbare zoon van Kleinias, dat ik mij niet vaker op de heuvel van de Pnyx heb vertoond,' zei Sokrates. 'Het is waar wat de mensen zeggen. Jij bent een waarlijk groot spreker, die met de kracht van jouw woorden sneeuw doet branden en stenen laat zweven. Het doet mij werkelijk verdriet te beseffen hoeveel van jouw retorische wonderwerken ik heb gemist door mijn democratische voorrecht niet serieuzer te nemen dan ik heb gedaan. Als ik jou hoor spreken, raak ik zozeer betoverd dat ik vergeet wie ik ben. Alles waaraan ik mij mijn gehele leven heb gewijd, laat jij in een oogwenk verdwijnen, als as die verwaait op de wind, en na het horen van jouw woorden voel ik geen groter verlangen dan datgene te geloven wat ik mijn hele leven lang heb veracht. Na het zien van de heilige Mysteriën van Eleusis veranderen mensen hun kijk op het leven, maar die openbaring is kinderspel in vergelijking met de omkering van alle waarden die ik ervaar na het horen van jouw betoog. Het goede is verdorven geworden en ondeugd rechtschapen. Ik besef, hoe graag ik dit gesprek ook zou willen voortzetten, dat het niet langer in mijn vermogens ligt jou te bereiken op de Olympische toppen waar de vleugels van jouw ambitie jou naartoe hebben gedragen. Er rest mij nog slechts één vraag, die het onderwerp betreft dat jijzelf aanvankelijk aandroeg voor ons gesprek, voordat het zo'n verbluffende en verbijsterende wending nam. Je zei dat je met mij van gedachten wilde wisselen over jouw schaamte.'

'Ik weet dat jij mij begrijpt,' antwoordde ik, 'als ik zeg dat wij precies daarover zojuist hebben gesproken.'

Sokrates legde zijn hand op mijn schouder en keek mij aan. Hij glimlachte en zei: 'Jij bent nog altijd de mooiste, Alkibiades.'

10

Ik merkte dat er druk op mij werd uitgeoefend om de verwachtingen die de reden waren geweest om mij als opperbevelhebber met uitzonderlijke bevoegdheden te bekleden, in te lossen en eindelijk een begin te maken met de realisering van de verpletterende eindoverwinning in de oorlog, die het volk op grond van zijn briljante besluit om alles aan mij over te laten als zijn onvervreemdbaar recht was gaan beschouwen. Men stelde mij honderd schepen, vijftienhonderd zwaargewapende infanteristen en honderdvijftig ruiters ter beschikking voor een expeditie naar Ionië. Het volk wilde actie zien.

Hoewel mijn trouwe bemanningen nauwelijks de tijd was gegund om bij te komen van hun vorige detachering, die hen jarenlang ver weg van huis had gehouden, hoewel de broodnodige onderhoudswerkzaamheden aan de schepen ternauwernood waren afgerond, hoewel er in Athene nog veel werk te doen was om de financiën op orde te krijgen, hoewel het met name aanhangers van Kleophon waren die opstonden in de volksvergadering om mij uitvoerig te loven vanwege mijn strategische capaciteiten en met klem aan te dringen op mijn spoedige vertrek naar het oosten, waardoor de conclusie zich aan mij opdrong dat Kleophon en zijn factie hadden besloten dat mijn populariteit een probleem was gaan vormen en dat mijn verwijdering uit Athene politiek gezien zo mogelijk nog wenselijker was dan voortzetting van de oorlog en waardoor ik onwillekeurig werd herinnerd aan de periode vlak voor het vertrek van de Siciliaanse expeditie, toen de populisten met frenetieke gebaren en overslaande stemmen beargumenteerden dat de hoogst belangrijke missie onder mijn geniale leiding geen dag uitstel duldde teneinde mij zo de kans te ontnemen om mijzelf in een eerlijk proces vrij te pleiten van de wilde beschuldigingen van heiligschennis met betrekking tot de Hermen en de Mysteriën en hoewel ik derhalve alle reden had om te vermoeden dat er tijdens mijn afwezigheid plannen in het werk zouden worden gesteld om mijn positie te verzwakken, verzette ik mij niet.

Het was tijd om te gaan. Hoewel ik acht jaar lang had verlangd naar Athene, ervoer ik het vooruitzicht om Athene na minder dan vier maanden alweer achter mij te laten, opnieuw scheep te gaan en mij wederom bloot te stellen aan weer, wind, opspattend zeewater, krakend hout en ijskoud, vijandelijk staal op dat moment als een bevrijding. Mijn intensieve ervaringen met de rechtlijnigheid en helderheid van militaire missies, strategieën, de mêlee van schepen en soldaten in een slag op leven en dood en de eenduidigheid van zeges en nederlagen hadden mij misschien ongeschikt gemaakt voor het gekonkel in de kronkelende stegen, waar ik mij vroeger als een vis in het water had gevoeld. Alleen een soldaat kan begrijpen dat geen soldaat die de vijand in de ogen heeft gekeken nog kan wennen aan vrede en al het kleingeestige gedoe dat daarbij komt kijken. Alleen een soldaat kan begrijpen dat een soldaat heimwee kan hebben naar de verschrikkingen van de oorlog, omdat alle daden op het slagveld duidelijke consequenties hebben.

Ik moet mijzelf corrigeren: dat kan alleen begrepen worden door een soldaat en door Timandra. Ik had verwacht en misschien zelfs gehoopt dat zij zich, toen ik haar vertelde dat ik van plan was te gaan, jammerend van ongeluk voor mijn voeten zou werpen en mij zou smeken bij haar te blijven, maar tot mijn aanvankelijke verbazing zei zij strijdlustig dat er te lang geen Spartaans bloed meer had gevloeid. Pas toen ik haar vroeg of zij het dan niet erg vond om alleen in ons huis achter te moeten blijven en als Penelope te wachten op mijn terugkeer, was zij ontstemd. Zij begreep niet waarover ik het had. Natuurlijk zou zij niet op mij wachten. Zij zou met mij meegaan.

De gedachte alleen al was absurd. Het zou ondenkbaar zijn dat een vrouw, laat staan een mooie vrouw, maandenlang zonder enige vorm van privacy te midden van tweehonderd dicht opeengepakte zeebonken aan boord van een smalle trireem van zeeslag naar zeeslag zou varen. Onze schepen zijn ontworpen als varende precisiewapens, die dood en verderf zaaien met fatale efficiëntie, niet als comfortabel schommelende boudoirs voor avontuurlijke plezierreisjes. Maar hoewel iets dergelijks nog nooit was vertoond, vond ik het idee, zodra Timandra het als een onomstotelijkheid had uitgesproken, net zo vanzelfsprekend als zij. Ik maakte gebruik van mijn speciale volmachten om haar te monsteren voor mijn eigen schip. Omdat mijn bevoegdheden mij tevens toestonden mijn eigen strategen aan te stellen, koos ik admiraal Konon, de zoon van Timotheos, en de ervaren infanteriecommandanten Aristokrates, de zoon van Skellias, en Adeimantos, de zoon van Leukolophides, als onze stafofficieren.

De maand Boëdromion was nog niet voorbij toen de vloot werd bemand en ik met Timandra aan boord stapte van ons schip. Ik had mijn vuilbekkende kapitein Antiochos één vulgaire grap gegund over onze vrouwelijke opvarende, die overigens best leuk was maar die ik desondanks niet zal herhalen, en hij had mij begrepen toen ik had gezegd dat ik een tweede grap als insubordinatie zou opvatten en als hoogverraad zou bestraffen. Ik liet de trompet het signaal blazen en na het gebed, de plengoffers en de hymne werden de trossen losgegooid en kwamen de roeispanen als de vermoeide houten vleugels van een oude vogel langzaam in beweging. Antiochos stond met samengeknepen lippen aan het dubbele roer van ons vlaggenschip. Ik stond links van hem en aan zijn rechterhand stond Timandra, strijdbaar als koningin Artemisia van Karia. In Ionië zou ik haar een gouden borstkuras laten aanmeten, bedacht ik in een vlaag van pure verliefdheid. Wij lieten de Kantharoshaven van Peiraieus achter ons, hesen de zeilen en voeren uit naar weldadige verten. Als ik toen had omgekeken, zou dat de laatste keer zijn geweest dat ik Athene zag.

BOEK X

Sneeuw en wijnvlekken

Andros, Notion, Thracië

1

De vloot van honderd Atheense schepen, die drie jaar geleden, in het jaar waarin Antigenes archon was, tegen het einde van de laatste zomermaand Boëdromion onder mijn commando en voortgedreven door de dwingende rugwind van hoge verwachtingen in trots bollende zeilen uitvoer met het doel de oorlog te beslechten, zette koers naar een ander Ionië. Tijdens mijn verblijf in Gytheion en Athene hadden zich ontwikkelingen voorgedaan, die op het eerste gezicht wellicht beschouwd leken te kunnen worden als een interessant maar weinig verontrustend changement in de personele bezetting, waarbij nieuwe acteurs een kans kregen in oude rollen, maar die in werkelijkheid een dramatisch gewijzigde dynamiek teweegbrachten, alsof een krakende, blanke papyrus was ontrold, waarop de machtsverhoudingen, ambities en spelregels in het oosten van voren af aan dienden te worden omschreven.

Om te beginnen hadden de Spartanen een nieuwe admiraal naar Ionië gestuurd. Gezien het feit dat ik de vorige admiraal Mindaros eigenhandig had gedood, mocht het geen verrassing heten dat hij was vervangen. De naam van de nieuwe Spartaanse bevelhebber, Lysandros, de zoon van Aristokritos, weergalmt inmiddels in onze nachtmerries, maar ik moet bekennen dat hij drie jaar geleden een onbekende voor mij was en dat ik hem destijds met luchthartige onverschilligheid tegemoet zeilde, ook al vertelde men over hem dat hij nog langer haar had dan ik.

Ik was meer onder de indruk van het nieuws dat Tissaphernes geen satraap van Lydië meer was. Het gerucht dat ik ter vergelding van mijn arrestatie en gevangenschap na mijn ontsnapping uit de kerkers van Sardis zo achteloos mogelijk had verspreid, alsof het een vanzelfsprekendheid betrof, dat inhield dat Tissaphernes mij in weerwil van het sinds kort vigerende Perzische beleid, dat iedere Athener als een vijand beschouwd diende te worden, met een persoonlijke interventie op vrije voeten had gesteld, zoals verwacht kon worden van een genereus heerser die verneemt dat zijn protegé en lieveling per abuis is vastgezet, en dat ik met een in vlekkeloos Perzisch opgestelde vrijgeleide had kunnen adstrueren, had met dank aan de voortreffelijke infrastructuur van het Perzische Rijk de Grote Koning bereikt, die zijn machtige satraap had afgezet en gedegradeerd tot gouverneur van de zuidelijke provincie Karia. Tissaphernes had het paleis en de paradijzen van Sardis moeten verruilen voor het Prytaneion van Halikarnassos en hij zetelde derhalve wrokkend, zo stelde ik mij voor, in een veel te smaakvol en vooral veel te bescheiden Grieks gebouw in een stad met een veel te Griekse ziel om een man die Grieken niet kan uitstaan te verzoenen met zijn verlies.

Deze informatie was, toen ik nog in Athene was, tot mij gekomen in de vorm van het verslag van een Atheense diplomatieke missie, die naar Gordeion in Phrygië was gereisd, en bevestigd door mijn eigen contacten in Sardis en Halikarnassos. De gezanten wisten mij bovendien te vertellen dat Tissaphernes als satraap van Lydië was opgevolgd door de jonge prins Kyros, die ik vier jaar eerder in Sardis had mogen ontmoeten tijdens een jachtpartij in het park dat mijn naam droeg, toen hij met een destijds nog grappig en onschuldig lijkende brutaliteit al blijk had gegeven van verregaande ambities. Toen was hij twaalf jaar oud geweest, dus in de tijd dat hij de macht van Tissaphernes overnam in Sardis was hij zestien of hooguit zeventien.

De gezanten hadden hem ontmoet in Gordeion. Ze vertelden dat hij hun een kleitablet had laten zien, dat voorzien was van het koninklijke zegel van zijn vader Dareios, waarin hem ruimere bevoegdheden en een groter territorium werden toegekend dan Tissaphernes ooit had gehad. Hij was benoemd tot 'karanos', hetgeen een Perzische titel is voor een opperbevelhebber met verregaande bevoegdheden, waarmee hij hoger in de hiërarchie was komen te staan dan een willekeurige satraap, en het gebied dat nu onder zijn jurisdictie viel, omvatte niet alleen Lydië, maar ook Groter Phrygië, Cappadocië en de vlakte van Kastolos. Het territorium van deze heetgebakerde knaap besloeg daarmee een grondgebied dat vele malen groter was dan heel Hellas.

De jonge prins Kyros was derhalve sinds kort degene die, vanuit een formeel Perzisch perspectief gezien, de zeggenschap had gekregen over Ionië en die dientengevolge de verantwoordelijkheid had gekregen voor de oplossing van het zogenaamde Ionische probleem, dat gelegen was in het feit dat de meeste kuststeden feitelijk in Griekse handen waren. Er kon geen twijfel over bestaan dat hij daarvoor zijn hoop had gevestigd op een verdere toenadering tot Sparta. Sinds Atheense schepen opnieuw wonnen, waren de Atheense schepen opnieuw de grootste bron van zorg voor de Perzen. Zijn vijandige gezindheid jegens Athene was ook gebleken uit het feit dat hij de Atheense ambassadeurs die hij in Gordeion had ontmoet, aanvankelijk gevangen had gezet om daarmee te voorkomen dat zij strategische informatie aan het thuisfront konden overbrieven. Zij waren uiteindelijk onder het voorwendsel van een overplaatsing naar de kust geëscorteerd door mannen van Pharnabazos, die hun immuniteit met een eed had gegarandeerd.

Op grond van de inzichten in de machtsverhoudingen en mechanismen in de Perzische politiek die ik in Sardis had verworven, kon ik drie jaar geleden al in grote lijnen reconstrueren wat de recente gebeurtenissen inmiddels hebben bevestigd: de opmerkelijke promotie van de jonge prins Kyros maakte deel uit van een groter plan, dat was ingegeven door zijn rivaliteit met zijn twintig jaar oudere broer, de beoogde troonopvolger Arsikas, die inmiddels na de dood van hun beider vader Dareios inderdaad is gekroond tot de grote koning, koning der koningen, heerser over de landen wijd en zijd, en de naam Artaxerxes heeft aangenomen en die thans, op het moment waarop ik dit schrijf, met vorstelijke traagheid over de Koninklijke Weg de stad Kelainai nadert, die ik vanaf mijn schrijftafel in de verte kan zien liggen in de vlakte waar de bron van de Maiandros zich in rietkragen verbergt, waar ik hem binnen afzienbare tijd hoop te ontmoeten om informatie met hem te delen over zijn jonge broer Kyros in ruil voor zijn steun aan onze zaak.

Het was destijds al geen geheim dat Kyros de aanspraak van zijn oudere broer op de troon betwistte, zoals het thans nauwelijks een geheim mag heten dat hij zich geenszins bij diens troonsbestijging heeft neergelegd. Het incident tijdens de jachtpartij in Sardis, waarover ik tegen het einde van mijn zesde boekrol heb verteld, was in dit opzicht een sprekend voorteken geweest. De aanspraak van Kyros op de troon was en is gebaseerd op de redenering dat hij de enige ware zoon van de koning is, omdat hij de enige van de beide broers is die is geboren in de tijd waarin hun vader Dareios heette en daadwerkelijk koning was. Zijn oudere broer Arsikas, die nu Artaxerxes heet, lag in de wieg toen hun grootvader Artaxerxes, de zoon van Xerxes, regeerde en toen hun vader zich nog Ochos noemde en als de jongste zoon van de koning geen enkele aanspraak leek te kunnen maken op de troon, terwijl Kyros in het purper geboren was, zoals hij nimmer naliet te benadrukken. Volgens deze argumentatie van Kyros is hijzelf de enige zoon van koning Dareios, omdat zijn oudere broer de zoon is van prins Ochos, die geen koning was maar een onderdaan.

Wat ik nu beter begrijp dan drie jaar geleden, is dat deze redenering haar oorsprong vindt in de konkelende gedachten van koningin Parysatis, de moeder van de beide broers, die haar psychopathische nakomelingetje altijd opzichtig heeft voorgetrokken ten opzichte van haar contemplatiever ingestelde eerstgeborene. Een schijnbaar bijkomend maar voor haar niet minder zwaarwegend motief voor haar inspanningen om haar oudste zoon te weerstreven blijkt te zijn gelegen in haar aperte afkeer van zijn echtgenote, die Stateira heet, de zus is van Tissaphernes, mooi is en geliefd bij het volk en in haar machtshonger nauwelijks voor haar schoonmoeder onderdoet.

Men kan nauwelijks een grotere vergissing begaan dan de invloed van de Perzische koninginnen te onderschatten. Iedereen weet dat koningin Atossa, de echtgenote van Dareios de Grote, de zoon van Hystaspes, en de moeder van Xerxes, in de tijd van de Perzische invasies van Griekenland verregaande bevoegdheden naar zichzelf had toe getrokken en het rijk in feite regeerde. De benoeming van de jonge Kyros van drie jaar geleden tot 'karanos' van het gehele gebied tussen de Halys en de zee was onderdeel van de strategie van Parysatis, die tot doel had hem een machtsbasis te verschaffen voor de strijd om de troon, die na de dood van Dareios zou losbarsten en die intussen inderdaad in volle hevigheid zijn beslag heeft gekregen. Het zal haar geen verdriet hebben gedaan dat deze versteviging van de positie van haar jongste zoon gepaard ging met de degradatie en vernedering van de broer van haar gehate schoondochter. Waarschijnlijk was koning Dareios al ziek in die tijd, hetgeen Parysatis een nog ruimere vrijheid had verschaft dan zij al genoot om haar eigen overwegingen te volgen en haar eigen besluiten ten uitvoer te brengen.

Ik moet mij wellicht bij jullie verontschuldigen, mannen van Athene, voor het feit dat ik jullie oren doe gonzen van onwelluidende Perzische namen en dat ik jullie erger door op dit cruciale moment in mijn verhaal jullie aandacht te vragen voor machinaties en complotten binnen de disfunctionele koninklijke familie van Perzië, maar ik verzoek jullie tevens om jullie te realiseren dat jullie behoud van deze intriges afhangt, in zoverre de redding van Athene staat of valt met mijn vermogen om de tegenstrijdige belangen die ik zojuist in grote lijnen voor jullie heb geschetst in ons voordeel tegen elkaar uit te spelen. Mijn ongeduld is even groot als dat van jullie, gelooft mij, maar het moment is aanstaande.

Aan al deze dingen dacht ik nauwelijks, toen ik met mijn amazonekoningin Timandra aan mijn zijde en met negenennegentig dodelijk elegante en alom, van de kusten in het morgenrood tot de Zuilen van Herakles die afsteken tegen het avondrood, gevreesde Atheense triremen in mijn kielzog, die haar met hun ogen die op hun boegen geschilderd waren net zo verliefd aankeken als ik en die met hun onweerstaanbare bronzen snavels dorstten naar bloed, de krijtwitte kusten van Attika achter mij liet, met een saluut aan de tempel van Poseidon de Aardomvamer hoog boven ons op de rotsen Kaap Sounion rondde en gracieus over een gladde en welwillende nazomerzee, die Homeros wijnkleurig noemt en Pindaros onweerstaanbaar, koers zette naar de landen van de bloedrode zonsopgang waar glorie voor het opscheppen lag. De wind zwol aan op de open zee voorbij Sounion. Timandra's sneeuwwitte, Ionische chiton golfde rond haar uit brons gegoten lichaam. De boeg sneed door het schuim van de zee, waaruit, naar men zegt, Aphrodite is geboren. De roeiers zongen hun ritmische lied: 'Ruppapaí!'

2

Hoewel Ionië het doel was van onze expeditie, bood de omvang van onze vloot en troepenmacht ons een niet te verzaken gelegenheid om onderweg met een paar vlotte, ferme interventies een aantal Atheense belangen zeker te stellen van een relatief geringere importantie. Ons eerste doelwit was Andros, het grootste eiland van de noordelijke Cycladen, dat altijd een bondgenoot van Athene was geweest met de jaarlijkse tribuutplicht van twaalf talenten. Vier jaar eerder hadden de antidemocratische krachten op dat eiland geprofiteerd van de oligarchische coup in Athene om de macht te grijpen en onder de protectie van Sparta te kruipen. Omdat de Spartanen een fors garnizoen hadden gelegerd in de stad, vergde het een legermacht van een volwassen omvang om orde op zaken te stellen en de Atheners hadden er de voorkeur aan gegeven met een dergelijke interventie te wachten tot een nader te bepalen moment in de toekomst, waarop er toevallig een overmacht in de buurt zou zijn. Dat moment was thans aangebroken.

Wij landden in de baai ten noorden van de stad bij een kaap in de buurt van de marmergroeven, in de haven die Gaurion wordt genoemd. Met een charge van de infanterie namen wij de versterkte positie op de kaap in en wij begonnen aldaar een ommuurd fort te bouwen, dat ons als uitvalsbasis moest gaan dienen voor aanvallen op de stad, maar voordat we onze constructiewerkzaamheden konden voltooien, deden de troepen van Andros en de aldaar gelegerde Spartanen gezamenlijk een massale uitval in een poging om ons van de kaap de zee in te drijven alvorens wij ons zouden hebben ingegraven. Zij hoopten ons bij verrassing te overrompelen, maar een snelle interventie van onze cavalerie vertraagde hun opmars, waarna wij precies genoeg tijd hadden om ons te organiseren en hen in slagorde tegemoet te treden langs de kust. Nu het verrassingselement voor hen verloren was gegaan, prevaleerde onze numerieke overmacht. In een korte, hevige veldslag wisten wij de meeste soldaten van de eilanders op de vlucht te jagen. Omdat onze cavalerie de weg naar de veilige ommuring van hun stad versperde, renden ze radeloos de heuvels in. De Spartanen deden hun reputatie eer aan door halsstarrig te weigeren te vluchten. Bijna allen vonden de dood.

Wij trokken ons terug in Gaurion, voltooiden ons bolwerk en deden van daaruit enkele vergeefse pogingen om de stad in te nemen. Intussen bereikten mij inlichtingen omtrent initiatieven die de nieuwe Spartaanse admiraal Lysandros in Ionië aan het ontplooien was. Hij was naar Rhodos afgereisd en hij had alle schepen die daar voorhanden waren onder zijn bevel genomen. Vervolgens had hij deze plus wat er nog restte van de Spartaanse vloot bij Milete verplaatst naar Ephesos, dat hij als zijn nieuwe hoofdkwartier had gekozen. Ten slotte had hij alle beschikbare schepen van het eiland Chios gevorderd en eveneens naar Ephesos laten komen. Hoewel ik mij heel goed herinnerde dat ik de Spartaanse vloot niet lang daarvoor eigenhandig definitief had verslagen, had Lysandros zodoende inmiddels toch weer een Spartaanse vloot van zeventig schepen bij elkaar weten te scharrelen.

Dit was slecht nieuws en goed nieuws, op de manier waarop de uil en het hoofd van Pallas Athene twee zijden van dezelfde vierdrachmaimunt uitmaken. Enerzijds zou deze nieuwe Spartaanse vloot een obstakel vormen voor de vlotte herovering van de Ionische steden, die de doelstelling was van onze missie. Anderzijds was ik ervan overtuigd dat de serieuze omvang van de vijandelijke vloot ons kansen bood. Voor iedere zeeslag geldt dezelfde strategie, die erop neerkomt dat de grotere vloot het treffen moet afdwingen dat de kleinere vloot altijd wijselijk zal trachten te ontwijken. Om deze reden had ik mij zorgen gemaakt over onze voorgenomen aanval op Milete, want paradoxaal genoeg was onze overmacht te beslissend om de paar overgebleven Spartaanse schepen buiten hun veilig versterkte haven te lokken. Nu de Spartaanse admiraal zeventig schepen had en daarbij ongetwijfeld was uitgezonden met de dringende opdracht van zijn superieuren om de reeks Atheense overwinningen op zee te onderbreken en de Atheense maritieme suprematie uit te dagen, was de waarschijnlijkheid van een gewapend treffen op open wateren aanzienlijk toegenomen. Lysandros had zelf de voorwaarden voor zijn zelfoverschatting geschapen en in feite hoefde ik slechts op het juiste moment op de juiste plaats zijn gezichtsveld binnen te varen teneinde hem de gelegenheid te bieden om zijn hoogmoed met zijn eigen nederlaag te bekronen.

Ik kon met de beste wil van de wereld geen enkele strategische reden bedenken die de verhuizing van het Spartaanse hoofdkwartier in Ionië van Milete naar Ephesos nodig of wenselijk zou hebben gemaakt, waardoor ik gedwongen was te vermoeden dat de troepenverplaatsing was ingegeven door politieke en diplomatieke motieven. Ephesos ligt dichter bij Sardis. De keuze voor deze stad moest naar mijn inschatting worden beschouwd als een poging van Lysandros om toenadering te vinden tot Kyros. Dit was een reden om onze krachtmeting met Lysandros niet te lang uit te stellen, want hoe inniger de vriendschap tussen hem en de jonge prins zou worden, hoe kapitaalkrachtiger hij zou zijn. Om deze reden besloot ik het beleg van de stad Andros niet langer als een prioriteit te beschouwen. Het overgrote deel van het Spartaanse garnizoen was verslagen, waarmee wij ons strategisch objectief grotendeels hadden verwezenlijkt en waarmee de inname van de stad slechts een kwestie van tijd zou zijn. Ik liet een garnizoen achter in het fort van Gaurion onder bevel van Konon met de opdracht om de bevolking van de stad langzaam uit te roken en gaf de rest van de troepen het bevel scheep te gaan. Onze voorgenomen herovering van Chios zou ook moeten wachten. Nu de marine van Chios bij Ephesos lag, zou er daar sowieso weinig te verslaan en te winnen vallen. Ik beval onmiddellijk koers te zetten naar Ephesos.

Dat wij ons een korte omweg permitteerden naar het zuiden en een tussenstop maakten ten westen van Delos op het stille eiland Syros, dat als bondgenoot met zijn geringe tribuut van een kwart talent per jaar nauwelijks profijtelijk voor ons was, waar tegenover stond dat het ons anders dan de meesten van onze bondgenoten evenmin ooit hoofdpijn had bezorgd, en dat voor het overige grotendeels voorbij was gevaren door de geschiedenis, was op verzoek van Timandra. Zij wist dat Syros een zeldzame cultus herbergt van de Kabeiroi. Hoe zij dat wist, is mij een raadsel, maar zij heeft van wel meer dingen weet die een raadsel zijn. Deze Kabeiroi waren mij onbekend, moet ik bekennen, maar inmiddels weet ik dat zij tweelingbroers zijn, de zonen van Hephaistos en de zeenimf Kabeiro, dat zij geboren zijn op het eiland Lemnos en dat zij worden voorgesteld als dwergen met vuurrode ogen. Volgens Timandra is het niet raar dat er in de hoge hallen van de volmaakte, onsterfelijke goden ook lilliputters rondscharrelen. Zij gelden als grote drinkers en beschermers van de zeelieden, hetgeen volgens Timandra een volslagen logische combinatie van specialismen is. De kabouters die de Feniciërs soms op de boegsprieten van hun schepen zetten, zouden apotropeïsche afbeeldingen zijn van deze zelfde Kabeiroi. Timandra wilde met een offer hun bescherming voor onze zeereis afsmeken. Zij stond erop. Hoewel zij niet bijzonder religieus of bijgelovig is aangelegd, zeker voor een vrouw, valt zij op onverwachte momenten ten prooi aan een onweerstaanbare aandrang om de obscuurste riten serieus te nemen.

Toen de inwoners van Syros een Atheense vloot van honderd oorlogsbodems hun haven zagen binnenvaren, schrokken zij zo hevig dat zij uit eigen beweging kisten vol buit en herstelbetalingen naar de kaden sleepten en toen zij vernamen dat wij uitsluitend waren gekomen om te offeren, waren zij dermate opgelucht dat zij ons deze zelfde kisten uit dankbaarheid aanboden als een geschenk. Om Timandra een plezier te doen maakte ik een genereus gebaar en besloot ik slechts de helft van deze giften te accepteren.

Toen we de Kabeiroi hadden aangeroepen en hadden gebeden voor een behouden vaart, zei zij: 'Dit was de bijzaak. Nu komt de essentie. Weet jij wat het voornaamste kenmerk is van de goddelijke tweeling? Ze zijn onafscheidelijk. Ze zijn zo innig met elkaar verbonden dat zij hun eigen namen zijn vergeten. Daarom is het gebruikelijk dat minnaars bij de Kabeiroi trouw aan elkaar zweren.'

'Mijn antwoord is ja, Timandra,' zei ik.

'Wil je werkelijk klein en naamloos zijn als deze dwergen?' vroeg zij.

'Desnoods,' zei ik, 'maar ik wil vooral jouw minnaar zijn.'

'Mijn trouwe minnaar,' corrigeerde zij.

'Bij de Kabeiroi,' zei ik.

'Mogen zij ook mijn getuigen zijn,' zei zij, 'en mogen zij er met hun brandende ogen op toezien dat wij elkaar voor altijd met een glanzende blik blijven aanstaren en dat het vuur dat ons doet gloeien nimmer dooft.'

Het is aan deze kleine, door Timandra bekokstoofde ceremonie en onze bijslaap op het strand te danken dat ik sindsdien aan Syros denk als aan een plek waar geluk zou kunnen bestaan. Omdat onze hommage aan de onsterfelijke dwergentweeling tot vreugde van de bemanningen gepaard bleek te gaan met de verplichte consumptie van meer wijn dan onze dorst kon behappen, alsof we een bruiloft te vieren hadden, zagen wij ons gedwongen om ook de daaropvolgende dag op het eiland door te brengen.

3

Omdat met de degradatie en de overplaatsing van Tissaphernes ook een groot deel van zijn staf, waarvan enkelen van mijn beste contacten deel uitmaakten, Sardis had moeten verlaten, was mijn informatiepositie enigszins gecompromitteerd, maar desalniettemin wist ik via mijn overgebleven informanten inlichtingen te vergaren die mijn eerdere vermoedens bevestigden. Vrijwel onmiddellijk na zijn aankomst in Ephesos was Lysandros naar Sardis gereisd, waar prins Kyros hem een audiëntie had gegund. Mijn bronnen spraken tot mijn ergernis van een uitzonderlijk hartelijke ontmoeting, waarbij de Spartaan zich niet als een Spartaan had gedragen, had afgezien van zijn heilige geboorterecht om bij iedere willekeurige gelegenheid blijk te geven van zijn morele superioriteit en de prins voor zich had gewonnen met een onderdanige attitude. Daarbij had hij de intelligentie aan de dag gelegd om zich in bittere bewoordingen te beklagen over het onbetrouwbare karakter van de voormalige satraap Tissaphernes, die de Spartanen in het verleden herhaaldelijk zijn steun had toegezegd, maar zijn beloften nooit was nagekomen. Kyros hoorde niets liever dan beschuldigingen en laster die zijn voorganger in Sardis, die hij als een persoonlijke vijand beschouwde, in een kwaad daglicht stelden.

Dit alles leidde tot een dialoogje, dat door de eunuch die een vertrouweling van mij is gehoord was, waarin de prins, die door de berekenende nederigheid van zijn bezoeker steeds meer in zijn rol van royale koningszoon was gaan geloven, toezegde dat hij elk verzoek zou inwilligen, dat zijn vader garant zou staan voor de kosten, dat hij desnoods zijn eigen schatkisten zou openen en dat hij, mocht dit alles niet toereikend zijn om de wensen in vervulling te doen gaan, de troon zou omsmelten waarop hij zat, waarop Lysandros, die kennelijk begreep dat een dergelijk bombastisch aanbod aan een Perzisch hof uitsluitend beantwoord kan worden met een historische uitspraak die getuigt van exemplarische bescheidenheid, had gezegd: 'Het enige dat ik vraag, Sire, is één Griekse obool per dag extra voor ieder van mijn matrozen.'

Toen ik van dat verzoek vernam, moest Timandra mij kalmeren, want de geslepenheid ervan ontstemde mij in hoge mate. Ik had er geen moeite mee mij in te beelden hoe de blaag Kyros had geglunderd bij de omstandigheid dat het hem vergund was zo koninklijk af te steken bij de eenvoud en de terughoudendheid van zijn nieuwe vriend, terwijl hij uiteraard geen moment de moeite had genomen om na te rekenen dat dit zogenaamd bescheiden verzoek neerkwam op een kostenpost van zeventigduizend drachmai, oftewel twaalf talenten min twintig mnai, per maand. Lysandros stelde mij hiermee voor serieuze problemen en hij wist dat. Hij maakte het min of meer noodzakelijk dat ook ik de soldij voor onze eigen roeiers zou verhogen tot vier obolen per dag, als ik op langere termijn onmin of zelfs desertie wilde voorkomen, terwijl onze financiële positie niet tot onze sterke punten gerekend mocht worden. Tenzij ik erin slaagde de Spartaanse vloot snel te verslaan, zou ik mijzelf gedwongen zien op zoek te gaan naar middelen om onze financiële armslag te verruimen.

Er was meer informatie die de conclusie voedde dat uitstel van de beslissende confrontatie onwenselijk was. Hoewel Lysandros zeventig oorlogsbodems met een bemanning van veertienduizend onbehouwen matrozen naar het verfijnde en elegante Ephesos had gebracht, waar rozenextract door de goten spoelt en de gekleurde punthoeden conform de laatste mode worden gedragen, was hij erin geslaagd om zich aldaar zowaar geliefd te maken door de lokale kooplieden en handwerkers nauw bij zijn activiteiten te betrekken. Bovendien bereikten mij van meerdere kanten berichten dat hij contact had gelegd met de aristocratische facties in de Ionische steden en dat hij met succes de boodschap aan het uitdragen was dat hun gemeenschappelijk belang wederzijdse steun rechtvaardigde. Deze Lysandros uit Sparta opereerde met de politieke en diplomatieke lenigheid van een Athener in plaats van halsstarrig te vertrouwen op spieren, ijzer en mannenmoed, zoals zijn opvoeding hem met harde hand zou moeten hebben bijgebracht.

Toen wij met onze vloot opdoemden voor Ephesos, weigerde Lysandros slag te leveren en dat verbaasde mij niet meer, want op basis van de inlichtingen die mij over hem hadden bereikt, had ik de hoop inmiddels laten varen dat hij zo overmoedig zou zijn om te denken dat hij het zich kon permitteren te doen wat wij wilden dat hij deed. Wij trokken ons terug in de baai van Notion, ongeveer honderd stadia ten noordwesten van Ephesos, waar wij voor anker gingen, waarmee het gebruikelijke, langdurige spel begon dat ik graag had willen vermijden en dat in feite wordt gespeeld volgens hetzelfde principe en volgens dezelfde regels als het kwartelkloppen, dat ik in mijn jonge jaren enige tijd hartstochtelijk had beoefend: de kwartel die als eerste de cirkel verlaat, verliest. Zoals de spelers elkaars kwartels op de kopjes kloppen met een lange stok om deze agressief of angstig te maken, zo zouden de beide admiraals elkaar net zo lang uitdagen om slag te leveren op hun eigen voorwaarden totdat een van beiden zou toehappen op een moment dat gunstig was voor de ander. De commandant die als eerste de haven verliet zonder onkwetsbaar te zijn vanwege een numeriek overwicht, zou de kwartel zijn die als eerste buiten de cirkel hupt en verliest.

Ik deelde deze analogie met Timandra en mijn stuurman Antiochos. Hij herinnerde zich net als ik nog goed dat hij in mijn leven was gekomen als de held die mijn kwartel had gevangen toen deze vanonder mijn purperen mantel uit was gefladderd tijdens mijn debuut in de volksvergadering. Timandra vond deze anekdote dermate amusant dat wij haar deze drie keer hebben moeten vertellen.

'Dus ik vrees dat er opnieuw geduld van ons wordt gevergd,' zei ik.

'Of een list zoals bij Kyzikos,' zei Antiochos. 'Geduld is niet mijn sterkste kant. Is het waar dat die Spartaan een obool per dag meer betaalt dan wij?'

'Overweeg je naar hem over te lopen?' vroeg ik.

'De mannen weten het,' zei hij.

'Hoor jij gemor?' vroeg ik.

'Wat zal ik zeggen?' zei hij. 'De harde kern van de veteranen uit Samos zou er desnoods voor dokken om met hun blote klauwen jouw stront uit een emmer te mogen scheppen. Die sukkels zijn verliefd op jou. Maar we hebben ook veel nieuw volk aan de riemen, als je begrijpt wat ik bedoel.'

'Ik weet het,' zei ik.

'Soldij verhogen,' zei Timandra.

'Die mooie jongen van jou is blut,' zei Antiochos. 'Zo gaat dat met mooie jongens. En de glorieuze staat Athene zit al krap bij kas sinds die lekkere gast van jou zo nodig op vakantie moest naar Sicilië.'

'Gaan jullie in zo'n geval niet plunderen in de buurt?' vroeg Timandra.

'Het plan is als volgt,' zei ik. 'Op onze huidige positie hier bij Notion sluiten we de Spartaanse vloot de facto op ten zuiden van ons. Morgen vaar ik uit op een missie met het doel om de door Sparta bezette steden ten noorden van ons aan te vallen. Omdat de Spartaanse vloot mij daar toch niet kan bereiken, neem ik alleen de troepenschepen mee met de infanterie en de cavalerie en laat alle triremen hier. Ik heb al bericht doen uitgaan naar Thrasyboulos, die mij vanuit Thracië met dertig triremen komt ondersteunen. Ik ga eerst naar Phokaia, dan naar

Kyme en dan naar Klazomenai. Hiermee geef ik Lysandros de keuze: ofwel hij blijft veilig in de haven van Ephesos, met als gevolg dat ik de Spartaanse steden in Midden-Ionië herover en beladen met buit naar Notion terugkeer, ofwel hij zal mij moeten stoppen, hetgeen betekent dat hij met zijn zeventig schepen slag zal moeten leveren tegen onze honderd triremen hier bij Notion. Ik was ooit erg goed in kwartelkloppen, had ik jullie dat al eens verteld?'

'Ik ga met je mee,' zei Timandra.

'Ik ook,' zei Antiochos.

'Nee, Antiochos, jij niet,' zei ik. 'Ik laat de volledige Atheense vloot hier achter en ik heb iemand nodig die ik vertrouw aan wie ik het bevel kan overdragen.'

'Ik ben een simpele stuurman,' zei Antiochos, 'geen admiraal.'

'Maar ik vertrouw je,' zei ik. 'Daar gaat het om. Je taak zal simpel en helder zijn. Je doet niets. Je hoeft er geen admiraal voor te zijn om die taak tot een goed einde te brengen. Je blijft hier met de volledige vloot stil en bewegingloos voor anker liggen totdat ik terug ben. In geen geval dien je de Spartaanse schepen aan te vallen. Alleen wanneer Lysandros langs jou naar het noorden wil, versper je hem de weg. Ook dan zal het niet nodig zijn slag te leveren, want de aanblik van jouw honderd schepen in slagorde zal hem doen omkeren, dat garandeer ik je. Heb je het begrepen, Antiochos?'

Hij had het begrepen. De volgende ochtend vertrok ik bij zonsopgang met Timandra op een van de transportschepen met een totale troepenmacht van vijftienhonderd zwaargewapende infanteristen en honderdvijftig ruiters onder mijn hoede in noordelijke richting. We rondden het schiereiland van Erythrai en staken de Golf van Hermos over naar Phokaia, waar de dertig triremen van Thrasyboulos volgens afspraak op mij wachtten. Hoewel ik mij door de aanwezigheid van Timandra niet liet beïnvloeden in mijn tactische keuzen, deed het mij genoegen dat de omstandigheden het toelieten dat ik haar mijn favoriete strategie kon demonstreren. We sloegen een beleg op, waarbij we de stad volledig isoleerden van haar achterland, terwijl Thrasyboulos haar haven blokkeerde. Terwijl de inwoners van Phokaia de tijd was gegund om te wennen aan hun uitzicht op onze overmacht en om te beseffen dat zij voor de keuze waren gesteld tussen uithongering of overgave, wist ik contact te leggen met leden van de democratische oppositie, die bereid waren de stad aan ons over te geven. Het plan verliep net zo vlekkeloos als altijd, tot op het afgesproken nachtelijke tijdstip waarop de poort zacht knarsend voor ons werd geopend, onze soldaten naar binnen stormden en bleek dat het plan verraden was. De troepen van Phokaia en de aldaar gelegerde Spartanen waren paraat en wachtten onze infanterie op in de donkere straten. Bloedige gevechten volgden. Hoewel wij meer weerbare mannen door de wijd opengesperde stadspoort konden stuwen dan zij binnen hun muren hadden, genoten zij het voordeel dat zij de weg kenden in de onverlichte stegen. Op een gegeven moment ben ik met een contingent ruiters met fakkels de stad in gereden om onze mannen bij te staan. Pas toen het laaiende licht van enkele brandende huizen hun voordeel van de terreinkennis neutraliseerde, gaf ons numeriek overwicht de doorslag. We namen een paar honderd Spartanen gevangen, die we overdroegen aan Thrasyboulos, die hen naar Athene zou brengen waar zij een eerlijk proces zouden krijgen. Onze buit was rijk.

Pas toen we een beleg hadden opgeslagen bij de naburige stad Kyme en een vergelijkbare strategie aan het implementeren waren, hoorde ik wat er bij Notion was voorgevallen. Mannen van Athene, het verdriet mij dat ik thans gedwongen ben jullie terechte teleurstelling en woede te hernieuwen met een recapitulatie van de pijnlijke feiten, waarbij ik mij evenals jullie volledig moet verlaten op verslagen van derden. Antiochos had mijn orders in de wind geslagen, dat zou de samenvatting kunnen zijn. In zijn ijver om mij te behagen had hij meer willen doen dan ik hem had opgedragen te doen. Alsof mijn bevel aan hem om zich koest te houden een vriendendienst was geweest, waarmee ik hem verlof had gegeven om zich vooral niet voor mij in te spannen, had hij uit vriendschap voor mij eigenmachtig besloten om mijn vermeende coulance en toegeeflijkheid jegens hem te negeren en mij vanzelfsprekend en beslist bij te staan. Het zou mij bijna ontroeren te beseffen hoe overtuigd hij moet zijn geweest van zijn initiatief om mij te verrassen met de verloochening van mijn bevel, als de gevolgen niet desastreus waren geweest.

Ik begreep onmiddellijk wat Antiochos' plan was geweest. Hij had getracht mijn strategie voor de Slag bij Kyzikos te imiteren en mij een heropvoering cadeau te doen van mijn meest geprezen overwinning. Hij was met tien van onze beste schepen naar Ephesos gevaren met de bedoeling Lysandros uit te dagen om de haven te verlaten, waarna het eskader dat als lokaas diende de stevens zou wenden en de Spartaanse triremen, die de achtervolging zouden inzetten, in de schoot zou werpen van de voltallige Atheense vloot, maar daarbij had hij over het hoofd gezien dat deze strategie niet gebaseerd was op scheepsmanoeuvres, maar op een maskerade die uit was op bevestiging van de verkeerde aannamen bij de vijand. Bij Kyzikos werkte deze tactiek, omdat de toenmalige Spartaanse bevelhebber redenen had om daadwerkelijk te geloven dat het eskader dat als lokaas diende de volledige Atheense vloot vertegenwoordigde. Hij kon niet weten dat onze vloot door de toevoeging van versterkingen inmiddels was gegroeid tot een overmacht en de wateren rond Kyzikos hadden voorzien in eilanden en kapen waarachter wij onze ware omvang konden verbergen. Bovendien was het destijds vanuit Spartaans perspectief bezien waarschijnlijk geweest dat wij niet op de hoogte waren van de omvang van de Spartaanse vloot, waardoor de manoeuvre van ons lokaas voor hen de schijn had van een oprechte aanval, die inderhaast werd afgeblazen toen de volledige Spartaanse vloot de haven verliet, hetgeen hen bevestigde in hun besluit om de achtervolging in te zetten.

Deze asymmetrie in de beide informatieposities, die fundamenteel was voor de strategie voor de Slag bij Kyzikos, ontbrak hier ten enenmale. Atheners en Spartanen zaten al bijna twee maanden naar elkaar te loeren vanaf hun posities in Ephesos en Notion. In de baai tussen beide locaties lagen geen eilanden of kapen waarachter verrassingen zich konden verschuilen. Deserteurs die voor een obool per dag naar de vijand waren overgelopen, hadden Lysandros van alle informatie voorzien die hij begeerde. Hij wist precies hoe groot onze vloot was en hij had geen enkele reden om aan te nemen dat wij de omvang van zijn zeemacht zouden geringschatten.

Omdat het psychologische element van het spel met verwachtingen volledig ontbrak, was de schijnbeweging van Antiochos met zijn tien schepen in het zicht van Ephesos niets meer geweest dan een clownerie, temeer omdat Antiochos, zoals meerdere ooggetuigen mij beschaamd hadden verteld, de verleiding niet had kunnen weerstaan om Lysandros met creatieve beledigingen en conventionele, maar met overtuiging uitgevoerde obscene gebaren uit de tent te lokken. In eerste instantie hadden de Spartanen niet gereageerd, hetgeen Antiochos kennelijk had toegeschreven aan het feit dat hij zich niet zichtbaar en hoorbaar genoeg had gemaakt, aangezien hij besloten had om zijn schip nog dichter naar de ingang van de haven te sturen om zichzelf schimpend, honend, kwetsend en spottend binnen hun gehoorsafstand te brengen. Op dat moment lanceerde Lysandros met drie triremen een bliksemsnelle aanval op Antiochos' schip, dat dankzij Antiochos' ijver om met zijn vuilbekkerij gehoord te worden te ver voor de andere negen uit was gevaren. Het werd tot zinken gebracht, waarbij Antiochos de dood vond.

Op dat moment had Lysandros het bevel gegeven aan zijn volledige vloot om uit te varen, omdat hij had gezien dat de negen overgebleven Atheense schepen in de voorhoede ongecoördineerd op de vlucht sloegen en dat de hoofdmacht van de Atheense vloot bij Notion in wanorde verkeerde. Daar wachtten zij op het signaal van hun bevelhebber om zich in slagorde op te stellen, maar hun bevelhebber lag vloekend bellen te blazen op de bodem van de Egeïsche Zee. De Atheners werden overrompeld en verloren twintig schepen.

Toen dit rampzalige nieuws mij bereikte, brak ik het beleg van Kyme onmiddellijk af. Ik voer halsoverkop terug naar Notion, waar ik de vloot opnieuw onder mijn bevel nam en naar Ephesos leidde in een poging om de beschamende nederlaag met een klinkende overwinning ongedaan te maken, maar Lysandros was begrijpelijkerwijs tevreden met die beschamende nederlaag die hij ons had toegebracht. Hij weigerde de haven te verlaten en een nieuwe confrontatie aan te gaan, waarop wij ons terugtrokken naar onze oude vertrouwde basis op Samos.

Hoewel het verlies van twintig schepen een ramp was die geen rampzalige gevolgen hoefde te hebben, omdat de Atheense vloot ook na dit verlies nog altijd in numeriek opzicht superieur was aan de Spartaanse vloot, was de drukkende uitwerking op het moreel van de manschappen voelbaar, want hoewel velen van jullie geneigd zijn te geloven dat de roeiers geen andere belangstellingen kennen dan de obolen die hun als dagvergoeding in hun eeltige knuisten worden gestopt, hebben zij hun trots en laten zij zich door niets zozeer motiveren als door hun eigen onoverwinnelijkheid. Het feit dat hun indrukwekkende reeks van heroïsche zeges was onderbroken door een blamage, knakte hun geloof in de glimlach van het noodlot. Timandra zag dat ook ik mij in de schaduw van mijzelf terugtrok, want ik had de man verloren die misschien mijn enige vriend was. Desondanks zou dit alles beperkt hebben kunnen blijven tot een terugslag van behapbare omvang, als jullie op dat moment niet precies zo hadden gereageerd zoals van jullie kon worden verwacht.

4

Dit was de gelegenheid waarop Kleophon gedurende de maanden waarin hij mij met grote vanzelfsprekendheid had gesteund en openlijk had geprezen, had zitten wachten. Al die tijd had hij weliswaar niet kunnen voorzien dat zijn buitenkans de naam van Notion zou dragen, maar dat zich vroeger of later onder een willekeurige naam een buitenkans zou aandienen, wanneer ik uit de aard van het menselijk bedrijf in een onvolmaakte wereld een tegenslag zou ervaren die het volk van Athene in zijn overspannen verwachtingen teleurstelde, was voor hem al die tijd een zekerheid geweest.

Met geagiteerde gebaren en een van verontwaardiging gezwollen stem, die zich verlaagde onder het gewicht van zijn geacteerde verantwoordelijkheidsbesef, liet hij zijn beschuldigingen aan mij neerregenen op het vergaderde volk op de heuvel van de Pnyx. De stad had mij honderd schepen, infanterie en ruiters gegeven en wat had ik daarmee gedaan? Ik had gefaald in mijn pogingen om de stad Andros in te nemen en nu konden de eilanders, die in het hart van het imperium omspoeld door zee zouden behoren te sidderen voor het Atheense gezag, met recht pochen op hun succesvolle verzet, waarmee zij aan alle bondgenoten in alle uithoeken van de Egeïsche Zee de boodschap toeschreeuwen dat het ooit machtige Athene was verzwakt tot een schim van zichzelf. Maar wat had het volk anders verwacht van zijn besluit om het opperbevel in de gemanicuurde handen te geven van een verwijfde generaal? Ik had gefaald om Chios te heroveren. Ik had het niet eens geprobeerd, hoewel ik wist dat het eiland er, aangezien de marine van Chios naar Ephesos was geroepen, als een rijpe, laaghangende vrucht bijkans om smeekte om geplukt te worden. Ik had nagelaten Ephesos en Milete aan te vallen en in plaats daarvan dure tijd en mensenlevens verspild bij het beleg van Phokaia, waarna ik mijzelf had geblameerd voor de muren van Kyme, waar ik als een Perzische eunuch op zijden kussentjes in mijn tent was blijven liggen totdat ik het beleg als een lafaard had opgegeven, waarbij het niet viel uit te sluiten dat ik mij had laten omkopen door mijn Perzische vrienden.

'En alsof dit alles nog niet genoeg was om jullie vertrouwen in hem te beschamen,' zei Kleophon, 'heeft deze poseur en charlatan jullie Atheense vloot, die jullie met jullie eigen handen hebben gebouwd en die jullie hebben bemand met jullie eigen zoons en echtgenoten, met de hem kenmerkende nonchalance en onverschilligheid onder het bevel geplaatst van een vriendje van hem, een ordinaire bootsman, een roerganger met een bedenkelijke reputatie, die zich op weinig meer kon beroemen dan op zijn talenten als drinker en tapper van schunnige zeemansverhalen, met als voorspelbaar gevolg dat Athene voor het eerst sinds de zwarte dagen op Sicilië een zeeslag heeft verloren. Ook voor dat Siciliaanse debacle was hij en niemand anders verantwoordelijk, laten we dat vooral niet vergeten. Maar dat terzijde. Twintig schepen hebben jullie verloren. Twintig van jullie schepen zijn naar de kelder gejaagd. Twintig schepen, die jullie dierbaren aan boord droegen, zijn door argeloosheid en onverantwoordelijk gedrag vernietigd, met als gevolg dat de herovering van ons Ionië een hersenschim is geworden en dat de vijand moed heeft gevat. En jullie moeten niet de vergissing begaan om de onervaren stuurman als schuldige aan te wijzen voor deze ramp, want schuld draagt wie krachtens jullie soevereine wilsbesluit de verantwoordelijkheid droeg, maar die te zeer afgeleid was door zijn concubine om jullie opdracht serieus te nemen en zich te bekommeren om jullie schepen en jullie mannen, die jullie hoopvol aan zijn responsabiliteit hadden toevertrouwd.

Mannen van Athene, ik hoef jullie niet te vragen of jullie van oordeel zijn dat dit afzichtelijke kralensnoer van de in de afgelopen maanden aaneengeregen catastrofes en beschamende mislukkingen het werk is van een man die met recht wordt beschouwd als de zoon van Achilles of zelfs als Achilles zelve, omdat ik weet dat jullie eindelijk inzien dat er achter het masker van zijn reputatie een pallieter schuilgaat die in zijn hele leven geen andere meester en opdrachtgever heeft erkend dan zijn eigen geneugten en die, zoals hij al eens heeft gedemonstreerd, bereid is zonder een moment van aarzeling zijn eigen vaderland te verraden om zijn kwakje kwijt te kunnen. Want laten we de zaken niet mooier voorstellen dan ze zijn. Hebben we het niet over dezelfde man die midden in de oorlog naar de vijand is overgelopen om zich de kans op bijslaap met de koningin niet te laten ontnemen? Is hij niet dezelfde man die voor de zachte billetjes van gecastreerde knaapjes naar Perzië is gegaan en onze voorvaderen, de helden van Salamis en Marathon, te schande heeft gemaakt?

Deze zelfde man is het die dankbaarheid heeft betoond voor jullie grootmoedigheid door onmiddellijk bij zijn terugkeer in Athene een dure, exotische hoer in huis te nemen, in het huis dat jullie hem gul ter beschikking hadden gesteld. Deze zelfde man heeft jullie vergevingsgezindheid met betrekking tot zijn eerdere heiligschennis beloond door zijn barbaarse lichtekooi heupwiegend aan de kop van de heilige processie te laten paraderen en de Mysteriën van Eleusis daarmee opnieuw te ontheiligen. Deze zelfde man heeft de ongehoorde insolentie betoond om deze tippelaarster, die hij uit een bordeel had opgevist, met zich mee te nemen aan boord van het vlaggenschip van de Atheense vloot op een oorlogsmissie. Deze zelfde man verkoos het om zich samen met zijn sletje over te geven aan drinkgelagen en orgies op het eiland Syros, terwijl de vijand schepen uitrustte, mannen monsterde en met de dag aan kracht won. En nu hebben jullie twintig schepen verloren omdat deze zelfde man ergens in Ionië rondhing met zijn Siciliaanse sloerie in plaats van zich in te spannen voor de belangen van Athene en zijn mannen, die in hem geloofden, te behouden.'

Zo sprak Kleophon, zoals jullie weten. Jullie waren erbij. Volgens de grondregel dat waarschijnlijkheden eerder worden geloofd dan de waarheid en conform het democratische principe dat het soevereine volk de volledige schuld voor tegenslagen altijd op de uitvoerende macht afwentelt, zonder daarbij de dwingende behoefte te voelen aan geldige argumenten, kon Kleophon op jullie bijval rekenen.

Ik geloof niet dat er in de geschiedenis van de Atheense democratie ooit een man is geweest die meer is geschaad door zijn eigen reputatie dan ik. Mijn roep was dubbel. Enerzijds wensten jullie mij te zien als de excentrieke libertijn, die jullie verveling verdreef door immer het gesprek van de dag te bepalen, en anderzijds wilden jullie mij beschouwen als de held van Kyzikos. Ik belichaamde voor jullie de hoop op ongehoorde daden, opspraak, aanstoot en schandalen en tegelijkertijd het geloof in de redding van Athene en de overwinning in de oorlog.

Jullie verwachtingen met betrekking tot mijn militaire capaciteiten waren dermate hooggespannen dat de geringste hapering in mijn zegetocht door jullie werd geïnterpreteerd als volledig falen, dat uitsluitend te verklaren was op grond van mijn excentrieke losbandigheid. Op basis van mijn eerdere successen waren jullie zozeer in mijn onoverwinnelijkheid gaan geloven dat het ondenkbaar voor jullie was dat onvermogen de oorzaak zou kunnen zijn van tegenslagen die ik ervoer, waarmee de enige verklaring voor tegenspoed logischerwijs gelegen moest zijn in mijn attitude of mentaliteit, en uit mijn verleden konden meer dan genoeg schandalen worden opgediept om die conclusie bevestigd te zien. De ene helft van mijn tweesnijdende reputatie verleende geloofwaardigheid aan diegenen die het aan kwaadaardige onwil wensten toe te schrijven dat de verwachtingen die door de andere helft van mijn reputatie werden gewekt nog niet waren waargemaakt. Mijn naam had te veel klank gekregen. Alkibiades betekende te veel dingen tegelijk. Met elke dag dat het langer duurde totdat de nieuwe Alkibiades, die de Spartaanse admiraal Mindaros eigenhandig had gedood, de oorlog definitief in zijn voordeel beslechtte, trad de oude Alkibiades met zijn purperen mantel, zijn gouden schild en zijn kostbare raspaarden dwingender op de voorgrond om de schuld op zich te nemen voor het falen van de ander, die dezelfde persoon was, die jullie adoreerden en haatten.

Jullie besluit kwam derhalve niet als een verrassing voor mij. Ik nam één schip, dat ik bemande met vrijwilligers uit de groep veteranen die in de Hellespont, de Propontis en de Bosporus onder mij hadden gediend en vertrok vanaf Samos samen met Timandra naar het noorden. Omdat ik op dat moment nog opperbevelhebber van de Atheense strijdkrachten was met volledige zeggenschap, was het ten onrechte dat sommigen van jullie mijn mannen en mij hebben beschuldigd van insubordinatie of desertie.

Op het moment waarop mij het bericht bereikte dat jullie mij hadden afgezet als admiraal, dat jullie mij mijn speciale bevoegdheden hadden ontnomen en dat jullie Konon, de zoon van Timotheos, uit het district Anaphlystos, vanaf Andros naar Ionië hadden gestuurd om mij te vervangen – tot teleurstelling van Thrasyboulos, die had gedacht in ruil voor zijn gedetailleerde ooggetuigenverslag van mijn falen op het opperbevel te mogen rekenen –, was ik al in Thracië.

Aan jullie verordening om mij in Athene ten overstaan van jullie vergadering te verantwoorden voor mijn daden heb ik geen gehoor gegeven, zoals jullie weten, en ik hecht eraan nu met enige vertraging te verklaren dat deze weigering niet voortkwam uit minachting voor jullie of voor jullie instituties, maar uit minachting voor politiek die over personen, reputaties en de myopie van macht gaat en niet over het belang van de staat.

5

Op mijn eenzame schip voer ik met Timandra aan mijn zijde en met een ander dan mijn dierbare vriend Antiochos aan het dubbele roer door de Hellespont langs het decor van mijn triomfen uit het verleden. Ik vertelde haar hoe ik op precies dezelfde koers aan het hoofd van achttien schepen vanaf Samos de Hellespont was binnengevaren met mijn purperen mantel als een vlag in de mast geheven en een koperen schaal als een gouden schild in mijn handen om de Slag bij Abydos te beslechten. Ik wees haar de posities aan van de Atheense schepen langs de Europese kust en van de vloot van Mindaros langs de overzijde en ik beeldde de verschillende manoeuvres uit. Zij geeuwde. Zeeslagen zijn moeilijk na te vertellen aan een vrouw.

Ik wees haar het Hondengraf aan en herinnerde haar aan ons gesprek op de avond dat wij elkaar hadden ontmoet. Mijn overwinningstrofee stond er nog. Alleen als we heel goed keken, zagen we de kleinere overwinningstrofee van Thrasyboulos, die achter de mijne stond. We passeerden Sestos en Abydos. Sestos was gedurende meer dan twee jaar mijn thuis geweest. Een vlaag van droefenis overviel mij, want de stad deed mij denken aan Antiochos. Ik wees Timandra de toren aan en vertelde haar het verhaal van Hero en Leandros, dat zij niet geloofde, maar toch mooi vond. We passeerden Lampsakos en ik meldde haar dat die stad Priapos als beschermgod vereert, waarna zij de stad natuurlijk onmiddellijk wilde bezoeken, maar we hadden andere plannen. Hoe lang was het geleden dat ik in Lampsakos had overwinterd? Twee jaar geleden. In mijn beleving was er veel meer tijd verstreken dan dat.

Toen we de Hellespont achter ons lieten en de Propontis op voeren, konden we Kyzikos aan stuurboord niet zien liggen, maar dat weerhield mij er niet van om haar nogmaals de hele slag na te vertellen. Zij herinnerde zich de uitgelaten feesten in Athene na mijn overwinning. Wij voeren langs de Thracische kust en bereikten Paktye. Ik wees haar de kleine burcht aan die even ten zuidwesten buiten het stadje op een heuvel stond, niet ver van de zee.

'Stoer,' zei Timandra.

'Dat is het fort dat ik voor jou heb gebouwd,' zei ik, 'ook al kende ik jou toen nog niet.'

'Zeg niet dat je bedoelt dat wij hier gaan wonen,' zei zij.

'Waar anders?' vroeg ik.

'En nu wil je dat ik besef dat dat geen retorische vraag is,' zei zij.

Het was inderdaad geen retorische vraag. Sparta had mij ter dood veroordeeld en Sardis had mij in het cachot gegooid. De notelaars en platanen in de vlakte aan de voet van de grimmige Taygetos, waar de nietige Knakion uitmondt in de Eurotas, waren niet alleen een vijandig gebied voor alle Atheners, maar inmiddels zelfs voor mij, en het weelderige paleis op de top van de rotspunt op de noordelijke helling van de Tmolos, hoog boven de vlakte waar de Hermos samenkomt met de Hyllos en de goudkleurige Paktolos, was verlaten door een vriend die mij als vijand beschouwde en ingenomen door een bloeddorstige jonge prins die geloofde dat Sparta zijn ambities kon waarmaken. Pharnabazos herinnerde zich Abydos en Kyzikos, waar ik hem had vernederd, en Chalkedon, waar ik hem had gedwongen om mij formeel als zijn gelijke te behandelen. Over Karia heerste nu Tissaphernes, die ik had vernederd door te ontsnappen en die ik nogmaals had vernederd door hem daarvoor openlijk te bedanken, waardoor hij ten derden male was vernederd door het Perzische hof. De persoonlijke rancune die verschillende machthebbers in de kustprovincies jegens mij koesterden, wist zich dankzij mijn militaire successen tegen Sparta thans in alle gewesten van het uitgestrekte Perzische Rijk gesteund door de koninklijke ordonnantie om Athene en alle Atheners als staatsvijanden te beschouwen.

En Athene – ach, Athene. Ik kon uittekenen wat er zou gebeuren als ik naar Athene terugkeerde. Als ik erin slaagde het proces te overleven waarin ik van alles werd beschuldigd wat maar bedacht kon worden door lieden die baat hadden bij mijn deconfiture, zou ik een eindeloze reeks civiele procedures tegemoet mogen zien, waaruit mijn tegenstanders alleen maar meer kracht zouden putten, waarna mijn politieke positie gereduceerd zou zijn tot die van een verschoppeling met de aaibaarheid van een lepralijder. Om dat te voorkomen zou ik moeten vechten als een valse straathond. Ik zou Kleophon van ergere zaken moeten beschuldigen dan alle wandaden die zijn verdorven geest kon verzinnen om mijn reputatie mee te besmeuren en ik zou meer valse getuigen moeten betalen dan hij om de waarheid te kopen. Ik zou bereid moeten zijn om zijn hele aanhang, de volksvergadering en de Atheense democratie mee te sleuren in zijn val. Daartoe zou ik steun bij elkaar moeten schrapen uit de smerigste krochten van het recente verleden en mij ertoe moeten verlagen innige banden aan te knopen met mijn grootste vijanden, onder wie de gevluchte aristocratische coupplegers, die ik vervolgens tot mijn opluchting schofterig en eerloos zou mogen verraden. Dit alles was mogelijk. De risico's voor mij persoonlijk zouden immens zijn – ik was tenslotte al eens eerder door de Atheense democratie ter dood veroordeeld – maar dit alles kon gedaan worden en omdat het, als het gedaan werd, gedaan zou worden door mij, was het niet uit te sluiten dat het plan zou slagen.

Athene was mij echter ondanks alles te dierbaar om voor Athene te strijden op een manier die Athene kapot zou maken. Een dergelijke nietsontziende machtsstrijd in het hart van de stad op dit precaire moment in de oorlog tegen Sparta zou het grootste geschenk zijn dat ik aan Sparta zou kunnen geven. Maar het voornaamste probleem was misschien nog wel dat ik, hoewel ik tot alles in staat was, niet langer in staat was te geloven dat ordinaire gevechten om de macht op de heuvel van de Pnyx en in de tribunalen op de agora mijn energie waard waren. Zo ik ooit heb geloofd in de opwindende dynamiek van democratische machtspolitiek, had ik dit geloof verloren sinds ik de wijde wereld buiten Athene had gezien en had begrepen hoe sterk de krachten zijn die ons arrogant in zichzelf gekeerde stadje wilden vermorzelen. Democratie had ons vrijheid gegeven en daarmee een heilige reden waarom wij de oorlog niet mochten verliezen, maar met democratie gingen wij de oorlog niet winnen.

'Zijn we officieel op de vlucht?' vroeg Timandra.

'Vrijwillige ballingschap,' zei ik. 'Zo zou ik het noemen.'

'En wat gaan wij hier doen?' vroeg zij. 'Heb jij daar al over nagedacht?'

'Ik kroon je tot koningin van mijn koninkrijk,' zei ik.

Ik had er al wel degelijk over nagedacht en hoewel zij lachte, was mijn antwoord niet als een grap bedoeld. Als er nergens in Hellas of in de uitgestrekte landen van de barbaren een staat te vinden was die bereid was om mij met al mijn bagage vol geschiedenis en vooroordelen asiel te verlenen en bescherming te bieden, restte mij slechts één rationele strategie en die kwam er kort gezegd op neer dat ik mijn eigen vrijstaat moest stichten. Ik was tot tweemaal toe verschopt en uitgestoten door mijn vaderland en terwijl het de droom is van elke verworpeling om een stuk aarde af te bakenen waarbinnen slechts zijn eigen regels van kracht zijn, is het verschil tussen mij en een doorsneeparia dat ik het onvermogen aan de dag leg om vertroosting te vinden bij dromen alvorens zij zijn waargemaakt.

Toen ik bijna drie jaar eerder tijdens de lamlendige zomer in Sestos mijn oog had laten vallen op Paktye, was dat een keuze geweest die niet uitsluitend werd geïnspireerd door de aanlokkelijke verlatenheid van dit deel van de Thracische kust, door de zonnebloemen en het violet van de avondschemer boven de Propontis, maar ook door de mogelijkheden die deze plaats bood als uitvalsbasis voor de creatie van een eigen invloedssfeer. Vanuit een Grieks perspectief bezien had ik mijn kasteel laten bouwen aan de rand van de bewoonde wereld en vanuit een Thracisch standpunt bekeken eveneens, in zoverre dat de belangstelling van de Thraciërs voor de wereld ophoudt waar Grieken opdoemen, waarbij het voornaamste verschil tussen beide perspectieven gelegen is in het feit dat er veel meer Thracië is dan Griekenland. Wij Grieken hebben geen idee van de uitgestrektheid van de woeste binnenlanden die in Paktye mijn achterland zouden vormen. Wie vanaf het smalste punt van het Thracische schiereiland, waar Paktye ligt, noordwaarts trekt, zet in een mum van tijd voet in gebieden waar geen Griek ooit is geweest en niemand kan hem vertellen hoe lang hij door de bergen, over grasland, door steppen en over met wilde tijm begroeide heuvels zou moeten reizen alvorens hij opnieuw zout water vindt. Er wordt beweerd dat Thracië het grootste land op aarde is na Indië. De rivier de Istros geldt als de noordgrens van het Thracische domein, maar ook ten noorden van de Istros strekken zich onmetelijke landen uit, al weet niemand wie daar woont. De Thraciërs beweren dat daar het koninkrijk van de bijen ligt, waarheen geen reiziger mag gaan.

Terwijl mijn rust gewaarborgd werd door de omstandigheid dat geen enkele Griekse stad belangen had in deze uithoek aan de rand van de Griekse wereld, stond de uitgestrektheid van het Thracische achterland garant voor mijn veiligheid. Mijn fort kon worden ingenomen, maar mijn achtertuin viel niet te veroveren.

De Thracische landen, waar de wieg staat van de noordenwind, zijn ook op een andere manier groot en ongrijpbaar. Thraciërs hebben vele namen. Als de talloze Thracische stammen zich verenigden tot één koninkrijk, zou dat het machtigste leger ter wereld op de been kunnen brengen, maar hun hopeloze onderlinge verdeeldheid was mij welkom. In Thracië zou ik nooit en te nimmer het risico lopen om te zijn uitgeleverd aan de grillen van een almachtige monarch. Mijn diplomatieke lenigheid zou mij in staat stellen ongrijpbaar te blijven in een wisselend web van allianties met de verschillende clans en om te midden van het woelen van elkaar bestrijdende stammen genoeg macht voor mijzelf op te eisen om mij veilig te weten. Ik had aan mijn campagne van twee jaar daarvoor langs de noordkust van de Propontis tegen Selymbria en Byzantion nuttige contacten overgehouden met de stammen van de Melanditai en de Tranipsai, die mij in staat stelden om met enig vertrouwen te beginnen aan dit spel. Mij ontging de ironie niet van de gedachte dat de oude Thracische idioot Zopyros, die mijn zogenaamde leraar was gedurende mijn jonge jaren in het huis van Perikles, goedkeurend zou knikken bij mijn oordeel, maar ik kon niet anders dan concluderen dat Thracië perfect was voor mijn doelstellingen.

'Je geeft het op,' concludeerde Timandra. 'Je keert Athene, de oorlog en de geschiedenis de rug toe.'

Hoewel zij gelijk had met haar veronderstelling dat ik het talent ontbeerde om mij tevreden te kunnen stellen met een bijrol bezijden de gebeurtenissen en hoewel haar gelijk op het moment dat ik dit schrijf in Melissa in Phrygië voor de zoveelste keer door de feiten is bevestigd, aangezien ik hier ben om de geschiedenis bij te sturen en aangezien ik dit schrijf met de doelstelling om jullie, mannen van Athene, ervan te overtuigen mij te vertrouwen als ik beweer dat de geschiedenis zich ten goede kan keren als jullie het kunnen opbrengen om mij opnieuw te vertrouwen, had ik destijds, ruim tweeënhalf jaar geleden, toen ik voet aan wal zette in Paktye met het voornemen om daar voorlopig te blijven, de overtuiging dat de geschiedenis en ik beter af waren zonder elkaar. De zee streelde het kiezelstrand met kalm ruisende golven, helmgras wuifde in de wind, Timandra was mooi en de tijd strekte zich uit tot over de Istros.

'De briljantste man van zijn generatie,' zei Timandra, 'die wordt gevreesd, aanbeden en diep gewantrouwd in Athene, Sparta en Perzië, die de hoge politiek van wereldmachten dermate vaardig weet te plooien dat ieder algemeen belang dat hij zegt te dienen telkens op wonderbaarlijke wijze samenvalt met zijn persoonlijke ambities en die als enige in staat moet worden geacht om Athene naar de overwinning in de oorlog te leiden, al zou de prijs die de stad daarvoor moet betalen zijn dat zij ook na de gewonnen oorlog met hem opgescheept zou zitten, heeft thans besloten zijn bekwaamheid, virtuositeit en uitzonderlijke gaven in te zetten voor privéoorlogjes tegen de Thraciërs, met wie ik nu al medelijden heb. Men zegt wel dat capricieuze eigenzinnigheid een kwaliteit is voor een veldheer, maar deze wending in jouw carrière is wellicht een beetje te onvoorspelbaar om door latere historici begrepen en geapprecieerd te worden, mijn lieve Alkibiades. Er staat een imperium op het spel, schatje. Als jij Athene in staat had gesteld jou te vertrouwen, zou Athene zo onoverwinnelijk zijn geweest dat het jou niet eens nodig zou hebben gehad.'

'Vertrouwen is nooit duurzaam in een democratie,' zei ik. 'Niets verwaait zo snel als de gunst van het volk.'

'De democratie zou het probleem niet zijn,' zei zij, 'als iemand zoals jij het volk zou vertellen hoe het moest stemmen.'

'Dat ben ik met je eens, Timandra,' zei ik. 'Het probleem is alleen dat er telkens weer ook anderen opstaan die het recht voor zichzelf opeisen om het volk te mogen vertellen hoe het moet stemmen. Wie bepaalt wie de beste raadgever is van het volk? Dat bepaalt het volk bij meerderheid van stemmen.'

'De beste man zou het volk moeten leiden,' zei zij.

'De praktijk is helaas anders,' zei ik, 'om niet te zeggen diametraal tegenovergesteld aan het principe dat jij begrijpelijkerwijs huldigt. De plicht om de consensus van een meerderheid te vinden verdraagt zich slecht met uitzonderlijke kwaliteiten. Te grote competentie wordt gewantrouwd. Glorie wordt betaald met scheve ogen, dichtte Pindaros in zijn ode voor mijn grootvader Megakles. Alle mechanismen en instincten van een democratisch bestel zijn erop gericht uitzonderlijke bekwaamheid te onderdrukken, tegen te werken en te breken, omdat bijzondere kwaliteiten onvermijdelijk leiden tot een concentratie van de macht die in strijd is met het principe van de democratie. Het streven naar spreiding van de macht impliceert ontmoediging van excellentie.'

'Als ik jou zo hoor,' zei Timandra, 'is het een wonder dat Athene de machtigste staat van Hellas is geworden.'

'Een wonder is het,' beaamde ik. 'Ik moet zeggen dat er een tijd was waarin een staatsman als Perikles het zich kon permitteren om zichzelf impopulair te maken door de bevolking te leiden in plaats van haar wisselende voorkeuren en opinies achterna te hijgen, maar Perikles is al meer dan tweeëntwintig jaar dood en de tijden zijn veranderd. Als Perikles morgen zou terugkeren uit de onderwereld, geloof ik werkelijk niet dat hij, nadat het electorale effect van zijn wonderbaarlijke wederopstanding is uitgewerkt, in staat zou zijn Athene te leiden zoals hij gewend was. Het debat op de Pnyx is gepolariseerd, van elk wissewasje wordt een halszaak gemaakt die de verschillende kampen tot in de essentie van hun ziel lijkt te raken, deelbelangen vechten om dagsuccessen, overwinningen op politieke rivalen worden belangrijker geacht dan overwinningen op onze vijanden en populisten hebben de afgelopen jaren zoveel energie geïnvesteerd in het mobiliseren van onvrede, dat er inmiddels daadwerkelijk ontzettend veel onvrede is ontstaan. Het volk heeft een diep wantrouwen opgevat jegens de elite. Iedereen die de moed opvat om te denken dat hij iets beter weet dan het volk, wordt als een volksvijand uitgejouwd, beschimpt, bedreigd en afgevoerd. Zelfs Perikles zou vandaag de dag geen schijn van kans maken. Mijn probleem is dat het moeilijk is iemand in Athene aan te wijzen die gemakkelijker beschuldigd kan worden van elitaire arrogantie dan ik en dat ik mijzelf desondanks dermate populair heb gemaakt dat mijn positie onhoudbaar is geworden.'

'Ben je verbitterd?' vroeg ze.

'Wat zal ik zeggen?' antwoordde ik. 'Het went.'

6

Mijn mannen liet ik de keuze. 'Jullie hebben mij naar mijn bestemming geroeid,' zei ik hun op het strand van Paktye. 'Dit is het einde van onze gezamenlijke reis, die vierenhalf jaar geleden op Samos is begonnen en die ons van Phaselis in het verre zuiden tot aan Byzantion heeft gevoerd. Jullie hebben Telos, Knidos, Halikarnassos, Kos Meropis, Selymbria, Chalkedon, Byzantion, Paros en Gytheion veroverd en jullie hebben de Spartaanse vloot verslagen bij Abydos en Kyzikos. Ik hoef jullie niet te bedanken, want de dankbaarheid van Athene is oneindig veel meer waard dan mijn erkentelijkheid. Uit voorbeeldig plichtsbesef en uit vaderlandslievendheid zouden jullie voor een andere bevelhebber hetzelfde hebben gedaan. Jullie zijn de onoverwinnelijke vloot van Athene en het moment is aangebroken waarop onze wegen scheiden, opdat jullie Athene de overwinning in de oorlog schenken. Athene heeft jullie nodig. Jullie worden gemist door jullie dierbaren. Wie thans besluit om naar huis te varen, doet wat juist is.

Maar als er mannen onder jullie zijn die evenals ik hun redenen hebben om willens en wetens de verkeerde beslissing te nemen en Athene de rug toe te keren, wil ik dat zij weten dat zij welkom zijn in mijn fort en dat zij in mijn toekomstige koninkrijk een geprivilegieerde positie zullen innemen. De Thracische levenswijze is simpel. Thraciërs verachten mannen die werken voor grijpstuivers. Een echte man neemt met geweld wat hem aanstaat. De dingen hier hebben geen zilveren prijs, maar een prijs van staal. Het minste wat ik jullie verschuldigd ben, is dat ik jullie de gelegenheid bied om de roeispanen in te ruilen voor de teugels van paarden en met mij voor een nieuw leven te kiezen waarin beschaving een handicap is en waarin geen regels meer van kracht zijn. Ares, Dionysos en Artemis, die hier Bendis wordt genoemd, zijn de enige goden die ontzag afdwingen in deze landen. Wat ik jullie derhalve kan bieden, is het vulgaire geschenk van een Thracisch leven van oorlog, dronkenschap en jachtpartijen, gedrenkt in drank en bloed van dieren en mannen. Wie dat wil, kan deel uitmaken van het leger dat ik van plan ben te vormen en dat plunderend en brandschattend in zijn eigen onderhoud zal voorzien. Eer en glorie kan ik niet beloven aan wie mij volgt en evenmin zal ik suggereren dat hij de bevrediging zal kennen van deelname aan een rechtvaardige strijd voor verheven en waardevolle principes, maar het zal hem aan banale, aardse rijkdommen niet ontbreken.'

Zo sprak ik. Tachtig van de tweehonderd veteranen die de bemanning uitmaakten van mijn schip, besloten te blijven. Van de overigen werd emotioneel afscheid genomen. Toen ik de laatste Atheense trireem waar ik voet aan boord had gezet nakeek, terwijl hij eenzaam zonder mij wegvoer van Paktye en koers zette naar de Hellespont, de Egeïsche Zee en Athene, werd ik overvallen door een opwindend gevoel van existentiële verlatenheid, dat opwelde uit het besef van de onomkeerbaarheid van alle dingen. Het leven, dat wij gedurende het grootste deel van onze tijd op aarde uit alle macht trachten te modelleren, te boetseren en te verbergen onder dikke stuclagen van percepties, plannen en voorstellingen van het leven dat wij ons wensen, vertoont zich op sommige momenten onmiskenbaar in zijn onloochenbare, ware gedaante van een afschrikwekkend uitgestrekte leegte, woest en grenzeloos als de Thracische vlakten, waarin uitsluitend mogelijkheden bestaan en geen garanties. Dit was zo'n moment.

Enkele dagen nadat ik met Timandra en mijn kleine Atheense garnizoen van getrouwen mijn intrek had genomen in mijn fort in Paktye, stuurde ik boodschappers naar de Thraciërs in Apsinthis en Briantike in het westen, die in meerderheid behoren tot het volk van de Kikones en die verenigd zijn in het koninkrijk Odrysië, terwijl ik zelf met een escorte van dertig man te paard langs de kust onder de Heilige Bergen langs, waar nog sneeuw lag, naar Bisanthe, Perinthos en Selymbria ging om mijn vriendschappen met de leiders van de Thracische stammen aan de Propontis aan te halen.

Het kardinale doel van deze diplomatieke ouvertures was manschappen los te peuteren, die een bescheiden leger zouden kunnen vormen waarmee ik bij mijn diplomatieke vervolgstappen aan overredingskracht zou winnen. De Melanditai en de Tranipsai, die zich de gulheid herinnerden die ik hun twee jaar eerder had betoond, waren bereid om mij voor een speciale prijs, die een nog groter beroep deed op mijn gulheid dan voorheen, ruiters en lichtgewapenden ter beschikking te stellen, waarbij zij zich ervoor verontschuldigden dat zij mij niet de aantallen konden leveren waarom ik had gevraagd vanwege problemen met de naburige Thynoi, een bergvolk, dat mij werd beschreven als de oorlogszuchtigste stam van de Thraciërs. Deze Thynoi kwamen 's nachts uit de bergen om de dorpen in de kuststreken te plunderen en plat te branden, dus mijn vrienden konden begrijpelijkerwijs niet te veel troepen missen. Er kon overigens gesproken worden van een hardnekkig en hinderlijk ongemak, zo zeiden ze. Zij waren excellente ruiters, dat hoefden zij mij niet te vertellen, maar de besneeuwde bergen waar de Thynoi zich schuilhielden, waren lastig begaanbaar voor paarden, waardoor een offensieve expeditie niet tot de mogelijkheden behoorde en waardoor zij op een weinig benijdenswaardige manier in de verdediging waren gedrukt en zich gedwongen zagen om ijlings en meestal te laat te hulp te schieten waar de Thynoi het verkozen op te duiken. In wezen liepen zij bij voortduring achter de feiten aan.

Ik bood aan hun probleem op te lossen. Ik vertelde dat ik een Grieks leger onder mijn bevel had, waarbij ik verzweeg dat dit leger slechts uit tachtig roeiers bestond, en ik zei dat ik bereid was een gezamenlijke strafexpeditie van hun en mijn mannen de bergen in te leiden en de Thynoi onschadelijk te maken, op voorwaarde dat zij mij vervolgens, wanneer de campagne een succes was, adequate troepen en middelen ter beschikking zouden stellen om mijn basis in Paktye te beschermen. Zij gingen akkoord.

Hoewel ik ons toekomstige bestaan in Thracië, zoals ik dat voor mij zag, tijdens mijn korte toespraak op het strand doelbewust mooier had voorgesteld dan het zou zijn, teneinde een deel van mijn mannen te verleiden om aan mijn zijde te blijven, had ik niet gelogen. Ik had hun oorlog beloofd en nog voordat de lente de sneeuw in de Thracische bergen had kunnen doen smelten, werd oorlog hun deel. Ik had hun dronkenschap beloofd en die belofte hadden zij tijdens mijn afwezigheid zelfstandig ingelost. Ik had hun avontuur beloofd en de opwinding begon al toen ik hen bewapende als echte hoplieten met kurassen, helmen, zwaarden en speren die ik in Perinthos en Sestos voor hen had gekocht. De meesten van de roeiers komen uit de armere klasse, dus de meesten van mijn mannen hadden nooit eerder een wapenrusting bezeten. Ze hadden allemaal in hun jeugd in Athene een basale gevechtstraining genoten, maar hun begeestering nam toe toen zij merkten dat ik daarmee geen genoegen wenste te nemen en dat ik hen persoonlijk wilde oefenen in de geavanceerde gevechtstechnieken die ik in Sparta had geleerd, waarbij ik mij gezien de aard van onze missie concentreerde op tweegevechten van dichtbij en mij met het oog op de tijd moest beperken tot het onderricht van een handvol nuttige vuiligheidjes die bij krachtmetingen van man tegen man zelden ineffectief zijn. Dat ik erbij vertelde dat het de geheimen van de Spartaanse elitekrijgers waren die ik hun bijbracht, had een uiterst gunstige uitwerking op hun moreel.

Mijn Thracische bondgenoten waren, zoals te voorzien was geweest, in eerste instantie teleurgesteld over de omvang van het leger dat ik voor de oplossing van hun probleem met de Thynoi had meegenomen, maar ik stelde hen gerust door hun uit te leggen dat ik met de grootst mogelijke zorg de tachtig beste soldaten uit al mijn eenheden had geselecteerd, die waren gespecialiseerd in speciale operaties achter de vijandelijke linies, omdat mijn strategie voor onze missie voorzag in een bliksemsnelle verrassingsaanval van een kleine en wendbare eenheid. We zouden de vijand met zijn eigen wapenen verslaan. Als de Thynoi onzichtbaar waren onder het dek van de nacht en in hun schuilplaatsen in de bergen, was het zinloos om hen tegemoet te treden met een numerieke overmacht. Vijanden die onzichtbaarheid als wapen gebruiken, kunnen alleen worden verslagen door een onzichtbaar leger dat hen overvalt en op argeloze zichtbaarheid betrapt. Als ik mijn kleine elite-eenheid mocht versterken met een keur van de beste Thracische krijgers, gidsen en spoorzoekers, was ik zeker van de overwinning.

Aldus werd besloten. Ik trok aan het hoofd van een objectief gezien verontrustend kleine legermacht het onbekende terrein in van de Thracische hooglanden. Maar mijn mannen wilden avontuur en zo zag avontuur eruit: als een waagstuk dat grenst aan waanzin. Niets wat zonder gevaar wordt ondernomen, is eervol, zegt Pindaros. Hoe hoger we klommen, hoe dieper de sneeuw werd. Het was zo koud dat het water en de wijn die wij bij ons droegen, bevroren in hun geitenleren zakken. Sommigen van mijn mannen voelden vriesbrand aan hun neus en oren. Toen werd het duidelijk waarom de Thraciërs mutsen van vossenbont onder hun helmen droegen, die over hun oren vielen, en waarom ze niet alleen mantels op hun bovenlichaam droegen, maar ook om hun heupen en dijen. De spoorzoekers zochten naar voetafdrukken in de sneeuw, die de positie van onze vijanden zouden kunnen verraden, maar volgens hen was er in de wijde omtrek geen sterveling gepasseerd sinds de sneeuw gevallen was.

Bij het vallen van de nacht zagen we het licht van kampvuren in de verte. Toen we dichterbij kwamen, konden we zien dat de vuren verlaten waren, als restanten van een opgebroken kamp, maar ik vertrouwde niet wat ik zag, omdat ik te zeer de indruk kreeg dat datgene wat ik zag was wat ik geacht werd te zien. De vuren laaiden te hoog op om de nasmeulende herinneringen aan een verlaten bivak te kunnen zijn en bovendien waren zij aangestoken op strategische punten, waar een commandant wachtposten op zou stellen, in plaats van op beschutte plekken, waar zij warmte konden bieden aan kleumend samenklittende manschappen. Mijn vermoeden was dat wachters zich in de buurt van de vuren in het duister verborgen om onzichtbaar te zijn voor wie hen naderde, terwijl ieder die hen naderde, hen naderde in het volle licht. Als ik gelijk had, betekende dat dat het leger van de Thynoi zich hoogstwaarschijnlijk ophield achter de bergrug die door de wachtvuren was afgebakend. In het licht van de maan zag ik dat de positie waar ik de vijand vermoedde, in de rug werd gedekt door een hoge, maar niet al te steile berghelling, die begaanbaar leek. Ik vroeg de gidsen of het mogelijk was een omtrekkende beweging te maken en de vijand via die helling van achteren te verrassen. Ze zeiden dat het moeilijk was, maar mogelijk. Het maanlicht zou ons helpen om onze weg te vinden over de pikzwarte Thracische rotsen. Samen met de Thraciërs begon ik aan de klauterpartij, nadat ik mijn Griekse mannen had opgesteld in slagorde op de plek waar wij waren en waar zij de vlucht naar het dal blokkeerden.

Het kamp van de Thynoi bleek inderdaad te zijn opgeslagen waar ik het had vermoed en van bovenaf kon ik zien dat het aanzienlijk groter was dan ik had gehoopt. Onze aantallen waren veruit inferieur, maar wij hadden het voordeel van de verrassing. Er waren geen nachtwachten opgesteld aan de bergzijde van het kamp, waarlangs wij doodstil afdaalden. De Thynoi waren in diepe slaap. Wij verspreidden ons, waardoor wij in het donker en in de verwarring een omvangrijkere aanvalsmacht zouden lijken dan wij waren, en vielen aan. De chaos was compleet. Mijn Thraciërs richtten een slachtpartij aan onder de slaapdronken Thynoi voordat deze goed en wel begrepen wat er gaande was en toen zij zich herpakten en hergroepeerden, werden wij geholpen door de natuur, dan wel door de Thracische maangodin Bendis, die haar gelaat voor ons bedekte. De diepe duisternis was in het voordeel van de aanvallers. Bovendien zagen de Thynoi de maansverduistering als een angstaanjagend goddelijk teken. In paniek vluchtten ze de berg af, waar zij werden opgewacht door mijn Grieken. Hun eigen wachtvuren werkten nu tegen hen, want zij zagen de Griekse phalanx pas op het allerlaatste moment, terwijl de Grieken de vluchtende Thynoi in het licht van hun eigen vuren van verre konden zien naderen.

Toen wij met buit beladen terugkeerden aan de kust, werd onze overwinning op Thracische wijze gevierd met excessieve hoeveelheden onaangelengde wijn en gerstebier, dat 'bryton' wordt genoemd. Tot diep in de nacht van de daaropvolgende dag werden de drinkhoorns gevuld en in een enkele teug geledigd. De getatoeëerde vrouwen dronken net zoveel als hun mannen. Wijn besmeurde hun kleren. Ze leken de vlekken met opzet te maken, bij wijze van aandenken aan hun uitgelatenheid.

Toen ik met mijn mannen en het mij toegezegde en verschafte leger van Thracische ruiters en slingeraars terugkeerde in mijn fort in Paktye, vierden wij de kater van ons overwinningsfeest met een nieuw drinkgelag. Mijn bewapende roeiers, die zich na een enkele overwinning Homerische helden waanden, begonnen zich af te vragen waarom zij niet al jaren eerder hadden gekozen voor de Thracische levensstijl.

7

De boodschappers die ik naar het westen had gestuurd, keerden terug met het bericht dat het koninkrijk Odrysië een periode van instabiliteit doormaakte. Koning Maisades was overleden. Zijn zoon Seuthes was al eerder, voor de dood van zijn vader, om onduidelijke redenen uit het hof verdreven. Hij had zijn toevlucht gezocht bij Amadokos, de zoon van de vroegere koning Sitalkes, die thans, na de dood van Maisades, de troon voor zichzelf had opgeëist. Verschillende Thracische stammen hadden van de dood van koning Maisades geprofiteerd door te rebelleren. Amadokos en zijn adoptiefzoon Seuthes waren campagnes begonnen om die gebieden te heroveren en het koninkrijk te herstellen, waarbij het onduidelijk was of Seuthes volledig in dienst van Amadokos opereerde. Sommigen van de informanten die mijn boodschappers hadden gesproken, hadden redenen om te geloven dat Seuthes de militaire missie die hij in opdracht van Amadokos uitvoerde misbruikte om zijn eigen claim op de troon te verstevigen.

Hoewel ik niet kan zeggen dat ik dit had kunnen voorzien, was het precies waarop ik had gedacht te mogen hopen. Een constellatie van rivaliserende protagonisten met verschillende belangen vormde een gunstig gesternte voor mijn opkomst. In omgewoelde aarde kan men zaaien. Vreedzame regenten van een stabiele staat zijn minder geneigd een welwillend oor te bieden aan voorstellen van een intrigant dan troonpretendenten die elkaar de macht en de vrede misgunnen. De wonderwerken van de diplomatie vinden een vruchtbare voedingsbodem in conflict. Zowel naar Seuthes als naar Amadokos stuurde ik boodschappers met een bulletin met betrekking tot mijn troepensterkte en met het bericht dat ik vereerd zou zijn met een persoonlijke kennismaking.

De vereniging van mijn Thracische huurlingen met mijn Griekse veteranen binnen de muren van mijn fort in Paktye verliep dermate succesvol dat de discipline eronder begon te lijden. De Thraciërs waren ongevoelig voor regels en mijn eigen Griekse mannen werden door hun voorbeeld geïnspireerd. Zij leken het een wenselijk symptoom van lovenswaardige integratie te achten dat zij eveneens orders begonnen te negeren en zij waren te zeer beneveld door de belofte van vrijheid die het woeste land inhield om zich regels te herinneren. Zij begonnen zich als Thraciërs uit te dossen, met steeds meer wijnvlekken op hun kleding, en dachten daarmee het recht verworven te hebben om zich als Thraciërs te gedragen. Ik organiseerde bescheiden plundertochten in de buurt om de mannen bezig te houden, maar begreep al snel dat ik daden moest stellen om mijn gezag vooral bij de Thraciërs te bevestigen. Ik besloot daarom om hen te beschamen door hen te overtreffen. Zoals ik in Sparta soberder had geleefd dan de Spartanen en zoals ik in Sardis meer smaak voor luxe en weelde aan de dag had gelegd dan de satraap zelve, zo moest ik eerbied afdwingen bij mijn Thracische huurlingen door mij een roekelozere ruiter te betonen dan zij en door meer onversneden wijn en gerstebier door mijn keel te gieten dan de vulgairste en luidruchtigste drinkebroers onder hen.

Hoewel dit lompe vertoon van mannelijkheid een pose van mij vergde die nogal onnatuurlijk voor mij was, functioneerde het. De

Thraciërs begonnen mij te respecteren en mijn gezag te accepteren, maar ik bleef zorgen houden over de weinig verfijnde wijze waarop sommigen van hen Timandra bij tijd en wijle meenden te mogen bejegenen, temeer omdat ik een dergelijk gedrag tijdens mijn bezoeken aan de Melanditai en de Tranipsai niet in deze mate had waargenomen. Ondanks het feit dat zij wisten dat Timandra bij mij hoorde, leken zij haar minderwaardig te achten aan Thracische vrouwen. Tijdens een brallerig nachtelijk gesprek over vrouwen ontdekte ik bij toeval dat hun oordeel en hun gedrag in hun ogen gerechtvaardigd werden door het feit dat Timandra geen tatoeages had. Tatoeages blijken in Thracië het voorrecht van hooggeboren vrouwen, terwijl een kale, onversierde huid carte blanche biedt voor minachting en misbruik. Het kostte mij weinig moeite om Timandra te overtuigen. Zij vond die Thracische tatoeages sowieso onweerstaanbaar stoer en zij was mij dankbaar dat ik haar een excuus had verschaft om deze onverwijld te laten zetten. Zij koos voor een gestileerd paard op de biceps van haar rechterarm en geometrische patronen rond haar onderarmen. Het was wonderbaarlijk om te zien dat mijn Thracische huurlingen op slag hun houding ten opzichte van haar veranderden en dat zij haar begonnen te vereren als een vorstin. Ik weet niet of het kwam doordat ik mij inmiddels goed had ingeleefd in de Thracische mentaliteit, maar ik moet bekennen dat ikzelf ook vond dat haar tatoeages haar koninklijker sierden dan kostbare juwelen en Ionische smuk en dat zij mijn adoratie met de dag meer waardig werd, mijn soldatenkoningin, mijn bondgenote, mijn uit brons gegoten godin.

Amadokos bleek voor het moment lastig benaderbaar. Mijn boodschapper had op zijn beurt een boodschapper terug naar Paktye gestuurd om mij ervan op de hoogte te stellen dat hij had vernomen dat de koning vele dagreizen van de kust verwijderd in het hooggebergte rondreisde en dat hij derhalve meer tijd nodig had dan voorzien om hem te vinden en te spreken te krijgen. Maar mijn andere boodschapper kwam terug met het bericht dat Seuthes geïnteresseerd was in mijn voorstellen en mij ontbood voor een onderhoud.

De locatie van de ontmoeting bleek een versterkte wachttoren halverwege Bisanthe en Perinthos. Toen ik daar bij het vallen van de avond arriveerde met mijn escorte, werd ik op een veilige afstand van het hoofdkwartier tegengehouden door de wachters, die mij overdroegen aan de eerste luitenant van Seuthes, die mij via zijn tolk welkom heette en mij verzocht om mijn mannen op die plek achter te laten. Hij zou zorg dragen voor hun ravitaillering, daarover hoefde ik mij geen zorgen te maken, maar alleen ik zou tot prins Seuthes worden toegelaten. Ik ging met enige tegenzin akkoord, volgde hem te voet door het legerkamp over het stijgende pad naar de toren en zag aan alle voorzorgs- en veiligheidsmaatregelen die Seuthes had laten treffen dat hij vreeswekkende vijanden had of meende te hebben. De paarden onderaan zijn verblijf waren overdag gevoerd en werden in de avond gezadeld om 's nachts gereed te staan voor een eventuele overhaaste vlucht.

Voor de ingang van de wachttoren had een Griek postgevat, die zich aan mij voorstelde als Herakleides uit Maroneia. Hij sprak ook Thracisch en als ik mij niet vergis, hoorde ik hem ook een andere taal spreken die ik niet kon thuisbrengen. Zijn taak was het om alle gasten en vreemdelingen, van wie hij zich kon voorstellen dat zij kapitaalkrachtig waren, over te halen om Seuthes met een bezoek te vereren en hem kostbare geschenken te geven. Ik hoorde hem spreken met een delegatie uit Parion, die eigenlijk was gekomen in de hoop om koning Amodokos te spreken te krijgen. Herakleides legde omstandig uit dat de koning op twaalf dagreizen afstand van de kust in de binnenlanden verbleef en dat Seuthes nu heer en meester was over de kustprovincies, waaraan hij met klem wilde toevoegen dat de geachte afgevaardigden uit Parion het geluk aan hun zijde hadden en, sterker nog, dat deze dag in potentie de gelukkigste dag van hun leven zou kunnen zijn, want Seuthes was een buitengewoon genereus man, die de gewoonte had om uiterst welwillend te reageren op geschenken die hem werden aangeboden. Vervolgens hoorde ik dat hij een handelaar uit Dardanos aansprak, die was gekomen om te zien of het hem zou lukken een partij zilveren bokalen en tapijten aan de prins te slijten, en op hem in begon te praten om hem ervan te overtuigen dat het van een gezonde handelsgeest zou getuigen om zijn complete voorraad ruimhartig aan Seuthes te schenken, aangezien de prins de machtigste man van de regio was en in staat was zijn gunstelingen met onmetelijke rijkdommen te belonen. Ik had een paar cadeaus voor Seuthes meegenomen, maar het feit dat er aan dit geïmproviseerde hof kennelijk buitensporig veel belang werd gehecht aan de vrijgevigheid van de gasten, bracht mij op een beter idee.

Ik werd naar de dinerzaal geleid, waar Seuthes met zijn entourage en gasten in een ruime cirkel plaats had genomen. Hij is een imposante man om te zien, wiens verschijning in al haar compromisloze, woeste onverzorgdheid een levende bevestiging vormt van de karikatuur van de Thraciërs die de Atheense komediedichters graag opvoeren voor hun publiek, terwijl zijn onmiskenbare noblesse daar tegelijkertijd een hooghartige weerlegging van is. Hij heeft een brede, vlezige karakterkop met priemende, grijsblauwe, licht loensende ogen, die worden overschaduwd door zijn wenkbrauwen als poelen door bosschages. Hij heeft een neus als een stormram, die is gebogen als de snavel van een havik, waaronder een snor zo dik als scheepstouw aan weerszijden langs zijn kaken druipt. Maar de indrukwekkendste bezienswaardigheid aan zijn spectaculaire voorkomen is zijn baard, die in de volle breedte uitwaaiert als een trapeziumvormige borstplaat van brons of als een loden vloektablet en in zijn geheel met koppige, autonome en ontembare plukken vanaf zijn kin onder een scherpe hoek de wereld in priemt. Hij keek mij kort aan vanaf de overzijde van het vertrek, maar zei niets.

Aanligbedden ontbraken. Iedereen zat op de grond. Er werden tafeltjes met drie poten binnengedragen, waarop het voedsel lag opgetast. De maaltijd bestond uit spiezen met stukken vlees, dat was gekruid met de wilde tijm uit de Thracische heuvels, en brood. Seuthes trok de brokken van de vleespennen en gooide deze in de rondte naar zijn gasten, waarop degenen die een tafeltje voor zich gezet hadden gekregen zijn voorbeeld volgden. Schenkers gingen rond om wijn en bryton in drinkhoorns te gieten. Om de haverklap werden er heilsdronken uitgebracht, die de verplichting met zich meebrachten om de hoorns in een enkele teug te legen. Al gauw was ik de enige in het gezelschap zonder wijnvlekken op mijn chiton. Ik wil mij met graagte aanpassen aan lokale zeden en gebruiken, maar bij het besmeuren van mijn mise trek ik een grens.

Er werden grote vissen opgediend en truffels met een vleesgeur. Mijn tolk fluisterde mij toe dat deze vissoort 'Thracisch wijf' wordt genoemd. Op grond van de plotselinge uitgelatenheid van het gezelschap en het geschater meende ik te mogen opmaken dat de naam van deze vis aanleiding gaf tot een reeks obscene grappen, maar ik liet na dit te verifiëren door mijn tolk om een vertaling te vragen. Wat overbleef van de vis, die in overdreven gulle overvloedigheid was aangedragen, werd naar buiten gedragen door de stalknechten. Ik vroeg mijn tolk waarom uitgerekend de stalknechten zich over de resten vis ontfermden.

'Ze voeren de vis aan de ossen,' zei hij.

'Aan de ossen?' vroeg ik. 'Ossen eten geen vis.'

'Natuurlijk eten ossen vis,' zei hij.

Onze fascinerende conversatie werd onderbroken doordat er op dat moment een Thraciër de eetzaal kwam binnenrijden op een schitterend, wit paard, dat enkele van de tafeltjes omschopte. Hij rukte iemand een drinkhoorn uit handen, bracht een dronk uit op Seuthes en bood hem het paard aan als geschenk. Een van de andere gasten schonk de prins een jonge jongen, waarbij hij een heilsdronk uitbracht die kennelijk aanleiding gaf tot hilariteit. Anderen presenteerden andere giften. De handelaar uit Dardanos, die het advies van Herakleides kennelijk ter harte had genomen, overhandigde Seuthes schuchter zijn tapijten en zilveren bekers. Elk geschenk werd door Seuthes in dank aanvaard en beloond met gunsten en vooral met mooie beloften.

Toen het mijn beurt was, stond ik op. Ik hief mijn drinkhoorn en zei: 'Ik drink op jouw gezondheid, op jouw grootmoedigheid en op jouw stralende toekomst, Seuthes. De geschenken van goud en zilver die ik jou wil aanbieden, zijn te zwaar voor een man alleen om te torsen en zijn derhalve achtergebleven bij mijn mannen buiten, die jou deze op het moment dat jij verkiest zullen overhandigen. Maar ik breng jou een nog waardevollere gift dan edelmetaal. Ik schenk je alle paarden, mannen en bevallige vrouwen die je begeert. Ik geef je de landen terug waarover jouw vader ooit regeerde. Ik schenk je een nog veel groter territorium dan enige van jouw nobele voorvaderen ooit heeft bezeten. Want het geschenk dat ik jou aanbied, is de vriendschap, trouw en gehoorzaamheid van mijn mannen. Ik schenk je mijn leger, Seuthes, en ik schenk je mijzelf.'

Toen de tolk mijn woorden had vertaald, vulde de eetzaal zich met onblusbaar gelach, zoals Homeros dat uitdrukt. Ik was een kort moment in verwarring, maar toen begreep ik, mede dankzij de beschaamde zwijgzaamheid van mijn tolk, dat het weinig mannelijke voorkomen waarmee ik was behept door sommige grappenmakers werd aangegrepen als aanleiding om het feit dat ik mijzelf had aangeboden bewust verkeerd te interpreteren. Het woeste, primitieve land van Thracië is dermate puur en ongerept dat perversiteiten en verdorvenheden die in beschaafde steden als Athene met verveelde routine dagelijks geeuwend in de praktijk worden gebracht er nog altijd worden onthaald op hoongelach.

'Misschien hebben jullie mij verkeerd begrepen,' zei ik en ik wachtte totdat de tolk die woorden had vertaald. 'Ik zou mijzelf nooit aan Seuthes aanbieden op de manier die jullie denken, zoals Ganymedes zich aanbood aan Zeus.' De tolk keek mij onzeker aan, maar ik gebaarde dat hij kon vertalen wat ik had gezegd. 'Want Seuthes verdient een geschenk dat exclusief voor hem is,' zei ik.

Iedereen inclusief Seuthes bulderde van het lachen toen de tolk dit met zachte, trillende stem had vertaald. Seuthes kwam overeind, hief zijn drinkhoorn en zei: 'Alkibiades van Athene, ik omhels je als een broer.' Hij voegde de daad bij het woord en vervolgde: 'Onze alliantie zal ons beiden tot de rijkste en machtigste mannen maken van Thracië, als ik het woord "man" voor het gemak ook even op jou mag betrekken. In ruil voor je bondgenootschap geef ik je mijn forten in Ornoi, Bisanthe en Neon Teichos. Laat iedereen die hier aanwezig is getuige zijn van mijn grote gulheid, waarmee ik oprechte vriendschap beloon. Nu is het tijd om te drinken.'

Hoewel ik eerder niet bepaald de indruk had gehad dat het drinken nog een aanvang moest nemen, werd zijn aankondiging op luid gejuich onthaald. Onaangelengde wijn en gerstbier gutsten over de randen van de hoorns. De muzikanten kwamen binnen met vreemde blaasinstrumenten, die bestonden uit geitenleren zakken waaruit meerdere pijpen staken, en een ongewoon type lier dat 'phoinix' wordt genoemd. Ze gebruikten zelfs de ramshoorns waarmee signalen worden gegeven op het slagveld ter muzikale verstrooiing van de gasten. Clowns kwamen binnen. Seuthes sprong overeind, slaakte een ijzingwekkende strijdkreet en begon met verbazingwekkende souplesse een krijgsdans op te voeren. Een paar stomdronken Thraciërs, onder wie de eerste luitenant van Seuthes, begonnen vervolgens tot mijn ontzetting een dik touw over een balk te gooien en een strop te knopen, maar het bleek dat hun galg niet diende voor een openbare executie, maar voor hun favoriete drinkspel. De deelnemers dronken een hoorn met onverdunde wijn in één teug leeg, klommen op een wankel tafeltje met drie poten, namen een mes in hun hand en staken hun hoofd door de strop, waarop een drinkmaat het tafeltje omschopte en de gehangene zich in zijn dronkenschap onder luid gejoel boven zijn eigen hoofd moest zien los te snijden voordat hij stikte.

8

De zomer brak aan, zelfs in Thracië, en ver weg in een volledig andere wereld, die Hellas heette, woedde er nog steeds een oorlog tussen Athene en Sparta. Ik hoorde dat de Spartanen hadden geprofiteerd van het geknakte moreel op de Atheense schepen ten gevolge van de verliezen bij Notion door het Atheense fort in Delphinion op Chios in te nemen en met de grond gelijk te maken en de stad Teos te plunderen. Vervolgens waren ze naar Lesbos gevaren en hadden ze de noordelijke havenstad Methymne, waar een Atheens garnizoen van vierhonderd man gelegerd was, weten in te nemen door verraad van binnenuit, waarna ze de stad conform hun afgezaagde propaganda, die Sparta presenteerde als de bevrijder van Griekenland, hadden overgedragen aan de plaatselijke oligarchen.

Daarna waren de Spartanen opgevaren tegen Mytilene, de hoofdstad van Lesbos. De Spartaanse commandant had een boodschap gestuurd naar admiraal Konon op Samos waarin hij zei dat het afgelopen moest zijn met de overspelige affaire van Athene met de zee. Ik vond het niets voor Lysandros om Konon op zo'n verwaten en hoogmoedige wijze uit te dagen, maar de auteur van het bericht bleek een ander te zijn. Lysandros was teruggeroepen naar Sparta. De Spartaanse vloot stond onder het bevel van een ambitieuze, jonge admiraal, die Kallikratidas heette. Ik kende hem niet, maar dat hoefde mij niet te verbazen, want gedurende de jaren waarin ik in Sparta verkeerde, zou hij zelfs nog te jong geweest zijn om zich te onderscheiden in de gevechten om het Platanenbosje tijdens het feest voor de oorlogsgod Ares Enyalios.

Vanwege de kapitale Atheense belangen op Lesbos en niet vanwege de arrogante post die hij had ontvangen was Konon onverwijld met zeventig schepen uitgevaren van Samos naar het noorden om Mytilene te beschermen, maar zijn vloot was vlak voor de veilige haven onderschept, waardoor hij dertig schepen had verloren, waarbij de bemanningen hadden weten te ontkomen naar de kust. Hij had zich met zijn resterende veertig schepen in de haven van Mytilene verschanst, maar was aldaar ingesloten door een scheepsblokkade van de Spartanen, die vervolgens infanteristen uit Methymne hadden laten aanrukken en een beleg hadden opgeslagen, zodat Konons missie om Mytilene bij te staan was uitgelopen op een nachtmerrie. De enig overgebleven rationele strategie was dat hij een urgent verzoek om hulp naar Athene stuurde. Hij had zijn twee snelste schepen bemand met zijn beste roeiers en deze waren erin geslaagd om met noen tijdens de middagsluimer op het heetst van de dag langs de blokkade te glippen. Het ene schip had op topsnelheid koers gezet naar het noorden, het andere naar het zuiden. De Spartanen hadden het zuidelijke schip achtervolgd, ingehaald en overmeesterd bij zonsondergang. Het noordelijke schip had Athene echter weten te bereiken en de kapitein had in de volksvergadering verslag uitgebracht van de precaire situatie waarin de Atheense vloot terecht was gekomen.

In Athene had men alles in het werk gesteld om versterkingen naar Lesbos te kunnen sturen. Omdat de schatkist leeg was, had men zelfs besloten het goud van het standbeeld van Pallas Athene in de gedaante van de Overwinningsgodin naast het poortgebouw op de Akropolis om te smelten om de kosten van de reddingsoperatie te kunnen dekken. Wie rilde bij de gedachte aan heiligschennis, kreeg te verstaan dat het juist als een goed voorteken diende te worden beschouwd dat de godin zelve uit eigen zak bijdroeg aan de constructie van haar vloot. In noodsituaties is de wil van de goden voor velerlei uitleg vatbaar.

Omdat er in heel Athene en Peiraieus geen ervaren, bekwame zeelieden meer aanwezig waren, had men de nieuwgebouwde schepen noodgedwongen bemand met immigranten, die de roeibanken deelden met welgestelde burgers uit de hoogste klassen, cavaleristen en zelfs slaven, aan wie verteld werd dat zij hun vrijheid konden verdienen door aan boord te gaan, te roeien voor hun leven en heelhuids terug te keren. Toen de vloot in het midden van de zomer uit de haven van Peiraieus uitvoer naar het oosten, moesten de stadsmuren van Athene bewaakt worden door knapen en bejaarden, want alle weerbare mannen waren gemonsterd voor de redding van Lesbos.

Omdat ik in Thracië was, Konon vastzat in Mytilene en er niemand anders voorhanden was die op de kwaliteiten en de ervaring kon bogen die nodig waren om met vanzelfsprekendheid aanspraak te kunnen maken op het opperbevel van de missie, werd de Atheense vloot onder het bevel geplaatst van maar liefst acht admiraals. Ik kreeg aanvankelijk een aantal verkeerde namen door, maar inmiddels weet ik dat het ging om Aristokrates, de zoon van Skellias, Perikles, de bastaardzoon van mijn stiefvader, Diomedon, Erasinides, Thrasyllos, Aristogenes, Protomachos en Lysias. Het zal verre van mij staan om kwaad te spreken over de doden, maar jullie zullen het met mij eens zijn dat geen van deze namen – met uitzondering van de naam van Perikles, maar dat uitsluitend vanwege de naam en niet vanwege de persoon die onder deze gewichtige naam gebukt ging – een klank had die de vijand deed sidderen.

De Atheense vloot, die honderdtien Atheense schepen telde en was versterkt met meer dan veertig schepen van de bondgenoten, koos positie bij de eilandengroep van de Arginousai, tegenover Kaap Malia, het oostelijkste punt van het eiland Lesbos, waar de Spartaanse vloot op dat moment foerageerde. Het gewapende treffen moest een dag worden uitgesteld vanwege de harde wind. Mijn informanten hechtten er bijzonder aan om mij de voortekenen te rapporteren die op de ochtend van de volgende dag werden waargenomen. Na het offer in het Spartaanse kamp werd de kop van het offerdier, die op het strand lag, weggespoeld door een golf van de zee. Men hoeft geen opperpriester te zijn om te begrijpen dat dit omen voorspelde dat de Spartaanse bevelhebber door de zee zou worden verzwolgen. Thrasyllos, een van de acht Atheense admiraals, had tijdens de nacht voorafgaand aan de zeeslag gedroomd dat hij samen met de andere bevelhebbers in een vol theater de Fenicische Vrouwen van Euripides opvoerde, terwijl hun concurrenten de Smekelingen van dezelfde dichter op het toneel brachten. Beide stukken gaan, zoals jullie weten, over de legendarische expeditie van de Zeven tegen Thebe, die leidde tot de dood van zes van de zeven gezworenen. Achteraf hebben alle droomuitleggers verklaard dat dit droomgezicht uiteraard de dood van zes van de acht Atheense admiraals had voorspeld en ontkend dat zij destijds geen raad hadden geweten met de droom.

De Spartaanse vloot telde honderdtwintig schepen. Ik realiseerde mij dat de Slag bij de Arginousai, met in totaal meer dan tweehonderdzeventig oorlogsbodems verdeeld over beide kampen, de grootste zeeslag van de oorlog was, waarbij de ironie van het lot had gewild dat de meest gevierde bevelhebbers van beide zeemachten van dat moment, Lysandros en ik, ontbraken. De slag was ook op een andere manier atypisch. De Atheners genoten een numeriek overwicht, maar voor het eerst in de oorlog moesten zij, vanwege de haastige en geïmproviseerde manier waarop hun vloot was uitgerust en bemand, wat betreft hun zeemanschap inferieur worden geacht aan de inmiddels voortreffelijk op elkaar ingespeelde bemanningen van de Spartaanse marine.

Deze omstandigheid moet er de oorzaak van zijn geweest dat de Spartanen onder aanvoering van de ambitieuze Kallikratidas de confrontatie ondanks hun inferieure aantallen aandurfden en hoewel geen van de acht Atheense admiraals nog beschikbaar is om dat te bevestigen, vermoed ik dat deze zelfde omstandigheid de reden was waarom de Atheners kozen voor een ongebruikelijke strategie. Terwijl de Spartanen in klassieke slagorde naar de Atheense positie bij de Arginousai opvoeren met al hun schepen op één lijn over een breedte van twaalf stadia, hadden de Atheners gekozen voor een zigzagformatie op de beide flanken, bestaande uit een voorwaartse linie van schepen op een dubbele afstand van elkaar en een tweede lijn van schepen die de gapende openingen tussen de ver van elkaars boorden varende voorste schepen dekten. Dit is een defensieve opstelling van een vloot die de klassieke doorbraakmanoeuvres vreest van een geroutineerde en superieure tegenstander. Zodra een Spartaanse trireem door de voorste linie van de Atheners dacht te kunnen breken met de bedoeling om direct daarna de steven te wenden, te keren en de Atheense schepen van achteren aan te vallen – de standaardmanoeuvre waarmee de Atheense zeemacht in haar hoogtijdagen vele glorieuze slagen heeft gewonnen –, zou hij zijn kwetsbare boord aanbieden aan de meedogenloze bronzen ram van het Atheense schip dat de opening in een tweede linie dekte.

Het Atheense centrum werd gevormd door de schepen van de bondgenoten, opgesteld in één klassieke linie, maar zij waren immuun voor de doorvaartmanoeuvre omdat zij in de rug werden gedekt door het grootste eiland van de Arginousai. De andere klassieke manoeuvre, die van de omvaart, was onmogelijk voor de Spartanen, omdat zij op beide flanken door zestien of zeventien schepen overvleugeld waren en omdat een omcirkeling van de Atheense flanken binnendoor verhinderd zou worden door het Atheense centrum.

Een ander opzienbarend kenmerk van de Atheense strategie was de keuze van de acht admiraals om de vloot op te delen in acht gelijke eskaders, vier op elke flank, twee in de voorhoede en twee daarachter, elk onder bevel van één van hen, die zelfstandig opereerden. Hier wreekte zich de afwezigheid van een groot strateeg met overzicht, maar onder de omstandigheden functioneerde de versnippering van de vloot wonderwel. De Spartaanse commandant Kallikratidas nam de gewaagde, maar begrijpelijke beslissing om zijn vloot in tweeën te splitsen en het centrum op te geven in een poging om de langere Atheense linies te overvleugelen aan de beide buitenkanten. Doordat de Atheense vleugels min of meer autonoom opereerden, konden zij snel en adequaat reageren op deze Spartaanse tactiek. Ooggetuigen, die op de stranden van Lesbos en op het vasteland van de Aiolis van Kaap Aiga tot Kaap Harmatos vanaf de hellingen van de Kane hadden toegekeken, hadden mijn informanten verteld dat het leek alsof er vier in plaats van twee vloten met elkaar slaags waren geraakt in de wateren bij de Arginousai en dat het wonderlijk was om te zien dat het Atheense centrum zich tijdens de felle en langdurige gevechten als een spookachtig passieve vijfde vloot volledig afzijdig hield en roerloos bleef liggen voor de kust van het eiland.

De Atheense vloot won. Na een helse dag van zware gevechten sloegen de Spartaanse schepen op de vlucht. Toen pas kwam het Atheense centrum in actie. De schepen van de bondgenoten, die daar de hele dag hadden liggen wachten, zetten de achtervolging in van de vluchtende Spartaanse triremen. Met hun verse roeiers hadden ze geen moeite om de uitgeputte Spartanen in te halen en een bloedbad aan te richten. De overige Atheense schepen verjoegen de scheepsblokkade bij Mytilene en ontzetten Konon.

De Spartanen hadden zevenenzeventig van hun honderdtwintig schepen verloren bij de Arginousai en de Atheners slechts vijfentwintig. De Spartaanse admiraal was bij de gevechten overboord geslagen en verdronken, zoals de Spartaanse offerpriesters hadden voorspeld. De droom van Thrasyllos zou pas later uitkomen, want de volgende dag stak er wederom harde wind op, zoals op de dag voorafgaand aan de zeeslag, die het de Atheense generaals verhinderde om de schipbreukelingen te redden en de doden uit zee te vissen en te bergen.

9

Mannen van Athene, de reden waarom ik heb gemeend jullie schijnbaar nodeloos te moeten informeren over deze gebeurtenissen van twee jaar geleden, die nog vers in jullie geheugen liggen, is dat ik eraan hechtte de even ongewone als geniale strategie die de acht door jullie gekozen gezagvoerders bij de Arginousai ten uitvoer hebben gebracht voor jullie te analyseren en toe te lichten, alsmede te benadrukken dat ik als ervaren admiraal en strateeg spreek als ik zeg dat deze niets dan onze diepe bewondering verdient. Ik heb jullie ten overvloede herinnerd aan de insluiting van Konon bij Mytilene, teneinde jullie te doen beseffen dat de Atheense vloot in Ionië op dat moment stuurloos was bij ontstentenis van een capabele leider. Ik heb jullie nadrukkelijk willen herinneren aan de paniek in Athene en in jullie geheugen willen terugroepen op welke geïmproviseerde wijze de vloot die tot redding van Konon en Ionië werd uitgezonden was bemand met onervaren en ongetrainde gelegenheidsmatrozen, teneinde jullie te doen beseffen hoe groot het wonder was dat bij de Arginousai gestalte kreeg. Ik zeg dit alles zonder een zweem van afgunst, begrijpt mij niet verkeerd. Als de Atheense vloot bij de Arginousai was verslagen, zou de oorlog voor Athene verloren zijn geweest. Zelfs mijn meest toegewijde vijanden zullen moeten bekennen dat ik de ondergang van mijn stad niet zou hebben toegejuicht als ik deze niet eigenhandig had bewerkstelligd.

Om dezelfde redenen is het thans mijn voornemen, mannen van Athene, om jullie ten overvloede te herinneren aan de onterende en gruwelijke gebeurtenissen die op deze magnifieke zege volgden, waarvan jullie allen getuigen zijn geweest, in zoverre dat daders noodzakelijkerwijs getuigen zijn van hun eigen misdaad. Hoewel ik derhalve mag veronderstellen dat jullie bekender zijn met de feiten dan jullie zouden moeten willen, sta ik erop om deze schandelijke episode expliciet ter sprake te brengen en jullie te confronteren met het feit dat jullie hebben toegestaan dat de ooit respectabele Atheense democratie ten prooi is gevallen aan een desastreuze dynamiek die tot Athenes ondergang kan leiden.

In plaats van met blijdschap, opluchting en dankoffers vanwege de miraculeuze overwinning en het behoud van Athene vulde de stad zich met rouw, woede en beschuldigingen vanwege de drenkelingen die niet hadden kunnen worden gered en de doden die niet hadden kunnen worden geborgen. De acht generaals werden teruggeroepen naar Athene om zich voor deze veronderstelde nalatigheid te verantwoorden. Protomachos en Aristogenes negeerden het bevel, verkozen vrijwillige ballingschap en ik zou de laatste zijn om dat besluit te hekelen. Aristokrates, Perikles, Diomedon, Erasinides, Thrasyllos en Lysias werden, toen zij zich in Athene meldden, gearresteerd en in staat van beschuldiging gesteld.

De emoties waren begrijpelijk. De volksvergadering werd gedomineerd door vrienden en familieleden van de slachtoffers. Velen droegen zwarte mantels. Niet weinigen hadden hun hoofden kaalgeschoren. Maar te midden van weeklachten, verwijten en uitingen van gebillijkte woede, waarbij de generaals van lafheid en onverschilligheid beschuldigd werden, waarna zij, terwijl hun het spreken bijkans onmogelijk werd gemaakt door geschreeuwde beledigingen en boegeroep, volhielden dat de verantwoordelijkheid voor de reddingsacties bij de individuele kapiteins had gelegen, die de generaals er vervolgens onder luid gejuich van beschuldigden dat zij hun orders pas hadden gegeven toen het te laat was, raakte de evidente waarheid, dat een storm een reddingsoperatie onmogelijk had gemaakt, steeds verder uit het zicht. In de maalstroom van opgeklopte sentimenten en insinuaties verloor het simpele feit dat alles verklaarde eenvoudigweg aan relevantie, omdat de menigte inmiddels minder geïnteresseerd was in een opheldering dan in een veroordeling. Er moest een schuldige worden aangewezen in weerwil van het feit dat er geen schuld bestond. Er was een sfeer ontstaan waarin het steeds onvermijdelijker was geworden dat iemand moest hangen en het debat draaide uiteindelijk alleen nog om de vraag wie. De verontwaardiging die bezit had genomen van de publieke opinie eiste een zondebok en kon onmogelijk nog worden afgescheept met de feitelijke waarheid.

Wanneer het volk misnoegd is, neemt het geen genoegen met omstandigheden als verklaring voor de tegenslag die zijn ongenoegen heeft veroorzaakt. De democratie meent voorspoed als een vanzelfsprekendheid voor zichzelf te kunnen opeisen en vertoont de reflex om malheur te wijten aan de incompetentie of liever nog de kwade wil van vertegenwoordigers van de uitvoerende macht, die het zelf vol vertrouwen met verantwoordelijkheden heeft bekleed. Ikzelf ben, zoals jullie weten, tot tweemaal toe het slachtoffer geweest van dergelijke mechanismen. Een alleenheerser kan uiteindelijk alleen zichzelf de schuld geven van tegenslag, maar in een systeem waarin de macht gespreid wordt, bestaat ampele gelegenheid om decepties aan anderen te wijten. Feiten zijn daarbij van secundair belang. De polarisatie van het democratische debat creëert zoveel verschillende waarheden, dat de waarheid aan het zicht onttrokken raakt. Zodra beide kampen elkaar eenmaal op luide toon hebben beschuldigd van malversaties, complotten en hoogverraad, voldoet zoiets banaals als slecht weer op zee niet langer als een bevredigende verklaring voor de gebeurtenissen. Dan vergt de dynamiek van het democratische debat een andere waarheid dan de waarheid.

Met de feiten verdronk ook de logica in de zwellende golven van verbolgenheid. Men zou er begrip voor kunnen opbrengen dat de bevolking genoeg had van de oorlog die al vijfentwintig jaar aanzienlijke offers van haar vergde en dat zij meer oog had voor de leegte van haar voorraadkamers en beurzen en voor het gemis van haar gesneuvelde dierbaren dan voor het abstracte concept van de glorie van Athene. Omdat de mensen nooit hadden gewild wat thans hun lot was, was het ondenkbaar voor hen dat zij ooit daartoe hadden besloten. Omdat iemand verantwoordelijk moest zijn voor de misère die democratische besluiten van het volk over het volk hadden afgeroepen, besloot het volk zich verraden te voelen door zijn leiders en nu had het de gelegenheid om met zes van hen af te rekenen, waarbij het een omineuze omstandigheid was dat een van hen dezelfde naam droeg als de grote Perikles, die deze gehate oorlog ontketend had. Het proces tegen de generaals van de Arginousai ontaardde in een afrekening met de elite, waarbij het irrelevant werd geacht dat de beschuldigden zojuist alles in het werk hadden gesteld om de gehate oorlog in het voordeel van Athene te beslechten en te beëindigen. Als symbolen in jullie ogen luider spreken dan feiten, willen jullie mij misschien toestaan het symbolisch te achten dat er, toen jullie klaar waren met het afreageren van jullie frustraties, geen man meer in Athene rondliep die Perikles heette.

Kleophon wierp zichzelf uiteraard met grote gretigheid op als heraut van de algehele verontwaardiging. Ongenoegen onder het volk is een godsgeschenk voor een populist en Kleophon had het mishagen deze keer niet eens eigenhandig hoeven te zaaien alvorens het te kunnen oogsten. Hij eiste de doodstraf voor de acht generaals en drong erop aan om zonder uitstel tot stemming over te gaan. Toen Sokrates, die op dat moment zitting had in de executieve raad, procedurele bezwaren maakte en erop wees dat de volksvergadering niet bevoegd was om de generaals te veroordelen, omdat dat volgens de Atheense wet uitsluitend de competentie was van de rechtbank, ontstak Kleophon in woede.

'Het moet niet gekker worden,' schreeuwde hij. 'Athene is een democratie. In een democratie neemt het volk de besluiten, of sofisten als Sokrates en andere immorele praatjesmakers dat nou leuk vinden of niet. Het zou belachelijk zijn als het volk door regeltjes gehinderd werd om te doen wat het wil. Het is een schande om het volk het recht om zich uit te spreken te ontzeggen door een beroep te doen op instituties die door de elite zijn uitgevonden om het volk klein te houden.'

Toen Sokrates bijval kreeg van mijn neef Euryptolemos, de zoon van Peisianax, uit het district Sounion, die er terecht op aandrong dat de generaals een eerlijk proces zou worden gegund, waarbij zij individueel en niet als groep terecht zouden staan en waarbij elk van hen in de gelegenheid zou worden gesteld om zich te verdedigen, diende Kleophon een motie in die bepaalde dat ondemocratische sujetten, die de legitieme veroordeling van de acht generaals door het soevereine volk van Athene wilden dwarsbomen, dezelfde straf zouden krijgen als de generaals, indien zij hun pogingen om de democratische besluitvorming te saboteren niet staakten. Die motie werd bij acclamatie aangenomen.

De stemming vond derhalve plaats. Alle acht de generaals, die het grootste deel van de Spartaanse vloot dankzij een geniale strategie hadden vernietigd bij de Arginousai en die Athene met hun competentie en inzet voor de ondergang hadden behoed, werden door jullie bij handopsteking ter dood veroordeeld. De volgende dag werden de zes van hen die de moed hadden gehad om zich in Athene te verantwoorden voor hun daden, Aristokrates, Perikles, Diomedon, Erasinides, Thrasyllos en Lysias, bij zonsopgang aan de galgen bij het Barathron door de elf beulen geëxecuteerd.

De Spartanen waren dermate aangeslagen door hun nederlaag bij de Arginousai dat zij een voorstel tot een vredesverdrag deden, dat door jullie op advies van Kleophon, die de volksvergadering dronken en strijdlustig in een borstkuras had toegesproken, met kenmerkende democratische arrogantie werd afgewezen. Jullie kozen ervoor de oorlog voort te zetten, zonder dat jullie beseften dat jullie geen strategen meer hadden om jullie te leiden.

10

Terwijl in de kronkelende stegen van Athene wroeging, onderling wantrouwen en wanhoop van de vuile muren dropen, hetgeen echter geen beletsel mocht zijn om opnieuw te konkelen, af te dingen voor een kotyle olijven, te roddelen, valse getuigenissen te verkopen, voor een halve drachme per dag scharrelaars vrij te spreken van corruptie en uit alle krochten van de stad macht, invloed en obolen bij elkaar te schrapen, galoppeerde ik, vaak met Timandra aan mijn zijde, aan het hoofd van een bende vrijbuiters, die mijn persoonlijke leger vormde, tussen mijn vier forten, over de uitgestrekte vlakten van de Hebros en de Argianes, over de heuvels, door de rijke kustlanden van de Kikones en de Bistones en door het hooggebergte van de Rhodope, waar de wind met de geur van wilde tijm is gekruid, tot aan het dal van de zingende Istros, waar vreemde volkeren wonen, met weinig andere zorgen dan buit en vreten voor mijn mannen.

Wij werden rijk, want wij waren sterk en de weerloze dorpen talrijk, en vanwege ons succes nam ons succes met de dag toe, omdat stammen en gelukszoekers zich bij ons aansloten in de hoop te kunnen delen in onze voorspoed door eraan bij te dragen. Mijn leger en ik waren een machtsfactor geworden te midden van de Thracische clans, die elkaar als levensstijl naar het leven stonden, en tussen de beide troonpretendenten van Odrysië, die ieder voor zich de eenheid trachtten te herstellen ten koste van de ander.

'Je hebt beloofd dat je mij zou kronen tot koningin van jouw koninkrijk,' zei Timandra, 'maar in plaats daarvan heb je een roversvrouw van mij gemaakt.'

'Vind je dat erg?' vroeg ik.

'Integendeel,' zei zij. 'Het is meer dan waarop ik had durven hopen, want wie had gedacht dat de befaamde Alkibiades, de grootste veldheer van Griekenland, carrière zou maken als struikrover en plunderaar?'

'In ieder geval laat ik de Grieken met rust,' zei ik. 'Ik plunder alleen barbaarse dorpen.'

'En vind je dat ethisch?' vroeg zij.

'Mijn koninkrijk is nog niet af,' zei ik. 'Op een dag zal ik mijn belofte waarmaken en jou tot koningin kronen.'

Sinds Seuthes mij had gesteund, was mijn steun voor hem steeds onontbeerlijker geworden. Door zijn bondgenootschap met mij had hij mij dermate machtig gemaakt dat hij het zich niet meer kon permitteren om mij van zich te vervreemden, maar hoewel de hiërarchie in onze relatie steeds minder gerechtvaardigd werd door de feitelijke machtsverhoudingen, bleef hij begrijpelijkerwijs vasthouden aan zijn prerogatief om mij te mogen commanderen. Omdat ik niet naar Thracië was gekomen om mijzelf blijvend in een situatie te brengen waarin ik een Odrysische prins moest gehoorzamen, was de tijd aangebroken om mij van zijn ambities te emanciperen.

Mijn gezanten hadden koning Amadokos inmiddels gelokaliseerd in de binnenlanden en zij hadden getracht besprekingen met hem te openen, die echter vooralsnog stroef verliepen vanwege mijn vermeende loyaliteit aan zijn beschermeling en rivaal. Ik deelde mijn inlichtingen over Amadokos' locatie met Seuthes en bood hem aan een missie de bergen in te leiden met het doel om Amodokos te verzwakken en de facto te dwingen Seuthes' gezag te erkennen. Seuthes was logischerwijs onmiddellijk gegrepen door het idee. Hij zag zichzelf al aan het hoofd van een vernietigende krijgsmacht optrekken tegen Amodokos' kamp. Dat scenario praatte ik hem uit het hoofd. Ik deed hem inzien dat beeldvorming niet minder belangrijk is dan resultaat, dat een openlijke aanval op zijn voormalige pleegvader te veel kenmerken vertoonde van verraad om een solide basis te kunnen vormen voor zijn toekomstige koninklijke gezag en dat hij gebruik diende te maken van de gelukkige omstandigheid dat hij over mij kon beschikken om het vuile werk op te knappen, waarna hij zich met majesteitelijke grootmoedigheid zuchtend kon ontfermen over de scherven van Amadokos' macht.

Aldus trok ik bij de eerste sneeuwval aan het hoofd van een imposante legermacht de binnenlanden in, waar mijn verkenners na veertien dagreizen de sporen vonden van een recente verplaatsing van het immer mobiele leger van Amadokos. Twee dagen later bereikten wij zijn kamp. Ik omsingelde het met mijn overmacht en liet mij vervolgens met een tolk door zijn wachters naar zijn tent brengen. Hij ontving mij uiterst vijandig en zei dat ik, als ik was gekomen om over zijn overgave te onderhandelen, mijn eigen paard kon gaan pijpen, want hij was een Thraciër en hij zou zich liever eervol doodvechten dan te buigen voor een Griek. Hij spoog op de grond om zijn woorden kracht bij te zetten.

Ik antwoordde hem dat ik mij verontschuldigde als ik aanleiding had gegeven tot misverstanden over mijn bedoelingen en dat ik niet wilde onderhandelen over de beschamende overgave van een groot vorst, maar over de mogelijkheden van een voor ons beiden lucratief bondgenootschap. Ik gaf toe dat ik sinds enige tijd een overeenstemming had gevonden tussen mijn interesses en de belangen van zijn stiefzoon en rivaal, prins Seuthes, maar omstandigheden kunnen veranderen en met gewijzigde omstandigheden zou ook mijn belangstelling kunnen verschuiven. Ik bood hem aan onze legers te combineren en gezamenlijk op te trekken tegen Seuthes en ik verontschuldigde mij voor mijn onderhandelingsstijl, die gebruikmaakte van het weinig subtiele argument van een omsingeling door een beslissende overmacht om duidelijk te maken dat hij geen keuze had.

De gecombineerde troepenmacht van Amodokos' mannen en de mijne, die korte tijd later haar opwachting maakte in de kustlanden, was groot genoeg om Seuthes te vernietigen. Maar als Amadokos er met mijn hulp in zou slagen om zich te ontdoen van zijn tegenstrever, zou het gevolg zijn dat ik mijn onderdanigheid aan Seuthes zou inruilen voor een ondergeschikte rol in het koninkrijk van Amadokos, hetgeen nauwelijks een vooruitgang mocht heten. Wij sloegen een intimiderend groot kamp op in het zicht van Seuthes' posities. Hoewel Amadokos zonder uitstel tot de aanval wilde overgaan, dwong ik hem om samen met mij naar Seuthes' hoofdkwartier te gaan om te onderhandelen over een capitulatie. Morrend ging hij akkoord.

Zoals te verwachten viel, was Seuthes buiten zinnen van woede. Hij noemde mij een verrader, waarna het zijn beurt was om op de grond te spugen. Ik zei dat hij gelijk had en dat ik hem inderdaad verraden had voor Amadokos, maar dat ik dit goed zou maken door Amadokos eveneens te verraden voor hem. Zoals ik mijn belofte aan Seuthes, dat ik in een coalitie met zijn troepen Amadokos zou overweldigen, had gebroken, zo zou ik thans mijn belofte aan Amadokos breken en afzien van de vernietiging van Seuthes. Ik wilde wel bekennen dat mijn valse beloften aan beiden waren gemotiveerd door mijn verlangen hen samen te brengen in dezelfde tent en hun beiden een nieuwe belofte te doen, die ik wel degelijk gestand zou doen en die inhield dat wie van hen beiden zich tegen de ander zou keren ervan verzekerd kon zijn dat hij mij en mijn leger als bondgenoot van die ander tegenover zich vond.

Aldus bracht ik de verzoening tot stand tussen Seuthes en Amadokos, die gebaseerd was op het besef bij beiden dat geen van hen het zich kon permitteren om mij in een alliantie met de ander als vijand te hebben en die tot gevolg had dat ik, aangezien ik een sleutelrol vervulde in de machtsbalans, de vrijheid voor mijzelf had opgeëist om geen orders meer te hoeven accepteren van een van hen.

11

Toen ik in de daaropvolgende lente met troepen van Seuthes en Amadokos op campagne was voorbij de westgrens van Odrysië, aan de overzijde van de Nestos, in de vlakte tussen Abdera en Neapolis aan de voet van de Sapaike, vond ik de gelegenheid om een voornemen ten uitvoer te brengen dat al enige tijd eerder bij mij had postgevat en een privébezoek te brengen aan Thoukydides, de zoon van Oloros, uit het district Halimous, die in het jaar waarin Isarchos archon was voor twintig jaar uit Athene was verbannen, nadat hij als admiraal van de noordelijke vloot had gefaald om de inname van Amphipolis door Brasidas, de roekeloze, te verijdelen. Oloros is een koninklijke naam in Thracië en dat zijn Atheense vader die trotse naam droeg, verraadt dat zijn voorouders goede connecties hadden in Thracië. Bovendien zegt men dat zijn moeder, die Hegesipyle heette, een Thracische prinses was. Dit alles verklaart waarom hij in het bezit is van een landgoed en goudmijnen in de Thracische buurtschap Skapte Hyle, aan de voet van de Pangaion tussen Neapolis en Amphipolis, waar hij zijn ballingschap in comfort verbijt.

Ik was in de buurt en ik wilde hem graag leren kennen, omdat mij ter ore was gekomen dat hij zijn ambteloos bestaan zin gaf door een geschiedenis te schrijven van de grote oorlog. Terwijl het niet denkbeeldig was dat ik hem daarbij van dienst kon zijn door hem informatie te verstrekken die hij moeilijk uit andere bronnen zou kunnen vergaren, werd ik vooral gedreven door nieuwsgierigheid naar zijn visie en door de behoefte om van gedachten te wisselen over de staat van Athene met een Athener die de recente ontwikkelingen met de nodige distantie had overdacht. De voornaamste conclusies van ons lange gesprek wil ik jullie niet onthouden. Het gaat tenslotte over jullie. Ik zal, zoals dat ook tot dusver mijn gewoonte is geweest bij mijn weergave van andere gesprekken, een zo nauwkeurig mogelijke reconstructie bieden van de algehele strekking van de woorden die daadwerkelijk op die dag gesproken zijn.

Maar staat mij toe vooraleerst de locatie en de man te beschrijven, omdat beide een onuitwisbare indruk op mij hebben gemaakt. Als het een regel werd dat ballingschap dient te worden doorgebracht in een luxueuze hoeve op de weelderige landerijen in het dal van Skapte Hyle, waar de Angites vanaf de toppen van de Sapaike door ongerepte moerassen naar de Strymon kronkelt en waar de schaduw van de imposante Pangaion verkoeling brengt van de middagzon, dan zou geen Athener nog in Athene wonen. Dit deel van Thracië, dat beschut voor het gewoel van de wereld het achterland vormt van de voornaamste Griekse kolonies aan de Thracische kust, is een enclave van rust en beschaving. Dat hier in de ruisende bossen goud gedolven wordt, lijkt bijna een vanzelfsprekendheid.

Thoukydides past in dat kalme landschap met zijn beheerstheid en noblesse. Hij is een voorname, statige man, die rechtop en zonder glimlach door het leven gaat. Zijn voorkomen straalt uit dat hij hecht aan zijn principes en dat hij daarbij wel degelijk beseft dat een dergelijke principiële houding niet langer in de mode is. De nobele en gelijkmatige trekken van zijn gezicht, zijn hoge voorhoofd dat zich met rimpels tooit wanneer hij zich verbaast over de charmante naïviteit van zijn gesprekspartner en zijn verzorgd gecoiffeerde korte ringbaard lijken uit het koele marmer van een portretbuste te zijn gehouwen door een artiest die tijdloosheid zoekt door nostalgisch vast te houden aan een conventionele en gedateerde stijl. Hij is een jaar of tien ouder dan ik, maar in eerste instantie kreeg ik bijna de indruk dat ik een van de helden van Marathon en Salamis sprak. Aischylos staat dichter bij hem dan Euripides, hetgeen ook geldt voor de geaffecteerde en zorgvuldige wijze waarop hij formuleert.

Hij ontving mij op een uiterst correcte, maar enigszins afstandelijke manier en het duurde even totdat ik doorkreeg dat hij wel degelijk verheugd was over mijn bezoek en op zijn eigen, onderkoelde wijze een vurige belangstelling aan de dag legde voor mijn ervaringen en meningen. Pas na enige tijd begon ik zijn diep doorvoelde humaniteit te appreciëren, die hij doelbewust leek te willen verbergen achter een zeker cynisme. Maar tijdens ons gesprek kreeg ik geleidelijk door dat hij een van die zeldzame mensen is die mensen begrijpen, omdat hij hun beweegredenen niet te snel veroordeelt. Hij is een politicus met een opmerkelijk analytisch vermogen, die macht doorgrondt en menselijke zwakte heeft leren accepteren als een constante in het ondermaanse bestaan.

Op mijn verzoek vertelde hij mij over zijn geschiedwerk. Hij liet mij de zeven boekrollen zien die hij in een eerste versie had voltooid. Op dat moment werkte hij aan het achtste boek, dat de periode besloeg van de nederlaag van de Siciliaanse expeditie tot en met het oligarchische bewind van de Vierhonderd en het herstel van de democratie, en hij had aantekeningen liggen voor het negende boek. Hij vertelde mij dat hij meteen bij het uitbreken van de oorlog was begonnen te schrijven, omdat hij toen al het voorgevoel had dat hij getuige was van het begin van een significante en gedenkwaardige periode in de geschiedenis, waarbij de gehele Griekse wereld en een groot deel van de barbaren betrokken zouden worden.

Hij las mij enkele passages voor, waaronder zijn weergave van de redevoering voor de gevallenen van mijn stiefvader Perikles aan het einde van het eerste jaar van de oorlog, de episode bij Pylos en Sphakteria en zijn grimmige en bewonderenswaardig goed gedocumenteerde verslag van de ondergang van het Atheense leger onder het bevel van Nikias na mijn gedwongen vertrek uit Sicilië. Ik was onder de indruk van zijn precisie, zowel in feiten als in woordkeus, en van de poëtische grandeur van zijn proza. Toen ik hem daarmee complimenteerde, zei hij dat hij met zijn stijl bewust een zekere distantie trachtte te creëren, omdat hij niet uit was op goedkoop applaus. Het ging volgens hem om de nauwkeurigheid. De gebeurtenissen en mechanismen die zijn onderwerp vormden, waren een les voor de mensheid en hoe beter hij erin zou slagen om zijn onderwerp voor zichzelf te laten spreken, hoe groter de kans was dat zijn geschrift een verworvenheid voor de eeuwigheid zou kunnen zijn.

'Zolang de menselijke natuur is zoals zij is,' zei hij, 'zal wat ik beschrijf, of iets soortgelijks, zich herhalen.'

Voor mij was het een vervreemdende en opwindende ervaring om op deze directe manier getuige te zijn van de geschiedenis. Het was ironisch dat ik mijn hele leven geobsedeerd was geweest door de gedachte geschiedenis te schrijven, zonder dat ik daarbij ten volle had beseft dat de geschiedenis vervolgens ook nog daadwerkelijk geschreven moest worden. Toen ik daar in Skapte Hyle met de boekrollen die in het precieuze, minuscule handschrift van Thoukydides waren volgeschreven in mijn handen stond, realiseerde ik mij dat niet alleen de gebeurtenissen, maar vooral ook de beweegredenen en motieven die deze gebeurtenissen in beweging hebben gezet, door de stroom van de tijd worden weggespoeld, tenzij zij met vloeibare inkt op fragiele papyrus worden vastgelegd. Het was daar, op het landgoed van Thoukydides in Skapte Hyle, dat het idee bij mij postvatte dat ik thans hier in Melissa aan het uitvoeren ben.

Op zijn verzoek vertelde ik uitvoerig over specifieke episodes in mijn loopbaan en in mijn leven. Hij maakte aantekeningen terwijl ik hem details onthulde over mijn onderhandelingen met Argos en het bedrog van de Spartaanse ambassadeurs, die leidden tot het verbond van Athene met Argos, Mantineia en Elis, en terwijl ik hem vertelde over de verschillende strategieën die Nikias, Lamachos en ik hadden besproken na onze landing op Sicilië, kort voor mijn arrestatie en ontsnapping. Hij was niet geïnteresseerd in mijn persoonlijke leven in Sparta, maar vroeg mij wel of ik mijn redevoering kon reproduceren die ik daar had gehouden tijdens mijn hoorzitting in de senaat aan de voet van de citadel ten overstaan van koning Agis, de ephoren en de Raad van Ouderen. Ik vertelde hem over mijn band met Endios en over onze strategieën in Ionië. Ik gaf hem mijn perspectief op de onderhandelingen die ik in Sardis had gevoerd met de afgevaardigden van de Atheense vloot op Samos, waarvoor hij ook al andere bronnen had geraadpleegd, en ik onthulde de lage listen van Phrynichos, die hij hoofdschuddend notuleerde. Maar uiteraard vertelde ik vooral over mijn campagnes in de Hellespont, de Propontis en de Bosporus, die hij uitvoerig wilde behandelen in zijn negende boek.

Hij legde de pen neer, liet beschaafd aangelengde wijn schenken en verfijnde Griekse gerechten serveren en hij wees op zijn uitzicht, dat zich purper kleurde in de gloed van de ondergaande zon.

'En toch mis ik Athene,' zei hij.

'Ik ook,' zei ik, 'terwijl wij beiden goede redenen hebben om teleurgesteld te zijn in onze stadsgenoten.'

'Ik zou het kunnen opbrengen om het volk van Athene dankbaar te zijn voor het onrecht dat het mij heeft aangedaan,' zei hij, 'want met mijn verbanning heeft het mij een neutrale blik verschaft, die is bevrijd van Atheens patriottisme.'

'Maar ondanks het feit dat wij van Atheens chauvinisme genezen zijn, zijn wij er heilig van overtuigd dat Athene de oorlog niet mag verliezen,' zei ik.

'Uiteraard,' zei hij.

'En waarom is dat?' vroeg ik. 'Omdat de Atheense democratie een baken van vrijheid is?'

'Ik heb het je net voorgelezen,' zei hij. 'In zijn rede voor de gevallenen noemde jouw voogd Perikles Athene de school van Hellas. Nergens anders kan een mens zich zo vrij en autonoom ontwikkelen als in de stad tussen de oevers van de Kephisos en de Ilissos. Het experiment van de Atheense democratie, dat het verdient om met hand en tand verdedigd te worden, houdt in dat wij menen dat wij het ons kunnen permitteren om iedere burger van onze stad het recht te gunnen zijn leven in te richten zoals hem goeddunkt, omdat wij geloof hechten aan de grenzen die de wet stelt aan allen.'

'Toch moet ik mij steeds meer inspannen om te voorkomen dat de conclusie zich aan mij opdringt dat democratie weinig meer is dan een collectieve afspraak om dwaasheid te accepteren,' zei ik.

Hij lachte. 'Die uitspraak moet ik citeren,' zei hij.

'Kunnen we na de Arginousai nog in de democratie geloven?' vroeg ik.

'Het is verleidelijk voor mannen met een achtergrond als de onze om bij twijfel over de koers van de staat onze toevlucht te zoeken tot mijmeringen over het alleenrecht op zeggenschap voor mensen zoals wij,' zei hij. 'Het is gemakkelijk om het volk te verwijten dat het verkeerd stemt, wanneer zijn stemmingen niet leiden tot de resultaten die wij wensen, en het op grond daarvan zijn stemrecht te willen ontnemen ten gunste van de elite waartoe wij menen te behoren op grond van onze afkomst, opleiding en vermeende intelligentie, alsmede op grond van de statuur van onze voorouders. Maar wanneer de democratie in crisis verkeert, is de oplossing in geen geval gelegen in snobisme of nostalgie.'

Hij keek mij streng aan. 'Voordat wij besluiten om de democratie te genezen door euthanasie op haar te plegen,' vervolgde hij, 'dienen wij te beseffen dat alternatieven voor de democratie dezelfde kwalen in acutere mate vertonen. Athene heeft zes jaar geleden kunnen ondervinden dat een aristocratisch bestuur, dat in naam een regering is van de beste en meest gekwalificeerde burgers, in een mum van tijd ontaardt in onderlinge rivaliteit, factievorming en wetteloosheid. Jij hebt in hoogsteigen persoon mogen ervaren hoe het leven wordt geleefd onder de monarchistische constituties van Sparta en Perzië. Bovendien heb jij de wetteloze willekeur van humeurige autocraten aan den lijve mogen ondervinden. Het mag verleidelijk zijn Sparta te prijzen vanwege de martiale efficiëntie van zijn van hogerhand afgedwongen collectivisme en Perzië te bewonderen om haar macht en rijkdom, maar je zult mij niet tegenspreken wanneer ik zeg dat het veronderstelde succes van beide modellen gebaseerd is op onderdrukking. Sparta is een militaristische dictatuur en Perzië een rijk van slaven die zwoegen in dienst van een bovenmenselijke gebieder.'

Ik knikte. Thoukydides nam een honingkoek, die hij in zijn wijn doopte en peinzend begon te nuttigen.

'Ik verontschuldig mij,' zei hij. 'Zoetigheid helpt mij bij het nadenken. De leidende gedachte achter een democratisch bestel is niet zozeer de waan dat meerderheidsbesluiten van de ongeïnstrueerde massa een garantie vormen voor het best denkbare beleid, als wel het beginsel dat gelijkheid een waarborg vormt tegen onderdrukking en het besef dat wetten nodig zijn om concentratie van de macht te verhinderen. Het idee om zeggenschap neer te leggen bij het volk is een kunstgreep, die uitsluitend tot doel heeft geen enkel individu met exclusieve zeggenschap te bekleden.'

'Dat is een bekende gedachtegang,' zei ik. 'Maar we kunnen moeilijk ontkennen dat de democratie nauwelijks nog functioneert, zelfs niet als waarborg tegen wetteloosheid. De recente gebeurtenissen bieden daarvan een schokkend bewijs.'

'Om te beginnen is het van belang vast te stellen dat een slecht functionerende democratie nog altijd minder desastreuze gevolgen voor de burgers heeft dan een slecht functionerende oligarchie of monarchie,' zei Thoukydides. 'Dat is geen banaliteit. De onbetrouwbaarheid van een verworden democratie brengt mildere ellende voort dan een wreed schrikbewind waarin de macht dermate geconcentreerd is dat zij uiterst effectief kan worden ingezet tegen de eigen bevolking. Vervolgens is het van belang om de juiste diagnose te stellen. Dat het volk van Athene na de Slag bij de Arginousai in de emotie van het moment en opgezweept door populisten de democratie heeft misbruikt voor een afrekening, is uiterst jammerlijk, maar geen tekortkoming van de democratie, die immers is ontworpen met inbegrip van wettelijke en institutionele waarborgen en garanties die moeten voorkomen dat emoties van het moment doorslaggevend kunnen zijn. De veroordeling van de generaals van de Arginousai was wederrechtelijk, want de volksvergadering was daartoe niet bevoegd, en het door de wet gewaarborgde recht op een eerlijk proces is niet gerespecteerd. Men kan niet beweren dat de democratie heeft gefaald op grond van een besluit dat is genomen krachtens een overtreding van de spelregels van de democratie. Het is geen fout van het systeem, maar een veronachtzaming van het systeem. Wat de terechtstelling van de generaals van de Arginousai aantoont, is hoe gevaarlijk het is om de instituties te minachten en om deze op grond van een al dan niet bewust verkeerd begrepen idee van democratie ondergeschikt te maken aan de volkswil. Wat die zwarte dag heeft aangetoond, is het belang van instituties en procedures en vooral het belang van een onafhankelijke rechtspraak.'

'Maar de populisten hebben hun politieke programma gebaseerd op minachting voor de instituties,' zei ik. 'Is het dan geen symptoom voor het falen van de democratie dat het systeem toelaat dat zij invloed verwerven?'

'Iedere speler in een democratie legt zich erop toe om het spel met eigenlijke of oneigenlijke middelen te winnen en macht te verwerven ten koste van de anderen,' zei hij. 'Maar dat is onder oligarchische en autocratische staatsvormen niet minder het geval. De democratie is haar naam waardig zolang haar instituties sterker zijn dan de machtshonger van een enkeling.’

‘Vechten we niet voor iets dat allang teloor is gegaan?’ vroeg ik.

‘Misschien,’ zei Thoukydides. ‘Maar waar moeten we anders voor vechten?’

12

Lysandros was teruggekeerd als bevelhebber van de Spartaanse vloot. Met het Perzische geld van zijn boezemvriend Kyros had hij de Spartaanse verliezen bij de Arginousai kunnen compenseren en in de zomer opende hij de aanval op de Hellespont. Met zijn zeemacht van honderdvijftig schepen en een stevig contingent grondtroepen nam hij de stad Lampsakos in, waar ik drieënhalf jaar eerder had overwinterd in de aanloop van de tweede Slag bij Abydos. De import van het graan uit de Krim naar Athene was opnieuw in gevaar.

De Atheners hadden alert gereageerd. De volledige Atheense vloot, die uit honderdtachtig schepen bestond en onder bevel stond van Konon, Philokles, Adeimantos, Menandros, Tydeus en Kephisodotos, was in het kielzog van de Spartanen in de Hellespont gearriveerd, maar net te laat om de inname van Lampsakos te verijdelen, waarna de Atheense schepen positie hadden gekozen op een verlaten kiezelstrand aan de kust van het Thracische schiereiland tegenover Lampsakos, ongeveer honderd stadia ten noorden van Sestos, mijn voormalige hoofdkwartier.

Vanaf de transen van mijn fort in Paktye zag ik hoe het Atheense kamp werd opgeslagen. Ik kende die plek, waar een miezerig stroompje, dat soms door herders wordt bezocht om hun geiten te drenken en dat daarom de Geitenrivier wordt genoemd, zonder veel overtuiging uitmondt in zee. Verder is er daar niets voorhanden waarmee men een leger van zesendertigduizend mariniers kan bevoorraden. Leeftocht zou dagelijks moeten worden aangevoerd vanuit Sestos. Bovendien biedt de positie geen enkele vorm van bescherming. Het is een strand, geen haven. Ik zag vanuit de verte dat de Atheense triremen lukraak en ongeordend voor de kust voor anker gingen en dat de bemanningen in groepjes het binnenland in trokken om iets te eten of te plunderen te vinden. Van enige militaire discipline leek geen sprake te zijn. Ik wist toen nog niet wie het bevel had, maar later begreep ik dat de zes commandanten, die geen van allen konden bogen op eerdere successen die tot respect konden inspireren en aan wie de verantwoordelijkheid over de gehele Atheense vloot was toebedeeld op grond van het feit dat er na de executie van de generaals van de Arginousai nauwelijks nog alternatieven waren, verblind waren door een gebrek aan ervaring en de neiging vertoonden om de Spartaanse marine te onderschatten. Wat mij eveneens verontrustte, was het feit dat de Atheense vloot voor zover ik kon zien geen enkele steun had van infanteristen. Onze eerdere ervaringen in de Hellespont, de Propontis en de Bosporus hadden ons geleerd dat infanterie onontbeerlijk is wanneer de kust nabij is, maar terwijl Lysandros over een fors peloton zwaargewapende voetsoldaten beschikte, leek die les in het Atheense kamp vergeten.

Ik zag hoe de Atheense schepen in het vroege ochtendlicht van de volgende dag werden bemand en hoe ze in slagorde opvoeren naar de ingang van de haven van Lampsakos teneinde de Spartanen uit te dagen om slag te leveren. Ik meende te kunnen zien dat de Spartaanse schepen in de haven eveneens werden bemand, maar in ieder geval ging Lysandros niet in op de provocatie, hetgeen ik in zijn geval ook niet zou hebben gedaan, want omdat de Spartanen het comfort van een veilige en goed geoutilleerde basis genoten, stond de tijd aan hun kant. Toen de zon op haar hoogste punt was, gaven de Atheners het op. Zij wendden hun stevens en keerden terug naar hun kamp bij de Geitenrivier.

Op dat moment liet Lysandros drie van zijn snelste triremen uitvaren uit de haven van Lampsakos, die de Atheense vloot volgden tot op een korte afstand van de kust, waar zij bleven liggen om de Atheners te observeren. Na enige tijd keerden ze terug naar Lampsakos. Ik dacht te kunnen waarnemen dat de bemanningen van de Spartaanse vloot, die nog altijd roerloos in de haven lag, toen pas van boord gingen, hetgeen zou betekenen dat de schepen al die tijd gevechtsklaar in staat van paraatheid hadden verkeerd.

De volgende dag herhaalde zich hetzelfde ritueel en toen het op de derde dag wederom precies zo ging, begonnen de Atheense matrozen zich steeds minder aan te trekken van de drie Spartaanse verkenningsschepen. Ze wisten dat deze na enige tijd weer zouden omkeren naar Lampsakos. Zij zagen er geen beletsel meer in om hun schepen bij het strand achter te laten en de heuvels in te trekken om naar voedsel, water en brandhout te zoeken. Toen zich op de ochtend van de vierde dag dezelfde sequentie van gebeurtenissen ten vierden male herhaalde, kon ik het niet langer aanzien. Hoewel ik tot tweemaal toe door Athene was verstoten en hoewel ik Athene verbitterd de rug had toegekeerd, kon ik niet verkroppen dat Athene zijn voortbestaan door onkunde en dilettantisme riskeerde.

Ik nam een paard en galoppeerde van Paktye naar het Atheense kamp bij de Geitenrivier. Nadat men bekomen was van de ophef die mijn verschijning veroorzaakte, vertelde ik de bevelhebbers wat ik had gezien en adviseerde ik hun met klem hun uitvalsbasis te verplaatsen naar Sestos. Daar zouden ze de beschutting en bevoorrading vinden die hun vervolgens de luxe zouden verschaffen om op hun eigen voorwaarden op een door hen gekozen moment slag te leveren. Ik sprak over de noodzaak van discipline en legde uit dat de schepen, zoals deze voor anker lagen, in noodgevallen niet snel genoeg konden worden bemand, waarbij het bovendien gevaarlijk was om de bemanningen toe te staan zo ver van hun schepen af te dwalen. Al deze problemen zouden met een troepenverplaatsing naar Sestos overigens uit de wereld zijn geholpen.

Vervolgens gaf ik op grond van mijn rijke ervaring uiting aan mijn vermoeden dat de Spartaanse vloot er de komende tijd alles aan zou doen om een confrontatie op het water te vermijden. Ze waren in ondertal en dachten door hun comfortabele uitgangspositie in Lampsakos en door de onuitputtelijke financiële steun die zij uit Perzië ontvingen de tijd als hun voornaamste bondgenoot te kunnen beschouwen. Maar ik had een plan om hen tegen hun zin te dwingen om slag te leveren. De Atheners hadden geen steun van landtroepen, maar daarin kon ik verandering brengen. Ik bood aan dat ik met de legers van Seuthes en Amadokos zou optrekken tegen Lampsakos, waarna de Spartanen de keuze zouden hebben uit twee scenario's: ofwel ze zouden binnen de muren van Lampsakos worden uitgerookt door een beleg en een scheepsblokkade, ofwel ze zouden hun basis en hun veilige haven moeten verlaten om de confrontatie met de Atheense vloot aan te gaan. De Thracische troepen konden er binnen een dag zijn, zei ik.

Ik merkte dat Adeimantos, die ik goed kende, genegen was mij gelijk te geven, maar hij was de enige. De overige vijf bevelhebbers ergerden zich aan mijn ongevraagde advies, mijn verschijning en mijn bestaan.

'Nu zijn wij de baas hier,' zei Tydeus. 'En nu opgehoepeld, zoon van Kleinias.'

Terwijl Adeimantos met mij meeliep naar mijn paard, verontschuldigde hij zich. Hij legde uit dat iedereen, na wat er met de generaals van de Arginousai was gebeurd, angst had om fouten te maken. Een verbond met een banneling en zijn Thracische ruiters was niet voorzien in enig protocol en daarmee een risico. Hij zei dat de admiraals bang waren dat zij de schuld zouden krijgen als mijn strategie zou falen en dat ik met de eer zou gaan strijken als zij een succes was.

'Ik begrijp het, Adeimantos,' zei ik. 'Je woorden geven een nauwkeurige schets van de tekortkomingen van de Atheense democratie, in zoverre dat de onbetrouwbaarheid van het wetgevende orgaan angst en risicomijdend gedrag veroorzaakt en vooral in zoverre dat allen, en vooral zij die zijn bekleed met verantwoordelijkheid voor het behoud van de staat, eerder aan hun eigen positie en reputatie denken dan aan het staatsbelang. Mogen de goden Athene bijstaan.'

Hij legde een arm om mijn schouder. Ik sprong op mijn paard en keerde terug naar Paktye, vanwaar ik de volgende ochtend goed kon zien hoe precies dezelfde routine zich voor de vijfde keer herhaalde. Geen enkele Athener besteedde nog aandacht aan de drie Spartaanse verkenningsschepen en ik sluit niet uit dat ik de enige was die zag dat zij, toen de Atheense matrozen hun schepen wederom bij het strand hadden achtergelaten en de heuvels waren ingetrokken, een signaal gaven door een bronzen schild in de mast te hijsen. Op dat moment voer Lysandros uit met zijn volledige vloot. Op volle snelheid maakte hij de oversteek naar het strand bij de Geitenrivier. Hij zette zijn infanterie aan land. Vervolgens begon hij de Atheense schepen met enterhaken weg te trekken.

De Atheners waren volledig verrast. De enige schepen die paraat waren, waren de acht schepen waarmee Konon zojuist koers had gezet naar Sestos om voorraden in te slaan, alsmede het staatsschip, de Paralos. De matrozen renden vanuit de heuvels terug naar de kust om hun schepen te bemannen, maar als ze al niet werden opgevangen door de Spartaanse voetsoldaten, waren ze te laat. Ik zag dat sommige Atheense triremen in paniek trachtten weg te varen met slechts een derde van de mannen aan de roeiriemen, als vleugellamme watervogels. De bemanningen sprongen overboord zodra ze door de Spartanen geënterd werden. De acht schepen van Konon en de Paralos sloegen op de vlucht. Het Atheense kamp werd door de Spartaanse infanterie overlopen. De matrozen vluchtten massaal te voet naar het zuiden in de hoop Sestos te bereiken.

Zonder dat hij slag had hoeven te leveren, had Lysandros honderdeenenzeventig schepen buitgemaakt. Dat was de volledige Atheense vloot op negen schepen na. Hij had drieduizend Atheners gevangengenomen, onder wie de generaal Philokles, die hij allen, inclusief Philokles, vlak buiten Lampsakos liet executeren. Later vernam ik dat Konon, die na wat er met de generaals van de Arginousai was gebeurd niet naar Athene durfde terug te keren, met zijn acht schepen gevlucht was naar Cyprus.

De Paralos, die thans de volledige Atheense vloot was, voer op zijn laatste missie eenzaam de enorme Kantharoshaven van Piraieus binnen, waar ooit honderden triremen in de boothuizen en aan de kaden wiegden en klotsten als basis voor een wereldrijk, om het bericht te brengen dat op een verlaten en nietszeggend kiezelstrand bij een riviertje waar herders hun geiten drenken, alles verloren was gegaan.

BOEK XI

De redding van Athene

Neon Teichos, Daskyleion, Melissa

1

Mannen van Athene, als ik op dit moment in levenden lijve voor jullie stond op de heuvel van de Pnyx of in een van jullie tribunalen op de agora, terwijl ik met geraffineerde stembuigingen blijk gaf van toenemende emotionele betrokkenheid, mijn chiton en mantel met mijn ingestudeerde gebaren steeds dramatischer deed wapperen en in anticipatie op wat komen zou een l en een r verwisselde, en als deze woorden die ik tot jullie richt de woorden waren van een nauwkeurig gestructureerde redevoering, die volgens beproefde receptuur escaleert van een beroep op jullie welwillendheid tot een urgente oproep tot daden, dan zou alles wat ik jullie tot nu toe heb gezegd mijn inleiding zijn.

Na een zo volledig mogelijke en volledig oprechte verantwoording te hebben afgelegd voor mijn daden en voor de overwegingen en motieven waardoor zij in gang zijn gezet, zonder daarbij de voorvallen te hebben verzwegen of gebagatelliseerd die aanleiding zouden kunnen geven tot controversen of wantrouwen omtrent mijn loyaliteit, en na als een dwingende vordering van jullie achting en benevolentie aldus te hebben aangetoond dat ik op elk moment van mijn leven de belangen van Athene heb trachten te dienen, waarbij wenkbrauwen kunnen worden gefronst bij mijn bij tijd en wijle onconventionele methoden en strategieën, maar nimmer bij mijn oogmerk, dat, ondanks het feit dat er zonder veel inspanning objectieve argumenten gevonden kunnen worden die een tegenovergestelde houding mijnerzijds zouden vergoelijken en rechtvaardigen, nooit een ander is geweest dan jullie bij te staan en mij met al mijn talenten en vermogens in te spannen voor het behoud en de glorie van Athene, is nu het moment aangebroken waarop ik mijn stem verhef en overga tot de kern van mijn betoog.

Ik heb jullie meegevoerd op mijn reizen door de gehele bekende wereld van de Grieken en van de barbaren om in het onvoorstelbaar verafgelegen en nietige Melissa te arriveren, vanwaar ik mij tot jullie richt in jullie wanhoop omtrent onze stad, die gedurende al mijn omzwervingen nooit uit mijn gedachten is geweest. Ik heb jullie uitvoerig verteld over de episoden die mijn vertrouwen in jullie onherstelbaar hebben geschaad om nu opnieuw met klem jullie vertrouwen te vragen. Ik heb jullie tien boekrollen voor de voeten geworpen, waarin de ondergang van Athene ondanks mijn verwoede pogingen om de geschiedenis eigenhandig in een andere richting te sturen traag en onontkoombaar gestalte heeft gekregen, teneinde thans de blanke papyrus voor jullie te kunnen ontrollen waarop wij gezamenlijk het slothoofdstuk kunnen vormgeven onder de punt van mijn trillende rietstengel, waarin Athene, als jullie dat toestaan, wordt gered en waarin jullie met mijn hulp de oorlog alsnog in het voordeel van de Atheense vrijheid en democratie kunnen beslechten.

Op het moment waarop ik deze zin schrijf, is het nagenoeg twee jaar en drie maanden geleden dat de Atheense vloot verloren ging bij de Geitenrivier. Zoals destijds te verwachten viel en zoals jullie daadwerkelijk verwachtten, toen de eenzame Paralos enige dagen later de onheilstijding bracht die van de Diazeugmapier en de kaden van de Kantharoshaven van Peiraieus tussen de Lange Muren als een echo van kreten van ontzetting en ongeloof de stad bereikte, was dit verlies het begin van beproevingen die jullie verwachtingen zelfs nog overtroffen. Via geïntensiveerd berichtenverkeer met mijn contactpersonen, onder wie zich enkelen bevinden die zich van nabij warmen aan de veranderlijke en verraderlijke vlammen in de haard van de macht – ik zal hen gezien de huidige omstandigheden niet bij name noemen –, heb ik mij nog nauwgezetter laten informeren over de situatie in Athene dan voorheen en elk bericht dat mij bereikte wierp een schaduw van misère over de nood die het vorige had gerapporteerd.

Toen zich maanden geleden de omstandigheden voordeden die mij in staat stelden een plan in werking te stellen dat hoop biedt en toen ik de eerste regels schreef van deze confessie, die het herstel van vertrouwen tussen ons moet bewerkstelligen dat noodzakelijk is voor de uitvoer van dat plan, kon ik mij nog voorstellen dat mijn woorden gewogen zouden worden door het soevereine volk in onstuimige vergadering op de heuvel van de Pnyx. Nu ik in mijn geschrift ben aanbeland op het punt waarop ik jullie deelgenoot zal maken van mijn plan, is die voorstelling inmiddels door de bittere realiteit gedegradeerd tot een anachronisme. Wanneer mijn document binnen afzienbare tijd met deze elfde en laatste boekrol zal zijn voltooid, zal het zijn weg vinden naar ballingen en ik zal tevens maatregelen moeten treffen om het heimelijk de stad te laten binnensmokkelen en het in het geniep te laten kopiëren om het uitsluitend de juiste lezers onder ogen te brengen. Van dit alles ben ik mij bewust.

Gezien het verontrustend hoge tempo waarin de ontmanteling van onze trots en onze waarden zich thans voltrekt en vanwege de angstaanjagende snelheid waarmee niet alleen de muren, maar ook de sociale cohesie en de Atheense identiteit onder onze ogen aan het afbrokkelen zijn, terwijl het gewicht van een mensenleven met de dag afneemt, zullen sommigen van jullie wellicht geneigd zijn te concluderen dat ik kostbare tijd heb verloren met de compositie van dit document. Ik zou de eerste zijn om hun gelijk te geven als ik hier in het hart van het Perzische Rijk, waar ik mij bevind, de gebieder was geweest over mijn eigen beramingen en als een rimpelloos verleden garant had gestaan voor een vanzelfsprekend vertrouwen tussen jullie en mij.

Sinds ik over de informatie beschik die het leven kan redden van de nieuwe koning van Perzië, Artaxerxes, de zoon van Dareios, de zoon van Artaxerxes, de zoon van Xerxes, de zoon van Dareios, de zoon van Hystaspes, de Achaimenide, is het mijn doel deze informatie met hem te delen en mijzelf daarmee in een positie te brengen waarin ik hem om een wederdienst kan vragen. Daartoe is het onontbeerlijk dat ik hem persoonlijk ontmoet, want ik kan mijn inlichtingen, die op dit moment het waardevolste patrimonium vormen dat ik bezit, zoals jullie zullen begrijpen, niet toevertrouwen aan een boodschapper of aan een intermediair uit de top van de Perzische hiërarchie, die op het idee zou kunnen komen om mijn informatie te gebruiken als ruilmiddel voor door hemzelf verlangde gunsten.

Het toeval wil dat de Grote Koning onderweg is naar het westen. Zeven maanden geleden, een paar maanden nadat hij zijn vader Dareios op de Perzische troon had opgevolgd en zijn naam Arsikas had ingeruild voor Artaxerxes, is hij uit Sousa vertrokken over de Koninklijke Weg naar Sardis. Het is gebruikelijk dat een nieuwe Perzische koning door zijn domeinen reist om zijn autoriteit te bevestigen en na de consolidatie van zijn positie in het historische hart van zijn imperium, vormen de westelijke provincies en Sardis zijn volgende prioriteit. Dat ik jullie tegen het einde van mijn zesde boekrol met enige uitvoerigheid heb verteld over mijn ontmoeting met zijn vader, de onlangs overleden koning Dareios, en over de moeilijk voorstelbare omvang van de koninklijke processie, had niet alleen tot doel om jullie te verbluffen met exotica, maar ook om jullie een indruk te geven van de onthutsende traagheid waarmee de Grote Koning en zijn hof zich over de Koninklijke Weg verplaatsen. Jullie zullen jullie herinneren dat mijn toenmalige berekeningen een maximumsnelheid reveleerden van zestig stadia per dag. Aan deze traagheid ben ik al maandenlang overgeleverd.

Om de door jullie en mij zo gretig verlangde wending in de geschiedenis te bespoedigen zou ik graag al eerder naar Sousa zijn gegaan, met als bijkomend voordeel dat ik mijn en jullie nieuwsgierigheid naar de Perzische hoofdstad zou hebben kunnen bevredigen, of ik zou Artaxerxes met genoegen tegemoet zijn gereden, maar het is onmogelijk om door Perzisch territorium te reizen zonder de benodigde documenten, vergunningen en vrijgeleiden en Pharnabazos, de satraap van Phrygië, weigert deze aan mij te verstrekken, hetgeen ik volgens hem niet persoonlijk moet opvatten, aangezien het geen enkele buitenlander is vergund om vrijelijk over de Koninklijke Weg naar het oosten te reizen. Volgens hem heeft hij al meer gedaan dan redelijkerwijs van hem kon worden verwacht door mij toe te staan in Melissa neer te strijken, in het uitzicht van de muren van Kelainai, en de komst van de Grote Koning alhier af te wachten, voordat hij de tocht van Kelainai naar Sardis als laatste etappe van zijn lange reis zal ondernemen. Om redenen die ik aanstonds uiteen zal zetten, is het van cruciaal belang dat ik mijn geheime inlichtingen met hem deel voordat hij Sardis bereikt.

Mijn oponthoud hier in Melissa is derhalve door de omstandigheden afgedwongen. Ik zie mijzelf al maandenlang genoodzaakt om mij vruchteloos te oefenen in een eigenschap die ik ontbeer en geduld op te brengen. Om de ijdele tijd te vullen met nut heb ik besloten een voorschot te nemen op de ontwikkelingen die nu eindelijk aanstaande zijn en te investeren in jullie vertrouwen door af te rekenen met de vooroordelen, insinuaties en valse beschuldigingen die in deprimerende hoeveelheden over mij de ronde doen en het ware verhaal van onze gemeenschappelijke voorgeschiedenis voor jullie op schrift vast te leggen, alvorens jullie precies te vertellen wat jullie moeten weten om Athene te redden van de ondergang. Omdat ik desondanks moeite had te ontsnappen aan de indruk dat ik met mijn rietstengel in mijn hand kostbare tijd aan het verdoen was, heb ik deze boekrollen in ijltempo, als in een koortsdroom, volgeschreven, alsof ik de komst van de koning kon bespoedigen door mij zo snel mogelijk van de mijzelf opgelegde taak te kwijten. Het was een merkwaardige ervaring om mijn leven in haast te herbeleven. Men zegt wel dat een man die sterft zijn leven als in een droom aan zich voorbij ziet trekken op het moment dat hij zijn laatste adem uitblaast. Als dit waar is, hetgeen zoals zoveel wat de dood aangaat niet te controleren valt alvorens men daadwerkelijk sterft, ben ik blij dat ik niet in voortekens geloof die mij onwelkom zijn.

Ik weet dat ik jullie al eerder Perzische steun heb beloofd. Ik weet dat anderen dan ik uit mijn naam Perzische steun voor Athene hebben beloofd. Ik weet dat mijn naam in het verleden zo vaak in dezelfde zin is uitgesproken waarin ook de woorden 'Perzische steun' voorkwamen, dat een komediedichter die associatie zou kunnen exploiteren als een hilarisch motief. Ik heb jullie een oprecht en volledig inzicht gegeven in mijn overwegingen die mij er op verschillende momenten in het verleden toe hebben gebracht om die belofte te misbruiken voor politieke doeleinden. Ik besef dat ik jullie een reden moet geven waarom jullie mij nu wel zouden moeten geloven als ik jullie Perzische bijstand voorzeg. Deze reden is, afgezien van de waarde van mijn inlichtingen, gelegen in het krachtenspel van de verschillende belangen, dat ik in het vervolg voor jullie zal uiteenzetten. De beste manier om jullie inzicht te verschaffen in de wijze waarop de verschillende protagonisten en machtsfactoren een constellatie vormen die gunstig voor ons is en in de manier waarop ik deze krachten tot ons voordeel meen te kunnen manipuleren, is jullie een kort overzicht van de recentste ontwikkelingen in chronologisch bestek te geven, dat logischerwijs de totstandkoming en rijping van het plan aan het licht brengt. Voor nu mag het misschien volstaan te constateren dat de Perzische steun die ik als wederdienst voor mijn informatie wil afdwingen, anders dan ooit eerder het geval is geweest, een concreet en urgent Perzisch belang dient, aangezien ik kan aantonen dat een overwinning van Sparta in strijd is met dat belang.

Mannen van Athene, nu mijn martelende oefening in geduld bijna ten einde is, zal er ook een einde komen aan jullie beproevingen. De tijd voor langverwachte actie naakt. Ik ben van zins om mijn plan toe te lichten door het ontstaan ervan zo beknopt mogelijk voor jullie te ontvouwen, waarna ik verslag zal uitbrengen van mijn ontmoeting met de grote koning, koning der koningen, koning der landen wijd en zijd. Ik zal jullie informeren over zijn toezeggingen, waaruit mijn instructies aan jullie logisch zullen volgen, en dat zal het laatste zijn dat ik zal schrijven. Daarna zal ik deze elf boekrollen verzegelen en op de geëigende manier naar de juiste mensen vooruitsturen, opdat jullie voorbereid zijn op de bevrijding van Athene die ik met Perzische steun gestalte zal geven.

2

Athene had zichzelf, sinds Perikles de ommelanden had prijsgegeven, willens en wetens getransformeerd tot een eiland, dat uitsluitend per schip te bereiken was en dat met zijn schepen zijn wil oplegde aan de wereld. Door het verlies van de vloot was niet alleen de macht van de stad geknakt, maar was ook haar bevoorrading gecompromitteerd, omdat de aanvoerlijnen van graan uit de Krim en uit Egypte, die de inzet waren geweest van alle zeeslagen die ik in de Hellespont, de Propontis en de Bosporus, alsmede in de wateren rond Rhodos en het schiereiland van Knidos, heb uitgevochten, niet langer beveiligd konden worden. De grote oorlog, die ooit was begonnen om de eer en het prestige van de Helleense hegemonie en om een plek in de geschiedenis, bleek uiteindelijk te gaan om brood.

De muren stonden nog en Peiraieus werd met een blokkade van de haven veranderd in een onneembare veste, maar Athene bevond zich in staat van beleg, omcirkeld door Spartaanse troepen en door de Spartaanse schepen van de wereld afgesneden. De Spartaanse admiraal Lysandros nam Byzantion en Chalkedon in, bezette Mytilene en de overige steden van Lesbos, veroverde de Griekse steden aan de Thracische kust, nam Aigina in, heroverde Melos, plunderde Salamis en hij gaf het bevel om de duizenden Atheners die hij in al deze plaatsen gevangen had genomen onder een vrijgeleide ongedeerd terug te laten escorteren naar Athene, opdat de stad steeds meer monden te voeden zou hebben en des te sneller zou zwichten onder haar isolement ten gevolge van de belegering.

Terwijl deze context, waaraan jullie scherpere herinneringen zullen hebben dan jullie dierbaar is, alles vergde van jullie veerkracht en van jullie vermogen om moed te putten uit de negatie van de werkelijkheid, waarvan jullie op bewonderenswaardige wijze blijk hebben gegeven in die dagen, ik kan niet anders zeggen, werd ik in beslag genomen door de activiteiten die de Spartanen ontplooiden bij Byzantion en aan de Thracische kust. Deels in samenspraak met Seuthes en Amadokos, die hun territorium bedreigd zagen door de Spartaanse expansiedrift, en deels met het oog op mijn eigen veiligheid, in de overweging dat het niet waarschijnlijk was dat de Spartanen mijn doodsvonnis inmiddels buiten mijn medeweten om hadden herroepen, leidde ik vanuit mijn vier forten offensieve operaties tegen de Spartaanse opmars, waarbij ik erop speculeerde dat onophoudelijk gedonder met mijn onconventioneel gewelddadige Thracische ruiters de Spartanen tot het inzicht zou brengen dat het hun belangen schaadde om hun ambities verder te laten reiken dan de voormalige Atheense koloniën in de kuststrook.

Hoewel Timandra zich met haar tatoeages strijdlustiger voordeed dan ooit tevoren en hoewel zij als onderbevelhebster deelnam aan enkele van onze raids, gold mijn grootste zorg haar behoud, want onverdraaglijk was mij het doembeeld dat zij krijgsgevangene zou worden gemaakt, als slavin zou worden verkocht en wederom gedwongen zou worden zich te prostitueren in omstandigheden die naar alle waarschijnlijkheid minder mild zouden zijn dan de relatief beschaafde ambiance van het bordeel van Anteia in Athene. In die tijd liet ook ik, evenals Seuthes, mijn paarden overdag voederen om ze 's nachts gereed te hebben staan voor een eventuele onverhoedse vlucht, in het geval dat de een of andere eerzuchtige Spartaanse commandant op het idee zou komen om Paktye, Ornoi, Bisanthe of Neon Teichos aan te vallen.

Terwijl Athene zich opmaakte voor een karige winter, stierf koning Dareios in Babylon. Zijn beide zoons waren aan zijn sterfbed ontboden en mijn liaisons in Sardis meldden mij dat Kyros het beheer van zijn belangen in Lydië tijdens zijn afwezigheid had overgedragen aan Lysandros. Dit was een buitengewoon ongebruikelijke geste, die getuigde van een innige vertrouwensband tussen de Spartaanse opperbevelhebber en de jonge Perzische prins. Ik vernam geruchten over onenigheid tussen de beide broers aan het sterfbed van hun vader, die ik op grond van wat ik wist zonder meer waarschijnlijk achtte, maar niet kon controleren. Het feit is dat de oudere broer de troon besteeg en dat Kyros terugkeerde op zijn post in Sardis.

In die tijd was ik samen met Seuthes en Amadokos verwikkeld in een immer verder escalerende oorlog tegen de Spartaanse troepen in Byzantion. Klearchos, de zoon van Rhamphias, een kleine, lelijke man met een stem als een strijdtrompet en het onverzorgde voorkomen van een wilde doornenstruik, die een onbuigzame en arrogante prominent was van het Spartaanse elitecorps en die de gehate bewindvoerder van Byzantion was geweest totdat ik de stad innam, was na de Spartaanse verovering van de stad door Lysandros herbenoemd op zijn oude positie. Zoals het een geharde volbloedsoldaat betaamt, nam hij geen genoegen met een gewapende vrede met zijn buren en deed hij, gesteund door huurlingen, vermoeiend serieuze pogingen om het grondgebied van zijn protectoraat westwaarts uit te breiden ten koste van het Odrysische koninkrijk van Seuthes en Amadokos, waarbij ik niet uitsloot dat de grimmigheid van zijn veroveringsdrang minstens voor een deel was gemotiveerd door zijn verlangen om zich op mij persoonlijk te wreken. We hadden mijn dichtstbij gelegen fort in Neon Teichos en het vooruitgeschoven Daunion Teichos van Seuthes als de twee uitvalsbases gekozen voor de tegenaanvallen van onze cavalerie, die niet onsuccesvol waren, maar die desalniettemin niet leidden tot een tempering van Klearchos' ambities.

Des te merkwaardiger was het dat Klearchos in de hitte van zijn eigen militaire campagnes vertrok om pas een maand later terug te keren in Byzantion. Toen ik daarover navraag deed bij mijn contacten in Sparta, bleek dat men aldaar niet op de hoogte was van zijn verplaatsing, hetgeen nog merkwaardiger was. Mijn informanten in Ephesos en in Sardis meldden mij dat ze hem daar hadden gezien. Enkelen van hen beschikten over concrete aanwijzingen dat hij een ontmoeting had gehad met prins Kyros. Aanvankelijk verzuimde ik het om mij daar genoeg over te verbazen, aangezien Klearchos een protegé van Lysandros was en aangezien de affiniteit van Lysandros met Kyros gemeengoed was, maar toen ik de wetenschap van zijn contact met Kyros korte tijd later kon combineren met nieuwe informatie, besefte ik dat zijn affiniteit met de prins een ingrediënt zou kunnen zijn van mijn reddingsplan voor Athene.

Nadat hij was teruggekeerd op het slagveld, leden wij enkele gevoelige nederlagen. Toen hij op een dag te laat was om terug te keren naar de stad en zich gedwongen zag kamp op te slaan in de vlakte, voerden Seuthes en ik een nachtelijke overval uit op zijn kampement, die uitliep op een blamage, omdat de Spartanen en de huurlingen van Klearchos kennelijk geharnast en gewapend naar bed waren gegaan en in een mum van tijd paraat waren om hun kamp tegen ons te verdedigen. Wij verloren veel goede mannen die nacht. Kort daarop kwam het tot een gewapend treffen tussen onze cavalerie en zijn infanterie in de vlakte van de Athyras. Wij zagen zijn troepen in de verte acht man diep opgesteld staan in een lossere formatie dan gebruikelijk. Hun schilden leunden op de grond. Toen wij onze aanval inzetten, kwamen zijn hoplieten naar voren en namen zij de gebruikelijke, compacte slagorde aan, maar vlak voordat onze ruiters hen bereikten, trokken zij zich terug achter greppels, die daar opeens voor ons opdoemden en die zij kennelijk eerder achter hun schilden hadden gegraven met hun zwaarden. De kuilen waren niet diep, maar diep genoeg om enkele van onze paarden te laten struikelen en onze charge te doen stranden in chaos. Ikzelf raakte met mijn paard op een gegeven moment door Spartanen ingesloten en het mocht een wonder heten dat ik wist te ontsnappen. Kort daarop nam Klearchos Selymbria in.

Zonder dat ik mijn loyaliteit aan mijn Thracische vrienden ter discussie wilde stellen, zag ik mijzelf gedwongen om tot de conclusie te komen dat ik de veiligheid van Timandra en van mijzelf niet langer met rustgevend zelfvertrouwen kon garanderen als ik bleef waar ik was. In samenspraak met Seuthes en Amadokos nam ik het besluit om samen met Timandra en een klein regiment en met slechts een deel van mijn bezittingen over te steken naar het Aziatische deel van Thracië, dat Bithynië heet en waar stammen wonen die, hoewel ze geen deel uitmaakten van het koninkrijk Odrysië, wellicht bereid gevonden konden worden om de Odrysische strijd te transformeren tot een pan-Thracische oorlog tegen de Byzantijnse Spartanen.

3

In Bithynië werd ik beroofd. Een van de Thracische stammen, waarmee ik al in contact was geweest toen ik ruim tweeënhalf jaar eerder in die streek op zoek was gegaan naar de schatten van Chalkedon, had een deel van mijn troepen afgeleid met een schijnaanval en mij in een hinderlaag gelokt, waarbij mijn rijkdommen verloren gingen en Timandra en ik ternauwernood wisten te ontkomen.

Zo moest het er althans uitzien. In werkelijkheid had ik deze zogenaamde beroving zelf in scène gezet om mijzelf een alibi te verschaffen voor een vijandige houding jegens de Bithynische Thraciërs, dat door Seuthes en Amadokos geaccepteerd zou kunnen worden als geldige reden waarom ik terugkwam op onze afspraak om deze stammen voor hun zaak te winnen. Belangrijker nog was dat ik deze kunstmatig gecreëerde reden voor persoonlijke rancune jegens de Thracische stammen van Azië wilde gebruiken als een middel waarmee ik het vertrouwen kon winnen van Pharnabazos, de satraap in Daskyleion, die al zolang hij regeerde te kampen had met opstanden van de Thracische stammen in het noorden van zijn domein. Als ik hem wilde verleiden tot een coöperatieve houding, en dat wilde ik, moest ik in ieder geval een plausibele verklaring kunnen bieden voor het feit dat mijn affiniteit met Thracië, die zich inmiddels wijd en zijd had rondgesproken, opeens als sneeuw voor de zon verdwenen was en had plaatsgemaakt voor een diepgevoeld verlangen om zijn vijanden ook als mijn vijanden te beschouwen.

Mijn toenadering tot Pharnabazos was een waagstuk. Hij was, althans totdat Kyros in Sardis kwam zetelen en die rol van hem over had genomen, de trouwste bondgenoot en geldschieter van de Spartanen geweest. In de tijd waarin Tissaphernes nog machtig was, had Pharnabazos hem als zijn rivaal beschouwd en deze rivaal van hem had mij in die dagen als zijn adviseur aan zijn zijde gehad. In dienst van Athene had ik de troepen van Pharnabazos verslagen bij Abydos en Kyzikos en ik had zijn territorium geplunderd. Ik had hem misschien ook een keer van een afstand iets in het Perzisch toegeroepen, wat hij conform mijn toenmalige bedoelingen terecht als een belediging zou kunnen hebben opgevat. Hij had nooit enige sympathie gehad voor Athene en ik persoonlijk had van hem een nog minder welwillende houding te verwachten.

De belangrijkste reden om het waagstuk van de toenadering tot de satraap te ondernemen was dat het een nog groter waagstuk zou zijn om dit niet te doen. Nu ik om uit de greep van Sparta te blijven was overgestoken naar Azië, bevond ik mij hoe dan ook in zijn invloedssfeer en ik kon niet de illusie koesteren dat ik mij voor langere tijd voor hem zou kunnen verbergen te midden van zijn onhandelbare Thracische onderdanen. De enige manier om een arrestatie door hem te voorkomen was mij vrijwillig bij hem te melden.

Ik kon Pharnabazos twee redenen geven waarom hij mij in zijn gunst zou toelaten. De eerste was dat wij een gemeenschappelijke vijand hadden in de Thracische stammen van Bithynië. Onder het mom van onbedwingbaar door mijn bloeddamp gierende wraaklust, die door mijn zogenaamde beroving zou zijn veroorzaakt, zou ik hem aanbieden de eeuwige opstandelingen in zijn rijk met mijn troepen te bestrijden. De tweede reden was dat wij een tweede gemeenschappelijke vijand hadden in Sparta. Pharnabazos beschouwde Kyros als een bedreiging. We wisten beiden dat Lysandros een intieme relatie met Kyros onderhield. Terwijl het geen uitgebreid betoog behoefde om aannemelijk te maken dat ik persoonlijke wrok koesterde jegens de Spartaanse opperbevelhebber, die mijn vloot had verslagen en die mijn stad belegerde, kon frustratie van Lysandros' belangen vanuit Pharnabazos' perspectief gerechtvaardigd zijn op grond van zijn wantrouwen jegens prins Kyros. Ik zou mijn inlichtingen over de toenadering van Klearchos tot Kyros met Pharnabazos delen om hem duidelijk te maken dat de verwevenheid van de Spartaanse belangen met de ambities van Kyros niet beperkt bleef tot een persoonlijke vriendschap tussen Kyros en Lysandros en dat hij, evenals ik, genegen zou moeten zijn om niet alleen Lysandros, maar ook diens gehele thuisstad anders dan voorheen als een vijand te gaan beschouwen. Ik was Athene, zou ik hem zeggen. Niemand was meer Athene dan ik en niemand was gemotiveerder dan ik om Sparta te bestrijden. Als Pharnabazos het kon opbrengen om het verleden te vergeten en pragmatisch te zijn, zou hij moeten inzien dat ik zijn bondgenoot zou kunnen zijn, omdat mijn inspanningen om de macht van Sparta te breken dienstbaar zouden zijn aan zijn streven om de positie van Kyros te verzwakken.

Pharnabazos beantwoordde mijn verzoek tot een onderhoud door een gewapende escorte te sturen, die ik als een erewacht kon beschouwen of als een arrestatieteam, dat viel te bezien, en die ons kwam ophalen uit het noorden. Onze wachters voerden ons door rijk land langs de kust van Mysië. Weelderige vegetatie woekerde ons tegemoet terwijl we onder de besneeuwde majesteit van de Mysische Olympos langs tussen de zee en visrijke meren steeds dichter bevolkt gebied doorkruisten op onze weg naar Phrygië. Als ik met een Thracische blik keek, zag ik vette dorpen, bulkend van binnengehaalde oogst, die erom leken te smeken om geplunderd te worden. Mollig vee mekkerde argeloos.

De aanblik van Daskyleion vormde voor mij een aanleiding om Sardis voor Timandra te beschrijven, waarbij ik noodgedwongen meer aandacht schonk aan de verschillen dan aan de overeenkomsten, want hoewel daar eveneens een machtige satraap zetelt, is Daskyleion geen Sardis. Waar de Lydische hoofdstad met haar drie concentrische muren een metropool is, die zich wat haar omvang en luister betreft niet hoeft te schamen voor Athene, is Daskyleion op het oog niet heel veel groter dan Acharnai. Het is een vesting, die zich met goedgebouwde muren compact rond een burchtheuvel heeft ingegraven aan de oever van een groot meer. De draslanden aan de oostoever van dat meer, waar gevogelte in luidruchtige zwermen klapwiekt, zijn het jachtgebied van de satraap, dat wat zijn functie en bestemming betreft vergelijkbaar is met de paradijzen van Sardis, maar in zijn natuurlijke ongereptheid maagdelijk naïef afsteekt bij de precieus en gemaniëreerd vormgegeven tuinen die ik daar had gezien. De wachtcommandant van onze escorte zei mij dat er wilde dieren waren losgelaten. Ik wist niet zeker of hij deze informatie als waarschuwing bedoelde, dan wel als een onschuldige wetenswaardigheid, maar ik geloofde hem.

Ik besefte toen pas hoe dicht Daskyleion eigenlijk bij Kyzikos ligt. Ik herkende de contouren van de Dindymon op het schiereiland van Kyzikos, die ik achter Daskyleion in de verte aan de overzijde van het meer in de winterzon helder zag afsteken tegen de horizon. Met een grote omtrekkende beweging langs de oost- en zuidkust van de Propontis door de landen van Bithynië, Mysië en Phrygië was ik op luttele stadia verwijderd van mijn grootste triomf. Niet alleen had ik destijds de Spartaanse vloot en de Perzische troepen verslagen, maar ook had ik hun die vernedering, naar thans bleek, toegebracht op de dorpel van het Phrygische hoofdkwartier in het uitzicht van de slaapvertrekken van de satraap. Dit besef stak mij als een horzel, omdat ik opeens begreep dat mijn toenadering tot Pharnabazos nog meer vergde van zijn vergevingsgezinde pragmatisme dan ik had gedacht.

Hoewel het mij speet voor Timandra dat de door mij bij haar gewekte verwachtingen van extravagante oosterse weelde en buitensporige luxe niet werden waargemaakt, kon er objectief gezien uitsluitend bewondering worden opgebracht voor de smaakvolle, ingehouden pracht van het paleis dat Pharnakes, de vader van Pharnabazos, door Griekse architecten op de burchtheuvel had doen verrijzen. Koel marmer ademde kalm gezag, zonder dat de strenge harmonie werd verstoord door een overdaad aan vulgair blinkend goud.

Het was het moment van de waarheid, waarop het te bezien viel of onze gewapende begeleiders ons naar de troonzaal zouden begeleiden of naar de kerkers. Pharnabazos maakte zijn opwachting. Hij begroette mij met afstandelijk cynisme. Hij liet verversingen serveren en bood mij de gelegenheid om mijn zaak te bepleiten. We voerden een lang en verrassend open gesprek in het Perzisch, waarin het aanbod dat ik hem deed van alle denkbare invalshoeken werd gewogen. Tot mijn enorme opluchting bleek hij het soort bestuurder dat had geleerd zijn eigenbelang onder alle omstandigheden te laten prevaleren boven emoties en banale overwegingen met betrekking tot rechtvaardigheid en genoegdoening.

4

Terwijl ik tijdens die wintermaanden de indruk wekte dat ik mijn beloften aan Pharnabazos waarmaakte door vanuit Daskyleion leiding te geven aan militaire operaties tegen de Thraciërs in het noorden van zijn territorium, waarbij mijn eigen troepen samenwerkten met de stam die mij zogenaamd had beroofd en die ik had betaald om aanvallen uit te voeren op hun buren, met wie zij toch al onophoudelijk in oorlog waren, maakte Theramenes, de zoon van Hagnon, uit het district Steiria zijn opwachting in het paleis van de satraap. Hij wist dat ik in Daskyleion was, hetgeen overigens geen geheim was, en hoewel hij gebruikmaakte van de gelegenheid om Pharnabazos met diplomatieke egards en een in krullende volzinnen vervat eerbetoon ontvankelijk te maken voor het idee dat hij zich ooit in de toekomst wellicht welwillender voor de Atheense zaak zou kunnen betonen dan voorheen, vormde ik de ware reden van zijn bezoek.

Hij kwam van Samos, waar hij drie maanden verbleven had om onderhandelingen te voeren met Lysandros, die daar overwinterde nadat hij het eiland had ingenomen. Hij lichtte mij in over de achtergrond van zijn missie. Athene werd gewurgd door het Spartaanse beleg. De muren stonden nog en de weerbaarheid van de Atheners was bewonderenswaardig, maar de voedseltekorten deden zich gelden en hadden de stad aan de rand van een hongersnood gebracht. In het besef van de onhoudbaarheid van de situatie had de volksvergadering een gezantschap naar koning Agis in Dekeleia gestuurd om te onderhandelen over een vergelijk. Agis had de ambassadeurs afgewimpeld door te zeggen dat de bevoegdheid om over verdragen te onderhandelen bij de autoriteiten in Sparta lag. De gezanten waren naar Sparta gegaan, maar men had hen niet toegelaten tot de stad. De ephoren hadden hen te woord gestaan in Sellasia, vijfenvijftig stadia ten noorden van Sparta, en laten weten dat er geen gesprek mogelijk was zolang de muren van Athene nog intact waren. Het afbreken van de muren was echter politiek gezien onbespreekbaar. De paar redenaars die in de volksvergadering voorzichtig de mogelijkheid durfden te opperen om aan deze voorwaarde van de Spartanen te voldoen, waren door Kleophon beschuldigd van hoogverraad en gevangengezet. Hij had daaraan het dreigement toegevoegd dat hij ieder die in het vervolg de moed zou hebben om voor te stellen dat Athene zich reddeloos zou uitleveren aan Sparta persoonlijk de keel zou doorsnijden. Om deze politieke stellingname kracht bij te zetten had hij op het sprekerspodium op de Pnyx een roestige dolk van onder zijn mantel tevoorschijn gehaald.

Om de ontstane impasse te doorbreken had Theramenes toen een informele verkenningsmissie voorgesteld. Hij had aangeboden om naar Lysandros toe te reizen in een poging om uit te vinden waarom de Spartanen de afbraak van de muren als een essentiële voorwaarde voor een overeenkomst beschouwden en te achterhalen of zij daadwerkelijk de intentie koesterden om de stad op wrede wijze te onderwerpen, zoals door velen werd gevreesd, of dat het slechts een in hun ogen noodzakelijk gebaar van goede wil en vertrouwen zou betreffen dat hun ongehinderd toegang tot Athene werd verschaft. Het volk had met dit voorstel ingestemd. Hij was om het officieuze karakter van zijn missie te benadrukken alleen, zonder de steun van gezanten, naar Samos gegaan.

Theramenes vertelde mij dat hij gezien het gebrek aan realisme in het door Kleophon beheerste politieke debat in Athene geen enkele hoop had dat er zelfs bij de beste Spartaanse intenties een meerderheid gevonden zou kunnen worden voor de sloop van de muren, dat hij bovendien vrijwel onmiddellijk van Lysandros had begrepen dat de Spartanen het Atheense zelfbestuur hooguit formeel zouden handhaven, nadat zij een Spartaansgezind marionettenregime hadden geïnstalleerd, en dat hij slechts één uitweg zag uit de langzaam maar zeker dodelijke impasse en dat was de weg die werd geplaveid door het verstrijken van de tijd. Hij was doelbewust drie maanden op Samos gebleven om af te wachten totdat de honger in Athene dermate onstilbaar begon te knagen dat zijn stadsgenoten iedere willekeurige voorwaarde zouden accepteren als verlossing uit hun lijden. Dat moment was nu nabij, maar voordat hij terugkeerde naar Athene, had hij mij willen spreken om mijn opinie te vernemen omtrent zijn voornemen om de levens van onze stadsgenoten te sparen door de stad aan de vijand uit te leveren. Eigenlijk was hij naar mij gekomen in de hoop dat ik een alternatief scenario zou kunnen bedenken.

Terwijl wij droefgeestig de verschillende rampzalige vooruitzichten afwogen tegen mogelijk alternatieve catastrofale perspectieven, vertelde Theramenes mij dat hij het merkwaardig had gevonden om tijdens zijn verblijf op Samos te merken dat Lysandros bijzonder intensief contact onderhield met prins Kyros. Gedurende de drie maanden dat Theramenes op het eiland was geweest, had Lysandros de reis naar Sardis meerdere malen ondernomen, hetgeen misschien begrijpelijk was geweest als hij zich door een eclatante zegereeks van de Atheense vloot in het nauw gebracht zag en de urgentie voelde om met klem aan te dringen op ruimere Perzische financiering, maar onder de vigerende omstandigheden moeilijk verklaarbaar was. De oorlog was praktisch voorbij. Hij had gewonnen. Zijn buit uit de voormalige Atheense wingewesten was zo groot dat hij het zich bij wijze van spreken zelfs zou kunnen permitteren om Kyros terug te betalen. Wat deed hij in Sardis?

De mogelijkheid van terugbetaling van de oorlogsfinanciering aan Kyros, die Theramenes in scherts geopperd had, trof mij als een bliksemschicht. In een flits zag ik helder voor mij wat er gaande was. Theramenes had mij in staat gesteld de verschillende scherven informatie, waarover ik beschikte, te combineren en de vaasschildering te reconstrueren waarvan zij slechts onbegrijpelijke fragmenten hadden getoond. De herstelde afbeelding, die mij bloedrood op pikzwart aanstaarde, liet slechts één interpretatie toe: broedermoord.

Ik wist dat Kyros zich niet bij de troonsbestijging van zijn oudere broer wenste neer te leggen, waarin hij zich gesteund wist door hun beider moeder, Parysatis, die hem met dat doel had laten benoemen tot 'karanos' van de westelijke provincies van het rijk, waar hij steun voor zijn claim op de troon kon verwerven bij zijn Griekse buren. Ik wist dat Klearchos, de Spartaanse bewindvoerder van Byzantion, contact had gehad met Kyros en nu wist ik wat ik eerder had moeten vermoeden, namelijk dat het initiatief van Klearchos deel uitmaakte van een gecoördineerde strategie waarbij ook de Spartaanse opperbevelhebber Lysandros betrokken was. Het was waar wat Theramenes in luim had gezegd. Nu de Atheense vloot verslagen was, was de tijd gekomen voor de Spartanen om Kyros terug te betalen voor de financiële steun die deze overwinning voor hen had bewerkstelligd en wel door hem te leveren waaraan hij gebrek had. Hij interesseerde zich niet voor Atheense buit of geld. Als hij de troon van Perzië voor zichzelf wilde opeisen, moest hij het opnemen tegen het leger van Perzië dat zijn broer, de koning, omringde. Hij had soldaten nodig. Lysandros en Klearchos waren betrokken bij een complot van Kyros om zijn broer gewapenderhand met de assistentie van Spartaanse troepen van de troon te stoten.

Toen ik deze gedachten deelde met Theramenes, herinnerde hij zich dat hij een conversatie had gehoord van Lysandros met een afgevaardigde van Kyros, die naar Samos was gekomen, waarin zij in een context die ging over de inzetbaarheid van de Spartaanse vloot spraken over de 'tweede vaart', alsof zij een alternatief voor een wenselijker scenario bespraken. Hieruit trokken wij gezamenlijk de conclusie, die wat ons betreft zo goed als onontkoombaar was omdat zij een zinvolle en logische strategie blootlegde, dat Kyros voorbereidingen in het werk had gesteld voor een moordaanslag op zijn oudere broer, de nieuwe koning Artaxerxes, en dat hij samen met zijn Spartaanse bondgenoten een grootschalige gewapende machtsovername aan het organiseren was voor het geval dat het eerste plan zou mislukken. Omdat het gebruikelijk was dat een nieuwe koning aan het begin van zijn regeerperiode de westelijke provincies aandeed, was het aannemelijk dat Kyros erop speculeerde dat het bezoek van zijn broer aan Sardis hem de gelegenheid zou bieden om zijn ambities met gif of verborgen dolken te realiseren, waarmee de noodzaak tot de desondanks tot in detail voorbereide militaire optie zou komen te vervallen.

Zekerheid hadden wij niet, maar wij vonden beiden dat wij het ons gezien de nijpende toestand in Athene niet konden permitteren te twijfelen aan onze conclusies. Hier ontstond het plan dat ik met de hulp van Pharnabazos naar het zuiden zou reizen om de Grote Koning te onderscheppen op zijn lange reis naar Sardis teneinde deze informatie met hem te delen en in ruil voor het redden van zijn leven zijn steun te vragen voor Athene in de strijd tegen Sparta, waarbij het onnodig zou zijn hem eraan te herinneren dat het Spartaanse opperbevel betrokken was bij het complot tegen zijn kroon en zijn leven. Oorlog tegen Sparta zou niet alleen een wederdienst zijn waartoe ik hem had verplicht, maar ook zijn eigen vurigste verlangen. Ik zou hem in alle bescheidenheid suggereren dat ik, als hem dat behaagde, bereid was om de coördinatie van de totale vernietiging van Sparta door de gecombineerde legers van Athene en Perzië op mij te nemen.

Wij spraken langdurig over de vraag wat in de tussentijd de beste strategie voor Athene zou kunnen zijn. Uiteindelijk besloten wij dat Theramenes vooralsnog niemand zou inlichten over ons plan, omdat het risico te groot was dat iemand onze informatie voor eigen gewin zou gebruiken. Omdat het weinig heroïsch en weinig zinvol zou zijn een stad te bevrijden die van de honger was gecrepeerd, besloten wij met pijn in het hart dat het rationeel zou zijn om zo snel mogelijk tot een vergelijk met Sparta te komen teneinde de stad te verlossen van het beleg. Wij beseften beiden dat dit de facto zou neerkomen op een capitulatie van Athene, maar er was geen alternatief en als ons plan zou slagen, zou de overgave tijdelijk zijn. Uiteraard zou Theramenes er alles aan doen om de minst slechte voorwaarden te bedingen, die de Spartanen nog net acceptabel achtten. Hoewel niemand mocht weten van ons plan, zou het van cruciaal belang zijn de hoop van de Atheners ook na hun capitulatie levend te houden. Met dat doel zou Theramenes zich, wanneer hij zich onder de juiste mensen bevond, laten ontvallen dat hij mij onlangs nog had gezien, dat ik in leven was en dat ik weigerde mij bij de Atheense nederlaag neer te leggen.

5

Theramenes vertrok naar Athene en ik zei Pharnabazos, die niet ontevreden was over mijn inspanningen ten bate van zijn gezag in het noorden en die ik af en toe, op onbewaakte momenten, zelfs wist te betrappen op een verholen teken van sympathie voor mij, dat ik weliswaar terdege besefte dat hij nooit had gesuggereerd dat ik hem om een wederdienst mocht vragen, maar dat ik hem desondanks graag wilde laten weten dat ik eindelijk had besloten waaruit die wederdienst zou kunnen bestaan. Ik wilde de nieuwe koning spreken.

Het enige dat ik van hem verlangde, was dat hij op zijn gezag de obstakels van de Perzische bureaucratie uit de weg zou ruimen en dat hij zijn ambtenaren de opdracht gaf om alle benodigde kleitabletten met vrijgeleiden en laissez-passers in orde te maken om deze met zijn machtige zegel te bekrachtigen. Ik zou, zoals hij beter wist dan ik, tevens een formele introductie nodig hebben, die uitsluitend kon worden afgegeven door iemand met de rang van satraap, en mijn komst zou ruim van tevoren moeten worden aangekondigd om te worden opgenomen in de registers.

Omdat ik begreep dat ik mijn verzoek uiteraard met een geldige reden moest omkleden, zei ik hem naar waarheid dat mijn stadsgenoot Theramenes mij gedurende zijn bezoek op de hoogte had gebracht van de desastreuze ontwikkelingen in ons vaderland, dat de Grieken evenals de Perzen van mening waren dat vaderlandslievendheid de grootste deugd is in een man, dat ik, zoals ik voor hem stond, ondanks het feit dat ik mij bewust was van mijn overigens onterechte reputatie, mij geenszins onttrok aan deze evaluatie van de hiërarchie van de deugden, die patriottisme boven alles stelde, en dat ik brandde van het door wanhoop aangewakkerde verlangen om de grote koning, koning der koningen, koning van de landen wijd en zijd, te smeken om Athene bij te staan in de strijd tegen Sparta, waarbij ik iedere toespeling op het door mij ontrafelde complot vermeed.

Pharnabazos antwoordde mij in eerste instantie dat wat ik wilde onmogelijk was. Pas na lang aandringen mijnerzijds en pas nadat hij zijn eerdere antwoord ook in tweede, derde en vierde instantie had herhaald, was hij bereid na te denken over manieren om het onmogelijke mogelijk te maken. Het was uitgesloten dat ik als buitenlander naar Sousa zou kunnen reizen, maar hij bevestigde dat het in de lijn der verwachtingen lag dat Artaxerxes binnen afzienbare tijd een reis naar het westen zou ondernemen. Er werd zelfs al over gecorrespondeerd door de functionarissen van het hof. Ik zou de komst van de koning kunnen opwachten in een pleisterplaats aan de Koninklijke Weg, waarbij Kelainai in de Phrygische invloedssfeer de evidente keuze was. Maar ik zou Kelainai niet in kunnen, tenzij op invitatie van de koning. Dat vergde een tijdrovende procedure. In de tussentijd zou hij mij de vergunningen kunnen verschaffen voor een verplaatsing over Phrygisch grondgebied tot aan de poorten van Kelainai. Hij suggereerde het dorp Melissa, op de weg van Synnada naar Metropolis, op ongeveer tweehonderd stadia van Kelainai, als de plaats waar ik de koning en de benodigde documenten zou kunnen afwachten. Hij had daar wat nederige bezittingen, die hij mij graag ter beschikking stelde.

Hoewel ik het vermoeden kreeg dat Pharnabazos' uitgestelde welwillendheid om aan mijn wens tegemoet te komen was ingegeven door zijn al die tijd reeds sluimerende vrees dat mijn aanwezigheid in Daskyleion op termijn onvoorspelbare geopolitieke implicaties zou kunnen krijgen en door zijn uitgestelde besef dat het vanuit zijn perspectief beschouwd bij nader inzien niet onwenselijk was om mij uit de hoofdstad te verwijderen en over te brengen naar een specifieke, hem bekende plek in zijn invloedssfeer, waar ik feitelijk gegijzeld zou zijn door de bureaucratie, begreep ik dat mijn plan voor de redding van Athene van mij vergde dat ik zijn aanbod zou accepteren.

Toen ik met Timandra vertrok uit Daskyleion en begon aan onze lange reis over land naar het zuiden, werd ik belaagd door het oncomfortabele gevoel dat ik naakt en slechts geharnast met enkele kleitabletten die ik zelf niet kon lezen diep in vijandelijk territorium moest doordringen, waar mijn zelfvertrouwen steeds schraler zou afsteken tegen de hooglanden en waar ik naamlozer zou zijn naarmate ik verder zou vorderen op mijn tocht. Deze sensatie van ongemak werd slechts ten dele gecompenseerd door mijn geloof in mijn missie. Ik was gewoon te jongleren met talrijke opties, maar nu zag ik mijn mogelijkheden gereduceerd tot een enkel riskant plan, dat mij verder weg van alles zou voeren dan waar ik ooit was geweest. De realisatie van mijn laatste en enige plan zou, gesteld dat al mijn deducties klopten en dat al mijn verwachtingen uitkwamen, tweehonderd stadia verder gelegen zijn dan het uiterste punt dat ik vooralsnog kon bereiken. Omdat alternatieven ontbraken, kon ik geen rationele afweging maken van keuzemogelijkheden en mogelijke consequenties, die aan het licht zou brengen of ik mijn rede volgde of mijn wanhoop.

'Het zou een paradox zijn als de laatste hoop van Athene werd gedreven door wanhoop,' zei Timandra.

'Ik ben geboren in Athene,' zei ik. 'Dus ik ben opgegroeid in de wetenschap dat paradoxen geen onmogelijkheden zijn.'

'Wil je weten wat volgens mij de kern is van ons plan?' vroeg Timandra.

'Ik weet niet of ik dat wil weten,' zei ik.

'Dat jij in leven blijft,' zei zij. 'Zoals jijzelf tegen Theramenes hebt gezegd, leeft hoop in Athene zolang jij leeft.'

'Ik zou willen dat ik erin kon geloven dat je mijn taak verlicht door mij daarop te wijzen,' zei ik.

'Tot nu toe vormt jouw hele leven een overtuigend bewijs van jouw talent om in leven te blijven,' zei zij.

'Tot nu toe wel,' zei ik.

'Jouw leven is zo'n overweldigende manifestatie van leven dat zelfs de dood jou niet kan doden,' zei zij. 'Lang nadat de muren van Athene gevallen zijn, lang nadat de goden hun handen van de wereld hebben afgetrokken en lang nadat de kakofonie van barbaarse talen bezit heeft genomen van de Akropolis, zal de naam Alkibiades nog steeds op lippen van mensen liggen.'

'Tenzij mijn plan slaagt en Athene wordt gered, heb ik niets bereikt,' zei ik.

'Je hebt laten zien hoe groots men kan streven,' zei Timandra.

'Falend streven is geen voorbeeld voor de mensheid,' zei ik.

'Ik ben zo vrij om het daarmee oneens te zijn,' zei zij.

'En waarom praten wij over mij alsof ik al dood ben?' vroeg ik. 'Heb jij zoveel vertrouwen in mijn strategie?'

'Ik probeerde je alleen maar een beetje op te vrolijken,' zei Timandra. Ze lachte.

Mannen van Athene, ik besef terdege dat de retorische doelstellingen van dit document als geheel en in het bijzonder van mijn betoog dat ik op deze elfde en laatste boekrol vormgeef, vereist dat ik jullie moed en weerbaarheid bolster met mijn onverschrokkenheid en dat ik jullie mijn rotsvaste vertrouwen in de goede afloop voorhoud als een spiegel, die de glans van mijn overtuiging over jullie bedrukte gezichten legt, en met dat doel verzeker ik jullie dat de redding nabij is. Maar de eerlijkheid gebiedt mij toe te geven dat ik op de lange weg door Phrygië van Daskyleion naar het zuiden en op verschillende verloren ogenblikken daarna niet kon voorkomen dat ik werd overvallen door de enormiteit van mijn breekbare plan. De reden waarom ik mijn momenten van zwakte met jullie deel, is niet dat ik erkenning zoek door te wijzen op de gevaren die ik heb doorstaan of dat ik jullie tot een luider applaus voor mij wil dwingen door de moeilijkheid van mijn plan te benadrukken, maar dat ik, afgezien van het feit dat ik mijn belofte aan jullie van volledige oprechtheid tot aan het bittere einde gestand wil doen, zou wensen dat jullie, op het moment waarop ik aan het hoofd van een Perzische overmacht zal optrekken tegen de Spartaanse bezetter, doordrongen zijn van het feit dat jullie daarmee een unieke en laatste kans op behoud zal worden gegund, dat jullie erop voorbereid moeten zijn om die mogelijkheid met beide handen aan te grijpen en dat zich, als jullie dat moment verkwanselen door onenigheid, opspelende deelbelangen, rivaliteit, machtsspelletjes en andere verworvenheden van de democratie, geen nieuwe kans zal voordoen.

6

De winter bedient zich in de binnenlanden van Phrygië van andere wapens dan in Hellas. Hoewel we tot tweemaal toe werden gehinderd door slagregens, die de weg voor dagen onbegaanbaar maakten, reden wij meestal onder een bleke, laagstaande zon, die ons net voldoende verwarmde om de winter te kunnen ontkennen, maar na zonsondergang sloeg de kou zelfs nog gemener toe dan tijdens Thracische nachten. We sliepen slecht, vooral wanneer een obstinate wind over de hoogvlakten gierde. We warmden ons noodgedwongen aan onze liefde.

Vrijwel direct ten zuiden van Daskyleion voerde de weg ons over sombere heuvels, waar zich af en toe een miserabel gehucht in de slenken had genesteld. Bomen geloofden niet in dit land. Hier en daar had een dappere wilg een poging ondernomen om te wortelen, maar aan zijn droefgeestige gestalte viel af te lezen dat hij al jaren geleden spijt had gekregen van die beslissing. Het land was ongecultiveerd, op een paar schamele strookjes bouwland na, die de dorpen omzoomden. We doorkruisten gelige steenvlakten, besnord met toefjes tijm, die zich tot aan de horizon uitstrekten, waar zij zich verloren in grijsrode bergketens. De winterregens hadden de beken doen zwellen en het kwam voor dat wij van de weg af moesten gaan en moesten omrijden om een betere doorwaadbare plaats te vinden dan de oversteek waarin de weg voorzag. Ergens achter de troebele, donkerblauwe bergen in het zuiden moest de redding van Athene gelegen zijn.

Op een gegeven moment passeerden wij een terrein dat was omheind door een muurtje van ruwe natuursteen dat tot kniehoogte reikte en waar twaalf wilgen stonden in een regelmatige cirkel. Wij brachten een plengoffer uit onze geitenleren wijnzak en sneden ieder een lok van ons haar af, hoewel wij niet wisten welke god hier werd vereerd. Een groepje nomaden kwam ons tegemoet met hun vee. Ik probeerde hen aan te spreken, maar ze verstonden Grieks noch Perzisch. Verder kwamen we weinig levende zielen tegen op onze weg, afgezien van Perzische soldaten, die op de afgelegenste uithoeken van deze verlatenheid de wegen bewaakten en onze documenten controleerden.

We rustten in een iets groter Phrygisch dorp, waarvan ik de naam niet te weten kwam, dat in een bocht langs de weg in een vallei tegen de heuvels aan hurkte langs een heldere stroom die tussen twee rijen wilgen door ruiste. Kippen scharrelden aan de oevers. Verspreid op de hellingen van de heuvel stond een tiental aarden krotten met platte daken waarop het hooi voor de winter lag opgetast als een boerse variatie op gedecoreerde timpanen. In het midden van het dorp stond een fontein in een gebogen nis. Troggen, die van uitgeholde boomstammen waren gemaakt, vingen het stromende water op en door elkaars uiteinden te overlappen vormden zij een kanaal van cascades waar het vee gedrenkt werd en waar ook onze paarden konden drinken. Onze munten werden met achterdocht in ontvangst genomen en ons werd zwijgend verschaft waarom wij vroegen, gedroogde vijgen, ham en Phrygisch bier, maar voor het overige wilden de dorpelingen zo min mogelijk met ons te maken hebben. Mijn lange haar en Timandra's tatoeages zeiden hun genoeg.

De weg voerde ons gedurende enkele dagen door immer troostelozere wildernis, waar weinig andere tekenen van leven te bespeuren waren dan hier en daar in de berghellingen uitgehouwen graven. Dreigende rotsformaties staarden ons na op onze tocht. Ik herinner mij een scherpe, gekartelde bergkam, waarin holen waren uitgesleten, waardoor de rots van een afstand de aanblik bood van de snuit van een monster met een opengesperde bek en één hoektand die was achtergebleven in de ruïnes van zijn kaken. Twee grote watervogels, die eruitzagen als wilde eenden, scheerden krijsend over onze hoofden in zuidelijke richting.

Pas voorbij de driesprong met de weg naar Nakoleia, bij het stadje dat ik in het Grieks Meiros zou noemen, waar de pijnboombossen begonnen die waren bezield door hoppen en ander druisend gevogelte, vonden we herinneringen terug aan de beschaving die wij achter ons hadden gelaten in de vorm van een heiligdom van de moedergodin, dat aan een meer was gelegen en dat druk bezocht werd op het moment dat wij daar passeerden, en bronnen bij een plaats die in het Perzisch het Leeuwendorp heet, waar eveneens veel volk was. Ook de weg, die vanaf hier de loop van de rivier de Parthenios volgde, was minder verlaten dan voorheen. Af en toe moesten wij zwaarbeladen karren of Perzische patrouilles laten passeren en het verkeer nam toe naarmate wij zuidelijker geraakten.

De vallei werd smaller. Grijze rotsen met vreemde rode wonden doken hier en daar als mythologische dieren op uit het bladerdak van de beboste hellingen, waar lariksen en steeneiken in verstrengeling met braamstruiken de pijnbomen begonnen te verdringen. De rivier ruiste luidruchtiger. Ik was de hele tijd al op mijn hoede geweest voor bandieten en in die nauwe vallei deed zich een incident voor dat ik zou kunnen interpreteren als een bevestiging van het feit dat mijn vrees terecht was, ware het niet dat de onverlaten die zich zonder veel overtuiging als aspirant-rovers voordeden het bos in vluchtten zodra ik, terwijl ik mijn rechterhand achteloos op het heft van mijn zwaard legde, in het formele Perzisch dat ik aan het hof van Sardis had geleerd een reeks titels en militaire rangen begon te declameren.

Op de route van Ipsos naar Synnada konden wij rusten in de zwarte burcht van Akroënos, bijgenaamd de Leeuwenkop, die strategisch op een berghelling is gelegen om de doorgaande weg te domineren op het punt waar deze uit het dal van de Parthenios klimt. We kregen schapenvlees te eten met de pikante Lydische jus, die 'karyke' wordt genoemd en die ik al eens had geproefd in Sardis. Het was voor het eerst sinds dagen dat wij goed sliepen, omdat het garnizoen voor zijn vuren zorgde en omdat de dikke muren de laffe aanval van de ijzige winternacht soeverein wisten af te slaan. De volgende ochtend informeerde ik hoever wij nog te gaan hadden. De antwoorden die ik op deze vraag kreeg, varieerden van drie tot vijf dagreizen, hetgeen mij toestond te concluderen dat wij zelfs volgens de ongunstigste inschatting van de lengte van de weg die wij nog voor ons hadden het grootste gedeelte van onze reis achter ons hadden.

Wij vervolgden onze tocht via Prymnessos, waar wij groenten konden krijgen die in het Phrygisch 'zelkia' genoemd worden, en bereikten niet ver voorbij die stad een punt vanwaar wij uitzicht hadden op een immense vlakte, omgord door beboste bergen, die vaal gelig blonk in de winterzon. Dit was de vlakte van Synnada. Ik had angst om af te dalen in de ziekelijke kleur van deze leegte, waar witte keien als puisten de geel uitgeslagen huid van het land ontsierden en waar de wind vrij spel had. Hoewel wij niet de enige weggebruikers waren en hoewel er welbeschouwd sprake was van meer verkeer dan gedurende vele van de vorige etappes van onze reis, maakte een wanhopig gevoel van verlatenheid zich van mij meester. Zo ver ik kon zien, was er niets te zien dat in de verste verte aan Hellas herinnerde. Architectuur, poëzie, syllogismen en paradoxen konden in dit ernstige land onmogelijk wortelen en elk verlangen naar de zee was belachelijk en pijnlijk vanwege het feit dat het evident belachelijk was.

Maar terwijl wij bezig waren aan onze afdaling in de richting van Synnada, ontmoetten wij een Griek. Hij was als zodanig onherkenbaar, want hij ging gekleed in Phrygische dracht, maar hij had ons als

Hellenen herkend en aangesproken. Zijn naam was Koiratadas. Hij kwam uit Thebe. Hij vertelde ons dat hij één grote hartenwens koesterde. Hij wilde generaal worden. Sinds hij uit Thebe was verbannen vanwege omstandigheden waarover hij niet wilde uitweiden, had hij jarenlang vruchteloos door Griekenland van stad tot stad gezworven om zich overal als legeraanvoerder aan te bieden. Omdat niemand hem had willen hebben, had hij uiteindelijk met tegenzin voor een nieuwe carrière gekozen als wapenhandelaar in Phrygië. Hij had een speciale vergunning van de satraap, die hij ons trots liet zien.

Maar hij wilde ons wel bekennen dat hij zijn droom niet had opgegeven. Op een dag, wanneer hij voldoende had verdiend om zijn eigen leger te kunnen betalen, zou hij terugkeren naar Griekenland om een beroemd veldheer te worden. Wat hem echter zorgen baarde, was dat hij had gehoord dat de grote oorlog inmiddels voorbij was. Hij vroeg wat ik daarvan wist. Ik zei hem dat hij gerust kon zijn. Oorlog is een natuurlijkere staat voor Hellas dan vrede. Hij hoorde aan mijn accent dat ik uit Athene kwam en vroeg mij hoopvol of ik een van de beroemde Atheense generaals wellicht persoonlijk kende. Ik antwoordde dat ook ik een balling was en dat ik al lang niet meer in Athene was geweest. Hij vroeg mij naar mijn naam. Ik antwoordde dat ik Niemand heette. Hij sloeg mij schaterend op mijn schouder en zei dat het jaren geleden was dat hij iemand Homeros had horen citeren.

Bij Synnada scheidden onze wegen. Koiratadas dankte ons, zonder dat het onmiddellijk duidelijk was waarvoor, en wilde ons nog wel adviseren om de brede weg door het dal te nemen naar Kelainai. De bergweg was weliswaar aanzienlijk korter, maar veel lastiger begaanbaar, zeker in het winterseizoen. Dat wilde hij maar gezegd hebben.

Hoewel ik alle Thebanen wantrouw, vooral wanneer zij praatlustig zijn, volgden we zijn advies op en over de brede weg bereikten we de meedogenloze bergketen, glinsterend met blauwe vlekken, die de vlakte van Synnada in het zuiden begrenst. Daar opent zich een vallei, met wijngaarden op haar flanken, die langs een brede, met witte stenen bezaaide stroombedding zuidwaarts voert, waar glimlachende vegetatie uit de desolate naaktheid tevoorschijn spruit. We passeerden lommerrijke gaarden, als een wirwar van dicht groen, met fruitbomen, omkranst met ranken, walnotenbomen, populieren en wilgen. Via Thynnara bereikten we de vruchtbare laagvlakte van Metropolis. Daar vonden we het dorp Melissa. We konden de hoge poorten van Kelainai in de verte zien liggen.

De gulle grond die Melissa omringde vormde de reden waarom de satraap van Daskyleion hier bezittingen had. Het dorp lag tegen de zonnige zuidhellingen van bergen aan gevlijd, waar wijnranken groeiden en waar gewassen werden verbouwd op kunstmatig aangelegde terrassen. De kaalslag van de winter kon de vruchtbaarheid van deze terreinen niet verhullen. Ik zag de bijenkorven waaraan het dorp zijn naam dankte. Het dorp bestond uit een klein honderdtal houten of lemen huizen van het type dat we al eerder op onze reis hadden aangetroffen. Ganzen gakten op de deel. Buffels stonden op stal. Het hooi werd droog gehouden onder plankieren die met huiden overspannen waren. In het midden van het dorp stond een sierlijke, om niet te zeggen ronduit protserige fontein van kostbaar wit marmer, die in oosterse stijl was gedecoreerd en nogal detoneerde met de eenvoud van het oord dat hij geacht werd te drenken.

In het deel van het dorp dat beneden aan de weg lag, was de grond drassig door de winterse regenval. Vrouwen stonden tot hun knieën weggezakt in de modder. Ze schepten klei, die ze in de vorm van platte taganiteskoeken kneedden en op ijzeren stellages boven een hevig rokend vuur te drogen legden om eenmaal uitgehard als bouwmateriaal te gaan dienen. We stonden hen een tijdje gade te slaan. Hun handelingen ademden de rust van een routine die wellicht ongewijzigd was sinds de gouden era, toen de goden nog over de aarde liepen en de mensen eikels aten. Hun gebaren vertoonden de verrassende en vergeten schoonheid van banaal praktisch nut, waar geen bijgedachten aan te pas hoeven te komen.

Onze komst zou onopgemerkt voorbij zijn gegaan, als wij ons niet hadden opgedrongen om te informeren naar de locatie van het huis dat Pharnabazos ons ter beschikking had gesteld, hetgeen onmiddellijk tot grote consternatie leidde, die bijkans ontaardde in paniek toen wij behulpzaam dachten te zijn door de schriftelijke bevestiging van de toezegging van de satraap te tonen. De mannen werden erbij gehaald, die gezichten hadden als het door krochten en spelonken getekende berglandschap dat wij hadden doorkruist, en na een langdurige discussie bleek het de hele tijd al zonder enige twijfel te gaan om een houten huis dat enigszins afgelegen aan de rand van het dorp tegen de berghelling stond. Het was niet veel groter dan de rest van de huizen en met de basale benodigdheden ingericht. Er was slechts één slaaf, die het huis beheerde in de afwezigheid van zijn bezitter. De enige extravagante luxe waarin was voorzien, als wij dat zo zouden willen noemen, was een bescheiden houten veranda, die als een aandoenlijk geprobeerde herinnering aan de Stoa van Peisianax en de portico's van Athene enige goedbedoelde schaduw zou schenken in de zomer.

Aan die veranda bonden we onze paarden vast en op die veranda zaten wij toen wij de bleke winterzon zagen blozen, terwijl de heuvels in het oosten zich als Perzische eunuchen hulden in violette gewaden, de bergkammen in het zuiden aan de overkant van de vlakte als zwarte tanden afstaken tegen het vuur van de ether en de schaduwen dreigend oprukten vanuit het westen, waar de zon boven de torens van Kelainai onderging.

7

Met deze reis door de getekende binnenlanden van Phrygië heb ik de plaats waar mijn verhaal zich afspeelt eindelijk samengebracht met de plaats waar ik het schrijf.

Toen ik in de afgelopen winter met Timandra neerstreek in Melissa, was het mijn eerste prioriteit om de schamele hoeveelheid brandhout die achter het huis lag opgetast aan te vullen voor de lange winternachten. Omdat ik verder niets gewichtigs omhanden had en evenmin iets onbelangrijks, besloot ik zelfs de slaaf eigenhandig te assisteren bij het hakken. Mijn tweede prioriteit was verbindingslijnen op te zetten die mij in deze uithoek van de wereld blijvend zouden voorzien van informatie over de gebeurtenissen in Griekenland en in Athene en met betrekking tot de ontwikkelingen in Perzië, hetgeen dankzij de verbluffende infrastructuur van het Perzische Rijk eenvoudiger bleek dan ik had durven hopen. De berichten van Theramenes en van mijn andere informanten in Athene, die ik gezien de huidige omstandigheden niet bij name zal noemen, bereikten mij zowel via Ephesos, Sardis en Kelainai als via Daskyleion dankzij de expresdienst met een uiterst acceptabele vertraging, die in dagen, niet in maanden, gemeten kon worden.

Daarnaast hield ik contact met functionarissen in de nabijheid van Pharnabazos, met Pharnabazos zelf en met mijn oude connecties in Sardis, die mij nog altijd konden bevestigen dat koning Artaxerxes in het westen werd verwacht en die mij tegelijkertijd duidelijk maakten dat zijn komst, waarvan voor mij en voor jullie alles afhing, niet voor het najaar te verwachten viel.

Timandra, die mij binnen luttele dagen zag wegzakken in een drasland van neerslachtigheid bij het vooruitzicht van maandenlange noodgedwongen passiviteit bezijden de wereld, waarin nieuwe tijden in een duizelingwekkend tempo vorm kregen, was de muze die mij het idee influisterde dat ik mijn tijd in het houten huis in Melissa kon vullen met de compositie van een magistrale redevoering waarin ik jullie, mannen van Athene, zou voorbereiden op jullie redding. Nadat ik onze slaaf naar Kelainai had gestuurd om inkt en papyrus te bemachtigen, hetgeen onmiddellijk na Timandra's influistering mijn derde prioriteit was geworden, nadat ik een rietstengel had gepunt en nadat ik een begin had gemaakt met het oprechte retrospectief van mijn daden en overwegingen dat het noodzakelijke vertrouwen tussen jullie en mij moet herstellen, bereikte mij aan het begin van de schuchter uitbottende lente, toen de sneeuw die aan het einde van de winter was gevallen wegsmolt in de blubber, met een tussenpoos van slechts enkele dagen van meerdere kanten het bericht dat Athene had gecapituleerd. Alexias was nog steeds archon en hoewel het zo goed als onmogelijk voor mij was om in de binnenlanden van Phrygië de Attische kalender te volgen, was ik er vrijwel zeker van dat het ten tijde van de volle maan van de Attische maand Elaphebolion was dat de overgave werd bekrachtigd, waarmee er voorlopig een formeel einde kwam aan de grote oorlog, die zevenentwintig jaar plus een handvol dagen heeft geduurd en die het grootste deel van mijn leven heeft bepaald.

Theramenes informeerde mij persoonlijk over de totstandkoming van het vredesverdrag. Hij bleek juist te hebben ingeschat dat de politieke situatie in Athene bij zijn terugkeer na zijn verblijf van drie maanden op Samos en zijn bezoek aan mij in Daskyleion onder druk van de honger was omgeslagen in een wanhopige bereidheid om tegen iedere prijs tot een vergelijk te komen met Sparta en ondanks felle tegenstand van Kleophon en zijn factie, wier populariteit en politieke effectiviteit echter door de bittere realiteit waren ingehaald, had het volk besloten hem en negen andere ambassadeurs naar Sparta te sturen met de volledige volmacht om een overeenkomst tot stand te brengen. De Spartaanse autoriteiten hadden het Atheense gezantschap wederom niet toegelaten tot Sparta en evenals de vorige keer vond het overleg plaats in Sellasia.

Omdat een eventuele vrede met Athene door de Spartanen werd beschouwd als een zaak die de gehele Spartaanse confederatie aanging, waren vertegenwoordigers van hun bondgenoten uitgenodigd voor de besprekingen. Theramenes vertrouwde mij toe, wat hij voor jullie heeft verzwegen, dat met name de afgevaardigden uit Thebe en uit Korinthe zich bij die gelegenheid fel verzetten tegen het idee van een akkoord, ongeacht de voorwaarden. De leider van de Thebaanse delegatie had er met zoveel woorden op aangedrongen om Athene met de grond gelijk te maken en om ervoor te zorgen dat er op de plek waar Athene had gestaan tot in de eeuwigheid alleen nog schapen zouden grazen. Ik heb jullie gezegd dat Thebanen niet te vertrouwen zijn.

'Het zou een fout zijn een van de beide ogen van Hellas uit te steken,' hadden de Spartanen geantwoord. Zij wezen hun bondgenoten op de beslissende bijdrage die Athene in de tijd van onze vaders en grootvaders had geleverd aan de Griekse overwinning op de Perzische agressor en aan de vrijheid van heel Hellas. Zij verzwegen dat zij de Thebanen wantrouwden, evenals ik, en dat zij het in strategisch opzicht verkieslijk achtten om Athene onder hun controle te brengen en tegelijkertijd niet te zeer te verzwakken, teneinde Thebe van nabij onder controle te houden.

Theramenes schreef mij dat er, toen het die avond bij het diner ter sprake kwam dat Athene niet alleen zijn vrijheid had verloren maar ook zijn dichters, omdat niet alleen Sophokles in het jaar daarvoor op negentigjarige leeftijd was overleden maar ook Euripides in datzelfde jaar was heengegaan, een man uit Phokis was opgestaan, die spontaan het tweede koorlied uit de Antigone van Sophokles had gezongen, dat ook ik uit mijn hoofd ken, al kan ik niet zingen:

Veel is wonderbaar, maar er is geen groter wonder
dan de mens. Dit vaart zelfs over schuim van de zee
bij woedende wind, koersend over brullende baren.
De onuitputtelijke, onaantastbare aarde moet toestaan

dat hij haar jaar in jaar uit omwoelt met zijn ploeg.
Zwermen lichthoofdige vogels, koppige clans
van grootwild en watervlug gebroed uit de zee
strikt hij in listige mazen van zijn goocheme netten,
de schrandere, denkende mens. Met zijn vondsten
bedwingt hij de beesten van bergen en wildernis
en hij brengt het paard met vrij waaiende manen
en de onvermoeibare stier onder zijn dwingende juk.
Spraak, gedachten zo vlug als de wind en besef
dat orde in steden brengt heeft hij zichzelf eigen gemaakt.
Hij kent tal van uitwegen om te ontkomen aan de pijlen
van vorst en regen. Bedrijvig, vindingrijk en vol oplossingen
voor alles rent hij de toekomst tegemoet. Alleen de dood,
alleen de dood heeft hij nog niet opgelost.

Velen van de ambassadeurs, die ongetwijfeld extra bevattelijk waren door de wijn en door de vermoeienis van de besprekingen van die dag, kregen tranen in hun ogen van ontroering. Ze zeiden tegen elkaar dat het niet juist was om een stad die zulke poëzie voortbrengt te vernietigen. Een tragedie had Athene voor een tragedie behoed. Na zevenentwintig jaar van gebulderde bevelen van strategen en gescheld in het politieke debat was het de zachte stem van een dichter die Athene voor het moment wist te behouden.

De voorwaarden die Sparta en zijn bondgenoten uiteindelijk aan Athene oplegden, afbraak van de Lange Muren en de versterkingen van Peiraieus, overgave van de vloot op twaalf schepen na, opgave van het imperium dat toch al verloren was gegaan en erkenning van de Spartaanse hegemonie, waren onder de omstandigheden acceptabel te noemen en werden door het volk geaccepteerd, niet omdat het deze acceptabel achtte, maar omdat alternatieven uitgehongerd waren.

Ongeveer een maand later bereikte mij het bericht dat Lysandros op de zestiende dag van de maand Mounychion met groots vertoon en met onuitstaanbaar triomfantelijk wapperende lange haren de haven van Peiraieus was binnengevaren en Athene had ingenomen. Diezelfde dag nog was er onder zijn toezicht begonnen aan de sloop van de Lange Muren. Lysandros had alle fluitmeisjes van de stad laten optrommelen en bevolen bloemenkransen in hun haar te dragen en de afbraakwerkzaamheden met hun feestelijkste melodieën te begeleiden, want op deze dag werd, zo zei hij, de bevrijding van Hellas gevierd.

De volgende dag werd de volksvergadering bijeengeroepen om de overdracht van het bestuur van de stad aan een college van dertig door Sparta goedgekeurde regenten in aanwezigheid van Lysandros te ratificeren. Onder de dwang van Sparta werd de democratie krachtens een democratische stemming bij handopsteking afgeschaft. Dat was voorlopig de laatste daad van het soevereine volk van Athene.

8

De democratie was geleidelijk aan zo'n deplorabel spektakel geworden dat de afschaffing ervan aanvankelijk een goed idee kon lijken. Hoewel de installatie van het bewind van de Dertig onder druk van de bezetter haar beslag kreeg en hoewel het daarom onjuist zou zijn te beweren dat de democratie zozeer een parodie op zichzelf was geworden dat zij aan zichzelf ten onder is gegaan, maakt de verwording van de democratie onder invloed van het populisme, dat steeds onstuitbaarder opkwam na de dood van Perikles, wel degelijk deel uit van de factoren die tot haar afschaffing hebben geleid, omdat de manier waarop de democratie de laatste jaren had gefunctioneerd door zovelen met zoveel teleurstelling en afschuw was gadegeslagen dat het in eerste instantie verdedigbaar leek om haar op te schorten en iets nieuws te proberen.

Een antidemocratische coup van een eenling of van een junta is, zelfs als deze steun van buiten geniet, zelden succesvol, tenzij de omwenteling gevoed of tenminste gedoogd wordt door een breed gevoeld onbehagen over het functioneren van de democratie. Hoewel aristocraten en tirannen de neiging vertonen om het volk voor achterlijk te verslijten, is het niet zo dom dat het de macht die het bezit zonder slag of stoot vrijwillig uit handen zou geven, tenzij het walgt van zijn eigen verdeeldheid en zich niet langer vertegenwoordigd voelt door de politici die zijn macht in zijn naam uitoefenen. Een gezonde democratie is niet eenvoudig omver te werpen, maar het grote gevaar van sluipend verval in de kwaliteit van de democratische processen van besluitvorming, die de democratie op een ziek systeem doet lijken, is dat al dan niet toevallige omstandigheden of gebeurtenissen die de democratie als zodanig bedreigen, worden verwelkomd als een verfrissend alternatief voor alom zichtbaar bederf.

Als deze dynamiek haar beslag krijgt en als zich het breedgedragen oordeel van de bevolking meester maakt dat er met de afschaffing van de chaos waarin de democratie is ontaard weinig waardevols verloren gaat en dat het op zijn minst het proberen waard is om het bestuur in handen te leggen van een sterke man of van een hechte en daadkrachtige groep, is spijt het op termijn gegarandeerde gevolg, want het zal niet lang duren totdat het volk beseft wat het betekent om zijn vrijheid te hebben opgegeven. Maar vanwege de ervaringen met het populisme en de afkeer van de gedegenereerde democratie, die de omwenteling in eerste instantie een zekere geloofwaardigheid verschaften en het masker van wenselijkheid opzetten – of die tenminste de oorzaak waren van het gebrek aan geloofwaardig, grootschalig verzet ertegen –, heeft het regime tegen de tijd dat inkeer en berouw de kop opsteken de gelegenheid gehad om zich te wortelen en aan te sterken en om onder het mom van daadkracht en efficiëntie de democratische instituties te ontmantelen, waardoor de in wroeging gewenste terugkeer naar de democratie een steeds doorniger pad begint te worden. Dit alles is, als ik de situatie van een afstand juist analyseer, precies wat er op dit moment in Athene gebeurt.

Staat u mij toe dat ik een poging onderneem om een lijn te ontdekken in de chaotische berichten die mij uit onze stad bereiken, het ene nog verontrustender dan het andere, en dat ik jullie tot voordeel strek met mijn distantie door mijn aanzet tot een onthechte analyse van de mechanismen die thans werkzaam zijn met jullie te delen. Terwijl jullie in jullie dagelijks gevecht met de politieke realiteit dag in dag uit worden overvallen door ongehoorde noviteiten van een dergelijke enormiteit dat jullie het zicht op de boosaardige continuïteit wordt ontnomen, probeer ik mijzelf hier in mijn boerengehucht in de binnenlanden van Phrygië te dwingen om mijn ogen toe te knijpen en vanuit de verte de strategie en de werkzame principes te ontwaren die onder deze terechte dagelijkse verontwaardiging schuilgaan.

Elke onderdrukking begint als redelijkheid. Elke terreur neemt in eerste instantie de gedaante aan van een gerechtvaardigde correctie op erkende tekortkomingen van het bestaande systeem. Er zal geen Athener te vinden zijn die niet van mening is dat de Atheense rechtspraak in de loop der tijd van een garantie op rechtvaardigheid is ontaard in een corrupt gezwel dat zwermen ongedierte aantrekt en dat de overdaad aan vage en tegenstrijdige wetten de natuurlijke habitat is gaan vormen voor slinkse advocaten, beroepsgetuigen en andere profiteurs. Dus toen de Dertig zich direct na hun aanstelling tot doel stelden om het juridisch systeem op te schonen en de wetgeving te moderniseren, werd er door menigeen instemmend geknikt en gezucht van opluchting.

Toen de volksjury's werden opgeheven en de rechtspraak werd toevertrouwd aan een vast college van vijfhonderd door de Dertig goedgekeurde magistraten, was er hier en daar misschien een bezorgde democraat te vinden die erop wees dat de rechterlijke macht hiermee feitelijk afhankelijk was geworden van het bewind, maar omdat de volksjury's in het verleden uiterst ontvankelijk waren gebleken voor manipulatie en omkoping, verwoordden de bezorgde stemmen een dissidente mening, hetgeen niet wegneemt dat zij wel degelijk gelijk hadden, want als oplossing voor het reële probleem dat de tribunalen misbruikt werden voor politieke afrekeningen, voorkwamen de Dertig dat de tribunalen in het vervolg misbruikt konden worden voor politieke afrekeningen door anderen dan zijzelf. Zodra er echter vervolgens werk van werd gemaakt om erkende misdadigers en laaghartig gespuis op te pakken, voor wie niemand het zou willen opnemen, en om hen met een niet eerder vertoonde voortvarendheid en efficiëntie te berechten, verstomde iedere kritiek.

De Dertig konden zich thans geloofwaardig presenteren als een regering die met daadkracht het recht en de orde herstelde en die ten langen leste een einde maakte aan de straffeloosheid. Dat de Spartaanse militaire presentie in de stad vervolgens op uitdrukkelijk verzoek van de Dertig werd uitgebreid, werd in de lijn met dit imago gerechtvaardigd als een veiligheidsgarantie voor eerzame burgers. Vervolgens werden de zogenaamde revolutionairen, van wie bewezen zou zijn dat zij zich in het geniep organiseerden om de regering omver te werpen, opgepakt, berecht en terechtgesteld. Kleophon behoorde tot de eerste slachtoffers. Het veronderstelde feit dat zij zich verzetten tegen het herstel van de rechtsorde, werd beschouwd als voldoende bewijs voor de aanname dat zij gebaat waren bij straffeloosheid en dat zij dus noodzakelijkerwijs misdadigers waren. Het waren vooral rijke, welgestelde burgers die slachtoffer werden van deze golf van arrestaties en executies. Dit was geen toeval. Hier zat een gedachte achter. Terwijl de Dertig zelf meer profijt hadden bij beslaglegging op de bezittingen van welgestelden dan bij de verbeurdverklaring van de schamele eigendommen van arme sloebers, speelden zij tevens in op het breed onder het volk levende wantrouwen jegens de elite, dat de populisten in het recente verleden met groot succes nog verder hadden aangewakkerd. Vanwege hun doordachte selectie van de eerste slachtoffers van hun terreur, kon hun terreur in de ogen van de meerderheid van het volk nog steeds doorgaan voor een te lang uitgestelde reparatie van vroegere misstanden.

Toen orde en veiligheid in de retoriek van de Dertig verweven werden met xenofobie, volgens de aloude tribale logica dat niet voor ons kan zijn wie anders is dan wij en dat tegen ons is wie niet voor ons is, werd de weg vrijgemaakt voor de buitengewoon lucratieve confiscaties van vermogens van de rijke immigranten die als succesvolle ondernemers, handelaars en ambachtslieden een onvervreemdbaar deel vormen van de Atheense samenleving, ook al hebben zij geen burgerrechten. Voor hun arrestaties en executies, die de inbeslagname van hun goederen en tegoeden mogelijk moesten maken, deed het regime met voorbedachten rade frequent een beroep op de assistentie van gewone Atheners, met het doel om zoveel mogelijk burgers medeplichtig te maken aan zijn misdaden. Mij bereikte het bericht dat zelfs Sokrates het bevel heeft gekregen om een onschuldige stadsgenoot op te brengen. Dat hetzelfde bericht mij meldde dat hij geweigerd heeft het bevel op te volgen, vervult mij met trots en met angst voor zijn leven.

Herstel van de orde was het voorwendsel waarmee chaos is gecreeerd en uit chaos wordt chaos geboren. Reparatie van het respect voor de wetten was de dekmantel waaronder de poorten van de wetteloosheid zijn geopend en er bestaat geen beter excuus voor wetteloosheid dan wetteloosheid. Angst voor Sparta en de toekomst hebben te lang het idee gevoed dat repressie een instrument zou kunnen zijn waarmee de tijd kon worden teruggedraaid. Omdat de bevolking walgde van wat er van de democratie geworden was, heeft zij lang genoeg haar hoop gevestigd op het dictatoriale schrikbewind om de nadagen van de verworden democratie met terugwerkende kracht de glans te verstrekken van een gouden tijd. Nu is niemand zijn leven nog zeker in Athene. De slachtoffers van de moordpartijen worden in duizendtallen geteld. Ik hoor dat de helft van de bevolking is gevlucht. Hoewel ik dat geloof, vind ik het moeilijk om mij dat voor te stellen.

Dappere mannen van Athene, die onder deze benarde omstandigheden de herinnering aan jullie vrijheid niet verliezen en in ballingschap of met gevaar voor eigen leven in Athene tot jullie nemen wat ik jullie te zeggen heb, ik ben mij ervan bewust dat ik, als ik jullie vertrouwen wil herwinnen, verplicht ben enkele woorden te wijden aan mijn vrienden. Over Charmides, de zoon van Glaukon, kan ik kort zijn. Jullie hebben gelijk dat wij in onze jeugd, toen wij beiden in de ban waren van Sokrates, oppervlakkig bevriend waren, en het klopt dat hij met mij werd geassocieerd ten tijde van het schandaal rond de ontheiliging van de Mysteriën, maar ik kan jullie verzekeren dat ik al minstens tien jaar geen contact meer met hem heb gehad. Van het bericht dat hij zich als archon van Peiraieus medeplichtig maakt aan de terreur van de Dertig, heb ik met onverschilligheid kennisgenomen.

Eenzelfde onverschilligheid kan ik echter onmogelijk aan de dag leggen met betrekking tot Kritias, de zoon van Kallaischros. Ik heb in het voorgaande de eerlijkheid betracht om niet voor jullie te verzwijgen dat ik hem altijd als een goede vriend heb beschouwd en ik wil dat ook nu niet ontkennen. Toen mij de berichten bereikten die mij rapporteerden dat uitgerekend hij de leider van het schrikbewind is en dat hij persoonlijk verantwoordelijk gehouden moet worden voor de wreedste wandaden waaraan het regime zich schuldig maakt, was ik ontdaan. Als ik aan de spitse vogelkop denk van mijn vriend en aan zijn schichtige ogen, waarachter gejaagde gedachten opvliegen, als ik denk aan zijn gedichten en aan zijn vergezochte filosofische theorieën over de goden, die volgens hem niet bestaan, en als ik mij herinner dat hij teleurgesteld was als een kind toen de grote Protagoras hem niet te woord wilde staan, heb ik er de grootste moeite mee om mij hem voor te stellen als jullie beul, die het bloed van duizenden onschuldige Atheners aan zijn handen heeft.

Wat kan ik zeggen? Ik heb mij in hem vergist. Misschien heb ik de miskenning waaronder hij gebukt ging onderschat, zodat ik gefaald heb te voorzien dat hij deze met bloedige geldingsdrang zou kunnen trachten te compenseren. Misschien heb ik het extremisme van zijn filosofische theorieën ten onrechte geïnterpreteerd als een provocatie in plaats van als een oprecht geloof in extremisme. Misschien heb ik zijn ernst niet serieus genoeg genomen. Misschien heb ik zijn eenzaamheid miskend en onderschat in hoeverre hij in zijn drang om deel te mogen zijn van een groep in staat is ijverig het gedrag te overdrijven dat de groep kenmerkt. Misschien ben ik blind geweest voor zijn jaloezie op mij en voor de mogelijkheid dat er een dag zou komen waarop hij met gretigheid de kans zou aangrijpen om mij te laten zien dat ook zijn naam een machtige klank kan krijgen. Ik weet dat het uiterst ongepast is wat ik nu ga zeggen, maar ik kan het niet helpen dat ik zelfs nu nog een soort medelijden voor hem voel, hetgeen met nadruk iets anders is dan dat ik de aandrang zou voelen om zijn misdaden te vergoelijken. Ik bedoel dat hij volgens mij niet weet wat hij doet. Ik bedoel dat ik er nog steeds moeite mee heb om mij voor te stellen dat hij een intrinsiek slecht mens is. Ergens in de wirwar van zijn onnavolgbare, vogelvlugge gedachten is hij in de storm van zijn frustraties en tomeloze ambities op een fatale manier verdwaald.

Hoewel ik het lastig vind afstand te nemen van mijn herinneringen aan de jongen en de man die ooit mijn vriend Kritias was, wil ik jullie ervan verzekeren dat ik mij met de grootst mogelijke nadrukkelijkheid distantieer van zijn huidige daden. Laat mijn verbijstering samen met de schoktoestand waarin ik verkeer getuigen voor mijn oprechtheid als ik hier met klem verklaar dat ik op geen enkele manier op afstand betrokken ben bij de terreur die hij op dit moment ontketent en dat ik uitsluitend dankzij de berichten van derden op de hoogte ben van zijn misdaden. Wij zullen Kritias, de zoon van Kallaischros, berechten zodra wij Athene zullen hebben bevrijd.

9

Mijn met de dag intensere medeleven met de benauwde situatie in Athene, die met de dag benarder wordt, valt samen met de warmste zomer die ik ooit heb meegemaakt. In de vlakte van Metropolis zijn wij in ons dorp uitgeleverd aan het ademloos staren van de meedogenloze blik van de zon, die ons geen moment uit het oog verliest.

Wij Grieken zien de zon als een schalkse verspieder, maar ik begin te begrijpen waarom de Perzen deze koperen gong vereren als hun machtige oppergod, aan wie niets of niemand weerstand kan bieden en voor wie eenieder trillend moet buigen. De modder die wij hier in de winter aantroffen, is als een kylix in de ovens van de pottenbakkers in de Kerameikos getransformeerd tot een gebarsten oranje vlakte waarboven de lucht danst als een zoemende insectenplaag. Takken in het bos knappen als droog brandhout. De warmte maakt oeroude geuren los uit het vermoeide land, die uit de barsten in de droge aarde lijken op te stijgen als uit een vergeten grafkelder. Er is geen zeewind die de zuchten verstrooit. Er is geen zee die grote verhalen zingt.

Ik heb de gewoonte opgevat om jullie 's nachts te schrijven bij lamplicht, met wat gedroogde vijgen onder handbereik, omdat de hitte van de dag mijn gedachten traag en stroperig maakt als de donkere honing van Melissa. Overdag bedrijf ik loom de liefde met Timandra, zoals de nimfen en satyrs van Arkadië de ledigheid van de zinderende noen met verveelde geilheid verdrijven. Dat zijn de enige momenten waarop mijn gedachten niet bij Athene zijn en bij de tergend trage vorderingen van Artaxerxes, de grote koning, de koning der koningen, de koning der landen wijd en zijd, met zijn immense gevolg over zijn eindeloze Koninklijke Weg.

Het spijt mij voor Timandra dat de dwingende loop van de geschiedenis en mijn ambitie om mij daarmee te bemoeien haar naar deze barbaarse uithoek hebben gebracht, waar cultuur slechts een herinnering is en waar wij bovendien nauwelijks bewegingsvrijheid genieten, maar zij wuift mijn zorgen weg en zij wekt daadwerkelijk de indruk gelukkig te zijn. Ik wil jullie kostbare tijd niet verspillen met consideraties die mijn liefdesleven aangaan, mannen van Athene, maar jullie kunnen jullie niet voorstellen hoezeer het mijn schuldgevoel tempert om te zien dat zij erin slaagt vriendschappen te cultiveren met de Phrygiërs, in het bijzonder met ene Mania – dat is een gangbare Phrygische vrouwennaam, die niet betekent wat hij in het Grieks betekent –, dat zij zich met zichtbaar plezier over hun kinderen ontfermt, die zij Grieks leert en boogschieten, en dat zij ons nederige houten huis vult met vrolijkheid en verhalen over haar belevenissen met de dorpelingen. Zij heeft 'kandaulos' leren koken, het lokale gerecht van gekookt vlees, broodkruim, Phrygische kaas, anijs en vette bouillon. Zij zegt dat Melissa haar aan Hykkara doet denken, hoewel het volledig anders is. De absurditeit van het contrast tussen de zorgen over Athene, de oorlog en de grote wereldpolitiek, die onze gedachten in beslag nemen, en de simpele beslommeringen van het kleine en vreedzame leven dat ons omringt, ontgaat ons niet.

We vierden mijn zesenveertigste verjaardag in de hitte van de Phrygische zomer, waarbij ik de maanstanden hopelijk correct had bijgehouden en mij niet vergiste dat in Athene op die dag de derde dag werd geteld van de wassende maan van Metageitnion. Timandra had een geschenk voor mij. Nadat wij de honingkoeken hadden genuttigd met Phrygisch bier, keek zij mij raadselachtig glunderend aan en zij vroeg mij of ik niets bijzonders aan haar zag. Ik zag het wonder van haar donkere, wetende ogen, die triomfantelijk ondeugend straalden als de ogen van een kind dat ergens een verrassing heeft verstopt, ik zag het mirakel van haar lijf als een levende bronzen sculptuur, ik zag het spektakel van haar warme, geurende huid, die van het buitenleven in ons dorp bijna zo donker was geworden als de inkt van haar tatoeages en waarop minuscule zweetdruppeltjes glinsterden als filigraan van zilver en ik zag het schouwspel van haar gehele, overweldigende aanwezigheid, maar dat alles was niets bijzonders.

'Ik ben zwanger,' zei ze.

Ze tilde haar chiton op met de bedoeling om mij haar bollende buik en haar gezwollen borsten te laten zien, die ik net nog had gezien zonder er iets bijzonders aan te zien en ik zag nog steeds niets bijzonders, afgezien van haar schoonheid. Alleen omdat ik heel graag wilde geloven wat zij mij zei, meende ik een lichte welving in haar buik waar te nemen.

'Ik weet dat het nog nauwelijks te zien is,' zei ze. 'Maar toch ben ik al in mijn vierde maand. Ik heb het pas voor het eerst voelen bewegen, alsof er vlinders in mijn buik fladderden. Ik denk dat het een meisje is. Ik wilde het je per se op je verjaardag vertellen.'

Ik omhelsde haar, zoende haar en omhelsde haar.

'Ik beloof dat ik ervoor zal zorgen dat zij of hij als een vrij burger in een vrij Athene geboren wordt,' zei ik.

Korte tijd na mijn verjaardag bereikte mij een gecodeerd bericht van Theramenes, die, zoals jullie weten, als instigator en onderhandelaar van het verdrag met Sparta logischerwijs deel uitmaakt van de regering van de Dertig, maar die, zoals jullie wellicht niet weten, inmiddels met afschuw afstand heeft genomen van de wandaden en die het verzet tegen het regime van binnenuit gestalte tracht te geven, waarin hij mijn goedkeuring vroeg voor een plan dat hij had opgevat om de positie van de Dertig te verzwakken, in de hoop dat dit de stad een adempauze zou verschaffen te midden van alle verschrikkingen. Hij wilde de informatie dat Lysandros en Klearchos betrokken waren bij het complot van Kyros tegen zijn broer in alle vertrouwelijkheid delen met de Spartaanse autoriteiten. Als het waar was wat wij dachten en als zij beiden op persoonlijk gezag zonder medeweten van Sparta betrokken waren bij de voorbereidingen voor een couppoging in Perzië, zou dat de autoriteiten in Sparta tot disciplinaire maatregelen dwingen. De inschatting van Theramenes was dat niet alleen Klearchos maar ook Lysandros zou worden teruggeroepen naar Sparta en dat zij, als zij schuldig bevonden werden, met zekerheid op zijn minst uit hun functies zouden worden ontheven. Lysandros was de belangrijkste steunpilaar van de Dertig. Zijn verwijdering van het toneel zou de ondergrondse oppositie in Athene hoop kunnen geven. Hoewel ik er huiverig voor was om onze kostbare informatie, waarvan alles afhing, te delen met derden, besefte ik dat de omvang van de gruwelen die in Athene plaatsgrepen niet toestond dat ik het verzoek van Theramenes zou weigeren.

Korte tijd later ontving ik een nieuw bericht van Theramenes, waarin hij meldde dat Lysandros inderdaad door de ephoren in Sparta was ontboden. Over Klearchos had hij geen informatie, maar uit andere bronnen werd mij gemeld dat ook hij teruggeroepen was, maar dat hij in plaats van naar Sparta terug te keren, zoals hem bevolen was, gevlucht was naar Sardis. Met een terloopse glimlach bedacht ik dat ik mijn belofte aan mijn oude Thracische vrienden Seuthes en Amadokos om vanuit Azië voor hen voor verlichting van hun oorlog tegen Byzantion te zorgen, alsnog met enige vertraging bleek te hebben waargemaakt, maar de voornaamste conclusie die ik uit deze ontwikkelingen mocht trekken, was dat mijn eerdere deducties bevestigd waren en dat het complot dat ik had gemeend te ontwaren geen hersenschim was.

Lysandros is sinds zijn inname van Athene een onaantastbare held en een levend monument. Ik heb gehoord dat er steden zijn die standbeelden voor hem hebben opgericht, hetgeen een eerbetoon is dat bij mijn weten nog nooit eerder te beurt is gevallen aan iemand die nog heldhaftig moet sneuvelen. Ik zou er bijna jaloers op worden. De ephoren van Sparta zijn, ongeacht hun toevallige namen, serieuze en voorzichtige lieden, want die karaktertrekken worden door hun titel veroorzaakt. Het is ondenkbaar dat zij de belastende informatie over hun opperbevelhebber die Theramenes hun heeft verstrekt zonder diepgravend onderzoek voor waar zouden aannemen en het is even onvoorstelbaar dat zij een man van het kaliber van Lysandros zouden bevelen naar Sparta terug te keren zonder dat zij gegronde verdenkingen koesterden. De desertie van Klearchos en zijn vlucht naar Sardis leveren vervolgens al het aanvullende bewijs dat wij nog nodig zouden kunnen hebben om overtuigd te zijn van de realiteit van het complot.

Toen ik deze zekerheid had, die mij in de Phrygische hitte als een koorts deed duizelen, kon ik mijzelf er met moeite van weerhouden om door te denken over de consequenties van mijn bevestigde hypothese en mij af te vragen wat Lysandros te winnen denkt te hebben bij zijn heimelijke steun aan de jonge prins. Hij heeft alles al bereikt. Het enige wat hem nog ontbreekt, is de kroon van Sparta. Ik achtte het niet uitgesloten – en naarmate ik er langer over nadacht steeds waarschijnlijker – dat Lysandros een mooi symmetrisch akkoord van wederkerigheid had gesloten met zijn boezemvriend in Sardis, dat inhield dat Lysandros Kyros zou helpen om de kroon van Perzië te winnen, waarna Lysandros op de Perzische steun zou kunnen rekenen voor zijn onttroning van Agis. Ik zag mogelijkheden om deze verdenkingen in een later stadium bij de Spartaanse autoriteiten te verzilveren en om misschien zelfs Agis zelve aan ons te verplichten, hoewel ik daarvoor uiteraard een stroman zou moeten inzetten, gezien mijn voorgeschiedenis met zijn wettige echtgenote, maar voor het moment was ik bijzonder tevreden met de vaststelling dat ik Artaxerxes bij onze aanstaande ontmoeting in Kelainai substantieel bewijs zou kunnen bieden ter bevestiging van mijn inlichtingen.

Het laatste bericht dat ik van Theramenes ontving, meldde mij dat de verwijdering van Lysandros uit Athene helaas niet had geleid tot de gehoopte deuk in het zelfvertrouwen van de Dertig en dat de onmenselijke terreur immer nog onmenselijkere vormen bleek te kunnen aannemen. Het enige positieve nieuws dat hij mij kon brengen, was dat de ballingen en de wanhopigen die Athene nog niet hadden kunnen ontvluchten moed bleven putten uit de wetenschap dat ik nog in leven was en dat ik ergens in de uitgestrekte landen van de barbaren mijn terugkeer naar Athene aan het voorbereiden was. Men fluisterde over tienduizend schepen van de Fenicische vloot. Sommigen meenden te weten dat ik met Indische olifanten, Perzische magiërs en een regiment zwarte ruiters uit Gandara in aantocht was en een enkeling wenste niet uit te sluiten dat ik een manier had gevonden om te vliegen. Men fantaseerde over bloemkransen in mijn lange haar en over de snit van de lange, slepende, purperen mantel die ik bij de gelegenheid van de bevrijding van Athene zou dragen. Mijn naam lag op hun lippen als een gebed.

Dat schreef Theramenes mij. Het moet kort daarna zijn geweest dat hij door Kritias is vermoord.

10

Het gebeurde tegen het einde van deze lange, hete zomer, toen ik in de betrekkelijke koelte van de nacht bij het licht van mijn olielamp over mijn negende papyrusrol gebogen had gezeten om met een trillende rietstengel in mijn hand de emoties te herbeleven van mijn terugkeer in Athene in de laatste maand van het jaar waarin Euktemon archon was, dat het in de ochtend, toen de zon zich al meedogenloos deed gelden en toen ik half wakker half dromend dommelde in de schaduw van onze veranda, opnieuw nacht werd, alsof de hemellichamen hadden besloten dat ik wederom moest terugkeren naar Athene. Ik opende mijn ogen, maar ik bevond mij nog steeds in een droom, waarin demonen in zilveren duisternis een spookachtige heropvoering ensceneerden van de nacht die ik had doorwaakt. Vogels roerden zich niet meer. De bijen van Melissa hielden hun adem in. In dit vreemde land had ik er moeite mee mij te herinneren dat ik niet in voortekens geloofde. Een scherpe, zilverachtige angst, die net zo beklemmend was als de stilte, overweldigde mij en het duurde langer dan de zonsverduistering duurde totdat ik deze aanval van bijgeloof met mijn ratio had afgeslagen.

Hoewel ik de oorzaak niet precies kon vaststellen en hoewel dit soort verschijnselen wellicht niet altijd een duidelijke oorzaak hoeven te hebben, vermoed ik dat het door mijn behoefte aan ratio was dat ik plotseling werd overvallen door een groot verlangen om Sokrates weer te zien. Zijn guitige satyrkop, die ik wel eens met het hoofd van Marsyas had vergeleken die in Kelainai in de verte in mijn uitzicht zijn jammerlijke einde had gevonden, doemde levensecht voor mij op in mijn gedachten. Of misschien was de reden hiervoor dat de eclips mij had herinnerd aan de eerste zonsverduistering die ik ooit had meegemaakt, vier dagen voor mijn negentiende verjaardag, een maand en zevenentwintig jaar eerder, toen de grote oorlog net was uitgebroken en toen ik er vol jeugdig ongeduld naar hunkerde om er een heldenrol in te mogen spelen. Het was de tijd waarin Sokrates zo'n vanzelfsprekende aanwezigheid vormde in mijn leven dat ik hem ongestraft dacht te kunnen verwaarlozen. De schaamte die ik voelde toen ik zijn olijke hoofd voor mij zag, was een bittere mengdrank van schuldgevoel over de afstand die ik tussen ons had laten ontstaan in combinatie met het besef dat de omstandigheid dat ik hier in Melissa zat te hopen op een laatste kans om alles goed te maken een doorslaggevend bewijs vormde voor het feit dat ik tekort ben geschoten. Ik nam mij voor om Sokrates na mijn terugkeer in Athene zo dicht bij mij te houden als mogelijk was. Hij zou de opvoeder moeten zijn van ons kind. Zelfs als het een meisje wordt. Vooral als het een meisje wordt.

Kort daarna begon de herfst, die de geur van rotting ademde zonder vooralsnog verlichting van de verstikkende hitte te brengen. Er is nog steeds geen regen gevallen. Terwijl het loof aan de bomen de felle oranje en rode kleuren aannam van het exclusieve textiel uit Milete of Sardis, heb ik deze terugblik voltooid, zonder dat ik vooralsnog een concrete afspraak heb met de toekomst. Nadat ik meer dan een maand geleden het decor van mijn verhaal en de plek waar ik het schrijf heb bijeengebracht, is het nu al bijna een maand geleden dat de tijd waarover ik vertel de tijd heeft ingehaald en sindsdien is er tot mijn immense frustratie weinig meer te melden dan mijn frustratie over de omstandigheid dat ik geen invitatie voor een onderhoud ontvang, hoewel Artaxerxes inmiddels in Kelainai zou moeten zijn. Ik heb Pharnabazos gevraagd om mij, in het geval dat de koning de urgentie van ons verzoek om een audiëntie niet op waarde weet te schatten, in elk geval met spoed een vrijgeleide te sturen waarmee ik mij toegang tot de stad kan verschaffen, waarna ik zelf een manier zal vinden om tot de koning te worden toegelaten, maar ik begin steeds meer te vermoeden dat hij zijn belofte om ons verzoek aan Artaxerxes over te brengen niet is nagekomen. Hij antwoordt niet meer op mijn brieven.

Hoewel de maritieme beeldspraak ongepast lijkt in deze uitgedroogde binnenlanden, is de tijd gekomen om aan boord te stappen van 'de tweede vaart'. Ik zou jullie niet deelgenoot hebben gemaakt van mijn frustraties, mannen van Athene, als ik jullie niet kon geruststellen met een alternatief plan. Dankzij haar inmiddels hechte vriendschap met enkelen van de dorpelingen is Timandra te weten gekomen dat er over tien dagen, bij de nieuwe maan, een belangrijk religieus festival zal worden gevierd in Kelainai, ter ere van de Phrygische moedergodin Matar, dat priesters en pelgrims zal trekken uit de wijde omtrek en dat met zekerheid zal worden bijgewoond door de koning. Het is mijn voornemen om van die drukte gebruik te maken door de stad binnen te glippen, de nabijheid van de koning op te zoeken en een moment te vinden waarop ik mijzelf aan hem kenbaar kan maken. Ik zal hem precies genoeg onthullen van het complot dat ik heb ontrafeld om hem de noodzaak te doen inzien van een urgent onderhoud onder vier ogen. Als ik hierin slaag – en ik zal hierin slagen omdat falen geen optie is –, zal ik mijn geschrift voltooien met zijn toezeggingen en mijn instructies aan jullie, waarna ik het vooruit zal sturen terwijl ik de missie voorbereid die Athene zal bevrijden.

Zoals vrijwel elk plan klinkt het eenvoudiger dan het is. Ondanks de te verwachten toeloop voor het festival zullen de controles op de invalswegen, bij de poorten en in de straten van de stad intensief zijn, zeker gezien de aanwezigheid van de koning. Het zou van dwaasheid getuigen te denken dat ik daar ongemerkt langs zou kunnen glippen door mij te verbergen in de massa. De enige manier waarop dit plan kan slagen, is door onaanraakbaar te zijn. Met de hulp van Timandra, Mania en Timandra's andere Phrygische vriendinnen zal ik mij vermommen als een Phrygische priesteres. Geen Perzische soldaat of wachter zal het in zijn hoofd halen om een heilige vrouw om haar documenten te vragen.

Dit neemt niet weg dat het een gevaarlijk plan is, dat, als ik door de verkeerde bewaker op het verkeerde moment word ontmaskerd, zelfs mijn dood zou kunnen betekenen. Maar niets wat zonder gevaar wordt ondernomen, is eervol. Terwijl het een paradox mag heten dat ik voor het welslagen van mijn plan dien te vertrouwen op religieuze sensibiliteit en vatbaarheid voor bijgeloof, die ik mijn hele leven lang heb veracht, vertoont het een zekere logica omdat het een beroep doet op een van mijn grootste kwaliteiten. Mijn verwijfdheid zal Athene redden. Geen man zal ooit een groot man zijn als hij niet ook een vrouw durft te zijn.

BOEK XII

Timandra

Melissa, Kelainai, Ephesos, Athene

1

Timandra uit Hykkara schrijft deze woorden in de taal van Athene.

Ik ben Timandra en de taal waarin ik schrijf is de taal van mijn ontvoerders, die mij hebben weggerukt van mijn moeder, van mijn zieke vader, van mijn zussen en vriendinnen, van het lijk van mijn gesneuvelde broer, van ons witte huis en van mijn goden en die mij als een slavin hebben verkocht, en het was de taal van mijn bevrijder. Het is de taal waarin ik gedegradeerd ben tot willoze handelswaar, een begeerlijk object, een fraai specimen van de soort die bestaat ten bate van mannelijk gerief, en het was de taal van de man die mij zag en die verlangde dat hij mij als zijn gelijke mocht beschouwen, omdat hij meer vrouw durfde te zijn dan enige man die ik ooit heb ontmoet. Het is de taal waarin mij vernederingen zijn toegeschreeuwd en waarin hij mijn naam heeft gefluisterd. Het is de taal van mijn haat en van mijn liefde.

Elke vrouw weet dat er op elk moment mannen kunnen komen van over de zee met hun bollende zeilen en hun geopolitieke motieven om kleine levens te vernietigen en vrouwen te verkrachten. Elke vrouw weet dat de mannen, die haar tegen de mannen van overzee moeten beschermen, ook mannen zijn en elke vrouw weet dat het weinig zin heeft om zich daarover te beklagen, want de wereld is nu eenmaal voor mannen gemaakt en het beste waarop een vrouw mag hopen, is op een zonnige dag uitgehuwelijkt te worden aan een man die genoeg minnaars en minnaressen neemt om haar, nadat zij zijn nageslacht heeft gebaard, uit onverschilligheid verder met rust te laten.

Ik heb mij altijd geërgerd aan heldinnen. Alles begint ermee dat je je als vrouw onvergetelijk bevallig moet laten schaken om te worden bezongen als Helena. Vervolgens laat Iphigeneia zich heldhaftig als een lammetje offeren op het altaar om haar vader en zijn vrienden hun belangrijke oorlog niet te misgunnen. Penelope zit twintig jaar in het vrouwenvertrek te weven om beschikbaar te zijn wanneer Odysseus eindelijk besluit thuis te komen na zijn zogenaamde ontberingen bij al die nimfen. Klytaimnestra, die daar geen zin in heeft en een andere optie kiest, is een monster, afschuwwekkender nog dan Medeia, Pandora of Medusa.

Ik wil wraak, maar niet de wraak van Elektra, die zich wreekte door braaf op haar broer te wachten. Ik heb geen broer meer. Hij is door de Atheners gedood toen ze Hykkara aanvielen. Terwijl Antigone tenminste nog een dilemma was gegund, toen ze haar verboden haar gesneuvelde broer te begraven, waardoor zij tragische en poëtische ongehoorzaamheid op haar naam kon schrijven alvorens levend te worden ingemetseld, werd ik simpelweg afgevoerd voordat ik mijn broer kon bewenen.

Maar Athene is niet het doelwit van mijn wraakzucht. Athene is een abstractie, een idee, zoals macht, geopolitieke strategie, eer of glorie. Als de soldaten van Athene mijn broer niet hadden gedood, zou hij ongetwijfeld gesneuveld zijn in gevechten tegen de Carthagers of tegen een ander willekeurig volk dat zich heeft overgeleverd aan de grimmige logica van de geschiedenis die grote mannen schrijven. Uiteindelijk heeft Athene mij meer vrijheid gegeven dan ik zelfs in Hykkara had door mij in de armen te drijven van Alkibiades, die mij kocht zonder mij te willen bezitten, die mij aan zich bond door niets van mij te eisen en die toestond dat ik naast hem stond in de wind bij het dubbele roer van het vlaggenschip van de toen nog onoverwinnelijke Atheense vloot, die uitvoer op weg naar avonturen die normaal gesproken alleen voor kwajongens zijn weggelegd en ik mocht eraan meedoen in plaats van er de zijdelingse schade van te vormen.

Hij had dit ook niet kunnen doen. Hij had mijn slecht geacteerde liefde kunnen kopen in het bordeel om mij vervolgens te vergeten. Hij had mij, nadat hij mij had vrijgekocht, kunnen weigeren aan zijn deur om zijn tevredenheid over zijn goede daad niet te laten verpesten door de consequenties ervan. Hij had mij, toen hij scheep ging, als Penelope achter kunnen laten in het huis in Melite om te wachten op zijn terugkeer, die nooit zou komen. Voor hem zou dat beter geweest zijn, want ik weet heel goed dat zijn politieke tegenstanders in Athene hun geluk niet op konden toen zij hoorden dat hij een hoertje had meegenomen op een militaire missie naar Ionië. Hij heeft mij niet alleen vrijgekocht, maar ook laten delen in zijn vrijheid. En ik heb mij nog nooit zo vrij gevoeld als in Thracië, waar ik naast hem galoppeerde over besneeuwde vlakten en waar ik zijn roversvrouw was, zijn getatoeëerde koningin en zijn Penthesileia met bloed aan mijn handen. Ik genoot van de oorlog waarin ik beul was in plaats van buit. Ik heb mannen gedood met de pijlen van mijn boog en die momenten behoren tot mijn dierbaarste herinneringen.

Als liefde dankbaarheid voor vrijheid is, dan heb ik liefgehad. Als de liefde de zee is die naar verre horizonten voert, dan heb ik liefgehad. Bewondering en vertedering waren niet langer tegenovergestelden. Omdat ik de man had gevonden voor wie ik oprecht wilde zijn, had ik de liefde gevonden. Onze lichamen begrepen elkaar als glimlachende gezichten. Onze handen wisten elkaar blindelings te vinden als de linies van een falanx. We waren bondgenoten op ieder slagveld. Onoverwinnelijkheid lachte ons toe wanneer wij samen waren en wij waren altijd samen. Als de liefde zo sterk is dat zij in de taal van brute veroveraars kan worden gefluisterd, dan is niets sterker dan die liefde. Niets was zo sterk als onze tederheid. Niets was zo zacht als onze zekerheid van elkaar. Een man die zo sterk is dat hij niet hoeft te bewijzen dat hij een man is, kan het zichzelf toestaan om een vrouw als zijn gelijke te beschouwen. Omdat de liefde niets meer van mij verlangde dan dat ik werd wie ik ben, hoefde ik naar geen grotere liefde meer te verlangen. Als liefde de zon is die de wereld koestert en de wind die alles doet ademen, dan heb ik liefgehad. Ik heb Alkibiades liefgehad.

Dus ik wil wraak. Ik wil als een roofdier mijn klauwen zetten in de laffe kladden van de moordenaars en ik wil mij vooral met mythologisch geweld wreken op hun opdrachtgever of opdrachtgevers, wie dat ook mogen zijn, die Alkibiades van zijn leven, Athene van zijn laatste hoop en mij van mijn grootste en enige liefde hebben beroofd en ik zweer dat de geruststelling die zij menen te mogen vinden in de omstandigheid dat ik een vrouw ben, ongerechtvaardigd zal blijken.

2

We werden wakker van het vuur, want ze waren in de nacht gekomen. Ik weet niet wie ze waren, maar lafaards waren zij. Alkibiades had mij vaak gezegd dat ik moest beseffen dat zijn bestaan als zodanig een probleem was gaan vormen voor bepaalde individuen en groeperingen. 'De hoop van velen is de oorzaak van afgunst bij sommigen,' zei hij. Omdat hij Athene hoop gaf door in leven te zijn, konden de vijanden van Athene op het idee komen om deze hoop te smoren door zijn leven te beëindigen. De Dertig die de macht hadden gegrepen in de stad, hadden evenmin baat bij hoop. Maar hij stelde mij gerust, want niemand kende Melissa. Alleen Pharnabazos wist waar wij waren. Dat stelde mij niet gerust, maar zijn spieren wel en als ik mijn hoofd op zijn schouder legde, viel ik vredig in slaap in de wetenschap dat ik omhelsd werd door de armen van een krijger, die was getraind als een Spartaanse elitesoldaat, zoals hij mij vaak genoeg uitgebreid had verteld.

Zijn aanwezigheid stelde mij gerust, zoals de sterrenbeelden, die groot en eeuwig zijn. Ik hield van zijn magnifieke lijf, maar dat hoef ik niet op te schrijven. Adoratie volgde hem waar hij ging als een pauwenstaart. Alkibiades ho kalós was de zon, die iedereen deed stralen die hij aankeek. Hij had de goden jaloers gemaakt met zijn lijf, dat een raadsel was, want het was sterk als het onzichtbare lichaam van de grote jager Orion, dat des te volmaakter is omdat wij het alleen in onze fantasie kunnen zien, terwijl wij de sterren in gedachten met elkaar verbinden, en het was tegelijkertijd zacht als het lichaam van een vrouw die zich bij maneschijn baadt in ezelinnenmelk. Dat hemelse lichaam, dat ik als een aards lichaam heb moeten begraven, was van mij, raar genoeg. Na in heel Hellas en in de uitgestrekte domeinen van de barbaren door filosofen, koninginnen en satrapen te zijn begeerd, vlijde dat lichaam zich uitgerekend naast mij neer in de nacht en in de nacht die daarna kwam en in alle nachten daarna naast mij, Timandra uit Hykkara. In de nacht zweefde ik van geluk langs de wondertekens die de hemel bekransen, de Plejaden, de Hyaden, de kracht van Orion en de Berin, die ook wel Wagen genoemd wordt, die Orion volgt op zijn baan en die nooit ondergaat in de wateren van de oceaan. Hij noemde mij nooit zijn Berin, want hij maakte geen grappen over de liefde, maar ik voelde dat ik nooit hoefde onder te gaan zolang ik hem bleef volgen. Ik ben er nog steeds niet aan gewend om over Alkibiades in de verleden tijd te denken.

Ze kwamen in de nacht. Ik zag hen niet. Ik weet niet wie zij waren. Ik zag hen later pas vanuit de verte. Zij waren met zijn vijven of zessen. In het laaiende licht van de vlammen waren zij moeilijk te tellen, terwijl het brons van kurassen, pijlpunten en lansen weerscheen als de helderste ster van de nazomernacht, die Orions hond wordt genoemd en als een slecht, slecht, heel slecht teken geldt, omdat hij de mensen brandende hitte brengt.

Het vuur wekte ons, daar begon het mee. Hoewel zij met velen waren en Alkibiades alleen met mij en Daos, onze bediende, die in de zijkamer sliep, hadden ze hem niet met getrokken zwaarden in zijn slaap durven overvallen. Ze waren gekomen om Alkibiades te vermoorden, maar ze waren te bang voor hem om zich in zijn buurt te wagen. Daarom hadden ze het brandhout, dat achter ons huis klaarlag voor de winter, in het donker stilletjes rondom ons hele huis tegen de houten muren gelegd en aangestoken.

We sprongen overeind. Het vuur lekte al door de plankieren. Daos kwam onze kamer binnenrennen. Alkibiades was ijzig kalm en beslist. Met de stem van een ervaren opperbevelhebber zei hij dat ik mijn spullen moest pakken en zijn boekrollen mee moest nemen. Hij begon het beddengoed en zijn eigen kleren op het vuur te gooien om het nog hoger te doen oplaaien. Hij gaf Daos het bevel om hem te helpen. Alkibiades trok zijn chiton uit en gooide die ook op het vuur. Hij stond naakt voor ons en gaf Daos de order om met mij te ontsnappen via het raam aan de achterkant, de heuvel op te gaan en mij daar in veiligheid te brengen in de bossen. Hij pakte zijn zwaard. 'Nu,' zei hij. Op dat moment gooide hij de voordeur open, waar het vuur het hevigst brandde, en sprong hij met getrokken zwaard dwars door de vlammen heen naakt naar buiten de donkere nacht in.

We klauterden de heuvel op totdat we tussen de bomen waren. Daos duwde mij voor zich uit. Hij droeg mijn kleren en ik had de boekrollen van Alkibiades onder mijn arm. Pas toen we hoog in het bos uit het licht van de laaiende vlammen waren, stond hij mij toe stil te staan en om te kijken. Daar beneden stond mijn Alkibiades naakt als de liefde met een naakt zwaard tegenover een geharnaste overmacht. Ik zag hun kurassen oplichten als de Hondsster Sirius. Ze durfden nog steeds niet bij hem in de buurt te komen. Ze trokken zich terug toen hij dreigend op hen afkwam en bestookten hem van een veilige afstand met hun speren en met pijlen van hun bogen. Ik stond tussen de bomen verscholen met zijn leven onder mijn arm en zijn kind in mijn buik te kijken hoe hij voor de brandende veranda van ons huis getroffen werd, getroffen werd en nog enkele keren getroffen werd, viel en het leven liet.

Op laffe wijze was het firmament van zijn helderste ster beroofd. Dat de aarde op dat moment niet beefde van woede en openspleet om zijn moordenaars te verzwelgen, begrijp ik nog steeds niet. Ik weet niet wie zij waren, maar ik zweer dat ik mij op hen zal wreken. Het waren geen Phrygiërs of Perzen. Ik zag dat drie van hen Alkibiades voorzichtig naderden om te controleren of hij wel echt helemaal dood was. Zelfs toen waren ze nog bang voor hem. Het waren Grieken. Ik hoorde dat zij elkaar feliciteerden met het welslagen van hun missie. Ze spraken het dialect van Sparta. Ze gingen. En toen werd het stil. Hoewel ons houten huisje onder luid gekreun instortte en de dorpelingen in hun slaapkleding kwamen aanrennen om zich goedbedoeld maar zinloos te verliezen in oorverdovend gejammer, werd het doodstil in mij.

3

Bij het onbehoorlijke licht van de volgende dag, nadat de nutteloze zon om de een of andere reden schaamteloos opnieuw was opgekomen, waste ik het dode, blote lijf van Alkibiades. Daos en Mania hadden mij geholpen om de pijlen en speerpunten uit zijn lichaam te trekken, waarna ik sussend de wonden depte als de zere plekken van een huilend kind.

Alkibiades was gedood door twee pijlen die hem dicht bij elkaar in de borst hadden getroffen, vlak onder zijn hart, een derde pijl in zijn hals, boven zijn linkersleutelbeen, en een werpspeer in zijn linkerdijbeen, die in zijn val was afgebroken. Verder had hij een diepe snijwond aan zijn rechterzij, die waarschijnlijk eveneens was veroorzaakt door een speer. Het bloed was al opgedroogd en aangekoekt met het stof van de rode aarde, maar toen we de pijlen uit zijn lichaam trokken begon hij korte tijd opnieuw te bloeden, alsof wij hem opnieuw vermoordden. Een van de beide pijlen in zijn borstkas was diep in zijn lijf doorgedrongen. Het kostte ons moeite om die te verwijderen. De speerpunt hebben wij uiteindelijk uit zijn dijbeen moeten snijden, omdat de afgebroken schacht te kort was en onvoldoende houvast bood. Ook daarbij bloedde hij kortstondig opnieuw, maar minder dan uit de wonden in de buurt van zijn hart.

Obsessief waste ik zijn lichaam, want mijn liefde kon geen smet verdragen. Schoon moest hij zijn. Ik wilde geen bloedvlek of roet meer zien. Misschien was het allemaal niet gebeurd als ik de sporen ervan volledig wist uit te wissen. Zelfs in zijn dood was hij mooi. Schitterend was de schoonheid gestorven en met behoud van haar volmaakte proporties lag zij ontzield op de rode aarde. Een ontslapen zwaan had niet mooier kunnen doodliggen dan mijn liefde.

Ik waste en streelde zijn dijen, die nog altijd zo glad en mals waren als de dijen van een jongeling in zijn seizoen. Ik streelde en waste zijn borstkas, schouders en armen met de spieren van een gebeeldhouwde krijger, zijn lange hals, zijn witte gezicht. Hij had een peinzende uitdrukking op zijn witte gezicht, alsof hij op het moment van zijn dood een ingeving had gekregen voor een meesterlijk plan of alsof hij na zijn verscheiden een strategie aan het bedenken was om de omstandigheden alsnog in zijn eigen voordeel om te buigen. Ik waste en streelde de ambities van zijn zachte kaken, de brutaliteit van zijn kin en het zelfvertrouwen van zijn volmaakt rechte neus en ik zoende de koude lippen van zijn mond. Even dacht ik dat ik hem weer tot leven had gekust, maar het was de herinnering aan zijn kussen die zo levendig was dat zij mij terugkuste.

Ik waste ook de pijlen en de speerpunt die wij uit zijn lichaam hadden getrokken, al weet ik niet waarom ik dat deed. Waarschijnlijk kon ik de gedachte niet verdragen dat zijn bloed zou blijven kleven aan de spullen van zijn moordenaars. Terwijl ik daarmee bezig was, besefte ik wat een laf ding zo'n pijl eigenlijk is. Ik walgde van de achterbakse nietigheid van die dingen. Het was onacceptabel dat een man van het formaat van Alkibiades geveld kon worden door zulke miezerige, gluiperige wapentjes. Er zou een goddelijke wet moeten bestaan die het sluipmoordenaars verplicht om eerlijke wapens te gebruiken voor hun misdaden. Hij zou hen alle vijf of zes met hun darmen over hun knieën gulpend voorover in het stof hebben doen bijten. Ik zou zijn zwaard hebben afgelikt en niets hebben gewassen. De goden hadden het toch met hun eigen ogen kunnen zien voor de muren van Troje, hoe hemeltergend onrechtvaardig het was dat Achilles sneefde door een pijl die van een veilige afstand was afgeschoten door het slappe handje van Paris? De verontwaardiging daarover is tot op de dag van vandaag niet verstomd. Waarom hadden zij nu dan niet ingegrepen toen deze farce, toen deze kosmische schande zich herhaalde? Wat heb je aan goden als zij zelfs niet van hun eigen domme fouten willen leren? Wat heb je aan de goden als zij toestaan dat liefde door lafheid wordt vermoord?

Toen zijn lichaam gewassen was, moest ik hem kleden voor de eeuwigheid, maar al zijn kleren waren verbrand. Hij had ze zelf op het vuur gegooid om zijn moordenaars af te schrikken met zijn onverschrokkenheid. Iemand uit het dorp kwam behulpzaam een versleten Phrygische mantel brengen, maar hoewel ik de geste erg waardeerde, kon ik het Alkibiades niet aandoen om hem daarin te laten oversteken naar de onderwereld. Ik wist hoe erg hij hechtte aan zijn mise. Bij leven was hij de best geklede man van Athene, zo niet van heel Hellas, en omdat de dood toch een speciaal moment is in het leven van een man, zou hij zich daarvoor, als hij dat zelf had kunnen beslissen, zeker speciaal hebben gekleed. Alkibiades zou liever nogmaals sterven dan gedwongen te zijn om in een versleten Phrygische boerenkiel zijn opwachting te maken voor de troon van Hades.

Ik trok hem mijn mooiste kleren aan. Terwijl Mania zijn bovenlichaam en zijn armen optilde, hulde ik hem in mijn fijne, doorzichtige, lange, witte Ionische chiton, die ik samenbond met mijn rode koord met de tressen en opschortte tot hij precies tot over zijn voeten viel. Vervolgens gaf ik hem mijn hemelsblauwe mantel te leen, die hij mij zelf cadeau had gedaan in Athene. Daarna kamde ik zijn lange haren en maakte ik zijn gezicht op met loodwit, rode oker, oogschaduw en rode lippenwas. Ik weet dat de godinnen hebben gesnoven van afgunst toen zij Alkibiades vanaf de Olympos zo zagen liggen.

Daos had met de hulp van enkele dorpelingen een graf gegraven in de droge, gebarsten aarde onder een wilg op de helling van de heuvel niet ver van de rokende puinhoop die de dag daarvoor nog ons huis was. We legden Alkibiades op een baar en droegen hem naar zijn laatste rustplaats. We plengden, offerden en zongen de threnoi en hymnen in al onze talen en hij, mijn man, mijn hartsvriendin, mijn bevrijder en beschermer, mijn prinses, mijn liefde, lag roerloos en liet dit alles onbewogen over zich heen komen alsof hij een dergelijk eerbetoon dagelijks moest aanhoren.

Daarna dekten wij het graf toe met witte keien uit de rivier, waarna ik huilde. Zo werd Alkibiades, de zoon van Kleinias, uit het district Skambonidai onder een wilg in Melissa begraven.

4

Timandra uit Hykkara schrijft deze woorden. Ik ben Timandra en ik schrijf, zoals Alkibiades tijdens de laatste maanden van zijn leven geschreven heeft, over Alkibiades. Het was een obsessie voor hem. Tijdens grote delen van de dag zat hij over zijn papyrus gebogen en mummelend als in een koortsdroom zijn leven te herbeleven. Toen de hitte van de zomer kwam, schreef hij vooral 's nachts.

Het was mijn idee, dus ik heb geen recht om te klagen over zijn monomane zelfingenomenheid. Het was moeilijk voor hem. Hij moest wachten en zijn onstuimige leven had hem niet veel geduld bijgebracht. Ik heb van heel erg nabij vastgesteld dat iedereen die in verschillende perioden van zijn leven heeft getwijfeld aan zijn loyaliteit, met opzet of uit onwetendheid een enorme vergissing heeft begaan, want hij kon alleen aan Athene denken. Tijdens onze laatste maanden in Thracië, bij ons verblijf in Daskyleion en gedurende de elf maanden waarin we in Melissa waren, toen ieder nieuw bericht uit Athene het vorige slechte nieuws met nieuwe narigheid overschaduwde, voelde hij in toenemende mate de noodzaak om iets te doen. Hij moest ingrijpen. Hij moest Athene redden. Wachten was een marteling. Daarom heb ik hem gesuggereerd om de lange, lege dagen in Melissa te vullen met het schrijven van een lange brief, een soort schriftelijke redevoering aan de burgers in Athene, om zijn plan aan hen uiteen te zetten en hen voor te bereiden op zijn terugkeer.

Hij nam mijn suggestie serieuzer dan ik haar had bedoeld. Hij begon zo ongeveer bij zijn geboorte. Maar volgens hem was dat noodzakelijk.

Er was te veel gebeurd. Als hij dan toch de moeite nam om te schrijven wat hij te vertellen had, kon hij beter dan ook maar voor eens en voor altijd alles schrijven wat hij te vertellen had en het vertrouwen van de Atheners trachten te herwinnen door de waarheid in het gelid op te stellen tegenover de overmacht van vooroordelen en verdachtmakingen.

Ik wil ook niet klagen. De dagen waren lang en leeg in Melissa. Sinds hij dood is zijn de dagen overal lang en leeg. Ik ben niet meer in Melissa. De mannen konden terugkomen. Er was geen huis meer. Het was onwaarschijnlijk dat de moordenaars zouden terugkomen, maar toch voelde ik mij onveilig op de plaats waar zelfs Alkibiades zichzelf niet had kunnen beschermen. Het deed mij verdriet om hem achter te laten onder de witte keien uit de rivier, maar in al mijn verdriet was ik helaas rationeel genoeg om te beseffen dat het weinig zou bijdragen aan de kwaliteit van zijn dood als ik tot mijn eigen dood geknield zou blijven zitten janken naast zijn graf. Wat moest ik doen? Wachten tot de winterregens kwamen en hem opgraven in de hitte van de volgende zomer, wanneer zijn adembenemende lichaam was weggerot, om vast te stellen dat zijn knekels het mooiste skelet vormden dat iemand ooit had gezien? Dat zou ik wel hebben gewild, maar ik had andere dingen te doen. Dat is mijn vloek: dat ik andere dingen te doen heb die mij dwingen om nog even verder te leven.

Hoewel hij gedurende grote delen van de dag en de nacht in zijn eigen verleden leefde, waar hij nog zoveel onwaarheden te bestrijden had, was hij mij erg nabij in de periode waarin hij maniakaal aan het schrijven was. We praatten veel over verleden, heden en toekomst en we bedreven de liefde om de rest van de lange, lege dagen zin te geven. Ons kleine leven maakte hem teder. Soms leek het alsof ik een vrouw in mijn armen had. De grootste generaal van Athene, die in heel Hellas werd bewonderd en gevreesd, kon verrassend meisjesachtig zijn en het mooiste daaraan was dat het terecht geen ogenblik bij hem opkwam dat hij zich daarvoor zou kunnen schamen.

Dus ik klaagde niet dat hij schreef. Als ik zo'n mooie man was als hij, zou ik ook voortdurend over een spiegel gebogen zitten. Iemand die zijn eigen leven zo magnifiek en grootschalig heeft vormgegeven als een episch gedicht, kan het worden vergeven als hij de aandrang voelt om zich ervoor in te spannen dat dat epos ook daadwerkelijk opgeschreven wordt. Ik begreep wel dat zijn project zich al vroeg had geëmancipeerd van mijn oorspronkelijke suggestie en dat zijn redevoering tot de burgers van Athene de proporties aannam van een geschrift waarin hij zijn daden en de motieven voor zijn daden niet alleen aan zijn stadsgenoten kenbaar wilde maken, maar ook aan het nageslacht. Hij was een man over wie iedereen een oordeel heeft en hij wist dat zijn naam ook na zijn dood, die veel vroeger kwam dan begroot, een beerput van meningen en controverses zou blijven openen. Er deden zoveel waarheden over hem de ronde dat de waarheid uit zicht dreigde te raken. Ik herinner mij hoe opgewonden hij terugkwam van zijn bezoek aan Thoukydides, de zoon van Oloros, in Skapte Hyle. Dagenlang raakte hij niet uitgepraat over het geschiedwerk dat deze man aan het schrijven was en over zijn inspanningen om hem de informatie over zichzelf te verstrekken die hij zelf belangrijk vond. Ik weet zeker dat daar het zaadje is geplant dat ik met mijn suggestie onbedoeld heb doen ontkiemen. Achilles werd zijn eigen Homeros. Roem is een zielig mannending, maar ik snap het wel. Ik begrijp het in zoverre de waarheid er iets mee te maken heeft. Ook ik zal niet rusten voordat ik de volledige waarheid ken.

Des te tragischer is het dat hij nu door zijn eigen dood verhinderd is om het hoofdstuk te schrijven dat het voorlopige hoogtepunt van zijn geschrift had moeten worden. Tegelijkertijd is het ook tragisch voor Athene dat zijn redding van Athene onbeschreven blijft. Ik heb even gespeeld met de gedachte om zijn rol over te nemen en naar Kelainai te reizen om de grote koning van Perzië in te lichten over het complot dat hij heeft ontrafeld, maar alleen het idee al is lachwekkend. Zo zit de wereld niet in elkaar, dat de koning van Perzië audiëntie zou verlenen aan Timandra uit Hykkara, om haar vervolgens admiraal te maken van een Fenicische vloot van tweeduizend schepen. Zelfs als ik een man was, zou de wereld zo niet in elkaar zitten. Sommige dingen waren alleen mogelijk voor Alkibiades. Ik zou kunnen proberen Pharnabazos in te lichten. Hij zou zich in theorie kunnen herinneren dat hij mij in Alkibiades' gezelschap heeft gezien. Maar zoals Alkibiades altijd zei, kostbare informatie die de koning via Pharnabazos bereikt, komt Pharnabazos ten goede en niet Athene. Bovendien heeft het feit dat moordenaars Alkibiades hebben weten te vinden, terwijl alleen Pharnabazos wist waar hij was, mij enigszins nadenkend gestemd met betrekking tot de loyaliteit van de satraap van Daskyleion.

Met Alkibiades is de redding vermoord. Strikt genomen heeft het dus ook weinig zin meer om er moeite voor te doen dat zijn elf boekrollen Athene bereiken. De hoop die zijn brief aan de burgers van Athene in leven moest houden, is met zijn leven vervlogen. Maar sinds hij niet meer leeft, is zijn eigen levensverhaal het levendigste en meest levensechte portret van hem dat rest. Ik heb hem niet tot leven kunnen wekken met mijn lippen op zijn koude lippen, maar zolang ogen zijn boek kunnen lezen, kan hij in zijn eigen woorden op vreemde lippen weer tot leven komen. Hij leent de adem van zijn lezers om te spreken.

Ik weet dat het voor hem van het grootste belang was en is om zichzelf te verantwoorden. Ik weet dat hij na een leven waarin hij dagelijks het gesprek van de dag heeft bepaald en voortdurend over ieders tong is gegaan, eindelijk ook zelf iets zou willen zeggen. Het had een reden dat hij, toen de vlammen door de plankieren van ons huis lekten, onmiddellijk de order gaf om zijn geschrift in veiligheid te brengen. Ook al is het reddingsplan mislukt, zijn boek moet naar Athene. Dat is zijn wens, daar kan geen twijfel over bestaan. Achilles zou, als dat nodig was geweest, als een ontketende maniak hebben gevochten om de boekrollen waarop de Ilias staat geschreven voor de mensheid te behouden en precies zo zal ik er met mijn leven garant voor staan dat Griekenland de waarheid zal kennen over zijn enige echte held van deze tijd, die, zoals past bij deze tijd, de grootsheid was misgund die hij had verdiend.

Dat zijn de drie dingen die mij dwingen verder te leven: zijn leven dat groeit in mijn buik, zijn leven dat hij aan kwetsbare papyrus heeft toevertrouwd en zijn leven dat ik moet wreken om te kunnen berusten in zijn dood. Hij heeft beloofd dat ons kind als een vrij mens in de vrije stad Athene geboren zou worden. Ik vrees dat ik die belofte van hem aan mij niet in zijn naam voor mijzelf kan waarmaken, maar omdat ik weet wat het betekent om slaaf te zijn, kan ons ongeboren kind mij geloven als ik het zeg dat ik tot mijn laatste snik zal vechten om zijn vrijheid te garanderen. Alkibiades wilde dat ons kind zou worden opgevoed door Sokrates. Ik zal Sokrates vinden en de wens van onze gemeenschappelijke grote liefde aan hem voorleggen. Ik zal Sokrates vertellen dat Alkibiades zich voor hem schaamde. Hij zal begrijpen wat dat betekent. Ik zal het opgeschreven leven van Alkibiades naar

Athene brengen en laten verspreiden, opdat heel Athene zal weten wie het verloren heeft. Wanneer zijn eigen woorden in Athene van mond tot mond gaan, zal iedere Athener mij willen assisteren om zijn moordenaars te vinden en in het geval dat dat niet zo is, heb ik geen hulp nodig.

Ik ben mijn zieke vader dankbaar dat hij mij, hoewel ik een meisje was, heeft leren lezen en schrijven en dat hij mij, hoewel ik liever zo hard mogelijk ging rennen over het strand of oefenen met pijl-en-boog, heeft gedwongen om ook te leren spreken, lezen en schrijven in het Grieks, dat volgens hem de taal zou zijn van een toekomstig wereldrijk dat duizend jaar zou bestaan. Mijn vader dacht graag na over de opkomst en het verval van wereldrijken. Dankzij hem kan ik nu in het Grieks opschrijven dat ik hem mis. Dankzij hem ben ik moeiteloos in staat om de juiste vorm te plukken uit het ondoordringbare woud van de Griekse grammatica, als ik over hem in de verleden tijd moet spreken. Hoewel ik nooit meer enig bericht heb vernomen uit Hykkara aan de schitterende blauwe zee van Sicilië, weet ik dat hij inmiddels is overleden. Hij was te ziek en er is te veel tijd verstreken. Ik voel het. Er is niemand meer in Hykkara die ik ken. Alkibiades was mijn familie en ons kind zal voor de rest van mijn dagen mijn enige familie zijn. Er is geen stad meer die ik thuis kan noemen. Nadat ik Athene heb bereikt en heb gedaan wat ik moet doen, zal ik ofwel blijven voor Sokrates ofwel, als Sokrates in zijn spreekwoordelijke wijsheid redenen ziet om de vrouw en het kind van Alkibiades af te wijzen, met ons kind gaan waarheen de wind ons brengt.

Omdat ik kan schrijven, heb ik, hoewel ik een vrouw ben, besloten te schrijven. Als het geschrift van Alkibiades Hellas bereikt – en ik zal ervoor zorgen dat dat zo is – en als de mensheid, zoals hij dat bedoeld heeft, zal lezen over zijn leven en zijn daden, dan zal ik deze zelfde mensheid dwingen om ook te lezen over de laffe manier waarop hij in een Phrygisch boerengehucht is vermoord, over de identiteit van de moordenaars en hun opdrachtgever en over de wraak die in Alkibiades' naam meedogenloos op hun om genade smekende hoofden is neergedaald. Deze epiloog zal aan zijn geschrift toegevoegd zijn, omdat het rechtvaardig is als de dingen geweten worden die geweten moeten worden.

De elfde boekrol was nog niet vol. Er was nog ruimte over voor de redding van Athene. Ik kon het niet over mijn hart verkrijgen om uitgerekend op die plek te schrijven over een laaghartige misdaad en bovendien durfde ik het niet aan om mijn aarzelende en slechtgevormde letters achter zijn zwierige zinnen aan te plakken. Hoewel ik kan schrijven, kan ik niet schrijven zoals hij. Het is een uiting van respect voor hem dat ik een nieuwe rol heb gekocht en dat de woorden van Timandra uit Hykkara in bescheiden afzondering van het kunstwerk van zijn leven hun eigen boek vullen.

5

Ik ben niet meer in Melissa. Misschien was het een fout om zo haastig te vertrekken. Natuurlijk kwamen de moordenaars niet terug. Wie maakt er in deze woelige tijden in dit onherbergzame gebied nog een omweg voor een Siciliaans hoertje? Niemand wist van zijn kind in mijn buik. Het zou misschien beter zijn geweest om in ieder geval tot na de bevalling bij Mania en Daos in Melissa te blijven. Maar ik was bang en ik had haast.

Ik was al in mijn zevende maand en ik dacht dat het verstandig zou zijn de gevaarlijke tocht te volbrengen voordat een pasgeboren murmel mijn reis zou compliceren. Ik had het idee dat ik zo snel mogelijk de kust moest zien te bereiken en dat alles daarna eenvoudig zou worden, omdat er aan de kust schepen te vinden zijn en omdat alle schepen naar Athene gaan.

Omdat ik had samengeleefd met de grootste strateeg van Griekenland, was ik eraan gewend geraakt dat alle beslissingen voor mij werden genomen door een topspecialist in het nemen van beslissingen en dat ik erop kon vertrouwen dat onze beslissingen de beste beslissingen ter wereld waren, maar nu moest ik zelf alle omstandigheden en factoren afwegen met mijn kleine hoofdje. Alkibiades kende de wereld. Hij wist hoeveel zandkorrels er op de stranden liggen en hoeveel bladeren het totaal van alle bomen telt. Hij wist hoe de wind zou waaien op de derde dag. Hij kende de wegen en de sluiproutes naar de steden der mensen. Voor hem lag alles binnen handbereik, maar ik wist niet eens hoe ver het was naar de kust en waar de kust eigenlijk was.

Niemand in het dorp wist dat precies. Nadat de mannen van Melissa met rode gezichten, gebarsten als hun land, dagenlang verhit hadden gediscussieerd over die beide vragen zonder tot eenduidige conclusies te komen, besloot ik af te reizen naar Kelainai, al besefte ik dat die heldhaftige beslissing vooral was ingegeven door het feit dat ik de stad in de verte al kon zien liggen en door de praktische bijkomstigheid dat er nog een kant-en-klaar, ongebruikt plan bestond om de stad binnen te komen tijdens het jaarlijkse feest voor de moedergodin Matar dat met de nieuwe maan begon.

Mania en haar vriendinnen hadden er moeite mee om mij als een overtuigende Phrygische priesteres te vermommen. Alkibiades was gemakkelijker geweest, zeiden ze, met dat ongelooflijke golvende haar van hem. Mijn dikke buik was gelukkig nauwelijks zichtbaar onder de wijde gewaden. Ik moest vooral goed oppassen dat mijn tatoeages bedekt bleven. En uiteraard moest ik niets zeggen, want ik was een uiterst heilige vrouw, die een gelofte van stilte had afgelegd en alleen mocht spreken wanneer zij zich in haar gebeden tot de onsterfelijke goden richtte. Niemand wist van welke exclusieve cultus ik dan wel een priesteres zou moeten zijn als ik niet mocht praten, maar dat hoefde ik als zwijgende priesteres gelukkig aan niemand te vertellen. Daos zou met mij meegaan. Chique priesteressen hebben slaven. Hij zou in voorkomende gevallen het woord doen.

Na mijn afscheid van Alkibiades – ik bezocht zijn graf nog één laatste keer en ik fluisterde hem door de spleten tussen de witte keien toe dat ik weg zou gaan, nooit meer terug zou komen, maar toch voor hem zou zorgen – had ik vooral geen behoefte aan emotionele toestanden, maar die stonden mij uiteraard al met trillende lippen op te wachten. Mania moest mijn maquillage opnieuw doen nadat zij die met haar en mijn tranen had geruïneerd. De mannen van Melissa keken mij met hun aarden gezichten hoofdschuddend van ontroering na. Mania en de andere vrouwen liepen met Daos en mij mee, helemaal tot aan de bocht in de weg.

De boekrollen zaten in een stevige, waterdichte, geitenleren tas, die de twee leerlooiers van het dorp speciaal voor mij hadden gemaakt. Als onderdeel van mijn vermomming had Mania er met haar vriendinnen zelfbedachte raadselachtige symbolen op geschilderd, die een diepreligieuze indruk maakten. De tas was lichter dan hij eruitzag, maar uiteraard was het juist dat Daos hem droeg als hij voor mijn slaaf wilde doorgaan. De weg was lang en mijn gedachten bedrukt en verward, waardoor ik mij onbedoeld moeiteloos oefende in het zwijgen.

Daos kon soms opeens drollig doen, zoals de parodie op slaven die ik in Athene in komedies opgevoerd had zien worden. Ik kon mij daaraan ergeren, maar bij de stadspoort pakte zijn act voorbeeldig uit. Ik weet niet wat hij zei, maar de wachters lachten en voor ik het wist, stond ik in de stad die Alkibiades nooit heeft mogen zien.

Ik merk dat ik de neiging heb om de stad voor hem te beschrijven. De waarheid is misschien bij nader inzien dat het voor hem is dat ik schrijf wat ik hier schrijf. Ik weet dat ik zonder hem aan duizend gevaren ben overgeleverd, maar ik wil dat hij weet dat hij zich geen zorgen hoeft te maken over mij. Ik schrijf hem om hem te laten weten dat hij in mijn gedachten is en dat ik mijn best zal doen om te bewijzen dat ik heus wel iets van hem heb geleerd. Ik ben aan een hachelijk avontuur begonnen en ik wil dat hij er geen ogenblik van hoeft te missen. Ik wil met hem delen dat de gevoelloze tijd verdergaat zonder hem met allerlei gebeurtenissen, ontwikkelingen, voorvallen, incidenten en perikelen waarover hij met zekerheid een intelligent oordeel zou hebben. Ik zal het hem allemaal vertellen, ook al zal dat mij er tot mijn verdriet aan herinneren dat ik het intelligente oordeel er tegenwoordig helaas zelf bij moet verzinnen.

Sinds ons vertrek uit Athene was ik al bijna drie jaar niet meer in een echte stad geweest. Na de forten van Thracië, de strenge burcht van Daskyleion en de houten en lemen hutten van Melissa had Kelainai weinig nodig om mij te overweldigen, maar desondanks leek het alsof de hele bevolking speciaal was uitgelopen om mij een duizelingwekkende eerste indruk van haar stad te bereiden. Mede vanwege het festival dromden er meer mensen samen in de hoofdstraat dan ik in totaal gedurende de afgelopen drie jaar had gezien. Volgens mij is dat niet eens een overdrijving. Ik verloor Daos in het gedrang tussen Perzische magiërs, marskramers, bedelaars, soldaten en vreemd uitgedoste opperpriesters en ik raakte in paniek. Ik probeerde in de buurt van de gebouwen te komen, waar het iets rustiger leek, maar ik werd meegesleurd door de menigte, totdat een hand mijn hand pakte. Het was de eeltige hand van Daos, die mij feilloos door de mensenmassa loodste naar een paardenstal achter een tempel die ook als herberg diende. Er waren meer priesteressen en vrouwelijke pelgrims, dus ik voelde mij net iets minder onveilig dan mogelijk was geweest.

Zolang het festival duurde, liep ik af en toe mee in willekeurige processies om mijn vermomming geloofwaardig te houden en ik deed mee met rituelen wanneer ik het idee kreeg dat het verdacht zou zijn om dat niet te doen. Ik leerde Kelainai een beetje kennen, ook al strekt de ommuurde stad zich uit over een groot gebied, dat lang niet overal bebouwd is. Er is een akropolis, maar anders dan in Athene is de stad daar niet omheen gebouwd. De burchtheuvel van Kelainai staat aan de rand van de stad, aan de zijde van de poort waardoor ik de stad was binnengekomen vanuit Melissa. De heuvel wordt gedomineerd door het paleis, waar ik de koning vermoedde. Op geen enkel moment tijdens de religieuze festiviteiten heeft hij zich laten zien.

Op de helling van de akropolis, onder het paleis, ligt de bron van de rivier de Maiandros, die in allerlei vertakkingen naar beneden klettert en dan eerst door een groot park stroomt, waar wilde dieren zijn losgelaten en waar de koning jachtpartijen te paard kan organiseren, en daarna door de stad. Iets verderop is er een witte rots, waar het water van een andere rivier met luid gedruis uit een grot tevoorschijn gutst. Dat is de Katarrhaktes, die ook wel de Wolf wordt genoemd. Het met riet begroeide drasland waar hij uitmondt in de Maiandros vormt het onwaarschijnlijke centrum van Kelainai.

Het rivierwater heeft een vreemde blauwe kleur, als van een kalme zee. In de grot waar de rivier ontspringt, staat een stellage waarop de huid van de satyr Marsyas gespannen is, die levend is gevild door Apollo. Het is een afzichtelijk object. Dat de behaarde huid donkerbruin en zwart is uitgeslagen en half vergaan lijkt, is nog niet eens het goorste eraan. Het verschrikkelijkste is dat je bovenaan de hals de trekken van een monsterlijk gezicht kunt herkennen. Ik moest mijn hoofd walgend afwenden toen ik het zag en ik ben in het vervolg uit de buurt gebleven van die morbide relikwie.

De eigenlijke stad, met haar vreemde mix van strenge, kalkstenen gebouwen en wanhopige lemen hutten, met haar rijkdommen en excessieve armoede, met haar tempels en bedelaars en met haar stinkende straten waar het krioelt van ongedierte, wordt door het koninklijke park en de drassige rietlanden naar de rand tegen de stadsmuren aan gedrukt, waardoor je het gevoel krijgt dat de bevolking met tegenzin wordt gedoogd aan de zoom van de koninklijke jachtlusten. Wilde gedachten aan nieuwlichterij als democratie zijn alleen al vanwege de stadsplanning ondenkbaar. Wie onderdrukking wil symboliseren in architectuur, ontwerpt Kelainai.

Kelainai stemde mij droef, waarbij ik moet toegeven dat ik in die tijd voor weinig andere emoties dan droefheid ontvankelijk was, en ik moest oppassen dat mijn tranen mij niet het zicht ontnamen op het verontrustende feit dat ik nog geen concreet plan had bedacht om ook weer weg te komen uit Kelainai. Ik wist beter onderdak te vinden bij de tempel van de waternimf, die de Perzen Anahita noemen en vereren als een vruchtbaarheidsgodin, de bron van de moedermelk, de stralende berijdster van leeuwen met blanke armen zo breed als de schouder van een merrie. Ik had net zolang gedaan alsof ik bij haar priesteressen hoorde tot haar priesteressen er niet meer van opkeken dat ik onder hen verkeerde. Daarbij had ik het geluk dat er meer nieuwe vrouwen naar de tempel kwamen, want de nieuwe koning Artaxerxes was een bijzonder vrome dienaar van de godin, die haar cultus een prominentere status wilde geven. Dit is althans wat mij werd verteld, als ik het goed heb begrepen.

Ik was relatief veilig, maar erg alleen. Daos was weggegaan. Mijn plan was de kust te bereiken, maar in al mijn haast en zenuwen om Kelainai binnen te komen was ik vergeten na te denken over het vervolg van mijn reis. Als ik een man was, zou het ondenkbaar zijn dat ik zonder de benodigde kleitabletten, documenten en vrijgeleiden de stad uit kon gaan en over de grote heirbanen in de richting van Hellas kon reizen. Als ik een man was, zou het zonder de juiste contacten ondoenlijk zijn om die benodigde documenten te bemachtigen. Wat voor een man onmogelijk is, is voor een vrouw nog moeilijker. Ik had het bijkomende probleem dat ik een vrouw alleen was en dat ik als zodanig in administratief opzicht nauwelijks bestaansrecht had. Ik kon het daar misschien nog mee eens zijn ook. Ik gaf mijzelf ook nauwelijks nog bestaansrecht zonder Alkibiades, maar het systeem was zo ingericht dat ik ervoor werd gestraft dat ik hem verloren had, alsof het mijn eigen schuld was dat het zo gelopen was. Intussen begon ik heel erg zwanger te worden.

6

Aldus werd onze dochter in de koudste maand van de winter geboren in Kelainai. Ik noemde haar Laïs. Ik wist onmiddellijk dat zij de mooiste vrouw van de wereld zou worden, want zij leek ontzettend op hem.

Laïs leek zo erg op Alkibiades dat ik moeite had om blij met haar te zijn. Iedere blik op dit nieuwe leven herinnerde mij levendig aan het leven dat ik verloren had. Nu ik zijn evenbeeld had gebaard, zou het mij met zekerheid nooit lukken om niet meer aan Alkibiades te denken, wat aanvankelijk de gemakkelijkste uitweg uit mijn verdriet had geleken. Het geluk om haar bestaan hernieuwde mijn pijn. Ik was overweldigd door dankbaarheid voor het levende bewijs dat onze liefde zijn dood had overwonnen, maar met elke oogopslag van zijn dochter begon mijn rouw weer van voren af aan. Wanneer ik haar in mijn armen wiegde, rolden tranen over mijn wangen omdat het hem was misgund om haar te zien. Ik zou hem zo graag willen laten zien hoe mooi zij is geworden, onze dochter, die wij hebben gemaakt, en ik voelde mij zo ontzettend alleen. Zo alleen met haar, mijn enige bondgenote. Vanaf nu waren we voor altijd met zijn tweeën. Zij en ik tegen de wereld. Ik zou haar nooit meer loslaten. Ik zou haar omhelzen als een wingerd. Ik zou leren te slapen met één open oog om haar nooit, nooit uit het oog te verliezen.

Mijn gevoelens waren zo hevig en zo verward dat ik vergat erbij stil te staan hoeveel dom geluk ik eigenlijk had gehad. Het was geen strategie geweest om mijn toevlucht te zoeken in de tempel van Anahita, maar als ik er wel over zou hebben nagedacht, had ik geen betere keuze kunnen maken. Omdat de priesteressen een vruchtbaarheidsgodin dienden, werd er geen kuise maagdelijkheid van hen verwacht. Dat er in hun tempel een baby geboren werd, was niet bepaald gebruikelijk, maar ze waren bereid om het als een goddelijke interventie van Anahita zelve aan de achterdochtige buitenwereld uit te leggen. Ik had verwarde dromen, waarin Alkibiades Anahita was, die als bewijsstukken voor het wonder aan het geruststellende dossier konden worden toegevoegd. Bovendien was Laïs vanaf de eerste dag van haar aardse bestaan de lievelinge van alle priesteressen, waardoor ik als haar moeder geen kwaad meer kon doen. Eventuele twijfels of bijgedachten omtrent mijn herkomst, mijn taal of mijn tatoeages verbleekten tot irrelevante details bij de vreugde die Laïs verspreidde.

In de naschokken na de aardverschuiving die de moord op haar vader had teweeggebracht, was ik geobsedeerd door haar veiligheid, maar in feite was zij het die mij in veiligheid bracht door simpelweg aanbiddelijk te zijn. Ook daarin leek ze op hem. Ze veroverde de wereld door te bestaan en in haar koninkrijk, waarin zij zich onverschillig liet adoreren, mocht ik naast haar troon zitten, beschermd door haar glans.

Tenzij ieders kinderjaren eender zijn aan die van ieder ander kind, was er geen enkele reden waarom de wonderbaarlijke verschijning van Laïs in Kelainai mij aan mijn eigen kindertijd op Sicilië deed denken, maar misschien waren het de slaapliedjes en de koerende stemmen van de vrouwen die de herinneringen wakker schudden aan de zonnige heuvels bij het strand waar ik een jarenlange, zorgeloze zomer lang kind was. Anders dan nu wist ik toen alles van de wereld. Ik kende iedere boom en iedere steen. We waren Elymoi, maar mijn vader was een filhelleen met contacten in Akragas, Gela en Syracuse. Dat hoefde ik toen allemaal nog niet te weten. Het volstond om mij door zijn positie beschermd te voelen, totdat vele jaren later de fatale dag kwam waarop dat niet meer volstond. Maar toen was ik al geen kind meer. Ik zou Laïs mijn eigen kindertijd willen geven. Ik zou samen met haar schelpen gaan zoeken langs het blauwe water van de Tyrrheense Zee. Ik zou met haar gaan luisteren naar de muziek van de feesten. We zouden op blote voeten rennen waarheen de wind woei. Ik wou dat zij een vader had zoals mijn vader. Had zij maar een vader zoals haar eigen vader.

Hoewel het plan waarmee ik halsoverkop uit Melissa was vertrokken ondoordacht was geweest en bij voorbaat tot mislukken gedoemd, was het gebaseerd geweest op een overweging die nu terecht bleek. Terwijl het onmogelijk was gebleken om naar de kust te reizen terwijl zij nog handzaam in mijn buik zat, was het nu zij zich had gemanifesteerd in de gedaante van een kwetsbare baby pas echt onmogelijk geworden. De gevaren van de reis, die ik eerder heldhaftig en naïef voor lief zou hebben genomen, vormden een onacceptabel obstakel nu deze ook haar zouden bedreigen. Vanwege alle redenen die allemaal even belangrijk waren en vanwege de belofte die ik Alkibiades had toegefluisterd door de spleten tussen de witte keien op zijn graf, moest ik samen met Laïs terugkeren naar Athene, maar terwijl ik daarvoor eerst tenminste nog beschikte over een onmogelijk plan, had ik daar nu geen enkel plan meer voor.

7

Timandra uit Hykkara schrijft dit verslag in de stad Ephesos. Ik ben Timandra en het is anderhalf jaar geleden dat ik met Laïs, de dochter van Alkibiades, de zoon van Kleinias, en mij, uit Kelainai ben weggegaan. Ongeveer een maand later zijn wij in Ephesos aangekomen. Laïs was toen anderhalf jaar oud.

Ik ben dankbaar dat Laïs gedurende de eerste anderhalf jaar van haar kwetsbare leven heeft kunnen opgroeien in de geborgenheid van de Anahitatempel in Kelainai. Ik ben dankbaar dat zij en ik in voorkomende gevallen door de opperpriesteres zijn beschermd tegen ongemakkelijke vragen van de bevoegde instanties. Ik ben koning Artaxerxes van Perzië dankbaar dat hij onze godin en onze cultus een centrale plaats had toebedacht in de religieuze beleving van zijn rijk, waardoor de autoriteiten huiverig waren om beschermelingen van de opperpriesteres aan een nader onderzoek te onderwerpen. In ruil voor onze bescherming hielp ik in de tempel met schoonmaken en koken. Ik assisteerde bij de offers en de riten en ik was betrokken bij de organisatie van de festivals en de processies. Laïs sloeg dit alles met aanstekelijke vrolijkheid gade. Zij was gezond, ik kon haar voldoende eten geven, zij groeide en straalde en eigenlijk kon ik mij niets beters wensen. Maar de geitenleren tas, die door mijn vroegere vriendinnen zo liefdevol met esoterisch bedoelde fantasiesymbolen was versierd en die Alkibiades' leven bevatte, lag achter mijn bed en ik was mijn beloften niet vergeten. Er waren dagen – en die dagen waren gelukkig talrijk – waarop ik tevreden kon zijn met de geborgenheid die mij zo onverdiend ten deel was gevallen en waarop ik aan niets anders dacht dan aan mijn taken en mijn moederschap. Maar telkens weer kwam het besef terug dat mijn verblijf in Kelainai een vorm van falen was en dat ik een manier moest vinden om naar Athene terug te gaan.

Het gebeurde op een dag in de zomer dat ik vroom en gesluierd over de hoofdstraat van de stad liep in de richting van de oostelijke poort, waar de pottenbakkers werken, om twee schenkkannen op te halen die voor de tempel waren besteld, en dat mij in tegengestelde richting een man tegemoetkwam die ik meende te herkennen. Hoe dichterbij hij kwam, hoe zekerder ik was. Hij was de Thebaanse wapenhandelaar die er van droomde om ooit een beroemd generaal te zijn. Alkibiades en ik waren hem tegengekomen op de weg van de Leeuwenkop, de zwarte burcht van Akroënos, naar Synnada. Hij had ons een halve dag lang vergezeld op onze tocht. Ik wist het zeker. Hij was het. Alkibiades had hem gewantrouwd, maar hij had iets tegen Thebanen. Hij had hem niet eens willen zeggen wie hij was. Ik herinnerde mij alles weer en ik herinnerde mij zelfs zijn naam. Koiratadas heette hij. Het was niet verwonderlijk dat hij mij niet herkende in mijn Phrygische dracht met mijn sluier, maar ik herkende hem wel degelijk. Ik sprak hem aan.

Ik had mij niet vergist. Koiratadas bleef staan, zag mij, besloot mij te negeren, maar besefte toen dat hij mij Grieks had horen spreken. Hij bleef opnieuw staan en vroeg mij achterdochtig of hij mij moest kennen. Ik tilde mijn sluier op, maar ik zag aan hem dat hij zich mijn gezicht niet herinnerde. Ik vertelde hem waar wij elkaar hadden ontmoet en zei hem dat hij zich mijn man wellicht kon herinneren. Inderdaad. Hij had lang haar. Maar Koiratadas zei dat hij zich de gezellin van die langharige man als een Thracische edelvrouw herinnerde met tatoeages. Ik schoof de stof van mijn tuniek een stukje naar achteren bij mijn pols totdat er net genoeg van het geometrische motief zichtbaar was om hem alle uitwegen die de vergetelheid hem bood te ontnemen.

Op dit punt in het gesprek zat er voor Koiratadas niets anders op dan hartelijkheid te acteren en te spreken van een bijzonder plezierige verrassing. Hij vroeg mij uiteraard hoe het met mijn prachtige echtgenoot ging. Niet hier, zei ik. Niet midden op straat. Ik vroeg hem mee te komen naar de tempel. Die was niet ver. Daar konden we praten. Dat kon hij inmiddels niet meer weigeren, hoe graag hij dat ook ongetwijfeld had gewild.

We trokken ons terug in een van de semiprivate vertrekken, waar ik hem bier bracht en gedroogde vijgen met ham, zelkia in pikante karyke en brood en waar ik hem zonder in details te treden vertelde dat de man die hij had ontmoet inmiddels was heengegaan. Hij knikte nadenkend en begon vervolgens te vertellen over zijn zaken, waarbij hij, zoals iedere handelaar, uitgebreid de tijd nam om tegenslagen op te sommen en zich te beklagen over de moeilijke tijden. Hij was ongetwijfeld bang dat ik hem om geld zou gaan vragen. Ik vroeg of Kelainai zijn eindbestemming was. Hij lachte. Eindbestemmingen waren een luxe die hij zich niet kon veroorloven, zei hij. Het was zijn noodlot om permanent op doorreis te zijn. Ik vroeg hem waarheen hij op weg was. Hij vertelde over een partij Paphlagonische schilden die hij in Ephesos hoopte te kunnen slijten. Hij had daar al contact met een potentiële koper. Ephesos lag aan de kust, zei ik. Ja ja, zeker, zei hij lachend, aan de kust. Nog wel althans. De rivieren deden steeds meer land aanslibben, waarmee Ephesos op termijn een groot probleem had, als je het hem vroeg, maar vooralsnog lag het aan de kust. Aan de Golf van Kaystros, om precies te zijn, ten noorden van Samos. Ik vroeg hem of hij mij en mijn dochter mee kon nemen.

Hij had mij niet goed verstaan. Hij had begrepen dat ik hem had gevraagd of hij mijn dochter en mij mee kon nemen naar Ephesos. Ik herhaalde mijn verzoek. Hij keek mij een kort moment verbijsterd aan en begon toen te bulderen van het lachen. Ook al zou hij willen, zei hij. Of ik wel wist hoeveel Perzische patrouilles, soldaten en wachtposten we tussen hier en Ephesos zouden passeren. Er kon geen sprake van zijn dat hij een Griekse vrouw en haar dochter zonder documenten zou kunnen meenemen. Maar hij had een speciale vrijgeleide van de satraap, zei ik. Ja, dat was zo, maar die was strikt persoonlijk. Hij beschikte over de nodige vergunningen om zijn handelswaar te transporteren, zei ik. Hij knikte, maar begreep niet waarom dat relevant zou zijn.

'En wat als je ons meeneemt als handelswaar?' vroeg ik.

Hij begreep niet wat ik bedoelde.

'Je zou slaven kunnen vervoeren,' zei ik.

'In theorie wel,' zei hij.

'We kunnen doen alsof we jouw slaven zijn,' zei ik.

Toen Koiratadas begreep dat ik het meende, maakte zijn hilariteit plaats voor een norse opsomming van bezwaren, beletsels, obstakels, problemen, tegenwerpingen, belemmeringen, ongemakken, nadelen en bedenkingen. Er kon, kort samengevat, geen sprake van zijn. Ik drong aan. Hij werd boos. Hij zei dat hij een zakenman was en geen filantroop. Hij zou alle risico's dragen, terwijl hij nog niet één voordeel had gehoord dat hij zelf zou hebben aan de door mij voorgestelde transactie. Wat zat er voor hem in? Daar moest ik eerst maar eens een overtuigend antwoord op verzinnen.

Ik gaf toe dat ik vermoedelijk niet genoeg geld had om hem op een voor hem aanvaardbare manier te compenseren voor zijn ongemak. Maar ik wilde hem iets anders vragen. Ik herinnerde mij onze boeiende conversatie op de weg van de Leeuwenkop naar Synnada. Hij had mijn man en mij met begeestering verteld over zijn belangstelling voor militaire aangelegenheden en over zijn droom om op een dag legeraanvoerder te mogen worden en als een groot veldheer geschiedenis te schrijven. Koiratadas was opgelucht dat ik het gespreksonderwerp had veranderd. Hij durfde mij wel toe te vertrouwen dat zijn activiteiten als handelaar bedoeld waren als een voorbereiding op de verwezenlijking van precies die wensdroom. Wanneer hij genoeg geld zou hebben om een eigen leger te onderhouden, wilde hij terugkeren naar Hellas om de Griekse steden bij te staan in hun oorlogen. Was dat wat ik wilde vragen?

'Mijn man kwam uit Athene,' zei ik. 'Je had zijn accent herkend. Ik herinner mij dat je hem vroeg of hij de beroemde Atheense generaals persoonlijk kende. Klopt het dat ik uit die vraag mag afleiden dat je geïnteresseerd zou zijn in een ontmoeting met een van deze strategen van Athene?'

'Hij was een banneling,' zei hij. 'Ik herinner het mij. Daarom wilde hij mij zijn naam niet zeggen. Hij was al jaren niet meer in Athene geweest.'

'Als je een van de Atheense veldheren mocht ontmoeten, wie zou je dan kiezen?' vroeg ik.

'Van de Atheners? Themistokles, de zoon van Neokles,' zei hij, 'het genie van Salamis. Maar hij is al lang dood. En ik bewonder Demosthenes, de zoon van Alkisthenes. Met hem zou ik graag van gedachten wisselen over verrassing als wapen, maar ook hij is gestorven. Laches, de zoon van Melanopos, misschien. En Alkibiades, de zoon van Kleinias, natuurlijk.'

'De man die jij op de weg naar Synnada hebt ontmoet,' zei ik, 'was Alkibiades. Hij was mijn grote liefde. Ik heb jaren met hem samengeleefd. Ik was met hem op Andros, bij Notion, Phokaia en Kyme en in Thracië. Hoe graag ik dat zelf ook zou willen, behoort het helaas niet tot mijn mogelijkheden om voor jou een ontmoeting met hem te organiseren, want hij is op laffe wijze vermoord. Maar ik heb veel over hem te vertellen.'

Koiratadas geloofde mij niet. Ik zei dat hij moest wachten. Ik ging naar mijn slaapvertrek en haalde de tas met de boekrollen. Ik opende de eerste rol, die in Alkibiades' handschrift was gemarkeerd met de letter alfa, en Koiratadas las de eerste woorden hardop met ongelovige stem: 'Mannen van Athene, mijn naam is Alkibiades, de zoon van Kleinias. Ik ben een telg uit het oude geslacht van de Eupatriden. Mijn moeder was Deinomache, de dochter van Megakles uit het geslacht van de Alkmaioniden en de kleindochter van onze grote wetgever Kleisthenes. Hoewel mijn landerijen in het district Erchia liggen, ben ik officieel ingezetene van het district Skambonidai. Ik ben geboren in het jaar dat Euthynos archon was in Athene op de derde dag van de wassende maan van Metageitnion.'

Ik sloot de rol en borg hem weer op.

'Je moet mij alles over hem vertellen,' zei Koiratadas.

'Tijdens onze lange reis naar Ephesos zal daar alle tijd voor zijn,' zei ik.

8

Op deze wijze vormde het geschrift dat ik hier tracht te voltooien mijn vrijgeleide voor de reis die voor de voltooiing ervan nodig was. Ik kon de priesteressen van de Anahitatempel in Kelainai niet uitleggen waarom ik moest gaan, maar zij begrepen het toch. Voor de grap zeiden zij dat ik Laïs met een gerust hart bij hen kon achterlaten. De grap klonk precies zo serieus als zij hem eigenlijk bedoelden. Zij zouden Laïs meer missen dan mij, maar dat kon ik noch hun noch Laïs kwalijk nemen.

We vertrokken op een warme zomerdag bij zonsopgang met twee karren en lastdieren door de westelijke poort van Kelainai in de richting van de zonsondergang. Ik zat met Laïs in een lichte doek gewikkeld en de tas met boekrollen aan mijn voeten naast Koiratadas op de bok van de voorste wagen. Mijn overige bagage lag op de tweede kar. De tatoeages die mij in Thracië tot een hooggeborene maakten, golden in Azië als de merktekens van een slavin, dus ik hoefde mijn armen maar te ontbloten om als handelswaar vermomd te zijn. Het was mijn eigen schuld dat er van mij werd verwacht dat ik tijdens onze reis, die in totaal twintig dagen zou duren, vrijwel onafgebroken over Alkibiades zou praten, maar deze verplichting, die ik mijzelf had opgelegd, verlichtte de reis, want ik zou geen gespreksonderwerp kunnen bedenken dat mij dierbaarder was dan hij.

Na twee dagreizen bereikten we de stad Anaua, die aan een immense zoutvlakte was gelegen. Hete lucht trilde boven de felle, witte schittering van de kristallen. Koiratadas vertelde mij dat deze vlakte eigenlijk een meer was, dat zich in de wintermaanden helemaal tot aan de weg uitstrekte tot voorbij de bocht in de verte. Er werd zeevis gevangen. In de zomer viel het meer grotendeels droog, ook al had hij het nog nooit zo compleet uitgedroogd gezien als het nu was. Het zout werd gewonnen en geëxporteerd als smaakversterker en conserveringsmiddel voor vis en vlees, zo zei hij. Ik deed alsof ik stomverbaasd was om te horen dat zout daarvoor werd gebruikt. Hij verontschuldigde zich. Hij praatte te veel, zeker voor een Thebaan.

'Pas maar op dat ik je niet in je duim bijt,' zei ik.

Hij begreep mij niet.

'Laat maar,' zei ik. 'Dat was een grapje van Alkibiades.'

We bleven een paar dagen in Anaua, omdat Koiratadas daar enkele onduidelijke zaken te doen bleek te hebben, waarover hij mij niets wenste te vertellen. Na ons vertrek en na twee lange, vermoeiende dagreizen kwamen we in Kolossai aan de voet van de Kadmos. Het is een grote, welvarende stad, die aan de rivier de Lykos is gelegen, die in de stad verzwolgen wordt door de aarde, waarna hij ondergronds verder stroomt om vijf stadia verderop weer aan de oppervlakte te komen. Van Kolossai was het een halve dagreis naar Diospolis, een bescheiden marktplaats in het dal van de Lykos op het kruispunt van onze weg met de weg van Sardis via Hiërapolis naar het verre zuiden. Koiratadas wist er een paar Perzische dolken te verkopen, hetgeen hem dagenlang vrolijk stemde.

Van Diospolis waren het twee dagreizen naar Katoura, waar we de Maiandros terugvonden, en vanaf daar nog een korte dag door het dal van de rivier tussen de Kadmos en het Messogisgebergte tot aan de brug over de Maiandros, die uit zeven boten bestond, waar verder weinig was, behalve een eenvoudige herberg, waar we overnachtten. De weg voerde vervolgens door de vallei langs de flanken van de helling aan de rechteroever van de rivier, die in de zomer slechts een schim van zichzelf is, maar die we desondanks beneden in zijn bedding vol overtuiging zagen glibberen en kronkelen als een politicus. We volgden die weg twee dagen lang totdat we in Nysa kwamen. Een bergstroom, die de Maiandros voedt, ontspringt met spetterende vreugde ergens boven de stad en snijdt er in een diep ravijn dwars doorheen naar de vallei. Een elegante brug verbindt de twee stadshelften. Het is sowieso een elegante stad, ondanks haar bescheiden omvang. Dichters en filosofen voelen zich er thuis. Het was de eerste stad op onze reis waar ik mij moeiteloos in het Grieks verstaanbaar kon maken. We bleven er enkele dagen, omdat een van de beide karren gerepareerd moest worden.

Vanaf Nysa was het een dag reizen naar Tralleis. We volgden nog altijd de Maiandros, die zich breed begon te maken om zich voor te bereiden op zijn ontmoeting met de zee. Tralleis is de grootste en belangrijkste stad die wij aandeden sinds ons vertrek uit Kelainai. We konden de stad al van ver zien liggen. Zij baadt in het zonlicht op de zuidelijke helling van de Messogis en wordt gedomineerd door een imposante burcht die aan de noordzijde boven de stad uittorent. De stad is het beginpunt van de weg die via Alabanda en Stratonikeia door het binnenland van Karia naar het zuiden voert. Koiratadas zei mij dat alle rijkdommen van Azië vroeg of laat door Tralleis komen. Ik geloofde hem. De stad blonk van marmer en goud. De inwoners paradeerden als Perzische prinsen over de glimmende straten. De vrouwen gingen gebukt onder het gewicht van hun rinkelende juwelen. Toen ik Laïs en mijzelf waste in de rivier, merkte ik dat het water zo vettig was dat ik haar billetjes niet eens meer hoefde in te smeren met olijfolie. Ik weet niet of dat met de rijkdom van de stad te maken had en ik weet evenmin waarom ik het vermeld, maar het viel mij op. Een dag verderop was dit niet meer zo.

Het was een dagreis van Tralleis naar Leukophrys. Leukophrys rook naar rozen. In de rivier zwommen witte zwanen. Er is een belangrijk heiligdom van Artemis, waar ik een haarlok offerde en een gebed prevelde voor Laïs, mijzelf, een behouden overtocht naar Athene en gerechtigheid. Vanaf Leukophrys was het nog maar een dag reizen over de pas van de Paktyes naar het dal van de Kaystros, waar de hoge muren van Ephesos opdoemden tegen de achtergrond van de blauwe zee.

Ik kon het niet helpen dat ik bij de eerste aanblik van de zee opveerde van de bok van de wagen en als een dom kind begon te jubelen. 'De zee, de zee!' riep ik, als een gekkin die de neiging niet kan onderdrukken om te benoemen wat zij ziet. Ik was vergeten hoe mooi de zee was. De zee zien was thuiskomen. Alles wat ik kende, lag aan de overkant van de spiegelende blauwe vlakte. Het strand bij Hykkara waar ik als kind op blote voeten door de vloedlijn had gerend, lag aan het water dat ik zag. Mijn bestemming, de haven van Athene, werd door precies dezelfde golven beroerd. Het hete, gebarsten, vreemde en vijandige land van de Perzen, waar mijn liefde was vermoord, lag eindelijk in zijn geheel en in zijn totale uitgestrektheid achter mij.

Hoe opgelucht en kinderlijk opgetogen ik ook was vanwege het feit dat de zee bestond, ik miste Alkibiades. Ik miste hem opeens hevig. De zee die ik zag, was zijn zee, die hij ooit aan zijn wil had onderworpen met zijn triremen. De weg naar Athene die nu open lag, was de weg naar zijn Athene en naar de stad die, als een pit in een perzik, de kern had gevormd van de man die hij was geweest.

9

Alkibiades had Koiratadas uit Thebe niet vertrouwd en hij kreeg postuum gelijk. Op de dag waarop wij in Ephesos aankwamen, bracht hij mij naar een soort herberg van een vriend van hem, waar ik werd geboeid. Hij beroofde mij van mijn tas met boekrollen, die hij aan zijn vriend in bewaring gaf, en van mijn overige bezittingen. De volgende ochtend bracht hij Laïs en mij naar de slavenmarkt. Uiteraard heb ik geprotesteerd en geschreeuwd dat ik een vrije Atheense vrouw was, maar mijn tatoeages werden beschouwd als een overtuigend bewijs van mijn Thracische afkomst, die mij volgens de marktmeesters tot legitieme koopwaar maakte. Ik werd verkocht aan de hoogste bieder, een gezette, hevig zwetende Ephesische koopman wiens naam ik geweigerd heb te onthouden, die mij onderbracht in het slavenverblijf van zijn landgoed even buiten de stad. Mijn enige geluk was – als ik het glanzende woord geluk in de mond mag nemen met betrekking tot de enige rampspoed die mij gespaard is gebleven – dat Laïs nog te jong was om los verkocht te worden, dat mijn nieuwe eigenaar haar op de koop toenam en dat ik niet van haar gescheiden werd.

Schaamte weerhoudt mij ervan om details over dit oponthoud met een van woede trillende rietstengel in de zwartst denkbare inkt toe te vertrouwen aan deze onschuldig blanke papyrus. Ik zie geen reden om voor het nageslacht te memoreren wat ikzelf het liefste zo snel mogelijk zou vergeten. Bovendien is het onnodig op te schrijven wat iedereen weet. Ik was een vrouw alleen, zonder voogd of beschermheer, dus ik was onderworpen aan de grillen en wellust van degene die zich mij had toegeëigend. Ik hoop dat het mag volstaan om te vertellen dat het mij na enige tijd is gelukt om met Laïs te ontsnappen van het landgoed en mijn toevlucht te zoeken in de stad. We hadden het overleefd en dat was meer dan waarop ik sommige momenten had gemeend te mogen hopen. De uitzichtloze situatie waarin ik vervolgens als voortvluchtige slavin terechtkwam, schichtig en op mijn hoede, terwijl ik met mijn kind sliep in de drek en in de stegen van Ephesos voedsel bijeen moest zien te scharrelen, vormde een aanzienlijke verbetering ten opzichte van de omstandigheden waaraan ik was ontkomen.

Ik weet niet precies hoelang mijn verblijf op het landgoed heeft geduurd, want in het hok waarin ik soms dagen achtereen vastgeketend zat terwijl Laïs mij huilend met haar magere armpjes omhelsde, was het onmogelijk om de dag van de nacht te onderscheiden en het maakte deel uit van mijn overlevingsstrategie om geen enkele andere gedachte tot mijzelf toe te laten dan de gedachte aan overleven. Misschien was het een maand. Misschien twee. Ik weet het niet en ik wil het niet weten.

Uiteraard was ik erop gebrand om Ephesos zo snel mogelijk te verlaten, al was het maar om de kans te reduceren dat ik werd herkend als wettig eigendom van een corpulente slavendrijver en dat ik opnieuw werd opgepakt. Maar ik kon niet vertrekken zonder Alkibiades. Zijn leven zat in een geitenleren tas met magische symbolen. Ik moest die boekrollen terug zien te krijgen, maar daarvoor had ik vooralsnog geen concreet plan kunnen bedenken. Niet eens een vaag plan. Ik durfde niet eens naar de grote Artemistempel te gaan om tot de godin te bidden voor een plan, want de heilige weg daarnaartoe voerde vlak langs het landgoed waarvandaan ik was gevlucht. Hoewel ik besefte dat het dom zou zijn om te proberen Koiratadas terug te vinden, probeerde ik dat toch, maar hij was allang verder gereisd. Hoewel ik begreep dat ik vooral uit de buurt moest blijven van de herberg van zijn vriend, waar hij mij had laten vastbinden, sloop ik 's nachts langs de deur, terwijl ik bad dat Laïs stil bleef. Maar deze risicovolle handelwijze was eerder illustratief voor mijn wanhoop dan dat zij getuigde van een weldoordachte strategie.

Tegen het einde van de zomer begonnen er opvallend veel soldaten aan te komen in de haven van Ephesos. De meesten van hen waren Grieken, maar zij vormden geen militaire eenheid. Ze kwamen in plukjes met verschillende schepen, ze droegen verschillende uitrustingen en spraken verschillende dialecten. Ik hoorde veel Spartaans op straat, maar de onmiskenbare, vulgaire Atheense tongval was nog prominenter. Ik was het zicht op de recentste ontwikkelingen in de wereldpolitiek een beetje kwijtgeraakt, dat besefte ik, maar ik meende toch dat ik mij erover moest verbazen dat verslagen Atheners met hun Spartaanse overwinnaars in Ephesos bijeenkwamen, totdat ik begreep dat zij huurlingen waren. Zij bleven een paar dagen in de stad en vertrokken vervolgens in de richting van Sardis, wat moest betekenen dat zij waren geronseld door de jonge prins Kyros, als hij tenminste nog steeds in Sardis zetelde. In dat geval had de komst van de huurlingen met zekerheid te maken met het complot dat Alkibiades had ontrafeld. Als ik de theorie van Alkibiades volgde, zou de komst van de huurlingen erop wijzen dat de heimelijke moordaanslag van Kyros op zijn broer was mislukt en dat hij voor de verwezenlijking van zijn ambities nu zijn alternatieve plan, dat voorzag in een machtsovername met militaire middelen, in werking had gezet.

Hoewel ik banalere en urgentere besognes kende dan het verkrijgen van zekerheid omtrent mijn vermoedens met betrekking tot de dynastieke spanningen in het koninkrijk Perzië, had ik het rare idee dat ik het aan Alkibiades verplicht was om zijn hypothesen te bevestigen. Ik was bang, maar ik besloot naar een manier te zoeken om met een van de soldaten in gesprek te komen. Misschien gebeurde er een wonder, dacht ik, en vond ik toevallig iemand die mij wilde helpen, een Atheener bijvoorbeeld, met wie ik nostalgische herinneringen kon ophalen aan taganiteskoeken, sardines, bloeiende jasmijn op de hellingen van de Akropolis, de mooie jongens die 's avonds over de Straat van de Drievoeten flaneren en de geur van kamfer in de wijk Melite, en die mij vervolgens misschien als een stadsgenote en een medemens zou zien in plaats van als een vrouw zonder echtgenoot, status of waarde.

Ik zocht een stille plek op aan de achterkant van de berg Pion aan de monding van de Marnas om mijzelf en mijn kleren te wassen. De chiton die ik aanhad, was de enige die ik nog bezat en hij was nauwelijks nog schoon te krijgen en bovendien gescheurd. Toen ik even verderop een simpele, witte, gave chiton te drogen zag liggen op de rotsen, heb ik die, terwijl ik Laïs in haar oortje fluisterde dat zij vooral geen voorbeeld moest nemen aan mamma, toen maar geleend. Ik deed mijn haren zo goed als ik kon en op de agora achter het raadsgebouw wist ik bij een cosmeticakraam ongezien een beetje rode was op mijn lippen te smeren. Ik maakte mijn oogleden vochtig met spuug aan mijn vinger en gebruikte de rossige aarde om ze te kleuren. Bij een koperslager controleerde ik mijn gezicht in de weerspiegeling van een glimmende ketel. Ik was mager en ik had holle ogen, maar beter dan dit werd het voorlopig niet.

Ik had mij zozeer geoefend in angst en schichtigheid dat mijn zelfvertrouwen was verschrompeld. Ik liep waar de soldaten liepen, maar ik durfde hen nauwelijks aan te kijken. De Timandra die in het bordeel van Anteia in Athene zelfs zonder dat echt te willen magistraten, reders en opperpriesters had gekleineerd en moeiteloos om haar vinger had gewonden, was een verre en ongeloofwaardige herinnering geworden voor de Timandra die in Ephesos met terneergeslagen blik langs de muren schuifelde.

Ik zag een groepje soldaten die met elkaar in gesprek waren. Zij leken mij nog niet dronken. Ik hoorde dat zij Atheners waren. Ik bleef hen van een afstand observeren, totdat een van hen zich losmaakte uit het groepje en zijn eigen weg ging. Hij was jong, nog geen dertig, en hij zag eruit als een verlegen, enigszins naïeve jongen uit een goede familie. Argelozer en onschuldiger dan hij werden ze niet, dus het was nu of nooit. Ik raapte de rudimenten van mijn moed bijeen en sprak hem aan.

Ik had geen betere kandidaat kunnen kiezen. Hij heette Xenophon. Hij was de zoon van Gryllos en hij kwam uit het district Erchia, waarmee wij meteen een gesprek hadden, want het landgoed van Alkibiades was in Erchia. Hij had Alkibiades meermaals gezien in Athene, maar hij kende hem vooral van de anekdoten die altijd over hem werden verteld door de vrienden en leerlingen van Sokrates. Ja, hij had Sokrates gefrequenteerd. En waar ik Alkibiades dan van kende. Toen het gesprek op dat punt aangekomen was, werd alles gemakkelijk. Hij nam mij mee naar een taveerne, luisterde ademloos naar mijn verhalen en bij het vallen van de avond was hij verliefd op mij.

Xenophon bevestigde mijn vermoedens. Hij en alle andere Griekse soldaten die ik in Ephesos zag arriveren, waren huurlingen. Prins Kyros wilde een leger van meer dan tienduizend man bijeenbrengen voor een expeditie naar het oosten. Xenophon wist niet precies te vertellen wat het doel van deze veldtocht zou zijn. Dat zou waarschijnlijk pas later bekend worden gemaakt. Een of ander grensconflict waarschijnlijk. Er werd gesproken over een invasie van Pisidië. Anderen dachten te weten dat er een opstand in Kilikië diende te worden neergeslagen.

Toen ik hem vertelde over de aanwijzingen die Alkibiades had gevonden voor een complot van Kyros dat gericht was tegen zijn eigen broer, de nieuwe koning Artaxerxes, schrok Xenophon even, maar toen vermeed hij de ongemakkelijke implicaties van deze theorie, waaronder het vooruitzicht dat hij tegen de koninklijke garde van het Perzische leger zou moeten vechten, door te besluiten om niet in complotten te geloven. Het zou met zekerheid een snelle, simpele campagne zijn. Binnen een paar maanden zou hij weer thuis zijn.

Ik vroeg hem waarom hij was gekomen. Hij zei dat hij was uitgenodigd door een vriend van hem uit Thebe, die Proxenos heette, en dat hij op advies van Sokrates aan het orakel van Delphi had gevraagd of het een goed idee was om op die uitnodiging in te gaan, maar dat Sokrates boos op hem was geworden omdat hij had gevraagd hoe hij naar Sardis moest reizen in plaats van te vragen of hij naar Sardis moest reizen. Hij lachte.

'Ik zou kunnen zeggen dat Kyros goed betaalt,' zei hij, 'maar dat is niet eens waar. De waarheid is dat ik eindelijk eens iets wilde meemaken. Ik zou er bijna op gaan hopen dat het waar is wat jij mij hebt gezegd en dat zal blijken dat we optrekken tegen Babylon. Dan zou ik iets te vertellen hebben.'

Hij was een schatje. Ik kreeg bijna met hem te doen. Hij bloosde van verliefdheid op mij en op zijn avontuur. Hij wilde actie. Hij wilde meedoen aan de geschiedenis. In dat geval had ik een bescheiden suggestie voor hem. Hij kon in actie komen om een onrecht ongedaan te maken dat mij was aangedaan. Hij kon geschiedenis schrijven door geschreven geschiedenis voor mij te heroveren. Ik vertelde hem wat mij was overkomen en ik vertelde over de tas met boekrollen die mij ontnomen was. Zijn borst zwol van nobele verontwaardiging. Uiteraard zou hij deze lage misdaad bestraffen. Hij snoof van ongeduld om met blinkend kuras voor mij in het strijdperk te mogen treden. Ik had alles van hem kunnen vragen. Als ik hem had gevraagd om Troje voor mij in te nemen, zou hij het ook hebben gedaan. Tegelijkertijd was hij, in al zijn ijver om mijn held te mogen zijn, gefascineerd door de gedachte die aan het geschrift van Alkibiades ten grondslag lag, dat een man de held van zijn eigen verhaal kan worden, en hij liet zich ontvallen dat hij hoopte dat hij ook ooit iets zou mogen meemaken wat de moeite waard zou zijn om op te schrijven.

Diezelfde nacht nog trapte hij met tien man van zijn compagnie de deur in van de herberg waar ik was vastgebonden om te worden verkocht. We vonden mijn magische tas die het leven van Alkibiades bevatte. Alles was er nog. Ik omhelsde de rollen alsof ik Alkibiades zelf omhelsde. Ze hadden de valse herbergier, de handlanger van Koiratadas, gegrepen voordat hij kon vluchten en Xenophon vroeg aan mij wat zij met hem moesten doen.

'Dood hem,' vonniste ik.

De volgende ochtend keerde ik met Xenophon en zijn mannen terug naar het landgoed buiten de stad waar ik was vastgehouden en vernederd. We bevrijdden de slaven en Xenophon bracht mij mijn vadsige, hevig zwetende, voormalige eigenaar en dwong hem om huilend en jammerend in zijn dure gewaden aan mijn voeten te knielen. Zijn dikke hoofd en zijn behaarde huid herinnerden mij aan het smerige relikwie dat ik in Kelainai vol walging had aanschouwd. Ik gaf bevel hem levend te villen, maar dat ging helaas niet helemaal goed – Xenophons mannen waren bijna allen net zulke verlegen, keurige jongens als Xenophon zelf, die ik het gebrek aan ervaring met wrede executiemethoden niet kwalijk kon nemen –, waardoor hij uiteindelijk toch maar gewoon werd onthoofd. We plunderden het landhuis en verdeelden de buit. Mijn deel volstond ruimschoots om onderdak te vinden, Laïs en mijzelf bij te voeden en te laten aansterken, kleding te kopen voor de winter en in het voorjaar een fatsoenlijke overtocht te regelen naar Athene.

Nadat deze dingen gedaan waren, vertrok Xenophon, de zoon van Gryllos, met zijn compagnie naar Sardis om zich aan te sluiten bij het leger van Kyros en zich op te maken voor de expeditie naar het oosten. Ten afscheid wenste ik hem een goed verhaal toe en een spoedige, behouden thuiskomst. De autoriteiten van Ephesos stelden een onderzoek in naar de dubbele moord, dat echter al gauw werd gestaakt, omdat alles erop wees dat de daders deel uitmaakten van een bende Atheense huurlingen, die inmiddels de stad had verlaten en als regiment van het leger dat werd bijeengebracht in Sardis de bescherming genoot van de satraap.

Dit is het verslag van het verblijf in Kelainai, de reis van Kelainai naar Ephesos en het verblijf in Ephesos. Timandra uit Hykkara heeft het geschreven in Ephesos.

10

We overwinterden in Ephesos. Omdat ik nu een klein, maar comfortabel huis in een zijstraat van de Embolos in de buurt van het theater kon betalen, met twee potige bedienden die Laïs en mij beschermden, en omdat Xenophon, de zoon van Gryllos, de stad had ontdaan van ongedierte, was het oponthoud uitsluitend bezwaarlijk omdat ik andere plannen had. Met de garderobe van een gegoede dame, die mijn tatoeages bedekte, mat ik mij ook de relatief onaantastbare status van een dame aan. Nu ik weer om mij heen durfde te kijken, in plaats van schichtig achterom, begon ik oog te krijgen voor de elegantie waaraan Ephesos zijn faam te danken heeft. Laïs fleurde op. We vierden haar tweede verjaardag gedurende die winter en zij begon steeds meer praatjes te krijgen. Ik sprak Grieks met haar, maar ze had ook een paar woordjes geleerd van de taal van de Elymoi op Sicilië, omdat ik haar in slaap zong met de oude liedjes van mijn moeder.

Tijdens het feest van de Thesmophoria ging ik met Laïs kijken naar de optocht van de vrouwen, die hun hoge liederen zoemden als kleurige libellen. Vanaf dat moment wilde Laïs net zo'n hoge punthoed als zij. We liepen helemaal mee tot de tempel van Artemis, die zeven stadia buiten de stad ligt. Het is de grootste tempel die ik ooit heb gezien, groter dan het Parthenon op de Akropolis van Athene en veel ouder. Men zegt dat de Lydische koning Kroisos, die regeerde voordat de Perzen kwamen, de meeste van de Ionische zuilen heeft geleverd. Het is een ontzagwekkende, heilige plek. Ik kon de aanwezigheid van Artemis voelen.

Toen de zee kalmeerde in de lente en toen ik op zoek wilde gaan naar een plaats aan boord van een schip dat ons naar Athene kon brengen, werd Laïs ziek. De ontberingen van de voorafgaande zomer waren ondanks de recente verbeteringen in onze situatie niet bevorderlijk geweest voor haar gestel en hoewel ik daarvan net als zij slachtoffer was, mengde zich schuldgevoel door mijn zorgen om haar gezondheid.

Laïs kreeg koorts. Ze had pijn in haar liezen, een zwaar hoofd en een stijve nek. Haar uitscheiding was overvloedig, schuimig en galachtig, haar urine zwart met een zwart sediment. Zij had dorst en een droge tong. 's Nachts kon zij niet slapen. Ik liet onmiddellijk een arts roepen. Ik dankte de goden dat ik over de financiële middelen beschikte om de beste arts van Ephesos te laten komen. Op de tweede dag had zij acute koorts. Ontlasting overvloediger, dunner, schuimiger, urine zwart, een ongemakkelijke nacht, een licht delirium. Op de derde dag verergerden alle symptomen. Ze gaf over, maar spuugde gelukkig geen bloed. Ze kreeg een gezwollen buik. Haar ontlasting was dun en donker, haar urine modderig en donker, geen slaap 's nachts, veel praten, lachen, zingen, zij kon niet ophouden. Op de vierde dag was zij in dezelfde staat. De arts keek zorgelijk. Ik bad tot alle Griekse en Siciliaanse goden die ik kende en vooral tot Artemis voor haar kwetsbare leventje.

Op de vijfde dag werd haar ontlasting galachtig, glad en vettig en haar urine dun en transparant. Ze werd slecht aanspreekbaar. Op de zesde dag vertoonde zij overvloedige transpiratie op haar voorhoofd, terwijl haar vingers en tenen koud aanvoelden. Ze was onrustig. Ze woelde in haar bedje. De koorts was hoger. Op de zevende dag kon zij niet meer praten. Haar ledematen waren moeilijk warm te houden. Op de agora had ik houten godenbeeldjes en amuletten gekocht die ik tussen haar lakens stopte. Ik legde ook twee Ephesische staters onder haar kussen, want die dragen de afbeelding van een bij en een vrouw op de markt had mij gezegd dat bijen boodschappers van de goden zijn en dat zij net als de dichters magische woorden kennen die demonen afweren.

Op de achtste dag had zij koud zweet en huiduitslag in de vorm van kleine, ronde, rode vlekken, die de arts behandelde met zijn eigen zalf. Hij liet haar overgeven. Het braaksel had geen ongezonde kleur, maar haar urine was dun en transparant en rook zurig. Ze leek pijn te hebben. Ze sliep slecht. Ik sloop door het huis en bad in stilte, maar zij schrok om de haverklap wakker. Soms huilde zij. Het was hartverscheurend om te horen hoe zwak en hoe zacht zij huilde wanneer zij huilde.

Gedurende de daaropvolgende dagen bleef haar toestand onveranderd. Ze at nauwelijks en dronk weinig. Maar de huiduitslag begon te verdwijnen. De behandeling met een zalf van duizendblad, vrouwenmantel en donzige klis sorteerde effect. De arts gaf haar kleine hoeveelheden warme wijn om haar te helpen slapen. Op de zeventiende dag brak haar koorts. Haar urine werd melkachtig, wat een goed teken was volgens de arts. Ik heb mij nooit eerder in mijn leven zo opgelucht gevoeld als toen hij dat zei. Haar vingers en tenen voelden warmer aan. Ze kwebbelde en lachte weer. De zwelling in haar buik verdween echter pas later, pas rond de twintigste dag begon deze zichtbaar af te nemen. Ze klaagde over een kloppend gevoel in haar buik, maar volgens de arts was dat niet ernstig. Het verdween mettertijd.

Laïs genas, maar ze moest rust houden en aansterken. Ik bracht een dankoffer aan alle Griekse en Siciliaanse goden die ik kende en vooral aan Artemis. Mettertijd verdwenen ook de meeste van mijn zorgen over haar gezondheid, maar het schuldgevoel bleef. Om haar te belonen voor het feit dat zij zo genereus voor mij was geweest om in leven te blijven en in een vergeefse poging om mijn schuldgevoel af te kopen, liet ik een prachtige, veel te dure terracottapop voor haar maken, met bewegende armpjes en beentjes en een fijn geboetseerd gezichtje dat een beetje op haar gezicht leek. Ik kocht er verschillende minichitons en gekleurde manteltjes bij om haar aan te kleden. Laïs was onmiddellijk verliefd op haar. Ze noemde haar Phryne.

Al met al waren wij nog altijd in Ephesos toen de stad aan het begin van de herfst werd opgeschud door het nieuws dat prins Kyros zijn broer, de grote koning Artaxerxes, gewapenderhand had trachten te onttronen, dat hij met zijn huurlingenleger was opgetrokken tegen

Babylon, dat hij bij Kounaxa aan de Eufraat slag had geleverd tegen de Perzische troepen en dat hij had verloren. Zijn leger was verslagen en Kyros was gesneuveld.

Ik dacht aan Alkibiades, die alles had begrepen, en ik dacht aan de arme Xenophon, die net als Alkibiades nog veel te jong was om te zijn gestorven. Ik hoopte voor Xenophon dat hij had weten te ontkomen en dat hij, hoewel hij zich diep in vijandelijk territorium bevond, een manier zou vinden om thuis te komen. Kyros' opvolger was zijn voorganger. Artaxerxes had Tissaphernes, de zoon van Hydarnes, benoemd als de nieuwe satraap van Lydië in Sardis en dit bericht baarde mij zorgen, want ik kende die naam uit de verhalen van Alkibiades. Zijn degradatie, die met zijn herbenoeming in Sardis ongedaan was gemaakt, was aan Alkibiades te wijten geweest. Hoewel Tissaphernes niet kon weten dat ik nauw aan Alkibiades gelieerd was geweest, om het zo maar eens uit te drukken, en hoewel hij zich daarvoor mogelijkerwijs ook niet eens zou interesseren, vond ik het een ongemakkelijk idee om in een stad te verblijven die nu opnieuw in zijn invloedssfeer lag. Het was al eerder de hoogste tijd geweest om te gaan en nu helemaal.

Maar het was herfst en hoewel het goed ging met Laïs, was ze nog zwak en ook als ze niet zwak was, zorgde mijn schuldgevoel ervoor dat ik net zo bezorgd over haar was als wanneer ze dat wel zou zijn. Ik wilde haar geen lange zeereis aandoen over immer herfstachtiger aanzwellende golven. Daarom was het pas in het voorjaar, twee maanden na Laïs' derde verjaardag, dat wij aan boord van een Aiginetische galei over een spiegelgladde zee de oversteek maakten van Ephesos via Samos, Ikaros, Tenos, Syros en Keos naar Aigina, vanwaar we ons met een regulier schip naar de haven van Peiraieus lieten brengen.

Laïs genoot van de zee. Ze was een kind van haar vader. Ze vond het alleen jammer dat er geen hogere golven waren.

11

Er was niets veranderd en alles was anders. In de grote Kantharoshaven van Peiraieus wemelde het zoals voorheen van galeien, akatoi en holkades uit alle windstreken, maar de boothuizen, waar vroeger de triremen schommelend van ongeduld lagen te wachten om de zeeën hun wil op te leggen, waren leeg. Toen we door de menigte van het Emporion onze weg zochten naar de agora van Hippodamos, werd de hele wereld ons schreeuwend te koop aangeboden en rondom ons werd in alle dialecten van Hellas afgedongen op de prijzen voor wijn uit Chios, purperen mantels, een kotyle honing, een halve hekteus graan, een choinix olijven en een chiton, maar toch kon ik niet aan de indruk ontsnappen dat het hier vroeger veel drukker was. Toen we Peiraieus verlieten door de middelste poort en de weg op liepen die tussen de Lange Muren naar de stad voerde, bleken de muren over de lengte van enkele stadia te zijn afgebroken. We keken uit over het drasland waar de Kephisos en de Ilissos samenvloeien. We konden de Korydallos zien liggen.

Hoewel ik wist dat Athene de oorlog inmiddels verloren had, was ik zo gewend geraakt aan het idee dat de vlakten en heuvels van Attika vijandelijk territorium waren, waar in elke olijfboomgaard en vanachter elke hoeve zwaargewapende Spartaanse hoplieten konden opduiken, dat ik geschokt was. De onneembare muren die de toegang van Athene tot zijn imperium hadden bewaakt en die de stad als een machtig eiland onbereikbaar hadden gemaakt voor de rest van Hellas, waren geslecht en het enorme gat in de verdedigingswerken, dat uitzicht bood op doodgewone rotsen en banale aarde, had Athene weggerukt uit zijn magnifieke droom van verheven en onaantastbaar isolement en met zijn gezicht in de modderige realiteit gedrukt van zijn eigen ommelanden. Dat ik de moerassen van de Tetrakomoi en het Aigaleosgebergte kon zien vanaf de weg tussen Peiraieus en Athene, zei veel meer dan het zei. Het zei dat het imperium verloren was. Het zei dat Athene, net als iedere andere stad, onderwerp was geworden van de geschiedenis en niet langer de auctoriële verteller ervan.

'Ik heb moeten sluiten,' zei Anteia. 'Door de terreur en de burgeroorlog heb ik zo ongeveer al mijn vaste klanten verloren.'

Misschien was het raar dat ik bij onze aankomst in Athene aanklopte op de deur van het bordeel waar ik slavin was geweest, totdat Alkibiades mij had vrijgekocht, maar hoezeer ik destijds de omstandigheden waarin ik verkeerde ook heb vervloekt, ben ik Anteia dankbaar geweest dat zij mij altijd met respect behandelde en behoedde voor omstandigheden die heel veel onaangenamer hadden kunnen zijn. Ik vertrouwde haar en ik durf zelfs te zeggen dat ik haar mocht. Nu Athene van Alkibiades was beroofd en ons oude huis in Melite met zekerheid door anderen werd bewoond, kon ik geen veiligere plek bedenken waar ik voor de eerste paar dagen onderdak zou kunnen vragen dan bij Anteia.

Maar er werd niet opengedaan. De buren wisten mij te vertellen dat Anteia verhuisd was. Volgens hen woonde zij nu ergens in de drukke volkswijk Kollytos ten zuiden van de Akropolis, waar kinderen, naar men zegt, een maand eerder leren praten dan elders. Rondvraag leverde niets op, maar ik vond haar bij toeval op de markt aan de Kollytosstraat bij een kraam die vijgen en honingkoeken verkocht. Ze was ouder geworden. Er waren zeven jaren verstreken sinds ik haar voor het laatst had gezien, maar het leek alsof een dubbel aantal jaren zijn sporen had nagelaten op haar gezicht en handen. Ze omhelsde mij toen zij mij zag, maar niet voordat zij eerst schichtig om zich heen had gekeken. Ze nam ons snel mee naar haar huisje in een kronkelige zijsteeg en zij vergrendelde de deur toen wij binnen waren.

Ze zei dat ze blij was om mij te zien, maar dat we niet konden blijven. Ik zei haar dat Alkibiades dood was. Zij zei dat dat bekend was in de stad. Ik vroeg mij af hoe dat bekend kon zijn, maar dat wist zij mij niet te vertellen. Zij zei dat het erg moeilijke tijden waren geweest en dat het nog steeds moeilijke tijden waren. Ondanks de amnestie die was afgekondigd, was er nog veel onverwerkt leed in de stad, dat ressentimenten bleef voeden. Gezien de aard van haar vroegere clientèle, werd zij soms op een bepaalde manier aangekeken, als ik begreep wat zij bedoelde. Ze moest voorzichtig zijn. Veel lag gevoelig, zei ze, en weinig dingen lagen gevoeliger dan Alkibiades. Zij kende hem en zij geloofde dat hij Athene wilde redden. Zij geloofde bovendien dat hij daartoe in staat zou zijn geweest. Maar hij was een vriend van Kritias geweest en zo. Ze verontschuldigde zich. Er was te veel gebeurd. Iedereen wist van mij en Alkibiades. Het punt was dat zij zich had voorgenomen om zich voorlopig verre te houden van alles wat naar politiek stonk en ze wist wel dat ik, maar de mensen, enfin. Ze verwachtte niet dat ik het begreep, want ik had de tijden niet meegemaakt en daarvoor prees zij mij gelukkig.

Ik verontschuldigde mij op mijn beurt. Ik stond op het punt om Anteia verder met rust te laten, toen Laïs Phryne liet zien aan Anteia. Ze begon te vertellen dat Phryne heel ziek was geweest in Ephesos, maar dat zij daarna een zeereis had gemaakt naar de andere kant van de wereld. Laïs had het diplomatieke genie geërfd van haar vader en door zich moeiteloos in een oogwenk geliefd en bemind te maken toverde zij alle bezwaren weg en veranderde zij in futiliteiten wat eerder nog onoverkomelijke obstakels leken. Dankzij de magie van Laïs smolt Anteia's kuras, totdat de vrouw weer zichtbaar werd die ik mij herinnerde. Laïs vertelde nu over Phryne's reis naar Babylon, waar zij een leger van tienduizend danseressen met hoge punthoeden op hun hoofden aan de koning van Perzië had gegeven. Anteia lachte. Even later had ze Laïs op schoot en kort daarna begon ze in haar achterkamer een matras voor ons in gereedheid te brengen. We mochten zo lang blijven als wij wilden.

12

'Ik heb moeten sluiten,' zei Anteia. 'Je weet wie mijn klanten waren. Zij droegen de luidst galmende namen van Athene. Zij waren de mannen die het meeste te winnen en het meeste te verliezen hadden bij de omwenteling. Als zij zich niet onder de daders schaarden, behoorden zij tot de eerste slachtoffers. Aangezien mijn vermoorde cliënten om hen moverende redenen niet meer kwamen, zat ik met een bordeel vol moordenaars.

Maar je vroeg mij bij het begin te beginnen. Je vraagt mij een onzegbaar verdriet te vernieuwen. Het begon met de Paralos. Gedurende de nacht van de dag waarop het eenzame schip het ongehoorde bericht bracht dat de gehele vloot verloren was gegaan, heeft niemand in Athene geslapen. Gezamenlijk met angstig samenklittende familieleden rond de haard, in bedompte gesprekken met vrienden op straat of in stille overpeinzing kwam ieder tot de conclusie dat vanaf die dag alleen de zwartste scenario's nog denkbaar waren. Het leek niet onwaarschijnlijk dat Athene zou worden ingenomen en platgebrand, dat de gehele mannelijke bevolking zou worden gedood en dat de vrouwen en kinderen als slaven zouden worden verkocht. Dit was vele malen eerder gebeurd. Athene zelf had zich in het verleden meermaals aan dergelijke wandaden schuldig gemaakt, dus er waren weinig argumenten aan te dragen voor clementie. Elk lot dat minder wreed zou zijn dan dat, moest worden beschouwd als een onverdiende meevaller.

Ondanks of dankzij het feit dat er geen hoop meer was, werden de stadsmuren met heroïsche verbetenheid bemand en nam het resolute voornemen bezit van de stad om zich nooit en te nimmer over te geven. De haven werd dichtgegooid en het beleg begon. De naam van Alkibiades gonsde door de stegen. We klampten ons als drenkelingen aan wrakhout vast aan het besef dat hij nog in leven was.

Toen kwam de honger. De prijs van een halve hekteus graan steeg binnen enkele dagen tot tien drachmai. Tegen het einde van de winter vocht men om de laatste, uitgemergelde ratten in de stegen. Kinderen kregen opgeblazen buikjes van de lucht die hun enige dieet vormde. Velen hebben het niet overleefd. Ziekten kregen vrij spel onder de verzwakte bevolking. De goden hadden zich van ons afgekeerd en er was niets wat we konden doen om hen opnieuw gunstig te stemmen, want we hadden al hun offerdieren allang zelf opgegeten. Het leer van schoenzolen werd gekookt. Kwaadaardige geruchten begonnen de ronde te doen over doden die op onverklaarbare wijze verdwenen.

Desondanks waren er politici die zich hardnekkig bleven verzetten tegen een akkoord met Sparta. Ik noem geen namen, maar het was vooral Kleophon die de volksvergadering bleef ophitsen om de Spartaanse voorwaarden, die alleszins redelijk waren, in ieder geval veel redelijker dan de voorwaarden waarop we hadden gemeend te mogen hopen, verontwaardigd te verwerpen. Ik denk dat dat de doodsteek heeft gegeven aan de democratie. Toen de mensen zagen dat hun politieke leiders zich, nadat de oorlog door hun incompetentie verloren was, zelfs op het moment waarop de dood grijnzend van deur tot deur ging, nog altijd meer zorgen maakten over hun machtspositie dan over het overleven van hun volk, verloren zij definitief hun geloof in het politieke systeem.

Maar de capitulatie werd bekrachtigd en nadat de Spartanen op de zestiende dag van de maand Mounychion in het jaar dat Alexias archon was in triomf Peiraieus binnenvoeren, de muren onder de begeleiding van fluitmuziek werden afgebroken en de volksvergadering zichzelf onder toezicht van de Spartaanse bezetter bij handopsteking mocht afschaffen, waren er daarom slechts weinigen die nog hechtten aan het idee dat er een waardevolle traditie werd opgeofferd. Toen er met goedkeuring van de Spartanen een regering werd geïnstalleerd van dertig voorname Atheense burgers onder leiding van de dichter en filosoof Kritias, de zoon van Kallaischros, werd die ontwikkeling door de meerderheid van de bevolking onthaald op welwillendheid. De mensen hadden het idee dat zij onverdiend getuigen waren van een positieve en hoopgevende ontwikkeling en toen de Dertig met voortvarendheid het juridische systeem begonnen te hervormen, zagen zij zich in die verwachtingen bevestigd, want de volksjury's werden al jarenlang zelfs door de fanatiekste democraten gezien als een uitwas van een doorgeschoten democratische ideologie.

Niemand die had meegemaakt waartoe de democratie de laatste decennia in staat was gebleken, had heimwee naar de democratie. Het leek goed en juist om iets nieuws te proberen en om een daadkrachtige en slagvaardige commissie de volmacht te geven om orde op zaken te stellen. Hoe lang is dat geleden? Volgende maand is dat vier jaar geleden. Onvoorstelbaar.'

Anteia haalde de vijgen en de honingkoeken tevoorschijn die ze net had gekocht, maar ze at zelf niets. Ze mengde wijn in een kleine krater. We lieten de kylix rondgaan alsof we mannen waren.

'Maar het duurde niet lang,' vervolgde Anteia, 'totdat de nadagen van de democratie, ondanks de verdeeldheid, inefficiëntie en lichtgeraakte verongelijktheid, met terugwerkende kracht hoogtijdagen leken van vrijheid en rechtvaardigheid in vergelijking met de eensgezinde, doeltreffende en koele manier waarop het regime zijn macht consolideerde. Misschien was de waarheid de laatste jaren onder te veel waarheden bedolven geweest, toen de demagogen emoties en impressies als feiten verkochten, maar we kregen bijna heimwee naar die chaos toen één enkele, nieuwe, onmiskenbare waarheid haar wrede gezicht liet zien. Daadkracht en slagvaardigheid bleken de perfecte excuses voor oncontroleerbare eigengerechtigheid.

Maar zelfs toen het moorden begon, konden de Dertig aanvankelijk nog op enige bijval rekenen. Toen de eerste vijanden van het regime werden opgepakt, berecht door de nieuwe tribunalen, die onder controle stonden van de regering, en geëxecuteerd, werd dat door sommigen toegejuicht. De machthebbers waren slim. Ze pakten de rijken. Het volk was gedurende de laatste decennia door verschillende populisten zozeer opgehitst tegen de elite, dat het stond te applaudisseren toen het economische establishment werd aangepakt. Daarbij hadden de machthebbers de voor hen interessante ontdekking gedaan dat de rijken rijk waren en dat het lucratief was om hun bezittingen te confisqueren. Voor mij was dat het moment om het bordeel te sluiten. Ik begreep dat de vermogende klanten die nog op mijn deur klopten medeplichtig waren aan het wegblijven van mijn overige klandizie. Afgezien van het feit dat het niet langer rendabel was om open te blijven, mede gezien de speciale privileges die de machthebbers en hun vrienden dachten te mogen afdwingen, wilde ik mijn meisjes niet blootstellen aan moordenaars.

Maar dit alles bleek nog maar een onschuldig begin te zijn van de terreur die de Dertig als krijsende Erinyes door de stad joegen. Na de moorden op vermogende buitenlanders en de vijanden van het regime, onder wie voormalige democratische kopstukken als Kleophon, en na de eerste executie in hun eigen kringen in de persoon van Theramenes, de zoon van Hagnon, op persoonlijk bevel van Kritias, was iedereen vogelvrij. Elk moment van de dag kon een arrestatiebevel brengen voor iedere willekeurige inwoner van de stad. De Dertig gaven gewone mensen de opdracht om hun medeburgers op te brengen, met het doel om zoveel mogelijk medeplichtigen te creëren. De aard van de aanklacht werd steeds minder relevant en het enige vonnis dat nog werd geveld, was de doodstraf.

Wie enigszins de middelen daartoe had, ontvluchtte de stad, hetgeen door het regime overigens krachtig werd gestimuleerd. De vluchtelingen werden ten overvloede ook nog eens met terugwerkende kracht verbannen, waarna hun bezittingen konden worden ingepikt. Ik denk dat de helft van de bevolking is weggegaan. Ik ben ondergedoken in dit huis in Kollytos, waar ik nu nog steeds zit. Men zegt wel dat er tijdens het schrikbewind drieduizend mensen zijn vermoord. Ik denk dat het er meer zijn. Veel meer. Het regime heeft in enkele maanden meer slachtoffers gemaakt onder zijn eigen burgers dan de Spartanen in tien jaar oorlog. Ik dacht dat niets erger kon zijn dan de hongersnood van de winter, maar ik had mij vergist.

Niemand durfde de naam van Alkibiades nog hardop uit te spreken, maar in de algehele wanhoop was de stille gedachte dat hij nog in leven was voor velen nog steeds een bron van hoop. Hij had tenslotte al eens eerder de democratie gered, toen hij in Sardis was. Maar steeds meer mensen begonnen te geloven dat er een reden moest zijn waarom hij nog niet was teruggekeerd en dat die reden met zekerheid zijn oorsprong vond in zijn vriendschap met Kritias.'

'Hij was vermoord,' zei ik. 'Dat was de reden.'

'Ja,' zei zij. 'Dat weten we nu.'

'Ik heb gezworen mij te wreken op de dader,' zei ik.

'Zei je niet dat het Spartaanse huurmoordenaars waren?' vroeg zij.

'Die hadden een opdrachtgever,' zei ik. 'Ik zal achterhalen wie dat was.'

'En dan?' vroeg zij. 'Wat ga je doen als je erachter komt dat de opdracht tot de moord inderdaad is verstrekt door de koning van Sparta, zoals logisch lijkt? Ben je dan van plan de koning van Sparta neer te steken?'

'Desnoods,' zei ik.

13

'Maar was er geen verzet tegen het regime?' vroeg ik.

'De controle die de Dertig met hun schrikbewind uitoefenden op de stad, was totaal,' zei Anteia. 'Zelfs laffe afzijdigheid en collaboratie vielen nauwelijks te overleven, laat staan verzet. Iedere heldhaftige gedachte zou een vorm van zelfmoord zijn geweest in die dagen. De ballingen begonnen zich te organiseren, maar dat duurde even. Thrasyboulos, de zoon van Lykos, speelde hierbij een cruciale rol. In de winter van het jaar van de anarchie trok hij met een handvol Atheense vluchtelingen vanuit Thebe Attika in en zij slaagden erin om het fort van Phyle op de zuidflank van de Parnes in te nemen. De Dertig stuurden het leger om hen te verjagen, maar geholpen door heftige sneeuwval wisten de partizanen stand te houden. Dit succes werkte als een magneet. Met de dag verzamelden zich meer ballingen en vluchtelingen in het fort. Het werd het centrum van het verzet.

De Dertig achtten het hierop raadzaam om bepaalde voorzorgsmaatregelen te treffen. Hoewel ze geenszins van plan waren om hun greep op de stad te laten verslappen, besloten zij om zich niet te laten verrassen door een eventueel rampscenario en om een veilig toevluchtsoord in gereedheid te brengen voor het geval dat zij op een dag uit Athene zouden worden verjaagd. Hun oog viel daarvoor op Eleusis. Onder het valse voorwendsel van een volkstelling lieten zij de complete bevolking van Eleusis arresteren en overbrengen naar Athene, waar zij werd toevertrouwd aan de efficiëntie van de elf inmiddels zeer ervaren beulen van de galgen op het Barathron.'

'Zeg je dat ze een complete stad hebben uitgemoord?' vroeg ik.

'Uitsluitend als precautie,' zei Anteia. 'Omdat je nooit kon weten of een lege stad met muren en een haven van pas zou kunnen komen. En weet je wat het erge was, Timandra?'

'Nog erger dan wat je mij al hebt verteld?' vroeg ik.

'Ja,' zei zij. 'Nog erger dan dat was het dat wij niet eens meer geschokt waren. De dichter en filosoof Kritias geloofde niet in de goden en zijn bewind leek bijna bedoeld als het ultieme, doorslaggevende argument dat iedereen van zijn gelijk moest overtuigen. Met zijn trawanten had hij de wereld herschapen tot een oord waar geloof in de goden, in rechtvaardigheid en in goedheid steeds meer verbleekte tot een ongeloofwaardige abstractie. We keken nergens meer van op. We wisten dat de Dertig tot alles in staat waren en Kritias ontwikkelde zich tot de corruptste, wreedste en bloeddorstigste misdadiger van allen. Hoe harder hij het volk onderdrukte, hoe meer hij het haatte.

Kort daarop verplaatsten de verzetsstrijders van Thrasyboulos zich met een gedurfde nachtelijke manoeuvre van Phyle naar de haven van Peiraieus, waar zij zich verschansten op de heuvel van Mounychia. De Dertig stuurden het leger, dat positie koos op de agora van Hippodamos. Hun linies strekten zich uit over de straat naar de Artemistempel en het heiligdom van Bendis van de Thraciërs. Ze marcheerden over de hoofdweg naar de heuvel, het verzet had de straten gebarricadeerd, het werd een chaos. Onze winkelstraten, waar we vis, touw en stoffen kopen, veranderden in een slagveld. Kun je je dat voorstellen, Timandra? Veldslagen behoren de exotische namen te dragen van stoffige vlakten in verre oorden die zich lenen voor wapengekletter, maar bij de Slag om Peiraieus vloeide het bloed van broeders onder de handen van broeders door de straten waar we de dag daarvoor nog een kennis tegen het lijf waren gelopen en een praatje hadden gemaakt over het weer en de bruiloft van haar nichtje.

De regeringstroepen waren veruit in de meerderheid, maar desondanks vormden zij in de nauwe straten van de havenstad met hun trots blinkende wapenrustingen geen partij voor de vlugge, ongrijpbare verzetsstrijders met hun geïmproviseerde wapens en projectielen. Het verzet won, Kritias werd gedood en wat er nog over was van het leger, trok zich terug in Athene. Thrasyboulos liet een overwinningstrofee oprichten op de markt. Ook dat moet je je eens proberen voor te stellen, Timandra. Overwinningstrofeeën van op de vijand buitgemaakte, bebloede wapens behoren te worden opgesteld bij plaatsen zoals het Hondengraf, Abydos of Kyzikos. Nu stond er één tussen de kramen op onze markt.

Het verzet had Peiraieus in handen. De burgeroorlog veranderde daarmee in een oorlog tussen de haven en de stad. De Dertig werden afgezet, of zij zetten zichzelf af, en zij vluchtten naar Eleusis. De nieuwe regering werd gevormd door een raad van tien oligarchen, maar de wreedheden gingen onverminderd door. De nieuwe machthebbers zetten de cavalerie in tegen het verzet. Het was onwerkelijk. Paarden galoppeerden door de straten. De ruiters gingen 's avonds niet naar huis, maar sliepen in de Stadsgehoorzaal naast hun schilden en paarden uit angst voor nachtelijke aanvallen van de mannen uit Peiraieus. Het verzet voerde met kleine eenheden raids uit in de stad en wierp wegblokkades op. Het aantal verzetsstrijders in Peiraieus groeide met de dag, want steeds meer ballingen keerden terug om zich bij het verzet aan te sluiten en Thrasyboulos bewapende ook de talrijke immigranten die in de haven wonen, ook al moesten zij zich bij gebrek aan wapens vaak tevredenstellen met houten schilden en stokken.

Het regime riep de hulp in van de Spartanen. Vanaf de vlakte van Phaleron trokken zij Peiraieus in bij de stille haven. De partizanen lieten zich door de Spartaanse soldaten opjagen tot in het theater, waar zij een hinderlaag hadden gezet. Zodra de Spartanen het koor binnenstormden, werden zij ingesloten en van bovenaf bestookt met alles wat pijn kon doen. Een tweede Spartaanse aanval liep vast in de modder van de Halai achter de grote haven. Het onvoorstelbare gebeurde. De Spartanen trokken zich terug. Thrasyboulos trok met zijn gehele troepenmacht over de weg tussen de Lange Muren op naar Athene en marcheerde de Akropolis op naar het Parthenon, waar hij een demonstratief dankoffer bracht aan Pallas Athene. De Tien vluchtten naar Eleusis. Het verzet nam bezit van de stad. De volksvergadering werd bijeengeroepen. Onwennig en schichtig namen de Atheense burgers hun plaatsen in op de banken op de heuvel van de Pnyx. Zij keken twee keer achterom alvorens zij hun handen durfden op te steken om voor of tegen een motie te stemmen. Pas toen zij na meerdere stemmingen nog steeds niet waren gearresteerd en afgevoerd naar de galgen, durfden zij unaniem in te stemmen met het herstel van de democratie.

Maar anders dan in het theater eindigen tragedies in het ware leven niet met een slotwoord van het koor, catharsis en applaus van het dankbare publiek. Waargebeurde tragedies eindigen nooit. Hoewel de periode van terreur, anarchie en burgeroorlog alles bij elkaar nauwelijks langer dan een jaar had geduurd, waren er diepe wonden geslagen. Iedere Atheense familie had slachtoffers te betreuren.

Het nieuwe democratische bestuur kondigde een amnestie af voor iedereen die bij de terreur betrokken was geweest, met uitzondering van de Dertig en de Tien zelve, en hoewel dat waarschijnlijk een wijs besluit was met het oog op de wederopbouw en het herstel van het vertrouwen in de democratie en hoewel het door de meesten werd begrepen en gebillijkt, werd deze geste door velen toch ervaren als een knagende miskenning van hun rechtvaardigheidsgevoel en als diefstal van hun genoegdoening. De spanning tussen de noodzaak om te vergeten en de noodzaak om de herinnering aan de doden levend te houden is tot op de dag van vandaag voelbaar. Athene probeert zich voorzichtig als een gewone Griekse stad zonder imperium en zonder kapsones op te richten uit zijn geschiedenis, steunend op de verhoopte stabiliteit van een brave, gematigde, uiterst strak gereguleerde vorm van haar oude democratische bestel. Met het verbod om achterom te kijken tracht de stad haar trauma heldhaftig te negeren. Maar Athene is getraumatiseerd, daarover kan geen twijfel bestaan. Ik voel het. Ook al is het nu al bijna drie jaar geleden dat de nachtmerrie is beëindigd, ik voel de angst, de woede en de onrust nog steeds elke dag.'

14

'Omdat het mij troost, zou het ook jou kunnen sterken,' zei Sokrates, nadat ik hem op zijn verzoek had verteld hoe Alkibiades was gestorven, 'om te beseffen dat er twee mogelijkheden zijn. Ofwel de dood is niets en de dode heeft geen waarnemingen en bewustzijn meer, ofwel de dood is een verhuizing van de ziel naar een andere plaats. Als dood zijn het eerste is en als Alkibiades ontslapen is als in een droomloze slaap, dan kunnen wij hem daarom alleen maar benijden. Zelfs de grote koning van Perzië zal toegeven dat geen van de dagen die hij doorbrengt in goud en satijn kan tippen aan die ene nacht waarin hij zo vast sliep dat geen droom hem verontrustte. Als de dood zo is, is hij een wonderbaarlijke zegen, die de eeuwigheid reduceert tot één enkele nacht. Ik heb in mijn leven weinig mensen gekend die ik een dergelijke rust meer gun dan onze Alkibiades, die bij leven tien levens heeft geleefd.

Als de dood daarentegen een reis is naar een ander oord, betekent dat noodzakelijkerwijs dat alle andere doden daar ook zijn. Ik zou bereid zijn vele malen te sterven als dit waar is. Voor mij zou het een subliem tijdverdrijf zijn om de rechters van de onderwereld te mogen ondervragen en met Homeros te converseren en om van ware wijzen te mogen leren over wijsheid en rechtvaardigheid. Stel je voor, Timandra, wat een waardevol geschenk dit voor Alkibiades zou zijn. Hij zou Achilles ontmoeten en Odysseus en na een leven lang onbegrepen te zijn geweest, zou hij eindelijk onder gelijken verkeren.'

Zo sprak Sokrates. Hij zei het met een warme, overtuigende stem, maar met tranen in zijn ogen. Hij begreep wat Alkibiades had bedoeld toen hij mij had gezegd dat hij zich schaamde wanneer hij aan zijn oude vriend en leermeester dacht. Het ontroerde hem.

'Maar wie pas echt reden tot schaamte zou hebben,' zei hij, 'is een man die oud wordt voordat hij de man is geworden die hij had kunnen worden. Daarvan kunnen wij Alkibiades niet beschuldigen. Het was hem niet vergund naar Athene terug te keren om ons te redden, maar zijn roem zal, in de woorden van Achilles, nimmer verbleken. Velen kennen het verlangen om gezien te worden en niet naamloos in een graf te liggen, maar slechts weinigen hebben dat verlangen met zoveel flair vervuld als Alkibiades. Ik heb van hem gehouden en het doet mij verdriet om te weten dat hij ver weg in barbaarse aarde ligt. Het doet mij nog meer verdriet dat hij een onrechtvaardige dood gestorven is. Maar hij ligt niet zonder naam in zijn graf.'

Ik vertelde Sokrates over het geschrift van Alkibiades in elf boekrollen dat ik had weten te behouden en dat ik met achteraf gezien onbegrijpelijke vasthoudendheid en onbevattelijk geluk naar Athene had weten te brengen. Ik vroeg hem of ik het hem kon geven.

'Ik ben verheugd dat Alkibiades dat project heeft ondernomen, want een leven dat niet wordt onderzocht, is niet de moeite van het leven waard. En ik ben vereerd dat je het mij aanbiedt om het te lezen. Maar weet je wat het is, Timandra? Het geschreven woord is iets merkwaardigs. Het is net zoals schilderijen. Je ziet de geportretteerde persoon levensecht voor je, maar wanneer je hem iets vraagt, wordt niets dan een plechtig, diep stilzwijgen je deel. Zo is het ook met boeken. Je krijgt de indruk dat zij iets verstandigs te zeggen hebben, maar zodra je vragen begint te stellen uit het verlangen om meer te leren over datgene wat ze beweren, blijven ze hardnekkig één enkele betekenis houden, die eeuwig dezelfde is. Wanneer iets eenmaal met zwarte inkt op blanke papyrus geschreven staat, gaat iedereen met het hele betoog aan de haal, ongeacht of hij het begrijpt of niet. Het geschreven woord weet niet tegen wie het moet spreken en tegen wie het zijn mond moet houden. Het geschreven woord is hulpeloos. Het wordt vervormd en misbruikt en altijd blijft het de ondersteuning van zijn schepper nodig hebben, want het heeft niet de macht om zichzelf te beschermen.

En daar komt nog iets anders bij. Wie op het geschreven woord vertrouwt, oefent zich in vergeten doordat hij zijn geheugen verwaarloost. Hij heeft de externe hulp van lettertekens nodig om zich te herinneren wat hij eerder zou moeten hebben geleerd in plaats van die kennis te hebben geïnternaliseerd. De uitvinding van het schrift heeft niet het geheugen gediend, maar de vergetelheid. Ik wil Alkibiades niet vergeten, want daarvoor is hij mij te dierbaar. Daarom hoop ik dat je het mij wilt vergeven, mijn lieve Timandra, als ik je zeg dat ik er de voorkeur aan zou geven om mijn herinneringen aan hem niet te contamineren met de eenvoudig mis te verstane grafische weergave van een echo van vluchtige gedachten op een specifiek moment. Velen zullen jou dankbaar zijn dat jij zijn geschriften voor het nageslacht hebt weten te behouden, onder wie zonder twijfel ook Alkibiades zelf, en velen zullen er met brandende nieuwsgierigheid kennis van willen nemen, maar ik ben een rare man. Ik ben gehecht aan mijn eigen herinneringen en ik prefereer het mijn blik af te wenden van die boekrollen.'

Ik zei dat ik hem niet in verlegenheid had willen brengen en ik vroeg hem of hij iemand kende die wist hoe ik het geschrift zou moeten laten vermenigvuldigen en in circulatie zou kunnen brengen onder de juiste, geïnteresseerde mensen. Hij raadde mij aan om daarover te spreken met Kallias, de zoon van Hipponikos. Hij is de zwager van Alkibiades, zoals ik wist, en – belangrijker nog – een fervent collectioneur van filosofen, filosofieën en filosofische geschriften. Hij heeft zijn fortuin zo ongeveer volledig verkwist aan filosofen en hun boeken. Hij kent elke kopiist en iedere boekverkoper van de stad.

Ik dankte hem voor het advies en ik had vervolgens geen excuus meer om de vraag uit te stellen die ik hem wilde stellen en die ik uit verlegenheid nog niet eerder had gesteld. Ik weet niet waarom ik het zo moeilijk vond om te zeggen waarvoor ik hem had opgezocht. Het was een grote gunst die ik hem wilde vragen, dat was waar, maar mijn terughoudendheid kwam voort uit iets anders, wat ik niet helemaal goed onder woorden kon brengen, maar wat waarschijnlijk te maken had met banale angst om te delen en gedeeltelijk uit handen te geven wat mij het dierbaarst was.

'Twee maanden na de moord op Alkibiades is zijn dochter geboren,' zei ik toen toch maar. 'Ze heet Laïs. Ze is nu drieënhalf jaar oud en ik zou haar graag aan je willen voorstellen, Sokrates. Ze lijkt op hem. Het was de uitgesproken wens van Alkibiades dat zij door jou zou worden opgevoed.'

De reactie van Sokrates was onbeschrijflijk. Zijn ogen, die toch al leken uit te puilen, werden zo karikaturaal groot als in een komisch masker van de satyr Marsyas. Hij sprong wapperend overeind in zijn vieze, versleten mantel, als een acteur die de lachers op zijn hand probeert te krijgen door met virtuoos uitvergrote bewegingen uit te beelden dat een slang hem in zijn achterwerk had gebeten en hij omhelsde mij daar midden op de agora met zijn blote, mollige armpjes zonder zich er een moment om te bekommeren wat de mensen daarvan zouden kunnen denken.

'Ik kan het mij nauwelijks voorstellen, lieve Timandra' zei hij, 'hoe moeilijk en verwarrend het voor jou geweest moet zijn om zijn leven in jouw schoot te dragen toen je hem verloor en om in rouw geluk te baren. Geboorte en dood behoren niet op zo'n bizarre manier vervlochten te zijn. Ik leef met je mee en ik deel in je blijdschap. Ik ben de goden dankbaar dat schoonheid heeft mogen opbloeien in de schaduw van zijn wrede en onrechtvaardige dood. Natuurlijk wil ik Laïs ontmoeten, al moet ik je waarschuwen dat er, als het waar is wat jij zegt en als zij werkelijk op hem lijkt, een groot risico is dat ik onmiddellijk verliefd op haar word.

Ik ben ontroerd en vereerd door je verzoek, maar je weet wat de mensen zeggen: filosofie is een belachelijke bezigheid voor een volwassen man. Kallikles uit Acharnai legde mij dat laatst nog eens ten overvloede uit in memorabele bewoordingen. De filosofie kan nuttig zijn in het curriculum voor de jeugd om het vernuft te scherpen, zei hij, maar een volgroeid man die in de jaren des verstands blijft doorfilosoferen, wordt wereldvreemd. Hij mist de aansluiting bij zaken die werkelijk van belang zijn en doet geen ervaring op met het ontduiken van wetten, met zelfverrijking en met de finesses van het politieke machtsspel. Hij weet zich niet te bewegen in de sociale kringen die ertoe doen en hij leert de menselijke geneugten en verlangens niet kennen. Wanneer hij zich mengt in serieuze aangelegenheden, ontmaskert hij zichzelf als een clown. Het is net zoiets als een spraakgebrek, zei hij, of als een spelletje. Als je een kind ziet dat gebrekkig praat en zich overgeeft aan spel, dan is dat charmant omdat het gepast is, maar een volwassen vent die brabbelt en hinkelt, is ridicuul en heeft een goed pak slaag nodig.

Ik ben nu zeventig jaar oud, Timandra, en vanaf het moment dat ik opsta voor zonsopgang tot aan het moment dat ik na zonsondergang in slaap val wijd ik mij aan de filosofie, dus het zal lastig zijn iemand te vinden die belachelijker is dan ik en die overtuigender dan ik naar een pak rammel solliciteert. Ik weet niet of jij het werkelijk moet willen dat jouw dochtertje wordt opgevoed door een clown. Daar staat tegenover dat de filosofie, als Kallikles gelijk heeft, kinderspel is. In dat geval zou het gepast en misschien zelfs vruchtbaar kunnen zijn om jouw dochtertje en mij samen te brengen, al zal dat wat mij betreft eerder zijn in de hoop dat ik iets van haar kan leren dan omgekeerd.'

Aldus gebeurde het dat Sokrates in ons leven kwam. Laïs en ik zagen hem vanaf dat moment, voor de korte tijd die het zou duren, zo goed als dagelijks, soms ook in het gezelschap van Anteia. In het begin zochten wij hem daarvoor op in de Stoa van Peisianax op de agora, waar hij al zijn hele leven lang zijn filosofische hoofdkwartier had, vanwaar hij zijn medeburgers bestookte met zijn kritische vragen en zijn ironie, maar het was geen passende omgeving voor een meisje van drie. De discussies die Sokrates uitlokte, liepen vaak uit op ruzies en scheldpartijen, want niet iedereen stelt het op prijs om ervan te worden overtuigd dat hij minder weet dan hij dacht, en enkele keren waren wij er getuigen van dat Sokrates werd geslagen en mishandeld. Hijzelf vatte dat uiterst laconiek op. 'Onrecht begaan is erger dan onrecht ondergaan,' zei hij, maar ik besloot dat het beter zou zijn om elders af te spreken. We zagen elkaar bij Anteia thuis of in de tuin van Aphrodite aan de oever van de Ilissos buiten de Itonische Poort.

Sokrates en Laïs leken voor elkaar gemaakt. Zij werden dikke maatjes en ik kon er soms zelfs bijna jaloers op worden hoe moeiteloos zij elkaar begrepen. Ik mocht vaststellen dat ik de eerste van de drie beloften die ik Alkibiades na zijn dood had gedaan, had ingelost. Overigens raakte ik ook zelf bijzonder gesteld op het koddige gezelschap van Sokrates en op de conversatie met hem, die altijd getuigde van oprechte belangstelling voor mijn opvattingen. Na Alkibiades was Sokrates de enige man die ik ooit heb ontmoet die in staat was om met een vrouw te praten.

15

Om de tweede van mijn drie beloften aan Alkibiades in te lossen, ging ik op advies van Sokrates naar Kallias. Hij woonde in de wijk Melite, niet ver van ons vroegere huis. Het was inmiddels winter. Alkibiades had mij veel over zijn zwager verteld. Ik wist dat zijn kinderen uit zijn huwelijk met Hipparete in het huis van Kallias opgroeiden, of waren opgegroeid, want ze moesten inmiddels min of meer volwassen zijn, schatte ik.

Ik moest het huis in Melite, Kallias en Alkibiades' kinderen dankbaar zijn, want zij waren er in zekere zin de oorzaak van dat ik Alkibiades had leren kennen. Tijdens de avond van onze eerste ontmoeting in het bordeel van Anteia had hij mij verteld over het teleurstellende weerzien met zijn kinderen, dat op diezelfde dag had plaatsgevonden en dat hem triest en nadenkend had gestemd. Hij was zijn vriend Kritias tegen het lijf gelopen, die in die tijd nog een berooide dichter was en die in die hoedanigheid een gedicht voor hem had gedeclameerd waarin hij zichzelf had vereeuwigd als de initiatiefnemer van de motie die

Alkibiades' terugkeer naar Athene mogelijk had gemaakt. Nadat hij Alkibiades met deze voordracht naar eigen zeggen aan zich had verplicht, had hij een gezamenlijk bordeelbezoek gesuggereerd, als twee oude vrienden onder elkaar, waarbij Alkibiades hopelijk voor de kosten zou opdraaien. Hij heeft dat nog gedaan ook. Ik weet toevallig dat hij mijn collegaatje Theodote gul heeft betaald voor Kritias' genoegdoening. Het is moeilijk voorstelbaar dat die magere, schichtige man met zijn scherpe vogelkop, die ik op die avond een kort ogenblik vanachter het gordijn heb gezien, dezelfde persoon is als de man die in de verhalen die ik heb gehoord als de personificatie van wreedheid wordt afgeschilderd. En toen Alkibiades zichzelf peinzend en terneergeslagen terugtrok in Anteia's boudoir, was ik daar. De volgende ochtend was ik vrij en kort daarna verliet ik aan zijn zijde naast het dubbele roer van het vlaggenschip van de Atheense vloot, in de tijd waarin Athene nog een vloot had, de haven van Peiraieus en zette ik koers naar de rest van mijn leven.

Net als Alkibiades destijds had ik mijn bezoek aan Kallias meermaals uitgesteld, omdat ik niet bijzonder uitkeek naar een mogelijke ontmoeting met de dochter en de zoon van Alkibiades en Hipparete. Het was niet dat ik jaloers was omdat hij kinderen had gemaakt bij een ander, ook al kon ik dat niet uitstaan. Ik was bang dat zij te veel op hem zouden lijken en ik wist niet of ik dat aankon. Maar ook dat was het niet. Ik was vooral bang dat zij niets van mij zouden willen weten en dat zij geschokt zouden zijn om te ontdekken dat zij een halfzusje hadden dat net vier was geworden.

Toen ik mij uiteindelijk over mijn angsten heen wist te zetten en bij Kallias aanklopte, bleek ik precies op het verkeerde moment gekomen te zijn. De voorbereidingen voor een bruiloft waren in volle gang. Elpinike, de oudste dochter van Alkibiades, die nu bijna twintig jaar oud is, zou in het huwelijk treden met haar iets oudere neef, Hipponikos, de zoon van Kallias. Uit beleefdheid werd ik binnengelaten, maar Kallias had het te druk met zijn zorgen over de levering van de wijn uit Erythrai om met aandacht te luisteren naar mijn verslag van de moord op Alkibiades in Melissa in het verre Phrygië. Pas toen hij iets opving over boekrollen, gaf hij blijk van enige belangstelling, maar dit was niet het moment, zei hij. Ik moest later maar eens terugkomen.

Toen zag ik Elpinike, die op dat moment werd gekapt, gekleed en opgemaakt. Zij was een mooie vrouw, maar zij leek nauwelijks op hem. Alkibiades had altijd gezegd dat zij op haar moeder leek, waaruit ik tot mijn ergernis mocht concluderen dat Hipparete mooi was geweest, maar anderzijds was dat logisch, wat had ik dan gedacht. Het was de jonge Alkibiades die mij aansprak. Hij leek iets meer op zijn vader dan zijn zus, maar ook niet bijzonder veel. Mijn eerste indruk van hem was dat hij de arrogantie van zijn vader had geërfd zonder diens intelligentie en charme.

'Ik wil niet storen,' zei ik. 'Maar ik ben Timandra uit Hykkara. Ik was erbij toen jullie vader werd gedood. Ik kan mij voorstellen dat het jullie interesseert om de details daarover te vernemen, al is dit misschien niet het meest geschikte moment.'

'Wij hebben geen vader,' zei Alkibiades. 'Wij zijn vanaf onze vroegste jeugd als wezen opgegroeid.'

'Ben jij die hoer?' vroeg Elpinike.

'Ik ben de moeder van jouw halfzusje, Elpinike,' zei ik. 'Zij heet Laïs.'

'Ik heb geen enkele behoefte aan een bastaardzusje dat de dochter is van een buitenlandse slavin,' zei Elpinike.

'Als je denkt dat je aanspraak kunt maken op de erfenis, moet ik je teleurstellen,' zei Alkibiades. 'Er is niets en van dat niets krijg jij nog minder. Hebben we al jouw vragen hiermee naar jouw bevrediging beantwoord? Mooi. Of je ons dan nu even met rust wilt laten. We hebben een bruiloft te vieren.'

'Ik twijfel er niet aan dat jij op jouw manier van Alkibiades hebt gehouden,' zei Elpinike, 'en ik weet dat jij gelooft dat hij jou heeft liefgehad. Maar een man die meer aandacht heeft voor de klank van zijn naam dan voor het bloed van zijn eigen bloed en die zijn eigen kinderen in de steek laat ten faveure van zijn obsessie met eeuwige roem, is niet tot liefde in staat. Nu wil je mij antwoorden dat wij hem niet kennen, maar dat is precies mijn punt. Hij bestaat niet voor ons. Voor ons was hij al dood lang voordat hij werd vermoord. Velen hebben hem bewonderd en als hij ook daadwerkelijk iets bereikt had, zouden ze heldenliederen over hem zingen, maar ik zie geen reden waarom wij nu opeens belangstelling zouden moeten hebben voor een man die nooit enige belangstelling voor ons heeft gehad.'

Ik verontschuldigde mij, wenste Elpinike geluk met haar aanstaande huwelijk en vertrok. Ik besloot om Laïs niets te vertellen over haar halfzus en haar halfbroer, althans nog niet. Omdat ik mij niet kan losmaken van het vreemde idee dat ik dit verslag in de eerste plaats voor mijn Alkibiades schrijf, zou ik de bruiloft van zijn oudste dochter graag hebben beschreven, maar het zal duidelijk zijn dat ik niet was uitgenodigd. Ik ging met Laïs 's avonds kijken naar de optocht, die een beetje nep was, omdat de bruidegom in hetzelfde huis was opgegroeid als de bruid en omdat de tocht van haar naar zijn huis een rondje door de stad was dat eindigde waar het was begonnen. Maar je dochter leek op een godin, lieve Alkibiades. Ze droeg saffraangele gewaden over een oranje onderkleed en ze stond rechtop in de wagen als een epifanie. De jonge Hipponikos, jouw schoonzoon, voerde de paarden aan hun leidsels en niemand ter wereld was trotser dan hij. Vele wagens, die waren beladen met vele geschenken, volgden de bruid en de bruidegom. De fakkels werden gezwaaid en het lied werd gezongen. 'Hymèn ô hyménaie', zongen ze, 'hymèn hyménaie ô.' 'Hymèn ô hyménaie ánax,' klonk het door de straten van Athene, 'hymèn ô hyménaie hymén.'

Laïs vroeg mij wie die mooie mevrouw was. Ik antwoordde dat zij de bruid was, waarop Laïs ook bruid wilde worden wanneer zij later groot was.

16

Toen ik enkele dagen later terugkwam bij Kallias, verontschuldigde hij zich voor zijn eerdere onbeschoftheid. Ik feliciteerde hem met de bruiloft, maar hij zuchtte. Het was een rib uit zijn lijf geweest en er was geen sprake van een bruidsschat waarmee een deel van de kosten gedekt kon worden, want hij was zo dom geweest om zijn eigen stiefdochter uit te huwelijken aan zijn eigen zoon. Hij vroeg mij om alles beter te vertellen. Hij was vooral geïnteresseerd in die boekrollen. Had hij dat goed verstaan, dat ik over boekrollen had gesproken?

Ik vertelde Kallias over ons verblijf in Thracië, de oorlog tegen de Spartanen in Byzantion, onze oversteek naar Bithynië, het verblijf bij Pharnabazos in Daskyleion, de lange reis naar het hart van Phrygië, ons verblijf in Melissa en het lange wachten op de Grote Koning. Ik vertelde dat Alkibiades daar de tijd had gevuld met het schrijven van een verantwoording over zijn leven.

'En jij hebt dat geschrift?' vroeg Kallias gretig. 'Het onstuimige leven van de mooiste man van Griekenland, de verrader en de laatste ware held, door hemzelf opgetekend – dat zou als publicatie uiterst interessant zijn, niet in de laatste plaats in commercieel opzicht.'

Ik vertelde hem over de moeite die ik mij had getroost om de boekrollen vanuit Phrygië naar Athene te brengen en ik zei dat ik hem dankbaar zou zijn als hij mij kon helpen om het geschrift te laten vermenigvuldigen en verspreiden. Alkibiades zou dat hebben gewild. In de spleten tussen de witte keien op zijn graf had ik hem de belofte toegefluisterd dat ik daarvoor zorg zou dragen. Kallias omhelsde mij. Hij was dolgelukkig vanwege mijn inspanningen om literatuur voor de mensheid te behouden. Alleen al het vooruitzicht van de publicatie van dat geschrift onder zijn auspiciën compenseerde in zijn gedachten de kostenpost van de bruiloft.

Ik vertelde hem over de epiloog die ik aan het geschrift wilde toevoegen, omdat ik dacht dat eventuele lezers er ook recht op hadden om te vernemen hoe Alkibiades was gestorven. Ik zei hem dat ik dit nawoord pas als voltooid kon beschouwen wanneer ik kon melden wie schuldig is aan de laffe moord op Alkibiades en wanneer ik naar waarheid had opgeschreven dat ik hem op zijn moordenaar had gewroken.

Kallias keek moeilijk. Hij vroeg mij naar de details van Alkibiades' dood. Ik vertelde hem over het vuur, de speren en de pijlen en het blinken van de kurassen in de Phrygische nacht. Ik vertelde dat ik niet zeker wist of het vijf of zes mannen waren, maar dat ik hen met elkaar had horen spreken in het Spartaanse dialect. Huurmoordenaars waren het, zonder twijfel, maar mij interesseerde wie hun opdrachtgever was. Zelfs als hij de koning van Sparta was, zou hij mijn wraak niet ontlopen, zei ik stoer. Maar ik meende het.

'In dat geval heb ik slecht nieuws voor je,' zei Kallias. 'Of goed nieuws. Het hangt ervan af hoe je het interpreteert. De man die jij zoekt is onbereikbaar voor jouw wraak. Maar we zouden ook kunnen concluderen dat hij zijn straf al heeft gekregen.'

Ik vroeg hem wat hij wist.

'Toen Athene viel,' zei Kallias, 'en toen het schrikbewind van de Dertig gestalte kreeg, was er één vonk van hoop die de mensen moed gaf om stand te houden en zich te verzetten en dat was het feit dat Alkibiades nog in leven was. Kritias, de zoon van Kallaischros, de leider van het regime, begreep dat hoop een bedreiging vormde voor zijn positie. Zijn schrikbewind was niet gebaat bij hoop. Kritias had een decreet uitgevaardigd waarin Alkibiades ongewenst persoon werd verklaard, maar hij merkte dat dit niet voldoende was. Als hoop levend was zolang Alkibiades in leven was, moest de hoop met Alkibiades worden vernietigd.

Met dat doel heeft Kritias vervolgens een onderhoud gevraagd met de Spartaanse opperbevelhebber Lysandros, waarin hij hem uitlegde dat de Spartanen nooit de onbetwiste heersers over Hellas zouden zijn zolang zij Athene toestonden democratisch te zijn, dat zijn huidige oligarchische bestuur Sparta en de vrede weliswaar uiterst welgezind was, maar dat hij niet kon garanderen dat deze rust kon worden gehandhaafd zolang de notoire onruststoker Alkibiades in leven was. Hij heeft de Spartaanse opperbevelhebber Lysandros verzocht om iedere hoop op herstel van de democratie in de knop te breken door Alkibiades uit de weg te ruimen. Ik weet dit van Charmides, de zoon van Glaukon, de neef van Kritias, die de archon van Peiraieus was voor het regime en die mij in die tijd af en toe informatie doorspeelde. Ik kan zijn naam noemen, want hij is nu toch dood. Ze zijn allemaal dood.

Het verzoek van Kritias vond weerklank bij Lysandros, die de intelligentie, ambitie en dadendrang van Alkibiades altijd gevreesd had. Ik vrees dat we moeten concluderen dat Lysandros het verzoek van Kritias al dan niet met de hulp van Pharnabazos heeft laten inwilligen. Pharnabazos is niet onschuldig, omdat het waarschijnlijk is dat hij jullie verblijfplaats heeft verraden aan de Spartanen. Lysandros is niet onschuldig, omdat hij de opportuniteit inzag van het verzoek dat Kritias aan hem richtte. Maar de ware schuldige, de man die jij zoekt, de opdrachtgever van de moord op Alkibiades, is Kritias.'

'De vriend van Alkibiades,' zei ik zacht.

Kallias zuchtte.

'En Kritias is al dood,' zei ik.

'Hij is vier jaar geleden gesneuveld in de Slag om Peiraieus,' zei Kallias.

Ik kon mijn tranen niet meer bedwingen. Ik huilde van verdriet, teleurstelling en verwarring. 'Weet je wat nog het raarste is?' zei ik.

'Het is niet alleen dat Alkibiades Kritias altijd als een vriend heeft beschouwd. Dat is op zich al erg genoeg. Maar het verwarrende is dat ik Kritias tot nu toe, ondanks alles wat hij later heeft misdaan, maar wat ik niet persoonlijk heb meegemaakt, dankbaar was, hoe raar dat woord ook klinkt, want dankzij hem heb ik Alkibiades ontmoet. En nu hoor ik dat hij mij niet alleen mijn grote liefde heeft gegeven, maar dat hij hem mij ook heeft ontnomen.'

'Veel is verschrikkelijk,' zei Kallias, 'maar niets is verschrikkelijker dan de mens.' Ik zag dat hij er trots op was dat hij zo'n diepzinnig citaat paraat had, dat ook nog eens gepast was, maar toen hij zag dat het mij geenszins troostte, legde hij zijn arm om mijn schouder en zei hij verder maar niets meer.

17

Timandra uit Hykkara schrijft dit verslag in Athene.

Ik ben Timandra en mijn dochter Laïs en ik zullen binnen enkele dagen uit Athene vertrekken naar Korinthe. Er zijn geen redenen om nog langer in Athene te blijven. Kallias heeft kopiisten geregeld, die klaarzitten om aan het werk te gaan zodra ik de boekrollen bij hem bezorg. De tijd is gekomen om mijn liefde uit handen te geven en te behouden door haar te delen. Breekbare papyrus zal door de vermenigvuldiging van zijn kwetsbaarheid de duurzaamheid verkrijgen van brons. Het leven van Alkibiades zal in veilige handen zijn, omdat het in vele handen zal zijn. Terwijl een standbeeld niet van zijn sokkel kan stappen en gedoemd is om op immer dezelfde plek roerloos te blijven imponeren, zal het monument dat Alkibiades voor zichzelf heeft opgericht op ongelovige lippen, die zijn eigen woorden prevelen, reizen naar alle uithoeken van Hellas en van de uitgestrekte landen van de barbaren. Zolang de wereld Grieks blijft verstaan, zo lang zal de wereld weten wie de man was die ooit door de hele wereld werd bemind, gehaat, gevreesd en bewonderd. De man die ik meer dan mijzelf heb liefgehad, zal gekend zijn en daarmee zal mijn liefde gekend zijn. Zolang mensen ademen en ogen kunnen zien, zo lang zal Alkibiades niet geheel zijn gestorven.

Ik zal moeten trachten te leven met het besef dat ik zijn dood niet heb kunnen wreken. Ik zal mijzelf tevreden moeten stellen met de constatering dat ik de naam van zijn moordenaar heb weten te achterhalen en in mijn van woede bevende handschrift heb kunnen toevoegen aan zijn zwierige zinnen. Ik zal er vrede mee moeten hebben dat achter zijn elegante weergave van zijn elegante leven als een eeuwige aanklacht in hanenpoten de lelijke naam is gekrast van de vriend die hem heeft verraden en van het leven heeft beroofd, de naam van de man die mij hem heeft gegeven en ontnomen.

De stad die mij heeft ontvoerd en als slavin verkocht, is mij nooit dierbaar geweest, totdat ik Alkibiades in diezelfde stad ontmoette, en zonder Alkibiades vormt mijn verblijf in de stad wederom en des te meer een dagelijkse herinnering aan alles wat ik heb verloren. Afgezien van de generositeit van Anteia, die haar uiterste best blijft doen om mij zo min mogelijk te laten merken dat wij haar tot last zijn, was Sokrates de enige reden om in Athene te blijven. Ik weet niet zeker of ik voor het tribunaal van mijn beloften zou kunnen volhouden dat hij Laïs opvoedde, zoals Alkibiades had gewild, maar in elk geval hadden ze veel plezier samen en Laïs was op hem gesteld geraakt als op een wonderlijke opa, die haar onnavolgbare spelletjes beter begreep dan haar eigen moeder. Maar nu Sokrates dood is, is die reden komen te vervallen. Niets houdt ons nu nog in Athene en daarbij komt dat de omstandigheden van zijn proces en zijn executie mij des te meer redenen geven om Athene de rug toe te keren.

In de lentemaand Thargelion werd Sokrates aangeklaagd. De beschuldiging was dat hij de goden van de staat niet zou erkennen, dat hij nieuwe goden zou hebben geïntroduceerd en dat hij van slechte invloed was op de jeugd. De gevraagde sanctie was de doodstraf. Hijzelf nam het ten onrechte allemaal nogal luchthartig op. Ik kon uiteraard niet bij zijn proces zijn, maar mij is verteld dat hij zich niet had voorbereid en dat hij à l'improviste zijn verdediging heeft gevoerd, waarin hij eerder zijn levenslange roeping als waarheidszoeker verdedigde dan in te gaan op de specifieke onderdelen van de aanklacht. Als zodanig was het een schitterende en memorabele pleitrede, zei men, maar hij sprak als de man die hij was, charmant, persoonlijk en provocatief, alsof hij zijn gehoor in de Stoa van Peisianax wilde prikkelen, en niet als de man die hij op die dag voor de duur van een dag had moeten zijn om zijn hachje te redden. Met een meerderheid van tweehonderdeenentachtig tegen tweehonderdtwintig stemmen werd hij door de jury veroordeeld.

Hij werd overgebracht naar de gevangenis. Vrienden van hem hebben een plan in werking gesteld om hem te laten ontsnappen en hem te helpen om uit Athene weg te vluchten, maar hij wilde niet. Hij weigerde mee te werken aan zijn eigen redding. Hij zei dat hij zich zelfs nu nog verplicht voelde om de wetten van Athene te respecteren, omdat hij geloofde in de noodzaak van wetten en omdat hij nooit eerder tegen de wetten had geprotesteerd die nu tot zijn veroordeling hadden geleid, en hij zei dat hij niets te winnen zou hebben bij een vlucht, omdat een verblijf buiten Athene voor hem minstens zo'n ernstige straf zou zijn als de dood.

Uiteindelijk heeft hij bijna een maand in de gevangenis gezeten. Het vonnis kon niet worden voltrokken omdat het heilige schip vanwege ongunstige winden nog niet was teruggekeerd uit Delos. Ik heb hem één keer kunnen opzoeken met Laïs. Hij was glorieus zichzelf. Hij speelde gevangenisje met Laïs en Phryne en hij was er zo succesvol in om Laïs gerust te stellen, dat zij op weg naar huis zei dat zij later wanneer zij groot was ook in de gevangenis wilde. Ze hebben mij verteld dat hij zelfs nog grappen maakte toen hij de gifbeker aan zijn lippen zette en dat hij is gestorven als de man die hij was.

In de stad wordt gezegd dat Sokrates de eerste Athener is die ter dood is gebracht vanwege opvattingen en niet vanwege daden. Maar die opvattingen had hij al minstens vijftig jaar van zijn zeventigjarige leven, hetgeen de vraag opriep waarom nu opeens als een halsmisdaad werd beschouwd wat nooit eerder een probleem was geweest en die vraag was een ongemakkelijke vraag, omdat het antwoord maar al te evident was. Sokrates was de leermeester geweest van Kritias. Zijn hele leven al had hij een aantrekkingskracht gehad op verwende rijkeluiszoontjes, die hun torenhoge ambities lastig verenigbaar vonden met democratische principes, maar met Kritias heeft iedereen aan den lijve kunnen ondervinden waartoe dat kan leiden. De amnestiewet maakte het juridisch lastig om Sokrates aan te klagen voor zijn invloed op Kritias, maar het feit dat hij ook na de afkondiging van het generaal pardon in het nerveuze en gespannen klimaat van de kwetsbare, hernieuwde democratie onverstoorbaar doorging met zijn gesprekken met de jonge jongens uit de elite, gaf een handvat voor vervolging. Hij zou nieuwe Kritiasjes kunnen kweken. De beschuldiging dat hij van slechte invloed zou zijn op de jeugd, was het cruciale punt van de aanklacht.

Wat mij bijzonder stoorde, was dat ook de naam van Alkibiades in dit verband werd genoemd. Ook hij was een leerling geweest van Sokrates, zei men. Sterker nog, hij was de lieveling. Hij was een vriend geweest van Kritias, zei men. Hij had kunnen bewijzen dat hij werkelijk zo democratisch was als hij zich had voorgedaan door Athene van Kritias te bevrijden, maar dat had hij nagelaten. Daar moest een reden voor zijn. Dat hij vermoord was, was geen excuus. Denk aan zijn lange, purperen mantel en zijn racepaarden. Herinner je dat hij is overgelopen naar Sparta en naar Perzië. Toen hij terugkeerde, heeft hij onbeperkte volmachten bedongen, alsof hij de tiran van Athene was. Zo zijn de leerlingen van Sokrates, zei men. De zogenaamde filosofie van Sokrates baart dit soort mannen.

Aldus is Alkibiades zelfs na zijn dood nog het onderwerp van controverse geworden. Dat zijn naam in één adem wordt genoemd met de naam van zijn moordenaar, vind ik onverdraaglijk. Dat zijn intenties worden vervormd om de executie van zijn leermeester goed te praten, acht ik ontoelaatbaar. Dit alles dwingt mij om twee conclusies te trekken. Ten eerste kan ik niet langer leven in de stad die Sokrates heeft vermoord en Alkibiades misbruikt als rechtvaardiging voor die misdaad. Ten tweede is het de hoogste tijd dat Alkibiades zelf het woord neemt om zichzelf te verdedigen tegen de laster en leugens. In mijn verbittering over de behandeling die Alkibiades postuum ten deel valt in zijn moederstad, die zijn hele leven lang nooit uit zijn gedachten is geweest, ben ik blij, trots en dankbaar dat het mij althans is gelukt om zijn verantwoording over zijn eigen leven naar Athene te transporteren. De offers die ik daarvoor heb gebracht, blijken nog noodzakelijker te zijn geweest dan ik al die tijd heb gedacht.

Hiermee is mijn verslag voltooid. Nu mijn taak is volbracht, zal ik moeten proberen een begin te maken met de rest van mijn leven. Ik dank de goden voor Laïs, die mij een reden geeft om het meedogenloze voortschrijden van de tijd te accepteren en mij niet als een boekrol op te rollen in mijn eigen verleden. Ik dank alle Griekse en Siciliaanse goden die ik ken dat ik voor de rest van mijn leven dodelijk bezorgd mag zijn om het kwetsbare meisje dat de vrucht is van onze liefde en dat ik met de taak om haar als een leeuwin te beschermen opnieuw zin kan geven aan mijn leven.

We gaan naar Korinthe, omdat mijn filhelleense vader aan de tijd waarin hij met enige regelmaat in Syracuse was een goede gastvriend had overgehouden in Korinthe, de moederstad van Syracuse, die mijn brief heeft beantwoord en bereid is om uit respect voor mijn vader te bemiddelen voor een positie in de tempel van Aphrodite. Ze zeggen dat het de rijkste tempel van Griekenland is, waar meer dan duizend priesteressen, priesters, courtisanes en schandknapen, die hun leven wijden aan de eredienst voor de godin, goedbetaalde betrekkingen hebben. Als ik, die de liefde heb gekend, mijn leven in dienst mag stellen van de godin van de liefde, lijkt mij dat niet ongepast. Het spreekwoord zegt dat het niet iedereen gegeven is om naar Korinthe te reizen, maar laat dat dan het voorrecht zijn van de dochter en de minnares van Alkibiades. Vanaf de hoge burchtheuvel van Korinthe op de Isthmos zal ik zowel uitzicht hebben over de Saronische Golf en de Egeïsche Zee in de richting van het oosten, waar het mooiste lijk dat de wereld ooit heeft gezien opgemaakt en als een vrouw gekleed begraven ligt onder witte stenen, als over de Golf van Korinthe en de Ionische Zee in het westen, waar de zon ondergaat boven mijn vervlogen jeugd op Sicilië. In de nacht zal ik de wondertekens zien die de hemel bekransen, de Plejaden, de Hyaden, de kracht van Orion en de Berin, die ook wel Wagen genoemd wordt, die Orion volgt op zijn baan en die nooit ondergaat in de wateren van de oceaan.

Ik zal deze twaalfde boekrol sluiten, verzegelen en voorzichtig naast het gesloten en verzegelde leven van Alkibiades te rusten leggen in de geitenleren tas, die de beide leerlooiers van Melissa speciaal voor mij hebben gemaakt. De religieuze en magische fantasiesymbolen, waarmee Mania en de vrouwen van Melissa de tas jaren geleden liefdevol hebben versierd, zijn door de slijtage nauwelijks nog zichtbaar, maar hun magie werkt nog steeds, daar ben ik zeker van. Alvorens ik met Laïs scheep ga, zal ik deze tas en het verleden achterlaten bij Kallias in Melite. Dan is gedaan wat gedaan moest worden.

Namenlijst

Hieronder volgt een alfabetisch geordende lijst van de historische personages die in de roman een rol spelen of worden genoemd. Goden en mythologische figuren zijn niet opgenomen. De met een asterisk aangeduide personages zijn fictieve personages in de historische context (zoals de Aiginetische handelsreiziger Amyntias), dan wel historische personages met een fictieve naam (zoals in het geval van Alkibiades' dochter, wier naam onbekend is en die ik Elpinike heb genoemd). De personages die tussen vierkante haken staan, zijn in de tekst genoemde personen uit het verleden, die al gestorven zijn voordat het verhaal begint. De nummers na de afkorting PA bij Attische persoonsnamen verwijzen naar het persoonsnummer in Johannes Ernst Kirchner, *Prosopographia Attica* (2 delen), Berlijn 1901-1903. De nummers na de afkorting PL bij Spartaanse persoonsnamen verwijzen naar het persoonsnummer in Paul Poralla, *Prosopographie der Lakedaimonier bis auf die Zeit Alexanders des Großen*, Diss. Breslau 1913.

ADEIMANTOS uit Athene, de zoon van Kepis (*PA* 194): kennis van Alkibiades uit de kring van Sokrates.

ADEIMANTOS uit Athene, de zoon van Leukolophides, uit het district Skambonidai (*PA* 202): vriend van Alkibiades uit de kring van Sokrates, geïmpliceerd in het schandaal rond de ontheiliging van de Mysteriën, ervaren infanteriecommandant, Atheens admiraal bij de Geitenrivier.

AGATHON uit Athene, de zoon van Teisamenos (*PA* 83): tragediedichter, geliefde van Pausanias.

AGIS uit Sparta, de zoon van koning Archidamos en koningin Lampido (*PL* 26): koning van Sparta vanaf 427 v. Chr., raakt bevriend met Alkibiades, totdat deze een zoon verwekt bij zijn echtgenote Timaia, wanneer hij op advies van Alkibiades Dekeleia in Attika heeft bezet.

AINESIAS uit Sparta (*PL* 39): naamgevende ephoor van het jaar 432/431 v. Chr.

[AISCHYLOS uit Athene, de zoon van Euphorion, uit het district Eleusis (*PA* 442): held van Marathon en Salamis, groot tragediedichter.]

AKOUMENOS uit Athene (*PA* 477): arts, vriend van Alkibiades, probeert vergeefs Hipparete's leven te redden na de bevalling van haar zoon, geïmpliceerd in het schandaal rond de ontheiliging van de Mysteriën.

ALEXIAS uit Athene (*PA* 528): naamgevende archon van het jaar 405/404 v. Chr.

ALEXIPPIDAS uit Sparta (*PL* 53): naamgevende ephoor van het jaar 412/411 v. Chr.

ALKAIOS uit Athene (PA 572): naamgevende archon van het jaar 422/421 v. Chr.

[ALKIBIADES de Oudere uit Athene (PA 597): de grootvader van onze Alkibiades, verdreef de tirannen uit Athene samen met Kleisthenes, verbannen na een schervengericht.]

[ALKIBIADES uit Sparta, de zoon van Endios de Oudere (PL 60): gastvriend van de familie van onze Alkibiades en de vader van Endios, de gastvriend van onze Alkibiades.]

ALKIBIADES uit Athene, de zoon van Kleinias, uit het district Skambonidai (PA 600): de held van dit verhaal.

ALKIBIADES de Jongere uit Athene (PA 598): de zoon van onze Alkibiades en Hipparete.

'ALKIBIADES' uit Sparta, de bijnaam van Leotychidas (PL 489): de zoon van onze Alkibiades en de Spartaanse koningin Timaia.

[ALKMAN uit Sparta: dichter.]

AMADOKOS uit Thracië, de zoon van Sitalkes: koning van Odrysië.

[AMESTRIS uit Perzië, de dochter van Otanes: koningin van Perzië, echtgenote van Xerxes I, moeder van Artaxerxes I.]

AMYKLA uit Sparta (PL 75): kindermeisje van Alkibiades.

AMYNTIAS* uit Aigina: textielhandelaar.

ANAXAGORAS uit Klazomenai, de zoon van Hegesiboulos: filosoof, leraar van Perikles.

ANDOKIDES uit Athene, de zoon van Leogoras, uit het district Kydathenaion (PA 828): politicus, redenaar, lid van de oligarchische kring die het vandalisme van de Hermen in scène heeft gezet om de democratie omver te werpen.

ANDROKLES uit Athene, uit het district Pithos (PA 870): populist, persoonlijke vijand van Alkibiades, instigator van het doodsvonnis voor Alkibiades wegens ontheiliging van de Mysteriën, vermoord op straat.

ANDRON uit Athene, de zoon van Androtion, uit het district Gargettos (PA 921): kennis van Alkibiades uit de kring van Sokrates, lid van het oligarchische bewind van de Vierhonderd.

ANTEIA* uit Korinthe: eigenares van een bordeel in Athene.

ANTIGENES uit Athene (PA 983): naamgevende archon van het jaar 407/406 v. Chr.

ANTIMOIROS uit Mende op het schiereiland Pellene: de ster onder de leerlingen van Protagoras.

ANTIOCHOS uit Athene (PA 1153): zeeman, kwartelvanger, stuurman en vriend van Alkibiades, gesneuveld bij Notion.

ANTIPHON uit Athene, de zoon van Sophilos, uit het district Rhamnous (PA 1304): briljant en om zijn intelligentie gehaat oligarchisch politicus, het brein achter de oligarchische coup van de Vierhonderd.

ANYTOS uit Athene, de zoon van Anthemion, uit het district Euonymon (PA 1324): een minnaar van Alkibiades in zijn jonge jaren, een van de latere aanklagers van Sokrates.

ARCHESTRATOS uit Athene, de zoon van Lykomedes (PA 2411): Atheens generaal bij Poteidaia.

ARCHIDAMOS uit Sparta, de zoon van Zeuxidamos (*PL* 157): koning van Sparta tot 427 v. Chr., vader van Agis en Kyniska.

ARGILEONIS uit Sparta (*PL* 110): de moeder van Brasidas.

ARIPHRON uit Athene, de zoon van Xanthippos en Agariste, uit het district Cholargos (*PA* 2204): broer van Perikles, doet een vergeefse poging om Kleinias, het broertje van Alkibiades, op te voeden.

[ARISTEIDES uit Athene, de zoon van Lysimachos, uit het district Alopeke, bijgenaamd 'de Rechtvaardige' (*PA* 1695): befaamd staatsman en veldheer ten tijde van de Perzische invasies, held van Marathon, politiek tegenstander van Themistokles, verbannen na een schervengericht.]

ARISTOGENES uit Athene (*PA* 1781): een van de acht Atheense admiraals bij de Arginousai, na de overwinning vrijwillig in ballingschap gegaan.

ARISTOKRATES uit Athene, de zoon van Skellias, uit het district Trinemeia (*PA* 1904): ervaren infanteriecommandant, een van de acht Atheense admiraals bij de Arginousai, na de overwinning ter dood veroordeeld en geëxecuteerd.

ARISTOPHANES uit Athene, de zoon van Philippos, uit het district Kydathenaion (*PA* 2090): komediedichter, vriend van Alkibiades uit de kring van Sokrates.

ARISTOPHON uit Thasos, de zoon van Aglaophon: schilder van een schokkend naaktportret van Alkibiades.

ARSIKAS uit Perzië: zie Artaxerxes II.

ARTAXERXES II uit Perzië, die Arsikas heette voordat hij koning werd, de zoon van koning Dareios II en koningin Parysatis: de oudere broer van Kyros de Jongere, koning van Perzië vanaf eind 405 v. Chr.

[ARTEMISIA I uit Halikarnassos: koningin van Karia ten tijde van de tweede Perzische invasie van Griekenland, onderscheidde zich aan Perzische zijde bij Artemision en Salamis.]

ASPASIA uit Milete, de dochter van Axiochos uit Milete: minnares van Perikles.

[ATOSSA uit Perzië, de dochter van Kambyses II en Bardiya: koningin van Perzië, echtgenote van Dareios I, moeder van Xerxes I.]

AXIOCHOS uit Athene, de zoon van Alkibiades de Oudere en de dochter van Axiochos uit Milete (*PA* 1330): jonge oom van onze Alkibiades (want halfbroer van Kleinias, de vader van onze Alkibiades), geïmpliceerd in het schandaal rond de ontheiliging van de Mysteriën.

BAGAPATES* uit Perzië: voor corruptie veroordeelde Perzische administrateur, celgenoot van Alkibiades in Sardis.

[BAKCHYLIDES uit Ioulis op Keos: dichter van overwinningsoden.]

BRASIDAS uit Sparta, bijgenaamd 'de Roekeloze', de zoon van Tellis en Argileonis (*PL* 177): Spartaans admiraal en veldheer bij Pylos en in Thracië, gesneuveld in Amphipolis, waar hij als een halfgod wordt vereerd.

CHABRIAS uit Athene, de zoon van Ktesippos, uit het district Aixone (*PA* 15086): zal een roemrijk generaal worden.

CHAIREAS uit Athene, de zoon van Archestratos, uit het district Phlya (*PA* 15093): vertrouweling en informant van Alkibiades die de gruwelen van het oligarchische bewind van de Vierhonderd onthult aan de Atheense vloot op Samos.

CHARIKLES, de zoon van Apollodoros, uit het district Acharnai (*PA* 15407): zwager van Teisias, lid van de onderzoekscommissie na het vandalisme van de Hermen, lid van het oligarchische bewind van de Vierhonderd, lid van het schrikbewind van de Dertig.

CHARMIDES uit Athene, de zoon van Glaukon (*PA* 15512): vriend van Alkibiades uit de kring van Sokrates, neef van Kritias, geïmpliceerd in het schandaal rond de ontheiliging van de Mysteriën, later archon van Peiraieus onder de Dertig, gedood in de Slag om Peiraieus.

CHRYSIS uit Argos: priesteres van Hera.

CHRYSOGONOS uit Athene: befaamd aulosspeler, winnaar van het concours bij de Pythische Spelen in Delphi.

DAOS* uit Phrygië: de slaaf van Alkibiades en Timandra in Melissa.

[DAREIOS I uit Perzië, bijgenaamd 'de Grote', de zoon van Hystaspes: koning van Perzië tijdens de eerste Perzische invasie van Griekenland.]

DAREIOS II uit Perzië, die Ochos heette voordat hij koning werd, de zoon van koning Artaxerxes I en Kosmartidene: koning van Perzië tot 405 v. Chr., Alkibiades ontmoet hem in Sardis.

DEINOMACHE uit Athene, de dochter van Megakles, uit het district Alopeke (*PA* 3187): de moeder van Alkibiades.

DEMOSTHENES uit Athene, de zoon van Alkisthenes, uit het district Aphidna (*PA* 3585): briljant generaal bij Pylos, Sphakteria en op Sicilië, aldaar geëxecuteerd na de Atheense nederlaag.

DIOKLEIDES uit Athene (*PA* 3973): legt een valse getuigenis af waarin hij Alkibiades beschuldigt van het vandalisme van de Hermen, terechtgesteld.

DIOMEDON uit Athene (*PA* 4065): een van de acht Atheense admiraals bij de Arginousai, na de overwinning ter dood veroordeeld en geëxecuteerd.

DORIEUS uit Rhodos: drievoudig Olympisch kampioen in het pankration, bondgenoot van Sparta, admiraal bij Abydos.

[ELPINIKE de Oudere uit Athene, de dochter van Miltiades, uit het district Lakiadai (*PA* 4678): zus en minnares van Kimon, minnares van Polygnoton, echtgenote van Kallias de Oudere, grootmoeder van Kallias en Hipparete.]

ELPINIKE* uit Athene: de dochter van Alkibiades en Hipparete, de bruid van haar neef Hipponikos de Jongere.

ENDIOS uit Sparta, de zoon van Alkibiades (*PL* 264): gastvriend van Alkibiades, maakt deel uit van het Spartaanse gezantschap dat door Alkibiades wordt bedrogen, gastheer van Alkibiades in Sparta, later ephoor en compagnon van Alkibiades tijdens de expeditie naar Ionië.

EPERATOS uit Sparta (*PL* 268): naamgevende ephoor van het jaar 414/413 v. Chr.

EPIKRATES uit Athene (*PA* 4860): heeft een huis in de buurt van het Olympieion.

ERASINIDES uit Athene (*PA* 5021): een van de acht Atheense admiraals bij de Arginousai, na de overwinning ter dood veroordeeld en geëxecuteerd.

ERYXIMACHOS uit Athene, de zoon van Akoumenos (*PA* 5187): arts.

EUKTEMON uit Athene (PA 5799): naamgevende archon van het jaar 408/407 v. Chr.

EUPHILETOS uit Athene, de zoon van Timotheos, uit het district Kydathenaion (PA 6071): lid van de oligarchische kring die het vandalisme van de Hermen in scène heeft gezet om de democratie omver te werpen.

EURIPIDES uit Athene, de zoon van Mnesarchides en Kleito, uit het district Phlya (PA 5953): tragediedichter, dichter van de overwinningsode voor Alkibiades' Olympische zege.

EURYMEDON uit Athene, de zoon van Thoukles, uit het district Myrrhinous (PA 5973): admiraal.

EURYPTOLEMOS, de zoon van Peisianax, uit het district Sounion (PA 5981 = 5985): neef van Alkibiades, verzet zich tevergeefs tegen de veroordeling van de acht generaals van de Arginousai.

EUTHYNOS uit Athene (PA 5654): naamgevende archon van het jaar 450/449 v. Chr.

EUTHYNOS uit Athene (PA 5655): naamgevende archon van het jaar 426/425 v. Chr.

EXAINETOS uit Akragas op Sicilië: tweevoudig Olympisch kampioen in de stadionrace.

[GORGO uit Sparta, de dochter van koning Kleomenes (PL 192): koningin van Sparta, echtgenote van koning Leonidas.]

GYLIPPOS uit Sparta, de zoon van Kleandridas (PL 196): admiraal en veldheer die Syracuse helpt Athene te verslaan.

[HABRON uit Athene (PA 3): naamgevende archon van het jaar 458/457 v. Chr.]

HAGNON uit Athene, de zoon van Nikias, uit het district Streiria (PA 171): lid van de noodregering na het debacle in Sicilië, vader van Theramenes.

HERAKLEIDES uit Maroneia in Thracië: de ronselaar voor de deur van Seuthes' wachttoren.

[HERAKLEITOS uit Ephesos: filosoof.]

[HERO uit Sestos: priesteres van Aphrodite, geliefde van Leandros.]

[HESIODOS uit Askra: dichter van de *Theogonie* en de *Werken en dagen*.]

HIPPARETE uit Athene, de dochter van Hipponikos, uit het district Alopeke (PA 7590): jongere zus van Kallias, echtgenote van Alkibiades, moeder van Elpinike en Alkibiades de Jongere.

HIPPIAS uit Elis, de zoon van Diopeithes: sofist en diplomaat.

HIPPOKRATES uit Athene, de zoon van Apollodoros (PA 7630): vriend van Alkibiades uit de kring van Sokrates.

HIPPONIKOS de Oudere uit Athene, de zoon van Kallias de Oudere, uit het district Alopeke (PA 7658): de vader van Kallias en Hipparete, de rijkste man van Griekenland, eigenaar van zilvermijnen in Laurion, schoonvader van Alkibiades.

HIPPONIKOS de Jongere uit Athene, de zoon van Kallias en de dochter van Glaukon, uit het district Alopeke (PA 7659): neefje van Alkibiades, de bruidegom van zijn nicht Elpinike.

[HOMEROS, de dichter van de *Ilias* en de *Odyssee*.]

[HYDARNES de Oudere uit Perzië: overgrootvader van Tissaphernes, die Dareios I heeft gesteund in diens bloedige coup om de troon te bestijgen.]

[HYDARNES de Jongere uit Perzië: vader van Tissaphernes, commandant van de Onsterfelijken tijdens de tweede Perzische invasie van Griekenland.]

HYPERBOLOS uit Athene, de zoon van Antiphanes en een broodbakster, uit het district Perithoidai (PA 13910): alom veracht intrigant, verbannen door het schervengericht, vermoord op Samos.

[HYSTASPES uit Perzië, de zoon van Arsames: de vader van Dareios I.]

IKTINOS uit Athene: een van de architecten van het Parthenon.

INDIA* uit Gandara: exotische prostituee die Alkibiades mee naar huis neemt, tot ergernis van Hipparete.

IOPHON uit Athene, de zoon van Sophokles en Nikostrate, uit het district Kolonos (PA 7584): tragediedichter, Alkibiades gaat een paard bij hem bezichtigen.

ISARCHOS uit Athene (PA 7685): naamgevende archon van het jaar 424/423 v. Chr.

[KALLIAS de Oudere uit Athene, de zoon van Hipponikos, uit het district Alopeke (PA 7825): echtgenoot van Elpinike de Oudere, grootvader van Kallias en Hipparete.]

KALLIAS uit Athene, de zoon van Hipponikos, uit het district Alopeke (PA 7826): broer van Hipparete, huwelijkt haar uit aan Alkibiades, betaalt een astronomische bruidsschat, zaakgelastigde en erfgenaam van zijn vader, die de rijkste man van Griekenland was, verkwist zijn fortuin aan zijn bewondering voor filosofen en sofisten.

KALLIAS uit Athene, de zoon van Kalliades (PA 7827): Atheens generaal bij Poteidaia.

KALLIAS uit Athene, uit het district Skambonidai (PA 7887): naamgevende archon van het jaar 412/411 v. Chr.

KALLIKLES uit Athene, uit het district Acharnai (PA 7927): ambitieus politicus, kennis van Sokrates.

KALLIKRATES uit Athene (PA 7938): een van de architecten van het Parthenon.

KALLIKRATIDAS uit Sparta (PL 403): Spartaans admiraal bij de Arginousai, aldaar gesneuveld.

KALLIPPIDES uit Athene: gevierd tragisch acteur.

KEPHISODOTOS uit Athene (PA 8312): Atheens admiraal bij de Geitenrivier.

[KIMON uit Athene, de zoon van Miltiades en Hegesipyle, uit het district Lakiadai (PA 8429): vermaard politicus en veldheer in de jaren na de Perzenoorlogen, politiek tegenstander van Perikles, broer en minnaar van Elpinike de Oudere, verbannen na een schervengericht.]

KLEARCHOS uit Sparta, de zoon van Rhamphias (PL 425): hardvochtig bewindvoerder van Byzantion, door Alkibiades afgezet, na de Atheense nederlaag opnieuw gouverneur van Byzantion en als zodanig in oorlog met Odrysië, steunt het complot van Kyros de Jongere tegen diens broer, Artaxerxes II.

[KLEINIAS uit Athene, de zoon van Alkibiades de Oudere (PA 8510): de vader van Alkibiades, held bij Artemision, gesneuveld bij Koroneia.]

KLEINIAS uit Athene, de zoon van Kleinias en Deinomache (PA 8512): de jongere broer van Alkibiades, die niet wil deugen.

[KLEISTHENES uit Athene, de zoon van Megakles en Agariste, uit het district Alopeke (PA 8526): de grootvader van Deinomache, de overgrootvader van Alkibiades, verdreef de tirannen uit Athene samen met Alkibiades de Oudere, staatsman, hervormer, wetgever.]

KLEOMEDES uit Athene, de zoon van Lykomedes, uit het district Phlya (PA 8598): generaal, medebevelhebber van Alkibiades bij Melos.

[KLEOMENES uit Sparta, zoon van koning Anaxandridas (PL 436): koning van Sparta aan het einde van de zesde en het begin van de vijfde eeuw v. Chr., vader van Gorgo, ondernam invasie van Argos.]

KLEON uit Athene, de zoon van Kleainetos, uit het district Kydathenaion, bijgenaamd 'de Palingvisser' (PA 8674): populist, gesneuveld bij Amphipolis.

KLEOPHON uit Athene, bijgenaamd 'de Liermaker' en 'de Messentrekker' (PA 8638): populist, persoonlijke vijand van Alkibiades.

KOIRATADAS uit Thebe: rondzwervend freelance generaal, wapenhandelaar in Phrygië.

KONON uit Athene, de zoon van Timotheos, uit het district Anaphlystos (PA 8707): Atheens admiraal, opvolger van Alkibiades na Notion, bevelhebber bij de Geitenrivier, vlucht na de nederlaag naar Cyprus.

KRITIAS uit Athene, de zoon van Kallaischros (PA 8792): atheïst, dichter, vriend van Alkibiades, later leider van het schrikbewind van de Dertig, geeft opdracht tot de moord op Alkibiades, gedood in de Slag om Peiraieus.

[KROISOS uit Lydië: beroemde koning van Lydië aan het einde van de zesde en het begin van de vijfde eeuw v. Chr.]

KTESIPPOS uit Athene, de zoon van Chabrias, uit het district Aixone (PA 8885): de vader van de latere generaal Chabrias.

KTESIPPOS uit Athene uit het district Paiania (PA 8890): de neef van Menexenos.

KYNISKA uit Sparta, de dochter van koning Archidamos en Eupolia (PL 459): schatrijke halfzus van koning Agis, eerste vrouwelijke overwinnaar bij de Olympische Spelen (in de vierspanrace in 396 v. Chr.).

KYROS de Jongere uit Perzië, de zoon van koning Dareios II en koningin Parysatis: jongere broer van Arsikas (Artaxerxes II), 'karanos', psychopaat, in het purper geboren troonpretendent, na de dood van zijn vader en de troonsbestijging van zijn broer architect van een complot om zijn broer te vermoorden, rukt met dat doel met een leger Griekse huurlingen op tegen Babylon, gesneuveld in de Slag bij Kounaxa.

LACHES uit Athene, de zoon van Melanopos, uit het district Aixone (PA 9019): generaal met een lange, glansrijke carrière.

LAÏS uit Korinthe, geboren in Kelainai: de dochter van Alkibiades en Timandra, later de mooiste en beroemdste prostituee uit de Oudheid.

LAMACHOS uit Athene, de zoon van Xenophanes, uit het district Oë (PA 8981): dappere krijger, armlastige scharrelaar, medebevelhebber van Alkibiades en Nikias op Sicilië, gesneuveld bij Syracuse.

LAMPIDO of LAMPITO van Sparta, de dochter van koning Leotychidas en Eurydame (PL 474): koningin van Sparta, echtgenote van koning Archidamos, moeder van koning Agis.

[LEANDROS uit Abydos: geliefde van Hero.]

LEON uit Sparta, de zoon van Antikleidas (PL 482): Olympisch overwinnaar in de vierspanrace, een van de Spartaanse gezanten die door Alkibiades worden bedrogen.

[LEONIDAS uit Sparta, zoon van koning Anaxandridas (PL 484): koning van Sparta ten tijde van de tweede Perzische invasie, echtgenoot van Gorgo, als held gesneuveld bij Thermopylai.]

LEOTYCHIDAS uit Sparta, de zoon van Alkibiades en Timaia, bijgenaamd 'Alkibiades' (PL 489).

[LYKOURGOS uit Sparta, de zoon van Eunomos en Dionassa (PL 499): legendarisch wetgever van de Spartanen.]

LYSANDROS uit Sparta, de zoon van Aristokritos (PL 504): Spartaans admiraal bij Notion en de Geitenrivier, vaart in triomf Peiraieus binnen en bezet Athene, verantwoordelijk voor de installatie van de Dertig, zeer bevriend met Kyros de Jongere, zweert met hem samen tegen diens broer Artaxerxes II.

LYSIAS uit Thouria, geboren in Athene, de zoon van Kephalos: beroemd redenaar.

LYSIAS uit Athene (PA 9351): een van de acht Atheense admiraals bij de Arginousai, na de overwinning ter dood veroordeeld en geëxecuteerd.

[MAISADES uit Thracië: koning van Odrysië, vader van Seuthes.]

MANIA* uit Melissa: vriendin van Timandra.

MEDONTIS uit Abydos: beroemde prostituee, minnares van Alkibiades en Antiochos.

[MEGAKLES uit Athene, de zoon van Hippokrates, uit het district Alopeke (PA 9695 = 9696): de vader van Deinomache, de grootvader van Alkibiades, overwinnaar in de vierspanrace op de Pythische Spelen, verbannen naar Milete na een schervengericht.]

MEIDIAS uit Athene (PA 9714): politicus en kwartelklopper.

MELETOS uit Athene (PA 9825): lid van de oligarchische kring die het vandalisme van de Hermen in scène heeft gezet om de democratie omver te werpen.

MENANDROS uit Athene (PA 9857): Atheens admiraal bij de Geitenrivier.

MENEXENOS uit Athene, de zoon van Demophon (PA 9973): kennis van Alkibiades uit de kring van Sokrates.

MENON uit Athene: assistent van de beeldhouwer Pheidias.

METON uit Athene, de zoon van Pausanias, uit het district Leukonoion (PA 10093): astroloog die zijn eigen huis in de brand stak om te voorkomen dat hij werd uitgezonden naar Sicilië.

MINDAROS uit Sparta (PL 536): Spartaans admiraal bij het Hondengraf, Abydos en Kyzikos, gedood door Alkibiades.

MISGOLAÏDAS uit Sparta (PL 537): naamgevende ephoor van het jaar 411/410 v. Chr.

MNASILOCHOS uit Athene (PA 10324): naamgevende archon van juli tot september van het jaar 411 v. Chr. tijdens het oligarchische bewind van de Vierhonderd, later lid van de Dertig.

MNESIKLES uit Athene (PA 10304): de architect van het Poortgebouw op de Akropolis.

MORYCHOS uit Athene (PA 10421): had vroeger een huis bij het Olympieion.

NIKIAS uit Athene, de zoon van Nikeratos, uit het district Kydantidai (PA 10808): politicus en veldheer, auteur en naamgever van het vredesverdrag tussen Athene en Sparta, gerespecteerd politiek tegenstander van Alkibiades, voorzichtige en bijgelovige man, tegenstander van de Siciliaanse expeditie en tegen zijn zin benoemd tot medebevelhebber van Alkibiades op Sicilië, aldaar geëxecuteerd na de Atheense nederlaag.

OCHOS uit Perzië: zie Dareios II.

PARALOS uit Athene, de zoon van Perikles, uit het district Cholargos (PA 11612): gestorven aan de plaag.

PARYSATIS uit Perzië, de dochter van koning Artaxerxes I en Andia: koningin van Perzië, echtgenote van Dareios II, moeder van Artaxerxes II en Kyros de Jongere.

PAUSANIAS uit Athene, uit het district Kerameis (PA 11717): minnaar van Agathon.

PEISANDROS uit Athene, de zoon van Glauketes, uit het district Acharnai (PA 11770): lid van de onderzoekscommissie na het vandalisme van de Hermen, initiator van de oligarchische coup van de Vierhonderd.

PERDIKKAS uit Macedonië, de zoon van Alexandros: koning van Macedonië.

PERIKLES uit Athene, de zoon van Xanthippos en Agariste, uit het district Cholargos (PA 11811): legendarisch staatsman en veldheer, architect van het Atheense imperium, initiator van de bouw van de tempels op de Akropolis, vormgever van de Atheense strategie aan het begin van de Peloponnesische Oorlog, voogd van Alkibiades, gestorven aan de plaag.

PERIKLES de Jongere uit Athene, bastaardzoon van de grote Perikles en zijn minnares Aspasia, uit het district Cholargos (PA 11812): een van de acht Atheense admiraals bij de Arginousai, na de overwinning ter dood veroordeeld en geëxecuteerd.

PHAIAX uit Athene, de zoon van Erasistratos, uit het district Acharnai (PA 13921): politicus, allemansvriendje, concurrent van Alkibiades aan het begin van zijn carrière, neemt het initiatief voor een schervengericht om zich van Alkibiades te ontdoen, waarvan niet Alkibiades maar Hyperbolos het slachtoffer wordt.

PHAIDROS uit Athene, de zoon van Pythokles, uit het district Myrrhinous (PA 13960): kennis van Alkibiades uit de kring van Sokrates.

PHARNABAZOS uit Perzië, de zoon van Pharnakes: satraap van Phrygië aan de Hellespont in Daskyleion, rivaal van Tissaphernes, bondgenoot van Sparta, later rivaal van Kyros de Jongere, ontvangt Alkibiades in Daskyleion, geeft hem een vrijgeleide naar Melissa, verraadt hem aan de Spartanen.

PHEIDIAS uit Athene, de zoon van Charmides (PA 14149): beeldhouwer van de sculpturen van het Parthenon.

PHILIPPIDES uit Athene, de zoon van Philomelos, uit het district Paiania (PA 14360): vage kennis van Alkibiades uit de kring van Sokrates.

PHILIPPOS uit Phaselis in Lycië: edelman, kenner van Atheense literatuur, ontmoet Alkibiades en helpt hem valse informatie te verspreiden over de Fenicische vloot.

PHILOCHARIDAS uit Sparta, de zoon van Eryxilaidas (*PL* 731): ervaren diplomaat, maakt deel uit van het Spartaanse gezantschap dat door Alkibiades wordt bedrogen.

PHILOKLES uit Athene (*PA* 14517): Atheens admiraal bij de Geitenrivier, geëxecuteerd door de Spartanen.

PHRYNE*: de naam van de pop van Laïs.

PHRYNICHOS uit Athene, de zoon van Stratonides, uit het district Deiradiotai (*PA* 15011): voormalig geitenhoeder die zich heeft opgewerkt tot generaal en politicus, persoonlijke vijand van Alkibiades, aanvankelijk radicaal democraat, later fanatiek lid van het oligarchische regime van de Vierhonderd, vermoord op straat.

[PINDAROS uit Thebe: groot dichter, beroemd om zijn overwinningsoden.]

PLATON uit Athene, de zoon van Ariston en Periktione, uit het district Kollytos (*PA* 11855): 'dubbel bloeiend kind' op de bruiloft van Alkibiades en Hipparete, later een bekend filosoof.

PLEISTOLAS uit Sparta (*PL* 614): naamgevende ephoor van het jaar 422/421 v. Chr.

[POLYGNOTOS uit Thasos, geneutraliseerd tot Atheens burger, de zoon van Aglaophon: schilder, minnaar van Elpinike de Oudere.]

POLYKLEITOS uit Argos: beeldhouwer.

POLYMEDES uit Athene, de zoon van Kephision, uit het district Atene (*PA* 12036): stadssecretaris in het jaar 414/413 v. Chr.

POULYTION uit Athene (*PA* 12154): vriend van Alkibiades uit de kring van Sokrates, geïmpliceerd in het schandaal rond de ontheiliging van de Mysteriën.

PRODIKOS uit Kos: sofist.

PRONOMOS uit Athene: de muziekleraar van Alkibiades.

PROTAGORAS uit Abdera in Thracië: beroemd sofist.

PROTOMACHOS uit Athene (*PA* 12318): een van de acht Atheense admiraals bij de Arginousai, na de overwinning vrijwillig in ballingschap gegaan.

PROXENOS uit Thebe: vriend van Xenophon, die hem ronselde voor de expeditie van Kyros de Jongere.

PYTHODOROS uit Athene (*PA* 12387): naamgevende archon van het jaar 432/431 v. Chr.

[PYTHOKRITOS uit Athene (*PA* 12451): naamgevende archon van het jaar 494/493 v. Chr.]

SALAITHOS uit Sparta (*PL* 657): Spartaanse bevelhebber die de opstandelingen in Mytilene bijstaat.

[SAPPHO van Lesbos: groot dichteres.]

SEUTHES uit Thracië, de zoon van Maisades: prins van Odrysië.

SIBYRTIOS uit Athene: eigenaar van een worstelschool in Athene.

SIMON uit Athene (*PA* 12688): filosofische schoenmaker.

[SIMONIDES uit Ioulis op Keos: dichter, onder meer van overwinningsoden].

SOKRATES uit Athene, de zoon van Sophroniskos en Phainarete, uit het district Alopeke (*PA* 13101): filosoof, minnaar en de grote liefde van Alkibiades.

SOPHOKLES uit Athene, de zoon van Sophillos, uit het district Kolonos (*PA* 12834):

tragediedichter, politicus, generaal, admiraal bij Pylos en Sphakteria, lid van de noodregering na het debacle in Sicilië.

STATEIRA uit Perzië, de dochter van Hydarnes: koningin van Perzië, echtgenote van Artaxerxes II, zus van Tissaphernes.

[TEISIAS uit Syracuse: auteur van invloedrijke verhandelingen over de retorica.]

TEISIAS uit Athene, de zoon van Teisimachos, uit het district Kephale (*PA* 13470 = 13479): zwager van Charikles, heeft Alkibiades getipt over de wagen in Argos, beweert later dat Alkibiades deze wagen van hem heeft gestolen.

[TELESILLA uit Argos: dichteres, heeft Argos gewapenderhand verdedigd tegen de Spartanen.]

THEANO uit Athene, de dochter van Menon, uit het district Agraule (*PA* 6636): priesteres die Alkibiades als enige weigerde te vervloeken na de vermeende ontheiliging van de Mysteriën, later door Alkibiades gepromoveerd tot opperpriesteres van de twee godinnen.

[THEMISTOKLES uit Athene, de zoon van Neokles, uit het district Phrearrhioi (*PA* 6669): gevierd staatsman ten tijde van de Perzenoorlogen, de held van Salamis, verbannen na een schervengericht.]

THEODOROS uit Athene, uit het district Phegaia (*PA* 6907): vriend van Alkibiades uit de kring van Sokrates, geïmpliceerd in het schandaal rond de ontheiliging van de Mysteriën.

THEODOTE uit Athene: beroemde prostituee, de natte droom der Atheners.

THEOPOMPOS uit Athene (*PA* 7011): naamgevende archon van september 411 tot juli 410 v. Chr.

THERAMENES uit Athene, de zoon van Hagnon, uit het district Steiria (*PA* 7234): kleinzoon van Nikias, gematigd lid van het oligarchische bewind van de Vierhonderd, later leider van het verzet ertegen, generaal bij Kyzikos, onderhandelt over de voorwaarden van de overgave van Athene met Sparta, korte tijd lid van de Dertig, geëxecuteerd op bevel van Kritias.

THOUKYDIDES uit Athene, de zoon van Oloros en Hegesipyle, uit het district Halimous (*PA* 7267): Atheens admiraal die de Spartaanse inname van Amphipolis niet wist te voorkomen, verbannen naar Thracië, auteur van een gezaghebbende geschiedenis van de Peloponnesische Oorlog.

THRASYBOULOS uit Athene, de zoon van Lykos, uit het district Steiria (*PA* 7310): Atheens admiraal op Samos, bij het Hondengraf, Abydos en Kyzikos, haalt Alkibiades uit Sardis terug naar de Atheense vloot op Samos, later heimelijk steeds meer jaloers op Alkibiades, leider van het verzet tegen het schrikbewind van de Dertig, herstelt de democratie.

THRASYLLOS uit Athene: een minnaar van Alkibiades in zijn jonge jaren.

THRASYLLOS uit Athene (*PA* 7333): een van de acht Atheense admiraals bij de Arginousai, na de overwinning ter dood veroordeeld en geëxecuteerd.

TIMAIA uit Sparta (*PL* 695): koningin van Sparta, echtgenote van koning Agis, minnares van Alkibiades, moeder van Alkibiades' zoon Leotychidas.

TIMANDRA uit Hykkara op Sicilië: krijgsgevangene gemaakt door Nikias, prostituee in Athene, geliefde van Alkibiades, gaat met hem mee naar Ionië, Thracië en Perzië.

TIMON uit Athene, de zoon van Echekratides, uit het district Kollytos (PA 13845): misantroop.

TISSAPHERNES uit Perzië, de zoon van Hydarnes: satraap van Lydië in Sardis, rivaal van Pharnabazos, vriend en vertrouweling van Alkibiades, later diens vijand, nog later gedegradeerd tot gouverneur van Karia in Halikarnassos.

TYDEUS uit Athene, de zoon van Lamachos, uit het district Oë (PA 13884): Atheens admiraal bij de Geitenrivier.

[XANTHIPPOS uit Athene, de zoon van Ariphron, uit het district Cholargos (PA 11169): politicus en veldheer ten tijde van de Perzenoorlogen, verbannen na een schervengericht.]

XANTHIPPOS uit Athene, de zoon van Perikles, uit het district Cholargos (PA 11170): gestorven aan de plaag.

XENOPHON uit Athene, de zoon van Gryllos en Diodora, uit het district Erchia (PA 11307): lid van de kring van Sokrates, officier van het leger Griekse huurlingen dat Kyros de Jongere heeft geronseld voor zijn couppoging, schrijft later een meeslepend autobiografisch boek over deze expeditie en een aantal andere werken in proza.

[XERXES I uit Perzië, de zoon van koning Dareios I en koningin Atossa: koning van Perzië tijdens de tweede Perzische invasie van Griekenland.]

[ZENON uit Elea, de zoon van Teleutagoras: filosoof.]

ZOPYROS uit Thracië: huisleraar van Alkibiades.

Tijdlijn

jaar v. Chr.	*seizoen*	*Ol.*	*eponieme archon*	*leeftijd Alkibiades*	
450*	7 aug	82.3	Euthynos		geboorte van Alkibiades
447		83.2	Timarchides	3	Slag bij Koroneia, dood van Alkibiades' vader
435*		86.2	Antiochides	15	Alkibiades leert Sokrates kennen
432*		86.4	Apseudes	17	bezoek aan het Parthenon
432	dec	87.1	Pythodoros	18	Slag bij Poteidaia
431	maart	87.1	Pythodoros	18	begin van de Peloponnesische Oorlog
431	3 aug	87.2	Euthydemos	18	zonsverduistering
431	dec	87.2	Euthydemos	19	rede van Perikles voor de gevallenen
430*		87.3	Apollodoros	20	Alkibiades' debuut in de volksvergadering
430		87.3	Apollodoros	20	uitbraak van de epidemie in Athene
429	herfst	87.4	Epameinon	21	dood van Perikles
428	juli	88.1	Diotimos	21	Mytilene loopt over naar Sparta
427	lente	88.1	Diotimos	21	Mytileense opstand neergeslagen
427	herfst	88.2	Eukles	22	Agis volgt Archidamos op als koning van Sparta
425	maart	88.3	Euthynos	24	uitbarsting van de Etna
425	lente	88.3	Euthynos	24	Slag bij Pylos

jaar v. Chr.	*seizoen*	*Ol.*	*eponieme archon*	*leeftijd Alkibiades*	
425	zomer	88.3	Euthynos	24	Slag bij Sphakteria
424	dec	89.1	Isarchos	26	Spartanen nemen Amphipolis in
423	feb	89.1	Isarchos	26	Dareios II wordt koning van Perzië
422	lente	89.2	Ameinias	27	Slag bij Amphipolis, dood van Kleon
421	9 april	89.3	Alkaios	28	Vrede van Nikias
420*	januari	89.4	Aristion	29	Alkibiades trouwt met Hipparete
420	juli	90.1	Astyphilos	29	Alkibiades voor het eerst gekozen als strateeg
420	zomer	90.1	Astyphilos	29	verdrag met Argos, Mantineia en Elis
419*	lente	90.1	Astyphilos	30	geboorte van Alkibiades' dochter Elpinike
419	juli	90.2	Archias	30	Alkibiades herkozen als strateeg
419	aug-sept	90.2	Archias	31	campagne van Alkibiades op de Peloponnesos
418	juli	90.3	Antiphon	31	Alkibiades aangesteld als ambassadeur in Argos
418	eind aug	90.3	Antiphon	32	Slag bij Mantineia
418	eind aug	90.3	Antiphon	32	Alkibiades wint bij de Panatheneïsche Spelen
418	sept	90.3	Antiphon	32	oligarchische coup in Argos
417	maart	90.3	Antiphon	32	democratische tegencoup in Argos
417	april	90.3	Antiphon	32	schervengericht van Hyperbolos
417	juli	90.4	Euphemos	32	Alkibiades begint derde ambtstermijn als strateeg

jaar v. Chr.	*seizoen*	*Ol.*	*eponieme archon*	*leeftijd Alkibiades*	
417*	herfst	90.4	Euphemos	33	geboorte van Alkibiades' zoon Alkibiades
417*	winter	90.4	Euphemos	33	dood van Hipparete
416	5 juli	91.1	Arimnestos	33	Alkibiades wint bij de Olympische Spelen
416	juli	91.1	Arimnestos	33	Alkibiades begint vierde ambtstermijn als strateeg
416	zomer	91.1	Arimnestos	34	beleg van Melos
415	januari	91.1	Arimnestos	34	inname van Melos
415	lente	91.1	Arimnestos	34	besluit tot de Siciliaanse expeditie
415	nacht v. 7/8 juni	91.1	Arimnestos	34	vernieling van de Hermen
415	21 juni	91.1	Arimnestos	34	Alkibiades vertrekt met de vloot naar Sicilië
415	juli	91.2	Charias	34	Alkibiades begint vijfde ambtstermijn als strateeg
415	sept	91.2	Charias	35	Alkibiades gearresteerd, verdwijnt bij Thouria
415	sept	91.2	Charias	35	Alkibiades bij verstek ter dood veroordeeld
415	sept	91.2	Charias	35	Athene neemt Hykkara in
415	okt	91.2	Charias	35	Alkibiades arriveert in Sparta
415	nov	91.2	Charias	35	eerste Slag bij Syracuse
414	maart	91.2	Charias	35	begin beleg van Syracuse
414	lente	91.2	Charias	35	dood van Lamachos
414	zomer	91.3	Teisandros	36	Athene plundert Lakonië, einde van de Vrede van Nikias
414	herfst	91.3	Teisandros	36	Spartaanse vloot van Gylippos bij Syracuse

jaar v. Chr.	*seizoen*	*Ol.*	*eponieme archon*	*leeftijd Alkibiades*	
413	maart	91.3	Teisandros	36	Sparta bezet Dekeleia
413	1 aug	91.4	Kleokritos	36	Atheense vloot van Demosthenes bij Syracuse
413	5 aug	91.4	Kleokritos	36	nachtelijke veldslag op de Hoogte bij Syracuse
413	27 aug	91.4	Kleokritos	37	maansverduistering
413	9 sept	91.4	Kleokritos	37	tweede Slag bij Syracuse
413	13 sept	91.4	Kleokritos	37	Atheens leger vlucht van Syracuse
413	sept	91.4	Kleokritos	37	overgave, executie van Nikias en Demosthenes
412	juni	91.4	Kleokritos	37	Slag bij Speiraion
412	juni	91.4	Kleokritos	37	Alkibiades naar Ionië
412*	juni	91.4	Kleokritos	37	geboorte van Alkibiades' zoon Leotychidas
412	aug	92.1	Kallias S.	38	Slag bij Milete
412	nov	92.1	Kallias S.	38	Alkibiades vlucht naar het hof van Tissaphernes in Sardis
412	nov	92.1	Kallias S.	38	Alkibiades ter dood veroordeeld door Sparta
411	lente	92.1	Kallias S.	38	Alkibiades ontmoet koning Dareios II van Perzië
411	9 juni	92.1	Kallias S.	38	oligarchische coup van de Vierhonderd in Athene
411	juli	92.2	Mnasilochos	38	Alkibiades door de vloot op Samos uitgeroepen tot bevelhebber
411	juli	92.2	Mnasilochos	38	Sparta neemt Byzantion in
411	23 sept	92.2	Theopompos	39	de Vierhonderd maken plaats voor de Vijfduizend in Athene

jaar v. Chr.	*seizoen*	*Ol.*	*eponieme archon*	*leeftijd Alkibiades*	
411	23 sept	92.2	Theopompos	39	Alkibiades gerehabiliteerd en teruggeroepen naar Athene
411	okt	92.2	Theopompos	39	missie van Alkibiades naar Knidos en Kos
411	okt	92.2	Theopompos	39	Slag bij het Hondengraf
411	nov	92.2	Theopompos	39	eerste Slag bij Abydos
410	feb	92.2	Theopompos	39	Alkibiades door Tissa-phernes gevangengezet in Sardis
410	maart	92.2	Theopompos	39	Alkibiades ontsnapt en vlucht naar Klazomenai
410	april	92.2	Theopompos	39	Slag bij Kyzikos
410	12 juni	92.2	Theopompos	39	herstel van de democratie in Athene
409	juni	92.3	Glaukippos	40	Slag bij Ephesos
408	maart	92.4	Diokles	41	tweede Slag bij Abydos
408	april	92.4	Diokles	41	begin beleg van Chalkedon
408	april	92.4	Diokles	41	Alkibiades neemt Selym-bria in
408	mei	92.4	Diokles	41	inname van Byzantion
407	16 juni	93.1	Euktemon	42	Alkibiades keert terug in Athene
407	25 sept	93.2	Antigenes	43	Alkibiades escorteert de processie naar Eleusis
407	okt	93.2	Antigenes	43	Alkibiades naar Ionië
407	okt	93.2	Antigenes	43	Slag bij Andros
407	nov	93.2	Antigenes	43	Alkibiades komt in Notion
407	dec	93.2	Antigenes	43	Alkibiades naar Phokaia
406	jan	93.2	Antigenes	43	Slag bij Notion

jaar v. Chr.	*seizoen*	*Ol.*	*eponieme archon*	*leeftijd Alkibiades*	
406	feb	93.2	Antigenes	43	Alkibiades afgezet als strateeg, vlucht naar Thracië
406	15 april	93.2	Antigenes	43	maansverduistering
406	mei	93.2	Antigenes	43	Spartaanse aanvallen op Chios, Teos en Lesbos
406*	juni	93.2	Antigenes	43	Seuthes geeft Alkibiades drie forten in Thracië
406	juli	93.3	Kallias A.	43	Slag bij de Arginousai
406	okt	93.3	Kallias A.	44	generaals van de Arginousai ter dood veroordeeld
406*	nov	93.3	Kallias A.	44	verzoening tussen Seuthes en Amadokos
405		93.3	Kallias A.	44	dood van Sophokles en Euripides
405*	lente	93.3	Kallias A.	44	Alkibiades ontmoet Thoukydides
405	zomer	93.3	Kallias A.	44	Slag bij de Geitenrivier
405	okt	93.4	Alexias	45	begin beleg van Athene
405	nov	93.4	Alexias	45	koning Dareios II van Perzië opgevolgd door zijn zoon Artaxerxes II
404*	jan	93.4	Alexias	45	Alkibiades naar Melissa, begint dit boek te schrijven
404	29 maart	93.4	Alexias	45	capitulatie van Athene, einde van de Peloponnesische Oorlog
404	22 april	93.4	Alexias	45	Spartaanse vloot vaart Peiraieus binnen
404	23 april	93.4	Alexias	45	installatie van het bewind van de Dertig in Athene
404	zomer	94.1	anarchie	45	executie van Kleophon
404	3 sept	94.1	anarchie	46	zonsverduistering

jaar v. Chr.	*seizoen*	*Ol.*	*eponieme archon*	*leeftijd Alkibiades*	
404	herfst	94.1	anarchie	46	executie van Theramenes
404	nov	94.1	anarchie	46	Alkibiades vermoord in Melissa
404*	nov	94.1	anarchie		Timandra naar Kelainai
403*	jan	94.1	anarchie		geboorte van Alkibiades' dochter Laïs
403	jan	94.1	anarchie		verzetsstrijders nemen Phyle in
403	lente	94.1	anarchie		bloedbad in Eleusis
403	lente	94.1	anarchie		verzetsstrijders nemen Mounychia in
403	lente	94.1	anarchie		Slag om Peiraieus, dood van Kritias, val van de Dertig, burgeroorlog in Athene
403	juli	94.2	Eukleides		herstel van de democratie in Athene
402*	juli	94.3	Mikon		Timandra in Ephesos
401	3 sept	94.4	Xenainetos		Slag bij Kounaxa, dood van Kyros
400*	maart	94.4	Xenainetos		Timandra in Athene
399	jan	95.1	Laches		bruiloft van Elpinike en Hipponikos
399	mei	95.1	Laches		proces en veroordeling van Sokrates
399	juni	95.1	Laches		executie van Sokrates

Het nieuwe jaar begon in de zomer, met de eerste nieuwe maan na de zomerzonnewende. De Olympische Spelen werden eens in de vier jaar in dezelfde periode gehouden, namelijk vanaf de dag na de eerste volle maan na de zomerzonnewende. De jaren van de Olympiaden en de ambtstermijnen van de eponieme archonten, die in Athene hun naam aan het desbetreffende jaar verbonden, worden derhalve gerekend van juli tot juli.

De eerste Olympiade was in het jaar 776 v. Chr. Het jaar van juli 776 v. Chr. tot juli 775 v. Chr. was dus het eerste jaar van de eerste Olympiade (Ol.1.1) en het begin van de Griekse tijdrekening. Het jaar van juli 775 v. Chr. tot juli 774 v. Chr. was het tweede jaar van de eerste Olympiade (Ol.1.2). Het jaar van juli 772 v. Chr. tot juli 771 v. Chr. was het eerste jaar van de tweede Olympiade (Ol.2.1). Enzovoorts. Deze jaartelling is pas vanaf de vierde eeuw v. Chr. gangbaar geworden en tot het einde van de Oudheid in zwang gebleven. In de tijd van Alkibiades was datering op grond van de ambtstermijnen van de eponieme archonten de regel.

Met een asterisk aangeduide jaartallen zijn hypothetisch of fictief.

Geld, maten, maanden

GELD

1 obool = 4 tetartemoria = 8 chalkoi
1 drachme = 6 obolen
1 stater = 2 drachmai
1 mna = 100 drachmai = 50 staters
1 talent = 60 mnai = 6.000 drachmai = 3.000 staters

Een drachme is het dagloon van een geschoolde arbeider (*IG* I[3] 475, 476, etc.). Een arts, een beeldhouwer of een architect verdiende 6 drachmai per dag. De dagvergoeding van een halve drachme (3 obolen) voor zitting in de jury van rechtbanken is net genoeg om een familie van drie van te onderhouden (Aristophanes, *Vespae* 300-302). Ook roeiers op een schip kregen normaal gesproken een halve drachme (3 obolen) per dag (Thucydides, *Historiae* 8.29).

In een passage uit *De tranquilitate animi* van Plutarchus (*Moralia* 470f, cit. Teles) worden Sokrates en een vriend opgevoerd. De vriend klaagt dat het leven zo duur is in Athene. Dit zijn de prijzen waarover de vriend zich beklaagt: 1 mna voor wijn uit Chios, 3 mnai voor een purperen mantel, 5 drachmai voor een kotyle (ca. 273 ml.) honing. Maar Sokrates neemt hem mee naar de markt en laat hem zien hoe goedkoop het leven in Athene kan zijn als men, filosoof zijnde, met weinig tevreden is. Dit zijn de prijzen van Sokrates: 1 obool voor een halve hekteus (ca. 4,4 liter) graan (vergelijk Diogenes Laërtius, *Vitae Philosophorum* 6.35), twee tetartemoria voor een choinix (ca. een liter) olijven, 10 drachmai voor een chiton.

Volgens andere bronnen kostte een medimnos (52,4 liter) graan 6 drachmai. Een kaas kostte een halve obool (Diogenes Laërtius, *Vitae philosophorum* 6.36). Een wastafeltje om op te schrijven kostte 2 obolen (Demosthenes 56.2), evenveel als een droomuitlegger (Aristophanes, *Vespae* 52). Het kostte 3 obolen om je kleren te laten reinigen nadat ze bevuild waren met diarree (Aristophanes, *Vespae* 1128) en 1 drachme en 5 obolen om een paar schoenen te laten repareren (*IG* II[2] 1673 en *SEG* XXXIV 122.50; Lucianus, *Gallus* 22 vond een schoenmaker die 4 obolen goedkoper was). Een biggetje kostte 3 drachmai (Aristophanes, *Pax* 374). Een koetsje met twee wielen kostte 3 mnai (Aristophanes, *Nubes* 31). Een paard had je al voor 200 drachmai, maar een goed paard, geschikt voor de oorlog, kon 800 drachmai kosten. De prijs van racepaarden werd gerekend in talenten. Een klein huis kostte 600 drachmai.

Sofisten rekenden 3 of 4 mnai voor hun onderwijs (Isocrates 13, *In sophistas* 3) of soms 5 mnai (Xenophon, *Symposium* 4.62). Een marmeren gedenksteen met inscriptie kostte 20 of 30 drachmai (*IG* II^2 22b.8-10, 24b.8-10, etc.). Een gouden kroon kostte 1.500 drachmai en een drievoet om een overwinning glans bij te zetten 1.000 drachmai (*IG* II^2 1635.33-34). De garderobe van een hooggeboren dame als Alkibiades' moeder was 50 mnai waard (Plato, *Alcibiades I* 123c). Een standbeeld kostte 3.000 drachmai (Diogenes Laërtius, *Vitae Philosophorum* 6.35). Koorproducties, dansvoorstellingen of toneelopvoeringen kostten tussen de 800 drachmai voor een krijgsdans van Pyrrhische dansers, 15 mnai voor een jongenskoor, 2.000 drachmai voor een mannenkoor, 30 mnai voor een tragedie en 5.000 drachmai voor een mannenkoor plus drievoet (Lysias 21.1-5).

Een slaaf kostte gemiddeld 200 drachmai (vergelijk Xenophon, *Memorabilia* 2.5; wat goedkoop was; in de Romeinse tijd waren slaven tussen de 2,5 en 3,5 keer zo duur). Nikias, de zoon van Nikeratos, heeft een talent betaald voor een gespecialiseerde slaaf die hij aanstelde als manager van zijn zilvermijn (Xenophon, *Memorabilia* 2.5).

De tribuutbetaling van de bondgenoten aan Athene bedroeg aanvankelijk 460 talenten per jaar (Thucydides, *Historiae* 1.96) en aan het begin van de oorlog 600 talenten per jaar (Thucydides, *Historiae* 2.13.3). Aan het begin van de oorlog had Athene 6.500 talenten in kas, na 3.700 talenten te hebben gespendeerd aan het poortgebouw van de Akropolis en de militaire campagne tegen Poteidaia (Thucydides, *Historiae* 2.13.3-4). De belegering van Poteidaia had van 432 tot 428 v. Chr. al 2.000 talenten gekost (Thucydides, *Historiae* 2.70.2). Het in de vaart houden van een trireem met een bemanning van 200 man kostte 30 mnai per maand (Xenophon, *Historia Graeca* 1.5). Tissaphernes betaalde 30 talenten per maand om 55 schepen actief te hebben (Thucydides, *Historiae* 8.29).

Caveat: bovenstaande indicaties voor prijzen en koopkracht zijn op hun best een grove indicatie. De literaire bronnen stammen uit verschillende perioden en hebben betrekking op verschillende perioden. Geen van deze schrijvers heeft de bedoeling om een betrouwbare prijsindex te verschaffen en wel een hele hoop andere bedoelingen.

LENGTEMATEN

1 daktylos, vingerkootje = ca. 1,9 cm.
1 lichas, de ruimte tussen gestrekte duim en wijsvinger = 10 daktyloi = ca. 19 cm.
1 pous, voet = 16 daktyloi = ca. 30,8 cm.
1 pechys, el = 24 daktyloi = ca. 46,2 cm.
1 plethron = 100 podes = ca. 30,8 m.
1 stadion = 600 podes = ca. 185 m., de sprint bij de Spelen.
1 diaulos = 2 stadia = ca. 370 m., de middellange afstand bij de Spelen.
1 dolichos = 12 stadia = ca. 2.220 m., de lange afstand bij de Spelen.
1 parasanges = 30 stadia = ca. 5.550 m.

OPPERVLAKTEMATEN

1 akaina = 10 x 10 podes = ca. 9,5 m^2.
1 aroura, akker = 50 x 50 podes = ca. 237,5 m^2.
1 plethron = 100 x 100 podes = ca. 950 m^2.
10 plethra zijn bijna een hectare.

INHOUDSMATEN

Vloeibare producten
1 kochliarion, łepel = ca. 4,5 ml.
1 kyathos, klein kopje = 10 kochliaria = ca. 45 ml.
1 kotyle, grote kop = 6 kyathoi = ca. 273 ml.
1 xestes, pint = 12 kyathoi = ca. 546 ml.
1 chous = 12 kotylai = 72 kyathoi = ca. 3,3 liter.
1 keramion, vat = 8 choës = ca. 26,2 liter.
1 metretes, amfoor = 12 choës = ca. 39,3 liter.

Vaste producten
1 kochliarion, lepel = ca. 4,5 ml.
1 kyathos, klein kopje = 10 kochliaria = ca. 45 ml.
1 kotyle, grote kop = 6 kyathoi = ca. 273 ml.
1 xestes, pint = 12 kyathoi = ca. 546 ml.
1 choinix, dagrantsoen graan = 24 kyathoi = ca. 1,1 liter.
1 hekteus, een zesde medimnos = 8 choinikes = ca. 8,7 liter.
1 medimnos = 48 choinikes = ca. 52,4 liter.

GEWICHT

De namen van de gewichtseenheden komen overeen met de namen van de munten, omdat de munt een bepaald gewicht aan edelmetaal bevatte. Maar er waren verschillende standaarden en de realiteit die archeologische vondsten suggereren, vertoont aanzienlijke variaties ten opzichte van die standaarden. De enige gewichtseenheid die een rol speelt in ons verhaal, is het talent, de eenheid voor grote massa, zoals de totale vracht waarmee een schip beladen is. Een talent is ongeveer 25 kg (of ongeveer 38 kg volgens de Aiginetische standaard, die verwarrend genoeg eveneens in zwang was in Athene).

Elke Griekse stad had zijn eigen kalender. Het overzichtswerk van Alan E. Samuel, *Greek and Roman Chronology. Calendars and Years in Classical Antiquity*, München 1972, reconstrueert niet minder dan 96 verschillende kalenders voor de klassiek Griekse periode.

Dit is de kalender van Athene en Attika:

	Zomer	
1	Hekatombaion	juli/augustus
2	Metageitnion	augustus/september
3	Boëdromion	september/oktober
	Herfst	
4	Pyanepsion	oktober/november
5	Maimakterion	november/december
6	Poseideon	december/januari
	Winter	
7	Gamelion	januari/februari
8	Anthesterion	februari/maart
9	Elaphebolion	maart/april
	Lente	
10	Mounychion	april/mei
11	Thargelion	mei/juni
12	Skirophorion	juni/juli

Voor de Spartaanse kalender kennen we de namen van tien van de twaalf maanden: Agrianios, Hyakinthios, Artemisios, Geraistios, Hekatombeus, Herasios, Karneios, Phliasios, Laphrios, Lykeios. We weten dat Hyakinthios direct na Agrianios kwam (IG V 1.18 B8). Waarschijnlijk kwam Geraistios direct na Artemisios (Thucydides, *Historiae* 5.118ff., met Samuel, p. 93). In 421 v. Chr. viel de Spartaanse datum 27 Artemisios samen met de Atheense datum 25 Elaphebolion (Thucydides, *Historiae* 5.19). De Spartaanse maand Karneios viel min of meer samen met de Atheense maand Metageitnion (Plutarchus, *Nicias* 28; vergelijk Thucydides, *Historiae* 5.54.2). Er zijn twijfelachtige redenen om de Spartaanse maand Phliasios min of meer te laten samenvallen met de Atheense maand Thargelion (Steph. Byz. *s.v.* Phlioûs). Meer is niet bekend.

De maandkalenders van de Griekse steden waren lunaire kalenders. Elke maand begon met de nieuwe maan. De dagen van de maand werden geteld van 1 tot 30, zoals wij dat zouden doen, of genummerd naar de drie maanfasen: de eerste tot en met de tiende van de wassende maan, vervolgens de elfde tot en met de twintigste van de maand, daarna de tiende tot en met de tweede van de afnemende maan en ten slotte de laatste dag die 'oude en nieuwe maan' werd genoemd. De synchronisatie van deze lunaire kalender met het solaire jaar (dat ongeveer elf dagen langer is dan twaalf maancycli) werd bewerkstelligd door gemiddeld eens in de drie jaar een maand te verdubbelen. Meestal was dat Poseideon, maar soms ook Hekatombaion, Metageitnion, Gamelion of Anthesterion. Het is niet uit te sluiten dat deze schrikkelmaanden soms misbruikt werden voor de politieke manipulatie van ambtstermijnen. Vanwege de verschuivingen van de lunaire maanden ten opzichte van onze maanden en vanwege de schrikkelmaanden kon dezelfde dag van dezelfde Attische maand in verschillende jaren op verschillende data vallen, gerekend naar onze kalender. Vanwege ons gebrek aan precieze informatie over de schrikkelmaanden is het een hachelijke onderneming om Attische data om te rekenen naar onze kalender, maar soms worden we geholpen door verwijzingen naar astronomische verschijnselen, die voor ons exact te dateren zijn, en omdat de zomerzonnewende een voornaam referentiepunt was voor de Grieken, is het risico gereduceerd dat onze conversies er al te ver naast zitten.

Verantwoording

De onderhavige memoires van Alkibiades, de zoon van Kleinias, zijn een fictief werk. Alkibiades heeft echt geleefd, maar er bestaat geen enkele aanwijzing dat deze historische Alkibiades ooit memoires heeft geschreven of dat het waarschijnlijk zou zijn dat iemand als Alkibiades in die tijd op het idee gekomen zou zijn om memoires te schrijven, laat staan dat ons daarvan iets zou zijn overgeleverd. Dit boek is derhalve een product van de verbeelding, waarin er met behulp van empathie en fantasie een mogelijke voorstelling van wordt gegeven hoe Alkibiades aan het eind van zijn leven zou hebben kunnen terugkijken op zijn tumultueuze belevenissen in deze woelige periode van de geschiedenis.

Maar dit tumultueuze leven en de gebeurtenissen in deze woelige periode van de geschiedenis hebben echt plaatsgevonden en het is wel degelijk de ambitie van dit boek om daarvan een zo waarheidsgetrouw mogelijke reconstructie te bieden. Dit boek kan met recht een historische roman worden genoemd, omdat het historisch is, in die zin dat de antieke bronnen voor het leven van Alkibiades en de gebeurtenissen in Griekenland tijdens dat leven nauwgezet worden gerespecteerd en gereproduceerd, en een roman, in die zin dat lacunes in het bronnenmateriaal zijn opgevuld met behulp van de fantasie en vooral in die zin dat Alkibiades' eigen visie op de historische feiten een product is van de verbeelding.

De antieke bronnen, die relatief talrijk zijn, vormen het uitgangspunt voor de onderhavige reconstructie van het leven van Alkibiades. Hieronder geef ik een overzicht van de voornaamste antieke bronnen voor het leven van Alkibiades en een gedetailleerd overzicht per hoofdstuk van de antieke bronnen voor alle afzonderlijke verhaalelementen. Alle bronnen zijn geraadpleegd in de gezaghebbende wetenschappelijke edities. Onderstaand bronnenoverzicht weerspiegelt mijn streven om in toon, stijl en denktrant zo dicht mogelijk bij de wereld te blijven waarin Alkibiades leefde, in die zin dat ik verwijzingen naar de moderne wetenschappelijke studies over dat leven en die wereld tot een minimum heb beperkt. Een bibliografie van de relevante wetenschappelijke literatuur is toegevoegd.

Wellicht ben ik op deze plaats nog een bescheiden verantwoording verschuldigd met betrekking tot de spelling van de Griekse eigennamen. Ik heb ervoor gekozen om ten behoeve van de Griekse smaak en kleur van deze fictieve memoires de Griekse transcriptie van de eigennamen te verkiezen boven de gelatiniseerde (dus Alkibiades in plaats van Alcibiades en Homeros in plaats van Homerus), behalve bij plaatsnamen die dusdanig zijn ingeburgerd dat de Griekse spelling pedant en verwarrend zou zijn (dus niet Athenai maar dan toch maar gewoon Athene). De keuze voor de

Griekse spelling leidt in de bronnenlijst hierna tot tal van inconsequenties, omdat het nu eenmaal gangbaar is de antieke bronnen te citeren met de gelatiniseerde spelling van hun auteursnamen en met hun Latijnse titels. Het zij zo. Ik vertrouw erop dat de verwarring niet onoverkomelijk zal zijn.

De afkorting *IG* verwijst naar het corpus van Griekse inscripties. De afkorting *FGrHist* verwijst naar Felix Jacoby, *Die Fragmente der griechischen Historiker*, Berlijn 1923-1959. De nummers na de afkorting *PA* bij Attische persoonsnamen verwijzen naar het persoonsnummer in Johannes Ernst Kirchner, *Prosopographia Attica* (2 delen), Berlijn 1901-1903. De nummers na de afkorting *PL* bij Spartaanse persoonsnamen verwijzen naar het persoonsnummer in Paul Poralla, *Prosopographie der Lakedaimonier bis auf die Zeit Alexanders des Großen*, Diss. Breslau 1913. Verwijzingen naar de Barrington Atlas zijn verwijzingen naar Richard J.A. Talbert (ed.), *Barrington Atlas of the Greek and Roman World*, Princeton & Oxford 2000.

Bronnen

De voornaamste antieke bronnen voor het leven van Alkibiades (ca. 450 – 404 v. Chr.) zijn, in chronologische volgorde:

Inscripties (contemporain): *IG* I^3 227bis (= *SEG* 1.45, 422/1 v. Chr., Alkibiades initiatiefnemer van een honorair decreet), *IG* I^3 370.49-50, 52, 54, 56 (415 v. Chr., Alkibiades, Nikias en Lamachos benoemd als strategen van de Siciliaanse expeditie), *IG* I^3 421.12-13 en *IG* I^3 422.21, 41-60 en *IG* I^3 424.10-11, 27-28 (414 v. Chr., registraties van de geconfisqueerde bezittingen), *IG* I^3 386.134, *I.Eleusis* 52.iii.13 (408/7 v. Chr., registratie van Alkibiades' financiën in Eleusis), *IG* I^3 117.4, 118.31, 119.3, 120.4-5 (408-406 v. Chr., initiatieven voor verschillende decreten).

Thucydides (ca. 460 – ca. 400 v. Chr.), *Historiae* (geschreven tussen 431 en 400 v. Chr.), de boeken 5-8.

Andocides (ca. 440 – ca. 390 v. Chr.), 1, *De Mysteriis* (400 of 399 v. Chr.), 11-14 en 16.

Isocrates (436 – 338 v. Chr.), 16, *De bigis* (*Perì toû zeúgous*) (ca. 397 v. Chr.).

Plato (428/7 – 348/7 v. Chr.), *Symposium* (geschreven aan het begin van de vierde eeuw v. Chr.), van 212d tot het slot.

Plato (428/7 – 348/7 v. Chr.), *Alcibiades I* (geschreven in de vierde eeuw v. Chr.; het auteurschap van Plato is omstreden).

Xenophon (tussen 430 en 425 – ca. 354 v. Chr.), *Memorabilia* (voltooid tussen 371 en 354 v. Chr.), 1.2.12-28, 39-47.

Xenophon (tussen 430 en 425 – ca. 354 v. Chr.), *Historia Graeca* (voltooid tussen 362 en 354 v. Chr.), de boeken 1 en 2.

Pseudo-Andocides, 4, *Contra Alcibiadem* (zeker niet van Andocides; volgens Plutarchus, *Alcibiades* 13.2, is de auteur Phaiax, de zoon van Erasistratos, maar ook die toeschrijving is omstreden; waarschijnlijk is de redevoering geschreven in de vierde eeuw v. Chr.).

Cornelius Nepos (ca. 100 – na 28 v. Chr.), *De viris illustribus: Alcibiades* (geschreven in de eerste eeuw v. Chr.).

Diodorus Siculus (eerste eeuw v. Chr.), *Bibliotheca Historica* (geschreven tussen 60 en 30 v. Chr.), 12.70-14.11.

Plutarchus (ca. 45 – ca. 125 n. Chr.), *Vitae parallelae: Alcibiades* (geschreven tussen 96 en 125 n. Chr.).

Plutarchus (ca. 45 – ca. 125 n. Chr.), *Vitae parallelae: Nicias* (geschreven tussen 96 en 125 n. Chr.), de hoofdstukken 9-15.1.

Athenaeus (werkzaam rond 193 – 235 n. Chr.), *Deipnosophistae* (geschreven aan het begin van de derde eeuw n. Chr.).

Al deze auteurs schrijven in het Grieks, behalve Nepos, die in het Latijn schrijft. Thucydides, Andocides, Isocrates, Plato en Xenophon kunnen Alkibiades persoonlijk gekend hebben. Ze hebben hem zeker gezien. Voor Nepos, Diodorus Siculus, Plutarchus en Athenaeus geldt dat uiteraard niet, maar hun verslagen zijn waardevol voor ons omdat zij toegang hadden tot bronnen die nadien voor ons verloren zijn gegaan.

In aanvulling op of ter precisering van het bovenstaande is voor afzonderlijke scènes, elementen en details van deze roman gebruikgemaakt van de volgende antieke bronnen, die ik opsom in de volgorde waarin ze in de roman aan bod komen:

Prooimion
Melissa

Plato, *Symposium* 216b en Plutarchus, *Alcibiades* 6.1 (voor Alkibiades' schaamte voor Sokrates).

Plato, *Symposium* 215a-216c (voor de vergelijking van Sokrates met de satyr Marsyas).

Plato, *Apologia Socratis* 38a (voor de uitspraak 'dat een leven dat niet wordt onderzocht niet de moeite van het leven waard is').

Athenaeus, *Deipnosophistae* 13.574e-f (voor Alkibiades' verblijf in Melissa in Phrygië). Vergelijk Plutarchus, *Alcibiades* 39.1, Diodorus Siculus, *Bibliotheca Historica* 14.11.4 en Aristoteles, *Historia Animalium* 6.29 578^{b}27-30 (geciteerd in Plinius, *Naturalis Historia* 5.83, zonder Alkibiades te vermelden). Keizer Hadrianus heeft later een beeld van Parisch marmer laten plaatsen op zijn graf in Melissa, dat Athenaeus heeft gezien (Athenaeus, *Deipnosophistae* 13.574f). Melissa ligt waarschijnlijk bij het moderne Tatarlı (Barrington Atlas kaart 62 E5, 38°14' NB, 30°31' OL). Zie onder.

Plato, *Ion* 534a-b, Philostratus, *Imagines* 2.12, Plinius, *Naturalis Historia* 11.55 en Cicero, *De Divinatione* 1.36.78, 2.31.66 (voor dichters die door bijen met honing worden gevoed). Vergelijk ook Hesiodus, *Theogonie* 83-84, Pindarus, *Pythische Ode* 10.54-55, *Nemeïsche Ode* 3.76-9, *Olympische Ode* 10.97-99, etc. (voor het verband tussen honing en poëzie).

Herodotus, *Historiae* 5.52-54 (voor de Koninklijke Weg van Sardis naar Sousa; zie onder).

Xenophon, *Anabasis* 1.2.8 (voor Xerxes' paleis in Kelainai; Kelainai is het latere Apamea, het huidige Dinar, Barrington Atlas kaart 62 D5, en 65 D1, 38°05' NB 30°10' OL).

Xenophon, *Historia Graeca* 4.1.15 (voor Kyros' park met wilde dieren in Kelainai).

Drietalige inscripties op vier zuilbasementen in Sousa, A^{2}Sa (= 9.22 Kuhrt) (voor de genealogie van koning Artaxerxes II van Perzië).

Herodotus, *Historiae* 7.26.3 en Xenophon, *Anabasis* 1.2.7-8 (voor de bronnen van de Maiandros en de locatie van het duel tussen Apollo en Marsyas bij Kelainai).

Plato, *Symposium* 215b (voor Alkibiades die Sokrates met Marsyas vergelijkt; zie onder).

Plutarchus, *Cimon* 4.5 (voor het feit dat de Stoa Poikile in die tijd nog de Stoa van Peisianax werd genoemd).

Plutarchus, *Alcibiades* 39.2 en 39.4, Athenaeus, *Deipnosophistae* 12.535c (cit. Satyrus) (voor Timandra); vergelijk Athenaeus, *Deipnosophistae* 13.574e (waar zij Damasandra wordt genoemd). Vergelijk ook Plutarchus, *Nicias* 15.4. Zie onder.

Plutarchus, *Alcibiades* 39.2 (voor de droom van Alkibiades).

Athenaeus, *Deipnosophistae* 13.568c (voor loodwit als make-up).

Boek I

Liefde voor de satyr

Athene

1

Thucydides, *Historiae* 5.43.2, Aristophanes, *Acharnenses* 716, Plato, *Alcibiades I* 103a, 105d, 112c, *Protagoras* 309c, Plutarchus, *Alcibiades* 1.1, de aanhef van de overwinningsode van Euripides geciteerd in Plutarchus, *Alcibiades* 11.2, het decreet geciteerd in Plutarchus, *Alcibiades* 22.3, Nepos, *Alcibiades* 1.1, Athenaeus, *Deipnosophistae* 5.219c (cit. Herodicus), Aelianus, *Varia Historia* 2.1, 2.13, etc. (voor Kleinias [PA 8510] als vader van Alkibiades [PA 600]).

Plato, *Alcibiades I* 123c (voor Alkibiades' landgoed van driehonderd plethra in Erchia). De locatie van Erchia is Barrington Atlas kaart 59 C3, 37°59' NB 23°56' OL (het huidige Spata, 1.500 meter ten westen van Athens International Airport Eleftherios Venizelos). Zie Vanderpool, 'The Location of the Attic Deme Erchia', *Bulletin de Correspondance Hellénique* 89, 1965, 21-26, en Traill, *Demos and Trittys*, p. 127.

IG I^3 424.27-28, *IG* I^3 426.108, *IG* I^3 430.6 (alle aangevuld) en het decreet geciteerd in Plutarchus, *Alcibiades* 22.3 (voor Skambonidai als Alkibiades' district). Het district Skambonidai ligt binnen de muren in het noorden van Athene, grofweg tussen de huidige Hodos Hermou, Praxitelous, Evripidou en Athinas. Zie Judeich, *Topographie von Athen*, p. 172, en Traill, *Demos and Trittys*, p. 130.

Plato, *Alcibiades I* 105d, 123c, Plutarchus, *Alcibiades* 1.1, Athenaeus, *Deipnosophistae* 5.219c (cit. Herodicus) en Aelianus, *Varia Historia* 2.1 (voor Deinomache [PA 3187] als Alkibiades' moeder).

Lysias 14.39, Pseudo-Andocides 4.34, Isocrates 16.25-26 en Plutarchus, *Alcibiades* 1.1 (voor Deinomache als de dochter van Megakles [PA 9695 = 9696]); zie verder Davies, *Athenian Propertied Families*, 9688 IV en X, pp. 376, 379-380, met verdere verwijzingen).

Lysias 14.39, Pseudo-Andocides 4.34, Isocrates 16.26 (voor Deinomache als de kleindochter van Kleisthenes [PA 8526]). Maar zie Davies, *Athenian Propertied Families*, 9688 VI, p. 376.

Isocrates 16.25 en Plutarchus, *Alcibiades* 1.1 (voor het feit dat Alkibiades van vaderszijde afstamde van het geslacht van de Eupatriden en van moederszijde van de Alkmaioniden).

De exacte geboortedatum van Alkibiades 'in het jaar dat Euthynos archon was in Athene op de derde dag van de wassende maan van Metageitnion', i.e. op donderdag 7 augustus 450 v. Chr., is fictief. Nepos, *Alcibiades* 10.6, waar wordt gezegd dat Alkibiades 'ongeveer veertig jaar oud' is geworden, in combinatie met Diodorus Siculus, *Bibliotheca Historica* 14.11.1-4, waar zijn dood wordt gedateerd in 404 v. Chr., wijst op een datering voor zijn geboorte in het midden van de vijfde eeuw v. Chr. Omdat hij minstens achttien jaar oud moest zijn om te worden uitgezonden op de expeditie naar Poteidaia in 432/1 v. Chr. (Plato, *Symposium* 219e-221b, Plutarchus, *Alcibiades* 7, Athenaeus, *Deipnosophistae* 5.215e en Diogenes Laërtius, *Vitae Philosophorum* 2.23) en minstens dertig jaar oud voor zijn eerste mandaat als strateeg in het jaar 420/419 v. Chr. (Thucydides, *Historiae* 5.52.2, Plutarchus, *Alcibiades* 15.1 en *Nicias* 10.9) en omdat hij als jong werd beschouwd (Thucydides, *Historiae* 5.43.2), ligt 450 v. Chr. voor de hand.

IG I^3 21.3, 63, 88 (IG I^2 22) (voor Euthynos [PA 5654] als eponieme archon van het jaar 450/449 v. Chr.; Diodorus Siculus, *Bibliotheca Historica* 12.3.1 noemt hem abusievelijk Euthydemos).

Plato, *Euthydemus* 275a, Isocrates 16.26, Lysias 14.39, Pseudo-Andocides 4.34 en Herodotus, *Historiae* 5.70 (voor de rol van Alkibiades de Oudere [PA 597], de grootvader van onze Alkibiades [PA 600], bij de verdrijving van de tirannie).

Herodotus, *Historiae* 8.17 (voor Kleinias' rol in de Slag bij Artemision in 480 v. Chr.). Vergelijk Plutarchus, *Alcibiades* 1.1. De locatie van Artemision is Barrington Atlas kaart 55 E2, 39°00' NB 23°15' OL.

Isocrates 16.28, Plato, *Alcibiades I* 112c en Plutarchus, *Alcibiades* 1.1 (voor de informatie dat Kleinias is gesneuveld in de Slag bij Koroneia in 447 v. Chr.). De locatie van Koroneia is Barrington Atlas kaart 55 D4, 38°20' NB 22°55' OL.

Plato, *Alcibiades I* 104b, 118e, 124c, *Protagoras* 320a, Isocrates 16.28, Plutarchus, *Alcibiades* 1.1 en Nepos, *Alcibiades* 2.1 (voor Perikles [PA 11811] als de voogd van Alkibiades).

Herodotus, *Historiae* 6.131 (voor de familieband tussen Perikles en Alkibiades' moeder Deinomache). Vergelijk Plutarchus, *Alcibiades* 1.1. Volgens sommigen waren ze zelfs getrouwd: zie in het bijzonder Cromey, 'On Deinomache', *Historia* 33, 1984, 385-401, met verdere verwijzingen.

Plato, *Protagoras* 320a (voor de poging om Alkibiades' jongere broer Kleinias [PA 8512] onder te brengen bij Ariphron [PA 2204]) en *Alcibiades I* 118e (waar wordt gezegd dat Alkibiades' jongere broer een idioot was; de passage wordt geciteerd in Athenaeus, *Deipnosophistae* 11.506d). Vergelijk Plato, *Alcibiades I* 104b.

Plutarchus, *Nicias* 9.7 (voor de heersende opvatting dat Perikles Athene in de oorlog had gestort en dat Nikias vrede had gebracht).

Thucydides, *Historiae* 2.65 (voor de evaluatie van de politieke kwaliteiten van Perikles) en Plato, *Alcibiades I* 104b (voor Sokrates' ideeën daarover).

Plutarchus, *Alcibiades* 1.2 en *Lycurgus* 16.3 (voor het Spartaanse kindermeisje Amykla [PL 75]; dat Alkibiades dankzij Amykla het Spartaanse dialect zou hebben leren spreken, is fictie).

Plato, *Alcibiades I* 122b, Plutarchus, *Alcibiades* 1.2 en *Lycurgus* 16.4 (voor Zopyros de Thraciër).

Plutarchus, *Alcibiades* 2.2 (voor de anekdote over het worstelen).

Papyrus Oxyrhynchus III 466 (voor de worsteltechniek).

Plutarchus, *Alcibiades* 3 (voor de palaistra van Sibyrtios).

Plutarchus, *Alcibiades* 1.3-4, 4.1, 16.3, 24.4-5, Plato, *Protagoras* 309a-c, Xenophon, *Memorabilia* 1.2.24, Diodorus Siculus, *Bibliotheca Historica* 13.68.5, Nepos, *Alcibiades* 1.2, Athenaeus, *Deipnosophistae* 12.534b-f (cit. Satyrus) en Plinius, *Naturalis Historia* 36.28, (voor de schoonheid van Alkibiades).

Plato, *Protagoras* 316a, Athenaeus, *Deipnosophistae* 12.534b, etc. (voor de bijnaam ho kalós).

Plutarchus, *Alcibiades* 1.4, 16.1 en Athenaeus, *Deipnosophistae* 12.534c (cit. Satyrus) (voor de lange, purperen mantel).

Plutarchus, *Alcibiades* 2.2-3 (voor de anekdote over het knokkelspel).

Plutarchus, *Alcibiades* 2.4-6 (voor Alkibiades' weigering de aulos te bespelen).

Athenaeus, *Deipnosophistae* 4.184d (voor Pronomos, de naam van de muziekleraar).

Herodotus, *Historiae* 7.26.3 en Xenophon, *Anabasis* 1.2.7-8 (voor de huid van Marsyas in Kelainai).

2

Plato, *Crito* 52b, 53a, Diogenes Laërtius, *Vitae Philosophorum* 2.22, etc. (voor Sokrates' verbondenheid met Athene).

Aristophanes, *Lysistrata* 567-587 (voor de vergelijking tussen de activiteiten in Athene en een kluwen wol).

Aristophanes, *Lysistrata* 557-564 (voor de groentepotten, vogeltjes, peulpap en rijpe vijgen).

Aristophanes, *Plutus* 190-192 en Eubolus, *Olbia*, *fragment* 74 Kock, geciteerd door Athenaeus, *Deipnosophistae* 14.640b-c (voor de komisch bedoelde opsomming van alles wat er in Athene te koop is).

Aristophanes, *Aves* 40-41 (voor Atheners die hun hele leven in de rechtbank doorbrengen).

Heraclides Criticus, *FGrHist* 369a F 1.1 (voor de chaotische en armoedige aanblik van de stegen van Athene). Vergelijk Philostratus, *Vita Apollonii* 2.23.

Plato, *Parmenides* 126c, Demosthenes 54.7 en de Scholiast op Aeschines 1.81 (voor de wijk Melite in de buurt van de Holle Weg); Herodotus, *Historiae* 6.103.3 en Marcellinus, *Vita Thucydidis* 17 (cit. Polemon) (voor de Holle Weg); Pausanias, *Graeciae Descriptio* 1.23.9 en Marcellinus, *Vita Thucydidis* 17 (cit. Polemon) (voor de Melitische Poort).

Thucydides, *Historiae* 8.93.1, Andocides 1.45, Aristoteles, *Respublica Atheniensium* 15.4 en Polyaenus, *Strategemata* 1.21.2 (voor het Anakeion). Demosthenes 45.80 (voor het Anakeion als verzamelplaats van dagloners).

Thucydides, *Historiae* 2.17.1-2 (voor de orakelspreuk dat de Ooievaarsbuurt beter onbebouwd moest blijven, die werd geschonden door de noodzaak om evacués te huisvesten bij het uitbreken van de oorlog; zie onder).

Athenaeus, *Deipnosophistae* 12.543a en 13.591b (voor de Straat van de Drievoeten als de plek waar mooie jongens samenscholen). Vergelijk Pausanias, *Graeciae Descriptio* 1.20.1.

Plato, *Menexenus* 235d, Aristoteles, *Rhetorica* 1367^{b}7-9 en 1415^{b}28-32 (voor de uitspraak van Sokrates 'het is niet moeilijk Atheners te prijzen in Athene').

Aristophanes, *Acharnenses* 635-640 (voor de Atheense gevoeligheid voor vleierij en de zin: 'het volstaat om Athene "glanzend" te noemen om hen te doen glanzen als ansjovisjes in de olie'). Vergelijk *Equites* 1115-1120.

Isocrates, geciteerd in Aelianus, *Varia Historia* 12.52 (voor de vergelijking tussen Athene en een prostituee). Vergelijk Heraclides Criticus, *FGrHist* 369a F 1.5.

De anekdote over Thrasyllos en Anytos (PA 1324) is een combinatie van twee verschillende anekdotes die verteld worden door Plutarchus, *Alcibiades* 4.4-5 en 5.1-3 (vergelijk *Moralia* 762c); Athenaeus, *Deipnosophistae* 12.534e-f (cit. Satyrus) vertelt een andere versie van het eerste verhaal.

Athenaeus, *Deipnosophistae* 12.534c (cit. Satyrus) (voor de speciale sandalen van Alkibiades).

Plato, *Symposium* 215a-219e (voor de lof van Alkibiades voor Sokrates).

Plato, *Apologia Socratis* 21d (voor Sokrates' idee dat wijsheid is om niet te denken dat je weet wat je niet weet).

Plutarchus, *Alcibiades* 3 (voor de palaistra van Sibyrtios).

3

Plutarchus, *Alcibiades* 7.2 (voor de anekdote over Perikles die studeert hoe hij verantwoording moet afleggen aan het Atheense volk).

Plutarchus, *Pericles* 3 (voor Perikles' grote, uivormige hoofd).

Het bezoek van Alkibiades en Perikles aan het Parthenon op de Akropolis en aan de beeldhouwer Pheidias (PA 14149) is fictie, hoewel er een olieverfschilderij van bestaat van Lawrence Alma-Tadema (1836-1912): *Pheidias and the Frieze of the Parthenon* (1868), Birmingham Museum and Art Gallery (1923P118).

Plutarchus, *Pericles* 13.7 (voor Mnesikles [PA 10304] als de architect van de Propylaia).

Plutarchus, *Pericles* 12.1-2 (voor de kritiek op het bouwprogramma van Perikles).

Plutarchus, *Pericles* 12.3-4 (voor Perikles' antwoord op die kritiek).

Plutarchus, *Pericles* 12.6-7 (voor de variëteit aan ambachtslieden en arbeiders die betrokken waren bij de bouw).

Plutarchus, *Pericles* 12.5 (voor het bouwprogramma als een middel om niet-militairen te laten delen in de publieke middelen).

Plutarchus, *Pericles* 13.3 en 31.2 (voor de vriendschap tussen Perikles en Pheidias).

Plutarchus, *Pericles* 31.2 (voor Menon, de assistent van Pheidias).

Proclus, *Commentarii ad* Plato, Timaeus, p. 9, en de Scholiast op Homerus, *Ilias* 8.39 (voor de datum van de Panathenaia; er zijn andere bronnen die andere data lijken te suggereren).

4

Thucydides, *Historiae* 1.56-63 (voor de Slag bij Poteidaia in 432 v. Chr.). De locatie van Poteidaia is Barrington Atlas kaart 51 A4, 40°13' NB 23°20' OL.

Thucydides, *Historiae* 1.61, 62, Diodorus Siculus, *Bibliotheca Historica* 12.37.1, IG I³ 365.[5] (I² 296) (voor Kallias, de zoon van Kalliades [PA 7827]).

Thucydides, *Historiae* 1.57.6 (voor Archestratos, de zoon van Lykomedes [PA 2411]).

Plato, *Symposium* 219e-221b, Plutarchus, *Alcibiades* 7, Athenaeus, *Deipnosophistae* 5.215e en Diogenes Laërtius, *Vitae Philosophorum* 2.23 (voor de rol van Alkibiades en Sokrates in de Slag bij Poteidaia).

5

Thucydides, *Historiae* 1.114-115 (voor de Atheense verovering van Euboia onder Perikles en het sluiten van het Dertigjarig Bestand).

Thucydides, *Historiae* 2.2.1 (voor de terminologie van de datering van het begin van de Peloponnesische Oorlog in maart van het jaar 431 v. Chr.).

Thucydides, *Historiae* 2.2.1 en Xenophon, *Historia Graeca* 2.3.9 (voor Ainesias [PL 39] als naamgevende ephoor van het jaar 432/431 v. Chr.).

Thucydides, *Historiae* 2.2.1, Aristoteles, *Respublica Atheniensium* 27.2, Philochorus, *FGrHist* 328 F 121-123, Diodorus Siculus, *Bibliotheca Historica* 12.37.1, etc. (voor Pythodoros [PA 12387] als naamgevende archon van het jaar 432/431 v. Chr.).

Pindarus, *Olympische Ode* 7, Pausanias, *Graeciae Descriptio* 6.7.1 en Thucydides, *Historiae* 3.8.1 (voor de overwinningen van Dorieus van Rhodos, de zoon van Diagoras, in het pankration bij drie opeenvolgende Olympische Spelen: bij de 87e Olympische Spelen in 432 v. Chr., bij de 88e Olympische Spelen in 428 v. Chr. en bij de 89e Olympische Spelen in 424 v. Chr.).

Thucydides, *Historiae* 1.23 (voor de macht van Athene als ware oorzaak van de Peloponnesische Oorlog).

Thucydides, *Historiae* 2.8 (voor de opwinding bij het uitbreken van de oorlog).

6

Thucydides, *Historiae* 2.7-46, Diodorus Siculus, *Bibliotheca Historica* 12.42.6-8 (voor de gebeurtenissen in 431 v. Chr., het eerste jaar van de oorlog).

Thucydides, *Historiae* 2.13, 1.143 en Plutarchus, *Pericles* 33.4-5 (voor Perikles' redevoering over zijn strategie).

Het Homeruscitaat 'zij zwegen in stilte' is de bewust tautologische vertaling van een tautologische Homerische formule, zoals in *Ilias* 3.95, etc.

Thucydides, *Historiae* 2.13, Polyaenus, *Strategemata* 1.36.2 en Justinus, *Epitome* 3.7.8-10 (voor Perikles' angst dat Archidamos zijn landgoed zou sparen). Dat Perikles de opdracht zou hebben gegeven het landgoed te vernietigen, is fictie; in de versie van Thucydides neemt hij op grond van dezelfde overwegingen minder drastische maatregelen. Ook de locatie bij Paionidai is fictie, maar de locatie klopt met de route van de eerste Spartaanse invasie van Attika (vergelijk Pausanias, *Graeciae Descriptio* 2.18.8-9) en de leidende familie van Paionidai onderhield van oudsher nauwe banden met de Alkmaioniden, de familie van Perikles (vergelijk Herodotus, *Historiae* 5.62.2). De locatie van Paionidai is Barrington Atlas kaart 59 B2, 38°07' NB 23°44' OL.

Plutarchus, *Pericles* 3 (voor Perikles' grote hoofd).

7

Thucydides, *Historiae* 2.7-46 en Diodorus Siculus, *Bibliotheca Historica* 12.42.6-8 (voor de gebeurtenissen in 431 v. Chr., het eerste jaar van de oorlog). De locatie van Oinoë is Barrington Atlas kaart 59 A2, 38°10' NB 23°28' OL, de vlakte van Thria kaart 59 B2, Acharnai kaart 59 B2, 38°05' NB 23°44' OL.

Thucydides, *Historiae* 2.17.1-2 (voor de orakelspreuk dat de Ooievaarsbuurt beter onbebouwd moest blijven, die werd geschonden door de noodzaak om evacués te huisvesten bij het uitbreken van de oorlog; zie onder).

Plutarchus, *Pericles* 33.6-7 (voor de spotliederen over Perikles).

Plato, *Crito* 44d (voor Sokrates' idee van het gebrek aan logica bij de massa).

8

Thucydides, *Historiae* 2.28 (voor de zonsverduistering van 3 augustus van het jaar 431 v. Chr.). Vergelijk Cicero, *De Republica* 1.16.25 en Plutarchus, *Pericles* 35.1-2. 'The maximum phase of the eclipse occurred late in the afternoon at around 5:30 pm local time, about an hour and a half before sunset. The duration from maximum phase till the end of the eclipse was about one hour. Thus, the eclipse ended before sunset as seen from Greece,' F.R. Stephenson, L.V. Morrison & C.Y. Hohenkerk, 'Astronomical Dating of Seven Classical Greek Eclipses', *Journal of Astronomical History and Heritage* 23, 2020, 47-62, in het bijzonder pp. 53-55 met figuur 7; zie ook F.R. Stephenson & L.J. Fatoohi, 'The Eclipses Recorded by Thucydides', *Historia* 50, 2001, 245-253.

Thucydides, *Historiae* 2.35-46 (voor Perikles' rede voor de gevallenen; dat Alkibiades aanwezig zou zijn geweest bij de ceremonie en de rede zou hebben gehoord, is niet in de bronnen geattesteerd).

9

Pollux, *Onomasticon* 9.107 (voor het kwartelkloppen).

Plato, *Leges* 789b-c (voor de gewoonte om kwartels te trainen in mensenmassa's).

Plato, *Alcibiades I* 120a en Aristophanes, *Aves* 1298-9 (voor Meidias de kwartelklopper [PA 9714]; de passage uit Plato wordt geciteerd in Athenaeus, *Deipnosophistae* 11.506d).

Plato, *Lysis*, 211e (voor de prijs van kampioenskwartels).

Pausanias, *Graeciae Descriptio* 1.20.1, Athenaeus, *Deipnosophistae* 12.543a en 13.591b (voor de Straat van de Drievoeten; deze straat in Athene heeft tot op de dag van vandaag dezelfde naam behouden).

Plato, *Parmenides* 126c, Demosthenes 54.7 en de Scholiast op Aeschines 1.81 (voor de wijk Melite in de buurt van de Holle Weg); Herodotus, *Historiae* 6.103.3 en

Marcellinus, *Vita Thucydidis* 17 (cit. Polemon) (voor de Holle Weg); Pausanias, *Graeciae Descriptio* 1.23.9 en Marcellinus, *Vita Thucydidis* 17 (cit. Polemon) (voor de Melitische Poort).

Zenobius Paroemiographicus 2.27, Hesychius en Photius *s.v.* 'Melitéôn oîkos' (voor het Huis van de Meliteërs, dat gebruikt werd voor repetities van toneelspelers).

Plutarchus, *Themistocles* 22.2 (voor het huis van Themistokles in Melite).

Plutarchus, *Alcibiades* 10.1 (voor Alkibiades' debuut in de volksvergadering en voor de anekdote over de kwartel en Antiochos).

Xenophon, *Historia Graeca* 1.5.11-12, Diodorus Siculus, *Bibliotheca Historica* 13.71.1-2, Plutarchus, *Alcibiades* 10.1, 35.4-6, *Lysander* 5.1, Pausanias, *Graeciae Descriptio* 3.17.4 en 9.32.6 (voor de kapitein Antiochos [PA 1153]; zie onder).

Plato, *Phaedrus* 227a-230e (voor het decor van de wandeling buiten de muren naar de plataan aan de Ilissos; daar is Sokrates in het gezelschap van Phaidros [PA 13960], niet van Alkibiades). Het gesprek tussen Alkibiades en Sokrates op weg naar en aan de oever van de Ilissos is eveneens gebaseerd op die passage, alsmede op Plato, *Alcibiades I* 103a-105e en 119b-124b. Het Pindaruscitaat is *Isthmische Ode* 1.1-3.

Athenaeus, *Deipnosophistae* 12.534c (voor de speciale sandalen van Alkibiades).

Plato, *Crito* 52b en 53a (voor Sokrates' gebrek aan reislust, afgezien van zijn ene tripje naar de Isthmos).

10

Thucydides, *Historiae* 2.47, 2.55-58 en Diodorus Siculus, *Bibliotheca Historica* 12.43-45 (voor de krijgshandelingen in het tweede jaar van de oorlog).

Thucydides, *Historiae* 2.59-64 (voor Perikles' rechtvaardiging van zijn strategie).

Thucydides, *Historiae* 2.47-54 (voor de epidemie in Athene).

Thucydides, *Historiae* 2.17.1-2 (voor de orakelspreuk dat de Ooievaarsbuurt beter onbebouwd moest blijven, die werd geschonden door de noodzaak om evacués te huisvesten bij het uitbreken van de oorlog).

Plutarchus, *Pericles* 36 (voor de dood van de beide zonen van Perikles, Xanthippos [PA 11170] en Paralos [PA 11612], van zijn zus en van een groot deel van zijn familie).

Plutarchus, *Pericles* 38, Thucydides, *Historiae* 2.65.6 en Diodorus Siculus, *Bibliotheca Historica* 12.46.1 (voor de dood van Perikles).

Boek II
Het tijdperk van de palingvisser
Athene

1

De bevolkingsomvang van klassiek Athene is onderwerp van verhit debat onder de geleerden. Klassieke bronnen zijn schaars. In Xenophon, *Memorabilia* 3.6.14, is er sprake van dat Athene meer dan tienduizend huizen telt. Voor hun schattingen van de totale bevolking gaan sommige geleerden uit van een gemiddelde van 12 tot 18 inwoners per huis. In Thucydides, *Historiae* 2.13.6-8, wordt het aantal parate troepen vermeld aan het begin van de Peloponnesische Oorlog. Op grond van deze gegevens, aangevuld met de troepenaantallen die Thucydides geeft voor de veldtocht tegen Megara in 431 v. Chr. (2.31.2) en de Slag bij Delion in 424 v. Chr. (4.93.4-4.94.1), cijfers die Thucydides en Xenophon geven over de aantallen gesneuvelde Atheners bij tal van veldtochten en expedities, epigrafische bronnen, schaarse gegevens over de graanimport, schattingen over de graanproductie en de voedingswaarde van antiek graan, wettelijke minimumparticipatiecijfers van de democratische instituties, berichten over de volkstelling van Demetrius van Phaleron uit 315 v. Chr., statistieken gebaseerd op teruggevonden graven en moderne demografische modellen zijn de meest waarschijnlijke conclusies (die voor een groot deel zijn gebaseerd op het baanbrekende onderzoek van Mogens Herman Hansen in diverse publicaties) dat Attika in de tijd van Perikles een totale bevolking had van ongeveer 300.000 inwoners (vrije burgers, immigranten en slaven), onder wie tussen de 100.000 en 140.000 vrije Atheners (mannen en vrouwen van alle leeftijden), tussen de 33.000 en 46.000 immigranten (mannen en vrouwen van alle leeftijden), en ongeveer 140.000 slaven. Iets meer of iets minder dan de helft van alle bewoners van Attika woonde binnen de muren van Athene, als we de ruim tienduizend huizen van Xenophon serieus nemen, maar ten tijde van de epidemie was het platteland geëvacueerd en bevond de gehele bevolking zich binnen de muren. De schatting dat de epidemie het leven kostte aan een derde van de bevolking is gebaseerd op de vergelijking tussen Thucydides, *Historiae* 2.13.6-8 en 3.87.3.

Thucydides, *Historiae* 2.57 (voor de theorie dat de Spartanen Attika overhaast verlieten uit angst voor de ziekte).

Thucydides, *Historiae* 2.65.6-7 en 2.65.10 (voor de karakterisering van het politieke klimaat na de dood van Perikles).

2

Thucydides, *Historiae* 3.36.6, 4.21.3, Aristoteles, *Respublica Atheniensium* 28.3 en Aelianus, *Varia Historia* 2.9 (voor Kleainetos [PA 8460] als de naam van Kleons [PA 8674] vader).

Aristophanes, *Vespae* 895 (voor Kydathenaion als het district van Kleon).

Aristophanes, *Equites* 864-7 (voor de vergelijking van Kleon met een palingvisser).

Plutarchus, *Pericles* 33.6-7 en 35.4 (voor Kleons oppositie tegen Perikles).

Plutarchus, *Nicias* 2.2-3 (voor Kleons populisme dat de aristocraten van hem vervreemdde).

Thucydides, *Historiae* 3.36.6 (voor Kleons populariteit bij het gewone volk).

Plutarchus, *Nicias* 3.2 (voor lenige clownerieën als kenmerk van Kleons populisme). Vergelijk Aristophanes, *Acharnenses* 380-381, *Vespae* 1034, *Equites* 190-193.

Aristoteles, *Respublica Atheniensium* 28.3 (voor Kleons gewoonte om luidkeels te schelden en zijn mantel op te schorten om woester te kunnen gebaren).

Homerus, *Ilias* 2.211-277 (voor Thersites; 'verboze lasteraar' staat in vers 275, 'met een rijk repertoire aan ongepastheden' in vers 213).

Aristophanes, *Equites* 50-51, 800, *Vespae* 300-302, 664-712, *Ecclesiazusae* 300-310 (voor Kleons stimulering van rechtszaken); vergelijk Plutarchus, *Nicias* 2.3.

Pseudo-Demosthenes, *In Neaeram* 59.43, Aristophanes, *Acharnenses* 904-958, Lysias 24.17, Isocrates 21.5 en Plato, *Crito* 44e-45a (voor de praktijk van de sycofanten).

Thucydides, *Historiae* 3.36.6 (waar Kleon 'de gewelddadigste politicus' van Athene wordt genoemd).

3

De bronnen bieden geen informatie over de sterfdatum van Alkibiades' moeder Deinomache (PA 3187). Dat zij in 428 v. Chr. gestorven zou zijn, is fictie.

Thucydides, *Historiae* 3.2-8, Diodorus Siculus, *Bibliotheca Historica* 12.55.1 (voor het begin van de opstand in Mytilene). De locatie van Mytilene is Barrington Atlas kaart 56 D3, 39°07' NB 26°32' OL.

Thucydides, *Historiae* 3.8 (voor de datering in termen van de Spelen waar Dorieus uit Rhodos voor de tweede keer won; dit zijn de 88e Olympische Spelen, die gehouden werden in juli van het jaar 428 v. Chr.).

Thucydides, *Historiae* 3.9-14 en in het bijzonder 3.13.3-7 (voor de redevoering van de Mytileense delegatie in Olympia). Vergelijk Diodorus Siculus, *Bibliotheca Historica* 12.55.2.

Thucydides, *Historiae* 3.15.1 en Diodorus Siculus, *Bibliotheca Historica* 12.55.3 (voor de toelating van Mytilene tot de Spartaanse confederatie).

Plutarchus, *Alcibiades* 14.1, Thucydides, *Historiae* 5.43.2, 6.89.2 (voor Alkibiades' rol als honorair consul voor Sparta; zie beneden).

Plutarchus, *Nicias* 12.2 en *Alcibiades* 17.3 (voor Alkibiades' ambities met betrekking tot Carthago, Libië, Italië en het verre westen; zie beneden).

4

Thucydides, *Historiae* 3.15-6 (voor het debacle van de gecoördineerde aanval van de Spartanen over land en over zee; de rol die Alkibiades zou hebben gespeeld bij het tegenoffensief, is fictie).

Thucydides, *Historiae* 3.25-33 en Diodorus Siculus, *Bibliotheca Historica* 12.55.7 (voor de val van Mytilene).

5

Thucydides, *Historiae* 3.36.2-6 en Diodorus Siculus, *Bibliotheca Historica* 12.55.8-10 (voor het Atheense besluit om de mannelijke bevolking van Mytilene te doden en de spijt daarover).

Thucydides, *Historiae* 3.37-40 (voor de redevoering van Kleon).

Thucydides, *Historiae* 3.42-48 (voor het standpunt van de gematigde tegenstanders van Kleon; bij Thucydides wordt dit standpunt verwoord door Diodotos, de zoon van Eukrates [PA 3889], en er is geen reden om eraan te twijfelen dat dit historisch correct is, maar om redenen van coherentie met het vervolg is het standpunt hier in de mond gelegd van Nikias, de zoon van Nikeratos [PA 10808], die in die tijd eveneens actief oppositie voerde tegen Kleon: zie Plutarchus, *Nicias* 2.2).

Plutarchus, *Nicias* 2.3-3.2 (voor Nikias' manier van spreken).

Thucydides, *Historiae* 3.49 en Diodorus Siculus, *Bibliotheca Historica* 12.55.10 (voor de stemming en het tweede schip naar Lesbos).

Plutarchus, *Nicias* 5.1 (voor de grendels op de deur van Nikias).

6

De ontmoeting met Protagoras in aanwezigheid van Sokrates en anderen in het huis van Kallias (PA 7826) is geïnspireerd op de *Protagoras* van Plato. Ook in Plato's dialoog is Alkibiades een van de aanwezigen (316a, 320a, 336b, 347b, 348b). Plato's dialoog speelt zich naar alle waarschijnlijkheid een paar jaar eerder af, gezien de leeftijd die Alkibiades in de dialoog gezegd wordt te hebben (309a-b) en omdat de beide zonen van Perikles, Xanthippos en Paralos, die gestorven zijn aan de epidemie van 429 v. Chr. (Plutarchus, *Pericles* 36), onder de aanwezigen worden gerekend (314e-315a). Dat sofisten ook tijdens de oorlog nog reisden en Athene bezochten, blijkt uit de *Gorgias* van Plato, die zich tijdens de oorlog afspeelt, al is het niet helemaal duidelijk op welk moment precies: rond 427 v. Chr. (503c) of rond 404 v. Chr. (473e).

Plato, *Protagoras* 316a (voor het idee dat Alkibiades wordt opgehaald door Kritias, de zoon van Kallaischros [PA 8792]; de scène van het matineuze bezoek is geïnspireerd op de scène van Hippokrates, de zoon van Apollodoros [PA 7630], die Sokrates uit zijn bed haalt in Plato, *Protagoras* 310a-311a).

Thucydides, *Historiae* 6.15.4, Plutarchus, *Alcibiades* 7.2, 8.3 en Xenophon, *Memorabilia* 1.2.12 (voor de losbandigheid van Alkibiades).

Athenaeus, *Deipnosophistae* 13.570e (voor Anteia als naam voor een hetaire, daar in Korinthe).

Sextus Empiricus, *Adversus Mathematicos* 1.54 (= Diels-Kranz, *Fragmente der Vorsokratiker* 88B.25) (voor het atheïsme van Kritias; sommige geleerden zijn echter van mening dat dit Sisyphusfragment van Euripides is en niet van Kritias).

Plutarchus, *Alcibiades* 8.2 en Xenophon, *Memorabilia* 1.2.12 (voor de gierigheid en hebzucht van Kritias).

Sextus Empiricus, *Adversus Mathematicos* 7.60 (= Diels-Kranz, *Fragmente der Vorsokratiker*, Protagoras 80B.1) en Plato, *Theaetetus* 151e (voor de *homo mensura* stelling van Protagoras).

Eusebius, *Preparatio Evangelica* 14.3.7 (= Diels-Kranz, *Fragmente der Vorsokratiker*, Protagoras 80B.4) (voor het agnosticisme van Protagoras).

Athenaeus, *Deipnosophistae* 14.646b (voor het recept voor staititas met honing, sesamzaad en kaas).

Plato, *Alcibiades I* 122b, Plutarchus, *Alcibiades* 1.2 en *Lycurgus* 16.4 (voor Zopyros de Thraciër; zie boven).

Van Kritias is niet bekend tot welk district hij behoorde (zie PA 8792). Nails, *The People of Plato*, p. 108, vermoedt dat hij tot de stam Erechtheis behoorde. Neder-Agryle was een van de veertien districten van deze stam, maar dat dit het specifieke district van Kritias zou zijn, is fictie.

Aristoteles, *Respublica Atheniensium* 50.2 (voor het feit dat toezicht op de schijtscheppers een van de taken van de stadsopzichters was). Vergelijk Aristophanes, *Pax* 9.

De argumentatie van Kritias voor de opvatting dat de goden door mensen zijn bedacht, is gebaseerd op het bovengenoemde Sisyphusfragment (Sextus Empiricus, *Adversus Mathematicos* 1.54 = Diels-Kranz, *Fragmente der Vorsokratiker* 88B.25).

7

Plato, *Protagoras* 314c-e (voor de scène met de eunuch bij de voordeur van Kallias).

Plato, *Protagoras* 314e-316a (voor de scène in Kallias' huis).

Plutarchus, *Alcibiades* 8 (voor Hipparete [PA 7590], het zusje van Kallias [PA 7826]; zie verder beneden).

Plato, *Apologia Socratis* 20a en *Protagoras* 315d (voor Kallias' voorliefde voor sofisten en filosofen, aan wie hij fortuinen spendeerde). Vergelijk Aristophanes, *Ecclesiazusae* 810 (met de Scholiast), Lysias 19.48, Andocides 1.130-131 en Athenaeus, *Deipnosophistae* 12.537b-c (cit. Heraclides van Pontus).

Plato, *Protagoras* 315d (voor de schatkamer in Kallias' huis die is leeggehaald en ingericht als gastenverblijf voor sofisten).

8

De samenvatting van de discussie tussen Protagoras en Sokrates is een bewuste simplificatie van Plato, *Protagoras* 316a-347b. De godheid in het gedicht van Simonides (5 Bergk, 4 Diehl, Page, *Lyrica Graeca Selecta* 370) komt ter sprake in Plato, *Protagoras* 341e (dat is vers 14 van het gedicht). Vanaf het moment dat Kritias hierop inhaakt, wordt Plato niet langer gevolgd en is de rest van de discussie mijn fictie.

Lucianus, *Hermotimus* 40-43 (voor de 'bye', de vrijstelling door loting van vechtsporters voor een ronde in een knock-outtoernooi).

Polybius, *Historiae* 6.4-9 (voor de theorie van de cyclus van de verschillende staatsvormen; Polybius baseert zich gedeeltelijk op Plato, *Politicus* 302c-303b en Aristoteles, *Politica* 4.1289[a]). Er bestaat overigens geen enkele aanwijzing voor de aanname dat de historische Protagoras deze theorie zou hebben aangehangen; dat hij haar hier verwoordt, is mijn fictie.

9

Aristophanes, *Acharnenses* 880-894 (voor paling uit het Meer van Kopaïs als delicatesse; 'gestoofd in strandbiet' is het recept dat daar wordt gegeven in vers 894).

Aristophanes, *Acharnenses* 874-5 (voor de andere Boiotische specialiteiten) en 872 (voor het ronde kollixbrood).

Athenaeus, *Deipnosophistae* 7.325f (voor het recept van de beroemde kok Mithaikos voor rode lintvis met olijfolie en kaas).

Aristophanes, *Pax* 1242-1244, Xenophon, *Historia Graeca* 2.3.56, etc. (voor het drinkspel kottabos). Het spel wordt vaak afgebeeld op vazen, zie bijvoorbeeld: Boston

01.8034 (ARV2, 401-402, 11; Beazley 204352), Berlin F 2298 (ARV2, 364.52; Para, 364; Beazley Addenda 2, 223, 203844), Harvard 1960.350 (ARV2, 456, no. 2), London F 303 (Trendall & Cambitoglou 1978, 12.151), London E 159 (ARV2, 24, 9, 1620, Beazley 200130), Malibu 82.AE.14 (attr. Onesimos), Oberlin 67.61 (Para, 329.14 bis, Beazley 352425), Richmond 79.100 (Beazey 7537). De kottabosstandaard staat bijvoorbeeld op Toledo 1981.110 (Trendall 1967, Suppl. III, 66 no. C 22, pl. VII; Trendall 1989, pl. 72).

Deze scène in het huis van Alkibiades beschrijft de opvoering van een parodie op de heilige Mysteriën van Eleusis. Later zal Alkibiades ervan worden beschuldigd de Mysteriën ontheiligd te hebben (Thucydides, *Historiae* 6.28, 6.53, 6.61.1-5, Andocides 1.11-16, Plutarchus, *Alcibiades* 19.1-2, 20.3, 22.3-4, Diodorus Siculus, *Bibliotheca Historica* 13.5.1-2 en Nepos, *Alcibiades* 3.5; zie onder), hetgeen zal leiden tot zijn doodsvonnis bij verstek, de confiscatie van zijn bezittingen en zijn vervloeking (Plutarchus, *Alcibiades* 22.4, Thucydides, *Historiae* 6.61.7, Diodorus Siculus, *Bibliotheca Historica* 13.5.4 en Nepos, *Alcibiades* 4.5; de geconfisqueerde goederen zijn geregistreerd in IG I³ 421.12-13 en IG I³ 422.21, 41-60 en IG I³ 424.10-11, 27-28; zie onder).

De genoemde deelnemers aan deze scène (Kritias [PA 8792], Poulytion [PA 12154], Charmides [PA 15512], Adeimantos [PA 194], Axiochos [PA 1330], Akoumenos [PA 477], Phaidros [PA 13960], Andron [PA 921]) zijn historische figuren die later allen in meerdere of mindere mate zijn beschuldigd van betrokkenheid bij en medeplichtigheid aan deze daad van heiligschennis.

De Mysteriën zelf zijn een van de grootste raadselen van de Oudheid. De antieke schrijvers houden zich aan het spreekverbod en geven nauwelijks concrete details over de rituelen. Christelijke schrijvers uit de late Oudheid zijn minder scrupuleus, maar de vraag rijst hoe goed geïnformeerd zij waren. Duidelijk is dat de Mysteriën van onschatbaar belang en van immense waarde werden geacht. Zie: Pindarus, *fragment* 133 Snell-Maehler (121 Bowra), Sophocles, *fragment* 837 Pearson (753 Nauck), Aristophanes, *Ranae* 449-459, *Pax* 374-375, Isocrates 4 (*Panegyricus*) 28, Cicero, *De Legibus* 2.14.36, Pausanias, *Graeciae Descriptio*, 10.31.11 en Zosimus, *Historia Nova* 4.3.3 (zie onder).

De *Homerische hymne voor Demeter* is de oudste bron voor de mythe die aan de Mysteriën ten grondslag ligt (voor de Mysteriën zie vooral de verzen 476-482). De voornaamste bronnen voor de specifieke rituelen zijn: IG II² 1078, 1079, Aristophanes, *Ranae* 316-459, Euripides, *Ion* 1074-1077, Callimachus, *Hymne voor Demeter* 1-24, Plutarchus, *Alcibiades* 34.5-6, *Phocion* 28.2-3, *Camillus* 19.6, *Demetrius* 26, *Moralia* 81e, *fragment* 178 (Sandbach), Clemens Alexandrinus, *Protrepticus* 2.12-22, Dio Chrysostomus, *Orationes* 12.33, Hippolytus, *Refutatio Omnium Haeresium* 5.8.39-40, Proclus, in Plat. Alcib., ed. Creuzer, p. 39, 61, Proclus, in Plat. Polit., ed. Creuzer, p. 379, de Scholiast op Aristophanes, *Ranae* 324, Stobaeus, *Florilegium* 4.52.49 (119), Nonnus, *Dionysiaca* 6.58-102, Apuleius, *Metamorphoses* 6.2, 11.23, etc. Plato alludeert op de Mysteriën in zijn *Phaedrus* (244e-245a, 249c-d, 250b-c) en in zijn *Symposium* (209e-210a, 210e-211b). Zie verder beneden.

Philostratus, *Vita Apollonii Tyanei* 4.18 (voor het bevel 'offerdier hier').

IG I³ 84, IG II² 847 (IG II³1 1164, *I.Eleusis* 208), Polyaenus, *Strategemata* 3.11.2 en Hesychius *s.v.* 'Hálade mústai' (voor het bevel 'initianten naar zee').

Aristophanes, *Pax* 374-375 (voor het biggetje); Plutarchus, *Phocion* 28.2-3 (voor de reinigingsrite met het biggetje).

Aristophanes, *Ranae* 316-459, Plutarchus, *Alcibiades* 34.5-6, etc. (voor een impressie van de hier geparodieerde grote processie).

IG I² 6 C (voor de verschillende rollen in het priestercollege). Zie verder: K. Clinton, 'The Sacred Officials of the Eleusinian Mysteries', *Transactions and Proceedings of the American Philological Association* 64, 1974, 1-143.

Aristophanes, *Ranae* 326-330, etc. (voor de mirtetakken).

Aristophanes, *Ranae* 316-320, 399-400, Herodotus, *Historiae* 8.65, Arrianus, *Anabasis* 2.16, etc. (voor het lied van Iakchos).

Aristophanes, *Ranae* 358, 376, 391, Diodorus Siculus, *Bibliotheca Historica* 5.4.7, Hesychius en de Suida *s.v.* 'Gephyrís' en *Fragmenta Orphica* 52 (voor de traditionele obsceniteiten).

Homerische hymne voor Demeter 206-211 (voor de mengdrank).

Callimachus, *Aetia* 10, Clemens Alexandrinus, *Protrepticus* 2.21, etc. (voor het vasten).

Clemens Alexandrinus, *Protrepticus* 2.21 (voor de heilige formule die de initianten moeten uitspreken). Vergelijk de Scholiast op Plato, *Gorgias* 497c.

Plutarchus, *Alcibiades* 1.4, 16.1 en Athenaeus, *Deipnosophistae* 12.534c (cit. Satyrus) (voor Alkibiades' lange, purperen mantel; zie boven).

10

Thucydides, *Historiae* 3.91.1, 4.66.3 en 7.16.2 (voor Alkisthenes als de naam van Demosthenes' vader; Demosthenes is PA 3585).

Thucydides, *Historiae* 3.116 (voor de uitbarsting van de Etna in de eerste dagen van de lente van het jaar 425 v. Chr.).

Pindarus, *Pythische Ode* 1.13-28 (voor Typhon).

Thucydides, *Historiae* 4.2-5 en Diodorus Siculus, *Bibliotheca Historica* 12.61.1 (voor de bezetting van Pylos). De locatie van Pylos is Barrington Atlas kaart 58 B4, 36°57' NB 21°40' OL.

Thucydides, *Historiae* 4.6 en Diodorus Siculus, *Bibliotheca Historica* 12.61.1-2 (voor de Spartaanse reactie op de bezetting van Pylos).

Thucydides, *Historiae* 4.8-14 en Diodorus Siculus, *Bibliotheca Historica* 12.61.3-62.5 (voor de Slag bij Pylos in het voorjaar van 425 v. Chr.).

Er is een Spartaans schild teruggevonden, dat is gebruikt in de Slag bij Pylos en dat voor de Atheners een trofee was (zoals het schild van Brasidas). Het is thans in het Archeologisch Museum van de Antieke Agora in Athene. Zie Shear, *Hesperia* 6, 1937, 347-348, Camp, *Archaeology of Athens*, fig. 65, p. 68. Vergelijk Pausanias, *Graeciae Descriptio* 1.15.4.

Thucydides, *Historiae* 4.15-16 (voor de wapenstilstand).

11

Plutarchus, *Alcibiades* 14.1, Thucydides, *Historiae* 5.43.2, 6.89.2 (voor Alkibiades' rol als honorair consul van Sparta).

Diodorus Siculus, *Bibliotheca Historica*, 12.57.2 (voor een voorbeeld van honorair consuls die borg moeten staan voor grote bedragen).

Thucydides, *Historiae* 4.17-22 en Diodorus Siculus, *Bibliotheca Historica* 12.63.2 (voor de mislukte onderhandelingen tussen de Spartaanse ambassadeurs en de Atheners).

12

Thucydides, *Historiae* 4.23 (voor de hervatting van de vijandelijkheden bij Pylos).

Thucydides, *Historiae* 4.26 (voor het smokkelen van voedsel naar het eiland Sphakteria).

Thucydides, *Historiae* 4.27-28 (voor het debat in Athene over de ontstane situatie).

13

Thucydides, *Historiae* 4.29-39 en Diodorus Siculus, *Bibliotheca Historica* 12.63.3 (voor de Slag bij Sphakteria in de zomer van 425 v. Chr.). De locatie van Sphakteria is Barrington Atlas kaart 58 B4, 36°55' NB 21°40' OL.

14

Thucydides, *Historiae* 4.40 (voor de verbijstering in Griekenland en voor de anekdote over de Spartaanse gevangene; de betrokkenheid van Kritias bij dit voorval is fictie).

Thucydides, *Historiae* 4.41 (voor het lot van de Spartaanse gevangenen en de vergeefse onderhandelingen over hun vrijlating).

Plutarchus, *Alcibiades* 1.2 en *Lycurgus* 16.3 (voor het Spartaanse kindermeisje Amykla [PL 75]; zie boven).

Thucydides, *Historiae* 4.78-88 en Diodorus Siculus, *Bibliotheca Historica* 12.67.2 (voor het begin van de Spartaanse campagne onder Brasidas in Thracië en de afvalligheid van Akanthos en Stagiros).

Thucydides, *Historiae* 4.102-107 en Diodorus Siculus, *Bibliotheca Historica* 12.68.1-3 (voor Brasidas' inname van Amphipolis in de winter van 424-423 v. Chr.). De locatie van Amphipolis is Barrington Atlas kaart 51 B3, 40°50' NB 23°20' OL.

Thucydides, *Historiae* 4.108 (voor de Atheense reactie op de inname van Amphipolis).

Thucydides, *Historiae* 5.2-3 en Diodorus Siculus, *Bibliotheca Historica* 12.73.2-3 (voor het uitvaren van de Atheense vloot onder commando van Kleon om orde op zaken te stellen in Thracië en voor de inname van Skione en Torone).

Plato, *Alcibiades I* 122b, Plutarchus, *Alcibiades* 1.2 en *Lycurgus* 16.4 (voor Zopyros de Thraciër; zie boven).

Plato, *Symposium* 219e-221b, Plutarchus, *Alcibiades* 7, Athenaeus, *Deipnosophistae* 5.215e en Diogenes Laërtius, *Vitae Philosophorum* 2.23 (voor de rol van Alkibiades en Sokrates in de Slag bij Poteidaia, tien jaar eerder, in 432 v. Chr.; zie boven).

Thucydides, *Historiae* 5.6-11 en Diodorus Siculus, *Bibliotheca Historica* 12.74.1-4 (voor de Slag bij Amphipolis in het jaar 422 v. Chr.).

Plato, *Symposium* 220e-221b (voor het verhaal over het vluchtende leger, waarbij Alkibiades te paard Sokrates en Laches [PA 9019] te voet tegenkomt op het slagveld). Vergelijk Athenaeus, *Deipnosophistae* 5.215f-216a. In werkelijkheid vond dit twee jaar eerder plaats, na de Slag bij Delion in de zomer van 424 v. Chr. In mijn fictie is deze ontmoeting verplaatst naar de Slag bij Amphipolis in 422 v. Chr. Sokrates was daar ook bij (Plato, *Apologia Socratis* 28e). Er bestaat geen aanwijzing dat ook Alkibiades daarbij aanwezig was.

Aristophanes, *Nubes* 362, Plato, *Symposium* 221b en Athenaeus, *Deipnosophistae* 5.216a (voor de karakterisering van Sokrates als 'met zijn hoofd in zijn nek en nieuwsgierig om zich heen kijkend met zijn uitpuilende ogen').

Boek III

Hipparete

Athene en Argos

1

Pseudo-Andocides 4.13-15, Plutarchus, *Alcibiades* 8 en Nepos, *Alcibiades* 2.1 (voor Alkibiades' huwelijk met Hipparete [PA 7590], de dochter van Hipponikos [PA 7658] en de zus van Kallias [PA 7826]). De beschrijving van de bruiloft is fictie, al zijn de beschreven rituelen in grote lijnen traditioneel.

Thucydides, *Historiae* 2.13.5 (voor de 40 talenten, i.e. 1.000 kg, goud die Pheidias' beeld van Athene bedekten).

Plutarchus, *Moralia* (*Coniugalia Precepta*) 138d (voor de kroon van asperges).

Aristoteles, *Politica* 7.1335^{a} (voor de winter als de beste tijd van het jaar voor huwelijken; de maand Gamelion, januari, is genoemd naar *gámos*, huwelijk).

Athenaeus, *Deipnosophistae* 13.568c (voor loodwit als make-up).

IG I^{3} 426.10 (voor de slaven van Adeimantos, zoon van Leukolophides, uit het district Skambonidai [PA 202] onder wie weliswaar geen Syrische kleermaker, maar wel meerdere schoenmakers).

IG I^{3} 455.5 (voor Alopeke als het district van Hipponikos en zijn familie).

Pausanias, *Graeciae Descriptio* 1.20.1, Athenaeus, *Deipnosophistae* 12.543a en 13.591b (voor de Straat van de Drievoeten; deze straat in Athene heeft tot op de dag van vandaag dezelfde naam behouden).

Euripides, *Troades* 314, 331, Aristophanes, *Pax* 1335, *Aves* 1736, 1742, Theocritus, *Idylle* 18.58, etc. (voor het bruiloftslied 'hymèn ô hyménaie' en de variaties daarop).

Isocrates 16.31, Andocides 1.115, 130, Lysias 19.48 en Nepos, *Alcibiades* 2.1 (voor Hipponikos als 'de rijkste man van Griekenland'). Vergelijk Athenaeus, *Deipnosophistae* 12.537a-b.

Xenophon, *De Vectigalibus* 4.15 (voor de zeshonderd slaven van Hipponikos in de zilvermijnen van Laurion en het jaarinkomen uit die bron alleen al van 6 talenten per jaar).

Athenaeus, *Deipnosophistae* 5.218b-c (voor de datum van de dood van Hipponikos). Athenaeus zegt dat Hipponikos stierf vlak voor de opvoering van de komedie *De vleiers* van Eupolis, omdat er in dat stuk grappen worden gemaakt over Hipponikos' zoon Kallias, die zijn vaders fortuin in handen heeft gekregen. Athenaeus plaatst de opvoering van deze komedie in het jaar dat Alkaios archon was, i.e. 422/1 v. Chr. Deze datum wordt over het algemeen geaccepteerd als de *terminus ante quem* voor de sterfdatum voor Hipponikos (zie bijvoorbeeld Nails, *The People of Plato*, p. 173). Maar de komedie van Eupolis is niet overgeleverd en het is niet uitgesloten dat de grappen gingen over het feit dat Kallias als zaakwaarnemer de controle had gekregen over zijn vaders fortuin (zoals gebruikelijk was) en dat zijn vader nog leefde. Uit de anekdotes van Plutarchus, *Alcibiades* 8, kunnen we afleiden dat Hipponikos nog in leven was toen zijn dochter met Alkibiades trouwde en 422 v. Chr. is een beetje te vroeg, want toen was Alkibiades pas 27 of 28 (gerekend van de fictieve maar niet onwaarschijnlijke geboortedatum op 7 augustus 450 v. Chr.), terwijl een Griekse man normaal gesproken rond zijn dertigste trouwde. Daarom heb ik de bruiloft fictief gedateerd op de maand Gamelion van het jaar waarin Alkibiades dertig wordt (wederom gerekend van de fictieve maar niet onwaarschijnlijke geboortedatum op 7 augustus 450 v. Chr.), dus in Gamelion van Ol. 89.4, i.e. in januari van het jaar 420 v. Chr. Dientengevolge heeft Hipponikos in mijn verhaal een jaartje langer geleefd dan hem meestal op grond van de bronnen wordt gegund.

Athenaeus, *Deipnosophistae* 12.537b (voor Kallias als zaakwaarnemer en erfgenaam van zijn vaders kapitaal).

Plutarchus, *Alcibiades* 8.2 (voor de versie dat Alkibiades aan Kallias, als de zaakwaarnemer van de familie, om Hipparete's hand heeft gevraagd en een bruidsschat van twintig talenten heeft bedongen, wat een astronomisch bedrag is). Zie ook Pseudo-Andocides 4.13-14.

Plutarchus, *Alcibiades* 8.1-2 (voor de versie dat Alkibiades zijn toekomstige schoonvader zonder reden heeft geslagen).

Bronnen voor Hipparete's geboorte- en sterfdatum ontbreken. Ik plaats haar geboorte fictief in 439 v. Chr., zodat ze achttien of negentien jaar oud zou zijn op haar bruiloft, wat ongeveer gebruikelijk is. Jonger zou ook kunnen, maar dan wordt het leeftijdsverschil met haar broer Kallias (geboren ca. 450 v. Chr.) onwaarschijnlijk groot. Die geboortedatum wijkt niet af van wat over het algemeen wordt aangenomen (ca. 440 v. Chr., zie bijvoorbeeld Nails, *The People of Plato*, pp. 165-6). Haar sterfjaar zou 417/6 zijn, bij of vlak na de geboorte van haar tweede kind, haar zoon Alkibiades (vergelijk PA 7590).

Het marmeren Artemisbeeld van Polykleitos is fictie, maar Aelianus vertelt in *Varia Historia* 14.16 dat Polykleitos ooit door Hipponikos is afgewezen voor een opdracht, omdat hij de beeldhouwer te goed vond: 'Ik zal geen standbeeld doneren aan de stad dat meer zal worden bewonderd vanwege de kunst van de beeldhouwer dan vanwege de gulheid van de donateur.'

Callimachus, *Aetiae, fragment* 75.1-7 Pfeiffer (voor de traditie van de *pais amphitha-*

les, het Dubbel Bloeiend Kind, wiens beide ouders leven, dat op de nacht voor de huwelijksnacht met de bruid moet slapen).

Kallias was rond 423-421 v. Chr. getrouwd met de dochter van Glaukon, de zoon van Leagros, van Kerameis (PA 3027). De oudere zus van deze Leagros (die dus de oudtante was van Kallias' echtgenote) had een kleindochter die Periktione heette (PA 11813) en zij was de moeder van de filosoof Plato (PA 11855, gespeld 'Platon' in het Grieks). Zie Nails, *The People of Plato*, p. 244. Als Plato inderdaad in 428/7 geboren is, zoals de meeste geleerden denken, dan was hij in januari 420 zeven jaar oud. Dat uitgerekend Plato de rol zou hebben vervuld van de *pais amphithales*, het Dubbel Bloeiend Kind, bij het huwelijk van Alkibiades en Hipparete, is fictie.

Zenobius Paroemiographicus 3.98, *s.v. éphugon kakón, eûron ámeinon* (voor de traditie van de *pais amphithales* en de spreuk 'ik ben het kwaad ontvlucht en heb het betere gevonden' die hij moet zeggen bij het uitdelen van brood aan de gasten).

2

Plutarchus, *Nicias* 9.2-3 en Thucydides, *Historiae* 5.14, 16 (voor Kleon en Brasidas als de grootste inspirators van de oorlog en voor het idee dat Athene en Sparta rijp waren voor vrede zodra beiden gesneuveld waren).

Herodotus, *Historiae* 2.116.2 en 2.117 (als bewijs dat de *Ilias* van Homeros ook toen al Ilias werd genoemd).

Plutarchus, *Nicias* 9.5 (voor het gezegde dat men in vredestijd ontwaakt bij hanengekraai in plaats van bij het geschal van trompetten).

Pindarus, *Olympische Ode* 13.7 (voor vrede als tweelingzuster van recht en schenkster van welvaart).

Euripides, *Erechtheus, fragment* 474 Nauck (geciteerd in Plutarchus, *Nicias* 9.5) (voor het vers over de speer die bedekt is met spinrag).

Plutarchus, *Nicias* 9.2 en Thucydides, *Historiae* 5.16.1 (voor het idee dat Brasidas en Kleon de oorlog om tegenovergestelde redenen nodig hadden).

Plutarchus, *Nicias* 2.3-4 (voor Nikias' angst voor het volk).

Plutarchus, *Nicias* 4.1-2 en 5.3 en Thucydides, *Historiae* 7.50.4 (voor Nikias' bijgelovigheid).

Plutarchus, *Nicias* 5.1-2 (voor Nikias die alleen eet en zijn deur vergrendeld heeft).

Plutarchus, *Nicias* 3 (voor door Nikias georganiseerde dansvoorstellingen en koorproducties).

Thucydides, *Historiae* 5.18-19 en 23-24 (voor de verdragstekst van de Vrede van Nikias; in werkelijkheid gaat het om twee verdragen, kort na elkaar gesloten en bekrachtigd). Vergelijk Diodorus Siculus, *Bibliotheca Historica* 12.74.5-6.

Thucydides, *Historiae* 5.30.1 en 3 (voor de formule 'zonder beletsel van goden en halfgoden', daar enigszins anders en van toepassing op een ander verdrag).

Plutarchus, *Nicias* 9.7 (voor de heersende opvatting dat Perikles Athene in de oorlog had gestort en dat Nikias vrede had gebracht en voor de benaming 'Vrede van Nikias').

3

Thucydides, *Historiae* 5.43.2, 6.89.2, Plutarchus, *Alcibiades* 14.2-3 en *Nicias* 10.3 (voor het idee dat Alkibiades zich tegen de Vrede van Nikias keerde omdat hij als honorair consul van Sparta tijdens de onderhandelingen was gepasseerd).

Sappho, *fragment* 31.17 Voigt (voor het citaat 'alles is te verdragen').

Thucydides, *Historiae* 5.28.2 en Diodorus Siculus, *Bibliotheca Historica* 12.75.6 (voor het idee dat Argos had geprofiteerd van de neutraliteit).

Thucydides, *Historiae* 5.27 (voor de ouverture van Korinthe naar Argos).

Thucydides, *Historiae* 5.28 (voor de wil van Argos om nieuwe allianties te sluiten).

Thucydides, *Historiae* 5.29 (voor het verbond tussen Argos en Mantineia).

Thucydides, *Historiae* 5.30 (voor het diplomatieke tegenoffensief van Sparta).

Thucydides, *Historiae* 5.31 (voor aansluiting van Elis bij de alliantie van Korinthe en Argos).

Thucydides, *Historiae* 5.32 (voor de ouverture van Korinthe naar Boiotië).

Aristophanes, *Vespae* 44-46 en Plutarchus, *Alcibiades* 1.4 (voor het spraakgebrek van Alkibiades; dat hij dit doelbewust overdreven zou hebben, is mijn fictie).

Plutarchus, *Alcibiades* 9 (voor de anekdote over de hond; dat het verhaal over de afgeknipte staart een verzinsel van Alkibiades zou zijn, is mijn fictie).

Plutarchus, *Alcibiades* 10.2-3, Nepos, *Alcibiades* 1.2 en Diodorus Siculus, *Bibliotheca Historica* 13.68.5 (voor de kwaliteiten van Alkibiades als een redenaar en voor de bestudeerde spontaneïteit van zijn redevoeringen).

4

Plato, *Gorgias* 465d (voor het citaat van Anaxagoras); zie ook Plato, *Apologia Socratis* 26d.

Aristophanes, *Plutus* 190-192 en Eubolus, *Olbia*, *fragment* 74 Kock, geciteerd door Athenaeus, *Deipnosophistae* 14.640b-c (voor de komisch bedoelde opsomming van alles wat er op de agora te koop is).

Aristophanes, *Equites* 979, *Pax* 1181-1184 (met de Scholiast), Andocides 1.83, Demosthenes 20.94 (met de Scholiast 24.18.23), 21.103, Aeschines 3.39, Isocrates 18.61, Isaeus 5.38, Aristoteles, *Respublica Atheniensium* 53.4, etc. (voor officiële kennisgevingen bij het Monument van de Eponieme Heroën).

Diogenes Laërtius, *Vitae Philosophorum* 2.122 (voor Simon de filosofische schoenmaker [PA 12688]).

Plato, *Phaedo* 97d-99d (voor de afkeer van Sokrates van de metafysica) en Plato, *Gorgias* 492d (voor 'hoe te leven' als centrale vraag). Vergelijk ook Plato, *Apologia Socratis* 38a, etc.

Homerus, *Ilias* 9.423 (voor het citaat 'mijn kans op een behouden thuiskomst zal verkeken zijn, maar mijn roem zal nimmer verbleken').

5

Plutarchus, *Nicias* 9.4 (voor rijken, grondbezitters en boeren als grootste voorstanders van de Vrede van Nikias).

Pseudo-Xenophon ('De Oude Oligarch'), *Respublica Atheniensium* 1.2 (voor het idee dat de laagste klassen hun positie in de democratie ontleenden aan hun onmisbaarheid als roeiers op de vloot).

Plutarchus, *Alcibiades* 16.1 en Nepos, *Alcibiades* 1.4 (voor de extravagantie van Alkibiades).

Thucydides, *Historiae* 5.43.3 en Plutarchus, *Alcibiades* 14.3 (voor de diplomatieke ouvertures van Alkibiades naar de populistische partij in Argos).

Plutarchus, *Alcibiades* 13.1-2 (voor Phaiax [PA 13921] als rivaal van Alkibiades; zijn district Acharnai is bekend van de ostraca van 417 v. Chr.).

Athenaeus, *Deipnosophistae* 13.570e (voor Anteia als naam voor een hetaire, daar in Korinthe; zie boven).

Thucydides, *Historiae* 8.73.3, Plutarchus, *Alcibiades* 13.3-4 en *Nicias* 11.3-4 (voor Hyperbolos [PA 13910]; zijn vaders naam is bekend van de ostraca van 417 v. Chr.).

Aristophanes, *Acharnenses* 846, *Equites* 1304, 1363, *Vespae* 1007, *Nubes* 876, 1065, *Pax*, 681, 921, 1319, etc. (voor voorbeelden van bespottingen van Hyperbolos).

Thucydides, *Historiae* 8.73.3 (voor de moord op Hyperbolos).

Theopompus, geciteerd door de Scholiast op Lucianus, *Timon* 30, en de Scholiast op Aristophanes, *Pax* 681 (voor de anekdote dat het lichaam van Hyperbolos in een wijnzak is gepropt en in zee gegooid).

Thucydides, *Historiae* 5.4-5 (voor de missie van Phaiax naar Sicilië).

Plato, *Symposium* 219e-221b, Plutarchus, *Alcibiades* 7, Athenaeus, *Deipnosophistae* 5.215e en Diogenes Laërtius, *Vitae Philosophorum* 2.23 (voor de prijs voor dapperheid die Alkibiades is toegekend na de Slag bij Poteidaia; zie boven).

Thucydides, *Historiae* 5.52.2, Plutarchus, *Alcibiades* 15.1 en *Nicias* 10.9 (voor de uitverkiezing van Alkibiades als strateeg; het debat met Phaiax is fictie).

6

Thucydides, *Historiae* 8.67 en Sophocles, *Oedipus Coloneus* 712-715 (voor het heiligdom van Poseidon Hippios in Kolonos). De locatie van Kolonos is Barrington Atlas kaart 59 B2, 38°00' NB 23°43' OL.

Sophocles, *Oedipus Coloneus* 668, 712-715 (voor het feit dat Kolonos beroemd was om zijn paarden).

Aristophanes, *Ranae* 73, 78 met de Scholiast, *Vita Sophoclis* 128-129 en Suida *s.v.* 'Iophôn' (voor Iophon, de zoon van Sophokles [PA 7584]).

Xenophon, *De Equitandi Ratione* 1.2-14 (voor de relevante details bij de keuring van een jonge hengst).

Pseudo-Andocides 4.14-15 en Plutarchus, *Alcibiades* 8.3-5 (voor Hipparete die naar de archon gaat om een echtscheiding aan te vragen en Alkibiades die haar ontvoert; de rol van Kritias is fictie, evenals de dialoog van Alkibiades en Hipparete). Vergelijk Demosthenes 30.17 en Isaeus 3.78 (voor een echtscheiding ten overstaan van de archon op initiatief van de echtgenote).

Aristoteles, *Respublica Atheniensium* 56.6-7 (voor familierecht als portefeuille van de eponieme archon).

Aristoteles, *Respublica Atheniensium* 3.5 (voor het Prytaneion als zetel van de eponieme archon).

Athenaeus, *Deipnosophistae* 13.570e (voor Anteia als naam voor een hetaire, daar in Korinthe; zie boven).

7

Thucydides, *Historiae* 5.35.3 en 5.35.5 (voor de nalatigheid dan wel het onvermogen van de Spartanen om Amphipolis aan Athene te restitueren).

Thucydides, *Historiae* 5.35.4 (voor de Atheense weigering om Pylos over te dragen en de spijt over het loslaten van de gevangenen; dat Alkibiades dit punt zou hebben misbruikt tijdens debatten, is fictie).

Thucydides, *Historiae* 5.3.5 (voor de Boiotische verovering van het fort Panakton kort voor de Slag bij Amphipolis in het voorjaar van 422 v. Chr.). De locatie van Panakton is Barrington Atlas kaart 59 B2, 38°10' NB 23°30' OL.

Thucydides, *Historiae* 5.35.5 (voor de Spartaanse belofte om zich in te spannen om het vredesverdrag door Boiotië te laten accepteren en het fort van Panakton aan Athene te laten restitueren).

Thucydides, *Historiae* 5.39.2-3 (voor het akkoord tussen Sparta en Boiotië en de ontmanteling van Panakton).

Thucydides, *Historiae* 5.40.1 (voor de zorgen in Argos over het akkoord tussen Sparta en Boiotië).

Thucydides, *Historiae* 5.42 (voor de verontwaardiging in Athene over het verdrag tussen Sparta en Boiotië en over de ontmanteling van Panakton).

Thucydides, *Historiae* 5.43.1-2 (voor Alkibiades die profiteert van de anti-Spartaanse sentimenten).

Thucydides, *Historiae* 5.43.3-44.2 (voor Alkibiades die gezanten uit Argos ontbiedt en voor de welwillende reactie in Argos).

Thucydides, *Historiae*, 5.44.3 (voor het Spartaanse gezantschap van Philocharidas [PL 731], Leon [PL 483] en Endios [PL 264]).

Thucydides, *Historiae* 4.119.2 (voor de naam van de vader van Philocharidas).

Thucydides, *Historiae* 4.119.2, 5.19.2 en 5.24.1 (voor de eden die Philocharidas heeft gezworen).

De Scholiast op Euripides, *Hippolytus* 231 (= Polemon, *fr.* 19 Pr. = *FHG* 22, III.122a) (voor de overwinning van Leon van Sparta in de vierspanrace met Venetiaanse paarden bij de Olympische Spelen van 424 v. Chr.). Vergelijk Alcman, *fragment* 1.51.

Thucydides, *Historiae* 8.6.3 (voor de band tussen Alkibiades en Endios).

Athenaeus, *Deipnosophistae* 7.295b (voor een maaltijd met rode schorpioenvis, horsmakreel en vette harder).

Athenaeus, *Deipnosophistae* 14.641d, 642c (voor de gewoonte om de handen te wassen tussen hoofdgerecht en dessert).

Athenaeus, *Deipnosophistae* 14.641f-642a (voor eieren als dessert).

Thucydides, *Historiae* 5.44.3-45.4, Plutarchus, *Alcibiades* 14.6-9, *Nicias* 10.4-6 en *Comparatio Alcibiadis et Coriolani* 2.1 (voor Alkibiades' misleiding van de Spartaanse ambassadeurs).

Thucydides, *Historiae* 5.46.1-4 en Plutarchus, *Nicias* 10.6-7 (voor de mislukte diplomatieke missie van Nikias naar Sparta).

Thucydides, *Historiae* 5.46.5-47.12, Plutarchus, *Nicias* 10.8, *Alcibiades* 15.1, *Comparatio Alcibiadis et Coriolani* 2.2 (voor het verdrag tussen Athene, Argos, Mantineia en Elis).

8

Het is goed gedocumenteerd (zie bijvoorbeeld Isocrates, 16, *De bigis*, Pseudo-Andocides, 4, *Contra Alcibiadem*, Lysias 14 en 15) dat Alkibiades een zoon had die ook Alkibiades heette (PA 598, zie onder). Uit Lysias 14.28 blijkt dat deze Alkibiades junior een zus had, die was getrouwd met Hipponikos junior (PA 7659), de zoon van Kallias junior (Kallias junior [PA 7826] was de oudere broer van Hipparete [PA 7590], dus het was een huwelijk tussen neef en nicht). Dit huwelijk werd gesloten in het jaar 399 v. Chr. (zie onder; de scheidingszaak waarvan sprake is in Lysias 14.28 speelde rond 395 v. Chr.). Of deze dochter van onze Alkibiades ouder of jonger was dan zijn zoon, is niet bekend, maar omdat er goede aanwijzingen zijn dat zijn zoon rond 417 v. Chr. geboren is, zou zijn dochter te jong zijn voor een huwelijk in 399 v. Chr. als zij jonger was dan zijn zoon. Daarom moet zij het eerste kind zijn geweest en heb ik haar geboorte hypothetisch in het jaar 419 v. Chr. geplaatst. Haar naam is niet overgeleverd. Dat zij naar haar grootmoeder (PA 4678) vernoemd zou zijn en Elpinike zou heten, is mijn fictie.

Plutarchus, *Cimon* 4.7 en Nepos, *Cimon* 1.3-4 (voor het huwelijk tussen Elpinike [PA 4678] en Kallias senior [PA 7825], de vader van Hipponikos senior [PA 7658], de vader van Kallias junior [PA 7826] en Hipparete [PA 7590]).

Plutarchus, *Cimon* 4.5, 4.7 en Nepos, *Cimon* 1.2 (voor de geruchten over een wat al te innige band tussen Elpinike en haar broer Kimon [PA 8429], die volgens sommigen zelfs waren getrouwd).

Plutarchus, *Cimon* 4.5 (voor de relatie van Elpinike met de schilder Polygnotos en het gerucht dat zijn schildering van Laodike een portret was van Elpinike).

Homerus, *Ilias* 3.124, 6.252 (voor Laodike als de mooiste van Priamos' dochters).

Herodotus, *Historiae* 6.105 (voor de Maagdenberg, i.e. de berg Parthenion, ten oosten van de vlakte van Tegea).

Thucydides, *Historiae* 5.52 (voor Alkibiades' bescheiden militaire campagne op de Peloponnesos in de zomer van 419 v. Chr.).

Plutarchus, *Alcibiades* 15.3 (voor het protest in Patrai en het antwoord van Alkibiades). De locatie van Patrai is Barrington Atlas kaart 58 B1, 38°15' NB 21°43' OL.

Thucydides, *Historiae* 5.61.2 (voor Alkibiades als ambassadeur in Argos in de zomer van 418 v. Chr.). De locatie van Argos is Barrington Atlas kaart 58 D2, 37°40' NB 22°45' OL.

Thucydides, *Historiae* 5.53-56 (voor de oorlog tussen Argos en Epidauros en de Spartaanse interventies).

Thucydides, *Historiae* 5.61.3-5 en Diodorus Siculus, *Bibliotheca Historica* 12.79.2-3 (voor de inname van Arkadisch Orchomenos door de coalitie van Athene, Argos, Mantineia en Elis in 418 v. Chr.).

Thucydides, *Historiae* 5.62.2 (voor de georganiseerde hulp van binnenuit in Tegea om de stad aan de coalitie over te geven).

Thucydides, *Historiae* 5.64 (voor de Spartaanse reactie, het bericht aan de noordelijke bondgenoten en het isolement van Sparta).

Thucydides, *Historiae* 5.65-66 (voor de manoeuvres in de vlakte van Tegea en de omlegging van de rivieren). De locatie van Tegea is Barrington Atlas kaart 58 C3, 37°27' NB 22°25' OL.

Thucydides, *Historiae* 5.67-75.3 en Diodorus Siculus, *Bibliotheca Historica* 12.79.4-7 (voor de Slag bij Mantineia tegen het einde van de zomer van het jaar 418 v. Chr.). De locatie van Mantineia is Barrington Atlas kaart 58 C2, 37°37' NB 22°22' OL.

Thucydides, *Historiae* 5.70, Plutarchus, *Lycurgus* 21.3, 22.3 en Athenaeus, *Deipnosophistae* 12.517a (voor de Spartaanse gewoonte om te marcheren op muziek teneinde de linies compact te houden).

Xenophon, *Respublica Lacedaemoniorum* 8 en Plutarchus, *Lycurgus* 30.3-4 (voor de Spartaanse cultuur van gehoorzaamheid, die het ondenkbaar maakt dat bevelen niet worden opgevolgd).

IG I^{3} 422.21, 41-60 (voor de overwinning van Alkibiades in de vierspanrace op de Panatheneïsche Spelen van augustus 418 v. Chr.).

Proclus, *Commentarii ad* Plato, *Timaeus*, p. 9, en de Scholiast op Homerus, *Ilias* 8.39 (voor de datum van de Panathenaia; er zijn andere bronnen die andere data lijken te suggereren; zie boven).

9

Thucydides, *Historiae* 5.76-84.1, Plutarchus, *Alcibiades* 15.2-4, Diodorus Siculus *Bibliotheca Historica* 12.80.2-3, Pausanias, *Graeciae Descriptio* 2.20.2 en Aeneas Tacticus 17.2-4 (voor de oligarchische coup in Argos in 418 v. Chr. en de democratische tegencoup in 417 v. Chr. met de hulp van Alkibiades).

Sophocles, *Oedipus Coloneus* 378, 1378 en Machon, geciteerd in Athenaeus, *Deipnosophistae* 13.582a (corr.: mss. *koinon*) (voor het 'holle' Argos).

Pausanias, *Graeciae Descriptio* 2.23.1 (voor het huis van Adrastos in Argos).

Pausanias, *Graeciae Descriptio* 2.19.5 (voor de troon van Danaos in Argos).

Pausanias, *Graeciae Descriptio* 2.21.5 (voor het gat in de grond op de agora van Argos waar het hoofd van Medusa in ligt).

Pausanias, *Graeciae Descriptio* 2.20.6 (voor het gebouw waar de vrouwen van Argos Adonis bewenen).

Pausanias, *Graeciae Descriptio* 2.20.6 (voor de cenotaaf in Argos voor de gevallenen in de Trojaanse Oorlog).

Pausanias, *Graeciae Descriptio* 2.20.8 (voor de tempel van Aphrodite boven het theater in Argos).

Athenaeus, *Deipnosophistae* 3.95f-96a (cit. Callimachus of Zenodotus) en de Scholiast op Aristophanes, *Acharnenses* 793 (voor het offer van een zwijn aan Aphrodite tijdens het Hysteriafestival in Argos).

Pausanias, *Graeciae Descriptio* 2.20.8-10 en Plutarchus, *Moralia* 245c-f (voor Telesilla).

Pausanias, *Graeciae Descriptio* 2.19.3 (voor de tempel van Apollo de Wolvengod in Argos).

Pausanias, *Graeciae Descriptio* 2.19.8 (voor het beeld van Apollo van de Straten in Argos).

Aristophanes, *fragment* 57 (voor dieven uit Argos).

Anthologia Palatina 2.139, Athenaeus, *Deipnosophistae* 6.238c (voor het worstelen als een populaire sport in Argos).

Athenaeus, *Deipnosophistae* 11.480c-d (voor de puntige kylikes in Argos).

Thucydides, *Historiae* 5.84.1 en Diodorus Siculus, *Bibliotheca Historica* 12.81.2-3 (voor de expeditie naar Argos met twintig schepen om de laatste oligarchen onschadelijk te maken in de zomer van 416 v. Chr.).

Isocrates 16, Pseudo-Andocides 4, Plutarchus, *Alcibiades* 12.2-3 en Diodorus Siculus, *Bibliotheca Historica* 13.74.3 (voor de racewagen uit Argos). IG I³ 370.29, 32 en Thucydides, *Historiae* 5.84.3 (voor Teisias [PA 13470 = 13479]; door Plutarchus en Diodorus Siculus wordt hij verward met Diomedes, een fout die is terug te voeren op Ephorus, de gemeenschappelijke bron voor beiden (zie Friedrich Blass, *Die Attische Beredsamkeit*, Leipzig 1868-1880, II, 205 en J.K. Davies, *Athenian Propertied Families 600-300 B.C.*, Oxford 1971, pp. 501-503). Zie onder.

Xenophon, *Historia Graeca* 2.3.2, *Memorabilia* 1.2.35 en Aristoteles, *Politica* 1305b26 (voor Charikles [PA 15407], die zich vanaf 404 v. Chr. ontpopte tot een van de hardvochtigste leden van de Dertig).

10

Plutarchus, *Nicias* 11, *Alcibiades* 13.3-5 en *Aristides* 7.3-4 (voor het ostracisme van Hyperbolos [PA 13910] in 417 v. Chr.). Vergelijk Thucydides, *Historiae* 8.73.3.

Scherven van het schervengericht van 417 v. Chr. zijn daadwerkelijk teruggevonden op de agora. Zie M.L. Lang, *The Athenian Agora*, XXV. *Ostraka*, p. 33 nn. 13-17 (met de naam Alkibiades), p. 68 nn. 307-309 (met de naam Hyperbolos), p. 97 nn. 648 (met de naam Nikias), pp. 98-99 nn. 653-656 (met de naam Phaiax). Zie ook: E. Vanderpool, 'Ostraka from the Athenian Agora, 1970-1972', *Hesperia* 43, 1974, 189-193 (met de naam van Alkibiades op bijvoorbeeld P29373 en P29374); F. Willemsen & S. Brenne, 'Verzeichnis der Kerameikos-Ostraka', *Mitteilungen des Deutschen Archäologischen Instituts, Athenische Abteilung* 106, 1991, 147-156.

Plutarchus, *Aristides* 7.4-5 (voor het quorum van zesduizend stemmen).

Thucydides, *Historiae* 2.65.11 (voor de opvatting dat fouten tot het verlies van de Siciliaanse expeditie hebben geleid, die uiteindelijk het verlies van de oorlog ten gevolge zou hebben). Vergelijk Thucydides, *Historiae* 6.15.3-4.

Xenophon, *Historia Graeca* 2.2.21-22, Diodorus Siculus, *Bibliotheca Historica* 13.107.4, 14.3.2 en Plutarchus, *Lysander* 14.3-6 (voor de capitulatie van Athene op 29 maart van het jaar 404 v. Chr.; zie onder).

11

Plato, *Phaedrus* 227a-b, 268a, Xenophon, *Memorabilia* 3.13.2 en Andocides 1.18 (voor de arts Akoumenos [PA 477]).

Soranus, *Gynaecea* 2.3 (68) (voor de baarkruk). Voor een afbeelding, zie bijvoorbeeld de Stele van Plangon en Tolmides, Athene, National Archaeological Museum, NM749.

Soranus, *Gynaecea* 2.2 (67) (voor olijfolie en wollen doeken).

Soranus, *Gynaecea* 1.56 (voor het insmeren van het baringskanaal met olijfolie, ganzenvet en merg).

Soranus, *Gynaecea* 1.35 (voor dampen van wijnruit, knoflook en koriander als hulp bij de bevalling).

Soranus, *Gynaecea* 2.2 (67) (voor zeesponzen en warm water).

Soranus, *Gynaecea* 2.4 (69) (voor de procedure om de vrouw liggend te laten bevallen als zij te zwak is).

Soranus, *Gynaecea* 2.4 (69) (voor de handen van de vroedvrouw die zijn ingesmeerd met warme olijfolie).

Soranus, *Gynaecea* 2.6 (70b) (voor het controleren van de adem).

De viersappenleer is de basis van de medische wetenschap van Hippocrates, Galenus en anderen. Elk van hun traktaten is ervan doordrenkt.

Euripides, *Medea* 248-251 (voor het citaat over barende vrouwen).

Soranus, *Gynaecea* 2.2 (67) (voor de geur van citroen, meloen en komkommer die de vrouw die heeft gebaard bij kennis brengt).

Isidorus, *Etymologiae* 12.2, 16.8, Plutarchus, *Moralia* 2.962f, Dioscorides, *De materia medica* 2.81 (voor lynkourion).

Aristophanes, *Vespae* 1177, Duris 17 J., etc. (voor Lamia).

Sappho, *fragment* 47 B. (104 D., 254 LGS), geciteerd in Zenobius *Cent.* 3.3, Suda *s.v.* 'Gelloûs paidophilôtéra', Hesychius *s.v.* 'Géllôs Gellô', de Scholiast op Theocritus, *Idylle* 15.40 (voor Gello).

Aristophanes, *Acharnenses* 582, *Pax* 474, Xenophon, *Historia Graeca* 4.4.17, de Scholiast op Theocritus, *Idylle* 15.40 (voor Mormo).

Soranus, *Gynaecea* 2.6 (70b) (voor het bijgeloof over het loshalen van de haren van een barende vrouw).

Plato, *Theaetetus* 149 b-c, Callimachus, *Hymne aan Artemis* 18-25 (voor Artemis als godin die vrouwen bijstaat bij de bevalling).

Soranus, *Gynaecea* 4.9-13 (61-65) (voor extractie van de foetus met een haak).

Soranus, *Gynaecea* 4.7 (59) (voor de zalf van fenegriek, kaasjeskruid, lijnzaad en eiwit).

Plutarchus, *Moralia* 469c (voor de paradoxale, onvoorwaardelijke liefde voor het lelijke, onreine wezen dat de pasgeboren mens is).

Isocrates, 16, *De bigis*, Pseudo-Andocides, 4, *Contra Alcibiadem*, Lysias 14 en 15, etc. (voor Alkibiades' zoon Alkibiades, [PA 598]).

Soranus, *Gynaecea* 4.13 (65) (voor bloedverlies en ontstekingen na extractie van de foetus met een haak).

Aristophanes, *Lysistrata* 757 met de Scholiast, Ephippus, *fragment* 3, Suda en Hesychius *s.v.* 'Amphidrómia', de Scholiast op Plato, *Theaetetus* 160e (voor de ceremonie van de rondgang rond de haard).

Isocrates 16.45 (voor de dood van Hipparete bij of vlak na de geboorte van haar tweede kind; volgens Plutarchus, *Alcibiades* 8.4, is zij gestorven kort na de episode van de scheidingsaanvraag en de ontvoering, terwijl Alkibiades op reis was naar Ephesos. Maar van een reis naar Ephesos in deze periode is niets bekend en zo'n reis is evenmin goed denkbaar. Ik heb haar dood fictief in de winter van 417 v. Chr. geplaatst).

Boek IV
De verovering van de wereld
Olympia, Athene, Sicilië, Italië

1

Plutarchus, *Alcibiades* 10.1 (voor Antiochos en de kwartel; zie boven).

Homerus, *Ilias* 19.397-424 (voor het sprekende paard Xanthos).

Pausanias, *Graeciae Descriptio* 5.9.5 (voor de negen Scheidsrechters van Hellas, in werkelijkheid pas vanaf de 95e Olympiade in 400 v. Chr.).

Thucydides, *Historiae* 6.16.2, Plutarchus, *Alcibiades* 11.1, Isocrates 16.32-34 (voor de zeven wagens die Alkibiades inschreef en voor de bewering dat niemand dit ooit eerder had gedaan).

Pausanias, *Graeciae Descriptio* 5.25.7 (voor de heilige weg van Elis naar Olympia). Vergelijk Philostratus, *Vita Apollonii* 5.43.

Pausanias, *Graeciae Descriptio* 5.16.8 (voor het reinigingsritueel bij de Bron van Piëra op de weg van Elis naar Olympia).

Epictetus, *Diatribae* 1.23-29 (voor de mensenmassa's en de herrie in Olympia).

Athenaeus, *Deipnosophistae* 1.19f (cit. Aristoxenus) (voor de clown die boksers en worstelaars imiteert).

Athenaeus, *Deipnosophistae* 1.19a-20b (voor jongleurs).

Athenaeus, *Deipnosophistae* 1.20a (cit. Phanodemus) (voor de artiest met wijn en melk in varkensblazen).

Pausanias, *Graeciae Descriptio* 5.10.6-7 (voor de beeldengroep in het voorportaal van de Zeustempel in Olympia).

Pausanias, *Graeciae Descriptio* 5.21.2-18 (voor de Zeuzen).

Pausanias, *Graeciae Descriptio* 5.14.4-6 (voor de offers aan Hestia, Zeus, Zeus en Poseidon Laoitas, Artemis, Athene, de Godin van de Werkers en Alpheios en Artemis).

Pausanias, *Graeciae Descriptio* 5.15.7 (voor Artemis Kokkoka).

Pausanias, *Graeciae Descriptio* 5.14.10 (voor het offer aan Moeder Aarde).

Pausanias, *Graeciae Descriptio* 5.14.9 (voor het offer aan Hermes van de Spelen).

Pausanias, *Graeciae Descriptio* 5.13.2 (voor het offer van de zwarte ram aan Pelops in de put van Herakles).

Antiphanes, *fragment* 2.112 Kock, geciteerd in Athenaeus, *Deipnosophistae* 1.5a (voor de gewoonte in Olympia om een os te offeren voor de vliegen).

Pausanias, *Graeciae Descriptio* 5.15.6 (voor de altaren van Poseidon en Hera van de Paarden bij de start van het hippodroom).

De Spartaanse prinses die de dochter is van Archidamos (PL 157) en zijn tweede vrouw Eupolia (PL 312), heet Kyniska (PL 459), hetgeen 'puppy' betekent. Zij is geboren rond 442 v. Chr., is dus acht jaar jonger dan Alkibiades en zou bij deze Olympische Spelen van 416 v. Chr. zesentwintig jaar oud zijn geweest. Zij heeft daadwerkelijk meegedaan met de Olympische Spelen als stalhoudster van vierspannen. Bij de Spelen van 396 v. Chr. won ze. Daarmee was ze de eerste vrouw in de geschiedenis die een Olympische zege behaalde. In 392 v. Chr. prolongeerde zij haar titel (zie: Pausanias, *Graeciae Descriptio* 3.8.1, 3.15.1, 5.12.5, 6.1.6, Xenophon, *Agesilaus* 9.1.6, Plutarchus, *Agesilaus* 20.1, *Anthologia Graeca* 13.16). Dat zij ook in 416 v. Chr. al meedeed, is fictie.

Thucydides, *Historiae* 6.16.2, Isocrates 16.32-34, Pseudo-Andocides 4.26-31, Plutarchus, *Alcibiades* 12 en Athenaeus, *Deipnosophistae* 1.3e (voor de eerste, tweede en vierde plaats voor Alkibiades bij de Olympische Spelen van 416 v. Chr.). Aangezien de vierspanrace op de eerste dag van de Spelen is gehouden, op de tweede dag na de eerste volle maan na de zomerzonnewende, is de overwinning exact te dateren op de ochtend van 5 juli 416 v. Chr.

Thucydides, *Historiae* 5.50.4 (voor een voorbeeld van een stalhouder die in het strijdperk treedt om zijn wagenmenner te bekransen, in dit geval Lichas, de zoon van Arkesilaos, uit Sparta, bij de Olympische Spelen van 420 v. Chr.).

Athenaeus, *Deipnosophistae* 1.3e (voor Alkibiades' offer aan Zeus na zijn overwinning; de albinostier is fictie).

Isocrates 16.34 (voor de offers en het grootse vertoon waarmee Alkibiades zijn overwinning vierde).

Plutarchus, *Alcibiades* 12.1 en Athenaeus, *Deipnosophistae* 12.534d (voor de competitie in vrijgevigheid van Ephesos, Chios en Lesbos waarmee werd bijgedragen aan de festiviteiten ter ere van Alkibiades' overwinning).

2

Pindarus, *Pythische Ode* 7 (de ode voor de overwinning van Megakles van Athene in de vierspanrace bij de Pythische Spelen in Delphi van 486 v. Chr.). Voor de identificatie van Megakles, de zoon van Hippokrates, de vader van Deinomache, als de winnaar van de vierspanrace, de adressaat van Pindarus' ode en het schervengericht (PA 9695 = 9696) zie: J.K. Davies, *Athenian Propertied Families 600-300 B.C.*, Oxford 1971, 9688 VI en X, pp. 376, 379-380, met verdere verwijzingen.

Aristoteles, *Respublica Atheniensium* 22.5 (voor het schervengericht van Megakles). Potscherven van het schervengericht van Megakles, de zoon van Hippokrates, in 486 v. Chr. zijn teruggevonden. Er zijn scherven met de tekst 'Megakles de paardenfokker'. Op twee scherven is de tekst 'Megakles de ruiter' gekrast en één scherf roept op tot de verbanning van Megakles en zijn paard. Er is één scherf teruggevonden waarin een tekeningetje van een ruiter is gekrast naast de naam van Megakles. Zie S. Brenne, 'Die Ostraka (487 – ca. 416 v. Chr.) als Testimonien (T1)' in: *Ostrakismos-Testimonien I* (*Historia Einzelschriften* 155, P. Siewert, ed.), Stuttgart 2002, 36-166, in het bijzonder pp. 112-114, 143, 152, 161-162. Vergelijk Aristophanes, *Nubes* 46-48, 69-70, 124-125, 815. In Simonides' beroemde misogyne gedicht, wordt de vrouw die van pracht en luxe houdt en die geschikter is voor koningen en tirannen dan voor gewone mannen, geassocieerd met een paard (*fr.*7.57-70 West).

Aristoteles, *Ethica Nicomachea* 4.2 (1122^a18-1123^a33) (voor magnificentie als een deugd).

Thucydides, *Historiae* 6.16.2, 6.16.5, Isocrates 16.32 en Demosthenes 21.145 (voor het idee dat de overwinning van Alkibiades bijdroeg aan de glorie van Athene).

Plutarchus, *Alcibiades* 11.2 (voor de overwinningsode van Euripides voor Alkibiades; het gedicht is in het Attische dialect, op de woorden 'ha níka' na, in de tweede regel, maar deze Dorische vorm zou op een hypercorrectie van Plutarchus of van de kopiist kunnen berusten). De overwinningsode wordt ook genoemd in Plutarchus, *Demosthenes* 1 en Athenaeus, *Deipnosophistae* 1.3e.

Plutarchus, *Demosthenes* 1 (voor het citaat 'De eerste vereiste voor het geluk van een man is in een roemvolle stad geboren te zijn'; dit citaat komt kennelijk niet uit de openingsstrofe, die in Plutarchus, *Alcibiades* 11.2 geciteerd wordt; de Dorische vorm van het lidwoord 'tàn' in het citaat in Plutarchus, *Demosthenes* 1 is een latere conjectuur; de manuscripten lezen de Attische vorm 'tèn').

Plato, *Leges* 701a (voor nieuwe muziek als 'theatrocratie'), Aristoteles, *Politica* 1341^b14 (voor nieuwe muziek als werkmannenmuziek), Aristoxenus, *fragment* 28 de Rios (voor nieuwe muziek als muziek voor het plebs), Pseudo-Plutarchus, *De musica* 1135c (voor traditionele, aristocratische muziek als archaïsche en ouderwetse muziek). Deze stroming van de nieuwe muziek kwam tussen 430 en 400 v. Chr. in de mode. Dat Euripides een exponent zou zijn van de nieuwe muziek, is speculatief maar niet onwaarschijnlijk (zie: Eric Csapo, 'Later Euripidean Music', *Illinois Classical Studies* 24-25, 1999-2000, 399-426).

Plutarchus, *Alcibiades* 16.5 (voor de schildering van Aristophon, die in werkelijkheid elementen bevatte die verwezen naar andere overwinningen in Delphi en Nemea; dat is hier vereenvoudigd). In Athenaeus, *Deipnosophistae* 12.534d-e, wordt de schildering gedetailleerder beschreven en Aglaophon genoemd als de schilder. Hij was de vader van Aristophon en het is onwaarschijnlijk dat hij in 416 v. Chr. nog leefde. Pausanias heeft het schilderij teruggevonden in de bibliotheek van de Propylaia (*Graecia Descriptio* 1.22.6).

Isocrates 16, Pseudo-Andocides 4, Plutarchus, *Alcibiades* 12.2-3 en Diodorus Siculus, *Bibliotheca Historica* 13.74 (voor de racewagen uit Argos en de beschuldigingen van Teisias [PA 13470 = 13479]). Door Plutarchus en Diodorus Siculus wordt hij verward met Diomedes, een fout die is terug te voeren op Ephorus, de gemeenschappelijke bron voor beiden (zie Friedrich Blass, *Die Attische Beredsamkeit*, Leipzig 1868-1880, II, 205 en J.K. Davies, *Athenian Propertied Families 600-300 B.C.*, Oxford 1971, pp. 501-503). Zie boven.

3

Thucydides, *Historiae* 5.84.2-5.116 (voor het beleg en de onderwerping van Melos tussen de zomer van 416 en de winter van 416/415 v. Chr.; de rol van Alkibiades bij deze gebeurtenissen is fictie). De locatie van Melos is Barrington Atlas kaart 58 GH4, 36°45' NB 24°25' OL.

Pseudo-Andocides 4.22 en Plutarchus, *Alcibiades* 16.5 (voor Alkibiades' steun voor de executie van de mannelijke bevolking van Melos; het debat met Nikias in de volksvergadering is fictie).

Pseudo-Andocides 4.22-23 en Plutarchus, *Alcibiades* 16.5 (voor het gerucht dat Alkibiades een slavin uit Melos voor zichzelf zou hebben uitgekozen en een zoon bij haar zou hebben verwekt).

4

Thucydides, *Historiae* 6.2.3 (voor Egesta en Eryx, aan de grens met het gebied van de Sikanoi, als de voornaamste steden van het volk van de Elymoi). De locatie van Egesta is Barrington Atlas kaart 47 B3, 37°55' NB 12°50' OL.

Thucydides, *Historiae* 6.11.7 en 7.57.11 (voor de perceptie dat de Elymoi barbaren zijn).

Hellanicus, *fr.*79b (voor de theorie van de Italische oorsprong van de Elymoi) en Thucydides, *Historiae* 6.2.3 (voor de theorie van hun Trojaanse oorsprong). Vergelijk Strabo, *Geographica* 6.272.

Thucydides, *Historiae* 6.6.2-3 en Diodorus Siculus, *Bibliotheca Historica* 12.82.3-83.3 (voor de oorlog tussen Egesta en Selinous en het gezantschap vanuit Egesta naar Athene). Vergelijk Plutarchus, *Nicias* 12.1.

Thucydides, *Historiae* 6.3.2 (voor de stichting van Syracuse door Korinthische kolonisten).

Thucydides, *Historiae* 6.8.1-2 en Diodorus Siculus, *Bibliotheca Historica* 12.83.3-5 (voor de terugkeer van de gezanten uit Egesta en het besluit om naar Sicilië te gaan). Vergelijk Plutarchus, *Nicias* 12.3.

Het in de vaart houden van een trireem met een bemanning van 200 man kostte 30 mnai (i.e. een halve talent) per maand (Xenophon, *Historia Graeca* 1.5). Tissaphernes betaalde 30 talenten per maand om 55 schepen actief te hebben (Thucydides, *Historiae* 8.29).

Plutarchus, *Alcibiades* 17.1 (voor de korte samenvatting van eerdere Atheense campagnes naar Sicilië). Voor de details, zie: Thucydides, *Historiae* 3.86, 90, 99, 103, 115-116, 4.2.2, 24-25, 58-65.

Thucydides, *Historiae* 6.1.2 (voor de omvang van Sicilië die dusdanig is dat een schip er acht dagen voor nodig heeft om het eiland te ronden).

Thucydides, *Historiae* 6.1.1 (voor de bevolkingsdichtheid van Sicilië).

Thucydides, *Historiae* 7.28.3 en Plutarchus, *Nicias* 17.2 (voor de inschatting dat Syracuse net zo groot was als Athene).

Plutarchus, *Nicias* 12.2 en *Alcibiades* 17.3 (voor Alkibiades' ambities met betrekking tot Carthago, Libië, Italië en het verre westen).

5

Thucydides, *Historiae* 6.8.3-26.1, Plutarchus, *Nicias* 12.3-4, *Alcibiades* 17.2-3 (voor de tweede zitting van de volksvergadering over de Siciliaanse expeditie, vijf dagen na het eerdere besluit).

Thucydides, *Historiae* 6.9-14 (voor de eerste redevoering van Nikias). Vergelijk Plutarchus, *Nicias* 12.3 en Diodorus Siculus, *Bibliotheca Historica* 12.83.5-6.

Thucydides, *Historiae* 6.16-18 (voor de eerste redevoering van Alkibiades). Vergelijk Diodorus Siculus, *Bibliotheca Historica* 12.84.1-2.

Aristoteles, *Physica* 6.9 $239^{b}15$ (voor Zeno's paradox van Achilles en de schildpad).

Thucydides, *Historiae* 6.20-23 (voor de tweede redevoering van Nikias). Vergelijk Plutarchus, *Alcibiades* 18.1-2, *Nicias* 12.3-4.

Thucydides, *Historiae* 6.24-26 (voor de onverwachte reactie van het volk op Nikias' bezwaren; de tweede redevoering van Alkibiades is fictie). Vergelijk Plutarchus, *Nicias* 12.3-4.

IG I^{3} 370.49-57 (voor de benoeming van Alkibiades, Nikias en Lamachos tot strategen van de Siciliaanse expeditie).

Plutarchus, *Nicias* 12.1-2 en *Alcibiades* 17.3 (voor mensen die kaarten in het zand tekenen uit enthousiasme voor Alkibiades' plannen om na Sicilië Carthago en Libië te veroveren).

6

Thucydides, *Historiae* 6.26.2 (voor de voorbereidingen voor de expeditie).

Plutarchus, *Alcibiades* 16.1 (voor Alkibiades die het dek van de trireem laat wegzagen en touwen laat spannen om zachter te slapen).

Plutarchus, *Alcibiades* 16.1-2 en Athenaeus, *Deipnosophistae* 12.534e (cit. Satyrus) (voor Alkibiades' gouden schild met Eros en een bliksemschicht).

Plutarchus, *Alcibiades* 16.6 (voor Timon de misantroop [PA 13845]).

Plutarchus, *Nicias* 13.7 en *Alcibiades* 18.3 (voor het voorteken van het Adonisfestival).

Plutarchus, *Nicias* 13.3-4 (voor het voorteken van het gouden beeld van Pallas Athene in Delphi).

Plutarchus, *Nicias* 13.4 (voor het voorteken van de priesters van Athene uit Klazomenai).

Plutarchus, *Nicias* 13.1 (voor het orakel van Ammon; dat deze orakelspreuk door Alkibiades georganiseerd zou zijn, is fictie). Vergelijk Plutarchus, *Nicias* 14.6 (zie beneden).

Plutarchus, *Nicias* 13.2 (voor het voorteken van de zelfmutilatie van de onbekende op het altaar van de Twaalf Goden).

Plutarchus, *Nicias* 13.5 en *Alcibiades* 17.4-5 (voor de astroloog Meton [PA 10093] die zijn eigen huis in brand steekt).

Andocides, 1 *De Mysteriis*, Thucydides, *Historiae* 6.27-29, Plutarchus, *Alcibiades* 18.3-4, *Nicias* 13.2, Nepos, *Alcibiades* 3, Diodorus Siculus, *Bibliotheca Historica* 13.2.3, Aristophanes, *Lysistrata* 1094, Lysias 6.51, etc. (voor het vandalisme van de Hermen). Omdat Thucydides zegt dat de vloot vertrekt 'bij midzomer' (6.30.1), dus op of rond 21 juni 415 v. Chr., en omdat de vernielingen van de Hermen kort daarvoor plaatsvonden, bij een nieuwe maan (Plutarchus, *Alcibiades* 20.5, Diodorus Siculus, *Bibliotheca Historica* 13.2.4), kan deze gebeurtenis exact worden gedateerd op de nacht van 7 op 8 juni 415 v. Chr.

Andocides 1.36 (voor de onderzoekscommissie onder leiding van Peisandros [PA 11770] en Charikles [PA 15407]).

Andocides 1.41 (voor de beloning van honderd mnai). Vergelijk *P.Oxy.* III 411 (ed. Chepel = *P.Lond.Lit.* 123), col. i, 12-15.

Aristophanes, *Vespae* 488-492 (voor het citaat 'Overal in de stad werd het woord "tirannie" gefluisterd, terwijl men in elke schaduw een samenzweerder vermoedde. De kleinste aanwijzingen golden als bewijs voor een coup die ophanden zou zijn. Hoewel de laatste tiran honderd jaar eerder uit Athene was verdreven, was de term opeens goedkoper dan gedroogde vis.'). Vergelijk *P.Oxy.* III 411 (ed. Chepel = *P.Lond.Lit.* 123), col. i, 8-12.

Andocides 1.37-67, Plutarchus, *Alcibiades* 20.3-5, Phrynichus, *fragment* 61 (K58, geciteerd in Plutarchus, *Alcibiades* 20.4), Diodorus Siculus, *Bibliotheca Historica* 13.2.4 (voor de beschuldiging van Diokleides [PA 3973]).

Plutarchus, *Alcibiades* 21.1-2, *Nicias* 13.2, Andocides 1.62 (voor de onbeschadigde Herme van Andokides; zie onder).

Thucydides, *Historiae* 2.13 (voor Perikles' angst dat de Spartaanse koning zijn landgoed zou sparen; dat hij het daadwerkelijk zou hebben laten platbranden, is fictie; zie boven).

Andocides 2.11 (voor Andokides' afstamming van de Alkmaioniden, zie PA 828).

Andocides 1.61 (voor Andokides' lidmaatschap van de oligarchische cirkel van Euphiletos [PA 6071]).

Andocides 1.63 (voor Meletos [PA 9825] als een handlanger van Euphiletos).

Pseudo-Xenophon ('De Oude Oligarch'), *Respublica Atheniensium* 1.2 (voor het idee dat de laagste klassen hun positie in de democratie ontleenden aan hun onmisbaarheid als roeiers op de vloot; zie boven).

Plutarchus, *Nicias* 4.1-2, 5.3 en Thucydides, *Historiae* 7.50.4 (voor Nikias' bijgelovigheid; zie boven).

Thucydides, *Historiae* 6.29, *P.Oxy.* III 411 (ed. Chepel = *P.Lond.Lit.* 123), col. i-ii, 28-50, Plutarchus, *Alcibiades* 19.3-20.1 en Nepos, *Alcibiades* 4 (voor de weigering van het aanbod van Alkibiades om onmiddellijk terecht te staan).

7

Thucydides, *Historiae* 6.30-32.2 en Diodorus Siculus, *Bibliotheca Historica* 13.3.1-2 (voor het vertrek van de Atheense vloot op de ochtend van 21 juni van het jaar 415 v. Chr.).

8

Xenophon, *Historia Graeca* 2.2.23, 2.3.8, Lysias 12.71, 13.34, Diodorus Siculus, *Bibliotheca Historica* 14.3.5 en Plutarchus, *Lysander* 15.1 (voor Lysandros die in triomf de haven van Peiraieus binnenvaart en Athene inneemt; zie onder).

Plutarchus, *Lysander* 15.1 (voor de datering van Lysandros' inname van Athene 'op de zestiende dag van de maand Mounychion', i.e. 22 april van het jaar 404 v. Chr.; zie onder).

Thucydides, *Historiae* 6.42-44 en Diodorus Siculus, *Bibliotheca Historica* 13.3.3-5 (voor de tocht naar Sicilië). De locatie van Kaap Iapygia is Barrington Atlas kaart 45 H5, 39°50' NB 18°22' OL (de huidige Capo Santa Maria di Leuca). Rhegion is kaart 46 C5, 38°05' NB 15°40' OL (Reggio di Calabria).

De troepenaantallen die Thucydides, *Historiae* 6.43-44.1, geeft, worden bevestigd door Plutarchus, *Alcibiades* 20.1. Diodorus Siculus, *Bibliotheca Historica* 13.2.5, noemt een groter aantal troepen van de bondgenoten (7.000) en impliceert dat er meer dan één paardentransportschip meevoer.

Thucydides, *Historiae* 6.46 en Diodorus Siculus, *Bibliotheca Historica* 12.83.4-5 (voor het bedrog van Egesta). De locatie van Egesta is Barrington Atlas kaart 47 B3, 37°55' NB 12°50' OL (Segesta). Eryx is kaart 47 B2, 38°01' NB 12°32' OL (Erice bij Trapani).

Plutarchus, *Nicias* 14.1-2 (voor de klasse van Nikias).

Thucydides, *Historiae* 6.46.5-50.1 en Plutarchus, *Nicias* 14.2-3 (voor het strategisch overleg van de drie generaals).

9

Thucydides, *Historiae* 6.50-52 en Diodorus Siculus, *Bibliotheca Historica* 13.4.3-5 (voor de manoeuvres langs de Siciliaanse kust).

Thucydides, *Historiae* 6.3.1 (voor de stichting van Naxos).

Thucydides, *Historiae* 6.3.3 (voor de stichting van Katane).

Plutarchus, *Nicias* 14.5-6 (voor de anekdote over de buitgemaakte monsterrollen). Zie ook Plutarchus, *Nicias* 13.1 (voor het orakel van Zeus Ammon; dat Alkibiades dit had laten fabriceren, is fictie; zie boven).

Thucydides, *Historiae* 6.51, Diodorus Siculus, *Bibliotheca Historica* 13.4.4-5 en Polyaenus, *Strategemata* 1.40.4 (voor de door soldaten afgedwongen alliantie met Katane; dat de intrusie zou berusten op een plan van Alkibiades, is fictie). De locatie van Katane is Barrington Atlas kaart 47 G3, 37°30' NB 15°08' OL (Catania, het westelijkste punt waar Alkibiades in zijn leven is geweest).

Thucydides, *Historiae* 6.53.1, *P.Oxy.* III 411 (ed. Chepel = *P.Lond.Lit.* 123), col. iii, 76-84, Plutarchus, *Alcibiades* 21.5 en Diodorus Siculus, *Bibliotheca Historica* 13.5.2 (voor de komst van de Salaminia).

10

Aristophanes, *Aves* 1204, Xenophon, *Historia Graeca* 6.2.14 (voor de Salaminia en de Paralos). Aristoteles, *Respublica Atheniensium* 61.7 (voor de Paralos en de Ammonias). Als de Salaminia inderdaad op een gegeven moment vervangen is door de Ammonias, is dat later gebeurd dan 404 v. Chr., het moment waarop Alkibiades conform mijn fictie deze memoires schrijft, maar ik had een excuus nodig dat zou verklaren waarom Alkibiades de noodzaak zou voelen om aan zijn Atheense lezers van 404 v. Chr. uit te leggen wat de Salaminia is.

Xenophon, *Historia Graeca* 2.1.29 (voor de Paralos die in de zomer van het jaar 405 v. Chr. het nieuws naar Athene brengt van de fatale Atheense nederlaag bij de Geitenrivier; zie onder).

Andocides 1.37-67, Plutarchus, *Alcibiades* 20.3-5, Phrynichus, *fragment* 61 (K58, geciteerd in Plutarchus, *Alcibiades* 20.4), Diodorus Siculus, *Bibliotheca Historica* 13.2.4 (voor de beschuldiging van Diokleides; zie boven).

Andocides 1.65-67 (voor de terechtstelling van Diokleides).

Plutarchus, *Alcibiades* 21.1-2, *Nicias* 13.2, Andocides 1.62 (voor de onbeschadigde Herme van Andokides; zie boven).

Andocides 1 *De Mysteriis*, Thucydides, *Historiae* 6.60, Plutarchus, *Alcibiades* 21.2-4 (voor de bekentenis van Andokides in ruil voor immuniteit). Vergelijk *P.Oxy.* III 411 (ed. Chepel = *P.Lond.Lit.* 123), col. iii, 74-76.

Plutarchus, *Alcibiades* 19.1-2, Thucydides, *Historiae* 8.65.2 en Andocides 1.27 (voor de beschuldigingen van Androkles [PA 870]). Vergelijk Aristophanes, *Vespae* 1187.

Aristoteles, *Rhetorica* 2.23 (1400^{a}9-14) (voor foute beeldspraak in redevoeringen van Androkles).

Thucydides, *Historiae* 8.65.2 (voor de moord op Androkles).

Thucydides, *Historiae* 6.28, 6.53, 6.61.1-5, Andocides 1.11-16, *P.Oxy.* III 411 (ed. Chepel = *P.Lond.Lit.* 123), col. i, 24-28, Plutarchus, *Alcibiades* 19.1-2, 20.3, 22.3-4, Diodorus Siculus, *Bibliotheca Historica* 13.5.1-2 en Nepos, *Alcibiades* 3.5 (voor de beschuldigingen van schending van het geheim van de Mysteriën aan het adres van Alkibiades).

De genoemde namen zijn de namen van historische figuren (Poulytion [PA 12154], Charmides [PA 15512], Adeimantos [PA 194], Axiochos [PA 1330], Akoumenos [PA 477]) zijn historische figuren die allen in meerdere of mindere mate zijn beschuldigd van betrokkenheid bij en medeplichtigheid aan de daad van heiligschennis. Zie boven.

Plutarchus, *Alcibiades* 22.3 (voor de tekst van de formele aanklacht tegen Alkibiades).

Thucydides, *Historiae* 6.61.6, Plutarchus, *Alcibiades* 21.5-22.1, *Nicias* 15.1 en Nepos, *Alcibiades* 4.3 (voor Alkibiades' vertrek uit Sicilië).

Thucydides, *Historiae* 6.61.6-7, *P.Oxy.* III 411 (ed. Chepel = *P.Lond.Lit.* 123), col. iv, 95 (aangevuld), Plutarchus, *Alcibiades* 22.2 en 23.1, Diodorus Siculus, *Bibliotheca Historica* 13.5.3 en Nepos, *Alcibiades* 4.4 (voor Alkibiades' verdwijning in Thouria; de verkleding in het bordeel, de scène op de boerderij en de verplaatsingen naar Sybaris en Taras zijn fictie). De locatie van Thouria (ook 'Thourioi' genoemd) is Barrington Atlas kaart 46 D2, 39°42' NB 16°30' OL (het huidige Sibari). Sybaris is kaart 46 E2, 39°35' NB 16°48' OL (Mirto). Taras is kaart 45 F4, 40°29' NB 17°17' OL (Taranto).

Plutarchus, *Alcibiades* 22.2 (voor het dialoogje over vertrouwen in het vaderland).

Plutarchus, *Alcibiades* 22.4, Thucydides, *Historiae* 6.61.7, Diodorus Siculus, *Bibliotheca Historica* 13.5.4 en Nepos, *Alcibiades* 4.5 (voor het doodsvonnis bij verstek, de confiscatie en de vervloeking). De geconfisqueerde goederen zijn geregistreerd in *IG* I^3 421.12-13 en *IG* I^3 422.21, 41-60 en *IG* I^3 424.10-11, 27-28.

Plutarchus, *Alcibiades* 22.4 (voor Theano [PA 6636]).

Plutarchus, *Alcibiades* 22.2 (voor Alkibiades' reactie: 'ik zal ze laten zien dat ik leef').

Boek V

Zwarte soep

Sparta

2

Volgens Thucydides, *Historiae* 6.61.7 en 6.88.9, is Alkibiades van Thouria naar Kyllene in het land van Elis gegaan en vandaar naar Sparta (vergelijk Diodorus Siculus, *Bibliotheca Historica* 13.5.4 en Justinus, *Epitome* 5.1.2-3). Volgens Isocrates 16.9 en Plutarchus, *Alcibiades* 23.1, is Alkibiades van Thouria eerst naar Argos gegaan en pas naar Sparta vertrokken toen Athene om zijn uitlevering verzocht. Volgens Nepos, *Alcibiades* 4.4-6 en 11.3-4 is Alkibiades van het land van Elis eerst naar Thebe gegaan en daarna naar Sparta (vergelijk Athenaeus, *Deipnosophistae* 12.534b, cit. Satyrus).

Homerus, *Odyssea* 5.272-277 (voor navigatie oostwaarts bij nacht op de Plejaden, Bootes en de Grote Beer).

3

Homerus, *Ilias* 15.518, noemt Kyllene, hetgeen een bewijs is voor de ouderdom van de stad. De locatie van Kyllene is Barrington Atlas kaart 58 A2, 37°55' NB 21°10' OL.

Pausanias, *Graeciae Descriptio* 6.26.5 (voor de fallus in de Hermestempel van Kyllene).

Lysias 14.29 (voor de opvatting dat Alkibiades Athene verraden heeft) en Isocrates 16.19 en Nepos, *Alcibiades* 4.6 (voor de opvatting dat Alkibiades zich in Sparta niet tegen Athene had gekeerd maar tegen zijn vijanden in Athene). Vergelijk Xenophon, *Historia Graeca* 1.4.16-19.

Thucydides, *Historiae* 6.88.9 (voor de vrees bij Alkibiades dat de Spartanen hem de Slag bij Mantineia kwalijk zouden nemen). Vergelijk 6.89.3.

Thucydides, *Historiae* 8.6.3 (voor de band tussen Alkibiades en Endios [PL 264]; zie boven).

Thucydides, *Historiae* 5.44.3-45.4, Plutarchus, *Alcibiades* 14.6-9 en *Nicias* 10.4-6 (voor Alkibiades' misleiding van de Spartaanse ambassadeurs; zie boven).

Pausanias, *Graeciae Descriptio* 3.8.1, 3.15.1, 5.12.5, 6.1.6, Xenophon, *Agesilaus* 9.1.6, Plutarchus, *Agesilaus* 20.1, *Anthologia Graeca* 13.16 (voor de Spartaanse prinses, de dochter van Archidamos [PL 157] en zijn tweede vrouw Eupolia [PL 312], die Kyniska heet [PL 459], hetgeen 'puppy' betekent; zie boven).

Thucydides, *Historiae* 6.88.9 (voor de Spartaanse uitnodiging en vrijgeleide voor Alkibiades).

4

Plutarchus, *Lycurgus* 19.4 (voor de overtuiging dat een stad beter beschermd wordt door dappere mannen dan door muren). Vergelijk Plutarchus, *Moralia* (*Apophthegmata Laconica*) 217e.

Pausanias, *Graeciae Descriptio* 3.10.6 (voor de eikenbomen langs de weg naar Sparta) en 3.10.7 (voor de walnootbomen even verderop). Alkibiades zal vanaf Kyllene een andere weg hebben genomen dan Pausanias vanuit de Argolis, maar ik heb de eiken- en walnootbomen even geleend. De locatie van Sparta is Barrington Atlas kaart 58 C3, 37°05' NB 22°27' OL.

Plutarchus, *Lycurgus* 6.1 (voor de Knakion).

Xenophon, *Respublica Lacedaemoniorum* 1.1 (voor de gedachte dat de militaire macht van Sparta niet in verhouding staat tot de bevolkingsomvang).

Xenophon, *Respublica Lacedaemoniorum* 3.4 (voor het voorschrift voor Spartaanse jongens om hun handen onder hun mantel te houden en hun ogen op de grond gericht).

Xenophon, *Respublica Lacedaemoniorum* 2.3 (voor het verbod op schoeisel voor jongens).

Plutarchus, *Lycurgus* 13.3-5 (voor de soberheid van Spartaanse huizen).

Athenaeus, *Deipnosophistae* 7.295b (voor een maaltijd met rode schorpioenvis, horsmakreel en vette harder; zie boven).

Xenophon, *Respublica Lacedaemoniorum* 7.3-6 en Plutarchus, *Lycurgus* 24.2 en 25.1 (voor de Spartaanse afkeer van handel en praten over handel).

Plutarchus, *Lycurgus* 19-20 en 18.3 (voor de Spartaanse voorkeur voor spaarzaam woordgebruik en afgemeten bewoordingen).

Xenophon, *Respublica Lacedaemoniorum* 5.2-7 en Plutarchus, *Lycurgus* 10 en 12 (voor de verplichte gemeenschappelijke maaltijden in schaftgroepen).

Xenophon, *Respublica Lacedaemoniorum* 5.7 (voor de gewoonte om in de buitenlucht te eten).

Plutarchus, *Lycurgus* 12.2 (voor het aantal van circa vijftien leden van een schaftgroep).

Plutarchus, *Lycurgus* 12.1, *Agis* 8, *Cleomenes* 13, *Phocion* 20, Pausanias, *Graeciae Descriptio* 7.1.8, Athenaeus, *Deipnosophistae* 2.39c (cit. Polemon), 4.141a, 4.173f, 5.186b, 11.482b, *IG* V[1] 128.13, etc. (voor de term 'phidition').

Plutarchus, *Lycurgus* 12.3 (voor de anekdote over koning Agis die een boete kreeg opgelegd omdat hij na een veldslag thuis wilde eten).

Plutarchus, *Lycurgus* 12.5-6 (voor het soppen als toelatingsprocedure voor de schaftgroep).

Plutarchus, *Lycurgus* 12.6-7, *Moralia* (*Instituta Laconica*) 236f-237a, Matro Parodus, *Convivium Atticum* 94 (geciteerd in Athenaeus, *Deipnosophistae* 4.136e), en Athenaeus, *Deipnosophistae* 4.141b (cit. Dicaearchus), 4.143a (cit. Antiphanes) en 12.517a (cit. Nicostratus) (voor de zwarte soep). De Suda, *s.v.* 'zômòs mélas' en Pollux, *Onomasticon* 6.57, omschrijven de zwarte soep als bloedbouillon.

Athenaeus, *Deipnosophistae* 4.138d (voor de gedachte dat Spartanen zo dapper zijn omdat iedereen die bij zijn verstand is liever zou sterven dan te leven op zo'n dieet).

Xenophon, *Respublica Lacedaemoniorum* 3.5 (voor de stilte tijdens de maaltijd). Vergelijk Plutarchus, *Lycurgus* 19-20.

Plutarchus, *Lycurgus* 18.2-3 (voor de nobele gespreksonderwerpen tijdens de maaltijd).

Plutarchus, *Lycurgus* 18.3 (voor een beet in de duim als straf voor wijdlopigheid).

Alcman, *fragment* 117 PLG, geciteerd in Athenaeus, *Deipnosophistae* 1.31c-d (voor de lokale Spartaanse wijn van de Vijf Heuvelen, Oinous of Denthis).

Plutarchus, *Lycurgus* 9.4-5 en Athenaeus, *Deipnosophistae* 11.483b-e (voor de Spartaanse drinknap).

Xenophon, *Respublica Lacedaemoniorum* 5.4 en Critias in Athenaeus, *Deipnosophistae* 10.432d-433b, vergelijk 11.463f (voor het idee dat er niet verplicht wordt gedronken in Sparta omdat iedereen zijn eigen nap heeft en er geen drinkschalen worden doorgegeven). Vergelijk Plato, *Leges* 637a, d.

Xenophon, *Respublica Lacedaemoniorum* 2.5 en 5.3 (voor de hoeveelheid eten die maar net genoeg is). Vergelijk Plutarchus, *Moralia* (*Instituta Laconica*) 237a, 237e, Athenaeus, *Deipnosophistae* 4.141b en 141d (cit. Sphaerus).

Xenophon, *Respublica Lacedaemoniorum* 5.7, Plutarchus, *Lycurgus* 12.7 en *Moralia* (*Instituta Laconica*) 237a (voor het verbod op het gebruik van fakkels op de terugweg naar huis na het diner).

Xenophon, *Respublica Lacedaemoniorum* 5.7 (voor het idee dat dineren in de open lucht, waardoor iedereen na het eten terug naar huis moet lopen, en het verbod op fakkels, waardoor iedereen moet opletten niet te struikelen, ertoe bijdragen dat er minder wordt gedronken).

5

Xenophon, *De Equitandi Ratione* 4.3 (voor de juiste vloer van een paardenstal).

6

Plutarchus, *Nicias* 14.4, 15.1, 15.3 en *Alcibiades* 21.6 (voor de constatering dat Nikias na het vertrek van Alkibiades in feite de enige bevelhebber was van het Atheense leger in Sicilië).

Plutarchus, *Nicias* 15.1 en *Alcibiades* 21.6 (voor het feit dat Lamachos geen ontzag afdwong omdat hij arm was).

Plutarchus, *Nicias* 14.4 en *Alcibiades* 21.6 (voor de demoralisering van het leger).

Thucydides, *Historiae* 6.62, Plutarchus, *Nicias* 15.3-4 en Diodorus Siculus, *Bibliotheca Historica* 13.6.1 (voor de teleurstellende campagne van het Atheense leger onder aanvoering van Nikias in de zomer van 415 v. Chr.).

Thucydides, *Historiae* 6.63.3 en Plutarchus, *Nicias* 16.1 (voor de provocatie van de cavalerie van Syracuse).

Thucydides, *Historiae* 6.64.1 (voor de bezwaren tegen een opmars tegen Syracuse over land met het oog op de overmacht van de cavalerie van Syracuse).

Thucydides, *Historiae* 6.64.2-3, Plutarchus, *Nicias* 16.2 en Diodorus Siculus, *Biblio-*

theca Historica 13.6.2-3 (voor de list met de dubbelspion uit Katane).

Thucydides, *Historiae* 6.65-66, Plutarchus, *Nicias* 16.3-4 en Diodorus Siculus, *Bibliotheca Historica* 13.6.4-5 (voor de troepenverplaatsingen en de voorbereidingen voor de slag).

Thucydides, *Historiae* 6.67-71, Plutarchus, *Nicias* 16.4-5 en Diodorus Siculus, *Bibliotheca Historica* 13.6.5-6 (voor de eerste Slag bij Syracuse aan het begin van de winter tegen het einde van het jaar 415 v. Chr.). De locatie van Syracuse is Barrington Atlas kaart 47 G4, 37°05' NB 15°20' OL.

Plutarchus, *Nicias* 16.6 en Thucydides, *Historiae* 6.71.1 (voor Nikias' weigering om het Olympieion te laten plunderen).

Plutarchus, *Nicias* 16.7 en Thucydides, *Historiae* 6.71.2 (voor Nikias' besluiteloosheid en terugtrekking).

Plutarchus, *Nicias* 16.8 (voor het oordeel over Nikias' strategie en karakter). Vergelijk Thucydides, *Historiae* 7.42.3. Vergelijk ook de woordspeling op Nikias' naam in Aristophanes, *Aves* 639-640 (opgevoerd in maart 414 v. Chr., kort na deze gebeurtenissen).

7

Plutarchus, *Lycurgus* 5.6 (voor de achtentwintig leden van de Raad van Ouderen). Vergelijk Xenophon, *Respublica Lacedaemoniorum* 10.1-3.

Thucydides, *Historiae* 6.89-92 (voor de redevoering van Alkibiades in Sparta). Vergelijk *P.Oxy.* III 411 (ed. Chepel = *P.Lond.Lit.* 123), col. iv, 117-120, Plutarchus, *Alcibiades* 23.1-2 en Diodorus Siculus, *Bibliotheca Historica* 13.5.4.

8

Plutarchus, *Comparatio Alcibiadis et Coriolani* 2.7 (voor de sensatie van doelloosheid die Alkibiades ervoer in Sparta).

Plutarchus, *Alcibiades* 1.2 en *Lycurgus* 16.3 (voor het Spartaanse kindermeisje Amykla [PL 75]; zie boven).

Plutarchus, *Lycurgus* 18.3 en 19-20 (voor de Spartaanse voorkeur voor spaarzaam woordgebruik en afgemeten bewoordingen). Vergelijk Plutarchus, *Moralia* (*Apophthegmata Laconica*) 216d (voor de uitspraken van Agis).

Plutarchus, *Lycurgus* 24.1 (voor de plicht tot militaire training, ook voor volwassenen).

Xenophon, *Respublica Lacedaemoniorum* 2.4, Plutarchus, *Lycurgus* 16.6 en *Moralia* (*Instituta Laconica*) 237b (voor het feit dat slechts één mantel per jaar werd toegestaan).

Plutarchus, *Lycurgus* 22.1 en *Lysander* 1.2 (voor de reden waarom Spartanen lang haar hebben). Vergelijk Xenophon, *Respublica Lacedaemoniorum* 13.8.

Plutarchus, *Lycurgus* 9.4-5 en Athenaeus, *Deipnosophistae* 11.483b-e (voor de Spartaanse drinknap).

Plutarchus, *Lycurgus* 24.2-3 en *Moralia* (*Instituta Laconica*) 239d-e (voor de overvloed aan vrije tijd, dankzij de slaven).

Xenophon, *Respublica Lacedaemoniorum* 4.7 en Plutarchus, *Lycurgus* 24.4 (voor de jacht als een nobel tijdverdrijf).

Cratinus, *fragment* 164 (Kock), Plutarchus, *Lycurgus* 16.1, 25.1-2, Pausanias, *Graeciae Descriptio* 3.14.2 (voor de 'lesche').

Homerus, *Ilias* 3.442-445 (voor de eerste liefdesnacht van Paris en Helena op het eilandje Kranaë). De locatie van Gytheion en Kranaë is Barrington Atlas kaart 58 D4, 36°45' NB 22°35' OL.

9

Plutarchus, *Alcibiades* 23.3-6, Athenaeus, *Deipnosophistae* 12.534b-c (cit. Satyrus), Nepos, *Alcibiades* 11 (cit. Theopompus *FGrHist* 118 F 228 en Timaeus, *FGrHist* 566 F 99), Aelianus, Varia Historia 4.15 en Libanius, *Declamationes* 12.42 (voor het beroemde aanpassingsvermogen van Alkibiades).

Xenophon, *Respublica Lacedaemoniorum* 14.4, Plutarchus, *Lycurgus* 27.3-4 en *Moralia* (*Instituta Laconica*) 238e (voor de afkeur van buitenlanders en het verbod voor Spartanen om in het buitenland te wonen). Vergelijk Plutarchus, *Moralia* (*Apophthegmata Laconica*) 217d.

Plutarchus, *Lycurgus* 25.3-5 (voor het Spartaanse denken als een collectief, zoals bijen). Vergelijk Xenophon, *Respublica Lacedaemoniorum* 10.4-7.

Plutarchus, *Lycurgus* 25.5, *Moralia* (*Lacaenarum Apophthegmata*) 240c-d en Diodorus Siculus, *Bibliotheca Historica* 12.74.3-4 (voor de anekdote over Argileonis, de moeder van Brasidas).

Thucydides, *Historiae* 5.10.8, 5.10.11 en Diodorus Siculus, *Bibliotheca Historica* 12.74.2 (voor de dood van Brasidas bij de Slag bij Amphipolis in het voorjaar van 422 v. Chr.; zie boven).

Thucydides, *Historiae* 5.11.1 (voor het feit dat Brasidas in Amphipolis als een halfgod werd vereerd; zie boven).

Plutarchus, *Lycurgus* 25.4 (voor de anekdote over de Spartaan die blij was dat hij werd gepasseerd voor een elite-eenheid).

Thucydides, *Historiae* 2.35-46 (voor Perikles' rede voor de gevallenen aan het einde van het eerste jaar van de oorlog in december 431 v. Chr.; zie boven).

Xenophon, *Respublica Lacedaemoniorum* 7.5-6, Plutarchus, *Lycurgus* 9.1-4 en *Lysander* 17.1-2 (voor het ijzeren geld). Vergelijk Athenaeus, *Deipnosophistae* 6.233f-234a.

Plutarchus, *Lycurgus* 10 (voor de gedachte dat gemeenschappelijke maaltijden rijkdom overbodig maken).

Plutarchus, *Lycurgus* 13.3 (voor het verbod op ander gereedschap dan bijlen en zagen voor de constructie van daken en deuren).

Xenophon, *Respublica Lacedaemoniorum* 6.3, Plutarchus, *Moralia* (*Instituta Laconica*) 237d en 238f (voor het gemeenschappelijk gebruik van slaven, honden en paarden).

Xenophon, *Respublica Lacedaemoniorum* 2.10-11, 6.1-2 en Plutarchus, *Moralia* (*Instituta Laconica*) 237d (voor het idee dat iedereen verantwoordelijk is voor het opvoeden van jongens, niet alleen de vaders).

Xenophon, *Respublica Lacedaemoniorum* 6.2 en Plutarchus, *Moralia* (*Instituta Laconica*) 237d-e (voor de gedachte dat het een schande is als ouders hun kind niet nog een keer slaan wanneer het vertelt dat het door een andere volwassene is geslagen).

Xenophon, *Respublica Lacedaemoniorum* 1.5-10 en Plutarchus, *Lycurgus* 15.6-10 (voor de pragmatische en eugenetische benadering van monogamie en overspel).

Plutarchus, *Lycurgus* 15.10 (voor de onmogelijk grote stier als straf voor overspel).

10

Pausanias, *Graeciae Descriptio* 3.15.3 (voor het graf van Alkman).

Pausanias, *Graeciae Descriptio* 3.20.8 (voor het offer aan Achilles dat aan de Enyalia voorafgaat).

Pausanias, *Graeciae Descriptio* 3.14.10 (voor de gevechten tussen afgerichte everzwijnen).

Pausanias, *Graeciae Descriptio* 3.14.8-10 (voor het festival van de Enyalia).

Plato, *Alcibiades I* 123c (voor Alkibiades' landgoed van driehonderd plethra in Erchia; zie boven).

Plutarchus, *Lycurgus* 21.2 en *Moralia* (*Instituta Laconica*) 238a-b (voor de beurtzang tussen bejaarden, mannen en jongens).

Alcman, *fragment* 1 (voor het koorlied voor meisjes; de vergelijking met de paardenrassen is in de verzen 47-59; geciteerd zijn de verzen 47-49).

Xenophon, *Respublica Lacedaemoniorum* 1.4 en Plutarchus, *Lycurgus* 14.2 (voor de lichaamsoefening van vrouwen en de gedachte daarachter).

Plutarchus, *Lycurgus* 14.4 (voor de gewoonte dat vrouwen naakt sporten).

Plutarchus, *Lycurgus* 14.1 (voor het feit dat vrouwen in Sparta een belangrijkere positie hebben dan elders, omdat zij het land moeten runnen als hun mannen weer eens op campagne zijn).

Plutarchus, *Lycurgus* 14.4 en *Moralia* (*Lacaenarum Apophthegmata*) 240e (voor de anekdote over koningin Gorgo).

Plutarchus, *Alcibiades* 2.2 (voor de anekdote dat Alkibiades als jonge jongen zijn tegenstander bij het worstelen heeft gebeten als een meisje, dan wel als een leeuw; zie boven).

Plato, *Symposium* 217b-c (voor worsteltraining met Sokrates; zie boven).

Plutarchus, *Alcibiades* 3 (voor de palaistra van Sibyrtios; zie boven).

Thucydides, *Historiae* 6.94.4, 6.96.1, 6.98.1 en Diodorus Siculus, *Bibliotheca Historica* 13.7.3-4 (voor de aankomst van versterkingen voor het Atheense leger in Sicilië in de vorm van cavalerie uit Athene en uit Egesta).

Thucydides, *Historiae* 6.96-103, Diodorus Siculus, *Bibliotheca Historica* 13.7.3-6 en Plutarchus, *Nicias* 17.2 (voor het beleg van Syracuse in het vroege voorjaar van 414 v. Chr.).

Thucydides, *Historiae* 6.101.6 en Plutarchus, *Nicias* 18.1-3 (voor de dood van Lamachos tijdens gevechten bij het beleg van Syracuse in het vroege voorjaar van 414 v. Chr.; volgens Diodorus Siculus, *Bibliotheca Historica* 13.8.1 sneuvelde Lamachos een paar maanden later, in de herfst van 414 v. Chr., na de komst van Gylippos).

Plutarchus, *Nicias* 4.1-2, 5.3 en Thucydides, *Historiae* 7.50.4 (voor Nikias' bijgelovigheid; zie boven).

Plutarchus, *Nicias* 16.8 (voor Nikias' besluiteloosheid).

Plutarchus, *Nicias* 5.1 (voor de grendels op de deur van Nikias; zie boven).

Plutarchus, *Nicias* 2.3-4 (voor Nikias' angst voor het volk; zie boven).

Plutarchus, *Nicias* 14.1-2 (voor de toewijding van Nikias aan de missie die hij nooit had gewild; zie boven).

Thucydides 6.102.2, 7.15.1, Plutarchus, *Nicias* 17.3, 18.1, 26.4 en Diodorus Siculus, *Bibliotheca Historica* 13.8.6 (voor de nierziekte van Nikias).

Plutarchus, *Nicias* 18.1 (voor een voorbeeld van een episode waarin Nikias zich door zijn ziekte gedwongen ziet om zich tijdens gevechtshandelingen terug te trekken op zijn brits).

11

Plutarchus, *Lycurgus* 22.1-2 (voor het idee dat oorlog een opluchting is omdat de discipline dan minder strikt wordt).

Xenophon, *Respublica Lacedaemoniorum* 11.3 (voor de rode oorlogsmantel van de Spartanen).

Thucydides, *Historiae* 6.95 en 6.105.1 (voor de Spartaanse campagnes tegen Argos in het voorjaar en in de zomer van 414 v. Chr.).

Thucydides, *Historiae* 6.105 en Diodorus Siculus, *Bibliotheca Historica* 13.8.8 (voor de Atheense aanval op Spartaans territorium in Lakonië, die formeel een einde maakte aan de Vrede van Nikias).

Thucydides, *Historiae* 7.18.2 (voor het feit dat de Atheners als eersten het verdrag hadden geschonden als argument voor de Spartanen om de oorlog te hervatten).

Thucydides, *Historiae* 7.18.1 en *P.Oxy.* III 411 (ed. Chepel = *P.Lond.Lit.* 123), col. iv, 117-120 (voor het feit dat Alkibiades bij Agis aandringt op de bezetting van Dekeleia). De locatie van Dekeleia is Barrington Atlas kaart 59 C2, 38°10' NB 23°47' OL.

Herodotus, *Historiae* 6.106.3, 6.120, 7.206, Thucydides, *Historiae* 5.54.2-3, 5.75.5 (voor de gewoonte om geen oorlog te voeren tijdens de heilige maand Karneios).

Thucydides, *Historiae* 6.93.2, 6.104.1, Diodorus Siculus, *Bibliotheca Historica* 13.7.2 en Plutarchus, *Nicias* 18.5 (voor het uitzenden van een vloot van vier schepen onder bevel van Gylippos).

Herodotus, *Historiae* 8.17 (voor Kleinias' rol in de Slag bij Artemision in 480 v. Chr.). Vergelijk Plutarchus, *Alcibiades* 1.1. Zie boven.

Thucydides, *Historiae* 6.104.3 en Plutarchus, *Nicias* 18.6 (voor het feit dat er gebeurde wat Agis hier voorspelt en dat Nikias de komst van de vier schepen voor de kust van Italië beschouwde als een daad van piraterij en geen enkele voorzorgsmaatregel nam; zie onder).

Thucydides, *Historiae* 6.5.2 (voor Akrai en Kasmenai als koloniën van Syracuse).

Thucydides, *Historiae* 6.5.1 (voor de vluchtelingen uit Syracuse in Himera).

Thucydides, *Historiae* 7.1.2-3 en Diodorus Siculus, *Bibliotheca Historica* 13.7.6-7 (voor de steun uit Himera die Gylippos inderdaad zal krijgen; zie onder).

12

Xenophon, *Historia Graeca* 2.3.10 (voor de ephoren van Sparta; Eperatos was de eponieme ephoor van juli 414 tot juli 413, het jaar waarin Teisandros [PA 13455] de eponieme archon was in Athene).

Xenophon, *Respublica Lacedaemoniorum* 11.5-10, 13.6-7 (voor de Spartaanse infanteriemanoeuvres).

Xenophon, *Respublica Lacedaemoniorum* 12.1-5 (voor de Spartaanse organisatie van kampementen tijdens een veldtocht).

Plutarchus, *Lycurgus* 13.5-6 (voor de regel dat Spartanen niet te vaak tegen dezelfde vijand ten strijde trekken om deze niet te oefenen in het gevecht).

Plutarchus, *Lycurgus* 22.5 (voor de doelbewuste strategie om vluchtende vijanden niet serieus te achtervolgen).

Plutarchus, *Lycurgus* 30.1 (voor de opvatting dat de Spartaanse economie opener werd tijdens de regering van koning Agis).

Plutarchus, *Lycurgus* 25.1 (voor geld en economie als een verboden gespreksonderwerp). Vergelijk ook Xenophon, *Respublica Lacedaemoniorum* 7.3-6 en Plutarchus, *Lycurgus* 24.2 (zie boven).

Athenaeus, *Deipnosophistae* 4.141e-f (cit. Demetrius van Scepsis) (voor de picknicks tijdens de Karneia en voor de gedachte dat het feest een representatie is van het leven in militaire kampementen).

Plutarchus, *Alcibiades* 23.7-8, *Lysander* 22.3, *Agesilaus* 3.1-2, *Moralia* 467f, Athenaeus, *Deipnosophistae* 12.535b-c, 13.574d en Justinus, *Epitome* 5.2.5 (voor koningin Timaia [PL 695], de vrouw van koning Agis van Sparta; zie onder). Vergelijk ook: Xenophon, *Historia Graeca* 3.3.1-4 en Pausanias, *Graeciae Descriptio* 3.8.7-10.

Plato, *Symposium* 216d (voor de vergelijking tussen Sokrates en een beeldje van een satyr; zie boven).

Xenophon, *Respublica Lacedaemoniorum* 2.6-9, Plutarchus, *Lycurgus* 17.3-4, 18.1 en *Moralia* (*Instituta Laconica*) 237e (voor de gewoonte dat jongens worden aangemoedigd te stelen, op voorwaarde dat ze zich niet laten betrappen).

13

Thucydides, *Historiae* 6.104.2 (voor de storm voor de kust van Italië die de komst van Gylippos vertraagde).

Thucydides, *Historiae* 6.104.3 en Plutarchus, *Nicias* 18.6 (voor het uitblijven van een reactie van Nikias).

Thucydides, *Historiae* 7.1 en Diodorus Siculus, *Bibliotheca Historica* 13.7.6-7 (voor de aankomst van Gylippos in Himera en de mobilisatie van troepen uit Himera). De locatie van Himera is Barrington Atlas kaart 47 D3, 37°58’ NB 13°50’ OL.

Thucydides, *Historiae* 7.1.5 en Diodorus Siculus, *Bibliotheca Historica* 13.7.7 (voor de troepenaantallen van het leger waarmee Gylippos in de richting van Syracuse marcheerde).

Thucydides, *Historiae* 7.2 en Plutarchus, *Nicias* 18.7-19.2 (voor het feit dat de hulp nog maar net op tijd kwam, dat de belegeringsmuren bijna waren voltooid en dat Syracuse al aan het overwegen was zich over te geven). Vergelijk Diodorus Siculus, *Bibliotheca Historica* 13.7.6.

Thucydides, *Historiae* 7.3.1-2, Plutarchus, *Nicias* 19.2-3 (voor het ultimatum van Gylippos, dat door Nikias wordt verworpen).

Thucydides, *Historiae* 7.3-6, Plutarchus, *Nicias* 19.5-6 en Diodorus Siculus, *Bibliotheca Historica* 13.8.1-2 (voor de gevechtshandelingen bij Syracuse in de herfst van 414 v. Chr.).

Thucydides, *Historiae* 7.8-17, Plutarchus, *Nicias* 19.7-20.1 en Diodorus Siculus, *Bibliotheca Historica* 13.8.6-7 (voor Nikias' bericht aan Athene en het Atheense besluit om versterkingen te sturen).

IG I^3 310.21 (I^2 249.230) en IG I^3 356.31 (I^2 287.179) (voor Polymedes, de zoon van Kephision, uit het district Atene [PA 12036] als stadssecretaris voor het jaar 414/413 v. Chr.).

Thucydides, *Historiae* 7.18.1 (voor het feit dat Alkibiades bij Agis aandringt op de bezetting van Dekeleia).

Het 'noordelijke plan', dat een gezamenlijk plan van Alkibiades en Agis zou zijn en dat zou inhouden dat zij na de bezetting van Dekeleia een troepenmacht naar het noorden zouden leiden om Thessalië, Thracië en misschien ook Macedonië aan Sparta te onderwerpen, is een hypothese van H.D. Westlake ('Alcibiades, Agis and Spartan Policy', *Journal of Hellenic Studies* 58, 1938, 31-40), die is gebaseerd op a.) het feit dat Satyrus in Athenaeus, *Deipnosophistae* 12.534b (in de context die gaat over Alkibiades' beroemde aanpassingsvermogen) Thessalië noemt als een van de plekken waar Alkibiades zich moeiteloos aan lokale zeden zou hebben aangepast, terwijl we geen ander bewijs hebben voor een verblijf van Alkibiades in Thessalië, b.) het feit dat Diodorus Siculus, *Bibliotheca Historica* 13.9.2 (als enige bron) zegt dat Alkibiades Agis vergezelde op de veldtocht naar Dekeleia en c.) het feit dat Thucydides, *Historiae* 8.3.1 melding maakt van een (beperkte) expeditie van Agis aan de grens met Thessalië. Het 'noordelijke plan' zou volgens Westlake na deze beperkte campagne zijn verlaten. Sinds de terechte kritiek van met name Jean Hatzfeld (*Alcibiade. Étude sur l'histoire d'Athènes à la fin du* ve *siècle*, Parijs 1951², p. 214 n. 1) en Walter M. Ellis (*Alcibiades*, Londen & New York 1989, pp. 67-68) gelooft niemand er meer in dat er ooit een 'noordelijk plan' heeft bestaan. In mijn fictieve weergave van de gebeurtenissen kom ik Westlake in zoverre tegemoet dat ik zijn hypothese promoveer tot een fantasie van Agis, terwijl mijn idee dat Alkibiades hem het plan uit het hoofd zou hebben gepraat er de oorzaak van zou zijn dat het nooit daadwerkelijk vaste vormen heeft aangenomen en derhalve geen sporen heeft nagelaten in de bronnen. Omdat het niet waarschijnlijk is dat de fantasie van Westlake en Agis daadwerkelijk heeft bestaan, laat ik nadrukkelijk de mogelijkheid open dat dit alles een verzinsel van Alkibiades is, bedoeld om zijn Atheense lezers ervan te overtuigen dat hij Athene niet verraden heeft en dat hij Athene daarentegen heeft behoed voor de ondergang.

Plutarchus, *Lycurgus* 22.4 (voor het gebruik dat een Olympische overwinnaar de eer had het schild van de koning te zijn op het slagveld).

Pseudo-Xenophon (de 'Oude Oligarch'), *Respublica Atheniensium* 2.4 (voor de wendbaarheid van een zeemacht, die overal kan opduiken om amfibische operaties uit te voeren).

Thucydides, *Historiae* 8.6.3 en 8.12.1 (voor het feit dat Endios in juli 413 v. Chr. inderdaad is benoemd tot ephoor).

14

Thucydides, *Historiae* 7.19.1-3, Diodorus Siculus, *Bibliotheca Historica* 13.9.2, Nepos, *Alcibiades* 4.7 (voor de Spartaanse invasie van Attika tijdens de eerste dagen van het voorjaar van 413 v. Chr. en voor de bezetting en versterking van Dekeleia). De locatie van Dekeleia is Barrington Atlas kaart 59 C2, 38°10' NB 23°47' OL.

Thucydides, *Historiae* 7.27.3-28.4 (voor de effecten van de bezetting van Dekeleia).

Homerus, *Ilias* 15.362 (voor het citaat 'als het zand van het strand door de handen van een kind').

Philostratus, *Imagines* 1, Ovidius, *Metamorphoses* 13.162-180, *Tristia* 2.409-412, Apollodorus, *Bibliotheca* 3.13.8, Pausanias, *Graeciae Descriptio* 1.22.6, Statius, *Achilleis* 1.689-880, de Scholiast op Homerus *Ilias*, 9.326, etc. (voor het verhaal dat Achilles zich verborg tussen de vrouwen van Skyros; het verhaal was ook in Alkibiades' tijd al bekend, want Euripides schreef er de tragedie *Skyrioi* over, maar daarvan zijn alleen fragmenten overgeleverd).

Homerus, *Ilias* 9.423 (voor het citaat 'mijn kans op een behouden thuiskomst zal verkeken zijn, maar mijn roem zal nimmer verbleken'; zie boven).

Xenophon, *Respublica Lacedaemoniorum* 2.12-14 (voor de Spartaanse visie op knapenliefde).

Alcman, *fragment* 1.47-49 (voor het citaat 'stoer, donderhoevig, prijswinnend renpaard van gevleugelde dromen'; zie boven).

15

Pausanias, *Graeciae Descriptio* 3.14.8-10 en 3.20.8 (voor het festival van de Enyalia; zie boven).

Thucydides, *Historiae* 7.21-25, 36-41, Diodorus Siculus, *Bibliotheca Historica* 13.9.3-10.6 en Plutarchus, *Nicias* 20.2-5 (voor de gevechtshandelingen bij Syracuse in het voorjaar van 413 v. Chr., voorafgaand aan de aankomst van de Atheense versterkingen onder bevel van Demosthenes).

Athenaeus, *Deipnosophistae* 4.138e-139f (cit. Polemon en Didymus) (voor het Spartaanse festival van de Hyakinthia).

Thucydides, *Historiae* 7.42.1-2, Plutarchus, *Nicias* 21.1 en Diodorus Siculus, *Bibliotheca Historica* 13.11.1 (voor de aankomst van de vloot van Demosthenes).

Thucydides, *Historiae* 7.42.3-5 en Plutarchus, *Nicias* 21.2-4 (voor de overwegingen van Demosthenes om zo snel mogelijk tot de aanval over te gaan).

Thucydides, *Historiae* 7.43-45, Plutarchus, *Nicias* 21.5-9 en Diodorus Siculus, *Bibliotheca Historica* 13.11.3-5 (voor de rampzalige nachtelijke aanval op de Hoogte in de eerste week van augustus van het jaar 413 v. Chr.).

Thucydides, *Historiae* 7.47-49, Plutarchus, *Nicias* 22 en Diodorus Siculus, *Bibliotheca Historica* 13.12.1-3 (voor het overleg tussen de Atheense generaals en de beslissing om te blijven).

Plutarchus, *Nicias* 2.3-4 (voor Nikias' angst voor het volk; zie boven).

Homerus, *Ilias* 3.146-160 (voor de geciteerde episode waarin Helena op de muren van Troje verschijnt).

Homerus, *Ilias* 3.17, 39 (voor de karakterisering van Paris).

Plutarchus, *Alcibiades* 16.1-2, Athenaeus, *Deipnosophistae* 12.534e (voor Alkibiades' gouden schild met Eros en een bliksemschicht; zie boven).

Thucydides, *Historiae* 7.50.3, Diodorus Siculus, *Bibliotheca Historica* 13.12.1, 13.12.4, 13.12.6 en Plutarchus, *Nicias* 22.2, 22.4 (voor de ziekte in het Atheense kamp ten gevolge van de dampen uit het naburige moeras).

Athenaeus, *Deipnosophistae* 15.686f (cit. Chrysippus) (voor het verbod op parfum in Sparta).

Xenophon, *Respublica Lacedaemoniorum* 8 en Plutarchus, *Lycurgus* 30.3-4 (voor de Spartaanse cultuur van gehoorzaamheid).

Thucydides, *Historiae* 7.50.4, Diodorus Siculus, *Bibliotheca Historica* 13.12.5-6 en Plutarchus, *Nicias* 23 (voor de volledige maansverduistering van 21.41 uur tot 22.30 uur in de nacht van 27 augustus 413 v. Chr. en de beslissing om de evacuatie van het Atheense kamp uit te stellen). Zie F.R. Stephenson & L.J. Fatoohi, 'The Eclipses Recorded by Thucydides', *Historia* 50, 2001, 245-253, in het bijzonder p. 249.

Plutarchus, *Nicias* 4.1-2 en 5.3 en Thucydides, *Historiae* 7.50.4 (voor Nikias' bijgelovigheid; zie boven).

Thucydides, *Historiae* 7.52-53, Diodorus Siculus, *Bibliotheca Historica* 13.13 en Plutarchus, *Nicias* 24.1-2 (voor de eerste nederlaag van de Atheense vloot op 3 september 413 v. Chr.).

Thucydides, *Historiae* 7.57-71, Diodorus Siculus, *Bibliotheca Historica* 13.14-17 en Plutarchus, *Nicias* 25 (voor de beslissende tweede Slag bij Syracuse op 9 september 413 v. Chr.).

Plutarchus, *Lycurgus* 18.3 (voor een beet in de duim als straf voor wijdlopigheid; zie boven).

Plutarchus, *Alcibiades* 23.7, *Agesilaus* 3.2 en Athenaeus, *Deipnosophistae* 12.535b-c (voor het feit dat Alkibiades geamuseerd was door de gedachte dat toekomstige Spartaanse koningen niet meer van Herakles zouden afstammen, maar van Alkibiades).

Thucydides, *Historiae* 7.75-84, Diodorus Siculus, *Bibliotheca Historica* 13.18.6-19.3 en Plutarchus, *Nicias* 26.3-27.4 (voor de mars van acht dagen over land van het Atheense leger vanaf 13 september 413 v. Chr.).

Plutarchus, *Alcibiades* 23.7-8, *Lysander* 22.3, *Agesilaus* 3.1-2, *Moralia* (*De tranquillitate animi*) 467f, Athenaeus, *Deipnosophistae* 12.535b-c, 13.574d, Justinus, *Epitome* 5.2.5, Xenophon, *Historia Graeca* 3.3.1-4 en Pausanias, *Graeciae Descriptio* 3.8.7-10 (voor de affaire van Alkibiades met koningin Timaia [PL 695], de echtgenote van koning Agis van Sparta; zie onder).

Thucydides, *Historiae* 7.82, Plutarchus, *Nicias* 27.2 en Diodorus Siculus, *Bibliotheca Historica* 13.19.2 (voor de overgave van Demosthenes).

Thucydides, *Historiae* 7.85.1, Plutarchus, *Nicias* 27.4-5 en Diodorus Siculus, *Bibliotheca Historica* 13.19.2 (voor de overgave van Nikias). De locatie van de rivier de Assinaros is Barrington Atlas kaart 47 G5 36°50' NB 15°10' OL.

Thucydides, *Historiae* 7.86, Plutarchus, *Nicias* 28 en Diodorus Siculus, *Bibliotheca Historica* 13.33.1 (voor de executie van Nikias en Demosthenes).

Thucydides, *Historiae* 7.87, Plutarchus, *Nicias* 29 en Diodorus Siculus, *Bibliotheca Historica* 13.33.1 (voor het lot van de 7.000 krijgsgevangenen die 70 dagen in de steengroeven waren opgesloten).

Boek VI
Het paradijs genaamd Alkibiades
Sparta, Chios, Milete, Sardis

1

Aristophanes, *Acharnenses* 545-554 (voor de beschrijving van de bedrijvigheid in de haven van Peiraieus).

Demosthenes 22.76 (voor de scheepsdokken van Peiraieus).

Theophrastus, *Characteres* 23.2 (voor de koopman die pocht op zijn handel op de Diazeugmapier in Peiraieus).

Aristoteles, *Politica* 5.2 (1303^{b}10-12) (voor de observatie dat de bevolking van Peiraieus nog democratischer gezind is dan de bevolking van de stad).

Aristoteles, *Politica* 2.8 (1267^{b}7, 1268^{a}15) en 8.11 (1330^{b}24) (voor het rationele, rechthoekige stratenplan van Peiraieus dat is ontworpen door Hippodamos van Milete).

Aristophanes, *Pax* 165 (voor de bordelen in Peiraieus).

Aristoteles, *Respublica Atheniensium* 50.2 (voor de vijf stadsopzichters in Peiraieus die tot taak hadden de maximumprijs van twee drachmai voor fluitspeelsters, harpistes en lierspeelsters te handhaven en, in het voorkomende geval waarin twee mannen hun zinnen hadden gezet op hetzelfde meisje, het conflict te beslechten door loting).

Isocrates 4 (*Panegyricus*) 42, Thucydides, *Historiae* 2.38.2, etc. (voor Peiraieus als de marktplaats van Griekenland, waar waren die elders in de wereld moeilijk te verkrijgen zijn, eenvoudig kunnen worden gevonden).

Hermippus, *fragment* 63 (1.243 Kock, geciteerd in Athenaeus, *Deipnosophistae* 1.27e-28a) (voor een opsomming van alles wat er op de markten in Peiraieus te koop wordt aangeboden).

Plutarchus, *Theseus* 22.4-5 en Athenaeus, *Deipnosophistae* 9.408a (voor de bonenstoofpot tijdens het festival van de Pyanepsia).

Aristophanes, *Equites* 729, *Vespae* 399, *Plutus* 1054, Plutarchus, *Theseus* 22.4-5 (voor de olijftak, met wol omwonden en behangen met fruit, gewijd aan Apollo, die tijdens de Pyanepsia wordt rondgedragen en aan de huisdeur wordt bevestigd).

Plutarchus, *Nicias* 30 (voor de anekdote over de vreemdeling bij de kapper die het lot van de Siciliaanse expeditie onthult; daar is het de kapper die uiteindelijk wordt gemarteld).

Diodorus Siculus, *Bibliotheca Historica* 13.6.8 en Titus Livius, *Ab Urbe Condita* 4.47 (voor de oorlog tussen Rome en Aequi en het beleg van Labici in 415 v. Chr.).

Plutarchus, *Nicias* 29.2-3 (voor het verhaal dat sommige Atheense krijgsgevangenen werden vrijgelaten uit de steengroeven omdat ze verzen van Euripides wisten te citeren).

Aristophanes, *Ranae* 842-846, 1063-1066, *Acharnenses* 411-478, etc. (voor kritiek op de weinig verheven personages van Euripides); Aristophanes, *Thesmophoriazusae* 373-650, etc. (voor kritiek op zijn vrouwbeeld).

Plato, *Leges* 701a, Aristoteles, *Politica* 1341^{b}14, Aristoxenus, *fragment* 28 de Rios, Pseudo-Plutarchus, *De musica* 1135c en Eric Csapo, 'Later Euripidean Music', *Illinois Classical Studies* 24-25, 1999-2000, 399-426 (voor de nieuwe muziek, waarvan Euripides waarschijnlijk een exponent was; zie boven).

Plutarchus, *Lycurgus* 22.1 en Xenophon, *Respublica Lacedaemoniorum* 13.8 (voor het lange haar van de Spartanen; zie boven).

Herodotus, *Historiae* 6.103.3 en Marcellinus, *Vita Thucydidis* 17 (cit. Polemon) (voor de Holle Weg).

Pausanias, *Graeciae Descriptio* 1.23.9 en Marcellinus, *Vita Thucydidis* 17 (cit. Polemon) (voor de Melitische Poort).

Aristoteles, *Respublica Atheniensium* 3.5 (voor het Prytaneion als zetel van de eponieme archon).

De Scholiast op Aristophanes, *Acharnenses* 54 en Suida *s.v.* 'toxótai' (voor de kazerne van de Skythische boogschutters).

Thucydides, *Historiae* 8.1 (voor de reactie in Athene op het nieuws van het verlies van de Siciliaanse expeditie).

Lysias 12.65 en Xenophon, *Historia Graeca* 2.3.30 (voor Hagnon [PA 171] als lid van de noodregering).

Aristoteles, *Rhetorica* 1419^{a}26-31 (voor Sophokles [PA 12834] als lid van de noodregering).

2

Thucydides, *Historiae* 8.6.3 en 8.12.1 (voor het feit dat Endios [PL 264] is benoemd tot ephoor van Sparta voor het jaar 413/412; zie boven).

Thucydides, *Historiae* 8.2 en Diodorus Siculus, *Bibliotheca Historica* 13.34.1-2 (voor de internationale ontwikkelingen in het najaar en de winter van 413 v. Chr., direct na de Atheense nederlaag op Sicilië).

Thucydides, *Historiae* 8.5.3 (voor de bijzondere volmachten die Agis zich had toegeëigend tijdens zijn verblijf in Dekeleia).

Thucydides, *Historiae* 8.3 (voor de solistische manoeuvres van Agis in de winter van 413 v. Chr.).

Plutarchus, *Comparatio Alcibiadis et Coriolani* 2.7 (voor de sensatie van doelloosheid die Alkibiades ervoer in Sparta; zie boven).

Thucydides, *Historiae* 8.5.1-2 (voor het aanbod van Euboia en Lesbos om naar Sparta over te lopen).

Thucydides, *Historiae* 2.14, 7.28.1 en 8.96.1-2 (voor het belang van Euboia voor Athene).

Homerus, *Odyssea* 5.1-261 (voor Odysseus bij Kalypso).

Plutarchus, *Alcibiades* 23.7, *Agesilaus* 3.2 en Athenaeus, *Deipnosophistae* 12.535b-c (voor het feit dat Alkibiades gecharmeerd was van de gedachte dat toekomstige Spartaanse koningen niet meer van Herakles zouden afstammen, maar van hem; zie boven).

Xenophon, *Respublica Lacedaemoniorum* 1.5-10 en Plutarchus, *Lycurgus* 15.6-10 (voor de pragmatische en eugenetische benadering van monogamie en overspel in Sparta; zie boven).

Thucydides, *Historiae* 8.12.2, 8.45.1 en Plutarchus, *Alcibiades* 24.2 (voor het feit dat koning Agis zich korte tijd daarna inderdaad tegen Alkibiades zou keren).

Thucydides, *Historiae* 8.5.4-5, Plutarchus, *Alcibiades* 24.1 en Justinus, *Epitome* 5.1.7 (voor het gezantschap uit Chios in het gezelschap van de ambassadeur van Tissaphernes).

Perzische inscriptie op een zuil in Xanthus (Lycië), *Tituli Asiae Minoris* (Kalinka et al.), 1, 44, b.64-c9 (= 8.29 Kuhrt) (voor de naam Hydarnes van de vader van Tissaphernes).

Ctesias, *FGrHist* 688 F 15 (53) (geciteerd in Photius, *Bibliotheca* 72, 41b38-43b2) (voor de aanstelling van Tissaphernes als satraap van Lydië in Sardis).

Thucydides, *Historiae* 8.6.1 en Plutarchus, *Alcibiades* 24.1 (voor het gezantschap van Pharnabazos).

Thucydides, *Historiae* 8.8.1 (voor de som van vijfentwintig talenten die de gezanten van Pharnabazos bij zich hadden).

Thucydides, *Historiae* 8.6.1-2 (voor de rivaliteit tussen de delegaties van Tissaphernes en Pharnabazos).

Thucydides, *Historiae* 8.6.2-3, Plutarchus, *Alcibiades* 24.1 en Justinus, *Epitome* 5.1.7 (voor het debat in Sparta en het besluit onder invloed van Endios en Alkibiades).

Thucydides, *Historiae* 8.12.2 (voor de samenzwering van Alkibiades en Endios tegen koning Agis).

Athenaeus, *Deipnosophistae* 12.535e (cit. Satyrus) (voor de informatie dat Alkibiades de Perzische taal heeft geleerd; dat de secretaris van de ambassadeur uit Sardis zijn leraar zou zijn geweest, is fictie).

3

Thucydides, *Historiae* 8.6.4 (voor de Spartaanse verkenningsmissie naar Chios).

Thucydides, *Historiae* 8.6.4-5 (voor het besluit om veertig schepen uit te zenden en de aardbeving die aanleiding was om dit besluit te herzien).

Plutarchus, *Lycurgus* 28.1-3 (voor de Spartaanse 'krypteia', de geheime moordeskaders die heloten ombrengen).

Thucydides, *Historiae* 8.7 (voor de tweede delegatie uit Chios en de uitzending van drie Spartanen naar Korinthe).

Thucydides, *Historiae* 8.8 (voor de conferentie in Korinthe en het besluit over de strategie).

Thucydides, *Historiae* 8.9 (voor het oponthoud vanwege de Isthmische Spelen).

Thucydides, *Historiae* 8.10.1 (voor de Atheense delegatie bij de Spelen die het plan ontdekt).

Thucydides, *Historiae* 8.10.2-4 (voor de Slag bij Speiraion eind maart of begin april van het jaar 412 v. Chr.). De locatie van Speiraion is Barrington Atlas kaart 58 E2 37°50' NB 23°11' OL.

Thucydides, *Historiae* 8.11.3 (voor de Spartaanse verslagenheid over het nieuws van de vloot en het besluit om de missie af te blazen).

Thucydides, *Historiae* 8.12 en Justinus, *Epitome* 5.2.2 (voor het feit dat Alkibiades de Spartanen wist over te halen om de missie toch te laten doorgaan en het vertrek van Alkibiades en Endios naar Chios en Ionië in april of mei van het jaar 412 v. Chr.).

Plutarchus, *Alcibiades* 23.7, *Agesilaus* 3.1-2, *Lysander* 22.3 en *Moralia* (*De tranquillitate animi*) 467f (voor het gerucht dat Leotychidas [PL 489] een zoon van Alkibiades was); Athenaeus, *Deipnosophistae* 12.535b-c, 13.574d en Justinus, *Epitome* 5.2.5 (voor meer algemene geruchten over een affaire van Alkibiades en Timaia [PL 695]); Plutarchus, *Agesilaus* 3.2, *Lysander* 22.4 en Pausanias, *Graeciae Descriptio* 3.8.7 (voor het verhaal dat Agis Leotychidas niet als zijn zoon heeft erkend, maar op zijn sterfbed van mening is veranderd); Xenophon, *Historia Graeca* 3.3.1-4, Plutarchus, *Alcibiades* 23.8, *Agesilaus* 3.3, *Lysander* 22.5-6 en Pausanias, *Graeciae Descriptio* 3.8.8-10 (voor het feit dat Leotychidas na de dood van Agis in 400/399 v. Chr. werd uitgesloten van troonsopvolging omdat er twijfels bestonden over de vraag of Agis wel zijn vader was); Plutarchus, *Alcibiades* 23.7, *Agesilaus* 3.1 en *Moralia* (*De tranquillitate animi*) 467f (voor de anekdote dat Timaia Leotychidas in aanwezigheid van intimi Alkibiades noemde).

4

Thucydides, *Historiae* 8.14.1 (voor de gijzeling van de bemanningen van de schepen die Alkibiades en Endios tegenkwamen).

Pindarus, *Nemeïsche Ode* 5.2 (voor de holkas en de akatos).

Thucydides, *Historiae* 8.9.3 (voor de onwetendheid van het volk van Chios inzake de voorgenomen verandering van alliantie).

Thucydides, *Historiae* 8.14.1-2 (voor de opstand van Chios, die mede door Alkibiades is veroorzaakt).

Thucydides, *Historiae* 8.14.2 (voor de opstand van Erythrai). De locatie van Erythrai is Barrington Atlas kaart 56 C5 38°22' NB 26°28' OL.

Theophrastus, *De Odoribus* 51 (geciteerd in Athenaeus, *Deipnosophistae* 1.32b), Athenaeus, *Deipnosophistae* 3.112b (cit. Archestratus) en SEG LII 1147 (voor de beroemde wijn uit Erythrai).

Thucydides, *Historiae* 8.14.3 (voor de opstand van Klazomenai). De locatie van Klazomenai is Barrington Atlas kaart 56 D5 38°21' NB 26°48' OL.

Thucydides, *Historiae* 8.16.1 (voor de Atheense vloot bij Teos). De locatie van Teos is Barrington Atlas kaart 56 D5 38°10' NB 26°48' OL.

Thucydides, *Historiae* 8.16.2 (voor de vlucht van de Atheense vloot naar Samos).

Thucydides, *Historiae* 8.16 (voor de opstand van Teos en de vernietiging van de muur aan de landzijde).

Thucydides, *Historiae* 8.19.4 (voor de opstand van Lebedos en Hairai). De locatie van Lebedos is Barrington Atlas kaart 61 D1 38°04' NB 26°59' OL. De locatie van Hairai is Barrington Atlas kaart 56 D5 38°12' NB 26°40' OL.

Herodotus, *Historiae* 5.28 (voor Milete als 'de parel van Ionië'). De locatie van Milete is Barrington Atlas kaart 61 E2 37°32' NB 27°17' OL.

Lysias 14 (*Contra Alcibiadem*) 30, Isocrates 16 (*De bigis*) 10, Plutarchus, *Alcibiades* 24.1, Nepos, *Alcibiades* 4.7 en Justinus, *Epitome* 5.2.2 (voor de Ionische opstand als een persoonlijke prestatie van Alkibiades).

Thucydides, *Historiae* 8.17.1-2 (voor de vervanging van de Spartaanse scheepsbemanningen).

Plutarchus, *Alcibiades* 24.3 (voor Alkibiades' inspanningen om in Ionië uit handen van de Spartanen te blijven).

Thucydides, *Historiae* 8.17 (voor de opstand van Milete).

Athenaeus, *Deipnosophistae* 12.525c-e (cit. Democritus van Ephesos) (voor de extravagante mode in Ionië).

Aristophanes, *Plutus* 1002, 1075 en Athenaeus, *Deipnosophistae* 12.523e-f (voor het spreekwoord 'de Milesiërs waren ooit, lang geleden, weerbare mannen'). Vergelijk Aristophanes, *Vespae* 1060 (met de Scholiast).

Athenaeus, *Deipnosophistae* 12.525f (cit. Asius) (voor de luxueuze damesmode).

5

Thucydides, *Historiae* 45.1-2, Plutarchus, *Alcibiades* 24.3-5, Nepos, *Alcibiades* 5.3 en Justinus, *Epitome* 5.2.5 (voor de hechte vriendschap die zal groeien tussen Alkibiades en Tissaphernes).

Thucydides, *Historiae* 8.17.4-18.3 (voor het verdrag tussen Tissaphernes en Sparta; dit verdrag wordt vervolgens nog tweemaal herzien, zie Thucydides, *Historiae* 8.37 en 8.58).

Plutarchus, *Alcibiades* 24.4 (voor de bewondering die Tissaphernes had voor boosaardige intriges).

Thucydides, *Historiae* 8.23.6 (voor de Atheense herovering van Klazomenai).

Thucydides, *Historiae* 8.24.2-3 (voor de Atheense invasie van Chios).

Thucydides, *Historiae* 8.25.1 (voor de komst van de vloot onder bevel van Phrynichos [PA 15011]).

De Scholiast op Aristophanes, *Lysistrata* 313 (voor Stratonides als de naam van Phrynichos' vader).

Plutarchus, *Alcibiades* 25.5 (voor Deiradiotai als het district van Phrynichos).

Lysias 20.11 (voor de nederige afkomst van Phrynichos).

Lysias 25.9 (voor Phrynichos als een democratische demagoog die in 411 v. Chr. is overgelopen naar de factie van de oligarchen).

Thucydides, *Historiae* 8.25.2-5 (voor de Slag bij Milete aan het einde van de zomer van 412 v. Chr.).

Thucydides, *Historiae* 8.26.1-2 (voor de komst van de versterkingen uit Sparta en Syracuse).

Thucydides, *Historiae* 8.26.3 (voor Alkibiades' nachtelijke tocht te paard naar Teichioussa om de vloot te waarschuwen).

Philochorus *FGrHist* 328 F 134 (geciteerd door de Scholiast op Aristophanes, *Aves* 766) en Pollux, *Onomasticon* 10.97 (voor de prijs op Alkibiades' hoofd).

Thucydides, *Historiae* 8.27 (voor de Atheense terugtrekking naar Samos).

Thucydides, *Historiae* 8.29 (voor de beloning van Tissaphernes).

Thucydides, *Historiae* 8.45.1, Plutarchus, *Alcibiades* 24.3, Nepos, *Alcibides* 5.2 en Justinus, *Epitome* 5.2.5 (voor Alkibiades' vertrek naar Sardis).

6

Herodotus, *Historiae* 5.100 (voor de route naar Sardis).

Herodotus, *Historiae* 3.70-73, 76-79 (voor de samenzwering tegen de magiërs in 522/1 v. Chr.).

Ctesias, *FGrHist* 688 F 15 (53) (geciteerd in Photius, *Bibliotheca* 72, 41b38-43b2) (voor de gewelddadige troonsbestijging van Tissaphernes).

Valerius Maximus, *Factorum et Dictorum Memorabilium Libri IX* 9.2ext.6 (voor executie met as).

Xenophon, *Anabasis* 1.5.7-8 (voor de scène van de edelen die de vastgelopen wagens vlottrekken).

Elamitisch kleitablet, Persepolis PFa 19, PFa 30 (8-10) (= 15.12, i & ii Kuhrt) en Xenophon, *Cyropaedia* 6.2.36 (voor de Perzische onderhoudsdienst van de wegen).

Elamitisch kleitablet, Persepolis PF 1315, PF 1335, PF 1672 (= 15.22, i, ii & iii Kuhrt) (voor de expresdienst); Herodotus, *Historiae* 8.98 en Xenophon, *Cyropaedia* 8.6.17-18 (voor de Perzische posterijen).

Herodotus, *Historiae* 1.80 (voor de brede, kale vlakte voor Sardis, waar de Hyllos en de Paktolos in de Hermos uitmonden). Arrianus, *Anabasis* 1.17.3 (voor de afstand van twintig stadia van de Hermos tot aan de stad).

Herodotus, *Historiae* 1.84 en Arrianus, *Anabasis* 1.17.5 (voor de steile burchtheuvel van Sardis op de noordelijke helling van berg Tmolos). De locatie van Sardis is Barrington Atlas kaart 56 G5 38°29' NB 28°05' OL.

Ctesias, *FGrHist* 688 F 45 (26) (geciteerd in Photius, *Bibliotheca* 72, 45a21-50a4), Herodotus, *Historiae* 5.101 en Bacchylides 3.45 (voor de Paktolos, die goudstof van de Tmolos met zich meevoerde en door de agora stroomde alvorens uit te monden in de Hermos).

De grafinscripties van Darius I in Naqsh-i Rustam (DNb) en van Xerxes ten noorden van Persepolis (XPl) (= 11.17 Kuhrt) (voor de formule 'bij de gratie van Auramazda een vriend van de waarheid en een vijand van vrienden van de leugen').

Plutarchus, *Artaxerxes* 4.5-5.1 en Aelianus, *Varia Historia* 1.32-33 (voor de nederige geschenken en de anekdote over de man die water geeft).

Herodotus, *Historiae* 5.101 (voor de rieten huizen en de rieten daken in de benedenstad van Sardis).

Aelianus, *De Natura Animalium* 4.46 (voor het beroemde gekleurde textiel van Sardis).

Arrianus, *Anabasis* 1.17.5 (voor de drie concentrische verdedigingsmuren van Sardis). Vergelijk Aristoteles, *Analytica Posteriora* 94[a].

Athenaeus, *Deipnosophistae* 13.570e (voor Anteia als een Korinthische naam voor een hetaire; zie boven).

Aristoteles, *De Mundo* 398[a] (voor de labyrintische gangenstelsels in een Perzisch paleis).

Herodotus, *Historiae* 5.101 en Plutarchus, *Themistocles* 31.1 (voor het heiligdom van Kybebe, de Grote Moeder).

Oude Testament, Esther 1.6 (voor de inrichting van de troonzaal in Sousa, hier fictief toegepast op het paleis in Sardis).

Drietalig stichtingscharter van Sousa, DSf & DSz (= 11.13, i & ii Kuhrt) (voor de herkomst van alle rijkdommen in het paleis van Sousa, hier fictief toegepast op het paleis in Sardis).

Plutarchus, *Alcibiades* 23.3-6, Athenaeus, *Deipnosophistae* 12.534b-c (cit. Satyrus), Nepos, *Alcibiades* 11 (cit. Theopompus *FGrHist* 118 F 228 en Timaeus, *FGrHist* 566 F 99), Aelianus, Varia Historia 4.15 en Libanius, *Declamationes* 12.42 (voor het beroemde aanpassingsvermogen van Alkibiades; zie boven).

7

De Oud-Perzische naam van Tissaphernes is Čiçafarnah-, in het Medisch Čiθrafarnah (ook wel getranscribeerd als Chithrafarna), in het Elamitisch Zi-ut-ra-bar-na, in het Assyrisch Ši-dir-pa-ar-na/ni, in het Aramees Ššprn, in het Lycisch Kizzaprñna of Zisaprñna. Voor de Griekse naam Tissaphernes bestaan de varianten Tetraphernes, Seisiphernes en Sisiphernes. Zie Rüdiger Schmitt, 'Čiθrafarnah', in: *Encyclopædia Iranica*, Londen 1991, Vol. v, Fasc. 6, 636-637.

Plutarchus, *Alcibiades* 24.5 (voor Tissaphernes' haat voor Griekenland en Grieken).

Herodotus, *Historiae* 1.134.2 (voor het Perzische superioriteitsgevoel en etnocentrisme).

Vier kopieën van een drietalige inscriptie op goud- en zilvertabletten uit Persepolis, DPh, DH (= 11.1 Kuhrt) (voor de uitgestrektheid van het Perzische Rijk van de Indos tot aan Egypte).

Inscripties onder de reliëfafbeeldingen van de onderdanen op de sokkel van een beeld van Darius I uit Sousa, DSab (= 11.2 Kuhrt) (voor de opsomming van de Perzische onderdanen). Vergelijk A?P (= 11.4 Kuhrt), DPe (= 11.7 Kuhrt), DB (= 5.1 Kuhrt), XPh (= 7.88 Kuhrt), etc.

Xenophon, *Anabasis* 1.7.6 (voor de uitgestrektheid van het Perzische Rijk van het noorden naar het zuiden).

Herodotus, *Historiae* 4.44 en Hecetaeus, *FGrHist* 1 F 295 (voor Kaspapyros in Gandara of Paktyika aan de Indos).

Plutarchus, *Alcibiades* 8.3-5 (voor de scheidingsaanvraag van Hipparete en de ontvoering; zie boven).

Herodotus, *Historiae* 8.105 (voor de slavenmarkt in Sardis waar mooie, gecastreerde jongens als eunuchen werden verkocht). Vergelijk Herodotus, *Historiae* 6.32 (voor de gewoonte om mooie jongens onder de krijgsgevangenen te castreren en te verkopen) en Herodotus, *Historiae* 3.92.

Aelianus, *De Natura Animalium* 4.46 (voor het beroemde gekleurde textiel van Sardis).

Euripides, *Cyclops* 182 (voor de bontgekleurde oosterse broek in een pejoratieve context). Vergelijk Aristophanes, *Vespae* 1087.

Oud-Perzische inscriptie op een baksteen uit Sousa, DSk (= 11.38 Kuhrt) (voor de koning als vertegenwoordiger van Auramazda op aarde). Mijn impressie van de Perzische religie is schatplichtig aan Lloyd Llewellyn-Jones, *Persians. The Age of the Great Kings*, Londen 2022, pp. 202-220.

Athenaeus, *Deipnosophistae* 4.145b-146a (cit. Heraclides van Cumae, *FGrHist* 689 F 2) (voor de koninklijke Perzische maaltijd).

Elamitisch kleitablet uit Persepolis, PF-NN 1809 (= 6.41 Kuhrt), Elamitisch kleitablet uit Persepolis, PF 353 (= 11.42 Kuhrt), Elamitisch kleitablet uit Persepolis, PF 1996 (= 16.2 Kuhrt), etc. (voor bier).

Xenophon, *Cyropaedia* 8.2.10-12, Aristoteles, *De Mundo* 398a en Plutarchus, *Artaxerxes* 12.1 (voor de 'oren' van de Perzische koning).

Thucydides, *Historiae* 8.45.1 en Plutarchus, *Alcibiades* 24.2 (voor het Spartaanse doodsvonnis van Alkibiades). Vergelijk Athenaeus, *Deipnosophistae* 13.574d (cit. ongenoemde komediedichter), Nepos, *Alcibiades* 5.1-2, Plutarchus, *Comparatio Alcibiadis et Coriolani* 2.6 en Justinus, *Epitome* 5.2.5.

De Perzische rolzegel met Eros die een bliksemschicht op zijn boog spant, het schildteken van Alkibiades (Plutarchus, *Alcibiades* 16.1-2 en Athenaeus, *Deipnosophistae* 12.534e, zie boven), is fictie, maar fascinerend genoeg is er uitgerekend in Sardis een (weliswaar matig uitgevoerde) zegelring gevonden met een afbeelding van een gevleugelde Eros met een overwinningstak in archaïsch Griekse stijl (Istanbul Archaeological Museum inv. nr. 4519; C. Densmore Curtis, *Sardis. Publications of the American Society for the Excavation of Sardis*, Vol. XIII, 'Jewelry and Gold Work', Part I, 1910-1914, Rome 1925, p. 36, no. 93: plate 9, fig. 6 & plate 11, fig. 19; Elspeth R. M. Dusinberre, *Aspects of Empire in Achaemenid Sardis*, Cambridge 2003, p. 280, fig. 97).

Thucydides, *Historiae* 8.45.2 (voor Alkibiades als Tissaphernes' 'adviseur op ieder denkbaar gebied').

Thucydides, *Historiae* 8.47 (voor de komst van koning Dareios II naar Sardis in het voorjaar van 411 v. Chr.; zie beneden).

Herodotus, *Historiae* 5.52-54 (voor de Koninklijke Weg van Sardis naar Sousa).

8

Homerus, *Odyssea* 9.82-104 (voor de Lotuseters).

Thucydides, *Historiae* 8.27.6 (voor de onvrede en terugtrekking van Argos; Argos zal in de rest van de oorlog geen rol van betekenis meer spelen).

Thucydides, *Historiae* 8.30-43.1 (voor de gebeurtenissen in Ionië in de winter van 412/411 v. Chr.).

Thucydides, *Historiae* 8.29 en 8.45.2 (voor de vergoeding van één Attische drachme per persoon per dag die Tissaphernes aan de Spartanen had toegezegd voor de steun van hun vloot).

Thucydides, *Historiae* 8.36.1 (voor de Spartaanse troepen die zich in Milete vermaken op Tissaphernes' kosten).

Thucydides, *Historiae* 8.43.2-4 (voor de hernieuwde besprekingen over de voorwaarden van het verdrag tussen Sparta en Perzië en Tissaphernes' ongenoegen daarover). Zie ook Thucydides, *Historiae* 8.37 en 8.58 (voor twee nieuwe versies van de verdragstekst).

Plutarchus, *Alcibiades* 24.5 en Diodorus Siculus, *Bibliotheca Historica* 14.80.2 (voor het beroemde park van Tissaphernes in Sardis).

Pausanias, *Graeciae Descriptio* 1.19.2, Plinius, *Naturalis Historia* 36.16 en CIA I 273 f. 12 (voor de tuinen van Aphrodite buiten de muren van Athene aan de Ilissos).

Xenophon, *Cyropaedia* 8.6.10 (voor de verplichting dat de hoven van de satrapen een imitatie moeten zijn van het koninklijke hof in Sousa).

Athenaeus, *Deipnosophistae* 14.652b-c (cit. Deinon), Xenophon, *Cyropaedia* 8.6.6, 8.6.23 en Strabo, *Geographia* 15.3.22 (voor het koninklijke banket als afspiegeling van de rijkdom van het rijk).

Xenophon, *Oeconomicus* 4.13 (voor het park als microkosmos die het rijk verbeeldt). Vergelijk het Elamitisch kleitablet, Persepolis, PFa 33 (= 11.21 ii (Kuhrt).

Elamitisch kleitablet, Persepolis, PT 59 (= 16.43 Kuhrt), Elamitisch kleitablet, Persepolis, PT 1963 (= 16.44 Kuhrt), Elamitisch kleitablet, Persepolis, PT 1815 (= 16.45 Kuhrt) (voor gespecialiseerd personeel voor de parken).

Thucydides, *Historiae* 8.47.1 en Plutarchus, *Alcibiades* 25.2 (voor Alkibiades' overwegingen).

Thucydides, *Historiae* 8.56.2 (voor het vermoeden bij Alkibiades dat zijn relatie met Tissaphernes op lange termijn misschien minder veiligheid zou bieden dan wenselijk was).

Thucydides, *Historiae* 8.45.2-46.4, Plutarchus, *Alcibiades* 25.1 en Justinus, *Epitome* 5.2.8-13 (voor Alkibiades' adviezen aan Tissaphernes). Vergelijk Diodorus Siculus, *Bibliotheca Historica* 13.37.4 (waar hij, zoals telkens, Tissaphernes verwart met Pharnabazos).

Thucydides, *Historiae* 8.46.5, Plutarchus, *Alcibiades* 25.2 en Justinus, *Epitome* 5.2.14 (voor het feit dat Tissaphernes Alkibiades' advies in grote lijnen heeft opgevolgd). Vergelijk Diodorus Siculus, *Bibliotheca Historica* 13.37.5 (waar hij Tissaphernes wederom verwart met Pharnabazos).

Thucydides, *Historiae* 8.78 (voor het feit dat het vruchteloos wachten op de Fenicische vloot en de onregelmatige betalingen een demoraliserende uitwerking hadden op de Spartanen).

Thucydides, *Historiae* 8.45.4-6 (voor Alkibiades die in Tissaphernes' naam de delegatie uit Chios te woord staat).

Plutarchus, *Alcibiades* 24.5 (voor het verhaal dat Tissaphernes zijn mooiste park naar Alkibiades vernoemde).

9

Thucydides, *Historiae* 8.47.2 en Plutarchus, *Alcibiades* 25.4 (voor Alkibiades' correspondentie met de vooraanstaande generaals van de vloot op Samos over een oligarchische coup). Vergelijk Nepos, *Alcibiades* 5.3.

Thucydides, *Historiae* 8.48.1 en Justinus, *Epitome* 5.3.2 (voor het gezantschap van Atheense generaals naar Alkibiades in Sardis).

Thucydides, *Historiae* 8.48.2-3 en Justinus, *Epitome* 5.3.4 (voor de terugkeer van het gezantschap en de welwillendheid ten opzichte van een oligarchische coup).

De Scholiast op Aristophanes, *Lysistrata* 313 (voor Stratonides als de naam van Phrynichos' vader; zie boven).

Plutarchus, *Alcibiades* 25.5 (voor Deiriadai als het district van Phrynichos; zie boven).

Lysias 20.11 (voor de nederige afkomst van Phrynichos; zie boven).

Lysias 25.9 (voor Phrynichos als een democratische demagoog die in 411 v. Chr. is overgelopen naar de factie van de oligarchen; zie boven).

Thucydides, *Historiae* 8.48.4-7 en Plutarchus, *Alcibiades* 25.5 (voor de oppositie van Phrynichos tegen het plan van Alkibiades en een oligarchische coup).

Thucydides, *Historiae* 8.49, Plutarchus, *Alcibiades* 25.3 en 26.1 (voor de angst van de Atheners en het besluit op Samos ten faveure van een oligarchische coup en de missie van Peisandros [PA 11770] naar Athene). Vergelijk Nepos, *Alcibiades* 5.3.

Thucydides, *Historiae* 8.54.4 (voor Peisandros' mobilisatie van de oligarchische groeperingen in Athene).

Thucydides, *Historiae* 8.50-51, Plutarchus, *Alcibiades* 25.5-9 en Polyaenus, *Strategemata* 3.6 (voor de intrige met de twee brieven van Phrynichos aan Sparta; daar is het de Spartaanse admiraal Astyochos die de brieven van Phrynichos doorspeelt aan Alkibiades; de rol van Endios bij deze gebeurtenissen is fictie).

10

Herodotus, *Historiae* 5.52-54 (voor de Koninklijke Weg van Sardis naar Sousa).

Herodotus, *Historiae* 7.31 (voor de splitsing van de Koninklijke Weg op Lydisch grondgebied in een weg naar Karia en een weg naar Sardis).

Herodotus, *Historiae* 7.30.2 (voor de zuil met inscriptie van Kroisos in Kydrara, die de grens tussen Lydië en Phrygië markeert). De locatie van Kydrara is onbekend, maar zou in de buurt moeten liggen van de locatie Barrington Atlas kaart 62 C4 38°40' NB 29°31' OL, waar de weg de Hyllos oversteekt.

Herodotus, *Historiae* 7.31 (voor de plataan, een dagreis ten oosten van Sardis, op de weg naar Phrygië, die Xerxes zo mooi vond dat hij hem met goud heeft versierd).

Herodotus, *Historiae* 3.82.3-4 (voor de argumenten van Dareios I voor een monarchie).

Thucydides, *Historiae* 2.65.9 (voor de gedachte dat Athene onder Perikles alleen in naam een democratie was, maar in de praktijk een alleenheerschappij van zijn capabelste bestuurder).

11

Herodotus, *Historiae* 7.40-41 (voor de samenstelling van het koninklijke konvooi). Vergelijk Xenophon, *Cyropaedia* 8.3.1-34.

Aelianus, *Varia Historia* 1.31 (voor boeren die geschenken op de weg leggen als de koning passeert).

Quintus Curtius Rufus, *Historiae Alexandri* 3.3.9 (voor de magiërs die zilveren vuuraltaren dragen en traditionele hymnen zingen). Vergelijk Xenophon, *Cyropaedia* 8.3.12.

Herodotus, *Historiae* 3.106, 7.40, 9.20 (voor de reuzenpaarden van de vlakte van Nesaia).

Herodotus, *Historiae* 9.20 (voor het gouden bit en hoofdstel).

Herodotus, *Historiae* 7.40, Xenophon, *Cyropaedia* 8.3.12 en Quintus Curtius Rufus, *Historiae Alexandri* 3.3.11 (voor de wagen van Auramazda, getrokken door witte paarden, en het paard van de zon).

Herodotus, *Historiae* 7.54 (voor de gouden phialai voor plengoffers).

Athenaeus, *Deipnosophistae* 11.503f (cit. Deinon) (voor de kop in de vorm van een gouden ei).

Herodotus, *Historiae* 7.61 (voor de Perzische wapenrusting die op een vissenhuid lijkt).

Tombe van Dareios I in Naqsh-i Rustam (= fig. 11.14 Kuhrt met toelichting) met de inscriptie DNd (= 5.9 Kuhrt) (voor de drager van de koninklijke pijl-en-boog).

Herodotus, *Historiae* 1.188 (voor het feit dat de koning drinkwater uit de rivier de Choaspes bij Sousa meeneemt op zijn reizen en uitsluitend dat water drinkt).

Plato, *Alcibiades I* 122b, Plutarchus, *Alcibiades* 1.2 en *Lycurgus* 16.4 (voor Zopyros de Thraciër; zie boven).

Herodotus, *Historiae* 7.118-120 (voor de anekdote over Xerxes' ene maaltijd in Thracië).

Xenophon, *Cyropaedia* 8.5.2-13 (voor het koninklijke kampement).

Herodotus, *Historiae* 9.82.1-2 en Plutarchus, *Alexander* 20.6-8 (voor de koninklijke tent).

12

Aristoteles, *De Mundo* 398ª (voor de onzichtbaarheid van de koning in zijn paleis).

Athenaeus, *Deipnosophistae* 4.145b (cit. Heraclides van Cumae, *FGrHist* 689 F 2) en Plutarchus, *Artaxerxes* 5.3 (voor de gewoonte van de Perzische koning om alleen te dineren).

Xenophon, *Anabasis* 1.1.1, etc. (voor de twee zonen van Dareios II); Plutarchus,

Artaxerxes 1.4, 2.3 (Ctesias F 15a) (voor Arsikas die zijn naam veranderde in Artaxerxes en voor het feit dat zijn broer Kyros de Jongere geboren was toen Dareios II al koning was, dus in 423 v. Chr. of daarna). Xenophon, *Anabasis* 1.1.3, Diodorus Siculus, *Bibliotheca Historica* 13.108.1, Plutarchus, *Artaxerxes* 2.2-3, Justinus, *Epitome* 5.11.1-2 (voor de ambities die Kyros de Jongere koesterde op grond van het feit dat hij in het purper geboren was en zijn oudere broer niet).

Xenophon, *Anabasis* 1.2.8, Quintus Curtius Rufus, *Historiae Alexandri* 7.2.22 (voor de parken met wilde dieren voor de jacht).

Quintus Curtius Rufus, *Historiae Alexandri* 8.1.11-12 (voor een leeuw in het park).

Homerus, *Ilias* 1.599 (voor 'onblusbaar gelach').

De Oud-Perzische naam van Dareios is Dārayavauš, in het Elamitisch Da-ri-(y) a-ma-u-iš of Da-ri-ya-(h)u-(ú-)iš, in het Babylonisch Da-(a-)ri-ia-(a-)muš of Da-(a-)ri-muš, in het Aramees dryhwš, drywhwš, drwš of drywš, in het Egyptisch tr(w)š, trjwš, intr(w)š of intrjwš en in het Lycisch Ñtarijeus. Voor de Griekse naam Dareios bestaat de (zeldzame) variant Dareiaîos (Ctesias, Jacoby, Fragmente IIIC, pp. 462, 464 frags. 13-14 pars. 24, 33-34; Xenophon, *Historia Graeca* 2.1.8-9). Zie Rüdiger Schmitt, 'Darius I The Name', in: *Encyclopædia Iranica*, Londen 1991, Vol. VII, Fasc. 1, 40.

De Oud-Perzische naam van Artaxerxes is Artaxšaçā (Ṛtaxšaca), in het Elamitisch Ir-tak-(ik-)ša-aš-ša, Ir-tak-ik-ša-iš-ša of Ir-da-ik-ša-iš-ša, in het Akkadisch Ar-ta-ʾ-ḫa-šá-is-su, Ar-ta-ak-šá-as-su, Ar-ták-(ša-)šat-su, Ar-ták-šat-šu, Ar-taḫ-ša/šá-as-su, Ar-táḫ-ša-as(-siš, -si-iš, -is-su), Ar-ták-ša-as-su of Al-tàk-šat-su, in het Aramees ʾrtḥšsš, in de Hebreeuwse en Aramese delen van de Bijbel ʾrtḥšštʾ of ʾrtḥšstʾ en in het Egyptisch ʾrṭḫšsš of ʾrṭḫššs. Zie Rüdiger Schmitt, 'Artaxerxes', in: *Encyclopædia Iranica*, Londen 1991, Vol. II, Fasc. 6, 654-655.

De Oud-Perzische naam van Kyros is Kuruš, in het Elamitisch Ku-raš, in het Babylonisch Ku(r)-raš/-ra-áš, in het Aramees kwrš, in het Hebreeuws Kōreš en in het Egyptisch kwrš. Zie Rüdiger Schmitt, 'Cyrus I The Name', in: *Encyclopædia Iranica*, Londen 1991, Vol. VI, Fasc. 5, 515.

Xenophon, *Anabasis* 1.1.1-11, *Historia Graeca* 2.1.8-9, Ctesias, *FGrHist* 688 F 16, Plutarchus, *Artaxerxes* 2-3, 6-11, Diodorus Siculus, *Bibliotheca Historica* 14.11.2-3, 14.19.4-5, 14.21.1-2, Justinus, *Epitome* 5.11, etc. (voor de machtsstrijd tussen Artaxerxes II en zijn broer Kyros de Jongere tussen 405 en 401 v. Chr.; zie beneden). Het incident tijdens de jacht is fictie.

Thucydides, *Historiae* 8.47 (voor de komst van koning Dareios II naar Sardis in het voorjaar van 411 v. Chr. en voor de audiëntie waarbij Alkibiades aanwezig was).

Plutarchus, *Themistocles* 27.2-28.1 (voor de verplichte prostratie voor de koning van Perzië); Herodotus, *Historiae* 7.136.1 (voor het Griekse idee dat prostratie voor een mens ongepast is).

Xenophon, *Cyropaedia* 8.3.13 en Quintus Curtius Rufus, *Historiae Alexandri Magni* 3.1.17-19 (voor de kleding van de Perzische koning).

Plutarchus, *Artaxerxes* 22.4 en Aelianus, *Varia Historia* 1.21 (voor de truc met de ring bij de prostratie; dat Alkibiades zich van deze truc zou hebben bediend, is fictie).

Boek VII
De sloop van de muur van verraad
Sardis en Samos

1

IG II[1] 21, Aristoteles, *Respublica Atheniensium* 32.1, Philochorus, *FGrHist* 328 F 138, Diodorus Siculus, *Bibliotheca Historica* 13.34.1, etc. (voor Kallias Skambonides [PA 7887] als eponieme archon van het jaar 412/411 v. Chr.).

Aristoteles, *Respublica Atheniensium* 33.1 en IG I[3] [373] (IG I[2] 298) (voor Mnasilochos [PA 10324] die twee maanden eponieme archon was in juli en augustus 411 v. Chr. en toen werd opgevolgd door Theopompos [PA 7011] voor de resterende tien maanden van september 411 tot juli 410 v. Chr.; Diodorus Siculus, *Bibliotheca Historica* 13.38.1 noemt alleen Theopompos). Voor Theopompos zie verder ook Lysias 21.1.

Eusebius, *Chronicon* 2.75 (voor de twee overwinningen van Exainetos van Akragas in de stadionrace bij de Olympische Spelen van respectievelijk 416 en 412 v. Chr.).

Thucydides, *Historiae* 8.58.1 en Xenophon, *Historia Graeca* 2.3.10 (voor de Spartaanse eponieme ephoren van 412/411 en 411/410 v. Chr.).

2

Thucydides, *Historiae* 8.53-54 (voor de missie van Peisandros [PA 11770] naar Athene, het debat en het besluit om hem met een gezantschap naar Sardis te sturen).

Thucydides, *Historiae* 8.75.2, 76.2, 81.1, 100, 103.2-106.5, Xenophon, *Historia Graeca* 1.1.12, Diodorus Siculus, *Bibliotheca Historica* 13.38.3, Nepos, *Alcibiades* 5.4, Polyaenus, *Strategemata* 1.40.9, etc. (voor Thrasyboulos, de zoon van Lykos, uit het district Steiria [PA 7310]; zie onder).

3

Plutarchus, *Artaxerxes* 19.3 (voor 'rhyntakes').

Thucydides, *Historiae* 8.56 (voor de mislukte onderhandeling van de Atheense delegatie van Peisandros met Alkibiades en Tissaphernes).

Thucydides, *Historiae* 8.63.3 (voor de installatie van een oligarchische regering op Samos).

Thucydides, *Historiae* 8.63.4 (voor het besluit van de oligarchische coupplegers om zich van Alkibiades te distantiëren).

Thucydides, *Historiae* 8.64 (voor de verdeling van de taken en de pogingen om oligarchische opstanden te veroorzaken bij de bondgenoten).

Thucydides, *Historiae* 8.65.1-2 (voor de terugkeer van Peisandros in Athene en de constatering dat het meeste werk al was gedaan).

Thucydides, *Historiae* 8.65.3-66.5 (voor de terreur in Athene).

Thucydides, *Historiae* 8.65.2 (voor de moord op Androkles [PA 870]).

4

Thucydides, *Historiae* 8.67 en Aristoteles, *Respublica Atheniensium* 29 (voor de ontmanteling van de democratische instituties; de beide versies van de gebeurtenissen verschillen op een aantal fundamentele punten, hetgeen aanleiding heeft gegeven tot een intens wetenschappelijk debat, dat neigt naar de conclusie dat Aristoteles zich heeft gebaseerd op een misleidende bron; de discrepanties zouden ook het resultaat kunnen zijn van de opzettelijke vaagheid van de nieuwe machthebbers, zie Thucydides, *Historiae* 8.92.11).

Thucydides, *Historiae* 8.68 en Aristoteles, *Respublica Atheniensium* 32.2 (voor Peisandros [PA 11770], Antiphon [PA 1304], Phrynichos [PA 15011] en Theramenes [PA 7234] als de prominenten van het oligarchische bewind; Aristoteles noemt Phrynichos niet).

Plutarchus, *Vitae Decem Oratorum* 1.1 (voor Sophilos als de vader van Antiphon).

Thucydides, *Historiae* 8.68.3 (voor Phrynichos als felste aanhanger van de oligarchie vanwege de overweging dat oligarchen Alkibiades nooit zouden rehabiliteren).

De Scholiast op Aristophanes, *Lysistrata* 313 (voor Stratonides als de naam van Phrynichos' vader; zie boven).

Plutarchus, *Alcibiades* 25.5 (voor Deiradiotai als het district van Phrynichos; zie boven).

Lysias 20.11 (voor de nederige afkomst van Phrynichos; zie boven).

Lysias 25.9 (voor Phrynichos als een democratische demagoog die in 411 v. Chr. is overgelopen naar de factie van de oligarchen; zie boven).

Thucydides, *Historiae* 8.69.1-70.1 (voor de overname van de executieve raad door de Vierhonderd).

Aristoteles, *Respublica Atheniensium* 32.1 (voor de datering van de machtsovername op 'de veertiende dag van de maand Thargelion in het jaar dat Kallias archon was', i.e. 9 juni van het jaar 411 v. Chr.).

5

Thucydides, *Historiae* 8.70 en Justinus, *Epitome* 5.3.6 (voor het schrikbewind van de Vierhonderd).

Thucydides, *Historiae* 8.70.2 en Aristoteles, *Respublica Atheniensium* 32.3 (voor de ouverture van de Vierhonderd naar Sparta).

Thucydides, *Historiae* 8.71 (voor de militaire provocatie van Agis).

6

Thucydides, *Historiae* 8.73 en 8.75.2-3 (voor de antioligarchische opstand op Samos).

Thucydides, *Historiae* 8.72 en 8.77 (voor de tien boodschappers van de oligarchen die naar Samos gezonden zijn om de steun van de vloot te behouden).

Thucydides, *Historiae* 8.74 (voor de verhalen van Chaireas [PA 15093] over de terreur in Athene; Alkibiades' opdracht aan Chaireas is fictie, evenals zijn brief aan Thrasyboulos).

Thucydides, *Historiae* 8.75.1, 8.76.2-77 en Plutarchus, *Alcibiades* 26.3 (voor de ontzetting en de besluiten van de Atheense vloot bij Samos na het vernemen van de berichten over het schrikbewind in Athene).

Thucydides, *Historiae* 8.75.2-3 (voor de eed).

7

Elamitisch kleitablet uit Persepolis, PFa 33 (= 11.21 ii Kuhrt) (voor de namen van de planten in het park).

Herodotus, *Historiae* 9.110.2 (voor 'tykta', de verjaardag van de koning) en Plato, *Alcibiades I* 121c (voor het belang van de verjaardagen van leden van het koninklijke huis van Perzië).

Thucydides, *Historiae* 8.78, 8.80.1, 8.83.1-84.3, 8.85.1 en 8.99 (voor de ongenoegens bij de Spartaanse mariniers in Milete).

Thucydides, *Historiae* 8.79 (voor de bewegingen van de Spartaanse en de Atheense vloot rond Samos).

Thucydides, *Historiae* 8.80 en Diodorus Siculus, *Bibliotheca Historica* 13.40.6 (voor de Spartaanse inname van Kyzikos en Byzantion op verzoek van Pharnabazos).

Demosthenes, *In Leptinem* (20) 31-33 (voor de Atheense afhankelijkheid van graan uit de gebieden rond de Zwarte Zee). Vergelijk Strabo, *Geographica* 7.4.6.

Thucydides, *Historiae* 8.81.1 (voor het besluit om Alkibiades te laten ophalen uit Sardis door Thrasyboulos).

8

Thucydides, *Historiae* 8.81.2-3 (voor Alkibiades' toespraak tot de verzamelde Atheense troepen op Samos). Vergelijk Diodorus Siculus, *Bibliotheca Historica* 13.41.5.

Pseudo-Xenophon ('De Oude Oligarch'), *Respublica Atheniensium* 1.2 (voor de vloot als steunpilaar van de democratie; zie boven).

Thucydides, *Historiae* 8.82.1, Plutarchus, *Alcibiades* 26.3, Nepos, *Alcibiades* 5.4 en Justinus, *Epitome* 5.3.6 (voor Alkibiades' uitverkiezing tot bevelhebber door de vloot bij Samos).

Thucydides, *Historiae* 8.82.1-2, 8.86.4-5 en Plutarchus, *Alcibiades* 26.3-6 (voor de bemanningen van de vloot die erop aandringen om direct naar Peiraieus te varen om het oligarchische regime omver te werpen en Alkibiades' verzet tegen dat plan).

Thucydides, *Historiae* 8.86.6-7 en Justinus, *Epitome* 5.3.7 (voor de boodschap aan de Vierhonderd met de eis om de Vijfduizend te installeren).

Thucydides, *Historiae* 8.81.3 en Plutarchus, *Alcibiades* 26.6-7 (voor Alkibiades' vertrek naar Sardis).

9

Thucydides, *Historiae* 8.81.3 (voor Alkibiades' voorgenomen strategie om Athene bang te maken met Tissaphernes en Tissaphernes met Athene).

Thucydides, *Historiae* 8.87 (voor het vertrek van Tissaphernes naar Aspendos in Pamphylia). De locatie van Aspendos is Barrington Atlas kaart 65 F4 36°55' NB 31°10' OL.

Thucydides, *Historiae* 8.88, Diodorus Siculus, *Bibliotheca Historica* 13.41.4 (waar hij, zoals overal, Tissaphernes verwart met Pharnabazos) en Plutarchus, *Alcibiades* 26.6-7 (voor het vertrek van Alkibiades in de richting van Aspendos en voor zijn eventuele invloed op het feit dat de Fenicische vloot nooit is komen opdagen). In zijn verslag in *Historiae* 8.87-88 geeft Thucydides te kennen dat hij zelf niet goed begrijpt waarom de Fenicische vloot, die was waargenomen bij Aspendos, nooit in de Egeïsche Zee is verschenen.

Diodorus Siculus, *Bibliotheca Historica* 13.46.6 spreekt over een Egyptische en Arabische opstand in het Perzische Rijk in 411 v. Chr. De onrust in Egypte wordt bevestigd door een Aramees document, *AD* 5 (= 8.34 Kuhrt). Zie verder D.M. Lewis, 'The Phoenician Fleet in 411 B.C.', *Historia* 7, 1958, 392-397, voor meer details. A.T. Olmstead, *History of the Persian Empire*, Chicago 1948, p. 397, n. 3, citeert Isocrates, *Panegyricus* 162, Theopompus, *FGrHist* 115 F 103.1, 13, Demosthenes, *In Leptinem* 76, Diodorus Siculus, *Bibliotheca Historica* 15.29.2, Nepos, *Chabrias* 3, Justinus, *Epitome* 6.6.3 en Polyaenus, *Strategemata* 7.21.4 als bronnen voor zijn reconstructie van een door Achoris van Egypte en Euagoras van Cyprus geïnstigeerde opstand na 386 v. Chr. waarbij Griekse huurlingen uit Aspendos betrokken waren. Dat iets dergelijks ook al in 411 v. Chr. zou hebben gespeeld en dat Tissaphernes daarbij betrokken zou zijn, is fictie.

Thucydides, *Historiae* 8.99 (voor de brief van Philippos uit Phaselis; dat Alkibiades Philippos zou hebben ontmoet en hem de opdracht zou hebben gegeven de brief te versturen, is fictie). De locatie van Phaselis is Barrington Atlas kaart 65 E4 36°31' NB 30°35' OL (het huidige Tekirova, het oostelijkste punt waar Alkibiades in zijn leven is geweest; de passage rond Kaap Akroterion, de uiterste zuidpunt van Lycië, op weg naar Phaselis, zou het zuidelijkste punt zijn waar hij ooit is geweest [36°10' NB]).

Thucydides, *Historiae* 8.108.1 (voor Alkibiades' claim dat hij de komst van de Fenicische vloot had verijdeld). Vergelijk Diodorus Siculus, *Bibliotheca Historica* 13.38.5 (waar hij, zoals telkens, Tissaphernes verwart met Pharnabazos).

Thucydides, *Historiae* 8.84.4 (voor de vernielingen van Perzische eigendommen in Milete door de Spartanen).

10

Thucydides, *Historiae* 8.89 (voor de onenigheid onder de oligarchen).

Thucydides, *Historiae* 8.90, 8.91.3 en Justinus, *Epitome* 5.3.8 (voor de meest extreme leden van het oligarchische regime die voorbereidingen treffen om Athene uit te leveren aan Sparta).

Thucydides, *Historiae* 8.90.1, 8.90.3-5, 8.92.1 (voor de bouw van de muur in Eëtioneia in Peiraieus). Vergelijk Aristoteles, *Respublica Atheniensium* 37.1.

Thucydides, *Historiae* 8.90.3, 8.91.1-2, 8.92, Aristoteles, *Respublica Atheniensium* 33.3, Diodorus Siculus, *Bibliotheca Historica* 13.38.1-2 en Nepos, *Alcibiades* 5.4 (voor het verzet van Theramenes [PA 7234] tegen de extremisten).

Thucydides, *Historiae* 8.92.7-10 (voor de onlusten in Peiraieus en de afbraak van de muur in Eëtioneia).

11

Thucydides, *Historiae* 4.104.4, Plutarchus, *Cimon* 4, Marcellinus, *Vita Thucydidis* 16.55, etc. (voor Oloros als de naam van Thoukydides' [PA 7267] vader; zie onder).

Thucydides, *Historiae* 4.104-106 (voor de mislukte interventie van Thoukydides ten tijde van de inname van Amphipolis in december 424 v. Chr.; zie onder).

Thucydides, *Historiae* 5.26.5, Marcellinus, *Vita Thucydidis* 23 en 46, anon., *Vita Thucydidis* 3-4 en de Scholiast op Thucydides, *Historiae* 4.104.4 (voor de twintig jaar ballingschap van Thoukydides ten gevolge van de mislukte interventie bij Amphipolis; zie onder).

Thucydides, *Historiae* 8.92.11 (voor de gedachte achter de strategie van de oligarchen om vaag te zijn over het bestaan van de Vijfduizend; deze opzettelijke vaagheid zou een verklaring kunnen bieden voor de discrepanties tussen Thucydides, *Historiae* 8.67 en Aristoteles, *Respublica Atheniensium* 29).

Thucydides, *Historiae* 8.93 (voor de mars op Athene en het plan van de oligarchen om een vergadering bijeen te roepen in het theater van Dionysos om de Vijfduizend te installeren).

Herodotus, *Historiae* 6.103.3 en Marcellinus, *Vita Thucydidis* 17 (cit. Polemon) (voor de Holle Weg).

Pausanias, *Graeciae Descriptio* 1.23.9 en Marcellinus, *Vita Thucydidis* 17 (cit. Polemon) (voor de Melitische Poort).

Thucydides, *Historiae* 8.93.1, Andocides 1.45, Aristoteles, *Respublica Atheniensium* 15.4 en Polyaenus, *Strategemata* 1.21.2 (voor het Anakeion). Demosthenes 45.80 (voor het Anakeion als verzamelplaats van dagloners).

Thucydides, *Historiae* 8.94 (voor het verschijnen van de Spartaanse vloot voor Peiraieus).

Thucydides, *Historiae* 8.95 en Aristoteles, *Respublica Atheniensium* 33.1 (voor de Spartaanse inname van Euboia).

12

Thucydides, *Historiae* 8.96 en Aristoteles, *Respublica Atheniensium* 33.1 (voor de verslagenheid in Athene na het verlies van Euboia).

Thucydides, *Historiae* 8.95.2 (voor de hyperbool 'Euboia was alles voor hen sinds ze van Attika waren afgesneden').

Thucydides, *Historiae* 8.97, Aristoteles, *Respublica Atheniensium* 33, Plutarchus, *Alcibiades* 27.1 en Diodorus Siculus, *Bibliotheca Historica* 13.38.1 (voor de omverwerping van het bewind van de Vierhonderd en de installatie van de Vijfduizend).

Thucydides, *Historiae* 8.92.2 (voor de moord op Phrynichos).

Thucydides, *Historiae* 8.98.1 en Justinus, *Epitome* 5.3.8 (voor de vlucht van de oligarchen naar Dekeleia).

Thucydides, *Historiae* 8.97.3, Diodorus Siculus, *Bibliotheca Historica* 13.38.2, 13.42.1-2, Plutarchus, *Alcibiades* 27.1, 33.1 en Nepos, *Alcibiades* 5.4 (voor het besluit van de Vijfduizend om amnestie te verlenen aan Alkibiades en hem terug te roepen naar Athene).

Aristoteles, *Respublica Atheniensium* 33.1 (voor de informatie dat het bewind van de Vierhonderd 'ongeveer vier maanden' heeft standgehouden en dat de eponieme archon Mnasilochos twee maanden in functie is geweest, voordat hij met de instelling van de Vijfduizend werd vervangen door Theopompos voor de resterende tien maanden van de ambtstermijn; omdat de Vierhonderd de macht hebben gegrepen op 14 Thargelion, i.e. 9 juni, halverwege de op een na laatste maand van het jaar van Kallias, is het aannemelijk dat het regime drieënhalve maand heeft standgehouden en is gevallen rond 1 Boëdromion, i.e. 106 dagen later, op 23 september van het jaar 411 v. Chr.).

Boek VIII
Krakend hout
Samos, Hellespont, Sardis, Kyzikos, Byzantion

1

Aristophanes, *Ranae* 1423 (voor de stad in barensnood) en 1425, geciteerd door Plutarchus, *Alcibiades* 16.2 (voor het citaat 'ze verlangen naar hem, ze haten hem en ze willen hem' over Alkibiades).

Plato, *Critias* 111b (voor de vergelijking van Attika met het skelet van een zieke man). Vergelijk Thucydides, *Historiae* 1.2.5-6, Strabo, *Geographica* 9.1.8, Plutarchus, *Solon* 22.1; contrasteer Theophrastus, *Historia Plantarum* 8.8.2.

Thucydides, *Historiae* 7.27.2-5 (voor het desastreuze effect van de permanente Spartaanse bezetting van Dekeleia voor de landbouw in Attika; zie boven).

Demosthenes, *In Leptinem* (20) 31-33 (voor de Atheense afhankelijkheid van graan uit de gebieden rond de Zwarte Zee). Vergelijk Strabo, *Geographica* 7.4.6.

Thucydides, *Historiae* 8.80 (voor de Spartaanse inname van Byzantion op verzoek van Pharnabazos; zie boven).

Plutarchus, *Alcibiades* 27.1 (voor de afweging van Alkibiades dat hij niet met lege handen wilde terugkeren naar Athene om overgeleverd te zijn aan de grillen van de volksgunst).

Thucydides, *Historiae* 8.76.6 (voor de opgeschorte soldijbetalingen aan de vloot ten tijde van het regime van de Vierhonderd).

Thucydides, *Historiae* 8.85.1, Plutarchus, *Alcibiades* 27.2 en Diodorus Siculus, *Bibliotheca Historica* 13.38.4 (voor de aanstelling van Mindaros [PL 536] als nieuwe bevelhebber van de Spartaanse vloot in Milete).

Diodorus Siculus, *Bibliotheca Historica* 13.38.5-6 (voor het bevel van Mindaros aan Dorieus van Rhodos om met zijn vloot van dertien schepen naar Rhodos terug te keren).

Pausanias, *Graeciae Descriptio* 6.7.1 en Thucydides, *Historiae* 3.8.1 (voor de overwinningen van Dorieus van Rhodos in het pankration bij drie opeenvolgende Olympische Spelen: bij de 87e Olympische Spelen in 432 v. Chr., bij de 88e Olympische Spelen in 428 v. Chr. en bij de 89e Olympische Spelen in 424 v. Chr.).

Thucydides, *Historiae* 8.35 (voor de bezetting van Knidos door troepen van Tissaphernes en van Kaap Triopion door de vloot van Dorieus van Rhodos in de winter van 412/411 v. Chr. met het doel om Egyptische koopvaardijschepen te onderscheppen die onderweg waren naar Athene en voor de succesvolle interventie van de Atheense vloot bij Kaap Triopion en de mislukte pogingen om Knidos op de Perzen te heroveren; zie boven).

Thucydides, *Historiae* 8.41.2 (voor de Spartaanse inname van Kos Meropis in de winter van 412/411 v. Chr.; zie boven).

Bacchylides, *fragment* 16.10-12 (geciteerd in Athenaeus, *Deipnosophistae* 2.39e-f), Demosthenes 56 (*passim*), Plutarchus, *Pericles* 37.3 (voor graanimport uit Egypte; uit Demosthenes 56.3, 9, 30, 47 blijkt dat de route van het Egyptische graan naar Athene via Rhodos liep).

2

Thucydides, *Historiae* 8.108.2, Diodorus Siculus, *Bibliotheca Historica* 13.42.2-3, Plutarchus, *Alcibiades* 27.1 (voor de expeditie van Alkibiades naar Knidos, Halikarnassos en Kos; de details zijn fictie).

Herodotus, *Historiae* 7.153.1 (voor het eiland Telos) en Plinius, *Naturalis Historia* 4.23 (voor parfum van Telos). De locatie van Telos is Barrington Atlas kaart 61 E5 36°25' NB 27°20' OL.

Aelianus, *De Natura Animalium* 4.46 (voor het beroemde gekleurde textiel van Sardis; zie boven) en Athenaeus, *Deipnosophistae* 12.525c-f (cit. Democritus van Ephesos en Asius) (voor de extravagante mode in Ionië; zie boven).

Euripides, *Cyclops* 182 (voor de bontgekleurde oosterse broek in een pejoratieve context; zie boven). Vergelijk Aristophanes, *Vespae* 1087.

Athenaeus, *Deipnosophistae* 12.535e (cit. Satyrus) (voor de informatie dat Alkibiades de Perzische taal heeft geleerd; zie boven).

Thucydides, *Historiae* 8.109.1 (voor de herovering van Knidos). De locatie van Knidos is Barrington Atlas kaart 61 E4 36°42' NB 27°22' OL.

Herodotus, *Historiae* 7.99, 8.68-69, 8.87-88, 8.93.2 en 8.101-103 (voor koningin Artemisia I van Karia, die regeerde in de tijd van de Perzenoorlogen). De locatie van Halikarnassos is Barrington Atlas kaart 61 E3 37°02' NB 27°25' OL.

Diodorus Siculus, *Bibliotheca Historica* 13.42.2-3 (voor de informatie dat Alkibiades de buit van zijn expeditie heeft gedeeld met zijn manschappen).

3

Thucydides, *Historiae* 8.100.3 (voor de opstand in Eresos op Lesbos). De locatie van Eresos is Barrington Atlas kaart 56 B3 39°10' NB 25°55' OL.

Thucydides, *Historiae* 8.99 en Diodorus Siculus, *Bibliotheca Historica* 13.38.6-7 (voor het vertrek van de Spartaanse vloot naar de Hellespont, de storm en de landing op Chios).

Thucydides, *Historiae* 8.100 en Diodorus Siculus, *Bibliotheca Historica* 13.38.7-39.1 (voor het antwoord van de Atheense vloot).

Homerus, *Odyssea* 2.1, etc. (voor de 'rozenvingerige dageraad'), 5.1-2 (voor de dageraad die opstaat uit het bed van Tithonos om licht te brengen aan goden en mensen) en *Homerische Hymne aan Aphrodite* 218-238 (voor de onsterfelijkheid zonder eeuwige jeugd voor Tithonos).

Thucydides, *Historiae* 8.101.1-103.1 en Diodorus Siculus, *Bibliotheca Historica* 13.39.1 (voor de manoeuvre van Mindaros).

Thucydides, *Historiae* 8.103.2-3 en Diodorus Siculus, *Bibliotheca Historica* 13.39.1-2 (voor de aankomst van de Atheense vloot in de Hellespont).

Thucydides, *Historiae* 8.104-106 en Diodorus Siculus, *Bibliotheca Historica* 13.39.3-40.6 (voor de Zeeslag bij het Hondengraf begin oktober van het jaar 411 v. Chr.). De locatie van het Hondengraf (Kynos Sema of Cynossema) is Barrington Atlas kaart 51 G4 40°10' NB 26°22' OL.

Euripides, *Hecuba* 1273, Strabo, *Geographica* 7.55, Diodorus Siculus, *Bibliotheca Historica* 13.40.6 (voor het monument voor Hekabe dat het Hondengraf werd genoemd).

Plutarchus, *Alcibiades* 1.4, 16.1 en Athenaeus, *Deipnosophistae* 12.534c (cit. Satyrus) (voor de beroemde lange, purperen mantel, die Alkibiades in Athene placht te dragen; zie boven).

4

Thucydides, *Historiae* 8.80.3 en Diodorus Siculus, *Bibliotheca Historica* 13.40.6 (voor de opstand van Kyzikos in de zomer van het jaar 411 v. Chr.; zie boven).

Thucydides, *Historiae* 8.107.1 en Diodorus Siculus, *Bibliotheca Historica* 13.40.6 (voor de missie naar de Propontis en de herovering van Kyzikos door Thrasyboulos in oktober van het jaar 411 v. Chr.).

Thucydides, *Historiae* 8.107.2 (voor de Spartaanse aanval op Elaious en de oproep van de vloot uit Euboia). Vergelijk Diodorus Siculus, *Bibliotheca Historica* 13.45.1.

Diodorus Siculus, *Bibliotheca Historica* 13.41.1-3 (voor de informatie dat de Spartaanse vloot uit Euboia is vergaan in een storm bij Athos).

Xenophon, *Historia Graeca* 1.1.1 (voor de zeeslag tussen de Atheense vloot uit Chalkis en de Spartaanse schepen die de storm hadden doorstaan).

Pausanias, *Graeciae Descriptio* 6.7.1 en Thucydides, *Historiae* 3.8.1 (voor de overwinningen van Dorieus van Rhodos in het pankration bij drie opeenvolgende Olympische Spelen: bij de 87e Olympische Spelen in 432 v. Chr., bij de 88e Olympische Spelen in 428 v. Chr. en bij de 89e Olympische Spelen in 424 v. Chr.; zie boven).

Plutarchus, *Alcibiades* 32.2 (= Duris Samius, *FGrHist* 76 T 3) (voor de claim van Douris van Samos, historicus uit de vierde eeuw v. Chr., dat zijn voorvader een zoon van Alkibiades zou zijn).

Xenophon, *Historia Graeca* 1.1.2 en Diodorus Siculus, *Bibliotheca Historica* 13.45.2 (voor de aankomst van de vloot van Dorieus van Rhodos bij de ingang van de Hellespont).

Aeschylus, *Persae* 559, Bacchylides 13.157, *IG* II[2] 1604.41, 68, 75, *IG* II[2] 1607b.24, Plinius, *Naturalis Historia* 35.31.49 en Pollux, *Onomasticon* 1.86 met het archeologische materiaal gepubliceerd in Carlson, 'Seeing the Sea' (voor de ogen van de triremen).

Xenophon, *Historia Graeca* 1.1.2-3 (voor Dorieus die zich verschanst op de kust van Rhoiteion onder dreiging van twintig Atheense schepen, die zich vervolgens terugtrekken naar Madytos). De locatie van Rhoiteion is Barrington Atlas kaart 51 G4 40°01' NB 26°17' OL.

Xenophon, *Historia Graeca* 1.1.4 (voor Mindaros in Troje, die Dorieus ziet bij Rhoiteion).

Diodorus Siculus, *Bibliotheca Historica* 13.45.2 (voor de gehele Atheense vloot die uitvaart).

Diodorus Siculus, *Bibliotheca Historica* 13.45.3-4 (voor Dorieus die zijn koers hervat, zich geblokkeerd ziet door de Atheense vloot en landt bij Dardanos, waar hij de plaatselijke bevolking ronselt en bewapent). De locatie van Dardanos is Barrington Atlas kaart 51 G4 40°05' NB 26°20' OL.

Diodorus Siculus, *Bibliotheca Historica* 13.45.5-6 (voor de gevechten op land bij Dardanos met steun van de Perzen).

Diodorus Siculus, *Bibliotheca Historica* 13.45.6 (voor de Spartaanse vloot die uitvaart).

Diodorus Siculus, *Bibliotheca Historica* 13.45.7-46.2, Xenophon, *Historia Graeca* 1.1.5 en Plutarchus, *Alcibiades* 27.2 (voor de zware gevechten tijdens de Zeeslag bij Abydos begin november van het jaar 411 v. Chr.). De locatie van Abydos is Barrington Atlas kaart 51 G4 40°12' NB 26°25' OL.

Diodorus Siculus, *Bibliotheca Historica* 13.46.4 (voor de harde noordoostenwind).

Xenophon, *Historia Graeca* 1.1.5, Diodorus Siculus, *Bibliotheca Historica* 13.46.2 en Plutarchus, *Alcibiades* 27.2 (voor de aankomst van Alkibiades met achttien schepen).

Diodorus Siculus, *Bibliotheca Historica* 13.46.3 en Plutarchus, *Alcibiades* 27.3 (voor het feit dat beide kampen geloofden dat versterking in aantocht was, totdat Alkibiades een rode of purperen vlag hees; de mantel is fictie).

Plutarchus, *Alcibiades* 16.1-2 en Athenaeus, *Deipnosophistae* 12.534e (cit. Satyrus) (voor Alkibiades' gouden schild; zie boven).

Xenophon, *Historia Graeca* 1.1.6 en Diodorus Siculus, *Bibliotheca Historica* 13.45.3 (voor de vlucht van de Spartaanse schepen naar Abydos).

Plutarchus, *Alcibiades* 27.3 (voor Alkibiades' destructie van de Spartaanse vloot).

Xenophon, *Historia Graeca* 1.1.6, Diodorus Siculus, *Bibliotheca Historica* 13.46.5-6 en Plutarchus, *Alcibiades* 27.3 (voor de gevechten op het land, waaraan Pharnabazos te paard deelneemt).

Athenaeus, *Deipnosophistae* 12.535e (cit. Satyrus) (voor de informatie dat Alkibiades de Perzische taal heeft geleerd; zie boven).

Xenophon, *Historia Graeca* 1.1.7 en Plutarchus, *Alcibiades* 27.4 (voor de buit van dertig schepen).

Diodorus Siculus, *Bibliotheca Historica* 13.47.1 en Plutarchus, *Alcibiades* 27.4 (voor de overwinningstrofee; dat deze voor de vorige stond en groter was, is fictie).

5

Xenophon, *Historia Graeca* 1.1.8 (voor de expeditie naar Thracië en de missie naar Athene).

Thucydides, *Historiae* 8.108.3, 109 en Xenophon, *Historia Graeca* 1.1.9 (voor de reis van Tissaphernes naar de Hellespont).

Thucydides, *Historiae* 8.108.4-5 (voor de rebellie van Antandros). De locatie van Antandros is Barrington Atlas kaart 56 D2 39°35' NB 26°47' OL.

Thucydides, *Historiae* 8.109 (voor Tissaphernes' motieven).

Thucydides, *Historiae* 8.6.1-2 (voor de rivaliteit tussen Tissaphernes en Pharnabazos; zie boven).

Thucydides, *Historiae* 8.56.2 (voor het eerdere besef bij Alkibiades dat zijn relatie met Tissaphernes minder veiligheid bood dan hij aanvankelijk had gehoopt).

Xenophon, *Historia Graeca* 1.1.9 en Plutarchus, *Alcibiades* 27.4 (voor Alkibiades' besluit om Tissaphernes te ontmoeten).

Xenophon, *Historia Graeca* 1.1.9 en Plutarchus, *Alcibiades* 27.5 (voor Alkibiades' arrestatie en gevangenschap in Sardis).

6

Valerius Maximus, *Factorum et Dictorum Memorabilium Libri IX* 9.2ext.6 (voor executie met as; zie boven).

Herodotus, *Historiae* 5.101 (voor de rieten huizen en de rieten daken in de benedenstad van Sardis; zie boven).

Arrianus, *Anabasis* 1.17.5 (voor de drie concentrische verdedigingsmuren van Sardis; zie boven). Vergelijk Aristoteles, *Analytica Posteriora* 94[a].

Aristophanes, *Nubes* 362, Plato, *Symposium* 221b en Athenaeus, *Deipnosophistae* 5.216a (voor de karakterisering van Sokrates als 'met zijn hoofd in zijn nek en nieuwsgierig om zich heen kijkend met zijn uitpuilende ogen'; zie boven).

Homerus, *Odyssea* 9.106-566 (voor Odysseus bij de Cycloop).

7

Elamitisch kleitablet uit Persepolis PF 767 (= 11.43 Kuhrt), Elamitisch kleitablet uit Persepolis PF 1982 (= 15.5 Kuhrt), groen bord met Aramese tekst uit Persepolis (= 16.35 i Kuhrt), Elamitisch kleitablet uit Persepolis PF 1272 (= 17.26 Kuhrt), etc. (voor de naam Bakabada, die gehelleniseerd wordt tot Bagapates, als de naam voor Perzische ambtenaren; de Bagapates in de cel in Sardis is een fictief personage).

Athenaeus, *Deipnosophistae* 12.535e (cit. Satyrus) (voor de informatie dat Alkibiades de Perzische taal heeft geleerd; zie boven).

Xenophon, *Historia Graeca* 1.1.10 en Plutarchus, *Alcibiades* 28.1 (voor Alkibiades' ontsnapping uit Sardis en vlucht naar Klazomenai). De locatie van Klazomenai is Barrington Atlas kaart 56 D5 38°21' NB 26°48' OL.

Plutarchus, *Alcibiades* 28.1 (voor Alkibiades' wraak die eruit bestond dat hij Tissaphernes in diskrediet bracht door te beweren dat hij met diens medeweten was ontsnapt; de vrijgeleide is fictie).

8

Diodorus Siculus, *Bibliotheca Historica* 13.49.2-3 en Xenophon, *Historia Graeca* 1.1.11 (voor de nachtelijke troepenverplaatsing naar Kardia).

Diodorus Siculus, *Bibliotheca Historica* 13.49.3 en Xenophon, *Historia Graeca* 1.1.12 (voor de aankomst van versterkingen vanuit Athene onder bevel van Theramenes [PA 7234]). Vergelijk Polyaenus, *Strategemata* 1.40.9.

Diodorus Siculus, *Bibliotheca Historica* 13.47.6 (voor het aantal van dertig schepen onder bevel van Theramenes).

Thucydides, *Historiae* 8.97.2 en Aristoteles, *Respublica Atheniensium* 33.2 (voor het oordeel dat de regering van de Vijfduizend voortreffelijk functioneerde).

Diodorus Siculus, *Bibliotheca Historica* 13.53.2, etc. (voor de opkomst van de demagoog Kleophon [PA 8638]; zie onder).

Xenophon, *Historia Graeca* 1.5.11-12, Diodorus Siculus, *Bibliotheca Historica* 13.71.1-2, Plutarchus, *Alcibiades* 10.1, 35.4-6, *Lysander* 5.1, Pausanias, *Graeciae Descriptio* 3.17.4 en 9.32.6 (voor de kapitein Antiochos [PA 1153]; zie boven).

9

Diodorus Siculus, *Bibliotheca Historica* 13.49.4 (voor de inname van Kyzikos door Mindaros en Pharnabazos). Vergelijk Xenophon, *Historia Graeca* 1.1.14 en Plutarchus, *Alcibiades* 28.1.

Diodorus Siculus, *Bibliotheca Historica* 13.49.5-6 en Xenophon, *Historia Graeca* 1.1.13 (voor de manoeuvres van de Atheense vloot op weg naar Kyzikos).

Homerus, *Ilias* 7.324, *Odyssea* 4.678, etc. (voor de uitdrukking 'een plan weven').

Plutarchus, *Alcibiades* 28.3 en Xenophon, *Historia Graeca* 1.1.16 (voor het noodweer).

Polyaenus, *Strategemata* 3.11.13 (voor zeil dat werd vastgemaakt aan de kraanbalk van een trireem om de roeiers te beschermen tegen slecht weer).

Diodorus Siculus, *Bibliotheca Historica* 13.50-51, Xenophon, *Historia Graeca* 1.1.14-18, Plutarchus, *Alcibiades* 28, Justinus, *Epitome* 5.4.1-3, anon., *Vita Thucydidis* 5 (= Theopompus, *fragment* 6d Grenfell-Hunt), Aelius Aristides, *Panathenaeicus* (*Oratio* 13) 264-265 (161 Jebb), Polyaenus, *Strategemata* 1.40.9 en Frontinus, *Strategemata* 2.5.44 (voor de Slag bij Kyzikos in april van het jaar 410 v. Chr.). De locatie van Kyzikos is Barrington Atlas kaart 52 B4 40°22' NB 27°52' OL.

Pindarus, *Olympische Ode* 6.9-11 (voor het citaat dat vrij vertaald is als 'niets wat zonder gevaar wordt ondernomen, is eervol').

Plutarchus, *Lycurgus* 22.1-2 (voor het idee dat oorlog door de Spartanen als gemakkelijker wordt ervaren dan hun training; zie boven).

Plutarchus, *Lycurgus* 25.5 en Diodorus Siculus, *Bibliotheca Historica* 12.74.3-4 (voor de anekdote over Argileonis, de moeder van Brasidas; zie boven).

Diodorus Siculus, *Bibliotheca Historica* 13.51.6, Xenophon, *Historia Graeca* 1.1.18, Plutarchus, *Alcibiades* 28.5 en Polyaenus, *Strategemata* 1.40.9 (voor de dood van Mindaros; de persoonlijke betrokkenheid van Alkibiades is fictie).

Diodorus Siculus, *Bibliotheca Historica* 13.51.8, Nepos, *Alcibiades* 5.5 en Justinus, *Epitome* 5.4.8 (voor de omvang van de verliezen van de Spartanen).

Plutarchus, *Lycurgus* 18.3 en 19-20 (voor de Spartaanse voorkeur voor spaarzaam woordgebruik en afgemeten bewoordingen; zie boven).

Xenophon, *Historia Graeca* 1.1.23 en Plutarchus, *Alcibiades* 28.6 (voor de laconische boodschap van de verslagen Spartanen aan de ephoren).

10

Diodorus Siculus, *Bibliotheca Historica* 13.52.1 (voor het feest in Athene naar aanleiding van de overwinning bij Kyzikos).

Aeschylus, *Agamemnon* 594, Xenophon, *Historia Graeca* 4.3.14, *Anabasis* 4.6.27, *Cyropaedia* 4.1.2, 7.2.28, etc. (voor een dankoffer na een overwinning); Plutarchus, *Aristides* 19.7 (voor een publiek dankoffer in Athene aan Zeus Eleutherios na een gewonnen slag); Aristophanes, *Equites*, 654-663, Euripides, *Ion* 1124, 1130-1131, Xenophon, *Historia Graeca* 1.6.37, Demosthenes 19.139, Diodorus Siculus, *Bibliotheca Historica* 4.21.4, 16.55, 17.100.1, 20.63.1, 20.76.6, Longus, *Daphnis et Chloe* 4.25.2, etc. (voor de combinatie van dankoffers en banketten); Euripides, *Electra* 859, 864, 875, *Hercules Furens* 761-790, etc. (voor overwinningen die gevierd worden met dans); Sophocles, *Antigone* 150-154 (voor nachtelijke dansen); Demosthenes 19.128 (voor een dankoffer, banket, dankgebed, hymne en kransen).

Diodorus Siculus, *Bibliotheca Historica* 13.52.2-8, Nepos, *Alcibiades* 5.5, Justinus, *Epitome* 5.4.4, Philochorus *FGrHist* 328 F 139a (geciteerd door de Scholiast op Euripides, *Orestes* 371) en 139b (geciteerd door de Scholiast op Euripides, *Orestes* 772) (voor het Spartaanse verzoek om een vredesakkoord).

Diodorus Siculus, *Bibliotheca Historica* 13.53, Philochorus *FGrHist* 328 F 139a (geciteerd door de Scholiast op Euripides, *Orestes* 371) en 139b (geciteerd door de Scholiast op Euripides, *Orestes* 772) (voor de verwerping van het Spartaanse voorstel onder invloed van Kleophon). Vergelijk Justinus, *Epitome* 5.4.4.

Aristoteles, *Respublica Atheniensium* 34.1 (voor het herstel van de democratie in Athene op 16 juni 410 v. Chr.). Vergelijk Andocides 1.96-98.

Aristoteles, *Respublica Atheniensium* 28.4, Diodorus Siculus, *Bibliotheca Historica* 13.53.2 en de Scholiast op Aristophanes, *Ranae* 681 (voor Kleophon [PA 8638] als een demagoog).

Andocides 1.146, Aeschines, *De Falsa Legatione* (2) 76, Aristoteles, *Respublica Atheniensium* 28.3, de Scholiast op Aristophanes, *Ranae* 681 en de Scholiast op Aristophanes, *Thesmophoriazusae* 805 (voor Kleophon als een liermaker).

Aristophanes, *Ranae* 679-684 (met de Scholiast), 1532-1533 (met de Scholiast), Plato Comicus, *fragment* 60 Kock (geciteerd door de Scholiast op Aristophanes, *Ranae* 681) en Aelianus, *Varia Historia* 12.43 (voor de onduidelijke, wellicht barbaarse afkomst van Kleophon).

Aristoteles, *Respublica Atheniensium* 34.1 (voor Kleophon die dronken met een borstkuras in de volksvergadering verscheen).

Aeschines, *De Falsa Legatione* (2) 76 (voor Kleophon als een messentrekker).

Diodorus Siculus, *Bibliotheca Historica* 13.53.2 (voor de machtspositie van Kleophon).

11

Xenophon, *Historia Graeca* 1.1.20-21 (voor de expeditie naar Perinthos en Selymbria). De locatie van Perinthos is Barrington Atlas kaart 52 B3 40°58' NB 27°58' OL (het huidige Ereğli). Selymbria is kaart 52 C2 41°05' NB 28°17' OL (het huidige Silivri).

Diodorus Siculus, *Bibliotheca Historica* 16.76.2 (voor de topografie van Perinthos).

Xenophon, *Historia Graeca* 1.1.22 en Diodorus Siculus, *Bibliotheca Historica* 13.64.2 (voor het tolhuis in Chrysopolis). De locatie van Chrysopolis is Barrington Atlas kaart 53 B2 41°02' NB 29°01' OL.

Homerus, *Ilias* 9.186-189 (voor Achilles met zijn lier op het strand, die de liederen zingt van helden).

Nepos, *Alcibiades* 7.4, Diodorus Siculus, *Bibliotheca Historica* 13.74.2-4 en Xenophon, *Historia Graeca* 1.5.17 (voor het fort van Alkibiades in Paktye; zie beneden).

12

Xenophon, *Historia Graeca* 1.1.34, 1.2.1 en Diodorus Siculus, *Bibliotheca Historica* 13.64.1 (voor het vertrek en de omvang van de versterkingen).

Vergilius, *Georgica* 3.258-263 (met Servius, *In Vergilii Georgica Commentarius* 3.258), Pseudo-Ovidius, *Heroides* 18 en 19, Musaeus, *Hero et Leander* (voor het verhaal van Hero en Leandros). Horatius, *Epistulae* 1.3.3-5, Strabo, *Geographica* 13.22.591, *Anthologia Palatina* 7.666 en 9.215 (voor Hero's toren).

Athenaeus, *Deipnosophistae* 12.534f-535a (cit. Lysias, *fragment* 4 Thalheim) en 13.574e, spreekt over een driehoeksrelatie tussen Medontis van Abydos, Alkibiades en Axiochos (PA 1330), de zoon van Alkibiades de Oudere (PA 597) en Aspasia en de halfbroer van Alkibiades' vader Kleinias (PA 8510). Vrijwel alle geleerden gaan ervan uit dat deze informatie op laster berust en zo er een kern van waarheid in zou zitten, wordt de episode over het algemeen gedateerd in Alkibiades' jonge jaren, voor de Slag bij Poteidaia in 432 v. Chr. (vergelijk Athenaeus, *Deipnosophistae* 12.525b [cit. Antiphon] voor deze datering en Isocrates 16.29 voor de reden waarom deze datering problematisch is). Zie R.J. Littman, 'The Loves of Alcibiades', *Transactions and Proceedings of the American Philological Association* 101, 1970, 263-276, in het bijzonder pp. 264-265. Mijn versie, waarin niet Axiochos maar Antiochos (PA 1153), de kapitein en vriend van Alkibiades, betrokken is en die zich afspeelt in de zomer van het jaar 409 v. Chr. tijdens Alkibiades' oponthoud in de Hellespont, berust op fictie, hoewel deze fictie althans voor de datering ondersteuning vindt in de beschuldigingen van Thrasyboulos, de zoon van Thraso ([PA 7305], niet te verwarren met Thrasyboulos, de zoon van Lykos [PA 7310]) aan Alkibiades, zoals gerapporteerd door Plutarchus, *Alcibiades* 36.1-2.

Xenophon, *Historia Graeca* 1.2.1-6 (voor de Atheense troepenverplaatsingen en de schermutselingen voorafgaand aan de Slag bij Ephesos).

Xenophon, *Historia Graeca* 1.2.7-11, Diodorus Siculus, *Bibliotheca Historica* 13.64.1 en Plutarchus, *Alcibiades* 29.1 (voor de Slag bij Ephesos in de zomer van het jaar 409 v. Chr.). De locatie van Ephesos is Barrington Atlas kaart 61 E2 37°55' NB 27°20' OL.

Xenophon, *Historia Graeca* 1.2.13 (voor de aankomst van de versterkingen in de Hellespont).

Xenophon, *Historia Graeca* 1.2.15 en Plutarchus, *Alcibiades* 29.1-2 (voor de minachting van de troepen van Alkibiades voor de nieuwkomers).

Xenophon, *Historia Graeca* 1.2.13, 15 en Diodorus Siculus, *Bibliotheca Historica* 13.66.1 (voor de versterking van Lampsakos en de overwintering aldaar). De locatie van Lampsakos is Barrington Atlas kaart 51 H4 40°20' NB 26°41' OL.

Pausanias, *Graeciae Descriptio* 9.31.2 (voor Priapos als de beschermgod van Lampsakos).

13

Xenophon, *Historia Graeca* 1.2.16 en Plutarchus, *Alcibiades* 29.2 (voor de Slag bij Abydos in de lente van het jaar 408 v. Chr.).

Homerus, *Ilias* 12.299-306, 3.23-26, 5.554-558, 11.548-555, 12.41-48 en 17.657-664 (voor de klassieke topos van leeuwen die op vee afkomen en door jagers worden ingesloten en gedood).

Xenophon, *Historia Graeca* 1.2.17, Plutarchus, *Alcibiades* 29.3 en Diodorus Siculus, *Bibliotheca Historica* 13.64.4 (voor raids in het territorium van Pharnabazos).

Xenophon, *Historia Graeca* 1.2.17 en Plutarchus, *Alcibiades* 29.2 (voor de verzoening tussen de veteranen en de nieuwkomers).

Diodorus Siculus, *Bibliotheca Historica* 13.66.1 (voor het garnizoen dat achterblijft in Lampsakos).

Xenophon, *Historia Graeca* 1.3.2-3 en Plutarchus, *Alcibiades* 29.3 (voor Alkibiades' expeditie naar Bithynië).

Xenophon, *Historia Graeca* 1.3.4-7, Diodorus Siculus, *Bibliotheca Historica* 13.66.1-2 en Plutarchus, *Alcibiades* 30.1 (voor het beleg en de strijd bij Chalkedon in het voorjaar van het jaar 408 v. Chr.). De locatie van Chalkedon is Barrington Atlas kaart 53 B3 40°58' NB 29°02' OL.

Pindaros, *Olympische Ode* 12.9 (voor het citaat 'voor toekomst zijn gedachten blind').

Plutarchus, *Alcibiades* 30.5, Xenophon, *Historia Graeca* 1.3.10 en Diodorus Siculus, *Bibliotheca Historica* 13.66.4 (voor de werving van Thracische hulptroepen, die Alkibiades bijzonder goedgezind werden).

Plutarchus, *Alcibiades* 30.2-5, Xenophon, *Historia Graeca* 1.3.10 en Diodorus Siculus, *Bibliotheca Historica* 13.66.4 (voor de inname van Selymbria in het voorjaar van het jaar 408 v. Chr.). De locatie van Selymbria is Barrington Atlas kaart 52 C2 41°05' NB 28°17' OL (het huidige Silivri, hetgeen, als we afzien van mogelijke expedities in de binnenlanden van Thracië, het noordelijkste punt is waar Alkibiades in zijn leven is geweest).

Xenophon, *Historia Graeca* 1.3.8-13 (vervolgd in 1.4.1-7), Plutarchus, *Alcibiades* 31.1-2 en Diodorus Siculus, *Bibliotheca Historica* 13.66.3 (voor het verdrag met Pharnabazos en de eden; mijn vereenvoudigde versie van het verdrag is fictie; Xenophon doet een complexere realiteit vermoeden).

Diodorus Siculus, *Bibliotheca Historica* 13.66.5-67.7, Xenophon, *Historia Graeca* 1.3.14-21, Plutarchus, *Alcibiades* 31.2-4 en Nepos, *Alcibiades* 5.6 (voor de inname van Byzantion in april van het jaar 408 v. Chr.).

Thucydides, *Historiae* 8.8.2, 8.39.2, 8.80.1-3, Isocrates 8.98, Xenophon, *Anabasis* 1.1.9, 2.6.1-15, *Historia Graeca* 1.1.35-36, 1.3.15-20, Diodorus Siculus, *Bibliotheca Historica* 13.40.6, 13.51.1-6, 13.66.5-6, 13.98.1, 14.12, Polyaenus, *Strategemata* 2.2, etc. (voor Klearchos, de zoon van Rhamphias [PL 425]; zie boven).

Plutarchus, *Alcibiades* 31.5, Xenophon, *Historia Graeca* 1.1.22, Diodorus Siculus, *Bibliotheca Historica* 13.67.7 en Nepos, *Alcibiades* 5.6 (voor de correcte behandeling van de inwoners van Byzantion en de gevangengenomen Spartanen).

Xenophon, *Historia Graeca* 1.4.8, Diodorus Siculus, *Bibliotheca Historica* 13.68.2, Plutarchus, *Alcibiades* 32.1, Nepos, *Alcibiades* 5.7 en Justinus, *Epitome* 5.4.7 (voor Alkibiades' vertrek naar Athene).

Boek IX
De tiran van Athene
Samos, Gytheion, Athene

1

Plato, *Cratylus*, in het bijzonder 385e-427d (voor de naturalistische taaltheorie bij monde van Sokrates).

Athenaeus, *Deipnosophistae* 12.535e (cit. Satyrus) (voor de informatie dat Alkibiades de Perzische taal heeft geleerd; zie boven).

Het Griekse woord voor 'emotie' is *páthos* (zie bijvoorbeeld Aristoteles, *Rhetorica* 2.1 1378^{a}19), etymologisch verwant aan *páschein*, 'ondergaan'.

Aristoteles, *Rhetorica* 2.1 1378^{a}19-21 (voor de definitie van emoties als 'krachten die ons oordeel beïnvloeden met de anticipatie van aangename of onaangename gewaarwordingen').

Plato, *Phaedrus* 246a-249d (voor paarden en wagenmenners in een vergelijkbare metafoor voor de ziel).

Pindarus, *Pythische Ode* 1.13-28 (voor Typhon; zie boven).

Homerus, *Odyssea* 1.3 (voor Odysseus die 'de steden had gezien en de mentaliteit had leren kennen van vele mensen').

Diogenes Laërtius, *Vitae Philosophorum* 2.122 (voor Simon de filosofische schoenmaker [PA 12688]; zie boven).

Pindarus, *Nemeïsche Ode* 9.24-25, 10.8-9, Pausanias, *Graeciae Descriptio* 1.34.2, etc. (voor Amphiaraos die door de aarde wordt verzwolgen).

Plato, *Alcibiades I* 120a en Aristophanes, *Aves* 1298-1299 (voor Meidias de kwartelklopper [PA 9714]; de passage uit Plato wordt geciteerd in Athenaeus, *Deipnosophistae* 11.506d; zie boven).

Aristoteles, *Rhetorica* 2.5 1382^{a}21-22 (voor de definitie van angst).

2

Xenophon, *Historia Graeca* 1.4.8-9 (voor Alkibiades' tussenstop in Samos en voor zijn campagne naar Karia).

Diodorus Siculus, *Bibliotheca Historica* 13.72.1-2 en Xenophon, *Historia Graeca* 1.4.9 (voor de expeditie van Thrasyboulos met dertig schepen naar Thasos en Abdera).

Thucydides, *Historiae* 2.97.1 (voor de ligging van Abdera aan de westgrens van het Thracische koninkrijk Odrysië). De locatie van Abdera is Barrington Atlas kaart 51 D3, 40°55' NB 25°00' OL.

Xenophon, *Historia Graeca* 1.4.10 (voor de terugkeer van het grootste deel van de vloot naar Athene).

Xenophon, *Historia Graeca* 1.4.11 (voor de missie naar Paros). Vergelijk Diodorus Siculus, *Bibliotheca Historica* 13.47.8. De locatie van Paros is Barrington Atlas kaart 57 D4, 37°10' NB 25°10' OL.

IG I³ 71.1.62 (voor de informatie dat Paros een tribuut betaalde van dertig talenten).

Xenophon, *Historia Graeca* 1.4.11 (voor Alkibiades' oversteek met twintig schepen naar Gytheion, waar schepen in aanbouw waren en waar hij probeerde uit te vinden hoe er in Athene over zijn terugkeer werd gedacht; het onklaar maken van de in aanbouw zijnde schepen is fictie). De locatie van Gytheion is Barrington Atlas kaart 58 D4, 36°45' NB 22°35' OL.

Aristoteles, *Respublica Atheniensium* 44.4 (voor de verkiezing van de strategen 'tijdens de eerste vergadering na de zesde prytanie op voorwaarde dat de voortekenen goed zijn').

Xenophon, *Historia Graeca* 1.4.10 en 12 (voor de herverkiezing van Alkibiades en Thrasyboulos als generaals).

3

Plutarchus, *Alcibiades* 32.1-2 (cit. Duris van Samos), Athenaeus, *Deipnosophistae* 12.535d en Diodorus Siculus, *Bibliotheca Historica* 13.68.2-3 (voor de triomfantelijke aankomst van de vloot bij Peiraieus, die in Plutarchus' en mijn versie een fantasie blijft).

Xenophon, *Symposium* 3.11 en Plutarchus, *Alcibiades* 32.2 (cit. Duris van Samos) (voor de gevierde acteur Kallippides).

Plutarchus, *Alcibiades* 34.1 (voor de terugkeer van Alkibiades 'op de zesde dag van de afnemende maan van Thargelion' in het jaar dat Euktemon archon was, i.e. 16 juni van het jaar 407 v. Chr.). Vergelijk Xenophon, *Historia Graeca* 1.4.12.

Xenophon, *Historia Graeca* 1.4.13, Plutarchus, *Alcibiades* 32.4, Diodorus Siculus, *Bibliotheca Historica* 13.68.3, 13.69.1, Nepos, *Alcibiades* 6.3 en Justinus, *Epitome* 5.4.9-10 (voor de massa die alleen belangstelling heeft voor Alkibiades).

Xenophon, *Historia Graeca* 1.4.11, 1.4.18 en Plutarchus, *Alcibiades* 32.3 (voor het feit dat Alkibiades in werkelijkheid bang was).

Xenophon, *Historia Graeca* 1.4.19 en Plutarchus, *Alcibiades* 32.3 (voor Alkibiades' neef Euryptolemon, de zoon van Peisianax [PA 5985]). Vergelijk Xenophon, *Historia Graeca* 1.7.12, 16, 34 en Pseudo-Plato, *Axiochus* 369a. Zie onder.

Xenophon, *Historia Graeca* 1.4.18-19 (voor het feit dat Alkibiades pas van boord durft te stappen wanneer hij een bekende heeft ontdekt in de massa).

Xenophon, *Historia Graeca* 1.4.13-17, Plutarchus, *Alcibiades* 32.4-5, Diodorus Siculus,

Bibliotheca Historica 13.68.4-6 en Justinus, *Epitome* 5.4.11-18 (voor de stemmen in de massa).

Xenophon, *Historia Graeca* 1.4.20, Plutarchus, *Alcibiades* 33.2, Diodorus Siculus, *Bibliotheca Historica* 13.69.1 en Nepos, *Alcibiades* 6.4 (voor de volksvergadering).

Plutarchus, *Alcibiades* 33.3, Diodorus Siculus, *Bibliotheca Historica* 13.69.2 en Nepos, *Alcibiades* 6.5 (voor het volledige pardon, de restitutie van de geconfisqueerde bezittingen, de herroeping van de vloek en de steen met de inscriptie die in de zee wordt gegooid).

Xenophon, *Historia Graeca* 1.4.20, Plutarchus, *Alcibiades* 33.2 en Diodorus Siculus, *Bibliotheca Historica* 13.69.3 (voor de benoeming van Alkibiades als opperbevelhebber met ongelimiteerde bevoegdheden).

Thucydides, *Historiae* 6.15.4, Plutarchus, *Alcibiades* 16.5, 35.1 en Nepos, *Alcibiades* 7.3 (voor de beschuldiging dat Alkibiades tirannieke ambities koesterde).

Xenophon, *Historia Graeca* 1.4.12 en Plutarchus, *Alcibiades* 34.1-2 (voor de ongelukkige bijkomstigheid dat de terugkeer van Alkibiades samenviel met de ongeluksdag van de Plynteria).

4

Aristophanes, *Pax* 9 en Aristoteles, *Respublica Atheniensium* 50.2 (voor de schijtscheppers).

Plutarchus, *Themistocles* 22.2 (voor het huis van Themistokles in de wijk Melite; zie boven).

Plutarchus, *Themistocles* 22.2, Plato, *Respublica* 439e, Thucydides, *Historiae* 2.67.4, Suida en Hesychius *s.v.* 'bárathron' en 'órygma' (voor het Barathron, waar openbare terechtstellingen plaatsvonden).

IG I^2 77, Xenophanes, *fragment* 2 Diels (geciteerd in Athenaeus, *Deipnosophistae* 10.414a), Plato, *Apologia* 36d, *Respublica* 465d, Plutarchus, *Aristides* 27.2 en Athenaeus, *Deipnosophistae* 6.237f (cit. Timocles) (voor het voorrecht voor Olympische kampioenen uit Athene om gratis maaltijden te genieten in het Prytaneion).

Plutarchus, *Alcibiades* 1.4, 16.1 en Athenaeus, *Deipnosophistae* 12.534c (cit. Satyrus) (voor de purperen mantel; zie boven).

Plutarchus, *Alcibiades* 10.1 (voor de anekdote over de kwartel; zie boven).

Aristophanes, *Vespae* 44-46 en Plutarchus, *Alcibiades* 1.4 (voor het spraakgebrek van Alkibiades; zie boven).

Thucydides, *Historiae* 6.16.2, Isocrates 16.32-34, Pseudo-Andocides 4.26-31, Plutarchus, *Alcibiades* 12 en Athenaeus, *Deipnosophistae* 1.3e (voor Alkibiades' overwinning bij de Olympische Spelen van 416 v. Chr.; zie boven).

Aristophanes, *Acharnenses* 880-894 (voor paling uit het Meer van Kopaïs als delicatesse; zie boven).

Diogenes Laërtius, *Vitae Philosophorum* 2.122 (voor Simon de filosofische schoenmaker [PA 12688]; zie boven).

Athenaeus, *Deipnosophistae* 12.543a en 13.591b (voor de Straat van de Drievoeten als de plek waar mooie jongens samenscholen). Vergelijk Pausanias, *Graeciae Descriptio* 1.20.1 (zie boven).

Thucydides, *Historiae* 2.15.4, Isaeus 8.35, de Scholiast op Aristophanes, *Ranae* 216, etc. (voor de tempel van Dionysos in Limnai).

Plinius, *Naturalis Historia* 4.23 (voor parfum van Telos; zie boven).

Xenophon, *Historia Graeca* 1.1.22 en Diodorus Siculus, *Bibliotheca Historica* 13.64.2 (voor het tolhuis in Chrysopolis; zie boven).

Diodorus Siculus, *Bibliotheca Historica* 13.43-44 en 54-63 (voor de Carthaagse invasie van Sicilië in de zomer van het jaar 409 v. Chr.).

Aristoteles, *Respublica Atheniensium* 28.3 (voor Kleophon als initiatiefnemer van de uitkering van twee obolen).

IG I² 372-374 (voor de hervatting van het bouwprogramma op de Akropolis).

IG II² 1078.18-22 (SIG³ 885.18-22, LSCG 8.18-22; vergelijk IG II² 1079), Euripides, *Ion* 1074-1077, Plutarchus, *Phocion* 28.2-3, *Camillus* 19.6 en de Scholiast op Aristophanes, *Ranae* 324 (voor de negentiende of twintigste dag van de maand Boëdromion als de dag waarop de grote processie naar Eleusis werd gehouden; zie onder).

5

Pollux, *Onomasticon* 9.125 (= *PLG* III p 662. 21 B) (voor het kinderversje, dat hier vrij vertaald is).

De Scholiast op Aristophanes, *Ranae* 501 (voor het huis van Kallias [PA 7826] in Melite). Vergelijk de Scholiast op Lucianus, *Iuppiter Tragoedus* 48.

Heraclitus, *fragment* B12, B49a, B91 DK (voor het citaat 'het is een man niet gegeven tweemaal door dezelfde rivier te waden').

Xenophon, *De Vectigalibus* 4.15 en Nepos, *Cimon* 1.3 (voor de astronomische inkomsten van Kallias' familie uit de zilvermijnen). Vergelijk Andocides 1.130, Isocrates 16.31 en Nepos, *Alcibiades* 2.1 (waar Kallias' vader Hipponikos [PA 7658] de rijkste man van Griekenland wordt genoemd; zie boven).

Heraclitus, *fragment* B53 DK (voor het citaat 'oorlog is vader en koning van alles wat bestaat').

Plato, *Apologia Socratis* 20a en *Protagoras* 315d (voor Kallias' voorliefde voor sofisten en filosofen, aan wie hij fortuinen spendeerde). Vergelijk Aristophanes, *Ecclesiazusae* 810 (met de Scholiast), Lysias 19.48, Andocides 1.130-131 en Athenaeus, *Deipnosophistae* 12.537b-c (cit. Heraclides van Pontus). Zie boven.

Aristophanes, *Ecclesiazusae* 810 (met de Scholiast), Lysias 19.48, Andocides 1.130-131 en Athenaeus, *Deipnosophistae* 12.537b-c (cit. Heraclides van Pontus) (voor de informatie dat Kallias het familiefortuin verkwistte en tot armoede verviel).

Theophrastus, *De Odoribus* 51 (geciteerd in Athenaeus, *Deipnosophistae* 1.32b), Athenaeus, *Deipnosophistae* 3.112b (cit. Archestratus) en SEG LII 1147 (voor de beroemde wijn uit Erythrai).

Aelianus, *Varia Historia* 4.16 (voor Kallias als groot drinker).

Andocides 1.126 en Lysias 14.28 (voor Hipponikos, de zoon van Kallias [PA 7659], die een paar jaar ouder was dan Alkibiades, de zoon van Alkibiades [PA 598]).

Lysias 14.28 (voor het latere huwelijk, in 399 v. Chr., tussen Hipponikos, de zoon van Kallias, en Elpinike, de dochter van Alkibiades; zie onder).

Isocrates 16.45 (voor het feit dat Alkibiades' kinderen zichzelf als wezen beschouwden).

Pindarus, *Pythische Ode* 3.20-23, 59-62, 10.60-63, *Nemeïsche Ode* 3.75, 11.39-48, *Isthmische Ode* 7.39-44, 8.12-15, *Paean* 4.32-34, etc. (voor variaties op de gedachte 'dat alleen een dwaas versmaadt wat voorhanden is teneinde schimmen in de verte na te jagen').

6

Thucydides, *Historiae* 2.15.4, Isaeus 8.35, de Scholiast op Aristophanes, *Ranae* 216, etc. (voor de tempel van Dionysos in Limnai).

Photius *s.v.* 'Lênaion', Etymologicum Magnum *s.v.* 'epì Lênaiôi' en Hesychius *s.v.* 'epì Lênaiôi agôn' (voor het Lenaion).

Plutarchus, *Alcibiades* 33.1 (voor de claim van Kritias, de zoon van Kallaischros [PA 8792], dat hij ervoor had gezorgd dat Alkibiades kon terugkeren naar Athene).

Critias, *fragment* 5 (= F 3 Gentili-Prato; geciteerd in Plutarchus, *Alcibiades* 33.1) (voor het gedicht van Kritias).

Pseudo-Demosthenes 58.67 (voor de verdenking dat Kritias lid was van het regime van de Vierhonderd). Vergelijk Lysias 13.74 en Xenophon, *Historia Graeca* 2.3.47. Zie verder voor deze omstreden kwestie: H.C. Avery, 'Critias and the Four Hundred', *Classical Philology* 58, 1963, 165-167 en G. Adeleye, 'Critias. Member of the Four Hundred?', *Transactions and Proceedings of the American Philological Association* 104, 1974, 1-9.

Athenaeus, *Deipnosophistae* 13.570e (voor Anteia als naam voor een hetaire, daar in Korinthe; zie boven).

Athenaeus, *Deipnosophistae* 12.535c en 13.574e (voor de Attische prostituee Theodote in connectie met Alkibiades).

Xenophon, *Memorabilia* 3.11.1-3 en Athenaeus, *Deipnosophistae* 13.588d (voor schilders die geld betalen om Theodote [of, in de tekst van Athenaeus, Laïs: hê Laìs mss.: del. Wilamowitz] te mogen portretteren; dat beeldhouwers betaalden voor afgietsels van haar borsten, is fictie).

Xenophon, *Memorabilia* 3.11, Athenaeus, *Deipnosophistae* 5.220e en 13.588d (voor de anekdote over Theodote en Sokrates).

Plutarchus, *Alcibiades* 8.2 en Xenophon, *Memorabilia* 1.2.12 (voor de gierigheid en hebzucht van Kritias; zie boven).

Plato, *Respublica* 424a, 449c, *Phaedrus* 279c, Diogenes Laërtius, *Vitae Philosophorum* 8.10, etc. (voor het spreekwoord 'gemeenschappelijk is wat van vrienden is').

Plutarchus, *Moralia* (*Lacaenarum Apophthegmata*) 241f, Stobaeus, *Florilegium*, 7.31, de Scholiast op Thucydides, *Historiae* 2.39, etc. (voor de uitdrukking 'met je schild of op je schild').

Plutarchus, *Alcibiades* 39.1 en Athenaeus, *Deipnosophistae* 12.535c (voor Timandra als courtisane). Vergelijk Athenaeus, *Deipnosophistae* 13.574e.

Plutarchus *Nicias* 15.4, *Alcibiades* 39.4, Athenaeus, *Deipnosophistae* 13.588c (cit. Polemon), 13.588f-589a (cit. Nymphodorus van Syracuse en Timaeus), Pausanias,

Graeciae Descriptio 2.2.5 en de Scholiast op Aristophanes, *Plutus* 179 (voor de informatie dat Laïs, de dochter van Timandra, als klein meisje krijgsgevangen was gemaakt bij de inname van Hykkara, een barbaarse nederzetting op Sicilië, door de Atheense troepen onder bevel van Nikias in september van het jaar 415 v. Chr. en dat zij vervolgens naar Korinthe is gebracht). Dat Timandra, de moeder van Laïs (zie Plutarchus, *Alcibiades* 39.4 en Athenaeus, *Deipnosophistae* 12.535c; vergelijk Athenaeus, *Deipnosophistae* 13.574e), eveneens in Hykkara is buitgemaakt, is een weinig gedurfde hypothese. Dat haar dochter Laïs pas later geboren zou zijn en de dochter van Alkibiades zou zijn (zie onder), is mijn fictie. De locatie van Hykkara is Barrington Atlas kaart 47 C2, 38°10' NB 13°10' OL.

Sappho, *fragment* 16.1-4 Voigt (voor het Sapphocitaat).

Homerus, *Ilias* 22.83 (voor het citaat 'deze borst die alle zorgen doet vergeten').

Euripides, *Hecuba* 1273, Strabo, *Geographica* 7.55 en Diodorus Siculus, *Bibliotheca Historica* 13.40.6 (voor het monument voor Hekabe dat het Hondengraf werd genoemd; zie boven).

7

Isocrates 4 (*Panegyricus*) 28, Sophocles, *fragment* 837 Pearson (753 Nauck), Pindarus, *fragment* 133 Snell-Maehler (121 Bowra), Cicero, *De Legibus* 2.14.36, Aristophanes, *Ranae* 449-459, Pausanias, *Graeciae Descriptio*, 10.31.11 en Zosimus, *Historia Nova* 4.3.3. (voor de achtereenvolgende citaten over het belang van de Mysteriën van Eleusis). Zie ook Aristophanes, *Pax* 374-375 (voor initiatie als een middel om zich met de dood te verzoenen).

IG II² 1078.18-22 (*SIG*³ 885.18-22, *LSCG* 8.18-22; vergelijk *IG* II² 1079), Euripides, *Ion* 1074-1077, Plutarchus, *Phocion* 28.2-3, *Camillus* 19.6 en de Scholiast op Aristophanes, *Ranae* 324 (voor de negentiende of twintigste dag van de maand Boëdromion als de dag waarop de grote processie naar Eleusis werd gehouden).

Plutarchus, *Alcibiades* 34.3-6 en Xenophon, *Historia Graeca* 1.4.20 (voor Alkibiades die de grote processie naar Eleusis voor het eerst sinds jaren weer mogelijk maakt).

Pausanias, *Graeciae Descriptio* 1.36.3-38.1, 38.5-7 (voor de Heilige Weg naar Eleusis). De locatie van Eleusis is Barrington Atlas kaart 59 B2 38°05' NB 23°35' OL.

IG I³ 79 (voor de nieuwe, smalle brug over de Rheitoi).

Plutarchus, *Alcibiades* 34.4 (voor het idee dat een Spartaanse aanval op de processie zou leiden tot een heilige oorlog).

Thucydides, *Historiae* 2.17.1, Clemens Alexandrinus, *Protrepticus* 3.45, Arnobius, *Adversus Gentes* 6.6 en Philostratus, *Vitae Sophistarum* 2.1.5 (voor het Eleusinion in de stad).

IG II² 1006.9, 1006.74, 1008.7-8, 1028.6-7, 1030.5-6, 1078.20 (voor de escorte van de efeben).

IG I² 6 C, Aristoteles, *Respublica Atheniensium* 39.2, 56.4 en 57.1, etc. (voor de rol van de archon en de Eumolpidai).

Hesychius *s.v.* 'agyrmós' (voor de bijeenkomst op de agora als officieel begin van de festiviteiten); de Scholiast op Aristophanes, *Ranae* 369 (voor de proclamatie bij de Stoa van Peisianax).

Philostratus, *Vita Apollonii Tyanei* 4.18 (voor het bevel 'offerdier hier').

IG I^3 84, IG II^2 847 (IG II^{3}1 1164, *I.Eleusis* 208), Polyaenus, *Strategemata* 3.11.2 en Hesychius *s.v.* 'hálade mústai' (voor het bevel 'initianten naar zee').

Diodorus Siculus, *Bibliotheca Historica* 11.79.1, *P.Oxy* 2438, IG II^2 2318.52 (voor Habron [PA 3] als naamgevende archon van het jaar 458/7 v. Chr.).

Aristophanes, *Pax* 374-375 (voor het biggetje); Plutarchus, *Phocion* 28.2-3 (voor de reinigingsrite met het biggetje).

Athenaeus, *Deipnosophistae* 13.590f (voor de anekdote over de naakt badende courtisane, die schilders en beeldhouwers tot inspiratie was, daar verteld over Phryne).

Callimachus, *Aetia* 10, Clemens Alexandrinus, *Protrepticus* 2.21, etc. (voor het vasten).

IG I^2 76.36 (voor het offer van de os met vergulde hoorns).

Plutarchus, *Sulla* 14.3 (voor de nabijheid van de Heilige Poort en de Peiraïsche Poort).

Aristophanes, *Ranae* 316-459, Plutarchus, *Alcibiades* 34.5-6, etc. (voor een impressie van de grote processie).

IG I^2 6 C (voor de verschillende rollen in het priestercollege). Zie verder: K. Clinton, 'The Sacred Officials of the Eleusinian Mysteries', *Transactions and Proceedings of the American Philological Association* 64, 1974, 1-143.

Plutarchus, *Alcibiades* 22.4 (voor Theano [PA 6636]; zie boven).

Aristophanes, *Ranae* 326-330, etc. (voor de mirtetakken).

Isocrates 4 (*Panegyricus*) 157 (voor de ban op buitenlanders); Suetonius, *Nero* 34 (voor de ban op zondaars).

De Scholiast op Pindarus, *Isthmische Ode* 7.3, Plutarchus, *Alcibiades* 34.3, *Themistocles* 15.1, *Camillus* 19.6, Herodotus, *Historiae* 8.65, Athenaeus, *Deipnosophistae* 5.213d en Vergilius, *Georgica* 1.166 (voor het beeld van Iakchos in de grote processie).

Plutarchus, *Aristides* 27.3 (voor het Iakcheion).

Aristophanes, *Ranae* 316-459, etc. (voor de dansen).

Aristophanes, *Ranae* 316-320, 399-400, Herodotus, *Historiae* 8.65, Arrianus, *Anabasis* 2.16, etc. (voor het lied van Iakchos).

Aristophanes, *Ranae* 358, 376, 391, Diodorus Siculus, *Bibliotheca Historica* 5.4.7, Hesychius en de Suida *s.v.* 'Gephyrís' en *Fragmenta Orphica* 52 (voor de traditionele obsceniteiten ter ere van Baubo).

Homerische hymne voor Demeter 206-211 (voor de mengdrank).

Clemens Alexandrinus, *Protrepticus* 2.21 (voor de heilige formule die de initianten moeten uitspreken). Vergelijk de Scholiast op Plato, *Gorgias* 497c.

Homerische hymne voor Demeter 476-482 (voor de oorsprong van de Mysteriën). IG II^2 1078, 1079, Aristophanes, *Ranae* 316-459, Callimachus, *Hymne voor Demeter* 1-24, Clemens Alexandrinus, *Protrepticus* 2.12-22, Dio Chrysostomus, *Orationes* 12.33, Hippolytus, *Refutatio Omnium Haeresium* 5.8.39-40, Proclus, in Plat. Alcib., ed. Creuzer, p. 39, 61, Proclus, in Plat. Polit., ed. Creuzer, p. 379, Plutarchus, *Demetrius* 26, *Moralia* 81e, *fragment* 178 (Sandbach), Stobaeus, *Florilegium* 4.52.49 (119), Nonnus, *Dionysiaca* 6.58-102, Apuleius, *Metamorphoses* 6.2, 11.23, etc. (voor de rituelen); vergelijk Plato, *Phaedrus* 244e-245a, 249c-d, 250b-c, *Symposium* 209e-210a en 210e-211b.

Plutarchus, *Alcibiades* 34.6 (voor het volk dat Alkibiades tot alleenheerser wil uitroepen).

8

Plutarchus, *Nicias* 5.1-2 (voor Nikias die alleen eet en zijn deur vergrendeld heeft; zie boven).

Plato, *Symposium* 216b en Plutarchus, *Alcibiades* 6.1 (voor Alkibiades' schaamte voor Sokrates; zie boven).

Homerus, *Ilias* 6.155-202, Pindarus, *Isthmische Ode* 7.44-47, *Olympische Ode* 13.84-92 (met de Scholiast), Horatius, *Carmina* 4.11.26-28, etc. (voor Bellerophon).

Demosthenes 20.75-86, Nepos, *Chabrias*, etc. (voor Chabrias, de zoon van Ktesippos [PA 15086], die is geboren rond 420 v. Chr. en een roemrijk generaal zal worden; zijn band met Sokrates en de ontmoeting met Alkibiades zijn fictie).

Plato, *Phaedo* 59b, *Euthydemus* 273a, *Lysis* 203a (voor Ktesippos uit het district Paiania [PA 8890]); *Lysis* 206d (voor de informatie dat hij een neef is van Menexenos, de zoon van Demophon [PA 9973]).

Demosthenes 20 *passim* (voor Ktesippos, de zoon van Chabrias, uit het district Aixone [PA 8885], de vader van de latere generaal Chabrias [PA 15086]).

Pindarus *Isthmische Ode* 1.1-3 (voor het citaat).

9

Het gesprek tussen Alkibiades en Sokrates is geïnspireerd op een combinatie van Plato, *Phaedrus* 268a-274b, en het essay 'Truth and Politics' van Hannah Arendt (zie bibliografie).

Plato, *Apologia Socratis* 17a (voor het citaat 'ik vergat mijzelf bijna, zo overtuigend spraken zij', waarop hier een toespeling wordt gemaakt).

10

Xenophon, *Historia Graeca* 1.4.21 (voor de troepenaantallen). Vergelijk Diodorus Siculus, *Bibliotheca Historica* 13.69.4, Plutarchus, *Alcibiades* 35.1 en Justinus, *Epitome* 5.5.2.

Plutarchus, *Alcibiades* 35.1 (voor het feit dat Alkibiades' vertrek door sommigen als politiek wenselijk werd beschouwd).

Athenaeus, *Deipnosophistae* 12.535c (voor Alkibiades die Timandra met zich meeneemt op militaire expedities). Vergelijk Plutarchus, *Alcibiades* 39.1 en Athenaeus, *Deipnosophistae* 13.574e.

Plutarchus, *Alcibiades* 35.1, Diodorus Siculus, *Bibliotheca Historica* 13.69.3 en Nepos, *Alcibiades* 7.1 (voor Alkibiades die zijn eigen strategen aanstelt).

Xenophon, *Historia Graeca* 1.4.21 (voor Aristokrates [PA 1904] en Adeimantos [PA 202]); Xenophon, *Historia Graeca* 1.4.10, 1.5.18, 1.5.20, Justinus, *Epitome* 5.5.4 en 6.1-3 (voor Konon [PA 8707]). Vergelijk Diodorus Siculus, *Bibliotheca Historica* 13.69.3 en Nepos, *Alcibiades* 7.1.

Xenophon, *Historia Graeca* 1.4.21 (voor het vertrek 'in de derde maand', i.e. Boëdromion).

Hellenica Oxyrhynchia 4.2, Xenophon, *Historia Graeca* 1.5.11-12, Diodorus Siculus, *Bibliotheca Historica* 13.71.1-2, Plutarchus, *Alcibiades* 10.1, 35.4-6, *Lysander* 5.1-2, Pausanias, *Graeciae Descriptio* 3.17.4 en 9.32.6 (voor de kapitein Antiochos [PA 1153]; zie onder).

Boek x
Sneeuw en wijnvlekken
Andros, Notion, Thracië

1

Xenophon, *Historia Graeca* 1.3.1, Hellanicus, *FGrHist* 323a F 25, 26, Androtion, *FGrHist* 324 F 45, Philochorus, *FGrHist* 328 F 141, Diodorus Siculus, *Bibliotheca Historica* 13.76.1, etc. (voor Antigenes [PA 983] als archon van het jaar 407/406 v. Chr.).

Plutarchus, *Alcibiades* 35.2-3 (voor de hooggespannen verwachtingen).

Xenophon, *Historia Graeca* 1.5.1, Diodorus Siculus, *Bibliotheca Historica* 13.70.1, Plutarchus, *Lysander* 3.2 en Justinus, *Epitome* 5.5.1 (voor de aanstelling van Lysandros [PL 504] als Spartaanse admiraal in Ionië).

Pausanias, *Graeciae Descriptio* 6.3.14 en Plutarchus, *Lysander* 2.1 (voor Aristokritos als de naam van de vader van Lysandros).

Plutarchus, *Lysander* 1.1 (voor het lange haar van Lysandros).

Xenophon, *Historia Graeca* 3.1.3 en 3.2.12 met Lewis, *Sparta and Persia*, p. 119 n. 78 en S. Ruzicka, 'Cyrus and Tissaphernes', *Classical Journal* 80, 1985, 204-211 (voor Tissaphernes' degradatie tot satraap van Karia).

Plutarchus, *Alcibiades* 24.5 en S. Ruzicka, 'Cyrus and Tissaphernes', *Classical Journal* 80, 1985, 204-211 (voor Tissaphernes' haat voor Griekenland en Grieken; zie boven).

Xenophon, *Historia Graeca* 1.3.8-13 en 1.4.1-7 (voor het Atheense gezantschap naar Gordeion).

Xenophon, *Anabasis* 1.9.7 en *Historia Graeca* 1.4.3 (voor Kyros die in 407 v. Chr. 'karanos' wordt van Lydië, Groter Phrygië, Cappadocië en de vlakte van Kastolos). Vergelijk Plutarchus, *Artaxerxes* 2.3.

Herodotus, *Historiae* 5.102.1, Xenophon, *Anabasis* 1.1.2, 1.9.7 en *Historia Graeca* 1.4.4 (voor de vlakte van Kastolos). De locatie van de vlakte van Kastolos is Barrington Atlas kaart 62 A4, 38°35 NB 28°45' OL.

Xenophon, *Historia Graeca* 2.1.14 (voor de zeggenschap van Kyros over Ionië).

Xenophon, *Anabasis* 1.1.1-11, *Historia Graeca* 2.1.8-9, Ctesias, *FGrHist* 688 F 16, Plutarchus, *Artaxerxes* 2-3, 6-11, Diodorus Siculus, *Bibliotheca Historica* 14.11.2-3, 14.19.4-5, 14.21.1-2, Justinus, *Epitome* 5.11, etc. (voor de machtsstrijd tussen Artaxerxes II en zijn broer Kyros de Jongere tussen 405 en 401 v. Chr.; zie beneden).

Plutarchus, *Artaxerxes* 2.3 (voor de argumentatie dat Kyros recht heeft op de troon omdat hij geboren was toen zijn vader koning was). Vergelijk Herodotus, *Historiae* 7.3.2-3 (voor dezelfde redenering over de voorkeur voor een prins die in het purper is geboren, daar met betrekking tot Xerxes).

Plutarchus, *Artaxerxes* 2.2-3 en Ctesias, *FGrHist* 688 F 17 (voor de voorkeur van Parysatis voor haar jongere zoon).

Plutarchus, *Artaxerxes* 2.1 (voor het opvliegende karakter van Kyros).

Plutarchus, *Artaxerxes* 1.1, 2.1 (voor het contemplatieve karakter van Arsikas [Artaxerxes II]).

Ctesias, *FGrHist* 688 F 15.55 en Plutarchus, *Artaxerxes* 2.2 (voor het huwelijk van Arsikas [Artaxerxes II] met Stateira).

Plutarchus, *Artaxerxes* 5.3 (voor de informatie dat Stateira geliefd was bij het volk).

Plutarchus, *Artaxerxes* 2.2 en 6.5 (voor de haat tussen de moeder Parysatis en haar schoondochter Stateira). Vergelijk Ctesias, *FGrHist* 688 F 16.58. Uiteindelijk zou Parysatis Stateira vergiftigen: zie Plutarchus, *Artaxerxes* 18.4-19 (= Ctesias, *FGrHist* 688 F 27, 29b).

Herodotus, *Historiae* 7.3.4 (voor de almacht van koningin Atossa).

Ctesias, *FGrHist* 688 F 16.57 (voor de ziekte van koning Dareios II).

Aeschylus, *Persae* 559, Bacchylides 13.157, IG II² 1604.41, 68, 75, IG II² 1607b.24, Plinius, *Naturalis Historia* 35.31.49 en Pollux, *Onomasticon* 1.86 met het archeologische materiaal gepubliceerd in Carlson, 'Seeing the Sea' (voor de ogen van de triremen; zie boven).

Homerus, *Ilias* 23.316, *Odyssea* 5.132, etc. (voor de wijnkleurige zee).

Pindarus, *Pythische Ode* 1.14 (voor de onweerstaanbare zee).

Aristophanes, *Ranae* 1073, etc. (voor de kreet 'ruppapaí' van de Atheense roeiers).

2

Herodotus, *Historiae* 5.31.2 (voor Andros als een van de Cycladen). Vergelijk Strabo, *Geographica* 10.5.3. De locatie van Andros is Barrington Atlas kaart 57 C4, 37°50 NB 24°50' OL.

IG I³ 262.i.19 (voor de tribuutbetaling van Andros van twaalf talenten).

Thucydides, *Historiae* 8.64.1 (voor bondgenoten van Athene die in het jaar 411 v. Chr. een oligarchisch bestuur hebben ingesteld toen de oligarchische coup plaatsvond in Athene).

Diodorus Siculus, *Bibliotheca Historica* 13.69.4-5, Xenophon, *Historia Graeca* 1.4.22-23 en Plutarchus, *Alcibiades* 35.1 (voor de inname van Gaurion en de Slag bij Andros in oktober van het jaar 407 v. Chr.).

Xenophon, *Historia Graeca* 1.5.1 en Diodorus Siculus, *Bibliotheca Historica* 13.70.1-2 (voor Lysandros die strijdkrachten verzamelt). Zie ook Plutarchus, *Lysander* 3.2 (voor de verplaatsing van het Spartaanse hoofdkwartier naar Ephesos).

IG I³ 279.i.80 (voor het tribuut van Syros van 1.500 drachmai). Zie voor meer details: Gary Reger, 'The Aegean', in: *An Inventory of Archaic and Classical Poleis* (M.H. Hansen & T.H. Nielsen, edd.), Oxford 2004, pp. 775-776. De locatie van Syros is Barrington Atlas kaart 57 C4, 37°30 NB 24°55' OL. Het bezoek van Alkibiades en Timandra aan Syros is fictie.

IG XII 5673 (voor de cultus van de Kabeiroi op Syros).

Nonnus, *Dionysiaca* 14.17-22, 27.120-125 en 27.326-330 (voor de Kabeiroi als zonen van Hephaistos en Kabeiro, geboren op Lemnos). Vergelijk Strabo, *Geographica* 10.3.21.

Plutarchus, *Quaestiones Convivales* 2.1.7 (*Moralia* 632e, cit. Aeschylus) en Pollux, *Onomasticon* 6.23 (voor de connectie tussen de Kabeiroi en drank).

Nonnus, *Dionysiaca* 29.195-196 (voor de vuurrode ogen van de Kabeiroi).

Herodotus, *Historiae* 3.37.2-3 (voor de connectie tussen de Kabeiroi en de kabouters op Fenicische schepen).

Juvenalis, *Saturae* 3.144-146, Himerius, *Orationes* 1.12 en de Suida *s.v.* 'dialambánei' (voor minnaars die trouw zweren bij de Kabeiroi).

3

Xenophon, *Historia Graeca* 1.5.2-7, Plutarchus, *Lysander* 4.1-4 en Diodorus Siculus, *Bibliotheca Historica* 13.70.3 (voor het bezoek van Lysandros [PL 504] aan Kyros in Sardis en de Perzische steun).

Plutarchus, *Lysander* 3.2-3 (voor Lysandros die de economie van Ephesos stimuleert).

Diodorus Siculus, *Bibliotheca Historica* 13.70.4 en Plutarchus, *Lysander* 5.3-4 (voor Lysandros die de oligarchen mobiliseert).

Xenophon, *Historia Graeca* 1.5.10 en Diodorus Siculus, *Bibliotheca Historica* 13.71.1 (voor de aankomst van de Atheense vloot bij Ephesos, de geweigerde slag en de herpositionering bij Notion). De locatie van Notion is Barrington Atlas kaart 61 E1, 38°00 NB 27°10' OL.

Xenophon, *Historia Graeca* 1.5.4-7, Plutarchus, *Lysander* 4.4-5 en *Alcibiades* 35.4 (voor een verhoging van de Spartaanse soldij).

Xenophon, *Historia Graeca* 1.5.11, Plutarchus, *Lysander* 5.1, *Alcibiades* 35.4 en Diodorus Siculus, *Bibliotheca Historica* 13.71.1 (voor Alkibiades die vertrekt naar Phokaia en Antiochos [PA 1153] het bevel over de vloot in handen geeft). De locatie van Phokaia is Barrington Atlas kaart 56 D4, 38°40 NB 26°45' OL (het huidige Foça).

Xenophon, *Historia Graeca* 1.5.11 (voor de steun van Thrasyboulos [PA 7310] bij Phokaia).

Hellenica Oxyrhynchia 4 (de papyrus *PSI* 1304 in Florence, fragment B, kolom ii), Xenophon, *Historia Graeca* 1.5.12-14, Diodorus Siculus, *Bibliotheca Historica* 13.71.3-4, Plutarchus, *Lysander* 5.1-2, *Alcibiades* 35.5-6, Pausanias, *Graeciae Descriptio* 3.17.4 en 9.32.6 (voor de Zeeslag bij Notion in januari van het jaar 406 v. Chr.).

Xenophon, *Historia Graeca* 1.5.15, Diodorus Siculus, *Bibliotheca Historica* 13.71.4 en Plutarchus, *Alcibiades* 35.6 (voor de terugkeer van Alkibiades en de weigering van Lysandros om slag te leveren).

Xenophon, *Historia Graeca* 1.5.20 (voor het geknakte moreel bij de manschappen).

4

Lysias 14.36-37, Nepos, *Alcibiades* 7.1-2, Plutarchus, *Alcibiades* 36.1-2, Xenophon, *Historia Graeca* 1.5.16, Diodorus Siculus, *Bibliotheca Historica* 13.73.6 en Justinus, *Epitome* 5.5.5-7 (voor de beschuldigingen aan het adres van Alkibiades).

Himerius, *Orationes* 36.16 en Photius, *Bibliotheca* 337 (voor de rol van Kleophon).

Plutarchus, *Alcibiades* 23.6 (voor de karakterisering van Alkibiades als 'de zoon van Achilles of Achilles zelve').

Plutarchus, *Alcibiades* 35.2-3, Thucydides, *Historiae* 6.15.3-4 en Nepos, *Alcibiades* 7.3 (voor Alkibiades als slachtoffer van zijn eigen reputatie). Vergelijk Justinus, *Epitome* 5.5.7.

Xenophon, *Historia Graeca* 1.5.16, 18, Diodorus Siculus, *Bibliotheca Historica* 13.74.1, Justinus, *Epitome* 5.5.4 en 5.6.1 (voor de aanstelling van Konon [PA 8707] als Alkibiades' vervanger). Vergelijk Nepos, *Alcibiades* 7.3.

Plutarchus, *Alcibiades* 36.1 (voor de beschuldigingen die afkomstig waren van Thrasyboulos, de zoon van Thraso, uit het district Kollytos [PA 7305], die ik met opzet heb verward met de ons bekende Thrasyboulos, de zoon van Lykos, uit het district Steiria [PA 7310]).

Xenophon, *Historia Graeca* 1.5.17, Lysias 14.38, Diodorus Siculus, *Bibliotheca Historica* 13.74.2, 4, Plutarchus, *Alcibiades* 36.3, Nepos, *Alcibiades* 7.4 en Justinus, *Epitome* 5.5.8 (voor Alkibiades' vertrek naar Thracië). Vergelijk de Scholiast op Aristophanes, *Ranae* 1422-1423.

5

Plutarchus, *Alcibiades* 36.2, zegt dat Alkibiades een fort voor zichzelf had laten bouwen bij Bisanthe in Thracië, waar hij zich in februari van het jaar 406 v. Chr. terugtrok. Volgens Diodorus Siculus, *Bibliotheca Historica* 13.74.2-4, ging hij in vrijwillige ballingschap in Paktye in Thracië. Volgens Nepos, *Alcibiades* 7.4, trok hij zich terug in Paktye en bezat hij forten in Ornoi (Bornos mss.: Ornos Lipsius), Bisanthe en Neon Teichos (†Bizam/Byzam/Bytham themeontic(h)os† mss.: Bizanthen Neontichos Is. Vossius). Xenophon, *Historia Graeca* 1.5.17, spreekt over het fort van Alkibiades op het Thracische schiereiland zonder een plaatsnaam te noemen. Paktye lag in het uiterste noorden van het Thracische schiereiland aan de kust van de Propontis (3 kilometer ten zuiden van het huidige Bolayır, Barrington Atlas kaart 51 H4, 40°29 NB 26°47' OL). Bisanthe (ook Rhaidestos genoemd) lag hemelsbreed 85 kilometer ten noordoosten van Paktye aan de kust in de noordwesthoek van de Propontis (op de plek van het huidige Tekirdağ, Barrington Atlas kaart 52 B3, 41°00 NB 27°30' OL). Neon Teichos (Vossius' conjectuur is gebaseerd op Xenophon, *Anabasis* 7.5.8) lag aan de noordkust van de Propontis tussen Ganos en Perinthos, ten oosten van Bisanthe (Barrington Atlas kaart 52 B2, 41°00 NB 27°30' OL). Ornoi (Lipsius' conjectuur is gebaseerd op Lysias 14.26) lag waarschijnlijk ten noorden van de Heilige Berg, 20 km landinwaarts ten westen van Bisanthe (Barrington Atlas kaart 52 A3, 40°55 NB 27°20' OL). Zie verder: Louisa Loukopoulou, 'Thracian Chersonesos', in: *An Inventory of Archaic and Classical Poleis* (M.H. Hansen & T.H. Nielsen, edd.),

Oxford 2004, pp. 900-911, in het bijzonder p. 909 (Paktye), en Louisa Loukopoulou & Adam Laitar, 'Propontic Thrace', *ibid.*, pp. 912-923, in het bijzonder p. 914 (Neon Teichos, Ornoi, Bisanthe), p. 913 (Ganos; vergelijk p. 922) en pp. 919-921 (Perinthos).

Athenaeus, *Deipnosophistae* 15.681f (voor wilde tijm op de Thracische heuvels).

Herodotus, *Historiae* 5.3.1 (voor Thracië als het grootste land ter wereld na Indië).

Herodotus, *Historiae* 5.9.1 en 5.10 (voor het feit dat niemand weet wie in het uitgestrekte land ten noorden van de Istros woont).

Herodotus, *Historiae* 5.10 (voor het feit dat Thraciërs zeggen dat ten noorden van de Istros het land van de bijen ligt, waar niemand heen mag reizen).

Athenaeus, *Deipnosophistae* 3.125c (cit. Simonides) (voor Thracië als wieg van de noordenwind).

Herodotus, *Historiae* 5.3.2 (voor het citaat 'Thraciërs hebben vele namen').

Herodotus, *Historiae* 5.3.1-2 (voor de onderlinge verdeeldheid van de Thraciërs).

Plato, *Alcibiades I* 122b, Plutarchus, *Alcibiades* 1.2 en *Lycurgus* 16.4 (voor Zopyros de Thraciër; zie boven).

Xenophon, *Anabasis* 7.2.32 (voor de Melanditai en de Tranipsai).

Theopompus, *FGrHist* 115 F 105 (voor de gedachte dat grote Atheners zich vroeg of laat niet meer thuis voelen in Athene en naar het buitenland gaan).

Aristoteles, *Politica* 5.1305^{a}3-6 (voor anti-elitaire strategieën bij populisten). Vergelijk Demosthenes 21.123 (voor een vergelijkbaar sentiment).

6

Herodotus, *Historiae* 5.6.2 (voor een ijdel leven van oorlog en diefstal als hoogste deugd voor de Thraciërs).

Homerus, *Ilias* 13.4, 14.227, 16.287, Herodotus, *Historiae* 6.38, Thucydides, *Historiae* 2.98.3, Xenophon, *Historia Graeca* 3.2.5, Arrianus, *Tactica* 16.6, etc. (voor de Thraciërs als excellente ruiters).

Herodotus, *Historiae* 5.7 (voor Ares, Dionysos en Artemis als de enige goden die in Thracië worden vereerd). Vergelijk Euripides, *Alcestis* 498, Vergilius, *Aeneis* 3.13 en Horatius, *Carmina* 2.16.5.

Plato, *Respublica* 327a, Xenophon, *Historia Graeca* 2.4.11, Lucianus, *Juppiter Tragoedus* 8, Proclus, *ad* Plato, *Timaeus*, p. 9, Hesychius *s.v.* 'Bendîs', Livius, *Ab Urbe Condita* 38.41.1, etc. (voor Bendis).

Xenophon, *Anabasis* 7.2.22 (voor de Thynoi als de oorlogszuchtigste stam van de Thraciërs, die speciaal 's nachts opereert).

Pindarus, *Olympische Ode* 6.9-11 (voor het citaat dat vrij vertaald is als 'niets wat zonder gevaar wordt ondernomen, is eervol'; zie boven).

Xenophon, *Anabasis* 7.4.3-4 (voor de beschrijving van de Thracische kou).

Xenophon, *Anabasis* 7.3.42 (voor het zoeken naar sporen in de sneeuw).

Xenophon, *Anabasis* 7.2.18 (voor de strategie van de schijnbaar verlaten kampvuren).

Xenophon, *Historia Graeca* 1.6.1 (voor de maansverduistering op 15 april van het jaar 406 v. Chr.).

Aristophanes, *Acharnenses* 141, Plato, *Leges* 637d (geciteerd in Athenaeus, *Deipnoso-*

phistae 10.432a) en Athenaeus, *Deipnosophistae* 10.442e-f (cit. Theopompus en Callimachus) (voor Thraciërs als diepe drinkers). Vergelijk Demosthenes 23.114 en 54.39.

Plato, *Leges* 637d (geciteerd in Athenaeus, *Deipnosophistae* 10.432a) en Athenaeus, *Deipnosophistae* 12.534b (cit. Satyrus) (voor de Thracische gewoonte om onaangelengde wijn te drinken). Vergelijk Athenaeus, *Deipnosophistae* 11.477c (cit. Callimachus).

Athenaeus, *Deipnosophistae* 10.447b-c (cit. Archilochus en Hellanicus) (voor Thracisch gerstbier dat 'bryton' wordt genoemd).

Xenophon, *Anabasis* 7.3.24-33 (geparafraseerd in Athenaeus, *Deipnosophistae* 4.151b-e; vergelijk 11.476b-c) (voor de drinkhoorns).

Athenaeus, *Deipnosophistae* 11.781d (voor de Thracische gewoonte om hoorns met wijn in één teug leeg te drinken).

Herodotus, *Historiae* 5.6.2, Athenaeus, *Deipnosophistae* 12.524d-e, Valerius Maximus, *Factorum et Dictorum Memorabilium Libri IX* 13ext.3, etc. (voor de tatoeages van Thracische vrouwen; zie onder).

Plato, *Leges* 637d (geciteerd in Athenaeus, *Deipnosophistae* 10.432a) (voor Thracische vrouwen die net zoveel drinken als mannen).

Plato, *Leges* 637d (geciteerd in Athenaeus, *Deipnosophistae* 10.432a) (voor de Thracische gewoonte om wijn over hun kleren te morsen).

7

Xenophon, *Anabasis* 7.2.32 (voor Maisades als de vader van Seuthes II).

Xenophon, *Anabasis* 7.2.32 en Diodorus Siculus, *Bibliotheca Historica* 13.105.3, (voor Amadokos I, die koning van Odrysië werd na de dood van Maisades).

Thucydides, *Historiae* 2.29, etc. (voor Sitalkes, koning van Odrysië).

Xenophon, *Anabasis* 7.2.32-34 (voor Seuthes II, die opgroeide aan het hof van Amadokos I en die ernaar verlangt het koninkrijk van zijn vader te heroveren).

Xenophon, *Historia Graeca* 4.8.26, *Anabasis* 7.3.16 en 7.7.3 (voor de rivaliteit tussen Seuthes II en Amadokos I). Vergelijk Diodorus Siculus, *Bibliotheca Historica* 14.94.2.

Nepos, *Alcibiades* 7.4-5 (voor de plundertochten).

Plutarchus, *Alcibiades* 23.3-6, Athenaeus, *Deipnosophistae* 12.534b-c (cit. Satyrus), Nepos, *Alcibiades* 11 (cit. Theopompus *FGrHist* 118 F 228 en Timaeus, *FGrHist* 566 F 99), Aelianus, *Varia Historia* 4.15 en Libanius, *Declamationes* 12.42 (voor het beroemde aanpassingsvermogen van Alkibiades; zie boven).

Herodotus, *Historiae* 5.6.2, Athenaeus, *Deipnosophistae* 12.524d-e, Valerius Maximus, *Factorum et Dictorum Memorabilium Libri IX* 13ext.3, etc. (voor de tatoeages van hooggeboren Thracische vrouwen).

Fragment van een vaas van de Pistoxenosschilder, ARV 860 2, Nationaal Archeologisch Museum van Athene, inv. nr. 15190 / Acr. 439 (John D. Beazley, *Attic Red-Figure Vase-Painters*, Oxford 1963^2, 860, 2) (voor een Thracische vrouw met een tatoeage van een paard op haar biceps en geometrische motieven op haar beide onderarmen).

Xenophon, *Anabasis* 7.2.17 (voor het kamp van Seuthes II op elf kilometer van Perinthos).

Xenophon, *Anabasis* 7.2.21 (voor de toren).

Xenophon, *Anabasis* 7.2.19 (voor de tolk). Vergelijk 7.3.25.

Xenophon, *Anabasis* 7.2.21 (voor de paarden die 's nachts gezadeld klaarstaan).

Xenophon, *Anabasis* 7.3.16-20 (voor Herakleides uit Maroneia).

De beschrijving van de ontmoeting tussen Alkibiades en Seuthes II is geïnspireerd op de beschrijving van de ontmoeting tussen Xenophon en Seuthes II (tegen het einde van het jaar 400 v. Chr.) in zijn *Anabasis* 7.3.21-33 (geparafraseerd in Athenaeus, *Deipnosophistae* 4.150f-151e; vergelijk 11.476b-c). Hoewel deze specifieke ontmoeting van Alkibiades met Seuthes II derhalve fictie is, bevestigen de bronnen dat zich een vriendschap tussen Alkibiades en Seuthes II heeft ontwikkeld (Diodorus Siculus, *Bibliotheca Historica* 13.105.3 en Nepos, *Alcibiades* 8.3; vergelijk Nepos, *Alcibiades* 7.5 en Plutarchus, *Alcibiades* 37.2.).

Athenaeus, *Deipnosophistae* 15.681f (voor wilde tijm op de Thracische heuvels).

Theophrastus, *Historia Plantarum* 1.6.9 (geciteerd in Athenaeus, *Deipnosophistae* 2.62a) (voor Thracische truffels met een vleesgeur).

Athenaeus, *Deipnosophistae* 10.447b-c (cit. Archilochus en Hellanicus) (voor Thracisch gerstbier dat 'bryton' wordt genoemd).

Athenaeus, *Deipnosophistae* 11.781d (voor de Thracische gewoonte om hoorns met wijn in één teug leeg te drinken).

Plato, *Leges* 637d (geciteerd in Athenaeus, *Deipnosophistae* 10.432a) (voor de Thracische gewoonte om wijn over hun kleren te morsen).

Athenaeus, *Deipnosophistae* 7.329d-e (cit. Mnesimachus, Dorotheus van Ascalon, Anaxandrides en Antiphanes) (voor een Thracische vis die 'Thracisch wijf' wordt genoemd).

Herodotus, *Historiae* 5.16.4 en Athenaeus, *Deipnosophistae* 8.345e (voor ossen die vis gevoerd krijgen in Thracië).

Homerus, *Ilias* 1.599 (voor 'onblusbaar gelach').

Xenophon, *Anabasis* 7.2.38, 7.3.19 en 7.5.8 (voor het Thracische gebruik om forten cadeau te doen).

Nepos, *Alcibiades* 7.4 (voor de forten in Ornoi, Bisanthe en Neon Teichos; zie boven).

Athenaeus, *Deipnosophistae* 14.637a-b (cit. Nicomedes, Ephorus, Scamon en Semus van Delos) (voor een Thracisch soort lier die 'phoinix' wordt genoemd).

Athenaeus, *Deipnosophistae* 4.155e (cit. Seleucus) (voor ophanging als een Thracisch drinkspel).

8

Diodorus Siculus, *Bibliotheca Historica* 13.76.3-4 en Xenophon, *Historia Graeca* 1.5.15 (Êióna mss.: Téôn Schneider) (voor de Spartaanse inname en destructie van Delphinion op Chios en de plundering van Teos). De locatie van Delphinion is Barrington Atlas kaart 56 C5, 38°30 NB 26°08' OL. Teos is kaart 56 D5, 38°10 NB 26°48' OL (het huidige Siğacık).

Xenophon, *Historia Graeca* 1.6.12-14 en Diodorus Siculus, *Bibliotheca Historica* 13.76.5 (voor de Spartaanse inname van Methymne op Lesbos). De locatie van Methymne is Barrington Atlas kaart 56 C3, 39°21 NB 26°10' OL.

Xenophon, *Historia Graeca* 1.6.14-15 (voor de Spartaanse propaganda). Vergelijk Thucydides, *Historiae* 2.8.4.

Diodorus Siculus, *Bibliotheca Historica* 13.76.6 (voor de Spartaanse aanval op Mytilene op Lesbos). De locatie van Mytilene is Barrington Atlas kaart 56 D3, 39°07 NB 26°32' OL.

Xenophon, *Historia Graeca* 1.6.15 (voor het provocerende bericht van de Spartaanse commandant aan Konon).

Xenophon, *Historia Graeca* 1.6.1-33, Plutarchus, *Lysander* 5.5-7.1, 7.3, Diodorus Siculus, *Bibliotheca Historica* 13.76-79, 97-99 en Aelianus, *Varia Historia* 12.43 (voor Kallikratidas [PL 403]).

Xenophon, *Historia Graeca* 1.6.16-18 en Diodorus Siculus, *Bibliotheca Historica* 13.77.1-79.7 (voor de strijd voor de haven van Mytilene, het verlies van dertig Atheense schepen, de insluiting van Konon en het beleg).

Xenophon, *Historia Graeca* 1.6.19-22 (voor de twee schepen die langs de blokkade glippen om bericht te brengen aan Athene).

Aristophanes, *Ranae* 720 met de Scholiast (cit. Hellanicus en Philochorus) (voor het omsmelten van het beeld van Pallas Athene Nike).

Aristophanes, *Ranae* 693-694 met de Scholiast (cit. Hellanicus), Xenophon, *Historia Graeca* 1.6.24, Diodorus Siculus, *Bibliotheca Historica* 13.97.1 en Justinus, *Epitome* 5.6.1-6 (voor het feit dat de Atheners gedwongen waren vreemdelingen, rijken en zelfs slaven in te zetten als bemanningen van de schepen).

Xenophon, *Historia Graeca* 1.6.25 en Diodorus Siculus, *Bibliotheca Historica* 13.97.1-2 (voor de Atheense versterkingen die naar Lesbos worden gestuurd).

Xenophon, *Historia Graeca* 1.6.25 en Diodorus Siculus, *Bibliotheca Historica* 13.97.2 (voor de sterkte van de Atheense vloot).

Xenophon, *Historia Graeca* 1.6.26 en Diodorus Siculus, *Bibliotheca Historica* 13.97.3 (voor de sterkte van de Spartaanse vloot).

Xenophon, *Historia Graeca* 1.5.16 en Diodorus Siculus, *Bibliotheca Historica* 13.74.1 (voor de lijst van de acht admiraals: Diomedon [PA 4065], Lysias [PA 9351], Perikles [PA 11812], Erasinides [PA 5021], Aristokrates [PA 1904], Protomachos [PA 12318], Thrasyllos [PA 7333], Aristogenes [PA 1781]).

Xenophon, *Historia Graeca* 1.6.27-28 en Diodorus Siculus, *Bibliotheca Historica* 13.97.4 (voor de twee vloten die elkaar zien en het uitstel vanwege het slechte weer).

Diodorus Siculus, *Bibliotheca Historica* 13.97.5-7 (voor de voortekens).

Diodorus Siculus, *Bibliotheca Historica* 13.98.5 en 13.102.4 (voor de Slag bij de Arginousai als de grootste zeeslag ooit van Grieken tegen Grieken).

Xenophon, *Historia Graeca* 1.6.31 (voor de verklaring van de zigzagopstelling: 'zij waren op deze manier opgesteld om geen doorvaartmanoeuvre [diékplous] toe te laten, want hun zeemanschap was inferieur'). Vergelijk Sosylus van Sparta, *FGrHist* 176 F 1, voor de strategie. Zie Morrison & Williams, *Greek Oared Ships*, p. 138.

Voor de doorvaart (diékplous, 'irimi') en de omvaart (períplous, 'tenkan') zie de twee artikelen van Lazenby en Whitehead in *Greece & Rome* 34, 1987, 169-177 (in het bijzonder pp. 173-174 over Arginousai) en 178-185.

Xenophon, *Historia Graeca* 1.6.29-33 en Diodorus Siculus, *Bibliotheca Historica* 13.98.3-100.4 (voor de Zeeslag bij de Arginousai in juli van het jaar 406 v. Chr.). Vergelijk Athenaeus, *Deipnosophistae* 5.218a (voor de datering 'toen Kallias uit het district Angele archon was', i.e. na de zomerzonnewende van het jaar 406 v. Chr.). De locatie van de eilandengroep van de Arginousai is Barrington Atlas kaart 56 D3, 39°00 NB 26°49' OL (het huidige Makronisi).

Diodorus Siculus, *Bibliotheca Historica* 13.98.5 (voor de toeschouwers die vier vloten dachten te zien).

Xenophon, *Historia Graeca* 1.6.36-38 en Diodorus Siculus, *Bibliotheca Historica* 13.100.5-6 (voor de ontzetting van Konon en de hereniging van de vloot).

Xenophon, *Historia Graeca* 1.6.34 en Diodorus Siculus, *Bibliotheca Historica* 13.100.3 (voor de verliezen aan beide kanten).

Xenophon, *Historia Graeca* 1.6.33, Diodorus Siculus, *Bibliotheca Historica* 13.99.5 en Plutarchus, *Lysander* 7.1 (voor de dood van Kallikratidas).

Xenophon, *Historia Graeca* 1.6.35, 1.7.3-4, 1.7.6, 1.7.32-33 en Diodorus Siculus, *Bibliotheca Historica* 13.100.2-3 (voor de storm die het onmogelijk maakte de schipbreukelingen te redden en de doden te bergen).

9

Xenophon, *Historia Graeca* 1.7.1-35 en Diodorus Siculus, *Bibliotheca Historica* 13.101-102 (voor het proces tegen de generaals van de Arginousai; de analyse die Alkibiades ons geeft, wijkt op significante punten af van de twee verschillende versies die de beide bronnen ons bieden). Vergelijk Aristoteles, *Respublica Atheniensium* 34.1 en Athenaeus, *Deipnosophistae* 5.218a (voor de datering 'toen Kallias uit het district Angele archon was').

Plutarchus, *Nicias* 9.7 (voor de heersende opvatting dat Perikles Athene in de oorlog had gestort).

Plato, *Apologia Socratis* 32b-c en Xenophon, *Historia Graeca* 1.7.15 (voor de rol van Sokrates bij het Arginousaiproces).

Xenophon, *Historia Graeca* 1.7.12, 16-34 (voor de rol van Euryptolemos, de zoon van Peisianax [PA 5985], de neef van Alkibiades).

Plutarchus, *Themistocles* 22.2, Plato, *Respublica* 439e, Thucydides, *Historiae* 2.67.4, Suida en Hesychius *s.v.* 'bárathron' en 'órygma' (voor het Barathron, waar openbare terechtstellingen plaatsvonden).

Aristoteles, *Respublica Atheniensium* 34.1 (voor het Spartaanse vredesvoorstel en de dronken Kleophon in een borstkuras).

10

Diodorus Siculus, *Bibliotheca Historica* 13.103.1-2 (voor de wroeging in Athene).

Xenophon, *Anabasis* 7.4.21 (voor het principe dat stammen en gelukszoekers in Thracië zich aansluiten bij een succesvol leger).

Nepos, *Alcibiades* 7.4 (voor het feit dat Alkibiades alleen barbaarse dorpen plunderde en de Grieken met rust liet).

De door Alkibiades teweeggebrachte verzoening tussen Amadokos I en Seuthes II is fictie, maar zie Diodorus Siculus, *Bibliotheca Historica* 13.105.3 (voor Alkibiades' vriendschap met de beide Thracische koningen). Vergelijk Nepos, *Alcibiades* 7.5, 8.3 en Plutarchus, *Alcibiades* 37.2.

11

De ontmoeting tussen Alkibiades en Thoukydides (PA 7267), de befaamde geschiedschrijver (Thucydides in de gelatiniseerde spelling), is niet in de bronnen geattesteerd, maar desalniettemin waarschijnlijk historisch, en niet alleen vanwege het feit dat beide mannen gelijktijdig in Thracië waren, maar vooral omdat meerdere passages in Thoukydides' geschiedenis van de Peloponnesische Oorlog verraden dat hij beschikte over geprivilegieerde informatie die uitsluitend van Alkibiades afkomstig kan zijn. De hypothese dat Alkibiades een informant van Thoukydides is geweest, zou tevens kunnen verklaren waarom hij Alkibiades in sommige episoden van zijn geschiedschrijving een grotere rol toebedeelt dan sommige moderne historici gerechtvaardigd achten. Voor meer details zie onder andere: P.A. Brunt, 'Thucydides and Alcibiades', *Revue des Études Grecques* 65, 1952, 59-96 (= *Studies in Greek History and Thought*, Oxford 1993, 17-46); E. Delebecque, *Thucydide et Alcibiade*, Aix-en-Provence 1965; H.D. Westlake, 'The Influence of Alcibiades On Thucydides, Book 8', *Mnemosyne* 38, 1985, 93-108 (= *Studies in Thucydides and Greek History*, Bristol 1989, 154-165); E. Luppino-Manes, 'Tucidide e Alcibiade', *Ktèma* 28, 2003, 235-253; P. Nyvlt, 'Was Alcibiades an Informant of Thucydides?', *Acta Antiqua Academiae Scientiarum Hungaricae* 54, 2014, 381-391; verdere verwijzingen zijn in de genoemde studies te vinden.

Thucydides, *Historiae* 5.26.5, Marcellinus, *Vita Thucydidis* 23 en 46, anon., *Vita Thucydidis* 3-4 en de Scholiast op Thucydides, *Historiae* 4.104.4 (voor de twintig jaar ballingschap van Thoukydides ten gevolge van de mislukte interventie bij Amphipolis in december van het jaar 424 v. Chr.; zie boven).

Thucydides, *Historiae* 4.104.4, Plutarchus, *Cimon* 4.2, etc. (voor Oloros als de naam van Thoukydides' vader); Herodotus, *Historiae* 6.39.2 (voor Oloros en Hegesipyle als de namen van een Thracische koning en koningin). Zie verder Davies, *Athenian Propertied Families*, 7268 IV en V, pp. 233-235.

Thucydides, *Historiae* 4.105.1, Plutarchus, *Cimon* 4.1-2, Marcellinus, *Vita Thucydidis* 25 en 47 (voor het landgoed en de goudmijnen van Thoukydides in Skapte Hyle). Vergelijk IG I[3] 376B.118-119, Herodotus, *Historiae* 6.46.3, Theophrastus, *De Lapidibus* 17, Lucretius, *De Rerum Natura* 6.810, Stephanus Byzantinus 573.20 (voor Skapte Hyle). Volgens Louisa Loukopoulou, 'Thrace from Strymon to Nestos', in: M.H. Hansen & T.H. Nielsen (edd.), *An Inventory of Archaic and Classical Poleis*, Oxford 2004, p. 857, moet Skapte Hyle (dat niet in de Barrington Atlas staat) wellicht gelokaliseerd worden ten oosten van Neapolis (het huidige Kavala,

Barrington Atlas kaart 51 C3, 40°55' NB 24°25' OL), aan de voet van de Lekani. Waarschijnlijker is het dat Skapte Hyle ongeveer 20 km ten westen van Neapolis is gelegen, bij de goudmijnen ten noordoosten van Nikesiane, op de noordhelling van de berg Pangaion (Barrington Atlas kaart 51 C3, 40°55' NB 24°10' OL; Tabula Imperii Romani K 35, 1, *Philippi*, Athene 1993).

Thucydides, *Historiae* 1.22.1 (voor het principe van Thoukydides zelf om de algehele strekking van gesproken woorden zo nauwkeurig mogelijk weer te geven).

Thoukydides is ongeveer in 460 v. Chr. geboren (zie Davies, *Athenian Propertied Families*, 7268 IV, p. 234) en dus een jaar of tien ouder dan Alkibiades.

Thucydides, *Historiae* 1.1.1 (voor Thoukydides die direct bij het uitbreken van de oorlog aan zijn geschiedwerk is begonnen).

Thucydides, *Historiae* 1.22.4 (voor zijn geschiedwerk als 'een verworvenheid voor de eeuwigheid').

Thucydides, *Historiae* 1.22.4 (voor het citaat 'zolang de menselijke natuur is zoals zij is, zal wat ik beschrijf, of iets soortgelijks, zich herhalen').

Thucydides, *Historiae* 5.26.5 (voor de neutraliteit dankzij de ballingschap).

Thucydides, *Historiae* 6.89.6 (voor Alkibiades' karakterisering van de democratie als 'overeengekomen dwaasheid').

12

Xenophon, *Historia Graeca* 2.1.7, Diodorus Siculus, *Bibliotheca Historica* 13.100.8 en Plutarchus, *Lysander* 7.2 (voor de terugkeer van Lysandros [*PL* 504] als bevelhebber van de Spartaanse vloot).

Xenophon, *Historia Graeca* 2.1.16 en Plutarchus, *Alcibiades* 36.4 (voor de aanstelling van Menandros [*PA* 9857], Tydeus [*PA* 13884] en Kephisodotos [*PA* 8312] als bevelhebbers van de Atheense vloot; zij waren bij de Geitenrivier samen met Konon [*PA* 8707], Philokles [*PA* 14517] en Adeimantos [*PA* 202]). Vergelijk Demosthenes 19.191, Plutarchus, *Lysander* 9.5, Nepos, *Alcibiades* 8.1 en Pausanias, *Graeciae Descriptio* 10.9.11.

Xenophon, *Historia Graeca* 2.1.18-19, Diodorus Siculus, *Bibliotheca Historica* 13.105.1-2 en Plutarchus, *Lysander* 9.4 (voor de Spartaanse inname van Lampsakos).

Xenophon, *Historia Graeca* 2.1.21, Diodorus Siculus, *Bibliotheca Historica* 13.105.2, Plutarchus, *Lysander* 9.5 en Nepos, *Alcibiades* 8.1 (voor de Atheense vloot die positie kiest bij de Geitenrivier).

Xenophon, *Historia Graeca* 2.1.22-24, Plutarchus, *Lysander* 10.1-3, Polyaenus, *Strategemata* 45.2 en Frontinus, *Strategemata* 2.1.18 (voor de vier dagen met Spartaanse schijnbewegingen). Vergelijk Plutarchus, *Alcibiades* 36.4.

Xenophon, *Historia Graeca* 2.1.25, Nepos, *Alcibiades* 8, Plutarchus, *Alcibiades* 36.5 en *Lysander* 10.4-5 (voor Alkibiades die naar het Atheense kamp komt om de strategische uitgangspositie te bekritiseren). Vergelijk Diodorus Siculus, *Bibliotheca Historica* 13.105.3. Vergelijk ook Demosthenes 50.21-23 (voor het demoraliserende effect van gebrek aan beschutting en proviand voor de vloot in een vergelijkbare situatie).

Diodorus Siculus, *Bibliotheca Historica* 13.105.3 en Nepos, *Alcibiades* 8.3 (voor Alkibiades die de hulp aanbiedt van Thracische troepen). Vergelijk Plutarchus, *Alcibiades* 37.1-2.

Xenophon, *Historia Graeca* 2.1.26, Diodorus Siculus, *Bibliotheca Historica* 13.105.4, Nepos, *Alcibiades* 8.4, Plutarchus, *Alcibiades* 37.1 en *Lysander* 10.5 (voor de hooghartige weigering van de Atheense generaals).

Diodorus Siculus, *Bibliotheca Historica* 13.105.4 en Nepos, *Alcibiades* 8.4 (voor de vrees van de Atheense generaals dat Alkibiades met de eer zou gaan strijken).

Xenophon, *Historia Graeca* 2.1.27-29, Diodorus Siculus, *Bibliotheca Historica* 13.106, Plutarchus, *Lysander* 11, *Alcibiades* 37.2, Nepos, *Alcibiades* 8.6, *Conon* 1.2, *Lysander* 1.4, Polyaenus, *Strategemata* 45.2, Frontinus, *Strategemata* 2.1.18, en Justinus, *Epitome* 5.6.9 (voor de Zeeslag bij de Geitenrivier [Aigospotamoi] in de zomer van het jaar 405 v. Chr.). Vergelijk Lysias 14.38 en 21.10-11. De locatie van de Geitenrivier is Barrington Atlas kaart 51 H4, 40°20 NB 26°35' OL (vergelijk Strabo, *Geographica* 7.331, *fragment* 55).

Xenophon, *Historia Graeca* 2.1.28, Diodorus Siculus, *Bibliotheca Historica* 13.106.6, Plutarchus, *Lysander* 11.6, *Alcibiades* 37.2, Nepos, *Lysander* 1.4 en Polyaenus, *Strategemata* 45.2 (voor de Spartanen die alle Atheense schepen buitmaken, behalve de Paralos en de acht schepen waarmee Konon vluchtte).

Xenophon, *Historia Graeca* 2.1.29 (voor de Paralos die het nieuws van de nederlaag naar Athene brengt). Aristophanes, *Aves* 1204, Xenophon, *Historia Graeca* 6.2.14, etc. (voor de Salaminia en de Paralos). Aristoteles, *Respublica Atheniensium* 61.7 (voor de Paralos en de Ammonias; zie boven).

Xenophon, *Historia Graeca* 2.1.29, Isocrates 5.62, Diodorus Siculus, *Bibliotheca Historica* 13.106.6, Plutarchus, *Lysander* 11.5 en Justinus, *Epitome* 5.6.10 (voor de vlucht van Konon naar Cyprus).

Xenophon, *Historia Graeca* 2.1.31-32, Diodorus Siculus, *Bibliotheca Historica* 13.106.7, Plutarchus, *Lysander* 13.1-2 en Pausanias, *Graeciae Descriptio* 9.32.9 (voor de executie van Philokles).

Xenophon, *Historia Graeca* 2.1.32, Plutarchus, *Lysander* 13.1, *Alcibiades* 37.3, Pausanias, *Graeciae Descriptio* 9.32.9 en Justinus, *Epitome* 5.6.9 (voor de executie van drieduizend Atheense gevangenen).

Boek XI
De redding van Athene
Neon Teichos, Daskyleion, Melissa

1

Xenophon, *Historia Graeca* 2.2.3-4 en Justinus, *Epitome* 5.7.4-12 (voor de reactie in Athene op het nieuws van de Paralos).

Ctesias, *FGrHist* 688 F 16.57, Diodorus Siculus, *Bibliotheca Historica* 13.108.1, Athenaeus, *Deipnosophistae* 12.548e (met Kuhrt, 9.3 n.1, p. 354) en Justinus, *Epitome*

5.8.7 (voor de dood van Dareios II). Voor de datering geldt 17 september 405 v. Chr. (*TBER*, pl. 36 = no. 34) als *terminus post quem* en 30 april 404 v. Chr. (BE 55770) als *terminus ante quem*. Zie Stolper, 'Late Achaemenid Babylonian Chronology', noot 6, pp. 7-9.

Nepos, *Alcibiades* 9.4-5 en Plutarchus, *Alcibiades* 37.4 (voor Alkibiades die weigert zich neer te leggen bij de Atheense nederlaag en steun wil vragen aan de Perzische koning Artaxerxes II).

Xenophon, *Cyropaedia* 8.3.1 (voor de koninklijke processie als middel om de macht te consolideren). De bronnen bieden overigens geen aanwijzingen voor de aanname dat Artaxerxes II in het begin van het jaar 403 v. Chr., direct na zijn troonsbestijging, een reis naar Sardis zou hebben ondernomen.

Herodotus, *Historiae* 5.52-54 (voor de Koninklijke Weg van Sardis naar Sousa; zie boven).

Herodotus, *Historiae* 7.26 en Xenophon, *Anabasis* 1.2.5-8 (voor Kelainai als tussenstop op de route van het oosten naar Sardis).

2

Thucydides, *Historiae* 1.143.5 en Pseudo-Xenophon (de 'Oude Oligarch'), *Respublica Atheniensium* 2.14-16 (voor Athene als een metaforisch eiland).

Xenophon, *Historia Graeca* 2.2.4 en Diodorus Siculus, *Bibliotheca Historica* 13.107.1 (voor de sluiting van Peiraieus).

Xenophon, *Historia Graeca* 2.2.7-9, Diodorus Siculus, *Bibliotheca Historica* 13.107.2-4 en Justinus, *Epitome* 5.8.1 (voor het beleg van Athene en de scheepsblokkade van Peiraieus). Vergelijk Plutarchus, *Lysander* 14.1.

Xenophon, *Historia Graeca* 2.2.1-2 (voor Lysandros die Byzantion en Chalkedon inneemt). Vergelijk Plutarchus, *Lysander* 14.1.

Xenophon, *Historia Graeca* 2.2.5 (voor de Spartaanse veroveringen van Lesbos en de Thracische kust). Vergelijk Nepos, *Lysander* 2.

Xenophon, *Historia Graeca* 2.2.9 en Plutarchus, *Lysander* 14.3 (voor de Spartaanse veroveringen van Aigina, Melos en Salamis).

Xenophon, *Historia Graeca* 2.2.2, Plutarchus, *Lysander* 13.2-3 (voor de strategie van Lysandros om de Atheners in de veroverde steden vrijgeleide te verschaffen naar Athene).

Nepos, *Alcibiades* 9.1-3 en Plutarchus, *Alcibiades* 37.3 (voor Alkibiades die de Spartaanse opmars vreest).

Xenophon, *Historia Graeca* 2.1.9, 2.1.13-4, *Anabasis* 1.1.1-2, Diodorus Siculus, *Bibliotheca Historica* 13.104.3-4 en Plutarchus, *Lysander* 9.1-2 (voor Arsikas en Kyros in Babylon).

Xenophon, *Historia Graeca* 2.1.13-15, Diodorus Siculus, *Bibliotheca Historica* 13.104.4 en Plutarchus, *Lysander* 9.2 (voor Lysandros als plaatsvervanger van Kyros in Sardis).

Thucydides, *Historiae* 8.8.2, 8.39.2, 8.80.1-3, Isocrates 8.98, Xenophon, *Anabasis* 1.1.9, 2.6.1-15, *Historia Graeca* 1.1.35-36, 1.3.15-20, Diodorus Siculus, *Bibliotheca Historica*

13.40.6, 13.51.1-6, 13.66.5-6, 13.98.1, 14.12, Polyaenus, *Strategemata* 2.2, etc. (voor Klearchos, de zoon van Rhamphias [PL 425]; zie boven).

Xenophon, *Anabasis* 2.6.1-5, Diodorus Siculus, *Bibliotheca Historica* 14.12.2, Polyaenus, *Strategemata* 2.2.6-10, Frontinus, *Strategemata* 3.5.1, etc. (voor de oorlog van Klearchos tegen de Thraciërs). Vergelijk Xenophon, *Anabasis* 1.1.9.

Xenophon, *Anabasis* 1.1.9, 2.6.4-5, Diodorus Siculus, *Bibliotheca Historica* 14.12.7-9, etc. (voor de goede band van Klearchos met Kyros).

Polyaenus, *Strategemata* 2.2.6 (voor de nachtelijke paraatheid van Klearchos' troepen).

Polyaenus, *Strategemata* 2.2.9 (voor de krijgslist van de heimelijk gegraven greppels).

Diodorus Siculus, *Bibliotheca Historica* 14.12.5 (voor Klearchos' inname van Selymbria).

Plutarchus, *Alcibiades* 37.3 (voor Alkibiades' oversteek naar Bithynië).

3

Plutarchus, *Alcibiades* 37.4 en Nepos, *Alcibiades* 9.2 (voor Alkibiades die door de stammen van Bithynië wordt beroofd; dat deze beroving door Alkibiades zelf in scène gezet zou zijn, is mijn fictie).

Diodorus Siculus, *Bibliotheca Historica* 14.11.2 (cit. Ephorus), Plutarchus, *Alcibiades* 37.4 en Nepos, *Alcibiades* 9.3 (voor Alkibiades die in contact treedt met Pharnabazos).

Xenophon, *Cyropaedia* 8.6.7, *Historia Graeca* 4.1.15-16, etc. (voor Daskyleion als de zetel van de satraap van Phrygië aan de Hellespont). De locatie van Daskyleion is Barrington Atlas kaart 52 C4, 40°10 NB 28°05' OL (het huidige Ergili). Zie T. Abe, 'Dascylium. An Overview of the Achaemenid Satrapal City', *Kyoto Journal of Ancient History* 12, 2012, 1-17.

Xenophon, *Historia Graeca* 4.1.33 (voor het prachtige paleis van Pharnabazos, dat is gebouwd door zijn vader, Pharnakes).

Hellenica Oxyrhynchia 17.3 (22.3, *P.Oxy* 842, kolom 21, regel 22) en Strabo, *Geographica* 12.8.10 (voor het Meer van Daskyleion, Barrington Atlas kaart 52 BC4, ten noordwesten van de stad). Zie Hasluck, *Cyzicus*, p. 47, en Abe, 'Dascylium', p. 3.

4

Xenophon, *Historia Graeca* 2.2.16 en Diodorus Siculus, *Bibliotheca Historica* 14.3.4 (voor de onderhandelingen van Theramenes [PA 7234] met Lysandros op Samos, die drie maanden duurden; zijn bezoek aan Daskyleion is fictie).

Xenophon, *Historia Graeca* 2.2.11, 14, 16, 21, Diodorus Siculus, *Bibliotheca Historica* 13.107.4, 14.3.2, Plutarchus, *Lysander* 14.3, Justinus, *Epitome* 5.8.1-3, etc. (voor de hongersnood in Athene).

Xenophon, *Historia Graeca* 2.2.11-12 (voor het gezantschap naar Agis).

Xenophon, *Historia Graeca* 2.2.12-13 (voor het gezantschap naar Sellasia). De locatie van Sellasia is Barrington Atlas kaart 58 C3, 37°10 NB 22°27' OL (het huidige Palaiogoulas).

Xenophon, *Historia Graeca* 2.2.15 (voor het debat in Athene).

Xenophon, *Anabasis* 1.1.1-11, *Historia Graeca* 2.1.8-9, Ctesias, *FGrHist* 688 F 16, Plutarchus, *Artaxerxes* 2-3, 6-11, Diodorus Siculus, *Bibliotheca Historica* 14.11.2-3, 14.19.4-5, 14.21.1-2, Justinus, *Epitome* 5.11, etc. (voor de machtsstrijd tussen Artaxerxes II en zijn broer Kyros de Jongere tussen 405 en 401 v. Chr.; zie boven).

Diodorus Siculus, *Bibliotheca Historica* 14.11.2 (cit. Ephorus) (voor Alkibiades die op de hoogte was van het complot van Lysandros en Kyros tegen Artaxerxes II). Vergelijk Justinus, *Epitome* 5.8.13.

Plato, *Phaedo* 99b, *Philebus* 19c, *Protagoras* 300c, Aristoteles, *Politica* 1284^{b}19, *Ethica Nicomachea* 1109^{a}35, etc. (voor de uitdrukking 'tweede vaart' voor 'plan B').

Plutarchus, *Alcibiades* 38.2 (voor de Atheners die daadwerkelijk ook na hun capitulatie hoop bleven putten uit het feit dat Alkibiades in leven was).

6

De landschapsbeschrijvingen zijn voor een deel geïnspireerd op het verslag van de reis die Georges Radet van maandag 7 augustus tot en met maandag 4 september 1893 heeft ondernomen in dit deel van Phrygië en die hij heeft beschreven in zijn zeer lezenswaardige verslag 'En Phrygie. Rapport sur une mission scientifique en Asie Mineure (août-septembre 1893)', gepubliceerd in *Nouvelles archives des missions scientifiques et littéraires* 6, Parijs 1895, pp. 425-491.

Athenaeus, *Deipnosophistae* 2.55a en 3.75b (cit. Alexis) (voor gedroogde vijgen uit Phrygië).

Athenaeus, *Deipnosophistae* 14.657e-f (voor ham).

Athenaeus, *Deipnosophistae* 10.447b (cit. Archilochus) (voor Phrygisch bier).

Ammianus Marcellinus, *Res Gestae* 26.9.8 (voor de bossen van Nakoleia). Vergelijk Radet, p. 442.

Plutarchus, *Themistocles* 30.1 en Appianus, *Mithridates* 19 (voor Leontokephale, geïdentificeerd met Akroënos). De locatie van Akroënos is Barrington Atlas kaart 62 E4, 38°45 NB 30°33' OL (het huidige Afyonkarahisar).

Athenaeus, *Deipnosophistae* 12.516c (cit. Glaucus et al.) (voor de pikante Lydische jus die 'karyke' wordt genoemd).

Hesychius *s.v.* 'zelkia' (voor het Phrygische woord voor bepaalde groenten).

Xenophon, *Anabasis* 7.1.33-41 (voor Koiratadas uit Thebe; zijn aanwezigheid in Phrygië is fictie). Vergelijk Xenophon, *Historia Graeca* 1.3.15-22, Diodorus Siculus, *Bibliotheca Historica* 13.67 en Plutarchus, *Alcibiades* 31 (maar desondanks herkennen zij elkaar niet).

Homerus, *Odyssea* 9.366-367 (voor het citaat).

Plutarchus, *Alcibiades* 2.5 (voor de vooroordelen van Alkibiades jegens Thebanen; zie boven).

Athenaeus, *Deipnosophistae* 13.574e-f noemt Melissa als de plek van Alkibiades' dood. Plutarchus, *Alcibiades* 39.1, en Diodorus Siculus, *Bibliotheca Historica* 14.11.4 (cit. Ephorus, *FGrHist* 70 F 70), spreken over 'een dorp in Phrygië' zonder de naam te geven. Athenaeus zegt dat hij het beeld van Parisch marmer, dat keizer Hadrianus in juli van het jaar 129 na Chr. op Alkibiades' graf heeft laten plaatsen, heeft gezien op de weg van Synnada (het huidige Şuhut, Barrington Atlas kaart 62 E4, 38°32' NB 30°33' OL) naar Metropolis. Omdat Alkibiades de wens koestert om de Grote Koning te ontmoeten, ligt het voor de hand dat hij in de buurt is van Kelainai (het latere Apamea, het huidige Dinar, Barrington Atlas kaart 62 D5 en 65 D1 38°04' NB 30°10' OL), dat aan de Koninklijke Weg is gelegen. De stad Metropolis waarover Athenaeus spreekt, is dan het huidige Tatarlı (Barrington Atlas kaart 62 E5, 38°10' NB 30°31' OL), 39 km ten noordoosten van Kelainai.

Aristoteles, *Historia Animalium* 6.29 578b27-30 (geciteerd in Plinius, *Naturalis Historia* 5.83, zonder dat Alkibiades wordt vermeld), zegt en passant, terwijl hij over herten spreekt, dat Alkibiades is gestorven in Arginoussa in Phrygië, bij de Hertenberg (Elaphoeis, de huidige Türkmen Dağı, Barrington Atlas kaart 62 D3, 39°25' NB 30°20' OL). Dit lijkt in tegenspraak met Athenaeus' bericht over de bezichtiging van Alkibiades' graf op de weg van Synnada naar Metropolis, maar verwarrend genoeg is er een andere stad die ook Metropolis heet in de buurt van Arginoussa: het huidige Oynaş (Barrington Atlas kaart 62 E3, 39°15' NB 30°40' OL), 121 km noordelijker dan de zuidelijke stad Metropolis en 154 km ten noorden van Kelainai. Sommige geleerden hebben Melissa daarom in het noorden gezocht: L. Robert, 'Le lieu de la mort d'Alcibiade', in: *À travers l'Asie Mineure. Poètes et prosateurs, monnaies grecques, voyageurs et géographie*, Athene & Parijs 1980, 257-307, identificeert een plek ten oosten van Dorylaion (het huidige Eskişehir, Barrington Atlas kaart 62 E2, 39°45' NB 30°45' OL) als Melissa (vergelijk R.J.A. Talbert, [ed.], *Barrington Atlas of the Greek and Roman World. Map-by-Map Directory* [2 delen], Princeton & Oxford 2000, II, p. 969, *s.v.* Melissa: 'probable location: Oynaş territory').

Maar de informatie die Aristoteles ons in een bijzinnetje verschaft, brengt ons te ver weg van Kelainai en van Alkibiades' plannen en doelstellingen. Athenaeus is een late bron, maar zijn ooggetuigenverslag van de bezichtiging van het standbeeld dat keizer Hadrianus ongeveer een eeuw eerder had laten opstellen, maakt een betrouwbare indruk. We hebben geen reden om te veronderstellen dat Hadrianus zich zou hebben vergist in de locatie van Alkibiades' graf. Dit betekent dat Melissa tussen het huidige Tatarlı en het huidige Şuhut moet liggen, zoals in verschillende oudere studies is voorgesteld. Radet en Ouvré, 'Inscriptions de Phrygie', *Bulletin de correspondance hellénique* 20, 1896, 107-118, in het bijzonder p. 115 (met verwijzing naar de Franse missies beschreven door Radet in *Nouvelles archives des missions scientifiques* 6, Parijs 1895, pp. 472-474 en 543-545) identificeert Melissa met het huidige Altıhisar (K. Belke & N. Mersich, 'Tabula Imperii Byzantini 7, Phrygien und Pisidien', *Österreichische Akademie der Wissenschaften, philosophisch-historische Klasse, Denkschriften* 211, 1990, 195) ten oosten van Balçıkhisar, 71 km ten noordoosten van Kelainai. Maar er is misschien een betere kandidaat iets verder naar het zuiden. De resten van een stad uit de klassieke tijd die in de jaren 70 van de vorige eeuw zijn opgegraven (gepubliceerd in: H.T. Uçankuş, 'Afyon'un Tatarlı Kasabasında Bulunan Phryg Tümülüsü Kazısı', *VIII. Türk Tarih Kongresi*,

Ankara 1979, 305-334, in de Barrington Atlas aangeduid met de moderne naam Tatarlı, kaart 62 E5, 38°14' NB, 30°31' OL), even ten noordoosten van het zuidelijke Metropolis, 40 km ten noordoosten van Kelainai, zouden de resten van Melissa kunnen zijn en de plek van Alkibiades' dood.

7

Elamitisch kleitablet, Persepolis PF 1315, PF 1335, PF 1672 (= 15.22, i, ii & iii Kuhrt) (voor de expresdienst); Herodotus, *Historiae* 8.98 en Xenophon, *Cyropaedia* 8.6.17-18 (voor de Perzische posterijen).

Xenophon, *Historia Graeca* 2.1.10 (mss.: del. Marsham), Lysias 21.3, Diodorus Siculus, *Bibliotheca Historica* 13.104.1, etc. (voor Alexias [*PA* 528] als eponieme archon van het jaar 405/404 v. Chr.).

Thucydides, *Historiae* 5.26.1-3 (voor de observatie dat de Peloponnesische Oorlog 'zevenentwintig jaar en een handvol dagen' heeft geduurd). Vergelijk Diodorus Siculus, *Bibliotheca Historica* 13.107.5.

Xenophon, *Historia Graeca* 2.2.17 (voor de terugkeer van Theramenes en het besluit een gezantschap naar Sparta te sturen met volledige bevoegdheid).

Xenophon, *Historia Graeca* 2.2.19-20 en Plutarchus, *Lysander* 15.2-3 (voor de besprekingen met Sparta en de hardvochtige Spartaanse bondgenoten in Sellasia). Vergelijk Justinus, *Epitome* 5.8.4.

Diodorus Siculus, *Bibliotheca Historica* 13.104.4-5 (cit. Apollodorus) (voor de dood van Sophokles en Euripides in het jaar 406/405 v. Chr.).

Plutarchus, *Lysander* 15.3 (voor de anekdote over de Phokiër die een Atheens koorlied zingt, daar de eerste koorzang uit de *Electra* van Euripides).

Sophocles, *Antigone* 332-362 (voor het citaat).

Xenophon, *Historia Graeca* 2.2.21-22, Diodorus Siculus, *Bibliotheca Historica* 13.107.4, 14.3.2 en Plutarchus, *Lysander* 14.3-6 (voor de acceptatie van het vredesakkoord, de capitulatie van Athene en het einde van de oorlog op 29 maart van het jaar 404 v. Chr.).

Xenophon, *Historia Graeca* 2.2.23, 2.3.8, Lysias 12.71, 13.34, Diodorus Siculus, *Bibliotheca Historica* 14.3.5 en Plutarchus, *Lysander* 15.1 (voor Lysandros die in triomf de haven van Peiraieus binnenvaart en Athene inneemt).

Plutarchus, *Lysander* 1.1 (voor het lange haar van Lysandros).

Plutarchus, *Lysander* 15.1 (voor de datering van Lysandros' inname van Athene 'op de zestiende dag van de maand Mounychion', i.e. 22 april van het jaar 404 v. Chr.).

Xenophon, *Historia Graeca* 2.2.23 en Plutarchus, *Lysander* 15.4 (voor de feestelijke afbraak van de muren met fluitmeisjes).

Xenophon, *Historia Graeca* 2.3.1-3, 2.3.11, Lysias 12.71-76, Aristoteles, *Respublica Atheniensium* 34.2-35.1, Diodorus Siculus, *Bibliotheca Historica* 14.3.3-7, Plutarchus, *Lysander* 15.5, *Alcibiades* 38.1, Justinus, *Epitome* 5.8.8-9, etc. (voor de installatie van het bewind van de Dertig). Xenophon, *Historia Graeca* 2.3.2 (voor de dertig leden van de Dertig).

8

Plato, *Epistulae* 7.324b-325a (voor aanvankelijk welwillende verwachtingen omtrent het nieuwe regime van de Dertig, die omslaan in hevige afkeer).

Xenophon, *Historia Graeca* 2.3-4, Lysias 12, 13, 25, Isocrates 18, Aristoteles, *Respublica Atheniensium* 34-36, Diodorus Siculus, *Bibliotheca Historica* 14.4-6, Justinus, *Epitome* 5.8.8-5.9.3, etc. (voor de terreur van de Dertig).

Aristoteles, *Respublica Atheniensium* 9.1 (voor de politieke dimensie van volksjury's).

Lysias 13.12 en Xenophon, *Historia Graeca* 1.7.35 (voor de dood van Kleophon). Vergelijk Lysias 30.10-13.

Plato, *Apologia Socratis* 32c-d en *Epistulae* 7.324d-325a (voor de weigering van Sokrates om medeplichtig te worden aan de misdaden van het regime).

Plato, *Epistulae* 7.324d (voor de tijd van de democratie die met terugwerkende kracht een gouden tijd leek).

Xenophon, *Historia Graeca* 2.4.19 (voor Charmides [PA 15512] als archon van Peiraieus).

Xenophon, *Memorabilia* 1.2.31, Demosthenes 24.90, Aeschines 1.173, Nepos, *Alcibiades* 10.1, *Thrasybulus* 2.7, etc. (voor Kritias [PA 8792] als leider van de Dertig).

9

Athenaeus, *Deipnosophistae* 2.55a en 3.75b (cit. Alexis) (voor gedroogde vijgen uit Phrygië).

Athenaeus, *Deipnosophistae* 13.578b (cit. Machon) (voor Mania als een typisch Phrygische vrouwennaam).

Athenaeus, *Deipnosophistae* 12.516d (cit. Hegesippus) (voor het recept van 'kandaulos' met Phrygische kaas).

Athenaeus, *Deipnosophistae* 10.447b (cit. Archilochus) (voor Phrygisch bier).

Plutarchus, *Lysander* 19.4 (voor de terugroeping van Lysandros).

Xenophon, *Anabasis* 1.1.9, 2.6.2-5 en Diodorus Siculus, *Bibliotheca Historica* 14.12.2-9 (voor de terugroeping, de veroordeling en ontsnapping van Klearchos).

Plutarchus, *Lysander* 18.3-5 (cit. Duris) (voor het feit dat Lysandros de eerste Griek was die bij zijn leven goddelijke status toegedicht kreeg).

Nepos, *Lysander* 3.1 en Diodorus Siculus, *Bibliotheca Historica* 14.13.2 (voor de ambities van Lysandros met betrekking tot de Spartaanse kroon). Vergelijk Plutarchus, *Lysander* 24.2 ('tà pálai dokoûnta').

Plutarchus, *Alcibiades* 38.2 (voor de Atheners die hoop bleven putten uit het feit dat Alkibiades in leven was).

Xenophon, *Historia Graeca* 2.3.15-56, Lysias 12.77-78, Aristoteles, *Respublica Atheniensium* 37.1, Diodorus Siculus, *Bibliotheca Historica* 14.4.5-5.4, Justinus, *Epitome* 5.9.2 en de Scholiast op Aristophanes, *Ranae* 541 (voor de executie van Theramenes).

10

Xenophon, *Historia Graeca* 1.2.2 (mss.: del. Marsham), Androtion, *FGrHist* 324 F 44, Diodorus Siculus, *Bibliotheca Historica* 13.68.1, etc. (voor Euktemon [PA 5799] als de naamgevende archon van het jaar 408/407 v. Chr.).

Xenophon, *Historia Graeca* 2.3.4 (voor de zonsverduistering in de vroege ochtend [8.35 uur] van 3 september van het jaar 404 v. Chr.). Zie F.R. Stephenson & L.J. Fatoohi, 'The Eclipses Recorded by Thucydides', *Historia* 50, 2001, 245-253, in het bijzonder de tabel op p. 247.

Thucydides, *Historiae* 2.28 (voor de zonsverduistering van 3 augustus van het jaar 431 v. Chr.). Vergelijk Cicero, *De Republica* 1.16.25 en Plutarchus, *Pericles* 35.1-2. Zie boven.

Plato, *Symposium* 215b (voor Alkibiades die Sokrates met Marsyas vergelijkt; zie boven).

Herodotus, *Historiae* 7.26.3 en Xenophon, *Anabasis* 1.2.7-8 (voor Kelainai als de locatie van het duel tussen Apollo en Marsyas; zie boven).

Plato, *Phaedo* 99b, *Philebus* 19c, *Protagoras* 300c, Aristoteles, *Politica* 1284^{b}19, *Ethica Nicomachea* 1109^{a}35, etc. (voor de uitdrukking 'tweede vaart' voor 'plan B'; zie boven).

De Oud-Phrygische inscripties M-01 c, d, e, W-01 a, b, W-03, W-04, W-06 en B-01 (Brixhe & Lejeune) (voor de Phrygische moedergodin Matar).

Pindarus, *Olympische Ode* 6.9-11 (voor het citaat dat vrij vertaald is als 'niets wat zonder gevaar wordt ondernomen, is eervol'; zie boven).

Volgens mijn fictieve chronologie van het laatste jaar van zijn leven zou Alkibiades de eerste elf boeken van deze roman hebben geschreven tussen januari en november van het jaar 404 v. Chr. Ik heb proefondervindelijk vastgesteld dat deze elf maanden daarvoor voldoende tijd bieden, doordat ik deze eerste elf boeken zelf in iets meer dan dertien maanden heb geschreven, tussen 1 januari 2022 en 8 februari 2023, waarbij valt aan te merken dat hij, anders dan ik, geen kostbare tijd hoefde te verliezen aan gedetailleerde research naar zijn eigen leven en naar de wereld waarin hij zich bewoog.

De gemiddelde lengte van elk van de eerste tien van deze elf boeken komt vrij nauwkeurig overeen met de gemiddelde lengte van elk van de negen boeken van de *Historiae* van Herodotus, van elk van de acht boeken van de *Historiae* van Thucydides en van elk van de zeven boeken van de *Historia Graeca* van Xenophon. Dit elfde boek is onvoltooid en daarom korter.

Boek XII
Timandra
Melissa, Kelainai, Ephesos, Athene

2

Plutarchus, *Alcibiades* 39, Diodorus Siculus, *Bibliotheca Historica* 14.11.1-4 (cit. Ephorus, *FGrHist* 70 F 70), Nepos, *Alcibiades* 10, Athenaeus, *Deipnosophistae* 13.574e-f en Justinus, *Epitome* 5.8.12-14 (voor de dood van Alkibiades in de herfst van het jaar 404 v. Chr.).

Homerus, *Ilias* 18.485-489 (voor het citaat over de sterrenbeelden).

Homerus, *Ilias* 22.26-32 (voor de vergelijking van schitterend brons met Sirius, de hond van Orion).

Menander, *Aspis* (voor Daos als de naam voor een Phrygische slaaf; het personage hier is fictief).

3

Plutarchus, *Alcibiades* 39.4 en Nepos, *Alcibiades* 10.6 (voor Timandra die Alkibiades in haar kleren begraaft). Vergelijk Athenaeus, *Deipnosophistae* 13.574e.

Athenaeus, *Deipnosophistae* 13.568c (voor loodwit als make-up).

Athenaeus, *Deipnosophistae* 13.574f, vertelt dat keizer Hadrianus van Rome het graf van Alkibiades in Melissa heeft bezocht (in juli van het jaar 129 na Chr.) en een beeld van Parisch marmer van Alkibiades op het graf heeft laten plaatsen. Athenaeus heeft het beeld gezien toen hij onderweg was van Synnada naar Metropolis. Zie boven.

5

De Oud-Phrygische inscripties M-01 c, d, e, W-01 a, b, W-03, W-04, W-06 en B-01 (Brixhe & Lejeune) (voor de Phrygische moedergodin Matar; zie boven).

Herodotus, *Historiae* 7.26, en Xenophon, *Anabasis* 1.2.7-9, Arrianus, *Anabasis* 1.29, Quintus Curtius Rufus, *Historiae Alexandri Magni* 3.1.1-8 en Livius, *Ab Urbe Condita* 38.13 (voor de beschrijving van Kelainai). Kelainai is het latere Apamea, het huidige Dinar, Barrington Atlas kaart 62 D5 en 65 D1, 38°04' NB 30°10' OL.

Herodotus, *Historiae* 5.52, 6.119, Xenophon, *Anabasis* 1.2.10-14, 1.8.1, etc. (voor de herbergen, 'stathmoí', langs de Koninklijke Weg; dat er vergelijkbare structuren in de steden waren die aan de Koninklijke Weg lagen, is niet expliciet geattesteerd, maar wel waarschijnlijk).

Aristoteles, *De Mundo* 398ª (voor de onzichtbaarheid van de koning in zijn paleis).

Drietalige inscriptie op de basis van een zuil in Hamadan, A²Ha (= 11.37 Kuhrt), viertalige inscriptie op de basis van een zuil in Sousa, A²Sa (= 9.22 Kuhrt), drietalige inscriptie uit Sousa, A²Sd (= 9.71 Kuhrt), Clemens Alexandrinus, *Protrepticus* 5.65.2-3 (cit. Berossus, *FGrHist* 680 F 11), Aelianus, *De Natura Animalium* 12.23 (voor Anahita). Vergelijk het zegel uit een graf bij Anapa, Hermitage, St. Petersburg, afbeelding 11.49 Kuhrt.

6

Plutarchus, *Alcibiades* 39.4 en Athenaeus, *Deipnosophistae* 12.535c (voor de informatie dat de beroemde Korinthische prostituee Laïs Timandra's dochter was). Vergelijk Athenaeus, *Deipnosophistae* 13.574e.

Plutarchus *Nicias* 15.4, *Alcibiades* 39.4, Athenaeus, *Deipnosophistae* 13.588c (cit. Polemon), 13.588f-589a (cit. Nymphodorus van Syracuse en Timaeus), Pausanias, *Graeciae Descriptio* 2.2.5 en de Scholiast op Aristophanes, *Plutus* 179 (voor de informatie dat Laïs als klein meisje krijgsgevangen was gemaakt bij de inname van

Hykkara, een barbaarse nederzetting op Sicilië, door de Atheense troepen onder bevel van Nikias in september van het jaar 415 v. Chr. en dat zij vervolgens naar Korinthe is gebracht). Dat zij pas in januari van het jaar 403 v. Chr. geboren zou zijn en de dochter van Alkibiades zou zijn, is mijn fictie (die overigens chronologische voordelen biedt).

7

Xenophon, *Anabasis* 7.1.33-41 (voor Koiratadas uit Thebe; zijn aanwezigheid in Kelainai is fictie; zie boven).

Athenaeus, *Deipnosophistae* 10.447b (cit. Archilochus) (voor Phrygisch bier; zie boven).

Athenaeus, *Deipnosophistae* 2.55a en 3.75b (cit. Alexis) (voor gedroogde vijgen uit Phrygië; zie boven).

Athenaeus, *Deipnosophistae* 14.657e-f (voor ham; zie boven).

Hesychius *s.v.* 'zelkia' (voor het Phrygische woord voor bepaalde groenten; zie boven).

Athenaeus, *Deipnosophistae* 12.516c (cit. Glaucus et al.) (voor de pikante Lydische jus die 'karyke' wordt genoemd; zie boven).

Herodotus, *Historiae* 7.72 (voor Paphlagonische schilden).

8

Herodotus, *Historiae* 5.52, 6.119, Xenophon, *Anabasis* 1.2.10-14, 1.8.1, etc. (voor de etappes, afstanden en herbergen ['stathmoí'] langs de Koninklijke Weg; zie boven).

Herodotus, *Historiae* 7.30 (voor Anaua). Vergelijk Arrianus, *Anabasis* 1.29. De locatie van Anaua is Barrington Atlas kaart 65 C2, 37°53' NB 29°48' OL (het huidige Sarıkavak aan het meer Acıgöl).

Homerus, *Ilias* 9.214, *Odyssea* 11.123, Plato, *Respublica* 372c, Athenaeus, *Deipnosophistae* 2.63e (cit. Eubulus), 3.95c (cit. Axionicus), 4.131e (cit. Anaxandrides), 4.149a (cit. Harmodius), 4.169e (cit. Antiphanes), 4.170c (cit. Alexis), 14.661a (cit. Athenion), etc. (voor zout als smaakmaker); Athenaeus, *Deipnosophistae* 3.116a-121d, 14.658a (cit. Aristomenes), etc. (voor zout als conserveringsmiddel).

Plutarchus, *Alcibiades* 2.5 (voor het vooroordeel dat Thebanen slecht zijn in conversatie; zie boven).

Plutarchus, *Lycurgus* 18.3 (voor een beet in de duim als straf voor wijdlopigheid; zie boven).

Herodotus, *Historiae* 7.30, Xenophon, *Anabasis* 1.2.6, etc. (voor Kolossai). De locatie van Kolossai is Barrington Atlas kaart 65 B2, 37°47' NB 29°16' OL (het huidige Emirazizli bij Honaz). Het is de stad die een half millennium later wordt aangesproken door Paulus' *Brief aan de Kolossenzen*.

Plinius, *Naturalis Historia* 5.29 (voor Diospolis, dat later Rhoas zou heten en in de Hellenistische tijd herbouwd zou worden als Laodikeia aan de Lykos; in de Romeinse tijd zou het uitgroeien tot een van de belangrijkste steden van de regio). Vergelijk Strabo, *Geographica* 12.577-578, 13.629, Cicero, *Epistulae ad Familiares* 2.1.7, 3.5-7, etc. De locatie van Diospolis is Barrington Atlas kaart 65 B2, 37°50' NB

29°07' OL (het huidige Eski Hisar). De stad wordt genoemd in de *Apocalyps* 3.14.

Xenophon, *Anabasis* 1.2.5 (voor de bootbrug over de Maiandros).

Homerische Hymne aan Demeter 17, Plinius, *Naturalis Historia* 5.29, Ptolemaeus, *Geographica* 5.2.18, Strabo, *Geographica* 14.650, etc. (voor Nysa). De locatie van Nysa is Barrington Atlas kaart 61 G2, 37°55' NB 28°08' OL (het huidige Sultanhisar).

Xenophon, *Anabasis* 1.4.8, *Historia Graeca* 3.2.19, Diodorus Siculus, *Bibliotheca Historica* 14.36, 17.65, 19.75, Plutarchus, *Agesilaus* 16, Polybius, *Historiae* 22.27, Livius, *Ab Urbe Condita* 37.45, 38.39, Juvenalis, *Saturae* 3.70, Plinius, *Naturalis Historia* 5.29, Strabo, *Geographica* 14.648-649, Ptolemaeus, *Geographica* 5.2.19, etc. (voor Tralleis). De locatie van Tralleis is Barrington Atlas kaart 61 F2, 37°50' NB 27°50' OL (het huidige Aydın).

Athenaeus, *Deipnosophistae* 2.43a (voor het vettige, olieachtige water bij Nysa en Tralleis).

Xenophon, *Historia Graeca* 3.2.19, 4.8.17, Pausanias, *Graeciae Descriptio* 1.26.4, Strabo, *Geographica* 14.647, Tacitus, *Annales* 3.62, Athenaeus, *Deipnosophistae* 9.393e (cit. Hegesianax), 15.683c (cit. Nicander), etc. (voor Leukophrys, het latere Magnesia aan de Maiandros). De locatie van Leukophrys is Barrington Atlas kaart 61 F2, 37°50' NB 27°31' OL (het huidige Tekke).

Xenophon, *Anabasis* 4.7.24 (voor 'de zee, de zee!').

9

Xenophon, *Anabasis* 1.1.6-2.1.4, *Historia Graeca* 3.1.2 (cit. Themistogenes uit Syracuse), Diodorus Siculus, *Bibliotheca Historica* 14.12.8, 14.19.6-8 en Justinus, *Epitome* 5.11.5 (voor Kyros die vanaf het jaar 402 v. Chr. Griekse huurlingen begint te ronselen).

Xenophon, *Anabasis* 3.1.4 (vergelijk 2.6.20), 3.1.25, 3.2.37 en Diogenes Laërtius, *Vitae Philosophorum* 2.55 (voor de leeftijd van Xenophon [PA 11307]; in de nazomer van het jaar 402 v. Chr., toen hij in Ephesos was en toen deze fictieve ontmoeting met Timandra zou hebben plaatsgevonden, was hij vermoedelijk tussen de vijfentwintig en achtentwintig jaar oud).

Diogenes Laërtius, *Vitae Philosophorum* 2.48, Pausanias, *Graeciae Descriptio* 5.6.5, Arrianus, *Anabasis* 2.8.11, Strabo, *Geographica* 9.403, Athenaeus, *Deipnosophistae* 10.427f, etc. (voor Gryllos als de vader van Xenophon).

Diogenes Laërtius, *Vitae Philosophorum* 2.48 (voor Erchia als het district van Xenophon).

Plato, *Alcibiades I* 123c (voor Alkibiades' landgoed in Erchia). De locatie van Erchia is Barrington Atlas kaart 59 C3, 37°59' NB 23°56' OL (het huidige Spata, 1.500 meter ten westen van Athens International Airport Eleftherios Venizelos). Zie boven.

Xenophon, *Anabasis* 1.8.15 en *passim*, Diogenes Laërtius, *Vitae Philosophorum* 2.49-50 en 2.55 (voor Xenophon als huurling in het leger van Kyros de Jongere).

Xenophon, *Anabasis* 2.2.6 (mss.: del. Krüger) (voor Ephesos als vertrekpunt van de expeditie van de Tienduizend van Xenophon). Vergelijk Diodorus Siculus, *Bibliotheca Historica* 14.21.5.

Diogenes Laërtius, *Vitae Philosophorum* 2.48 (voor Xenophon als een leerling van Sokrates). Xenophon zou later zijn *Memorabilia* schrijven over Sokrates en zijn versie van diens verdedigingsrede.

Xenophon, *Anabasis* 1.1.11-1.2.1, 1.3.20, 1.4.12, Diodorus Siculus, *Bibliotheca Historica* 14.19.3, 14.19.6, 14.19.9, 14.20.5 en 14.21.6 (voor de valse voorwendselen van Kyros over het doel van de campagne).

Xenophon, *Anabasis* 1.3, Diodorus Siculus, *Bibliotheca Historica* 14.20.4-5 en 14.21.6 (voor het feit dat de troepen daadwerkelijk bang worden zodra ze ontdekken dat de veldtocht gericht is tegen koning Artaxerxes).

Xenophon, *Anabasis* 3.1.4 en Diogenes Laërtius, *Vitae Philosophorum* 2.49 (voor Xenophon die door zijn vriend Proxenos is uitgenodigd om deel te nemen aan de expeditie van Kyros).

Xenophon, *Anabasis* 3.1.5-8 en Diogenes Laërtius, *Vitae Philosophorum* 2.49-50 (voor Sokrates die boos op Xenophon is omdat hij de verkeerde vraag heeft gesteld aan het orakel).

Diogenes Laërtius, *Vitae Philosophorum* 2.48 (voor Xenophon als een schatje).

10

Herodotus, *Historiae* 6.16.2 (voor de Thesmophoria in Ephesos).

Herodotus, *Historiae* 1.26.2 (voor de afstand van zeven stadia van de stad naar de Artemistempel).

Herodotus, *Historiae* 1.92.1 (voor Kroisos die de meeste zuilen van de Artemistempel in Ephesos heeft geleverd).

Hippocrates, *Epidemiae* 1.4.2 (voor de beschrijving van de ziekte).

Callimachus, *Hymne aan Demeter* 92, *Anthologia Palatina* 6.280, etc. (voor de terracottapop, 'plaggôn'). Deze poppen zijn teruggevonden. Het Archeologisch Museum van Korinthe heeft bijvoorbeeld een collectie van 'plaggônes' uit onze periode. Zie ook British Museum inv. nr. 1865,0720.35, Metropolitan Museum inv. nr. 44.11.8, Getty Museum inv. nr. 74.AD.46, etc. Zie: Caroline Amy Hutton, *Greek Terracotta Statuettes*, New York 1899, Kate McK. Elderkin, 'Jointed Dolls in Antiquity', *American Journal of Archaeology* 34, 1930, 455-479.

Athenaeus, *Deipnosophistae* 13.588d-e (mss.: hê Láïs del. Wilamowitz) (voor Laïs en Phryne).

Ctesias, *FGrHist* 688 F 20 (geciteerd in Plutarchus, *Artaxerxes* 11-13), Xenophon, *Anabasis* 1.8.17-29, Diodorus Siculus, *Bibliotheca Historica* 14.22.5-24.6 en Justinus, *Epitome* 5.11.8-9 (voor de Slag bij Kounaxa op 3 september van het jaar 401 v. Chr.). De locatie van Kounaxa is onzeker, maar zou ergens in Barrington Atlas kaart 91 F4 moeten zijn, misschien op 33°19' NB 44°05' OL (ten westen van het moderne Baghdad bij de beruchte gevangenis van Abu Ghraib).

Ctesias, *FGrHist* 688 F 20 (geciteerd in Plutarchus, *Artaxerxes* 11-13), Xenophon, *Anabasis* 1.8.27-1.9.1, *Historia Graeca* 3.1.2 (cit. Themistogenes uit Syracuse), Diodorus Siculus, *Bibliotheca Historica* 14.23.7 en Justinus, *Epitome* 5.11.9 (voor de dood van Kyros de Jongere).

Xenophon, *Historia Graeca* 3.1.3 (voor de herbenoeming van Tissaphernes als Kyros' opvolger).

11

Plutarchus, *Moralia* (*De tranquilitate animi*) 470f (cit. Teles) (voor de opsomming van goederen).

Thucydides, *Historiae* 1.143.5 en Pseudo-Xenophon (de 'Oude Oligarch'), *Respublica Atheniensium* 2.14-16 (voor Athene als een metaforisch eiland; zie boven).

Strabo, *Geographica* 1.65-66 (voor de ligging van de wijk Kollytos). Vergelijk Demosthenes 18.180, Aeschines 1.157, Plutarchus, *Moralia* 601c, *Demosthenes* 11.5, Philostratus, *Vitae Sophistarum* 2.5.4, etc.

Tertullianus, *De Anima* 20 (voor de opvatting dat kinderen in Kollytos een maand eerder leren spreken dan elders).

12

Homerus, *Odyssea* 9.12-13 en Vergilius, *Aeneis* 2.3 (voor 'je vraagt mij een onzegbaar verdriet te vernieuwen').

Xenophon, *Historia Graeca* 2.2.3-4 en Justinus, *Epitome* 5.7.4-12 (voor de reactie in Athene op het nieuws van de Paralos aan het einde van de zomer van het jaar 405 v. Chr.; zie boven).

Xenophon, *Historia Graeca* 2.2.4 en Diodorus Siculus, *Bibliotheca Historica* 13.107.1 (voor de sluiting van Peiraieus; zie boven).

Xenophon, *Historia Graeca* 2.2.7-9, Diodorus Siculus, *Bibliotheca Historica* 13.107.2-4 en Justinus, *Epitome* 5.8.1 (voor het beleg van Athene en de scheepsblokkade van Peiraieus; zie boven). Vergelijk Plutarchus, *Lysander* 14.1.

Plutarchus, *Alcibiades* 38.2 (voor het feit dat de Atheners hoop bleven putten uit het feit dat Alkibiades in leven was; zie boven).

Xenophon, *Historia Graeca* 2.2.11, 14, 16, 21, Diodorus Siculus, *Bibliotheca Historica* 13.107.4, 14.3.2, Plutarchus, *Lysander* 14.3, Justinus, *Epitome* 5.8.1-3, etc. (voor de hongersnood in Athene in de winter van 405/404 v. Chr.; zie boven).

Xenophon, *Historia Graeca* 2.2.15 (voor het politieke debat in Athene in de winter van 405/404 v. Chr.; zie boven).

Xenophon, *Historia Graeca* 2.2.21-22, Diodorus Siculus, *Bibliotheca Historica* 13.107.4, 14.3.2 en Plutarchus, *Lysander* 14.3-6 (voor de acceptatie van het vredesakkoord, de capitulatie van Athene en het einde van de oorlog op 29 maart van het jaar 404 v. Chr.; zie boven).

Xenophon, *Historia Graeca* 2.2.23, 2.3.8, Lysias 12.71, 13.34, Diodorus Siculus, *Bibliotheca Historica* 14.3.5 en Plutarchus, *Lysander* 15.1 (voor Lysandros die in triomf de haven van Peiraieus binnenvaart en Athene inneemt; zie boven).

Plutarchus, *Lysander* 15.1 (voor de datering van Lysandros' inname van Athene 'op de zestiende dag van de maand Mounychion', i.e. 22 april van het jaar 404 v. Chr.; zie boven).

Xenophon, *Historia Graeca* 2.1.10 (mss.: del. Marsham), Lysias 21.3, Diodorus Siculus,

Bibliotheca Historica 13.104.1, etc. (voor Alexias [PA 528] als eponieme archon van het jaar 405/404 v. Chr.; zie boven).

Xenophon, *Historia Graeca* 2.2.23 en Plutarchus, *Lysander* 15.4 (voor de feestelijke afbraak van de muren met fluitmeisjes; zie boven).

Xenophon, *Historia Graeca* 2.3.1-3, 2.3.11, Lysias 12.71-76, Aristoteles, *Respublica Atheniensium* 34.2-35.1, Diodorus Siculus, *Bibliotheca Historica* 14.3.3-7, Plutarchus, *Lysander* 15.5, *Alcibiades* 38.1, Justinus, *Epitome* 5.8.8-9, etc. (voor de installatie van het bewind van de Dertig; zie boven). Xenophon, *Historia Graeca* 2.3.2 (voor de dertig leden van de Dertig).

Xenophon, *Memorabilia* 1.2.31, Demosthenes 24.90, Aeschines 1.173, Nepos, *Alcibiades* 10.1, *Thrasybulus* 2.7, etc. (voor Kritias [PA 8792] als leider van de Dertig; zie boven).

Plato, *Epistulae* 7.324b-325a (voor aanvankelijk welwillende verwachtingen omtrent het nieuwe regime van de Dertig, die omslaan in hevige afkeer; zie boven).

Xenophon, *Historia Graeca* 2.3-4, Lysias 12, 13, 25, Isocrates 18, Aristoteles, *Respublica Atheniensium* 34-36, Diodorus Siculus, *Bibliotheca Historica* 14.4-6, Justinus, *Epitome* 5.8.8-5.9.3, etc. (voor de terreur van de Dertig; zie boven).

Lysias 13.12 en Xenophon, *Historia Graeca* 1.7.35 (voor de dood van Kleophon; zie boven). Vergelijk Lysias 30.10-13.

Xenophon, *Historia Graeca* 2.3.15-56, Lysias 12.77-78, Aristoteles, *Respublica Atheniensium* 37.1, Diodorus Siculus, *Bibliotheca Historica* 14.4.5-5.4, Justinus, *Epitome* 5.9.2 en de Scholiast op Aristophanes, *Ranae* 541 (voor de executie van Theramenes; zie boven).

Xenophon, *Historia Graeca* 2.3.1, Diodorus Siculus, *Bibliotheca Historica* 14.3.1 en Plutarchus, *Moralia* 835f (voor het jaar 404/403 v. Chr. als het jaar van de anarchie; Lysias 7.9, Aristoteles, *Respublica Atheniensium* 35.1 en 41.1 noemen Pythodoros [PA 12389] als naamgevende archon; vergelijk IG I^3 380, SEG 21.80, IG II^2 1498.21).

Xenophon, *Historia Graeca* 2.4.1 (voor de politiek van de Dertig om burgers bewust op de vlucht te jagen).

Xenophon, *Historia Graeca* 2.4.21 (voor 'het regime heeft in enkele maanden meer slachtoffers gemaakt onder zijn stadsgenoten dan de Spartanen in tien jaar oorlog'). Vergelijk Aristoteles, *Respublica Atheniensium* 35.4, Isocrates 4.113, 7.67, 20.11, Aeschines 2.77, 3.235 en de Scholiast op Aeschines 1.39.

13

Xenophon, *Historia Graeca* 2.4.2-7, Aristoteles, *Respublica Atheniensium* 37.1, Lysias 12.52, 13.77-79, Diodorus Siculus, *Bibliotheca Historica* 14.32.1-3, Nepos, *Thrasybulus* 2.1, Plutarchus, *Moralia* 835f, Pausanias, *Graeciae Descriptio* 1.29.3 en Justinus, *Epitome* 5.9.6 (voor de inname van Phyle door Thrasyboulos [PA 7310] in januari van het jaar 403 v. Chr.). De locatie van Phyle is Barrington Atlas kaart 59 B2, 38°10' NB 23°38' OL (thans Archeologikos Choros Frourio Filis). Zie Camp, *Archaeology of Athens*, pp. 299-301.

Xenophon, *Historia Graeca* 2.4.8-10, Lysias 12.52, 13.44 en Diodorus Siculus, *Biblio-*

theca Historica 14.32.4 (voor het bloedbad in Eleusis aan het begin van het voorjaar van 403 v. Chr.).

Xenophon, *Memorabilia* 1.2.12 en *Historia Graeca* 2.3.47 (voor Kritias als de corruptste, wreedste en bloeddorstigste van de Dertig, die het volk haatte).

Xenophon, *Historia Graeca* 2.4.10-11, Aristoteles, *Respublica Atheniensium* 38.1, Diodorus Siculus, *Bibliotheca Historica* 14.33.1 en Nepos, *Thrasybulus* 2.5 (voor de verzetsstrijders die Mounychia innemen).

Xenophon, *Historia Graeca* 2.4.11 (voor het regeringsleger dat positie kiest op de agora van Hippodamos).

Xenophon, *Historia Graeca* 2.4.12-19, Aristoteles, *Respublica Atheniensium* 38.1, Diodorus Siculus, *Bibliotheca Historica* 14.33.2-3, Nepos, *Thrasybulus* 2.5-7 en Justinus, *Epitome* 5.9.10 (voor de Slag om Peiraieus in het voorjaar van 403 v. Chr.).

Xenophon, *Historia Graeca* 2.4.19, Diodorus Siculus, *Bibliotheca Historica* 14.33.3, Nepos, *Thrasybulus* 2.7, Justinus, *Epitome* 5.9.15 en de Scholiast op Aristophanes, *Plutus* 1146 (voor de dood van Kritias).

Xenophon, *Historia Graeca* 2.4.23, Aristoteles, *Respublica Atheniensium* 38.1, Lysias 12.53-55, Diodorus Siculus, *Bibliotheca Historica* 14.33.5, Nepos, *Thrasybulus* 3.1 en Justinus, *Epitome* 5.10.4 (voor de afzetting van de Dertig en de installatie van de Tien).

Aristoteles, *Respublica Atheniensium* 38.1-2, Lysias 12.55-56 en Justinus, *Epitome* 5.10.5 (voor de wreedheden van de Tien).

Xenophon, *Historia Graeca* 2.4.24, Aristoteles, *Respublica Atheniensium* 39, Diodorus Siculus, *Bibliotheca Historica* 14.33.6 en Justinus, *Epitome* 5.10.4 (voor de Dertig die zich terugtrekken in Eleusis).

Xenophon, *Historia Graeca* 2.4.24-39, *Memorabilia* 2.7, Aristoteles, *Respublica Atheniensium* 38, Lysias 12.54-60, 14.33, 25.21-22, 31.17-18, Isocrates 18.45, 49, Diodorus Siculus, *Bibliotheca Historica* 14.33.4-6, Plutarchus, *Lysander* 21.2 en Justinus, *Epitome* 5.10.5-10 (voor de burgeroorlog met interventie van Sparta). Vergelijk Lysias 12.92 en Plato, *Menexenus* 244a-b.

Xenophon, *Historia Graeca* 2.4.43, Aristoteles, *Respublica Atheniensium* 38.3, 39, 41.1, Diodorus Siculus, *Bibliotheca Historica* 14.33.6 en Nepos, *Thrasybulus* 3.1 (voor het herstel van de democratie).

Aristoteles, *Respublica Atheniensium* 39-40, Xenophon, *Historia Graeca* 2.4.43, Nepos, *Thrasybulus* 3.2-3 en Justinus, *Epitome* 5.10.11 (voor de amnestie).

Aristoteles, *Ars Poetica* 1449^b28 (voor catharsis als het effect van een tragedie).

14

Plato, *Apologia Socratis* 40c-41c (voor Sokrates over de dood).

Plato, *Symposium* 216b en Plutarchus, *Alcibiades* 6.1 (voor Alkibiades' schaamte voor Sokrates; zie boven).

Xenophon, *Memorabilia* 3.12.8 (voor Sokrates die zegt: 'wie pas echt reden tot schaamte zou hebben, is een man die oud wordt voordat hij de man is geworden die hij had kunnen worden'; daar in fysieke zin).

Homerus, *Ilias* 9.423 (voor het citaat 'mijn kans op een behouden thuiskomst zal verkeken zijn, maar mijn roem zal nimmer verbleken'; zie boven).

Plato, *Leges* 4.721c (voor 'het verlangen om gezien te worden en niet naamloos in een graf te liggen').

Plato, *Apologia Socratis* 38a (voor de uitspraak 'dat een leven dat niet wordt onderzocht niet de moeite van het leven waard is'; zie boven).

Plato, *Phaedrus* 275d-e (voor Sokrates' opvattingen over het geschreven woord dat niet antwoordt op vragen en hulpeloos is).

Plato, *Phaedrus* 275a (voor Sokrates' opvatting dat het schrift de vergetelheid dient).

Plato, *Apologia Socratis* 20a en *Protagoras* 315d (voor Kallias' voorliefde voor sofisten en filosofen, aan wie hij fortuinen spendeerde). Vergelijk Aristophanes, *Ecclesiazusae* 810 (met de Scholiast), Lysias 19.48, Andocides 1.130-131 en Athenaeus, *Deipnosophistae* 12.537b-c (cit. Heraclides van Pontus). Zie boven.

Kallikles uit Acharnai (PA 7927) is een indrukwekkend en mysterieus personage in Plato's *Gorgias*, dat misschien ook wordt genoemd in Andocides 1.127 (Kallídês mss.) en Lysias 30.14 (Kalliádês mss., de beide conjecturen zijn van D.M. MacDowell, *Andokides On the Mysteries*, Oxford 1962, 153-154). Zie Dodds' commentaar op de *Gorgias* en Nails, *The People of Plato*, pp. 75-77.

Plato, *Gorgias* 484c-485c (voor de geciteerde opvatting van Kallikles dat een volwassen man niet behoort te filosoferen).

Diogenes Laërtius, *Vitae Philosophorum* 2.44 (voor de leeftijd van Sokrates).

Diogenes Laërtius, *Vitae Philosophorum* 2.21 (voor de informatie dat Sokrates vaak werd geslagen en mishandeld).

Plato, *Gorgias* 474c-475c (voor het idee dat onrecht begaan erger is dan onrecht ondergaan).

Pausanias, *Graeciae Descriptio* 1.19.2, Plinius, *Naturalis Historia* 36.16 en CIA I 273 f. 12 (voor de tuinen van Aphrodite buiten de muren van Athene aan de Ilissos; zie boven).

Plato, *Apologia Socratis* 41c (voor Sokrates die zowel met mannen als met vrouwen discussieert).

15

De Scholiast op Aristophanes, *Ranae* 501 (voor het huis van Kallias [PA 7826] in Melite; zie boven). Vergelijk de Scholiast op Lucianus, *Iuppiter Tragoedus* 48.

Lysias 14.28 (voor het huwelijk tussen Elpinike, de dochter van Alkibiades, en haar neef Hipponikos, de zoon van Kallias [PA 7659] in januari van het jaar 399 v. Chr.; Hipponikos zou rond 395 v. Chr. van haar scheiden, waarbij hij haar zou beschuldigen van incest met haar broer, Alkibiades de Jongere). Vergelijk Andocides 1.126 (voor Hipponikos, de zoon van Kallias).

Theophrastus, *De Odoribus* 51 (geciteerd in Athenaeus, *Deipnosophistae* 1.32b), Athenaeus, *Deipnosophistae* 3.112b (cit. Archestratus) en SEG LII 1147 (voor de beroemde wijn uit Erythrai; zie boven).

Isocrates 16.45 (voor het feit dat Alkibiades' kinderen zichzelf als wezen beschouwden).

Euripides, *Troades* 314, 331, Aristophanes, *Pax* 1335, *Aves* 1736, 1742, Theocritus, *Idylle* 18.58, etc. (voor het bruiloftslied 'hymèn ô hyménaie' en de variaties daarop; zie boven).

16

Plutarchus, *Alcibiades* 38.2 (voor de hoop die levend was zolang Alkibiades in leven was).

Isocrates 16.37-40 (voor de Dertig die Alkibiades verbannen). Vergelijk Xenophon, *Historia Graeca* 2.3.42.

Plutarchus, *Alcibiades* 38.3-4, Nepos, *Alcibiades* 10.1 en Justinus, *Epitome* 5.8.12-13 (voor Kritias als de opdrachtgever voor de moord op Alkibiades).

Xenophon, *Historia Graeca* 2.4.19 (voor Charmides [PA 15512] als archon van Peiraieus).

Plutarchus, *Lysander* 4.5 (voor Lysandros die Alkibiades' dadendrang vreest). Vergelijk Plutarchus, *Alcibiades* 38.4.

Sophocles, *Antigone* 332-333 (voor het citaat 'veel is verschrikkelijk, maar niets is verschrikkelijker dan de mens', dat boven is vertaald als 'veel is wonderbaar, maar er is geen groter wonder dan de mens').

17

Pindarus, *Nemeïsche Ode* 5.1-3 (voor het contrast tussen standbeelden en woorden).

Shakespeare, *Sonnet* 18.13-14 (voor de onsterfelijkheid van het geschreven woord).

Horatius, *Carmina* 3.30.6 (voor niet geheel sterven).

Plato, *Apologia Socratis*, Xenophon, *Memorabilia* 1.1-2, *Apologia Socratis* (= *Memorabilia* 4.8.1-11), Libanius, *Declamatio* 1, Lysias, *fragmenten* 220-224 (Sauppe), Demetrius Phalereus, *fragmenten* 91-98 (Wehrli), Polycrates, *fragment* viii (10-11, Sauppe) en Diogenes Laërtius, *Vitae Philosophorum* 2.40 (cit. Favorinus) (voor het proces tegen Sokrates in mei van het jaar 399 v. Chr.).

Plato, *Crito* (voor Sokrates die weigert te vluchten).

Plato, *Phaedo* 58a-b (voor het heilige schip naar Delos).

Plato, *Phaedo*, Xenophon, *Memorabilia* 4.8, Diogenes Laërtius, *Vitae Philosophorum* 2.44, Diodorus Siculus, *Bibliotheca Historica* 14.37.6, etc. (voor de dood van Sokrates in juni van het jaar 399 v. Chr.).

Xenophon, *Memorabilia* 1.2.12 (voor het feit dat Sokrates' invloed op Kritias en Alkibiades als een gevaar werd gezien). Vergelijk Isocrates 11.5.

Plutarchus *Nicias* 15.4, *Alcibiades* 39.4, Athenaeus, *Deipnosophistae* 13.588c (cit. Polemon), 13.588f-589a (cit. Nymphodorus van Syracuse en Timaeus), Pausanias, *Graeciae Descriptio* 2.2.5 en de Scholiast op Aristophanes, *Plutus* 179 (voor de informatie dat Laïs naar Korinthe is gebracht, volgens de bronnen kort na 415 v. Chr.; dat zij in 403 v. Chr. geboren zou zijn, de dochter van Alkibiades zou zijn en pas in 399 v. Chr. naar Korinthe wordt gebracht, is mijn fictie). In Korinthe zal Laïs beroemd worden (zie bijvoorbeeld: Plutarchus, *Moralia* 767f, Aulus Gellius, *Noctes Atticae* 1.8.3-6, Aelianus, *Varia Historia* 10.2, Athenaeus, *Deipnosophistae* 4.137d, 12.544b-e,

13.570b-589b, *Anthologia Graeca* 6.1 ['Plato'], 6.18-20 [Julianus], 6.71 [Paulus Silentiarius], 7.218 [Antipater Sidonius], 7.219 [Pompeius], 7.220 [Agathias], 9.260 [Secundus], Ausonius, *Epigram* 65 [60 Green], etc.). Laïs wordt dermate mythisch dat er waarschijnlijk twee of drie verschillende beroemde courtisanes onder haar naam beroemd zijn, zodat het voor ons nauwelijks nog valt te ontwarren wie wie is (zie M. Ypsilanti, 'Lais and Her Mirror', in het bijzonder pp. 199-201).

Thucydides, *Historiae* 6.3.2 (voor Syracuse als kolonie van Korinthe).

Strabo, *Geographica* 8.6.20 (voor de tempel van Aphrodite in Korinthe). De locatie van Korinthe is Barrington Atlas kaart 58 D2, 37°55' NB 22°55' OL.

Aristophanes, *fragment* 928 K-A (= 902a H-G, geciteerd in Hesychius *s.v.* 'ou pantòs andròs es Kórinthon ésth' ho ploûs'), Strabo, *Geographica* 8.6.20, Horatius, *Epistulae* 1.17.36 en Aulus Gellius, *Noctes Atticae* 1.8.3-4 (voor het spreekwoord 'het is niet iedereen gegeven naar Korinthe te reizen'). Vergelijk Aristophanes, *Plutus* 149-152.

Homerus, *Ilias* 18.485-489 (voor het citaat over de sterrenbeelden; zie boven).

Bibliografie

I. WETENSCHAPPELIJKE STUDIES

Abe, Takuji, 'Dascylium. An Overview of the Achaemenid Satrapal City', *Kyoto Journal of Ancient History* 12, 2012, 1-17.

Adekannbi, Gill Oluwatosin & Akinboye, Goke, 'Politics and Morality in the Career of Alcibiades', *Orita, Ibadan Journal of Religious Studies* 47, 2015, 109-130.

Adeleye, Gabriel, 'Critias. Member of the Four Hundred?', *Transactions and Proceedings of the American Philological Assiciation* 104, 1974, 1-9.

Adkins, A.W.H., 'The *arete* of Nicias', *Greek, Roman and Byzantine Studies* 16, 1975, 379-392.

Adkins, A.W.H., '*Polupragmosune* and "Minding One's Own Business". A Study in Greek Social and Political Values', *Classical Philology* 71, 1976, 301-327.

Aguilar, R.M., 'La mujer de Alcibíades', in: *Dôron Mnêmosúnês. Misclánea de estudios ofrecidos a Mª Ángels Durán López* (A. Pérez Jiménez & I. Calero Secall, edd.), Zaragoza 2011, 31-38.

Allen, Percy Stafford, *De ingenio Alcibiadis*, Oxford 1894.

Allison, June W., *Power and Preparedness in Thucydides*, Baltimore 1989.

Altman, William H.F., 'Xenophon, the Old Oligarch, and Alcibiades', *Polis* 39, 2022, 261-278.

Alty, John, 'Dorians and Ionians', *Journal of Hellenic Studies* 102, 1982, 1-14.

Ambler, Wayne, 'On Socrates and Alcibiades', *Perspectives on Political Science* 39, 2010, 198-201.

Amit, Moshé, *Athens and the Sea. A Study in Athenian Sea Power* (*Collection Latomus* 74), Brussel 1965.

Amit, Moshé, 'The Melian Dialogue and History', *Athenaeum* 46, 1968, 216-235.

Amit, Moshé, 'Le traité de Chalcédoine entre Pharnabaze et les stratèges athéniens', *L'Antiquité Classique* 42, 1973, 436-457.

Amit, Moshé, 'La Campagne d'Ionie de 407/6 et la bataille de Notion', *Grazer Beiträge* 3, 1975, 1-13.

Amit, Moshé, 'The Disintegration of the Athenian Empire in Asia Minor (412-405 B.C.E.)', *Scripta Classica Israelica* 2, 1975, 38-71.

Anderson, Mark, 'Socrates as Hoplite', *Ancient Philosophy* 25, 2005, 273-289.

Andrewes, Antony, 'The Generals in the Hellespont', *Journal of Hellenic Studies* 73, 1953, 2-9.

Andrewes, Antony, 'The Melian Dialogue and Perikles' Last Speech', *Proceedings of*

the Cambridge Philological Society 6, 1960, 1-10.
Andrewes, Antony, 'Thucydides and the Persians', *Historia* 10, 1961, 1-18.
Andrewes, Antony, 'The Mytilene Debate. Thucydides 3.36-49', *Phoenix* 16, 1962, 4-85.
Andrewes, Antony, 'Two Notes on Lysander', *Phoenix* 25, 1971, 206-226.
Andrewes, Antony, 'The Arginousai Trial', *Phoenix* 28, 1974, 112-122.
Andrewes, Antony, 'Notion and Kyzikos. The Sources Compared', *Journal of Hellenic Studies* 102, 1982, 15-25.
Archibald, Zofia H., *The Odrysian Kingdom of Thrace. Orpheus Unmasked (Oxford Monographs on Classical Archaeology)*, Oxford 1998.
Archie, Andre, 'Insightful Women, Ignorant Alcibiades', *History of Political Thought* 29, 2008, 379-392.
Arendt, Hannah, 'Truth and Politics', *The New Yorker*, 25 februari 1967, herzien en uitgebreid in: *Between Past and Future. Eight Exercises in Political Thought*, New York 1968, 227-264 (= *The Portable Hannah Arendt* [P. Baehr, ed.], New York 2000, 545-575; *Truth. Engagements across Philosophical Traditions* [J. Medina & D. Wood, edd.], Malden MA & Oxford 2005, 295-314).
Asmonti, Luca A., 'The Arginusae Trial, the Changing Role of "Strategoi" and the Relationship between "Demos" and Military Leadership in Late Fifth Century Athens', *Bulletin of the Institute of Classical Studies* 49, 2006, 1-21.
Aurenche, Olivier, *Les groupes d'Alcibiade, de Léogoras et de Teucros. Remarques sur la vie politique athénienne en 415 avant J.C.*, Parijs 1974.
Avery, Harry C., 'Critias and the Four Hundred', *Classical Philology* 58, 1963, 165-167.
Avery, Harry C., 'Themes in Thucydides' Account of the Sicilian Expedition', *Hermes* 101, 1973, 1-13.
Avery, Harry C., 'The Chronology of Peisander's Mission to Athens', *Classical Philology* 94, 1999, 127-146.
Babelon, Jean, *Alcibiade 450-404 avant J.-C.*, Parijs 1935.
Balcer, Jack Martin, 'Separatism and Anti-Separatism in the Athenian Empire (478-433 B.C.)', *Historia* 23, 1974, 21-39.
Barrow, Robin, *Athenian Democracy*, Londen 1999².
Battesti, Daniel, 'Intervenir à titre privé dans la diplomatie de sa cité. L'exemple de la paix de Nicias chez Thucydide', *Dialogues d'histoire ancienne*, Supplément 9, 2013, 39-57.
Battistin Sebastiani, Breno, 'Paradoxo da verdade e limites da democracia. Nícias versus Alcibíades em Th.6.8-26', *Ágora* 22, 2020, 67-85.
Bauman, Richard, *Political Trials in Ancient Greece*, Londen 1990.
Bauslaugh, Robert A., *The Concept of Neutrality in Classical Greece*, Berkeley 1991.
Bean, George Ewart, *Aegean Turkey. An Archaeological Guide*, Londen 1966.
Bearzot, Cinzia, 'Strategia autocratica e aspirazioni tiranniche. Il caso di Alcibiade', *Prometheus* 14, 1988, 39-57.
Bearzot, Cinzia, 'Euripide, Trasibulo e il dibattito sul richiamo di Alcibiade', *Aspirazione al consenso e azione politica in alcuni contesti di fine v sec. a. C. Il caso di Alcibiade. Atti del Seminario interdisciplinare di Storia Greca e di Epigrafia Greca,*

Chieti, 12-13 marzo 1997 (E. Luppino Manes ed.), Alessandria 1999, 29-47.

Bearzot, Cinzia, *Alcibiade. Il leone della democrazia ateniese. Stratega, politico, avventuriero*, Rome 2021.

Bearzot, Cinzia, 'Gli xenoi di Alcibiade', in: *Sotto il profilo del metodo. Studi in onore di Silvia Lusuardi Siena in occasione del suo settantacinquesimo compleanno* (C. Giostra, C. Perassi, M. Sannazaro, F. Airoldi & E. Spalla, edd.), Milaan 2021, 493-504.

Bell, Andrew, *Spectacular Power in the Greek and Roman City*, Oxford 2004.

Beloch, Karl Julius, *Die attische Politik seit Perikles*, Leipzig 1884 (herdruk Stuttgart 1967).

Beloch, Karl Julius, *Griechische Geschichte*, Strassburg, Berlijn & Leipzig 1912-1917[2].

Bengtson, Hermann, *Zu den strategischen Konzeptionen des Alkibiades*, München 1979.

Bengtson, Hermann, *Griechische Staatsmänner des 5. und 4. Jahrhunderts v. Chr.*, München 1983.

Benson, Edward Frederic, *The Life of Alcibiades. The Idol of Athens*, Londen 1928 (herdruk Los Angeles 2010, ed. Craig Paterson).

Bergquist, Birgitta, 'Sympotic Space. A Functional Aspect of Greek Dining-Rooms', in: *Sympotica. A Symposium on the Symposium* (O. Murray, ed.), Oxford 1990, 37-65.

Bettalli, Marco, 'Salvate il soldato Socrate', *Hormos* 9, 2017, 1-7.

Bianco, Elisabetta, 'L'attualità di Alcibiade nel dibattito politico ateniese all'inizio del IV secolo a.C.', *Rivista Storica dell'Antichtà* 22/3, 1992/3, 7-23.

Bicknell, Peter J., 'Alkibiades and Kleinias. A Study in Athenian Genealogy', *Museum Philologum Londiniense* 1, 1975, 51-64.

Bicknell, Peter J., 'Axiochos Alkibiadou, Aspasia and Aspasios', *L'Antiquité Classique* 51, 1982, 240-250.

Biddle, Tami Davis, *Strategy and Grand Strategy. What Students and Practitioners Need to Know* (*Advancing Strategic Thought Series, U.S. Army War College*), Carlisle PA 2015.

Bleckmann, Bruno, *Athens Weg in die Niederlage. Die letzten Jahren des peloponnesischen Kriegs* (*Beiträge zur Altertumskunde* 99), Stuttgart 1998.

Bleckmann, Bruno, 'Alkibiades und die Athener im Urteil des Thukydides', *Historische Zeitschrift* 282, 2006, 561-583.

Bleicken, Jochen, *Die athenische Demokratie*, Paderborn 1985.

Bleicken, Jochen, 'Die Einheit der athenischen Demokratie in klassischer Zeit', *Hermes* 115, 1987, 257-283.

Bloedow, Edmund F., *Alcibiades Reexamined* (*Historia Einzelschriften* 21), Wiesbaden 1973.

Bloedow, Edmund F., '"Not the Son of Achilles, but Achilles Himself". Alcibiades' Entry on the Political Stage at Athens II', *Historia* 39, 1990, 1-19.

Bloedow, Edmund F., 'On Nurturing Lions in the State. Alcibiades' Entry on the Political Stage at Athens', *Klio* 73, 1991, 49-65.

Bloedow, Edmund F., 'Alcibiades. A Review Article', *Ancient History Bulletin* 5, 1991, 17-29.
Bloedow, Edmund F., 'Alcibiades "Brilliant" or "Intelligent"?', *Historia* 41, 1992, 139-157.
Bloedow, Edmund F., '"An Alexander in the Wrong Place". Alcibiades "The Ablest of All the Sons of Athens"?', *Studi Classici e Orientali* 41, 1992, 191-216.
Blumenthal, Albrecht von, *Der Tyrann Kritias als Dichter und Schriftsteller* (*Öffentliche Probevorlesung gehalten am 25. November 1922 in Jena zur Erlangung der venia legendi*), Stuttgart, Berlijn & Leipzig 1923.
Boardman, John, 'Symposion Furniture', in: *Sympotica. A Symposium on the Symposium* (O. Murray, ed.), Oxford 1990, 122-132.
Boegehold, Alan L. & Scafuro Adele C. (edd.), *Athenian Identity and Civic Ideology*, Baltimore 1994.
Bommelaer, Jean-François, *Lysandre de Sparte. Histoire et traditions* (*Bibliothèque des Écoles Françaises d'Athènes et de Rome* 240), Parijs 1981.
Booth, Ken, *Navies and Foreign Policy*, Londen & New York 1977.
Bordes, Jacqueline, *Politeia dans la pensée grecque jusqu'à Aristote*, Parijs 1982.
Bosworth, A.B., 'The Humanitarian Aspect of the Melian Dialogue', *Journal of Hellenic Studies* 113, 1993, 30-44.
Bowra, C.M., 'Euripides' Epinician for Alcibiades', *Historia* 9, 1960, 68-79 (= *On Greek Margins*, Oxford 1970, 134-148).
Bowra, C.M., *Periclean Athens*, New York 1971.
Bradeen, Donald W., 'The Popularity of the Athenian Empire', *Historia* 9, 1960, 257-269.
Breitenbach, H.R., 'Die Seeschlacht bei Notion (407/6)', *Historia* 20, 1971, 152-171.
Bremmer, Jan N., 'Adolescents, Symposion, and Pederasty', in: *Sympotica. A Symposium on the Symposium* (O. Murray, ed.), Oxford 1990, 135-148.
Brickhouse, Thomas C. & Smith, Nicholas D., *Socrates on Trial*, Princeton 1989.
Brixhe, Claude & Lejeune, Michel, *Corpus des inscriptions paléo-phrygiennes*, Parijs 1984.
Brock, Roger W., 'Athenian Oligarchs. The Numbers Game', *Journal of Hellenic Studies* 99, 1989, 160-164.
Brock, Roger W., 'The Emergence of the Democratic Ideology', *Historia* 40, 1991, 160-169.
Brock, Roger W., 'Timonieri e dottori, padri e servitori. Il linguaggio figurato politico nell'ideologia democratica e antidemocratica', in: *Democrazia e antidemocrazia nel mondo greco. Atti del Convegno Internazionale di Studi, Chieti, 9-11 aprile 2003* (*Collana del Dipartimento di Scienze dell'Antichità. Università degli Studi 'G. D'Annunzio', Chieti* 8) (U. Bultrighini, ed.), Alessandria 2005, 25-34.
Brock, Roger W. & Hodkinson, Stephen (edd.), *Alternatives to Athens. Varieties of Political Organization and Community in Ancient Greece*, Oxford 2000.
Bruce, I.A.F., *An Historical Commentary on the Hellenica Oxyrhynchia*, Cambridge 1967.

Bruit Zaidman, L., 'Alcibiade et Eleusis: transgression ou manipulation?', *Rituels et transgressions de l'Antiquité à nos jours, Actes du Colloque de Amiens, 23-25 janvier 2008* (G. Hoffmann & A Gailliot edd.), Amiens 2009, 37-44.

Brunt, Peter Astbury, 'Thucydides and Alcibiades', *Revue des Études Grecques* 65, 1952, 59-96 (= *Studies in Greek History and Thought*, Oxford 1993, 17-46).

Brunt, Peter Astbury, 'Spartan Policy and Strategy in the Archidamian War,' *Phoenix* 19, 1965, 255-280 (= *Studies in Greek History and Thought*, Oxford 1993, 84-111).

Bugh, Glenn R., *The Horsemen of Athens*, Princeton 1988.

Bultrighini, Umberto, 'Crizia e Alcibiade', *Aspirazione al consenso e azione politica in alcuni contesti di fine v sec. a. C. Il caso di Alcibiade. Atti del Seminario interdisciplinare di Storia Greca e di Epigrafia Greca, Chieti, 12-13 marzo 1997* (E. Luppino Manes ed.), Alessandria 1999, 57-92.

Bultrighini, Umberto, *'Maledetta democrazia'. Studi su Crizia* (*Collana del Dipartimento di Scienze dell'Antichità, Università degli Studi 'G. D'Annunzio', Chieti* 3), Alessandria 1999.

Bultrighini, Umberto, 'La coerenza incoerente di Alcibiade', *Incidenza dell'antico* 17, 2019, 105-136.

Burger, Dionijs, *Alcibiades, Franciscus van Assisi en Heinrich Zschokke, als typen van drie tijdperken voorgesteld*, Amsterdam 1864.

Burkert, Walter, *Ancient Mystery Cults*, Cambridge MA & Londen 1987.

Burn, A.R., 'A Biographical Source of Phaiax and Alkibiades? ([Andokides] IV and Plutarch's *Alkibiades*)', *Classical Quarterly* 4, 1954, 138-142.

Busolt, Georg, *Griechische Geschichte* (3 delen), Gotha 1893-1904.

Caciagli, Stefano, *L'eteria arcaica e classica* (*Eikasmos Studi* 31), Bologna 2018.

Caire, Emmanuèle, 'Jouer de l'aulos à Athènes était-il politiquement correct?', *Pallas* 98, 2015, 57-72.

Calder III, William M., 'Socrates at Amphipolis (Ap. 28e)', *Phronesis* 6, 1961, 83-85.

Camon, F., 'L'ostracismo di Iperbolo', *Giornale Italiano di Filologia* 16, 1963, 142-162.

Camp, John M., *The Archaeology of Athens*, New Haven & Londen 2001.

Campos Daroca, J. & López Cruces, L.J., 'Alkbiades polytropos. Consideraciones en torno a la valorización y la caracterización de los personajes en la historiografia del siglo IV', *Myrtia* 5, 1990, 93-105.

Candiotto, Laura, 'On the Epistemic Value of Eros. The Relationship Between Socrates and Alcibiades', *Peitho, Examina Antiqua* 1, 2017, 225-236.

Canevaro, Mirko & Harris, Edward M., 'The Documents in Andocides' *On The Mysteries*', *Classical Quarterly* 62, 2012, 98-129.

Canevaro, Mirko, 'La délibération démocratique à l'Assemblée athénienne. Procédures et stratégies de légitimation', *Annales. Histoire, Sciences Sociales* 74, 2020, 339-381.

Canfora, Luciano, 'L'apologia di Alcibiade', *Sileno* 5-6, 1979-1980, 257-263 (= 'L'apologie d'Alcibiade', *Revue des Études Grecques* 95, 1982, 140-144).

Canfora, Luciano, *Cleofonte deve morire. Teatro e politica in Aristofane*, Bari & Rome 2017.

Cantarella, Eva, *Secondo natura. La bisessualità del mondo antico*, Rome 1988 (herdruk Milaan 2016).

Carey, Christopher, 'Comic Ridicule and Democracy', in: *Ritual, Finance, Politics. Athenian Democratic Accounts Presented to David Lewis* (R.G. Osborne & S. Hornblower, edd.), Oxford 1994, 69-83.

Carey, Christopher, 'Legal Space in Classical Athens', *Greece & Rome* 41, 1994, 172-186.

Carey, Christopher, *Democracy in Classical Athens*, Bristol 2000.

Carlson, Deborah N., 'Seeing the Sea. Ships' Eyes in Classical Greece', *Hesperia* 78, 2009, 347-365.

Carter, L.B., *The Quiet Athenian*, Oxford 1986.

Cartledge, Paul A., *Sparta and Lakonia. A Regional History, 1300 to 362 BC*, Londen 2002².

Cartledge, Paul A., *Ancient Greek Political Thought in Practice* (*Key Themes in Ancient History*), Cambridge 2009.

Casson, Lionel, *Ships and Seamanship in the Ancient World*, Princeton 1971.

Caston, Victor & Weineck, Silke-Maria (edd.), *Our Ancient Wars. Rethinking War through the Classics*, Ann Arbor 2016.

Cawkwell, George L., 'Thucydides' Judgement of Periclean Strategy', *Yale Classical Studies* 24, 1975, 53-70.

Cawkwell, George L., *Thucydides and the Peloponnesian War*, Londen 1997.

Chambeau, P.C., *De Alcibiade*, Berlijn 1835.

Chepel, Elena, 'Anonymous, On Alkibiades (*P.Oxy.* III 411) (1120)', in: *Felix Jacoby. Die Fragmente der Griechischen Historiker Continued.* Part IV: *Biography and Antiquarian Literature.* IV A: *Biography.* Fascicle 8: *Anonymous Biographical Papyri (Nos. 1119-1139)*, (J.H. Brusuelas, D. Obbink & S. Schorn, edd.), Leiden & Boston 2019, 29-55.

Chlup, James T., 'The Rhetoric of Authority. Alcibiades' Speech to the Spartans in Thucydides', *Cahiers des Études Anciennes* 42, 2005, 299-325.

Clinton, Kevin, 'The Sacred Officials of the Eleusinian Mysteries', *Transactions and Proceedings of the American Philological Association* 64, 1974, 1-143.

Cloché, Paul, 'L'affaire des Arginuses (406 avant J.C.)', *Revue Historique* 130, 1919, 5-68.

Cohen, David, *Law, Sexuality and Society. The Enforcement of Morals in Classical Athens*, Cambridge 1991.

Connor, W. Robert, *The New Politicians of Fifth-Century Athens*, Princeton 1971² (herdruk Indianapolis 1992).

Cooper III, Guy L., 'Alcibiades' Criticism of Nicias at Thuc. 6.18.1', *Transactions and Proceedings of the American Philological Association* 109, 1979, 29-38.

Cramer, Frederick H., 'Demagogue or People's Leader? (I) Alcibiades', *Current History* 9 (51), 1945, 406-419.

Crane, Gregory, *Thucydides and the Ancient Simplicity. The Limits of Political Realism*, Berkeley 1998.

Crawley, Richard, *Thucydides' Peloponnesian War*, Londen 1903.

Cromey, Robert D., 'On Deinomache', *Historia* 33, 1984, 385-401.
Cunha, Burke A., 'The Cause of the Plague of Athens. Plague, Typhoid, Typhus, Smallpox, or Measles?', *Infectious Disease Clinics of North America* 18, 2004, 29-43.
Cuniberti, Gianluca, *Iperbolo ateniese infame*, Bologna 2000.
D'Angour, Armand, *The Greeks and the New. Novelty in Ancient Greek Imagination and Experience*, Cambridge 2011.
Danzig, Gabriel, 'Alcibiades versus Pericles. Apologetic Strategies in Xenophon's Memorabilia', *Greece & Rome* 61, 2014, 7-28.
Danzig, Gabriel, 'The Use and Abuse of Critias. Conflicting Portraits in Plato and Xenophon', *Classical Quarterly* 64, 2014, 507-524.
Daux, Georges, 'Alcibiade, proxène de Lacédémone (Thuc. 5.43.2 et 6.89.2)', *Mélanges offerts à A.-M. Desrousseaux par ses amis et ses élèves, en l'honneur de sa cinquantième année d'enseignement supérieur (1887-1937)*, Parijs 1937, 117-122.
David, Ephraim, 'The Oligarchic Revolution in Argos, 417 B.C.', *L'Antiquité Classique* 55, 1986, 113-124.
Davidson, James N., *Courtesans and Fishcakes. The Consuming Passions of Classical Athens*, Londen 1998.
Davies, Evan Llewellyn Beresford Meurig, *The Death of Alcibiades. An Emendation of Cornelius Nepos' Life of Alcibiades*, x. 3 & 4, Oxford 1946.
Davies, J.K., *Athenian Propertied Families 600-300 B.C.*, Oxford 1971.
Davies, J.K., *Wealth and the Power of Wealth in Classical Athens*, New York 1981.
Davies, J.K., *Democracy and Classical Greece*, Cambridge MA 1993².
De Angelis, Franco, *Archaic and Classical Greek Sicily. A Social and Economic History*, Oxford 2016.
Del Corno, Dario, 'Nicia e Alcibiade all'assemblea. La caratterizzazione individuale dei discorsi in Thucidide', *Würzburger Jahbücher für die Altertumswissenschaft* 1, 1975, 45-58.
Delebecque, Édouard, *Thucydide et Alcibiade* (*Publications des annales de la Faculté des Lettres Aix-en-Provence* 49), Aix-en-Provence 1965.
Delebecque, Édouard, 'Une fable d'Alcibiade sur le mythe d'une flotte (Thucydide VIII, 108)', *Annales de la Faculté des Lettres et Sciences humaines d'Aix* 43, 1967, 13-41.
Delebecque, Édouard, 'Alcibiade au théâtre d'Athènes à la fin de la guerre du Péloponnèse', *Dionisio* 41, 1967, 345-362.
Demont, Paul, *La cité grecque archaïque et classique et l'idéal de tranquillité* (*Collection d'études anciennes, série grecque* 118), Parijs 1990.
De Sanctis, Gaetano, 'La battaglia di Notion', *Rivista di Filologia e di Istruzione Classica* 59, 1931, 222-239.
Desmond, William, 'Lessons of Fear. A Reading of Thucydides', *Classical Philology* 101, 2006, 359-379.
Develin, Robert, *Athenian Officials 684-321 B.C.*, Cambridge 1989.
Dillery, John, *Xenophon and the History of His Times*, Londen 1995.
Dittenberger, W., 'Die Familie des Alkibiades', *Hermes* 37, 1902, 1-13.

Dodds, Eric Robertson, *The Greeks and the Irrational*, Berkeley & Los Angeles 1951.
Domagola, Elliott, 'The Socio-Cultural Chameleon. Mimesis in Plato's Sophist and the Mimetic Skill of Alcibiades', in: *The Many Faces of Mimesis. Selected Essays from the 2017 Symposium on the Hellenic Heritage of Western Greece* (H.L. Reid & J.C. DeLong, edd.), Sioux City IA, 2018, 215-228.
Domingo Gygax, Marc, 'Plutarch on Alcibiades' Return to Athens', *Mnemosyne* 59, 2006, 481-500.
Dominguez-Monedero, Adolfo J., 'Greeks in Sicily', in: *Greek Colonisation. An Account of Greek Colonies and Other Settlements Overseas* (G.R. Tsetskhladze, ed.), Leiden 2006, Vol. 1, 253-357.
Donini, Guido, *La posizione di Tucidide verso il governo dei cinquemilla* (*Historica politica philosophica* 2), Turijn 1969.
Donlan, Walter, *The Aristocratic Ideal in Ancient Greece. Attitudes of Superiority from Homer to the End of the Fifth Century B.C.*, Lawrence KA 1980.
Dover, Kenneth James, *Greek Popular Morality in the Time of Plato and Aristotle*, Oxford 1974.
Dover, Kenneth James, *Greek Homosexuality*, Cambridge MA 1978.
Drokalos, Sotirios F., 'The Sicilian Expedition Reconsidered', *British Journal for Military History* 8, 2022, 2-19.
Due, B. 'The Return of Alcibiades in Xenophon's Hellenica I, IV, 8-23', *Classica et Medievalia* 42, 1991, 39-53.
Duff, Timothy E., 'Plutarch on the Childhood of Alkibiades (Alk. 2-3)', *Proceedings of the Cambridge Philological Society* 49, 2003, 89-117.
Duff, Timothy E., 'The First Five Anecdotes of Plutarch's Life of Alkibiades', in: *The Statesman in Plutarch's Works. Proceedings of the Sixth International Conference of the International Plutarch Society, Nijmegen-Castle Hernen*, May 1-5, 2002 (L. de Blois, J. Bons, T. Kessels & D.M. Schenkeveld, edd.), Vol. 2: *The Statesman in Plutarch's Greek and Roman Lives*, Leiden & Boston 2005, 157-166.
Duff, Timothy E., 'Alcibiades and the City', in: *Plutarch's Cities* (L. Athanassaki & F.B. Titchener, edd.), Oxford 2022, 141-165.
Durnerin, Marie & Siron, Nicolas, 'Lettres et politique. La communication écrite des stratèges athéniens en campagne à l'époque classique', *Revue des Études Anciennes*, 124, 2022, 379-399.
Dusinberre, Elspeth R.M., *Aspects of Empire in Achaemenid Sardis*, Cambridge 2003.
Eddy, Samuel K., 'The Cold War between Athens and Persia, ca. 448-412 B.C.', *Classical Philology* 68, 1973, 241-258.
Ehrhardt, Christopher, 'Xenophon and Diodorus on Aegospotami', *Phoenix* 24, 1970, 225-228.
Ellis, John Richard, 'Characters in the Sicilian Expedition', *Quaderni di storia* 5 no. 10, 1979, 39-69.
Ellis, Walter M., *Alcibiades*, Londen & New York 1989.
Fabre, Antonin, *Alcibiade, cousin de Périclès*, Parijs 1967.
Farrar, Cynthia, *The Origins of Democratic Thinking. The Invention of Politics in Classical Athens*, Cambridge 1988.

Faulkner, Robert, *The Case for Greatness. Honorable Ambition and Its Critics*, New Haven 2007.

Ferguson, William Scott, *The Treasurers of Athena*, Cambridge MA 1932.

Ferrabino, Aldo, *L'impero ateniese*, Turijn 1927.

Ferrario, Sarah Brown, *Historical Agency and the 'Great Man' in Classical Greece*, Cambridge 2014.

Finley, Moses Israel, 'Athenian Demagogues', *Past and Present* 21, 1962, 3-24.

Finley, Moses Israel, *The Use and Abuse of History. From the Myths of the Greeks to Lévi Strauss, the Past Alive and the Present Illuminated*, New York 1975.

Finley, Moses Israel, *Democracy Ancient and Modern*, Londen 1985 (herdruk New Brunswick, Camden & Newark NJ 2019).

Flower, Harriet I., 'Thucydides and the Pylos Debate (4.27-29)', *Historia* 41, 1992, 40-57.

Forde, Steven, *The Ambition to Rule. Alcibiades and the Politics of Imperialism in Thucydides*, Ithaca NY 1989.

Forde, Steven, 'Political Ambition in Thucydides and Plato. The Case of Alcibiades', in: *Politikos II. Educating the Ambitious. Leadership and Political Rule in Greek Political Thought* (L.G. Rubin, ed.), Pittsburgh 1992, 9-30.

Forde, Steven, 'Thucydides on Ripeness and Conflict Resolution', *International Studies Quarterly* 48, 2004, 177-195.

Fornara, Charles W., *The Athenian Board of Generals from 501 to 404 (Historia Einzelschriften 16)*, Wiesbaden 1971.

Fornis, César, 'La política argiva de Alcibíades', in: *Estudios sobre Plutarco. Ideas religiosas* (M. García Valdés, ed.), Madrid 1994, 499-508.

Fornis, César, 'Los huéspedes argivos de Alcibíades', in: *Chaîre. Actas II Reunión de Historiadores del Mundo Griego Antiguo. Homenaje al Profesor Fernando Gascó* (J.M. Cortés Copete, P. Guinea Díaz, F.J. Presedo Velo & R. Urías Martínez, edd.), Sevilla 1997, 193-201.

Forrest, W.G., *The Emergence of Greek Democracy*, Londen 1966.

Forrest, W.G., *A History of Sparta, 950-192 BC*, Londen 1980².

Forsdyke, Sara, *Exile, Ostracism, and Democracy. The Politics of Expulsion in Ancient Greece*, Princeton 2005.

Forsdyke, Sara, *Slaves and Slavery in Ancient Greece* (*Key Themes in Ancient History*), Cambridge 2021.

Foster, Edith, *Thucycides, Pericles, and Periclean Imperialism*, Cambridge 2010.

Foxhall, Lin, 'Household, Gender and Property in Classical Athens', *Classical Quarterly* 39, 1989, 22-44.

Foxhall, Lin, *Studying Gender in Classical Antiquity* (*Key Themes in Ancient History*), Cambridge 2013.

Frank, D.H., 'The Power of Truth. Political Foresight in Thucydides' Account of the Sicilian Expedition (6.32-42)', *Prudentia* 15, 1984, 99-107.

Freedman, Lawrence, *Strategy. A History*, Oxford 2013.

Freeman, Edward A., *The History of Sicily from the Earliest Times* (4 delen), Oxford 1891-1894.

French, Alfred, 'Thucydides and the Power Syndrome', *Greece & Rome* 27, 1980, 22-30.
Fuks, Alexander, *The Ancestral Constitution. Four Studies in Athenian Party Politics at the End of the Fifth Century B.C.*, Londen 1953.
Fulkerson, Laurel, 'Alcibiades Polytropos. Socratic Philosopher and Tragic Hero?', *Histos* 7, 2013, 269-298.
Fuqua, Charles, 'Possible Implications of the Ostracism of Hyperbolus', *Transactions and Proceedings of the American Philological Association* 96, 1965, 165-179.
Furley, William D., 'Andokides *IV* (Against Alkibiades). Fact or Fiction?', *Hermes* 117, 1989, 138-156.
Furley, William D., *Andokides and the Herms. A Study of Crisis in Fifth-Century Athenian Religion (Bulletin of the Institute of Classical Studies Supplement 65)*, Londen 1996.
Gaddis, John Lewis, *On Grand Strategy*, New York 2018.
Gagarin, Michael, 'Socrates' "Hybris" and Alcibiades' Failure', *Phoenix* 31, 1977, 22-37.
García Pérez, David, 'Retórica y política en torno a Alcibíades', *Nova Tellus* 27, 2009, 41-58.
García Romero, Fernando, 'Alcibiades at Olympia', in: *Ancient and Modern Olympic Games. Their Political and Cultural Dimensions. Proceedings of the Eighth International Congress of the European Committee for Sport History in Ancient Olympia, Greece, 25-28 September 2003* (E. Albanidis, ed.), Komotini 2004, 63-68.
Garlan, Yvon, *Les esclaves en Grèce ancienne*, Parijs 1982 (Engelse vertaling door J. Lloyd onder de titel *Slavery in Ancient Greece*, Ithaca NY 1988).
Garner, Richard, *Law and Society in Classical Athens*, Londen 1987.
Garnsey, Peter, 'Grain for Athens', *History of Political Thought* 6, 1985, 62-75.
Garnsey, Peter, *Food and Society in Classical Antiquity* (*Key Themes in Ancient History*), Cambridge 1999.
Garst, W. Daniel, 'Thucydides and the Domestic Sources of International Politics', in: *Thucydides' Theory of International Relations. A Lasting Possession* (L.S. Gustafson, ed.), Baton Rouge 2000, 67-97.
Gazzano, Francesca, 'Alcibiade il camaleonte, fra storia, aneddotica e biografia', in:, *Greci che pensano, creano, scrivono la loro storia, Seminari di storia e storiografia greca* (M. Polito, ed.), Rome 2020, 41-76.
George, Alexander L., *Forceful Persuasion. Coercive Diplomacy as Alternative to War*, Washington 1991.
Geske, Norbert, *Nikias und das Volk von Athen im Archidamischen Krieg*, Stuttgart 2005.
Gilbert, Gustav, *Beiträge zur innern Geschichte Athens im Zeitalter des peloponnesischen Krieges*, Leipzig 1877.
Giraud, J.-M., 'L'Alcibiade de Thucydide et de Xénophon', *Métis* 13, 1998, 383-400.
Gómez-Castro, Daniel, 'Ancient Greek Mercenaries. Facts, Theories and New Perspectives', *War & Society* 38, 2019, 2-18.
Gomme, A.W., Andrewes, A. & Dover, K.J., *A Historical Commentary on Thucydides* (5 delen), Oxford 1950-1981.

Graham, A.J., 'Thucydides 7.13.2 and the Crews of Athenian Triremes', *Transactions and Proceedings of the American Philological Association* 122, 1992, 257-270.

Green, Peter, *Armada from Athens*, New York 1970.

Green, Peter, 'Rebooking the Flute-Girls. A Fresh Look at the Chronological Evidence for the Fall of Athens and the Eight-Month Rule of the Thirty', *Ancient History Bulletin* 5, 1991, 1-16.

Greenwood, Emily, *Thucydides and the Shaping of History*, Londen 2015.

Gribble, David, 'Rhetoric and History in [Andocides] 4, Against Alcibiades', *Classical Quarterly* 47, 1997, 367-391.

Gribble, David, *Alcibiades and Athens. A Study in Literary Presentation*, Oxford 1999.

Gribble, David, 'Alcibiades at the Olympics. Performance, Politics and Civic Ideology', *Classical Quarterly* 62, 2012, 45-71.

Grossi, Gianni, *Frinico tra propaganda democratica e giudizio tucidideo* (*Pubblicazioni dell'Istituto di Storia Antica dell'Università di Padova* 15) Rome 1984.

Grossmann, Gustav, *Politische Schlagwörter aus der Zeit des peloponnesischen Krieges*, Diss. Basel 1945, Zürich 1950.

Grote, George, *A History of Greece* (12 delen), New York 1855.

Hale, John R., *Lords of the Sea. The Epic Story of the Athenian Navy and the Birth of Democracy*, New York 2009.

Hall, Edith, *Inventing the Barbarian. Greek Self-Definition through Tragedy*, Oxford 1989.

Hall, Jonathan M., *Ethnic Identity in Greek Antiquity*, Cambridge 1997.

Halperin, David, *One Hundred Years of Homosexuality and Other Essays on Greek Love*, New York 1990.

Hamel, Debra, *Athenian Generals. Military Authority in the Classical Period*, (*Mnemosyne Supplements* 152), Leiden 1998.

Hamel, Debra, 'Socrates at War', *Quarterly Journal of Military History* 14, 2001, 34-41.

Hamilton, Charles D., 'Spartan Politics and Policy, 405-401 B.C.', *American Journal of Philology* 91, 1970, 294-314.

Hammond, N.G.L., *A History of Greece to 322 BC*, Oxford 1967².

Hansen, Mogens Herman, *The Athenian Ecclesia. A Collection of Articles 1976-83* (*Opuscula Graecolatina* 26), Kopenhagen 1983.

Hansen, Mogens Herman, *The Athenian Ecclesia II. A Collection of Articles 1983-89* (*Opuscula Graecolatina* 31), Kopenhagen 1989.

Hansen, Mogens Herman, *Demography and Democracy. The Number of Athenian Citizens in the Fourth Century B.C.*, Herning 1985.

Hansen, Mogens Herman, *The Trial of Sokrates from the Athenian Point of View* (*Historisk-filosofiske Meddelelser* 71), Kopenhagen 1995.

Hansen, Mogens Herman & Nielsen, Thomas Heine (edd.), *An Inventory of Archaic and Classical Poleis*, Oxford 2004.

Hanson, Victor Davis (ed.), *Hoplites. The Classical Greek Battle Experience*, Londen 1991.

Hanson, Victor Davis, *Warfare and Agriculture in Classical Greece*, Berkeley 1998².

Hanson, Victor Davis, *A War Like No Other. How the Athenians and Spartans Fought the Peloponnesian War*, New York 2005.

Harding, Philipp, 'The Theramenes Myth', *Phoenix* 28, 1974, 101-111.

Harris, Edward M., 'The Constitution of the Five Thousand', *Harvard Studies in Classical Philology* 93, 1990, 243-280.

Harris, Edward M., 'Was all Criticism of Athenian Democracy Necessarily Anti-Democratic?', in: *Democrazia e antidemocrazia nel mondo greco. Atti del Convegno Internazionale di Studi, Chieti, 9-11 aprile 2003 (Collana del Dipartimento di Scienze dell'Antichità. Università degli Studi 'G. D'Annunzio', Chieti* 8) (U. Bultrighini, ed.), Alessandria 2005, 11-23.

Harris, Edward M., 'How to Address the Athenian Assembly. Rhetoric and Political Tactics in the Debate about Mytilene (Thuc. 3.37-50)', *Classical Quarterly* 63, 2013, 94-109.

Harris, Edward M., 'Nicias' Illegal Proposal in the Debate about the Sicilian Expedition (Thuc. 6.14)', *Classical Philology* 109, 2014, 66-72.

Harris, Edward M., 'Ancient Demagogues and Modern Populists, Comparisons and Contrasts. A New Institutionalist Approach', in: *Demagogues and Populism in Antiquity* (C. Riedweg & V. Walser, edd.) (te verschijnen).

Harrison, Alick Robin Walsham, *The Law of Athens. Vol. I: The Family and Property*, Oxford 1968; *Vol. II: Procedure*, Oxford 1971.

Harrison, Thomas, 'Sicily in the Athenian imagination', in: *Sicily from Aeneas to Augustus. New Approaches in Archaeology and History* (C.J. Smith & J. Serrati, edd.), Edinburgh 2000, 84-96.

Hasluck, F.W., *Cyzicus. Being Some Account of the History and Antiquities of that City, and of the District Adjacent to It, with the Towns of Apollonia ad Rhyndacum, Miletupolis, Hadrianutherae, Priapus, Zeleia, etc.*, Cambridge 1910.

Hatzfeld, Jean, *Alcibiade. Étude sur l'histoire d'Athènes à la fin du* ve *siècle*, Parijs 1951^2.

Havelock, Eric A., *The Literate Revolution in Greece and Its Cultural Consequences*, Princeton 1982.

Hawthorn, Geoffrey, *Thucydides on Politics. Back to the Present*, Cambridge 2014.

Hedrick Jr., C.W., 'Writing, Reading, and Democracy', in: *Ritual, Finance, Politics. Athenian Democratic Accounts Presented to David Lewis* (R. Osborne & S. Hornblower, edd.), Oxford 1994, 157-174.

Heftner, Herbert, 'Der Ostrakismus des Hyperbolos. Plutarch, Pseudo-Andokides und die Ostraka', *Rheinisches Museum* 143, 2000, 32-59.

Heftner, Herbert, *Der oligarchische Umsturz des Jahres 411 v. Chr. und die Herrschaft der Vierhundert in Athen. Quellenkritische und historische Untersuchungen*, Wenen 2001.

Heftner, Herbert, 'Phrynichos Stratonidou Deiradiotes als Poliker und Symbolfigur der Oligarchern von 411 v. Chr.', in: *Democrazia e antidemocrazia nel mondo greco. Atti del Convegno Internazionale di Studi, Chieti, 9-11 aprile 2003 (Collana del Dipartimento di Scienze dell'Antichità. Università degli Studi 'G. D'Annunzio',*

Chieti 8) (U. Bultrighini, ed.), Alessandria 2005, 89-108.
Heftner, Herbert, *Alkibiades. Staatsmann und Feldherr*, Darmstadt 2011.
Helbig, Wolfgang, 'Alkibiades als politischer Schriftsteller', *Rheinisches Museum* 16, 1861, 511-531.
Helfer, Ariel, *Socrates and Alcibiades. Plato's Drama of Political Ambition and Philosophy*, Philadelphia 2017.
Henderson, B.W., *The Great War between Athens and Sparta*, Londen 1927.
Henderson, Jeffrey, *The Maculate Muse. Obscene Language in Attic Comedy*, New Haven & Londen 1975.
Herbst, Ludwig Ferdinand, *Die Rückkehr des Alcibiades*, Hamburg 1843.
Herbst, Ludwig Ferdinand, *Die Schlacht bei den Arginusen*, Hamburg 1855.
Herman, G. (ed.), *Stability and Crisis in the Athenian Democracy* (*Historia Einzelschriften* 220), Stuttgart 2011.
Hertzberg, Gustav Friedrich, *Alkibiades der Staatsmann und Feldherr. Nach den Quellen dargestellt*, Halle 1853.
Herzogenrath-Amelung, Tristan, 'Naval Hoplites. Social Status and Combat Reality of Classical Greek "epibatai"', *Historia* 66, 2017, 45-64.
Hignett, C., *A History of the Athenian Constitution to the End of the Fifth Century B.C.*, Oxford 1952.
Hill, Charles, *Grand Strategies. Literature, Statecraft, and World Order*, New Haven & Londen 2010.
Höck, Adelbert, 'Das Odrysenreich in Thrakien im fünften und vierten Jahrhundert v. Chr.', *Hermes* 26, 1891, 76-117.
Hogan, John T., *The Tragedy of the Athenian Ideal in Thucydides and Plato* (*Greek Studies. Interdisciplinary Approaches*), Lanham, Boulder, New York & Londen 2020.
Holladay, A.J., 'Athenian Strategy in the Archidamian War', *Historia* 27, 1978, 399-427.
Hornblower, Simon, 'The Religious Dimension to the Peloponnesian War, or, What Thucydides Does Not Tell Us', *Harvard Studies in Classical Philology* 94, 1992, 169-197.
Hornblower, Simon, *The Greek World 479-323 BC* (*Routledge History of the Ancient World*), Londen & New York 2002³.
Hubbard, Thomas K., *Homosexuality in Greece and Rome. A Sourcebook of Basic Documents*, Berkeley 2003.
Hughes-Hallett, Lucy, *Heroes. Saviors, Traitors and Supermen*, New York 2005.
Hunt, Peter, *Slaves, Warfare, and Ideology in the Greek Historians*, Cambridge 1998.
Hunt, Peter, 'The Slaves and the Generals of Arginusae', *American Journal of Philology*, 122, 2001, 359-380.
Hunter, Virginia, 'Gossip and the Politics of Reputation in Classical Athens', *Phoenix* 44, 1990, 299-325.
Hyland, John O., 'Thucydides' Portrait of Tissaphernes Re-examined', in: *Persian Responses. Political and Cultural Interaction with(in) the Achaemenid Empire* (C.J. Tuplin, ed.), Swansea 2007, 1-25.

Irwin, Terence Henry, 'Socrates and Athenian Democracy', *Philosophy and Public Affairs* 18, 1989, 184-205.

Janssens, Emiel, 'Thucydides. Een kritische bewonderaar van Pericles', *Revue belge de Philologie et d'Histoire* 78, 2000, 31-52.

Jirsa, Jakub, 'Alcibiades' Speech in the *Symposium* and Its Origins', in: *Plato's Symposium. Proceedings of the Tenth Symposium Platonicum Pragense* (A. Havlíček & F. Karfík, edd.), Praag 2007, 279-292.

Jones, Arnold Hugh Martin, *Sparta*, Oxford 1967.

Jones, Arnold Hugh Martin, *Athenian Democracy*, Oxford 1969.

Jones, Cristopher P., *Kinship Diplomacy in the Ancient World*, Cambridge MA 1999.

Jones, Nicholas F., 'The Topography and Strategy of the Battle of Amphipolis in 422 BC', *California Studies in Classical Antiquity* 10, 1977, 71-104.

Jones, Nicholas F., *The Associations of Classical Athens. The Response to Democracy*, Oxford 1999.

Jordan, Borimir, *The Athenian Navy in the Classical Period* (*University of California Publications, Classical Studies* 13), Berkeley 1975.

Jordan, Borimir, 'The Sicilian Expedition Was a Potemkin Fleet', *Classical Quarterly* 50, 2000, 63-79.

Joyal, Mark A., 'Socrates and the Sicilian Expedition', *L'Antiquité Classique* 63, 1994, 21-33.

Judeich, Walther, *Topographie von Athen* (*Handbuch der klassischen Altertumswissenschaft*, 3. Band), München 1905.

Kagan, Donald, *The Peace of Nicias and the Sicilian Expedition*, Ithaca NY 1991².

Kagan, Donald, *The Outbreak of the Peloponnesian War*, Ithaca NY 2013.

Kagan, Donald, *The Archidamian War*, Ithaca NY 2013.

Kagan, Donald, *The Fall of the Athenian Empire*, Ithaca NY 2013.

Kahrstedt, Ulrich, *Griechisches Staatsrecht*, Göttingen 1922.

Kahrstedt, Ulrich, *Beiträge zur Geschichte der thrakischen Chersones*, Baden-Baden 1954.

Kalaš, Andrej & Zelinová, Zuzana, 'Was Socrates educated by Alcibiades?', *Electryone* 6, 2020, 28-41.

Kallet, Lisa, *Money and the Corrosion of Power in Thucydides. The Sicilian Expedition and Its Aftermath*, Berkeley, Los Angeles & Oxford 1993.

Kambouris, Manousos E. & Bakas, Spyros, 'Archery in Ancient Greece. Operational Practice and Tactics', *Archaeology and Science* 12, 2016, 159-170.

Kapellos, Aggelos, 'Adeimantus at Aigospotami. Innocent or Guilty?', *Historia* 58, 2009, 257-275.

Kapellos, Aggelos, 'Alcibiades at Aegospotami and the Defeat of the Athenian Fleet. History and Rhetoric', *La parola del passato* 72, 2017, 303-323.

Kapellos, Aggelos, 'Lysander and the Execution of the Athenian Prisoners at Aegospotami (Xenophon, *Hell.* 2.1.31-32)', *Mnemosyne* 71, 2018, 394-407.

Karkavelias, Nikolaos, 'The Chronology of Pisander's Mission to Athens Revisited: Thucydides 8.53-54', *Acta Classica* 57, 2014, 53-75.

Kebric, Robert B., 'Implications of Alcibiades' Relationship With Endius', *Mnemosyne* 29, 1976, 72-78 (= 'Implications of Alcibiades' Relationship with the Ephor Endius', *Historia* 25, 1976, 249-252).

Keen, Antony G., 'Grain for Athens. The Importance of the Hellespontine Route in Athenian Foreign Policy before the Peloponnesian War', in: *The Sea in Antiquity* (G.J. Oliver, R. Brock, T.J. Cornell & S. Hodkinson, edd.), Oxford 2000, 63-73.

Kennell, Nigel M., *The Gymnasium of Virtue. Education and Culture in Ancient Sparta* (*Studies in the History of Greece and Rome*), Chapel Hill 1995.

Kern, Paul Bentley, *Ancient Siege Warfare*, Bloomington 1999.

Kirchner, Johannes Ernst, *Prosopographia Attica* (2 delen), Berlijn 1901-1903.

Kitchell, Kenneth, 'Ancient Greek Patriotism. A Study in Opposites: Pericles and Alcibiades', in: *Critical Insights. Patriotism* (R.C. Evans, ed.), Amenia NY 2021, 81-96.

Knight, Donald W., 'Thucydides and the War Strategy of Perikles', *Mnemosyne* 23, 1970, 150-161.

Knottnerus, J. David & Berry, Phyllis E., 'Spartan Society. Structural Ritualization in an Ancient Social System', *Humboldt Journal of Social Relations* 27, 2002, 1-41.

Knox, Ronald A., '"So Mischievous a Beaste"? The Athenian "Demos" and Its Treatment of Its Politicians', *Greece & Rome* 32, 1985, 132-161.

Krentz, Peter, *The Thirty at Athens*, Ithaca NY 1982.

Krentz, Peter, 'Xenophon and Diodoros on the Battle of Abydos (406 B.C.)', *Ancient History Bulletin* 3, 1989, 10-14.

Krentz, Peter, 'Athenian Politics and Strategy after Kyzikos', *Classical Journal* 84, 1989, 206-215.

Krentz, Peter, 'Had Xenophon Read Thucydides VIII before Writing the "Continuation" (Hell. I-II 3,10)?', *Ancient World* 19, 1989, 15-18.

Krentz, Peter, *Xenophon Hellenika I-II.3.10*, Warminster 1989.

Kroeker, Ron, 'Xenophon as a Critic of the Athenian Democracy', *History of Political Thought* 30, 2009, 197-228.

Kuhrt, Amélie, *The Persian Empire. A Corpus of Sources from the Achaemenid Period*, Londen 2007.

Lacey, W.K., *The Family in Classical Greece*, Londen 1968.

Laffi, Umberto, 'La spedizione ateniense in Sicilia del 415 a.C.', *Rivista Storica Italiana* 82, 1970, 277-307.

Lane, Melissa, 'The Origins of the Statesman. Demagogue Distinction in and after Ancient Athens', *Journal of the History of Ideas* 73, 2012, 179-200.

Lang, Mabel L., 'Revolution of the 400. Chronology and Constitutions', *American Journal of Philology* 88, 1967, 176-187.

Lang, Mabel L., 'Cleon as the anti-Pericles', *Classical Philology* 67, 1972, 159-169.

Lang, Mabel L., *The Athenian Agora. Results of Excavations Conducted by the American School of Classical Studies at Athens.* Volume 25: *Ostraka*, Princeton, 1990.

Lang, Mabel L., 'Illegal Execution in Ancient Athens', *Proceedings of the American Philosophical Society* 134, 1990, 24-29.

Lang, Mabel L., 'Theramenes and Arginousai', *Hermes* 120, 1992, 267-279.

Lang, Mabel L., 'Alcibiades vs. Phrynichus', *Classical Quarterly* 46, 1996, 289-295.

Lanzillotta, Eugenio, 'Ricerche sulla guerra civile ateniese dopo la sconfitta di Egospotami', *Miscellanea Greca e Romana* 5, 1987, 115-177.

Lapini, Walter, 'I frammenti alcibiadei di Crizia. Crizia amico di Alcibiade?', *Prometheus* 21, 1995, 1-14 en 111-130.

Lapini, Walter, 'Note critiche su X.*HG* 1.4.13-20 (L'apologia di Alcibiade)', *Sileno* 22, 1996, 347-358.

Larivée, Annie, 'Eros Tyrannos. Alcibiades as the Model of the Tyrant in Book IX of the Republic', *International Journal of the Platonic Tradition* 6, 2012, 1-26.

Larsen, J.A.O., *Representative Government in Greek and Roman History*, Berkeley & Los Angeles 1955.

Lateiner, Donald, 'Tissaphernes and the Phoenician Fleet (Thucydides 8.87)', *Transactions and Proceedings of the American Philological Association* 106, 1976, 267-290.

Lawrence, Arnold Walter, *Greek Aims in Fortification*, Oxford 1979.

Lazenby, J.F., *The Spartan Army*, Warminster 1985.

Lazenby, J.F., 'The Diekplous', *Greece & Rome* 34, 1987, 169-177.

Lazenby, J.F., *The Peloponnesian War. A Military Study*, Londen 2004.

Leão, Delfim F., 'The Eleusinian Mysteries and Political Timing in the Life of Alcibiades', in: *Plutarch in the Religious and Philosophical Discourse of Late Antiquity* (L. Roig Lanzillotta & I. Muñoz Gallarte, edd.), Leiden & Boston 2012, 181-192.

Legon, Ronald P., 'Samos in the Delian League', *Historia* 21, 1972, 145-158.

Lendon, J.E., *Soldiers and Ghosts. A History of Battle in Classical Antiquity.* New Haven 2005.

Lendon, J.E., *Song of Wrath. The Peloponnesian War Begins*, New York 2010.

Lenfant, Dominique, 'Anytos et la corruption massive de juges dans l'Athènes démocratique', *Historia* 65, 2016, 258-274.

Lengauer, Wlodzimierz, *Greek Commanders in the 5th and 4th Centuries B.C. Politics and Ideology. A Study of Militarism*, Warschaw 1979.

Levi, M.A., 'Alcibiade', *Rivista Storica Italiana* 62, 1950, 87-97.

Levite, Ariel, *Intelligence and Strategic Surprises*, New York 1987.

Lévy, Edmond, *Athènes devant la défaite de 404. Histoire d'une crise idéologique*, Athene & Parijs 1976.

Lévy, Edmond, 'Isonomia', in: *Democrazia e antidemocrazia nel mondo greco. Atti del Convegno Internazionale di Studi, Chieti, 9-11 aprile 2003 (Collana del Dipartimento di Scienze dell'Antichità. Università degli Studi 'G. D'Annunzio', Chieti* 8) (U. Bultrighini, ed.), Alessandria 2005, 119-137.

Lewis, David Malcolm, 'The Phoenician Fleet in 411 B.C.', *Historia* 7, 1958, 392-397.

Lewis, David Malcolm, *Sparta and Persia. Lectures Delivered at the University of Cincinnati, Autumn 1976, in Memory of Donald W. Bradeen* (*Cincinnati Classical Studies* 1), Leiden 1977.

Lewis, David Malcolm, 'Oligarchic Thinking in the Late Fifth Century' in: *No-*

modeiktes. Greek Studies in Honor of Martin Ostwald (R.M. Rosen & J. Farrell, edd.), Ann Arbor 1993, 207-211.

Liebeschuetz, Wolf, 'Thucydides and the Sicilian Expedition', *Historia* 17, 1968, 289-306.

Lintott, Andrew, *Violence, Civil Strife and Revolution in the Classical City, 750-330 BC*, Baltimore 1982.

Lippelt, Otto, *Die griechischen Leichtbewaffneten bis auf Alexander den Großen*, Diss. Jena 1910.

Littman, Robert J., 'The Strategy of the Battle of Cyzicus', *Transactions and Proceedings of the American Philological Association* 99, 1968, 265-272.

Littman, Robert J., 'A New Date for Leotychidas', *Phoenix* 23, 1969, 269-277.

Littman, Robert J., 'The Loves of Alcibiades', *Transactions and Proceedings of the American Philological Association* 101, 1970, 263-276.

Littman, Robert J., 'The Plague of Athens. Epidemiology and Paleopathology', *Mt. Sinai Journal of Medicine* 76, 2009, 456-467.

Llewellyn-Jones, Lloyd, *Persians. The Age of the Great Kings*, Londen 2022.

Loddo, Rita Laura, 'Alcibiades, Was He a Genuine Political Refugee?', *Quaderni di storia* 110, 2019, 5-28.

Loraux, Nicole, *L'invention d'Athènes. Histoire de l'oration funèbre dans la 'cité classique'*, Parijs, Den Haag & New York 1981 (Engelse vertaling door Alan Sheridan onder de titel *The Invention of Athens. The Funeral Oration in the Classical City*, Cambridge MA & Londen 1986).

Lotze, Detlef, *Lysander und der peloponnesische Krieg* (*Abhandlungen der sächsischen Akademie der Wissenschaften, philol.-hist. Klasse* 57.1), Berlijn 1964.

Lupi, Elisabetta, 'Der Kleideraufwand des Alkibiades und der Vorwurf der Tyrannis. Ein Diskurs über die sozio-ökonomischen Kosten des Luxuskonsums in der demokratischen Polis Athen', in: *Luxus. Perspektiven von der Antike bis zur Neuzeit* (E. Lupi & J. Voges, edd.), Stuttgart 2022, 153-178.

Luppino-Manes, Emma, 'La laicizzazione della prossenia. Il caso di Alcibiade', in: *Religione e politica nel mondo antico* (M. Sordi, ed.), Milaan 1981, 73-79.

Luppino-Manes, Emma, 'Rivalità-inimicizia-odio tra Alcibiade ed Agide II di Sparta', in: *Amnistia, perdono e vendetta nel mondo antico* (M. Sordi, ed.), Milaan 1997, 147-165.

Luppino-Manes, Emma, 'Tucidide e Alcibiade', *Ktèma* 28, 2003, 235-253.

Luria, S., 'Zum politischen Kampf in Sparta gegen Ende des 5. Jahrhunderts', *Klio* 21, 1927, 404-412.

Mader, Gottfried, 'Rogues' Comedy at Segesta (Thucydides 6.46). Alcibiades Exposed?', *Hermes* 121, 1993, 181-195.

Mann, Christian, *Die Demagogen und das Volk. Zur politischen Kommunikation im Athen des 5. Jahrhunderts v. Chr.* (*Klio Beihefte* 13), Berlijn 2007.

Mantzouranis, Kleanthis, 'Thucydides' Assessments of Pericles and Alcibiades as a Lesson in Leadership Ethics', *Polis* 35, 2018-2019, 523-547.

Mariotta, Giuseppe, 'La battaglia di Notion nella testimonianza delle *Elleniche*

di Ossirinco', *La parola del passato* 72, 2017, 119-125.
Marr, J.L., 'Andocides' Part in the Mysteries and Hermae Affairs, 415 B.C.', *Classicial Quarterly* 21, 1971, 326-338.
Marsh, Frank Burr, 'Alcibiades and the Persian Alliance', *Classical Journal* 28, 1932, 12-21.
Marshall, M.H.B., 'Cleon and Pericles. Sphacteria', *Greece & Rome* 31, 1984, 19-36.
Martin, Thomas R., *Pericles. A Biography in Context*, Cambridge 2016.
Mattingly, Harold B., 'The Practice of Ostracism at Athens', *Antichthon* 25, 1991, 1-26.
Matyszak, Philip, *Expedition to Disaster*, Barnsley 2012.
Mayer, Kenneth, 'Alcibiades the Deserter. *P. Oxy.* III 411 Col. IV. 98', *Zeitschrift für Papyrologie und Epigraphik* 123, 1998, 232-234.
McBrayer, Gregory A., 'Corrupting the Youth. Xenophon and Plato on Socrates and Alcibiades', *Kentron* 33, 2017, 75-90.
McGlew, James F., *Tyranny and Political Culture in Ancient Greece*, Ithaca NY 1993.
McGlew, James F., '"Everybody Wants to Make a Speech." Cleon and Aristophanes on Politics and Fantasy', *Arethusa* 29, 1996, 339-361.
McGregor, Malcolm F., 'The Politics of the Historian Thucydides', *Phoenix* 10, 1956, 93-102.
McGregor, Malcolm F., 'The Genius of Alcibiades', *Phoenix* 19, 1965, 27-46.
McKechnie, P.R. & Kern, S.J., *Hellenica Oxyrhynchia*, Oxford 1988.
Meier, Christian, *Entstehung des Politischen bei den Griechen*, Frankfurt 1983 (Engelse vertaling door D. McLintock onder de titel *The Greek Discovery of Politics*, Cambridge MA 1990).
Meier, Christian, 'Die Rolle des Krieges im klassischen Athen', *Historische Zeitschrift* 251, 1990, 555-605 (= *Theodor-Schieder-Gedächtnisvorlesung, Schriften des Historischen Kollegs herausgegeben von der Stiftung Historisches Kolleg, Dokumentationen* 6, München 1991).
Meiggs, Russel, 'The Political Implications of the Parthenon', in: *Parthenos and Parthenon* (*Greece & Rome Supplement* 10, G.T.W. Hooker, ed.), Oxford 1963, 36-45 (= *The Parthenon* [V.J. Bruno, ed.], New York 1974, 101-111).
Meiggs, Russel, *The Athenian Empire*, Oxford 1972.
Meiggs, Russel, *Trees and Timber in the Ancient Mediterranean World*, Oxford 1983.
Meritt, Benjamin D., 'The Departure of Alcibiades for Sicily', *American Journal of Archaeology* 34, 1930, 125-152.
Meritt, Benjamin D., 'The Alliance between Athens and Egesta', *Bulletin de Correspondance Hellénique* 88, 1964, 413-415.
Meritt, Benjamin D., 'The Chronology of the Peloponnesian War', *Proceedings of the American Philosophical Society* 115, 1971, 97-124.
Meritt, Lucy Shoe, 'The Stoa Poikile', *Hesperia* 39, 1970, 233-264.
Meyer, Eduard, *Geschichte des Altertums* (5 delen), Stuttgart & Berlijn 1884-1902.
Michell, Humphrey, *Sparta*, Cambridge 1952.
Miller, Margaret C., *Athens and Persia in the Fifth Century B.C. A Study in Cultural Receptivity*, Cambridge 1997.

Miller, Stephen G., 'Alkibiades', in: *Sailing to Classical Greece. Papers on Greek Art, Archaeology and Epigraphy Presented to Petros Themelis* (O Palagia & H.R. Goette edd.), Oxford 2011, 37-43.

Missiou-Ladi, Anna, 'Coercive Diplomacy in Greek Interstate Relations (with Special Reference to *presbeis autokratores*)', *Classical Quarterly* 37, 1987, 336-345.

Mitchell, Lynette G., *Greeks Bearing Gifts. The Public Use of Private Relationships in the Greek World, 435-323 B.C.*, Cambridge 1997.

Moerbeck, Guilherme, 'Alcibíades. Um Ateniense', in: *Vidas Antigas. Ensaios biográficos da antiguidade* (M. Rede, ed.), São Paulo 2019, 11-34.

Moles, J.L., 'Xenophon and Callicratidas', *Journal of Hellenic Studies* 114, 1994, 70-84.

Moorton, Richard F., 'Aristophanes on Alcibiades', *Greek, Roman and Byzantine Studies* 29, 1988, 345-359.

Moreno, Alfonso, *Feeding the Democracy. The Athenian Grain Supply in the Fifth and Fourth Centuries B.C.*, Oxford 2007.

Morison, William S., *The 'Amateur' as Tyrant. A Socioeconomic Study of Kritias*, Diss. Fresno 1990.

Morrison, John Sinclair & Williams, Roderick Trevor, *Greek Oared Ships, 900-322 BC*, Cambridge 1968.

Morrison, John Sinclair, 'Greek Naval Tactics in the Fifth Century BC', *International Journal of Nautical Archaeology* 3, 1974, 21-26.

Morrison, John Sinclair, Coates, John Francis & Rankov, N. Boris, *The Athenian Trireme. The History and Reconstruction of an Ancient Greek Warship*, Cambridge 2000².

Mosley, Derek J., *Envoys and Diplomacy in Ancient Greece* (*Historia Einzelschriften* 22), Wiesbaden 1973.

Müri, Walter, 'Politische Metonomasie (zu Thukydides 3, 82, 4-5)', *Museum Helveticum* 26, 1969, 65-79.

Munn, Mark Henderson, *The School of History. Athens in the Age of Socrates*, Berkeley, Los Angeles & Londen 2000.

Munro, John Arthur Ruskin, 'The End of the Peloponnesian War', *Classical Quarterly* 31, 1937, 32-38.

Murray, H.A., 'Two Notes on the Evaluation of Nicias in Thucydides', *Bulletin of the Institute of Classical Studies of the University of London* 8, 1961, 33-46.

Murray, Oswyn, 'The Affair of the Mysteries. Democracy and the Drinking Group', in: *Sympotica. A Symposium on the Symposium* (O. Murray, ed.), Oxford 1990, 149-161.

Musti, Domenico, 'Protagonismo e forma politica nella città greca', in *Il protagonismo nella storiografia classica*, Genua 1987, 9-36.

Musti, Domenico, *Demokratía. Origini di un'idea*, Rome & Bari 1997².

Musti, Domenico, 'Alcibiade e la tradizione biografica', *Aspirazione al consenso e azione politica in alcuni contesti di fine V sec. a. C. Il caso di Alcibiade. Atti del Seminario interdisciplinare di Storia Greca e di Epigrafia Greca, Chieti, 12-13 marzo 1997* (E. Luppino Manes ed.), Alessandria 1999, 11-18.

Mylonas, George E., *Eleusis and the Eleusinian Mysteries*, Princeton 1961.
Nagy, Blaise, 'Alcibiades' Second "Profanation"', *Historia* 43, 1994, 275-285.
Nails, Debra, *The People of Plato. A Prosopography of Plato and Other Socratics*, Indianapolis & Cambridge 2002.
Nash, John, 'Sea Power in the Peloponnesian War', *Naval War College Review*, 71, 2018, 119-139.
Natalicchio, Antonio, *Atene e la crisi della democrazia. I Trenta e la querelle Teramene/Cleofonte*, Bari 1996.
Neils, Jenifer, *The Parthenon Frieze*, Cambridge 2001.
Neils, Jenifer & Rogers, Dylan K. (edd.), *The Cambridge Companion to Ancient Athens*, Cambridge 2021.
Németh, György, 'Warum sind die Dreißig dreißig?', *Helikon* 29/30, 1989/1990, 359-367.
Németh, György, 'The Victims of the Thirty Tyrants', in: *Democrazia e antidemocrazia nel mondo greco. Atti del Convegno Internazionale di Studi, Chieti, 9-11 aprile 2003* (*Collana del Dipartimento di Scienze dell'Antichità. Università degli Studi 'G. D'Annunzio', Chieti* 8) (U. Bultrighini, ed.), Alessandria 2005, 177-187.
Németh, György, *Kritias und die Dreißig Tyrannen. Untersuchungen zur Politik und Prosopographie der Führungselite in Athen 404/403 v. Chr.* (*Heidelberger althistorische Beiträge und epigraphische Studien* 43), Stuttgart 2006.
Newell, Waller R., *The Soul of a Leader. Character, Conviction, and Ten Lessons in Political Greatness*, New York 2009.
Nichols, Mary P., 'Philosophy and Empire. On Socrates and Alcibiades in Plato's *Symposium*', *Polity* 39, 2007, 502-521.
Nichols, Mary P., *Thucydides and the Pursuit of Freedom*, Ithaca NY 2015.
Nieddu, Gian Franco, 'Il discorso di Alcibiade tra elogio e autoritratto (Platone, Symp. 212c4-223a9)', *Prometheus* 4, 2015, 81-109.
Noreña, Carlos F., 'Divorce in Classical Athenian Society. Law, Practice and Power', *Past Imperfect* 7, 1998, 3-34.
Nussbaum, Martha, 'The Speech of Alcibiades. A Reading of the Symposium', in: *The Fragility of Goodness. Luck and Ethics in Greek Tragedy and Philosophy*, Cambridge 1986, 165-199.
Nye, Joseph S., *Understanding International Conflict. An Introduction to Theory and History*, New York 1993.
Nyvlt, Pavel, 'Was Alcibiades an Informant of Thucydides?', *Acta Antiqua Academiae Scientiarum Hungaricae* 54, 2014, 381-391.
Ober, Josiah, 'The Nature of Athenian Democracy', *Classical Philology* 84, 1989, 322-334.
Ober, Josiah, *Mass and Elite in Democratic Athens. Rhetoric, Ideology, and the Power of the People*, Princeton 1989.
Ober, Josiah, 'Thucydides' Criricism of Democratic Knowledge', in: *Nomodeiktes. Greek Studies in Honor of Martin Ostwald* (R.M. Rosen & J. Farrell, edd.), Ann Arbor 1993, 81-97.

Ober, Josiah, *Political Dissent in Democratic Athens. Intellectual Critics of Popular Rule*, Princeton 1998.

Ober, Josiah, *Athenian Legacies. Essays on the Politics of Going on Together*, Princeton 2005.

Ober, Josiah, *Demopolis. Democracy before Liberalism in Theory and Practice* (*The Seeley Lectures*), Cambridge 2017.

Occhipinti, Egidia, 'The Ships in the Battle of Notion. A New Supplement for Lines 9-12 of the Florence Papyrus (PSI 1304)', *Zeitschrift für Papyrologie und Epigraphik* 187, 2013, 72-76.

Oliva, Pavel, *Sparta and Her Social Problems*, Amsterdam & Praag 1971.

Olmstead, A.T., *History of the Persian Empire*, Chicago 1948.

Orwin, Clifford, 'Stasis and the Plague. Thucydides on the Dissolution of Society', *Journal of Politics* 50, 1988, 831-847.

Orwin, Clifford, *The Humanity of Thucydides*, Princeton 1994.

Orwin, Clifford, 'Democracy and Distrust', in: *Thucydides' Theory of International Relations. A Lasting Possession* (*Political Traditions in Foreign Policy Series*) (L. Gustafson, ed.), Baton Rouge 2000, 98-114.

Osborne, Robin, 'The Erection and Mutilation of the Hermai', *Proceedings of the Cambridge Philological Society* 211, 1985, 47-73.

Ostwald, Martin, *From Popular Sovereignty to the Sovereignty of Law. Law, Society and Politics in Fifth-Century Athens*, Berkeley 1986.

Palmer, Michael, 'Alcibiades and the Question of Tyranny in Thucydides', *Canadian Journal of Political Science* 15, 2009, 103-124.

Papakonstantinou, Zinon, 'Alcibiades in Olympia. Olympic Ideology, Sport and Social Conflict in Classical Athens', *Journal of Sport History* 30, 2003, 173-182.

Park, Sungwoo, 'Thucydides on the Fate of the Democratic Empire', *Journal of International and Area Studies* 15, 2008, 93-109.

Parker, Robert, *Athenian Religion. A History*, Oxford 1996.

Parker, Robert, *Polytheism and Society at Athens*, Oxford 2005.

Patterson, Cynthia B., *The Family in Greek History*, Cambridge MA 1998.

Pecorella Longo, Chiara, *Alcibiade. Una storia ateniese*, Florence & Milaan 2018.

Pédech, Paul, 'Batailles navales dans les historiens grecs', *Revue des Études Grecques* 82, 1969, 43-55.

Pellerin, Daniel, 'Alcibiades and the Distorting Mirror of Celebrity', *Ploutarchos* 19, 2022, 33-62.

Pelling, Christopher, *Literary Texts and the Greek Historian* (*Approaching the Ancient World*), Londen 2000.

Pemberton, E.G., 'Dedications by Alkibiades and Thrasyboulos', *The Annual of the British School at Athens* 76, 1981, 309-321.

Peremans, Willy, 'Thucydide, Alcibiade et l'expédition de Sicile en 415 av. J.C.', *L'Antiquité Classique* 25, 1956, 331-344.

Perrin, Bernadotte, 'The Death of Alcibiades', *Transactions and Proceedings of the American Philological Association* 37, 1906, 25-37.

Pesely, G.E., 'Hagnon', *Athenaeum* 67, 1989, 191-209.

Petit, Thierry, 'Alcibiade et Tissapherne', *Études Classiques* 65, 1997, 137-151.

Pfeijffer, Ilja Leonard, 'Alcibiades' Strategy for the Last Ostracism', *Maia* 74, 2022, 8-11.

Philippi, Adolf, 'Alkibiades, Sokrates, Isokrates', *Rheinisches Museum* 41, 1886, 13-17.

Piccirilli, Luigi, 'Feace di Acarne riesaminato', *Kokalos* 41, 1995, 3-22.

Pinheiro, Ana Elias, 'Crítias e Alcibíades, dois exemplos de corrupção', *Máthesis* 17, 2008, 39-55.

Planeau, Christien, 'Socrates, Alcibiades and Plato's ta Poteideatika. Does the Charmides Have an Historical Setting?', *Mnemosyne* 52, 1999, 72-77.

Platias, Athanassios G. & Koliopoulos, Constantinos, *Thucydides on Strategy. Athenian and Spartan Grand Strategies in the Peloponnesian War and Their Relevance Today*, Londen 2010.

Pleket, Henri W., 'Games, Prizes, Athletes and Ideology. Some Aspects of the History of Sport in the Greco-Roman World', in: *Greek Athletics* (J. König, ed.), Edinburgh 2010, 145-174.

Plescia, Joseph, 'Thucydides and the Quest for a Political Blueprint', *Atene e Roma* 24, 1979, 129-144.

Poralla, Paul, *Prosopographie der Lakedaimonier bis auf die Zeit Alexanders des Großen*, Diss. Breslau 1913.

Pouncey, Peter R., *The Necessities of War. A Study of Thucydides' Pessimism*, New York 1980.

Powell, Anton, *Athens and Sparta. Constructing Greek Political and Social History from 478 BC*, Londen 2016³.

Powell, C.A., 'Religion and the Sicilian Expedition', *Historia* 28, 1979, 15-31.

Prandi, Luisa, 'Il caso di Alcibiade. Profanazione dei Misteri e ripristino della processione eleusina', in: *L'immagine dell'uomo politico. Vita pubblica e morale nell'antiquità* (M. Sordi, ed.), Milaan 1991, 41-50.

Prandi, Luisa, 'I "tempi" del processo di Alcibiade nel 415 a.C.', in: *Processi e politica nel mondo antico* (M. Sordi, ed.), Milaan 1996, 65-70.

Prandi, Luisa, 'Alla ricerca del consenso perduto. Alcibiade e i Misteri Eleusini', *Aspirazione al consenso e azione politica in alcuni contesti di fine V sec. a. C. Il caso di Alcibiade. Atti del Seminario interdisciplinare di Storia Greca e di Epigrafia Greca, Chieti, 12-13 marzo 1997* (E. Luppino Manes, ed.), Alessandria 1999, 49-56.

Price, Simon, *Religions of the Ancient Greeks* (*Key Themes in Ancient History*), Cambridge 1999.

Pusey, Nathan Marsh, 'Alcibiades and tò philópoli', *Harvard Studies in Classical Philology* 51, 1940, 215-231.

Queyrel Bottineau, Anne, *Prodosia. La notion et l'acte de trahison dans l'Athènes du Vᵉ siecle. Recherche sur la construction de l'identité athénienne*, Bordeaux 2010.

Raaflaub, Kurt A., 'Politisches Denken und Krise der Polis. Athen im Verfassungskonflikt des späten 5. Jahrhunderts v. Chr.', *Historische Zeitschrift* 255, 1992, 1-16.

Raaflaub, Kurt A., 'Democracy, Power and Imperialism in Fifth Century Athens', in: *Athenian Political Thought and the Reconstruction of American Democracy* (P. Euben, J. Wallach & J. Ober, edd.), Ithaca NY 1994, 103-146.

Rademaker, Adriaan M., 'The Great and the Small. Thermopylae and Sphacteria', in: *Textual Strategies in Ancient War Narrative. Thermopylae, Cannae and Beyond* (L.W. van Gils, I.J.F. de Jong & C.H.M. Kroon, edd.), Leiden & Boston 2018, 342-358.

Radet, Georges Albert, 'En Phrygie. Rapport sur une mission scientifique en Asie Mineure (août-septembre 1893)', *Nouvelles archives des missions scientifiques et littéraires. Choix de rapports et instructions publié sous les auspices du Ministère de l'Instruction Publique et des Beaux-Arts* 6, Parijs 1895, 425-491.

Radet, Georges Albert & Ouvré, H., 'Inscriptions de Phrygie', *Bulletin de correspondance hellénique* 20, 1896, 107-118.

Rankov, Boris (ed.), *Trireme Olympias. The Final Report. See Trials 1992-4. Conference Papers 1998*, Oxford 2012.

Raubitschek, Antony Erich, 'The Case against Alcibiades (Andocides IV)', *Transactions and Proceedings of the American Philological Association* 79, 1948, 191-210 (= *The School of Hellas. Essays on Greek History, Archaeology, and Literature,* [D.D. Obbink & P.A. Van der Waerdt, edd.], New York & Oxford 1991, 116-131).

Raubitschek, Antony Erich, 'Demokratia', *Hersperia* 31, 1962, 238-243 (= *The School of Hellas. Essays on Greek History, Archaeology, and Literature,* [D.D. Obbink & P.A. Van der Waerdt, edd.], New York & Oxford 1991, 223-238).

Ray Jr., Fred Eugene, *Land Battles in 5th Century B.C. Greece. A History and Analysis of 173 Engagements*, Jefferson NC & Londen 2011.

Reeve, C.D.C., 'Alcibiades and the Politics of Rumor in Thucydides', *Philosophic Exchange* 42, 2011, 69-80.

Reitsema, Laurie J., Mittnik, Alissa, Kyle, Britney, Reich, David & al., 'The Diverse Genetic Origins of a Classical Period Greek Army', *Proceedings of the National Academy of Sciences* 119 (41), 2022, e2205272119.

Renero Arribas, Víctor Manuel, *Alcibíades. La ambición del poder*, Madrid 1998.

Rengakos, Antonios, *Form und Wandel des Machtsdenkens der Athener bei Thukydides* (*Hermes Einzelschriften* 48), Stuttgart 1984.

Retief, F.P. & Cilliers, L., 'The epidemic of Athens, 430-426 BC', *South African Medical Journal* 88, 1998, 50-53.

Rhodes, Peter John, 'The Five Thousand in the Athenian Revolutions of 411 B.C.', *Journal of Hellenic Studies* 92, 1972, 115-127.

Rhodes, Peter John, 'The Ostracism of Hyberbolus', in: *Ritual, Finance, Politics. Athenian Democratic Accounts Presented to David Lewis* (R. Osborne & S. Hornblower, edd.), Oxford 1994, 85-98.

Rhodes, Peter John, *A History of the Classical Greek World: 478-323 BC* Hoboken NJ 2010².

Rhodes, Peter John, *Alcibiades, Athenian Playboy, General and Traitor*, Barnsley 2011.

Rhodes, Peter John, 'Demagogues and Demos in Athens', *Polis* 33, 2016, 243-264.

Rhodes, Robin Francis, *Architecture and Meaning on the Athenian Acropolis*, Cambridge 1995.

Rice, David G. & Stambaugh, John E., *Sources for the Study of Greek Religion* (*Sources for Biblical Studies* 14), Atlanta 2009².

Riedweg, Christoph, *Mysterienterminologie bei Platon, Philon und Klemens von Alexandrien* (*Untersuchungen zur antiken Literatur und Geschichte* 26), Berlijn & New York 1987.

Robert, Louis, 'Le lieu de la mort d'Alcibiade', in: *À tavers l'Asie Mineure. Poètes et prosateurs, monnaies grecques, voyageurs et géographie*, Athene & Parijs 1980, 257-307.

Roberts, Jennifer Tolbert, 'Arginusae Once Again', *Classical World*, 71, 1977, 107-111.

Roberts, Jennifer Tolbert, *Athens on Trial. The Anti-Democratic Tradition in Western Thought*, Princeton 1995.

Robertson, Noel, 'The Sequence of Events in the Aegean in 408 and 407 B.C.', *Historia* 29, 1980, 282-301.

Robinson, Eric W. (ed.), *Ancient Greek Democracy*, Oxford 2003.

Robinson, Eric W., 'What Happened at Aegospotami? Xenophon and Diodorus on the Last Battle of the Peloponnesian War', *Historia* 63, 2014, 1-16.

Roisman, Joseph, *The General Demosthenes and His Use of Military Surprise* (*Historia Einzelschriften* 78), Stuttgard 1993.

Roisman, Joseph, *The Rhetoric of Conspiracy in Ancient Athens*, Berkeley 2006.

Romilly, Jacqueline de, *Alcibiade ou les dangers de l'ambition*, Parijs 1995 (Engelse vertaling door Elizabeth Trapnell Rawlings onder de titel *The Life of Alcibiades. Dangerous Ambition and the Betrayal of Athens*, Ithaca NY 2019).

Rood, Tim C.B., 'Thucydides, Sicily, and the Defeat of Athens', *Ktèma* 42, 2017, 19-39.

Rosenbloom, David Scott, 'Ponêroi vs. Chrêstoi. The Ostracism of Hyperbolos and the Struggle for Hegemony in Athens after the Death of Perikles, Part I & II', *Transactions and Proceedings of the American Philological Association* 134, 2004, 55-105 en 323-358.

Ruschenbusch, Eberhard, *Athenische Innenpolitik im 5. Jahrhundert v. Chr. Ideologie oder Pragmatismus?*, Bamberg 1979.

Russell, D.A., 'Plutarch, *Alcibiades* 1-16', *Proceedings of the Cambridge Philological Society* 12, 1966, 37-47.

Ruzicka, Stephen, 'Cyrus and Tissaphernes, 407-401 B.C.', *Classical Journal* 80, 1985, 204-211.

Ste. Croix, Geoffrey Ernest Maurice de, 'The Character of the Athenian Empire', *Historia* 3, 1954, 1-41.

Ste. Croix, Geoffrey Ernest Maurice de, 'The Constitution of the Five Thousand', *Historia* 5, 1956, 1-23.

Salmon, Pierre, 'L'établissement des Trente à Athènes', *L'Antiquité classique* 38, 1969, 497-500.

Samons II, Loren J., *Empire of the Owl. Athenian Imperial Finance* (*Historia Einzelschriften* 142), Stuttgart 2000.

Samons II, Loren J., *Pericles and the Conquest of History. A Political Biography*, Cambridge 2016.

Sansone, David, 'Stylistic Characterization in Plato. Nicias, Alcibiades, and Laches', *Greek, Roman, and Byzantine Studies* 58, 2018, 156-176.

Sartori, Franco, *Le eterie nella vita politica ateniese del VI e V secolo a. C.*, Rome 1957.

Sato, Noboru, '"Aristocracy" in Athenian Diplomacy', in: *Aristocracy in Antiquity. Redefining Greek and Roman Elites* (N. Fisher & H. van Wees, edd.), Swansea 2015, 203-226.

Saxonhouse, Arlene W., *Athenian Democracy. Modern Mythmakers and Ancient Theorists*, Notre Dame & Londen 1996.

Saxonhouse, Arlene W., *Free Speech and Democracy in Ancient Athens*, Cambridge 2006.

Sayar, Mustafa H., 'The Poleis and Harbours in Southeastern Thrace and Thracian Chersonesos from the Archaic Period until the End of the Principate', in: *Cities in Southeastern Thrace. Continuity and Transformation* (D. Stoyanova, G. Boykov & I. Lozanov, edd.), Sofia 2017, 9-18.

Schaps, David M., *Economic Rights of Women in Ancient Greece*, Edinburgh 1979.

Schein, Seth L., 'Alcibiades and the Politics of Misguided Love in Plato's *Symposium*', *Theta-Pi* 3, 1974, 158-167.

Schmiedl-Neuburg, Hilmar, 'Die sokratische Inkarnation des Eros. Bemerkungen zur Alkibiades-Episode im platonischen *Symposion*', in: *Was Liebe vermag* (S. Al-Taher, V. Jansche & L. Martena, edd), Stuttgart 2022, 61-75.

Schuller, Wolfgang, *Die Herrschaft der Athener im Ersten Attischen Seebund*, Berlijn 1974.

Seager, Robin, 'Alcibiades and the Charge of Aiming at Tyranny', *Historia* 16 1967, 6-18.

Seager, Robin, 'After the Peace of Nikias. Diplomacy and Policy, 421-416 BC', *Classical Quarterly* 26, 1976, 249-269.

Seager, Robin, 'Xenophon and Athenian Democratic Ideology', *Classical Quarterly* 51, 2001, 385-397.

Sealey, Raphael, *The Athenian Republic. Democracy or the Rule of Law?*, University Park & Londen 1987.

Sears, Matthew A., 'The Topography of the Pylos Campaign and Thucydides' Literary Themes', *Hesperia* 80, 2011, 157-168.

Sears, Matthew A., *Athens, Thrace, and the Shaping of Athenian Leadership*, Cambridge & New York 2013.

Serrati, John, 'Sicily from Pre-Greek Times to the Fourth Century', in: *Sicily from Aeneas to Augustus. New Approaches in Archaeology and History* (J. Serrati & C. Smith, edd.), Edinburgh 2000, 9-14.

Shanahan, Colm, 'Alcibiades' Akrasia. Reason for Wrongdoing?', *International Journal of the Platonic Tradition*, 2019, 131-152.

Shapiro, H. Alan, 'Alcibiades. The Politics of Personal Style', in: *Art in Athens during the Peloponnesian War* (O. Palagia, ed.), Cambridge & New York 2009, 236-263.

Shapiro, H. Alan, 'Alkibiades' Effeminacy and the Androgyny of Dionysos', in: *Bodies in Transition. Dissolving the Boundaries of Embodied Knowledge* (*Morphomata* 23)

(D. Boschung, H.A. Shapiro & F. Wascheck, edd.), Paderborn 2015, 287-312.
Shear, Julia L., *Polis and Revolution. Responding to Oligarchy in Classical Athens*, Cambridge 2011.
Shear, T. Leslie, 'The Campaign of 1936', *Hesperia* 6, 1937, 333-381.
Shipley, Graham, *A History of Samos, 800-188 B.C.*, Oxford 1987.
Sicking, C.M.J., 'Pericles' Funeral Oration and Last Speech as Political Documents', in: *Distant Companions. Selected Papers* (*Mnemosyne Supplements* 185), Leiden 1998, 114-146.
Siewert, Peter, 'Il ruolo di Alcibiade nell'ostracismo di Iperbolo', *Aspirazione al consenso e azione politica in alcuni contesti di fine V sec. a. C. Il caso di Alcibiade. Atti del Seminario interdisciplinare di Storia Greca e di Epigrafia Greca, Chieti, 12-13 marzo 1997* (E. Luppino Manes, ed.), Alessandria 1999, 19-27.
Simonton, Matthew, 'Stability and Violence in Classical Greek Democracies and Oligarchies', *Classical Antiquity* 36, 2017, 52-103.
Simonton, Matthew, *Classical Greek Oligarchy. A Political History*, Princeton 2017.
Sinclair, R.K., *Democracy and Participation in Athens*, Cambridge 1988.
Sissa, Giulia, *Eros tiranno. Sessualità e sensualità nel mondo antico*, Rome & Bari 2003 (Engelse vertaling door George Staunton onder de titel *Sex and Sensuality in the Ancient World*, New Haven & Londen 2008).
Smart, J.D., 'Athens and Egesta', *Journal of Hellenic Studies* 92, 1972, 128-146.
Smith, David G., 'Thucydides' Ignorant Athenians and the Drama of the Sicilian Expedition', *Syllecta Classica* 15, 2004, 33-70.
Smith, David G., 'Alcibiades, Athens, and the Tyranny of Sicily (Thuc. 6.16)', *Greek, Roman and Byzantine Studies* 49, 2009, 363-389.
Sordi, Marta, 'Crizia e la Tessaglia', *Aspirazione al consenso e azione politica in alcuni contesti di fine V sec. a. C. Il caso di Alcibiade. Atti del Seminario interdisciplinare di Storia Greca e di Epigrafia Greca, Chieti, 12-13 marzo 1997* (E. Luppino Manes, ed.), Alessandria 1999, 93-100.
Spence, Ian G., 'Perikles and the Defence of Attika during the Peloponnesian War', *Journal of Hellenic Studies* 110, 1990, 91-109.
Spence, Ian G., *The Cavalry of Classical Greece. A Social and Military History, with Particular Reference to Athens*, Oxford 1993.
Stambough, John E., 'The Idea of the City. Three Views of Athens', *Classical Journal* 69, 1974, 309-321.
Stanford, W.B., 'Alcibiades' Lisp', *Classical Review* 56, 1942, 72.
Stanley, Phillip V., 'The Family Connection of Alcibiades and Axiochus', *Greek, Roman and Byzantine Studies* 27, 1986, 173-181.
Starr, Chester G., 'Thucydides on Sea Power', *Mnemosyne* 31, 1978, 343-350.
Starr, Chester G., *The Influence of Sea Power on Ancient History*, Oxford 1989.
Stein-Hölkeskamp, Elke, *Adelskultur und Polisgesellschaft. Studien zum griechischen Adel in archaischer und klassischer Zeit*, Stuttgart 1989.
Steinbock, Bernd, '"Sufferings Too Great for Tears." The Destruction of the Athenian Expeditionary Corps in Sicily', in: *The Fight for Greek Sicily. Society, Politics, and*

Landscape (M. Jonasch, ed.), Oxford 2020, 73-98.
Steiner, Deborah T., *The Tyrant's Writ. Myths and Images of Writing in Ancient Greece*, Princeton 1994.
Stem, Rex, 'The Thirty at Athens in the Summer of 404', *Phoenix* 57, 2003, 18-34.
Stephens, Susan A., 'Alcibiades in the Rhetorical Tradition. P. Strass. Inv. Gr. 2346 (= P[2] 2497)', *Zeitschrift für Papyrologie und Epigraphik* 105, 1995, 215-224.
Stephenson, F. Richard & Fatoohi, Louay J., 'The Eclipses Recorded by Thucydides', *Historia* 50, 2001, 245-253.
Stephenson, F. Richard, Morrison, L.V. & Hohenkerk, Catherine Y., 'Astronomical Dating of Seven Classical Greek Eclipses', *Journal of Astronomical History and Heritage* 23, 2020, 47-62.
Stewart, Douglas J., 'Thucydides, Pausanias, and Alcibiades', *Classical Journal* 61, 1966, 145-152.
Stolper, Matthew W., 'Late Achaemenid Babylonian Chronology', *Nouvelles assyriologiques brèves et utilitaires* 1999.1, noot 6, 7-9.
Strauss, Barry S., 'Aegospotami Reexamined', *American Journal of Philology* 104, 1983, 24-35.
Strauss, Barry S., *Athens after the Peloponnesian War. Class, Faction and Policy 403-386 B.C.*, New York 1986.
Strauss, Barry S., 'A Note on the Topography and Tactics of the Battle of Aegospotami', *American Journal of Philology* 108, 1987, 741-745.
Strauss, Barry S. & Ober, Josiah, *The Anatomy of Error. Ancient Military Disasters and Their Lessons for Modern Strategists*, New York 1990.
Strauss, Barry S., 'Sparta's Maritime Moment', in: *China Goes to Sea. Maritime Transformation in Comparative Historical Perspective* (A.S. Erickson, L.J. Goldstein & C. Lord, edd.), Annapolis MD 2009, 33-61.
Stuttard, David, *Nemesis. Alcibiades and the Fall of Athens*, Cambridge MA & Londen 2018.
Sutton, Dana, 'Critias and Atheism', *Classical Quartely* 31, 1981, 33-38.
Syse, Henrik, 'Plato, Thucydides, and the Education of Alcibiades', *Journal of Military Ethics* 5, 2006, 290-302.
Taeger, Fritz, *Alkibiades*, Stuttgart 1925.
Talbert, Richard J.A. (ed.), *Barrington Atlas of the Greek and Roman World*, Princeton & Oxford 2000.
Talbert, Richard J.A. (ed.), *Barrington Atlas of the Greek and Roman World. Map-by-Map Directory* (2 delen), Princeton & Oxford 2000.
Talbot, J.F., 'Aristophanes and Alcibiades', *Classical Bulletin* 39, 1963, 65-68.
Tarrant, Harold, 'The Object of Alcibiades' Love', *Literature & Aesthetics* 19, 2009, 74-87.
Tarrant, Harold & Johnson, Marguerite, *Alcibiades and the Socratic Lover-Educator*, London 2014.
Taylor, Martha, *Thucydides, Pericles, and the Idea of Athens in the Peloponnesian War*, Cambridge 2014.

Thomas, Rosalind, *Oral Tradition and Written Record in Classical Athens* (*Cambridge Studies in Oral and Literate Culture* 18), Cambridge 1989.

Thomas, Rosalind, *Literacy and Orality in Ancient Greece* (*Key Themes in Ancient History*), Cambridge 1992.

Thompson, Wesley E., 'The Kinship of Perikles and Alkibiades', *Greek, Roman and Byzantine Studies* 11, 1970, 27-33.

Thorne, James A., 'Warfare and Agriculture. The Economic Impact of Devastation in Classical Greece', *Greek, Roman and Byzantine Studies* 42, 2001, 225-253.

Tilley, Alec F., *Seafaring on the Ancient Mediterranean. New Thoughts on Triremes and Other Ancient Ships* (*British Archaeological Reports International Series* 1268), Oxford 2004.

Toepffer, Johannes, 'Alkibiades 2', in: *Paulys Realencyclopädie der classischen Altertumswissenschaft* (A.F. Pauly & G. Wissowa, edd.), I, 2, Stuttgart 1894, 1516-1531.

Tompkins, Daniel P., 'Stylistic Characterization in Thucydides. Nicias and Alcibiades', *Yale Classical Studies* 22, 1972, 181-214.

Traill, John S., *Demos and Trittys. Epigraphical and Topographical Studies in the Organization of Attica*, Toronto 1986.

Treu, Max, 'Einwände gegen die Demokratie in der Literatur des 5./4. Jh.', *Studii Clasice* 12, 1970, 17-31.

Trundle, Matthew, *Greek Mercenaries. From the Late Archaic Period to Alexander*, New York 2004.

Tsetskhladze, Gocha R., Baştürk, Mahmut Bilge & Hargrave, James (edd.), *Phrygia in Antiquity. From the Bronze Age to the Byzantine Period. Proceedings of an International Conference 'The Phrygian Lands over Time. From Prehistory to the Middle of the 1st Millennium AD', Held at Anadolu University, Eskisehir, Turkey, 2nd-8th November, 2015* (*Colloquia Antiqua* 24), Leuven 2019.

Tuplin, C.J., 'Military Engagements in Xenophon's *Hellenica*', in: *Past Perspectives. Studies in Greek and Roman Historical Writing* (I.S. Moxon, J.D. Smart & A.J. Woodman, edd.), Cambridge 1986, 37-66.

Turner, Eric Gardner, *Athenian Books in the Fifth and Fourth Century B.C.*, Londen 1952.

Uçankuş, Hasan T., 'Afyon'un Tatarlı Kasabasında Bulunan Phryg Tümülüsü Kazısı', *VIII. Türk Tarih Kongresi*, Ankara 1979, 305-334.

Usher, Stephen, 'Xenophon, Critias and Theramenes', *Journal of Hellenic Studies* 88, 1968, 128-135.

Van de Maele, Symphorien, 'Le récit de l'expédition athénienne de 415 en Sicile et l'opinion de Thucydide sur le rappel d'Alcibiade', *L'Antiquité Classique* 40, 1971, 21-37.

Van de Maele, Symphorien, 'Le livre VIII de Thucydide et la politique de Sparte en Asie Mineure (412-411 av. J.-C.)', *Phoenix* 25, 1971, 32-50.

Vanderpool, Eugène, 'The Location of the Attic Deme Erchia', *Bulletin de Correspondance Helléniques* 89, 1965, 21-26.

Vanderpool, Eugène, 'Ostraka from the Athenian Agora, 1970-1972', *Hesperia* 43, 1974, 189-193.

Vanotti, Gabriella, 'La carriera politica di Feace', *Hesperia* 5, 1995, 121-143.
Verdegem, Simon, *Plutarch's Life of Alcibiades. Story, Text and Moralism*, Leuven 2010.
Versnel, Henk S., *Inconsistencies in Greek and Roman Religion. Volume 1: Ter Unus. Isis, Dionysos, Hermes. Three Studies in Henotheism* (*Studies in Greek and Roman Religion* 6.1), Leiden 1990; *Volume 2: Transition and Reversal in Myth and Ritual* (*Studies in Greek and Roman Religion* 6.2), Leiden 1994.
Vickers, Michael J., 'Alcibiades and Melos. Thucydides 5.84-116', *Historia* 48, 1999, 265-281 (= *Sophocles and Alcibiades. Athenian Politics in Ancient Greek Literature*, London & New York 2014, 115-132).
Vickers, Michael J., 'Alcibiades, "a Classical Archetype for Alexander"', in: *From Pella to Gandhara. Hybridisation and Identity in the Art and Architecture of the Hellenistic East* (BAR *International Series* 2221, A. Kouremenos, S. Chandrasekaran & R. Rossi, edd.), Oxford 2011, 11-16.
Vickers, Michael J., *Sophocles and Alcibiades. Athenian Politics in Ancient Greek Literature*, London & New York 2014.
Vickers, Michael J., *Aristophanes and Alcibiades. Echoes of Contemporary History in Athenian Comedy*, Berlijn & Boston 2015.
Vlastos, Gregory, 'The Historical Socrates and Athenian Democracy', *Political Theory* 11, 1983, 495-516 (=*Socratic Studies* [G. Vlastos & M. Burnyeat, edd.], Cambridge 1994, 87-108).
Vlastos, Gregory, *Socrates. Ironist and Moral Philosopher* (*The Townsend Lectures. Cornell Studies in Classical Philology* 50), Ithaca NY 1991.
Vlastos, Gregory, 'Socrates and Vietnam', in: *Socratic Studies* (G. Vlastos & M. Burnyeat, edd.), Cambridge 1994, 127-133.
Vries, G.J. de, 'Mystery Terminology in Aristophanes and Plato', *Mnemosyne* 26, 1973, 1-8.
Walbank, Michael B. *Athenian Proxenies of the Fifth Century, B.C.*, Toronto 1978.
Wallace, M.B., 'Early Greek *Proxenoi*', *Phoenix* 24, 1970, 189-208.
Wasserman, Felix, 'The Melian Dialogue', *Transactions and Proceedings of the American Philological Association* 78, 1947, 18-36.
Wasserman, Felix, 'Thucydides and the Disintegration of the Polis', *Transactions and Proceedings of the American Philological Association* 84, 1954, 46-54.
Wees, Hans van, *Greek Warfare. Myth and Realities*, London 2004.
Welwei, Karl-Wilhelm, *Das klassische Athen. Demokratie und Machtpolitik im 5. und 4. Jahrhundert*, Darmstadt 1999.
Westlake, H.D., 'Alcibiades, Agis and Spartan Policy', *Journal of Hellenic Studies* 58, 1938, 31-40.
Westlake, H.D., 'The Influence of Alcibiades On Thucydides, Book 8', *Mnemosyne* 38, 1985, 93-108 (= *Studies in Thucydides and Greek History*, Bristol 1989, 154-165).
Westlake, H.D., 'Tissaphernes in Thucydides', *Classical Quarterly* 35, 1985, 43-54.
Westlake, H.D., 'Abydos and Byzantium. The Sources for Two Episodes in the Ionian War', *Museum Helveticum* 42, 1985, 313-327.

Wet, B.X. de, 'The So-Called Defensive Policy of Pericles', *Acta Classica* 12, 1969, 103-119.

Whitby, Michael (ed.), *Sparta*, Edinburgh 2002.

Whitehead, David, 'Sparta and the Thirty Tyrants', *Ancient Society* 13/14, 1982/1983, 105-130.

Whitehead, David, *The Demes of Attica, 508/7 – ca. 250 B.C. A Political and Social Study*, Princeton 1986.

Whitehead, Ian, 'The Periplous', *Greece & Rome* 34, 1987, 178-185.

Wick, Terry E., 'The Date of the Athenian-Egestan Alliance', *Classical Philology* 76, 1981, 118-121.

Wilamowitz-Moellendorff, Ulrich von, 'Thukydides VIII', *Hermes* 43, 1908, 578-618.

Willemsen, F. & Brenne, S., 'Verzeichnis der Kerameikos-Ostraka', *Mitteilungen des Deutschen Archäologischen Instituts, Athenische Abteilung* 106, 1991, 147-156.

Wilson, John B., *Pylos 425 BC. A Historical and Topographical Study of Thucydides' Account of the Campaign*, Warminster 1979.

Wilson, John B., 'Strategy and Tactics in the Mytilene Campaign', *Historia* 30, 1981, 144-163.

Winkler, John, *The Constraints of Desire. The Anthropology of Sex and Gender in Ancient Greece*, New York & Londen 1990.

Wörrle, M., *Untersuchungen zur Verfassungsgeschichte von Argos*, Diss. Erlangen, Nürnberg 1964.

Wohl, Victoria, 'The Eros of Alcibiades', *Classical Antiquity* 18, 1999, 349-385.

Wohl, Victoria, *Love among the Ruins. The Erotics of Democracy in Classical Athens*, Princeton 2002.

Wolpert, Andrew, *Remembering Defeat. Civil War and Civic Memory in Ancient Athens*, Baltimore & Londen 2002.

Woodcock, Eric Charles, 'Demosthenes, Son of Alcisthenes', *Harvard Studies in Classical Philology* 39, 1928, 93-108.

Woodhead, A.G., '*IG* I², 95 and the Ostracism of Hyperbolus,' *Hesperia* 18, 1949, 78-83.

Woodhead, A.G., 'Peisander', *American Journal of Philology* 75, 1954, 132-146.

Woodhead, A.G., 'Thucydides' Portrait of Cleon', *Mnemosyne* 13, 1960, 289-317.

Woodhead, A.G., *Thucydides on the Nature of Power* (*Martin Classical Lectures* 24), Cambridge MA 1970.

Woodhouse, William J., *King Agis of Sparta and His Campaigns in Arcadia*, Oxford 1933.

Worley, Leslie J., *Hippeis. The Cavalry of Ancient Greece*, Boulder 1994.

Worthington, Ian, 'Aristophanes' "Frogs" and Arginusae', *Hermes* 117, 1989, 359-363.

Wylie, Graham, 'What Really Happened at Aegospotami?', *L'Antiquité Classique* 55, 1986, 125-141.

Wylie, Graham, 'Demosthenes the General. Protagonist in a Greek Tragedy?', *Greece & Rome* 40, 1993, 20-30.

Wylie, Graham, 'Lysander and the Devil', *L'Antiquité Classique* 66, 1997, 75-88.

Ypsilanti, Maria, 'Lais and Her Mirror', *Bulletin of the Institute of Classical Studies* 49, 2006, 193-213.

Yunis, Harvey, *Taming Democracy. Models of Political Rhetoric in Classical Athens*, Ithaca NY 1996.

Zaccarini, Matteo, 'What's Love Got to Do with It? *Eros*, Democracy and Pericles' Rhetoric', *Greek, Roman and Byzantine Studies* 58, 2018, 473-489.

Zeitlin, Froma I., *Playing the Other. Gender and Society in Classical Greek Literature*, Chicago 1996.

II. FICTIE

Apollonio, Mario, *Alcibiade. Dramma*, Florence 1947.

Atherton, Gertrude Franklin Horn, *The Jealous Gods. A Novel Concerning One Alcibiades*, New York 1928.

Belda, Joaquín, *Alcibíades Club*, Madrid 1912.

Brun, Vincenz (pseudoniem voor Hans Flesch-Brunningen), *Alcibiades. Beloved of Gods and Men*, Londen 1935, & *Alcibiades. Forsaken by Gods and Men*, London 1936.

Caminade Chatenay, Augustin, *Alcibiade, tragédie en 5 actes et en vers*, Parijs 1819.

Campistron, Jean Galbert de, *Alcibiade, tragédie*, Comédie-Française, 28 december, Parijs 1685.

Cavallotti, Felice Carlo Emanuele, *Alcibiade. Scene greche in un prologo e sette quadri*, Rome 1872.

Cavallotti, Felice Carlo Emanuele, *Alcibiade, la critica e il secolo di Pericle. Lettera a Yorick figlio di Yorick*, Milaan 1874.

Chavarría, Daniel, *El ojo de Cibeles*, Havana 1993.

Claudel, Alfred, *Alcibiade. Comédie en un acte et en vers*, Epinal 1864.

Crébillon fils, Claude-Prosper Jolyot de, *Lettres athéniennes, extraites du porte-feuille d'Alcibiade*, Parijs 1771.

Cuvelier, Jean Guillaume Antoine & Barouillet, Jean Martin, *Alcibiade solitaire, opéra en deux actes, représenté, pour la première fois, à Paris, sur le Théâtre de l'Académie impériale de musique, le mardi 8 mars 1814*, Parijs 1814.

D'Albert De Luynes derde prins van Grimberghen, Louis Joseph, *The Dream of Alcibiades. Translated from the Greek (or Rather, from the French Work of Jean Pic, Edited by the Prince de Grimberghen)*, Londen 1749.

Deventer, Charles Marius van, 'Alkibiades, of over den eerbied', *De Nieuwe Gids* 6, 1891, 175-204, *De Nieuwe Gids* 7, 1892, 38-69, en *De Nieuwe Gids* 7, 1892, 194-239.

Deventer, Charles Marius van, 'Een keerpunt', *De Gids* 85, 1921, 87-112.

Dorat, Claude Joseph & Pezay, Alexandre Frédéric Jacques Masson marquis de, *Lettre d'Alcibiade à Glicère, bouquetière d'Athènes, suivie d'une lettre de Vénus à Pâris, et d'une épître à la maîtresse que j'aurai*, Genève & Parijs 1764.

Drouet, J.B., *Un épisode de la vie d'Alcibiade ou l'époux volage dupe de lui-même, comédie en un acte et en vers*, Parijs 1827.

Dumolard, Henri François, *Une heure d'Alcibiade, opéra-comique en 1 acte et en vers libres, paroles de H.-F. Dumolard, musique de M. Taix. Paris, Théâtre des jeunes élèves, 15 ventôse an XII*, Parijs 1804.

Eysselsteijn, Ben van, *De duivel op aarde. Een gejaagd drama in vier bedrijven, waarvan het laatste bedrijf ontbreekt vanwege een staking der acteurs*, Amsterdam 1931.

Gleichen-Rußwurm, Alexander Freiherr von, *Die Stadt der Götter. Historischer Roman aus der Zeit des Alkibiades*, Leipzig 1947.

Green, Peter, *Achilles His Armour*, Londen 1955.

Heyse, Paul, *Alkibiades. Tragödie in drei Akten*, 1881 (gepubliceerd in *Dramatische Dichtungen*, deel 12, Berlijn 1883).

Jacquemard, Simonne, *La Thessalienne*, Parijs 1973.

Jourdan, Éric, *Sans lois ni Dieux. Le Songe d'Alcibiade*, Montpellier 2006.

Kaiser, Georg, *Der gerettete Alkibiades*, Potsdam 1920.

Kallifatides, Theodor, *Timandra*, Athene 1988.

Koester, Hans, *Alcibiades. Trauerspiel*, Berlijn 1839.

Lebeau, Paul, *Xanthippe*, Leuven 1959.

Lessing, Gotthold Ephraim, *Alcibiades in Persien*, 1760 (postuum gepubliceerd in *Sämtliche Werke*, edd. Karl Lachmann & Franz Muncker, Berlijn 1886-1924, deel 3, 399-405).

Machado de Assis, Joaquim Maria, 'Uma Visita de Alcibíades', in: *Papéis Avulsos*, Rio de Janeiro 1882.

Marmontel, Jean-François, 'Alcibiade, ou le Moi', in: *Contes Moraux*, Parijs 1755.

Meißner, August Gottlieb, *Alkibiades* (4 delen), Leipzig 1781-1788.

Michaud d'Humiac, Léon, *Le cortège d'Alcibiade ou Le peuple couronné de violettes. Comédie en quatre actes en vers*, Parijs 1907.

Mouzin, Alexis, *Le chien d'Alcibiade, opérette, musique de M. Louis Bonnet*, Avignon 1873.

Nesbit, Edith, 'Alcibiades', in: *Man and Maid*, Londen 1906.

N.N., 'Alcibiades, of de man die om zyn zelvs wille begeert bemind te zyn', in: *Land- en stad-bibliotheek. Bestaande in eene keurige verzameling van belangryke geschiedenissen, karakterschetzen van voornaame en andere perzonaadjen, sneedige gezegdens en antwoorden en weetenswaardige anekdoten*, deel 6, Kampen 1797, 31-64.

Otway, Thomas, *Alcibiades. A Tragedy, Acted at the Theatre Royal, by Their Majesties' Servants*, première in het Dorset Garden Theatre, Londen 1675 (gepubliceerd in Londen 1687).

Plaïtakis, Babis, *Alkibiadis. I Ellada den tha anteche*, Athene 2008.

Poisson, Philippe, *Alcibiade. Comédie en trois actes*, Parijs 1731.

Poisson de La Chabeaussière, Auguste Étienne Xavier, *Lasthénie ou Une journée d'Alcibiade. Comédie en un acte, mêlée de vaudevilles*, Parijs 1802.

Pressfield, Steven, *Tides of War. A Novel of Alcibiades and the Peloponnesian War*, Londen 2000.

Prividali, Luigi, *Alcibiade. Azione eroica in due atti*, libretto voor de opera van Giacomo Cordella, première in Venetië, Teatro La Fenice, 26 december 1824.

Quinault, Philippe, *Le feint Alcibiade. Tragi-comédie*, Parijs 1658.

Remignard, Élie, *Le chien d'Alcibiade. Comédie en un acte et en vers*, Parijs 1850.
Rijdes, Barend, *Het derde beeld* (*Schildpadreeks* 7), Utrecht 1943.
Rocco, Antonio, *L'Alcibiade fanciullo a scola*, Venetië 1652 (herdrukt in *Omikron* 27, ed. Laura Coci, Rome 1988).
Santamaría Fernández, Pedro, *El Ateniense*, Madrid 2019.
Schendel, Arthur van, 'Alcibiades', in: *Menschen en honden*, Amsterdam 1947.
Schweitzer, Johann Baptist von, *Alcibiades, oder Bilder aus Hellas. Lustspiel in 4 Acten*, Frankfurt 1858.
Shakespeare, William, *Timon of Athens*, 1606 (gepubliceerd in 1632).
Stewart, Desmond, *The Memoirs of Alcibiades. Recently Discovered in Thrace and for the First Time Put into English. A Novel* (geïllustreerd door Phillippe Jullian), Dublin 1952.
Stork, Charles Wharton, *Alcibiades. A Play of Athens in the Great Age*, Syracuse NY 1967.
Strindberg, August, 'Alcibiades' in: *Historiska miniatyrer*, Stockholm 1905.
Sutcliffe, Rosemary, *The Flowers of Adonis*, Londen 1969.
Theotokas, Yiorgos, *Alkibiades. Ergo se treis praxeis kai epta eikones*, Athene 1959.
Valbezen, Eugène Anatole de (pseudoniem van Major Fridolin), *La Queue du chien d'Alcibiade*, Parijs 1855.
Vlachos, Angelos Staurou, *O kyrios mou Alkibiades*, Athene 1953 (vertaald als *My Master Alcibiades*, Londen 2003).
Woestijne, Karel van de, 'Roem', in: *Verzameld werk. Deel 3: Verhalen en parabelen*, Bussum 1947, 693.

[illegible], Georg Everhard, D'Amboinsche [illegible], Amsterdam [illegible]
[illegible]
[illegible]
[illegible]
[illegible]
Schendel, Arthur van, [illegible]
[illegible]
[illegible]
[illegible], William, [illegible] of Athens [illegible]
Stewart, Desmond, [illegible]
[illegible]
[illegible]
Stork, Charles Wharton, [illegible]
[illegible]
[illegible]
[illegible]
[illegible]
[illegible]
[illegible]
[illegible]
[illegible]
[illegible]
[illegible]

ODRYSIË
THRACIË
Agrianes
Sapaike
BRIANTIKE
Abdera
Maroneia
Hebros
APSINTHIS
Heilige Bergen
Bisanthe
Ornoi
Daunion Teichos
Selymbria
Athyras
Byzantion
Bos
Chrysopoli
Chalkedon
Neon Teichos
Perinthos
Gastvr
Propontis
Prokonnesos
Dindymon
Kyzikos
iasos
Samothrake
Zwarte Golf
Kardia
Paktye
Hellespont
Priapos
Parion
Harpagion
Thracisch Schiereiland
Sestos
Lampsakos
Thracische Zee
Imbros
Hondengraf
Abydos
Elaious
Dardanos
Daskyleion
Meer v. Daskyleion
Olympos
Lemnos
Troje
TROAS
MYSIË
Larisa
Ida
Antandros
Hamaxitos
Harmatous
K. Lekton
Golf v. Adramyttion
Hekatonnesis
Methymne
Lesbos
AIOLIS
Eresos
Mytilene
K. Aiga
Pyrrha
Kane
K. Malia
Pitane
Arginousai
Elaia
Gryneion
K. Harmatos
Myrina
Kyme
PH
LYDIË
Golf v. Hermos
Phokaia
Hermos
Hyllos
Paktolos
Delphinion
Chios
Chios
Erythrai
G. v. Smyrna
Smyrna
Thybarna
Sardis
Vlakte v. Kastolos
Klazomenai
Tmolos
Koninklijke Weg
Kydrara
Egeïsche Zee
Embaton
Korykos
Hairai
Teos
IONIË
Kaystros
Lebedos
Metropolis
Notion
Gaurion
Andros
ndros
Golf van Kaystros
Ephesos
Paktyes
Messogis
Nysa
Katoura
Hiërapolis
Leukophrys
Maiandros
Diospolis
Lykos
Samos
Samos
Tralleis
Kolo
Kadmos
Tenos
Ikaros
Mykale
Priene
Glauke
Golf v. Ikaros
Alabanda
Ninoë
Lade
Myous
yros
Milete
Assessos
Teichioussa
Grion
Delos
Patmos
K. Poseidion
Stratonikeia
YCLADEN
Golf v. Iasos
Iasos
KARIA
Paros
Leros
Naxos
Halikarnassos
iphnos
Kos (Meropis)
Kos
Amorgos
Sikinos
Ios
Knidos
K. Triopion
holegandros
Astypalaia
Thera
Anaphe
Telos
Rhodos
Rhodos